Theodor Storm
Ausgewählte Novellen

Theodor Storm

Ausgewählte NOVELLEN

Verlag
Neues Leben
Berlin

Illustrationen von: Wilhelm M. Busch zu Pole Poppenspäler, Liesel Lauterborn zu Viola tricolor, H. Scheffler zu Die Söhne des Senators, Otto Ubbelohde zu Aquis submersus, Karl Wernicke zu Der Schimmelreiter, Zur Chronik von Grieshuus, Ein Fest auf Haderslevhuus, Hans und Heinz Kirch, Carsten Curator, Beim Vetter Christian, Hans Wingenbach zu Immensee, C. Ziesmer zu Bötjer Basch

ISBN 3-355-00163-5

2. Auflage, 1990
Lizenz Nr. 303
LSV 7101
Schutzumschlag und Einband: Achim Kollwitz
Typografie: Ingrid Engmann
Schrift: 10 p Garamond
Gesamtherstellung: Karl-Marx-Werk Pößneck V 15/30
Bestell-Nr. 644 091 7
19,80 M

Immensee

Der Alte

An einem Spätherbstnachmittage ging ein alter wohlgekleideter Mann langsam die Straße hinab. Er schien von einem Spaziergange nach Hause zurückzukehren; denn seine Schnallenschuhe, die einer vorübergegangenen Mode angehörten, waren bestäubt. Den langen Rohrstock mit goldenem Knopf trug er unter dem Arm; mit seinen dunkeln Augen, in welche sich die ganze verlorene Jugend gerettet zu haben schien und welche eigentümlich von den schneeweißen Haaren abstachen, sah er ruhig umher oder in die Stadt hinab, welche im Abendsonnendufte vor ihm lag. – Er schien fast ein Fremder; denn von den Vorübergehenden grüßten ihn nur wenige, obgleich mancher unwillkürlich in diese ernsten Augen zu sehen gezwungen wurde. Endlich stand er vor einem hohen Giebelhause still, sah noch einmal in die Stadt hinaus und trat dann in die Hausdiele. Bei dem Schall der Türglocke wurde drinnen in der Stube von einem Guckfenster, welches nach der Diele hinausging, der grüne Vorhang weggeschoben und das Gesicht einer alten Frau dahinter sichtbar. Der Mann winkte ihr mit seinem Rohrstock. „Noch kein Licht!" sagte er in einem etwas südlichen Akzent; und die Haushälterin ließ den Vorhang wieder fallen. Der Alte ging nun über die weite Hausdiele, dann durch einen Pesel, wo große Eichschränke mit Porzellanvasen an den Wänden standen; durch die gegenüberstehende Tür trat er in einen kleinen Flur, von wo aus eine enge Treppe zu den oberen Zimmern des Hinterhauses führte. Er stieg sie langsam hinauf, schloß oben eine Türe auf und trat dann in ein mäßig großes Zimmer. Hier war es heimlich und still; die eine Wand war fast mit Repositorien und Bücherschränken bedeckt; an der andern hingen Bilder von Menschen und Gegenden; vor einem Tische mit grüner Decke, auf dem einzelne aufgeschlagene Bücher umherlagen, stand ein schwerfälliger Lehnstuhl mit rotem Sammetkissen. – Nachdem der Alte Hut und Stock in die Ecke gestellt hatte, setzte er sich in den Lehnstuhl und schien mit gefalteten Händen von seinem Spaziergange auszuruhen. – Wie er so saß, wurde es allmählich dunkler; endlich fiel ein Mondstrahl durch die Fensterscheiben auf die Gemälde an der Wand, und wie der helle Streif langsam weiterrückte, folgten die Augen des Mannes unwillkürlich. Nun trat er über ein kleines Bild in schlichtem schwarzem Rahmen. „Elisabeth!“ sagte der Alte leise; und wie er das Wort gesprochen, war die Zeit verwandelt – er war in seiner Jugend.

Die Kinder

Bald trat die anmutige Gestalt eines kleinen Mädchens zu ihm. Sie hieß Elisabeth und mochte fünf Jahre zählen; er selbst war doppelt so alt. Um den Hals trug sie ein rotseidenes Tüchelchen; das ließ ihr hübsch zu den braunen Augen.

„Reinhard“, rief sie, „wir haben frei, frei! Den ganzen Tag keine Schule, und morgen auch nicht.“

Reinhard stellte die Rechentafel, die er schon unterm Arm hatte, flink hinter die Haustür, und dann liefen beide Kinder durchs Haus in den Garten und durch die Gartenpforte hinaus auf die Wiese. Die unverhofften Ferien kamen ihnen herrlich zustatten. Reinhard hatte hier mit Elisabeths Hülfe ein Haus aus Rasenstücken aufgeführt; darin wollten sie die Sommerabende wohnen; aber es fehlte noch die Bank. Nun ging er gleich an die Arbeit; Nägel, Hammer und die nötigen Bretter lagen schon bereit. Währenddessen ging Elisabeth an dem Wall entlang und sammelte den ringförmigen Samen der wilden Malve in ihre Schürze; davon wollte sie sich Ketten und Halsbänder machen; und als Reinhard endlich trotz manches krummgeschlagenen Nagels seine Bank dennoch zustande gebracht hatte und nun wieder in die Sonne hinaustrat, ging sie schon weit davon am andern Ende der Wiese.

„Elisabeth!“ rief er, „Elisabeth!“, und da kam sie, und ihre Locken flogen. „Komm“, sagte er, „nun ist unser Haus fertig. Du bist ja ganz heiß geworden; komm herein, wir wollen uns auf die neue Bank setzen. Ich erzähl dir etwas.“

Dann gingen sie beide hinein und setzten sich auf die neue Bank. Elisabeth nahm ihre Ringelchen aus der

Schürze und zog sie auf lange Bindfäden; Reinhard fing an zu erzählen: „Es waren einmal drei Spinnfrauen – –“

„Ach“, sagte Elisabeth, „das weiß ich ja auswendig; du mußt auch nicht immer dasselbe erzählen.“

Da mußte Reinhard die Geschichte von den drei Spinnfrauen stecken lassen, und statt dessen erzählte er die Geschichte von dem armen Mann, der in die Löwengrube geworfen war.

„Nun war es Nacht“, sagte er, „weißt du? ganz finstere, und die Löwen schliefen. Mitunter aber gähnten sie im Schlaf und reckten die roten Zungen aus; dann schauderte der Mann und meinte, daß der Morgen komme. Da warf es um ihn her auf einmal einen hellen Schein, und als er aufsah, stand ein Engel vor ihm. Der winkte ihm mit der Hand und ging dann gerade in die Felsen hinein.“

Elisabeth hatte aufmerksam zugehört. „Ein Engel?“ sagte sie. „Hatte er denn Flügel?“

„Es ist nur so eine Geschichte“, antwortete Reinhard; „es gibt ja gar keine Engel.“

„O pfui, Reinhard!“ sagte sie und sah ihm starr ins Gesicht. Als er sie aber finster anblickte, fragte sie ihn zweifelnd: „Warum sagen sie es denn immer? Mutter und Tante und auch in der Schule?“

„Das weiß ich nicht“, antwortete er.

„Aber du“, sagte Elisabeth, „gibt es denn auch keine Löwen?“

„Löwen? Ob es Löwen gibt! In Indien; da spannen die Götzenpriester sie vor den Wagen und fahren mit ihnen durch die Wüste. Wenn ich groß bin, will ich einmal selber hin. Da ist es vieltausendmal schöner als hier bei uns; da gibt es gar keinen Winter. Du mußt auch mit mir. Willst du?“

„Ja“, sagte Elisabeth; „aber Mutter muß dann auch mit, und deine Mutter auch.“

„Nein“, sagte Reinhard, „die sind dann zu alt, die können nicht mit.“

„Ich darf aber nicht allein.“

„Du sollst schon dürfen; du wirst dann wirklich meine Frau, und dann haben die andern dir nichts zu befehlen.“

„Aber meine Mutter wird weinen.“

„Wir kommen ja wieder“, sagte Reinhard heftig; „sag es nur gradeheraus: willst du mit mir reisen? Sonst geh ich allein; und dann komme ich nimmer wieder.“

Der Kleinen kam das Weinen nahe. „Mach nur nicht so böse Augen“, sagte sie; „ich will ja mit nach Indien.“

Reinhard faßte sie mit ausgelassener Freude bei beiden Händen und zog sie hinaus auf die Wiese. „Nach Indien, nach Indien!“ sang er und schwenkte sich mit ihr im Kreise, daß ihr das rote Tüchelchen vom Halse flog. Dann aber ließ er sie plötzlich los und sagte ernst: „Es wird doch nichts daraus werden; du hast keine Courage.“

– – „Elisabeth! Reinhard!“ rief es jetzt von der Gartenpforte. „Hier! Hier!“ antworteten die Kinder und sprangen Hand in Hand nach Hause.

Im Walde

So lebten die Kinder zusammen; sie war ihm oft zu still, er war ihr oft zu heftig, aber sie ließen deshalb nicht voneinander; fast alle Freistunden teilten sie, winters in den beschränkten Zimmern ihrer Mütter, sommers in Busch und Feld. – Als Elisabeth einmal in Reinhards Gegenwart von dem Schullehrer gescholten wurde, stieß er seine Tafel zornig auf den Tisch, um den Eifer des Mannes auf sich zu lenken. Es wurde nicht bemerkt. Aber Reinhard verlor alle Aufmerksamkeit an den geographischen Vorträgen; statt dessen verfaßte er ein langes Gedicht; darin verglich er sich selbst mit einem jungen Adler, den Schulmeister mit einer grauen Krähe, Elisabeth war die weiße Taube; der Adler gelobte, an der grauen Krähe Rache zu nehmen, sobald ihm die Flügel gewachsen sein würden. Dem jungen Dichter standen die Tränen in den Augen; er kam sich sehr erhaben vor. Als er nach Hause gekommen war, wußte er sich einen kleinen Pergamentband mit vielen weißen Blättern zu verschaffen; auf die ersten Seiten schrieb er mit sorgsamer Hand sein erstes Gedicht. – Bald darauf kam er in eine andere Schule; hier schloß er manche neue Kameradschaft mit Knaben seines Alters; aber sein Verkehr mit Elisabeth wurde dadurch nicht gestört. Von den Märchen, welche er ihr sonst erzählt und wieder erzählt hatte, fing er jetzt an, die, welche ihr am besten gefallen hatten, aufzuschreiben; dabei wandelte ihn oft die Lust an, etwas von seinen eigenen Gedanken hineinzudichten; aber, er wußte nicht weshalb, er konnte immer nicht dazu gelangen. So schrieb er sie genau auf, wie er sie selber gehört hatte. Dann gab er die Blätter an Elisabeth, die sie in einem Schubfach ihrer Schatulle sorgfältig aufbewahrte; und es gewährte ihm eine anmutige Befriedigung, wenn er sie mitunter abends diese Geschichten in seiner Gegenwart aus den von ihm geschriebenen Heften ihrer Mutter vorlesen hörte.

Sieben Jahre waren vorüber. Reinhard sollte zu seiner weiteren Ausbildung die Stadt verlassen. Elisabeth konnte sich nicht in den Gedanken finden, daß es nun eine Zeit ganz ohne Reinhard geben werde. Es freute sie, als er ihr eines Tages sagte, er werde, wie sonst, Märchen für sie aufschreiben; er wolle sie ihr mit den Briefen an seine Mutter schicken; sie müsse ihm dann wieder schreiben, wie sie ihr gefallen hätten. Die Abreise rückte heran; vorher aber kam noch mancher Reim in den Pergamentband. Das allein war für Elisabeth ein Geheimnis, obgleich sie die Veranlassung zu dem ganzen Buche und zu den meisten Liedern war, welche nach und nach fast die Hälfte der weißen Blätter gefüllt hatten.

Es war im Juni; Reinhard sollte am andern Tag reisen. Nun wollte man noch einmal einen festlichen Tag zusammen begehen. Dazu wurde eine Landpartie nach einer der nahe belegenen Holzungen in größerer Gesellschaft veranstaltet. Der stundenlange Weg bis an den Saum des Waldes wurde zu Wagen zurückgelegt; dann nahm man die Proviantkörbe herunter und marschierte weiter. Ein Tannengehölz mußte zuerst durchwandert werden; es war kühl und dämmerig und der Boden überall mit feinen Nadeln bestreut. Nach halbstündigem Wandern kam man aus dem Tannendunkel in eine frische Buchenwaldung; hier war alles licht und grün, mitunter brach ein Sonnenstrahl durch die blätterreichen Zweige; ein Eichkätzchen sprang über ihren Köpfen von Ast zu Ast. – Auf einem Platze, über welchem uralte Buchen mit ihren Kronen zu einem durchsichtigen Laubgewölbe zusammenwuchsen, machte die Gesellschaft halt. Elisabeths Mutter öffnete einen der Körbe; ein alter Herr warf sich zum Proviantmeister auf. „Alle um mich herum, ihr jungen Vögel!" rief er. „Und merket genau, was ich euch zu sagen habe. Zum Frühstück erhält jetzt ein jeder von euch zwei trockene Wecken; die Butter ist zu Hause geblieben, die Zukost müßt ihr euch selber suchen.

Es stehen genug Erdbeeren im Walde, das heißt, für den, der sie zu finden weiß. Wer ungeschickt ist, muß sein Brot trokken essen; so geht es überall im Leben. Habt ihr meine Rede begriffen?"

„Jawohl!" riefen die Jungen.

„Ja, seht", sagte der Alte, „sie ist aber noch nicht zu Ende. Wir Alten haben uns im Leben schon genug umhergetrieben; darum bleiben wir jetzt zu Haus, das heißt, hier unter diesen breiten Bäumen, und schälen die Kartoffeln und machen Feuer und rüsten die Tafel, und wenn die Uhr zwölf ist, sollen auch die Eier gekocht werden. Dafür seid ihr uns von euren Erdbeeren die Hälfte schuldig, damit wir auch einen Nachtisch servieren können. Und nun geht nach Ost und West und seid ehrlich!"

Die Jungen machten allerlei schelmische Gesichter. „Halt!“ rief der alte Herr noch einmal. „Das brauche ich euch wohl nicht zu sagen: wer keine findet, braucht auch keine abzuliefern; aber das schreibt euch wohl hinter eure feinen Ohren, von uns Alten bekommt er auch nichts. Und nun habt ihr für diesen Tag gute Lehren genug; wenn ihr nun noch Erdbeeren dazu habt, so werdet ihr für heute schon durchs Leben kommen.“

Die Jungen waren derselben Meinung und begannen sich paarweise auf die Fahrt zu machen.

„Komm, Elisabeth“, sagte Reinhard, „ich weiß einen Erdbeerenschlag; du sollst kein trockenes Brot essen.“

Elisabeth knüpfte die grünen Bänder ihres Strohhutes zusammen und hing ihn über den Arm. „So komm“, sagte sie, „der Korb ist fertig.“

Dann gingen sie in den Wald hinein, tiefer und tiefer; durch feuchte undurchdringliche Baumschatten, wo alles still war, nur unsichtbar über ihnen in den Lüften das Geschrei der Falken; dann wieder durch dichtes Gestrüpp, so dicht, daß Reinhard vorangehen mußte, um einen Pfad zu machen, hier einen Zweig zu knicken, dort eine Ranke beiseite zu biegen. Bald aber hörte er hinter sich Elisabeth seinen Namen rufen. Er wandte sich um. „Reinhard!“ rief sie. „Warte doch, Reinhard!“ Er konnte sie nicht gewahr werden; endlich sah er sie in einiger Entfernung mit den Sträuchern kämpfen; ihr feines Köpfchen schwamm nur kaum über den Spitzen der Farrenkräuter. Nun ging er noch einmal zurück und führte sie durch das Wirrnis der Kräuter und Stauden auf einen freien Platz hinaus, wo blaue Falter zwischen den einsamen Waldblumen flatterten. Reinhard strich ihr die feuchten Haare aus dem erhitzten Gesichtchen; dann wollte er ihr den Strohhut aufsetzen, und sie wollte es nicht leiden; dann aber bat er sie, und dann ließ sie es doch geschehen.

„Wo bleiben denn aber deine Erdbeeren?“ fragte sie endlich, indem sie stehenblieb und einen tiefen Atemzug tat.

„Hier haben sie gestanden“, sagte er; „aber die Kröten sind uns zuvorgekommen, oder die Marder, oder vielleicht die Elfen.“

„Ja“, sagte Elisabeth, „die Blätter stehen noch da; aber

sprich hier nicht von Elfen. Komm nur, ich bin noch gar nicht müde; wir wollen weitersuchen."

Vor ihnen war ein kleiner Bach, jenseits wieder der Wald. Reinhard hob Elisabeth auf seine Arme und trug sie hinüber. Nach einer Weile traten sie aus dem schattigen Laube wieder in eine weite Lichtung hinaus. „Hier müssen Erdbeeren sein", sagte das Mädchen, „es duftet so süß."

Sie gingen suchend durch den sonnigen Raum; aber sie fanden keine. „Nein", sagte Reinhard, „es ist nur der Duft des Heidekrautes."

Himbeerbüsche und Hülsendorn standen überall durcheinander; ein starker Geruch von Heidekräutern, welche abwechselnd mit kurzem Grase die freien Stellen des Bodens bedeckten, erfüllte die Luft. „Hier ist es einsam", sagte Elisabeth; „wo mögen die andern sein?"

An den Rückweg hatte Reinhard nicht gedacht. „Warte nur; woher kommt der Wind?" sagte er und hob seine Hand in die Höhe. Aber es kam kein Wind.

„Still", sagte Elisabeth, „mich dünkt, ich hörte sie sprechen. Rufe einmal dahinunter."

Reinhard rief durch die hohle Hand: „Kommt hieher!" – „Hieher!" rief es zurück.

„Sie antworten!" sagte Elisabeth und klatschte in die Hände.

„Nein, es war nichts, es war nur der Widerhall."

Elisabeth faßte Reinhards Hand. „Mir graut!" sagte sie.

„Nein", sagte Reinhard, „das muß es nicht. Hier ist es prächtig. Setz dich dort in den Schatten zwischen die Kräuter. Laß uns eine Weile ausruhen; wir finden die andern schon."

Elisabeth setzte sich unter eine überhängende Buche und lauschte aufmerksam nach allen Seiten; Reinhard saß einige Schritte davon auf einem Baumstumpf und sah schweigend nach ihr hinüber. Die Sonne stand gerade über ihnen; es war glühende Mittagshitze; kleine goldglänzende, stahlblaue Fliegen standen flügelschwingend in der Luft; rings um sie her ein feines Schwirren und Summen, und manchmal hörte man tief im Walde das Hämmern der Spechte und das Kreischen der andern Waldvögel.

„Horch!" sagte Elisabeth. „Es läutet."

„Wo?“ fragte Reinhard.

„Hinter uns. Hörst du? Es ist Mittag.“

„Dann liegt hinter uns die Stadt; und wenn wir in dieser Richtung gradedurch gehen, so müssen wir die andern treffen.“

So traten sie ihren Rückweg an; das Erdbeerensuchen hatten sie aufgegeben, denn Elisabeth war müde geworden. Endlich klang zwischen den Bäumen hindurch das Lachen der Gesellschaft; dann sahen sie auch ein weißes Tuch am Boden schimmern, das war die Tafel, und darauf standen Erdbeeren in Hülle und Fülle. Der alte Herr hatte eine Serviette im Knopfloch und hielt den Jungen die Fortsetzung seiner moralischen Reden, während er eifrig an einem Braten herumtranchierte.

„Da sind die Nachzügler“, riefen die Jungen, als sie Reinhard und Elisabeth durch die Bäume kommen sahen.

„Hieher!“ rief der alte Herr, „Tücher ausgeleert, Hüte umgekehrt! Nun zeigt her, was ihr gefunden habt.“

„Hunger und Durst!“ sagte Reinhard.

„Wenn das alles ist“, erwiderte der Alte und hob ihnen die volle Schüssel entgegen, „so müßt ihr es auch behalten. Ihr kennt die Abrede; hier werden keine Müßiggänger gefüttert.“ Endlich ließ er sich aber doch erbitten, und nun wurde Tafel gehalten; dazu schlug die Drossel aus den Wacholderbüschen.

So ging der Tag hin. – Reinhard hatte aber doch etwas gefunden; waren es keine Erdbeeren, so war es doch auch im Walde gewachsen. Als er nach Hause gekommen war, schrieb er in seinen alten Pergamentband:

Hier an der Bergeshalde
Verstummt ganz der Wind;
Die Zweige hängen nieder,
Darunter sitzt das Kind.

Sie sitzt in Thymiane,
Sie sitzt in lauter Duft;
Die blauen Fliegen summen
Und blitzen durch die Luft.

Es steht der Wald so schweigend,
Sie schaut so klug darein;
Um ihre braunen Locken
Hinfließt der Sonnenschein.

Der Kuckuck lacht von ferne,
Es geht mir durch den Sinn:
Sie hat die goldnen Augen
Der Waldeskönigin.

So war sie nicht allein sein Schützling; sie war ihm auch der Ausdruck für alles Liebliche und Wunderbare seines aufgehenden Lebens.

Da stand das Kind am Wege

Weihnachtabend kam heran. – Es war noch nachmittags, als Reinhard mit andern Studenten im Ratskeller am alten Eichentisch zusammensaß. Die Lampen an den Wänden waren angezündet, denn hier unten dämmerte es schon; aber die Gäste waren sparsam versammelt, die Kellner lehnten müßig an den Mauerpfeilern. In einem Winkel des Gewölbes saßen ein Geigenspieler und ein Zithermädchen mit feinen zigeunerhaften Zügen; sie hatten ihre Instrumente auf dem Schoße liegen und schienen teilnahmlos vor sich hinzusehen.

Am Studententische knallte ein Champagnerpfropfen. „Trinke, mein böhmisch Liebchen!" rief ein junger Mann von junkerhaftem Äußern, indem er ein volles Glas zu dem Mädchen hinüberreichte.

„Ich mag nicht", sagte sie, ohne ihre Stellung zu verändern.

„So singe!" rief der Junker und warf ihr eine Silbermünze in den Schoß. Das Mädchen strich sich langsam mit den Fingern durch ihr schwarzes Haar, während der Geigenspieler ihr ins Ohr flüsterte; aber sie warf den Kopf zurück und stützte das Kinn auf ihre Zither. „Für den spiel ich nicht", sagte sie.

Reinhard sprang mit dem Glase in der Hand auf und stellte sich vor sie.

„Was willst du?“ fragte sie trotzig.

„Deine Augen sehn.“

„Was gehn dich meine Augen an?“

Reinhard sah funkelnd auf sie nieder. „Ich weiß wohl, sie sind falsch!“ – Sie legte ihre Wange in die flache Hand und sah ihn lauernd an. Reinhard hob sein Glas an den Mund. „Auf deine schönen, sündhaften Augen!“ sagte er und trank.

Sie lachte und warf den Kopf herum. „Gib!“ sagte sie, und indem sie ihre schwarzen Augen in die seinen heftete, trank sie langsam den Rest. Dann griff sie einen Dreiklang und sang mit tiefer, leidenschaftlicher Stimme:

Heute, nur heute
Bin ich so schön;
Morgen, ach morgen
Muß alles vergehn!

Nur diese Stunde
Bist du noch mein;
Sterben, ach sterben
Soll ich allein.

Während der Geigenspieler in raschem Tempo das Nachspiel einsetzte, gesellte sich ein neuer Ankömmling zu der Gruppe.

„Ich wollte dich abholen, Reinhard“, sagte er. „Du warst schon fort; aber das Christkind war bei dir eingekehrt.“

„Das Christkind?“ sagte Reinhard, „das kommt nicht mehr zu mir.“

„Ei was! Dein ganzes Zimmer roch nach Tannenbaum und braunen Kuchen.“

Reinhard setzte das Glas aus der Hand und griff nach seiner Mütze.

„Was willst du?“ fragte das Mädchen.

„Ich komme schon wieder.“

Sie runzelte die Stirn. „Bleib!“ rief sie leise und sah ihn vertraulich an.

Reinhard zögerte. „Ich kann nicht“, sagte er.

Sie stieß ihn lachend mit der Fußspitze. „Geh!“ sagte sie. „Du taugst nichts; ihr taugt alle miteinander nichts.“ Und während sie sich abwandte, stieg Reinhard langsam die Kellertreppe hinauf.

Draußen auf der Straße war es tiefe Dämmerung; er fühlte die frische Winterluft an seiner heißen Stirn. Hie und da fiel der helle Schein eines brennenden Tannenbaums aus den Fenstern, dann und wann hörte man von drinnen das Geräusch von kleinen Pfeifen und Blechtrompeten und dazwischen jubelnde Kinderstimmen. Scharen von Bettelkindern gingen von Haus zu Haus oder stiegen auf die Treppengeländer und suchten durch die Fenster einen Blick in die versagte Herrlichkeit zu gewinnen. Mitunter wurde auch eine Tür plötzlich aufgerissen, und scheltende Stimmen trieben einen ganzen Schwarm solcher kleinen Gäste aus dem hellen Hause auf die dunkle Gasse hinaus; anderswo wurde auf dem Hausflur ein altes Weihnachtslied gesungen; es waren klare Mädchenstimmen darunter. Reinhard hörte sie nicht, er ging rasch an allem vorüber, aus einer Straße in die andere. Als er an seine Wohnung gekommen, war es fast völlig dunkel geworden; er stolperte die Treppe hinauf und trat in seine Stube. Ein süßer Duft schlug ihm entgegen; das heimelte ihn an, das roch wie zu Haus der Mutter Weihnachtsstube. Mit zitternder Hand zündete er sein Licht an; da lag ein mächtiges Paket auf dem Tisch, und als er es öffnete, fielen die wohlbekannten braunen Festkuchen heraus; auf einigen waren die Anfangsbuchstaben seines Namens in Zucker ausgestreut; das konnte niemand anders als Elisabeth getan haben. Dann kam ein Päckchen mit feiner gestickter Wäsche zum Vorschein, Tücher und Manschetten, zuletzt Briefe von der Mutter und von Elisabeth. Reinhard öffnete zuerst den letzteren; Elisabeth schrieb:

„Die schönen Zuckerbuchstaben können Dir wohl erzählen, wer bei den Kuchen mitgeholfen hat; dieselbe Person hat die Manschetten für Dich gestickt. Bei uns wird es nun Weihnachtabend sehr still werden; meine Mutter stellt immer schon um halb zehn ihr Spinnrad in die Ecke; es ist gar so einsam diesen Winter, wo Du nicht hier bist. Nun ist auch vorigen Sonntag der Hänfling gestorben, den Du mir geschenkt hattest; ich habe sehr geweint, aber ich hab ihn doch immer gut gewartet. Der sang sonst immer nachmittags, wenn die Sonne auf sein Bauer schien; Du weißt, die Mutter hing oft ein Tuch über, um ihn zu geschweigen, wenn er so recht aus Kräften sang. Da ist es nun noch stiller in der Kammer, nur daß Dein alter Freund Erich uns jetzt mitunter besucht. Du sagtest einmal, er sähe seinem braunen Überrock ähnlich. Daran muß ich nun immer denken, wenn er zur Tür hereinkommt, und es ist gar zu komisch; sag es aber nicht zur Mutter, sie wird dann leicht verdrießlich. – Rat, was ich Deiner Mutter zu Weihnachten schenke! Du rätst es nicht? Mich selber! Der Erich zeichnet mich in schwarzer Kreide; ich habe ihm schon dreimal sitzen müssen, jedesmal eine ganze Stunde. Es war mir recht zuwider, daß der fremde Mensch mein Gesicht so auswendig lernte. Ich wollte auch nicht, aber die Mutter redete mir zu; sie sagte, es würde der guten Frau Werner eine gar große Freude machen.

Aber Du hältst nicht Wort, Reinhard. Du hast keine Märchen geschickt. Ich habe Dich oft bei Deiner Mutter verklagt; sie sagt dann immer, Du habest jetzt mehr zu tun als solche Kindereien. Ich glaub es aber nicht; es ist wohl anders."

Nun las Reinhard auch den Brief seiner Mutter, und als er beide Briefe gelesen und langsam wieder zusammengefaltet und weggelegt hatte, überfiel ihn unerbittliches Heimweh. Er ging eine Zeitlang in seinem Zimmer auf und nieder; er sprach leise und dann halb verständlich zu sich selbst:

Er wäre fast verirret
Und wußte nicht hinaus;
Da stand das Kind am Wege
Und winkte ihm nach Haus!

Dann trat er an sein Pult, nahm einiges Geld heraus und ging wieder auf die Straße hinab. – Hier war es mittlerweile stiller geworden; die Weihnachtsbäume waren ausgebrannt, die Umzüge der Kinder hatten aufgehört. Der Wind fegte durch die einsamen Straßen; Alte und Junge saßen in ihren

Häusern familienweise zusammen; der zweite Abschnitt des Weihnachtabends hatte begonnen. –

Als Reinhard in die Nähe des Ratskellers kam, hörte er aus der Tiefe herauf Geigenstrich und den Gesang des Zithermädchens; nun klingelte unten die Kellertür, und eine dunkle Gestalt schwenkte die breite, matt erleuchtete Treppe herauf. Reinhard trat in den Häuserschatten und ging dann rasch vorüber. Nach einer Weile erreichte er den erleuchteten Laden eines Juweliers; und nachdem er hier ein kleines Kreuz von roten Korallen eingehandelt hatte, ging er auf demselben Wege, den er gekommen war, wieder zurück.

Nicht weit von seiner Wohnung bemerkte er ein kleines, in klägliche Lumpen gehülltes Mädchen an einer hohen Haustür stehen, in vergeblicher Bemühung, sie zu öffnen. „Soll ich dir helfen?“ sagte er. Das Kind erwiderte nichts, ließ aber die schwere Türklinke fahren. Reinhard hatte schon die Tür geöffnet. „Nein“, sagte er, „sie könnten dich hinausjagen; komm mit mir! Ich will dir Weihnachtskuchen geben.“ Dann machte er die Tür wieder zu und faßte das kleine Mädchen an der Hand, das stillschweigend mit ihm in seine Wohnung ging.

Er hatte das Licht beim Weggehen brennen lassen. „Hier hast du Kuchen“, sagte er und gab ihr die Hälfte seines ganzen Schatzes in ihre Schürze, nur keine mit den Zuckerbuchstaben. „Nun geh nach Hause und gib deiner Mutter auch davon.“ Das Kind sah mit einem scheuen Blick zu ihm hinauf; es schien solcher Freundlichkeit ungewohnt und nichts darauf erwidern zu können. Reinhard machte die Tür auf und leuchtete ihr, und nun flog die Kleine wie ein Vogel mit ihren Kuchen die Treppe hinab und zum Hause hinaus.

Reinhard schürte das Feuer in seinem Ofen an und stellte das bestaubte Dintenfaß auf seinen Tisch; dann setzte er sich hin und schrieb, und schrieb die ganze Nacht Briefe an seine Mutter, an Elisabeth. Der Rest der Weihnachtskuchen lag unberührt neben ihm; aber die Manschetten von Elisabeth hatte er angeknüpft, was sich gar wunderlich zu seinem weißen Flausrock ausnahm. So saß er noch, als die Wintersonne auf die gefrorenen Fensterscheiben fiel und ihm gegenüber im Spiegel ein blasses, ernstes Antlitz zeigte.

Daheim

Als es Ostern geworden war, reiste Reinhard in die Heimat. Am Morgen nach seiner Ankunft ging er zu Elisabeth. „Wie groß du geworden bist!“ sagte er, als das schöne schmächtige Mädchen ihm lächelnd entgegenkam. Sie errötete, aber sie erwiderte nichts; ihre Hand, die er beim Willkommen in die seine genommen, suchte sie ihm sanft zu entziehen. Er sah sie zweifelnd an; das hatte sie früher nicht getan; nun war es, als träte etwas Fremdes zwischen sie. – Das blieb auch, als er schon länger dagewesen und als er Tag für Tag immer wiedergekommen war. Wenn sie allein zusammensaßen, entstanden Pausen, die ihm peinlich waren und denen er dann ängstlich zuvorzukommen suchte. Um während der Ferienzeit eine bestimmte Unterhaltung zu haben, fing er an, Elisabeth in der Botanik zu unterrichten, womit er sich in den ersten Monaten seines Universitätslebens angelegentlich beschäftigt hatte. Elisabeth, die ihm in allem zu folgen gewohnt und überdies lehrhaft war, ging bereitwillig darauf ein. Nun wurden mehrere Male in der Woche Exkursionen ins Feld oder in die Heiden gemacht; und hatten sie dann mittags die grüne Botanisierkapsel voll Kraut und Blumen nach Hause gebracht, so kam Reinhard einige Stunden später wieder, um mit Elisabeth den gemeinschaftlichen Fund zu teilen.

In solcher Absicht trat er eines Nachmittags ins Zimmer, als Elisabeth am Fenster stand und ein vergoldetes Vogelbauer, das er sonst nicht dort gesehen, mit frischem Hühnerschwarm besteckte. Im Bauer saß ein Kanarienvogel, der mit den Flügeln schlug und kreischend nach Elisabeths Finger pickte. Sonst hatte Reinhards Vogel an dieser Stelle gehangen. „Hat mein armer Hänfling sich nach seinem Tode in einen Goldfinken verwandelt?“ fragte er heiter.

„Das pflegen die Hänflinge nicht“, sagte die Mutter, welche spinnend im Lehnstuhle saß. „Ihr Freund Erich hat ihn heut mittag für Elisabeth von seinem Hofe hereingeschickt.“

„Von welchem Hofe?“

„Das wissen Sie nicht?“

„Was denn?“

„Daß Erich seit einem Monat den zweiten Hof seines Vaters am Immensee angetreten hat?"

„Aber Sie haben mir kein Wort davon gesagt."

„Ei", sagte die Mutter, „Sie haben sich auch noch mit keinem Worte nach Ihrem Freunde erkundigt. Er ist ein gar lieber, verständiger junger Mann."

Die Mutter ging hinaus, um den Kaffee zu besorgen; Elisabeth hatte Reinhard den Rücken zugewandt und war noch mit dem Bau ihrer kleinen Laube beschäftigt. „Bitte, nur ein kleines Weilchen", sagte sie; „gleich bin ich fertig." – Da Reinhard wider seine Gewohnheit nicht antwortete, so wandte sie sich um. In seinen Augen lag ein plötzlicher Ausdruck von Kummer, den sie nie darin gewahrt hatte. „Was fehlt dir, Reinhard?" fragte sie, indem sie nahe zu ihm trat.

„Mir?" fragte er gedankenlos und ließ seine Augen träumerisch in den ihren ruhen.

„Du siehst so traurig aus."

„Elisabeth", sagte er, „ich kann den gelben Vogel nicht leiden."

Sie sah ihn staunend an; sie verstand ihn nicht. „Du bist so sonderbar", sagte sie.

Er nahm ihre beiden Hände, die sie ruhig in den seinen ließ. Bald trat die Mutter wieder herein.

Nach dem Kaffee setzte diese sich an ihr Spinnrad; Reinhard und Elisabeth gingen ins Nebenzimmer, um ihre Pflanzen zu ordnen. Nun wurden Staubfäden gezählt, Blätter und Blüten sorgfältig ausgebreitet und von jeder Art zwei Exemplare zum Trocknen zwischen die Blätter eines großen Folianten gelegt. Es war sonnige Nachmittagsstille; nur nebenan schnurrte der Mutter Spinnrad, und von Zeit zu Zeit wurde Reinhards gedämpfte Stimme gehört, wenn er die Ordnungen und Klassen der Pflanzen nannte oder Elisabeths ungeschickte Aussprache der lateinischen Namen korrigierte.

„Mir fehlt noch von neulich die Maiblume", sagte sie jetzt, als der ganze Fund bestimmt und geordnet war.

Reinhard zog einen kleinen weißen Pergamentband aus der Tasche. „Hier ist ein Maiblumenstengel für dich", sagte er, indem er die halbgetrocknete Pflanze herausnahm.

Als Elisabeth die beschriebenen Blätter sah, fragte sie: „Hast du wieder Märchen gedichtet?"

„Es sind keine Märchen", antwortete er und reichte ihr das Buch.

Es waren lauter Verse, die meisten füllten höchstens eine Seite. Elisabeth wandte ein Blatt nach dem andern um; sie schien nur die Überschriften zu lesen: „Als sie vom Schulmeister gescholten war." „Als sie sich im Walde verirrt hatten." „Mit dem Ostermärchen." „Als sie mir zum erstenmal geschrieben hatte"; in der Weise lauteten fast alle. Reinhard blickte forschend zu ihr hin, und indem sie immer weiterblätterte, sah er, wie zuletzt auf ihrem klaren Antlitz ein zartes Rot hervorbrach und es allmählich ganz überzog. Er wollte ihre Augen sehen; aber Elisabeth sah nicht auf und legte das Buch am Ende schweigend vor ihm hin.

„Gib es mir nicht so zurück!" sagte er.

Sie nahm ein braunes Reis aus der Blechkapsel. „Ich will dein Lieblingskraut hineinlegen", sagte sie und gab ihm das Buch in seine Hände. – –

Endlich kam der letzte Tag der Ferienzeit und der Morgen der Abreise. Auf ihre Bitte erhielt Elisabeth von der Mutter die Erlaubnis, ihren Freund an den Postwagen zu begleiten, der einige Straßen von ihrer Wohnung seine Station hatte. Als sie vor die Haustür traten, gab Reinhard ihr den Arm; so ging er schweigend neben dem schlanken Mädchen her. Je näher sie ihrem Ziele kamen, desto mehr war es ihm, er habe ihr, ehe er auf so lange Abschied nehme, etwas Notwendiges mitzuteilen – etwas, wovon aller Wert und alle Lieblichkeit seines künftigen Lebens abhänge, und doch konnte er sich des erlösenden Wortes nicht bewußt werden. Das ängstigte ihn; er ging immer langsamer.

„Du kommst zu spät", sagte sie, „es hat schon zehn geschlagen auf St. Marien."

Er ging aber darum nicht schneller. Endlich sagte er stammelnd: „Elisabeth, du wirst mich nun in zwei Jahren gar nicht sehen – – wirst du mich wohl noch ebenso lieb haben wie jetzt, wenn ich wieder da bin?"

Sie nickte und sah ihm freundlich ins Gesicht. – „Ich habe dich auch verteidigt", sagte sie nach einer Pause.

„Mich? Gegen wen hattest du das nötig?"

„Gegen meine Mutter. Wir sprachen gestern abend, als du weggegangen warst, noch lange über dich. Sie meinte, du seist nicht mehr so gut, wie du gewesen."

Reinhard schwieg einen Augenblick; dann aber nahm er ihre Hand in die seine, und indem er ihr ernst in ihre Kinderaugen blickte, sagte er: „Ich bin noch ebenso gut, wie ich gewesen bin; glaube du das nur fest! Glaubst du es, Elisabeth?"

„Ja", sagte sie. Er ließ ihre Hand los und ging rasch mit ihr durch die letzte Straße. Je näher ihm der Abschied kam, desto freudiger ward sein Gesicht; er ging ihr fast zu schnell.

„Was hast du, Reinhard?" fragte sie.

„Ich habe ein Geheimnis, ein schönes!" sagte er und sah sie mit leuchtenden Augen an. „Wenn ich nach zwei Jahren wieder da bin, dann sollst du es erfahren."

Mittlerweile hatten sie den Postwagen erreicht; es war noch eben Zeit genug. Noch einmal nahm Reinhard ihre Hand. „Leb wohl!" sagte er, „leb wohl, Elisabeth. Vergiß es nicht!"

Sie schüttelte mit dem Kopf. „Leb wohl!" sagte sie. Reinhard stieg hinein, und die Pferde zogen an.

Als der Wagen um die Straßenecke rollte, sah er noch einmal ihre liebe Gestalt, wie sie langsam den Weg zurückging.

Ein Brief

Fast zwei Jahre nachher saß Reinhard vor seiner Lampe zwischen Büchern und Papieren in Erwartung eines Freundes, mit welchem er gemeinschaftliche Studien übte. Man kam die Treppe herauf. „Herein!" – Es war die Wirtin. „Ein Brief für Sie, Herr Werner!" Dann entfernte sie sich wieder.

Reinhard hatte seit seinem Besuch in der Heimat nicht an Elisabeth geschrieben und von ihr keinen Brief mehr erhalten. Auch dieser war nicht von ihr; es war die Hand seiner Mutter. Reinhard brach und las, und bald las er folgendes:

„In Deinem Alter, mein liebes Kind, hat noch fast jedes

Jahr sein eigenes Gesicht; denn die Jugend läßt sich nicht ärmer machen. Hier ist auch manches anders geworden, was Dir wohl erstan weh tun wird, wenn ich Dich sonst recht verstanden habe. Erich hat sich gestern endlich das Jawort von Elisabeth geholt, nachdem er in dem letzten Vierteljahr zweimal vergebens angefragt hatte. Sie hat sich immer nicht dazu entschließen können; nun hat sie es endlich doch getan; sie ist auch noch gar so jung. Die Hochzeit soll bald sein, und die Mutter wird dann mit ihnen fortgehen."

Immensee

Wiederum waren Jahre vorüber. – Auf einem abwärts führenden schattigen Waldwege wanderte an einem warmen Frühlingsnachmittage ein junger Mann mit kräftigem, gebräuntem Antlitz. Mit seinen ernsten grauen Augen sah er gespannt in die Ferne, als erwarte er endlich eine Veränderung des einförmigen Weges, die jedoch immer nicht eintreten wollte. Endlich kam ein Karrenfuhrwerk langsam von unten herauf. „Holla! guter Freund", rief der Wanderer dem nebengehenden Bauer zu, „geht's hier recht nach Immensee?"

„Immer gradaus", antwortete der Mann und rückte an seinem Rundhute.

„Hat's denn noch weit bis dahin?"

„Der Herr ist dicht davor. Keine halbe Pfeif Tobak, so haben S' den See; das Herrenhaus liegt hart daran."

Der Bauer fuhr vorüber; der andere ging eiliger unter den Bäumen entlang. Nach einer Viertelstunde hörte ihm zur Linken plötzlich der Schatten auf; der Weg führte an einem Abhang, aus dem die Gipfel hundertjähriger Eichen nur kaum hervorragten. Über sie hinweg öffnete sich eine weite, sonnige Landschaft. Tief unten lag der See, ruhig, dunkelblau, fast ringsum von grünen, sonnbeschienenen Wäldern umgeben; nur an einer Stelle traten sie auseinander und gewährten eine tiefe Fernsicht, bis auch diese durch blaue Berge geschlossen wurde. Quer gegenüber, mitten in dem grünen Laub der Wälder, lag es wie Schnee darüber her; das waren blühende Obstbäume, und daraus hervor auf dem hohen Ufer erhob sich das Herrenhaus, weiß mit roten Ziegeln. Ein Storch flog vom Schornstein auf und kreiste langsam über dem Wasser. – „Immensee!" rief der Wanderer. Es war fast, als hätte er jetzt das Ziel seiner Reise erreicht; denn er stand unbeweglich und sah über die Gipfel der Bäume zu seinen Füßen hinüber ans andere

Ufer, wo das Spiegelbild des Herrenhauses leise schaukelnd auf dem Wasser schwamm. Dann setzte er plötzlich seinen Weg fort.

Es ging jetzt fast steil den Berg hinab, so daß die untenstehenden Bäume wieder Schatten gewährten, zugleich aber die Aussicht auf den See verdeckten, der nur zuweilen zwischen den Lücken der Zweige hindurchblitzte. Bald ging es wieder sanft empor, und nun verschwand rechts und links die Holzung; statt dessen streckten sich dichtbelaubte Weinhügel am Wege entlang; zu beiden Seiten desselben standen blühende Obstbäume voll summender, wühlender Bienen. Ein stattlicher Mann in braunem Überrock kam dem Wanderer entgegen. Als er ihn fast erreicht hatte, schwenkte er seine Mütze und rief mit heller Stimme: „Willkommen, willkommen, Bruder Reinhard! Willkommen auf Gut Immensee!"

„Gott grüß dich, Erich, und Dank für dein Willkommen!" rief ihm der andere entgegen.

Dann waren sie zueinander gekommen und reichten sich die Hände. „Bist du es denn aber auch?" sagte Erich, als er so nahe in das ernste Gesicht seines alten Schulkameraden sah.

„Freilich bin ich's, Erich, und du bist es auch; nur siehst du noch fast heiterer aus, als du schon sonst immer getan hast."

Ein frohes Lächeln machte Erichs einfache Züge bei diesen Worten noch um vieles heiterer. „Ja, Bruder Reinhard", sagte er, diesem noch einmal seine Hand reichend, „ich habe aber auch seitdem das große Los gezogen, du weißt es ja." Dann rieb er sich die Hände und rief vergnügt: „Das wird eine Überraschung! Den erwartet sie nicht, in alle Ewigkeit nicht!"

„Eine Überraschung?" fragte Reinhard. „Für wen denn?"

„Für Elisabeth."

„Elisabeth! Du hast ihr nicht von meinem Besuch gesagt?"

„Kein Wort, Bruder Reinhard; sie denkt nicht an dich, die Mutter auch nicht. Ich hab dich ganz im geheim verschrieben, damit die Freude desto größer sei. Du weißt, ich hatte immer so meine stillen Plänchen."

Reinhard wurde nachdenklich; der Atem schien ihm schwer zu werden, je näher sie dem Hofe kamen. An der linken Seite des Weges hörten nun auch die Weingärten auf und machten einem weitläufigen Küchengarten Platz, der sich bis fast an das Ufer des Sees hinabzog. Der Storch hatte sich mittlerweile niedergelassen und spazierte gravitätisch zwischen den Gemüsebeeten umher. „Holla!" rief Erich, in die Hände klatschend, „stiehlt mir der hochbeinige Ägypter schon wieder meine kurzen Erbsenstangen!" Der Vogel erhob sich langsam und flog auf das Dach eines neuen Gebäudes, das am Ende des Küchengartens lag und dessen Mauern mit aufgebundenen Pfirsich- und Aprikosenbäumen überzweigt waren. „Das ist die Spritfabrik", sagte Erich; „ich habe sie erst vor zwei Jahren angelegt. Die Wirtschaftsgebäude hat mein Vater selig neu aufsetzen lassen; das Wohnhaus ist schon von meinem Großvater gebaut worden. So kommt man immer ein bißchen weiter."

Sie waren bei diesen Worten auf einen geräumigen Platz gekommen, der an den Seiten durch die ländlichen Wirtschaftsgebäude, im Hintergrunde durch das Herrenhaus begrenzt wurde, an dessen beide Flügel sich eine hohe Gartenmauer anschloß; hinter dieser sah man die Züge dunkler Taxuswände, und hin und wieder ließen Syringenbäume ihre blühenden Zweige in den Hofraum hinunterhängen. Männer mit sonnen- und arbeitsheißen Gesichtern gingen über den Platz und grüßten die Freunde, während Erich dem einen und dem andern einen Auftrag oder eine Frage über ihr Tagewerk entgegenrief. – Dann hatten sie das Haus erreicht. Ein hoher, kühler Hausflur nahm sie auf, an dessen Ende sie links in einen etwas dunkleren Seitengang einbogen. Hier öffnete Erich eine Tür, und sie traten in einen geräumigen Gartensaal, der durch das Laubgedränge, welches die gegenüberliegenden Fenster bedeckte, zu beiden Seiten mit grüner Dämmerung erfüllt war; zwischen diesen aber ließen zwei hohe, weit geöffnete Flügeltüren den vollen Glanz der Frühlingssonne hereinfallen und gewährten die Aussicht in einen Garten mit gezirkelten Blumenbeeten und hohen steilen Laubwänden, geteilt durch einen graden breiten Gang, durch welchen man auf den See und weiter auf die gegenüberliegenden Wälder hinaussah. Als die Freunde hineintraten, trug die Zugluft ihnen einen Strom von Duft entgegen.

Auf einer Terrasse vor der Gartentür saß eine weiße, mädchenhafte Frauengestalt. Sie stand auf und ging den Eintretenden entgegen; aber auf halbem Wege blieb sie wie angewurzelt stehen und starrte den Fremden unbeweglich an. Er streckte ihr lächelnd die Hand entgegen. „Reinhard!" rief sie, „Reinhard! Mein Gott, du bist es! – Wir haben uns lange nicht gesehen."

„Lange nicht", sagte er und konnte nichts weiter sagen; denn als er ihre Stimme hörte, fühlte er einen feinen körperlichen Schmerz am Herzen, und wie er zu ihr aufblickte, stand sie vor ihm, dieselbe leichte zärtliche Gestalt, der er vor Jahren in seiner Vaterstadt Lebewohl gesagt hatte.

Erich war mit freudestrahlendem Antlitz an der Tür zurückgeblieben. „Nun, Elisabeth", sagte er, „gelt! den hättest du nicht erwartet, den in alle Ewigkeit nicht!"

Elisabeth sah ihn mit schwesterlichen Augen an. „Du bist so gut, Erich!" sagte sie.

Er nahm ihre schmale Hand liebkosend in die seinen. „Und nun wir ihn haben", sagte er, „nun lassen wir ihn so bald nicht wieder los. Er ist so lange draußen gewesen, wir wollen ihn wieder heimisch machen. Schau nur, wie fremd und vornehm er aussehen worden ist."

Ein scheuer Blick Elisabeths streifte Reinhards Antlitz. „Es ist nur die Zeit, die wir nicht beisammen waren", sagte er.

In diesem Augenblick kam die Mutter mit einem Schlüsselkörbchen am Arm zur Tür herein. „Herr Werner", sagte sie, als sie Reinhard erblickte, „ei, ein ebenso lieber als unerwarteter Gast." – Und nun ging die Unterhaltung in Fragen und Antworten ihren ebenen Tritt. Die Frauen setzten sich zu ihrer Arbeit, und während Reinhard die für ihn bereiteten Erfrischungen genoß, hatte Erich einen soliden Meerschaumkopf angebrannt und saß dampfend und diskurrierend an seiner Seite.

Am andern Tage mußte Reinhard mit ihm hinaus; auf die Äcker, in die Weinberge, in den Hopfengarten, in die Spritfabrik. Es war alles wohlbestellt: die Leute, welche auf dem Felde und bei den Kesseln arbeiteten, hatten alle ein gesundes und zufriedenes Aussehen. Zu Mittag kam die Familie im Gartensaal zusammen, und der Tag wurde dann, je nach der Muße der Wirte, mehr oder minder gemeinschaftlich verlebt. Nur die Stunden vor dem Abendessen, wie die ersten des Vormittags, blieb Reinhard arbeitend auf seinem Zimmer. Er hatte seit Jahren, wo er deren habhaft werden konnte, die im Volke lebenden Reime und Lieder gesammelt und ging nun daran, seinen Schatz zu ordnen und womöglich mit neuen Aufzeichnungen aus der Umgegend zu vermehren. – Elisabeth war zu allen Zeiten sanft und freundlich; Erichs immer gleichbleibende Aufmerksamkeit nahm sie mit einer fast demütigen Dankbarkeit auf, und Reinhard dachte mitunter, das heitere Kind von ehedem habe wohl eine weniger stille Frau versprochen.

Seit dem zweiten Tage seines Hierseins pflegte er abends einen Spaziergang an dem Ufer des Sees zu machen. Der Weg führte hart unter dem Garten vorbei. Am Ende desselben, auf einer vorspringenden Bastei, stand eine Bank unter hohen Birken; die Mutter hatte sie die Abendbank getauft, weil der Platz gegen Abend lag und des Sonnenuntergangs halber um diese Zeit am meisten benutzt wurde. – Von einem Spaziergange auf diesem Wege kehrte Reinhard eines Abends zurück, als er vom Regen überrascht wurde. Er suchte Schutz unter einer am Wasser stehenden Linde; aber die schweren Tropfen schlugen bald durch die Blätter. Durchnäßt, wie er war, ergab er sich darein und setzte langsam seinen Rückweg fort. Es war fast dunkel; der Regen fiel immer dichter. Als er sich der Abendbank näherte, glaubte er zwischen den schimmernden Birkenstämmen eine weiße Frauengestalt zu unterscheiden. Sie stand unbeweglich und, wie er beim Näherkommen zu erkennen meinte, zu ihm hingewandt, als wenn sie jemanden erwarte. Er glaubte, es sei Elisabeth. Als er aber rascher zuschritt, um sie zu erreichen und dann mit ihr zusammen durch den Garten ins Haus zurückzukehren, wandte sie sich langsam ab und verschwand in die dunklen Seitengänge. Er konnte das nicht reimen; er war aber fast zornig auf Elisabeth, und dennoch zweifelte er, ob sie es gewesen sei; aber er scheute sich, sie danach zu fragen; ja, er ging bei seiner Rückkehr nicht in den Gartensaal, nur um Elisabeth nicht etwa durch die Gartentür hereintreten zu sehen.

Meine Mutter hat's gewollt

Einige Tage nachher, es ging schon gegen Abend, saß die Familie, wie gewöhnlich um diese Zeit, im Gartensaal zusammen. Die Türen standen offen; die Sonne war schon hinter den Wäldern jenseits des Sees.

Reinhard wurde um die Mitteilung einiger Volkslieder gebeten, welche er am Nachmittage von einem auf dem Lande wohnenden Freunde geschickt bekommen hatte. Er ging auf sein Zimmer und kam gleich darauf mit einer Papierrolle zurück, welche aus einzelnen sauber geschriebenen Blättern zu bestehen schien.

Man setzte sich an den Tisch, Elisabeth an Reinhards Seite. „Wir lesen auf gut Glück", sagte er, „ich habe sie selber noch nicht durchgesehen."

Elisabeth rollte das Manuskript auf. „Hier sind Noten", sagte sie, „das mußt du singen, Reinhard."

Und dieser las nun zuerst einige Tiroler Schnaderhüpferl, indem er beim Lesen je zuweilen die lustige Melodie mit halber Stimme anklingen ließ. Eine allgemeine Heiterkeit bemächtigte sich der kleinen Gesellschaft. „Wer hat doch aber die schönen Lieder gemacht?" fragte Elisabeth.

„Ei", sagte Erich, „das hört man den Dingern schon an; Schneidergesellen und Friseure und derlei luftiges Gesindel."

Reinhard sagte: „Sie werden gar nicht gemacht; sie wachsen, sie fallen aus der Luft, sie fliegen über Land wie Mariengarn, hierhin und dorthin, und werden an tausend Stellen zugleich gesungen. Unser eigenstes Tun und Leiden finden wir in diesen Liedern; es ist, als ob wir alle an ihnen mitgeholfen hätten.“

Er nahm ein anderes Blatt: „Ich stand auf hohen Bergen . . .“

„Das kenne ich!“ rief Elisabeth. „Stimme nur an, Reinhard, ich will dir helfen.“ Und nun sangen sie jene Melodie, die so rätselhaft ist, daß man nicht glauben kann, sie sei von Menschen erdacht worden; Elisabeth mit ihrer etwas verdeckten Altstimme dem Tenor sekundierend.

Die Mutter saß inzwischen emsig an ihrer Näherei. Erich hatte die Hände ineinandergelegt und hörte andächtig zu. Als das Lied zu Ende war, legte Reinhard das Blatt schweigend beiseite. – Vom Ufer des Sees herauf kam durch die Abendstille das Geläute der Herdenglocken; sie horchten unwillkürlich; da hörten sie eine klare Knabenstimme singen:

Ich stand auf hohen Bergen
Und sah ins tiefe Tal . . .

Reinhard lächelte: „Hört ihr es wohl? So geht's von Mund zu Mund.“

„Es wird oft in dieser Gegend gesungen“, sagte Elisabeth.

„Ja“, sagte Erich, „es ist der Hirtenkaspar; er treibt die Starken heim.“

Sie horchten noch eine Weile, bis das Geläute oben hinter den Wirtschaftsgebäuden verschwunden war. „Das sind Urtöne“, sagte Reinhard; „sie schlafen in Waldesgründen; Gott weiß, wer sie gefunden hat.“

Er zog ein neues Blatt heraus.

Es war schon dunkler geworden; ein roter Abendschein lag wie Schaum auf den Wäldern jenseit des Sees. Reinhard rollte das Blatt auf, Elisabeth legte an der einen Seite ihre Hand darauf und sah mit hinein. Dann las Reinhard:

Meine Mutter hat's gewollt,
Den andern ich nehmen sollt;
Was ich zuvor besessen,
Mein Herz sollt es vergessen;
Das hat es nicht gewollt.

Meine Mutter klag ich an,
Sie hat nicht wohlgetan;
Was sonst in Ehren stünde,
Nun ist es worden Sünde.
Was fang ich an!

Für all mein Stolz und Freud
Gewonnen hab ich Leid.
Ach, wär das nicht geschehen,
Ach, könnt ich betteln gehen
Über die braune Heid!

Während des Lesens hatte Reinhard ein unmerkliches Zittern des Papiers empfunden; als er zu Ende war, schob Elisabeth leise ihren Stuhl zurück und ging schweigend in den Garten hinab. Ein Blick der Mutter folgte ihr. Erich wollte nachgehen; doch die Mutter sagte: „Elisabeth hat draußen zu tun." So unterblieb es.

Draußen aber legte sich der Abend mehr und mehr über Garten und See, die Nachtschmetterlinge schossen surrend an den offenen Türen vorüber, durch welche der Duft der Blumen und Gesträuche immer stärker hereindrang; vom Wasser herauf kam das Geschrei der Frösche, unter den Fenstern schlug eine Nachtigall, tiefer im Garten eine andere; der Mond sah über die Bäume. Reinhard blickte noch eine Weile auf die Stelle, wo Elisabeths feine Gestalt zwischen den Laubgängen verschwunden war; dann rollte er sein Manuskript zusammen, grüßte die Anwesenden und ging durchs Haus an das Wasser hinab.

Die Wälder standen schweigend und warfen ihr Dunkel weit auf den See hinaus, während die Mitte desselben in schwüler Mondesdämmerung lag. Mitunter schauerte ein leises Säuseln durch die Bäume; aber es war kein Wind, es war nur das Atmen der Sommernacht. Reinhard ging immer am Ufer entlang. Einen Steinwurf vom Lande konnte er eine weiße Wasserlilie erkennen. Auf einmal wandelte ihn die Lust an, sie in der Nähe zu sehen; er warf seine Kleider ab und stieg ins Wasser. Es war flach, scharfe Pflanzen und Steine schnitten ihn an den Füßen, und er kam immer nicht in die zum Schwimmen nötige Tiefe. Dann war es plötzlich unter ihm weg, die Wasser quirlten über ihm zusammen, und es dauerte eine Zeitlang, ehe er wieder auf die Oberfläche kam. Nun regte er Hand und Fuß und schwamm im Kreise umher, bis er sich bewußt geworden, von wo er hineingegangen war. Bald sah er auch die Lilie wieder; sie lag einsam zwischen den großen blanken Blättern. – Er schwamm langsam hinaus und hob mitunter die Arme aus dem Wasser, daß die herabrieselnden Tropfen im Mondlicht blitzten; aber es war, als ob die Entfernung zwischen ihm und der Blume dieselbe bliebe; nur das Ufer lag, wenn er sich umblickte, in immer ungewisserem Dufte hinter ihm. Er gab indes sein Unternehmen nicht auf, sondern schwamm rüstig in derselben Richtung fort. Endlich war er der Blume so nahe gekommen, daß er die silbernen Blätter deutlich im Mondlicht unterscheiden konnte; zugleich aber fühlte er sich wie in einem Netze verstrickt; die glatten Stengel langten vom Grunde herauf und rankten sich an seine nackten Glieder. Das unbekannte Wasser lag so schwarz um ihn her, hinter sich hörte er das Springen eines Fisches; es wurde ihm plötzlich so unheimlich in dem fremden Elemente, daß er mit Gewalt das Gestrick der Pflanzen zerriß und in atemloser Hast dem Lande zuschwamm. Als er von hier auf den See zurückblickte, lag die Lilie wie zuvor fern und einsam über der dunklen Tiefe. – Er kleidete sich an und ging langsam nach Hause zurück. Als er aus dem Garten in den Saal trat, fand er Erich und die Mutter in den Vorbereitungen einer kleinen Geschäftsreise, welche am andern Tage vor sich gehen sollte.

„Wo sind denn Sie so spät in der Nacht gewesen?“ rief ihm die Mutter entgegen.

„Ich?“ erwiderte er; „ich wollte die Wasserlilie besuchen; es ist aber nichts daraus geworden.“

„Das versteht wieder einmal kein Mensch!“ sagte Erich. „Was Tausend hattest du denn mit der Wasserlilie zu tun?“

„Ich habe sie früher einmal gekannt“, sagte Reinhard; „es ist aber schon lange her.“

Elisabeth

Am folgenden Nachmittag wanderten Reinhard und Elisabeth jenseit des Sees, bald durch die Holzung, bald auf dem hohen vorspringenden Uferrande. Elisabeth hatte von Erich den Auftrag erhalten, während seiner und der Mutter Abwesenheit Reinhard mit den schönsten Aussichten der nächsten Umgegend, namentlich von der andern Uferseite auf den Hof selber, bekannt zu machen. Nun gingen sie von einem Punkt zum andern. Endlich wurde Elisabeth müde und setzte sich in den Schatten überhängender Zweige, Reinhard stand ihr gegenüber an einen Baumstamm gelehnt; da hörte er tiefer im Walde den Kuckuck rufen, und es kam ihm plötzlich, dies alles sei schon einmal ebenso gewesen. Er sah sie seltsam lächelnd an. „Wollen wir Erdbeeren suchen?“ fragte er.

„Es ist keine Erdbeerenzeit“, sagte sie.

„Sie wird aber bald kommen.“

Elisabeth schüttelte schweigend den Kopf; dann stand sie auf, und beide setzten ihre Wanderung fort; und wie sie so an seiner Seite ging, wandte sein Blick sich immer wieder nach ihr hin; denn sie ging schön, als wenn sie von ihren Kleidern getragen würde. Er blieb oft unwillkürlich einen Schritt zurück, um sie ganz und voll ins Auge fassen zu können. So kamen sie an einen freien, heidebewachsenen Platz mit einer weit ins Land reichenden Aussicht. Reinhard bückte sich und pflückte etwas von den am Boden wachsenden Kräutern. Als er wieder aufsah, trug sein Gesicht den Ausdruck leidenschaftlichen Schmerzes. „Kennst du diese Blume?“ sagte er.

Sie sah ihn fragend an. „Es ist eine Erika. Ich habe sie oft im Walde gepflückt.“

„Ich habe zu Hause ein altes Buch“, sagte er; „ich pflegte sonst allerlei Lieder und Reime hineinzuschreiben; es ist aber lange nicht mehr geschehen. Zwischen den Blättern liegt auch eine Erika; aber es ist nur eine verwelkte. Weißt du, wer sie mir gegeben hat?“

Sie nickte stumm; aber sie schlug die Augen nieder und sah nur auf das Kraut, das er in der Hand hielt. So standen sie lange.

Als sie die Augen gegen ihn aufschlug, sah er, daß sie voll Tränen waren.

„Elisabeth", sagte er, „hinter jenen blauen Bergen liegt unsere Jugend. Wo ist sie geblieben?"

Sie sprachen nichts mehr; sie gingen stumm nebeneinander zum See hinab. Die Luft war schwül, im Westen stieg schwarzes Gewölk auf. „Es wird Gewitter", sagte Elisabeth,

indem sie ihren Schritt beeilte. Reinhard nickte schweigend, und beide gingen rasch am Ufer entlang, bis sie ihren Kahn erreicht hatten.

Während der Überfahrt ließ Elisabeth ihre Hand auf dem Rande des Kahnes ruhen. Er blickte beim Rudern zu ihr hinüber; sie aber sah an ihm vorbei in die Ferne. So glitt sein Blick herunter und blieb auf ihrer Hand; und diese blasse Hand verriet ihm, was ihr Antlitz ihm verschwiegen hatte. Er sah auf ihr jenen feinen Zug geheimen Schmerzes, der sich so gern schöner Frauenhände bemächtigt, die nachts auf krankem Herzen liegen. – Als Elisabeth sein

Auge auf ihrer Hand ruhen fühlte, ließ sie sie langsam über Bord ins Wasser gleiten.

Auf dem Hofe angekommen, trafen sie einen Scherenschleiferkarren vor dem Herrenhause; ein Mann mit schwarzen niederhängenden Locken trat emsig das Rad und summte eine Zigeunermelodie zwischen den Zähnen, während ein eingeschirrter Hund schnaufend daneben lag. Auf dem Hausflur stand in Lumpen gehüllt ein Mädchen mit verstörten schönen Zügen und streckte bettelnd die Hand gegen Elisabeth aus.

Reinhard griff in seine Tasche; aber Elisabeth kam ihm zuvor und schüttete hastig den ganzen Inhalt ihrer Börse in die offene Hand der Bettlerin. Dann wandte sie sich eilig ab, und Reinhard hörte, wie sie schluchzend die Treppe hinaufging.

Er wollte sie aufhalten, aber er besann sich und blieb an der Treppe zurück. Das Mädchen stand noch immer auf dem Flur, unbeweglich, das empfangene Almosen in der Hand. „Was willst du noch?" fragte Reinhard.

Sie fuhr zusammen. „Ich will nichts mehr", sagte sie; dann, den Kopf nach ihm zurückwendend, ihn anstarrend mit den verirrten Augen, ging sie langsam gegen die Tür. Er rief einen Namen aus, aber sie hörte es nicht mehr; mit gesenktem Haupte, mit über der Brust gekreuzten Armen schritt sie über den Hof hinab.

Sterben, ach sterben
Soll ich allein!

Ein altes Lied brauste ihm ins Ohr, der Atem stand ihm still; eine kurze Weile, dann wandte er sich ab und ging auf sein Zimmer.

Er setzte sich hin, um zu arbeiten, aber er hatte keine Gedanken. Nachdem er es eine Stunde lang vergebens versucht hatte, ging er ins Familienzimmer hinab. Es war niemand da, nur kühle grüne Dämmerung; auf Elisabeths Nähtisch lag ein rotes Band, das sie am Nachmittag um den Hals getragen hatte. Er nahm es in die Hand, aber es tat ihm weh, und er legte es wieder hin. Er hatte keine Ruhe, er ging an den See hinab und band den Kahn los; er ruderte hinüber und ging noch einmal alle Wege, die er kurz vorher mit Elisabeth zusammen gegangen war. Als er wieder nach Hause kam, war es dunkel; auf dem Hofe begegnete ihm der Kutscher, der die Wagenpferde ins Gras bringen wollte; die Reisenden waren eben zurückgekehrt. Bei seinem Eintritt in den Hausflur hörte er Erich im Gartensaal auf und ab schreiten. Er ging nicht zu ihm hinein; er stand einen Augenblick still und stieg dann leise die Treppe hinauf nach seinem Zimmer. Hier setzte er sich in den Lehnstuhl ans Fenster; er tat vor sich selbst, als wolle er die Nachtigall hören, die unten in den Taxuswänden schlug; aber er hörte nur den Schlag seines eigenen Herzens. Unter ihm im Hause ging alles zur Ruh, die Nacht verrann, er fühlte es nicht. – So saß er stundenlang. Endlich stand er auf und legte sich ins offene Fenster. Der Nachttau rieselte zwischen den Blättern, die Nachtigall hatte aufgehört zu schlagen. Allmählich wurde auch das tiefe Blau des Nachthimmels von Osten her durch einen blaßgelben Schimmer verdrängt; ein frischer Wind erhob sich und streifte Reinhards heiße Stirn; die erste Lerche stieg jauchzend in die Luft. – Reinhard kehrte sich plötzlich um und trat an den Tisch; er tappte nach einem Bleistift, und als er diesen gefunden, setzte er sich und schrieb damit einige Zeilen auf einen weißen Bogen Papier. Nachdem er hiermit fertig war, nahm er Hut und Stock, und das Papier zurücklassend, öffnete er behutsam die Tür und stieg in den Flur hinab. – Die Morgendämmerung ruhte noch in allen Winkeln; die große Hauskatze dehnte sich auf der Strohmatte und sträubte den Rücken gegen seine Hand, die er ihr gedankenlos entgegenhielt. Draußen im Garten aber priesterten schon die Sperlinge von den Zweigen und sagten es allen, daß die Nacht vorbei sei. Da hörte er oben im Hause eine Tür gehen; es kam die Treppe herunter, und als er aufsah, stand Elisabeth vor ihm. Sie legte die Hand auf seinen Arm, sie bewegte die Lippen, aber er hörte keine Worte. „Du kommst nicht wieder“, sagte sie endlich. „Ich weiß es, lüge nicht; du kommst nie wieder.“

„Nie“, sagte er. Sie ließ die Hand sinken und sagte nichts mehr. Er ging über den Flur der Tür zu; dann wandte er sich noch einmal. Sie stand bewegungslos an derselben Stelle und sah ihn mit toten Augen an. Er tat einen Schritt vorwärts und streckte die Arme nach ihr aus. Dann kehrte er sich gewaltsam ab und ging zur Tür hinaus. – Draußen lag die Welt im frischen Morgenlichte, die Tauperlen, die in den Spinngeweben hingen, blitzten in den ersten Sonnenstrahlen. Er sah nicht rückwärts; er wanderte rasch hinaus; und mehr und mehr versank hinter ihm das stille Gehöft, und vor ihm auf stieg die große weite Welt. – – –

Der Alte

Der Mond schien nicht mehr in die Fensterscheiben, es war dunkel geworden; der Alte aber saß noch immer mit gefalteten Händen in seinem Lehnstuhl und blickte vor sich hin in den Raum des Zimmers. Allmählich verzog sich vor seinen Augen die schwarze Dämmerung um ihn her zu einem breiten dunkeln See; ein schwarzes Gewässer legte sich hinter das andere, immer tiefer und ferner, und auf dem letzten, so fern, daß die Augen des Alten sie kaum erreichten, schwamm einsam zwischen breiten Blättern eine weiße Wasserlilie.

Die Stubentür ging auf, und ein heller Lichtstrahl fiel ins Zimmer. „Es ist gut, daß Sie kommen, Brigitte“, sagte der Alte. „Stellen Sie das Licht nur auf den Tisch.“

Dann rückte er auch den Stuhl zum Tische, nahm eins der aufgeschlagenen Bücher und vertiefte sich in Studien, an denen er einst die Kraft seiner Jugend geübt hatte.

Beim Vetter Christian

Mein Vetter Christian hatte wirklich schon mit zwanzig Jahren seine schönen blauen Augen; und doch behaupteten die Mädchen, Hand aufs Herz, daß sie ihnen völlig ungefährlich seien. Das aber kam daher, weil derzeit, was allerdings in solchem Alter selten vorkommt, die Elektrizität derselben noch gebunden war; und die Ursache hiervon lag wiederum darin, daß nach des Vaters frühem Tode der Vetter zwischen zwei so überwiegend energischen Frauennaturen aufgewachsen und nach kurzen und fleißig benutzten Universitätsjahren wieder in ihre Obhut zurückgekehrt war.

Die eine derselben, seine Mutter – Gott habe sie selig! – meine gute Tante Jette, hat auch mich als Knaben einmal unter ihrer rührigen Hand gehabt, als Christian und ich uns von ihren großen Schattenmorellen eine Limonade gegen den heißen Sommerdurst bereitet hatten; der andern verstand ich kunstvoll aus dem Wege zu gehen. Es war dies „die alte Karoline", welche in schon betagter Jungfräulichkeit als Kindsmagd bei dem kleinen Christian ihren Dienst im Hause angetreten, sich hier nach unbekannt gebliebenen sonstigen Versuchen noch zweimal, wiewohl ohne den gewöhnlich dabei beabsichtigten Erfolg, verlobt hatte und schließlich, nach des Hausherrn Tode, als Magd für alles in der Familie hängengeblieben war. Die Auflösung jener Verlöbnisse sollte lediglich durch die allzu große Tüchtigkeit der Braut herbeigeführt sein, wovor, trotz des annehmlichen und bekannten Barvermögens derselben, sowohl der letzte als der vorletzte Bräutigam zurückgeschreckt waren, welche aber demnächst bei ihrer Herrin eine desto dauerhaftere und erhebendere Anerkennung gefunden hatte.

Meine Tante Jette besaß nach ihres Mannes Tode nur ein schmales Einkommen, aber ein großes Haus. Sie hätte leicht von den leerstehenden Zimmern vermieten können; allein sie gehörte zu den alten Geschlechtern; das ging denn doch nicht wohl. Zum Glück wurde Christian als Kollaborator an unserer Gelehrtenschule angestellt und bezog nun die oberen Zimmer, welche einst von seinem Vater bewohnt gewesen waren. Im übrigen blieb der Hausstand unverändert; Karoline wollte lieber auch für ihren Doktor die Arbeit mittun, als noch so ein junges, flusiges Ding neben sich herumdammeln sehen.

Allein bald nach dem Amtsantritt ihres Sohnes begann Tante Jette zu kränkeln und konnte es sich endlich nicht mehr verhehlen, daß sie das rüstige Leben, das lustige Scheuern und Polieren, das Kochen und Einmachen mit der für sie in keiner Weise passenden ewigen Ruhe werde zu vertauschen haben. Als resolute Frau tat sie indessen auch hier, was not war. Täglich gab sie jetzt ihrem Kollaborator eine Unterrichtsstunde in der praktischen Weisheit ihres Lebens, und der getreue Sohn, wenn er danach in sein Studierzimmer getreten war, unterließ nicht, diese letzten mütterlichen Ratschläge in sauberer Reinschrift zu Papier zu bringen, bis er bemerkte, daß der Zyklus geschlossen und er nach dem Ende wieder in den Anfang hineinzugeraten beginne. Am letzten Tage vor ihrem Ende aber fügte Tante Jette ihren Vorträgen noch gleichsam einen Epilog hinzu. „Und, Christian", sagte sie und legte alle noch übrige Kraft in ihre Stimme, „daß du mir die alte Karoline nicht von dir lässest! Die Leute sagen zwar, sie sei ein Drache; mir aber, wenn es doch einmal auf einen Vergleich hinaus soll, scheint sie, mit ihren runden Augen in dem breiten Kopfe und den Borstenhärchen unter der krummen Nase, mehr einem alten Schuhu ähnlich zu sein; und du weißt es, daß dieser Vogel in dem Haushalt der Natur eine nicht geringe Stelle einnimmt."

Und als der Vetter sie zwar ehrerbietig, aber doch mit etwas zweifelhaften Augen anblickte, setzte sie hinzu: „Nein, nein, Christian; glaub mir's, du brauchst eine, die dir die Mäuse wegfängt; und die alte Karoline wird das schon besorgen."

– – So war denn die Alte auch nach der Mutter Tode im Hause verblieben, und ihr junger Herr befand sich leidlich wohl dabei. Denn in der Tat – wovon er freilich keine Ahnung hatte – sie pracherte mit Hökern und Gemüseweibern um den letzten Dreiling, sie wußte verschämte Bettler und unverschämte in Wein reisende Juden schon auf dem Hausflur abzufangen; die Bauern, die zur Stadt kamen und die Städter mit ihrem Torf betrogen, fürchteten die Alte mehr als ihren Landvogt.

Zwar wenn der Doktor, was ihm wohl geschehen konnte, sich auf seinem Spaziergang nach der Klasse über die Mittagszeit hinaus verspätet hatte, so wurden wohl die Stubentüren etwas härter als nötig zugeschlagen; auch flog wohl einmal nach der Suppe der Bratenteller auf den Tisch, als sei es Trumpf-As, das die alte Karoline vor ihm ausspielte; aber der Vetter hörte das sowenig wie der Mietsmann eines Bäckers das Geklapper der Beutelmaschine; er befand sich im Geiste vielleicht eben auf dem Markte zu Athen und lauschte der donnernden Philippika des jungen Demosthenes, gegen den offenbar die alte Karoline nicht in Betracht kommen konnte.

Da, nach Verlauf einiger Jahre, geschah es, daß dem Doktor zweierlei in den Schoß fiel: das Subrektorat seiner Gelehrtenschule und eine Erbschaft von einer seiner vielen Tanten. Hatte er, dank seinem Hausdrachen, schon vorher ein hübsches Sümmchen von seinen Einkünften zurücklegen müssen, so wußte er jetzt vollends nicht mehr, wohin damit. Das machte ihn unruhig. Er ging in seinem großen Hause umher: unten in das Wohnzimmer, wo Tisch und Stühle, die Bilder an der Wand, alles noch so war wie zu Lebzeiten der Mutter; in die daneben liegenden Räume, die seit des Vaters Tode unbenutzt gestanden, in das Eßzimmer, dann in das kleinere Spielzimmer. Das Bild seines Vaters, des milden braunlockigen Mannes, war ihm mit einem Mal so gegenwärtig; dabei sah er sich selbst als Knaben, im grauen Habit mit runden Perlmutterknöpfchen; er half seinem Vater den Tabak für die Gäste mischen und rote und grüne Federposen auf die Kalkpfeifen setzen, wobei oft eine linde Hand liebkosend über seine Haare strich. – Ihn überfiel, und stärker mit jedem Mal, daß er hier verweilte, eine Sehnsucht, diese Räume aufs neue zu beleben, wenn auch die Toten nicht mehr zu erwecken seien. Die Sippschaft in der Stadt war noch so groß; fast jede Woche mußte er zu irgendeiner Familiengesellschaft, war es nun in den Häusern der Verwandten oder sommers in deren Gärten vor der Stadt. Wie hübsch mußte es sein, wie einst sein Vater es getan, sie alle auch nun seinerseits im eigenen Hause zu bewirten! Indessen – das war sonnenklar – die alte Karoline allein vermochte das doch nicht zu leisten.

Der Vetter resolvierte sich kurz und ging zu der Großtante, der alten Frau Bürgermeisterin; und diese, nachdem er seine Sache vorgetragen, empfahl ihm zuerst eine Witwe, die eben ihren dritten Mann begraben, und dann eine reife Jungfrau, welcher – es war himmelschreiende Sünde – die Vorsteher schon wieder den Platz im St.-Jürgens-Stifte abgeschlagen hatten. Da der Vetter jedoch bedachte, daß es in seinem Hause eigentlich an einer Karoline genug sei, so beschloß er, zuvor noch die Meinung seines Onkels, des Senators, einzuholen.

Und in der Tat: der Onkel wußte Besseres zu raten.

„Ich empfehle dir", sagte er, „mein Patchen, die kleine Julie Hennefeder; ihr Vater – du weißt, unser alter Kontorist – war so etwas von einem Tausendkünstler, er war der ‚Hans Michel in de Lämmer-Lämmerstraat'; er konnte machen, was er sah, ein ‚Fleuteken' so gut wie einen ‚Napoleon', und trotzdem blieb er hintenum in seiner Lämmerstraße sitzen. Die Witwe hat es knapp, und ich weiß, daß sie sich schon nach einem soliden Platz für ihre Tochter umgesehen hat. Das wäre ja denn so bei dir, Christian! Übrigens, das Mädchen sieht keineswegs aus, als wenn ihr Familienname für sie erfunden wäre; im Gegenteil, sie ist ein schmuckes, voll ausgewachsenes Menschenkind und soll überdies so manches von der Kunstfertigkeit ihres Vaters ererbt haben, was sich auch besser für ein Hausfrauchen als für einen alten Kontoristen schicken mag."

Und so setzte denn, als eben Goldregen und Syringen im Garten des Vetters sich zum Blühen anschickten, ein braunes, rosiges Mädchen zum ersten Mal den Fuß über die Schwelle seines Hauses; und der Vetter konnte nicht begreifen, weshalb auch drinnen die alten Wände plötzlich zu leuchten begannen. Erst später meinte er bei sich selber, es sei der Strahl von Güte, der aus diesen jungen Augen gehe. Die Großtante freilich schüttelte etwas den Kopf über diese gar so jugendliche Haushälterin, und womit die alte Karoline geschüttelt, das hat der Vetter niemals offenbaren wollen.

Julie war keine schlanke Idealgestalt; sie war lieblich und rundlich, flink und behaglich, ein geborenes Hausmütterchen, unter deren Hand sich die Dinge geräuschlos, wie von selber, ordneten. Dabei, wenn ihr so recht etwas gelungen war, konnte sie sich oft einer jugendlichen Unbeholfenheit nicht erwehren; fast als habe sie für ihre Geschicklichkeit um Entschuldigung zu bitten. Ja, als einmal der Vetter ein lautes Wort des Lobes nicht zurückhalten konnte, sah er zu seinem Schrecken das Mädchen plötzlich wie mit Blut übergossen vor sich stehen, und ganz deutlich glaubte er: „O bitte, wenn Sie nichts dagegen haben!“ die buchstäblichen Worte aus ihrem Munde zu vernehmen. In Wirklichkeit freilich hatte er sie nicht gehört; es war nur eine Konjektur, die er aus den braunen Augen herausgelesen hatte.

Als er es später dem Onkel Senator bei einer Nachmittagspfeife anvertraute, nickte dieser und meinte lächelnd, das sei eine Inschrift, züchtig, süß und bescheiden und wohl passend für ein junges Mädchenangesicht.

Und wie von selber belebten sich die öden Räume des Hauses. Die Fenster füllten sich mit Blumen, und unten vom Wohnzimmer in das Treppenhaus hinauf klang morgens der helle Schlag eines Kanarienvogels; aber ebenso lag auch das Tüchelchen bereit, um ihn zum Schweigen zu bringen, wenn der Herr Doktor noch beim Morgenkaffee seine Pensa durchnahm. Der Onkel, der jetzt öfter bei dem Vetter einsah, behauptete, das ganze Haus habe eine Wendung weiter nach der Sonnenseite hin gemacht.

Selbst die alte Karoline stand eines Tages mit eingestemmten Armen und sah den kunstfertigen Händen der „Mamsell“ zu, die eben den Studiersessel des Doktors neu gepolstert hatte und nun so flink einen blanken Nagel um den andern einschlug. Freilich, als sie sich darauf ertappte, trabte sie eilig in ihre Küche zurück, scheltend über sich selbst und über die fingerfixe Person, die dem Nachbar Sattler das Brot vor dem Munde wegnehme.

Je weniger aber die alte Jungfrau die Tüchtigkeit und die ruhige Freundlichkeit des Mädchens verkennen konnte, desto schärfer spähte sie nach allen Seiten aus, und bald konnte man sie gegen die Mittagsstunde zwischen ihrem Feuerherd und der auf dem Flur stehenden Hausuhr unruhig auf und ab wandern sehen. Es war unzweifelhaft, der Doktor kam niemals mehr zu spät von seinem Mittagsspaziergang; ja er sah oft ganz erhitzt aus, wenn er anlangte; er mußte schier gerannt sein, um nur die rechte Stunde nicht zu verfehlen. Um ihretwillen, die sie ihn doch auf diesen ihren Armen getragen hatte, war noch niemals ein Tropfen Schweiß vergossen worden!

Die Lippen der Alten begannen vor sich hinzuplappern: sie schluckte, als könne sie es nicht hinunterwürgen.

Es war augenscheinlich, die Küche hatte jene Sonnenwendung des übrigen Hauses nicht mitgemacht.

Inzwischen gingen die Jahreszeiten ihren Gang. Die Rosen im Garten hatten ausgeblüht; Hülsenfrüchte und Spargel waren nicht nur abgeerntet, es stand auch ein gut Teil davon in blanken Konserven in der Vorratskammer; daneben reihten sich sorgsam verpichte Flaschen, voll von Stachelbeeren und von jenen saftreichen Schattenmorellen, deren beliebiger Verwendung jetzt nichts mehr im Wege stand.

Beim Brechen des Kernobstes, das der Garten in den feinsten Arten hervorbrachte, leistete diesmal der Vetter selbst den besten Mann. Kühn wie ein Knabe holte er die großen Gravensteiner Äpfel von den höchsten Zweigen. Von draußen guckten die Nachbarsbuben mit gierigen Augen über die Planke und riefen in ihrem Plattdeutsch: „Lat mi helpen, lat mi helpen! Ick kann ganz baben in de Tipp!“ – Aber der Vetter brauchte die Buben gar nicht, er konnte sich allein helfen. Dagegen, in der Freude seines Herzens, warf er oftmals einen Apfel zwischen sie, worüber denn jenseit der Planke ein lustiges Gebalge sich erhob; die schönsten aber, die mit den rotgestreiften Wangen, flogen zu seiner jungen Wirtschafterin hinab, die mit vorgehaltener Schürze unter dem Baume stand. Nur war sie heute nicht geschickt wie sonst; denn ihre Augen folgten dem Vetter ängstlich auf die schwankenden Zweige, und ein etwas größerer Apfel schlug ihr fast jedesmal den Schürzenzipfel aus der Hand. Bei dem Bücken nach rechts und links waren die schweren Haarflechten ihr herabgeglitten und hingen lose in den Nacken; nun, da der Äpfel noch immer mehr auf sie zuflogen, bat sie flehentlich um Gnade.

„Christian, mein Junge!" erscholl jetzt plötzlich die Stimme des Onkel Senators, der eben in den Garten getreten war. „Wo steckst du denn? – Beim Gott Merkurius! du scheinst nachgerade nun so jung zu werden, wie du es deinem Taufschein schuldig bist! Aber weißt du denn, daß es eben zwei vom Turme geschlagen hat?"

Da flog noch ein Apfel glücklich in Juliens Schürze; dann kam der Vetter selbst zur ebenen Erde. In der Tat, er hätte fast die Klassenzeit versäumt; ja, noch immer waren seine Gedanken in den grünen Zweigen. „Was meinen Sie, Fräulein Julie", sagte er und strich sich die gelben Blätter aus den Haaren; „ich denke, um vier Uhr setzen wir die Arbeit fort! Wahrhaftig, Onkel; ich hätte nicht gedacht, daß ich so klettern könnte!"

Nun war es im November. Die Bäume waren leer, der Garten stand verödet; aber Keller und Vorratskammer waren gefüllt; lang und traulich wurden die Abende; die vielbedachte große Familienfestlichkeit sollte nun wirklich vor sich gehen.

Als man die einzuladenden Gäste zusammenrechnete, da waren es sechzehn, die beiden Hausgenossen ungezählt; dazu ein armes Fräulein, das von der Großtante alle Weihnacht ein Liespfund Kaffee und zwei Hut Meliszucker zum Geschenk erhielt.

Zwar Karoline behauptete, es könnten nur achtzehn an dem Ausziehtische sitzen; aber Julie sagte sehr errötend: „Wenn der Herr Doktor es mir vertrauen wollten!" Und der Vetter lächelte still und dachte: „Nun hat sie wieder einen ihrer klugen Einfälle!" Dann setzte er auch den siebzehnten Gast mit auf die Liste.

Und jetzt wurde rüstig angefaßt. Karoline zankte nach Herzenslust mit Schlächtern und Fischfrauen; der Vetter holte staubige Flaschen aus seinem Weinkeller und schnitt dann wieder Fidibus und Leuchtermanschetten vom weißesten Velinpapier; der Onkel Senator mußte, weil auf dergleichen der Vetter sich nicht verstand, einen großen Marzipan aus Lübeck verschreiben; Julie kam mit heißen Wangen bald vom Nachbar Bäcker, wo sie ihre Kuchen und Plätzchen im Ofen hatte, bald draußen vom Gärtner, der ihr für die Festtafel noch einen herbstlichen Strauß zusammensuchen mußte.

Und so war denn eines Sonntags der große Nachmittag herangekommen. Der Weg zum Hause führte durch den seitwärts daran gelegenen Teil des Gartens; aber schon mit Dunkelwerden leuchtete die über der Haustür befindliche Laterne freundlich auf den breiten Steig hinaus.

Drinnen im Wohnzimmer, im Schein der großen Astrallampen, blinkten die Tassen und sauste schon die Teemaschine. Nebenan im Spielstübchen hatte eben der Vetter die Karten ausgebreitet und die Spielmarken zurechtgelegt, während hinter den noch geschlossenen Türen des Eßzimmers Julie die Tafel revidierte, welche nach langen Jahren wieder einmal mit dem geblümten Damastgedeck und den schweren silbernen Leuchtern prangte.

Schon hatte es sechs geschlagen, und der Vetter, seine goldene Taschenuhr in der Hand, durchmaß mit unruhigen Schritten die noch immer leeren Räume. Da endlich begann draußen auf dem Flur das Schellen der Haustürglocke; fröhliche Stimmen, junge und alte, wurden laut und – da kamen sie: der Onkel und die Tante Senator, zwei andere Tanten, zwei Vettern und zwei Muhmen und von übriger Sippschaft sieben, das arme Fräulein ungerechnet. Mitunter war es auch nur ein Windstoß, der die Haustür aufwarf, denn der Nordwest pustete draußen gradesoviel, als es drinnen zur Erhöhung der Behaglichkeit zu wünschen war. Schließlich rollte auch noch die Klosterkutsche vor das Gartentor, die Großtante wurde herausgehoben, und die alte Karoline, in einer großen Haube mit Rosaschleifen, kam zum Vorschein und nahm der Frau Bürgermeisterin den schweren Atlasmantel ab.

Die Gesellschaft war vollzählig. Am Teetisch in der Ecke stand die kleine, freundliche Wirtin des Hauses und drehte das Hähnchen der Teemaschine und schenkte in die Tassen; zwei junge Bäschen gingen umher und präsentierten, die eine den duftenden Trank, die andere die sämtlich nach Familienrezepten gebackenen Kuchen. Eine Luft der Behaglichkeit war verbreitet, daß alles wie von selber an zu plaudern fing. Die Großtante hatte aus der Sofaecke mit ihren noch immer scharfen Augen eine Weile ringsumher gesehen und nickte nun beifällig nach dem Ecktischchen hinüber. „Wie gut, mein Lieber", sagte sie und drückte dem Vetter Christian die Hand, „daß wir die Kutsche in der Stadt haben! Wie hätte ich sonst in all dem Wetter zu dir kommen sollen!" Und Christian verstand gar wohl den Beifall, der in diesen Worten lag; und wäre es in ihrem Kreise Brauch gewesen, er würde gewiß die Hand der alten Dame geküßt haben. So aber ließ er es mit einem dankbaren Gegendruck bewenden.

Nicht lange, so saßen im Nebenzimmer die alten Herrschaften bei ihrer Whistpartie. Julie hatte soeben der Frau Bürgermeisterin ein weiches Fußkissen untergeschoben; als auch der Vetter hereintrat, um dem ehrenfesten Spiele zuzusehen, blickte der Onkel ganz schelmisch zu ihm auf. „Nun, Christian", sagte er, indem er zierlich einen neuen Stich auf die Tischplatte schnippte, „das ist heut doch ein ander Ding als vorigen Winter, da du immer allein da droben auf deiner Rauchkammer saßest! Und wie angenehm" – fuhr er, inzwischen immer neue Stiche machend, fort – „unserer kleinen Hennefeder die rosa Busenschleife zu ihren braunen Flechten läßt! Im Vertrauen, Christian, noch hübscher als deiner Karoline die Schleifen auf ihrer großen Flügelhaube. Auf alle Fälle aber ist Rosa heut die Farbe deines Hauses; und – sieben Trick, groß Schlemm, meine Damen! Was sagst du dazu, Christian!"

Der Vetter nickte und ging vergnügt zu den andern, die im großen Zimmer schon am Pochbrett saßen. Es war noch ein echtes, altes, ein Erbpochbrett mit Scharwenzel, Vizebuben, Umschlag und Braut und Bräutigam. Und lustig ging es her; die Stimmen riefen durcheinander, die Rechenpfennige klirrten; die Seele des Spieles aber war ein verwachsenes ältliches Jüngferchen, welche den ganzen Kopf voll grauer Pfropfenzieherlöckchen hatte. Sie wurde, weil sie zur Erhöhung ihrer kleinen Person sich beim Sitzen einen ihrer Füße unterzuschieben pflegte, in der Familie „Lehnken Ehnebeen" genannt; und der Vetter hatte ihr einst, da er noch ein kleiner dummer Knabe war, einen gar üblen Streich gespielt. Heimlich war er unter den Tisch gekrochen, an welchem sie mit drei andern Damen ihr Partiechen machte. Auf einmal rief er: „Ich seh, ich seh!“ – „Was siehst du denn, mein Jungchen“, fragte sie. – „Ich seh vier Tanten und nur sieben Beine!“ Da stach Cousine Ehnebeen die Force ihrer Partnerin mit Atout-As und verlor darüber den Rubber.

Aber diese garstige Geschichte war jetzt längst vergessen. „Vetter Christian!“ rief sie. „Es ist höchst gemütlich bei Ihnen; Sie machen ein reizendes Haus. Aber kommen Sie flink! Ich bin just am Kartengeben!“

„Um Entschuldigung, Cousine; ich bin heute ja der Wirt!“ entgegnete der Vetter und winkte mit der Hand.

Da wollte eben die kleine Wirtin des Hauses, mit geleerten Kuchenkörben beladen, an ihm vorübergehen; nun aber stand sie einen Augenblick und sagte schüchtern: „Spielen Sie doch mit, Herr Doktor! Wenn Sie es mir vertrauen wollten, ich würde alles schon besorgen.“

„Gewiß, gewiß, Fräulein Julie! Oh, ich vertraue Ihnen sehr“, flüsterte der Doktor hastig; und als er sie im Fortgehen anblickte, sah er noch, wie sie über und über rot wurde und wie es ganz deutlich: „O bitte, wenn Sie nichts dagegen haben!“ in ihren jungen braunen Augen stand.

Wie aber diese Augen glänzten, als Julie draußen neben dem alten Drachen in Küche und Speisekammer hantierte, das sah der Vetter nicht mehr; denn er saß drinnen bei Cousine Ehnebeen und spielte Poch und hatte alle Wirtschaftssorgen von sich geworfen, denn – ja, das wußte er gewiß – sie waren in den allerbesten Händen. Nur Karoline musterte bedenklich die Augen ihrer jungen Vorgesetzten; und sie wollten ihr um desto schlechter gefallen, als sie auch in denen ihres Doktors schon öfters jenen ihr widerwärtigen Glanz bemerkt zu haben glaubte.

Aber der Abend rückte weiter. – Um neun Uhr öffneten sich die Flügeltüren des dritten Zimmers; und da strahlte die blumengeschmückte Tafel im hellsten Damast- und Kerzenglanz. Der Vetter bot der Großtante den Arm, der Onkel hatte sich geschickt sein Patchen einzufangen gewußt. Zwar sie meinte, ihr geschehe zu viel Ehre, aber sie mußte.

„Heut, mein kleines Patchen“, sagte der Onkel, „sind Sie

die Dame des Hauses und müssen schon einmal mit mir altem Burschen fürliebnehmen!" worüber denn die junge Dame ganz beschämt wurde und die alte Karoline, welche eben mit einer Schüssel Karpfen in die Stube trat, dem guten Herrn einen giftigen Blick hinüberschoß, den dieser jedoch, leider, nicht bemerkte. Als man indessen an den Tisch getreten war, machte Julie mit allerliebstem Lächeln einen Knicks, und fort war sie; und da half es nun nicht weiter, der Onkel sah sich plötzlich neben der Großtante eingeschoben und die Tafelreihe geschlossen.

Der Vetter rieb sich vergnügt die Hände, wie er da die ganze Freundschaft so an seinem Tisch beisammen habe; er sah auch wohl, wie Julie neben der alten Karoline hie und da eine Schüssel reichte; aber beim Fischessen muß jeder hübsch die Augen auf dem Teller haben. So bemerkte er nicht einmal, daß er selbst die Karpfen wie den säuerlichen Rahmschaum stets nur von der Hand seiner alten Haustyrannin erhielt, noch weniger, wie diese ihren Schnurrbart sträubte, wenn das junge Kind sich einmal mit einer Schüssel in seine Nähe wagte.

Doch nun erschien der Braten, stattlich, als solle er das Kerzenlicht verdunkeln; und alle Augen und Zungen waren wieder freigegeben. Feierlich stand der Vetter auf, und, mit dem Messer an sein Glas klingend, hub er an: „Unsere liebe, allverehrte Großtante, sie lebe – –" Aber er stockte plötzlich, als er in diesem Augenblick zum ersten Mal die ganze Tafelrunde überschaute. „Hm!" sagte er. „Wo ist denn Fräulein Julie?"

Da scholl aus der untersten Ecke des Zimmers eine helle Stimme: „Hier bin ich, Herr Doktor!" Und als er hinblickte, da saß sie dort am Katzentischchen.

„Unsere allverehrte Großtante, sie lebe hoch!" sagte nun der Vetter.

„Hoch! Hoch!" Und alle standen auf und klingten mit der Großtante an, und auch Julie tat es; und danach, trotz dem alten Hausdrachen, stieß sie auch noch mit dem Vetter an, und als dieser wie in freundlichem Tadel ihrer selbstgewählten Erniedrigung gegen sie den Kopf schüttelte, blickte sie ihn so demütig und um Verzeihung flehend an, daß er darüber ganz verwirrt wurde. Denn zu seiner eigenen Verwunderung saß er schon wieder auf dem Stuhl, bevor er auch nur mit einem Schlückchen die von ihm selber ausgebrachte Gesundheit bekräftigt hatte; erst als die alte Dame erhobenen Fingers sagte: „Aber, Christian, du meinst es doch wohl ehrlich mit deiner alten Großtante!" stürzte er hastig das ganze Glas hinunter.

Doch schon hatte Cousine Ehnebeen aufs neue ihr Füßchen unten weggezogen und nahm nun in ganzer Gestalt die Aufmerksamkeit der Gesellschaft in Anspruch. Erhobenen Glases stand sie da, und mit angenehmer Krähstimme rief sie:

„Ich bin verliebt!"

Und nachdem sie sich herausfordernd im Kreise umgeblickt und niemand gegen diese Behauptung etwas einzuwenden gefunden hatte, fragte sie mit noch nachdrücklicherem Pathos:

„Worin?"

Und als auch hierauf die Gesellschaft schwieg, erteilte sie zur Überraschung aller, welche ihren Trinkspruch noch nicht kannten, deren jedoch zufällig heute niemand zugegen war, die gewiß befriedigende Antwort:

„In Redlichkeit und Treu!
Ein abgesagter Feind
Von aller Heuchelei!"

Es war ein schöner, langer Trinkspruch; aber sie brachte ihn tapfer zu Ende und verneigte sich lustig gegen alle, die ihr das Glas hinüberreichten oder mit ihr anzustoßen kamen. Und das arme Fräulein ging von Lehnken Ehnebeen zu allererst an das Katzentischchen und stieß mit Fräulein Julie an und drückte dabei, wie in zärtlicher Versicherung, mit ihren mageren Fingern die kleine, feste Hand des Mädchens; nein, gewiß, sie beide wollten keine Heuchler sein!

Noch immer heiterer wurde es; und als beim Nachtisch der große Marzipan, worauf sich das Lübecksche Rathaus nebst dem ganzen Markt präsentierte, zuerst herumgereicht und dann von der Großtante zierlich zerlegt war, da befahl der Vetter, seine drei Flaschen noch vom Vater ererbten Johannisbergers aus ihrem staubigen Winkel heraufzuholen, was auf jung und alt den angenehmsten Eindruck nicht verfehlte, da die grimmigen Selbstgespräche, mit denen die alte Karoline die Kellertreppe hinabstapfte, hier oben gar nicht zu hören waren. Und als nun erst die Pfropfen gezogen wurden und der lang verschlossene köstliche Duft herausstieg und das Zimmer wie mit frischer Lebensluft erfüllte, da stimmte der Onkel an:

Vom hoh'n Olymp herab ward uns die Freude!

Und es half den Jungen nicht, daß sie das Lied veraltet fanden; sie stimmten doch alle mit ein, aus großem Respekt vor dem Onkel.

– – Draußen auf der Gasse, auf seinen Morgenstern gestützt, stand der Nachtwächter, der alte Matthias, der immer so hell die Neujahrsnacht ansang, und hörte zu, bis das Lied zu Ende war. Dann, verwundert, was in dem sonst so stillen Hause des Doktors heute vorgehe, rief er die elfte Stunde und setzte seine Runde fort. – –

Wie aber alle Lust ein Ende nimmt, so war endlich auch auf dem großen Familienfest des Vetters der Johannisberger ausgetrunken. Schon rückte man die Stühle, als der Onkel noch einmal an sein Glas klingte: „Nicht zu vergessen unsern alten Landestrinkspruch! Lieben Freunde, up dat es uns wull ga up unse olen Dage!"

Und auch die Jungen stießen andächtig an, als sähen auch sie den warnenden Finger, der gegen uns alle aus der dunkeln Zukunft sich erhebt. Der Vetter aber hatte die Augen nach dem Katzentischchen und dachte: Ja, jetzt, jetzt geht's dir wohl; aber wie wird's dir gehen in deinen alten Tagen?

„Christian, mein Lieber", sagte die Großtante leise, „das war ja heute fast wie einst bei deinem guten Vater selig."

Da stand er auf und führte die alte Dame in das Wohnzimmer zurück. Und als alle sich „Gesegnete Mahlzeit" gewünscht hatten, erschien Karoline mit Pelzen, Mänteln und Muffen; draußen klatschte der Kutscher von dem Bock der schon längst wieder vorgefahrenen Klosterkutsche; dann begann wieder die Haustürglocke zu schellen, die Gäste nahmen Abschied, und bald waren nur noch der Vetter und

Fräulein Julie in den leeren Zimmern. Sie räumten die Karten fort, legten die Teppiche zusammen und löschten die Überzahl der Lichter.

Dem Vetter lag es auf dem Herzen, als habe er Fräulein Julien noch was Besonderes mitzuteilen; er suchte danach in seinem Kopfe, aber er konnte es dort nicht finden. Freilich, daß sie nicht wieder am Katzentischchen sitzen dürfe, das wollte er ihr auch gelegentlich sagen; aber das war es doch so eigentlich nicht. Er rückte hie und da an einigen Stühlen, an denen nichts zu rücken war, und auch Fräulein Julie wischte schon ein ganzes Weilchen mit ihrem Schnupftuch um nichts an einer spiegelblanken Tischplatte; endlich wünschten sich beide gute Nacht. Die alte englische Hausuhr – sie war einst in der Kontinentalsperre konfisziert worden und dann noch einmal um den vollen Preis vom Großvater zurückgekauft – spielte eben vom Flur aus dreimal ihre Glockentonleiter zum letzten Viertel vor Mitternacht. Wie spät das heut geworden war!

Als nach einer Weile draußen auf der Gasse der alte Matthias die zwölfte Stunde abrief, sah er, daß schon alle Fenster dunkel waren. Ein Weilchen stand er noch und wiegte seinen grauen Kopf. Eine Hochzeit konnt's doch nicht gewesen sein! Bei solch einer Familie, da hätten drunten im Hafen die Schiffe doch geflaggt; auch für die Nachtwächter wäre wohl ein gutes Trinkgeld nicht gespart worden! – Und mit sich selber redend, setzte der Alte seine Runde fort, bis der neue Stundenschlag ihn auf andere Gedanken brachte.

Noch ganz erfüllt von seinem gestrigen Feste und dem anmutigen Walten seiner kleinen Hausdame, griff am andern Morgen der Vetter nach seiner längsten Pfeife, um mit diesem erprobten Beistande in den Weg des täglichen Lebens wieder einzulenken. Als er in die Küche trat, wo er am Herdfeuer seinen Fidibus anzuzünden pflegte, traf er dort die Alte mit dem Putzen der Gesellschaftsmesser beschäftigt. Er konnte dem Drange seines Herzens nicht widerstehen; „Karoline", sagte er und tat die ersten kräftigen Züge aus seiner Pfeife, „die Julie ist doch ein gutes Mädchen!"

Karoline arbeitete eifrig an ihrem Messerbrett.

„Hört Sie nicht, Karoline?“ wiederholte der Doktor. „Ich sage, die Julie ist doch ein sehr gutes Mädchen!“

Der Alte kniff den Mund zusammen, daß sich die Barthärchen auf ihrer Oberlippe sträubten.

„Sie denkt gar nicht an sich selber, das liebe Kind!“ fuhr der Doktor, rauchend und wie zu sich selber redend, fort.

„Gar nicht an sich selber?“ Das war der Alten doch zuviel; sie wetzte so wütig, daß die Messer und Gabeln mit großem Geprassel auf die Fliesen stürzten.

Der Vetter, der wohl wußte, daß bei seiner alten Freundin Tag und Stunde nicht gleich seien, fragte ruhig: „Aber, Karoline, was hat Sie denn nur einmal wieder heute?“

„Ich? Ich habe nichts, Herr Doktor!“ Und sie bückte sich und warf mit beiden Händen die Messer und Gabeln wieder auf den Küchentisch. „Aber ich sage bloß: lassen Sie sich nur nicht bestricken! Ja, das sage ich, Herr Doktor!“ Sie stand schon wieder vor ihrem Herrn und nickte oder zitterte vielmehr heftig mit ihrem großen grauen Kopfe.

Dieser war aufrichtig betreten, so daß er sogar die Pfeife beim Fuß gesetzt hatte; dann aber fragte er nachdenklich: „Bestricken, Karoline? Was meint Sie mit Bestricken?“

„Da kann man viel damit meinen!“ erwiderte die Alte unverfroren.

„Das freilich, Karoline; aber hat denn Sie keine bestimmte Meinung?“

„Ich habe so meine Meinung, Herr Doktor; und wenn meine Augen auch alt sind, so sehen sie doch mehr als manche junge Augen!“

„Nun, nun, Karoline!“ – Der Doktor verließ die Küche und ging hinüber in das Wohnzimmer, wo Julie eben den Kaffee in seine Tasse schenkte; sie sah ganz rosig aus in ihrem Morgenhäubchen. Rauchend schritt er ein paarmal auf und ab; dann, als falle ihm das plötzlich schwer aufs Herz, blieb er vor dem Mädchen stehen und sagte: „Bekennen Sie es nur, Fräulein Julie, Sie haben gewiß manchmal Ihre Not mit unserer guten Alten?“

Aber Julie sah ihn mit der ganzen Ehrlichkeit ihrer jungen braunen Augen an. „Wir vertragen uns schon, Herr

Doktor“, sagte sie, „wer sollte mit alten Leuten nicht Geduld haben?“

Da schlug es an der Hausuhr acht; der Doktor mußte eilen, daß er in die Klasse kam.

Die Wochentage liefen hin. Aber mit jedem Tag wurde es dem Vetter deutlicher, daß er an einer innerlichen Unruhe leide, deren Ursache er jedoch vergebens zu erforschen strebte. Seine Gesundheit ließ nichts zu wünschen übrig, sein Haus war besser bestellt als je zuvor, und auch sein Gewissen – soviel glaubte er behaupten zu können – war im wesentlichen unbelastet. Mitunter fiel ihm ein: wenn er nur einmal recht weit von hier könnte! Wenn nur die Weihnachtsferien erst da wären, so wollte er fort zu einem Universitätsfreunde und bei dem das Fest verleben. Aber wenn er dann der Sache näher nachdachte, so überkam es ihn immer wie eine Trostlosigkeit, auch nur einen Tag anderswo als im eigenen Hause zuzubringen. Es war höchst sonderbar.

Freilich, wenn er die alte Karoline gefragt hätte, die würde ihm Bescheid gegeben haben. Sie kannte die Krankheit mit allen ihren möglichen und unmöglichen Folgen und hatte sogar eben erst ein neues Symptom derselben entdeckt. Ja, statt wie sonst um höchstens elf Uhr, ging jetzt der Doktor meistens erst um zwölf nach seinem im Erdgeschoß belegenen Schlafzimmer. So lange saß er oben auf seiner Studierstube; er verachtete den Schlaf, den er sonst so sehr geliebt hatte. Und die alte Karoline verstand es, ihre Schlüsse zu machen! Sie übersprang dabei wahre Abgründe; ja, sie erstieg, was nie von einem Akrobaten noch gesehen worden, mit Behendigkeit die höchste Leiter, welche auf ihrer eigenen Nase balancierte, und stand dann schwindellos und triumphierend auf der obersten Sprosse. Oh, die alte Karoline!

Und nun geschah es am Freitagvormittage, daß sie, wie gewöhnlich, eine Flasche frischen Wassers nach der Stube der „Mamsell“ hinauftrug. Aufräumungslustig, wie immer, blickte sie umher; und da kein anderer Gegenstand sich ihren Augen darbot, so nahm sie, damit dem dringenden Triebe doch in etwas Genüge geschehe, ein auf der linken Seite der Tür hängendes Kleid der Mamsell, um es auf den Haken an der rechten Seite der Tür zu hängen. Dabei fiel aus der Tasche des Kleides ein zusammengefaltetes weißes Schnupftuch, das sie an den Namensbuchstaben sofort als das unzweifelhafte Eigentum des Doktors, ihres Herrn, erkannte.

Was bedeutete das? Wie kam das Tuch hieher, in die Tasche der Mamsell? Sie starrte darauf hin, daß ihr die runden Augen aus dem Kopfe traten. Plötzlich fiel ein schneidendes Licht auf den Gegenstand ihrer Betrachtung; der Großtürke – ja, das hatte ihr Bruderssohn, der Schiffer, einmal erzählt –, wenn der aufs Freien wollte, so schickte er vorher sein Schnupftuch an das junge Frauenzimmer! Und ihr Herr, der Doktor, er rauchte türkischen Tabak, er hatte vergangenen Sommer türkische Bohnen im Garten gezogen, er war überhaupt sehr für das Türkische! – Eine Vorstellung jagte die andere im Hirn der braven Alten. Herr du des Himmels! Das Zimmer hier war ja nur durch die kleine Kramstube, in der auch die Mamsell ihre Kommode stehen hatte, von dem Studierzimmer des Doktors getrennt, und die Verbindungstüren waren allzeit unverschlossen! Die Alte schauderte. Der Doktor kannte die Welt nicht; wenn es wirklich nun zu einer Hochzeit käme! Mit einer Person, die aus gar keiner Familie war! – „Hennefeder" hieß sie; sie konnte ebensogut „Hahnewippel" heißen oder sonst dergleichen, was nirgendwo zu Haus gehörte – die sie heute noch betroffen hatte, wie sie einen Weinjuden in das Wohnzimmer komplimentierte, dem man es bei seinem Fortgehen vom Gesicht ablesen konnte, daß der Doktor sich wieder ein teures Fäßchen hatte aufschwatzen lassen! Aber sie, die alte Karoline, wollte ihre Augen offen haben!

Nachdem sie so mit sich aufs reine gekommen war, steckte sie das verdächtige Schnupftuch wieder in die Tasche des Kleides und ging hinab in ihre Küche. Aber den ganzen Tag war sie wie hintersinnig, und statt des Kaffeekessels setzte sie die Bratpfanne auf den Dreifuß.

Mit dem Abend steigerte sich ihre Unruhe. Als die Uhr halb elf geschlagen hatte, hörte sie die Mamsell die Treppe hinauf nach ihrem Zimmer gehen; der Doktor war schon seit neun in seiner Studierstube. Mehrmals trat sie aus der Küche in den Hausflur; aber immer pickte die große Uhr so laut, daß sie nichts vernehmen konnte. Endlich schlich sie die Treppe hinauf und legte ihr Ohr zuerst an die Stubentür der Mamsell – da hörte sie es drinnen von Frauenkleidern rauschen; dann an die Stubentür des Doktors – da konnte sie deutlich hören, wie der Vetter seinen Pfeifenkopf am Ofen ausklopfte.

Sie stieg wieder hinab; sie wollte warten, bis ihr Herr in sein Schlafzimmer gegangen wäre. Zitternd und frierend, die Arme in ihre Schürze gewickelt, saß sie neben dem kalten Herde auf dem hölzernen Küchenstuhl; aber die Uhr schlug zwölf, und es rührte sich noch immer nichts. Da hielt sie sich nicht länger; sie war es seiner seligen Mutter schuldig; ja, sie hatte ihn selber mit erzogen; wieder stieg sie die Treppe hinauf, und als dort alles still blieb, öffnete sie resolut die Tür des Studierzimmers. – Da saß der Doktor in seinem bunten Schlafrock und rauchte aus seiner türkischen Pfeife. Kein Buch, kein Schreibwerk lag vor ihm, er rauchte bloß; die Studierlampe war ausgetan, das Licht, mit dem er in sein Schlafgemach zu gehen pflegte, brannte auf dem Tische mit einer langen Schnuppe. Das alles war höchst verdächtig.

Als ihr Herr sie gar nicht zu bemerken schien, trat sie an den Tisch und putzte das Licht.

Da sah der Vetter auf. „Mein Gott, Karoline, was will Sie denn?“

„Ich wollte nur sagen, Herr Doktor, daß Ihre Schlafstube unten zurecht sei.“

„Das glaube ich wohl, Karoline; aber was ist denn eigentlich die Uhr?“

„Es ist nach Mitternacht, Herr Doktor!“

„Mitternacht? Aber, was wandert Sie bei Ihrem Alter denn so spät im Hause herum! Geh Sie doch schlafen, Karoline!“

„So!“ dachte die Alte; „also das ist's! Ich muß erst fort sein in meine Bodenkammer!“ Und laut setzte sie hinzu: „Ich war unten in der Küche eingenickt; aber ich will nun schlafen gehen. Gute Nacht, Herr Doktor.“

„Gute Nacht, Karoline.“

Mit harten Tritten stieg sie die Bodentreppe hinauf und klappte dann ebenso vernehmlich die Tür ihrer Kammer auf und zu. Sie hatte aber nur das mitgebrachte Licht hineingestellt. Sie selber tappte zwischen den umherstehenden Kisten und sonstigem Hausgerät auf den dunkeln Boden hinaus. Als sie mit der Hand einen Bettschirm fühlte, der noch von der letzten Krankheit der seligen Frau hier oben stand, huckte sie nieder und legte das Ohr auf den Fußboden; der Schirm, das wußte sie, befand sich gerade über der kleinen Kramstube.

Es blieb alles still; nur die türkischen Bohnen, die zum Trocknen reihenweise an aufgespannten Fäden hingen, raschelten im Nachtzuge, der durch die Ritzen des Daches fuhr. Draußen von der nahen Kirche schlug es eins. – Der große Kopf der Alten wurde immer schwerer in der unbequemen Lage; lange war es nicht mehr auszuhalten. Da – was war das? Wie ein Blitz schlug es ihr durch alle Glieder; sie hatte unter sich die eine Tür der Kramstube knarren hören; aber in demselben Augenblick – denn ihre Beine waren zuckend hintenausgefahren – stürzte auch der Bettschirm mit Gepolter auf sie herab. Mit dem Kopfe hatte sie die Tapetenbekleidung durchstoßen, und er steckte nun darin wie in einem mittelalterlichen Folterbrette. Eine Katze sprang von einem nebenstehenden Schrank und pustete sie an.

„Pust nur!“ sagte die Alte. „Ich werde auch pusten!“

Sie hatte genug gehört; und noch dazu, einen heilsamen Schreck mußte es denen da unten doch gegeben haben; bis morgen würde der schon vorhalten, und – übermorgen, da sollte vorher schon noch was anderes passieren! Noch einmal horchte sie, und da nichts sich hören ließ, zog sie behutsam den Kopf heraus und kroch zurück in ihre Kammer.

Aber die Pläne, einer noch gewaltsamer als der andere, die ihren Kopf durchkreuzten, ließen sie nicht schlafen. Zehnmal warf sie ihr Kopfkissen herum, sie zerwühlte ihr ganzes Bett und wußte bald nicht mehr, ob sie in der Länge oder in der Quere lag. Als endlich der erste Dämmerschein durch die kleinen Fensterscheiben fiel, saß sie, wirklich einem Schuhu nicht unähnlich, zusammengekauert im Fuß-

ende des Bettes. Die Spitze ihrer krummen Nase zuckte auf und ab, die Augenlider mit den grauen Wimpern schossen gichterisch über die offenstehenden Pupillen. Es sah überhaupt aus wie in einem Eulenneste; in der Kammer umher lagen die Bettfedern wie von kleinen zerrissenen Vögelchen. Aber die alte Karoline war fertig mit ihrem Plane. „Der gerade Weg der beste!“ brummte sie und stieg – so weit waren ihre Gedanken über die nächsten Dinge hinaus – mit dem linken Bein zuerst aus ihrer Bettstatt.

– – Als Julie am Morgen in die Küche kam und das kümmerliche Aussehen der Alten bemerkte, fragte sie dieselbe teilnehmend, ob sie etwa keine gute Nacht gehabt habe?

Karoline, die am Tische bei ihrem Frühstück saß, pustete erst ein paarmal in den heißen Kaffee; dann, als spräche sie es nur gegen die Wände, aber mit deutlicher Betonung sagte sie: „Es hat mancher schon eine schlechte Nacht gehabt, der doch mit Ehren seinen Kopf aufs Kissen legte.“

„Nun, das tut Sie ja gewiß, Karoline“, erwiderte das Mädchen lächelnd; „aber Sie hat es vielleicht auch oben bei sich spuken hören?“

„Ich dachte, es hätte unten gespukt!“ sagte die Alte, ohne aufzublicken.

„Oh, das war ich, Karoline; ich holte noch etwas aus der Kramstube.“

„Um Glock eins? Ich meinte, die Mamsell sei schon um halb elf nach Ihrem Zimmer gegangen!“

„Aber ich besserte noch an meinen Kleidern.“

Die Alte nickte. „Ja, die Mamsell hat auch eine recht ordentliche Mutter, und auch eine recht sittsame Mutter, die ihren Kindern gewiß kein schlecht Exempel gibt.“

„Oh, niemals, Karoline! Ich habe eine gute Mutter.“ Julie fühlte eine Anzüglichkeit des Tones heraus, aber sie sann vergebens nach, wohin das ziele.

Mittlerweile hatte die Alte ihre Tasse zurückgeschoben und griff schon wieder nach Schaufel und Feuerzange.

„Ich hab heute vormittag noch einen Gang zu tun“, sagte sie, indem sie frischen Torf ins Herdloch warf; „nicht für mich, es ist um anderer Leute willen. Die Kartoffeln sollen auch schon vorher geschält sein.“

„Gewiß, Karoline; Sie wird ja nichts darum versäumen.“

„Nein“, sagte die Alte, „es soll, so Gott will, nichts versäumt werden.“

Und richtig, nach kaum einer Stunde hatte Karoline, welche sonst fast nie das Haus verließ, ihren großen schwarzen Taffethut aufgebunden; und so, einen blaukarierten Regenschirm unter dem Arm, sah Julie von dem Wohnstubenfenster aus sie die Straße hinabsegeln.

Eine Weile später schaute auch Juliens junges Antlitz aus einem schwarzen Sammethütchen, und nachdem sie der Scheuerfrau, die auf dem Flur ihr Sonnabendswerk verrichtete, das Nötige anempfohlen hatte, verließ sie ebenfalls das Haus und trat bald darauf in eine am Markt gelegene Ellenwarenhandlung. Als der Ladendiener mit seinem verbindlichen „Was steht zu Diensten?“ sich zu ihr hinüberbeugte, legte sie das verhängnisvolle Schnupftuch auf den Ladentisch. „Das Dutzend ist unvollständig geworden; Sie haben doch noch mit solcher Kante?“

Er hatte noch mit solcher Kante, und mit fliegenden Fingern war das Tuch abgerissen und eingewickelt.

Nein, sie hatte sonst nichts zu befehlen; sie war schon wieder draußen, froh über das hergestellte Dutzend, ihren Einkauf in der Tasche. Ein Weilchen stand sie und blickte die lange Straße hinauf, bei sich bedenkend, ob sie noch eine Stippvisite bei ihrer Mutter wagen dürfe, die droben in einer Quergasse wohnte. Nun aber sah sie von dort die alte Karoline in die Hauptstraße einbiegen und in voller Arbeit mit Regenschirm und Taffethut nach dem Markt heruntersteuern. Ein Lächeln flog über das Gesicht des Mädchens. „Nein, nein“, sagte sie bei sich selber, „nun geht’s nicht, nun wird mit allen Händen angegriffen!“ Und munter schritt sie die Marktstraße hinab, dem Hause des Vetters zu, das jetzt ja ihre Heimat war. Sie bemerkte dabei gar nicht, daß ein kleines Schutzengelchen mit weißen Schwingen, lächelnd, wie sie vorhin gelächelt hatte, auf dem ganzen Wege über ihrem Haupte flog.

Oben in seinem Studierzimmer saß der Vetter im Vollgefühl des freien Sonnabendnachmittags, eine Tasse Kaffee neben sich, die Zeitung vor der Nase. Freilich las er nicht allzu eifrig, denn unter ihm im Wohnzimmer saß jetzt, wie er wußte, das treffliche Mädchen und nähte seinen Namen in das neue Schnupftuch; ja selbst der Lehnstuhl, worin er saß, war von ihrer kleinen Hand gepolstert. Das alles kam ihm zwischen seine Zeitung.

Da tat sich die Tür auf; Karoline trat herein und meldete die Madame Hennefeder.

„Führe Sie die Frau Hennefeder zu ihrer Tochter!" sagte der Vetter.

„Aber sie wünscht den Herrn selber zu sprechen!" Und in der rauhen Stimme der Alten glänzte so etwas, das den Vetter stutzen machte.

Er blickte von seiner Zeitung auf. „Warum sieht Sie denn so vergnügt aus, Karoline?" fragte er. „Sie hat ja ganz blanke Augen!"

„Ich bin nicht vergnügt, Herr Doktor."

„Nun, so bitte Sie Madame Hennefeder, sich hereinzubemühen!"

Die kleine runde Frau, welche draußen vor der Tür gewartet hatte, wurde fast mit etwas liebender Gewalt von Karoline in des Vetters Studierzimmer hineingeschoben. Sie schien in großer Aufregung, die künstlichen Kornblumen unter ihrem Hute zitterten heftig; auf des Vetters Einladung, Platz zu nehmen, setzte sie sich nur auf die eine Ecke des angebotenen Stuhles.

Karoline warf der offenbar verzagten Frau einen halb ermutigenden, halb unwilligen Blick zu, aber es gab keinen Vorwand zu längerem Verweilen. Sie ging hinaus, schlurfte die paar Schritte bis zur Treppe und blieb dann wieder unschlüssig am Geländer stehen. Noch einmal und aus purer Neugierde horchen, das wollte sie denn doch nicht! Die Madame Hennefeder, der sie den ganzen Umstand aufgeklärt hatte, würde ja schon den Mund auftun; sie war sonst als eine tapfere Frau bekannt, sie werde ja auch hier kurzen Prozeß machen und das Mädchen aus dem Hause nehmen. – Aus diesen Gedanken wurde die Alte durch den scharfen Klang der Glocke aufgeschreckt, die, aus des Doktors Zimmer führend, jetzt gerade über ihrem Kopfe läutete.

Als sie nach einer Weile hereintrat, da saß Frau Hennefeder und hatte beide Augen voll Tränen; der Herr Doktor stand noch, den Griff des Klingelzuges in der Hand. „Frau Hennefeder", sagte er, „läßt Fräulein Julie bitten, zu uns heraufzukommen."

Karoline suchte in dem Gesicht ihres Herrn zu lesen. Wie stand die Sache? Es war etwas in den Augen ihres kleinen Christian, das ihrer und der mütterlichen Erziehung hohnzusprechen schien. Aber es half nichts, sie mußte den erhaltenen Auftrag ausrichten. Und bald darauf flog ein junger elastischer Tritt die Treppe hinauf und verschwand oben in des Vetters Studierzimmer; die alte Karoline blieb im Unterhause und wanderte unstet, viel unverständliche Worte bei sich murmelnd, zwischen Küche und Hausflur auf und ab.

Da stürmte es die Treppe herunter. Es war der Doktor; sie sah ihn noch eben die Haustür hinter sich zuwerfen; dann war er fort und sah nicht einmal, wie seine alte Karoline stumm und ratlos auf ihrem Küchenstuhl zusammensank. Denn eilig schritt er die Straße hinab, einmal rechts, dann wieder links und dann in das Haus des Onkel Senators. Ohne anzuklopfen, trat er in dessen Privatkontor.

„Christian, mein Junge", sagte der alte Herr, indem er von seinen Büchern aufblickte, „was hast du? – Bist du es denn aber auch selber? Du strahlst ja wie die Morgensonne!"

„Ich weiß nicht, Onkel; aber ich habe dir etwas Außerordentliches mitzuteilen."

„So setze dich auf diesen Stuhl!"

„Nein, Onkel, ich danke; es ist nicht zum Sitzen."

„Nun, so kannst du stehen! Ich aber darf doch wohl in meinem Schreibstuhl bleiben. So – und nun rede, wenn du magst!"

Der Vetter holte ein paarmal recht tief Atem.

„Du weißt es, Onkel", begann er dann, „ich bin eigentlich ein verwöhnter Mensch; mein seliger Vater –"

„Ja, ja, mein Junge, das war ein guter Mann; aber was denn weiter?"

„Dann, Onkel, war bis vor wenigen Jahren noch meine Mutter da, und als die starb – siehst du! auch die alte Karoline hat es immer gut mit mir gemeint."

Der Onkel sprang von seinem Sitze auf und legte beide Hände auf des Vetters Schultern. „Christian“, sagte er, „du bist eine Seel von einem Menschen! Aber, was denn nun noch weiter?“

„Nur, Onkel, daß ich heute ein vollständiges Glückskind geworden bin! Die Frau Hennefeder –“

„Was? Auch die, mein Junge?“

„Aber, so höre doch nur! Frau Hennefeder, sie kam vorhin zu mir; sie wollte mich persönlich sprechen; aber ich weiß noch diese Stunde nicht, was die gute Frau eigentlich von mir gewollt hat; zwar wir sprachen allerlei zusammen, doch ich bin gewiß, daß wir uns beide nicht verstanden haben. Dann aber sagte sie seltsamerweise, und ich habe noch immer nicht begriffen, wie sie dazu veranlaßt werden konnte, von solchen Dingen zu mir zu reden – sie könne ja nicht erwarten, sagte sie, daß ich eine Tochter von meines Onkels Kontoristen heiraten werde, was denn doch offenbar nur auf Julie verstanden werden konnte.“

„Nein“, sagte der alte Herr mit schelmischer Trockenheit, „das konnte sie freilich nicht erwarten.“

Der Vetter stutzte einen Augenblick. „Doch, Onkel“, sagte er, „sie *konnte* es erwarten. Denn ich für mein Teil hatte nun genug verstanden. Heiraten! Julien heiraten! Siehst du, Onkel, wie ein Sonnenleuchten fuhr es mir durchs Hirn; das war es ja, was mir trotz dreistündigen Rauchens gestern nacht nicht hatte einfallen wollen. Ein rechter Übermut des Glückes überfiel mich; ich zog resolut die Klingelschnur, und auf mein Ersuchen trat nun Julie selbst ins Zimmer.“

„Und das Mädchen hat dir keinen Korb gegeben, Christian?“

„Doch, beinahe, Onkel!“ erwiderte der Vetter, und ein Lächeln der vollsten Lebensfreude überzog sein hübsches Antlitz; „denn als ihre Mutter jene heikle Frage an sie tat, nämlich, ob sie meine, des Subrektors Christian, Ehefrau werden wolle, da schlug sie die Augen nieder und stand, mir zum höchsten Schrecken, eine ganze Weile stumm und wie betäubt; nur ihre kleinen Hände falteten sich ineinander. Dann aber, zu meinem Glücke, öffneten sich ihre Lippen, und: ‚O bitte, wenn Sie nichts dagegen haben!‘ tönten aus dem rosigen Tore ihres Mundes zwar leise, aber in entzückender Deutlichkeit jene Worte, die ich bisher nur in stummer Schrift in ihren lieben Augen gelesen hatte. Und nun – wenn auch alles fest und unwiderruflich ist für die kurze Ewigkeit dieses Lebens, mein lieber alter Onkel, so frage ich dich doch: Hast denn du etwas dagegen?"

„Ich? Nein, mein Junge!" Und der alte Herr schloß seinen Neffen fest in seine Arme. „Aber, Christian, was werden die Großtante und die alte Karoline dazu sagen?"

Die Großtante, infolge der geschickten Vermittelung des Onkels und des Wohlgefallens, das sie an dem Mädchen schon vordem gefunden hatte, sagte freilich nicht allzuviel. Bedenklicher war es auf der andern Seite; denn während obiges im Hause des Onkels geschah, stand in des Vetters Küche die kleine runde Madame Hennefeder, die Augen noch immer in Freudentränen schwimmend, vor der alten Karoline, deren beider Hände sie sich bemächtigt hatte, und rief eins über das andere: „Alles in Ehren, Karoline, alles in Ehren!" und dankte ihr in überströmenden Worten für ihre freundschaftlichen und rechtzeitigen Bemühungen in dieser delikaten Angelegenheit.

Die Alte sagte gar nichts; nur ihr großer Kopf begann allmählich und immer gewaltsamer zu zittern und zu nicken, als würde er durch im Innern heftig arbeitende Gedanken in Bewegung gesetzt, welche vergebens die Erlösung des lebendigen Wortes suchten. Die gute Madame Hennefeder wurde von der unheimlichen Vorstellung befallen, die alte Karoline könne sich am Ende noch den schweren Kopf vom Rumpf herunternicken. Allein plötzlich hatte diese ihre Sprache wiedergefunden. „So", sagte sie, „so wird man aus dem Hause gestoßen! Aber mein Abschied ist heute noch geschrieben!"

– – Er wurde nicht geschrieben. War es nun die Macht der Tatsachen oder die Liebe für ihren kleinen Christian und für die Wände seines Hauses, die alte Karoline blieb als zwar grimmiger, aber getreuer Hausdrache auf ihrem Posten. Eine Zeitlang waltete sie sogar wie einst allein im

Hause; denn Julie war, bürgerlicher Sitte gemäß, in die Obhut ihrer Mutter zurückgekehrt, bis sie der ihres Mannes übergeben würde.

Dann, im wunderschönen Monat Mai, im Hause des Onkels, gab es eine Hochzeit. Mit Goldregen und Syringen war das Haus geschmückt, auf allen Wänden lag der Frühlingssonnenschein; im Hafen flaggten alle Schiffe. Und niemand war vergessen; Küster und Organisten, Nachtwächter und Armenvogt, alle hatten ihren silbernen Freudengruß empfangen; an der Hochzeitstafel aber waltete, zur besonderen Genugtuung des Onkels und aus aller Dienerschaft hervorragend, die alte Karoline in ihrer rosa Flügelhaube. Die Braut durfte keine Schüssel aus einer andern als aus ihrer Hand empfangen; weiter jedoch dehnte sich ihre Gunst nicht aus; die kleine Madame Hennefeder, die strahlend an des Onkels Seite saß – sie gönnte ihr alles Gute; im übrigen – das konnte niemand vor ihr verlangen!

– – Und die Stunden flogen. Lind war die Nacht; drüben in der andern Straße um das alte Familienhaus stand einsam und dufterfüllt der Garten. Da klirrte die Pforte; es war der Vetter mit seinem jungen Weibe. Der Nachthauch säuselte in den Zweigen, oder waren es nur die Blüten, die aus der Knospenhülle drängten? Wie durch Adams Bäume vor Tausenden von Jahren, so schien auch heute noch der Mond.

Als Hand in Hand das junge Paar die Schwelle seines Hauses überschritt, hörten sie draußen von der Gasse den alten Matthias

Wie schön ist Gottes Welt
Und jedes seiner Werke!

Vier Jahre sind seitdem verflossen. In dem alten Hause springt jetzt zwischen Christian und Julien ein kleinerer Vetter über Trepp und Gänge, ein allerliebster Bursche. Freilich ist er nicht ganz wie seine Mutter, denn er bittet nicht immer und hat oft sehr viel dagegen. Auf der alten Karoline reitet er sogar, wie Amor auf dem Tiger; man sieht es leicht, er hat sie ganz und gar gezähmt. Es tut ihr gut, der Alten, daß sie ihren Überwinder gefunden hat, sie ist ganz heiteren Gemüts geworden; ja, wenn die Sonne in das Küchenfenster scheint, so kann man mitunter von dort aus einen grunzenden Gesang vernehmen, der zu dem Sausen des Teekessels keine üble Begleitung macht.

– – Aber es ist acht Uhr! Frau Julie erwartet mich an ihrem Teetisch; ich soll ihr beistehen gegen ihren Mann, damit er sich nicht auch noch in die Volksbank wählen lasse. Er wird ihr gar zu regsam, der Vetter, er hat seine Augen und Hände jetzt allenthalben. Frau Julie in ihrer Herzensunschuld ahnt vielleicht nicht, daß sie der Urquell dieses Lebens ist; aber, nichtsdestoweniger, für ein paar Abende der Woche meint sie doch das Recht auf ihren Mann zu haben.

Und also, lieber Leser, gehab dich wohl!

Viola tricolor

Es war sehr still in dem großen Hause; aber selbst auf dem Flur spürte man den Duft von frischen Blumensträußen. Aus einer Flügeltür, der breiten in das Oberhaus hinaufführenden Treppe gegenüber, trat eine alte sauber gekleidete Dienerin. Mit einer feierlichen Selbstzufriedenheit drückte sie hinter sich die Tür ins Schloß und ließ dann ihre grauen Augen an den Wänden entlangstreifen, als wolle sie auch hier jedes Stäubchen noch einer letzten Musterung unterziehen; aber sie nickte beifällig und warf dann einen Blick auf die alte englische Hausuhr, deren Glockenspiel eben zum zweitenmal seinen Satz abgespielt hatte.

„Schon halb!" murmelte die Alte; „und um acht, so schrieb der Herr Professor, wollten die Herrschaften dasein!"

Hierauf griff sie in ihrer Tasche nach einem großen Schlüsselbund und verschwand dann in den hinteren Räumen des Hauses. – Und wieder wurde es still; nur der Perpendikelschlag der Uhr tönte durch den geräumigen Flur und in das Treppenhaus hinauf; durch das Fenster über der Haustür fiel noch ein Strahl der Abendsonne und blinkte auf den drei vergoldeten Knöpfen, welche das Uhrgehäuse krönten.

Dann kamen von oben herab kleine leichte Schritte, und ein etwa zehnjähriges Mädchen erschien auf dem Treppenabsatz. Auch sie war frisch und festlich angetan; das rot und weiß gestreifte Kleid stand ihr gut zu dem bräunlichen Gesichtchen und den glänzend schwarzen Haarflechten. Sie legte den Arm auf das Geländer und das Köpfchen auf den Arm und ließ sich so langsam hinabgleiten, während ihre dunkeln Augen träumerisch auf die gegenüberliegende Zimmertür gerichtet waren.

Einen Augenblick stand sie horchend auf dem Flur; dann drückte sie leise die Tür des Zimmers auf und schlüpfte durch die schweren Vorhänge hinein. – Es war schon dämmerig hier, denn die beiden Fenster des tiefen Raumes gingen auf eine von hohen Häusern eingeengte Straße; nur seitwärts über dem Sofa leuchtete wie Silber ein venezianischer Spiegel auf der dunkelgrünen Sammettapete. In dieser Einsamkeit schien er nur dazu bestimmt, das Bild eines frischen Rosenstraußes zurückzugeben, der in einer Marmorvase auf dem Sofatische stand. Bald aber erschien in seinem Rahmen auch das dunkle Kinderköpfchen. Auf den Zehen war die Kleine über den weichen Fußteppich herangeschlichen; und schon griffen die schlanken Finger hastig zwischen die Stengel der Blumen, während ihre Augen

nach der Tür zurückflogen. Endlich war es ihr gelungen, eine halb erschlossene Moosrose aus dem Strauße zu lösen; aber sie hatte bei ihrer Arbeit der Dornen nicht geachtet, und ein roter Blutstropfen rieselte über ihren Arm. Rasch – denn er wäre fast in das Muster der kostbaren Tischdecke gefallen – sog sie ihn mit ihren Lippen auf; dann leise, wie sie gekommen, die geraubte Rose in der Hand, schlüpfte sie wieder durch die Türvorhänge auf den Flur hinaus.

Nachdem sie auch hier noch einmal gehorcht hatte, flog sie die Treppe wieder hinauf, die sie zuvor herabgekommen war, und droben weiter einen Korridor entlang, bis an die letzte Tür desselben. Einen Blick noch warf sie durch eines der Fenster, vor dem im Abendschein die Schwalben kreuzten; dann drückte sie die Klinke auf.

Es war das Studierzimmer ihres Vaters, das sie sonst in seiner Abwesenheit nicht zu betreten pflegte; nun war sie ganz allein zwischen den hohen Repositorien, die mit ihren unzähligen Büchern so ehrfurchtgebietend umherstanden. Als sie zögernd die Tür hinter sich zugedrückt hatte, wurde unter einem zur Linken von derselben befindlichen Fenster der mächtige Anschlag eines Hundes laut. Ein Lächeln flog über die ernsten Züge des Kindes; sie ging rasch an das Fenster und blickte hinaus. Drunten breitete sich der große Garten des Hauses in weiten Rasen- und Gebüschpartien aus; aber ihr vierbeiniger Freund schien schon andere Wege eingeschlagen zu haben; so sehr sie spähte, nichts war zu entdecken. Und wie Schatten fiel es allmählich wieder über das Gesicht des Kindes; sie war ja zu was anderem hergekommen; was ging sie jetzt der Nero an!

Nach Westen hinaus, der Tür, durch welche sie eingetreten, gegenüber, hatte das Zimmer noch ein zweites Fenster. An der Wand daneben, so daß das Licht dem daran Sitzenden zur Hand fiel, befand sich ein großer Schreibtisch mit dem ganzen Apparat eines gelehrten Altertumsforschers; Bronzen und Terrakotten aus Rom und Griechenland, kleine Modelle antiker Tempel und Häuser und andere dem Schutt der Vergangenheit entstiegene Dinge füllten fast den ganzen Aufsatz desselben. Darüber aber, wie aus blauen Frühlingslüften heraustretend, hing das lebensgroße Brustbild einer jungen Frau; gleich einer Krone der Jugend lagen die goldblonden Flechten über der klaren Stirn. – „Holdselig“, dies veraltete Wort hatten ihre Freunde für sie wieder hervorgesucht; – einst, da sie noch an der Schwelle dieses Hauses mit ihrem Lächeln die Eintretenden begrüßte. – Und so blickte sie noch jetzt im Bilde mit ihren blauen Kinderaugen von der Wand herab; nur um den Mund spielte ein leichter Zug von Wehmut, den man im Leben nicht an ihr gesehen hatte. Der Maler war auch derzeit wohl darum gescholten worden; später, da sie gestorben, schien es allen recht zu sein.

Das kleine schwarzhaarige Mädchen kam mit leisen Schritten näher; mit leidenschaftlicher Innigkeit hingen ihre Augen an dem schönen Bildnis.

„Mutter, meine Mutter!" sprach sie flüsternd; doch so, als wolle mit den Worten sie sich zu ihr drängen.

Das schöne Antlitz schaute, wie zuvor, leblos von der Wand herab; sie aber kletterte, behend wie eine Katze, über den davor stehenden Sessel auf den Schreibtisch und stand jetzt mit trotzig aufgeworfenen Lippen vor dem Bilde, während ihre zitternden Hände die geraubte Rose hinter der unteren Leiste des Goldrahmens zu befestigen suchten. Als ihr das gelungen war, stieg sie rasch wieder zurück und wischte mit ihrem Schnupftuch sorgsam die Spuren ihrer Füßchen von der Tischplatte.

Aber es war, als könne sie jetzt aus dem Zimmer, das sie zuvor so scheu betreten hatte, nicht wieder fortfinden; nachdem sie schon einige Schritte nach der Tür getan hatte, kehrte sie wieder um; das westliche Fenster neben dem Schreibtische schien diese Anziehungskraft auf sie zu üben.

Auch hier lag unten ein Garten, oder richtiger: eine Gartenwildnis. Der Raum war freilich klein; denn wo das wuchernde Gebüsch sie nicht verdeckte, war von allen Seiten die hohe Umfassungsmauer sichtbar. An dieser, dem Fenster gegenüber, befand sich, in augenscheinlichem Verfall, eine offene Rohrhütte; davor, von dem grünen Gespinste einer Klematis fast bedeckt, stand noch ein Gartenstuhl. Der Hütte gegenüber mußte einst eine Partie von hochstämmigen Rosen gewesen sein; aber sie hingen jetzt wie verdorrte Reiser an den entfärbten Blumenstöcken, während unter ihnen mit unzähligen Rosen bedeckte Zentifolien ihre fallenden Blätter auf Gras und Kraut umherstreuten.

Die Kleine hatte die Arme auf die Fensterbank und das Kinn in ihre beiden Hände gestützt und schaute mit sehnsüchtigen Augen hinab.

Drüben in der Rohrhütte flogen zwei Schwalben aus und ein; sie mußten wohl ihr Nest darin gebaut haben. Die andern Vögel waren schon zur Ruhe gegangen; nur ein Rotbrüstchen sang dort noch herzhaft von dem höchsten Zweige des abgeblühten Goldregens und sah das Kind mit seinen schwarzen Augen an. –

– „Nesi, wo steckst du denn?“ sagte sanft eine alte Stimme, während eine Hand sich liebkosend auf das Haupt des Kindes legte.

Die alte Dienerin war unbemerkt hereingetreten. Das Kind wandte den Kopf und sah sie mit einem müden Ausdruck an. „Anne“, sagte es, „wenn ich nur einmal wieder in Großmutters Garten dürfte!“

Die Alte antwortete nicht darauf; sie kniff nur die Lippen zusammen und nickte ein paarmal wie zur Beistimmung. „Komm, komm!“ sagte sie dann. „Wie siehst du aus! Gleich werden sie dasein, dein Vater und deine neue Mutter!“ Damit zog sie das Kind in ihre Arme und strich und zupfte ihr Haar und Kleider zurecht. – „Nein, nein, Neschen! Du darfst nicht weinen; es soll eine gute Dame sein, und schön, Nesi; du siehst ja gern die schönen Leute!“

In diesem Augenblick tönte das Rasseln eines Wagens von der Straße herauf. Das Kind zuckte zusammen; die Alte aber faßte es bei der Hand und zog es rasch mit sich aus dem Zimmer. – Sie kamen noch früh genug, um den Wagen vorfahren zu sehen; die beiden Mägde hatten schon die Haustür aufgeschlagen. –

– Das Wort der alten Dienerin schien sich zu bestätigen. Von einem etwa vierzigjährigen Manne, in dessen ernsten Zügen man Nesis Vater leicht erkannte, wurde eine junge schöne Frau aus dem Wagen gehoben. Ihr Haar und ihre Augen waren fast so dunkel wie die des Kindes, dessen Stiefmutter sie geworden war; ja man hätte sie, flüchtig angesehen, für die rechte halten können, wäre sie dazu nicht zu jung gewesen. Sie grüßte freundlich, während ihre Augen wie suchend umherblickten; aber ihr Mann führte sie rasch ins Haus und in das untere Zimmer, wo sie von dem frischen Rosenduft empfangen wurde.

„Hier werden wir zusammen leben“, sagte er, indem er sie in einen weichen Sessel niederdrückte, „verlaß dies Zimmer nicht, ohne hier die erste Ruhe in deinem neuen Heim gefunden zu haben!“

Sie blickte innig zu ihm auf. „Aber du – willst du nicht bei mir bleiben?“

– „Ich hole dir das Beste von den Schätzen unseres Hauses.“

„Ja, ja, Rudolf, deine Agnes! Wo war sie denn vorhin?“

Er hatte das Zimmer schon verlassen. Den Augen des Vaters war es nicht entgangen, daß bei ihrer Ankunft Nesi sich hinter der alten Anne versteckt gehalten hatte; nun, da er sie wie verloren draußen auf dem Hausflur stehen fand, hob er sie auf beiden Armen in die Höhe und trug sie so in das Zimmer.

– „Und hier hast du die Nesi!“ sagte er und legte das Kind zu den Füßen der schönen Stiefmutter auf den Teppich; dann, als habe er Weiteres zu besorgen, ging er hinaus; er wollte die beiden allein sich finden lassen.

Nesi richtete sich langsam auf und stand nun schweigend vor der jungen Frau; beide sahen sich unsicher und prüfend in die Augen. Letztere, die wohl ein freundliches Entgegenkommen als selbstverständlich vorausgesetzt haben mochte, faßte endlich die Hände des Mädchens und sagte ernst: „Du weißt doch, daß ich jetzt deine Mutter bin, wollen wir uns nicht liebhaben, Agnes?“

Nesi blickte zur Seite.

„Ich darf aber doch Mama sagen?“ fragte sie schüchtern.

– „Gewiß, Agnes; sag, was du willst, Mama oder Mutter, wie es dir gefällt!“

Das Kind sah verlegen zu ihr auf und erwiderte beklommen: „Mama könnte ich gut sagen!“

Die junge Frau warf einen raschen Blick auf sie und heftete ihre dunkeln Augen in die noch dunkleren des Kindes. „Mama; aber nicht Mutter?“ fragte sie.

„Meine Mutter ist ja tot“, sagte Nesi leise.

In unwillkürlicher Bewegung stießen die Hände der jungen Frau das Kind zurück; aber sie zog es gleich und heftig wieder an ihre Brust.

„Nesi“, sagte sie, „Mutter und Mama ist ja dasselbe!“

Nesi aber erwiderte nichts; sie hatte die Verstorbene immer nur Mutter genannt.

– Das Gespräch war zu Ende. Der Hausherr war wieder

eingetreten, und da er sein Töchterchen in den Armen seiner jungen Frau erblickte, lächelte er zufrieden.

„Aber jetzt komm", sagte er heiter, indem er der letzteren seine Hand entgegenstreckte, „und nimm als Herrin Besitz von allen Räumen dieses Hauses!"

Und sie gingen miteinander fort; durch die Zimmer des unteren Hauses, durch Küche und Keller, dann die breite Treppe hinauf in einen großen Saal und in die kleineren Stuben und Kammern, die nach beiden Seiten der Treppe auf den Korridor hinausgingen.

Der Abend dunkelte schon; die junge Frau hing immer schwerer an dem Arm ihres Mannes, es war fast, als sei mit jeder Tür, die sich vor ihr geöffnet, eine neue Last auf ihre Schultern gefallen; immer einsilbiger wurden seine froh hervorströmenden Worte erwidert. Endlich, da sie vor der Tür seines Arbeitszimmers standen, schwieg auch er und hob den schönen Kopf zu sich empor, der stumm an seiner Schulter lehnte.

„Was ist dir, Ines?" sagte er, „du freust dich nicht!"

„O doch, ich freue mich!"

„So komm!"

Als er die Tür geöffnet hatte, schien ihnen ein mildes Licht entgegen. Durch das westliche Fenster leuchtete der Schein des Abendgoldes, das drüben jenseit der Büsche des kleinen Gartens stand. – In diesem Lichte blickte das schöne Bild der Toten von der Wand herab; darunter auf dem matten Gold des Rahmens lag wie glühend die frische rote Rose.

Die junge Frau griff unwillkürlich mit der Hand nach ihrem Herzen und starrte sprachlos auf das süße lebensvolle Bild. Aber schon hatten die Arme ihres Mannes sie fest umfangen.

„Sie war einst mein Glück", sagte er; „sei du es jetzt!"

Sie nickte, aber sie schwieg und rang nach Atem. Ach, diese Tote lebte noch, und für sie beide war doch nicht Raum in einem Hause!

Wie zuvor, da Nesi hier gewesen, tönte jetzt wieder aus dem großen, zu Norden belegenen Garten die mächtige Stimme eines Hundes.

Mit sanfter Hand wurde die junge Frau von ihrem Gatten an das dorthinaus liegende Fenster geführt. „Sieh einmal hier hinab!" sagte er.

Drunten auf dem Steige, der um den großen Rasen führte, saß ein schwarzer Neufundländer; vor ihm stand Nesi und beschrieb mit einer ihrer schwarzen Flechten einen immer engeren Kreis um seine Nase. Dann warf der Hund den Kopf zurück und bellte, und Nesi lachte und begann das Spiel von neuem.

Auch der Vater, der diesem kindischen Treiben zusah, mußte lächeln; aber die junge Frau an seiner Seite lächelte nicht, und wie eine trübe Wolke flog es über ihn hin. „Wenn es die Mutter wäre!" dachte er; laut aber sagte er: „Das ist unser Nero, den mußt du auch noch kennenlernen, Ines; der und Nesi sind gute Kameraden, sogar vor ihren Puppenwagen läßt sich das Ungeheuer spannen."

Sie blickte zu ihm auf. „Hier ist so viel, Rudolf", sagte sie wie zerstreut; „wenn ich nur durchfinde!"

– „Ines, du träumst! Wir und das Kind, der Hausstand ist ja so klein wie möglich."

„Wie möglich?" wiederholte sie tonlos, und ihre Augen folgten dem Kinde, das jetzt mit dem Hunde um den Rasen jagte; dann plötzlich, wie in Angst zu ihrem Mann emporsehend, schlang sie die Arme um seinen Hals und bat: „Halte mich fest, hilf mir! Mir ist so schwer."

Wochen, Monate waren vergangen. – Die Befürchtungen der jungen Frau schienen sich nicht zu verwirklichen; wie von selber ging die Wirtschaft unter ihrer Hand. Die Dienerschaft fügte sich gern ihrem zugleich freundlichen und vornehmen Wesen, und auch wer von außen hinzutrat, fühlte, daß jetzt wieder eine dem Hausherrn ebenbürtige Frau im Innern walte. Für die schärfer blickenden Augen ihres Mannes freilich war es anders; er erkannte nur zu sehr, daß sie mit den Dingen seines Hauses wie mit Fremden verkehre, woran sie keinen Teil habe, das als gewissenhafte Stellvertreterin sie nur um desto sorgsamer verwalten müsse. Es konnte den erfahrenen Mann nicht beruhigen, wenn sie sich zuweilen mit heftiger Innigkeit in seine

Arme drängte, als müsse sie sich versichern, daß sie ihm, er ihr gehöre.

Auch zu Nesi hatte ein näheres Verhältnis sich nicht gebildet. Eine innere Stimme – der Liebe und der Klugheit – gebot der jungen Frau, mit dem Kinde von seiner Mutter

zu sprechen, an die es die Erinnerung so lebendig, seit die Stiefmutter ins Haus getreten war, so hartnäckig bewahrte. Aber – das war es ja! Das süße Bild, das droben in ihres Mannes Zimmer hing – selbst ihre inneren Augen vermieden es zu sehen. Wohl hatte sie mehrmals schon den Mut gefaßt; sie hatte das Kind mit beiden Händen an sich gezogen, dann aber war sie verstummt; ihre Lippen hatten ihr den Dienst versagt, und Nesi, deren dunkle Augen bei solcher herzlichen Bewegung freudig aufgeleuchtet, war traurig wieder fortgegangen. Denn seltsam, sie sehnte sich nach der Liebe dieser schönen Frau; ja, wie Kinder pflegen, sie betete sie im stillen an. Aber ihr fehlte die Anrede, die der Schlüssel jedes herzlichen Gespräches ist; das eine – so war ihr – durfte sie, das andre konnte sie nicht sagen.

Auch dieses letzte Hemmnis fühlte Ines, und da es das

am leichtesten zu beseitigende schien, so kehrten ihre Gedanken immer wieder auf diesen Punkt zurück.

So saß sie eines Nachmittags neben ihrem Mann im Wohnzimmer und blickte in den Dampf, der leise singend aus der Teemaschine aufstieg.

Rudolf, der eben seine Zeitung durchgelesen hatte, ergriff ihre Hand. „Du bist so still, Ines; du hast mich heute nicht ein einzig Mal gestört!"

„Ich hätte wohl etwas zu sagen", erwiderte sie zögernd, indem sie ihre Hand aus der seinen löste.

– „So sag es denn!"

Aber sie schwieg noch eine Weile.

– „Rudolf", sagte sie endlich, „laß dein Kind mich Mutter nennen!"

– „Und tut sie denn das nicht?"

Sie schüttelte den Kopf und erzählte ihm, was am Tage ihrer Ankunft vorgefallen war.

Er hörte ihr ruhig zu. „Es ist ein Ausweg", sagte er dann, „den hier die Kindesseele unbewußt gefunden hat. Wollen wir ihn nicht dankbar gelten lassen?"

Die junge Frau antwortete nicht darauf, sie sagte nur: „So wird das Kind mir niemals nahekommen."

Er wollte wieder ihre Hand fassen, aber sie entzog sie ihm.

„Ines", sagte er, „verlange nur nichts, was die Natur versagt; von Nesi nicht, daß sie dein Kind, und nicht von dir, daß du ihre Mutter seist!"

Die Tränen brachen ihr aus den Augen. „Aber, ich soll doch ihre Mutter sein", sagte sie fast heftig.

– „Ihre Mutter? Nein, Ines, das sollst du nicht."

„Was soll ich denn, Rudolf?"

– Hätte sie die naheliegende Antwort auf diese Frage jetzt verstehen können, sie würde sie sich selbst gegeben haben. Er fühlte das und sah ihr sinnend in die Augen, als müsse er dort die helfenden Worte finden.

„Bekenn es nur!" sagte sie, sein Schweigen mißverstehend, „darauf hast du keine Antwort."

„O Ines!" rief er. „Wenn erst aus deinem eigenen Blut ein Kind auf deinem Schoße liegt!"

Sie machte eine abwehrende Bewegung; er aber sagte:

„Die Zeit wird kommen, und du wirst fühlen, wie das Entzücken, das aus deinem Auge bricht, das erste Lächeln deines Kindes weckt und wie es seine kleine Seele zu dir zieht. – Auch über Nesi haben einst zwei selige Augen so geleuchtet; dann schlang sie den kleinen Arm um einen Nacken, der sich zu ihr niederbeugte, und sagte: ‚Mutter!' – Zürne nicht mit ihr, daß sie es zu keiner andern auf der Welt mehr sagen kann!"

Ines hatte seine Worte kaum gehört; ihre Gedanken verfolgten nur den einen Punkt. „Wenn du sagen kannst: Sie ist ja nicht dein Kind, warum sagst du denn nicht auch: Du bist ja nicht mein Weib!"

Und dabei blieb es. Was gingen sie seine Gründe an!

Er zog sie an sich; er suchte sie zu beruhigen; sie küßte ihn und sah ihn durch Tränen lächelnd an; aber geholfen war ihr damit nicht. – –

Als Rudolf sie verlassen hatte, ging sie hinaus in den großen Garten. Bei ihrem Eintritt sah sie Nesi mit einem Schulbuche in der Hand um den breiten Rasen wandern, aber sie wich ihr aus und schlug einen Seitenweg ein, der zwischen Gebüsch an der Gartenmauer entlangführte.

Dem Kinde war beim flüchtigen Aufblick der Ausdruck von Trauer in den schönen Augen der Stiefmutter nicht entgangen, und wie magnetisch nachgezogen, immer lernend und ihre Lektion vor sich hermurmelnd, war auch sie allmählich in jenen Steig geraten.

Ines stand eben vor einer in der hohen Mauer befindlichen Pforte, die von einem Schlinggewächs mit lila Blüten fast verhangen war. Mit abwesenden Blicken ruhten ihre Augen darauf, und sie wollte schon ihre stille Wanderung wieder beginnen, als sie das Kind sich entgegenkommen sah.

Nun blieb sie stehen und fragte: „Was ist das für eine Pforte, Nesi?"

– „Zu Großmutters Garten!"

„Zu Großmutters Garten? – Deine Großeltern sind doch schon lange tot!"

„Ja, schon lange, lange."

„Und wem gehört denn jetzt der Garten?"

– „Uns!" sagte das Kind, als verstehe sich das von selbst.

Ines bog ihren schönen Kopf unter das Gesträuch und begann an der eisernen Klinke der Tür zu rütteln; Nesi stand schweigend dabei, als wolle sie den Erfolg dieser Bemühungen abwarten.

„Aber er ist ja verschlossen!“ rief die junge Frau, indem sie abließ und mit dem Schnupftuch den Rost von ihren Fingern wischte. „Ist es der wüste Garten, den man aus Vaters Stubenfenster sieht?“

Das Kind nickte.

– „Horch nur, wie drüben die Vögel singen!“

Inzwischen war die alte Dienerin in den Garten getreten. Als sie die Stimmen der beiden von der Mauer her vernahm, beeilte sie sich, in ihre Nähe zu kommen. „Es ist Besuch drinnen“, meldete sie.

Ines legte freundlich ihre Hand an Nesis Wange. „Vater ist ein schlechter Gärtner“, sagte sie im Fortgehen; „da müssen wir beide noch hinein und Ordnung schaffen.“

– Im Hause kam Rudolf ihr entgegen.

„Du weißt, das Müllersche Quartett spielt heute abend“, sagte er; „die Doktorsleute sind da und wollen uns vor Unterlassungssünden warnen.“

Als sie zu den Gästen in die Stube getreten waren, entspann sich ein langes, lebhaftes Gespräch über Musik; dann kamen häusliche Geschäfte, die noch besorgt werden mußten. Der wüste Garten war für heut vergessen.

Am Abend war das Konzert. – Die großen Toten, Haydn und Mozart, waren an den Hörern vorübergezogen, und eben verklang auch der letzte Akkord von Beethovens c-Moll-Quartett, und statt der feierlichen Stille, in der allein die Töne auf und nieder glänzten, rauschte jetzt das Geplauder der fortdrängenden Zuhörer durch den weiten Raum.

Rudolf stand neben dem Stuhle seiner jungen Frau. „Es ist aus, Ines“, sagte er, sich zu ihr niederbeugend; „oder hörst du noch immer etwas?“

Sie saß noch wie horchend, ihre Augen nach dem Podium gerichtet, auf dem nur noch die leeren Pulte standen.

Jetzt reichte sie ihrem Manne die Hand. „Laß uns heimgehen, Rudolf", sagte sie aufstehend.

An der Tür wurden sie von ihrem Hausarzte und dessen Frau aufgehalten, den einzigen Menschen, mit denen Ines bis jetzt in einen näheren Verkehr getreten war.

„Nun?" sagte der Doktor und nickte ihnen mit dem Ausdruck innerster Befriedigung zu. „Aber kommen Sie mit uns, es ist ja auf dem Wege; nach so etwas muß man noch ein Stündchen zusammensitzen."

Rudolf wollte schon mit heiterer Zustimmung antworten, als er sich leise am Ärmel gezupft fühlte und die Augen seiner Frau mit dem Ausdrucke dringenden Bittens auf sich gerichtet sah. Er verstand sie wohl. „Ich verweise die Entscheidung an die höhere Instanz", sagte er scherzend.

Und Ines wußte unerbittlich den nicht so leicht zu besiegenden Doktor auf einen andern Abend zu vertrösten.

Als sie am Hause ihrer Freunde sich von diesen verabschiedet hatten, atmete sie auf wie befreit.

„Was hast du heute gegen unsere lieben Doktorsleute?" fragte Rudolf.

Sie drückte sich fest in den Arm ihres Mannes. „Nichts", sagte sie; „aber es war so schön heute abend; ich muß nun ganz mit dir allein sein."

Sie schritten rascher ihrem Hause zu.

„Sieh nur", sagte er, „im Wohnzimmer unten ist schon Licht, unsere alte Anne wird den Teetisch schon gerüstet haben. Du hattest recht, daheim ist doch noch besser als bei andern."

Sie nickte nur und drückte ihm still die Hand. – Dann traten sie in ihr Haus; lebhaft öffnete sie die Stubentür und schlug die Vorhänge zurück.

Auf dem Tische, wo einst die Vase mit den Rosen gestanden hatte, brannte jetzt eine große Bronzelampe und beleuchtete einen schwarzhaarigen Kinderkopf, der schlafend auf die mageren Ärmchen hingesunken war; die Ecken eines Bilderbuches ragten nur eben darunter hervor.

Die junge Frau blieb wie erstarrt in der Tür stehen; das Kind war ganz aus ihrem Gedankenkreise verschwunden gewesen. Ein Zug herber Enttäuschung flog um ihre schönen Lippen. „Du, Nesi!" stieß sie hervor, als ihr Mann sie vollends in das Zimmer hineingeführt hatte. „Was machst du denn noch hier?"

Nesi erwachte und sprang auf. „Ich wollte auf euch warten", sagte sie, indem sie halb lächelnd mit der Hand über ihre blinzelnden Augen fuhr.

„Das ist unrecht von Anne; du hättest längst zu Bette sein sollen."

Ines wandte sich ab und trat an das Fenster; sie fühlte, wie ihr die Tränen aus den Augen quollen. Ein unentwirrbares Gemisch von bitteren Gefühlen wühlte in ihrer Brust; Heimweh, Mitleid mit sich selber, Reue über ihre Lieblosigkeit gegen das Kind des geliebten Mannes; sie wußte selber nicht, was alles jetzt sie überkam; aber – und mit der Wollust und der Ungerechtigkeit des Schmerzes sprach sie es sich selber vor – das war es: ihrer Ehe fehlte die Jugend, und sie selber war doch noch so jung!

Als sie sich umwandte, war das Zimmer leer. – Wo war die schöne Stunde, auf die sie sich gefreut? – Sie dachte nicht daran, daß sie sie selbst verscheucht hatte.

– – Das Kind, welches mit fast erschreckten Augen dem ihm unverständlichen Vorgange zugesehen hatte, war von dem Vater still hinausgeführt worden.

„Geduld!“ sprach er zu sich selber, als er, den Arm um Nesi geschlungen, mit ihr die Treppe hinaufstieg; und auch er, in einem andern Sinne, setzte hinzu: „Sie ist ja noch so jung.“

Eine Kette von Gedanken und Plänen tauchte in ihm auf; mechanisch öffnete er das Zimmer, wo Nesi mit der alten Anne schlief und in dem sie von dieser schon erwartet wurde. Er küßte sie und sprach: „Ich werde Mama von dir gute Nacht sagen.“ Dann wollte er zu seiner Frau hinabgehen; aber er kehrte wieder um und trat am Ende des Korridors in sein Studierzimmer.

Auf dem Aufsatze des Schreibtisches stand eine kleine Bronzelampe aus Pompeji, die er kürzlich erst erworben und Versuches halber mit Öl gefüllt hatte; er nahm sie herab, zündete sie an und stellte sie wieder an ihren Ort unter das Bildnis der Verstorbenen; ein Glas mit Blumen, das auf der Platte des Tisches gestanden, setzte er daneben. Er tat dies fast gedankenlos; nur, als müsse er auch seinen Händen zu tun geben, während es ihm in Kopf und Herzen arbeitete. Dann trat er dicht daneben an das Fenster und öffnete beide Flügel desselben.

Der Himmel war voll Wolken; das Licht des Mondes konnte nicht herabgelangen. Drunten in dem kleinen Garten lag das wuchernde Gesträuch wie eine dunkele Masse; nur dort, wo zwischen schwarzen pyramidenförmigen Koniferen der Steig zur Rohrhütte führte, schimmerte zwischen ihnen der weiße Kies hindurch.

Und aus der Phantasie des Mannes, der in diese Einsamkeit hinabsah, trat eine liebliche Gestalt, die nicht mehr den Lebenden angehörte; er sah sie unten auf dem Steige wandeln, und ihm war, als gehe er an ihrer Seite.

„Laß dein Gedächtnis mich zur Liebe stärken“, sprach er; aber die Tote antwortete nicht; sie hielt den schönen, bleichen Kopf zur Erde geneigt; er fühlte mit süßem Schauder ihre Nähe, aber Worte kamen nicht von ihr.

Da bedachte er sich, daß er hier oben ganz allein stehe. Er glaubte an den vollen Ernst des Todes; die Zeit, wo sie gewesen, war vorüber. – Aber unter ihm lag noch wie einst der Garten ihrer Eltern; von seinen Büchern durch das Fenster sehend, hatte er dort zuerst das kaum fünfzehnjährige

Mädchen erblickt; und das Kind mit den blonden Flechten hatte dem ernsten Manne die Gedanken fortgenommen, immer mehr, bis sie zuletzt als Frau die Schwelle seines Hauses überschritten und ihm alles und noch mehr zurückgebracht hatte. – Jahre des Glückes und freudigen Schaffens waren mit ihr eingezogen; den kleinen Garten aber, als die Eltern früh verstorben waren und das Haus verkauft wurde, hatten sie behalten und durch eine Pforte in der Grenzmauer mit dem großen Garten ihres Hauses verbunden. Fast verborgen war schon damals diese Pforte unter hängendem Gesträuch, das sie ungehindert wachsen ließen; denn sie gingen durch dieselbe in den traulichsten Ort ihres Sommerlebens, in welchen selbst die Freunde des Hauses nur selten hineingelassen wurden. – – In der Rohrhütte, in welcher er einst von seinem Fenster aus die jugendliche Geliebte über ihren Schularbeiten belauscht hatte, saß jetzt zu den Füßen der blonden Mutter ein Kind mit dunkeln, nachdenklichen Augen; und wenn er nun den Kopf von seiner Arbeit wandte, so tat er einen Blick in das vollste Glück des Menschenlebens. – – Aber heimlich hatte der Tod sein Korn hineingeworfen. Es war in den ersten Tagen eines Junimondes, da trug man das Bett der schwer Erkrankten aus dem daranliegenden Schlafgemach in das Arbeitszimmer ihres Mannes; sie wollte die Luft noch um sich haben, die aus dem Garten ihres Glückes durch das offene Fenster wehte. Der große Schreibtisch war beiseite gestellt; seine Gedanken waren nun alle nur bei ihr. – Draußen war ein unvergleichlicher Frühling aufgegangen; ein Kirschbaum stand mit Blüten überschneit. In unwillkürlichem Drange hob er die leichte Gestalt aus den Kissen und trug sie an das Fenster. „Oh, sieh es noch einmal! Wie schön ist doch die Welt!"

Aber sie wiegte leise ihren Kopf und sagte: „Ich sehe es nicht mehr." – –

Und bald kam es, da wußte er das Flüstern, welches aus ihrem Munde brach, nicht mehr zu deuten. Immer schwächer glimmte der Funken; nur ein schmerzliches Zucken bewegte noch die Lippen, hart und stöhnend im Kampfe um das Leben ging der Atem. Aber es wurde leiser, immer leiser, zuletzt süß wie Bienengetön. Dann noch einmal war's, als wandle ein blauer Lichtstrahl durch die offenen Augen; und dann war Frieden.

„Gute Nacht, Marie!" – Aber sie hörte es nicht mehr.

– – Noch ein Tag, und die stille, edle Gestalt lag unten in dem großen, dämmerigen Gemach in ihrem Sarge. Die Diener des Hauses traten leise auf; drinnen stand er neben seinem Kinde, das die alte Anne an der Hand hielt.

„Nesi", sagte diese, „du fürchtest dich doch nicht?"

Und das Kind, von der Erhabenheit des Todes angeweht, antwortete: „Nein, Anne, ich bete."

Dann kam der allerletzte Gang, welcher noch mit ihr zu gehen ihm vergönnt war; nach ihrer beider Sinn ohne Priester und Glockenklang, aber in der heiligen Morgenfrühe, die ersten Lerchen stiegen eben in die Luft.

Das war vorüber; aber er besaß sie noch in seinem Schmerze; wenn auch ungesehen, sie lebte noch mit ihm. Doch unbemerkt entschwand auch dies; er suchte sie oft mit Angst, aber immer seltener wußte er sie zu finden. Nun erst schien ihm sein Haus unheimlich leer und öde; in den Winkeln saß eine Dämmerung, die früher nicht dort gesessen hatte; es war so seltsam anders um ihn her; und sie war nirgends.

– – Der Mond war aus dem Wolkendunst hervorgetreten und beleuchtete hell die unten liegende Gartenwildnis. Er stand noch immer an derselben Stelle, den Kopf gegen das Fensterkreuz gelehnt; aber seine Augen sahen nicht mehr, was draußen war.

Da öffnete sich hinter ihm die Tür, und eine Frau von dunkler Schönheit trat herein.

Das leise Rauschen ihres Kleides hatte den Weg zu seinem Ohr gefunden; er wandte den Kopf und sah sie forschend an.

„Ines!" rief er; er stieß das Wort hervor, aber er ging ihr nicht entgegen.

Sie war stehengeblieben. „Was ist dir, Rudolf? Erschrickst du vor mir?"

Er schüttelte den Kopf und versuchte zu lächeln. „Komm", sagte er, „laß uns hinuntergehen."

Aber während er ihre Hand faßte, waren ihre Augen auf das von der Lampe beleuchtete Bild und die daneben stehenden Blumen gefallen. – Wie ein plötzliches Verständnis flog es durch ihre Züge. – „Es ist ja bei dir wie in einer Kapelle", sagte sie, und ihre Worte klangen kalt, fast feindlich.

Er hatte alles begriffen. „Oh, Ines", rief er, „sind nicht auch dir die Toten heilig!"

„Die Toten! Wem sollten die nicht heilig sein! Aber, Rudolf" – und sie zog ihn wieder an das Fenster; ihre Hände zitterten und ihre schwarzen Augen flimmerten vor Erregung –, „sag mir, die ich jetzt dein Weib bin, warum hältst du diesen Garten verschlossen und lässest keines Menschen Fuß hinein?"

Sie zeigte mit der Hand in die Tiefe; der weiße Kies zwischen den schwarzen Pyramidensträuchern schimmerte gespenstisch; ein großer Nachtschmetterling flog eben darüber hin.

Er hatte schweigend hinabgeblickt. „Das ist ein Grab, Ines", sagte er jetzt, „oder, wenn du lieber willst, ein Garten der Vergangenheit."

Aber sie sah ihn heftig an. „Ich weiß das besser, Rudolf! Das ist der Ort, wo du bei ihr bist; dort auf dem weißen Steige wandelt ihr zusammen; denn sie ist nicht tot; noch eben, jetzt in dieser Stunde warst du bei ihr und hast mich, dein Weib, bei ihr verklagt. Das ist Untreue, Rudolf, mit einem Schatten brichst du mir die Ehe!"

Er legte schweigend den Arm um ihren Leib und führte sie, halb mit Gewalt, vom Fenster fort. Dann nahm er die Lampe von dem Schreibtisch und hielt sie hoch gegen das Bild empor. „Ines, wirf nur einen Blick auf sie!"

Und als die unschuldigen Augen der Toten auf sie herabblickten, brach sie in einen Strom von Tränen aus. „Oh, Rudolf, ich fühle es, ich werde schlecht!"

„Weine nicht so", sagte er. „Auch ich habe unrecht getan; aber habe auch du Geduld mit mir!" – Er zog ein Schubfach seines Schreibtisches auf und legte einen Schlüssel in ihre Hand. „Öffne du den Garten wieder, Ines! – – Gewiß, es macht mich glücklich, wenn dein Fuß der erste ist, der wieder ihn betritt. Vielleicht, daß im Geiste sie dir dort begegnet und mit ihren milden Augen dich so lange ansieht, bis du schwesterlich den Arm um ihren Nacken legst!"

Sie sah unbeweglich auf den Schlüssel, der noch immer in ihrer offenen Hand lag.

„Nun, Ines, willst du nicht annehmen, was ich dir gegeben habe?"

Sie schüttelte den Kopf.

„Noch nicht, Rudolf, ich kann noch nicht, später – später; dann wollen wir zusammen hineingehen." Und indem ihre schönen dunkeln Augen bittend zu ihm aufblickten, legte sie still den Schlüssel auf den Tisch.

Ein Samenkorn war in den Boden gefallen, aber die Zeit des Keimens lag noch fern.

Es war im November. – Ines konnte endlich nicht mehr daran zweifeln, daß auch sie Mutter werden solle, Mutter eines eigenen Kindes. Aber zu dem Entzücken, das sie bei dem Bewußtsein überkam, gesellte sich bald ein anderes. Wie ein unheimliches Dunkel lag es auf ihr, aus dem allmählich sich *ein* Gedanke gleich einer bösen Schlange emporwand. Sie suchte ihn zu verscheuchen, sie flüchtete sich vor ihm zu allen guten Geistern ihres Hauses, aber er verfolgte sie, er kam immer wieder und immer mächtiger. War sie nicht nur von außen wie eine Fremde in dies Haus getreten, das schon ohne sie ein fertiges Leben in sich schloß? – Und eine zweite Ehe – gab es denn überhaupt eine solche? Mußte die erste, die einzige, nicht bis zum Tode beider fortdauern? – Nicht nur bis zum Tode! Auch weiter – weiter, bis in alle Ewigkeit! Und wenn das? – Die heiße Glut schlug ihr ins Gesicht; sich selbst zerfleischend, griff sie nach den härtesten Worten. – Ihr Kind – ein Eindringling, ein Bastard würde es im eigenen Vaterhause sein!

Wie vernichtet ging sie umher; ihr junges Glück und Leid trug sie allein; und wenn der, welcher den nächsten Anspruch hatte, es mit ihr zu teilen, sie besorgt und fragend anblickte, so schlossen sich ihre Lippen wie in Todesangst.

– – In dem gemeinschaftlichen Schlafgemache waren die schweren Fenstervorhänge heruntergelassen, nur durch eine schmale Lücke zwischen denselben stahl sich ein Streifen Mondlicht herein. Unter quälenden Gedanken war Ines eingeschlafen, nun kam der Traum; da wußte sie es: sie konnte nicht bleiben, sie mußte fort aus diesem Hause, nur ein kleines Bündelchen wollte sie mitnehmen, dann fort, weit weg – – zu ihrer Mutter, auf Nimmerwiederkehr! Aus dem Garten, hinter den Fichten, welche die Rückwand desselben bildeten, führte ein Pförtchen in das Freie; den Schlüssel hatte sie in ihrer Tasche, sie wollte fort – – gleich. – –

Der Mond rückte weiter, von der Bettstatt auf das Kissen, und jetzt lag ihr schönes Antlitz voll beleuchtet in seinem blassen Schein. – Da richtete sie sich auf. Geräuschlos entstieg sie dem Bett und trat mit nackten Füßen in ihre davorstehenden Schuhe. Nun stand sie mitten im Zimmer in ihrem weißen Schlafgewand; ihr dunkles Haar hing, wie sie es nachts zu ordnen pflegte, in zwei langen Flechten über ihre Brust. Aber ihre sonst so elastische Gestalt schien wie zusammengesunken; es war, als liege noch die Last des Schlafes auf ihr. Tastend, mit vorgestreckten Händen, glitt sie durch das Zimmer, aber sie nahm nichts mit, kein Bündelchen, keinen Schlüssel. Als sie mit den Fingern über die auf einem Stuhle liegenden Kleider ihres Mannes streifte, zögerte sie einen Augenblick, als gewinne eine andere Vorstellung in ihr Raum; gleich darauf aber schritt sie leise und feierlich zur Stubentür hinaus und weiter die Treppe hinab. Dann klang unten im Flure das Schloß der Hoftür, kalte Luft blies sie an, der Nachtwind hob die schweren Flechten auf ihrer Brust.

– – Wie sie durch den finstern Wald gekommen, der hinter ihr lag, das wußte sie nicht; aber jetzt hörte sie es überall aus dem Dickicht hervorbrechen; die Verfolger waren hinter ihr. Vor ihr erhob sich ein großes Tor; mit aller Macht ihrer kleinen Hände stieß sie den einen Flügel auf; eine öde, unabsehbare Heide dehnte sich vor ihr aus, und plötzlich wimmelte es von großen schwarzen Hunden, die in emsigem Laufe gegen sie daherrannten; sie sah die roten Zungen aus ihren dampfenden Rachen hängen, sie hörte ihr Gebell immer näher – tönender – –

Da öffneten sich ihre halbgeschlossenen Augen, und allmählich begann sie es zu fassen. Sie erkannte, daß sie eben innerhalb des großen Gartens stehe; ihre eine Hand hielt noch die Klinke der eisernen Gittertür. Der Wind spielte mit ihrem leichten Nachtgewande; von den Linden, welche zur Seite des Einganges standen, wirbelte ein Schauer von gelben Blättern auf sie herab. – Doch – was war das? – Drüben aus den Tannen, ganz wie sie es vorhin zu hören glaubte, erscholl auch jetzt das Bellen eines Hundes, sie hörte deutlich etwas durch die dürren Zweige brechen. Eine Todesangst überfiel sie. – Und wieder erscholl das Gebell.

„Nero“, sagte sie; „es ist Nero.“

Aber sie hatte sich mit dem schwarzen Hüter des Hauses nie befreundet, und unwillkürlich lief ihr das wirkliche Tier mit den grimmigen Hunden des Traumes in eins zusammen; und jetzt sah sie ihn von jenseit des Rasens in großen Sprüngen auf sich zukommen. Doch er legte sich vor ihr nieder, und jenes unverkennbare Winseln der Freude ausstoßend, leckte er ihre nackten Füße. Zugleich kamen Schritte vom Hofe her, und einen Augenblick darauf umfingen sie die Arme ihres Mannes; gesichert legte sie den Kopf an seine Brust.

Vom Gebell des Hundes aufgewacht, hatte er mit jähem Schreck ihr Lager an seiner Seite leer gesehen. Ein dunkles Wasser glitzerte plötzlich vor seinem inneren Auge; es lag nur tausend Schritte hinter ihrem Garten an einem Feldweg unter dichten Erlenbüschen. Wie vor einigen Tagen sah er sich mit Ines an dem grünen Uferrande stehen; er sah sie bis in das Schilf hinabgehen und einen Stein, den sie vorhin am Wege aufgesammelt, in die Tiefe werfen. „Komm zurück, Ines!“ hatte er gerufen, „es ist nicht sicher dort.“ Aber sie war noch immer stehengeblieben, mit den schwermütigen Augen in die Kreise starrend, welche langsam auf dem schwarzen Wasserspiegel ausliefen. „Das ist wohl unergründlich?“ hatte sie gefragt, da er sie endlich in seinen Armen fortgerissen.

Das alles war in wilder Flucht durch seinen Kopf gegangen, als er die Treppe nach dem Hofe hinabgestürmt. – Auch damals waren sie durch den Garten von ihrem Hause fortgegangen, und jetzt traf er sie hier, fast unbekleidet, das schöne Haar vom Nachttau feucht, der noch immer von den Bäumen tropfte.

Er hüllte sie in den Plaid, welchen er sich selbst vorm Hinuntergehen übergeworfen hatte. „Ines“, sagte er – das Herz schlug ihm so gewaltig, daß er das Wort fast rauh hervorstieß – „was ist das? Wie bist du hieher gekommen?“

Sie schauerte in sich zusammen.

„Ich weiß nicht, Rudolf – ich wollte fort – mir träumte; oh, Rudolf, es muß etwas Furchtbares gewesen sein!“

„Dir träumte? Wirklich, dir träumte!“ wiederholte er und atmete auf, wie von einer schweren Last befreit.

Sie nickte nur und ließ sich wie ein Kind ins Haus und in das Schlafgemach zurückführen.

Als er sie hier sanft aus seinen Armen ließ, sagte sie: „Du bist so stumm, du zürnst gewiß?“

„Wie sollt ich zürnen, Ines! Ich hatte Angst um dich. Hast du schon früher so geträumt?“

Sie schüttelte erst den Kopf, bald aber besann sie sich. „Doch – – einmal; nur war nichts Schreckliches dabei.“

Er trat ans Fenster und zog die Vorhänge zurück, so daß das Mondlicht voll ins Zimmer strömte.

„Ich muß dein Antlitz sehen“, sagte er, indem er sie auf die Kante ihres Bettes niederzog und sich dann selbst an ihre Seite setzte. „Willst du mir nun erzählen, was dir damals Liebliches geträumt hat? Du brauchst nicht laut zu sprechen; in diesem zarten Lichte trifft auch der leiseste Ton das Ohr.“

Sie hatte den Kopf an seine Brust gelegt und sah zu ihm empor.

„Wenn du es wissen willst“, sagte sie nachsinnend. „Es war, glaub ich, an meinem dreizehnten Geburtstag; ich hatte mich ganz in das Kind, in den kleinen Christus verliebt, ich mochte meine Puppen nicht mehr ansehen.“

„In den kleinen Christus, Ines?“

„Ja, Rudolf“, und sie legte sich wie zur Ruhe noch fester in seinen Arm; „meine Mutter hatte mir ein Bild geschenkt, eine Madonna mit dem Kinde; es hing hübsch eingerahmt über meinem Arbeitstischchen in der Wohnstube.“

„Ich kenne es“, sagte er, „es hängt ja noch dort; deine Mutter wollte es behalten zur Erinnerung an die kleine Ines.“

– „O meine liebe Mutter!“

Er zog sie fester an sich; dann sagte er: „Darf ich weiter hören, Ines?"

– „Doch! Aber ich schäme mich, Rudolf." Und dann leise und zögernd fortfahrend: „Ich hatte an jenem Tage nur Augen für das Christkind; auch nachmittags, als meine Gespielinnen da waren; ich schlich mich heimlich hin und küßte das Glas vor seinem kleinen Munde – – es war mir ganz, als wenn's lebendig wäre – – hätte ich es nur auch wie die Mutter auf dem Bild in meine Arme nehmen können!" – Sie schwieg; ihre Stimme war bei den letzten Worten zu einem flüsternden Hauch herabgesunken.

„Und dann, Ines?" fragte er. „Aber du erzählst mir so beklommen!"

– „Nein, nein, Rudolf! Aber – – in der Nacht, die darauf folgte, muß ich auch im Traume aufgestanden sein; denn am andern Morgen fanden sie mich in meinem Bette, das Bild in beiden Armen, mit meinem Kopf auf dem zerdrückten Glase eingeschlafen."

Eine Weile war es totenstill im Zimmer.

– – „Und jetzt?" fragte er ahnungsvoll und sah ihr tief und herzlich in die Augen. „Was hat dich heute denn von meiner Seite in die Nacht hinausgetrieben?"

„Jetzt, Rudolf?" – – Er fühlte, wie ein Zittern über alle ihre Glieder lief. Plötzlich schlang sie die Arme um seinen Hals, und mit erstickter Stimme flüsterte sie angstvolle und verworrene Worte, deren Sinn er nicht verstehen konnte.

„Ines, Ines!" sagte er und nahm ihr schönes kummervolles Antlitz in seine beiden Hände.

– „O Rudolf! Laß mich sterben; aber verstoße nicht unser Kind!"

Er war vor ihr aufs Knie gesunken und küßte ihr die Hände. Nur die Botschaft hatte er gehört und nicht die dunkeln Worte, in denen sie ihm verkündigt wurde; von seiner Seele flogen alle Schatten fort, und hoffnungsreich zu ihr emporschauend, sprach er leise:

„Nun muß sich alles, alles wenden!"

Die Zeit ging weiter, aber die dunkeln Gewalten waren noch nicht besiegt. Nur mit Widerstreben fügte Ines die noch aus Nesis Wiegenzeit vorhandenen Dinge der kleinen Ausrüstung ein, und manche Träne fiel in die kleinen Mützen und Jäckchen, an welchen sie jetzt stumm und eifrig nähte.

– – Auch Nesi war es nicht entgangen, daß etwas Ungewöhnliches sich vorbereite. Im Oberhause, nach dem großen Garten hinaus, stand plötzlich eine Stube fest verschlossen, in der sonst ihre Spielsachen aufbewahrt gewesen waren; sie hatte durchs Schlüsselloch hineingeguckt; eine Dämmerung, eine feierliche Stille schien darin zu walten. Und als sie ihre Puppenküche, die man auf den Korridor hinausgesetzt hatte, mit Hülfe der alten Anne auf den Hausboden trug, suchte sie dort vergebens nach der Wiege mit dem grünen Taffetschirme, welche, solange sie denken konnte, hier unter dem schrägen Dachfenster gestanden hatte. Neugierig spähte sie in alle Winkel.

„Was gehst du herum wie ein Kontrolleur?" sagte die Alte.

– „Ja, Anne, wo ist aber meine Wiege geblieben?"

Die Alte blickte sie mit schlauem Lächeln an. „Was meinst", sagte sie, „wenn dir der Storch noch so ein Brüderchen brächte?"

Nesi sah betroffen auf; aber sie fühlte sich durch diese Anrede in ihrer elfjährigen Würde gekränkt. „Der Storch?" sagte sie verächtlich.

„Nun freilich, Nesi."

– „Du mußt nicht so was zu mir sprechen, Anne. Das glauben die kleinen Kinder; aber ich weiß wohl, daß es dummes Zeug ist."

„So? – Wenn du es besser weißt, Mamsell Naseweis, woher kommen denn die Kinderchen, wenn nicht der Storch sie bringt, der es doch schon die Tausende von Jahren her besorgt hat?"

– „Sie kommen vom lieben Gott", sagte Nesi pathetisch. „Sie sind auf einmal da."

„Bewahr uns in Gnaden!" rief die Alte. „Was doch die Guckindiewelte heutzutage klug sind! Aber du hast recht, Nesi; wenn du's gewiß weißt, daß der liebe Gott den Storch vom Amte gesetzt hat – ich glaub's selber, er wird es schon allein besorgen können. – Nun aber – wenn's denn so auf einmal da wär, das Brüderchen – oder wolltest du lieber ein Schwesterlein? – würd's dich freuen, Neschen?"

Nesi stand vor der Alten, die sich auf einen Reisekoffer niedergelassen hatte; ein Lächeln verklärte ihr ernstes Gesichtchen, dann aber schien sie nachzusinnen.

„Nun, Neschen", forschte wieder die Alte. „Würd's dich freuen, Neschen?"

„Ja, Anne", sagte sie endlich, „ich möchte wohl eine kleine Schwester haben, und Vater würde sich gewiß auch freuen; aber – –"

„Nun, Neschen, was hast du noch zu abern?"

„Aber", wiederholte Nesi und hielt dann wieder einen Augenblick wie grübelnd inne; – „das Kind würde ja dann doch keine Mutter haben!"

„Was?" rief die Alte ganz erschrocken und strebte mühsam von ihrem Koffer auf; „das Kind keine Mutter! Du bist mir zu gelehrt, Nesi; komm, laß uns hinabgehen! – Hörst du? Da schlägt's zwei! Nun mach, daß du in die Schule kommst!"

Schon brausten die ersten Frühlingsstürme um das Haus; die Stunde nahte. –

– „Wenn ich's nicht überlebte", dachte Ines, „ob er auch meiner dann gedenken würde?"

Mit scheuen Augen ging sie an der Tür des Zimmers vorüber, welches schweigend sie und ihr künftiges Geschick erwartete; leise trat sie auf, als sei darinnen etwas, was sie zu wecken fürchte.

Und endlich war dem Hause ein Kind, ein zweites Töchterchen geboren. Von außen pochten die lichtgrünen Zweige an die Fenster; aber drinnen in dem Zimmer lag die junge Mutter bleich und entstellt; das warme Sonnenbraun der Wangen war verschwunden; aber in ihren Augen brannte ein Feuer, das den Leib verzehrte. Rudolf saß an dem Bett und hielt ihre schmale Hand in der seinen.

Jetzt wandte sie mühsam den Kopf nach der Wiege, die unter der Hut der alten Anne an der andern Seite des Zimmers stand. „Rudolf", sagte sie matt, „ich habe noch eine Bitte!"

– „Noch eine, Ines? Ich werde noch viel von dir zu bitten haben."

Sie sah ihn traurig an; nur eine Sekunde lang; dann flog ihr Auge hastig wieder nach der Wiege. „Du weißt", sagte sie, immer schwerer atmend, „es gibt kein Bild von mir! Du wolltest immer, es solle nur von einem guten Meister gemalt werden – – wir können nicht mehr warten auf die Meisterhand. – Du könntest einen Photographen kommen lassen, Rudolf; es ist ein wenig umständlich; aber – mein Kind, es wird mich nicht mehr kennenlernen; es muß doch wissen, wie die Mutter ausgesehen."

„Warte noch ein wenig!" sagte er und suchte einen mutigen Ton in seine Stimme zu legen. „Es würde dich jetzt zu sehr erregen; warte, bis deine Wangen wieder voller werden!"

Sie strich mit beiden Händen über ihr schwarzes Haar, das lang und glänzend auf dem Deckbette lag, indem sie einen fast wilden Blick im Zimmer umherwarf.

„Einen Spiegel!" sagte sie, indem sie sich völlig in den Kissen aufrichtete. „Bringt mir einen Spiegel!"

Er wollte wehren; aber schon hatte die Alte einen Handspiegel herbeigeholt und auf das Bett gelegt. Die Kranke ergriff ihn hastig; aber als sie hineinblickte, malte sich ein heftiges Erschrecken in ihren Zügen; sie nahm ein Tuch und wischte an dem Glase; doch es wurde nicht anders; nur immer fremder starrte das kranke Leidensantlitz ihr entgegen.

„Wer ist das?" schrie sie plötzlich. „Das bin ich nicht! – Oh, mein Gott! Kein Bild, kein Schatten für mein Kind!"

Sie ließ den Spiegel fallen und schlug die mageren Hände vors Gesicht.

Da drang ein Weinen an ihr Ohr. Es war nicht ihr Kind, das ahnungslos in seiner Wiege lag und schlief; Nesi hatte sich unbemerkt hereingeschlichen; sie stand mitten im Zimmer und sah mit düsteren Augen auf die Stiefmutter, während sie schluchzend in ihre Lippe biß.

Ines hatte sie bemerkt. „Du weinst, Nesi?" fragte sie.

Aber das Kind antwortete nicht.

„Warum weinst du, Nesi?" wiederholte sie heftig.

Die Züge des Kindes wurden noch finsterer. „Um meine Mutter!" brach es fast trotzig aus dem kleinen Munde.

Die Kranke stutzte einen Augenblick; dann aber streckte sie die Arme aus dem Bett, und als das Kind, wie unwillkürlich, sich genähert hatte, riß sie es heftig an ihre Brust. „O Nesi, vergiß deine Mutter nicht!"

Da schlangen zwei kleine Arme sich um ihren Hals, und nur ihr verständlich, hauchte es: „Meine liebe, süße Mama!" – „Bin ich deine liebe Mama, Nesi?"

Nesi antwortete nicht; sie nickte nur heftig in die Kissen.

„Dann, Nesi", und in traulich seligem Flüstern sprach es die Kranke, „vergiß auch mich nicht! Oh, ich will nicht gern vergessen werden!"

– – Rudolf hatte regungslos diesen Vorgängen zugesehen, die er nicht zu stören wagte; halb in tödlicher Angst, halb in stillem Jubel; aber die Angst behielt die Oberhand. Ines war in ihre Kissen zurückgesunken; sie sprach nicht mehr; sie schlief – plötzlich.

Nesi, die sich leise von dem Bett entfernt hatte, kniete vor der Wiege ihres Schwesterchens; voll Bewunderung betrachtete sie das winzige Händchen, das sich aus den Kissen aufreckte, und wenn das rote Gesichtlein sich verzog und der kleine unbeholfene Menschenlaut hervorbrach, dann leuchteten ihre Augen vor Entzücken. Rudolf, der still herangetreten war, legte liebkosend die Hand auf ihren Kopf; sie wandte sich um und küßte die andere Hand des Vaters; dann schaute sie wieder auf ihr Schwesterchen. –

Die Stunden rückten weiter. Draußen leuchtete der Mittagsschein, und die Vorhänge an den Fenstern wurden fester zugezogen. Längst schon saß er wieder an dem Bette der geliebten Frau, in dumpfer Erwartung; Gedanken und Bilder kamen und gingen; er schaute sie nicht an, er ließ sie kommen und gehen. Schon einmal früher war es so wie jetzt gewesen; ein unheimliches Gefühl befiel ihn; ihm war, als lebe er zum zweiten Mal. Er sah wieder den schwarzen Totenbaum aufsteigen und mit den düsteren Zweigen sein ganzes Haus bedecken. Angstvoll sah er nach der Kranken; aber sie schlummerte sanft; in ruhigen Atemzügen hob sich ihre Brust. Unter dem Fenster, in den blühenden Syringen sang ein kleiner Vogel immerzu; er hörte ihn nicht; er war bemüht, die trügerischen Hoffnungen fortzuscheuchen, die ihn jetzt umspinnen wollten.

Am Nachmittage kam der Arzt; er neigte sich über die Schlafende und nahm ihre Hand, die ein warmer feuchter Hauch bedeckte. Rudolf blickte gespannt in das Antlitz seines Freundes, dessen Züge den Ausdruck der Überraschung annahmen.

„Schone mich nicht!“ sagte er. „Laß mich alles wissen!“

Aber der Doktor drückte ihm die Hand.

– „Gerettet!“ – Das einzige Wort hatte er behalten. Er hörte auf einmal den Gesang des Vogels; das ganze Leben kam zurückgeflutet. „Gerettet!“ – Und er hatte auch sie schon verloren gegeben in die große Nacht; er hatte geglaubt, die heftige Erschütterung des Morgens müsse sie verderben; doch:

Es ward ihr zum Heil,
Es riß sie nach oben!

In diese Worte des Dichters faßte er all sein Glück zusammen; wie Musik klangen sie fort und fort in seinen Ohren.

– – Immer noch schlief die Kranke; immer noch saß er wartend an ihrem Bette. Nur die Nachtlampe dämmerte jetzt in dem stillen Zimmer; draußen aus dem Garten kam statt des Vogelsangs nun das Rauschen des Nachtwindes; manchmal wie Harfenton wehte es auf und zog vorüber; die jungen Zweige pochten leise an die Fenster.

„Ines!“ flüsterte er; „Ines!“ Er konnte es nicht lassen, ihren Namen auszusprechen.

Da schlug sie die Augen auf und ließ sie fest und lange auf ihm ruhen, als müsse aus der Tiefe des Schlafes ihre Seele erst zu ihm hinauf gelangen.

„Du, Rudolf?“ sagte sie endlich. „Und ich bin noch einmal wieder aufgewacht!“

Er blickte sie an und konnte sich nicht ersättigen an ihrem Anblick. „Ines“, sagte er – fast demütig klang seine Stimme – „ich sitze hier, und stundenlang schon trage ich das Glück wie eine schwere Last auf meinem Haupte; hilf es mir tragen, Ines!“

„Rudolf –!“ Sie hatte sich mit einer kräftigen Bewegung aufgerichtet.

– „Du wirst leben, Ines!“

„Wer hat das gesagt?"

– „Dein Arzt, mein Freund; ich weiß, er hat sich nicht getäuscht."

„Leben! O mein Gott! Leben! – Für mein Kind, für dich!" – Es war, als käme ihr plötzlich eine Erinnerung; sie schlang die Hände um den Hals ihres Mannes und drückte sein Ohr an ihren Mund. „Und für deine – für euere, unsre Nesi!" flüsterte sie. Dann ließ sie seinen Nacken los, und seine beiden Hände ergreifend, sprach sie zu ihm sanft und liebevoll. „Mir ist so leicht!" sagte sie. „Ich weiß gar nicht mehr, warum alles sonst so schwer gewesen ist!" Und ihm zunickend: „Du sollst nur sehen, Rudolf; nun kommt die gute Zeit! Aber –" und sie hob den Kopf und brachte ihre Augen ganz dicht an die seinen – „ich muß teilhaben an deiner Vergangenheit, dein ganzes Glück mußt du mir erzählen! Und, Rudolf, ihr süßes Bild soll in dem Zimmer hängen, das uns gemeinschaftlich gehört; sie muß dabeisein, wenn du mir erzählst!"

Er sah sie an wie ein Seliger.

„Ja, Ines; sie soll dabeisein!"

„Und Nesi! Ich erzähl ihr wieder von ihrer Mutter, was ich von dir gehört habe; – was für ihr Alter paßt, Rudolf, nur das – –"

Er konnte nur stumm noch nicken.

„Wo ist Nesi?" fragte sie dann; „ich will ihr noch einen Gutenachtkuß geben!"

„Sie schläft, Ines", sagte er und strich sanft mit der Hand über ihre Stirn. „Es ist ja Mitternacht!"

„Mitternacht! So mußt auch du nun schlafen! Ich aber – lache mich nicht aus, Rudolf – mich hungert; ich muß essen! Und dann, nachher, die Wiege vor mein Bett; ganz nahe, Rudolf! Dann schlaf auch ich wieder; ich fühl's; gewiß, du kannst ganz ruhig fortgehen."

Er blieb noch.

„Ich muß erst eine Freude haben!" sagte er.

„Eine Freude?"

„Ja, Ines, eine ganz neue; ich will dich essen sehen!"

– „O du!"

– Und als ihm auch das geworden, trug er mit der Wärterin die Wiege vor das Bett.

„Und nun gute Nacht! Mir ist, als sollte ich noch einmal in unseren Hochzeitstag hineinschlafen."

Sie aber wies glücklich lächelnd auf ihr Kind.

– Und bald war alles still. Aber nicht der schwarze Totenbaum streckte seine Zweige über das Dach des Hauses; aus fernen goldnen Ährenfeldern nickte sanft der rote Mohn des Schlummers. Noch eine reiche Ernte stand bevor.

Und es war wieder Rosenzeit. – Auf dem breiten Steige des großen Gartens hielt ein lustiges Gefährte. Nero war augenscheinlich avanciert; denn nicht vor einem Puppen-,

sondern vor einem wirklichen Kinderwagen stand er angeschirrt und hielt geduldig still, als Nesi an seinem mächtigen Kopfe jetzt die letzte Schnalle zuzog. Die alte Anne beugte sich zu dem Schirm des Wägelchens und zupfte an den Kissen, in denen das noch namenlose Töchterchen des Hauses mit großen offenen Augen lag; aber schon rief Nesi: „Hü, hott, alter Nero!" und in würdevollem Schritt setzte die kleine Karawane sich zu ihrer täglichen Spazierfahrt in Bewegung.

Rudolf und mit ihm Ines, die schöner als je an seinem Arme hing, hatten lächelnd zugeschaut; nun gingen sie ihren eigenen Weg; seitwärts schlugen sie sich durch die Büsche entlang der Gartenmauer, und bald standen sie vor der noch immer verschlossenen Pforte. Das Gesträuch hing nicht wie sonst herab; ein Gestelle war untergebaut, so daß man wie durch einen schattigen Laubengang hinangelangte. Einen Augenblick horchten sie auf den vielstimmigen Gesang der Vögel, die drüben in der noch ungestörten Einsamkeit ihr Wesen trieben. Dann aber, von Ines' kleinen kräftigen Händen bezwungen, drehte sich der Schlüssel, und kreischend sprang der Riegel zurück. Drinnen hörten sie die Vögel aufrauschen, und dann war alles still. Um eine Handbreit stand die Pforte offen; aber sie war an der Binnenseite von blühendem Geranke überstrickt; Ines wandte alle ihre Kräfte auf, es knisterte und knickte auch dahinter; aber die Pforte blieb gefangen.

„Du mußt!" sagte sie endlich, indem sie lächelnd und erschöpft zu ihrem Manne emporblickte.

Die Männerhand erzwang den vollen Eingang; dann legte Rudolf das zerrissene Gesträuch sorgsam nach beiden Seiten zurück.

Vor ihnen schimmerte jetzt in hellem Sonnenlicht der Kiesweg; aber leise, als sei es noch in jener Mondnacht, gingen sie zwischen den tiefgrünen Koniferen auf ihm hin, vorbei an den Zentifolien, die mit Hunderten von Rosen aus dem wuchernden Kraut hervorleuchteten, und am Ende des Steiges unter das verfallene Rohrdach, vor welchem jetzt die Klematis den ganzen Gartenstuhl besponnen hatte. Drinnen hatte, wie im vorigen Sommer, die Schwalbe ihr Nest gebaut; furchtlos flog sie über ihnen aus und ein.

Was sie zusammen sprachen? – Auch für Ines war jetzt heiliger Boden hier. – Mitunter schwiegen sie und hörten nur auf das Summen der Insekten, die draußen in den Düften spielten. Vor Jahren hatte Rudolf es schon ebenso gehört; immer war es so gewesen. Die Menschen starben; ob denn diese kleinen Musikanten ewig waren?

„Rudolf, ich habe etwas entdeckt!" begann jetzt Ines wieder. „Nimm einmal den ersten Buchstaben meines Namens und setz ihn an das Ende! Wie heißt er dann?"

„Nesi!" sagte er lächelnd. „Das trifft sich wunderbar."

„Siehst du!" fuhr sie fort, „so hat die Nesi eigentlich meinen Namen. Ist's nicht billig, daß nun mein Kind den Namen ihrer Mutter erhält? – Marie! – Es klingt so gut und mild; du weißt, es ist nicht einerlei, mit welchem Namen die Kinder sich gerufen hören!"

Er schwieg einen Augenblick.

„Laß uns mit diesen Dingen nicht spielen!" sagte er dann und sah ihr innig in die Augen. „Nein, Ines; auch mit dem Antlitz meines lieben kleinen Kindes soll mir ihr Bild nicht übermalt werden. Nicht Marie, auch nicht Ines – wie es deine Mutter wünschte – darf das Kind mir heißen! Auch Ines ist für mich nur einmal und niemals wieder auf der Welt." – Und nach einer Weile fügte er hinzu: „Wirst du nun sagen, daß du einen eigensinnigen Mann hast?"

„Nein, Rudolf; nur, daß du Nesis rechter Vater bist!"

„Und du, Ines?"

„Hab nur Geduld; – ich werde schon dein rechtes Weib! – Aber –"

„Ist doch noch ein Aber da?"

„Kein böses, Rudolf! – Aber – wenn einst die Zeit dahin ist – denn einmal kommt ja doch das Ende – wenn wir alle dort sind, woran du keinen Glauben hast, aber vielleicht doch eine Hoffnung –, wohin sie uns vorangegangen ist, dann" – und sie hob sich zu ihm empor und schlang beide Hände um seinen Nacken – „schüttle mich nicht ab, Rudolf! Versuch es nicht; ich lasse doch nicht von dir!"

Er schloß sie fest in seine Arme und sagte: „Laß uns das Nächste tun; das ist das Beste, was ein Mensch sich selbst und andern lehren kann."

„Und das wäre?" fragte sie.

„Leben, Ines; so schön und lange, wie wir es vermögen!"

Da hörten sie Kinderstimmen von der Pforte her; kleine zum Herzen dringende Laute, die noch keine Worte waren, und ein helles „Hü!" und „Hott!" von Nesis kräftiger Stimme. Und unter dem Vorspann des getreuen Nero, behütet von der alten Dienerin, hielt die fröhliche Zukunft des Hauses ihren Einzug in den Garten der Vergangenheit.

Pole Poppenspäler

Ich hatte in meiner Jugend einige Fertigkeit im Drechseln und beschäftigte mich sogar wohl etwas mehr damit, als meinen gelehrten Studien zuträglich war; wenigstens geschah es, daß mich eines Tags der Subrektor bei Rückgabe eines nicht eben fehlerlosen Exerzitiums seltsamerweise fragte, ob ich vielleicht wieder eine Nähschraube zu meiner Schwester Geburtstag gedrechselt hätte. Solche kleine Nachteile wurden indessen mehr als aufgewogen durch die Bekanntschaft mit einem trefflichen Manne, die mir infolge jener Beschäftigung zuteil wurde. Dieser Mann war der Kunstdrechsler und Mechanikus Paul Paulsen, auch deputierter Bürger unserer Stadt. Auf die Bitte meines Vaters, der für alles, was er mich unternehmen sah, eine gewisse Gründlichkeit forderte, verstand er sich dazu, mir die für meine kleinen Arbeiten erforderlichen Handgriffe beizubringen.

Paulsen besaß mannigfache Kenntnisse und war dabei nicht nur von anerkannter Tüchtigkeit in seinem eignen Handwerk, sondern er hatte auch eine Einsicht in die künftige Entwicklung der Gewerke überhaupt, so daß bei manchem, was jetzt als neue Wahrheit verkündigt wird, mir plötzlich einfällt: das hat dein alter Paulsen ja schon vor vierzig Jahren gesagt. – Es gelang mir bald, seine Zuneigung zu erwerben, und er sah es gern, wenn ich noch außer den festgesetzten Stunden am Feierabend einmal zu ihm kam. Dann saßen wir entweder in der Werkstätte oder sommers – denn unser Verkehr hat jahrelang gedauert – auf der Bank unter der großen Linde seines Gärtchens. In den Gesprächen, die wir dabei führten, oder vielmehr, welche mein älterer Freund dabei mit mir führte, lernte ich Dinge kennen und auf Dinge meine Gedanken richten, von denen, so wichtig sie im Leben sind, ich später selbst in meinen Primaner-Schulbüchern keine Spur gefunden habe.

Paulsen war seiner Abkunft nach ein Friese und der Charakter dieses Volksstammes aufs schönste in seinem Antlitz ausgeprägt; unter dem schlichten blonden Haar die denkende Stirn und die blauen sinnenden Augen; dabei hatte, vom Vater ererbt, seine Stimme noch etwas von dem weichen Gesang seiner Heimatsprache.

Die Frau dieses nordischen Mannes war braun und von

zartem Gliederbau, ihre Sprache von unverkennbar süddeutschem Klange. Meine Mutter pflegte von ihr zu sagen, ihre schwarzen Augen könnten einen See ausbrennen, in ihrer Jugend aber sei sie von seltener Anmut gewesen. – Trotz der silbernen Fädchen, die schon ihr Haar durchzogen, war auch jetzt die Lieblichkeit dieser Züge noch nicht verschwunden, und das der Jugend angeborene Gefühl für Schönheit veranlaßte mich bald, ihr, wo ich immer konnte, mit kleinen Diensten und Gefälligkeiten an die Hand zu gehen.

„Da schau mir nur das Buberl“, sagte sie dann wohl zu ihrem Mann; „wirst doch nit eifersüchtig werden, Paul?“

Dann lächelte Paul. Und aus ihren Scherzworten und aus seinem Lächeln sprach das Bewußtsein innigsten Zusammengehörens.

Sie hatten außer einem Sohne, der damals in der Fremde war, keine Kinder, und vielleicht war ich den beiden zum Teil deshalb so willkommen, zumal Frau Paulsen mir wiederholt versicherte, ich habe grad ein so lustigs Naserl wie ihr Joseph. Nicht verschweigen will ich, daß letztere auch eine mir sehr zusagende, in unserer Stadt aber sonst gänzlich unbekannte Mehlspeise zu bereiten verstand und auch nicht unterließ, mich dann und wann zu Gast zu bitten. – So waren denn dort der Anziehungskräfte für mich genug. Von meinem Vater aber wurde mein Verkehr in dem tüchtigen Bürgerhause gern gesehen. „Sorge nur, daß du nicht lästig fällst!“ war das einzige, woran er in dieser Beziehung zuweilen mich erinnerte. Ich glaube indessen nicht, daß ich meinen Freunden je zu oft gekommen bin.

Da geschah es eines Tages, daß in meinem elterlichen Hause einem alten Herrn aus unserer Stadt das neueste und wirklich ziemlich gelungene Werk meiner Hände vorgezeigt wurde.

Als dieser seine Bewunderung zu erkennen gab, bemerkte mein Vater dagegen, daß ich ja aber auch schon seit fast einem Jahr bei Meister Paulsen in der Lehre sei.

„So, so“, erwiderte der alte Herr; „bei Pole Poppenspäler!“

Ich hatte nie gehört, daß mein Freund einen solchen Beinamen führe, und fragte, vielleicht ein wenig naseweis, was das bedeuten solle.

Aber der alte Herr lächelte nur ganz hinterhaltig und wollte keine weitere Auskunft geben. –

Zum kommenden Sonntag war ich von den Paulsenschen Eheleuten auf den Abend eingeladen, um ihnen ihren Hochzeitstag feiern zu helfen. Es war im Spätsommer, und da ich mich frühzeitig auf den Weg gemacht und die Hausfrau noch in der Küche zu wirtschaften hatte, so ging Paulsen mit mir in den Garten, wo wir uns zusammen unter der großen Linde auf die Bank setzten. Mir war das „Pole Poppenspäler" wieder eingefallen, und es ging mir so im Kopf herum, daß ich kaum auf seine Reden Antwort gab; endlich, da er mich fast ein wenig ernst wegen meiner Zerstreuung zurechtgewiesen hatte, fragte ich ihn gradezu, was jener Beiname zu bedeuten habe.

Er wurde sehr zornig. „Wer hat dich das dumme Wort gelehrt?" rief er, indem er von seinem Sitze aufsprang. Aber bevor ich noch zu antworten vermochte, saß er schon wieder neben mir. „Laß, laß!" sagte er, sich besinnend; „es bedeutet ja eigentlich das Beste, was das Leben mir gegeben hat. – Ich will es dir erzählen; wir haben wohl noch Zeit dazu. –

In diesem Haus und Garten bin ich aufgewachsen, meine braven Eltern wohnten hier, und hoffentlich wird einst mein Sohn hier wohnen! – Daß ich ein Knabe war, ist nun schon lange her; aber gewisse Dinge aus jener Zeit stehen noch, wie mit farbigem Stift gezeichnet, vor meinen Augen.

Neben unserer Haustür stand damals eine kleine weiße Bank mit grünen Stäben in den Rück- und Seitenlehnen, von der man nach der einen Seite die lange Straße hinab bis an die Kirche, nach der andern aus der Stadt hinaus bis in die Felder sehen konnte. An Sommerabenden saßen meine Eltern hier, der Ruhe nach der Arbeit pflegend; in den Stunden vorher aber pflegte ich sie in Beschlag zu nehmen und hier in der freien Luft und unter erquickendem Ausblick nach Ost und West meine Schularbeiten anzufertigen.

So saß ich auch eines Nachmittags – ich weiß noch gar wohl, es war im September, eben nach unserem Michaelis-Jahrmarkte – und schrieb für den Rechenmeister meine Algebra-Exempel auf die Tafel, als ich unten von der Straße ein seltsames Gefährte heraufkommen sah. Es war ein zweirädriger Karren, der von einem kleinen rauhen Pferde gezogen wurde. Zwischen zwei ziemlich hohen Kisten, mit denen er beladen war, saß eine große blonde Frau mit steifen hölzernen Gesichtszügen und ein etwa neunjähriges Mädchen, das sein schwarzhaariges Köpfchen lebhaft von

einer Seite nach der andern drehte; nebenher ging, den Zügel in der Hand, ein kleiner, lustig blickender Mann, dem unter seiner grünen Schirmmütze die kurzen schwarzen Haare wie Spieße vom Kopfe abstanden.

So, unter dem Gebimmel eines Glöckchens, das unter dem Halse des Pferdes hing, kamen sie heran. Als sie die Straße vor unserem Hause erreicht hatten, machte der Karren halt. „Du Bub", rief die Frau zu mir herüber, „wo ist denn die Schneiderherberg?"

Mein Griffel hatte schon lange geruht; nun sprang ich eilfertig auf und trat an den Wagen. „Ihr seid grad davor", sagte ich und wies auf das alte Haus mit der viereckig geschorenen Linde, das, wie du weißt, noch jetzt hier gegenüber liegt.

Das feine Dirnchen war zwischen den Kisten aufgestanden, streckte das Köpfchen aus der Kapuze ihres verschossenen Mäntelchens und sah mit ihren großen Augen auf mich herab; der Mann aber, mit einem „Sitz ruhig, Diendl!“ und „Schönen Dank, Bub!“ peitschte auf den kleinen Gaul und fuhr vor die Tür des bezeichneten Hauses, aus dem auch schon der dicke Herbergsvater in seiner grünen Schürze ihm entgegentrat.

Daß die Ankömmlinge nicht zu den zunftberechtigten Gästen des Hauses gehörten, mußte mir freilich klar sein; aber es pflegten dort – was mir jetzt, wenn ich es bedenke, mit der Reputation des wohlehrsamen Handwerks sich keineswegs reimen will – auch andere, mir viel angenehmere Leute einzukehren. Droben im zweiten Stock, wo noch heute statt der Fenster nur einfache Holzluken auf die Straße gehen, war das hergebrachte Quartier aller fahrenden Musikanten, Seiltänzer oder Tierbändiger, welche in unserer Stadt ihre Kunst zum besten gaben.

Und richtig, als ich am andern Morgen oben in meiner Kammer vor dem Fenster stand und meinen Schulsack schnürte, wurde drüben eine der Luken aufgestoßen; der kleine Mann mit den schwarzen Haarspießen steckte seinen Kopf ins Freie und dehnte sich mit beiden Armen in die frische Luft hinaus; dann wandte er den Kopf hinter sich nach dem dunkeln Raum zurück, und ich hörte ihn „Lisei! Lisei!“ rufen. – Da drängte sich unter seinem Arm ein rosiges Gesichtlein vor, um das wie eine Mähne das schwarze Haar herabfiel. Der Vater wies mit dem Finger nach mir herüber, lachte und zupfte sie ein paarmal an ihren seidenen Strähnen. Was er zu ihr sprach, habe ich nicht verstehen können; aber es mag wohl ungefähr gelautet haben: „Schau dir ihn an, Lisei! Kennst ihn noch, den Bubn von gestern? – Der arme Narr, da muß er nun gleich mit dem Ranzen in die Schule traben! – Was du für ein glücklich's Diendl bist, die du allweg nur mit unserem Braunen landab, landauf zu fahren brauchst!“ – Wenigstens sah die Kleine ganz mitleidig zu mir herüber, und als ich es wagte, ihr freundlich zuzunikken, nickte sie sehr ernsthaft wieder.

Bald aber zog der Vater seinen Kopf zurück und verschwand im Hintergrund seines Bodenraumes. Statt seiner trat jetzt die große blonde Frau zu dem Kinde; sie bemächtigte sich ihres Kopfes und begann ihr das Haar zu strählen.

Das Geschäft schien schweigend vollzogen zu werden, und das Lisei durfte offenbar nicht mucksen, obgleich es mehrmals, wenn ihr der Kamm so in den Nacken hinabfuhr, die eckigsten Figuren mit ihrem roten Mäulchen bildete. Nur einmal hob sie den Arm und ließ ein langes Haar über die Linde draußen in die Morgenluft hinausfliegen. Ich konnte von meinem Fenster aus es glänzen sehen; denn die Sonne war eben durch den Herbstnebel gedrungen und schien drüben auf den oberen Teil des Herberghauses.

Auch in den vorhin undurchdringlich dunkeln Bodenraum konnte ich jetzt hineinsehen. Ganz deutlich erblickte ich in einem dämmerigen Winkel den Mann an einem Tische sitzen; in seiner Hand blinkte etwas wie Gold oder Silber; dann wieder war's wie ein Gesicht mit einer ungeheueren Nase; aber so sehr ich meine Augen anstrengte, ich vermochte nicht klug daraus zu werden. Plötzlich hörte ich, als wenn etwas Hölzernes in einen Kasten geworfen würde, und nun stand der Mann auf und lehnte aus einer zweiten Luke sich wieder auf die Straße hinaus.

Die Frau hatte indessen der kleinen schwarzen Dirne ein verschossenes rotes Kleidchen angezogen und ihr die Haarflechten wie einen Kranz um das runde Köpfchen gelegt.

Ich sah noch immer hinüber. „Einmal", dachte ich, „könnte sie doch wieder nicken."

– – „Paul, Paul!" hörte ich plötzlich unten aus unserem Hause die Stimme meiner Mutter rufen.

„Ja, ja, Mutter!"

Es war mir ordentlich wie ein Schrecken in die Glieder geschlagen.

„Nun", rief sie wieder, „der Rechenmeister wird dir schön die Zeit verdeutschen! Weißt du denn nicht, daß es lang schon sieben geschlagen hat?"

Wie rasch polterte ich die Treppe hinunter!

Aber ich hatte Glück; der Rechenmeister war grade dabei, seine Bergamotten abzunehmen, und die halbe Schule befand sich in seinem Garten, um mit Händen und Mäulern ihm dabei zu helfen. Erst um neun Uhr saßen wir alle mit heißen Backen und lustigen Gesichtern an Tafel und Rechenbuch auf unseren Bänken.

Als ich um elf, die Taschen noch von Birnen starrend,

aus dem Schulhofe trat, kam eben der dicke Stadtausrufer die Straße herauf. Er schlug mit dem Schlüssel an sein blankes Messingbecken und rief mit seiner Bierstimme:

„Der Mechanikus und Puppenspieler Herr Joseph Tendler aus der Residenzstadt München ist gestern hier angekommen und wird heute abend im Schützenhofsaale seine erste Vorstellung geben. Vorgestellt wird: Pfalzgraf Siegfried und die heilige Genoveva, Puppenspiel mit Gesang in vier Aufzügen."

Dann räusperte er sich und schritt würdevoll in der meinem Heimwege entgegengesetzten Richtung weiter. Ich folgte ihm von Straße zu Straße, um wieder und wieder die entzückende Verkündigung zu hören; denn niemals hatte ich eine Komödie, geschweige denn ein Puppenspiel gesehen. – Als ich endlich umkehrte, sah ich ein rotes Kleidchen mir entgegenkommen; und wirklich, es war die kleine Puppenspielerin; trotz ihres verschossenen Anzugs schien sie mir von einem Märchenglanz umgeben.

Ich faßte mir ein Herz und redete sie an: „Willst du spazierengehen, Lisei?"

Sie sah mich mißtrauisch aus ihren schwarzen Augen an. „Spazieren?" wiederholte sie gedehnt. „Ach du – du bist g'scheit!"

„Wohin willst du denn?"

– „Zum Ellenkramer will i!"

„Willst du dir ein neues Kleid kaufen?" fragte ich tölpelhaft genug.

Sie lachte laut auf. „Geh! laß mi aus! – Nein; nur so Fetz'ln!"

„Fetz'ln, Lisei?"

– „Freili! Halt nur so Resteln zu G'wandl für die Pupp'n; 's kost't immer nit viel!"

Ein glücklicher Gedanke fuhr mir durch den Kopf. Ein alter Onkel von mir hatte damals am Markte hier eine Ellenwarenhandlung, und sein alter Ladendiener war mein guter Freund. „Komm mit mir", sagte ich kühn; „es soll dir gar nichts kosten, Lisei!"

„Meinst?" fragte sie noch; dann liefen wir beide nach dem Markt und in das Haus des Onkels. Der alte Gabriel stand wie immer in seinem pfeffer- und salzfarbenen Rock hinter dem Ladentisch, und als ich ihm unser Anliegen deutlich gemacht hatte, kramte er gutmütig einen Haufen „Rester" auf den Tisch zusammen.

„Schau, das hübsch Brinnrot!" sagte Lisei und nickte begehrlich nach einem Stückchen französischen Kattuns hinüber.

„Kannst es brauchen?" fragte Gabriel. – Ob sie es brauchen konnte! Der Ritter Siegfried sollte ja auf den Abend noch eine neue Weste geschneidert bekommen.

„Aber da gehören auch die Tressen noch dazu", sagte der Alte und brachte allerlei Endchen Gold- und Silberflittern. Bald kamen noch grüne und gelbe Seidenläppchen und Bänder, endlich ein ziemlich großes Stück braunen Plüsches. „Nimm's nur, Kind!" sagte Gabriel. „Das gibt ein Tierfell für euere Genoveva, wenn das alte vielleicht verschossen wäre!" Dann packte er die ganze Herrlichkeit zusammen und legte sie der Kleinen in den Arm.

„Und es kost't nix?" fragte sie beklommen.

Nein, es kostete nichts. Ihre Augen leuchteten. „Schön' Dank, guter Mann! Ach, wird der Vater schauen!"

Hand in Hand, Lisei mit ihrem Päckchen unter dem Arm, verließen wir den Laden; als wir aber in die Nähe unserer Wohnung kamen, ließ sie mich los und rannte über die Straße nach der Schneiderherberge, daß ihr die schwarzen Flechten in den Nacken flogen.

– – Nach dem Mittagsessen stand ich vor unserer Haustür und erwog unter Herzklopfen das Wagnis, schon heute zur ersten Vorstellung meinen Vater um das Eintrittsgeld anzugehen; ich war ja mit der Galerie zufrieden, und die sollte für uns Jungens nur einen Doppeltschilling kosten. Da, bevor ich's noch bei mir ins reine gebracht hatte, kam das Lisei über die Straße zu mir hergeflogen. „Der Vater schickt's!" sagte sie, und eh ich mich's versah, war sie wieder fort; aber in meiner Hand hielt ich eine rote Karte, darauf stand mit großen Buchstaben: Erster Platz.

Als ich aufblickte, winkte auch von drüben der kleine schwarze Mann mit beiden Armen aus der Bodenluke zu mir herüber. Ich nickte ihm zu; was mußten das für nette Leute sein, diese Puppenspieler! „Also heute abend", sagte ich zu mir selber; „heute abend und – Erster Platz!"

– – Du kennst unsern Schützenhof in der Süderstraße; auf der Haustür sah man damals noch einen schön gemalten Schützen in Lebensgröße, mit Federhut und Büchse; im übrigen war aber der alte Kasten damals noch baufälliger, als er heute ist. Die Gesellschaft war bis auf drei Mitglieder herabgesunken; die vor Jahrhunderten von den alten Landesherzögen geschenkten silbernen Pokale, Pulverhörner und Ehrenketten waren nach und nach verschleudert; den großen Garten, der, wie du weißt, auf den Bürgersteig hinausläuft, hatte man zur Schaf- und Ziegengräsung verpachtet. Das alte zweistöckige Haus wurde von niemandem weder bewohnt noch gebraucht; windrissig und verfallen stand es da zwischen den munteren Nachbarhäusern; nur in dem öden weißgekalkten Saale, der fast das ganze obere Stockwerk einnahm, produzierten mitunter starke Männer oder durchreisende Taschenspieler ihre Künste. Dann wurde unten die große Haustür mit dem gemalten Schützenbruder knarrend aufgeschlossen.

– – Langsam war es Abend geworden; und – das Ende trug die Last, denn mein Vater wollte mich erst fünf Minuten vor dem angesetzten Glockenschlage laufen lassen; er meinte, eine Übung in der Geduld sei sehr vonnöten, damit ich im Theater stille sitze.

Endlich war ich an Ort und Stelle. Die große Tür stand offen, und allerlei Leute wanderten hinein; denn derzeit ging man noch gern zu solchen Vergnügungen; nach Hamburg war eine weite Reise, und nur wenige hatten sich die kleinen Dinge zu Hause durch die dort zu schauenden Herrlichkeiten leid machen können. – Als ich die eichene Wendeltreppe hinaufgestiegen war, fand ich Liseis Mutter am Eingange des Saales an der Kasse sitzen. Ich näherte mich ihr ganz vertraulich und dachte, sie würde mich so recht als einen alten Bekannten begrüßen; aber sie saß stumm und starr und nahm mir meine Karte ab, als wenn ich nicht die geringste Beziehung zu ihrer Familie hätte. – Etwas gedemütigt trat ich in den Saal; der kommenden Dinge harrend, plauderte alles mit halber Stimme durcheinander; dazu fiedelte unser Stadtmusikus mit drei seiner Gesellen. Das erste, worauf meine Augen fielen, war in der Tiefe des Saales ein roter Vorhang oberhalb der Musikantenplätze. Die Malerei in der Mitte desselben stellte zwei lange Trompeten vor, die kreuzweise über einer goldenen Leier lagen; und, was mir damals sehr sonderbar erschien, an dem Mundstück einer jeden hing, wie mit den leeren Augen daraufgeschoben, hier eine finster, dort eine lachend ausgeprägte Maske. – Die drei vordersten Plätze waren schon besetzt; ich drängte mich in die vierte Bank, wo ich einen Schulkameraden bemerkt hatte, der dort neben seinen Eltern saß. Hinter uns bauten sich die Plätze schräg ansteigend in die Höhe, so daß der letzte, die sogenannte Galerie, welche nur zum Stehen war, sich fast mannshoch über dem Fußboden befinden mochte. Auch dort schien es wohlgefüllt zu sein; genau vermochte ich es nicht zu sehen, denn die wenigen Talglichter, welche in Blechlampetten an den beiden Seitenwänden brannten, verbreiteten nur eine schwache Helligkeit; auch dunkelte die schwere Balkendecke des Saales. Mein Nachbar wollte mir eine Schulgeschichte erzählen; ich begriff nicht, wie er an so etwas denken konnte, ich schaute nur auf den Vorhang, der von den Lampen des Podiums und der Musikantenpulte feierlich beleuchtet war. Und jetzt ging ein Wehen über seine Fläche, die geheimnisvolle Welt hinter ihm begann sich schon zu regen; noch einen Augenblick, da erscholl das Läuten eines Glöckchens, und während unter den Zuschauern das summende Geplauder wie mit einem Schlage verstummte, flog der Vorhang in die Höhe. – Ein Blick auf die Bühne versetzte mich um tausend Jahre rückwärts. Ich sah in einen mittelalterlichen Burghof mit Turm und Zugbrücke; zwei kleine ellenlange Leute standen in der Mitte und redeten lebhaft miteinander. Der eine mit dem schwarzen Barte, dem silbernen Federhelm und dem goldgestickten Mantel über dem roten Unterkleide war der Pfalzgraf Siegfried; er wollte gegen die heidnischen Mohren in den Krieg reiten und befahl seinem jungen Hausmeister Golo, der in blauem silbergesticktem Wamse neben ihm stand, zum Schutze der Pfalzgräfin Genoveva in der Burg zurückzubleiben. Der treulose Golo aber tat gewaltig wild, daß er seinen guten Herrn so allein in das grimme Schwerterspiel sollte reiten lassen. Sie drehten bei diesen Wechselreden die Köpfe hin und her und fochten heftig und ruckweise mit den Armen. – Da tönten kleine, langgezogene Trompetentöne von draußen hinter der Zugbrücke, und zugleich kam auch die schöne Genoveva in himmelblauem Schleppkleide hinter dem Turm hervorgestürzt und schlug beide Arme über des Gemahls Schultern: „Oh, mein herzallerliebster Siegfried, wenn dich die grausamen Heiden nur nicht massakrieren!" Aber es half ihr nichts; noch einmal ertönten die Trompeten, und der Graf schritt steif und würdevoll über die Zugbrücke aus dem Hofe; man hörte deutlich draußen den Abzug des gewappneten Trupps. Der böse Golo war jetzt Herr der Burg. –

Und nun spielte das Stück sich weiter, wie es in deinem Lesebuch gedruckt steht. – Ich war auf meiner Bank ganz wie verzaubert; diese seltsamen Bewegungen, diese feinen oder schnarrenden Puppenstimmchen, die denn doch wirklich aus ihrem Munde kamen – es war ein unheimliches Leben in diesen kleinen Figuren, das gleichwohl meine Augen wie magnetisch auf sich zog.

Im zweiten Aufzuge aber sollte es noch besser kommen. – Da war unter den Dienern auf der Burg einer im gelben Nankinganzug, der hieß Kasperl. Wenn dieser Bursche nicht lebendig war, so war noch niemals etwas lebendig gewesen; er machte die ungeheuersten Witze, so daß der ganze Saal vor Lachen bebte; in seiner Nase, die so groß wie eine Wurst war, mußte er jedenfalls ein Gelenk haben; denn wenn er so sein dumm-pfiffiges Lachen herausschüttelte, so schlenkerte der Nasenzipfel hin und her, als wenn auch er sich vor Lustigkeit nicht zu lassen wüßte; dabei riß der Kerl seinen großen Mund auf und knackte, wie eine alte Eule, mit den Kinnbacksknochen. „Pardauz!" schrie es; so kam er immer auf die Bühne gesprungen; dann stellte er sich hin und sprach erst bloß mit seinem großen Daumen; den konnte er so ausdrucksvoll hin und wider drehen, daß es ordentlich ging wie „Hier nix und da nix! kriegst du nix, so hast du nix!" Und dann sein Schielen; – das war so verführerisch, daß im Augenblick dem ganzen Publikum die Augen verquer im Kopfe standen. Ich war ganz vernarrt in den lieben Kerl!

Endlich war das Spiel zu Ende, und ich saß wieder zu Hause in unserer Wohnstube und verzehrte schweigend das Aufgebratene, das meine gute Mutter mir warm gestellt hatte. Mein Vater saß im Lehnstuhl und rauchte seine Abendpfeife. „Nun, Junge", rief er, „waren sie lebendig?"

„Ich weiß nicht, Vater", sagte ich und arbeitete weiter in meiner Schüssel; mir war noch ganz verwirrt zu Sinne.

Er sah mir eine Weile mit seinem klugen Lächeln zu. „Höre, Paul", sagte er dann, „du darfst nicht zu oft in diesen Puppenkasten; die Dinger könnten dir am Ende in die Schule nachlaufen."

Mein Vater hatte nicht unrecht. Die Algebraaufgaben gerieten mir in den beiden nächsten Tagen so mäßig, daß der Rechenmeister mich von meinem ersten Platz herabzusetzen drohte. – Wenn ich in meinem Kopfe rechnen wollte: „a + b gleich x – c", so hörte ich statt dessen vor meinen Ohren die feine Vogelstimme der schönen Genoveva: „Ach, mein herzallerliebster Siegfried, wenn dich die bösen Heiden nur nicht massakrieren!" Einmal – aber es hat niemand gesehen – schrieb ich sogar „x + Genoveva" auf die Tafel. – Des Nachts in meiner Schlafkammer rief es einmal ganz laut „Pardauz", und mit einem Satz kam der liebe Kasperl in seinem Nankinganzug zu mir ins Bett gesprungen, stemmte seine Arme zu beiden Seiten meines Kopfes in das Kissen und rief, grinsend auf mich herabnickend: „Ach, du liebs Brüderl! Ach, du herztausig liebs Brüderl!" Dabei hackte er mir mit seiner langen roten Nase in die meine, daß ich davon erwachte. Da sah ich denn freilich, daß es nur ein Traum gewesen war.

Ich verschloß das alles in meinem Herzen und wagte zu Hause kaum den Mund aufzutun von der Puppenkomödie. Als aber am nächsten Sonntag der Ausrufer wieder durch die Straßen ging, an sein Becken schlug und laut verkündigte: „Heute abend auf dem Schützenhof: Doktor Fausts Höllenfahrt, Puppenspiel in vier Aufzügen!" – da war es doch nicht länger auszuhalten. Wie die Katze um den heißen Brei, so schlich ich um meinen Vater herum, und endlich hatte er meinen stummen Blick verstanden. – „Pole", sagte er, „es könnte dir ein Tropfen Blut vom Herzen gehen; vielleicht ist's die beste Kur, dich einmal gründlich satt zu machen." Damit langte er in die Westentasche und gab mir einen Doppelschilling.

Ich rannte sofort aus dem Hause; erst auf der Straße wurde es mir klar, daß ja noch acht lange Stunden bis zum Anfang der Komödie abzuleben waren. So lief ich denn hinter den Gärten auf den Bürgersteig. Als ich an den offenen Grasgarten des Schützenhofs gekommen war, zog es mich unwillkürlich hinein; vielleicht, daß gar einige Puppen dort oben aus den Fenstern guckten; denn die Bühne lag ja an der Rückseite des Hauses. Aber ich mußte dann erst durch den oberen Teil des Gartens, der mit Linden- und Kastanienbäumen dicht bestanden war. Mir wurde etwas zag zumute; ich wagte doch nicht weiter vorzudringen. Plötzlich erhielt ich von einem großen, hier angepflockten Ziegenbock einen Stoß in den Rücken, daß ich um zwanzig Schritte weiter flog. Das half; als ich mich umsah, stand ich schon unter den Bäumen.

Es war ein trüber Herbsttag; einzelne gelbe Blätter sanken schon zur Erde; über mir in der Luft schrien ein paar Strandvögel, die ans Haff hinausflogen; kein Mensch war zu sehen noch zu hören. Langsam schritt ich durch das Unkraut, das auf den Steigen wucherte, bis ich einen schmalen Steinhof erreicht hatte, der den Garten von dem Hause trennte. – Richtig! Dort von oben schauten zwei große Fenster in den Hof herab; aber hinter den kleinen in Blei gefaßten Scheiben war es schwarz und leer, keine Puppe war zu sehen. Ich stand eine Weile, mir wurde ganz unheimlich in der mich rings umgebenden Stille.

Da sah ich, wie unten die schwere Hoftür von innen eine Handbreit geöffnet wurde, und zugleich lugte auch ein schwarzes Köpfchen daraus hervor.

„Lisei!" rief ich.

Sie sah mich groß mit ihren dunkeln Augen an. „B'hüt Gott!" sagte sie; „hab i doch nit gewußt, was da außa rumkraxln tät! Wo kommst denn du daher?"

„Ich? – Ich geh spazieren, Lisei! – Aber sag mir, spielt ihr denn schon jetzt Komödie?"

Sie schüttelte lachend den Kopf.

„Aber, was machst du denn hier?" fragte ich weiter, indem ich über den Steinhof zu ihr trat.

„I wart auf den Vater", sagte sie; „er ist ins Quartier, um Band und Nagel zu holen; er macht's halt firti für heunt abend."

„Bist du denn ganz allein hier, Lisei?"

– „O nei; du bist ja aa no da!"

„Ich meine“, sagte ich, „ob nicht deine Mutter oben auf dem Saal ist?“

Nein, die Mutter saß in der Herberge und besserte die Puppenkleider aus; das Lisei war hier ganz allein.

„Hör“, begann ich wieder, „du könntest mir einen Gefallen tun; es ist unter eueren Puppen einer, der heißt Kasperl; den möcht ich gar zu gern einmal in der Nähe sehen.“

„Den Wurstl meinst?“ sagte Lisei und schien sich eine Weile zu bedenken. „Nu, es ging scho; aber g'schwind mußt sein, eh denn der Vater wieder da ist!“

Mit diesen Worten waren wir schon ins Haus getreten und liefen eilig die steile Wendeltreppe hinauf. – Es war fast dunkel in dem großen Saale; denn die Fenster, welche sämtlich nach dem Hofe hinaus lagen, waren von der Bühne verdeckt; nur einzelne Lichtstreifen fielen durch die Spalten des Vorhangs.

„Komm!“ sagte Lisei und hob seitwärts an der Wand die dort aus einem Teppich bestehende Verkleidung in die Höhe; wir schlüpften hindurch, und da stand ich in dem Wundertempel. – Aber von der Rückseite betrachtet und hier in der Tageshelle sah er ziemlich kläglich aus; ein Gerüst aus Latten und Brettern, worüber einige buntbekleckste Leinwandstücke hingen; das war der Schauplatz, auf welchem das Leben der heiligen Genoveva so täuschend an mir vorübergegangen war.

Doch ich hatte mich zu früh beklagt; dort, an einem Eisendrahte, der von einer Kulisse nach der Wand hinübergespannt war, sah ich zwei der wunderbaren Puppen schweben; aber sie hingen mit dem Rücken gegen mich, so daß ich sie nicht erkennen konnte.

„Wo sind die andern, Lisei?“ fragte ich; denn ich hätte gern die ganze Gesellschaft auf einmal mir besehen.

„Hier im Kast'l“, sagte Lisei und klopfte mit ihrer kleinen Faust auf eine im Winkel stehende Kiste; „die zwei da sind scho zug'richt; aber geh nur her dazu und schau's dir a; er is scho dabei, dei Freund, der Kasperl!“

Und wirklich, er war es selber. „Spielt denn der heute abend auch wieder mit?“ fragte ich.

„Freili, der is allimal dabei!“

Mit untergeschlagenen Armen stand ich und betrachtete meinen lieben lustigen Allerweltskerl. Da baumelte er, an sieben Schnüren aufgehenkt; sein Kopf war vornübergesunken, daß seine großen Augen auf den Fußboden stierten und ihm die rote Nase wie ein breiter Schnabel auf der Brust lag. „Kasperle, Kasperle", sagte ich bei mir selber, „wie hängst du da elendiglich." Da antwortete es ebenso: „Wart nur, liebs Brüderl, wart nur bis heut abend!" – War das auch nur so in meinen Gedanken, oder hatte Kasperl selbst zu mir gesprochen? –

Ich sah mich um. Das Lisei war fort; sie war wohl vor die Haustür, um die Rückkehr ihres Vaters zu überwachen. – Da hörte ich sie eben noch von dem Ausgang des Saales rufen: „Daß d' mir aber nit an die Puppen rührst!" – – Ja – nun konnte ich es aber doch nicht lassen. Leise stieg ich auf eine neben mir stehende Bank und begann erst an der einen, dann an der andern Schnur zu ziehen; die Kinnladen fingen an zu klappen, die Arme hoben sich, und jetzt fing auch der wunderbare Daumen an, ruckweise hin und her zu schießen. Die Sache machte gar keine Schwierigkeit; ich hatte mir die Puppenspielerei doch kaum so leicht gedacht. – Aber die Arme bewegten sich nur nach vorn und hinten aus; und es war doch gewiß, daß Kasperle sie in dem neulichen Stück auch seitwärts ausgestreckt, ja, daß er sie sogar über dem Kopf zusammengeschlagen hatte! Ich zog an allen Drähten, ich versuchte mit der Hand die Arme abzubiegen; aber es wollte nicht gelingen. Auf einmal tat es einen leisen Krach im Innern der Figur. „Halt!" dachte ich, „Hand vom Brett! Da hättst du können Unheil anrichten!"

Leise stieg ich wieder von meiner Bank herab, und zugleich hörte ich auch Lisei von außen in den Saal treten.

„G'schwind, g'schwind!" rief sie und zog mich durch das Dunkel an die Wendeltreppe hinaus; „'s is eigentli nit recht", fuhr sie fort, „daß i di eilass'n hab; aber, gel, du hast doch dei Gaudi g'habt!"

Ich dachte an den leisen Krach von vorhin. „Ach, es wird ja nichts gewesen sein!" Mit dieser Selbsttröstung lief ich die Treppe hinab und durch die Hintertür ins Freie.

Soviel stand fest, der Kaspar war doch nur eine richtige Holzpuppe; aber das Lisei – was das für eine allerliebste

Sprache führte! und wie freundlich sie mich gleich zu den Puppen mit hinaufgenommen hatte! – Freilich, und sie hatte es ja auch selbst gesagt, daß sie es so heimlich vor ihrem Vater getan, das war nicht völlig in der Ordnung. Unlieb – zu meiner Schande muß ich's gestehen – war diese Heimlichkeit mir grade nicht; im Gegenteil, die Sache bekam für mich dadurch noch einen würzigen Beigeschmack, und es muß ein recht selbstgefälliges Lächeln auf meinem Gesicht gestanden haben, als ich durch die Linden- und Kastanienbäume des Gartens wieder nach dem Bürgersteig hinabschlenderte.

Allein zwischen solchen schmeichelnden Gedanken hörte ich von Zeit zu Zeit vor meinem inneren Ohre immer jenen leisen Krach im Körper der Puppe; was ich auch vornahm, den ganzen Tag über konnte ich diesen jetzt aus meiner eigenen Seele herauftönenden unbequemen Laut nicht zum Schweigen bringen.

Es hatte sieben Uhr geschlagen; im Schützenhofe war heute, am Sonntagabend, alles besetzt; ich stand diesmal hinten, fünf Schuh hoch über dem Fußboden, auf dem Doppeltschillingsplatze. Die Talglichter brannten in den Blechlampetten, der Stadtmusikus und seine Gesellen fiedelten; der Vorhang rollte in die Höhe.

Ein hochgewölbtes gotisches Zimmer zeigte sich. Vor einem aufgeschlagenen Folianten saß im langen schwarzen Talar der Doktor Faust und klagte bitter, daß ihm all seine Gelehrsamkeit so wenig einbringe; keinen heilen Rock habe er mehr am Leibe, und vor Schulden wisse er sich nicht zu lassen; so wolle er denn jetzo mit der Hölle sich verbinden. – „Wer ruft nach mir?" ertönte zu seiner Linken eine furchtbare Stimme von der Wölbung des Gemaches herab. – „Faust, Faust, folge nicht!" kam eine andere feine Stimme von der Rechten. – Aber Faust verschwor sich den höllischen Gewalten. – „Weh, weh deiner armen Seele!" Wie ein seufzender Windeshauch klang es von der Stimme des Engels; von der Linken schallte eine gellende Lache durchs Gemach. – – Da klopfte es an die Tür. „Verzeihung, Euere Magnifizenz?" Fausts Famulus Wagner war eingetreten. Er bat, ihm für die grobe Hausarbeit die Annahme eines Gehülfen zu gestatten, damit er sich besser aufs Studieren legen könne. „Es hat sich", sagte er, „ein junger Mann bei mir gemeldet, welcher Kasperl heißt und gar fürtreffliche Qualitäten zu besitzen scheint." – Faust nickte gnädig mit dem Kopfe und sagte: „Sehr wohl, lieber Wag-

ner, diese Bitte sei Euch gewährt." Dann gingen beide miteinander fort. – –

„Pardauz!" rief es; und da war er. Mit einem Satz kam er auf die Bühne gesprungen, daß ihm das Felleisen auf dem Buckel hüpfte.

– – „Gott sei gelobt!" dachte ich; „er ist noch ganz gesund; er springt noch ebenso wie vorigen Sonntag in der Burg der schönen Genoveva!" Und seltsam, so sehr ich ihn am Vormittage in meinen Gedanken nur für eine schmähliche Holzpuppe erklärt hatte, mit seinem ersten Worte war der ganze Zauber wieder da.

Emsig spazierte er im Zimmer auf und ab. „Wenn mich jetzt mein Vater Papa sehen tät", rief er, „der würd sich was Rechts freuen. Immer pflegt er zu sagen: ‚Kasperl, mach, daß du dein Sach in Schwung bringst!' – Oh, jetz und hab ich's in Schwung; denn ich kann mein Sach haushoch werfen!" – Damit machte er Miene, sein Felleisen in die Höhe zu schleudern; und es flog auch wirklich, da es am Draht gezogen wurde, bis an die Deckenwölbung hinauf; aber – Kasperles Arme waren an seinem Leibe kleben geblieben; es ruckte und ruckte, aber sie kamen um keine Handbreit in die Höhe.

Kasperl sprach und tat nichts weiter. – Hinter der Bühne entstand eine Unruhe, man hörte leise aber heftig sprechen, der Fortgang des Stückes war augenscheinlich unterbrochen.

Mir stand das Herz still; da hatten wir die Bescherung! Ich wäre gern fortgelaufen, aber ich schämte mich. Und wenn gar dem Lisei meinetwegen etwas geschähe!

Da begann Kasperl auf der Bühne plötzlich ein klägliches Geheule, wobei ihm Kopf und Arme schlaff herunterhingen, und der Famulus Wagner erschien wieder und fragte ihn, warum er denn so lamentiere.

„Ach, mei Zahnerl, mei Zahnerl!" schrie Kasperl.

„Guter Freund", sagte Wagner, „so laß Er sich einmal in das Maul sehen!" – Als er ihn hierauf bei der großen Nase packte und ihm zwischen die Kinnladen hineinschaute, trat auch der Doktor Faust wieder in das Zimmer. – „Verzeihen Euere Magnifizenz", sagte Wagner, „ich werde diesen jungen Mann in meinem Dienst nicht gebrauchen können; er muß sofort in das Lazarett geschafft werden!"

„Is das a Wirtshaus?" fragte Kasperle.

„Nein, guter Freund", erwiderte Wagner, „das ist ein Schlachthaus. Man wird Ihm dort einen Weisheitszahn aus der Haut schneiden, und dann wird er seiner Schmerzen ledig sein."

„Ach, du liebs Herrgottl", jammerte Kasperl, „muß mi arms Viecherl so ein Unglück treffen! Ein Weisheitszahnerl, sagt Ihr, Herr Famulus? Das hat noch keiner in der Famili gehabt! Da geht's wohl auch mit meiner Kasperlschaft zu End?"

„Allerdings, mein Freund", sagte Wagner; „eines Dieners mit Weisheitszähnen bin ich baß entraten; die Dinger sind nur für uns gelehrte Leute. Aber Er hat ja noch einen Brudersson, der sich auch bei mir zum Dienst gemeldet hat. Vielleicht", und er wandte sich gegen den Doktor Faust, „erlauben Euere Magnifizenz!"

Der Doktor Faust machte eine würdige Drehung mit dem Kopfe.

„Tut, was Euch beliebt, mein lieber Wagner", sagte er; „aber stört mich nicht weiter mit Eueren Lappalien in meinem Studium der Magie!"

– – „Heere, mei Gutester", sagte ein Schneidergesell, der vor mir auf der Brüstung lehnte, zu seinem Nachbar, „das geheert ja nicht zum Stück, ich kenn's, ich hab es vor ä Weilchen erst in Seifersdorf gesehn." – Der andere aber sagte nur: „Halt's Maul, Leipziger!" und gab ihm einen Rippenstoß.

– – Auf der Bühne war indessen Kasperle, der zweite, aufgetreten. Er hatte eine unverkennbare Ähnlichkeit mit seinem kranken Onkel, auch sprach er ganz genau wie dieser; nur fehlte ihm der bewegliche Daumen, und in seiner großen Nase schien er kein Gelenk zu haben.

Mir war ein Stein vom Herzen gefallen, als das Stück nun ruhig weiterspielte, und bald hatte ich alles um mich her vergessen. Der teuflische Mephistopheles erschien in seinem feuerfarbenen Mantel, das Hörnchen vor der Stirn, und Faust unterzeichnete mit seinem Blute den höllischen Vertrag:

„Vierundzwanzig Jahre sollst du mir dienen; dann will ich dein sein mit Leib und Seele."

Hierauf fuhren beide in des Teufels Zaubermantel durch die Luft davon. Für Kasperle kam eine ungeheuere Kröte mit Fledermausflügeln aus der Luft herab. „Auf dem höllischen Sperling soll ich nach Parma reiten?" rief er, und als das Ding wackelnd mit dem Kopfe nickte, stieg er auf und flog den beiden nach.

– – Ich hatte mich ganz hinten an die Wand gestellt, wo ich besser über alle die Köpfe vor mir hinwegsehen konnte. Und jetzt rollte der Vorhang zum letzten Aufzug in die Höhe.

Endlich ist die Frist verstrichen. Faust und Kasper sind beide wieder in ihrer Vaterstadt. Kasper ist Nachtwächter geworden; er geht durch die dunkeln Straßen und ruft die Stunden ab:

„Hört, ihr Herrn, und laßt euch sagen,
Meine Frau hat mich geschlagen;
Hüt't euch vor dem Weiberrock!
Zwölf ist der Klock! Zwölf ist der Klock!"

Von fern hört man eine Glocke Mitternacht schlagen. Da wankt Faust auf die Bühne; er versucht zu beten, aber nur Heulen und Zähneklappen tönt aus seinem Halse. Von oben ruft eine Donnerstimme:

„Fauste, Fauste, in aeternum damnatus es!"

Eben fuhren im Feuerregen drei schwarzhaarige Teufel herab, um sich des Armen zu bemächtigen, da fühlte ich eins der Bretter zu meinen Füßen sich verschieben. Als ich mich bückte, um es zurechtzubringen, glaubte ich aus dem dunkeln Raume unter mir ein Geräusch zu hören; ich horchte näher hin; es klang wie das Schluchzen einer Kinderstimme. – „Lisei!" dachte ich; „wenn es Lisei wäre!" Wie ein Stein fiel meine ganze Untat mir wieder aufs Gewissen; was kümmerte mich jetzt der Doktor Faust und seine Höllenfahrt!

Unter heftigem Herzklopfen drängte ich mich durch die

Zuschauer und ließ mich seitwärts an dem Brettergerüst herabgleiten. Rasch schlüpfte ich in den darunter befindlichen Raum, in welchem ich an der Wand entlang ganz aufrecht gehen konnte; aber es war fast dunkel, so daß ich mich an den überall untergestellten Latten und Balken stieß. „Lisei!" rief ich. Das Schluchzen, das ich eben noch gehört hatte, wurde plötzlich still; aber dort in dem tiefsten Winkel sah ich etwas sich bewegen. Ich tastete mich weiter bis an das Ende des Raumes, und – da saß sie, zusammengekauert, das Köpfchen in den Schoß gedrückt.

Ich zupfte sie am Kleide. „Lisei!" sagte ich leise, „bist du es? Was machst du hier?"

Sie antwortete nicht, sondern begann wieder vor sich hin zu schluchzen.

„Lisei", fragte ich wieder; „was fehlt dir? So sprich doch nur ein einziges Wort!"

Sie hob den Kopf ein wenig. „Was soll i da red'n!" sagte sie; „du weißt's ja von selber, daß du den Wurstl hast verdreht."

„Ja, Lisei", antwortete ich kleinlaut; „ich glaub es selber, daß ich das getan habe."

– „Ja, du! – Und i hab dir's doch g'sagt!"

„Lisei, was soll ich tun?"

– „Nu, halt nix!"

„Aber was soll denn daraus werden?"

– „Nu, halt aa nix!" Sie begann wieder laut zu weinen. „Aber i – wenn i z' Haus komm – da krieg i die Peitsch'n!"

„Du die Peitsche, Lisei!" – Ich fühlte mich ganz vernichtet. „Aber ist dein Vater denn so strenge?"

„Ach, mei guts Vaterl!" schluchzte Lisei.

Also die Mutter! Oh, wie ich, außer mir selber, diese Frau haßte, die immer mit ihrem Holzgesichte an der Kasse saß!

Von der Bühne hörte ich Kasper, den zweiten, rufen: „Das Stück ist aus! Komm, Gret'l, laß uns Kehraus tanzen!" Und in demselben Augenblick begann auch über unsern Köpfen das Scharren und Trappeln mit den Füßen, und bald polterte alles von den Bänken herunter und drängte sich dem Ausgange zu; zuletzt kam der Stadtmusikus mit seinen Gesellen, wie ich aus dem Tönen des Brummbasses hörte, mit dem sie beim Fortgehen an den Wänden anstießen. Dann allmählich wurde es still, nur hinten auf der Bühne hörte man noch die Tendlerschen Eheleute miteinander reden und wirtschaften. Nach einer Weile kamen auch sie in den Zuschauerraum; sie schienen erst an den Musikantenpulten, dann an den Wänden die Lichter auszuputzen; denn es wurde allmählich immer finsterer.

„Wenn i nur wüßt, wo die Lisei abblieben ist!“ hörte ich Herrn Tendler zu seiner an der gegenüberliegenden Wand beschäftigten Frau hinüberrufen.

„Wo sollt sie sein!“ rief diese wieder; „'s ist 'n störrig Ding; ins Quartier wird sie gelaufen sein!“

„Frau“, antwortete der Mann, „du bist auch zu wüst mit dem Kind gewesen; sie hat doch halt so a weichs Gemüt!“

„Ei was“, rief die Frau; „ihr' Straf muß sie hab'n; sie weiß recht gut, daß die schöne Marionett noch von mei'm Vater selig ist! Du wirst sie nit wieder kurieren, und der zweit' Kasper ist doch halt nur ein Notknecht!“

Die lauten Wechselreden hallten in dem leeren Saale wider. Ich hatte mich neben Lisei hingekauert; wir hatten uns bei den Händen gefaßt und saßen mäuschenstille.

„G'schieht mir aber schon recht“, begann wieder die Frau, die eben gerade über unsern Köpfen stand, „warum hab ich's gelitten, daß du das gotteslästerlich Stück heute wieder aufgeführt hast! Mein Vater selig hat's nimmer wollen in seinen letzten Jahren!“

„Nu, nu, Resel!“ rief Herr Tendler von der andern Wand; „dein Vater war ein b'sondrer Mann. Das Stück gibt doch allfort eine gute Cassa; und ich mein', es ist doch auch a Lehr und Beispiel für die vielen Gottlosen in der Welt!“

„Ist aber bei uns zum letztenmal heut geb'n. Und nu red mir nit mehr davon!“ erwiderte die Frau.

Herr Tendler schwieg. – Es schien jetzt nur noch ein Licht zu brennen, und die beiden Eheleute näherten sich dem Ausgange.

„Lisei“, flüsterte ich, „wir werden eingeschlossen.“

„Laß!“ sagte sie, „i kann nit; i geh nit furt!“

„Dann bleib ich auch!“

– „Aber dei Vater und Mutter!“

„Ich bleib doch bei dir!“

Jetzt wurde die Tür des Saales zugeschlagen; – dann ging's die Treppe hinab, und dann hörten wir, wie draußen auf der Straße die große Haustür abgeschlossen wurde.

Da saßen wir denn. Wohl eine Viertelstunde saßen wir so, ohne auch nur ein Wort miteinander zu reden. Zum Glück fiel mir ein, daß sich noch zwei Heißewecken in meiner Tasche befanden, die ich für einen meiner Mutter abgebettelten Schilling auf dem Herwege gekauft und über all dem Schauen ganz vergessen hatte. Ich steckte Lisei den einen in ihre kleinen Hände; sie nahm ihn schweigend, als verstehe es sich von selbst, daß ich das Abendbrot besorge, und wir schmausten eine Weile. Dann war auch das zu Ende. – Ich stand auf und sagte: „Laß uns hinter die Bühne gehen; da wird's heller sein; ich glaub, der Mond scheint draußen!" Und Lisei ließ sich geduldig durch die kreuz und quer stehenden Latten von mir in den Saal hinausleiten.

Als wir hinter der Verkleidung in den Bühnenraum geschlüpft waren, schien dort vom Garten her das helle Mondlicht in die Fenster.

An dem Drahtseil, an dem am Vormittage nur die beiden Puppen gehangen hatten, sah ich jetzt alle, die vorhin im Stück aufgetreten waren. Da hing der Doktor Faust mit seinem scharfen blassen Gesicht, der gehörnte Mephistopheles, die drei kleinen schwarzhaarigen Teufelchen, und dort neben der geflügelten Kröte waren auch die beiden Kasperls. Ganz stille hingen sie da in der bleichen Mondscheinbeleuchtung; fast wie Verstorbene kamen sie mir vor. Der Hauptkasperl hatte zum Glück wieder seinen breiten Nasenschnabel auf der Brust liegen, sonst hätte ich geglaubt, daß seine Blicke mich verfolgen müßten.

Nachdem Lisei und ich eine Weile, nicht wissend, was wir beginnen sollten, an dem Theatergerüste umhergestanden und -geklettert waren, lehnten wir uns nebeneinander auf die Fensterbank. – Es war Unwetter geworden; am Himmel, gegen den Mond stieg eine Wolkenbank empor; drunten im Garten konnte man die Blätter zu Haufen von den Bäumen wehen sehen.

„Guck", sagte Lisei nachdenklich, „wie's da aufi g'schwomma kimmt! Da kann mei alte gute Bas' nit mehr vom Himm'l abi schaun."

„Was für eine alte Bas', Lisei?" fragte ich.
– „Nu, wo i g'west bin, bis sie halt g'storb'n ist."

Dann blickten wir wieder in die Nacht hinaus. – Als der Wind gegen das Haus und auf die kleinen undichten Fensterscheiben stieß, fing hinter mir an dem Drahtseil

die stille Gesellschaft mit ihren hölzernen Gliedern an zu klappern. Ich drehte mich unwillkürlich um und sah nun, wie sie, vom Zugwind bewegt, mit den Köpfen wackelten und die steifen Arm' und Beine durcheinanderregten. Als aber plötzlich der kranke Kasperl seinen Kopf zurückschlug und mich mit seinen weißen Augen anstierte, da dachte ich, es sei doch besser, ein wenig an die Seite zu gehen.

Unweit vom Fenster, aber so, daß die Kulissen dort vor dem Anblick dieser schwebenden Tänzer schützen mußten, stand die große Kiste; sie war offen; ein paar wollene Decken, vermutlich zum Verpacken der Puppen bestimmt, lagen nachlässig darüber hingeworfen.

Als ich mich eben dorthin begeben hatte, hörte ich Lisei vom Fenster her so recht aus Herzensgrunde gähnen.

„Bist du müde, Lisei?“ fragte ich.

„O nein“, erwiderte sie, indem sie ihre Ärmchen fest zusammenschränkte; „aber i frier halt!“

Und wirklich, es war kalt geworden in dem großen leeren Raume, auch mich fror. „Komm hieher!“ sagte ich, „wir wollen uns in die Decken wickeln.“

Gleich darauf stand Lisei bei mir und ließ sich geduldig von mir in die eine Decke wickeln; sie sah aus wie eine Schmetterlingspuppe, nur daß oben noch das allerliebste Gesichtchen herausguckte. „Weißt“, sagte sie und sah mich mit zwei großen müden Augen an, „i steig ins Kistl, da hält's warm!“

Das leuchtete auch mir ein; im Verhältnis zu der wüsten Umgebung winkte hier sogar ein traulicher Raum, fast wie ein dichtes Stübchen. Und bald saßen wir armen törichten Kinder wohlverpackt und dicht aneinandergeschmiegt in der hohen Kiste. Mit Rücken und Füßen hatten wir uns gegen die Seitenwände gestemmt; in der Ferne hörten wir die schwere Saaltür in den Falzen klappen; wir aber saßen ganz sicher und behaglich.

„Friert dich noch, Lisei?“ fragte ich.

„Ka bisserl!“

Sie hatte ihr Köpfchen auf meine Schulter sinken lassen; ihre Augen waren schon geschlossen. „Was wird mei guts Vaterl –“ lallte sie noch; dann hörte ich an ihren gleichmäßigen Atemzügen, daß sie eingeschlafen war.

Ich konnte von meinem Platze aus durch die oberen Scheiben des einen Fensters sehen. Der Mond war aus seiner Wolkenhülle wieder hervorgeschwommen, in der er eine Zeitlang verborgen gewesen war; die alte Bas' konnte jetzt wieder vom Himmel herunterschauen, und ich denke wohl, sie hat's recht gern getan. Ein Streifen Mondlicht fiel auf das Gesichtchen, das nahe an dem meinen ruhte; die schwarzen Augenwimpern lagen wie seidene Fransen auf den Wangen, der kleine rote Mund atmete leise, nur mitunter zuckte noch ein kurzes Schluchzen aus der Brust herauf; aber auch das verschwand; die alte Bas' schaute gar so mild vom Himmel. – Ich wagte mich nicht zu rühren. „Wie schön müßte es sein", dachte ich, „wenn das Lisei deine Schwester wäre, wenn sie dann immer bei dir bleiben könnte!" Denn ich hatte keine Geschwister, und wenn ich auch nach Brüdern kein Verlangen trug, so hatte ich mir doch oft das Leben mit einer Schwester in meinen Gedanken ausgemalt und konnte es nie begreifen, wenn meine Kameraden mit denen, die sie wirklich besaßen, in Zank und Schlägerei gerieten.

Ich muß über solchen Gedanken doch wohl eingeschlafen sein; denn ich weiß noch, wie mir allerlei wildes Zeug geträumt hat. Mir war, als säße ich mitten in dem Zuschauerraum, die Lichter an den Wänden brannten, aber niemand außer mir saß auf den leeren Bänken. Über meinem Kopfe, unter der Balkendecke des Saales, ritt Kasperl auf dem höllischen Sperling in der Luft herum und rief einmal übers andere: „Schlimms Brüderl! Schlimms Brüderl!" oder auch mit kläglicher Stimme: „Mein Arm! Mein Arm!"

Da wurde ich von einem Lachen aufgeweckt, das über meinem Kopfe erschallte; vielleicht auch von dem Lichtschein, der mir plötzlich in die Augen fiel. „Nun seh mir einer dieses Vogelnest!" hörte ich die Stimme meines Vaters sagen, und dann etwas barscher: „Steig heraus, Junge!"

Das war der Ton, der mich stets mechanisch in die Höhe trieb. Ich riß die Augen auf und sah meinen Vater und das Tendlersche Ehepaar an unserer Kiste stehen; Herr Tendler trug eine brennende Laterne in der Hand. Meine Anstrengung, mich zu erheben, wurde indessen durch Lisei vereitelt, die, noch immer fortschlafend, mit ihrer ganzen kleinen Last mir auf die Brust gesunken war. Als sich aber jetzt zwei knochige Arme ausstreckten, um sie aus der Kiste herauszuheben, und ich das Holzgesicht der Frau Tendler sich auf uns niederbeugen sah, da schlug ich die Arme so ungestüm um meine kleine Freundin, daß ich dabei der guten Frau fast ihren alten italienischen Strohhut vom Kopfe gerissen hätte.

„Nu, nu, Bub!“ rief sie und trat einen Schritt zurück; ich aber, aus unserer Kiste heraus, erzählte mit geflügelten Worten und ohne mich dabei zu schonen, was am Vormittag geschehen war.

„Also, Madame Tendler“, sagte mein Vater, als ich mit meinem Bericht zu Ende war, und machte zugleich eine sehr verständliche Handbewegung, „da könnten Sie es mir ja wohl überlassen, dieses Geschäft allein mit meinem Jungen abzumachen.“

„Ach ja, ach ja!“ rief ich eifrig, als wenn mir soeben der angenehmste Zeitvertreib verheißen wäre.

Lisei war indessen auch erwacht und von ihrem Vater auf den Arm genommen worden. Ich sah, wie sie die Arme um seinen Hals schlang und ihm bald eifrig ins Ohr flüsterte, bald ihm zärtlich in die Augen sah oder wie beteuernd mit dem Köpfchen nickte. Gleich darauf ergriff auch der Puppenspieler die Hand meines Vaters. „Lieber Herr“, sagte er, „die Kinder bitten füreinander. Mutter, du bist ja auch nit gar so schlimm! Lassen wir es diesmal halt dabei!“

Madame Tendler sah indes noch immer unbeweglich aus ihrem großen Strohhute. „Du magst selb schauen, wie du ohne den Kasperl fertig wirst!“ sagte sie mit einem strengen Blick auf ihren Mann.

In dem Antlitz meines Vaters sah ich ein gewisses lustiges Augenzwinkern, das mir Hoffnung machte, es werde das Unwetter diesmal so an mir vorüberziehen; und als er jetzt sogar versprach, am andern Tage seine Kunst zur Herstellung des Invaliden aufzubieten, und dabei Madame Tendlers italienischer Strohhut in die holdseligste Bewegung geriet, da war ich sicher, daß wir beiderseits im Trocknen waren.

Bald marschierten wir unten durch die dunkeln Gassen, Herr Tendler mit der Laterne voran, wir Kinder Hand in Hand den Alten nach. – Dann: „Gut Nacht, Paul! Ach, will i schlaf'n!“ Und weg war das Lisei; ich hatte gar nicht gemerkt, daß wir schon bei unseren Wohnungen angekommen waren.

Am andern Vormittage, als ich aus der Schule gekommen war, traf ich Herrn Tendler mit seinem Töchterchen schon in unserer Werkstatt. „Nun, Herr Kollege", sagte mein Vater, der eben das Innere der Puppe untersuchte, „das sollte denn doch schlimm zugehen, wenn wir zwei Mechanici den Burschen hier nicht wieder auf die Beine brächten."

„Gel, Vater", rief das Lisei, „da werd aa die Mutter nit mehr brumm'n."

Herr Tendler strich zärtlich über das schwarze Haar des Kindes; dann wendete er sich zu meinem Vater, der ihm die Art der beabsichtigten Reparatur auseinandersetzte. „Ach, lieber Herr", sagte er, „ich bin kein Mechanikus, den Titel hab ich nur so mit den Puppen überkommen; ich bin eigentlich meines Zeichens ein Holzschnitzer aus Berchtesgaden. Aber mein Schwiegervater selig – Sie haben gewiß von ihm gehört – das war halt einer, und mein Reserl hat noch allweg ihr kleins Gaudi, daß sie die Tochter vom berühmten Puppenspieler Geißelbrecht ist. Der hat auch die Mechanik in dem Kasperl da g'macht; ich hab ihm derzeit nur 's G'sichtl ausgeschnitten."

„Ei nun, Herr Tendler", erwiderte mein Vater, „das ist ja auch schon eine Kunst. Und dann – sagt mir nur, wie war's denn möglich, daß Ihr Euch gleich zu helfen wußtet, als die Schandtat meines Jungen da so mitten in dem Stück zum Vorschein kam?"

Das Gespräch begann mir etwas unbehaglich zu werden; in Herrn Tendlers gutmütigem Angesicht aber leuchtete plötzlich die ganze Schelmerei des Puppenspielers. „Ja, lieber Herr", sagte er, „da hat man halt für solche Fäll sein G'spaßerl in der Taschen! Auch ist da noch so ein Brudersöhnerl, ein Wurstl Nummer zwei, der grad 'ne solche Stimm hat wie dieser da!"

Ich hatte indessen die Lisei am Kleide gezupft und war glücklich mit ihr nach unserem Garten entkommen. Hier unter der Linde saßen wir, die auch über uns beide jetzt ihr grünes Dach ausbreitet; nur blühten damals nicht mehr die roten Nelken auf den Beeten dort; aber ich weiß noch wohl, es war ein sonniger Septembernachmittag. Meine Mutter kam aus ihrer Küche und begann ein Gespräch mit dem Puppenspielerkinde; sie hatte denn doch auch so ihre kleine Neugierde.

Wie es denn heiße, fragte sie, und ob es denn schon immer so von Stadt zu Stadt gefahren sei? – – Ja, Lisei heiße es – ich hatte das meiner Mutter auch schon oft genug gesagt – aber dies sei seine erste Reis'; drum könne es auch das Hochdeutsch noch nit so völlig firti krieg'n. – – Ob es denn auch zur Schule gegangen sei? – – Freili; es sei scho zur Schul gang'n; aber das Nähen und Stricken habe es von seiner alten Bas' gelernt; die habe auch so a Gärtl g'habt, da drin hätten sie zusammen auf dem Bänkerl gesessen; nun lerne es bei der Mutter, aber die sei gar streng!

Meine Mutter nickte beifällig. – Wie lange ihre Eltern denn wohl hier verweilen würden? fragte sie das Lisei wieder. – – Ja, das wüßt es nit, das käme auf die Mutter an; doch pflegten sie so ein vier Wochen am Ort zu bleiben. – – Ja, ob's denn auch ein warmes Mäntelchen für die Weiterreise habe? denn so im Oktober würde es schon kalt auf dem offenen Wägelchen. – – Nun, meinte Lisei, ein Mäntelchen habe sie schon, aber ein dünnes sei es nur; es hab sie auch schon darin gefroren auf der Herreis'.

Und jetzt befand sich meine gute Mutter auf dem Fleck, wonach ich sie schon lange hatte zusteuern sehen. „Hör, kleine Lisei", sagte sie, „ich habe einen braven Mantel in meinem Schranke hängen, noch von den Zeiten her, da ich ein schlankes Mädchen war; ich bin aber jetzt herausgewachsen und habe keine Tochter, für die ich ihn noch zurechtschneidern könnte. Komm nur morgen wieder, Lisei, da steckt ein warmes Mäntelchen für dich darin."

Lisei wurde rot vor Freude und hatte im Umsehen meiner Mutter die Hand geküßt, worüber diese ganz verlegen wurde; denn du weißt, hierzulande verstehen wir uns schlecht auf solche Narreteien! – Zum Glück kamen jetzt die beiden Männer aus der Werkstatt. „Für diesmal gerettet", rief mein Vater; „ aber – –!" Der warnend gegen mich geschüttelte Finger war das Ende meiner Buße.

Fröhlich lief ich ins Haus und holte auf Geheiß meiner Mutter deren großes Umschlagtuch; denn um den kaum Genesenen vor dem zwar wohlgemeinten, aber immerhin unbequemen Zujauchzen der Gassenjugend zu bewahren, das ihn auf seinem Herwege begleitet hatte, wurde der Kasper jetzt sorgsam eingehüllt; dann nahm Lisei ihn auf den Arm, Herr Tendler das Lisei an der Hand, und so, unter Dankesversicherungen, zogen sie vergnügt die Straße nach dem Schützenhof hinab.

Und nun begann eine Zeit des schönsten Kinderglückes. – Nicht nur am andern Vormittage, sondern auch an den folgenden Tagen kam das Lisei; denn sie hatte nicht abgelassen, bis ihr gestattet worden, auch selbst an ihrem neuen

Mäntelchen zu nähen. Zwar war's wohl mehr nur eine Scheinarbeit, die meine Mutter in ihre kleinen Hände legte; aber sie meinte doch, das Kind müßte recht ordentlich angehalten sein. Ein paarmal setzte ich mich daneben und las aus einem Bande von Weißens Kinderfreunde vor, den mein Vater einmal auf einer Auktion für mich gekauft hatte, zum Entzücken Liseis, der solche Unterhaltungsbücher noch unbekannt waren. „Das ist g'schickt!" oder „Ei du, was geit's für Sachan auf der Welt!" Dergleichen Worte rief sie oft dazwischen und legte die Hände mit ihrer Näharbeit in den Schoß. Mitunter sah sie mich auch von unten mit ganz klugen Augen an und sagte: „Ja, wenn's Geschichtl nur nit derlog'n is!" – Mir ist's, als hörte ich es noch heute."

– – Der Erzähler schwieg, und in seinem schönen männlichen Antlitz sah ich einen Ausdruck stillen Glückes, als sei das alles, was er mir erzählte, zwar vergangen, aber keineswegs verloren. Nach einer Weile begann er wieder:

„Meine Schularbeiten machte ich niemals besser als in jener Zeit; denn ich fühlte wohl, daß das Auge meines Vaters mich strenger als je überwachte und daß ich mir den Verkehr mit den Puppenspielerleuten nur um den Preis eines strengen Fleißes erhalten könne. „Es sind reputierliche Leute, die Tendlers", hörte ich einmal meinen Vater sagen; „der Schneiderwirt drüben hat ihnen auch heute ein ordentliches Stübchen eingeräumt; sie zahlen jeden Morgen ihre Zeche; nur, meinte der Alte, sei es leider blitzwenig, was sie draufgehen ließen. – Und das", setzte mein Vater hinzu, „gefällt mir besser als dem Herbergsvater; sie mögen an den Notpfennig denken, was sonst nicht die Art solcher Leute ist." – – Wie gern hörte ich meine Freunde loben! Denn das waren sie jetzt alle; sogar Madame Tendler nickte ganz vertraulich aus ihrem Strohhute, wenn ich – keiner Einlaßkarte mehr bedürftig – abends an ihrer Kasse vorbei in den Saal schlüpfte. – Und wie rannte ich jetzt vormittags aus der Schule! Ich wußte wohl, zu Hause traf ich das Lisei entweder bei meiner Mutter in der Küche, wo sie allerlei kleine Dienste für sie zu verrichten wußte, oder es saß auf der Bank im Garten, mit einem Buche oder mit einer Näharbeit in der Hand. Und bald wußte ich sie auch in meinem Dienste zu beschäftigen; denn nachdem ich mich genügend in den innern Zusammenhang der Sache eingeweiht glaubte, beabsichtigte ich nichts Geringeres, als nun auch meinerseits ein Marionettentheater einzurichten. Vorläufig begann ich mit dem Ausschnitzen der Puppen, wobei Herr Tendler, nicht ohne eine gutmütige Schelmerei in seinen kleinen Augen, mir in der Wahl des Holzes und der Schnitzmesser mit Rat und Hülfe zur Hand ging; und bald ragte auch in der Tat eine mächtige Kasperlenase aus dem Holzblöckchen in die Welt. Da aber andererseits der Nankinganzug des „Wurstl" mir zu wenig interessant erschien, so mußte indessen das Lisei aus „Fetz'ln", die wiederum der alte Gabriel hatte hergeben müssen, gold- und silberbesetzte Mäntel und Wämser für Gott weiß welche andere künftige Puppen anfertigen. Mitunter trat auch der alte Heinrich mit seiner kurzen Pfeife aus der Werkstatt zu uns, ein Geselle meines Vaters, der, solang ich denken konnte, zur Familie gehörte; er nahm mir dann wohl das Messer aus der Hand und gab durch ein paar Schnitte dem Dinge hie und da den rechten Schick. Aber schon wollte meiner Phantasie selbst der Tendlersche Haupt- und Prinzipalkasperl nicht mehr genügen; ich wollte noch ganz etwas anderes leisten; für den meinigen ersann ich noch drei weitere, nie dagewesene und höchst wirkungsvolle Gelenke, er sollte seitwärts mit dem Kinne wackeln, die Ohren hin und her bewegen und die Unterlippe auf- und abklappen können; und er wäre auch jedenfalls ein ganz unerhörter Prachtkerl geworden, wenn er nur nicht schließlich über all seinen Gelenken schon in der Geburt zugrunde gegangen wäre. Auch sollte leider weder der Pfalzgraf Siegfried noch irgendein anderer Held des Puppenspiels durch meine Hand zu einer fröhlichen Auferstehung gelangen. – Besser glückte es mir mit dem Bau einer unterirdischen Höhle, in der ich an kalten Tagen mit Lisei auf einem Bänkchen zusammensaß und ihr bei dem spärlichen Lichte, das durch eine oben angebrachte Fensterscheibe fiel, die Geschichten aus dem Weißeschen Kinderfreunde vorlas, die sie immer von neuem hören konnte. Meine Kameraden neckten mich wohl und schalten mich einen Mädchenknecht, weil ich, statt wie sonst mit ihnen, jetzt mit der Puppenspielertochter meine Zeit zubrachte. Mich kümmerte das wenig; wußte ich doch, es redete nur der Neid aus ihnen, und wo es mir zu arg wurde, da brauchte ich denn auch einmal ganz wacker meine Fäuste.

– – Aber alles im Leben ist nur für eine Spanne Zeit. Die Tendlers hatten ihre Stücke durchgespielt; die Puppenbühne auf dem Schützenhofe wurde abgebrochen; sie rüsteten sich zum Weiterziehen.

Und so stand ich denn an einem stürmischen Oktobernachmittage draußen vor unserer Stadt auf dem hohen Heiderücken, sah bald traurig auf den breiten Sandweg, der nach Osten in die kahle Gegend hinausläuft, bald sehnsüchtig nach der Stadt zurück, die in Dunst und Nebel in der Niederung lag. Und da kam es herangetrabt, das kleine Wägelchen mit den zwei hohen Kisten darauf und dem munteren braunen Pferdchen in der Gabeldeichsel. Herr Tendler saß jetzt vorn auf einem Brettchen, hinter ihm Lisei in dem neuen warmen Mäntelchen neben ihrer Mutter. – Ich hatte schon vor der Herberge von ihnen Abschied genommen; dann aber war ich vorausgelaufen, um sie alle noch einmal zu sehen und um Lisei, wozu ich von meinem Vater die Erlaubnis erhalten hatte, den Band von Weißens Kinderfreunde als Angedenken mitzugeben; auch eine Düte mit Kuchen hatte ich um einige ersparte Sonntagssechslinge für sie eingehandelt. „Halt! Halt!" rief ich jetzt und stürzte von meinem Heidehügel auf das Fuhrwerk zu. – Herr Tendler zog die Zügel an, der Braune stand, und ich reichte Lisei meine kleinen Geschenke in den Wagen, die sie neben sich auf den Stuhl legte. Als wir uns aber, ohne ein Wort zu sagen, an beiden Händen griffen, da brachen wir armen Kinder in ein lautes Weinen aus. Doch in demselben Augenblicke peitschte auch schon Herr Tendler auf sein Pferdchen. „Ade, mein Bub! Bleib brav und dank aa no schön dei'm Vaterl und dei'm Mutterl!"

„Ade! Ade!" rief das Lisei; das Pferdchen zog an, das Glöckchen an seinem Halse bimmelte; ich fühlte die kleinen Hände aus den meinen gleiten, und fort fuhren sie, in die weite Welt hinaus.

Ich war wieder am Rande des Weges emporgestiegen und blickte unverwandt dem Wägelchen nach, wie es durch den stäubenden Sand dahinzog. Immer schwächer hörte ich das Gebimmel des Glöckchens; einmal noch sah ich ein weißes Tüchelchen um die Kisten flattern; dann allmählich verlor es sich mehr und mehr in den grauen Herbstnebeln. – Da fiel es plötzlich wie eine Todesangst mir auf das Herz: du siehst sie nimmer, nimmer wieder! – „Lisei!" schrie ich, „Lisei!" – Als aber dessenungeachtet, vielleicht wegen einer Biegung der Landstraße, der nur noch im Nebel schwimmende Punkt jetzt völlig meinen Augen entschwand, da rannte ich wie unsinnig auf dem Wege hinterdrein. Der Sturm riß mir die Mütze vom Kopf, meine Stiefel füllten sich mit Sand; aber so weit ich laufen mochte, ich sah nichts anderes als die öde baumlose Gegend und den kalten grauen Himmel, der darüberstand. – Als ich endlich bei einbrechender Dunkelheit zu Hause wieder angelangt war, hatte ich ein Gefühl, als sei die ganze Stadt indessen ausgestorben. Es war eben der erste Abschied meines Lebens.

Wenn in den nun folgenden Jahren der Herbst wiederkehrte, wenn die Krammetsvögel durch die Gärten unserer Stadt flogen und drüben vor der Schneiderherberge die ersten gelben Blätter von den Lindenbäumen wehten, dann saß ich wohl manches Mal auf unserer Bank und dachte, ob nicht endlich einmal das Wägelchen mit dem braunen Pferdchen wie damals wieder die Straße heraufgebimmelt kommen würde.

Aber ich wartete umsonst; das Lisei kam nicht wieder.

Es war um zwölf Jahre später. – Ich hatte nach der Rechenmeisterschule, wie es damals manche Handwerkersöhne zu tun pflegten, auch noch die Quarta unserer Gelehrtenschule durchgemacht und war dann bei meinem Vater in die Lehre getreten. Auch diese Zeit, in der ich mich, außer meinem Handwerk, vielfach mit dem Lesen guter Bücher beschäftigte, war vorübergegangen. Jetzt, nach dreijähriger Wanderschaft, befand ich mich in einer mitteldeutschen Stadt. Es war streng katholisch dort, und in dem Punkte verstanden sie keinen Spaß; wenn man vor ihren Prozessionen, die mit Gesang und Heiligenbildern durch die Straßen zogen, nicht selbst den Hut abnahm, so wurde er einem auch wohl heruntergeschlagen; sonst aber waren es gute Leute. – Die Frau Meisterin, bei der ich in Arbeit stand, war eine Witwe, deren Sohn gleich mir in der Fremde arbeitete, um die nach den Zunftgesetzen vorgeschriebenen Wanderjahre bei der späteren Bewerbung um das Meisterrecht nachweisen zu können. Ich hatte es gut in diesem Hause; die Frau tat mir, wovon sie wünschen mochte, daß es in der Ferne andere Leute an ihrem Kinde tun möchten, und bald war unter uns das Vertrauen so gewachsen, daß das Geschäft so gut wie ganz in meinen Händen lag. – Jetzt steht unser Joseph dort bei ihrem Sohn in Arbeit, und die Alte, so hat er oft geschrieben, hätschelt mit ihm, als wäre sie die leibhaftige Großmutter zu dem Jungen.

– – Nun, damals saß ich eines Sonntagnachmittags mit meiner Frau Meisterin in der Wohnstube, deren Fenster der Tür des großen Gefangenhauses gegenüber lagen. Es war im Januar; das Thermometer stand zwanzig Grad unter Null; draußen auf der Gasse war kein Mensch zu sehen; mitunter kam der Wind pfeifend von den nahen Bergen herunter und jagte kleine Eisstücke klingend über das Straßenpflaster.

„Da behagt 'n warmes Stübchen und 'n heißes Schälchen Kaffee“, sagte die Meisterin, indem sie mir die Tasse zum dritten Male vollschenkte.

Ich war ans Fenster getreten. Meine Gedanken gingen in die Heimat; nicht zu lieben Menschen, die hatte ich dort nicht mehr, das Abschiednehmen hatte ich jetzt gründlich gelernt. Meiner Mutter war mir noch vergönnt gewesen selbst die Augen zuzudrücken; vor einigen Wochen hatte ich nun auch den Vater verloren, und bei dem damals noch so langwierigen Reisen hatte ich ihn nicht einmal zu seiner Ruhestatt begleiten können. Aber die väterliche Werkstatt wartete auf den Sohn ihres heimgegangenen Meisters. Indes, der alte Heinrich war noch da und konnte mit Genehmigung der Zunftmeister die Sache schon eine kurze Zeitlang aufrechterhalten; und so hatte ich denn auch meiner guten Meisterin versprochen, noch ein paar Wochen bis zum Eintreffen ihres Sohnes bei ihr auszuhalten. Aber Ruhe hatte ich nicht mehr, das frische Grab meines Vaters duldete mich nicht länger in der Fremde.

In diesen Gedanken unterbrach mich eine scharfe scheltende Stimme drüben von der Straße her. Als ich aufblickte, sah ich das schwindsüchtige Gesicht des Gefängnisinspektors sich aus der halbgeöffneten Tür des Gefangenhauses hervorrecken; seine erhobene Faust drohte einem jungen Weibe, das, wie es schien, fast mit Gewalt in diese sonst gefürchteten Räume einzudringen strebte.

„Wird wohl was Liebes drinnen haben“, sagte die Meisterin, die von ihrem Lehnstuhle aus ebenfalls dem Vorgange zugesehen hatte; „aber der alte Sünder da drüben hat kein Herz für die Menschheit."

„Der Mann tut wohl nur seine Pflicht, Frau Meisterin", sagte ich, noch immer in meinen eigenen Gedanken.

„Ich möcht nicht solche Pflicht zu tun haben", erwiderte sie und lehnte sich fast zornig in ihren Stuhl zurück."

Drüben war indes die Tür des Gefangenhauses zugeschlagen, und das junge Weib, nur mit einem kurzen wehenden Mäntelchen um die Schultern und einem schwarzen Tüchelchen um den Kopf geknotet, ging langsam die übereiste Straße hinab. – Die Meisterin und ich waren schweigend auf unserem Platz geblieben; ich glaube – denn auch meine Teilnahme war jetzt erweckt –, es war uns beiden, als ob wir helfen müßten und nur nicht wüßten wie.

Als ich eben vom Fenster zurücktreten wollte, kam das Weib wieder die Straße herauf. Vor der Tür des Gefangenhauses blieb sie stehen und setzte zögernd einen Fuß auf den zur Schwelle führenden Treppenstein; dann aber wandte sie den Kopf zurück, und ich sah ein junges Antlitz, dessen dunkle Augen mit dem Ausdruck ratlosester Verlassenheit über die leere Gasse streiften; sie schien doch nicht den Mut zu haben, noch einmal der drohenden Beamtenfaust entgegenzutreten. Langsam und immer wieder nach der geschlossenen Tür zurückblickend, setzte sie ihren Weg fort; man sah es deutlich, sie wußte selbst nicht wohin. Als sie jetzt aber an der Ecke der Gefangenanstalt in das nach der Kirche hinaufführende Gäßchen einbog, riß ich unwillkürlich meine Mütze vom Türhaken, um ihr nachzugehen.

„Ja, ja, Paulsen, das ist das Rechte!" sagte die gute Meisterin; „geht nur, ich werde derweil den Kaffee wieder heiß setzen!"

Es war grimmig kalt, als ich aus dem Hause trat; alles schien wie ausgestorben; von dem Berge, der am Ende der Straße die Stadt überragt, sah fast drohend der schwarze Tannenwald herab; vor den Fensterscheiben der meisten Häuser saßen die weißen Eisgardinen; denn nicht jeder hatte, wie meine Meisterin, die Gerechtigkeit von fünf Klaftern Holz auf seinem Hause. – Ich ging durch das Gäßchen nach dem Kirchenplatz; und dort vor dem großen hölzernen Kruzifixe auf der gefrorenen Erde lag das junge Weib, den Kopf gesenkt, die Hände in den Schoß gefaltet. Ich trat schweigend näher; als sie aber jetzt zu dem blutigen Antlitz des Gekreuzigten aufblickte, sagte ich: „Verzeiht mir, wenn ich Eure Andacht unterbreche; aber Ihr seid wohl fremd in dieser Stadt?"

Sie nickte nur, ohne ihre Stellung zu verändern.

„Ich möchte Euch helfen", begann ich wieder; „sagt mir nur, wohin Ihr wollt!"

„I weiß nit mehr wohin", sagte sie tonlos und ließ das Haupt wieder auf ihre Brust sinken.

„Aber in einer Stunde ist es Nacht; in diesem Totenwetter könnt Ihr nicht länger auf der offenen Straße bleiben!"

„Der liebi Gott wird helfen", hörte ich sie leise sagen.

„Ja, ja", rief ich, „und ich glaube fast, er hat mich selbst zu Euch geschickt!"

Es war, als habe der stärkere Klang meiner Stimme sie erweckt; denn sie erhob sich und trat zögernd auf mich zu; mit vorgestrecktem Halse näherte sie ihr Gesicht mehr und mehr dem meinen, und ihre Blicke drangen auf mich ein, als ob sie mich damit erfassen wollte. „Paul!" rief sie plötzlich, und wie ein Jubelruf flog das Wort aus ihrer Brust – „Paul! ja di schickt mir der liebi Gott!"

Wo hatte ich meine Augen gehabt! Da hatte ich es ja wieder, mein Kindsgespiel, das kleine Puppenspieler-Lisei! Freilich, eine schöne schlanke Jungfrau war es geworden, und auf dem sonst so lachenden Kindergesicht lag jetzt, nachdem der erste Freudenstrahl darüberhin geflogen, der Ausdruck eines tiefen Kummers.

„Wie kommst du so allein hieher, Lisei?" fragte ich. „Was ist geschehen? Wo ist denn dein Vater?"

„Im Gefängnis, Paul."

„Dein Vater, der gute Mann! – Aber komm mit mir; ich stehe hier bei einer braven Frau in Arbeit; sie kennt dich, ich habe ihr oft von dir erzählt."

Und Hand in Hand, wie einst als Kinder, gingen wir nach dem Hause meiner guten Meisterin, die uns schon vom Fenster aus entgegensah. „Das Lisei ist's!" rief ich, als wir in die Stube traten, „denkt Euch, Frau Meisterin, das Lisei!"

Die gute Frau schlug die Hände über ihre Brust zusammen. „Heilige Mutter Gottes, bitt für uns! das Lisei! – also so hat's ausgeschaut! – Aber", fuhr sie fort, „wie kommst denn du mit dem alten Sünder da zusammen?" – und sie wies mit dem ausgestreckten Finger nach dem Gefangenhause drüben – „der Paulsen hat mir doch gesagt, daß du ehrlicher Leute Kind bist!"

Gleich darauf aber zog sie das Mädchen weiter in die Stube hinein und drückte sie in ihren Lehnstuhl nieder, und als jetzt Lisei ihre Frage zu beantworten anfing, hielt sie ihr schon eine dampfende Tasse Kaffee an die Lippen.

„Nun trink einmal", sagte sie, „und komm erst wieder zu dir; die Händchen sind dir ja ganz verklommen."

Und das Lisei mußte trinken, wobei ihr zwei helle Tränen in die Tasse rollten, und dann erst durfte sie erzählen.

Sie sprach jetzt nicht, wie einst und wie vorhin in der Einsamkeit ihres Kummers, in dem Dialekt ihrer Heimat, nur ein leichter Anflug war ihr davon geblieben; denn waren ihre Eltern auch nicht mehr bis an unsere Küste hier hinabgekommen, so hatten sie sich doch meistens in dem mittleren Deutschland aufgehalten. Schon vor einigen Jahren war die Mutter gestorben. „Verlaß den Vater nicht!" das hatte sie der Tochter im letzten Augenblicke noch ins Ohr geflüstert, „sein Kindsherz ist zu gut für diese Welt."

Lisei brach bei dieser Erinnerung in heftiges Weinen aus; sie wollte nicht einmal von der aufs neue vollgeschenkten Tasse trinken, mit der die Meisterin ihre Tränen zu stillen gedachte, und erst nach einer ziemlichen Weile konnte sie weiterberichten.

Gleich nach dem Tode der Mutter war es ihre erste Arbeit gewesen, an deren Stelle sich die Frauenrollen in den Puppenspielen von ihrem Vater einlernen zu lassen. Dazwischen waren die Bestattungsfeierlichkeiten besorgt und die ersten Seelenmessen für die Tote gelesen; dann, das frische Grab hinter sich lassend, waren Vater und Tochter wiederum ins Land hineingefahren und hatten, wie vorhin, ihre Stücke abgespielt: Den verlorenen Sohn, Die heilige Genoveva, und wie sie sonst noch heißen mochten.

So waren sie gestern auf der Reise in ein großes Kirchdorf gekommen, wo sie ihre Mittagsrast gehalten hatten. Auf der harten Bank vor dem Tische, an welchem sie ihr bescheidenes Mahl verzehrten, war Vater Tendler ein halbes Stündchen in einen festen Schlaf gesunken, während Lisei draußen die Fütterung ihres Pferdes besorgt hatte. Kurz darauf, in wollene Decken wohlverpackt, waren sie aufs neue in die grimmige Winterkälte hinausgefahren.

„Aber wir kamen nit weit“, erzählte Lisei; „gleich hinterm Dorf ist ein Landreiter auf uns zugeritten und hat gezetert und gemordiot. Aus dem Tischkasten sollt dem Wirt ein Beutel mit Geld gestohlen sein, und mein unschuldigs Vaterl war doch allein in der Stube dort gewesen! Ach, wir haben kei Heimat, kei Freund, kei Ehr; es kennt uns niemand nit!“

„Kind, Kind“, sagte die Meisterin, indem sie zu mir hinüberwinkte, „versündige dich auch nicht!“

Ich aber schwieg, denn Lisei hatte ja nicht unrecht mit ihrer Klage. – Sie hatten in das Dorf zurück gemußt; das Fuhrwerk mit allem, was daraufgeladen, war vom Schulzen dort zurückgehalten worden; der alte Tendler aber hatte die Weisung erhalten, den Weg zur Stadt neben dem Pferde des Landreiters herzutraben. Lisei, von dem letzteren mehrfach zurückgewiesen, war in einiger Entfernung hinterhergegangen, in der Zuversicht, daß sie wenigstens, bis der liebe Gott die Sache aufkläre, das Gefängnis ihres Vaters werde teilen können. Aber – auf ihr ruhte kein Verdacht; mit Recht hatte der Inspektor sie als eine Zudringliche von der Tür gejagt, die auf ein Unterkommen in seinem Hause nicht den geringsten Anspruch habe.

Lisei wollte das zwar noch immer nicht begreifen; sie meinte, das sei ja härter als alle Strafe, die später doch gewiß den wirklichen Spitzbuben noch ereilen würde; aber, fügte sie gleich hinzu, sie wolle ihm auch so harte Strafe nit wünschen, wenn nur die Unschuld von ihrem guten Vaterl an den Tag komme; ach, der werd's gewiß nit überleben!

Ich besann mich plötzlich, daß ich sowohl dem alten Korporal da drüben als auch dem Herrn Kriminalkommissarius eigentlich ein unentbehrlicher Mann sei; denn dem einen hielt ich seine Spinnmaschinen in Ordnung, dem andern schärfte ich seine kostbaren Federmesser; durch den einen konnte ich wenigstens Zutritt zu dem Gefangenen erhalten, bei dem andern konnte ich ein Leumundszeugnis für Herrn Tendler ablegen und ihn vielleicht zur Beschleunigung der Sache veranlassen. Ich bat Lisei, sich zu gedulden, und ging sofort in das Gefangenhaus hinüber.

Der schwindsüchtige Inspektor schalt auf die unverschämten Weiber, die immer zu ihren spitzbübischen Männern oder Vätern in die Zellen wollten. Ich aber verbat mir in betreff meines alten Freundes solche Titel, solange sie ihm nicht durch das Gericht „von Rechts wegen" beigelegt seien, was, wie ich sicher wisse, nie geschehen werde; und endlich, nach einigem Hin- und Widerreden, stiegen wir zusammen die breite Treppe nach dem Oberbau hinauf.

In dem alten Gefangenhause war auch die Luft gefangen, und ein widerwärtiger Dunst schlug uns entgegen, als wir oben durch den langen Korridor schritten, von welchem aus zu beiden Seiten Tür an Tür in die einzelnen Gefangenzellen führte. An einer derselben, fast zu Ende des Ganges, blieben wir stehen; der Inspektor schüttelte sein großes Schlüsselbund, um den rechten herauszufinden; dann knarrte die Tür, und wir traten ein.

In der Mitte der Zelle, mit dem Rücken gegen uns, stand die Gestalt eines kleinen mageren Mannes, der nach dem Stückchen Himmel hinaufzublicken schien, das grau und trübselig durch ein oben in der Mauer eingebrachtes Fenster auf ihn herabdämmerte. An seinem Haupte bemerkte ich sogleich die kleinen abstehenden Haarspieße; nur hatten sie, wie jetzt draußen die Natur, sich in die Farbe des Winters gekleidet. Bei unserem Eintritt wandte der kleine Mann sich um.

„Sie kennen mich wohl nicht mehr, Herr Tendler?" fragte ich.

Er sah flüchtig nach mir hin. „Nein, lieber Herr", erwiderte er, „hab nicht die Ehre."

Ich nannte ihm den Namen meiner Vaterstadt und sagte: „Ich bin der unnütze Junge, der Ihnen damals Ihren kunstreichen Kasperl verdrehte!"

„Oh, schad't nichts, gar nichts!" erwiderte er verlegen und machte mir einen Diener; „ist lange schon vergessen."

Er hatte offenbar nur halb auf mich gehört; denn seine

Lippen bewegten sich, als spräche er zu sich selber von ganz anderen Dingen.

Da erzählte ich ihm, wie ich vorhin sein Lisei aufgefunden habe, und jetzt erst sah er mich mit offenen Augen an. „Gott Dank! Gott Dank!" sagte er und faltete die Hände. „Ja, ja, das kleine Lisei und der kleine Paul, die spielten derzeit miteinander! – Der kleine Paul! Seid Ihr der kleine Paul? Oh, i glaub's Euch schon; das herzige G'sichtl von dem frischen Bub'n, das schaut da no heraus!" Er nickte mir so innig zu, daß die weißen Haarspießchen auf seinem Kopfe bebten. „Ja, ja, da drunten an der See bei euch; wir sind nit wieder hinkommen; das war no gute Zeit dermal; da war aa noch mein Weib, die Tochter vom großen Geißelbrecht, dabei! ‚Joseph!' pflegte sie zu sagen, ‚wenn nur die Menschen aa so Dräht an ihre Köpf hätten, da könntst du aa mit ihne firti werd'n!' – Hätt sie nur heute noch gelebt, sie hätten mich nicht eingesperrt. Du lieber Gott; ich bin kein Dieb, Herr Paulsen."

Der Inspektor, der draußen vor der angelehnten Tür im Gange auf und ab ging, hatte schon ein paarmal mit seinem Schlüsselbund gerasselt. Ich suchte den alten Mann zu beruhigen und bat ihn, sich bei seinem ersten Verhör auf mich zu berufen, der ich hier bekannt und wohlgeachtet sei.

Als ich wieder zu meiner Meisterin in die Stube trat, rief diese mir entgegen: „Das ist ein trotziges Mädel, Paulsen; da helft mir nur gleich ein wenig; ich hab ihr die Kammer zum Nachtquartier geboten; aber sie will fort, in die Bettelherberg oder Gott weiß wohin!"

Ich fragte Lisei, ob sie ihre Pässe bei sich habe.

„Mein Gott, die hat der Schulz im Dorf uns abgenommen!"

„So wird kein Wirt dir seine Tür aufmachen", sagte ich, „das weißt du selber wohl."

Sie wußte es freilich, und die Meisterin schüttelte ihr vergnügt die Hände. „Ich denk wohl", sagte sie, „daß du dein eignes Köpfchen hast; der da hat mir's haarklein erzählt, wie ihr zusammen in der Kiste habt gesessen; aber so leicht wärst du doch nicht von mir fortgekommen!"

Das Lisei sah etwas verlegen vor sich nieder; dann aber

fragte sie mich hastig aus nach ihrem Vater. Nachdem ich ihr Bescheid gegeben hatte, erbat ich mir ein paar Bettstücke von der Meisterin, nahm von den meinigen noch etwas hinzu und trug es selbst hinüber in die Zelle des Gefangenen, wozu ich vorhin von dem Inspektor die Erlaubnis erhalten hatte. – So konnten wir, als nun die Nacht herankam, hoffen, daß im warmen Bette und auf dem besten Ruhekissen, das es in der Welt gibt, auch unsern alten Freund in seiner öden Kammer ein sanfter Schlaf erquicken werde.

Am andern Vormittage, als ich eben, um zum Herrn Kriminalkommissarius zu gehen, auf die Straße trat, kam von drüben der Inspektor in seinen Morgenpantoffeln auf mich zugeschritten. „Ihr habt recht gehabt, Paulsen", sagte er mit seiner gläsernen Stimme, „für diesmal ist's kein Spitzbube gewesen; den Richtigen haben sie soeben eingebracht; Euer Alter wird noch heut entlassen werden."

Und richtig, nach einigen Stunden öffnete sich die Tür des Gefangenhauses, und der alte Tendler wurde von der kommandierenden Stimme des Inspektors zu uns hinübergewiesen. Da das Mittagsessen eben aufgetragen war, so ruhte die Meisterin nicht, bis auch er seinen Platz am Tische eingenommen hatte; aber er berührte die guten Speisen kaum, und wie sie sich auch um ihn bemühen mochte, er blieb wortkarg und in sich gekehrt neben seiner Tochter sitzen; nur mitunter bemerkte ich, wie er deren Hand nahm und sie zärtlich streichelte. Da hörte ich draußen vom Tore her ein Glöckchen bimmeln; ich kannte es ganz genau, aber es läutete mir weither aus meiner Kinderzeit.

„Lisei!" sagte ich leise.

„Ja, Paul, ich hör es wohl."

Und bald standen wir beide draußen vor der Haustür. Siehe, da kam es die Straße herab, das Wägelchen mit den beiden hohen Kisten, wie ich daheim es mir so oft gewünscht hatte. Ein Bauernbursche ging nebenher mit Zügel und Peitsche in der Hand; aber das Glöckchen bimmelte jetzt am Halse eines kleinen Schimmels.

„Wo ist das Braunchen geblieben?" fragte ich Lisei.

„Das Braunchen", erwiderte sie, „das ist uns eines Tags

vorm Wagen hingefallen; der Vater hat sogleich den Tierarzt aus dem Dorf geholt; aber es hat nimmer leben können." Bei diesen Worten stürzten ihr die Tränen aus den Augen.

„Was fehlt dir, Lisei?" fragte ich, „es ist ja nun doch alles wieder gut!"

Sie schüttelte den Kopf. „Mein Vaterl gefallt mir nit! er ist so still; die Schand, er verwind't es nit." –

– – Und Lisei hatte mit ihren treuen Tochteraugen recht gesehen. Als kaum die beiden in einem kleinen Gasthause untergebracht waren und der Alte schon seine Pläne zur Weiterfahrt entwarf – denn hier wollte er jetzt nicht vor die Leute treten –, da zwang ihn ein Fieber, im Bett zu bleiben. Bald mußten wir einen Arzt holen, und es entwikkelte sich ein längeres Krankenlager. In Besorgnis, daß sie dadurch in Not geraten könnten, bot ich Lisei meine Geldmittel zur Hülfe an; aber sie sagte: „I nimm's ja gern von dir; doch sorg nur nit, wir sind nit gar so karg." Da blieb mir denn nichts anderes zu tun, als in der Nachtwache mit ihr zu wechseln, oder, als es dem Kranken besser ging, am Feierabend ein Stündchen an seinem Bett zu plaudern.

So war die Zeit meiner Abreise herangenaht, und mir wurde das Herz immer schwerer. Es tat mir fast weh, das Lisei anzusehen; denn bald fuhr es ja auch mit seinem Vater von hier wieder in die weite Welt hinaus. Wenn sie nur eine Heimat gehabt hätten! Aber wo waren sie zu finden, wenn ich Gruß und Nachricht zu ihnen senden wollte! Ich dachte an die zwölf Jahre seit unserem ersten Abschied; – sollte wieder so lange Zeit vergehen oder am Ende gar das ganze Leben?

„Und grüß mir aa dein Vaterhaus, wenn du heimkommst!" sagte Lisei, da sie am letzten Abend mich an die Haustür begleitet hatte. „I seh's mit mein' Augen, das Bänkerl vor der Tür, die Lind im Gart'l; ach, i vergiß es nimmer; so lieb hab ich's nit wieder g'funden in der Welt!"

Als sie das sagte, war es mir, als leuchte aus dunkler Tiefe meine Heimat zu mir auf; ich sah die zärtlichen Augen meiner Mutter, das feste ehrliche Antlitz meines Vaters. „Ach, Lisei", sagte ich, „wo ist denn jetzt mein Vaterhaus! es ist ja alles öd und leer."

Lisei antworte nicht; sie gab mir nur die Hand und blickte mich mit ihren guten Augen an.

Da war mir, als hörte ich die Stimme meiner Mutter sagen: „Halte diese Hand fest und kehr mit ihr zurück, so hast du deine Heimat wieder!“ – und ich hielt die Hand fest und sagte: „Kehr du mit mir zurück, Lisei, und laß uns zusammen versuchen, ein neues Leben in das leere Haus zu bringen, ein so gutes, wie es die geführt haben, die ja auch dir einst lieb gewesen sind!“

„Paul“, rief sie, „was meinst du? I versteh di nit.“

Aber ihre Hand zitterte heftig in der meinen, und ich bat nur: „Ach, Lisei, versteh mich doch!“

Sie schwieg einen Augenblick. „Paul“, sagte sie dann, „i kann nit von mei'm Vaterl gehen.“

„Der muß ja mit uns, Lisei! Im Hinterhause, die beiden Stübchen, die jetzt leer stehen, da kann er wohnen und wirtschaften; der alte Heinrich hat sein Kämmerchen dicht daneben.“

Lisei nickte. „Aber Paul, wir sind landfahrende Leut. Was werden sie sagen bei dir daheim?“

„Sie werden mächtig reden, Lisei!“

„Und du hast nit Furcht davor?“

Ich lachte nur dazu.

„Nun“, sagte Lisei, und wie ein Glockenlaut schlug es aus ihrer Stimme, „wenn du sie hast, – i hab schon die Kuraschi!“

„Aber tust du's denn auch gern?“

„Ja, Paul, wenn i's nit gern tät“ – und sie schüttelte ihr braunes Köpfchen gegen mich –, „gel, da tät i's nimmermehr!“ –

„Und mein Junge“, unterbrach sich hier der Erzähler, „wie einen bei solchen Worten ein Paar schwarze Mädchenaugen ansehen, das sollst du nun noch lernen, wenn du erst ein Stieg Jahre weiter bist!“

„Ja, ja“, dachte ich, „zumal so ein Paar Augen, die einen See ausbrennen können!“

„Und nicht wahr“, begann Paulsen wieder, „nun weißt du auch nachgerade, wer das Lisei ist?“

„Das ist die Frau Paulsen!“ erwiderte ich. „Als ob ich das nicht längst gemerkt hätte! Sie sagt ja noch immer ‚nit‘ und hat auch noch die schwarzen Augen unter den feingepinselten Augenbrauen."

Mein Freund lachte, während ich mir im stillen vornahm, die Frau Paulsen, wenn wir ins Haus zurückkämen, doch einmal recht darauf anzusehen, ob noch das Puppenspieler-Lisei in ihr zu erkennen sei. – „Aber", fragte ich, „wo ist denn der alte Herr Tendler hingekommen?"

„Mein liebes Kind", erwiderte mein Freund, „wohin wir schließlich alle kommen. Drüben auf dem grünen Kirchhof ruht er neben unserem alten Heinrich; aber es ist noch einer mehr in sein Grab mit hineingekommen; der andre kleine Freund aus meiner Kinderzeit. Ich will dir's wohl erzählen; nur laß uns ein wenig hintenaus gehen; meine Frau könnte nachgerade einmal nach uns sehen wollen, und sie soll die Geschichte doch nicht wieder hören."

Paulsen stand auf, und wir gingen auf den Spazierweg hinaus, der auch hier hinter den Gärten der Stadt entlangführt. Nur wenige Leute kamen uns entgegen; denn es war schon um die Vesperzeit.

„Siehst du" – begann Paulsen seine Erzählung wieder –, „der alte Tendler war derzeit mit unserem Verspruch gar wohl zufrieden; er gedachte meiner Eltern, die er einst gekannt hatte, und er faßte auch zu mir Vertrauen. Überdies war er des Wanderns müde; ja, seit es ihn in die Gefahr gebracht hatte, mit den verworfensten Vagabonden verwechselt zu werden, war in ihm die Sehnsucht nach einer festen Heimat immer mehr heraufgewachsen. Meine gute Meisterin zwar zeigte sich nicht so einverstanden; sie fürchtete, bei allem guten Willen möge doch das Kind des umherziehenden Puppenspielers nicht die rechte Frau für einen seßhaften Handwerksmann abgeben. – Nun, sie ist seit lange schon bekehrt worden!

– – Und so war ich denn nach kaum acht Tagen wieder hier, von den Bergen an die Nordseeküste, in unserer alten Vaterstadt. Ich nahm mit Heinrich die Geschäfte rüstig in die Hand und richtete zugleich die beiden leerstehenden Zimmer im Hinterhause für den Vater Joseph ein. – Vierzehn Tage weiter – es strichen eben die Düfte der ersten Frühlingsblumen über die Gärten – da kam es die Straße heraufgebimmelt. „Meister, Meister!" rief der alte Heinrich,

„sie kommen, sie kommen!" Und da hielt schon das Wägelchen mit den zwei hohen Kisten vor unserer Tür. Das Lisei war da, der Vater Joseph war da, beide mit muntern Augen und roten Wangen; und auch das ganze Puppenspiel zog mit ihnen ein; denn ausdrückliche Bedingung war es, daß dies den Vater Joseph auf sein Altenteil begleiten solle. Das kleine Fuhrwerk dagegen wurde in den nächsten Tagen schon verkauft.

Dann hielten wir die Hochzeit; ganz in der Stille; denn Blutsfreunde hatten wir weiter nicht am Ort; nur der Hafenmeister, mein alter Schulkamerad, war als Trauzeuge mit zugegen. Lisei war, wie ihre Eltern, katholisch; daß aber das ein Hindernis für unsere Ehe sein könne, ist uns niemals eingefallen. In den ersten Jahren reiste sie wohl zur österlichen Beichte nach unserer Nachbarstadt, wo, wie du weißt, eine katholische Gemeinde ist; nachher hat sie ihre Kümmernisse nur noch ihrem Mann gebeichtet.

Am Hochzeitsmorgen legte Vater Joseph zwei Beutel vor mir auf den Tisch, einen größeren mit alten Harzdritteln, einen kleinen voll Kremnitzer Dukaten.

„Du hast nit danach fragt, Paul!" sagte er. „Aber so völlig arm is doch mein Lisei dir nit zubracht. Nimm's! i brauch's allfurt nit mehr." –

Das war der Sparpfennig, von dem mein Vater einst gesprochen, und er kam jetzt seinem Sohne beim Neubeginn seines Geschäfts zu ganz gelegener Zeit. Freilich hatte Liseis Vater damit sein ganzes Vermögen hingegeben und sich selbst der Fürsorge seiner Kinder anvertraut; aber er war dabei nicht müßig; er suchte seine Schnitzmesser wieder hervor und wußte sich bei den Arbeiten in der Werkstatt nützlich zu machen.

Die Puppen nebst dem Theater-Apparat waren in einem Verschlage auf dem Boden des Nebenhauses untergebracht. Nur an Sonntagnachmittagen holte er bald die eine, bald die andere in sein Stübchen herunter, revidierte die Drähte und Gelenke und putzte oder besserte dies und jenes an denselben. Der alte Heinrich stand dann mit seiner kurzen Pfeife neben ihm und ließ sich die Schicksale der Puppen erzählen, von denen fast jede ihre eigene Geschichte hatte; ja, wie es jetzt herauskam, der so wirkungsvoll geschnitzte Kasper hatte einst für seinen jungen Verfertiger sogar den Brautwerber um Liseis Mutter abgegeben. Mitunter wurden zur besseren Veranschaulichung der einen oder andern Szene auch wohl die Drähte in Bewegung gesetzt; Lisei und ich haben oftmals draußen an den Fenstern gestanden, die schon aus grünem Weinlaub gar traulich auf den Hof hinausschauten; aber die alten Kinder drinnen waren meist so in ihr Spiel vertieft, daß ihnen erst durch unser Beifallklatschen die Gegenwart der Zuschauer bemerklich wurde. – – Als das Jahr weiterrückte, fand Vater Joseph eine andere Beschäftigung; er nahm den Garten unter seine Obhut, er pflanzte und erntete, und am Sonntage wandelte er, sauber angetan, zwischen den Rabatten auf und ab, putzte an den Rosenbüschen oder band Nelken und Levkojen an feine selbstgeschnitzte Stäbchen.

So lebten wir einig und zufrieden; mein Geschäft hob sich mehr und mehr. Über meine Heirat hatte unsere gute Stadt sich ein paar Wochen lebhaft ausgesprochen; da aber fast alle über die Unvernunft meiner Handlungsweise einig waren und dem Gespräche so die gedeihliche Nahrung des Widerspruches vorenthalten blieb, so hatte es sich bald selber ausgehungert.

Als es dann abermals Winter wurde, holte Vater Joseph an den Sonntagen auch wieder die Puppen aus ihrem Verschlage herunter, und ich dachte nicht anders, als daß in solchem stillen Wechsel der Beschäftigung ihm auch künftig die Jahre hingehen würden. Da trat er eines Morgens mit gar ernsthaftem Gesichte zu mir in die Wohnstube, wo ich eben allein an meinem Frühstück saß. „Schwiegersohn", sagte er, nachdem er sich wie verlegen ein paarmal mit der Hand durch seine weißen Haarspießchen gefahren war, „ich kann's doch nit wohl länger ansehn, daß ich alleweil so das Gnadenbrot an euerm Tisch soll essen."

Ich wußte nicht, wo das hinaus sollte, aber ich fragte ihn, wie er auf solche Gedanken komme; er schaffe ja mit in der Werkstatt, und wenn mein Geschäft jetzt einen größeren Gewinn abwerfe, so sei dies wesentlich der Zins seines eigenen Vermögens, das er an unserem Hochzeitsmorgen in meine Hand gelegt habe.

Er schüttelte den Kopf. Das reiche alles nicht; aber eben

jenes kleine Vermögen habe er zum Teil einst in unserer Stadt gewonnen; das Theater sei ja noch vorhanden, und die Stücke habe er auch alle noch im Kopfe.

Da merkte ich's denn wohl, der alte Puppenspieler ließ ihm keine Ruhe; sein Freund, der gute Heinrich, genügte ihm nicht mehr als Publikum, er mußte einmal wieder öffentlich vor versammeltem Volke seine Stücke aufführen.

Ich suchte es ihm auszureden; aber er kam immer wieder darauf zurück. Ich sprach mit Lisei, und am Ende konnten wir nicht umhin, ihm nachzugeben. Am liebsten hätte nun freilich der alte Mann gesehen, wenn Lisei wie vor unserer Verheiratung die Frauenrollen in seinen Stücken gesprochen hätte; aber wir waren übereingekommen, seine dahin zielenden Anspielungen nicht zu verstehen; für die Frau eines Bürgers und Handwerksmeisters wollte sich das denn doch nicht ziemen.

Zum Glück – oder, wie man will, zum Unglück – war derzeit ein ganz reputierliches Frauenzimmer in der Stadt, die einst bei einer Schauspielertruppe als Souffleuse gedient hatte und daher in derlei Dingen nicht unbewandert war. Diese – Kröpel-Lieschen nannten sie die Leute von wegen ihrer Kreuzlahmheit – ging sofort auf unser Anerbieten ein, und bald entwickelte sich am Feierabend und an den Sonntagnachmittagen die lebhafteste Tätigkeit in Vater Josephs Stübchen. Während vor dem einen Fenster der alte Heinrich an den Gerüststücken des Theaters zimmerte, stand vor dem andern zwischen frisch angemalten Kulissen, die von der Zimmerdecke herunterhingen, der alte Puppenspieler und exerzierte mit Kröpel-Lieschen eine Szene nach der andern. Sie sei ein dreimal gewürztes Frauenzimmer, versicherte er stets nach solcher Probe; nicht einmal die Lisei hab es so schnell kapiert; nur mit dem Singen ginge es nit gar so schön; sie grunze mit ihrer Stimme immer in der Tiefe, was für die schöne Susanne, die das Lied zu singen habe, nicht eben harmonierlich sei.

Endlich war der Tag der Aufführung festgesetzt. Es sollte alles möglichst reputierlich vor sich gehen; nicht auf dem Schützenhofe, sondern auf dem Rathaussaale, wo auch die Primaner um Michaelis ihre Redeübungen hielten, sollte jetzt der Schauplatz sein; und als am Sonnabendnachmittage unsere guten Bürger ihr frisches Wochenblättchen auseinanderfalteten, sprang ihnen in breiten Lettern die Anzeige in die Augen:

„Morgen Sonntagabend sieben Uhr auf dem Rathaussaale Marionetten-Theater des Mechanikus Joseph Tendler hieselbst. Die schöne Susanna, Schauspiel mit Gesang in vier Aufzügen."

Es war aber damals in unserer Stadt nicht mehr die harmlose schaulustige Jugend aus meinen Kinderjahren; die Zeiten des Kosakenwinters lagen dazwischen, und namentlich war unter den Handwerkslehrlingen eine arge Zügellosigkeit eingerissen; die früheren Liebhaber unter den Honoratioren aber hatten ihre Gedanken jetzt auf andere

Dinge. Dennoch wäre vielleicht alles gut gegangen, wenn nur der schwarze Schmidt und seine Jungen nicht gewesen wären." – –

Ich fragte Paulsen, wer das sei, denn ich hatte niemals von einem solchen Menschen in unserer Stadt gehört.

„Das glaub ich wohl", erwiderte er, „der schwarze Schmidt ist schon vor Jahren im Armenhaus verstorben; damals aber war er Meister gleich mir; nicht ungeschickt, aber lüderlich in seiner Arbeit wie im Leben; der sparsame Verdienst des Tages wurde abends in Trunk und Kartenspiel vertan. Schon gegen meinen Vater hatte er einen Haß gehabt, nicht allein, weil dessen Kundschaft die seinige bei weitem überstieg, sondern schon aus der Jugend her, wo er dessen Nebenlehrling gewesen und wegen eines schlechten Streiches gegen ihn vom Meister fortgejagt worden war. Seit dem Sommer hatte er Gelegenheit gefunden, diese Abneigung in erhöhtem Maße auch auf mich auszudehnen; denn bei der damals hier neu errichteten Kattunfabrik war, trotz seiner eifrigen Bemühung um dieselbe, die Arbeit an den Maschinen allein mir übertragen worden, infolgedessen er und seine beiden Söhne, die bei dem Vater in Arbeit standen und diesen an wüstem Treiben womöglich überboten, schon nicht verfehlt hatten, mir ihren Verdruß durch allerlei Neckereien kundzugeben. Ich hatte indessen jetzt keine Gedanken an diese Menschen.

So war der Abend der Aufführung herangekommen. Ich hatte noch an meinen Büchern zu ordnen und habe, was geschah, erst später durch meine Frau und Heinrich erfahren, welche zugleich mit unserem Vater nach dem Rathaussaale gingen.

Der erste Platz dort war fast gar nicht, der zweite nur mäßig besetzt gewesen; auf der Galerie aber hatte es Kopf an Kopf gestanden. – Als man vor diesem Publikum das Spiel begonnen, war anfänglich alles in der Ordnung vorgegangen; die alte Lieschen hatte ihren Part fest und ohne Anstoß hingeredet. – Dann aber kam das unglückselige Lied! Sie bemühte sich vergebens, ihrer Stimme einen zarteren Klang zu geben; wie Vater Joseph vorhin gesagt hatte, sie grunzte wirklich in der Tiefe. Plötzlich rief eine Stimme von der Galerie: „Höger up, Kröpel-Lieschen! Höger up!"

Und als sie, diesem Rufe gehorsam, die unerreichbaren Diskanttöne zu erklettern strebte, da scholl ein rasendes Gelächter durch den Saal.

Das Spiel auf der Bühne stockte, und zwischen den Kulissen heraus rief die bebende Stimme des alten Puppenspielers: „Meine Herrschaft'n, i bitt g'wogentlich um Ruhe!“ Kasperl, den er eben an seinen Drähten in der Hand hielt und der mit der schönen Susanna eine Szene hatte, schlenkerte krampfhaft mit seiner kunstvollen Nase.

Neues Gelächter war die Antwort. „Kasperl soll singen!“ – „Russisch! Schöne Minka, ich muß scheiden!“ – „Hurra für Kasperl!“ – „Nichts doch; Kasperl sein' Tochter soll singen!“ – „Jawohl, wischt euch 's Maul! Die ist Frau Meisterin geworden, die tut's halt nimmermehr!“

So ging's noch eine Weile durcheinander. Auf einmal flog, in wohlgezieltem Wurfe, ein großer Pflasterstein auf die Bühne. Er hatte die Drähte des Kasperl getroffen; die Figur entglitt der Hand ihres Meisters und fiel zu Boden.

Vater Joseph ließ sich nicht mehr halten. Trotz Liseis Bitten hat er gleich darauf die Puppenbühne betreten. – Donnerndes Händeklatschen, Gelächter, Fußtrampeln empfing ihn, und es mag sich freilich seltsam genug präsentiert haben, wie der alte Mann, mit dem Kopf oben in den Suffiten, unter lebhaftem Händearbeiten seinem gerechten Zorne Luft zu machen suchte. – Plötzlich, unter allem Tumult, fiel der Vorhang, der alte Heinrich hatte ihn herabgelassen.

– – Mich hatte indes zu Hause bei meinen Büchern eine gewisse Unruhe befallen; ich will nicht sagen, daß mir Unheil ahnte, aber es trieb mich dennoch fort, den Meinigen nach. – Als ich die Treppe zum Rathaussaal hinaufsteigen wollte, drängte eben die ganze Menge von oben mir entgegen. Alles schrie und lachte durcheinander. „Hurra! Kasper ist dod! Lott is dod. Die Kamedie ist zu End!“ – Als ich aufsah, erblickte ich die schwarzen Gesichter der Schmidt-Jungen über mir. Sie waren augenblicklich still und rannten an mir vorbei zur Tür hinaus; ich aber hatte für mich jetzt die Gewißheit, wo die Quelle dieses Unfugs zu suchen war.

Oben angekommen, fand ich den Saal fast leer. Hinter der Bühne saß mein alter Schwiegervater wie gebrochen auf einem Stuhl und hielt mit beiden Händen sein Gesicht bedeckt. Lisei, die auf den Knien vor ihm lag, richtete sich, da sie mich gewahrte, langsam auf. „Nun, Paul", fragte sie, mich traurig ansehend, „hast du noch die Kuraschi?"

Aber sie mußte wohl in meinen Augen gelesen haben, daß ich sie noch hatte; denn bevor ich noch antworten konnte, lag sie schon an meinem Halse. „Laß uns nur fest zusammenhalten, Paul!" sagte sie leise.

– – Und siehst du! Damit und mit ehrlicher Arbeit sind wir durchgekommen.

– – Als wir am andern Morgen aufgestanden waren, da fanden wir jenes Schimpfwort „Pole Poppenspäler" – denn ein Schimpfwort sollte es ja sein – mit Kreide auf unsere Haustür geschrieben. Ich aber habe es ruhig ausgewischt, und als es dann später noch ein paarmal an öffentlichen Orten wieder lebendig wurde, da habe ich einen Trumpf daraufgesetzt; und weil man wußte, daß ich nicht spaße, so ist es danach still geworden. – – Wer dir es jetzt gesagt hat, der wird nichts Böses damit gemeint haben; ich will seinen Namen auch nicht wissen.

Unser Vater Joseph aber war seit jenem Abend nicht mehr der alte. Vergebens zeigte ich ihm die unlautere Quelle jenes Unfugs und daß derselbe ja mehr gegen mich als gegen ihn gerichtet gewesen sei. Ohne unser Wissen hatte er bald darauf alle seine Marionetten auf eine öffentliche Auktion gegeben, wo sie zum Jubel der anwesenden Jungen und Trödelweiber um wenige Schillinge versteigert waren; er wollte sie niemals wiedersehen. – Aber das Mittel dazu war schlecht gewählt; denn als die Frühlingssonne erst wieder in die Gassen schien, kam von den verkauften Puppen eine nach der andern aus den dunkeln Häusern an das Tageslicht. Hier saß ein Mädchen mit der heiligen Genoveva auf der Haustürschwelle, dort ließ ein Junge den Doktor Faust auf seinem schwarzen Kater reiten; in einem Garten in der Nähe des Schützenhofes hing eines Tages der Pfalzgraf Siegfried neben dem höllischen Sperling als Vogelscheuche in einem Kirschbaum. Unserem Vater tat die Entweihung seiner Lieblinge so weh, daß er zuletzt kaum noch Haus und Garten bei uns verlassen mochte. Ich sah es deutlich, daß dieser übereilte Verkauf an seinem Herzen nagte, und es gelang mir, die eine und die andere Puppe zurückzukaufen; aber als ich sie ihm brachte, hatte er keine Freude daran; das Ganze war ja überdies zerstört. Und, seltsam, trotz aller aufgewendeten Mühe konnte ich nicht erfahren, in welchem Winkel sich die wertvollste Figur von allen, der kunstreiche Kasperl, verborgen halte. Und was war ohne ihn die ganze Puppenwelt!

Aber von einem andern, ernsteren Spiel sollte bald der Vorhang fallen. Ein altes Brustleiden war bei unserem Vater wieder aufgewacht, sein Leben neigte sich augenscheinlich zu Ende. Geduldig und voll Dankbarkeit für jeden kleinen Liebesdienst lag er auf seinem Bette. „Ja, ja", sagte er lächelnd und hob so heiter seine Augen gegen die Bretterdecke des Zimmers, als sähe er durch dieselbe schon in die ewigen Fernen des Jenseits, „es is scho richtig g'wes'n: mit den Menschen hab ich nit immer könne firti werd'n; da drobn mit den Engeln wird's halt besser gehn; und – auf alle Fäll, Lisei, i find ja doch die Mutter dort."

– – Der gute kindliche Mann starb; Lisei und ich, wir haben ihn bitterlich vermißt; auch der alte Heinrich, der ihm nach wenigen Jahren folgte, ging an seinen noch übrigen Sonntagnachmittagen umher, als wisse er mit sich selber nicht wohin, als wolle er zu einem, den er doch nicht finden könne.

Den Sarg unseres Vaters bedeckten wir mit allen Blumen des von ihm selbst gepflegten Gartens; schwer von Kränzen wurde er auf den Kirchhof hinausgetragen, wo unweit von der Umfassungsmauer das Grab bereitet war. Als man den Sarg hinabgelassen hatte, trat unser alter Propst an den Rand der Gruft und sprach ein Wort des Trostes und der Verheißung; er war meinen seligen Eltern stets ein treuer Freund und Rater gewesen; ich war von ihm konfirmiert, Lisei und ich von ihm getraut worden. Ringsum auf dem Kirchhofe war es schwarz von Menschen; man schien von dem Begräbnisse des alten Puppenspielers noch ein ganz besonderes Schauspiel zu erwarten. – Und etwas Besonderes geschah auch wirklich; aber es wurde nur von uns bemerkt, die wir der Gruft zunächst standen. Lisei, die an meinem Arme mit hinausgegangen war, hatte eben krampfhaft meine Hand gefaßt, als jetzt der alte Geistliche dem Brauche gemäß den bereitgestellten Spaten ergriff und die erste Erde auf den Sarg hinabwarf. Dumpf klang es aus der Gruft zurück. „Von der Erden bist du genommen!" erscholl jetzt das Wort des Priesters; aber kaum war es gesprochen, als ich von der Umfassungsmauer her über die Köpfe der Menschen etwas auf uns zufliegen sah. Ich meinte erst, es sei ein großer Vogel; aber es senkte sich und fiel grade in die Gruft hinab. Bei einem flüchtigen Umblick – denn ich stand etwas erhöht auf der aufgeworfenen Erde – hatte ich einen der Schmidt-Jungen sich hinter die Kirchhofmauer ducken und dann davonlaufen sehen, und ich wußte plötzlich, was geschehen war. Lisei hatte einen Schrei an meiner Seite ausgestoßen, unser alter Propst hielt wie unschlüssig den Spaten zum zweiten Wurfe in den Händen. Ein Blick in das Grab bestätigte meine Ahnung: oben auf dem Sarge, zwischen den Blumen und der Erde, die zum Teil sie schon bedeckte, da hatte er sich hingesetzt, der alte Freund aus meiner Kinderzeit, Kasperl, der kleine lustige Allerweltskerl. – Aber er sah jetzt gar nicht lustig aus; seinen großen Nasenschnabel hatte er traurig auf die Brust gesenkt; der eine Arm mit dem kunstreichen Daumen war gegen den Himmel ausgestreckt; als solle er verkünden, daß, nachdem alle Puppenspiele ausgespielt, da droben nun ein anderes Stück beginnen werde.

Ich sah das alles nur auf einen Augenblick, denn schon warf der Propst die zweite Scholle in die Gruft: „Und zur Erde wieder sollst du werden!" – Und wie es von dem Sarg hinabrollte, so fiel auch Kasperl aus seinen Blumen in die Tiefe und wurde von der Erde überdeckt.

Dann mit dem letzten Schaufelwurf erklang die tröstliche Verheißung: „Und von der Erden sollst du auferstehen!"

Als das Vaterunser gesprochen war und die Menschen sich verlaufen hatten, trat der alte Propst zu uns, die wir noch immer in die Grube starrten. „Es hat eine Ruchlosigkeit sein sollen", sagte er, indem er liebreich unsere Hände faßte. „Laßt uns es anders nehmen! In seiner Jugendzeit, wie ihr es mir erzähltet, hat der selige Mann die kleine

Kunstfigur geschnitzt, und sie hat einst sein Eheglück begründet; später, sein ganzes Leben lang, hat er durch sie, am Feierabend nach der Arbeit, gar manches Menschenherz erheitert, auch manches Gott und den Menschen wohlgefällige Wort der Wahrheit dem kleinen Narren in den Mund gelegt; – ich habe selbst der Sache einmal zugeschaut, da ihr noch beide Kinder waret. – Laßt nur das kleine Werk seinem Meister folgen; das stimmt gar wohl zu den Worten unserer Heiligen Schrift! Und seid getrost; denn die Guten werden ruhen von ihrer Arbeit."

– Und so geschah es. Still und friedlich gingen wir nach Hause; den kunstreichen Kasperl aber, wie unsern guten Vater Joseph, haben wir niemals wiedergesehen.

– – Alles das", setzte nach einer Weile mein Freund hinzu, „hat uns manches Weh bereitet; aber gestorben sind wir beiden jungen Leute nicht daran. Nicht lange nachher wurde unser Joseph uns geboren, und wir hatten nun alles, was zu einem vollen Menschenglück gehört. An jene Vorgänge aber werde ich noch jetzt Jahr um Jahr durch den ältesten Sohn des schwarzen Schmidt erinnert. Er ist einer jener ewig wandernden Handwerksgesellen geworden, die, verlumpt und verkommen, ihr elendes Leben von den Geschenken fristen, die nach Zunftgebrauch auf ihre Ansprache die Handwerksmeister ihnen zu verabreichen haben. Auch meinem Hause geht er nie vorbei."

Mein Freund schwieg und blickte vor sich in das Abendrot, das dort hinter den Bäumen des Kirchhofs stand; ich aber hatte schon eine Zeitlang über der Gartenpforte, der wir uns jetzt wieder näherten, das freundliche Gesicht der Frau Paulsen nach uns ausblicken sehen. „Hab ich's nit denkt!" rief sie, als wir nun zu ihr traten. „Was habt ihr wieder für ein Langes abzuhandeln? Aber nun kommt ins Haus! Die Gottsgab steht auf dem Tisch; der Hafenmeister is auch schon da; und ein Brief vom Joseph und der alt Meisterin! – – Aber was schaust mi denn so an, Bub?"

Der Meister lächelte. „Ich hab ihm was verraten, Mutter. Er will nun sehen, ob du auch richtig noch das kleine Puppenspieler-Lisei bist!"

„Ja, freili!" erwiderte sie, und ein Blick voll Liebe flog zu ihrem Mann hinüber. „Schau nur richti zu, Bub! Und wenn du es nit kannst find'n – der da, der weiß es gar genau!"

Und der Meister legte schweigend seinen Arm um sie. Dann gingen wir ins Haus zur Feier ihres Hochzeitstages. –

Es waren prächtige Leute, der Paulsen und sein Puppenspieler-Lisei.

Aquis submersus

In unserem zu dem früher herzoglichen Schlosse gehörigen, seit Menschengedenken aber ganz vernachlässigten „Schloßgarten" waren schon in meiner Knabenzeit die einst im altfranzösischen Stile angelegten Hagebuchenhecken zu dünnen, gespenstischen Alleen ausgewachsen; da sie indessen immerhin noch einige Blätter tragen, so wissen wir Hiesigen, durch Laub der Bäume nicht verwöhnt, sie gleichwohl auch in dieser Form zu schätzen; und zumal von uns nachdenklichen Leuten wird immer der eine oder andere dort zu treffen sein. Wir pflegen dann unter dem dürftigen Schatten nach dem sogenannten „Berg" zu wandeln, einer kleinen Anhöhe in der nordwestlichen Ecke des Gartens oberhalb dem ausgetrockneten Bette eines Fischteiches, von wo aus der weitesten Aussicht nichts im Wege steht.

Die meisten mögen wohl nach Westen blicken, um sich an dem lichten Grün der Marschen und darüberhin an der Silberflut des Meeres zu ergötzen, auf welcher das Schattenspiel der langgestreckten Insel schwimmt; meine Augen wenden unwillkürlich sich nach Norden, wo, kaum eine Meile fern, der graue spitze Kirchturm aus dem höher belegenen, aber öden Küstenlande aufsteigt; denn dort liegt eine von den Stätten meiner Jugend.

Der Pastorssohn aus jenem Dorfe besuchte mit mir die „Gelehrtenschule" meiner Vaterstadt, und unzählige Male sind wir am Sonnabendnachmittage zusammen dahinaus gewandert, um dann am Sonntagabend oder montags früh zu unserem Nepos oder später zu unserem Cicero nach der Stadt zurückzukehren. Es war damals auf der Mitte des Weges noch ein gut Stück ungebrochener Heide übrig, wie sie sich einst nach der einen Seite bis fast zur Stadt, nach der anderen gegen das Dorf erstreckt hatte. Hier summten auf den Blüten des duftenden Heidekrauts die Immen und weißgrauen Hummeln und rannte unter den dürren Stengeln desselben der schöne goldgrüne Laufkäfer; hier in den Duftwolken der Eriken und des harzigen Gagelstrauches schwebten Schmetterlinge, die nirgends sonst zu finden waren. Mein ungeduldig dem Elternhause zustrebender Freund hatte oft seine liebe Not, seinen träumerischen Genossen durch all die Herrlichkeiten mit sich fortzubringen; hatten wir jedoch das angebaute Feld erreicht, dann ging es auch um desto munterer vorwärts, und bald, wenn wir nur erst den langen Sandweg hinaufwateten, erblickten wir auch schon über dem dunkeln Grün einer Fliederhecke den Giebel des Pastorhauses, aus dem das Studierzimmer des Pastors mit seinen kleinen blinden Fensterscheiben auf die bekannten Gäste hinabgrüßte.

Bei den Pastorsleuten, deren einziges Kind mein Freund war, hatten wir allezeit, wie wir hier zu sagen pflegen, fünf Quartier auf der Elle, ganz abgesehen von der wunderbaren Naturalverpflegung. Nur die Silberpappel, der einzig hohe und also auch einzig verlockende Baum des Dorfes, welche ihre Zweige ein gut Stück oberhalb des bemoosten Strohdaches rauschen ließ, war gleich dem Apfelbaum des Paradieses uns verboten und wurde daher nur heimlich von uns erklettert; sonst war, soviel ich mich entsinne, alles erlaubt und wurde je nach unserer Altersstufe bestens von uns ausgenutzt.

Der Hauptschauplatz unserer Taten war die große „Priesterkoppel", zu der ein Pförtchen aus dem Garten führte. Hier wußten wir mit dem den Buben angeborenen Instinkte die Nester der Lerchen und der Grauammern aufzuspüren, denen wir dann die wiederholtesten Besuche abstatteten, um nachzusehen, wie weit in den letzten zwei Stunden die Eier oder die Jungen nun gediehen seien; hier auf einer tiefen und, wie ich jetzt meine, nicht weniger als jene Pappel gefährlichen Wassergrube, deren Rand mit alten Weidenstümpfen dicht umstanden war, fingen wir die flinken schwarzen Käfer, die wir „Wasserfranzosen" nannten, oder ließen wir ein andermal unsere auf einer eigens angelegten Werft erbaute Kriegsflotte aus Walnußschalen und Schachteldeckeln schwimmen. Im Spätsommer geschah es dann auch wohl, daß wir aus unserer Koppel einen Raubzug nach des Küsters Garten machten, welcher gegenüber dem des Pastorates an der anderen Seite der Wassergrube lag; denn wir hatten dort von zwei verkrüppelten Apfelbäumen unseren Zehnten einzuheimsen, wofür uns freilich gelegentlich eine freundschaftliche Drohung von dem gutmütigen alten Manne zuteil wurde. – So viele Jugendfreuden wuchsen auf dieser Priesterkoppel, in deren dürrem Sandboden andere Blumen nicht gedeihen wollten;

nur den scharfen Duft der goldknopfigen Rainfarren, die hier haufenweis auf allen Wällen standen, spüre ich noch heute in der Erinnerung, wenn jene Zeiten mir lebendig werden.

Doch alles dieses beschäftigte uns nur vorübergehend; meine dauernde Teilnahme dagegen erregte ein anderes, dem wir selbst in der Stadt nichts an die Seite zu setzen hatten. – Ich meine damit nicht etwa die Röhrenbauten der Lehmwespen, die überall aus den Mauerfugen des Stalles hervorragten, obschon es anmutig genug war, in beschaulicher Mittagsstunde das Aus- und Einfliegen der emsigen Tierchen zu beobachten; ich meine den viel größeren Bau der alten und ungewöhnlich stattlichen Dorfkirche. Bis an das Schindeldach des hohen Turmes war sie von Grund auf aus Granitquadern aufgebaut und beherrschte, auf dem höchsten Punkt des Dorfes sich erhebend, die weite Schau über Heide, Strand und Marschen. – Die meiste Anziehungskraft für mich hatte indes das Innere der Kirche; schon der ungeheure Schlüssel, der von dem Apostel Petrus selbst zu stammen schien, erregte meine Phantasie. Und in der Tat erschloß er auch, wenn wir ihn glücklich dem alten Küster abgewonnen hatten, die Pforte zu manchen wunderbaren Dingen, aus denen eine längst vergangene Zeit hier wie mit finstern, dort mit kindlich frommen Augen, aber immer in geheimnisvollem Schweigen zu uns Lebenden aufblickte. Da hing mitten in die Kirche hinab ein schrecklich übermenschlicher Crucifixus, dessen hagere Glieder und verzerrtes Antlitz mit Blute überrieselt waren; dem zur Seite an einem Mauerpfeiler haftete gleich einem Nest die braungeschnitzte Kanzel, an der aus Frucht- und Blattgewinden allerlei Tier- und Teufelsfratzen sich hervorzudrängen schienen. Besondere Anziehung aber übte der große geschnitzte Altarschrank im Chor der Kirche, auf dem in bemalten Figuren die Leidensgeschichte Christi dargestellt war; so seltsam wilde Gesichter, wie das des Kaiphas oder die der Kriegsknechte, welche in ihren goldenen Harnischen um des Gekreuzigten Mantel würfelten, bekam man draußen im Alltagsleben nicht zu sehen; tröstlich damit kontrastierte nur das holde Antlitz der am Kreuze hingesunkenen Maria; ja, sie hätte leicht mein Knabenherz mit

einer phantastischen Neigung bestricken können, wenn nicht ein anderes mit noch stärkerem Reize des Geheimnisvollen mich immer wieder von ihr abgezogen hätte.

Unter all diesen seltsamen oder wohl gar unheimlichen Dingen hing im Schiff der Kirche das unschuldige Bildnis eines toten Kindes, eines schönen, etwa fünfjährigen Knaben, der, auf einem mit Spitzen besetzten Kissen ruhend, eine weiße Wasserlilie in seiner kleinen bleichen Hand hielt. Aus dem zarten Antlitz sprach neben dem Grauen des Todes, wie hülfeflehend, noch eine letzte holde Spur des Lebens; ein unwiderstehliches Mitleid befiel mich, wenn ich vor diesem Bilde stand.

Aber es hing nicht allein hier; dicht daneben schaute aus dunklem Holzrahmen ein finsterer, schwarzbärtiger Mann in Priesterkragen und Sammar. Mein Freund sagte mir, es sei der Vater jenes schönen Knaben; dieser selbst, so gehe noch heute die Sage, solle einst in der Wassergrube unserer Priesterkoppel seinen Tod gefunden haben. Auf dem Rahmen lasen wir die Jahreszahl 1666; das war lange her. Immer wieder zog es mich zu diesen beiden Bildern; ein phantastisches Verlangen ergriff mich, von dem Leben und Sterben des Kindes eine nähere, wenn auch noch so karge Kunde zu erhalten; selbst aus dem düsteren Antlitz des Vaters, das trotz des Priesterkragens mich fast an die Kriegsknechte des Altarschranks gemahnen wollte, suchte ich sie herauszulesen.

– – Nach solchen Studien in dem Dämmerlicht der alten Kirche erschien dann das Haus der guten Pastorsleute nur um so gastlicher. Freilich war es gleichfalls hoch zu Jahren, und der Vater meines Freundes hoffte, so lange ich denken konnte, auf einen Neubau; da aber die Küsterei an derselben Altersschwäche litt, so wurde weder hier noch dort gebaut. – Und doch, wie freundlich waren trotzdem die Räume des alten Hauses; im Winter die kleine Stube rechts, im Sommer die größere links vom Hausflur, wo die aus den Reformationsalmanachen herausgeschnittenen Bilder in Mahagonirähmchen an der weißgetünchten Wand hingen, wo man aus dem westlichen Fenster nur eine ferne Windmühle, außerdem aber den ganzen weiten Himmel vor sich hatte, der sich abends in rosenrotem Schein verklärte und dann das ganze Zimmer überglänzte! Die lieben Pastorsleute, die Lehnstühle mit den roten Plüschkissen, das alte tiefe Sofa, auf dem Tisch beim Abendbrot der traulich sausende Teekessel – es war alles helle, freundliche Gegenwart. Nur eines Abends – wir waren derzeit schon Sekundaner – kam mir der Gedanke, welch eine Vergangenheit an diesen Räumen hafte, ob nicht gar jener tote Knabe einst mit frischen Wangen hier leibhaftig umhergesprungen sei, dessen Bildnis jetzt wie mit einer wehmütig holden Sage den düsteren Kirchenraum erfüllte.

Veranlassung zu solcher Nachdenklichkeit mochte geben, daß ich am Nachmittage, wo wir auf meinen Antrieb wieder einmal die Kirche besucht hatten, unten in einer dunkeln Ecke des Bildes vier mit roter Farbe geschriebene Buchstaben entdeckt hatte, die mir bis jetzt entgangen waren.

„Sie lauten C. P. A. S.", sagte ich zu dem Vater meines Freundes; „aber wir können sie nicht enträtseln."

„Nun", erwiderte dieser, „die Inschrift ist mir wohl bekannt; und nimmt man das Gerücht zu Hülfe, so möchten die beiden letzten Buchstaben wohl mit Aquis submersus, also mit ‚Ertrunken' oder wörtlich ‚Im Wasser versunken' zu deuten sein; nur mit dem vorangehenden C. P. wäre man dann noch immer in Verlegenheit! Der junge Adjunktus unseres Küsters, der einmal die Quarta passiert ist, meint zwar, es könne Casu Periculoso – ‚Durch gefährlichen Zufall' – heißen; aber die alten Herren jener Zeit dachten logischer; wenn der Knabe dabei ertrank, so war der Zufall nicht nur bloß gefährlich."

Ich hatte begierig zugehört. „Casu", sagte ich; „es könnte auch wohl ‚Culpa' heißen?"

„Culpa?" wiederholte der Pastor. „Durch Schuld? – aber durch wessen Schuld?"

Da trat das finstere Bild des alten Predigers mir vor die Seele, und ohne viel Besinnen rief ich: „Warum nicht: Culpa Patris?"

Der gute Pastor war fast erschrocken. „Ei, ei, mein junger Freund", sagte er und erhob warnend den Finger gegen mich. „Durch Schuld des Vaters? – So wollen wir trotz seines düsteren Ansehens meinen seligen Amtsbruder doch nicht beschuldigen. Auch würde er dergleichen wohl schwerlich von sich haben schreiben lassen."

Dies letztere wollte auch meinem jugendlichen Verstande einleuchten; und so blieb denn der eigentliche Sinn der Inschrift nach wie vor ein Geheimnis der Vergangenheit.

Daß übrigens jene beiden Bilder sich auch in der Malerei wesentlich vor einigen alten Predigerbildnissen auszeichneten, welche gleich daneben hingen, war mir selbst schon klargeworden; daß aber Sachverständige in dem Maler einen tüchtigen Schüler altholländischer Meister erkennen wollten, erfuhr ich freilich jetzt erst durch den Vater meines Freundes. Wie jedoch ein solcher in dieses arme Dorf verschlagen worden oder woher er gekommen und wie er geheißen habe, darüber wußte auch er mir nichts zu sagen. Die Bilder selbst enthielten weder einen Namen noch ein Malerzeichen.

Die Jahre gingen hin. Während wir die Universität besuchten, starb der gute Pastor, und die Mutter meines Schulgenossen folgte später ihrem Sohne auf dessen inzwischen anderswo erreichte Pfarrstelle; ich hatte keine Veranlassung mehr, nach jenem Dorfe zu wandern. – Da, als ich selbst schon in meiner Vaterstadt wohnhaft war, geschah es, daß ich für den Sohn eines Verwandten ein Schülerquartier bei guten Bürgersleuten zu besorgen hatte. Der eigenen Jugendzeit gedenkend, schlenderte ich im Nachmittagssonnenscheine durch die Straßen, als mir an der Ecke des Marktes über der Tür eines alten hochgegiebelten Hauses eine plattdeutsche Inschrift in die Augen fiel, die verhochdeutscht etwa lauten würde:

> Gleich so wie Rauch und Staub verschwindt,
> Also sind auch die Menschenkind.

Die Worte mochten für jugendliche Augen wohl nicht sichtbar sein; denn ich hatte sie nie bemerkt, sooft ich auch in meiner Schulzeit mir einen Heißewecken bei dem dort wohnenden Bäcker geholt hatte. Fast unwillkürlich trat ich in das Haus; und in der Tat, es fand sich hier ein Unterkommen für den jungen Vetter. Die Stube ihrer alten „Möddersch" (Mutterschwester) – so sagte mir der freundliche Meister –, von der sie Haus und Betrieb geerbt hätten, habe seit Jahren leer gestanden; schon lange hätten sie sich einen jungen Gast dafür gewünscht.

Ich wurde eine Treppe hinaufgeführt, und wir betraten dann ein ziemlich niedriges, altertümlich ausgestattetes Zimmer, dessen beide Fenster mit ihren kleinen Scheiben auf den geräumigen Marktplatz hinausgingen. Früher, erzählte der Meister, seien zwei uralte Linden vor der Tür gewesen; aber er habe sie schlagen lassen, da sie allzusehr ins Haus gedunkelt und auch hier die schöne Aussicht ganz verdeckt hätten.

Über die Bedingungen wurden wir bald in allen Teilen einig; während wir dann aber noch über die jetzt zu treffende Einrichtung des Zimmers sprachen, war mein Blick auf ein im Schatten eines Schrankes hängendes Ölgemälde gefallen, das plötzlich meine ganze Aufmerksamkeit hinwegnahm. Es war noch wohlerhalten und stellte einen älteren, ernst und milde blickenden Mann dar, in einer dunklen Tracht, wie in der Mitte des siebzehnten Jahrhunderts sie diejenigen aus den vornehmeren Ständen zu tragen pflegten, welche sich mehr mit Staatssachen oder gelehrten Dingen als mit dem Kriegshandwerke beschäftigten.

Der Kopf des alten Herrn, so schön und anziehend und so trefflich gemalt er immer sein mochte, hatte indessen nicht diese Erregung in mir hervorgebracht; aber der Maler hatte ihm einen blassen Knaben in den Arm gelegt, der in seiner kleinen, schlaff herabhängenden Hand eine weiße Wasserlilie hielt; – und diesen Knaben kannte ich ja längst. Auch hier war es wohl der Tod, der ihm die Augen zugedrückt hatte.

„Woher ist dieses Bild?" frug ich endlich, da mir plötzlich bewußt wurde, daß der vor mir stehende Meister mit seiner Auseinandersetzung innegehalten hatte.

Er sah mich verwundert an. „Das alte Bild? Das ist von unserer Möddersch", erwiderte er; „es stammt von ihrem Urgroßonkel, der ein Maler gewesen und vor mehr als hundert Jahren hier gewohnt hat. Es sind noch andre Siebensachen von ihm da."

Bei diesen Worten zeigte er nach einer kleinen Lade von Eichenholz, auf welcher allerlei geometrische Figuren recht zierlich eingeschnitten waren.

Als ich sie von dem Schranke, auf dem sie stand, herunternahm, fiel der Deckel zurück, und es zeigten sich mir als Inhalt einige stark vergilbte Papierblätter mit sehr alten Schriftzügen.

„Darf ich die Blätter lesen?“ frug ich.

„Wenn's Ihnen Pläsier macht“, erwiderte der Meister, „so mögen Sie die ganze Sache mit nach Hause nehmen; es sind so alte Schriften; Wert steckt nicht darin.“

Ich aber erbat mir und erhielt auch die Erlaubnis, diese wertlosen Schriften hier an Ort und Stelle lesen zu dürfen; und während ich mich dem alten Bilde gegenüber in einen mächtigen Ohrenlehnstuhl setzte, verließ der Meister das Zimmer, zwar immer noch erstaunt, doch gleichwohl die freundliche Verheißung zurücklassend, daß seine Frau mich bald mit einer guten Tasse Kaffee regalieren werde.

Ich aber las und hatte im Lesen bald alles um mich her vergessen.

So war ich denn wieder daheim in unserm Holstenlande; am Sonntage Cantate war es Anno 1661! – Mein Malgeräth und sonstiges Gepäcke hatte ich in der Stadt zurückgelassen und wanderte nun fröhlich fürbaß, die Straße durch den maiengrünen Buchenwald, der von der See ins Land hinaufsteigt. Vor mir her flogen ab und zu ein paar Waldvöglein und letzeten ihren Durst an dem Wasser, so in den tiefen Radgeleisen stund; denn ein linder Regen war gefallen über Nacht und noch gar früh am Vormittage, so daß die Sonne den Waldesschatten noch nicht überstiegen hatte.

Der helle Drosselschlag, der von den Lichtungen zu mir scholl, fand seinen Widerhall in meinem Herzen. Durch die Bestellungen, so mein theurer Meister van der Helst im letzten Jahre meines Amsterdamer Aufenthalts mir zugewendet, war ich aller Sorge quitt geworden; einen guten Zehrpfennig und einen Wechsel auf Hamburg trug ich noch itzt in meiner Taschen; dazu war ich stattlich angethan: mein Haar fiel auf mein Mäntelchen mit feinem Grauwerk, und der Lütticher Degen fehlte nicht an meiner Hüfte.

Meine Gedanken aber eilten mir voraus; immer sah ich Herrn Gerhardus, meinen edlen großgünstigen Protector, wie er von der Schwelle seines Zimmers mir die Hände würd' entgegenstrecken, mit seinem milden Gruße: „So segne Gott deinen Eingang, mein Johannes!"

Er hatte einst mit meinem lieben, ach, gar zu früh in die ewige Herrlichkeit genommenen Vater zu Jena die Rechte studiret und war auch nachmals den Künsten und Wissenschaften mit Fleiße obgelegen, so daß er dem Hochseligen Herzog Friederich bei seinem edlen, wiewohl wegen der Kriegsläufte vergeblichen Bestreben um Errichtung einer Landesuniversität ein einsichtiger und eifriger Berather gewesen. Obschon ein adeliger Mann, war er meinem lieben Vater doch stets in Treuen zugethan blieben, hatte auch nach dessen seligem Hintritt sich meiner verwaiseten Jugend mehr, als zu verhoffen, angenommen und nicht allein meine sparsamen Mittel aufgebessert, sondern auch durch seine fürnehme Bekanntschaft unter dem Holländischen Adel es dahin gebracht, daß mein theuerer Meister van der Helst mich zu seinem Schüler angenommen.

Meinte ich doch zu wissen, daß der verehrte Mann unversehrt auf seinem Herrenhofe sitze, wofür dem Allmächtigen nicht genug zu danken; denn, derweilen ich in der Fremde mich der Kunst beflissen, war daheim die Kriegsgreuel über das Land gekommen; so zwar, daß die Truppen, die gegen den kriegswüthigen Schweden dem Könige zum Beistand hergezogen, fast ärger als die Feinde selbst gehauset, ja selbst der Diener Gottes mehrere in jämmerlichen Tod gebracht. Durch den plötzlichen Hintritt des Schwedischen Carolus war nun zwar Friede; aber die grausamen Stapfen des Krieges lagen überall; manch Bauern- oder Käthnerhaus, wo man mich als Knaben mit einem Trunke süßer Milch bewirthet, hatte ich auf meiner Morgenwanderung niedergesenget am Wege liegen sehen und manches Feld in ödem Unkraut, darauf sonst um diese Zeit der Roggen seine grünen Spitzen trieb.

Aber solches beschwerete mich heut nicht allzu sehr; ich hatte nur Verlangen, wie ich dem edlen Herrn durch meine Kunst beweisen möchte, daß er Gab und Gunst an keinen Unwürdigen verschwendet habe; dachte auch nicht an Strolche und verlaufen Gesindel, das vom Kriege her noch in den Wäldern Umtrieb halten sollte. Wohl aber tückete mich ein anderes, und das war der Gedanke an den Junker Wulf. Er war mir nimmer hold gewesen, hatte wohl gar, was sein edler Vater an mir gethan, als einen Diebstahl an ihm selber angesehen; und manches Mal, wenn ich, wie öfters nach meines lieben Vaters Tode, im Sommer die Vacanz auf dem Gute zubrachte, hatte er mir die schönen Tage vergället und versalzen. Ob er anitzt in seines Vaters Hause sei, war mir nicht kund geworden, hatte nur vernommen, daß er noch vor dem Friedensschlusse bei Spiel und Becher mit den Schwedischen Offiziers Verkehr gehalten, was mit rechter Holstentreue nicht zu reimen ist.

Indem ich dieß bei mir erwog, war ich aus dem Buchenwalde in den Richtsteig durch das Tannenhölzchen geschritten, das schon dem Hofe nahe liegt. Wie liebliche Erinnerung umhauchte mich der Würzeduft des Harzes; aber bald trat ich aus dem Schatten in den vollen Sonnenschein hinaus; da lagen zu beiden Seiten die mit Haselbüschen eingehegten Wiesen, und nicht lange, so wanderte ich zwischen den zwo Reihen gewaltiger Eichenbäume, die zum Herrensitz hinaufführen.

Ich weiß nicht, was für ein bang Gefühl mich plötzlich überkam, ohn alle Ursach, wie ich derzeit dachte; denn es war eitel Sonnenschein umher, und vom Himmel herab klang ein gar herzlich und ermunternd Lerchensingen. Und siehe, dort auf der Koppel, wo der Hofmann seinen Immenhof hat, stand ja auch noch der alte Holzbirnenbaum und flüsterte mit seinen jungen Blättern in der blauen Luft.

„Grüß dich Gott!" sagte ich leis, gedachte dabei aber weniger des Baumes, als vielmehr des holden Gottesgeschöpfes, in dem, wie es sich nachmals fügen mußte, all Glück und Leid und auch all nagende Buße meines Lebens beschlossen sein sollte, für jetzt und alle Zeit. Das war des edlen Herrn Gerhardus Töchterlein, des Junkers Wulfen einzig Geschwister.

Item, es war bald nach meines lieben Vaters Tode, als ich zum ersten Mal die ganze Vacanz hier verbrachte; sie war derzeit ein neunjährig Dirnlein, die ihre braunen Zöpfe lustig fliegen ließ; ich zählte um ein paar Jahre weiter. So trat ich eines Morgens aus dem Thorhaus; der alte Hofmann Dieterich, der ober der Einfahrt wohnt und neben dem als einem getreuen Mann mir mein Schlafkämmerlein eingeräumt war, hatte mir einen Eschenbogen zugerichtet, mir auch die Bolzen von tüchtigem Blei dazu gegossen, und ich wollte nun auf die Raubvögel, deren genug bei dem Herrenhaus umherschrien; da kam sie vom Hofe auf mich zugesprungen.

„Weißt du, Johannes", sagte sie; „ich zeig dir ein Vogelnest; dort in dem hohlen Birnbaum; aber das sind Rotschwänzchen, die darfst du ja nicht schießen!"

Damit war sie schon wieder vorausgesprungen; doch eh sie noch dem Baum auf zwanzig Schritte nah gekommen, sah ich sie jählings stille stehn. „Der Buhz, der Buhz!" schrie sie und schüttelte wie entsetzt ihre beiden Händlein in der Luft.

Es war aber ein großer Waldkauz, der ober dem Loche des hohlen Baumes saß und hinabschauete, ob er ein ausfliegend Vögelein erhaschen möge. „Der Buhz, der Buhz!" schrie die Kleine wieder. „Schieß, Johannes, schieß!" – Der Kauz aber, den die Freßgier taub gemacht, saß noch immer und stierete in die Höhlung. Da spannte ich meinen Eschenbogen und schoß, daß das Raubthier zappelnd auf dem Boden lag; aus dem Baume aber schwang sich ein zwitschernd Vöglein in die Luft.

Seit der Zeit waren Katharina und ich zwei gute Gesellen mit einander; in Wald und Garten, wo das Mägdlein war, da war auch ich. Darob aber mußte mir gar bald ein Feind erstehen; das war der Kurt von der Risch, dessen Vater eine Stunde davon auf seinem reichen Hofe saß. In Begleitung seines gelahrten Hofmeisters, mit dem Herr Gerhardus gern der Unterhaltung pflag, kam er oftmals auf Besuch; und da er jünger war als Junker Wulf, so war er wohl auf mich und Katharinen angewiesen; insonders aber schien das braune Herrentöchterlein ihm zu gefallen. Doch war das schier umsonst; sie lachte nur über seine krumme Vogelnase, die ihm, wie bei fast allen des Geschlechtes, unter buschigem Haupthaar zwischen zwei merklich runden Augen saß. Ja, wenn sie seiner nur von fern gewahrte, so reckte sie wohl ihr Köpfchen vor und rief: „Johannes, der Buhz! der Buhz!" Dann versteckten wir uns hinter den Scheunen oder rannten wohl auch spornstreichs in den Wald hinein, der sich in einem Bogen um die Felder und danach wieder dicht an die Mauern des Gartens hinanzieht.

Darob, als der von der Risch deß inne wurde, kam es oftmals zwischen uns zum Haarraufen, wobei jedoch, da er mehr hitzig denn stark war, der Vortheil meist in meinen Händen blieb.

Als ich, um von Herrn Gerhardus Urlaub zu nehmen, vor meiner Ausfahrt in die Fremde zum letzten Mal, jedoch nur kurze Tage, hier verweilte, war Katharina schon fast wie eine Jungfrau; ihr braunes Haar lag itzt in einem goldnen Netz gefangen; in ihren Augen, wenn sie die Wimpern hob, war oft ein spielend Leuchten, das mich schier beklommen machte. Auch war ein alt gebrechlich Fräulein ihr zur Obhut beigegeben, so man im Hause nur „Bas' Ursel" nannte; sie ließ das Kind nicht aus den Augen und ging überall mit einer langen Tricotage neben ihr.

Als ich so eines Octobernachmittags im Schatten der Gartenhecken mit beiden auf und ab wandelte, kam ein lang aufgeschossener Gesell, mit spitzenbesetztem Lederwams und Federhut ganz alamode gekleidet, den Gang zu uns herauf; und siehe da, es war der Junker Kurt, mein alter Widersacher. Ich merkte allsogleich, daß er noch immer bei seiner schönen Nachbarin zu Hofe ging; auch daß insonders dem alten Fräulein solches zu gefallen schien. Das war ein „Herr Baron" auf alle Frag' und Antwort; dabei lachte sie höchst obligeant mit einer widrig feinen Stimme und hob die Nase unmäßig in die Luft; mich aber, wenn ich ja ein Wort dazwischen gab, nannte sie stetig „Er" oder kurzweg auch „Johannes", worauf der Junker dann seine runden Augen einkniff und im Gegentheile that, als sähe er auf mich herab, obschon ich ihn um halben Kopfes Länge überragte.

Ich blickte auf Katharinen; die aber kümmerte sich nicht

um mich, sondern ging sittig neben dem Junker, ihm manierlich Red und Antwort gebend; den kleinen rothen Mund aber verzog mitunter ein spöttisch stolzes Lächeln, so daß ich dachte: „Getröste dich, Johannes; der Herrensohn schnellt itzo deine Wage in die Luft!“ Trotzig blieb ich zurück und ließ die andern dreie vor mir gehen. Als aber diese in das Haus getreten waren und ich davor noch an Herrn Gerhardus' Blumenbeeten stand, darüber brütend, wie ich, gleich wie vormals, mit dem von der Risch ein tüchtig Haarraufen beginnen möchte, kam plötzlich Katharina wieder zurückgelaufen, riß neben mir eine Aster von den Beeten und flüsterte mir zu: „Johannes, weißt du was? Der Buhz sieht einem jungen Adler gleich; Bas' Ursel hat's gesagt!“ Und fort war sie wieder, eh ich mich's versah. Mir aber war auf einmal all Trotz und Zorn wie weggeblasen. Was kümmerte mich itzund der Herr Baron! Ich lachte hell und fröhlich in den güldnen Tag hinaus; denn bei den übermüthigen Worten war wieder jenes süße Augenspiel gewesen. Aber diesmal hatte es mir gerad ins Herz geleuchtet.

Bald danach ließ mich Herr Gerhardus auf sein Zimmer rufen; er zeigte mir auf einer Karte noch einmal, wie ich die weite Reise nach Amsterdam zu machen habe, übergab mir Briefe an seine Freunde dort und sprach dann lange mit mir, als meines lieben seligen Vaters Freund. Denn noch selbigen Abends hatte ich zur Stadt zu gehen, von wo ein Bürger mich auf seinem Wagen mit nach Hamburg nehmen wollte.

Als nun der Tag hinabging, nahm ich Abschied. Unten im Zimmer saß Katharina an einem Stickrahmen; ich mußte der Griechischen Helena gedenken, wie ich sie jüngst in einem Kupferwerk gesehen; so schön erschien mir der junge Nacken, den das Mädchen eben über ihre Arbeit neigte. Aber sie war nicht allein; ihr gegenüber saß Bas' Ursel und las laut aus einem französischen Geschichtenbuche. Da ich näher trat, hob sie die Nase nach mir zu: „Nun, Johannes“, sagte sie, „Er will mir wohl Ade sagen? So kann er auch dem Fräulein gleich seine Reverenze machen!“ – Da war schon Katharina von ihrer Arbeit aufgestanden; aber, indem sie mir die Hand reichte, traten die Junker Wulf und

Kurt mit großem Geräusch ins Zimmer; und sie sagte nur: „Leb wohl, Johannes!“ Und so ging ich fort.

Im Thorhaus drückte ich dem alten Dieterich die Hand, der Stab und Ranzen schon für mich bereit hielt; dann wanderte ich zwischen den Eichbäumen auf die Waldstraße zu. Aber mir war dabei, als könne ich nicht recht fort, als hätt ich einen Abschied noch zu Gute, und stand oft still und schaute hinter mich. Ich war auch nicht den Richtweg durch die Tannen, sondern, wie von selber, den viel weiteren auf der großen Fahrstraße hingewandert. Aber schon kam vor mir das Abendroth überm Wald herauf, und ich mußte eilen, wenn mich die Nacht nicht überfallen sollte. „Ade, Katharina, ade!“ sagte ich leise und setzte rüstig meinen Wanderstab in Gang.

Da, an der Stelle, wo der Fußsteig in die Straße mündet – in stürmender Freude stund das Herz mir still – plötzlich aus dem Tannendunkel war sie selber da; mit glühenden Wangen kam sie hergelaufen, sie sprang über den trocknen Weggraben, daß die Fluth des seidenbraunen Haars dem güldnen Netz entstürzete; und so fing ich sie in meinen Armen auf. Mit glänzenden Augen, noch mit dem Odem ringend, schaute sie mich an. „Ich – ich bin ihnen fortgelaufen!“ stammelte sie endlich; und dann, ein Päckchen in meine Hand drückend, fügte sie leis hinzu: „Von mir, Johannes! Und du sollst es nicht verachten!“ Auf einmal aber wurde ihr Gesichtchen trübe; der kleine schwellende Mund wollte noch was reden, aber da brach ein Thränenquell aus ihren Augen, und wehmütig ihr Köpfchen schüttelnd, riß sie sich hastig los. Ich sah ihr Kleid im finstern Tannensteig verschwinden; dann in der Ferne hört ich noch die Zweige rauschen, und dann stand ich allein. Es war so still, die Blätter konnte man fallen hören. Als ich das Päckchen aus einander faltete, da war's ihr güldner Pathenpfennig, so sie mir oft gezeigt hatte; ein Zettlein lag dabei, das las ich nun beim Schein des Abendrothes. „Damit du nicht in Noth gerathest“, stund darauf geschrieben. – Da streckt ich meine Arme in die leere Luft: „Ade, Katharina ade, ade!“ – wohl hundertmal rief ich es in den stillen Wald hinein; – und erst mit sinkender Nacht erreichte ich die Stadt.

– – Seitdem waren fast fünf Jahre dahingegangen. – Wie würd' ich heute alles wiederfinden?

Und schon war ich am Thorhaus und sah drunten im Hof die alten Linden, hinter deren lichtgrünem Laub die beiden Zackengiebel des Herrenhauses itzt verborgen lagen. Als ich aber durch den Thorweg gehen wollte, jagten vom Hofe her zwei fahlgraue Bullenbeißer mit Stachelhalsbändern gar wild gegen mich heran; sie erhuben ein erschreckliches Geheul, und der eine sprang auf mich und fletschete seine weißen Zähne dicht vor meinem Antlitz. Solch einen Willkommen hatte ich noch niemalen hier empfangen. Da, zu meinem Glück, rief aus den Kammern ober dem Thore eine rauhe, aber mir gar traute Stimme: „Hallo!" rief sie; „Tartar, Türk!" Die Hunde ließen von mir ab, ich hörte es die Stiege herabkommen, und aus der Thür, so unter dem Thorgang war, trat der alte Dieterich.

Als ich ihn anschaute, sahe ich wohl, daß ich lang in der Fremde gewesen sei; denn sein Haar war schlohweiß geworden, und seine sonst so lustigen Augen blickten gar matt und betrübsam auf mich hin. „Herr Johannes!" sagte er endlich und reichte mir seine beiden Hände.

„Grüß Ihn Gott, Dieterich!" entgegnete ich. „Aber seit wann haltet Ihr solche Bluthunde auf dem Hof, die die Gäste anfallen gleich den Wölfen?"

„Ja, Herr Johannes", sagte der Alte, „die hat der Junker hergebracht."

„Ist denn der daheim?"

Der Alte nickte.

„Nun", sagte ich, „die Hunde mögen schon vonnöthen sein; vom Krieg her ist noch viel verlaufen Volk zurückgeblieben."

„Ach, Herr Johannes!" Und der alte Mann stund immer noch, als wolle er mich nicht zum Hof hinauf lassen. „Ihr seid in schlimmer Zeit gekommen!"

Ich sah ihn an, sagte aber nur: „Freilich, Dieterich; aus mancher Fensterhöhlung schaut statt des Bauern itzt der Wolf heraus; hab dergleichen auch gesehen; aber es ist ja Frieden worden, und der gute Herr im Schloß wird helfen, seine Hand ist offen."

Mit diesen Worten wollte ich, obschon die Hunde mich

wieder anknurreten, auf den Hof hinausgehen; aber der Greis trat mir in den Weg. „Herr Johannes“, rief er, „ehe Ihr weiter gehet, höret mich an! Euer Brieflein ist zwar richtig mit der Königlichen Post von Hamburg kommen; aber den rechten Leser hat es nicht mehr finden können.“

„Dieterich!“ schrie ich. „Dieterich!“

„– Ja, ja, Herr Johannes! Hier ist die gute Zeit vorbei; denn unser theurer Herr Gerhardus liegt aufgebahret dort in der Kapellen, und die Gueridons brennen an seinem Sarge. Es wird nun anders werden auf dem Hofe; aber – ich bin ein höriger Mann, mir ziemet Schweigen.“

Ich wollte fragen: „Ist das Fräulein, ist Katharina noch im Hause?“ Aber das Wort wollte nicht über meine Zunge.

Drüben, in einem hinteren Seitenbau des Herrenhauses, war eine kleine Kapelle, die aber, wie ich wußte, seit lange nicht benutzt war. Dort also sollte ich Herrn Gerhardus suchen.

Ich fragte den alten Hofmann. „Ist die Kapelle offen?“ und als er es bejahete, bat ich ihn, die Hunde anzuhalten; dann ging ich über den Hof, wo niemand mir begegnete; nur einer Grasmücke Singen kam oben aus den Lindenwipfeln.

Die Thür zur Kapellen war nur angelehnt, und leis und gar beklommen trat ich ein. Da stund der offene Sarg, und die rothe Flamme der Kerzen warf ihr flackernd Licht auf das edle Antlitz des geliebten Herrn; die Fremdheit des Todes, so darauf lag, sagte mir, daß er itzt eines andern Lands Genosse sei. Indem ich aber neben dem Leichnam zum Gebete hinknien wollte, erhub sich über den Rand des Sarges mir genüber ein junges blasses Antlitz, das aus schwarzen Schleiern fast erschrocken auf mich schaute.

Aber nur, wie ein Hauch verweht, so blickten die braunen Augen herzlich zu mir auf, und es war fast wie ein Freudenruf: „O Johannes, seid Ihr’s denn? Ach, Ihr seid zu spät gekommen!“ Und über dem Sarge hatten unsere Hände sich zum Gruß gefaßt; denn es war Katharina, und sie war so schön geworden, daß hier im Angesicht des Todes ein heißer Puls des Lebens mich durchfuhr. Zwar, das spielende Licht der Augen lag itzt zurückgeschrecket in der Tiefe; aber aus dem schwarzen Häubchen drängten sich die braunen Löcklein, und der schwellende Mund war um so röther in dem blassen Antlitz.

Und fast verwirret auf den Todten schauend, sprach ich: „Wohl kam ich in der Hoffnung, an seinem lebenden Bilde ihm mit meiner Kunst zu danken, ihm manche Stunde genüber zu sitzen und sein mild und lehrreich Wort zu hören. Laßt mich denn nun die bald vergehenden Züge festzuhalten suchen."

Und als sie unter Thränen, die über ihre Wangen strömten, stumm zu mir hinübernickte, setzte ich mich in ein Gestühlte und begann auf einem von den Blättchen, die ich bei mir führte, des Todten Antlitz nachzubilden. Aber meine Hand zitterte; ich weiß nicht, ob alleine vor der Majestät des Todes.

Während dem vernahm ich draußen vom Hofe her eine Stimme, die ich für die des Junker Wulf erkannte; gleich danach schrie ein Hund wie nach einem Fußtritt oder Peitschenhiebe; und dann ein Lachen und einen Fluch von einer andern Stimme, die mir gleicherweise bekannt deuchte.

Als ich auf Katharinen blickte, sah ich sie mit schier entsetzten Augen nach dem Fenster starren; aber die Stimmen und die Schritte gingen vorüber. Da erhub sie sich, kam an meine Seite und sahe zu, wie des Vaters Antlitz unter meinem Stift entstund. Nicht lange, so kam draußen ein einzelner Schritt zurück, in demselben Augenblick legte Katharina die Hand auf meine Schulter, und ich fühlte, wie ihr junger Körper bebte.

Sogleich auch wurde die Kapellenthür aufgerissen; und ich erkannte den Junker Wulf, obschon sein sonsten bleiches Angesicht itzt roth und aufgedunsen schien.

„Was huckst du allfort an dem Sarge!" rief er zu der Schwester. „Der Junker von der Risch ist da gewesen, uns seine Condolenze zu bezeigen; du hättest ihm wohl den Trunk kredenzen mögen!"

Zugleich hatte er meiner wahrgenommen und bohrete mich mit seinen kleinen Augen an. – „Wulf", sagte Katharina, indem sie mit mir zu ihm trat; „es ist Johannes, Wulf."

Der Junker fand nicht vonnöthen, mir die Hand zu reichen; er musterte nur mein violenfarben Wams und meinte: „Du trägst da einen bunten Federbalg; man wird dich ‚Sieur' nun titulieren müssen!"

„Nennt mich, wie's Euch gefällt!" sagte ich, indem wir auf den Hof hinaustraten. „Obschon mir dorten, von wo ich komme, das ‚Herr' vor meinem Namen nicht gefehlet – Ihr wißt wohl, Eueres Vaters Sohn hat großes Recht an mir."

Er sah mich was verwundert an, sagte dann aber nur: „Nun wohl, so magst du zeigen, was du für meines Vaters Gold erlernet hast; und soll dazu der Lohn für deine Arbeit dir nicht verhalten sein."

Ich meinete, was den Lohn anginge, den hätte ich längst vorausbekommen; da aber der Junker entgegnete, er werd es halten, wie sich's für einen Edelmann gezieme, so fragte ich, was für Arbeit er mir aufzutragen hätte.

„Du weißt doch", sagte er und hielt dann inne, indem er scharf auf seine Schwester blickte – „wenn eine adelige Tochter das Haus verläßt, so muß ihr Bild darin zurückbleiben."

Ich fühlte, daß bei diesen Worten Katharina, die an meiner Seite ging, gleich einer Taumelnden nach meinem Mantel haschte; aber ich entgegnete ruhig: „Der Brauch ist mir bekannt; doch, wie meinet Ihr denn, Junker Wulf?"

„Ich meine", sagte er hart, als ob er einen Gegenspruch erwarte, „daß du das Bildniß der Tochter dieses Hauses malen sollst!"

Mich durchfuhr's fast wie ein Schrecken; weiß nicht, ob mehr über den Ton oder die Deutung dieser Worte; dachte auch, zu solchem Beginnen sei itzt kaum die rechte Zeit.

Da Katharina schwieg, aus ihren Augen aber ein flehentlicher Blick mir zuflog, so antwortete ich: „Wenn Eure edle Schwester es mir vergönnen will, so hoffe ich Eueres Vaters Protection und meines Meisters Lehre keine Schande anzuthun. Räumet mir nur wieder mein Kämmerlein ober dem Thorweg bei dem alten Dieterich, so soll geschehen, was Ihr wünschet."

Der Junker war das zufrieden und sagte auch seiner Schwester, sie möge einen Imbiß für mich richten lassen.

Ich wollte über den Beginn meiner Arbeit noch eine Frage thun; aber ich verstummte wieder, denn über den empfangenen Auftrag war plötzlich eine Entzückung in mir aufgestiegen, daß ich fürchtete, sie könne mit jedem Wort hervorbrechen. So war ich auch der zwo grimmen Köter nicht gewahr worden, die dort am Brunnen sich auf den heißen Stein sonnten. Da wir aber näher kamen, sprangen sie auf und fuhren mit offenem Rachen gegen mich, daß Katharina einen Schrei that, der Junker aber einen schrillen Pfiff, worauf sie heulend ihm zu Füßen krochen. „Beim Höllenelemente“, rief er lachend, „zwo tolle Kerle; gilt ihnen gleich, ein Sauschwanz oder Flandrisch Tuch!“

„Nun, Junker Wulf“, – ich konnte der Rede mich nicht wohl enthalten – „soll ich noch einmal Gast in Eueres Vaters Hause sein, so möget Ihr Euere Thiere bessere Sitte lehren!“

Er blitzte mich mit seinen kleinen Augen an und riß sich ein paar Mal in seinen Zwickelbart. „Das ist nur so ihr Willkommensgruß, Sieur Johannes!“ sagte er dann, indem er sich bückte, um die Bestien zu streicheln. „Damit jedweder wisse, daß ein ander Regiment allhier begonnen; denn – wer mir in die Quere kommt, den hetz ich in des Teufels Rachen!“

Bei den letzten Worten, die er heftig ausgestoßen, hatte er sich hoch aufgerichtet; dann pfiff er seinen Hunden und schritt über den Hof dem Thore zu.

Ein Weilchen schaute ich hinterdrein; dann folgte ich Katharinen, die unter dem Lindenschatten stumm und gesenkten Hauptes die Freitreppe zu dem Herrenhaus emporstieg; ebenso schweigend gingen wir mitsammen die breiten Stufen in das Oberhaus hinauf, allwo wir in des seligen Herrn Gerhardus Zimmer traten. – Hier war noch alles, wie ich es vordem gesehen; die goldgeblümten Ledertapeten, die Karten an der Wand, die saubern Pergamentbände auf den Regalen, über dem Arbeitstische der schöne Waldgrund von dem älteren Ruijsdael – und dann davor der leere Sessel. Meine Blicke blieben daran haften; gleichwie drunten in der Kapellen der Leib des Entschlafenen, so schien auch dies Gemach mir itzt entseelet und, obschon vom Walde draußen der junge Lenz durchs Fenster leuchtete, doch gleichsam von der Stille des Todes wie erfüllet.

Ich hatte auf Katharinen in diesem Augenblicke fast vergessen. Da ich mich umwandte, stand sie schier reglos mitten in dem Zimmer, und ich sah, wie unter den kleinen Händen, die sie daraufgepreßt hielt, ihre Brust in ungestümer Arbeit ging. „Nicht wahr", sagte sie leise, „hier ist itzt niemand mehr; niemand als mein Bruder und seine grimmen Hunde?"

„Katharina!" rief ich; „was ist Euch? was ist das hier in Eueres Vaters Haus?"

„Was es ist, Johannes?" und fast wild ergriff sie meine beiden Hände; und ihre jungen Augen sprühten wie in Zorn und Schmerz. „Nein, nein; laß erst den Vater in seiner Gruft zur Ruhe kommen! Aber dann – du sollst mein Bild ja malen, du wirst eine Zeitlang hier verweilen – dann, Johannes, hilf mir; um des Todten willen, hilf mir!"

Auf solche Worte, von Mitleid und von Liebe ganz bezwungen, fiel ich vor der Schönen, Süßen nieder und schwur ihr mich und alle meine Kräfte zu. Da lösete sich ein sanfter Thränenquell aus ihren Augen, und wir saßen neben einander und sprachen lange zu des Entschlafenen Gedächtniß.

Als wir sodann wieder in das Unterhaus hinabgingen, fragte ich auch dem alten Fräulein nach.

„Oh", sagte Katharina, „Bas' Ursel! Wollt Ihr sie begrüßen? Ja, die ist auch noch da; sie hat hier unten ihr Gemach, denn die Treppen sind ihr schon längsthin zu beschwerlich."

Wir traten also in ein Stübchen, das gegen den Garten lag, wo auf den Beeten vor den grünen Heckenwänden soeben die Tulpen aus der Erde brachen. Bas' Ursel saß, in der schwarzen Tracht und Krepphaube nur wie ein schwindend Häufchen anzuschauen, in einem hohen Sessel und hatte ein Nonnenspielchen vor sich, das, wie sie nachmals mir erzählte, der Herr Baron – nach seines Vaters Ableben war er solches itzund wirklich – ihr aus Lübeck zur Verehrung mitgebracht. „So", sagte sie, da Katharina mich genannt hatte, indeß sie behutsam die helfenbeinern Pflöcklein um einander steckte, „ist Er wieder da, Johannes? – Nein, es geht nicht aus! O, c'est un jeu très-compliqué!"

Dann warf sie die Pflöcklein über einander und schauete mich an. „Ei", meinte sie. „Er ist gar stattlich angethan; aber weiß Er denn nicht, daß Er in ein Trauerhaus getreten ist?"

„Ich weiß es, Fräulein", entgegenete ich; „aber da ich in das Thor trat, wußte ich es nicht."

„Nun", sagte sie und nickte gar begütigend; „so eigentlich gehöret Er ja auch nicht zur Dienerschaft."

Über Katharinens blasses Antlitz flog ein Lächeln, wodurch ich mich jeder Antwort wohl enthoben halten mochte. Vielmehr rühmte ich der alten Dame die Anmuth ihres Wohngemaches; denn auch der Epheu von dem Thürmchen, das draußen an der Mauer aufstieg, hatte sich nach dem Fenster hingesponnen und wiegete seine grünen Ranken vor den Scheiben.

Aber Bas' Ursel meinete, ja, wenn nur nicht die Nachtigallen wären, die itzt schon wieder anhüben mit ihrer Nachtunruhe; sie könne ohnedem den Schlaf nicht finden; und dann auch sei es schier zu abgelegen; das Gesinde sei von hier aus nicht im Aug zu halten; im Garten draußen aber passire eben nichts, als etwan, wann der Gärtnerbursche an den Hecken oder Buchsrabatten putze.

– Und damit hatte der Besuch seine Endschaft; denn Katharina mahnte, es sei nachgerade an der Zeit, meinen wegmüden Leib zu stärken.

Ich war nun in meinem Kämmerchen ober dem Hofthor einlogiret, dem alten Dieterich zur sondern Freude; denn am Feierabend saßen wir auf seiner Tragkist, und ließ ich mir, gleich wie in der Knabenzeit, von ihm erzählen. Er rauchte dann wohl eine Pfeife Tabak, welche Sitte durch das Kriegsvolk auch hier in Gang gekommen war, und holete allerlei Geschichten aus den Drangsalen, so sie durch die fremden Truppen auf dem Hof und unten in dem Dorf hatten erleiden müssen; einmal aber, da ich seine Rede auf das gute Frölen Katharina gebracht und er erst nicht hatt ein Ende finden können, brach er gleichwohl plötzlich ab und schauete mich an.

„Wisset Ihr, Herr Johannes", sagte er, „'s ist grausam schad, daß Ihr nicht auch ein Wappen habet gleich dem von der Risch da drüben!"

Und da solche Rede mir das Blut ins Gesicht jagete, klopfte er mit seiner harten Hand mir auf die Schulter, meinend: „Nun, nun, Herr Johannes; 's war ein dummes Wort von mir; wir müssen freilich bleiben, wo uns der Herrgott hingesetzet."

Weiß nicht, ob ich derzeit mit solchem einverstanden gewesen, fragete aber nur, was der von der Risch denn itzund für ein Mann geworden.

Der Alte sah mich gar pfiffig an und paffte aus seinem kurzen Pfeiflein, als ob das theure Kraut am Feldrain wüchse. „Wollet Ihr's wissen, Herr Johannes?" begann er dann. „Er gehöret zu denen muntern Junkern, die im Kieler Umschlag den Bürgersleuten die Knöpfe von den Häusern schießen; Ihr möget glauben, er hat treffliche Pistolen! Auf der Geigen weiß er nicht so gut zu spielen; da er aber ein lustig Stücklein liebt, so hat er letzthin den Rathausmusikanten, der überm Holstenthore wohnt, um Mitternacht mit seinem Degen aufgeklopfet, ihm auch nicht Zeit gelassen, sich Wams und Hosen anzuthun. Statt der Sonnen stand aber der Mond am Himmel, es war octavis trium regum und fror Pickelsteine; und hat also der Musikante, den Junker mit dem Degen hinter sich, im blanken Hemde vor ihm durch die Gassen geigen müssen! – – Wollet Ihr mehr noch wissen, Herr Johannes? – Zu Haus bei ihm freuen sich die Bauern, wenn der Herrgott sie nicht mit Töchtern gesegnet; und dennoch – – aber nach seines Vaters Tode hat er Geld, und unser Junker, Ihr wisset's wohl, hat schon vorher von seinem Erbe aufgezehrt."

Ich wußte freilich nun genug; auch hatte der alte Dieterich schon mit seinem Spruche: „Aber ich bin nur ein höriger Mann" seiner Rede Schluß gemacht.

– – Mit meinem Malgeräth war auch meine Kleidung aus der Stadt gekommen, wo ich im Goldenen Löwen Alles abgeleget, so daß ich anitzt, wie es sich ziemete, in dunkler Tracht einherging. Die Tagesstunden aber wandte ich zunächst in meinen Nutzen. Nämlich, es befand sich oben im Herrenhause neben des seligen Herrn Gemach ein Saal, räumlich und hoch, dessen Wände fast völlig von lebensgroßen Bildern verhänget waren, so daß nur noch neben dem Kamin ein Platz zu zweien offen stund. Es waren das die Voreltern des Herrn Gerhardus, meist ernst und sicher blickende Männer und Frauen, mit einem Antlitz, dem man wohl vertrauen konnte; er selbsten in kräftigem Mannesalter und Katharinens früh verstorbene Mutter machten dann den Schluß. Die beiden letzten Bilder waren gar trefflich von unserem Landsmanne, dem Eiderstedter Georg Ovens, in seiner kräftigen Art gemalet; und ich suchte nun mit meinem Pinsel die Züge meines edlen Beschützers nachzuschaffen, zwar in verjüngtem Maßstabe und nur mir selber zum Genügen; doch hat es später zu einem größeren Bildniß mir gedienet, das noch itzt hier in meiner einsamen Kammer die theuerste Gesellschaft meines Alters ist. Das Bildniß seiner Tochter aber lebt mit mir in meinem Innern.

Oft, wenn ich die Palette hingelegt, stand ich noch lange vor den schönen Bildern. Katharinens Antlitz fand ich in dem der beiden Eltern wieder: des Vaters Stirn, der Mutter Liebreiz um die Lippen; wo aber war hier der harte Mundwinkel, das kleine Auge des Junker Wulf? – Das mußte tiefer aus der Vergangenheit heraufgekommen sein! Langsam ging ich die Reih der älteren Bildnisse entlang, bis über hundert Jahre weit hinab. Und siehe, da hing im schwarzen, von den Würmern schon zerfressenen Holzrahmen ein Bild, vor dem ich schon als Knabe, als ob's mich hielte, still gestanden war. Es stellete eine Edelfrau von etwa vierzig Jahren vor; die kleinen grauen Augen sahen kalt und stechend aus dem harten Antlitz, das nur zur Hälfte zwischen dem weißen Kinntuch und der Schleierhaube sichtbar wurde. Ein leiser Schauer überfuhr mich vor der so lang schon heimgegangenen Seele; und ich sprach zu mir: „Hier, diese ist's! Wie räthselhafte Wege gehet die Natur! Ein saeculum und drüber rinnt es heimlich wie unter einer Decke im Blute der Geschlechter fort; dann, längst vergessen, taucht es plötzlich wieder auf, den Lebenden zum Unheil. Nicht vor dem Sohn des edlen Gerhardus; vor dieser hier und ihres Blutes nachgeborenem Sprößling soll ich Katharinen schützen." Und wieder trat ich vor die beiden jüngsten Bilder, an denen mein Gemüthe sich erquickte.

So weilte ich derzeit in dem stillen Saale, wo um mich nur die Sonnenstäublein spielten, unter den Schatten der Gewesenen.

Katharinen sah ich nur beim Mittagstische, das alte Fräulein und den Junker Wulf zur Seiten; aber wofern Bas' Ursel nicht in ihren hohen Tönen redete, so war es stets ein stumm und betrübsam Mahl, so daß mir oft der Bissen im Munde quoll. Nicht die Trauer um den Abgeschiedenen war deß Ursach, sondern es lag zwischen Bruder und Schwester, als sei das Tischtuch durchgeschnitten zwischen ihnen. Katharina, nachdem sie fast die Speisen nicht berührt, entfernte sich allzeit bald, mich kaum nur mit den Augen grüßend; der Junker aber, wenn ihm die Laune stund, suchte mich dann beim Trunke festzuhalten; hatte mich also hiegegen und, so ich nicht hinaus wollte über mein gestecktes Maß, überdem wider allerart Flosculn zu wehren, welche gegen mich gespitzet wurden.

Inzwischen, nachdem der Sarg schon mehrere Tage geschlossen gewesen, geschahe die Beisetzung des Herrn Gerhardus drunten in der Kirche des Dorfes, allwo das Erbbegräbniß ist und wo itzt seine Gebeine bei denen seiner Voreltern ruhen, mit denen der Höchste ihnen dereinst eine fröhliche Urständ wolle bescheren!

Es waren aber zu solcher Trauerfestlichkeit zwar mancherlei Leute aus der Stadt und den umliegenden Gütern gekommen, von Angehörigen aber fast wenige und auch diese nur entfernte, maßen der Junker Wulf der Letzte seines Stammes war und des Herrn Gerhardus Ehgemahl nicht hiesigen Geschlechts gewesen; darum es auch geschahe, daß in der Kürze alle wieder abgezogen sind.

Der Junker drängte nun selbst, daß ich mein aufgetragen Werk begönne, wozu ich droben in dem Bildersaale an einem nach Norden zu belegenen Fenster mir schon den Platz erwählet hatte. Zwar kam Bas' Ursel, die wegen ihrer Gicht die Treppen nicht hinauf konnte, und meinete, es möge am besten in ihrer Stuben oder im Gemach daran geschehen, so sei es uns beiderseits zur Unterhaltung; ich aber, solcher Gevatterschaft gar gern entrathend, hatte an der dortigen Westsonne einen rechten Malergrund dagegen, und konnte alles Reden ihr nicht nützen. Vielmehr war ich am andern Morgen schon dabei, die Nebenfenster des Saales zu verhängen und die hohe Staffelei zu stellen, so ich mit Hülfe Dieterichs mir selber in den letzten Tagen angefertigt.

Als ich eben den Blendrahmen mit der Leinewand darauf

gelegt, öffnete sich die Thür aus Herrn Gerhardus' Zimmer, und Katharina trat herein. – Aus was für Ursach, wäre schwer zu sagen; aber ich empfand, daß wir uns dießmal fast erschrocken gegenüber standen; aus der schwarzen Kleidung, die sie nicht abgeleget, schaute das junge Antlitz in gar süßer Verwirrung zu mir auf.

„Katharina", sagte ich, „Ihr wisset, ich soll Euer Bildniß malen; duldet Ihr's auch gern?"

Da zog ein Schleier über ihre braunen Augensterne, und sie sagte leise: „Warum doch fragt Ihr so, Johannes?"

Wie ein Thau des Glückes sank es in mein Herz. „Nein, nein, Katharina! Aber sagt, was ist, worin kann ich Euch dienen? – Setzet Euch, damit wir nicht so müßig überrascht werden, und dann sprecht! Oder vielmehr, ich weiß es schon. Ihr braucht mir's nicht zu sagen!"

Aber sie setzte sich nicht, sie trat zu mir heran. „Denket Ihr noch, Johannes, wie Ihr einst den Buhz mit Euerem Bogen niederschosset? Das thut dießmal nicht noth, obschon er wieder ob dem Neste lauert; denn ich bin kein Vöglein, das sich von ihm zerreißen läßt. Aber, Johannes, – ich habe einen Blutsfreund – hilf mir wider den!"

„Ihr meinet Eueren Bruder, Katharina!"

– „Ich habe keinen andern. – – Dem Manne, den ich hasse, will er mich zum Weibe geben! Während unseres Vaters langem Siechbett habe ich den schändlichen Kampf mit ihm gestritten, und erst an seinem Sarg hab ich's ihm abgetrotzt, daß ich in Ruhe um den Vater trauern mag; aber ich weiß, auch das wird er nicht halten."

Ich gedachte eines Stiftsfräuleins zu Preetz, Herrn Gerhardus' einzigen Geschwisters, und meinete, ob die nicht um Schutz und Zuflucht anzugehen sei.

Katharina nickte. „Wollt Ihr mein Bote sein, Johannes? – Geschrieben habe ich ihr schon, aber in Wulfs Hände kam die Antwort, und auch erfahren habe ich sie nicht, nur die ausbrechende Wuth meines Bruders, die selbst das Ohr des Sterbenden erfüllet hätte, wenn es noch offen gewesen wäre für den Schall der Welt; aber der gnädige Gott hatte das geliebte Haupt schon mit dem letzten Erdenschlummer zugedecket."

Katharina hatte sich nun doch auf meine Bitte mir genüber gesetzet, und ich begann die Umrisse auf die Leinwand zu zeichnen. So kamen wir zu ruhiger Berathung; und da ich, wenn die Arbeit weiter vorgeschritten, nach Hamburg mußte, um bei dem Holzschnitzer einen Rahmen zu bestellen, so stelleten wir fest, daß ich alsdann den Umweg über Preetz nähme und also meine Botschaft ausrichtete. Zunächst jedoch sei emsig an dem Werk zu fördern.

Es ist gar oft ein seltsam Widerspiel im Menschenherzen. Der Junker mußte es schon wissen, daß ich zu seiner Schwester stand; gleichwohl – hieß nun sein Stolz ihn, mich gering zu schätzen, oder glaubte er mit seiner ersten Drohung mich genug geschrecket – was ich besorget, traf nicht ein; Katharina und ich waren am ersten wie an den andern Tagen von ihm ungestöret. Einmal zwar trat er ein und schalt mit Katharinen wegen ihrer Trauerkleidung, warf aber dann die Thür hinter sich, und wir hörten ihn bald auf dem Hofe ein Reiterstücklein pfeifen. Ein ander Mal noch hatte er den von der Risch an seiner Seite. Da Katharina eine heftige Bewegung machte, bat ich sie, auf ihrem Platz zu bleiben, und malete ruhig weiter. Seit dem Begräbnißtage, wo ich einen fremden Gruß mit ihm getauschet, hatte der Junker Kurt sich auf dem Hofe nicht gezeigt; nun trat er näher und beschauete das Bild und redete gar schöne Worte, meinete aber auch, weshalb das Fräulein sich so sehr vermummet und nicht vielmehr ihr seidig Haar in freien Locken auf den Nacken habe wallen lassen; wie es ein Engelländischer Poet so trefflich ausgedrücket, „rückwärts den Winden leichte Küsse werfend?“ Katharina aber, die bisher geschwiegen, wies auf Herrn Gerhardus' Bild und sagte: „Ihr wisset wohl nicht mehr, daß das mein Vater war!“

Was Junker Kurt hierauf entgegnete, ist mir nicht mehr erinnerlich; meine Person aber schien ihm ganz nicht gegenwärtig oder doch nur gleich einer Maschine, wodurch ein Bild sich auf die Leinewand malete. Von letzterem begann er über meinen Kopf hin dieß und jenes noch zu reden; da aber Katharina nicht mehr Antwort gab, so nahm er alsbald seinen Urlaub, der Dame angenehme Kurzweil wünschend.

Bei diesem Wort jedennoch sah ich aus seinen Augen einen raschen Blick gleich einer Messerspitze nach mir zükken.

– – Wir hatten nun weitere Störniß nicht zu leiden, und mit der Jahreszeit rückte auch die Arbeit vor. Schon stand auf den Waldkoppeln draußen der Roggen in silbergrauem Blust, und unten im Garten brachen schon die Rosen auf; wir beide aber – ich mag es heut wohl niederschreiben – wir hätten itzund die Zeit gern stille stehen lassen; an meine Botenreise wagten, auch nur mit einem Wörtlein, weder sie noch ich zu rühren. Was wir gesprochen, wüßte ich kaum zu sagen; nur daß ich von meinem Leben in der Fremde ihr erzählte und wie ich immer heim gedacht; auch daß ihr güldner Pfennig mich in Krankheit einst vor Noth bewahrt, wie sie in ihrem Kinderherzen es damals fürgesorget, und wie ich später dann gestrebt und mich geängstet, bis ich das Kleinod aus dem Leihhaus mir zurückgewonnen hatte. Dann lächelte sie glücklich; und dabei blühete aus dem dunkeln Grund des Bildes immer süßer das holde Antlitz auf; mir schien's, als sei es kaum mein eigenes Werk. – Mitunter war's, als schaue mich etwas heiß aus ihren Augen an; doch wollte ich es dann fassen, so floh es scheu zurück; und dennoch floß es durch den Pinsel heimlich auf die Leinewand, so daß mir selber kaum bewußt ein sinnberückend Bild entstand, wie nie zuvor und nie nachher ein solches aus meiner Hand gegangen ist. – – Und endlich war's doch an der Zeit und festgesetzet, am andern Morgen sollte ich meine Reise antreten.

Als Katharina mir den Brief an ihre Base eingehändigt, saß sie noch einmal mir genüber. Es wurde heute mit Worten nicht gespielet; wir sprachen ernst und sorgenvoll mitsammen; indessen setzete ich noch hie und da den Pinsel an, mitunter meine Blicke auf die schweigende Gesellschaft an den Wänden werfend, deren ich in Katharinens Gegenwart sonst kaum gedacht hatte.

Da, unter dem Malen, fiel mein Auge auch auf jenes alte Frauenbildniß, das mir zur Seite hing und aus den weißen Schleiertüchern die stechend grauen Augen auf mich gerichtet hielt. Mich fröstelte, ich hätte nahezu den Stuhl verrücket.

Aber Katharinens süße Stimme drang mir in das Ohr: „Ihr seid ja fast erbleichet; was flog Euch übers Herz, Johannes?“

Ich zeigte mit dem Pinsel auf das Bild. „Kennet Ihr die, Katharina? Diese Augen haben hier all die Tage auf uns hingesehen.“

„Die da? – Vor der hab ich schon als Kind eine Furcht gehabt, und gar bei Tage bin ich oft wie blind hier durchgelaufen. Es ist die Gemahlin eines früheren Gerhardus; vor weit über hundert Jahren hat sie hier gehauset.“

„Sie gleicht nicht Euerer schönen Mutter“, entgegnete ich; „dies Antlitz hat wohl vermocht, einer jeden Bitte nein zu sagen.“

Katharina sah gar ernst zu mir herüber. „So heißt's auch“, sagte sie; „sie soll ihr einzig Kind verfluchet haben; am andern Morgen aber hat man das blasse Fräulein aus einem Gartenteich gezogen, der nachmals zugedämmet ist. Hinter den Hecken, dem Walde zu, soll es gewesen sein.“

„Ich weiß, Katharina; es wachsen heut noch Schachtelhalm und Binsen aus dem Boden.“

„Wisset Ihr denn auch, Johannes, daß eine unseres Geschlechtes sich noch immer zeigen soll, sobald dem Hause Unheil droht? Man sieht sie erst hier an den Fenstern gleiten, dann draußen in dem Gartensumpf verschwinden.“

Ohnwillens wandten meine Augen sich wieder auf die unbeweglichen des Bildes. „Und weshalb“, fragte ich, „verfluchete sie ihr Kind?“

„Weshalb?“ – Katharina zögerte ein Weilchen und blickte mich fast verwirret an mit allem ihrem Liebreiz. „Ich glaub, sie wollte den Vetter ihrer Mutter nicht zum Ehgemahl.“

– „War es denn ein gar so übler Mann?“

Ein Blick fast wie ein Flehen flog zur mir herüber, und tiefes Rosenroth bedeckte ihr Antlitz. „Ich weiß nicht“, sagte sie beklommen; und leiser, daß ich's kaum vernehmen mochte, setzte sie hinzu: „Es heißt, sie hab einen andern lieb gehabt; der war nicht ihres Standes.“

Ich hatte den Pinsel sinken lassen; denn sie saß vor mir

mit gesenkten Blicken; wenn nicht die kleine Hand sich leis aus ihrem Schoße auf ihr Herz geleget, so wäre sie selber wie ein leblos Bild gewesen.

So hold es war, ich sprach doch endlich: „So kann ich ja nicht malen; wollet Ihr mich nicht ansehen, Katharina?"

Und als sie nun die Wimpern von den braunen Augensternen hob, da war kein Hehlens mehr; heiß und offen ging der Strahl zu meinem Herzen. „Katharina!" Ich war aufgesprungen. „Hätte jene Frau auch dich verflucht?"

Sie athmete tief auf. „Auch mich, Johannes!" – Da lag ihr Haupt an meiner Brust, und fest umschlossen standen wir vor dem Bild der Ahnfrau, die kalt und feindlich auf uns niederschauete.

Aber Katharina zog mich leise fort. „Laß uns nicht trotzen, mein Johannes!" sagte sie. – Mit Selbigem hörte ich im Treppenhause ein Geräusch, und war es, als wenn etwas mit dreien Beinen sich mühselig die Stiegen heraufarbeitete. Als Katharina und ich uns deshalb wieder an unsern Platz gesetzet und ich Pinsel und Palette zur Hand genommen hatte, öffnete sich die Thür, und Bas' Ursel, die wir wohl zuletzt erwartet hätten, kam an ihrem Stock hereingehustet. „Ich höre", sagte sie, „Er will nach Hamburg, um den Rahmen zu besorgen; da muß ich mir nachgerade doch Sein Werk besehen!"

Es ist wohl männiglich bekannt, daß alte Jungfrauen in Liebessachen die allerfeinsten Sinne haben und so der jungen Welt gar oft Bedrang und Trübsal bringen. Als Bas' Ursel auf Katharinens Bild, das sie bislang noch nicht gesehen, kaum einen Blick geworfen hatte, zuckte sie gar stolz empor mit ihrem runzeligen Angesicht und frug mich allsogleich: „Hat denn das Fräulein Ihn so angesehen, als wie sie da im Bilde sitzet?"

Ich entgegnete, es sei ja eben die Kunst der edlen Malerei, nicht bloß die Abschrift des Gesichts zu geben. Aber schon mußte an unsern Augen oder Wangen ihr Sonderliches aufgefallen sein, denn ihre Blicke gingen spähend hin und wider. „Die Arbeit ist wohl bald am Ende?" sagte sie dann mit ihrer höchsten Stimme. „Deine Augen haben kranken Glanz, Katharina; das lange Sitzen hat dir nicht wohl gedienet."

Ich entgegnete, das Bild sei bald vollendet, nur an dem Gewande sei noch hie und da zu schaffen.

„Nun, da braucht Er wohl des Fräuleins Gegenwart nicht mehr dazu! – Komm, Katharina, dein Arm ist besser als der dumme Stecken hier!"

Und so mußt ich von der dürren Alten meines Herzens holdselig Kleinod mir entführen sehen, da ich es eben mir gewonnen glaubte; kaum daß die braunen Augen mir noch einen stummen Abschied senden konnten.

Am andern Morgen, am Montage vor Johannis, trat ich meine Reise an. Auf einem Gaule, den Dieterich mir besorget, trabte ich in der Frühe aus dem Thorweg; als ich durch die Tannen ritt, brach einer von des Junkers Hunden herfür und fuhr meinem Thiere nach den Flechsen, wannschon selbiges aus ihrem eigenen Stalle war; aber der oben im Sattel saß, schien ihnen allzeit noch verdächtig. Kamen gleichwohl ohne Blessur davon, ich und der Gaul, und langeten abends bei guter Zeit in Hamburg an.

Am andern Vormittage machte ich mich auf und befand auch bald einen Schnitzer, so der Bilderleisten viele fertig hatte, daß man sie nur zusammenzustellen und in den Ekken die Zieraten daraufzuthun brauchte. Wurden also handelseinig, und versprach der Meister, mir das alles wohl verpacket nachzusenden.

Nun war zwar in der berühmten Stadt vor einen Neubegierigen gar vieles zu beschauen; so in der Schiffergesellschaft des Seeräubern Störtebecker silberner Becher, welcher das zweite Wahrzeichen der Stadt genennet wird, und ohne den gesehen zu haben, wie es in einem Buche heißet, niemand sagen dürfe, daß er in Hamburg sei gewesen; sodann auch der Wunderfisch mit eines Adlers richtigen Krallen und Fluchten, so eben um diese Zeit in der Elbe war gefangen worden und den die Hamburger, wie ich nachmalen hörete, auf einen Seesieg wider die türkischen Piraten deuteten; allein, obschon ein rechter Reisender solcherlei Seltsamkeiten nicht vorbeigehen soll, so war doch mein Gemüthe, beides, von Sorge und von Herzenssehnen, allzu sehr beschweret. Derohalben, nachdem ich bei einem Kaufherrn noch meinen Wechsel umgesetzet und in meiner Nachtherbergen Richtigkeit getroffen hatte, bestieg ich um Mittage wieder meinen Gaul und hatte allsobald allen Lärm des großen Hamburg hinter mir.

Am Nachmittage danach langete ich in Preetz an, meldete mich im Stifte bei der hochwürdigen Dame und wurde auch alsbald vorgelassen. Ich erkannte in ihrer stattlichen Person allsogleich die Schwester meines theueren seligen Herrn Gerhardus; nur, wie es sich an unverehelichten Frauen oftmals zeiget, waren die Züge des Antlitzes gleichwohl strenger als die des Bruders. Ich hatte, selbst nachdem ich Katharinens Schreiben überreichet, ein lang und hart Examen zu bestehen; dann aber verhieß sie ihren Beistand und setzete sich zu ihrem Schreibgeräthe, indeß die Magd mich in ein ander Zimmer führen mußte, allwo man mich gar wohl bewirthete.

Es war schon spät am Nachmittage, da ich wieder fortritt; doch rechnete ich, obschon mein Gaul die vielen Meilen hinter uns bereits verspürete, noch gegen Mitternacht beim alten Dieterich anzuklopfen. – Das Schreiben, das die alte Dame mir für Katharinen mitgegeben, trug ich wohl verwahret in einem Ledertäschlein unterm Wamse auf der Brust. So ritt ich fürbaß in die aufsteigende Dämmerung hinein; gar bald an sie, die eine, nur gedenkend und immer wieder mein Herz mit neuen lieblichen Gedanken schrekkend.

Es war aber eine lauwarme Juninacht; von den dunkelen Feldern erhub sich der Ruch der Wiesenblumen, aus den Knicken duftete das Geißblatt; in Luft und Laub schwebete ungesehen das kleine Nachtgeziefer oder flog auch wohl surrend meinem schnaubenden Gaule an die Nüstern; droben aber an der blauschwarzen ungeheueren Himmelsglocke über mir strahlte im Südost das Sternenbild des Schwanes in seiner unberührten Herrlichkeit.

Da ich endlich wieder auf Herrn Gerhardus' Grund und Boden war, resolvirte ich mich sofort, noch nach dem Dorfe hinüberzureiten, welches seitwärts von der Fahrstraßen hinterm Wald belegen ist. Denn ich gedachte, daß der Krüger Hans Ottsen einen paßlichen Handwagen habe; mit dem solle er morgen einen Boten in die Stadt schicken, um die Hamburger Kiste für mich abzuholen; ich aber wollte nur an sein Kammerfenster klopfen, um ihm solches zu bestellen.

Also ritte ich am Waldesrande hin, die Augen fast verwirret von den grünlichen Johannisfünkchen, die mit ihren spielerischen Lichtern mich hier umflogen. Und schon ragete groß und finster die Kirche vor mir auf, in deren Mauern Herr Gerhardus bei den Seinen ruhte; ich hörte, wie im Thurm soeben der Hammer ausholete, und von der Glokken scholl die Mitternacht ins Dorf hinunter. „Aber sie schlafen alle“, sprach ich bei mir selber, „die Todten in der Kirchen oder unter dem hohen Sternenhimmel hieneben auf dem Kirchhof, die Lebenden noch unter den niedern Dächern, die dort stumm und dunkel vor dir liegen.“ So ritt ich weiter. Als ich jedoch an den Teich kam, von wo aus man Hans Ottsens Krug gewahren kann, sahe ich von dorten einen dunstigen Lichtschein auf den Weg hinausbrechen, und Fiedeln und Klarinetten schalleten mir entgegen.

Da ich gleichwohl mit dem Wirthe reden wollte, so ritt ich herzu und brachte meinen Gaul im Stalle unter. Als ich danach auf die Tenne trat, war es gedrang voll von Menschen, Männern und Weibern, und ein Geschrei und wüst Getreibe, wie ich solches, auch beim Tanz, in früheren Jahren nicht vermerket. Der Schein der Unschlittkerzen, so unter einem Balken auf einem Kreuzholz schwebten, hob manch bärtig und verhauen Antlitz aus dem Dunkel, dem man lieber nicht allein im Wald begegnet wäre. – Aber nicht nur Strolche und Bauernbursche schienen hier sich zu vergnügen; bei den Musikanten, die drüben vor der Döns auf ihren Tonnen saßen, stund der Junker von der Risch; er hatte seinen Mantel über dem einen Arm, an dem andern hing ihm eine derbe Dirne. Aber das Stücklein schien ihm nicht zu gefallen; denn er riß dem Fiedler seine Geigen aus den Händen, warf eine Handvoll Münzen auf seine Tonne und verlangte, daß sie ihm den neumodischen Zweitritt aufspielen sollten. Als dann die Musikanten ihm gar rasch gehorchten und wie toll die neue Weise klingen ließen, schrie er nach Platz und schwang sich in den dichten Haufen; und die Bauerburschen glotzten drauf hin, wie ihm die Dirne im Arme lag, gleich einer Tauben vor dem Geier.

Ich aber wandte mich ab und trat hinten in die Stube, um mit dem Wirth zu reden. Da saß der Junker Wulf beim Kruge Wein und hatte den alten Ottsen neben sich, welchen er mit allerhand Späßen in Bedrängniß brachte; so drohete er, ihm seinen Zins zu steigern, und schüttelte sich vor Lachen, wenn der geängstete Mann gar jämmerlich um Gnad und Nachsicht supplicirte. – Da er mich gewahr worden, ließ er nicht ab, bis ich selbdritt mich an den Tisch gesetzet; frug nach meiner Reise, und ob ich in Hamburg mich auch wohl vergnüget; ich aber antwortete nur, ich käme eben von dort zurück, und werde der Rahmen in Kürze in der Stadt eintreffen, von wo Hans Ottsen ihn mit seinem Handwäglein leichthin möge holen lassen.

Indeß ich mit letzterem solches nun verhandelte, kam auch der von der Risch hereingestürmet und schrie dem Wirthe zu, ihm einen kühlen Trunk zu schaffen. Der Junker Wulf aber, dem bereits die Zunge schwer im Munde wühlete, faßte ihn am Arm und riß ihn auf den leeren Stuhl hernieder.

„Nun, Kurt!" rief er. „Bist du noch nicht satt von deinen Dirnen! Was soll die Katharina dazu sagen? Komm, machen wir alamode ein ehrbar hazard mitsammen!" Dabei hatte er ein Kartenspiel unterm Wams hervorgezogen. „Allons donc! – Dix et dame! – Dame et valet!"

Ich stand noch und sah dem Spiele zu, so dermalen eben Mode worden; nur wünschend, daß die Nacht vergehen und der Morgen kommen möchte. – Der Trunkene schien aber dieses Mal des Nüchternen Übermann; dem von der Risch schlug nach einander jede Karte fehl.

„Tröste dich, Kurt!" sagte der Junker Wulf, indeß er schmunzelnd die Speciesthaler auf einen Haufen scharrte:

„Glück in der Lieb
Und Glück im Spiel,
Bedenk, für einen
Ist's zu viel!

Laß den Maler dir hier von deiner schönen Braut erzählen! Der weiß sie auswendig; da kriegst du's nach der Kunst zu wissen."

Dem andern, wie mir am besten kund war, mochte aber noch nicht viel von Liebesglück bewußt sein; denn er schlug fluchend auf den Tisch und sah gar grimmig auf mich her.

„Ei, du bist eifersüchtig, Kurt!" sagte der Junker Wulf vergnüglich, als ob er jedes Wort auf seiner schweren Zunge schmeckete; „aber getröste dich, der Rahmen ist schon fertig zu dem Bilde; dein Freund, der Maler, kommt eben erst von Hamburg."

Bei diesem Worte sahe ich den von der Risch aufzucken gleich einem Spürhund bei der Witterung. „Von Hamburg heut? – So muß er Fausti Mantel sich bedienet haben; denn mein Reitknecht sah ihn heut zu Mittag noch in Preetz! Im Stift, bei deiner Base ist er auf Besuch gewesen."

Meine Hand fuhr unversehens nach der Brust, wo ich das Täschlein mit dem Brief verwahret hatte; denn die trunkenen Augen des Junkers Wulf lagen auf mir; und war mir's nicht anders, als sähe er damit mein ganz Geheimniß offen vor sich liegen. Es währete auch nicht lange, so flogen die Karten klatschend auf den Tisch. „Oho!" schrie er. „Im Stift, bei meiner Base! Du treibst wohl gar doppelt Handwerk, Bursch! Wer hat dich auf den Botengang geschickt?"

„Ihr nicht, Junker Wulf!" entgegnet ich; „und das muß Euch genug sein!" – Ich wollt nach meinem Degen greifen, aber er war nicht da; fiel mir auch bei nun, daß ich ihn an den Sattelknopf gehänget, da ich vorhin den Gaul zu Stalle brachte.

Und schon schrie der Junker wieder zu seinem jüngeren Kumpan. „Reiß ihm das Wams auf, Kurt! Es gilt den blanken Haufen hier; du findest eine saubere Briefschaft, die du ungern möchtst bestellet sehen!"

Im selbigen Augenblick fühlte ich auch schon die Hände des von der Risch an meinem Leibe, und ein wüthend Ringen zwischen uns begann. Ich fühlte wohl, daß ich so leicht, wie in der Bubenzeit, ihm nicht mehr über würde; da aber fügete es sich zu meinem Glücke, daß ich ihm beide Handgelenke packte und er also wie gefesselt vor mir stund. Es hatte keiner von uns ein Wort dabei verlauten lassen; als wir uns aber itzund in die Augen sahen, da wußte jeder wohl, daß er's mit seinem Todfeind vor sich habe.

Solches schien auch der Junker Wulf zu meinen; er strebte von seinem Stuhl empor, als wolle er dem von der Risch zu Hülfe kommen; mochte aber zu viel des Weins genossen haben, denn er taumelte auf seinen Platz zurück. Da schrie er, so laut seine lallende Zung es noch vermochte: „He, Tartar! Türk! Wo steckt ihr! Tartar, Türk!“ Und ich wußte nun, daß die zwo grimmen Köter, so ich vorhin auf der Tenne an dem Ausschank hatte lungern sehen, mir an die nackte Kehle springen sollten. Schon hörete ich sie durch das Getümmel der Tanzenden daherschnaufen, da riß ich mit einem Rucke jählings meinen Feind zu Boden, sprang dann durch eine Seitenthür aus dem Zimmer, die ich schmetternd hinter mir zuwarf, und gewann also das Freie.

Und um mich her war plötzlich wieder die stille Nacht und Mond- und Sternenschimmer. In den Stall zu meinem Gaul wagt ich nicht erst zu gehen, sondern sprang flugs über einen Wall und lief über das Feld dem Walde zu. Da ich ihn bald erreichet, suchte ich die Richtung nach dem Herrenhofe einzuhalten; denn es zieht sich die Holzung bis hart zur Gartenmauer. Zwar war die Helle der Himmelslichter hier durch das Laub der Bäume ausgeschlossen; aber meine Augen wurden der Dunkelheit gar bald gewohnt, und da ich das Täschlein sicher unter meinem Wamse fühlte, so tappte ich rüstig vorwärts; denn ich gedachte den Rest der Nacht noch einmal in meiner Kammer auszuruhen, dann aber mit dem alten Dieterich zu berathen, was allfort geschehen solle; maßen ich wohl sahe, daß meines Bleibens hier nicht fürder sei.

Bisweilen stund ich auch und horchte; aber ich mochte bei meinem Abgang wohl die Thür ins Schloß geworfen und so einen guten Vorsprung mir gewonnen haben: von den Hunden war kein Laut vernehmbar. Wohl aber, da ich eben aus dem Schatten auf eine vom Mond erhellete Lichtung trat, hörete ich nicht gar fern die Nachtigallen schlagen; und von wo ich ihren Schall hörte, dahin richtete ich meine Schritte, denn mir war wohl bewußt, sie hatten hier herum nur in den Hecken des Herrengartens ihre Nester; erkannte nun auch, wo ich mich befand, und daß ich bis zum Hofe nicht gar weit mehr hatte.

Ging also dem lieblichen Schallen nach, das immer heller vor mir aus dem Dunkel drang. Da plötzlich schlug was anderes an mein Ohr, das jählings näher kam und mir das Blut erstarren machte. Nicht zweifeln konnt ich mehr, die Hunde brachen durch das Unterholz; sie hielten fest auf meiner Spur, und schon hörete ich deutlich hinter mir ihr Schnaufen und ihre gewaltigen Sätze in dem dürren Laub des Waldbodens. Aber Gott gab mir seinen gnädigen Schutz; aus dem Schatten der Bäume stürzte ich gegen die Gartenmauer, und an eines Fliederbaums Geäste schwang ich mich hinüber. – Da sangen hier im Garten immer noch die Nachtigallen; die Buchenhecken warfen tiefe Schatten. In solcher Mondnacht war ich einst vor meiner Ausfahrt in die Welt mit Herrn Gerhardus hier gewandelt. „Sieh dir's noch einmal an, Johannes!" hatte dermalen er gesprochen; „es könnt geschehen, daß du bei deiner Heimkehr mich nicht daheim mehr fändest, und daß alsdann ein Willkomm nicht für dich am Thor geschrieben stünde; – ich aber möcht nicht, daß du diese Stätte hier vergäßest."

Das flog mir itzund durch den Sinn, und ich mußte bitter lachen; denn nun war ich hier als ein gehetzet Wild; und schon hörete ich die Hunde des Junker Wulf gar grimmig draußen an der Gartenmauer rennen. Selbige aber war, wie ich noch tags zuvor gesehen, nicht überall so hoch, daß nicht das wüthige Gethier hinüber konnte; und rings im Garten war kein Baum, nichts als die dichten Hecken und drüben gegen das Haus die Blumenbeete des seligen Herrn. Da, als eben das Bellen der Hunde wie ein Triumphgeheule innerhalb der Gartenmauer scholl, ersahe ich in meiner Noth den alten Epheubaum, der sich mit starkem Stamme an dem Thurm hinaufreckt; und da dann die Hunde aus den Hecken auf den mondhellen Platz hinaus raseten, war ich schon hoch genug, daß sie mit ihrem Anspringen mich nicht mehr erreichen konnten; nur meinen Mantel, so von der Schulter geglitten, hatten sie mit ihren Zähnen mir herabgerissen.

Ich aber, also angeklammert und fürchtend, es werde das

nach oben schwächere Geäste mich auf die Dauer nicht ertragen, blickte suchend um mich, ob ich nicht irgend besseren Halt gewinnen möchte; aber es war nichts zu sehen als die dunklen Epheublätter um mich her. – Da, in solcher Noth, hörete ich ober mir ein Fenster öffnen, und eine Stimme scholl zu mir herab – möcht ich sie wieder hören, wenn du, mein Gott, mich bald nun rufen läßt aus diesem Erdenthal! – „Johannes!" rief sie; leis, doch deutlich hörete ich meinen Namen, und ich kletterte höher an dem immer schwächeren Gezweige, indeß die schlafenden Vögel um mich auffuhren und die Hunde von unten ein Geheul heraufstießen. – „Katharina! Bist du es wirklich, Katharina?"

Aber schon kam ein zitternd Händlein zu mir herab und zog mich gegen das offene Fenster; und ich sah in ihre Augen, die voll Entsetzen in die Tiefe starrten.

„Komm!" sagte sie. „Sie werden dich zerreißen." Da schwang ich mich in ihre Kammer. – Doch als ich drinnen war, ließ mich das Händlein los, und Katharina sank auf einen Sessel, so am Fenster stund, und hatte ihre Augen dicht geschlossen. Die dicken Flechten ihres Haares lagen über dem weißen Nachtgewand bis in den Schoß hinab; der Mond, der draußen die Gartenhecken überstiegen hatte, schien voll herein und zeigete mir alles. Ich stund wie fest gezaubert vor ihr; so lieblich fremde und doch so ganz mein eigen schien sie mir; nur meine Augen tranken sich satt an all der Schönheit. Erst als ein Seufzen ihre Brust erhob, sprach ich zu ihr: „Katharina, liebe Katharina, träumet Ihr denn?"

Da flog ein schmerzlich Lächeln über ihr Gesicht: „Ich glaub wohl fast, Johannes! – – Das Leben ist so hart; der Traum ist süß!"

Als aber von unten aus dem Garten das Geheul aufs Neu heraufkam, fuhr sie erschreckt empor. „Die Hunde, Johannes!" rief sie. „Was ist das mit den Hunden?"

„Katharina", sagte ich, „wenn ich Euch dienen soll, so glaub ich, es muß bald geschehen; denn es fehlt viel, daß ich noch einmal durch die Thür in dieses Haus gelangen sollte." Dabei hatte ich den Brief aus meinem Täschlein hervorgezogen und erzählete auch, wie ich im Kruge drunten mit den Junkern sei in Streit gerathen.

Sie hielt das Schreiben in den hellen Mondenschein und las; dann schaute sie mich voll und herzlich an, und wir beredeten, wie wir uns morgen in dem Tannenwalde treffen wollten; denn Katharina sollte noch zuvor erkunden, auf welchen Tag des Junkers Wulfen Abreise zum Kieler Johannismarkte festgesetzet sei.

„Und nun, Katharina", sprach ich, „habt Ihr nicht etwas, das einer Waffe gleich sieht, ein eisern Ellenmaß oder so dergleichen, damit ich der beiden Thiere drunten mich erwehren könne?"

Sie aber schrak jäh wie aus einem Traum empor: „Was sprichst du, Johannes!" rief sie; und ihre Hände, so bislang in ihrem Schoß geruhet, griffen nach den meinen. „Nein, nicht fort, nicht fort! Da drunten ist der Tod; und gehst du, so ist auch hier der Tod!"

Da war ich vor ihr hingeknieet und lag an ihrer jungen Brust, und wir umfingen uns in großer Herzensnoth. „Ach, Käthe", sprach ich, „was vermag die arme Liebe denn! Wenn auch dein Bruder Wulf nicht wäre; ich bin kein Edelmann und darf nicht um dich werben."

Sehr süß und sorglich schauete sie mich an; dann aber kam es wie Schelmerei aus ihrem Munde: „Kein Edelmann, Johannes? – Ich dächte, du seiest auch das! Aber – ach nein! Dein Vater war nur der Freund des meinen – das gilt der Welt wohl nicht!"

„Nein, Käthe; nicht das, und sicherlich nicht hier", entgegnete ich und umfaßte fester ihren jungfräulichen Leib; „aber drüben in Holland, dort gilt ein tüchtiger Maler wohl einen deutschen Edelmann; die Schwelle von Mynheer van Dycks Palaste zu Amsterdam ist wohl dem Höchsten ehrenvoll zu überschreiten. Man hat mich drüben halten wollen, mein Meister van der Helst und andre! Wenn ich dorthin zurückginge, ein Jahr noch oder zwei; dann – wir kommen dann schon von hier fort; bleib mir nur feste gegen euere wüsten Junker!"

Katharinens weiße Hände strichen über meine Locken; sie herzete mich und sagte leise: „Da ich in meine Kammer dich gelassen, so werd ich doch dein Weib auch werden müssen."

– Ihr ahnete wohl nicht, welch einen Feuerstrom dies

Wort in meine Adern goß, darin ohnedies das Blut in heißen Pulsen ging. – Von dreien furchtbaren Dämonen, von Zorn und Todesangst und Liebe ein verfolgter Mann, lag nun mein Haupt in des viel geliebten Weibes Schoß.

Da schrillte ein geller Pfiff; die Hunde drunten wurden jähling stille, und da es noch einmal gellte, hörete ich sie wie toll und wild davon rennen.

Vom Hofe her wurden Schritte laut; wir horchten auf, daß uns der Athem stille stund. Bald aber wurde dorten eine Thür erst auf-, dann zugeschlagen und dann ein Riegel vorgeschoben. „Das ist Wulf“, sagte Katharina leise; „er hat die beiden Hunde in den Stall gesperrt.“ – Bald hörten wir auch unter uns die Thür des Hausflurs gehen, den Schlüssel drehen und danach Schritte in dem untern Corridor, die sich verloren, wo der Junker seine Kammer hatte. Dann wurde alles still.

Es war nun endlich sicher, ganz sicher; aber mit unserem Plaudern war es mit einem Male schier zu Ende. Katharina hatte den Kopf zurückgelehnt; nur unser beider Herzen hörete ich klopfen. – „Soll ich nun gehen, Katharina?“ sprach ich endlich.

Aber die jungen Arme zogen mich stumm zu ihrem Mund empor; und ich ging nicht.

Kein Laut war mehr, als aus des Gartens Tiefe das Schlagen der Nachtigallen und von fern das Rauschen des Wässerleins, das hinten um die Hecken fließt. – –

Wenn, wie es in den Liedern heißt, mitunter noch in Nächten die schöne heidnische Frau Venus aufersteht und umgeht, um die armem Menschenherzen zu verwirren, so war es dazumalen eine solche Nacht. Der Mondschein war am Himmel ausgethan, ein schwüler Ruch von Blumen hauchte durch das Fenster, und dorten überm Walde spielete die Nacht in stummen Blitzen. – O Hüter, Hüter, war dein Ruf so fern?

– – Wohl weiß ich noch, daß vom Hofe her plötzlich scharf die Hähne krähten, und daß ich ein blaß und weinend Weib in meinen Armen hielt, die mich nicht lassen wollte, unachtend, daß überm Garten der Morgen dämmerte und rothen Schein in unsre Kammer warf. Dann aber, da sie deß inne wurde, trieb sie, wie von Todesangst geschreckt, mich fort.

Noch einen Kuß, noch hundert; ein flüchtig Wort noch: wann für das Gesind zu Mittage geläutet würde, dann wollten wir im Tannenwald uns treffen; und dann – ich wußte selber kaum, wie mir's geschehen, – stund ich im Garten, unten in der kühlen Morgenluft.

Noch einmal, indem ich meinen von den Hunden zerfetzten Mantel aufhob, schaute ich empor und sah ein blasses Händlein mir zum Abschied winken. Nahezu erschrokken aber wurd ich, da meine Augen bei einem Rückblick aus dem Gartensteig von ungefähr die unteren Fenster neben dem Thurme streiften; denn mir war, als sähe hinter einem derselbigen ich gleichfalls eine Hand; aber sie drohete nach mir mit aufgehobenem Finger und schien mir farblos und knöchern gleich der Hand des Todes. Doch war's nur wie im Husch, daß solches über meine Augen ging; dachte zwar erstlich des Märleins von der wieder gehenden Urahne; redete mir dann aber ein, es seien nur meine eigenen aufgestörten Sinne, die solch Spiel mir vorgegaukelt hätten.

So, deß nicht weiter achtend, schritt ich eilends durch den Garten, merkete aber bald, daß in der Hast ich auf den Binsensumpf gerathen; sank auch der eine Fuß bis übers Änkel ein, gleichsam als ob ihn was hinunterziehen wollte. „Ei", dachte ich, „faßt das Hausgespenste doch nach dir!" Machte mich aber auf und sprang über die Mauer in den Wald hinab.

Die Finsterniß der dichten Bäume sagte meinem träumenden Gemüthe zu; hier um mich her war noch die selige Nacht, von welcher meine Sinne sich nicht lösen mochten. – Erst da ich nach geraumer Zeit vom Waldesrande in das offene Feld hinaustrat, wurd ich völlig wach. Ein Häuflein Rehe stund nicht fern im silbergrauen Thau, und über mir vom Himmel scholl das Tageslied der Lerche. Da schüttelte ich all müßig Träumen von mir ab; im selbigen Augenblick stieg aber auch wie heiße Noth die Frage mir ins Hirn: „Was weiter nun, Johannes? Du hast ein theures Leben an dich rissen; nun wisse, daß dein Leben nichts gilt als nur das ihre!"

Doch was ich sinnen mochte, es deuchte mir allfort das beste, wenn Katharina im Stifte sichern Unterschlupf gefunden, daß ich dann zurück nach Holland ginge, mich dort der Freundeshülf versicherte und allsobald zurückkäm, um sie nachzuholen. Vielleicht, daß sie gar der alten Base Herz erweichet'; und schlimmsten Falles – es mußt auch gehen ohne das!

Schon sahe ich uns auf einem fröhlichen Barkschiff die Wellen des grünen Zuidersees befahren, schon hörete ich das Glockenspiel vom Rathausthurme Amsterdams und sah am Hafen meine Freunde aus dem Gewühl hervorbrechen und mich und meine schöne Frau mit hellem Zuruf grüßen und im Triumph nach unserem kleinen, aber trauten Heim geleiten. Mein Herz war voll von Muth und Hoffnung; und kräftiger und rascher schritt ich aus, als könnte ich bälder so das Glück erreichen.

– Es ist doch anders kommen.

In meinen Gedanken war ich allmählich in das Dorf hinabgelanget und trat hier in Hans Ottsens Krug, von wo ich in der Nacht so jählings hatte flüchten müssen. – „Ei, Meister Johannes", rief der Alte auf der Tenne mir entgegen, „was hattet Ihr doch gestern mit unseren gestrengen Junkern? Ich war just draußen bei dem Ausschank; aber da ich wieder eintrat, flucheten sie schier grausam gegen Euch; und auch die Hunde raseten an der Thür, die Ihr hinter Euch ins Schloß geworfen hattet."

Da ich aus solchen Worten abnahm, daß der Alte den Handel nicht wohl begriffen habe, so entgegnete ich nur: „Ihr wisset, der von der Risch und ich, wir haben uns schon als Jungen oft einmal gezauset; da mußt's denn gestern noch so einen Nachgeschmack geben."

„Ich weiß, ich weiß!" meinte der Alte; „aber der Junker sitzt heut auf seines Vaters Hof; Ihr solltet Euch hüten, Herr Johannes; mit solchen Herren ist nicht sauber Kirschen essen."

Dem zu widersprechen, hatte ich nicht Ursach, sondern ließ mir Brot und Frühtrunk geben und ging dann in den Stall, wo ich mir meinen Degen holete, auch Stift und Skizzenbüchlein aus dem Ranzen nahm.

Aber es war noch lange bis zum Mittagläuten. Also bat

ich Hans Ottsen, daß er den Gaul mit seinem Jungen mög zum Hofe bringen lassen; und als er mir solches zugesaget, schritt ich wieder hinaus zum Wald. Ich ging aber bis zu der Stelle auf dem Heidenhügel, von wo man die beiden Giebel des Herrenhauses über die Gartenhecken ragen sieht, wie ich solches schon für den Hintergrund zu Katharinens Bildniß ausgewählet hatte. Nun gedachte ich, daß, wann in zu verhoffender Zeit sie selber in der Fremde leben und wohl das Vaterhaus nicht mehr betreten würde, sie seines Anblicks doch nicht ganz entrathen solle; zog also meinen Stift herfür und begann zu zeichnen, gar sorgsam jedes Winkelchen, woran ihr Auge einmal mocht gehaftet haben. Als farbig Schilderei sollt es dann in Amsterdam gefertigt werden, damit es ihr sofort entgegen grüße, wann ich sie dort in unsre Kammer führen würde.

Nach ein paar Stunden war die Zeichnung fertig. Ich ließ noch wie zum Gruß ein zwitschernd Vögelein darüber fliegen; dann suchte ich die Lichtung auf, wo wir uns finden wollten, und streckte mich nebenan im Schatten einer dichten Buche, sehnlich verlangend, daß die Zeit vergehe.

Ich mußte gleichwohl darob eingeschlummert sein; denn ich erwachte von einem fernen Schall und wurd deß inne, daß es das Mittagläuten von dem Hofe sei. Die Sonne glühte schon heiß hernieder und verbreitete den Ruch der Himbeeren, womit die Lichtung überdeckt war. Es fiel mir bei, wie einst Katharina und ich uns hier bei unseren Waldgängen süße Wegzehrung geholet hatten; und nun begann ein seltsam Spiel der Phantasie; bald sahe ich drüben zwischen den Sträuchern ihre zarte Kindsgestalt, bald stund sie vor mir, mich anschauend mit den seligen Frauenaugen, wie ich sie letztlich erst gesehen, wie ich sie nun gleich, im nächsten Augenblicke, schon leibhaftig an mein klopfend Herze schließen würde.

Da plötzlich überfiel mich's wie ein Schrecken. Wo blieb sie denn? Es war schon lang, daß es geläutet hatte. Ich war aufgesprungen, ich ging umher, ich stund und spähete scharf nach aller Richtung durch die Bäume; die Angst kroch mir zum Herzen; aber Katharina kam nicht; kein Schritt im Laube raschelte; nur oben in den Buchenwipfeln rauschte ab und zu der Sommerwind.

Böser Ahnung voll ging ich endlich fort und nahm einen Umweg nach dem Hofe zu. Da ich unweit dem Thore zwischen die Eichen kam, begegnete mir Dieterich. „Herr Johannes", sagte er und trat hastig auf mich zu, „Ihr seid die Nacht schon in Hans Ottsens Krug gewesen; sein Junge brachte mir Euren Gaul zurück; – was habet Ihr mit unsern Junkern vorgehabt?"

„Warum fragst du, Dieterich?"

– „Warum, Herr Johannes? – Weil ich Unheil zwischen euch verhüten möcht."

„Was soll das heißen, Dieterich?" frug ich wieder; aber mir war beklommen, als sollte das Wort mir in der Kehle stikken.

„Ihr werdet's schon selber wissen, Herr Johannes!" entgegnete der Alte. „Mir hat der Wind nur so einen Schall davon gebracht, vor einer Stund mag's gewesen sein; ich wollte den Burschen rufen, der im Garten an den Hecken putzte. Da ich an den Thurm kam, wo droben unser Fräulein ihre Kammer hat, sah ich dorten die alte Bas' Ursel mit unserem Junker dicht beisammen stehen. Er hatte die Arme unterschlagen und sprach kein einzig Wörtlein; die Alte aber redete einen um so größeren Haufen und jammerte ordentlich mit ihrer feinen Stimme. Dabei wies sie bald nieder auf den Boden, bald hinauf in den Epheu, der am Thurm hinaufwächst. – Verstanden, Herr Johannes, hab ich von dem allem nichts; dann aber, und nun merket wohl auf, hielt sie mit ihrer knöchern Hand, als ob sie damit drohete, dem Junker was vor Augen; und da ich näher hinsah, war's ein Fetzen Grauwerk, just wie Ihr's da an Euerem Mantel traget."

„Weiter, Dieterich!" sagte ich; denn der Alte hatte die Augen auf meinen zerrissenen Mantel, den ich auf dem Arme trug.

„Es ist nicht viel mehr übrig", erwiderte er; „denn der Junker wandte sich jählings nach mir zu und frug mich, wo Ihr anzutreffen wäret. Ihr möget mir es glauben, wäre er in Wirklichkeit ein Wolf gewesen, die Augen hätten blutiger nicht funkeln können."

Da frug ich: „Ist der Junker im Hause, Dieterich?"

– „Im Haus? Ich denke wohl; doch was sinnet Ihr, Herr Johannes?"

„Ich sinne, Dieterich, daß ich allsogleich mit ihm zu reden habe."

Aber Dieterich hatte bei beiden Händen mich ergriffen. „Gehet nicht, Johannes", sagte er dringend; „erzählet mir zum wenigsten, was geschehen ist; der Alte hat Euch ja sonst wohl guten Rath gewußt!"

„Hernach, Dieterich, hernach!" entgegnete ich. Und also mit diesen Worten riß ich meine Hände aus den seinen.

Der Alte schüttelte den Kopf. „Hernach, Johannes", sagte er, „das weiß nur unser Herrgott!"

Ich aber schritt nun über den Hof dem Hause zu. – Der Junker sei eben in seinem Zimmer, sagte eine Magd, so ich im Hausflur drum befragte.

Ich hatte dieses Zimmer, das im Unterhause lag, nur einmal erst betreten. Statt wie bei seinem Vater sel. Bücher und Karten, war hier vielerlei Gewaffen, Handröhre und Arkebusen, auch allerart Jagdgeräthe an den Wänden angebracht; sonst war es ohne Zier und zeigete an ihm selber, daß niemand auf die Dauer und mit seinen ganzen Sinnen hier verweile.

Fast wär ich an der Schwelle noch zurückgewichen, da ich auf des Junkers ‚Herein' die Thür geöffnet; denn als er sich vom Fenster zu mir wandte, sahe ich eine Reiterpistole in seiner Hand, an deren Radschloß er hantirete. Er schauete mich an, als ob ich von den Tollen käme. „So?" sagte er gedehnet; „wahrhaftig, Sieur Johannes, wenn's nicht schon sein Gespenste ist!"

„Ihr dachtet, Junker Wulf", entgegnet ich, indem ich näher zu ihm trat, „es möcht der Straßen noch andre für mich geben, als die in Euere Kammer führen!"

– „So dachte ich, Sieur Johannes! Wie Ihr gut rathen könnt! Doch immerhin, Ihr kommt mir eben recht; ich hab Euch suchen lassen!"

In seiner Stimme bebte was, das wie ein lauernd Raubthier auf dem Sprunge lag, so daß die Hand mir unversehens nach dem Degen fuhr. Jedennoch sprach ich: „Höret mich und gönnet mir ein ruhig Wort, Herr Junker!"

Er aber unterbrach meine Rede: „Du wirst gewogen sein, mich erstlich auszuhören! Sieur Johannes", – und seine Worte, die erst langsam waren, wurden allmählich gleichwie ein Gebrüll – „vor ein paar Stunden, da ich mit schwerem Kopf erwachte, da fiel's mir bei und reuete mich gleich einem Narren, daß ich im Rausch die wilden Hunde dir auf die Fersen gesetzet hatte; – seit aber Bas' Ursel mir den Fetzen vorgehalten, den sie dir aus deinem Federbalg gerissen, – beim Höllenelement! mich reut's nur noch, daß mir die Bestien solch Stück Arbeit nachgelassen!"

Noch einmal suchte ich zu Worte zu kommen; und da der Junker schwieg, so dachte ich, daß er auch hören würde. „Junker Wulf", sagte ich, „es ist schon wahr, ich bin kein Edelmann; aber ich bin kein geringer Mann in meiner Kunst und hoffe, es auch wohl noch einmal den Größeren gleichzuthun; so bitte ich Euch geziementlich, gebet Euere Schwester Katharina mir zum Ehgemahl – –"

Da stockte mir das Wort im Munde. Aus seinem bleichen Antlitz starrten mich die Augen des alten Bildes an; ein gellend Lachen schlug mir in das Ohr, ein Schuß – – dann brach ich zusammen und hörete nur noch, wie mir der Degen, den ich ohn Gedanken fast gezogen hatte, klirrend aus der Hand zu Boden fiel.

Es war manche Woche danach, daß ich in dem schon bleicheren Sonnenschein auf einem Bänkchen vor dem letzten Haus des Dorfes saß, mit matten Blicken nach dem Wald hinüberschauend, an dessen jenseitigem Rande das Herrenhaus belegen war. Meine thörichten Augen suchten stets aufs Neue den Punkt, wo, wie ich mir vorstellete, Katharinens Kämmerlein von drüben auf die schon herbstlich gelben Wipfel schaue; denn von ihr selber hatte ich keine Kunde.

Man hatte mich mit meiner Wunde in dies Haus gebracht, das von des Junkers Waldhüter bewohnt wurde; und außer diesem Mann und seinem Weibe und einem mir unbekannten Chirurgus war während meines langen Lagers niemand zu mir gekommen. – Von wannen ich den Schuß in meine Brust erhalten, darüber hat mich niemand befragt, und ich habe niemandem Kunde gegeben; des Herzogs Gerichte gegen Herrn Gerhardus' Sohn und Katharinens Bruder anzurufen, konnte nimmer mir zu Sinne kommen. Er mochte sich dessen auch wohl getrösten; noch glaubhafter jedoch, daß er allen diesen Dingen trotzete.

Nur einmal war mein guter Dieterich da gewesen; er hatte mir in des Junkers Auftrage zwei Rollen Ungarischer Dukaten überbracht als Lohn für Katharinens Bild, und ich hatte das Gold genommen, in Gedanken, es sei ein Theil von deren Erbe, von dem sie als mein Weib wohl später nicht zu viel empfahen würde. Zu einem traulichen Gespräch mit Dieterich, nach dem mich sehr verlangete, hatte es mir nicht gerathen wollen, maßen das gelbe Fuchsgesicht meines Wirthes allaugenblicks in meine Kammer schaute; doch wurde so viel mir kund, daß der Junker nicht nach Kiel gereiset und Katharina seither von niemandem weder in Hof noch Garten war gesehen worden; kaum konnte ich noch den Alten bitten, daß er dem Fräulein, wenn sich's treffen möchte, meine Grüße sage, und daß ich bald nach Holland zu reisen, aber bälder noch zurückzukommen dächte, was alles in Treuen auszurichten er mir dann gelobte.

Überfiel mich aber danach die allergrößeste Ungeduld, so daß ich gegen den Willen des Chirurgus und bevor im Walde drüben noch die letzten Blätter von den Bäumen fielen, meine Reise ins Werk setzete; langete auch schon nach kurzer Frist wohlbehalten in der Holländischen Hauptstadt an, allwo ich von meinen Freunden gar liebreich empfangen wurde, und mochte es auch ferner vor ein glücklich Zeichen wohl erkennen, daß zwo Bilder, so ich dort zurückgelassen, durch die hülfsbereite Vermittelung meines theueren Meisters van der Helst beide zu ansehnlichen Preisen verkaufet waren. Ja, es war dessen noch nicht genug: ein mir schon früher wohl gewogener Kaufherr ließ mir sagen, er habe nur auf mich gewartet, daß ich für sein nach dem Haag verheirathetes Töchterlein sein Bildniß malen möge; und wurde mir auch sofort ein reicher Lohn dafür versprochen. Da dachte ich, wenn ich solches noch vollendete, daß dann genug des helfenden Metalles in meinen Händen wäre, um auch ohne andere Mittel Katharinen in ein wohl bestellet Heimwesen einzuführen.

Machte mich also, da mein freundlicher Gönner desselbigen Sinnes war, mit allem Eifer an die Arbeit, so daß ich bald den Tag meiner Abreise gar fröhlich nah und näher rücken sahe, unachtend, mit was vor üblen Anständen ich drüben noch zu kämpfen hätte.

Aber des Menschen Augen sehen das Dunkel nicht, das vor ihm ist. – Als nun das Bild vollendet war und reichlich Lob und Gold um dessen willen mir zu Theil geworden, da konnte ich nicht fort. Ich hatte in der Arbeit meiner Schwäche nicht geachtet, die schlecht geheilte Wunde warf mich wiederum danieder. Eben wurden zum Weihnachtsfeste auf allen Straßenplätzen die Waffelbuden aufgeschlagen, da begann mein Siechthum und hielt mich länger als das erste Mal gefesselt. Zwar der besten Arzteskunst und liebreicher Freundespflege war kein Mangel, aber in Ängsten sahe ich Tag um Tag vergehen, und keine Kunde konnte von ihr, keine zu ihr kommen.

Endlich nach harter Winterzeit, da der Zuidersee wieder seine grünen Wellen schlug, geleiteten die Freunde mich zum Hafen; aber statt des frohen Muthes nahm ich itzt schwere Herzensorge mit an Bord. Doch ging die Reise rasch und gut von Statten.

Von Hamburg aus fuhr ich mit der Königlichen Post; dann wie vor nun fast einem Jahre hiebevor, wanderte ich zu Fuße durch den Wald, an dem noch kaum die ersten Spitzen grüneten. Zwar probten schon die Finken und die Ammern ihren Lenzgesang; doch was kümmerten sie mich heute! – Ich ging aber nicht nach Herrn Gerhardus' Herrengut; sondern, so stark mein Herz auch klopfete, ich bog seitwärts ab und schritt am Waldesrand entlang dem Dorfe zu. Da stund ich bald in Hans Ottsens Krug und ihm gar selber gegenüber.

Der Alte sah mich seltsam an, meinete aber dann, ich lasse ja recht munter. „Nur“, fügte er bei, „mit den Schießbüchsen müsset Ihr nicht wieder spielen; die machen ärgere Flecken als so ein Malerpinsel.“

Ich ließ ihn gern bei solcher Meinung, so, wie ich wohl merkete, hier allgemein verbreitet war, und that vors erste eine Frage nach dem alten Dieterich.

Da mußte ich vernehmen, daß er noch vor dem ersten Winterschnee, wie es so starken Leuten wohl passiret, eines plötzlichen, wenn auch gelinden Todes verfahren sei. „Der freuet sich", sagte Hans Ottsen, „daß er zu seinem alten Herrn da droben kommen; und ist für ihn auch besser so."

„Amen!" sagte ich; „mein herzlieber alter Dieterich!"

Indeß aber mein Herz nur, und immer banger, nach einer Kundschaft von Katharinen seufzete, nahm meine furchtsame Zunge einen Umweg, und ich sprach beklommen: „Was machet denn Euer Nachbar, der von der Risch?"

„Oho", lachte der Alte; „der hat ein Weib genommen, und eine, die ihn schon zu Richte setzen wird."

Nur im ersten Augenblick erschrak ich, denn ich sagte mir sogleich, daß er nicht so von Katharinen reden würde; und da er dann den Namen nannte, so war's ein ältlich, aber reiches Fräulein aus der Nachbarschaft; forschete also muthig weiter, wie's drüben in Herrn Gerhardus' Haus bestellet sei, und wie das Fräulein und der Junker mit einander hauseten.

Da warf der Alte mir wieder seine seltsamen Blicke zu. „Ihr meinet wohl", sagte er, „daß alte Thürm' und Mauern nicht auch plaudern könnten!"

„Was soll's der Rede?" rief ich; aber sie fiel mir centnerschwer aufs Herz.

„Nun, Herr Johannes", und der Alte sahe mir gar zuversichtlich in die Augen, „wo das Fräulein hinkommen, das werdet doch Ihr am besten wissen! Ihr seid derzeit im Herbst ja nicht zum letzten hier gewesen; nur wundert's mich, daß Ihr noch einmal wiederkommen; denn Junker Wulf wird, denk ich, nicht eben gute Mien zum bösen Spiel gemachet haben."

Ich sah den alten Menschen an, als sei ich selber hintersinnig worden; dann aber kam mir plötzlich ein Gedanke. „Unglücksmann!" schrie ich, „Ihr glaubet doch nicht etwan, das Fräulein Katharina sei mein Eheweib geworden?"

„Nun, lasset mich nur los!" entgegnete der Alte – denn ich schüttelte ihn an beiden Schultern. – „Was geht's mich an! Es geht die Rede so! Auf alle Fäll'; seit Neujahr ist das Fräulein im Schloß nicht mehr gesehen worden."

Ich schwur ihm zu, derzeit sei ich in Holland krank gelegen; ich wisse nichts von alledem.

Ob er's geglaubet, weiß ich nicht zu sagen; allein er gab mir kund, es solle dermalen ein unbekannter Geistlicher zur Nachtzeit und in großer Heimlichkeit auf den Herrenhof gekommen sein; zwar habe Bas' Ursel das Gesinde schon zeitig in ihre Kammern getrieben; aber der Mägde eine, so durch die Thürspalt gelauschet, wolle auch mich über den Flur nach der Treppe haben gehen sehen; dann später hätten sie deutlich einen Wagen aus dem Thorhaus fahren hören, und seien seit jener Nacht nur noch Bas' Ursel und der Junker in dem Schloß gewesen.

– – Was ich von nun an alles und immer doch vergebens unternommen, um Katharinen oder auch nur eine Spur von ihr zu finden, das soll nicht hier verzeichnet werden. Im Dorf war nur das thörichte Geschwätz, davon Hans Ottsen mich die Probe schmecken lassen; darum machete ich mich auf nach dem Stifte zu Herrn Gerhardus' Schwester; aber die Dame wollte mich nicht vor sich lassen; wurde im übrigen mir auch berichtet, daß keinerlei junges Frauenzimmer bei ihr gesehen worden. Da reisete ich wieder zurück und demüthigte mich also, daß ich nach dem Hause des von der Risch ging und als ein Bittender vor meinen alten Widersacher hintrat. Der sagte höhnisch, es möge wohl der Buhz das Vöglein sich geholet haben; er habe dem nicht nachgeschaut; auch halte er keinen Aufschlag mehr mit denen von Herrn Gerhardus' Hofe.

Der Junker Wulf gar, der davon vernommen haben mochte, ließ nach Hans Ottsens Kruge sagen, so ich mich unterstünde, auch zu ihm zu dringen, er würde mich noch einmal mit den Hunden hetzen lassen. – Da bin ich in den Wald gegangen und hab gleich einem Strauchdieb am Weg auf ihn gelauert; die Eisen sind von der Scheide bloß geworden; wir haben gefochten, bis ich die Hand ihm wund gehauen und sein Degen in die Büsche flog. Aber er sahe mich nur mit seinen bösen Augen an; gesprochen hat er nicht. – Zuletzt bin ich zu längerem Verbleiben nach Hamburg kommen, von wo aus ich ohne Anstand und mit größerer Umsicht meine Nachforschungen zu betreiben dachte.

Es ist alles doch umsonst gewesen.

Aber ich will vors erste nun die Feder ruhen lassen. Denn vor mir liegt ein Brief, mein lieber Josias; ich soll dein Töchterlein, meine Schwester sel. Enkelin, aus der Taufe heben. – Ich werde auf meiner Reise dem Walde vorbeifahren, so hinter Herrn Gerhardus' Hof belegen ist. Aber das alles gehört ja der Vergangenheit.

Hier schließt das erste Heft der Handschrift. – Hoffen wir, daß der Schreiber ein fröhliches Tauffest gefeiert und inmitten seiner Freundschaft an frischer Gegenwart sein Herz erquickt habe.

Meine Augen ruhten auf dem alten Bild mir gegenüber; ich konnte nicht zweifeln, der schöne ernste Mann war Herr Gerhardus. Wer aber war jener tote Knabe, den ihm Meister Johannes hier so sanft in seinen Arm gebettet hatte? – Sinnend nahm ich das zweite und zugleich letzte Heft, dessen Schriftzüge um ein weniges unsicherer erschienen. Es lautete wie folgt:

Geliek as Rook un Stoof verswindt,
Also sind ock de Minschenkind.

Der Stein, darauf diese Worte eingehauen stehen, saß ob dem Thürsims eines alten Hauses. Wenn ich daran vorbeiging, mußte ich allzeit meine Augen dahin wenden, und auf meinen einsamen Wanderungen ist dann selbiger Spruch oft lange mein Begleiter blieben. Da sie im letzten Herbste das alte Haus abbrachen, habe ich aus den Trümmern diesen Stein erstanden, und ist er heute gleicherweise ob der Thüre meines Hauses eingemauert worden, wo er nach mir noch manchen, der vorübergeht, an die Nichtigkeit des Irdischen erinnern möge. Mir aber soll er eine Mahnung sein, ehbevor auch an meiner Uhr der Weiser stille steht, mit der Aufzeichnung meines Lebens fortzufahren. Denn du, meiner lieben Schwester Sohn, der du nun bald mein Erbe sein wirst, mögest mit meinem kleinen Erdengute dann auch mein Erdenleid dahinnehmen, so ich bei meiner Lebzeit niemandem, auch, aller Liebe ohnerachtet, dir nicht habe anvertrauen mögen.

Item: anno 1666 kam ich zum ersten Mal in diese Stadt an der Nordsee; maßen von einer reichen Branntweinbrenner-Witwen mir der Auftrag worden, die Auferweckung Lazari zu malen, welches Bild sie zum schuldigen und freundlichen Gedächtniß ihres Seligen, der hiesigen Kirchen, aber zum Zierath zu stiften gedachte, allwo es denn auch noch heute über dem Taufsteine mit den vier Aposteln zu schauen ist. Daneben wünschte auch der Bürgermeister, Herr Titus Axen, so früher in Hamburg Thumherr und mir von dort bekannt war, sein Conterfey von mir gemalet, so daß ich für eine lange Zeit allhier zu schaffen hatte. – Mein Losament aber hatte ich bei meinem einzigen und älteren Bruder, der seit lange schon das Secretariat der Stadt bekleidete; das Haus, darin er als unbeweibter Mann lebte, war hoch und räumlich, und war es dasselbig Haus mit den zwo Linden an der Ecken von Markt und Krämerstraße, worin ich, nachdem es durch meines lieben Bruders Hintritt mir angestorben, anitzt als alter Mann noch lebe und der Wiedervereinigung mit den vorangegangenen Lieben in Demuth entgegenharre.

Meine Werkstätte hatte ich mir in dem großen Pesel der Witwe eingerichtet; es war dorten ein gutes Oberlicht zur Arbeit, und bekam alles gemacht und gestellet, wie ich es verlangen mochte. Nur daß die gute Frau selber gar zu gegenwärtig war; denn allaugenblicklich kam sie draußen von ihrem Schanktisch zu mir hergetrottet mit ihren Blechgemäßen in der Hand; drängte mit ihrer Wohlbeleibtheit mir auf den Malstock und roch an meinem Bild herum; gar eines Vormittages, da ich soeben den Kopf des Lazarus untermalet hatte, verlangte sie mit viel überflüssigen Worten, der auferweckte Mann solle das Antlitz ihres Seligen zur Schau stellen, obschon ich diesen Seligen doch niemalen zu Gesicht bekommen, von meinem Bruder auch vernommen hatte, daß selbiger, wie es die Brenner pflegen, das Zeichen seines Gewerbes als eine blaurothe Nasen im Gesicht herumgetragen; da habe ich denn, wie man glauben mag, dem unvernünftigen Weibe gar hart den Daumen gegenhalten müssen. Als dann von der Außendiele her wieder neue Kundschaft nach ihr gerufen und mit den Gemäßen auf den Schank geklopfet, und sie endlich von mir lassen müssen, da sank mir die Hand mit dem Pinsel in den Schoß, und ich mußte plötzlich des Tages gedenken, da ich eines gar andern Seligen Antlitz mit dem Stifte nachgebildet, und wer da in der kleinen Kapelle so still bei mir gestanden sei. – Und also rückwärts sinnend, setzete ich meinen Pinsel wieder an; als aber selbiger eine gute Weile hin und wider gegangen, mußte ich zu eigener Verwunderung gewahren, daß ich die Züge des edlen Herrn Gerhardus in des Lazari Angesicht hineingetragen hatte. Aus seinem Leilach blickte des Todten Antlitz gleichwie in stummer Klage gegen mich, und ich gedachte: So wird er dir einstmals in der Ewigkeit entgegentreten!

Ich konnte heut nicht weiter malen, sondern ging fort und schlich auf meine Kammer ober der Hausthür, allwo ich mich ans Fenster setzte und durch den Ausschnitt der Lindenbäume auf den Markt hinabsah. Es gab aber groß Gewühl dort, und war bis drüben an die Rathswage und weiter bis zur Kirchen alles voll von Wagen und Menschen; denn es war ein Donnerstag und noch zur Stunde, daß Gast mit Gaste handeln durfte, also daß der Stadtknecht mit dem Griper müßig auf unseres Nachbaren Beischlag saß, maßen es vor der Hand keine Brüchen zu erhaschen gab. Die Ostenfelder Weiber mit ihren rothen Jacken, die Mädchen von den Inseln mit ihren Kopftüchern und feinem Silberschmuck, dazwischen die hochgethürmeten Getreidewagen und darauf die Bauern in ihren gelben Lederhosen – dies alles mochte wohl ein Bild für eines Malers Auge geben, zumal wenn selbiger, wie ich, bei den Holländern in die Schule gegangen war; aber die Schwere meines Gemüthes machte das bunte Bild mir trübe. Doch war es keine Reu, wie ich vorhin an mir erfahren hatte; ein sehnend Leid kam immer gewaltiger über mich; es zerfleischete mich mit wilden Krallen und sah mich gleichwohl mit holden Augen an. Drunten lag der helle Mittag auf dem wimmelnden Markte; vor meinen Augen aber dämmerte silberne Mondnacht, wie Schatten stiegen ein paar Zackengiebel auf, ein Fenster klirrte, und gleich wie aus Träumen schlugen leis und fern die Nachtigallen. O du mein Gott und mein Erlöser, der du die Barmherzigkeit bist, wo war sie in dieser Stunde, wo hatte meine Seele sie zu suchen? – –

Da hörete ich draußen unter dem Fenster von einer harten Stimme meinen Namen nennen, und als ich hinausschaute, ersahe ich einen großen hageren Mann in der üblichen Tracht eines Predigers, obschon sein herrisch und finster Antlitz mit dem schwarzen Haupthaar und dem tiefen Einschnitt ob der Nase wohl eher einem Kriegsmann angestanden wäre. Er wies soeben einem andern, untersetzten Manne von bäuerischem Aussehen, aber gleich ihm in schwarzwollenen Strümpfen und Schnallenschuhen, mit seinem Handstocke nach unserer Hausthür zu, indem er selbst zumal durch das Marktgewühle von dannen schritt.

Da ich dann gleich darauf die Thürglocke schellen hörte, ging ich hinab und lud den Fremden in das Wohngemach, wo er von dem Stuhle, darauf ich ihn genöthigt, mich gar genau und aufmerksam betrachtete.

Also war selbiger der Küster aus dem Dorfe norden der Stadt, und erfuhr ich bald, daß man dort einen Maler brauche, da man des Pastors Bildniß in die Kirche stiften wolle. Ich forschete ein wenig, was für Verdienst um die Gemeine dieser sich erworben hätte, daß sie solche Ehr ihm anzuthun gedächten, da er doch seines Alters halben noch nicht gar lang im Amte stehen könne; der Küster aber meinete, es habe der Pastor freilich wegen eines Stück Ackergrundes einmal einen Proceß gegen die Gemeine angestrenget, sonst wisse er eben nicht, was Sondres könne vorgefallen sein; allein es hingen allbereits die drei Amtsvorweser in der Kirchen, und da sie, wie er sagen müsse, vernommen hätten, ich verstünde das Ding gar wohl zu machen, so sollte der guten Gelegenheit wegen nun auch der vierte Pastor mit hinein; dieser selber freilich kümmere sich nicht eben viel darum. – Ich hörete dem allen zu; und da ich mit meinem Lazarus am liebsten auf eine Zeit pausiren mochte, das Bildniß des Herrn Titus Axen aber wegen eingetretenen Siechthums desselbigen nicht beginnen konnte, so hub ich an, dem Auftrage näher nachzufragen.

Was mir an Preis für solche Arbeit nun geboten wurde, war zwar gering, so daß ich erstlich dachte: sie nehmen dich für einen Pfennigmaler, wie sie im Kriegstrosse mitziehen, um die Soldaten für ihre heimgebliebenen Dirnen abzumalen; aber es muthete mich plötzlich an, auf eine Zeit allmorgendlich in der goldnen Herbstessonne über die Heide nach dem Dorf hinauszuwandern, das nur eine Wegstunde von unserer Stadt belegen ist. Sagete also zu, nur mit dem Beding, daß die Malerei draußen auf dem Dorfe vor sich ginge, da hier in meines Bruders Hause paßliche Gelegenheit nicht befindlich sei.

Deß schien der Küster gar vergnügt, meinend, das sei alles hiebevor schon fürgesorget; der Pastor hab sich solches gleichfalls ausbedungen; item, es sei dazu die Schulstube in seiner Küsterei erwählet; selbige sei das zweite Haus im Dorfe und liege nahe am Pastorate, nur hintenaus durch die Priesterkoppel davon geschieden, so daß also auch der Pastor leicht hinübertreten könne. Die Kinder, die im Sommer doch nichts lernten, würden dann nach Haus geschikket.

Also schüttelten wir uns die Hände, und da der Küster auch die Maße des Bildes fürsorglich mitgebracht, so konnte alles Malgeräth, deß ich bedurfte, schon Nachmittages mit der Priesterfuhr hinausbefördert werden.

Als mein Bruder dann nach Hause kam – erst spät am Nachmittage; denn ein Ehrsamer Rath hatte dermalen viel Bedrängniß von einer Schinderleichen, so die ehrlichen Leute nicht zu Grabe tragen wollten – meinete er, ich bekäme da einen Kopf zu malen, wie er nicht oft auf einem Priesterkragen sitze, und möchte mich mit Schwarz und Braunroth wohl versehen; erzählete mir auch, es sei der Pastor als Feldcapellan mit den Brandenburgern hier ins Land gekommen, als welcher er's fast wilder denn die Offiziers getrieben haben solle; sei übrigens itzt ein scharfer Streiter vor dem Herrn, der seine Bauern gar meisterlich zu packen wisse. – Noch merkete mein Bruder an, daß bei desselbigen Amtseintritt in unserer Gegend adelige Fürsprach eingewirket haben solle, wie es heiße, von drüben aus dem Holsteinischen her; der Archidiaconus habe bei der Klosterrechnung ein Wörtlein davon fallen lassen. War jedoch Weiteres meinem Bruder darob nicht kund geworden.

So sahe mich denn die Morgensonne des nächsten Tages rüstig über die Heide schreiten, und war mir nur leid, daß letztere allbereits ihr rothes Kleid und ihren Würzeduft verbrauchet und also diese Landschaft ihren ganzen Sommerschmuck verloren hatte; denn von grünen Bäumen war weithin nichts zu ersehen; nur der spitze Kirchthurm des Dorfes, dem ich zustrebte, – wie ich bereits erkennen mochte, ganz von Granitquadern auferbauet – stieg immer höher vor mir in den dunkelblauen Octoberhimmel. Zwischen den schwarzen Strohdächern, die an seinem Fuße lagen, krüppelte nur niedrig Busch- und Baumwerk; denn der Nordwestwind, so hier frisch von der See heraufkommt, will freien Weg zu fahren haben.

Als ich das Dorf erreichet und auch alsbald mich nach der Küsterei gefunden hatte, stürzete mir sofort mit lustigem Geschrei die ganze Schul entgegen; der Küster aber hieß an seiner Hausthür mich willkommen. „Merket Ihr wohl, wie gern sie von der Fibel laufen!“ sagte er. „Der eine Bengel hatte Euch schon durchs Fenster kommen sehen.“

In dem Prediger, der gleich danach ins Haus trat, erkannte ich denselbigen Mann, den ich schon tags zuvor gesehen hatte. Aber auf seine finstere Erscheinung war heute gleichsam ein Licht gesetzet; das war ein schöner blasser Knabe, den er an der Hand mit sich führete; das Kind mochte etwan vier Jahre zählen und sahe fast winzig aus gegen des Mannes hohe knochige Gestalt.

Da ich die Bildnisse der früheren Prediger zu sehen wünschte, so gingen wir mitsammen in die Kirche, welche also hoch belegen ist, daß man nach den anderen Seiten über Marschen und Heide, nach Westen aber auf den nicht gar fernen Meeresstrand hinunterschauen kann. Es mußte eben Fluth sein; denn die Watten waren überströmet, und das Meer stund wie ein lichtes Silber. Da ich anmerkete, wie oberhalb desselben die Spitze des Festlandes und von der andern Seite diejenige der Insel sich gegen einander strecketen, wies der Küster auf die Wasserfläche, so dazwischen liegt. „Dort“, sagte er, „hat einst meiner Eltern Haus gestanden; aber anno 34 bei der großen Fluth trieb es gleich hundert anderen in den grimmen Wassern; auf der einen Hälfte des Daches ward ich an diesen Strand geworfen, auf der anderen fuhren Vater und Bruder in die Ewigkeit hinaus.“

Ich dachte: „So stehet die Kirche wohl am rechten Ort;

auch ohne den Pastor wird hier vernehmentlich Gottes Wort geprediget."

Der Knabe, welchen letzterer auf den Arm genommen hatte, hielt dessen Nacken mit beiden Ärmchen fest umschlungen und drückte die zarte Wange an das schwarze bärtige Gesicht des Mannes, als finde er so den Schutz vor der ihn schreckenden Unendlichkeit, die dort vor unseren Augen ausgebreitet lag.

Als wir in das Schiff der Kirche eingetreten waren, betrachtete ich mir die alten Bildnisse und sahe auch einen Kopf darunter, der wohl eines guten Pinsels werth gewesen wäre; jedennoch war es alles eben Pfennigmalerei, und sollte demnach der Schüler van der Helsts hier in gar sondere Gesellschaft kommen.

Da ich solches eben in meiner Eitelkeit bedachte, sprach die harte Stimme des Pastors neben mir: „Es ist nicht meines Sinnes, daß der Schein des Staubes dauere, wenn der Odem Gottes ihn verlassen; aber ich habe der Gemeine Wunsch nicht widerstreben mögen; nur, Meister, machet es kurz; ich habe besseren Gebrauch für meine Zeit."

Nachdem ich dem finsteren Manne, an dessen Antlitz ich gleichwohl für meine Kunst Gefallen fand, meine beste Bemühung zugesaget, fragete ich einem geschnitzten Bilde der Maria nach, so von meinem Bruder mir war gerühmet worden.

Ein fast verachtend Lächeln ging über des Predigers Angesicht. „Da kommet Ihr zu spät", sagte er, „es ging in Trümmer, da ich's aus der Kirche schaffen ließ."

Ich sah ihn fast erschrocken an. „Und wolltet Ihr des Heilands Mutter nicht in Euerer Kirche dulden?"

„Die Züge von des Heilands Mutter", entgegnete er, „sind nicht überliefert worden."

– „Aber wollet Ihr's der Kunst mißgönnen, sie in frommem Sinn zu suchen?"

Er blickte eine Weile finster auf mich herab; denn, obschon ich zu den Kleinen nicht zu zählen, so überragte er mich doch um eines halben Kopfes Höhe; – dann sprach er heftig: „Hat nicht der König die holländischen Papisten dort auf die zerrissene Insel herberufen; nur um durch das Menschenwerk der Deiche des Höchsten Strafgericht zu trotzen? Haben nicht noch letzlich die Kirchenvorsteher drüben in der Stadt sich zwei der Heiligen in ihr Gestühlte schnitzen lassen? Betet und wachet! Denn auch hier geht Satan noch von Haus zu Haus! Diese Marienbilder sind nichts als Säugammen der Sinnenlust und des Papismus; die Kunst hat allzeit mit der Welt gebuhlt!"

Ein dunkles Feuer glühte in seinen Augen, aber seine Hand lag liebkosend auf dem Kopf des blassen Knaben, der sich an seine Knie schmiegte.

Ich vergaß darob, des Pastors Worte zu erwidern; mahnete aber danach, daß wir in die Küsterei zurückgingen, wo ich alsdann meine edle Kunst an ihrem Widersacher selber zu erproben anhub.

Also wanderte ich fast einen Morgen um den andern über die Heide nach dem Dorfe, wo ich allzeit den Pastor schon meiner harrend antraf. Geredet wurde wenig zwischen uns; aber das Bild nahm desto rascheren Fortgang. Gemeiniglich saß der Küster neben uns und schnitzete allerlei Geräthe gar säuberlich aus Eichenholz, dergleichen als eine Hauskunst hier überall betrieben wird; auch habe ich das Kästlein, woran er derzeit arbeitete, von ihm erstanden und darin vor Jahren die ersten Blätter dieser Niederschrift hinterleget, alswie denn auch mit Gottes Willen diese letzten darin sollen beschlossen sein. –

In des Predigers Wohnung wurde ich nicht geladen und betrat selbige auch nicht; der Knabe aber war allzeit mit ihm in der Küsterei; er stand an seinen Knien, oder er spielte mit Kieselsteinchen in der Ecke des Zimmers. Da ich selbigen einmal fragte, wie er heiße, antwortete er: „Johannes!" – „Johannes?" entgegnete ich, „so heiße ich ja auch!" – Er sah mich groß an, sagte aber weiter nichts.

Weshalb rühreten diese Augen so an meine Seele? – Einmal gar überraschte mich ein finsterer Blick des Pastors, da ich den Pinsel müßig auf der Leinewand ruhen ließ. Es war etwas in dieses Kindes Antlitz, das nicht aus seinem kurzen Leben kommen konnte; aber es war kein froher Zug. So, dachte ich, sieht ein Kind, das unter einem kummerschweren Herzen ausgewachsen. Ich hätte oft die Arme nach ihm breiten mögen; aber ich scheuete mich vor dem harten Manne, der es gleich einem Kleinod zu behüten schien. Wohl dachte ich oft: „Welch eine Frau mag dieses Knaben Mutter sein?“ –

Des Küsters alte Magd hatte ich einmal nach des Predigers Frau befraget; aber sie hatte mir kurzen Bescheid gegeben: „Die kennt man nicht; in die Bauernhäuser kommt sie kaum, wenn Kindelbier und Hochzeit ist.“ – Der Pastor selbst sprach nicht von ihr. Aus dem Garten der Küsterei, welcher in eine dichte Gruppe von Fliederbüschen ausläuft, sahe ich sie einmal langsam über die Priesterkoppel nach ihrem Hause gehen; aber sie hatte mir den Rücken zugewendet, so daß ich nur ihre schlanke, jugendliche Gestalt gewahren konnte, und außerdem ein paar gekräuselte Löckchen, in der Art, wie sie sonst nur von den Vornehmeren getragen werden und die der Wind von ihren Schläfen wehte. Das Bild ihres finsteren Ehgesponsen trat mir vor die Seele, und mir schien, es passe dieses Paar nicht wohl zusammen.

– – An den Tagen, wo ich nicht da draußen war, hatte ich auch die Arbeit an meinem Lazarus wieder aufgenommen, so daß nach einiger Zeit diese Bilder mit einander nahezu vollendet waren.

So saß ich eines Abends nach vollbrachtem Tagewerke mit meinem Bruder unten in unserem Wohngemache. Auf dem Tisch am Ofen war die Kerze fast herabgebrannt, und die holländische Schlaguhr hatte schon auf Eilf gewarnt; wir aber saßen am Fenster und hatten der Gegenwart vergessen; denn wir gedachten der kurzen Zeit, die wir mitsammen in unserer Eltern Haus verlebet hatten; auch unseres einzigen lieben Schwesterleins gedachten wir, das im ersten Kindbette verstorben und nun seit lange schon mit Vater und Mutter einer fröhlichen Auferstehung entgegenharrete. – Wir hatten die Läden nicht vorgeschlagen; denn es that uns wohl, durch das Dunkel, so draußen auf den Erdenwohnungen der Stadt lag, in das Sternenlicht des ewigen Himmels hinaufzublicken.

Am Ende verstummeten wir beide in uns selber, und wie auf einem dunkeln Strome trieben meine Gedanken zu ihr, bei der sie allzeit Rast und Unrast fanden. – – Da, gleich einem Stern aus unsichtbaren Höhen, fiel es mir jählings in die Brust: Die Augen des schönen blassen Knaben, es waren ja ihre Augen! Wo hatte ich meine Sinne denn gehabt! – – Aber dann, wenn sie es war, wenn ich sie selber schon gesehen! – Welch schreckbare Gedanken stürmten auf mich ein!

Indem legte sich die eine Hand meines Bruders mir auf die Schulter, mit der andern wies er auf den dunkeln Markt hinaus, von wannen aber itzt ein heller Schein zu uns herüberschwankte. „Sieh nur!" sagte er. „Wie gut, daß wir das Pflaster mit Sand und Heide ausgestopfet haben! Die kommen von des Glockengießers Hochzeit; aber an ihren Stockleuchten sieht man, daß sie gleichwohl hin und wider stolpern."

Mein Bruder hatte recht. Die tanzenden Leuchten zeugeten deutlich von der Trefflichkeit des Hochzeitsschmauses; sie kamen uns so nahe, daß die zwei gemalten Scheiben, so letzlich von meinem Bruder als eines Glasers Meisterstück erstanden waren, in ihren satten Farben wie in Feuer glühten. Als aber dann die Gesellschaft an unserem Hause laut redend in die Krämerstraße einbog, hörete ich einen unter ihnen sagen: „Ei freilich; das hat der Teufel uns verpurret! Hatte mich leblang darauf gespitzet, einmal eine richtige Hex so in der Flammen singen zu hören!"

Die Leuchten und die lustigen Leute gingen weiter, und draußen die Stadt lag wieder still und dunkel.

„O weh!" sprach mein Bruder; „den trübet, was mich tröstet."

Da fiel es mir erst wieder bei, daß am nächsten Morgen die Stadt ein grausam Spektakul vor sich habe. Zwar war die junge Person, so wegen einbekannten Bündnisses mit dem Satan zu Aschen sollte verbrannt werden, am heutigen Morgen vom Frone todt in ihrem Kerker aufgefunden worden; aber dem todten Leibe mußte gleichwohl sein peinlich Oecht geschehen.

Das war nun vielen Leuten gleich einer kalt gestellten Suppen. Hatte doch auch die Buchführer-Witwe Liebernikkel, so unter dem Thurm der Kirche den grünen Bücherschranken hat, mir am Mittage, da ich wegen der Zeitung bei ihr eingetreten, aufs heftigste geklaget, daß nun das

Lied, so sie im voraus darüber habe anfertigen und drucken lassen, nur kaum noch passen werde wie die Faust aufs Auge. Ich aber, und mit mir mein viellieber Bruder, hatte so meine eigenen Gedanken von dem Hexenwesen und freuete mich, daß unser Herrgott – denn der war es doch wohl gewesen – das arme junge Mensch so gnädiglich in seinen Schoß genommen hatte.

Mein Bruder, welcher weichen Herzens war, begann gleichwohl der Pflichten seines Amts sich zu beklagen; denn er hatte drüben von der Rathhaustreppe das Urthel zu verlesen; sobald der Racker den todten Leichnam davor aufgefahren, und hernach auch der Justification selber zu assistiren. „Es schneidet mir schon itzund in das Herz", sagte er, „das greuelhafte Gejohle, wenn sie mit dem Karren die Straße herabkommen; denn die Schulen werden ihre Buben und die Zunftmeister ihre Lehrburschen loslassen. – An deiner Statt", fügete er bei, „der du ein freier Vogel bist, würde ich aufs Dorf hinausmachen und an dem Conterfey des schwarzen Pastors weiter malen!"

Nun war zwar festgesetzet worden, daß ich am nächstfolgenden Tage erst wieder hinauskäme; aber mein Bruder redete mir zu, unwissend, wie er die Ungeduld in meinem Herzen schürete; und so geschah es, daß alles sich erfüllen mußte, was ich getreulich in diesen Blättern niederschreiben werde.

Am andern Morgen, als drüben vor meinem Kammerfenster nur kaum der Kirchthurmhahn in rothem Frühlicht blinkte, war ich schon von meinem Lager aufgesprungen; und bald schritt ich über den Markt, allwo die Bäcker, vieler Käufer harrend, ihre Brotschragen schon geöffnet hatten; auch sahe ich, wie an dem Rathhause der Wachtmeister und die Fußknechte in Bewegung waren, und hatte Einer bereits einen schwarzen Teppich über das Geländer der großen Treppe aufgehangen; ich aber ging durch den Schwibbogen, so unter dem Rathhause ist, eilends zur Stadt hinaus.

Als ich hinter dem Schloßgarten auf dem Steige war, sahe ich drüben bei der Lehmkule, wo sie den neuen Galgen hingesetzet, einen mächtigen Holzstoß aufgeschichtet. Ein paar Leute hantirten noch daran herum, und mochten das der Fron und seine Knechte sein, die leichten Brennstoff zwischen die Hölzer thaten; von der Stadt her aber kamen schon die ersten Buben über die Felder ihnen zugelaufen. – Ich achtete deß nicht weiter, sondern wanderte rüstig fürbaß, und da ich hinter den Bäumen hervortrat, sahe ich mir zur Linken das Meer im ersten Sonnenstrahl entbrennen, der im Osten über die Heide emporstieg. Da mußte ich meine Hände falten:

O Herr, mein Gott und Christ,
Sei gnädig mit uns allen,
Die wir in Sünd gefallen,
Der du die Liebe bist! – –

Als ich draußen war, wo die breite Landstraße durch die Heide führte, begegneten mir viele Züge von Bauern; sie hatten ihre kleinen Jungen und Dirnen an den Händen und zogen sie mit sich fort.

„Wohin strebet ihr denn so eifrig?" fragte ich den einen Haufen; „es ist ja doch kein Markttag heute in der Stadt."

Nun, wie ich's wohl zum voraus wußte, sie wollten die Hexe, das junge Satansmensch, verbrennen sehen.

– „Aber die Hexe ist ja todt!"

„Freilich, das ist ein Verdruß", meineten sie; „aber es ist unserer Hebamme, der alten Mutter Siebenzig, ihre Schwestertochter; da können wir nicht außen bleiben und müssen mit dem Reste schon fürlieb nehmen." –

– – Und immer neue Scharen kamen daher; und itzund taucheten auch schon Wagen aus dem Morgennebel, die statt mit Kornfrucht heut mit Menschen voll geladen waren. – Da ging ich abseits über die Heide, obwohl noch der Nachtthau von dem Kraute rann; denn mein Gemüth verlangte nach der Einsamkeit; und ich sahe von fern, wie es den Anschein hatte, das ganze Dorf des Weges nach der Stadt ziehen. Als ich auf dem Hünenhügel stund, der hier inmitten der Heide liegt, überfiel es mich, als müsse auch ich zur Stadt zurückkehren oder etwan nach links hinab an die See gehen, oder nach dem kleinen Dorfe, das dort unten hart am Strande liegt; aber vor mir in der Luft schwebete etwas wie ein Glück, wie eine rasende Hoffnung, und es schüttelte mein Gebein, und meine Zähne schlugen an einander. „Wenn sie es wirklich war, so letztlich mit meinen eigenen Augen ich erblicket, und wenn dann heute –" Ich fühlte mein Herz gleich einem Hammer an den Rippen; ich ging weit um durch die Heide; ich wollte nicht sehen, ob auf der Wagen einem auch der Prediger nach der Stadt fahre. – Aber ich ging dennoch endlich seinem Dorfe zu.

Als ich es erreichet hatte, schritt ich eilends nach der Thür des Küsterhauses. Sie war verschlossen. Eine Weile stund ich unschlüssig; dann hub ich mit der Faust zu klopfen an. Drinnen blieb alles ruhig; als ich aber stärker klopfte, kam des Küsters alte halb blinde Trienke aus einem Nachbarhause.

„Wo ist der Küster?" fragte ich.

– „Der Küster? Mit dem Priester in die Stadt gefahren."

Ich starrete die Alte an; mir war, als sei ein Blitz durch mich dahin geschlagen.

„Fehlet Euch etwas, Herr Maler?" frug sie.

Ich schüttelte den Kopf und sagte nur: „So ist wohl heute keine Schule, Trienke?"

– „Bewahre! Die Hexe wird ja verbrannt!"

Ich ließ mir von der Alten das Haus aufschließen, holte mein Malergeräthe und das fast vollendete Bildniß aus des Küsters Schlafkammer und richtete, wie gewöhnlich, meine Staffelei in dem leeren Schulzimmer. Ich pinselte etwas an der Gewandung; aber ich suchte damit nur mich selber zu belügen; ich hatte keinen Sinn zum Malen; war ja um dessen willen auch nicht hieher gekommen.

Die Alte kam hereingelaufen, stöhnte über die arge Zeit und redete über Bauern- und Dorfsachen, die ich nicht verstund; mich selber drängete es, sie wieder einmal nach des Predigers Frau zu fragen, ob selbige alt oder jung, und auch, woher sie gekommen sei; allein ich brachte das Wort nicht über meine Zungen. Dagegen begann die Alte ein lang Gespinste von der Hex und ihrer Sippschaft hier im Dorfe und von der Mutter Siebenzig, so mit Vorspuksehen behaftet sei; erzählete auch, wie selbige zur Nacht, da die Gicht dem alten Weibe keine Ruh gelassen, drei Leichlaken über des Pastors Hausdach habe fliegen sehen: es gehe aber solch Gesichte allzeit richtig aus, und Hoffart komme vor dem Falle; denn sei die Frau Pastorin bei aller ihrer Vornehmheit doch nur eine blasse und schwächliche Kreatur.

Ich mochte solch Geschwätz nicht fürder hören; ging daher aus dem Hause und auf dem Wege herum, da wo das Pastorat mit seiner Fronte gegen die Dorfstraße liegt; wandte auch unter bangem Sehnen meine Augen nach den weißen Fenstern, konnte aber hinter den blinden Scheiben nichts gewahren als ein paar Blumenscherben, wie sie überall zu sehen sind. – Ich hätte nun wohl umkehren mögen; aber ich ging dennoch weiter. Als ich auf den Kirchhof kam, trug von der Stadtseite der Wind ein wimmernd Glokkenläuten an mein Ohr; ich aber wandte mich und blickte hinab nach Westen, wo wiederum das Meer wie lichtes Silber am Himmelssaume hinfloß, und war doch ein tobend Unheil dort gewesen, worin in einer Nacht des Höchsten Hand viel tausend Menschenleben hingeworfen hatte. Was krümmete denn ich mich so gleich einem Wurme? – Wir sehen nicht, wie seine Wege führen!

Ich weiß nicht mehr, wohin mich damals meine Füße noch getragen haben; ich weiß nur, daß ich in einem Kreis gegangen bin; denn da die Sonne fast zur Mittagshöhe war, langete ich wieder bei der Küsterei an. Ich ging aber nicht in das Schulzimmer an meine Staffelei, sondern durch das Hinterpförtlein wieder zum Hause hinaus. – –

Das ärmliche Gärtlein ist mir unvergessen, obschon seit jenem Tage meine Augen es nicht mehr gesehen. – Gleich dem des Predigerhauses von der anderen Seite, trat es als ein breiter Streifen in die Priesterkoppel; inmitten zwischen beiden aber war eine Gruppe dichter Weidenbüsche, welche zur Einfassung einer Wassergrube dienen mochten; denn ich hatte einmal eine Magd mit vollem Eimer wie aus einer Tiefe daraus hervorsteigen sehen.

Als ich ohne viel Gedanken, nur mein Gemüthe erfüllet von nicht zu zwingender Unrast, an des Küsters abgeheimseten Bohnenbeeten hinging, hörete ich von der Koppel draußen eine Frauenstimme von gar holdem Klang, und wie sie liebreich einem Kinde zusprach.

Unwillens schritt ich solchem Schalle nach; so mochte einst der griechische Heidengott mit seinem Stabe die Todten nach sich gezogen haben. Schon war ich am jenseitigen Rande des Holundergebüsches, das hier ohne Verzäunung in die Koppel ausläuft, da sahe ich den kleinen Johannes mit einem Ärmchen voll Moos, wie es hier in dem kümmerlichen Grase wächst, gegenüber hinter die Weiden gehen; er mochte sich dort damit nach Kinderart ein Gärtchen angeleget haben. Und wieder kam die holde Stimme an mein Ohr: „Nun heb nur an; nun hast du einen ganzen Haufen! Ja, ja; ich such derweil noch mehr; dort am Holunder wächst genug!"

Und dann trat sie selber hinter den Weiden hervor; ich hatte ja längst schon nicht gezweifelt. – Mit den Augen auf dem Boden suchend, schritt sie zu mir her, so daß ich ungestöret sie betrachten durfte; und mir war, als gliche sie nun gar seltsam dem Kinde wieder, das sie einst gewesen war, für das ich den „Buhz" einst von dem Baum herabgeschossen hatte; aber dieses Kinderantlitz von heute war bleich und weder Glück noch Muth darin zu lesen.

So war sie mählich näher kommen, ohne meiner zu gewahren; dann kniete sie nieder an einem Streifen Moos, der unter den Büschen hinlief; doch ihre Hände pflückten nicht davon; sie ließ das Haupt auf ihre Brust sinken, und es war, als wolle sie nur ungesehen vor dem Kinde in ihrem Leide ausruhen.

Da rief ich leise: „Katharina!"

Sie blickte auf; ich aber ergriff ihre Hand und zog sie gleich einer Willenlosen zu mir unter den Schatten der Büsche. Doch als ich sie endlich also nun gefunden hatte und keines Wortes mächtig vor ihr stund, da sahen ihre Augen weg von mir, und mit fast einer fremden Stimme sagte sie: „Es ist nun einmal so, Johannes! Ich wußte wohl, du seiest der fremde Maler; ich dachte nur nicht, daß du heute kommen würdest."

Ich hörete das, und dann sprach ich es aus: „Katharina, – – so bist du des Predigers Eheweib?"

Sie nickte nicht; sie sah mich starr und schmerzlich an. „Er hat das Amt dafür bekommen", sagte sie, „und dein Kind den ehrlichen Namen."

– „Mein Kind, Katharina?"

„Und fühltest du das nicht? Er hat ja doch auf deinem Schoß gesessen; einmal doch, er selbst hat es mir erzählet."

– – Möge keines Menschen Brust ein solches Weh zerfleischen! – „Und du, du und mein Kind, ihr solltet mir verloren sein!"

Sie sah mich an, sie weinte nicht, sie war nur gänzlich todtenbleich.

„Ich will das nicht!" schrie ich; „ich will . . ." Und eine wilde Gedankenjagd rasete mir durchs Hirn.

Aber ihre kleine Hand hatte gleich einem kühlen Blatte sich auf meine Stirn gelegt, und ihre braunen Augensterne auf dem blassen Antlitz sahen mich flehend an. „Du, Johannes", sagte sie, „du wirst es nicht sein, der mich noch elender machen will."

– „Und kannst denn du so leben, Katharina?"

„Leben? – – Es ist ja doch ein Glück dabei; er liebt das Kind; – was ist denn mehr noch zu verlangen?"

– „Und von uns, von dem, was einst gewesen ist, weiß er davon?"

„Nein, nein!" rief sie heftig. „Er nahm die Sünderin zum Weibe: mehr nicht. O Gott, ist's denn nicht genug, daß jeder neue Tag ihm angehört!"

In diesem Augenblicke tönete ein zarter Gesang zu uns herüber. – „Das Kind", sagte sie. „Ich muß zu dem Kinde; es könnte ihm ein Leids geschehen!"

Aber meine Sinne zieleten nur auf das Weib, das sie begehrten. „Bleib doch", sagte ich, „es spielet ja fröhlich dort mit seinem Moose."

Sie war an den Rand des Gebüsches getreten und horchete hinaus. Die goldene Herbstsonne schien so warm hernieder, nur leichter Hauch kam von der See herauf. Da hörten wir von jenseits durch die Weiden das Stimmlein unseres Kindes singen:

Zwei Englein, die mich decken,
Zwei Englein, die mich strecken,
Und zweie, so mich weisen
In das himmlische Paradeisen.

Katharina war zurückgetreten, und ihre Augen sahen groß und geisterhaft mich an. „Und nun leb wohl, Johannes", sprach sie leise; „auf Nimmerwiedersehen hier auf Erden!"

Ich wollte sie an mich reißen; ich streckte beide Arme nach ihr aus; doch sie wehrete mich ab und sagte sanft: „Ich bin des anderen Mannes Weib; vergiß das nicht."

Mich aber hatte auf diese Worte ein fast wilder Zorn ergriffen. „Und wessen, Katharina", sprach ich hart, „bist du gewesen, ehe bevor du sein geworden?"

Ein weher Klaglaut brach aus ihrer Brust; sie schlug die Hände vor ihr Angesicht und rief: „Weh mir! O wehe, mein entweihter armer Leib!"

Da wurd ich meiner schier unmächtig; ich riß sie jäh an meine Brust, ich hielt sie wie mit Eisenklammern und hatte sie endlich, endlich wieder! Und ihre Augen sanken in die meinen, und ihre rothen Lippen duldeten die meinen; wir umschlangen uns inbrünstiglich; ich hätte sie tödten mögen, wenn wir also mit einander hätten sterben können. Und als dann meine Blicke voll Seligkeit auf ihrem Antlitz weideten, da sprach sie, fast erstickt von meinen Küssen: „Es ist ein langes, banges Leben! O Jesu Christ, vergib mir diese Stunde!"

– – Es kam eine Antwort; aber es war die harte Stimme jenes Mannes, aus dessen Munde ich itzt zum ersten Male ihren Namen hörte. Der Ruf kam von drüben aus dem Predigergarten, und noch einmal und härter rief es: „Katharina!"

Da war das Glück vorbei; mit einem Blicke der Verzweiflung sahe sie mich an; dann stille wie ein Schatten war sie fort.

– – Als ich in die Küsterei trat, war auch schon der Küster wieder da. Er begann sofort von der Justification der armen Hexe auf mich einzureden. „Ihr haltet wohl nicht viel davon", sagte er; „sonst wäret Ihr heute nicht aufs Dorf gegangen, wo der Herr Pastor gar die Bauern und ihre Weiber in die Stadt getrieben."

Ich hatte nicht die Zeit zur Antwort; ein gellender Schrei durchschnitt die Luft; ich werde ihn leblang in den Ohren haben.

„Was war das, Küster?" rief ich.

Der Mann riß ein Fenster auf und horchete hinaus, aber

es geschah nichts weiter. „So mir Gott“, sagte er, „es war ein Weib, das so geschrien hat; und drüben von der Priesterkoppel kam's.“

Indem war auch die alte Trienke in die Thür gekommen. „Nun, Herr?“ rief sie mir zu. „Die Leichlaken sind auf des Pastors Dach gefallen!“

– „Was soll das heißen, Trienke?“

„Das soll heißen, daß sie des Pastors kleinen Johannes soeben aus dem Wasser ziehen.“

Ich stürzete aus dem Zimmer und durch den Garten auf die Priesterkoppel; aber unter den Weiden fand ich nur das dunkle Wasser und Spuren feuchten Schlammes daneben auf dem Grase. – Ich bedachte mich nicht, es war ganz wie von selber, daß ich durch das weiße Pförtchen in des Pastors Garten ging. Da ich eben ins Haus wollte, trat er selber mir entgegen.

Der große knochige Mann sah gar wüste aus; seine Augen waren geröthet, und das schwarze Haar hing wirr ihm ins Gesicht. „Was wollt Ihr?“ sagte er.

Ich starrete ihn an; denn mir fehlete das Wort. Ja, was wollte ich denn eigentlich?

„Ich kenne Euch!“ fuhr er fort. „Das Weib hat endlich alles ausgeredet.“

Das machte mir die Zunge frei. „Wo ist mein Kind?“ rief ich.

Er sagte: „Die beiden Eltern haben es ertrinken lassen.“

– „So laßt mich zu meinem todten Kinde!“

Allein, da ich an ihm vorbei in den Hausflur wollte, drängete er mich zurück. „Das Weib“, sprach er, „liegt bei dem Leichnam und schreit zu Gott aus ihren Sünden. Ihr sollt nicht hin, um ihrer armen Seelen Seligkeit!“

Was dermalen selber ich gesprochen, ist mir schier vergessen; aber des Predigers Worte gruben sich in mein Gedächtniß. „Höret mich!“ sprach er. „So von Herzen ich Euch hasse, wofür dereinst mich Gott in seiner Gnade wolle büßen lassen, und Ihr vermuthendlich auch mich, – noch ist Eines uns gemeinsam. – Geht itzo heim und bereitet eine Tafel oder Leinewand! Mit solcher kommet morgen in der Frühe wieder und malet darauf des todten Knaben Antlitz. Nicht mir oder meinem Hause; der Kirchen hier, wo er sein kurz unschuldig Leben ausgelebet, möget Ihr das Bildniß stiften. Mög es dort die Menschen mahnen, daß vor der knöchern Hand des Todes alles Staub ist!"

Ich blickte auf den Mann, der kurz vordem die edle Malerkunst ein Buhlweib mit der Welt gescholten; aber ich sagte zu, daß alles so geschehen möge.

– – Daheim indessen wartete meiner eine Kunde, so meines Lebens Schuld und Buße gleich einem Blitze jählings aus dem Dunkel hob, so daß ich Glied um Glied die ganze Kette vor mir leuchten sahe.

Mein Bruder, dessen schwache Constitution von dem abscheulichen Spectacul, dem er heute assistiren müssen, hart ergriffen war, hatte sein Bette aufgesucht. Da ich zu ihm eintrat, richtete er sich auf. „Ich muß noch eine Weile ruhen", sagte er, indem er ein Blatt der Wochenzeitung in meine Hand gab; „aber lies doch dieses! Da wirst du sehen, daß Herrn Gerhardus' Hof in fremde Hände kommen, maßen Junker Wulf ohn Weib und Kind durch eines tollen Hundes Biß gar jämmerlichen Todes verfahren ist."

Ich griff nach dem Blatte, das mein Bruder mir entgegenhielt; aber es fehlte nicht viel, daß ich getaumelt wäre. Mir war's bei dieser Schreckenspost, als sprängen des Paradieses Pforten vor mir auf; aber schon sahe ich am Eingange den Engel mit dem Feuerschwerte stehen, und aus meinem Herzen schrie es wieder: O Hüter, Hüter, war dein Ruf so fern! – – Dieser Tod hätte uns das Leben werden können; nun war's nur ein Entsetzen zu den andern.

Ich saß oben auf meiner Kammer. Es wurde Dämmerung, es wurde Nacht; ich schaute in die ewigen Gestirne, und endlich suchte auch ich mein Lager. Aber die Erquikkung des Schlafes ward mir nicht zu Theil. In meinen erregten Sinnen war es mir gar seltsamlich, als sei der Kirchthurm drüben meinem Fenster nah gerückt; ich fühlte die Glockenschläge durch das Holz der Bettstatt dröhnen, und ich zählete sie alle die ganze Nacht entlang. Doch endlich dämmerte der Morgen. Die Balken an der Decke hingen noch wie Schatten über mir, da sprang ich auf, und ehbevor die erste Lerche aus den Stoppelfeldern stieg, hatte ich allbereits die Stadt im Rücken.

Aber so frühe ich auch ausgegangen, ich traf den Prediger schon auf der Schwelle seines Hauses stehen. Er geleitete mich auf den Flur und sagte, daß die Holztafel richtig angelanget, auch meine Staffelei und sonstiges Malergeräth aus dem Küsterhause herübergeschaffet sei. Dann legte er seine Hand auf die Klinke einer Stubenthür.

Ich jedoch hielt ihn zurück und sagte: „Wenn es in diesem Zimmer ist, so wollet mir vergönnen, bei meinem schweren Werk allein zu sein!"

„Es wird Euch niemand stören", entgegnete er und zog die Hand zurück. „Was Ihr zur Stärkung Eueres Leibes bedürfet, werdet Ihr drüben in jenem Zimmer finden." Er wies auf eine Thür an der anderen Seite des Flures; dann verließ er mich.

Meine Hand lag itzund statt der des Predigers auf der Klinke. Es war todtenstill im Hause; eine Weile mußte ich mich sammeln, bevor ich öffnete.

Es war ein großes, fast leeres Gemach, wohl für den Confirmandenunterricht bestimmt, mit kahlen weißgetünchten Wänden; die Fenster sahen über öde Felder nach dem fernen Strand hinaus. Inmitten des Zimmers aber stund ein weißes Lager aufgebahret. Auf dem Kissen lag ein bleiches Kinderangesicht; die Augen zu; die kleinen Zähne schimmerten gleich Perlen aus den blassen Lippen.

Ich fiel an meines Kindes Leiche nieder und sprach ein brünstiglich Gebet. Dann rüstete ich alles, wie es zu der Arbeit nöthig war; und dann malte ich – rasch, wie man die Todten malen muß, die nicht zum zweitenmal dasselbig Antlitz zeigen. Mitunter wurd ich wie von der andauernden großen Stille aufgeschrecket; doch wenn ich inne hielt und horchte, so wußte ich bald, es sei nichts da gewesen. Einmal auch war es, als drängen leise Odemzüge an mein Ohr. – Ich trat an das Bette des Todten, aber da ich mich zu dem bleichen Mündlein niederbeugete, berührte nur die Todeskälte meine Wangen.

Ich sahe um mich; es war noch eine Thür im Zimmer; sie mochte zu einer Schlafkammer führen, vielleicht daß es von dort gekommen war! Allein so scharf ich lauschte, ich vernahm nichts wieder; meine eigenen Sinne hatten wohl ein Spiel mit mir getrieben.

So setzete ich mich denn wieder, sahe auf den kleinen Leichnam und malete weiter; und da ich die leeren Händchen ansahe, wie sie auf dem Linnen lagen, so dachte ich: „Ein klein Geschenk doch mußt du deinem Kinde geben!" Und ich malete auf seinem Bildniß ihm eine weiße Wasserlilie in die Hand, als sei es spielend damit eingeschlafen. Solcher Art Blumen gab es selten in der Gegend hier, und mocht es also ein erwünschet Angebinde sein.

Endlich trieb mich der Hunger von der Arbeit auf, mein ermüdeter Leib verlangte Stärkung. Legete sonach den Pinsel und die Palette fort und ging über den Flur nach dem Zimmer, so der Prediger mir angewiesen hatte. Indem ich aber eintrat, wäre ich vor Überraschung bald zurückgewichen; denn Katharina stund mir gegenüber, zwar in schwarzen Trauerkleidern und doch in all dem Zauberschein, so Glück und Liebe in eines Weibes Antlitz wirken mögen.

Ach, ich wußte es nur zu bald; was ich hier sahe, war nur ihr Bildniß, das ich selber einst gemalet. Auch für dieses war also nicht mehr Raum in ihres Vaters Haus gewesen. – Aber wo war sie selber denn? Hatte man sie fortgebracht, oder hielt man sie auch hier gefangen? – Lang, gar lange sahe ich das Bildniß an; die alte Zeit stieg auf und quälte mein Herz. Endlich, da ich mußte, brach ich einen Bissen Brot und stürzete ein paar Gläser Wein hinab; dann ging ich zurück zu unserem todten Kinde.

Als ich drüben eingetreten und mich an die Arbeit setzen wollte, zeigete es sich, daß in dem kleinen Angesicht die Augenlider um ein weniges sich gehoben hatten. Da bükkete ich mich hinab, im Wahne, ich möchte noch einmal meines Kindes Blick gewinnen; als aber die kalten Augensterne vor mir lagen, überlief mich Grausen; mir war, als sähe ich die Augen jener Ahne des Geschlechtes, als wollten sie noch hier aus unseres Kindes Leichenantlitz künden: „Mein Fluch hat doch euch beide eingeholet!" – Aber zugleich – ich hätte es um alle Welt nicht lassen können – umfing ich mit beiden Armen den kleinen blassen Leichnam und hob ihn auf an meine Brust und herzete unter bitteren Thränen zum ersten Male mein geliebtes Kind. „Nein, nein, mein armer Knabe, deine Seele, die gar den finstern Mann zur Liebe zwang, die blickte nicht aus solchen Augen; was hier herausschaut, ist alleine noch der Tod. Nicht aus der Tiefe schreckbarer Vergangenheit ist es heraufgekommen;

nichts anderes ist da als deines Vaters Schuld; sie hat uns alle in die schwarze Fluth hinabgerissen."

Sorgsam legte ich dann wieder mein Kind in seine Kissen und drückte ihm sanft die beiden Augen zu. Dann tauchte ich meinen Pinsel in ein dunkles Roth und schrieb unten in den Schatten des Bildes die Buchstaben: C. P. A. S. Das sollte heißen: Culpa Patris Aquis Submersus, „Durch Vaters Schuld in der Fluth versunken". – Und mit dem Schalle dieser Worte in meinem Ohre, die wie ein schneidend Schwert durch meine Seele fuhren, malete ich das Bild zu Ende.

Während meiner Arbeit hatte wiederum die Stille im Hause fortgedauert, nur in der letzten Stunde war abermalen durch die Thür, hinter welcher ich eine Schlafkammer vermuthet hatte, ein leises Geräusch hereingedrungen. – War Katharina dort, um ungesehen bei meinem schweren Werk mir nah zu sein? – Ich konnte es nicht enträthseln.

Es war schon spät. Mein Bild war fertig, und ich wollte mich zum Gehen wenden; aber mir war, als müsse ich noch einen Abschied nehmen, ohne den ich nicht von hinnen könne.

So stand ich zögernd und schaute durch das Fenster auf die öden Felder draußen, wo schon die Dämmerung begunnte sich zu breiten; da öffnete sich vom Flure her die Thür und der Prediger trat zu mir herein.

Er grüßte schweigend; dann mit gefalteten Händen blieb er stehen und betrachtete wechselnd das Antlitz auf dem Bilde und das des kleinen Leichnams vor ihm, als ob er sorgsame Vergleichung halte. Als aber seine Augen auf die Lilie in der gemalten Hand des Kindes fielen, hub er wie im Schmerze seine beiden Hände auf, und ich sahe, wie seinen Augen jählings ein reicher Thränenquell entstürzete.

Da streckte auch ich meine Arme nach dem Todten und rief überlaut: „Leb' wohl, mein Kind! O mein Johannes, lebe wohl!"

Doch in demselben Augenblicke vernahm ich leise Schritte in der Nebenkammer; es tastete wie mit kleinen Händen an der Thür; ich hörte deutlich meinen Namen rufen – oder war es der des todten Kindes? – Dann rauschte es wie von Frauenkleidern hinter der Thüre nieder, und das Geräusch vom Falle eines Körpers wurde hörbar.

„Katharina!“ rief ich. Und schon war ich hinzugesprungen und rüttelte an der Klinke der fest verschlossenen Thür; da legte die Hand des Pastors sich auf meinen Arm: „Das ist meines Amtes!“ sagte er. „Gehet itzo! Aber gehet in Frieden; und möge Gott uns allen gnädig sein!“

– – Ich bin dann wirklich fortgegangen; ehe ich es selbst begriff, wanderte ich schon draußen auf der Heide auf dem Weg zur Stadt.

Noch einmal wandte ich mich um und schaute nach dem Dorf zurück, das nur noch wie Schatten aus dem Abenddunkel ragte. Dort lag mein todtes Kind – Katharina – alles, alles! – Meine alte Wunde brannte mir in meiner Brust; und seltsam, was ich niemals hier vernommen, ich wurde plötzlich mir bewußt, daß ich vom fernen Strand die Brandung tosen hörete. Kein Mensch begegnete mir, keines Vogels Ruf vernahm ich; aber aus dem dumpfen Brausen des Meeres tönete es mir immerfort, gleich einem finsteren Wiegenliede: Aquis submersus – aquis submersus!

Hier endete die Handschrift.

Dessen Herr Johannes sich einstens im Vollgefühl seiner Kraft vermessen, daß er's wohl auch einmal in seiner Kunst den Größeren gleichzutun verhoffe, das sollten Worte bleiben, in die leere Luft gesprochen.

Sein Name gehört nicht zu denen, die genannt werden; kaum dürfte er in einem Künstlerlexikon zu finden sein; ja selbst in seiner engeren Heimat weiß niemand von einem Maler seines Namens. Des großen Lazarusbildes tut zwar noch die Chronik unserer Stadt Erwähnung, das Bild selbst aber ist zu Anfang dieses Jahrhunderts nach dem Abbruch unserer alten Kirche gleich den anderen Kunstschätzen derselben verschleudert und verschwunden.

Aquis submersus.

Carsten Curator

Eigentlich hieß er Carsten Carstens und war der Sohn eines Kleinbürgers, von dem er ein schon vom Großvater erbautes Haus an der Twiete des Hafenplatzes ererbt hatte und außerdem einen Handel mit gestrickten Wollwaren und solchen Kleidungsstücken, wie deren die Schiffer von den umliegenden Inseln auf ihren Seefahrten zu gebrauchen pflegten. Da er indes von etwas grübelnder Gemütsart und ihm, wie manchem Nordfriesen, eine Neigung zur Gedankenarbeit angeboren war, so hatte er sich von jung auf mit allerlei Büchern und Schriftwerk beschäftigt und war allmählich unter seinesgleichen in den Ruf gekommen, daß er ein Mann sei, bei dem man sich in zweifelhaften Fällen sicheren Rat erholen möge. Gerieten, was wohl geschehen konnte, durch seine Leserei ihm die Gedanken auf einen Weg, wo seine Umgebung ihm nicht hätte folgen können, so lud er auch niemanden dazu ein und erregte folglich dadurch auch niemandes Mißtrauen. So war er denn der Curator einer Menge von verwitweten Frauen und ledigen Jungfrauen geworden, welche nach der damaligen Gesetzgebung bei allen Rechtsgeschäften noch eines solchen Beistandes bedurften.

Da bei ihm, wenn er die Angelegenheiten anderer ordnete, nicht der eigene Gewinn, sondern die Teilnahme an der Arbeit selbst voranstand, so unterschied er sich wesentlich von denen, welche sonst derartige Dinge zu besorgen pflegten; und bald wußten auch die Sterbenden als Vormund ihrer Kinder und die Gerichte als Verwalter ihrer Konkurs- und Erbmassen keinen besseren Mann als Carsten Carstens an der Twiete, der jetzt unter dem Namen „Carsten Curator" als ein unantastbarer Ehrenmann allgemein bekannt war.

Der kleine Handel freilich sank bei so vielen Vertrauensämtern, welche seine Zeit in Anspruch nahmen, zu einer Nebensache herab und lag fast nur in den Händen einer unverheirateten Schwester, welche mit ihm im elterlichen Hause zurückgeblieben war.

Im übrigen war Carsten ein Mann von wenig Worten und kurzem Entschluß, und, wo er eine niedrige Absicht sich gegenüber fühlte, auch auf eigene Kosten unerbittlich. Als eines Tages ein sogenannter „Ochsengräser", der seit

Jahren eine Fenne Landes, nach derzeitigen Verhältnissen zu billigem Zinse, von ihm in Heuer gehabt hatte, unter Beteuerungen versicherte, daß er für das nächste Jahr bei solchem Preise nicht bestehen könne, und endlich, als er damit kein Gehör fand, sich dennoch zu dem früheren und, da jetzt auch dieses Angebot zurückgewiesen wurde, sogar zu einem höheren Heuerzinse verstand, erklärte Carstens ihm, daß es keinesweges seine Sache sei, jemanden mit seiner Fenne in unbedachten Schaden zu bringen, und gab hierauf das Landstück zu dem alten Preise an einen Bürger, der ihn früher darum angegangen war.

Und dennoch hatte es einen Zeitraum in seinem Leben gegeben, wo man auch über ihn die Köpfe schüttelte. Nicht als ob er in den ihm anvertrauten Angelegenheiten etwas versehen hätte, sondern weil er in der Leitung seiner eigenen unsicher zu werden schien; aber der Tod, bei einer Gelegenheit, die er öfters wahrnimmt, hatte nach ein paar Jahren alles wieder ins gleiche gebracht. – Es war während der Kontinentalsperre, in der hier sogenannten Blockadezeit, wo die kleine Hafenstadt sich mit dänischen Offizieren und französischem Seevolk und andererseits mit mancher Art fremder Spekulanten gefüllt hatte, als einer der letzteren auf dem Boden seines Speichers erhängt gefunden wurde. Daß dies durch eigene Hand geschehen, war nicht anzuzweifeln, denn die Verhältnisse des Toten waren durch rasch folgende Verluste in Ruin geraten; der einzige Aktivbestand seines Nachlasses, so wurde gesagt, sei seine Tochter, die hübsche Juliane; aber bis jetzt hätten sich viele Beschauer und noch keine Käufer gefunden.

Schon am anderen Vormittag gelangte von dieser die Bitte an Carstens, sich der Regulierung ihrer Angelegenheiten zu unterziehen; aber er wies das Ansuchen kurz zurück: „Ich will mit den Leuten nichts zu tun haben.“ Als indessen der alte Hafenarbeiter, der dasselbe überbracht hatte, am Nachmittage wiederkam: „Seid nicht so hart, Carstens; es ist ja nur noch das Mädchen da; sie schreit, sie müsse sich ein Leides tun“, da stand er rasch auf, nahm seinen Stock und folgte dem Boten in das Sterbehaus.

In der Mitte des Zimmers, wohinein ihn dieser führte, stand der offene Sarg mit dem Leichnam; daneben auf einem niedrigen Schemel, mit angezogenen Knien, saß halb angekleidet ein schönes Mädchen. Sie hatte einen schildpattenen Frisierkamm in der Hand und strich sich damit durch ihr schweres goldblondes Haar, das aufgelöst über ihren Rücken herabhing; dabei waren ihre Augen gerötet, und ihre Lippen zuckten von heftigem Weinen; ob aus Ratlosigkeit oder aus Trauer über ihren Vater, mochte schwer entscheidbar sein.

Als Carstens auf sie zuging, stand sie auf und empfing ihn mit Vorwürfen: „Sie wollen mir nicht helfen?" rief sie; „und ich verstehe doch nichts von alledem. Was soll ich machen? Mein Vater hat viel Geld gehabt; aber es wird wohl nichts mehr da sein! Da liegt er nun; wollen Sie, daß ich auch so liegen soll?"

Sie setzte sich wieder auf ihren Schemel, und Carstens sah sie fast staunend an. „Sie sehen ja, Mamsell", sagte er dann, „ich bin eben hier, um Ihnen zu helfen; wollen Sie mir die Bücher Ihres Vaters anvertrauen?"

„Bücher? Ich weiß nichts davon; aber ich will suchen." Sie ging in ein Nebenzimmer und kam bald wieder mit einem Schlüsselbund zurück. „Da", sagte sie, indem sie es vor Carstens auf den Tisch legte; „Sie sollen ein guter Mann sein; machen Sie, was Sie wollen; ich kümmere mich nun um nichts."

Carstens sah verwundert, wie anmutig es ihr ließ, da sie diese leichtfertigen Worte sprach; denn ein Aufatmen ging durch ihren ganzen Körper und ein Lächeln wie plötzlicher Sonnenschein über ihr hübsches Angesicht.

Und wie sie es gesagt hatte, so ward es: Carstens arbeitete, und sie kümmerte sich um nichts; wozu sie eigentlich ihre Zeit verbrauchte, konnte er nie erforschen. Aber die frischen roten Lippen lachten wieder, und der schwarze Traueranzug ward an ihr zum verführerischen Putze. Einmal, da er sie seufzen hörte, fragte er, ob sie Kummer habe; sie möge es ihm sagen. Sie sah ihn mit einem halben Lächeln an: „Ach, Herr Carstens", sagte sie und seufzte noch einmal; „es ist so langweilig, daß man in den schwarzen Kleidern gar nicht tanzen darf!" Dann, wie ein spiellustiges Kind, fragte sie ihn, was er meine, ob sie dieselben nicht bald, mindestens für einen Abend, einmal würde wechseln können; der Vater hab sie immer tanzen lassen, und nun sei er ja auch längstens schon begraben.

Als Carstens demungeachtet es verneinte, ging sie schmollend fort. Sie hatte längst gemerkt, daß sie ihn so für seine Sittenstrenge am besten strafen könne; denn während unter seiner Hand die Vermögensverwirrung des Toten sich wenigstens insoweit gelöst hatte, daß Gut und Schuld sich auszugleichen schienen, war er selbst in eine andere Verwirrung hineingeraten: die lachenden Augen der schönen Juliane hatten den vierzigjährigen Mann betört. Was ihn sonst wohl stutzen gemacht hätte, erschien in dieser Zeit, wo der gleichmäßige Gang des bürgerlichen Lebens ganz zurückgedrängt war, weit weniger bedenklich, und da andererseits das der Arbeit ungewohnte Mädchen einen sicheren Unterschlupf den sie sonst erwartenden Mühseligkeiten vorzog, so kam trotz Schwester Brigittens Kopfschütteln zwischen diesen beiden ungleichen Menschen ein rasch geschlossener Ehebund zustande. Die Schwester freilich, die jetzt in der Wirtschaft nur um so unentbehrlicher war, hatte nichts als eine doppelte Arbeitslast dadurch empfangen; den Bruder aber erfüllte der plötzliche Besitz von so viel Jugend und Schönheit, worauf er nach seiner Meinung weder durch seine Person noch durch seine Jahre einen Anspruch hatte, mit einem überströmenden Dankgefühl, das ihn nur zu nachgiebig gegen die Wünsche seines jungen Weibes machte. So geschah es, daß man den sonst so stillen Mann bald auf allen Festlichkeiten finden konnte, mit denen die stadt- und landfremden Offiziere bemüht waren, die Überfülle ihrer müßigen Stunden zu beseitigen; eine Geselligkeit, die nicht nur über seinen Stand und seine Mittel hinausging, sondern in die man ihn auch nur seines Weibes wegen hineinzog, während er selbst dabei eine unbeachtete und unbeholfene Rolle spielte.

Doch Juliane starb im ersten Kindbett. – „Wenn ich erst wieder tanzen kann!" hatte sie während ihrer Schwangerschaft mehrmals geäußert; aber sie sollte niemals wieder tanzen, und somit war für Carsten die Gefahr beseitigt. Freilich auch zugleich das Glück; denn mochte sie auch kaum ihm angehört haben, wie sie vielleicht niemandem angehören konnte, und wie man sie auch schelten mochte, sie war es doch gewesen, die mit dem Licht der Schönheit in sein Werktagsleben hineingeleuchtet hatte; ein fremder Schmetterling, der über seinen Garten hinflog und dem seine Augen noch immer nachstarrten, nachdem er längst schon seinem Blick entschwunden war. Im übrigen wurde Carstens wieder, und mehr noch, als er es zuvor gewesen, der verständige, ruhig abwägende Mann. Den von der Toten nachgelassenen Knaben, der sich bald als der körperliche und allmählich auch als der geistige Erbe seiner schönen Mutter herausstellte, erzog er mit einer seinem Herzen abgekämpften Strenge; dem gutmütigen, aber leicht verführbaren Liebling wurde keine verdiente Züchtigung erspart; nur wenn die schönen Kinderaugen, wie es in solchen Fällen stets geschah, mit einer Art ratlosen Entsetzens zu ihm aufblickten, mußte der Vater sich Gewalt tun, um nicht den Knaben gleich wieder mit leidenschaftlicher Zärtlichkeit in seine Arme zu schließen.

Seit Julianens Tode waren über zwanzig Jahre vergangen. Heinrich – so hatte man nach seines Vaters Vater den Knaben getauft – war in die Schule und aus der Schule in die Kaufmannslehre gekommen; aber in seinem angeborenen Wesen hatte sich nichts Merkliches verändert. Seine Anstelligkeit ließ ihn sich leicht an jedem Platz zurechtfinden; aber auch ihm, wie einst seiner Mutter, stand es hübsch, wenn er den Kopf mit den lichtbraunen Locken zurückwarf und lachend seinen Kameraden zurief: „Muß gehen! Wir kümmern uns um nichts!“ Und in der Tat war dies der einzige Punkt, in dem er gewissenhaft sein Wort zu halten pflegte; er kümmerte sich um nichts oder doch nur um Dinge, um die er besser sich nicht gekümmert hätte. Tante Brigitte weinte oftmals seinetwegen, und auch mit Carsten legte sich abends in seinem Alkovenbette etwas auf das Kissen, was ihm, er wußte nicht wie, den Schlaf verwehrte; und wenn er sich aufrichtete und sich besann, so sah er seinen Knaben vor sich, und ihm war, als sähe er mit Angst ihn größer werden.

Aber Heinrich blieb nicht das einzige Kind des Hauses. – Ein entfernter Verwandter, der mit Carstens durch gegenseitige Anhänglichkeit verbunden war, starb plötzlich mit Hinterlassung eines achtjährigen Mädchens; und da das Kind die Mutter bereits bei seiner Geburt verloren hatte, so wurde nach den Wunsche des Verstorbenen Carstens nicht nur der Vormund der kleinen Anna, sondern sie kam auch völlig zu Kost und Pflege in sein Haus. Seine Treue gegen den Heimgegangenen aber bewies er insbesondere damit, daß er durch Leistung von Vorschüssen und derzeit nicht gefahrloser Bürgschaft für dessen Tochter derselben einen kleinen Landbesitz erhielt, der später unter verbesserten Zeitläuften zu erhöhtem Werte veräußert werden konnte.

Anna war einer andern Mutter nachgeartet als der um ein Jahr ältere Heinrich. Dieser, trotz des besten Willens, brachte es nie zustande, sowenig wie sein eigenes, so auch nur der Allernächsten Wohl und Wehe bei seinem Treiben zu bedenken; bei Anna dagegen – wie oft griff Tante Brigitte in die Tasche und gab ihr zur Schadloshaltung einen Dreiling und einen derben Schmatz dazu: „Du dumme Trine, hast dich denn richtig wieder selbst vergessen!" Zu ihrem Bruder aber, wenn sie ihn erwischen konnte, sprach sie dann wohl: „Der Vetter Martin hat's doch gut mit uns gemeint; er hat uns seinen Segen nachgelassen!"

Bei aller Herzensgüte war das Wesen des Mädchens doch von einer frohen Sicherheit, und wenn Carstens auf seine mitunter ängstliche Erkundigung nach Heinrich von Brigitte die Antwort erhielt: „Er ist bei Anna; sie näht ihm Segel zu seinen Schiffen", oder: „Sie hat ihn sich geholt; er muß ihr die Kirschbaumnetze flicken helfen", dann nickte er und setzte sich beruhigt an seine Arbeit. – – Zur Zeit, wo wir diese Erzählung weiterführen, an einem Spätsommervormittage, war das Mädchen eben mündig geworden und stand, eine voll ausgewachsene blonde Jungfrau, mit ihrem grauhaarigen Vormunde auf dem Rathause vor dem Bürgermeister, um die infolgedessen nötigen Handlungen zu vollziehen.

„Ohm", hatte sie vor dem Eintritt in das Gerichtszimmer gesagt, „ich fürcht mich."

– „Du, Kind? Das ist nicht deine Art."

„Ja, Ohm; aber auf Herrendiele!"

Der alte hagere Mann, der dort ganz zu Hause war, hatte lächelnd auf das frische Mädchenantlitz geblickt, das mit heißen Wangen zu ihm aufsah, und dann die Tür des Gerichtszimmers aufgedrückt.

Aber der Bürgermeister war ein alter jovialer Herr. „Mein liebes Kind", sagte er, mit Wohlgefallen sie betrachtend, „Sie wissen doch, daß Sie noch einmal wieder unmündig werden müssen; freilich nur, wenn Sie sich den goldenen Ring an den Finger stecken lassen! Mög dann Ihr Leben in ebenso getreue Hand kommen!"

Er warf einen herzlichen Blick zu Carstens hinüber. Dem Mädchen aber, obgleich ein leichtes Rot ihr hübsches Antlitz überflog, war bei diesem Lobe ihres Vormundes alle Befangenheit vergangen. Ruhig ließ sie sich den Bestand ihres Vermögens vorlegen und sah, wie man es von ihr verlangte, alles sorgfältig und verständig durch; dann aber sagte sie fast beklommen: „Achttausend Taler! Nein, Ohm, das geht nicht."

– „Was geht nicht, Kind?" fragte Carstens.

„Das da, Ohm, das mit den vielen Talern" – und sie richtete sich in ihrer ganzen jugendlichen Gestalt vor ihm auf – „was soll ich damit machen? Ihr habt mich das nicht lernen lassen; nein, Herr Bürgermeister, verzeiht, ich kann heute noch nicht mündig werden."

Da lachten die beiden Alten und meinten, das hülfe ihr nun nichts; mündig sei sie und mündig müsse sie für jetzt auch bleiben. Aber Carstens sagte: „Sei ruhig, Anna; ich werde dein Curator; bitte nur den Herrn Bürgermeister, daß er mich dazu bestelle."

– „Curator, Ohm? Ich weiß wohl, daß die Leute Euch so heißen."

„Ja, Kind; aber diesmal ist es so: du behältst mein und meiner alten Schwester Leib und Seele in deiner Obhut, und ich helfe dir wie bisher die bösen Taler tragen; so wird's wohl richtig sein."

„Amen", sagte der alte Bürgermeister; dann wurde die Quittung über richtige Verwaltung des Vermögens von Anna durch ihre saubere Namensunterschrift vollzogen.

Während sie und Carsten sich hierauf beurlaubten, hatte

der Bürgermeister, wie von Geschäften aufatmend, einen Blick auf die Straße hinaus getan.

„O weh!“ rief er; „Herr Makler Jaspers! Was mag der Stadtunheilsträger mir wieder aufzutischen haben!“

Carsten lächelte und faßte unwillkürlich die Hand seiner Pflegetochter.

Als die beiden draußen die breite Treppe ins Unterhaus hinabzusteigen begannen, stieg ein kleiner ältlicher Mann in einem braunen abgeschlissenen Rock dieselbe in die Höhe. Auf dem Treppenabsatz angelangt, stützte er sich keuchend auf sein schwankes Stöckchen und starrte aus kleinen grauen Augen zu den Herabsteigenden hinauf, indem er ein paarmal seinen hohen Zylinderhut über einer fuchsigen Perücke lüftete.

Carsten wollte mit einem kurzen „Guten Tag“ vorbeipassieren; aber der andere streckte seinen Stock vor den beiden aus. „Oho, Freundchen!“ – Und es war eine wirkliche Altweiberstimme, die aus dem kleinen faltigen Gesicht herauskrähte. – „So kommt Ihr mir nicht durch!“

„Der Bürgermeister wartet schon auf Euch“, sagte Carsten und schob den Stock zur Seite.

„Der Bürgermeister?“ Herr Jaspers lachte ganz vergnüglich. „Laßt ihn warten! Dieses Mal war's auf Euch abgesehen, Freundchen; ich wußte, daß Ihr hier herum zu haben waret.“

„Auf mich, Jaspers?“ wiederholte Carstens, und aus seiner Stimme klang eine Unsicherheit, die ihm sonst nicht eigen war. Wie schon seit lange bei allem Unerwarteten, das ihm angekündigt wurde, war der Gedanke an seinen Heinrich ihm durch den Kopf gefahren. Derselbe stand seit kurzem bei einem hiesigen Senator im Geschäft; aber der strenge alte Herr, mit dem Carstens selbst einst bei dessen Vater in der Kaufmannslehre gewesen war, hatte sich bis jetzt zufrieden gezeigt und nur einmal ein scharfes Wort über den jungen Menschen fallen lassen. Erst gestern, am Sonntag, war Heinrich von einer Geschäftsreise für seinen Prinzipal zurückgekehrt. Nein, nein; von Heinrich konnte Herr Jaspers nichts zu erzählen haben.

Dieser hatte indes mit offenem Munde zu dem weit größeren Carstens aufgeblickt und voll augenscheinlichen Behagens dessen wechselnden Gesichtsausdruck beobachtet. „He, Freundchen!" rief er jetzt, und es klang eine einladende Munterkeit aus seiner Stimme. „Ihr wißt ja, 's kann immer noch schlimmer kommen; und wenn der Kopf auch weggeht, es bleibt doch immer noch ein Stummel sitzen."

„Was wollt Ihr von mir, Jaspers?" sagte Carstens düster. „Tut's nur hier gleich von Euch, so seid Ihr die Last ja los."

Doch Herr Jaspers zog ihn am Rockschoß zu sich herab. „Das sind nicht Dinge, von denen man hier im Rathaus spricht." Dann, sich zu dem Mädchen wendend, setzte er hinzu: „Die Mamsell Anna findet wohl allein den Weg nach Hause."

Und mit seiner haspeligen Hand, die immer nach etwas zu greifen schien, noch einmal den Zylinder lüftend, stapfte er geschäftig die Treppe wieder hinab.

Als sie aus dem Hause getreten waren, wies er mit seinem Stöckchen nach einer Nebengasse, an deren Ecke seine Wohnung lag. Anna blickte fragend ihren Vormund an; der aber winkte ihr schweigend mit der Hand und folgte wie unter lähmendem Bann dem „Stadtunheilsträger", der jetzt an seiner Seite eifrig die Straße hinaufstrebte.

In dem kleinen Hofe hinter dem Hause an der Twiete stand außer dem Kirschbaum, für den die Kinder einst die Netze flickten, an der Längsseite eines schmalen Bleichplätzchens ein mächtiger Birnenbaum, der die Freude der Nachbarkinder und zugleich eine Art Familienheiligtum war, denn der Großvater des jetzigen Besitzers hatte ihn gepflanzt, der Vater selbst in seiner Lehrzeit ihn aus den in der Stadt beliebtesten Sorten mit drei verschiedenen Reisern gepfropft, die jetzt, zu vielverzweigten Ästen aufgewachsen, je nach der ihnen eigenen Zeit eine Fülle saftiger Früchte reiften. Was davon mit der Brunnenstange zu erreichen war, das pflegte freilich nicht ins Haus zu kommen; sonst hätten die Kinder bei Jungfer Anna nicht so freien Anlauf haben müssen. So aber, wenn von den nach Westen anliegenden Höfen aus die Nachbarn ein herzliches Mädchenlachen hörten, wußten sie auch schon, daß Anna an dem Baum zu

Gange war und daß die junge Brut sich auf dem Rasen um die herabgeschlagenen Früchte balgte.

Auch jetzt, als sie vom Rathaus kommend ins Haus treten wollte, hatte Anna ein solches Nachbarspummelchen sich aufgesackt. Im Pesel, einem kühlen mit Fliesen ausgelegten Raume hinter dem Hausflur, legte sie Hut und Tuch ab und trat dann, das Kind rittlings vor sich auf den Armen haltend, durch die von hier nach dem Hofe führende Tür in den Schatten des mächtigen Baumes.

„Siehst du, Levke", sagte sie, „da oben liegt die Katz; die möchte auch die schöne gelbe Birne haben! Aber wart nur, ich will die Stange holen."

Als sie sich aber hierauf dem hinter der Hoftür des Hauses befindlichen Brunnen zuwandte, stieß sie einen Schrei aus und ließ das Kind fast hart zu Boden fallen. Auf der vermorschten Holzeinfassung, deren Erneuerung nur durch einen Zufall verzögert war, saß ihr Jugendgenosse, ihr Kindsgespiel, die Füße über der Tiefe hängend, den Kopf wie schon zum Sturze vorgebeugt.

Im selben Augenblicke aber war sie auch schon dort, hatte von hinten mit beiden Armen ihn umschlungen und zog ihn rückwärts, daß die morschen Bretter krachend unter ihm zusammenbrachen. Sie war in die Knie gesunken, während der blasse, fast weiblich hübsche Kopf des jungen Menschen noch an ihrer Brust ruhte.

Dieser rührte sich nicht; es war, als wenn er sich allem, was ihm geschähe, willenlos überlassen habe. Auch als das Mädchen endlich aufsprang, blieb er, ohne sie anzusehen, mit aufgestütztem Kopfe zwischen den Brettertrümmern liegen. Sie aber sah ihn fast zornig an, indem ein paar Tränen in ihre blauen Augen sprangen. „Was fehlt dir, Heinrich? Warum hast du mich so erschreckt? Weshalb bist du nicht auf deinem Kontor beim Senator?"

Da strich er sich das seidenweiche Haar aus der Stirn und sah sie müde an. „Zum Senator geh ich nicht wieder", sagte er.

„Nicht wieder zum Senator?"

„Nein; denn ich habe nur noch zwei Wege; entweder hier in den Brunnen oder zum Büttel ins Gefängnis."

„Was sprichst du für dummes Zeug! Steh auf, Heinrich! Bist du toll geworden?"

Er stand gehorsam auf und ließ sich von ihr nach der kleinen Bank unter dem Birnbaum führen. – Aber da war noch das Kind, das mit verwunderten Augen dem allen zugesehen hatte. „Armes Ding", sagte Anna, „hast noch immer keine Birne! Da, kauf dir heute einen Dreilingskuchen!"

Und als das Kind mit der geschenkten Münze davongelaufen war, stand das Mädchen wieder vor dem jungen Menschen.

„Nun sprich!" sagte sie, während sie sich den dicken blonden Zopf wieder aufsteckte, der ihr vorhin in den Nacken gestürzt war. „Sprich rasch, bevor dein Vater wieder da ist!"

Mit fliegendem Atem harrte sie einer Antwort; aber er schwieg und sah zur Erde.

„Du kamst am Sonnabend von Flensburg!" sagte sie dann. „Du hattest Geld für den Senator einzukassieren!"

Er nickte, ohne aufzublicken.

„Sag's nur! Ich kann's schon denken – du bist einmal wieder leichtsinnig gewesen; du hast das Geld umherliegen lassen, im Gastzimmer oder sonstwo! Und nun ist's fort!"

„Ja, es ist fort", sagte er.

„Aber vielleicht ist es noch wiederzubekommen! Warum sprichst du nicht? So erzähl doch!"

„Nein, Anna – es ist nicht so verloren, wie du es meinst. Wir waren lustig; es wurde gespielt –"

„Verspielt, Heinrich? Verspielt?" Die Tränen stürzten ihr aus den Augen, und sie warf sich an seine Brust, mit beiden Armen seinen Hals umschlingend.

Oben in der Krone des Baumes rauschte ein leiser Wind in den Blättern; sonst war nichts hörbar als dann und wann ein tiefes Schluchzen des Mädchens, in der alle kurz zuvor entwickelte Tätigkeit gebrochen schien.

Aber der junge Mensch selbst suchte sie jetzt mit sanfter Abwehr zu entfernen; die schöne Last, die das Mitleid ihm an die Brust geworfen hatte, schien ihn zu erdrücken. „Weine nicht so", sagte er; „ich kann das nicht ertragen."

Es hätte dieser Mahnung nicht bedurft; Anna war schon von selber aufgesprungen und suchte eilig ihre Tränen abzutrocknen. „Heinrich", rief sie, „es ist schrecklich, daß du es getan hast; aber ich habe Geld, ich helfe dir!"

„Du, Anna?“

„Ja, ich! Ich bin ja mündig geworden. Sag nur, wieviel du dem Senator abzuliefern hast.“

„Es ist viel“, sagte er zögernd.

„Wieviel denn? Sprich nur rasch!“

Er nannte eine nicht eben kleine Summe.

„Nicht mehr? Gott sei Dank! Aber“ – und sie stockte, als sei ein neues Hindernis ihr aufgestiegen – „du hättest heute auf deinem Kontor sein sollen. Wenn er fragt, was willst du dem Senator sagen?“

Heinrich schüttelte sich die weichen Locken von der Stirn, und schon flog wieder der alte Ausdruck sorglosen Leichtsinns über sein Gesicht. „Dem Senator, Anna? Oh, der wird nicht fragen; und wenn auch, das laß meine Sorge sein.“

Sie blickte ihn ernsthaft an. „Siehst du; nun müssen wir auch schon lügen!“

„Nur ich, Anna; und ich versprech es dir, nicht mehr, als nötig ist. Und das Geld –“

„Ja, das Geld!“

„Ich verzins es dir, ich stelle dir einen Schuldschein aus; du sollst keinen Schaden bei mir leiden.“

„Sprich nicht wieder so dummes Zeug, Heinrich. Bleib hier im Garten; wenn dein Vater kommt, werd ich ihn um die Summe bitten.“

Er wollte etwas erwidern; aber sie war schon ins Haus zurückgegangen. Behutsam schlich sie an der Küche vorüber, wo heute Tante Brigitte für sie am Herd hantierte, und dann hinauf in ihre Kammer, um sich zunächst die verweinten Augen klar zu waschen.

Nicht viel jüngeren Datums als der alte Birnbaum waren Einrichtung und Gerät des schmalen Wohnzimmers, das mit seinen Ausbaufenstern nach dem Hafenplatz hinauslag. In dem Alkovenbette dort in der Tiefe desselben, dessen Glastüren über Tag geschlossen waren, hatten schon die Eltern des Hausherrn sich zum nächtlichen und nacheinander auch zum ewigen Schlafe hingelegt; schon derzeit, wie noch heute, stand in der Westecke des Ausbaues der lederbezogene Lehnstuhl, in dem nach beendigtem Einkauf die alten Kapitäne vor dem ihnen gegenübersitzenden Hausherrn ihr Gespinste abzuwickeln pflegten. Die Sachen waren dieselben geblieben; nur den Menschen hatten sich unmerklich andere untergeschoben; und während einst dem weiland Vater Carstens derlei Berichte aus fremden Welten nur einen Stoff zum behaglichen Weitererzählen geliefert hatten, regten sie in dem Sohne oft eine Kette von Gedanken an, für deren Verarbeitung er nur auf sich selber angewiesen war.

Auch der Tisch, der zwischen einem Stuhle und dem Ledersessel unter den Ausbaufenstern stand, hatte seinen alten Platz behauptet; nur waren die ausländischen Muscheln, welche jetzt auf demselben als Papierbeschwerer für allerlei Schriftwerk dienten, früher eine Zierde der seitwärts stehenden Schatulle gewesen; statt dessen hatte auf dieser der jetzige Besitzer ein kleines Regal errichten lassen, auf welchem außer einzelnen mathematischen Werken und den Chroniken von Stadt und Umgegend auch Bücher wie Lessings „Nathan" und Hippels „Lebensläufe in aufund absteigender Linie" zu finden waren.

Ein Kanapee war nicht ins Zimmer gekommen; es wäre auch kein Platz dazu gewesen. Andererseits aber fehlte es nicht an einem ziemlich stattlichen Ahnenbilde, in dessen Anschauung der kleinbürgerliche Mann, wenn auch nicht in der französischen Formulierung „Noblesse oblige", in schweren Stunden sein wankendes Gemüt zu stärken pflegte.

Es war dies freilich kein farbenbrennendes Ölbild, sondern ganz im Gegenteil nur eine mächtig große Silhouette, welche, in braun untermalten Glasleisten eingerahmt, an der westlichen Wand zunächst dem Ausbaue hing, so daß der Hausherr von seinem Arbeitstische aus die Augen darauf ruhen lassen konnte. Sein Vater, von dem freilich nicht viel mehr zu sagen ist, als daß er ein einfacher und sittenstrenger Mann gewesen, hatte es bald nach dem Tode seiner Ehefrau von einem durchreisenden Künstler anfertigen lassen; so zwar, daß es einen Abendspaziergang der nun halbverwaisten Familie darstellte. Voran ging der Vater selbst, wie jetzt der Sohn, eine hagere Gestalt, im Dreispitz und langem Rockelor, eine gebückte alte Frau, die Mutter der Verstorbenen, am Arme führend; dann kam ein hoher Baum von unbestimmter Gattung, sonst aber augenscheinlich auf den Spätherbst deutend; denn seine Äste waren fast entlaubt, und unter dem Glase der Schilderei klebten hier und dort kleine schwarze Fetzchen, die man mit einiger Phantasie als herabgewehte Blätter erkennen mochte. Dahinter folgte ein etwa vierjähriger Junge, gar munter mit geschwungener Peitsche auf einem Stekkenpferde reitend; den Beschluß machten ein stakig aufgeschossenes Mädchen und ein anderer, etwa zehnjähriger Knabe mit einer tellerrunden Mütze, welche beiden, wie es schien, in bewundernder Betrachtung des munteren Stekkenreiters, keinen Blick für die Anmut der Abendlandschaft übrig hatten. Und doch war hierzu just die rechte Stunde und solches auch in dem Bilde sinnig ausgeführt; denn während im Vordergrunde Baum und Menschen aus tiefschwarzem Papier geschnitten waren, zogen sich dahinter, abendliche Ferne andeutend, die Linien einer sanft gehobenen Ebene, aus dunkelm und dann aus lichtgrauem Löschpapier gebildet. Das übrige aber hatte die Malerei vollendet; hinter der letzten Ferne ergoß sich durch den ganzen Horizont ein mild leuchtendes Abendrot, das die Schatten der sämtlichen Spaziergänger nur um so schärfer hervortreten ließ; darüber in braunvioletter Dämmerung kam dann die Nacht herab.

Das lustige Reiterlein war bald nach Anfertigung des Bildes von den schwarzen Blattern hingerafft, und nur sein Steckenpferdchen hatte noch lange in dem Gehäuse der Wanduhr gestanden, die dem Bilde gegenüber noch jetzt wie damals mit gleichmäßigem Ticktack die fliegende Zeit zu messen suchte. Von den fünf Abendspaziergängern lebten nur noch die beiden älteren Geschwister, wie damals unter demselben Dache und, selbst während der kurzen Ehe des Bruders, ungetrennt. Manchmal, in stiller Abendstunde oder wenn ein Leid sie überfiel, hatten sie – sie wußten selbst kaum wie – sich vor dem Bilde Hand in Hand gefunden und sich der Eltern Tun und Wesen aus der Erinnerung wachgerufen. „Da sind wir übrigen denn noch beisammen", hatte der Vater gesagt, als er das Bild an demselben Stifte an die Wand hing, der es auch noch heute trug; „eure Mutter ist nicht mehr da, dafür ist nun das Abendrot am Himmel“; und dann nach einer Weile, nachdem er den Kindern sein Antlitz abgewendet und einige starke Hammerschläge auf den Stift getan: „Auch von den Toten bleibt auf Erden noch ein Schein zurück; und die Nachgelassenen sollen nicht vergessen, daß sie in seinem Lichte stehen, damit sie sich Hände und Antlitz rein erhalten.“

Tante Brigitte, die als alte Jungfer von etwas seufzender Gemütsart war und es liebte, mit völliger Uneigennützigkeit Luftschlösser in die Vergangenheit hineinzubauen, pflegte nach solchen Erinnerungen, auf den Schatten des kleinen Steckenreiters deutend, wohl hinzuzusetzen:

„Ja, Carsten, wenn nur unser Bruder Peter noch am Leben wäre! Meinst du nicht auch, daß er von uns dreien doch der Klügste war?“ Und das Gespräch der Geschwister mochte dann etwa folgenden Verlauf nehmen.

„Wie meinst du das, Brigitte?“ entgegenredete der Bruder. „Er starb ja schon in seinem fünften Jahre.“

„Freilich starb er leiderdessen, Carsten; aber du weißt doch, wie unsere große gelbbunte Henne immer ihre Eier hinter dem Aschberg weglegte! Er war erst vier Jahre alt, aber er war schon klüger als die Henne; er ließ sie erst ihre Eier legen, und dann eines schönen Morgens brachte er sein ganzes Schürzchen voll mir in die Küche. Ach, Carsten, des Senators Vater hatte ja zu ihm Gevatter gestanden; er würde gewiß auf die Lateinische Schule gekommen sein und nicht, wie du, bloß beim Rechenmeister.“

Und der lebende Bruder ließ sich eine solche Bevorzugung des früh Verstorbenen allzeit gern gefallen. – –

Das Zimmer mit seinem alten Geräte und seinen alten Erinnerungen war noch immer leer, obgleich nur die vor dem Hause stehende Lindenreihe die Strahlen der schon hochgestiegenen Mittagssonne abhielt. Der weiße Seesand, womit Anna vor ihrem Gange nach dem Rathause die Dielen bestreut hatte, zeigte noch fast keine Fußspur, und die alte Wanduhr tickte in der Einsamkeit so laut, als wolle sie ihren Herrn an die gewohnte Arbeit rufen. Da endlich schellte die Haustürglocke, und Anna, die oben harrend in ihrer Kammer saß, hörte den Schritt ihres Pflegevaters, der gleich darauf unten in dem Wohnzimmer verschwand. Noch eine kleine Weile, dann richtete sie sich zu raschem Entschluß auf, drückte noch ein paarmal mit einem feuchten Tuch auf ihre Augen und ging ins Unterhaus hinab.

Als sie das Wohnzimmer betrat, sah sie ihren Pflegevater noch mit Hut und Stock in der Hand stehen, fast als müsse er sich erst besinnen, was er in seinen eigenen Wänden jetzt beginnen solle. Eine Furcht befiel das Mädchen; es kam ihr vor, als sei er auf einmal unsäglich alt geworden. Gern wäre sie unbemerkt wieder fortgeschlichen; aber sie hatte ja keine Zeit zu verlieren.

„Ohm!" sagte sie leise.

Der Ton ihrer Stimme machte ihn fast zusammenschrekken; als er aber das Mädchen vor sich stehen sah, trat ein freundliches Licht in seine Augen. „Was willst du von mir, mein Kind?" sagte er milde.

„Ohm!" – Nur zögernd brachte sie es heraus. „Ich bin doch mündig; ich möchte etwas von meinem Vermögen haben; ich brauche es ganz notwendig."

„Jetzt schon, Anna? Das geht ja schnell."

„Nicht viel, Ohm; das heißt, ich habe ja noch so viel mehr; nur etwa hundert Taler."

Sie schwieg; und der alte Mann sah eine Weile stumm auf sie herab. „Und wozu wolltest du das viele Geld gebrauchen?" fragte er dann.

Ein flehender Blick traf ihn aus ihren Augen; sie murmelte etwas, das er nicht verstand.

Er faßte ihre Hand. „So sag es doch nur laut, mein Kind!"

„Ich wollte es nicht für mich", erwiderte sie zögernd.

„Nicht für dich, für wen denn anders?"

Sie hob wie ein bittendes Kind beide Hände gegen ihn auf. „Laß mich's nicht sagen, Ohm! Oh, ich muß, ich muß es aber haben!"

„Und nicht für dich, Anna?" – Wie in plötzlichem Verständnis ließ er die Augen auf ihr ruhen. „Wenn du es für Heinrich wolltest – da sind wir beide schon zu spät gekommen."

„O nein, Ohm! O nein!" Und sie schlang ihre Arme um den Hals des alten Mannes.

„Doch, Kind! Was meinst du, daß Herr Jaspers mir anders zu erzählen hatte? Schon gestern war der Senator von allem unterrichtet."

„Aber wenn doch Heinrich ihm das Geld nun bringt?"

„Ich habe es ihm selber bringen wollen; aber er wollte weder mein Geld noch meinen Sohn. Und was das letzte anbelangt – ich konnte nichts dawider sagen."

„Ach, Ohm, was wird mit ihm geschehen?"

„Mit ihm, Anna? Er wird mit Schande das ehrenwerte Haus verlassen."

Als sie erschreckt das reine Antlitz zu dem ihres Pflegevaters emporhob, blickte ihr daraus ein Gram entgegen, wie sie ihn nie in einem Menschenangesichte noch gesehen hatte. „Ohm, Ohm!" rief sie. „Was aber habt denn Ihr verbrochen?" Und aus den jungfräulichen Augen brach ein so mütterliches Erbarmen, daß der alte Mann den grauen Kopf auf ihren Nacken senkte.

Dann aber, sich wieder aufrichtend und die Hand auf ihren blonden Scheitel legend, sprach er ruhig: „Ich, Anna, bin sein Vater. Geh nun und rufe mir meinen Sohn!"

Auch dieser Tag verging. Nach dem schweren Vormittag eine Mittags- und später ebenso eine Abendmahlzeit, bei der die Speisen, fast wie sie aufgetragen, wieder abgetragen wurden; dazwischen ein nicht enden wollender Nachmittag, währenddessen Heinrich, durch den überlegenen Willen des Vaters gezwungen, noch einmal zum Senator mußte und von dem entlassen wurde. – Auch dieser Tag war endlich nun vergangen und die Nacht gekommen. Nur der Hausherr wanderte noch unten im Zimmer auf und ab; mitunter blieb er vor dem Bilde mit den Familienschatten stehen, bald aber strich er mit der Hand über die Stirn und setzte sein unruhiges Wandern fort. Daß Anna in raschem jugendlichem Entschlusse ebenfalls bei dem Senator gewesen war, davon hatte er ebensowenig etwas erfahren, als daß dieser ihr gegenüber nur kaum, aber schließlich dennoch seine Unerbittlichkeit behauptet hatte.

Die kleine Schirmlampe, welche auf dem Arbeitstische

brannte, beleuchtete zwei Briefe, der eine nach Kiel, der andere nach Hamburg adressiert; denn für Heinrich mußten auswärts neue Wege aufgesucht werden.

Carsten war ans Fenster getreten und blickte in die mondhelle Nacht hinaus; es war so still, daß er weit unten das Rinnenwasser in den Hafen strömen hörte, mitunter ein mattes Flattern in den Wimpeln der Halligschiffe. Jenseit des Hafens zog sich der Seedeich wie eine schimmernde Nebelbank; wie oft an der Hand seines Vaters war er als Knabe dort hinausgewandert, um ihre derzeit erworbene Fenne zu besichtigen!

Carsten wandte sich langsam um; dort lagen die beiden Briefe auf seinem Arbeitstische; er hatte ja jetzt selber einen Sohn.

In der Tiefe des Zimmers waren die Glastüren des Alkovens, wie jeden Abend, von Anna offengestellt, und die abgedeckten Kissen des darin stehenden Bettes schienen den an gute Bürgerszeit Gewöhnten einzuladen, dem überlangen Tag ein Ende zu machen. Er nahm auch seine große silberne Taschenuhr aus dem Gehäuse und zog sie auf. „Mitternacht!" sagte er, indem er in den Alkoven trat. Als er aber, wie er zu tun pflegte, die Uhr am Bettpfosten aufhängen wollte, hatte die stählerne Kette sich in einen goldnen Ring verhäkelt, den er am kleinen Finger trug, daß dieser herabgerissen wurde und klirrend auf dem Boden fortrollte. Mit fast jugendlicher Raschheit bückte sich der alte Mann danach, und als der Ring wieder in seiner Hand war, trat er in das Zimmer zurück und hielt ihn sorgsam unter den Schirm der Lampe. Seine Augen schienen nicht loszukönnen von dem Weibernamen, der auf der innern Seite eingegraben war; aber aus seinem Munde brach ein Stöhnen, wie um Erlösung flehend.

Da hörte er auf dem Flur die Stiegen der Treppe krachen. Er machte eine hastige Bewegung, als wolle er den Ring an den Finger stecken, als eine Hand sich sanft auf seinen Arm legte. „Bruder Carsten", sagte seine alte Schwester, die in ihrem Nachtgewande zu ihm eingetreten war, „ich hörte dich hier unten wandern; willst du noch nicht zur Ruhe gehen?"

Er sah ihr wie erwägend in die Augen. „Es gibt Gedanken, Brigitte, die uns keine Ruhe gönnen, die immer wieder ins Gehirn steigen, weil sie nie herausgelassen werden."

Die alte Jungfrau blickte ihren Bruder völlig ratlos an. „Ach, Carsten", sagte sie, „ich bin eine alte einfältige Person! Wäre unser Bruder Peter nur am Leben geblieben; vielleicht wäre er jetzt unser Pastor und hätte unseren Heinrich getauft und konfirmiert; der hätte gewiß auch heute Rat gewußt."

„Vielleicht, Brigitte", erwiderte der Bruder sanft; „vielleicht auch hätten wir uns nicht so ganz verstanden; du aber lebst und bist meine alte treue Schwester."

„Ja, ja, Carsten, leider Gottes! Wir beide sind allein noch übrig."

Er hatte ihre Hand gefaßt. „Brigitte", sagte er hastig, „sahst du, wie blaß der Junge heute abend war, als er in seine Kammer hinaufging? Noch nimmer hat er seiner Mutter so geglichen; so sah Juliane in ihren letzten Tagen aus, als schon der Tod die irdischen Gedanken von ihr genommen hatte."

„Sprich nicht von ihr, Bruder; das tut dir jetzt nicht gut; sie ruht ja längst."

„Längst, Brigitte; – aber nicht hier, hier nicht!" Und er drückte die Hand, in der er noch den Ring umschlossen hielt, an seine Brust. „Es kommt mir alles immer wieder; am letzten Ostersonntag waren es grade dreiundzwanzig Jahre!"

„Am letzten Ostersonntage? Ja, ja, Bruder; ich weiß es nun wohl; ihr waret dazumal beide, wo ihr nimmer hättet sein sollen."

„Schilt jetzt nicht, Schwester", sagte Carsten; „du selber konntest nicht die Augen von ihr wenden, als du ihr damals die blaue Schärpe umgeknüpft hattest. Ich weiß jetzt wohl, daß sie nicht für mich ihr schönes Haar aufsteckte und die Atlasschuhe über ihre kleinen Füße zog; ich gehörte nicht in diese Gesellschaft vornehmer und ausgelassener Leute, wo sich niemand um mich kümmerte, am wenigsten mein eigenes Weib.

Nein, nein!" rief er, da die Schwester ihn unterbrechen wollte. „Laß mich es endlich einmal sagen! – Siehst du, ich wollte zwar auch meinen Platz ausfüllen, ich tanzte ein paarmal mit meiner Frau; aber sie wurde mir immer von den Offizieren fortgeholt. Und wie anders tanzte sie mit diesen Menschen! Ihre Augen leuchteten vor Lust; sie ging von Hand zu Hand; ich fürchtete, sie würden mir mein Weib zu Tode tanzen. Sie aber konnte nicht genug bekommen und lachte nur dazu, wenn ich sie bat, daß sie sich schonen möchte. Ich ertrug das nicht länger und konnte es doch nicht ändern; darum setzte ich mich in die Nebenstube, wo die alten Herren an ihrem L'hombre saßen, und nagte an meinen Nägeln und an meinen eigenen Gedanken.

Du weißt, Brigitte, der französische Kaperkapitän, den die anderen den ‚schönen Teufel' nannten – wenn ich je zuweilen in den Saal hineinguckte, immer war sie mit ihm am Tanzen. Als es gegen drei Uhr und der Saal schon halb geleert war, stand sie neben ihm am Schenktisch, beide mit einem vollen Glas Champagner in der Hand. Ich sah, wie sie rasch atmete und wie seine Worte, die ich nicht verstehen konnte, einmal über das andere ein fliegendes Rot über ihr blasses Gesicht jagten; sie selber sagte nichts, sie stand nur stumm vor ihm; aber als beide jetzt das Glas an ihre Lippen hoben, sah ich, wie ihre Augen ineinandergingen. – Ich sah das alles wie ein Bild, als sei es hundert Meilen von mir; dann aber plötzlich überfiel es mich, daß jenes schöne Weib dort mir gehöre, daß sie mein Weib sei; und dann trat ich zu ihnen und zwang sie, mit mir nach Hause zu gehen."

Carsten stockte, als habe er die Grenze seiner Erzählung erreicht; seine Brust hob sich mühsam, sein hageres Gesicht war gerötet. Aber er war noch nicht zu Ende; nur blickte er nicht wie vorhin zur Schwester hinab, er sprach über ihren Kopf weg in die leere Luft.

„Und als wir dann in unserer Kammer waren, als sie mir keinen Blick gönnte, sondern wie zornig Gürtel und Mieder von sich warf, und als sie dann mit einem Ruck den Kamm aus ihren Haaren riß, daß es wie eine goldene Flut über ihre Hüften stürzte – es ist nicht immer, wie es sein sollte, Schwester – denn was mich hätte von ihr stoßen sollen – ich glaub fast, daß es mich nur mehr betörte."

Die Schwester legte sanft die Hand auf seinen Arm. „Laß das Gespenst in seiner Gruft, Bruder; laß sie, sie gehörte nicht zu uns.“

Er achtete nicht darauf. „So“ – sprach er weiter – „hatte ich nimmer sie gesehen; nicht in unserer kurzen Ehe und auch im Brautstande nicht. Aber es war nicht die Schönheit, die unser Herrgott ihr gegeben hatte, es war die böse Lust, die sie so schön machte, die noch in ihren Augen spielte. – Und so wie an jenem Abend und in jener Nacht war es noch viele Male, viele Wochen und Monde, bis nur ein halbes Jahr vor ihrem Tode übrig war; – als alle diese Fremden unsere Stadt verließen.“

„Bruder Carsten“, sagte Brigitte wieder, „hast du nicht neues Leid genug? Wenn du schwach warst gegen dein Weib, weil du sie lieber hattest, als dir gut war – es ist schon bald ein Menschenleben darüber hin; was quälst du dich noch jetzt damit!“

„Jetzt, Brigitte? Ja, warum sprech ich denn dies alles jetzt zu dir? – War sie mein Eheweib in jener Zeit, wo ihre Sinne von leichtfertigen Gedanken taumelten, die nichts mit mir gemein hatten? – Und doch – aus dieser Ehe wurde jener arme Junge dort geboren. Meinst du“ – und er bückte sich hinab zum Ohr der Schwester –, „daß die Stunde gleich sei, in der unter des allweisen Gottes Zulassung ein Menschenleben aus dem Nichts hervorgeht? – Ich sage dir, ein jeder Mensch bringt sein Leben fertig mit sich auf die Welt; und alle, in die Jahrhunderte hinauf, die nur einen Tropfen zu seinem Blute gaben, haben ihren Teil daran.“

Draußen vom Kirchturm schlug es eins. „Stell es dem lieben Gott anheim, Bruder“, sagte Brigitte; „ich versteh das nicht, was aus deinen Büchern dir im Kopf herumgeht; ich weiß nur, daß der Junge, leider Gottes, nach der Mutter eingeschlagen ist.“

Carsten fühlte wohl, daß er eigentlich nur mit sich selbst gesprochen habe und daß er nach wie vor mit sich allein sei. „Geh schlafen, meine gute alte Schwester“, sagte er und drängte sie sanft auf den Flur hinaus; „ich will es auch versuchen.“

Auf der untersten Treppenstiege, wo Brigitte es zuvor

gelassen hatte, brannte ein Licht mit langer Schnuppe. Sie blickte noch einmal mit fest geschlossenen Lippen und gefalteten Händen den Bruder an; dann nickte sie ihm zu und ging mit dem Lichte in das Oberhaus hinauf.

Aber Carsten dachte nicht an Schlaf; nur allein hatte er wieder sein wollen. Noch einmal nahm er den kleinen Ring und hielt ihn vor sich; durch den engen Rahmen sah er, wie tief in der Vergangenheit, die Luftgestalt des schönen Weibes, deren außer ihm kein Mensch auf Erden noch gedachte. Ein seliges Selbstvergessen lag auf seinem Antlitz; dann aber zuckte plötzlich ein Schmerz darüber hin: sie schien so gar verlassen ihm dort unten. – Als er sich aufrichtete, steckte er den Ring an seinen Finger; und es geschah das mit einer feierlichen Innigkeit, als wolle er die Tote sich noch einmal, und fester als zuvor im Leben, anvermählen; so wie sie einst gewesen war, in ihrer Schönheit und in ihrer Schwäche und mit der kargen Liebe, die sie einst für ihn gehegt hatte. Dann schritt er zur Tür und horchte auf den Flur hinaus; als alles ruhig blieb, ging er zur Treppe und stieg behutsam zur Kammer seines Sohnes hinauf. Er fand den jungen Menschen ruhig atmend und in tiefem Schlafe, obgleich der Mond sein volles Licht über das unter dem Fenster stehende Bett ausgoß. Bei dem gelockten lichtbraunen Haar, das sich seidenweich an die Schläfen legte, hätte man das hübsche blasse Antlitz des Schlafenden für das eines Weibes halten können.

Carsten war dicht herangetreten; ein leises Zittern lief durch seinen Körper. „Juliane!“ sagte er. „Dein Sohn! Auch er wird mir das Herz zerreißen!“ Und gleich darauf: „Mein Herr und Gott, ich will ja leiden für mein Kind, nur laß ihn nicht verlorengehen!“

Bei diesen unwillkürlich laut gesprochenen Worten schlug der Schlafende die Augen auf; seine Seele aber mochte schlummernd in den Schrecknissen des vergangenen Tages fortgeträumt haben; denn als er plötzlich in der Nacht die brennenden Augen und den zitternd über ihn erhobenen Arm des alten Mannes erblickte, stieß er einen Schrei aus, als ob er den Todesstoß von seines Vaters Hand erwarte; dann aber streckte er flehend beide Arme zu ihm auf.

Und mit einem Laut, als müsse es ihm die Brust zersprengen: „Mein Kind, mein einziges Kind!" brach der Vater an dem Bette des verbrecherischen Sohns zusammen.

Durch einen Freund in Hamburg hatte Carstens es möglich gemacht, seinen Sohn dort in einem kleineren Geschäfte unterzubringen. Indessen war trotz der Achtung, der er sich erfreute, dies Ereignis seines Hauses schonungslos genug in der kleinen Stadt besprochen, freilich bei dieser Gelegenheit auch das Gedächtnis der armen Juliane nicht eben sanft aus ihrer Gruft hervorgeholt worden. Nur Carsten selbst erfuhr nichts davon. Als er eines Tages aus einem befreundeten Bürgerhause auffallend gedrückt nach Haus gekommen war, fragte Brigitte ihn besorgt: „Was ist dir, Carsten? Du hast doch nichts Schlimmes über unseren Heinrich gehört?" – „Schlimmes?" erwiderte der Bruder; „o nein, Brigitte; man hat, seit er fort ist, auch nicht einmal seinen Namen gegen mich genannt." – Und mit gesenktem Haupte ging er an seinen Arbeitstisch.

Briefe von Heinrich kamen selten, und oftmals forderten sie Geld, da mit dem geringen Gehalte sich dort nicht auskommen lasse. – Sonst ging das Leben seinen stillen Gang; der alte Birnbaum im Hofe hatte wieder einmal geblüht und dann zur rechten Zeit und zur Freude der Nachbarkinder seine Frucht getragen. Besonderes war nicht vorgefallen, wenn nicht, daß Anna den Heiratsantrag eines wohlstehenden jungen Bürgers abgelehnt hatte; sie war keine von den Naturen, die durch ihr Blut der Ehe zugetrieben werden: sie hatte ihre alten Pflegeeltern noch nicht verlassen wollen.

Als aber kurz vor Weihnachten Carstens seinem Sohne den plötzlich eingetroffenen Tod des Senators gemeldet hatte, erfolgte in einigen Tagen schon eine Antwort, worin Heinrich seinen Besuch zum Weihnachtsabend ansagte. Eine Geldforderung enthielt der Brief nicht; nicht einmal die Reisekosten hatte er sich ausgebeten.

Es war doch eine Freudenbotschaft, die sofort im Hause verkündigt wurde. Und wie eine glückliche Unruhe kam es über alle, da nun das Fest heranrückte; die Händedrücke, die Carsten im Vorbeigehen mit seiner alten Schwester zu wechseln pflegte, wurden inniger; mitunter haschte er sich die geschäftige Pflegetochter, hielt sie einen Augenblick an beiden Händen und sah ihr zärtlich in die heiteren Augen.

Endlich war der Nachmittag des Heiligen Abends herangekommen. Im Hause hatte eine erwartungsvolle Tätigkeit gewaltet; doch bald schien alles zum Empfange des Christkinds und des Gastes vorbereitet. Vom Arbeitstische, der heute von allen Rechnungs- und Kontobüchern entlastet war, blinkte auf schneeweißem Damast das Teegeschirr mit goldenen Sternchen, während daneben die frischgebackenen Weihnachtskuchen dufteten. Der Tür gegenüber auf der Kommode war Heinrichs Bescherung von den Frauen ausgebreitet: ein Dutzend Strümpfe aus feinster Zephirwolle, woran die sorgsame Tante das ganze Jahr gestrickt hatte; daneben von Annas sauberen Händen eine reichgestickte Atlasweste und eine grünseidene Börse, durch deren Maschen die von Carsten gespendeten Dukaten blinkten. Dieser selbst ging eben in den Keller, um aus seinem bescheidenen Vorrat zwei ganz besondere Flaschen heraufzuholen, die er vor Zeiten von einem dankbaren Schutzbefohlenen zum Geschenk erhalten hatte; es sollte heute einmal nichts gespart werden.

Statt seiner trat Tante Brigitte herein, zwei blankpolierte Leuchter in den Händen, auf denen schneeweiße russische Lichter in ebenso weißen Papiermanschetten steckten, denn schon war die Dämmerung des Heiligen Abends hereingebrochen; draußen zogen schon die Scharen der kleinen Weihnachtsbettler, und ihr Gesang tönte durch die Straßen: „Vom Himmel hoch, da komm ich her."

Als Carsten wieder eintrat, brannten auch die Lichter schon; die Stube sah ganz festlich aus. Die alten Geschwister wandten die Gesichter gegeneinander und blickten sich herzlich an. „Es wird auch Zeit, Carsten!" sagte Brigitte; „die Post pflegt immer schon um vier zu kommen."

Carsten nickte, und nachdem er noch eilig seine Flaschen hinter dem warmen Ofen aufgepflanzt hatte, langte er mit zitternder Hand seinen Hut vom Türhaken.

„Soll ich nicht mit Euch, Ohm?“ rief Anna; „hier ist für mich nichts mehr zu tun.“

– „Nein, nein, mein Kind; das muß ich ganz allein.“ Mit diesen Worten nahm er sein Bambusrohr aus dem Uhrgehäuse und ging hinaus.

Das Postgebäude lag derzeit hoch oben in der Norderstraße; aber es war völlig windstill, ein leichter Frostschnee sank ebenmäßig herab. Carsten schritt rüstig vorwärts, ohne rechts oder links zu sehen; als er jedoch fast sein Ziel erreicht hatte, hörte er sich plötzlich angerufen: „He, Freundchen, Freundchen, nehmt mich mit!“ Und Herrn Jaspers' selbst in der Dunkelheit nicht zu verkennende Gestalt schritt aus einer Nebenstraße, munter mit dem Schnupftuche winkend, auf ihn zu. „Merk's schon“, sagte er, „Ihr wollt Euern Heinrich von der Post holen? Hab nur gehört, soll ein Staatskerl geworden sein, der junge Schwerenöter!“

„Aber“, sagte Carsten, indem er längere Schritte machte, denen der andere, mit beiden Armen schaukelnd, nachzukommen strebte, „ich dächte, Jaspers, Ihr hättet niemanden zu erwarten!“

„Nein, Gott sei Dank, Carsten! Nein, niemanden! Aber – zum Henker, Ihr braucht nicht so zu rennen! – man muß doch sehen, was zum lieben Fest für Gäste kommen.“

Sie waren an einer Straßenecke in der Nähe des Posthauses angelangt, wo sich bereits eine Anzahl Menschen angesammelt hatte, um die Ankunft der Post hier abzuwarten, als Herr Jaspers von einem vorübergehenden Amtsschreiber angerufen wurde.

„Hört Ihr nicht, Jaspers? Der Mann wünscht Euch zu sprechen“, sagte Carsten, der eben aus der Tiefe der Straße das Rummeln eines schweren Wagens heraufkommen hörte.

Aber der andere stand wie gemauert. „Ei, Gott bewahre, Carsten! Laßt den Hasenfuß laufen! Ich bleibe bei Euch, Freundchen; wer weiß, was noch passieren kann! Ihr kennt doch die Geschichte von dem Flensburger Kandidaten, der seine Liebste aus der Kutsche heben wollte und dem ein schwarzer Negerjunge auf den Nacken sprang!“

„Ich kenne alle Eure Geschichten, Jaspers“, erwiderte Carsten ungeduldig; „aber wenn Ihr's denn wissen wollt, ich

wünsche meinen Sohn allein zu empfangen; ich brauche Euch nicht dabei!"

Herrn Jaspers' unerschütterliche Antwort wurde von Peitschenknall und dem schmetternden Klang eines Posthorns übertönt; und gleich darauf rollte auch der schwerfällige Wagen vor die Tür des Posthauses, in den matten Schein, den die darüber befindliche Laterne auf die leicht beschneite Straße hinauswarf. Dann sprang der Postillion vom Bock, vom Schirrmeister wurde die Wagentür aufgerissen, und die Leute drängten sich herzu, um die Fahrgäste aussteigen zu sehen.

Carsten war etwas zurück im Schatten der Mauer stehengeblieben. Da er von hoher Statur war, so konnte er auch von hier aus die in Mäntel und Pelze vermummten Gestalten, welche eine nach der anderen aus dem Wagenkasten auf die Straße traten, deutlich genug erkennen.

„Niemand mehr darin?" frug der Schirrmeister.

„Nein, nein!" tönte es von mehreren Seiten; und die Wagentür wurde zugeworfen.

Carsten umklammerte die Krücke seines Stockes und stützte sich darauf; sein Heinrich war nicht gekommen. – Er blickte wie abwesend auf die dampfenden Pferde, die auf dem Pflaster scharrten und klirrend ihre Messingbehänge schüttelten, und wollte sich endlich schon zum Gehen wenden, als er bemerkte, daß er hier nicht der einzige Getäuschte sei. Eine junge Dirne hatte sich an den Postillion herangemacht, der eben die Decken über seine Tiere warf, und schien ihn mit aufgeregten Fragen zu bedrängen. „Ja, ja, Mamsellchen", hörte er diesen antworten, „es kann noch immer sein; es kommt noch eine Beichaise."

„Noch eine Beichaise!" Carsten wiederholte die Worte unwillkürlich; ein tiefer Atemzug entrang sich seiner Brust. Der Postillion war ihm bekannt; er hätte ihn fragen können: „Sitzt denn mein Heinrich mit darin?" Aber er vermochte sich nicht vom Fleck zu rühren; mit geschlossenen Lippen stand er und sah bald darauf den Wagen fortfahren und blickte auf die leeren Geleise, die in dem Schnee erkennbar waren, auf welche leis und unaufhaltsam neuer Schnee herabsank und sie bald bedeckte.

Um ihn her war es ganz still geworden; selbst Herr Jaspers schien verschwunden; das Mädchen hatte sich schweigend neben ihn gestellt, die Arme in ihr Umschlagtuch gewickelt. Mitunter klingelte eine Türschelle, dann sangen die Kinderstimmen: „Vom Himmel hoch, da komm ich her!“ Die kleinen Weihnachtsbettler mit ihrem tröstlichen Verkündigungsliede zogen noch immer von Haus zu Haus.

Endlich kam es abermals die Straße herauf, näher und näher kam es, noch einmal knallte die Peitsche und schmetterte das Posthorn, und jetzt rollte die verheißene Beichaise in den Laternenschein des Posthauses hinein.

Und ehe die Pferde noch zum Stehen gebracht waren, sah Carsten die Gestalt eines hohen Mannes behende aus dem Wagen springen und gegen sich herankommen. „Heinrich!“ rief er und stürzte vorwärts, daß er fast gestrauchelt wäre; aber der Mann wandte sich zu dem Mädchen, die jetzt mit einem Freudenschrei an seinem Halse hing. „Ich dachte schon, du wärst nicht mehr gekommen!“ – „Ich? Nicht kommen, am Weihnachtsabend? Oh!“

Carsten blickte den beiden nach, wie sie durch den fallenden Schnee Arm in Arm die Straße hinabgingen; als er sich umwandte, war auch der Platz vor dem Hause leer, wo vorhin die Chaise gehalten hatte. „Er ist nicht gekommen, er wird krank geworden sein“, sagte er halblaut zu sich selber.

Da legte sich eine breite Hand auf seinen Arm. „Oho, Freundchen!“ sprach dicht neben ihm Herrn Jaspers’ wohlbekannte Stimme, „dachte ich’s nicht, daß Ihr Euch Grillen fangen würdet! Krank, meint Ihr? Nein, Carsten, das laßt Euch den Heiligen Abend nicht verderben. Ihr wißt doch, in Hamburg gibt’s ganz andere Weihnachten für die jungen Bursche als in Eurem alten Urgroßvaterhause an der Twiete. Aber, seht Ihr, war’s nicht hübsch, daß ich Euch warten half? Da habt Ihr doch Gesellschaft auf dem Rückweg!“

Herrn Jaspers’ Stimme hatte einen fast zärtlichen Ausdruck angenommen; aber Carsten hörte nicht darauf. Auch auf dem Rückwege ließ er Herrn Jaspers ungestört an seiner Seite traben; er war ein geduldiger Mann geworden.

Als er wieder in sein Haus trat, hörte er rasch die Stubentür von innen anziehen. „Noch einen Augenblick Geduld!“

rief Annas helle Stimme; dann gleich darauf wurde die Tür weit aufgeschlagen, und die schlanke Mädchengestalt stand wie in einem Bilderrahmen auf der Schwelle. Sie schritt auch nicht hinaus, sie starrte regungslos auf ihren alten Pflegevater.

„Allein, Ohm?“ fragte sie endlich.

„Allein, mein Kind.“

Dann gingen beide zu Tante Brigitte in die festlich aufgeschmückte Stube, und die Frauen, während Carsten schweigend in dem Ledersessel daneben saß, erschöpften sich in immer neuen Mutmaßungen, was es nur gewesen sein könne, das ihnen alle Freude so zerstört habe, bis endlich der Abend vergangen war und sie still die Lichter löschten und die Geschenke wieder forträumten, welche sie kurz zuvor so geschäftig zusammengetragen hatten.

Auch die Weihnachtsfeiertage verflossen, ohne daß Heinrich selber oder ein Lebenszeichen von ihm erschienen wäre. Als auch der Neujahrsabend herankam und die langerwartete Poststunde wieder so vorüberging, hatten in dem alten Manne die Sorgen der letzten Tage sich zu einer fast erstickenden Angst gesteigert. Was konnte geschehen sein? Wenn Heinrich krank läge dort in der großen fremden Stadt! Die diesmal ruhigere Überlegung der Frauen vermochte ihn nicht zurückzuhalten, er mußte selber hin und sehen. Vergebens stellten sie ihm die Beschwerlichkeit der langen Reise bei dem eingetretenen scharfen Frost vor Augen; er suchte sich das nötige Reisegeld zusammen und hieß Brigitte seinen Koffer packen; dann ging er in die Stadt, um sich zum anderen Morgen Fuhrwerk zu verschaffen.

Als er nach vielfachem Umherrennen erschöpft nach Hause kam, war ein Brief von Heinrich da; ein Versehen des Postboten hatte die Abgabe verspätet. Hastig riß er das Siegel auf; die Hände flogen ihm, daß er kaum seine Brille aus der Tasche ziehen konnte. Aber es war ein ganz munterer Brief; Herr Jaspers hatte recht gehabt: mit Heinrich war nichts Besonderes vorgefallen, er hatte nur gedacht, es sei doch richtiger, den Weihnachtsmarkt in Hamburg zu genießen und dann später nach Haus zu kommen, wenn erst im Hof der große Birnbaum blühe und sie miteinander auf den Deich hinausspazieren könnten; dann folgte die lustige Beschreibung verschiedener Feste und Schaustellungen; von den Kümmernissen, die er den Seinen zugefügt, schien ihm keine Ahnung gekommen zu sein.

Auch eine Nachschrift enthielt der Brief: er habe auf eigene Hand mit einem guten Freunde einige Geschäfte eingefädelt, die schon hübschen Gewinn abgeworfen hätten; er wisse jetzt, wo Geld zu holen sei, sie würden bald noch anderes von ihm hören. – Wie gewagt, nach mehr als einer Seite hin, diese Geschäftsverbindung sei, davon freilich war nichts geschrieben.

Carsten, da er alles einmal und noch einmal gelesen hatte, lehnte sich müde in seinen Stuhl zurück; der Name „Juliane“ drängte sich unwillkürlich über seine Lippen. Aber jedenfalls – Heinrich war gesund; es war nichts Schlimmes vorgefallen.

„Nun, Ohm?“ fragte Anna, die auf Mitteilung harrend mit Tante Brigitte vor ihm stand.

Er reichte ihnen den Brief. „Leset selbst“, sagte er, „vielleicht daß ich heute einmal besser schlafe! Und dann, Anna, bestelle mir den Fuhrmann ab, meine alten Beine können nun nicht mehr!“

Er sah fast glücklich aus bei diesen Worten; ein Ruhepunkt war eingetreten, und er wollte ihn redlich zu benutzen suchen.

Am anderen Morgen wurden die Weihnachtsgeschenke aus den Schubladen wieder hervorgeholt und, sorgsam in ein Kistchen verpackt, an Heinrich auf die Post gegeben; obenauf lag ein Brief von Anna, voll herzlichen Zuredens und voll ehrlicher Entrüstung. Als Antwort erhielt sie nach einigen Monaten ein Osterei von Zucker, aus welchem, da es sich öffnen ließ, eine goldene Vorstecknadel zum Vorschein kam; einige neckende Knittelverse, welche für die guten Lehren dankten, waren auf einem Papierstreifchen darumgewunden.

Wenn die goldene Nadel ein Ertrag der eingefädelten Geschäfte war, so blieb sie jedenfalls das einzige Zeichen, das davon nach Haus gelangte; in den spärlichen Briefen geschah derselben entweder gar nicht oder nur noch in allgemeinen Andeutungen Erwähnung.

Die Zeit rückte weiter, und nach den Ostern war jetzt der Nachmittag des Pfingstfestes herangekommen. Die Frauen befanden sich beide auf dem sonnigen Hausflur in emsiger Beschäftigung; Tante Brigitte hatte das Gardinenbrett des Ladenfensters vor sich auf dem Zahltisch liegen, bemüht, einen blütenweißen Vorhang daran festzunadeln; Anna, der eine Anzahl grüner Waldmeisterkränze über dem einen Arm hingen, suchte gegenüber an der frisch getünchten Wand nach Haken oder Nägeln, um daran den Festschmuck zu befestigen. Zwei der Kränze waren glücklich angebracht; bei dem dritten saß der Nagel doch zu hoch, als daß der ausgestreckte Arm des schlanken Mädchens ihn mit dem Kranz erreichen konnte.

„Kind, Kind!“ rief Tante Brigitte vom Ladentisch herüber; „du wirst ja kochheiß, so hol doch einen Schemel!“

„Nein, Tante, es muß!“ erwiderte Anna lachend und begann unter herzlichem Stöhnen ihre vergeblichen Anstrengungen zu erneuern.

Plötzlich wurde die Haustür aufgerissen, daß das Läuten der Schelle betäubend durch den Flur schallte; dazwischen rief eine jugendliche Männerstimme: „Mannshand oben!“ und zugleich war auch der Kranz aus Annas aufgestreckter Hand genommen und hing im selben Augenblicke oben an dem Nagel. Anna selbst sah sich in den Armen eines schönen Mannes mit gebräuntem Antlitz und stattlichem Bakkenbarte, dessen Kleidung den Großstädter nicht verkennen ließ. Aber schon hatte sie mit einer so kräftigen Bewegung ihn von sich gestoßen, daß er geradewegs auf Tante Brigitte zuflog, die vor ihrem Gardinenbrett beide Hände über dem Kopf zusammenschlug. Da brach der Mißhandelte in ein lustiges Gelächter aus, das noch das Ausläuten der Türschelle übertönte.

„Heinrich, Heinrich! Du bist es!“ riefen die Frauen wie aus einem Munde.

„Nicht wahr, Tante Brigitte, das nennt man überraschen!“

„Junge“, sagte die Alte noch halb erzürnt; „in deinem modischen Rock steckt doch noch der alte Hans Dampf; wenn du dich ansagst, kann man sich zu Tode warten, und wenn du kommst, könnte man vor Schreck den Tod davon haben."

„Nun, nun, Tante Brigitte, ihr sollt mich auch bald genug schon wieder loswerden; unsereiner hat nicht lange Zeit zu feiern."

„Ei, Heinrich", sagte die gute Tante, indem sie ihn mit sichtlicher Zufriedenheit betrachtete, „so sollte es nicht gemeint sein! Was du gesund aussiehst, Junge! Nun aber hilf auch mir noch ein paar Augenblicke mit deiner hübschen Leibeslänge!"

Mit einem Satz war Heinrich über den Ladentisch hinüber und stand gleich darauf auf der Fensterbank, das Gardinenbrett mit den daranhängenden weißen Fahnen in den Händen.

Als kurz darauf ein gemessenes Läuten der Türschelle die Ankunft des bisher abwesenden Hausherrn anzeigte, saß Heinrich bereits wohlversorgt im Zimmer vor dem Kaffeetische, den aufhorchenden Frauen die Wunder der Großstadt und seiner eigenen Tätigkeit verkündend. Gleich darauf stand er dem Vater gegenüber, und dieser ergriff seine beiden Hände und sah ihm mit verhaltenem Atem in die Augen. „Mein Sohn!" sagte er endlich; und Heinrich fühlte, wie aus dem Körper des alten Mannes ein Zittern in den seinen überging.

Noch lange, als sie schon mit den andern am Tische saßen, hingen so die Blicke des Vaters an des Sohnes Antlitz, während dessen bald wieder in Fluß gekommene Reden fast unverstanden an seinem Ohr vorübergingen. Heinrich schien ihm äußerlich fast ein Fremder; die Ähnlichkeit mit Juliane war zurückgetreten, er sagte sich das mit schmerzlicher Befriedigung; die Zeit seines Fortganges aus der Vaterstadt, obgleich nur wenige Jahre seitdem vergangen waren, lag jetzt weit dahinter. Ein freudiger Gedanke erfüllte plötzlich das Herz des Vaters: was auch damals geschehen war, es war nur der Fehler eines in der Entwickelung begriffenen, noch knabenhaften Jünglings, wofür die Verantwortlichkeit dem jetzt vor ihm sitzenden Manne nicht mehr aufgebürdet werden konnte. Carsten faltete unwillkürlich seine Hände; als Annas Blicke sich zufällig auf ihn wandten, hörte auch sie nicht mehr auf Heinrichs Wunderdinge: ihr alter Ohm saß da, als ob er betete.

Später freilich, als Sohn und Vater sich allein gegenübersaßen, mußte Heinrich auch diesem Rede stehen. Er war jetzt auf einer Geschäftsreise für seine Firma; am zweiten Festtag schon mußte er weiter, dem Norden zu. Aus dem eleganten Taschenbuche, das Heinrich hervorzog, wurde Carsten in manche Einzelheiten eingeweiht, und er nickte zufrieden, da er den Sohn in wohlgeordneter Tätigkeit erblickte. Weniger deutlich waren die Mitteilungen, die Heinrich über seine auf eigene Hand betriebenen Geschäfte machte; er verstand es, über diese selbst mit leichter Andeutung fortzugehen und sich dagegen ausführlich über neue Unternehmungen auszulassen, die mit dem unzweifelhaften Gewinn der ersteren begonnen werden sollten. Carsten war in solchen Dingen nicht erfahren; aber wenn in Heinrichs wortreicher Darlegung die Projekte immer höher stiegen und das Gold aus immer reicheren Quellen floß, dann war es ihm mitunter, als blickten plötzlich wieder Julianens Züge aus des Sohnes Antlitz, und zugleich in Angst und Zärtlichkeit ergriff er dessen Hände, als könnte er ihn so auf festem Boden halten.

Dennoch, als sie am anderen Vormittage miteinander in der Kirche saßen, konnte er sich einer kleinen Genugtuung nicht erwehren, wenn über den Gesangbüchern in allen Bänken sich die Köpfe nach dem stattlichen jungen Mann herumwandten; ja, es war ihm fast leid, daß heute nicht auch Herr Jaspers aus seinem gewohnten Stuhl herüberpsalmodierte.

Am Nachmittage, während drinnen Carsten und Brigitte ihr Schläfchen hielten, saßen Heinrich und Anna draußen auf der Bank unter dem Birnbaume. Auch sie hielten Mittagsruhe, nur daß die jungen Augen nicht zufielen wie die alten drinnen; zwar sprachen sie nicht, aber sie hörten auf den Sommergesang der Bienen, der tönend aus dem mit Blüten überschneiten Baume zu ihnen herabklang. Bisweilen, und dann immer öfter, wandte Anna den Kopf und betrachtete verstohlen das Gesicht ihres Jugendgespielen, der mit seinem Spazierstöckchen den Namen einer berühmten Kunstreiterin in den Sand schrieb. Sie konnte sich noch immer nicht zurechtfinden; der bärtige Mann an ihrer Seite, dessen Stimme einen so ganz anderen Klang hatte, war das der Heinrich noch von ehedem? – Da flog ein Star vom Dach herab auf die Einfassung des Brunnens, blickte sie mit seinen blanken Augen an und begann mit geschwellter Kehle zu schnattern, als wollte er ihr ins Gedächtnis rufen, wer dort statt seiner einst gesessen habe. Anna öffnete die Augen weit und blickte hinauf nach einem Stückchen blauen Himmels, das durch die Zweige des Baumes sichtbar war; sie fürchtete den Schatten, der drunten aus der Brunnenhecke in diesen goldenen Sommertag hineinzufallen drohte.

Aber auch Heinrichs Erinnerung war durch den geschwätzigen Vogel geweckt worden; nur sahen seine Augen keinerlei Schatten aus irgendeiner Ecke. „Was meinst du, Anna", sagte er, mit seinem Stöckchen nach dem Brunnen zeigend; „glaubst du, daß ich damals wirklich in das dumme Ding hineingesprungen wäre?"

Sie erschrak fast über diese Worte. „Wenn ich es glauben müßte", erwiderte sie, „so wärest du jedenfalls nicht wert gewesen, daß ich dich davon zurückgerissen hätte."

Heinrich lachte. „Ihr Frauen seid schlechte Rechenmeister! Dann hättest du mich ja jedenfalls nur sitzen lassen können!"

„O Heinrich, sage lieber, daß so etwas nie – nie wieder geschehen könne!"

Statt einer Antwort zog er seine kostbare goldene Uhr aus der Tasche und ließ diese und die Kette vor ihren Augen spielen. „Wir machen jetzt selbst Geschäfte", sagte er dann; „nur noch einige Monate weiter, da werfe ich den Erben des Senators die paar lumpigen Taler vor die Füße; wollen sie's nicht aufheben, so mögen sie es bleibenlassen; denn freilich, bezahlt muß so was werden."

„Sie werden es schon nehmen, wenn du es bescheiden bietest", sagte Anna.

„Bescheiden?" Er hatte sich vor ihr hingestellt und sah ihr ins Gesicht, das sie sitzend zu ihm erhoben hatte. „Nun, wenn du meinst", setzte er wie gedankenlos hinzu, während seine Augen den Ausdruck aufmerksamer Betrachtung annahmen. „Weißt du wohl, Anna", rief er plötzlich, „daß du eigentlich ein verflucht hübsches Mädchen bist!"

Die Worte hatten so sehr den Ton unwillkürlicher Bewunderung, daß Anna fast verlegen wurde. „Du hast dir wohl andere Augen aus Hamburg mitgebracht", sagte sie.

„Freilich, Anna; ich verstehe mich jetzt darauf! Aber weißt du auch wohl, daß du nun bald dreiundzwanzig Jahre alt bist! Warum hast du immer noch keinen Mann?"

„Weil ich keinen wollte. Was sind das für Fragen, Heinrich!"

„Ich weiß wohl, was ich frage, Anna; heirate mich, dann bist du aus aller Verlegenheit."

Sie sah ihn zornig an. „Das sind keine schönen Späße!"

„Und warum sollen es denn Späße sein?" erwiderte er und suchte ihre Hand zu fassen.

Sie richtete sich fast zu gleicher Höhe vor ihm auf. „Nimmer, Heinrich, nimmer." Und als sie diese Worte, heftig mit dem Kopfe schüttelnd, ausgestoßen hatte, machte sie sich los und ging ins Haus zurück; aber sie war blutrot dabei geworden bis in ihr blondes Stirnhaar hinauf.

Die Geschäfte, von denen Heinrich sich goldene Berge versprochen hatte, mußten doch einen andern Erfolg gehabt haben. Kaum einen Monat nach seiner Abreise kamen Briefe aus Hamburg, von ihm selbst und auch von Dritten, deren Inhalt Carsten den Frauen zu verbergen wußte, der ihn aber veranlaßte, sich bei seinem Gönner, dem sowohl im bürgerlichen als im peinlichen Rechte wohlerfahrenen alten Bürgermeister, eine vertrauliche Besprechung zu erbitten. Und schon am nächsten Abend im Ratsweinkeller raunte Herr Jaspers bei seinem Spitzglas Roten seinem Nachbar, dem Stadtwaagemeister, zu: der alte Carstens – der Narr mit seinem liederlichen Jungen – es sei aus guter Quelle, daß er vormittags mehrere seiner besten Hypothekverschreibungen mit einer hübschen Draufgabe gegen Bares umgesetzt habe. Der Stadtwaagemeister wußte schon noch mehr: das Geld, eine große Summe, war bereits am Nachmittage nach Hamburg auf die Post gegeben. Man kam überein, es müsse dort etwas geschehen sein, das rasche und unabweisbare Hülfe erfordert habe. „Hülfe!" wiederholte Herr Jaspers, mit den dünnen Lippen behaglich den Rest seines Roten schlürfend; „Hans Christian wollte auch der Ratze helfen und füllte kochend Wasser in die Kesselfalle!“

Jedenfalls, wenn eine Gefahr vorhanden gewesen war, so schien sie für diesmal abgewendet; selbst Herr Jaspers konnte nichts Weiteres erkundschaften, und was an Gesprächen darüber in der kleinen Stadt gesummt hatte, verstummte allmählich. Nur an Carsten zeigte sich von dieser Zeit an eine auffallende Veränderung; seine noch immer hohe Gestalt schien plötzlich zusammengesunken, die ruhige Sicherheit seines Wesens war wie ausgelöscht; während er das eine Mal ersichtlich den Blicken der Menschen auszuweichen suchte, schien er ein andermal in ihnen fast ängstlich eine Zustimmung zu suchen, die er sonst nur in sich selbst gefunden hatte. Über mancherlei unbedeutende Dinge konnte er in jähem Schreck zusammenfahren; so, wenn unerwartet an seine Stubentür geklopft wurde oder wenn der Postbote abends zu ihm eintrat, ohne daß er ihn vom Fenster aus vorher gesehen hatte. Man hätte glauben können, der alte Carsten habe sich noch in seinen hohen Jahren ein böses Gewissen zugelegt.

Die Frauen sahen das; sie hatten auch wohl ihre eigenen Gedanken, im übrigen aber trug Carsten seine Last allein; nur sprach er mitunter sein Bedauern aus, daß er statt aller anderen Dinge nicht lieber seine ganze Kraft auf die Vergrößerung des ererbten Geschäftes gelegt habe, so daß Heinrich es jetzt übernehmen und in ihrer aller Nähe leben könnte. – Es stand nicht zum besten in dem Hause an der Twiete; denn auch Tante Brigitte, deren sorgende Augen stets an ihrem Bruder hingen, kränkelte; nur aus Annas Augen leuchtete immer wieder die unbesiegbare Heiterkeit der Jugend.

Es war an einem heißen Septembernachmittag, als die Glocke an der Haustür läutete und gleich darauf Tante Brigitte aus der Küche, wo sie mit Anna beschäftigt war, auf den Flur hinaustrat. „In Christi Namen!“ rief sie, „da kommt der Stadtunheilsträger, wie der Herr Bürgermeister ihn nennt! Was will der von uns!“

„Fort mit Schaden!“ sagte Anna und klopfte mit dem Messer, das sie in der Hand hielt, unter den Tisch. „Nicht wahr, Tante, das hilft?"

Mittlerweile stand der Berufene schon vor der offenen Küchentür. „Ei, schönsten guten Tag miteinander!" rief er mit seiner Altweiberstimme, indem er mit seinem blaukarierten Taschentuche sich die Schweißtropfen von den Haarspitzen seiner fuchsigen Perücke trocknete. „Nun, wie geht's, wie geht's? Freund Carstens zu Hause? Immer fleißig an der Arbeit?"

Aber bevor er noch eine Antwort bekommen konnte, hatte er die alte Jungfrau mit einem neugierigen Blick gemustert. „Ei, ei, Brigittchen, Ihr seht übel aus; Ihr habt verspielt, seit wir uns nicht gesehen."

Tante Brigitte nickte. „Freilich, es will nicht mehr so recht; aber der Physikus meint, jetzt bei dem schönen Wetter werd es besser werden."

Herr Jaspers ließ ein vergnügliches Lachen hören. „Ja, ja, Brigittchen, das meinte der Physikus auch bei der kleinen dänischen Marie im Kloster, als sie die Schwindsucht hatte. Ihr wißt, sie nannte ihr Stübchen immer ‚min lütje Paradies'" – er lachte wieder höchst vergnüglich – „aber sie mußte doch fort aus dat lütje Paradies."

„Gott bewahr uns in Gnaden", rief Tante Brigitte, „Ihr alter Mensch könntet einem ja mit Euren Reden den Tod auf den Hals jagen!"

„Nun, nun, Brigittchen; alte Jungfern und Eschenstangen, die halten manche Jahre!"

„Jetzt aber macht, daß Ihr aus meiner Küche kommt, Herr Jaspers", sagte Brigitte; „mein Bruder wird Euch besser auf Eure Komplimente dienen."

Herr Jaspers retirierte; zugleich aber hob er sich die dampfende Perücke von seinem blanken Schädel und reichte sie auf einem Finger gegen Anna hin. „Jungfer", sagte er, „sei Sie doch so gut und hänge Sie mir derweile das Ding zum Trocknen auf Ihren Plankenzaun; aber paß Sie auch ein wenig auf, daß es die Katz nicht holt."

Anna lachte. „Nein, nein, Herr Jaspers; tragt Euer altes Scheusal nur selbst hinaus! Und unsere Katz, die frißt solch rote Ratzen nicht."

„So, so? Ihr seid ja ein naseweises Ding!" sagte der Stadtunheilsträger, besah sich einen Augenblick seinen abgehobenen Haarschmuck, trocknete ihn mit seinem blaukarierten Taschentuche, stülpte ihn wieder auf und verschwand gleich darauf in der Tür des Wohnzimmers.

Als Carsten, der bei seinen Rechnungsbüchern saß, Herrn Jaspers' vor Geschäftigkeit funkelnde Äuglein durch die Stubentür erscheinen sah, legte er mit einer hastigen Bewegung seine Feder hin. „Nun, Jaspers", sagte er, „was für Botschaft führt Ihr denn heute wiederum spazieren?"

„Freilich, freilich, Freundchen", erwiderte Herr Jaspers, „aber Ihr wißt ja, des einen Tod, des andern Brot!"

„Nun, so macht es kurz und schüttet Eure Taschen aus!"

Herr Jaspers schien den gespannten Blick nicht zu beachten, der aus den großen, tiefliegenden Augen auf sein kleines, faltenreiches Gesicht gerichtet war. „Geduld, Geduld, Freundchen!" sagte er und zog sich behaglich einen Stuhl herbei – „also: der kleine Krämer in der Süderstraße, wo die Ostenfelder immer ihre Notdurft holen – Ihr kennt ihn ja; das Kerlchen hatte immer eine blanke wohlgekämmte Haartolle; aber das hat ihm nichts geholfen, Carsten, nicht für einen Sechsling! Ich hoffe nicht, daß Ihr mit diesem kleinen Kiebitz irgendwo verwandt seid."

„Ihr meint durch meinen Geldbeutel? Nein, nein, Jaspers; aber was ist mit dem? Es war bei seinen Eltern eine gute Brotstelle."

„Allerdings, Carsten; aber eine gute Brotstelle und ein dummer Kerl, die bleiben doch nicht lang zusammen; er muß verkaufen. Ich hab's in Händen; viertausend Taler Anzahlung, fünftausend protokollierte Schulden gehen in den Kauf. – Nun? Guckt Ihr mich an? – Aber ich dachte gleich, das wäre so etwas für Euren Heinrich, wie es Euch nicht alle Tage in die Hände läuft!"

Carsten hörte das; er wagte nicht zu antworten; unruhig schob er die Papiere, die vor ihm lagen, durcheinander. Dann aber sagte er, und die Worte schienen ihm schwer zu werden: „Das geht noch nicht; mein Heinrich muß erst noch älter werden!"

„Älter werden?" Herr Jaspers lachte wieder höchst vergnüglich. „Das meinte auch unser Pastor von seinem Jungen; aber, Freundchen, was zu einem Esel geboren ist, wird sein Tage nicht kein Pferd."

Carsten spürte starken Drang, gegen seinen Gast sein Hausrecht zu gebrauchen; aber er fürchtete unbewußt, die Sache selber mit zur Tür hinauszuwerfen.

„Nein, nein, Freundchen", fuhr der andere unbeirrt fort; „ich weiß Euch besseren Rat: eine Frau müßt Ihr dem Heinrich schaffen, versteht mich, eine fixe; und eine, die auch noch so ein paar Tausende in bonis hat! Nun" – und er machte mit seiner Fuchsperücke eine Bewegung nach der Gegend der Küche hin – „Ihr habt ja alles nahebei."

Carsten sagte fast mechanisch: „Was Ihr Euch doch um anderer Leute Kinder für Sorgen macht!"

Aber Herr Jaspers war aufgestanden und sah mit einem schlauen Blick auf den Sitzenden hinab. „Überlegt's Euch, Freundchen, ich muß noch auf die Kämmerei; bis morgen halt ich Euch die Sache offen."

Er war bei diesen Worten schon zur Tür hinaus. Carsten blieb mit aufgestütztem Kopf an seinem Tische sitzen; er sah es nicht, wie gleich darauf, während Herr Jaspers' hoher Zylinder sich draußen an den Fenstern vorüberschob, die kleinen zudringlichen Augen noch einen scharfen Blick ins Zimmer warfen.

Die Vorschläge des „Stadtunheilsträgers" schienen dennoch nachgewirkt zu haben. – Das war es ja, wonach Carsten sich so lange umgesehen; das zu Kauf gestellte, jetzt zwar herabgekommene Geschäft konnte bei guter Führung und ohne zu hohe Zinsenlast als eine sichere Versorgung gelten. Hier am Orte konnte der Vater selbst ein Auge darauf halten, und Heinrich würde allmählich auf sich selber stehen lernen. Carsten faßte sich ein Herz; mit zitternder Hand holte er noch einmal aus seinem Schreibpult jene Hamburger Briefe, die ihm vor nicht langer Zeit den größten Teil seines kleinen Vermögens gekostet hatten, und las sie, einen nach dem andern, sorgsam durch. Dem letzten lag ein quittierter Wechsel bei; der Name unter dem Akzept war mit vielen Strichen unleserlich gemacht.

Wie oft hatte er jene Briefe nicht schon durchgesehen, um immer aufs neue sich zu überzeugen, daß alles geordnet sei, daß für die Zukunft kein Unheil mehr daraus entstehen könne! Aber sie sollten endlich nun vernichtet werden. Er zerriß sie in kleine Fetzen und warf sie in den Ofen, wo dann das erste Winterfeuer sie ganz verzehren mochte.

Als habe er heimlich eine böse Tat begangen, so leise drückte er die Tür des Ofens wieder zu. Dann stand er lange noch vor seinem offenen Pulte, den Schlüssel in der Hand; er atmete mühsam, und sein grauer Kopf sank immer tiefer auf die Brust. Aber dennoch – und immer wieder stand ihm das vor Augen – wozu die Verhältnisse der Großstadt den schwachen Sohn verführt hatten, hier in der kleinen Stadt war das unmöglich! Wenn er ihn nur bald, nur gleich zur Stelle hätte! Eine fieberhafte Angst befiel ihn, sein Sohn könne eben jetzt, im letzten Augenblick, wo doch vielleicht der sichere Hafen ihm bereitstehe, noch einmal sich in jenen Strudel wagen.

Das Pult zwar wurde endlich abgeschlossen; aber wohl eine Stunde lang ging der sonst nie müßige Mann wie zwecklos in Haus und Hof umher, sprach bald mit den Frauen ein Wort über Dinge, um die er sich nie zu kümmern pflegte, bald ging er durch den Pesel in den Hof, um die seit lange hergestellte Brunneneinfassung zu besichtigen. Von hier zurückkommend, öffnete er eine Tür, die aus dem Pesel in einen Seitenbau und in dessen oberem Stockwerk zu Julianens Sterbekammer führte. Die schmale, seit Jahren nicht gebrauchte Treppe krachte unter seinen Tritten, als führe die alte Zeit aus ihrem Schlafe auf. Droben in der Kammer, unter dem Fenster, das auf die düstere Twiete ging, stand ein leeres, von Würmern halb zerstörtes Bettgestell. Carsten zog den einzigen Stuhl heran und blieb hier sitzen. Vor seinen Augen füllten sich die nackten Bretter; aus weißen Kissen sah ein blasses Antlitz, zwei brechende Augen blickten ihn an, als wollten sie ihm jetzt verheißen, was zu gewähren doch zu spät war.

Erst spät am Nachmittage saß Carsten wieder an seinem Arbeitstisch. Doch waren es nicht die gewohnten Dinge, die er heute vornahm; eine Kuratelrechnung, obwohl sie morgen zur Konkurssache eingereicht werden sollte, war beiseite geschoben und dagegen ein kleines Buch aus dem Pult genommen, das den Nachweis des eigenen Vermögensstandes enthielt; die großen dunkeln Augen irrten unstet über die aufgeschlagenen Paginas. Der Alte seufzte; über die besten Nummern war ein roter Strich gezogen. Dennoch begann er sorgsam seinen Status aufzustellen: was gegenwärtig an Mitteln noch vorhanden war, worauf er in Zukunft noch zu rechnen hatte. Da es nicht reichen wollte, kalkulierte er überdies den Wert seiner kleinen Marschfenne, die er bisher noch immer festgehalten hatte; aber die Landpreise waren in jener Zeit nur unerheblich. Er dachte daran, zu seinen übrigen Arbeiten noch ein städtisches Amt zu übernehmen, das man ihm neulich angeboten, das er aber seiner geschwächten Gesundheit halber nicht anzunehmen gewagt hatte; nun meinte er, er sei zu zag gewesen; gleich morgen wolle er sich zu der noch immer unbesetzten Stelle melden. Und aufs neue machte er seine Berechnung; aber das gehoffte Resultat wollte nicht erscheinen. Er legte die Feder hin und wischte sich den Schweiß aus seinen grauen Haaren.

Da klang ihm vor den Ohren, was Herr Jaspers ihm geraten hatte, und seine Gedanken begannen in den wohlhabenden Bürgerhäusern herumzuwandern. Freilich, es waren schon Mädchen dort zu finden, wirtschaftlich und sittsam, und einzelne – so dachte er – wohl fest genug, um einen schwachen Mann zu stützen; aber würde er für seinen Heinrich dort anzuklopfen wagen?

Während er sich selbst zur Antwort langsam seinen Kopf schüttelte, trat Anna in der ganzen heiteren Entschlossenheit ihres Wesens in die Stube; wie ein Aufleuchten flog es über seine Augen, und unwillkürlich streckte er beide Arme nach ihr aus.

Anna sah ihn befremdet an. „Wolltet Ihr was, Carsten Ohm?" fragte sie freundlich.

Carsten ließ die Arme sinken. „Nein, Kind", sagte er fast beschämt, „ich wollte nichts; laß dich nicht stören; du wolltest wohl zum Vesperbrote anrichten."

Er nahm wieder die Feder; als wolle er in der vor ihm liegenden Berechnung fortfahren; aber seine Augen blieben an dem Mädchen hängen, während diese den Klapptisch von der Wand ins Zimmer rückte und dann, kaum hörbar, mit ihrer sicheren Hand die Dinge zum gewohnten Abendtee zurechtsetzte. Ein Bild der Zukunft stieg in seiner Seele auf, vor dem er alle seine Sorgen niederlegte. – – Aber nein, nein; er hatte immer treu für dieses Kind gesorgt! Ja, wenn das letzte nicht geschehen wäre!

Er war aufgestanden und vor sein bescheidenes Familienbild getreten. Als er es ansah, schien ihm das gemalte Abendrot zu flammen, und die Schattengestalten begannen einen Körper anzunehmen. Er nickte ihnen zu; ja, ja, das war sein Vater, seine Großmutter; das waren ehrliche Leute, die da spazierengingen!

– – Als bald darauf die Hausgenossen beim Abendbrot zusammensaßen, forschten Brigittens schwesterliche Augen immer eindringlicher in des Bruders Antlitz, das den Ausdruck der Verstörung nicht verhehlen konnte. „Tu's von dir, Carsten!" sagte sie endlich, seine Hand erfassend. „Was für eine Tracht Unheils hat der elende Mensch denn dieses Mal auf dich abgeladen?"

„Kein Unheil just, Brigitte", erwiderte Carsten, „nur eine Hoffnung, die sich nicht erfüllen kann." Und dann berichtete er den Frauen von dem Angebot des Geweses, von seinen Wünschen und endlich – daß es sich denn doch nicht zwingen lasse.

Es folgte eine Stille nach diesen Worten. Anna schaute auf das Teekraut in ihrer leeren Tasse; aber sie fand kein Orakel darin, wie die alten Weiber das verstehen. Ihr kleiner Reichtum drückte sie wieder einmal; endlich faßte sie sich Mut, und die Augen zu ihrem Pflegevater aufhebend, sagte sie leise: „Ohm!"

„Was meinst du, Kind?"

– „Zürnt mir nicht, Ohm! Aber Ihr habt nicht gut gerechnet!"

„Nicht gut gerechnet! Anna, willst du es etwa besser machen?"

„Ja, Ohm!" sagte sie fest, und ein paar helle Tränen sprangen aus ihren blauen Augen; „sind meine dummen Taler denn auch dieses Mal nicht zu gebrauchen?"

Carsten blickte eine Weile schweigend zu ihr hinüber.

„Ich hätte es mir von dir wohl denken sollen", sagte er dann; „aber nein, Anna, auch diesmal nicht."

– „Weshalb nicht? Saget nur, weshalb nicht?"

„Weil eine solche Vermögensanlage keine Sicherheit gewährt."

„Sicherheit?" – – Sie war aufgesprungen, und seine beiden Hände ergreifend, war sie vor ihm hingekniet; ihr junges Antlitz, das sie jetzt zu ihm erhob, war ganz von Tränen überströmt. „Ach, Ohm, Ihr seid schon alt; Ihr haltet das nicht aus; Ihr solltet nicht so viele Sorgen haben!"

Aber Carsten drängte sie von sich. „Kind, Kind, du willst mich in Versuchung führen; weder ich noch Heinrich dürfen solches annehmen."

Hülfesuchend wandte Anna den Kopf nach Tante Brigitte; die aber saß wie ein Bild, die Hände vor sich auf den Tisch gefaltet. „Nun, Ohm", sagte sie, „wenn Ihr mich zurückstoßet, so werde ich an Heinrich selber schreiben."

Carsten legte sanft die Hand auf ihren Kopf. „Gegen meinen Willen, Anna? Das wirst du nimmer tun."

Das Mädchen schwieg einen Augenblick; dann schüttelte sie leise den Kopf unter seiner Hand. „Nein, Ohm, das ist wohl wahr, nicht gegen Euren Willen. Aber seid nicht so hart: es gilt ja doch sein Glück!"

Carsten hob ihr Antlitz von seinen Knien zu sich auf und sagte: „Ja, Anna, das denk ich auch; aber den Einsatz darf nur einer geben; der eine, der ihm auch das Leben gab. Und nun, mein liebes Kind, nichts mehr von dieser Sache!"

Er drückte sie sanft von sich ab; dann schob er seinen Stuhl zurück und ging hinaus.

Anna blickte ihm nach; bald aber sprang sie auf und warf sich Tante Brigitte in die Arme.

„Wir wollen es dem lieben Gott anheimstellen", sagte die alte Frau; „ich habe dieses Mal meinen Bruder wohl verstanden." Dann hielt sie das große Mädchen noch lange in ihren Armen.

– – Carsten war in den Hof gegangen. In der schon eingetretenen Dunkelheit saß er unter dem alten Familienbaum, der längst von Früchten leer war und aus dessen Krone er jetzt Blatt um Blatt neben sich zu Boden fallen hörte. Er dachte rückwärts in die Vergangenheit; und bald waren es Bilder, die von selber kamen und vergingen. Die Gestalt seines schönen Weibes zog an ihm vorüber, und er streckte die Arme in die leere Luft; er wußte selbst nicht, ob nach ihr oder nach dem fernen Sohn, der ihn noch unauflöslicher an ihren Schatten band. Dann wieder sah er sich selber auf der Bank sitzen, wo er gegenwärtig saß; aber als einen Knaben, mit einem Buche in der Hand; aus dem Hause hörte er die Stimme seines Vaters, und der kleine Peter kam auf seinem Steckenpferde in den Hof geritten. Bald aber mußte er sich fragen, weshalb dieses friedensvolle Bild ihn jetzt mit solchem Weh erfüllte. Da überkam's ihn plötzlich: „Damals – – ja, damals hatte er sein Leben selbst gelebt; jetzt tat ein anderer das; er hatte nichts mehr, das ihm selbst gehörte – – keine Gedanken – – keinen Schlaf –“

Er ließ seinen müden Körper gegen den Stamm des Baumes sinken; fast beruhigend klang der leise Fall der Blätter ihm ins Ohr.

– – Aber es sollte noch ein anderes geschehen, ehe dieser Tag zu Ende ging. – Drinnen hatte Brigitte sich endlich in gewohnter Weise an ihr Spinnrad gesetzt, und Anna begann den Tisch abzuräumen. Als sie mit dem Geschirr auf den Flur hinaustrat, ging eben der Postbote vorüber. „Für die Mamsell“, sagte er und reichte ihr einen Brief durch die halboffene Haustür. Bei dem Lichte, das auf dem Ladentisch brannte, erkannte Anna mit Verwunderung in der Adresse Heinrichs Handschrift; er hatte niemals so an sie geschrieben. Nachdenklich nahm sie das Licht und zog, als sie hineingetreten war, die Tür der Küche hinter sich ins Schloß.

Es dauerte lange, bevor sie wieder in die Stube kam; aber Brigitte hatte es nicht gemerkt; ihr Spinnrad schnurrte gleichmäßig weiter, während Anna wie alle Tage jetzt den Tisch zusammenklappte und wieder an die Wand setzte. Nur etwas unsicherer und lauter geschah das heute; von dem Briefe sagte sie weder der alten Frau noch ihrem Pflegevater, als dieser nach einiger Zeit ins Zimmer kam und sich an seine Bücher setzte.

Endlich gingen die Frauen in das Oberhaus nach ihrer gemeinschaftlichen Schlafkammer, welche gegen den Hof hinaus lag. Die Fenster hatten offengestanden und die Abendfrische eingelassen; aber Anna konnte den Schlaf nicht finden; in das Rauschen des Birnbaums trug der Wind in langen gemessenen Pausen den Schall der Kirchenuhr herüber, und sie zählte eine Stunde nach der andern.

Auch Brigitte schien heute nicht zu ihrem Recht zu kommen; denn sie setzte sich auf und sah nach dem Bette des Mädchens, das dem ihrigen gegenüber an der Wand stand. „Kind, hast du noch immer nicht geschlafen?" fragte sie.

– „Nein, Tante Brigitte."

„Nicht wahr, du grämst dich um meinen alten Bruder? Aber ich kenne ihn, bitte ihn nicht mehr darum; es wäre ganz um seine Ruh geschehen, wenn du ihn bereden könntest."

Anna antwortete nicht.

„Schläfst du, Kind?" fragte Brigitte wieder.

– „Ich will es versuchen, Tante."

Brigitte fragte nicht mehr; Anna hörte sie bald im ruhigen Schlummer atmen.

Es war fast Vormittag, als das junge Mädchen aus einem tiefen Schlaf erwachte, den sie endlich doch gefunden und aus dem die gute Tante sie nicht hatte wecken wollen. Rasch war sie in den Kleidern und ging ins Unterhaus hinab, wo sie durch die offene Tür des Pesels Brigitte an einem der dort befindlichen großen Schränke beschäftigt sah; aber sie ging nicht zu ihr, sondern in die Küche und ließ sich auf dem hölzernen Stuhl am Herde nieder. Nachdem sie von dem Kaffee, der für sie warm gestellt war, in eine Tasse geschenkt, eine Weile müßig davor gesessen und dann dieselbe zur Hälfte ausgetrunken hatte, stand sie mit einer entschlossenen Bewegung auf und trat gleich darauf ins Wohnzimmer.

Carsten stand am Fenster und schaute müßig auf den Hafenplatz hinaus. Jetzt wandte er sich langsam zu der Eintretenden: „Du hast nicht schlafen können", sagte er, ihr die Hand reichend.

– „O doch, Ohm; ich hab ja nachgeschlafen."

„Aber du bist blaß, Anna. Du bist zu jung, um für anderer Leute Sorgen deinen Schlaf zu geben."

„Anderer Leute, Ohm?" Sie sah ihm eine Weile ruhig in die Augen. Dann sagte sie: „Ich habe auch für mich selber viel zu denken gehabt."

– „So sprich es aus, wenn du meinst, daß ich dir raten kann!"

„Sagt mir nur", erwiderte sie hastig, „ist das Gewese in der Süderstraße noch zu kaufen? Ich hab's doch nicht verschlafen? Herr Jaspers ist doch nicht schon wieder hier gewesen?"

Carsten sagte fast hart: „Was soll das, Anna? Du weißt, daß ich es nicht kaufen werde."

– „Das weiß ich, Ohm, aber – –"

„Nun, Anna, was denn: aber?"

Sie war dicht vor ihn hingetreten. „Ihr sagtet gestern, ich dürfe nicht zu Heinrichs Glück den Einsatz geben; aber – wenn Ihr gestern recht hattet, es ist nun anders geworden über Nacht."

„Laß das, Kind!" sagte Carsten; „du wirst mich nicht bereden."

„Ohm, Ohm!" rief Anna, und eine freudige Zärtlichkeit klang aus ihrer Stimme; „es hilft Euch nun nichts mehr; denn Euer Heinrich hat mich zur Frau verlangt, und ich werde ihm mein Jawort geben."

Carsten starrte sie an, als sei der Blitz durch ihn hindurchgeschlagen. Er sank auf den neben ihm stehenden Ledersessel, und mit den Armen um sich fahrend, als müsse er unsichtbare Feinde von sich abwehren, rief er heftig: „Du willst dich uns zum Opfer bringen! Weil ich dein Geld allein nicht wollte, so gibst du dich nun selber in den Kauf!"

Aber Anna schüttelte den Kopf. „Ihr irrt Euch, Ohm! So lieb ihr mir auch alle seid, das könnt ich nimmer; danach bin ich nicht geschaffen."

Zaghaft, als könne sein Wort das nahende Glück zerstören, entgegnete Carsten: „Wie ist denn das? Ihr waret doch allzeit nur wie Geschwister!"

„Ja, Ohm!" und ein fast schelmisches Lächeln flog über ihr hübsches Angesicht; „ich habe das auch gemeint; aber auf einmal war's doch nicht mehr so." Dann, plötzlich ernst werdend, zog sie einen Brief aus ihrer Tasche. „Da leset selbst", sagte sie, „ich erhielt ihn gestern vor dem Schlafengehen."

Seine Hände griffen danach; aber sie bebten, daß seine Augen kaum die Zeilen fassen konnten.

Was sie ihm gegeben hatte, war der Brief eines Heimwehkranken. „Ich tauge nicht hier!" schrieb Heinrich; „ich muß nach Hause; und wenn Du bei mir bleiben willst, Du, Anna, mein ganzes Leben lang, dann werde ich gut sein, dann wird alles gut werden."

Der Brief war auf den Tisch gefallen; Carsten hatte mit beiden Armen das Mädchen zu sich herabgezogen. „Mein Kind, mein liebes Kind", flüsterte er ihr zu, während unaufhörlich Tränen aus seinen Augen quollen, „ja, bleibe bei ihm, verlaß ihn nicht; er war ja doch ein so guter kleiner Junge!"

Aber plötzlich, wie von einem inneren Schrecken getrieben, drückte er sie wieder von sich. „Hast du es bedacht, Anna?" sagte er; – „ich könnte dir nicht raten, meines Sohnes Frau zu werden."

Ein leichtes Zucken flog über das Gesicht des Mädchens, während der alte Mann mit geschlossenen Lippen vor ihr saß. Ein paarmal nickte sie ihm zu: „Ja, Ohm", sagte sie dann, „ich weiß wohl, er ist nicht der Bedachteste, sonst hättet Ihr ja keine Sorgen; aber was damals, vor Jahren hier geschah, Ihr sagtet selbst einmal, Ohm, es war ein halber Bubenstreich; und wenn er auch den Ersatz noch nicht geleistet hat, so etwas ist doch nicht mehr vorgekommen."

Carsten erwiderte nichts. Unwillkürlich gingen seine Blicke nach dem Ofen, worin die Fetzen jener Briefe lagen. – Wenn er sie jetzt hervorholte! Wenn er vor ihren Augen sie jetzt wieder Stück für Stück zusammenfügte! – Weder Anna noch Brigitte wußten von diesen Dingen.

Seine Tränen waren versiegt; aber er nahm sein Schnupftuch, um sich die hervorbrechenden Schweißperlen von der Stirn zu trocknen. Er versuchte zu sprechen; aber die Worte wollten nicht über seine Lippen.

Das schöne blonde Mädchen stand wieder aufgerichtet

vor ihm; mit steigender Angst suchte sie die Gedanken von seinem stummen Antlitz abzulesen.

„Ohm, Ohm!" rief sie. „Was ist geschehen? Ihr waret so still und sorgenvoll die letzte Zeit!" – Aber als er wie flehend zu ihr aufblickte, da strich sie mit der Hand ihm die gefurchte Wange. „Nein, sorget Euch nur nicht so sehr; nehmt mich getrost zur Tochter an; Ihr sollet sehen, was eine gute Frau vermag!"

Und als er jetzt in ihre jungen mutigen Augen blickte, da vermochte er das Wort nicht mehr hervorzubringen, vor dem mit einem Schlag seines Kindes Glück verschwinden konnte.

Plötzlich ergriff Anna, die einen Blick durchs Fenster getan hatte, seine Hände. „Da kommt Herr Jaspers!" sagte sie. „Nicht so? Ihr macht nun alles richtig?" Und ohne eine Antwort abzuwarten, ging sie rasch zur Tür hinaus.

Da wurde ihm die Zunge frei. „Anna, Anna!" rief er; wie ein Hülferuf brach es aus seinem Munde. Aber sie hörte es nicht mehr; statt ihrer schob sich Herrn Jaspers' Fuchsperücke durch die Stubentür, und mit ihm hinein drängten sich wieder die schmeichelnden Zukunftsbilder und halfen, unbekümmert um das Dunkel hinter ihnen, den Handel abzuschließen.

Mit dem Eckhause an der andern Seite der Twiete beginnt vom Hafenplatz nach Osten zu die Krämerstraße, deren gegenüberliegende Häuserreihe, am Markt vorüber, sich in der langen Süderstraße fortsetzt. Dort, in einem geräumigen Hause, wohnten Heinrich und Anna. Vor dem Laden auf dem geräumigen Hausflur wimmelte es an den Markttagen jetzt wieder von einkaufenden Bauern, und Anna hatte dann vollauf zu tun, die Gewichtigeren von ihnen in die Stube zu nötigen, zu bewirten und zu unterhalten; denn das gewandte und umgängliche Wesen ihres Mannes hatte die Kundschaft nicht nur zurückgebracht, sondern auch vermehrt.

Carsten konnte es sich nicht versagen, täglich einmal bei seinen Kindern vorzugucken. Von dem Hafenplatze, dort wo die Schleuse nach Osten zu die Häuserreihe unterbricht, führte ein anmutiger Fußweg hinter den Gärten jener Straßen, auf welchem man derzeit zu einer bestimmten Vormittagsstunde ihn unfehlbar wandern sehen konnte. Aber er gönnte sich Weile; gestützt auf seinen treuen Bambus, stand er oftmals im Schatten der hohen Gartenhecken und schaute nach der anderen Seite auf die Wiesen, durch welche der Meerstrom sich ins grüne Land hinausdrängt; jetzt zwar gebändigt durch die Schleuse, im Herbst oder Winter aber auch wohl darüber hinstürzend, die Wiesen überschwemmend und die Gärten arg verwüstend. – Bei solchen Gedanken kamen Stock und Beine des Alten wieder in Bewegung: er mußte sogleich doch Anna warnen, daß sie zum Oktober ihre schönen Sellerie zeitig aus der Erde nehme. Hatte er dann das Lattenpförtchen zu Annas Garten erreicht, so kam die hohe Frauengestalt ihm meistens auf dem langen Steige schon entgegen; ja, als es zum zweiten Male Sommer wurde, kam sie nicht allein; sie trug einen Knaben auf ihrem Arm, der ihr eigen und der auf den Namen seines Vaters getauft war. Und wie gut ihr das mütterliche Wesen ließ, wenn sie, die frische Wange an die ihres Kindes lehnend, leise singend den Garten hinabschritt! Selbst Carsten hatte auf diesen Gängen jetzt Gesellschaft; denn durch das Kind war, trotz ihrer vorgeschrittenen Altersschwäche, auch Brigitte in Bewegung gebracht. Unten am Pförtchen schon, wenn droben kaum die junge Frau mit dem Kinde aus den Bäumen trat, riefen die alten Geschwister den beiden zärtliche Worte zu. Brigitte nickte, und Carsten winkte grüßend mit seinem Bambusrohr, und wenn sie endlich nahe gekommen waren, so konnte Brigitte an dem Anblick des Kindes, Carsten noch mehr an dem der Mutter sich kaum ersättigen.

– – Das Glück ging vorüber, ja, es war schon fort, als Carsten und Brigitte noch in seinem Schein zu wandeln glaubten; ihre Augen waren nicht mehr scharf genug, um die feinen Linien zu gewahren, die sich zwischen Mund und Wangen allmählich auf Annas klarem Antlitz einzugraben begannen.

Heinrich, der anfänglich mit seinem rasch verfliegenden Feuereifer das Geschäft angefaßt hatte, wurde bald des Kleinhandels und des dabei vermachten persönlichen Verkehrs mit dem Landvolke überdrüssig. Zu mehrerem Unheil war um jene Zeit wieder einmal ein großsprechender Spekulant in die Stadt gekommen, nur wenig älter als Heinrich und dessen Verwandter von mütterlicher Seite; er war zuletzt in England gewesen und hatte von dort zwar wenig Mittel, aber einen Kopf voll halbreifer Pläne mit herübergebracht, für die er bald Heinrichs lebhafte Teilnahme zu entzünden wußte.

Zunächst versuchte man es mit einem Viehexport auf England, der bisher in den Händen einer günstig belegenen Nachbarstadt gewesen war. Nachdem dies mißlungen war, wurde draußen vor der Stadt unter dem Seedeich ein Austerbehälter angelegt, um mit den englischen Natives den hiesigen Pächtern Konkurrenz zu machen; aber dem an sich aussichtslosen Unternehmen fehlte überdies die sachkundige Hand, und Carsten, dessen Warnung man vorher verachtet hatte, mußte einen Posten nach dem andern dekken und eine Schuld über die andere auf seine Grundstücke einschreiben lassen.

Anna sah jetzt ihren Mann nur selten einen Abend noch im Hause; denn der unverheiratete Vetter nahm ihn mit in eine Wirtsstube, in der er den Beschluß seines Tagewerkes zu machen pflegte. Hier beim heißen Glase wurden die Unternehmungen beraten, womit man demnächst die kleine Stadt in Staunen setzen wollte; nachher, wenn dazu der Kopf nicht mehr taugte, kamen die Karten auf den Tisch, wo Einsatz und Erfolg sich rascher zeigte.

Heinrich hatte bei alledem die Augen für sein Weib noch nicht verloren. Warf das Glück ihm einen augenblicklichen Gewinn zu, der ihn in seinem Sinne jedesmal zum reichen Manne machte, so gab er wohl die Hälfte davon hin, sei es für goldene Ketten oder Ringe oder für einen kostbaren Stoff, um ihren schönen Leib damit zu schmücken. Aber was sollte Anna, als die Frau eines Kleinhändlers, mit diesen Dingen, zumal da nach und nach die ganze Leitung des Ladengeschäftes auf ihre Schultern gekommen war?

Eines Sonntags – die erste Ladung Austern war damals eben rasch und glücklich ausverkauft –, da sie, ihren Knaben auf dem Arm, im Zimmer auf und ab ging, trat Heinrich rasch und fröhlich zu ihr ein. Nachdem er eine Weile seine Augen auf ihrem Antlitz hatte ruhen lassen, führte er sie vor den Spiegel und legte dann plötzlich ein Halsband mit à jour gefaßten Saphiren um ihren Nacken; glücklich wie ein Kind betrachtete er sie. „Nun, Anna? – Laß dir's gefallen, bis ich dir Diamanten bringen kann!"

Der Knabe griff nach den funkelnden Steinen und stieß Laute des Entzückens aus, aber Anna sah ihren Mann erschrocken an. „O Heinrich, du hast mich lieb; aber du verschwendest! Denk an dich, an unser Kind!"

Da war die Freude auf seinem Antlitz ausgelöscht; er nahm den Schmuck von ihrem Halse und legte ihn wieder in die Kapsel, aus der er ihn zuvor genommen hatte. „Anna!" sagte er nach einer Weile und ergriff fast demütig die Hand seiner Frau, „ich habe meine Mutter nicht gekannt, aber ich habe von ihr gehört – nicht zu Hause, mein Vater hat mir nie von ihr gesprochen; ein alter Kapitän in Hamburg, der in seiner Jugend einst ihr Tänzer war, erzählte mir von ihr – sie ist schön gewesen; aber sie hat auch nichts anderes wollen, als nur schön und fröhlich sein; für meinen Vater ist ihr Tod vielleicht ein Glück gewesen – ich hatte oftmals Sehnsucht nach dieser Mutter; aber, Anna – ich glaube, ihren Sohn, den hättest du besser nicht zum Mann genommen."

In leidenschaftlicher Bewegung schlang das junge Weib den freien Arm um ihres Mannes Nacken. „Heinrich, ich weiß es, ich bin anders als du, als deine Mutter; aber darum eben bin ich dein und bin bei dir; wolle auch du nur bei mir sein, geh nur abends nicht immer fort, auch um deines alten Vaters willen tu das nicht! Er grämt sich, wenn er dich in der Gesellschaft weiß."

Aber bei Heinrich hatte infolge der letzten Worte die Stimmung schon gewechselt. Er löste Annas Arm von seinem Halse, und mit einem Scherz, der etwas unsicher über seine Lippen kam, sagte er: „Was kann denn ich dafür, wenn der Wein, den ich trinke, meinem Vater Kopfweh macht?"

Mit einer heftigen Bewegung schloß Anna den Knaben an ihre Brust. „Sei versichert, Heinrich, ich werde treulich sorgen, daß dieses Kind das nicht dereinst von seinem Vater sage!"

„Nun, nun, Anna! Es war ja nicht so bös gemeint."

– – Wie es immer gemeint sein mochte, anders war es deshalb nicht geworden. Der Nachtwächter, wenn er derzeit auf seiner Runde sich Heinrichs Hause näherte, sah oft den Kopf der jungen Frau aus dem offenen Fenster in die nächtlich stille Gasse hinaushorchen; er kannte sie wohl, denn er war der Vater jenes Nachbarkindes, mit dem Anna sich einst so liebreich umhergeschleppt hatte. Ehrerbietig, ohne von ihr bemerkt zu werden, zog er im Vorübergehen seinen Hut und rief erst weit hinter ihrem Hause die späte Stunde ab. Aber Anna hatte doch jeden Glockenschlag gezählt, und wenn endlich der bekannte Schritt von unten aus der Straße ihr entgegenscholl, so war er meistens nicht so sicher, als sie ihn am Tage doch noch zu hören gewohnt war. Dann floh sie ins Zimmer zurück und warf angstvoll die Arme über die Wiege ihres Kindes.

In der Stadt schüttelten schon längst die klugen wie die dummen Leute ihre Köpfe, und abends im Ratskeller konnte man von vergnüglichem Lachen die Fuchsperücke auf Herrn Jaspers' Haupte hüpfen sehen; ja, er konnte sich nicht enthalten, seinem Freunde, dem Stadtwaagemeister, wiederholt die tröstliche Zuversicht auszusprechen, daß das Haus in der Süderstraße bald noch einmal durch seine schmutzigen Maklerhände gehen werde.

Indessen hatte Carsten einen stillen, immer wiederkehrenden Kampf mit seinem eigenen Kinde zu bestehen. Damals bei Eingehung der Ehe hatte er es bei den Brautleuten durchgesetzt, daß ein Teil von Annas Vermögen als deren Sondergut unter seiner Verwaltung geblieben war; jetzt sollte auch dieses in das Kompaniegeschäft hineingerissen werden; aber Anna, welche, seit sie Mutter geworden war, diesen Rest als das Eigentum ihres Kindes betrachtete, hatte alles in ihres Ohms und Vaters treue Hand gelegt. – Stöhnend, wenn nach solcher Verhandlung der Sohn ihn unwillig verlassen hatte, blickte der Greis wohl nach dem Ofen, in dem vor Jahren die Reste jener Briefe verbrannt waren, oder er stand vor seinem Familienbilde und hielt stummen, schmerzlichen Zwiesprach mit dem Schatten seiner eigenen Jugend.

Ein anscheinend unbedeutender Umstand kam noch

hinzu. In einer Nacht, es mochte schon gegen zwei Uhr morgens sein, erkrankte die alte Brigitte plötzlich, und da nur über Tag eine Aushülfsfrau im Hause war, so machte Carsten sich selber auf, den Arzt zu holen.

Sein Rückweg führte ihn an jener vorerwähnten Wirtsstube vorüber, aus deren Fenstern allein in der dunkeln Häuserreihe noch ein Lampenschein auf die Straße hinausfiel. Gäste schienen nicht mehr dort zu sein, denn es war ganz still darinnen; und schon hatte Carsten das Haus im Rücken, da drang von dort ein heiserer Laut in seine Ohren, der ihn plötzlich stillstehen machte; in dieser häßlichen Menschenstimme, in der sich eine andere ihm bekannte zu verstecken schien, war etwas, das ihn auf den Tod erschreckte. Er konnte nicht weiter, er mußte zurück; lauernd und gierig, noch einmal und genauer dann zu hören, stand er unter dem Fenster der verrufenen Kneipe. Und noch einmal kam es, müde, wie von lallender Zunge ausgestoßen. Da schlug der Alte beide Hände über dem Kopf zusammen, und sein Stock fiel schallend auf die Steine.

Brigitte genas allmählich, soweit man im fünfundsiebzigsten Jahre noch genesen kann; Carsten aber hatte seit jener Nacht auch seinen letzten Schlaf verloren. Immer meinte er, von jener Trinkstube her, die doch mehrere Straßen weit entfernt lag, die heisere Stimme seines Sohnes zu hören; er setzte sich auf in seinen Kissen und horchte auf die Stille der Nacht; aber immer wieder in kleinen Pausen löste sich aus ihr jener furchtbare Ton; seine hagere Hand griff in das Dunkel hinein, als wolle sie die des Sohnes fassen; aber schlaff fiel sie alsbald über den Rand des Bettes nieder.

Seine Gedanken flogen zurück in Heinrichs Kinderzeit; er suchte sich das glückliche Gesicht des Knaben zurückzurufen, wenn es hieß: „Am Deich spazierengehen“; er suchte seinen Jubel zu hören, wenn ein Lerchennest gefunden oder eine große Seespinne von der Flut ans Ufer getrieben wurde. Aber auch hier kam etwas, um seinen kargen Schlaf mit ihm zu teilen. Nicht nur, wenn es von den Nordseewatten her an sein Fenster wehte, sondern auch in todstiller Nacht, immer war jetzt das eintönige Tosen des

Meeres in seinen Ohren; wie zur Ebbezeit von weit draußen, hinter der Schmaltiefe schien es herzukommen; statt des glücklichen Gesichtes seines Knaben sah er die bloßgelegten Strecken des gärenden Wattenschlamms im Mondschein blänkern, und daraus flach und schwarz erhob sich eine öde Hallig. Es war dieselbe, bei der er einst mit Heinrich angefahren, um Möwen- und Kiebitzeier dort zu suchen. Aber sie hatten keine gefunden; nur den aufgeschwemmten Leichnam eines Ertrunkenen. Er lag zwischen dem urweltlichen Kraut des Queller, von großen Vögeln umflogen, die Arme ausgestreckt, das furchtbare Totenantlitz gegen den Himmel gekehrt. Schreiend, mit entsetzten Augen, hatte bei diesem Anblick der Knabe sich an den Vater angeklammert.

Immer wieder, ja selbst im Traum, wohin diese Vorstellungen ihn verfolgten, suchte der Greis seine Gedanken nach friedlicheren Orten hinzulenken; aber jedes Wehen der Luft führte ihn zurück auf jenes furchtbare Eiland.

Auch die Tage waren anders geworden; der alte Carsten Curator führte zwar noch diesen seinen Beinamen; aber er führte ihn fast nur noch wie ein pensionierter Beamter seinen Amtstitel, und freilich ohne alle Pension. Die meisten seiner derartigen Geschäfte waren in jüngere Hände übergegangen; nur das kleine städtische Amt, das er derzeit wirklich erhalten hatte, wurde noch von ihm bekleidet, und auch der Wollwarenhandel ging in Brigittens alternder Hand seinen freilich immer schwächeren Gang.

Es war an einem Nachmittag zu Anfang des November. Der Wind kam steif aus Westen; der Arm, mit dem die Nordsee in Gestalt des schmalen Hafens in die Stadt hineinlangt, war von trübgrauem Wasser angefüllt, das kochend und schäumend schon die Hafentreppen überflutet hatte und die kleinen vor Anker liegenden Inselschiffe hin und wider warf. Hie und da begann man schon vor Haustüren und Kellerfenstern die hölzernen Schotten einzulassen, zwischen deren doppelte Wände dann der Dünger eingestampft wurde, der schon seit Wochen auf allen Vorstraßen lagerte.

Aus dem Hause an der Twiete trat, von Brigitte zur Tür geleitet, ein junger Schiffer, der sich mit einer wollenen Jacke für den Winter ausgerüstet hatte; aber der Sturm riß ihm das Papier von seinem Packen und den Hut vom Kopfe. „Oho, Jungfer Brigitte“, rief er, indem er seinem Hute nachlief, „der Wind ist umgesprungen; das gibt bös Wasser heut!“

„Herr du mein Jesus!“ schrie die Alte; „sie dämmen überall schon vor! Christinchen, Christinchen!“ – sie wandte sich zu einem Nachbarskinde, das sie in Abwesenheit der Eltern in ihrer Obhut hatte – „die Schotten müssen aus dem Keller! Lauf in die Krämerstraße; der lange Christian, er muß sogleich herüberkommen!“

Das Kind lief; aber der Sturm faßte es und hätte es wie einen armen Vogel gegen die Häuser geworfen, wenn nicht zum Glück der lange Christian schon gekommen wäre und es mit zurückgebracht hätte.

Die Schotten wurden herbeigeholt und vor der Haustür bis zu halber Manneshöhe eingelassen. Als die Dämmerung herabfiel, war fast der ganze Hafenplatz schon überflutet; aus den dem Bollwerk nahe gelegenen Häusern brachte man mit Böten die Bewohner nach den höheren Stadtteilen. Die Schiffe drunten rissen an den Ankerketten, die Masten schlugen gegeneinander; große weiße Vögel wurden mitten zwischen sie hineingeschleudert oder klammerten sich schreiend an die schlotternden Taue.

Brigitte und das Kind hatten eine Zeitlang der Arbeit des langen Christian zugesehen; jetzt saßen sie im Dunkeln in der Stube hinter den fest angeschrobenen Fensterläden. Draußen das Klatschen des Wassers, das Pfeifen in den Schiffstauen, das Rufen und Schreien der Menschen; wie grimmig zerrte es an den Läden, als wollte es sie herunterreißen. „Hu“, sagte das Kind, „es kommt herein, es holt mich!“

„Kind, Kind“, rief die Alte, „was sprichst du da? Was soll hereinkommen?“

„Ich weiß nicht, Tante; das, was da außen ist!“

Brigitte nahm das Kind auf ihren Schoß.

„Das ist der liebe Gott, Christinchen; was der tut, das ist wohlgetan. – Aber komm, wir wollen oben nach meiner Kammer gehen!"

Währenddessen war Carsten hinten im Pesel beschäftigt; er packte die in dem einen Schranke lagernden alten Papiere und Rechnungsbücher aus und trug sie nach der Kammer des Seitenbaues hinauf; denn erst nach etwa einer Stunde war hohe Flut; das untere Haus war heute nicht sicher vor dem Wasser.

Eben trat er, eine brennende Unschlittkerze in der Hand, wieder in den Pesel; das im Zuge qualmende Licht, welches er in Ermangelung eines Tisches auf die Fensterbank niedersetzte, ließ den hohen Raum mit den mächtigen Schränken nur um so düsterer erscheinen; bei dem schräg von Westen einfallenden Sturme rasselten die in Blei gefaßten Scheiben, als sollten sie jeden Augenblick auf die Fliesen hinabgeschleudert werden.

Der Greis schien desungeachtet und trotz der Schreie und Rufe, die von der Straße zu ihm hereindrangen, nicht eben eilig mit seiner Arbeit zu haben. Sein Haus, das steinerne, würde schon stehen bleiben; ein anderer Untergang seines Hauses stand ihm vor der Seele, dem er nicht zu wehren wußte. Am Vormittage war Anna dagewesen und hatte, als letzte Rettung ihres Mannes, nun selbst die Auslieferung ihrer Wertpapiere von ihm verlangt; aber auch ihr, die zu dieser Forderung berechtigt war, hatte er sie abgeschlagen. „Verklage mich; dann können sie mir gerichtlich abgenommen werden!"

Er wiederholte sich jetzt diese Worte, mit denen er sie entlassen hatte, und Annas gramentstelltes Antlitz stand vor ihm auf, eine stumme Anklage, der er nicht entgehen konnte.

Als er sich endlich wieder an dem Schranke niederbückte, hörte er draußen die Tür, welche von der Twiete in den Hof führte, gewaltsam aufreißen; bald darauf wurde auch die Hoftür des Pesels aufgeklinkt, und wie vom Sturm hereingeworfen, stand mitten in dem düsteren Raume eine Gestalt, in der Carsten allmählich seinen Sohn erkannte.

Aber Heinrich sprach nicht und machte auch keine Anstalt, die Tür, durch welche der Sturm hereinblies, wieder zu schließen. Erst nachdem sein Vater ihn aufgefordert hatte, tat er das; doch war ihm mehrmals die Klinke dabei aus der Hand geflogen.

„Du hast mir noch keinen guten Abend geboten, Heinrich", sagte der Alte.

„Guten Abend – Vater."

Carsten erschrak, als er den Ton dieser Stimme hörte; nur einmal, in einer Nacht nur hatte er ihn gehört. „Was willst du?" frug er. „Weshalb bist du nicht bei Frau und Kind? Das Wasser wird schon längst in eurem Garten sein."

Was Heinrich hierauf erwiderte, war bei dem Tosen, das von allen Seiten um das Haus fuhr, kaum zu hören.

„Ich verstehe dich nicht! Was sagst du?" rief der Greis. – „Das Geld? Die Papiere deiner Frau? – Nein, die gebe ich nicht!"

„Aber – ich bin bankerott – schon morgen!" Die Worte waren gewaltsam hervorgestoßen, und Carsten hatte sie verstanden.

„Bankerott!" Wie betäubt wiederholte er das eine Wort. Aber bald danach trat er dicht zu seinem Sohn, und die hagere Hand wie zu eigener Stütze gegen seine Brust pressend, sagte er fast ruhig: „Ich bin weit mit dir gegangen, Heinrich; Gott und dein armes Weib wollen mir das verzeihen! Ich gehe nun nicht weiter; was morgen kommt – wir büßen beide dann für eigene Schuld."

„Vater! mein Vater!" stammelte Heinrich. Er schien die Worte, die zu ihm gesprochen wurden, nicht zu fassen.

In jähem Andrang streckte der Greis beide Arme nach dem Sohne aus; und wenn die in dem großen Raume herrschende Dämmerung es gestattet hätte und wenn seine Augen klar genug gewesen wären, Heinrich hätte vor dem Ausdruck in seines Vaters Angesicht erschrecken müssen; aber die Schwäche, welche diesen für einen Augenblick überwältigt hatte, ging vorüber. „Dein Vater?" sagte er, und seine Worte klangen hart. „Ja, Heinrich! – Aber ich war noch etwas anderes – die Leute nannten mich danach – nur ein Stück noch habe ich davon behalten; sieh zu, ob du es aus meinen alten Händen reißen kannst! Denn – betteln gehen, das soll dein Weib doch nicht, weil ihr Curator sie für seinen schlechten Sohn verraten hat!" Von draußen drang ein Geschrei herein, und aus entfernten Straßen scholl der dumpfe herkömmliche Notruf: „Water! Water!"

„Hörst du nicht?" rief der Alte; „die Schleuse ist gebrochen! Was stehst du noch? Ich habe keine Hülfe mehr für dich!"

Aber Heinrich antwortete nicht, er ging auch nicht; mit schlaff herabhängenden Armen blieb er stehen.

Da, wie in plötzlicher Anwandlung, griff Carsten nach der flackernden Unschlittkerze und hielt sie dicht vor seines Sohnes Angesicht.

Zwei stumpfe gläserne Augen starrten auf ihn hin.

Der Greis taumelte zurück. „Betrunken!" schrie er, „du bist betrunken!"

Er wandte sich ab; mit der einen Hand die qualmende Kerze vor sich haltend, die andere abwehrend hinter sich gestreckt, wankte er nach der Tür des Seitenbaues. Als er hindurchschritt, fühlte er sich an seinem Rocke gezerrt; aber er machte sich los, es wurde finster im Pesel, und von der andern Seite drehte sich der Schlüssel in der Tür.

Der Trunkene war plötzlich seiner Sinne mächtig geworden. Wie aus dem Nebel eines Traumes erwachend, fand er sich allein in dem ihm wohlbekannten dunkeln Raume; er wußte mit einem Male jedes Wort, das zu ihm gesprochen war. Er tastete an der verschlossenen Tür, er rüttelte daran. „Vater! hör mich!" rief er, „hilf mir, mein Vater! nur noch dies eine, letzte Mal!" Und wieder rüttelte er, und noch einmal mit lauter Stimme rief er es. Aber, ob der Sturm es verwehte oder ob seines Vaters Ohr für ihn verschlossen war, ihm wurde nicht geöffnet; nichts hörte er als das Toben in den Lüften und zwischen den Schluchten der Höfe und Häuser.

Eine Weile noch stand er, das Ohr gegen die Tür gedrückt; dann endlich ging er fort. Aber nicht durch den Hof nach der Twiete, wo die Tür vielleicht noch frei von Wasser war; er ging durch den Flur an die Schotten der offenen Haustür, an denen schon bis zur halben Höhe das Wasser hinaufklatschte. Der Mond war aufgestiegen; aber am Himmel flogen die Wolken; Licht und Dunkel jagten abwechselnd über die schäumenden Wasser. Vor ihm über der Schleuse, wo es ostwärts durch die Häuserlücke nach den

Gärten und Wiesen geht, schien jetzt ein mächtiger Strom hinabzuschießen; er glaubte den Todesschrei der Tiere zu hören, welche die erbarmungslosen Naturgewalten wie im Taumel dort vorüberrissen. Ihn schauderte; – was wollte er hier? – Aber gleich darauf warf er den bleichen, noch immer jugendlich schönen Kopf zurück. „Oiho, Jens!" rief er plötzlich; er hatte seitwärts unter den Häusern ein mit zwei Leuten bemanntes Boot erblickt, das zu einem der früheren Austerschiffe gehörte. Ein trotziger Übermut sprühte aus seinen eben noch so stumpfen Augen. „Gib mir das Boot, Jens! Oder habt ihr selbst noch was damit?"

„Diesmal nicht!" scholl es zurück. „Aber wohin will der Herr?"

„Wohin? Ja, wohin? Dort, nur querüber nach der Krämerstraße!"

Das winzige Boot legte sich an die Schotten.

„Steigt ein, Herr; aber setzt uns hier nebenan beim Schlachter ab!"

Heinrich stieg ein, und die beiden andern wurden, wie sie es verlangten, ausgesetzt. Als sie aber dort hinter den Schotten in der Haustür standen, sahen sie bald, daß das Boot nicht, wie Heinrich angegeben, in den sicheren Paß der Straße lenkte. „Herr, zum Teufel", schrie der eine, „wo wollt Ihr hin?"

Heinrich war noch im Schutze der Häuserreihe.

„Nach Haus!" rief er zurück. „Hintenum nach Haus!"

„Herr, seid Ihr toll! Das geht nicht! das Boot kentert, eh Ihr um die Schleuse seid!"

„Muß gehen!" kam es noch einmal halb verweht zurück; dann schoß das Boot in den wüsten Wasserschwall hinaus. Noch einen Augenblick sahen sie es wie einen Schatten von den Wellen auf und ab geworfen; als es über der Schleuse in die Häuserlücke gelangte, wurde es vom Strom gefaßt. Die Leute stießen einen Schrei aus; das Boot war jählings ihrem Blick verschwunden. – –

„War mir doch", sagte Brigitte oben in ihrer Kammer zu dem Kinde, „als hätte ich vorhin des Onkel Heinrichs Stimme gehört! Aber wie sollte der hieher kommen!" Dann ging sie hinaus und rief von der Treppe in den dunkeln Flur hinab: „Heinrich, bist du da, Heinrich?" – Als keine

Antwort kam, schüttelte sie den Kopf und horchte noch einmal; aber nur das Wasser klatschte gegen die Schotten.

Sie ging vollends in das Unterhaus hinab, entzündete mit Mühe ein Licht und stellte es in das Ladenfenster; dann, nachdem sie den Wasserstand besichtigt hatte, stieg sie wieder hinauf in ihre Kammer. „Sei ruhig, Christinchen, das Wasser kommt heute nicht ins Haus; aber der Onkel Heinrich ist auch nicht dagewesen."

Wohl eine Viertelstunde war vergangen; draußen schien es ruhiger zu werden, die Leute saßen abwartend in ihren Häusern. Da setzte Brigitte plötzlich das Kind von ihrem Schoße. „Was war das? Hörtest du das, Christinchen?" Und wieder lief sie nach der Treppe. „Ist jemand unten?" rief sie in den Flur hinab.

Eine Männerstimme antwortete durch die offene Haustür.

„Was wollt Ihr? Seid Ihr's denn, Nachbar?" fragte die Alte. „Wie seid Ihr an das Haus gekommen?"

„Ich hab ein Boot, Brigitte, aber kommt einmal herab!"

So rasch sie vor dem Kinde konnte, das sich wieder an ihren Rock geklammert hatte, stieg sie die Treppe hinab. „Was ist denn, Nachbar? Gott schütze uns vor Unglück!"

„Ja, ja, Brigitte, Gott schütze uns! Aber hinter der Krämerstraße auf den Fennen ist ein Mensch in Not."

„Allbarmherziger Gott, ein Mensch! Wollt Ihr das große Tau von unserem Boden?"

Der Mann schüttelte den Kopf. „Es ist zu weit, der Mensch sitzt auf dem hohen Scheuerpfahl, der nur noch eben über Wasser ist. Hört nur! Man kann ihn schreien hören! – Nein, nein, es war nur der Wind. Aber drüben von des Bäckers Hausboden können sie ihn sehen."

„Bleibt noch!" sagte die Alte. „Ich will Carsten rufen; vielleicht weiß der noch Rat."

Ein paar Worte noch wechselten sie; dann lief Brigitte nach dem Pesel. Aber es war dunkel, Carsten war nicht dort. Als sie sich mit dem Kinde nach der Ecke des Seitenbaues hingetastet hatte, fand sie die Tür verschlossen.

„Carsten, Carsten!" rief sie und schlug mit beiden Händen darauf los. Endlich kam es die Treppe herab, der Schlüssel drehte sich, und Carsten mit der heruntergebrannten Kerze in der Hand trat ihr totenbleich entgegen.

„Um Gottes willen, Bruder, wie siehst du aus! Warum verschließt du dich? Was hast du oben in der Totenkammer aufgestellt?“

Er sah sie ruhig, aber wie abwesend aus seinen großen Augen an.

„Was willst du, Schwester?“ fragte er. „Ist denn das Wasser schon im Fallen?“

„Nein, Bruder; aber es hat ein Unglück gegeben!“ Und sie berichtete mit fliegenden Worten, was der Nachbar ihr erzählt hatte.

Die steinerne Gestalt des Alten wurde plötzlich lebendig. „Ein Mensch? Ein Mann, Brigitte?“ rief er und packte den Arm seiner alten Schwester.

„Freilich, freilich; ein Mann, Bruder!“

Das Kind, das Brigittens Rock nicht losgelassen hatte, streckte jetzt sein Köpfchen vor. „Ja, Carsten Ohm“, sagte es wichtig, „und der Mann ruft immer nach seinem Vater! Von Nachbar Bäcker seinem Boden können sie ihn schreien hören!“

Carsten ließ das Licht auf die Fliesen fallen und stürzte fort. Er war schon drunten vor den Schotten und wäre in das Wasser hinausgestiegen, wenn ihm der Nachbar nicht noch zur Not ins Boot geholfen hätte.

Einige Augenblicke später stand er drüben in der Krämerstraße auf dem dunkeln Boden des Bäckers und ließ durch die offene Luke seine Blicke in den nächtlichen Graus hinausirren.

„Wo? wo?“ fragte er zitternd.

„Guckt nur gradeaus! Der Pfahl auf Peter Hansens Fenne!“ antwortete der dicke Bäcker, der, mit den Daumen in den Armlöchern seiner Weste, neben ihm stand; „’s ist nur zu dunkel jetzt; Ihr müßt warten, bis der Mond wieder vorkommt! Aber ich geh nach unten; ich bin zu weich; ich halt’s nicht aus, das Schreien hier mit anzuhören.“

„Schreien? Ich höre nichts!“

„Nicht? Nun, helfen kann’s dem drüben auch nicht weiter.“

Eine blendende Mondhelle brach durch die vorüberjagenden Wolken und beleuchtete das geisterbleiche Gesicht des Greises, der sein fliegendes Haar mit beiden Händen hielt, während die großen Augen angstvoll über die schäumende Wasserwüste schweiften.

Plötzlich zuckte er zusammen.

„Carsten, alle Teufel, Carsten!" rief der Bäcker, der trotz seines weichen Herzens noch zur Stelle war; denn in demselben Augenblicke war Carsten lautlos in die Arme des dicken Mannes hingefallen.

„Ja, so", setzte der hinzu, als er nun auch einen Blick durch die Luke tat; „der Pfahl ist, bei meiner armen Seele, leer! Aber was zum Henker ging denn das den Alten an!"

Es ist zwar nie ermittelt worden, wer der Mensch gewesen, dessen Notschrei derzeit von der Flut erstickt wurde; gewiß aber ist es, daß Heinrich weder in jener Nacht noch später wieder nach Hause gekommen oder überhaupt gesehen worden ist.

Im übrigen hat Herrn Jaspers' fröhliche Zuversicht sich mehr noch als bewährt; nicht nur das Haus in der Süderstraße, auch das an der Twiete ging bald durch seine Hände. Nur Tante Brigittens Sarg stand noch im kühlen Pesel und wurde von da zur ewigen Ruhe hinausgetragen. Carsten mußte ausziehen; während drinnen der Auktionshammer schallte, ging er, von Anna gestützt, aus seinem alten Hause, um es niemals wieder zu betreten. Oben in der Süderstraße, weit hinter Heinrichs früherem Gewese, dort wo die letzten kleinen Häuser mit Stroh gedeckt sind, war jetzt ihre gemeinschaftliche Heimat. Ein Amt bekleidete Carsten nicht mehr, auch sonst betrieb er keine Geschäfte; denn in jener Nacht war er vom Schlage getroffen worden, und sein Kopf hatte gelitten; dagegen war er noch wohl geeignet, den kleinen Heinrich zu warten, welcher den halben Tag auf seines Großvaters Schoße zubrachte. Not litt der Alte nicht, obgleich Anna auch den letzten Bruchteil ihres Vermögens um des Gedächtnisses ihres Mannes willen hingegeben hatte; aber ihre Hände und ihr Mut waren nimmer müde. Sie war völlig verblüht, nur ihr schönes blondes Haar hatte sie noch behalten; aber eine geistige Schönheit leuchtete jetzt von ihrem Antlitz, die sie früher nicht besessen hatte; und wer sie damals in ihrer hohen Gestalt zwischen dem Kinde und dem zum Kind gewordenen Manne erblickt hat, dem mußten die Worte der Bibel ins Gedächtnis kommen: Stirbt auch der Leib, doch wird die Seele leben!

Für den Greis aber bildete es eine täglich wiederkehrende Lust, die Züge der Mutter in dem kleinen Antlitz seines Enkels aufzusuchen. „Dein Sohn, Anna; ganz dein Sohn!“ pflegte er nach längerer Betrachtung auszurufen. „Er hat ein glückliches Gesicht!“ Dann nickte Anna und sagte lächelnd: „Ja, Großvater; aber der Junge hat ganz Eure Augen.“

Und so geht es fort in den Geschlechtern: die Hoffnung wächst mit jedem Menschen auf; aber keiner denkt daran, daß er mit jedem Bissen seinem Kinde zugleich ein Stück des eigenen Lebens hingibt, das von demselben bald nicht mehr zu lösen ist.

Heil dem, dessen Leben in seines Kindes Hand gesichert ist; aber auch dem noch, welchem von allem, was er einst besessen, nur eine barmherzige Hand geblieben ist, um seinem armen Haupte die letzten Kissen aufzuschütteln.

Die Söhne des Senators

Der nun längst vergessene alte Senator Christian Albrecht Jovers, dessen Sarg bei Beginn dieser einfachen Geschichte schon vor mehreren Jahren die stille Gesellschaft der Familiengruft vermehrt hatte, war einer der letzten größeren Kaufherren unserer Küstenstadt gewesen. Außer seiner Witwe, der von klein und groß geliebten Frau Senatorn, hatte er zwei Söhne hinterlassen, von denen er den ältesten, gleichen Namens mit ihm, kurz vor seinem Tode als Kompagnon der Firma aufgenommen hatte, während für den um ein Jahr jüngeren Herrn Friedrich Jovers am selben Orte ein durch den Tod des Inhabers frei gewordenes Weingeschäft erworben war.

Dem alten, nun in Gott ruhenden Herrn war derzeit der Ruf gefolgt, daß er in seinem Hause, selbst gegen seine im vorgeschrittenen Mannesalter stehenden Söhne, die Familiengewalt mit Strenge, ja oft mit Heftigkeit geübt habe; nicht minder aber, daß er ein Mann gewesen sei, stets eingedenk der Würde seiner Stellung und des wohlerworbenen Ansehens seiner Voreltern, mit einem offenen Herzen für seine Vaterstadt und alle reputierlichen Leute in derselben, mochten sie in den großen Giebelhäusern am Markte oder in den Katen an den Stadtenden wohnen. Beim Jahreswechsel mußte ohnfehlbar der Buchhalter und Kassierer Friedebohm einen gewichtigen Haufen dänischer und holländischer Dukaten in einzelne Päckchen siegeln, sei es zu Ehrengeschenken für die Prediger, für Kirchen- und Schulbediente oder für am Orte wohnende frühere Dienstboten als ein Beitrag zu den Kosten der verflossenen Feiertage; ebenso sicher aber war auch dann schon vor Einbruch der schlimmsten Wintersnot ein auf dem nahe liegenden Marschhofe des Senators fettgegraster Mastochse für die Armen ausgeschlachtet und verteilt worden. So stand denn nicht zu verwundern, daß die Mitbürger des alten Herrn, wenn sie ihm bei seinen seltenen Gängen durch die Stadt begegneten, stets mit einer Art sorglicher Feierlichkeit ihren Dreispitz von der Perücke hoben, auch wohl erwartungsvoll hinblickten, ob bei dem Gegengruße ein Lächeln um den streng geschlossenen Mund sich zeige.

Das Haus der Familie lag inmitten der Stadt in einer nach dem Hafen hinabgehenden Straße. Es hatte einen weiten, hohen Flur mit breiter Treppe in das Oberhaus, zur Linken neben der mächtigen Haustür das Wohnzimmer, in dem langgestreckten Hinterhause die beiden Schreibstuben für die Kaufmannsgesellen und den Prinzipal; darüber, im oberen Stockwerk, lag der nur bei feierlichen Anlässen gebrauchte große Festsaal. Auch was derzeit sonst an Raum und Gelaß für eine angesehene Familie nötig war, befand sich in und bei dem Hause; nur eines fehlte: es hatte keinen Garten, sondern nur einen mäßig großen Steinhof, auf welchen oben die drei Fenster des Saales, unten die der Schreibstuben hinaussahen. Der karge Ausblick aus diesem Hofe ging über eine niedrige Grenzmauer auf einen Teil des hier nicht breiteren Nachbarhofes; der Nachbar selber aber war Herr Friedrich Jovers, und über die niedrige Mauer pflegten die beiden Brüder sich den Morgengruß zu bieten.

Gleichwohl fehlte es der Familie nicht an einem stattlichen Lust- und Nutzgarten, nur lag er einige Straßen weit vom Hause; doch immerhin so, daß er, wie man hier sich ausdrückt, „hintenum" zu erreichen war. Und für den vielbeschäftigten alten Kaufherrn mag es wohl gar eine Erquikkung gewesen sein, wenn er spät nachmittags am Westrande der Stadt entlangwandelte, bisweilen anhaltend, um auf die grüne Marschweide hinabzuschauen, oder, wenn bei feuchter Witterung der Meeresspiegel wie emporgehoben sichtbar wurde, darüber hinaus nach den Masten eines seiner auf der Reede ankernden Schiffe. Er zögerte dann wohl noch ein Weilchen, bevor er sich wieder in die Stadt zurückwandte; denn freilich galt es, von hier aus nun noch etwa zwanzig Schritte in eine breite Nebengasse hineinzubiegen, wo die niedrigen, aber sauber gehaltenen Häuser von Arbeitern und kleinen Handwerkern der hereinströmenden Seeluft wie dem lieben Sonnenlichte freien Eingang ließen. Hier wurde die nördliche Häuserreihe von einem grünen Weißdornzaune und dieser wiederum durch eine breite Staketpforte unterbrochen. Mit dem schweren Schlüssel, den er aus der Tasche zog, schloß der alte Herr die Pforte auf, und bald konnte man ihn auf dem geradlinigen, mit weißen Muscheln ausgestampften Steige in den Garten hineinschreiten sehen, je nach der Jahreszeit den weißen Kopf seitwärts zu einer frisch erschlossenen Provinzrose hinabbeugend oder das Obst an den jungen, in den Rabatten neu gepflanzten Bäumen prüfend.

Der zwischen Buchseinfassung hinlaufende breite Steig führte nach etwa hundert Schritten zu einem im Zopfstil erbauten Pavillon; und es war für die angrenzende Gasse allemal ein Fest, wenn an Sonntagnachmittagen die Familie sich hier zum Kaffee versammelt hatte und dann beide Flügeltüren weit geöffnet waren. Der alte Andreas, welcher dicht am Garten wohnte, hatte an solchen Tagen schon in der Morgenfrühe oder vorher, am Sonnabend, alle Nebensteige geharkt und Blumen und Gesträuche sauber aufgebunden. Weiber mit ihrem Nachwuchs auf den Armen, halbgewachsene Jungen und Mädchen drängten sich um die Pforte, um durch deren Stäbe einen Blick in die patrizischen Sommerfreuden zu erhaschen, mochten sie nun das blinkende Service des Kaffeetisches bewundern oder Schärferblickende die nicht übel gemalte tanzende Flora an der Rückwand des Pavillons gewahren und nun lebhaft dafür eintreten, daß diese fliegende Dame das Bild der guten Frau Senatorn in ihren jungen Tagen vorstelle. Die ganze Freude der Jugend aber war ein grüner Papagei aus Kuba, der bei solchen Anlässen als vieljähriger Haus- und Festgenosse vor den Türen des Pavillons seinen Platz zu finden pflegte. Auf seiner Stange sitzend, pfiff er bald ein heimatliches Negerliedchen, bald, wenn von der Pforte her zu viele Finger und blanke Augen auf ihn zielten, schrie er flügelschlagend ein fast verständliches Wort zu der Gassenbrut hinüber. Dann frugen die Jungen untereinander: „Wat seggt he? Wat seggt de Papagoy?“ Und immer war einer dazwischen, welcher Antwort geben konnte. „Wat he seggt? – ‚Komm röwer!‘ seggt he!“ – Dann lachten die Jungen und stießen sich mit den Ellenbogen, und wenn Stachelbeeren an den Büschen oder Eierpflaumen an den Bäumen hingen, so hatten sie zum Herüberkommen gewiß nicht übel Lust. Aber das war schwerlich die Meinung des alten Papageien; denn wenn Herr Christian Albrecht, sein besonderer Gönner, mit einem Stückchen Zucker an die Stange trat, so schrie er ebenfalls: „Komm röwer!“ Er hatte dasselbe schon geschrien, als ein alter Kapitän ihres Vaters den Knaben

Friedrich und Christian Albrecht den fremden Vogel zum Geschenke brachte; und als auch sie ihn damals frugen: „Wat seggt de Papagoy?" da hatte der alte Mann nur lachend erwidert: „Ja, ja, se hebbt upt Schipp em allerlei dumm Tüges lehrt!" Der Himmel mochte wissen, was der Vogel mit seinem plattdeutschen Zuruf sagen wollte!

Mitunter ging auch wohl die kleine, freundliche Frau Senatorin mit ihrer Kaffeetasse in der Hand den Steig hinab, um die Enkelinnen des alten Andreas mit einer Frucht oder einem Sonntagsschilling zu erfreuen; dann putzten die Weiber ihren Säuglingen rasch die Näschen, die Jungen aber blieben grinsend stehen: sie wußten zu genau, daß die gute Dame es mit der Verwandtschaft zum Andreas nicht allzu peinlich nahm. Ebenso geschah es mit Herrn Christian Albrecht, denn er glich seiner Mutter an froher Leichtlebigkeit; er kannte die Buben all bei Namen und erzählte ihnen von dem Papageien die wunderbarsten und ergötzlichsten Geschichten. Anders, wenn der alte Kaufherr mit seiner holländischen Kalkpfeife auf den Steig hinaustrat; dann zogen sich alle ausgestreckten Finger zwischen den Stäben der Pforte zurück, und alt und jung schaute in ehrerbietigem Schweigen auf ihn hin; war es aber Herr Friedrich Jovers, der den Steig herabkam, so waren plötzlich mit dem Rufe: „De junge Herr!" alle Jungen zu beiden Seiten der Pforte hinter dem hohen Zaun verschwunden, denn der unbequeme Verkehr mit Kindern lag nicht in seiner Art; wohl aber hatte er einmal einen der größeren Jungen derb geschüttelt, als dieser eben von der Gasse aus mit seinem Flitzbogen auf einen im Garten singenden Hänfling schießen wollte.

– – Diese Familienfeste waren nun vorüber. – Der nördliche, hinter dem Pavillon liegende Teil des Gartens grenzte an den schon außerhalb der Stadt liegenden Kirchhof, und hier, in der von seinem Vater erbauten Familiengruft, ruhte der alte Kaufherr und Senator von seiner langen Lebensarbeit; mit dem Liede „O du schönes Weltgebäude" hatten die Gelehrten- und die Bürgerschule ihn zu Grabe gesungen, denen beiden, oft im Kampfe mit seinem Schwager, dem regierenden Bürgermeister, er zeitlebens ein starker Schutz und Halt gewesen war. Hier ruhte seit kurzem auch die freundliche Frau Senatorn, nachdem noch kurz zuvor Herr Christian Albrecht eine ihr gleichgeartete, rosige Schwiegertochter in das alte Haus geführt hatte. „Du brauchst mich nun nicht weiter", hatte sie lächelnd zu dem trostbedürftigen Sohne gesagt; „in der da hast du mich ja wieder, und noch jung und hübsch dazu!" Und dann hatte auch sie die Augen geschlossen, und viele Augen hatten um sie geweint, und ihr sie verehrender Freund, der alte Kantor van Essen, hatte bei ihrem Begräbnis mit einer eigens dazu komponierten Trauermusike aufgewartet.

Der Kirchhof war durch einen niedrigen Zaun von dem Garten getrennt, und Herr Christian Albrecht hatte sonst, ohne viele Gedanken, darüber weg auf den unweit belegenen Überbau der Gruft geblickt; seitdem aber sein Vater darunter ruhte, war ihm unwillkürlich der Wunsch gekommen, daß eine hohe Planke oder Mauer hier die Aussicht schließen möchte. Nicht, daß er die Grabstätte seines Vaters scheute; nur vom Garten aus wollte er sie nicht vor Augen haben; wenn ihn sein Herz dahin trieb, so wollte er auf dem Umwege der Gassen und auf dem allgemeinen Totengang dahin gelangen. Er hatte diese Gedanken wohl auch gegen seinen Bruder ausgesprochen; er hatte sie dann über sein junges Eheglück vergessen; als aber jetzt auch der Leichnam der ihm herzverwandten Mutter unter jenen schweren Steinen lag, waren sie aufs neue hervorgetreten.

Allein zunächst galt es, sich mit dem Bruder über den elterlichen Nachlaß zu vereinigen; es war ja noch unbestimmt, in wessen Hand der Garten kommen würde.

An einem Sonntagvormittage im November gingen die beiden Brüder, Herr Christian Albrecht und Herr Friedrich Jovers, in dem großen, ungeheizten Festsaale des Familienhauses schweigend auf und ab. Die Morgensonne, welche noch vor kurzem durch die kleinen Scheiben der drei hohen Fenster hineingeschienen hatte, war schon fortgegangen, die großen Spiegel an den Zwischenwänden standen fast düster zwischen den grauseidenen Vorhängen. Fast behutsam traten die Männer auf, als wollten sie in dem weiten Gemache den Widerhall nicht wecken; endlich blieben sie vor einer zierlichen Schatulle mit Spiegelaufsatz stehen, dessen reichvergoldete Bekrönung aus einer von Amoretten gehaltenen Rosengirlande bestand. „Hm", sagte Christian Albrecht, „Mama selig, als sie in ihren letzten Jahren einmal ihren Muff hier aus der Schublade nahm, da nickte sie dem einen Spiegel zu; ‚du Schelm', sagte sie, ‚wo hast du das schmucke Antlitz hingetan, das du mir sonst so eifrig vorgehalten hast! Nun guck einmal, Christian Albrecht, was itzo da herausschaut!' Die alte, heitere Frau, dann gab sie mir die Hand und lachte herzlich."

Die beiden Brüder blickten auf das stumme Glas: kein junges Antlitz blickte mehr heraus; auch nicht das liebe alte, das sie besser noch als jenes kannten. Schweigend gingen sie weiter; sie legten fast wie mit Ehrfurcht ihre Hand bald auf das eine, bald auf das andere der umherstehenden Geräte, als wäre es noch in ihrer Knabenzeit, wo ihnen der Eintritt hier nur bei Familienfesten und zur Weihnachtszeit vergönnt gewesen war. Wie damals war unter der schweren Stuckrosette der Gipsdecke das stille Blitzen der großen Kristallkrone; wie damals hingen über dem Kanapee, den Fenstern gegenüber, die lebensgroßen Brustbilder der Eltern in ihrem Brautstaate, daneben in höherem Alter die der Großeltern, deren altmodische Gestalten ihnen in der Dämmerung ihrer frühesten Jugendzeit entschwanden.

„Christian Albrecht", sagte der Jüngere, und der vom Vater ererbte strenge Zug um den Mund verschwand ein wenig; „hier darf nichts gerückt werden."

„Ich meine auch nicht, Friedrich."

„Es verbleibt dir sonach mit dem Hause."

„Und der Papagei? Den haben wir vergessen."

„Ich denke, der gehört auch mit zum Hause."

Christian Albrecht nickte. „Und du nimmst dagegen das beste Tafelsilber und das Sevresporzellan, das hierneben in der Geschirrkammer steht!"

Friedrich nickte; eine Pause entstand.

„So wären wir denn mit unserer Teilung fertig!" sagte Christian Albrecht wieder.

Friedrich antwortete nicht; er stand vor den Familienbildern, als ob er eingehend sie betrachten müsse; sein Kopf drückte sich immer weiter in den Nacken, bis der schwarzseidene Haarbeutel im rechten Winkel von dem schokoladenfarbenen Rocke abstand. „Es ist nur noch der Garten", sagte er endlich, als ob er etwas ganz Beiläufiges erwähne.

Aber in des Bruders sonst so ruhigem Antlitz zuckte es, wie wenn ein lang Gefürchtetes plötzlich ausgesprochen wäre. „Den Garten könntest du mir lassen", sagte er beklommen; „die Auslösungssumme magst du selbst bestimmen!"

„Meinst du, Christian Albrecht?"

„Ich meine es, Friedrich. Du sagst es selbst, du seiest ein geborener Hagestolz; – aber ich und meine Christine, unsere Ehe wird gesegnet sein! Hier haben wir nur den engen Steinhof; bedenk es, Bruder, wo sollen wir mit den lieben Geschöpfen hin? Und dann – du selber! Im Pavillon, an den Sonntagnachmittagen! Du wirst doch lieber deine junge Schwägerin als deine bärbeißige Witwe Antje Möllern unserer Mutter Kaffeetisch verwalten sehen!"

„Deinen Kindern", erwiderte der andere, ohne umzublikken, „wird mein Garten nicht verschlossen sein."

„Das weiß ich, lieber Friedrich; aber Kinderhände in meines ordnungliebenden Herrn Bruders Ranunkel- und Levkojenbeeten."

Friedrich antwortete hierauf nicht. „Es ist ein Kodizill zu unseres Vaters Testament gewesen", sagte er, als spräche er es zu den Bildern oder zu der Wand ihm gegenüber, „danach sollte mir der Garten werden; die Auslösungssumme ist mir nicht bekannt geworden, die magst du bestimmen oder sonst bestimmen lassen."

Der Ältere nahm fast gewaltsam seines Bruders Hand. „Du weißt es von unserer seligen Mutter, daß unser Vater, da sie das Schriftstück einmal in die Hand bekam, ausdrücklich ihr geheißen hat: ‚Zerreiße es; die Brüder sollen sich darum vertragen.'"

„Es ist aber nicht zerrissen worden."

„Das weiß ich wohl; es trat im selben Augenblick ein Fremder in das Zimmer, und derohalben unterblieb es damals; aber später, am Tage nach selig Vaters Begräbnis, hat unsere Mutter den Willen des Verstorbenen ausgeführt."

„Das war ein volles Jahr nachher."

„Friedrich, Friedrich!" rief der Ältere. „Willst du verklagen, was unsere Mutter tat!"

„Das nicht, Christian Albrecht, aber Mama selig versierte

in einem Irrtum; sie war nicht mehr befugt, das Schriftstück zu zerreißen."

Auf dem Antlitz des älteren Bruders stand es für einen Augenblick wie eine ratlose Frage; dann begann er in dem weiten Saale auf und ab zu wandern, bis er mit ausgestreckten Armen in der Mitte stehenblieb. „Gut", sagte er, „du wünschest den Garten, wir beide wünschen ihn! Aber dabei soll unseres Vaters Wort in Ehren bleiben; teilen wir, wenn du es willst, daß jeder seine Hälfte habe!"

„Und jeder ein verhunztes Stück bekäme!"

„Nun denn, so losen wir! Laß uns hinuntergehen, Christine kann die Lose machen!"

Herr Friedrich hatte sich umgewandt; sein dem Bruder zugekehrtes Antlitz war bis über die dichten Augenbrauen hinauf gerötet. „Was mein Recht ist", sagte er heftig, „das setze ich nicht aufs Los."

In diesem Augenblicke klang das Negerlied des Papageien aus dem Unterhaus herauf; ein alter Diener hatte die Tür des Saales geöffnet: „Madame läßt bitten; es ist angerichtet."

„Gleich! Sogleich!" rief Christian Albrecht. „Wir werden gleich hinunterkommen!"

Der Diener verschwand; aber die Herren kamen nicht.

Nach einer Viertelstunde trat unten aus dem Wohnzimmer eine jugendliche Frau mit leicht gepudertem Köpfchen auf den Flur hinaus; behende erstieg sie die breite Treppe bis zur Hälfte und rief dann nach dem Saal hinauf: „Seid ihr denn noch nicht fertig? Friedrich! Christian Albrecht! Soll denn die Suppe noch zum dritten Mal zu Feuer?"

Es erfolgte keine Antwort; aber nach einer Weile, während der Stöckelschuh der hübschen Frau ein paarmal ungeduldig auf der Stufe aufgeklappert hatte, wurde oben die Saaltür aufgestoßen, und Friedrich kam allein die Treppe herab.

Die junge Frau Senatorin – denn ihr Eheliebster war kürzlich seinem Vater in dieser Würde nachgefolgt – sah ihn ganz erschrocken an. „Friedrich!" rief sie, „wie siehst du aus? Und wo bleibt Christian Albrecht?"

Aber der Schwager stürmte ohne Antwort an ihr vorüber. „Wünsche wohl zu speisen!" murmelte er und stand gleich darauf schon unten an der Haustür, die Klinke in der Hand.

Sie lief ihm nach. „Friedrich! Friedrich, was fällt dir ein? Dein Leibgericht, perdrix aux truffes!“

Aber er war schon auf der Gasse, und durch das Flurfenster sah sie ihn seinem Hause zueilen. „Nun sieh mir einer diesen Querkopf an!“ Und sie schüttelte ihr Köpfchen und stieg nachdenklich die Treppe wieder hinauf. Als sie die Tür des Saales öffnete, sah sie den jungen Herrn Senator, die Hände in den Rockschößen, vom andern Ende des Gemaches herschreiten, so ernsthaft vor sich auf die Dielen schauend, als wolle er die Nägelköpfe zählen.

„Christian! Christian Albrecht!“ rief sie, als er vor ihr stand.

Als er den Klang ihrer Stimme hörte und, den Kopf erhebend, ihr in die kinderblauen Augen sah, gewannen seine Züge die gewohnte Heiterkeit zurück. „Gehen wir zu Tisch, Madame!“ sagte er lächelnd. „Bruder Friedrich muß nun heute mit der Frau Witwe Antje Möllern speisen; aber ich habe denn doch auch meinen Kopf, und – unseres Vaters Wort muß gelten!“

Damit bot er seiner erstaunten Frau den Arm und führte sie die Treppe hinab und zu Tische.

Das Wiederkommen hatte indessen gute Weile; vierzehn Tage waren verflossen, und Herr Friedrich hatte seinen Fuß noch nicht wieder über die Schwelle des Familienhauses gesetzt. Gleich am ersten Morgen nach jenem verfehlten Mittage war Christian Albrecht wiederholt auf seinen Steinhof hinausgegangen, um wie sonst über die niedrige Grenzmauer seinem Bruder den Morgengruß zu bieten; aber von Herrn Friedrich war nichts zu sehen gewesen; ja, eines Morgens hatte Herr Christian Albrecht ganz deutlich den Schritt des Bruders aus der in einem Winkel verborgenen Hoftür kommen hören: als ihn aber im selben Augenblicke ob einer in der Alteration zu scharf genommenen Prise ein lautes Niesen anfiel, hörte er gleich darauf die Schritte wieder umkehren und die ihm unsichtbare Hoftür zuschlagen.

Herr Christian Albrecht wurde ganz still in sich bei dieser Lage der Dinge; nur mit halbem Ohre lauschte er, wenn, um ihn aufzumuntern, die hübsche Frau Senatorin sich in der Dämmerstunde ans Klavier setzte und ihm die allerneusten Lieder: „Beschattet von der Pappelweide" und „Blühe, liebes Veilchen", eines nach dem andern mit ihrer hellen Stimme vorsang.

Er hatte gegen sie nach der ersten Mitteilung „der kleinen Differenze" kein Wort über den Bruder mehr geäußert; endlich aber, eines Morgens, da die Eheleute beim Kaffee auf dem Kanapee beisammensaßen, legte die Frau Senatorin sanft ihre kleine Hand auf die des Mannes. „Siehst du nun", sagte sie leise, „er kommt nicht wieder; ich hab es gleich gesagt."

„Hm, ja, Christinchen; ich glaub es selber fast."

„Nein, nein, Christian Albrecht; es ist ganz gewiß, er kommt nicht wieder; er kann nicht wiederkommen; denn er ist ein Trotzkopf!"

Christian Albrecht lächelte; aber zugleich stützte er den Kopf in seine Hand. „Ja freilich, das ist er; das war er schon als kleiner Knabe; ich und das Kindermädchen tanzten dann um ihn herum und sangen: ‚Der Bock, der Bock! O jemine, der Bock!' bis er zuletzt einen Kegel oder ein Stück von seinem Bauholz aufgriff und damit nach unseren Köpfen warf; am liebsten warf er noch mit seinem Bauholz! Aber Christinchen – wenn's Herz nur gut ist!"

„Nicht wahr?" rief die hübsche Frau und sah ihren Mann mit lebhafter Zärtlichkeit ins Antlitz, „ein gutes Herz hat unser Friedrich, und deshalb – ich meine, du könntest zu ihm gehen; du bist kein Trotzkopf, Christian Albrecht, du hast es leichter in der Welt!"

Der Senator streichelte sanft die geröteten Wangen seiner Eheliebsten. „Was ich für eine kluge Frau bekommen habe!" sagte er neckend.

„Ei was, Christian Albrecht, sag lieber, daß du zu deinem armen Bruder gehen willst!"

„Arm, Christinchen? – Eine sonderbare Armut, wenn einer alles Recht für sich allein verlangt! Aber du sollst schon deinen Willen haben; heut abend oder schon heute nachmittag ..."

„Warum nicht schon heut vormittag?"

„Nun, wenn du willst, auch heute vormittag!"

„Und du bist versöhnlich, du gibst nach?"

„Das heißt, ich gebe ihm den Garten?"

Sie nickte: „Wenn es sein muß! Doch lieber, als daß ihr im Zorne auseinandergeht!"

„Und, Christinchen, unsere Kinder? Sollen sie mit den Hühnern hier auf dem engen Steinhof laufen?"

„Ach, Christian Albrecht!" und sie fiel ihm um den Hals und sagte leise: „Wir sind so glücklich, Christian Albrecht!"

Während bald darauf der junge Kaufherr über den Flur nach seinen Geschäftsräumen im Hinterhause schritt, hatte im Wohnzimmer seine Frau sich an das Fenster gesetzt; an einem möglichst kleinen Häubchen strickend, schaute sie über die Straße nach dem gegenüberliegenden Nachbarhause, mehr nur, wie es schien, um bei dem inneren Gedankentausche doch irgendwohin die Augen zu richten. Jetzt aber sah sie Frau Antje Möllern in Futterhemd und Schürze über die Straße schreiten und mit der Frau Nachbarn Jipsen, die soeben auch aus ihrem Hause trat, sich auf eine der steinernen Beischlagsbänke setzen. Frau Antje Möllern war die Erzählende, wobei sie sehr vergnügt und triumphierend aussah und mehrmals mit einer schwerfälligen Bewegung ihres dicken Kopfes nach dem elterlichen Hause ihres Herrn hinüberwinkte. Frau Nachbarn Jipsen schlug zuerst ihre Hände, wie vor Staunen, klatschend ineinander; dann aber nickte sie wiederholt und lebhaft; auch ihr schienen die Dinge, um die es sich handelte, ausnehmend zu gefallen; und bald, während das eifrigste Wechselgespräch im Gange war, zuckten und deuteten die Köpfe und Hände der beiden Weiber in keineswegs respektvoller Gebärde nach dem altehrwürdigen Kaufmannshaus hinüber.

Die junge Frau am Fenster wurde denn doch aufmerksam: die da drüben waren nicht eben ihre Freunde; der einen – das wußte sie – war es zugetragen worden, daß sie Herrn Friedrich Jovers abgeraten hatte, ihre mauldreiste

Personnage in sein Haus zu nehmen; der andern hatte sie einmal ihre große Tortenpfanne nicht leihen können, weil sie eben beim Kupferschmied zum Löten war.

Unwillkürlich hatte sie die Arbeit sinken lassen: was mochten die Weiber zu verhandeln haben?

Aber die Unterhaltung drüben wurde unterbrochen. Von der Hafenstraße herauf kam der kleine bewegliche Advokat, Herr Siebert Sönksen, den sie den „Goldenen“ nannten, weil er bei feierlichen Gelegenheiten es niemals unter einer goldbrokatenen Weste tat, deren unmäßig lange Schöße fast seinen ganzen Leib bedeckten. Eilig schritt er auf die beiden zu, richtete, wie es schien, eine Frage an Frau Antje Möllern und schritt, nachdem diese mit einem Kopfnicken beantwortet worden, lebhaft, wie er herangetreten war, quer über die Gasse nach Herrn Friedrichs Hause zu.

„Hm“, kam es aus dem Munde der jungen Frau, „der Goldene? Gehört der auch dazu? Was will denn der bei unserem Bruder Friedrich?“

Die hervorragenden Eigenschaften des Herrn Siebert Sönksen waren bekannt genug: er jagte wie ein Trüffelhund nach verborgen liegenden Prozessen und galt für einen spitzfindigen Gesellen und höchst beschwerlichen Gegenpart auch in den einfachsten Rechtsstreitigkeiten. Im übrigen wußte er, je nach welcher Seite hin sein Vorteil lag, ebensowohl einen sauberen Vergleich zustande zu bringen, als einen schikanösen Prozeß durch alle Instanzen hindurchzuziehen.

Die Frau Senatorin war aufgestanden; sie mußte doch zu ihrem Christian Albrecht, um seine Meinung über diese Dinge einzuholen! Allein, da trat die Köchin in das Zimmer, ein altes Inventarienstück aus dem schwiegerelterlichen Nachlaß, eine halbe Respektsperson, die nicht so abzuweisen war. Die junge Frau mußte ihr Haushaltungsbuch aus der Schatulle nehmen; sie mußte notieren und rechnen, um dann die näheren Positionen der heutigen Küchenkampagne mit der kundigen Alten festzustellen.

Hinten in der vorderen Schreibstube saßen indessen der alte Friedebohm und ein jüngerer Kaufmannsgeselle sich an dem schweren Doppelpulte gegenüber. Es gab viel zu tun heute, denn die Brigg „Elsabea Fortuna“, welche der selige Herr nach seiner alten Ehefrau getauft hatte, lag zum Löschen fertig draußen auf der Reede. „Musche Peters“, sagte der Buchhalter zu seinem Gegenüber, „wir müssen noch einen Lichter haben; ist Er bei Kapitän Rickertsen gewesen?“

Aber bevor der junge Mensch zur Antwort kam, wurde an die Tür geklopft, und ehe noch ein „Herein“ erfolgen konnte, stand schon der goldene Advokat am Pulte und legte seine Hand vertraulich auf den Arm des alten Mannes. „Der Herr Prinzipal in seinem Kabinette, lieber Friedebohm?“ Er frug das so zärtlich, daß der Alte ihn höchst erstaunt ansah, denn dieser Mann war nicht der betraute Sachwalter ihres Hauses. Deshalb gedachte er eben von seinem Bock herabzurutschen, um ihn selber bei dem Herrn Senator anzumelden; aber Herr Siebert Sönksen war schon nach flüchtigem Anpochen in das Privatkabinett des Prinzipals hineingeschlüpft.

„Ei, ei, ja doch!“ murmelte der Alte. „Die Klatschmäuler werden doch nicht recht behalten?“ Er kniff die Lippen zusammen und schaute eine Weile durch das Fenster auf den Steinhof, wo ihm die niedrige Mauer jetzt auch eine innere Scheidung der beiden verwandten Häuser zu bedeuten schien.

Drinnen im Kabinette war nach ein paar Hin- und Widerreden der Herr Senator wirklich von seinem Bock herabgekommen. „Herr!“ rief er und stieß seine Feder auf das Pult, daß sie bis zur Fahne aufriß, „verklagen, sagt Ihr? Meines Vaters Sohn will mich verklagen? Herr Siebert Sönksen, Sie sollten nicht solche Scherze machen!“

Der Goldene zog ein Papier aus seiner Tasche. „Mein werter Herr Senator, es wird ja nicht sogleich ad processum ordinarium geschritten.“

„Auch nicht, da Herr Siebert Sönksen dem Gegenpart bedienet ist?“

Der Goldene lächelte und legte das Schriftstück, welches er in der Hand hielt, vor Herrn Christian Albrecht auf das

Pult. „Laut dieser Vollmacht", sagte er vertraulich, „bin ich so gut zum Abschluß von Vergleichen wie zur Anstellung der Klage legitimiert!"

„Und wegen des Vergleiches sind Sie zu mir gekommen?" frug der Kaufherr nicht ohne ziemliche Verwunderung; denn er wußte nicht, daß Herr Siebert Sönksen schon längst darauf spekuliert hatte, statt seines alten und, wie er sagte, „fürtrefflichen, aber abgängigen" Kollegen der Anwalt dieses angesehenen Hauses zu werden.

Der Advokat hatte mit einem höflichen Kopfnicken die an ihn gerichtete Frage beantwortet.

„Herr Siebert Sönksen", sagte der Senator, und er sprach diese Worte in großer innerlicher Erregung, „so kommen Sie also im Auftrage, im ausdrücklichen Auftrage meines Bruders?"

Herr Siebert stutzte einen Augenblick. „In Vollmacht, mein werter Herr Senator; wie Sie zu bemerken belieben, laut richtig subskribierter Vollmacht! Es ist für den erwünschten Frieden unterweilen tauglich, wenn eine unbeteiligte sachkundige Person . . ."

Herr Christian Albrecht unterbrach ihn: „Also", sagte er aufatmend, „mein Bruder weiß nichts von Ihrem werten Besuche. Ich danke Ihnen, Herr Sönksen; das freut mich recht von Herzen!"

Der Goldene schaute etwas verblüfft in das gerötete Antlitz des stattlichen Kaufherrn. „Aber mein wertester Herr Ratsverwandter!"

„Nein, nein, Herr Siebert Sönksen, führen Sie meinethalben so viele Prozesse, als Sie fertigbringen können, aber wo zwei Brüder in der Güte miteinander handeln wollen, da gehöret weder der Beichtvater noch der Advokat dazwischen."

„Aber, ich dächte doch –"

„Sie denken sonder Zweifel anders, Herr Siebert Sönksen", sagte der Senator mit einer unwillkürlichen Verbeugung. „Kann ich Ihnen sonstwie meine Dienste offerieren?"

„Allersubmisseste Danksagung! Nun, schönsten guten Morgen, mein werter Herr Senator!"

Gleich darauf schritt der Goldene mit einem eiligen „Serviteur, Musche Friedebohm" durch die vordere Schreibstube und hielt erst an, als er draußen auf den Treppenstufen vor der Haustür stand. Seinen Rohrstock unter den Arm nehmend, zog er die Horndose aus der Westentasche und nahm bedächtig eine Prise. „Eigene Käuze das, die Söhne des alten Herrn Senators Christian Albrecht Jovers!" murmelte er und tauchte zum zweiten Male seine spitzen Finger in die volle Dose. „Nun, nehmen wir fürerst mit dem Prozeß fürlieb!"

– – Bald nach dem Goldenen war auch der junge Kaufherr an dem ihm kopfschüttelnd nachschauenden Musche Friedebohm vorbeigeeilt, um gleich darauf in die Wohnstube zu treten, wo seine Eheliebste auf dem Kanapee an ihrem Kinderhäubchen strickte. Aber er sprach nicht zu ihr; er hatte wieder beide Hände in den Rockschößen und lief im Zimmer auf und ab, bis die Frau Senatorin aufstand und so glücklich war, ihn zu erhaschen.

„Weshalb rennst du so, Christian Albrecht?" sagte die junge Frau und stellte sich tapfer vor ihn hin.

„Nun, Christine, wer da nicht rennen sollte!"

„Nein, nein, Christian Albrecht, du bleibst mir stehen!" und sie legte beide Arme um seinen Hals. „So", sagte sie; „nun sieh mich an und sprich!"

Aber Herr Christian Albrecht tat auch nicht einen Blick in ihre hübschen Augen. „Christine", sagte er und sah dabei schier über sie hinweg, „ich kann nicht zu Bruder Friedrich gehen."

Sie ließ ihn ganz erschrocken los. „Aber du hast es mir versprochen!"

„Aber ich kann nicht!"

„Du kannst nicht? Weshalb kannst du nicht?"

„Christinchen", sagte er und faßte seine Frau an beiden Händen, „ich kann nicht, weil er wieder in seine Kinderstreiche verfallen ist; er hat mir ein Stück Bauholz nach dem Kopf geworfen."

„Was soll das heißen, Christian Albrecht?"

„Das soll heißen, daß mein Bruder Friedrich den goldenen Advokaten zum Prozesse gegen mich bevollmächtigt hat. Er ist justement als wie in seinen Kinderjahren; er hat den Bock, und zwar im allerhöchsten Grade! Und so mag's denn auch von meinetwegen jetzt ein Tänzchen geben!"

Die junge Frau suchte wieder zu begütigen, allein Herr Christian Albrecht war unerbittlich. „Nein, nein, Christinchen; er muß diesmal fühlen, wie der Bock ihn selber stößt, so wird er sich ein andermal in acht zu nehmen wissen. Wir sollen, so Gott will, noch lange mit unserem Bruder Friedrich leben; bedenk einmal, was sollte daraus werden, wenn wir allzeit laufen müßten, um seinen stößigen Bock ihm anzubinden!"

Und dabei hatte es sein Bewenden. Zwar will man wissen, daß die junge Frau noch einmal hinter ihres Mannes Rücken in des Schwagers Haus geschlüpft sei, um mit den eignen kleinen Händen den Knoten zu entwirren; aber Frau Antje Möllern hatte sie mit frecher Stirne fortgelogen, indem sie fälschlich angab, Herr Friedrich Jovers sei soeben in dringenden Geschäften zum Herrn Siebert Sönksen fortgegangen. Und die Augen der alten Personnage sollen dabei so von Bosheit voll geleuchtet haben, daß die junge Frau zu einem zweiten Versuche keinen Mut hatte gewinnen können.

Ein neues Jahr hatte begonnen, und der Prozeß zwischen den beiden Brüdern war in vollem Gange. Der Herr Vetter Kirchenpropst und der Onkel Bürgermeister hatten sich vergebens als Vermittler zum gütlichen Austrag angeboten; vergebens hatte der letztere gegen den jungen Senator hervorgehoben, daß „kraft seines tragenden Amtes, abseiten des Ansehens der Familie", die Augen der ganzen Stadt auf ihn gerichtet seien; denn darin schienen die Streitenden stillschweigend einverstanden, daß das Wort der Güte nur fern von fremder Einmischung von dem einen zu dem andern gehen könne. Aber freilich, dazu gab keiner von ihnen die Gelegenheit; der notwendige geschäftliche Verkehr wurde schriftlich fortgesetzt, und eine Menge Zettel: „Der Herr Bruder wolle gelieben" oder „Dem Herrn Bruder zur gefälligen Unterweisung" gingen hin und wider.

Die kleine Seestadt in allen ihren Kreisen hatte sich müde an diesem unerhörten Fall gesprochen, und das Gespräch, wenn irgendwie der Stoff zu anderem ausging, wurde noch immer mit Begierde wieder aufgegriffen. Vollständig munter aber, trotz der Winterkälte, erhielt es sich drüben auf der Beischlagsbank der Frau Nachbarn Jipsen; diese und Frau Antje Möllern winkten jetzt nicht nur mit ihren Köpfen, sondern mit beiden Armen und dem ganzen Leibe nach dem Senatorshause hinüber. Aber in dem letzteren war freilich mittlerweile auch noch ein ganz Besonderes passiert: ein Sohn war dort geboren worden, und Herr Friedrich Jovers hatte ja für solchen Fall Gevatter stehen sollen!

– – Die junge Frau Senatorin lief indessen schon wieder flink von der Wiege ihres Kindes treppunter nach der Küche und noch flinker von der Küche treppauf nach ihrer Wiege, als eines Morgens Herr Christian Albrecht, nachdem er erst soeben vom gemeinschaftlichen Kaffeetische in sein Kontor gegangen war, wieder zu ihr in das Wohnzimmer trat. „Christine", sagte er zu seiner immerhin noch etwas bläßlichen Eheliebsten, „bist du heute schon draußen auf unserem Steinhofe gewesen? – – Nicht? – Nun, so alteriere dich nur nicht, wenn du dahin kommst!"

„Um Gottes willen, es hat doch kein Unglück gegeben?" rief die junge Frau.

„Nein, nein, Christine."

„Aber ein Malheur doch, Christian Albrecht; du bist ja selber alteriert!"

Ein Lächeln flog über sein freilich ungewöhnlich ernstes Gesicht. „Ich denke nicht, Christine; aber komm nur mit und siehe selber!"

Er faßte ihre Hand und führte sie über den Hausflur in die große Schreibstube. Der jüngere Kontorist war nicht zugegen; der alte Friedebohm stand neben seinem Schreibbocke am Fenster und nahm eine Prise nach der andern.

Auch Frau Christine sah jetzt in den Hof hinaus, fuhr aber gleich darauf mit der Hand über ihre Augen, als gälte es, dort ein Spinnweb fortzuwischen. „Um Gottes willen, was ist das, Friedebohm? Was machen die Leute da auf Bruder Friedrichs Hof? Die Mauer ist ja auf einmal fast um zwei Fuß höher!"

„Frau Prinzipalin", sagte der Alte, „das sind Meister Hansens Leute; sehen Sie, dort kommt schon einer mit der Kelle!"

„Aber was soll denn das bedeuten?"

„Nun" – und Monsieur Friedebohm nahm wieder eine Prise –, „Herr Friedrich läßt wohl ein paar Schuhe höher mauern."

„Aber, Christian Albrecht", und Frau Christine wandte sich lebhaft zu ihrem Mann, der schweigend hinter ihr gestanden hatte, „geschieht denn das mit deinem Willen?"

Herr Christian Albrecht schüttelte den Kopf.

„Aber die Grenzmauer, sie gehört doch uns gleichwohl; wie kann sich Friedrich so etwas unterstehen!"

„Mein Schatz, die Mauer steht auf Friedrichs Grund und Boden."

Die Augen der kleinen Frau funkelten.

„Oh, das ist schlecht von ihm, das hätte ich ihm nicht zugetraut; er hat ein hartes Herz!"

„Da irrst du doch gewaltig, Christinchen", erwiderte Herr Christian Albrecht; „das ist's ja gerade, daß er noch immer sein altes weiches Herz hat; er schämt sich nur, und deshalb läßt er diese große steinerne Gardine zwischen sich und seinem Bruder aufziehen."

Die junge Frau blickte mit unverhohlener Bewunderung auf ihren Mann. „Aber", sagte sie fast schüchtern und legte ihre Hand in seine; „wie wird er sich erst schämen, wenn er den Prozeß gewinnen sollte!"

„Dann", erwiderte der Senator, „dann kommt mein Bruder zu mir, denn dann ist der böse Bock gezähmt. Hab ich nicht recht, Papa Friedebohm?" setzte er in munterem Ton hinzu.

„Ei ja, Gott lenkt die Herzen", erwiderte der alte Mann, indem er seine Dose in die Tasche steckte und dafür die Feder wieder in die Hand nahm; „aber beim wohlseligen Herrn Senator ist uns solcher Umstand im Geschäft nicht vorgekommen."

Zwei Tage darauf hatte die Mauer schon eine beträchtliche Höhe erreicht, und noch immer wurde daran gearbeitet. Aus der Schreibstube hinten war dergleichen nie gesehen worden, und der junge Kaufmannsgeselle konnte es nicht lassen, je um eine kleine Weile mit offenem Munde nach den Arbeitern hinzustarren. „Musche Peters", sagte der alte Friedebohm, „wolle Er lieber in Seine Bilanzrechnung schauen! Es will sich für Ihn nicht schicken, daß Er über das neue Werk da draußen sich irgendwelche überflüssige Gedanken mache!" Und der junge Mensch wurde über und über rot und tauchte hastig seine Feder in das Dintenfaß.

Aber auch Monsieur Friedebohm selber konnte sich nicht enthalten, unterweilen über seine Arbeit wegzuschauen; die beiden Gesellen da draußen, insonders der Alte mit dem respektwidrigen langen Barte, wurden ihm mit jeder Stunde mehr zuwider. „Der struppige Assyrer!" brummte er vor sich hin, „mag wohl am Turm zu Babel schon getagwerkt haben; wird aber diesmal auch nicht in den Himmel bauen!"

Als gleich darauf Herr Christian Albrecht aus seinem Kabinett hereintrat, sah er seinen Buchhalter sich mit dem Schneiden einer Feder mühen, die er immer näher an die Nase rückte. „Will's nicht mit den alten Augen, Papa Friedebohm?" sagte er freundlich.

Aber Monsieur Friedebohm zuckte bedeutsam mit der einen Schulter nach der Mauer draußen. „Herr Christian Albrecht, wir haben schon immer das Licht nicht justement mit Scheffeln hier gehabt."

Der Senator warf einen Blick nach dem hohen Werke, an welchem die beiden Gesellen unter lustigem Singen noch immer weiterarbeiteten. „Ja, ja, Friedebohm", rief er heftig, „du hast recht! Alle Tausend, das geht denn doch übers –"

„Übers Bohnenlied!" wollte er sagen, wo schon derzeit gar nichts darüber ging; aber er schwieg plötzlich, da er auf den jungen Musche Peters sah, der wieder mit offenem Mund an seinem Pulte saß, und ging, nachdem er eine geschäftliche Anordnung erteilt hatte, in sein Kabinett zurück.

– – Nach ein paar Stunden steckte Frau Christine ihr hübsches Köpfchen durch die Tür. „Darf man eintreten?" frug sie.

„Komm nur!" erwiderte Herr Christian Albrecht von seinem Schreibstuhl aus. „Was hast du auf dem Herzen?"

„Oh", und sie stand schon mitten in dem Stübchen und ließ ihre Blicke an der geschwärzten Decke wandern – „ich wollte nur; – – – aber, Christian Albrecht, hier herrscht ja ägyptische Finsternis! Die schönen Spinngewebe, die unsere Wiebke immer sitzen läßt, die können deine Spinnen nun ruhig weiterweben! Und weißt du, das naseweise Ding – aber ich habe ihr auch einen tüchtigen Wischer gegeben – sie hat eben die Mauer mit ihrem Eulbesenstiel gemessen; genau elf Fuß nach meiner Elle, sagt sie! Aber sieh nur, Christian Albrecht, nun wird's denn auch nicht höher; sie legen schon die runden Steine obenauf."

Herr Christian Albrecht saß noch immer auf seinem hohen Schreibstuhl, die Feder in der Hand. „Weißt du, Christine", sagte er, indem er ernsthaft vor sich hinsah, „der Bock meines Herrn Bruders wird mir doch zu mächtig; es tut jetzt not, und ich habe mich auf einen guten Gegenstoß besonnen." Und als sie ihn unterbrechen wollte: „Nein, red mir nicht dazwischen, Frau; ich will auch einmal meinen Willen haben."

Sie faßte ihn leise an dem Aufschlag seines Rockes und zog ihn sanft von seinem Thron herab und dicht zu sich heran. „O weh", sagte sie und sah ihm ernsthaft in die Augen, „da habe ich am Ende einen Mann geheiratet, den ich erst heute kennenlerne! Gesteh mir's, Christian Albrecht, du hast doch nicht auch etwa so einen –"

„Zum Kuckuck", rief Herr Christian Albrecht lachend, „im hintersten Stallwinkel wird auch wohl bei mir so einer angebunden stehen; und der soll jetzt heraus ans Tageslicht, trotz aller klugen Frauenzimmer und meiner allerklügsten noch dazu!"

„So, Christian Albrecht? Und in welcher Art" – sie zögerte ein wenig – „soll denn der deine seinen Gegenstoß vollführen?"

„Setz dich, Christine", sagte der Senator, indem er die anmutige Frau auf seinen Schreibthron hob, „und reden wir deutsch mitsammen! In jener Sache da draußen auf dem Hof will ich mein Recht, und keinen Titel davon aufgeben! Aber dazu bedarf es keines Prozessierens, denn es steht klar und bündig in den alten, noch vorhandenen Kaufkontrakten."

„Und weiter, Christian Albrecht?"

„Und weiter, Christine, hat zwar der Besitzer von Friedrichs Hause die Mauer zwischen beiden Häusern aufzuführen und zu unterhalten; aber der des unserigen hat den Halbschied der Kosten dazu beizutragen."

„Wirklich? Auf Höhe von elf Fuß?"

„Ei was, und wenn's die Mauer von Jericho wäre! Das ist meine Sache; wenn ich ihm zahlen will, er muß schon stillhalten und Quittanz dafür erteilen!"

„Und du willst wirklich die Halbschied der Kosten, so das blanke bare Geld dafür dem Bruder Friedrich in sein Haus schicken?"

„Das will ich, Christine; ganz gewiß, das will ich."

Sie sah ihn eine Weile ganz nachdenklich an.

„So, also auf die Art, Christian Albrecht!" sagte sie langsam.

Aber bevor sie ihre Gedanken über diesen kritischen Fall zu ordnen vermochte, kam Botschaft aus der Küche: die Kochfrau war eben angelangt, und der Bratenwender sollte aufgestellt werden, denn auf morgen gab es ein großes Fest im Hause. Frau Christine gedachte plötzlich wieder der Veranlassung, um deren willen sie das Allerheiligste ihres Mannes aufgesucht hatte; sie ließ sich ihr blaues Haushaltungsbeutelchen bis zum Rande füllen und verließ das Stübchen, den Kopf voll junger Wirtschaftssorgen.

In dem Hause nebenan sollte heute Herr Friedrich Jovers mit seiner ehrsamen Haushälterin selbander speisen, denn sein junger Lübecker Küfer war auswärts in Geschäften. Zuvor aber trat er nach seiner Gewohnheit vor die Haustür und schaute von dem obersten Treppensteine ein paar Augenblicke in das Wetter und rechts die Straße hinab nach dem dort unten sichtbaren Teile des Hafens.

Als er dann wieder ins Haus und gleich darauf in das Wohnzimmer getreten war, stand die Matrone schon mit vorgesteckter Serviette in der kalmankenen Sonntagskontusche hinter ihrem Stuhle.

„Ist Hochzeit in der Stadt, Frau Möllern?" frug er. „Die Schiffe flaggen ja!"

Er setzte sich, und die Alte setzte sich ihm gegenüber; die Frage mochte er wohl schon vergessen haben, denn Herr Friedrich Jovers pflegte seit geraumer Zeit auf dergleichen keine Antwort zu erwarten.

Aber Frau Antje Möllern, welche auf gewisse Dinge ihren Herrn nicht anzusprechen wagte, ließ sich die Gelegenheit nicht entschlüpfen. „Hochzeit?“ wiederholte sie scharf, und ein gewisses Zucken um ihre derben Lippen zeigte, daß eine verhaltene Entrüstung zum Ausbruch drängte. „Nein, es ist keine Hochzeit, es ist nur eine Kindtaufe!“

„Eine Kindtaufe, und die Schiffe flaggen?“ sagte Herr Jovers gleichgültig. „Ich wüßte doch nicht, daß bei den Honoratioren –“

Aber Frau Möllern vermochte nicht, ihn ausreden zu lassen. „Oh, Herr Jovers, freilich ist es bei den Honoratioren, bei den allerersten Honoratioren; aber eine Schande ist es, eine offenbare Schande, sag ich!“

Herr Jovers wurde doch aufmerksam. „Was will Sie damit sagen?“ frug er kurz.

„Damit, Herr Jovers, will ich sagen, daß Ihr einziger Bruder, der Herr Senator Christian Albrecht Jovers, heute sein erstes Söhnchen taufen läßt; und Sie fragen noch, warum die Schiffe flaggen?“

Herr Friedrich sagte nichts; aber Frau Antje Möllern entging es nicht, wie ihm die Hand zitterte, während er schweigend den Rest seiner Suppe hinunterlöffelte.

Die grimmigen Augen der Alten begannen plötzlich einen wehleidigen Ausdruck anzunehmen. „Herr Jovers“, begann sie seufzend, „Ihr Herr Großvater selig und meines Vaters Onkel, was waren das für gute Freunde! Sie wissen das ja auch, Herr Jovers!“

„Zum mindesten“, sagte Herr Jovers, „hat Sie mir das oft genug erzählt.“

„Nun, Herr Jovers, selig Senatorn wußte das ja auch!“

„Ja, ja, Möllern, und auch der alte Friedebohm! Denn in den Büchern meines Großvaters läuft bis zu seinem seligen Ende eine jährliche Ausgabepost: Zehn Pfund Tabak und ein Gewandstück für den armen Krischan Möller.“

Frau Antje schluckte etwas; dann aber, nachdem sie den mittlerweile erschienenen Braten vorgelegt hatte, nahm sie doch den Faden wieder auf. „Ja, Herr Jovers, sie waren Schulkameraden, und das vergaßen sie sich nicht! Für alle Mittwoch war Herr Christian Möller zu dem Herrn Senator

Christian Jovers auf den Kaffee eingeladen; im Sommer tranken sie denselben in dem schönen Gartenpavillon, den Ihr Herr Großvater damalen erst gebaut hatte. Nicht wahr, Herr Jovers, man hätte sie wohl sehen mögen, die alten Herren, wie sie in liebevoller Unterhaltung mit ihren holländischen Pfeifen vor den offenen Gartentüren saßen! – Wenn sie es damalen hätten voraussehen können", fuhr Frau Antje fort, vor ihrem noch immer unberührten Braten sitzend, „daß der nunmehrige Herr Senator Jovers, oder, sagen wir's nur gradheraus, die nunmehrige Frau Senatorn einen solchen Prozeß um diesen schönen Lustgarten anheben würde, was würden die beiden braven Freunde dazu wohl gesagt haben?"

„Weiß nicht, Möllersch", sagte Herr Friedrich, der bisher in halber Zerstreuung dagesessen hatte; „vielleicht wäre es meinem Großvater zum Verdruß geschlagen, und er hätte den laufenden Posten von zehn Pfund Tabak und einem Gewandstück ein für allemal gestrichen!"

Die Matrone nagte sich ein paarmal auf die Lippe; dann sprach sie mit andächtigem Aufblick: „Wie wohl hat unser Herrgott es gemacht, daß diese lieben Männer itzt in ihrem Grabe ruhen!"

„Sehr wohl, Möllersch", sagte Herr Friedrich, indem er vom Tische aufstand; „und da lasse Sie die beiden alten Leute nur, und sorge Sie für Ihre Leibesnahrung, damit Sie nicht vor der Zeit bei Ihres Vaters Onkel zu ruhen komme! Zunächst aber hole Sie mir den Überrock von draußen aus dem Schrank!"

Als das geschehen war, ging Herr Friedrich aus dem Hause, ohne zu sagen, wohin, und wann er wiederkommen werde; Frau Antje aber legte zuvörderst die Serviette zusammen, welche der sonst so akkurate Herr als wie ein Wischtuch auf dem Tische hatte liegenlassen, und machte sich dann voll stillen Ingrimms über ihren Braten her.

– Am selbigen Abend, da es vom Kirchturme acht geschlagen hatte, stand Herr Friedrich Jovers auf seinem Steinhofe mit dem Rücken an der Mauer eines Hintergebäudes und blickte unverwandt nach den hell erleuchteten Saalfenstern seines Elternhauses, deren unterste Scheiben die neue Mauer noch so eben überragten.

Ganz heimlich, vor allem als dürfe Frau Antje Möllern nichts davon gewahren, war er nach seiner Rückkehr hier hinausgeschlichen. Weshalb, wußte er wohl selber kaum; denn mit jedem Gläserklingen, das zu ihm herüberscholl, mit jeder neuen Gesundheit, deren Worte er deutlich zu verstehen glaubte, drückte er die Zähne fester aufeinander. Gleichwohl stand er wie gebannt an seinem Platze, sah in das Blitzen der brennenden Kristallkrone und horchte, wenn nichts anderes laut wurde, auf den Schrei des alten Papageien, der, wie er wohl wußte, bei der Festtafel heute nicht fehlen durfte.

Da erschien an einem der Fenster, gerade an dem, welches seinen Schein auf Herrn Friedrichs Standplatz warf, eine zierliche Frauengestalt. Er konnte das Antlitz nicht erkennen; aber er sah es deutlich, daß der Kopf des Frauenzimmers, wie um ungehinderter hinauszuschauen, sich mit der Stirn an eine Scheibe drückte. Doch auch das schien ihr noch nicht zu genügen; ein Arm streckte sich empor, wie um die obere Haspe zu erreichen, und jetzt, während im Saale neues Gläserklingen sich erhob und der Papagei dazwischenschrie, wurde leise der Fensterflügel aufgestoßen.

Herr Friedrich erkannte seine Schwägerin. Sie lehnte sich hinaus, sie legte die Hand an ihren Mund, als ob sie zu ihm hinüberrufen wolle; und jetzt hörte er es deutlich, wenn es auch nur wie geflüstert klang: es war sein Name, den sie gerufen hatte. Und da er wie ein steinern Bild an seiner Mauer blieb, kam es noch einmal zu ihm herüber, und dann, als wolle sie ihm winken, erhob sie langsam ihre Hand und deutete dann wieder nach dem hellen Festsaal. – Was hatte sie vor? Wollte sie ihn noch jetzt zur Taufe laden? Er wußte, sie konnte solche Einfälle haben; er wußte auch, wenn er jetzt ihr folgte, er würde seinem Bruder den besten Teil des Festes bringen; aber – der Garten! Nach ein paar fürsorglichen Andeutungen des Herrn Siebert Sönksen stand in allernächster Zeit eine abfällige Sentenz bei dem Magistrate hier in Aussicht! – Nein, nein, die zweite Instanz mußte beschritten, der Prozeß mußte dort gewonnen werden; waren doch auch die weitschichtigen Rezesse des Goldenen von vornherein auf diese höhere Weisheit nur berechnet gewesen!

Herr Friedrich Jovers wollte sein Recht. Frau Christine hatte es selbst gesagt, er konnte nicht anders, er war ein Trotzkopf; er rührte sich nicht, der Bock hielt ihn mit beiden Hörnern gegen die Mauer gepreßt.

Freilich wußte er es nicht, daß Christian Albrecht ihn im

Gevatterstande vertreten und seinen Erstgeborenen getrost auf seines Bruders und des Urgroßvaters Namen hatte taufen lassen. Da drüben aber wurde das Fenster zögernd wieder zugeschlossen.

Wenige Tage später stand der vierschrötige Maurermeister Hinrich Hansen, wohlrasiert, seinen Dreispitz in der Hand, im Kabinette des Senators Christian Albrecht Jovers.

„Also", frug dieser, „zweihundertundvierzig Reichstaler war die Verdingsumme für das Werk da draußen, und Er hat den Betrag bereits empfangen?"

Meister Hansen bejahte das.

„Weiß Er denn wohl", sagte der Senator wieder, „daß mein Bruder Ihm da um die Hälfte zuviel gegeben hat?"

Der alte Handwerksmann wollte aufbrausen; das griff an

seine Zunft- und Bürgerehre. „Laß Er nur, Meister“, sagte Herr Christian Albrecht und legte beschwichtigend die Hand auf den Arm des neben ihm Stehenden. „Seine Arbeit ist auch diesmal rechtschaffen; aber Er weiß doch, was ein Hauskontrakt bedeutet?“ Und damit schob er ihm das

vergilbte Schriftstück zu, welches aufgeschlagen auf dem Pulte lag.

Der Meister zog seine Messingbrille hervor und studierte lange und bedächtig unter Beistand seines Zeigefingers den ihm bezeichneten Paragraphen; endlich klappte er die Brille zusammen und steckte sie wieder in das Futteral.

„Nun?“ frug Herr Christian Albrecht.

Der Meister antwortete nicht; er fuhr mit seinen Fingern in die Westentasche und suchte nach einem Endchen Kautabak, womit er in schwierigen Umständen seinen Verstand zu ermuntern pflegte.

„Nicht wahr, Meister“, sagte der Senator wieder, „da steht es klar und deutlich?“

Der Meister kam nun doch zu Worte. „Mag sein, Herr“, erwiderte er stockend, „aber es ist mir denn doch alles voll und richtig ausbezahlt!“

Der Senator ließ sich das nicht anfechten. „Freilich, Meister; aber die eine Hälfte war ja nicht Herr Friedrich Jovers, sondern ich Ihm schuldig! Das macht auf den Punkt einhundertundzwanzig Reichstaler. Hier sind sie, wohlgezählt in Kron- und Markstücken; und nun gehe Er zu Herrn Friedrich Jovers und zahle Er ihm zurück, was Er von ihm zuviel empfangen hat!"

Meister Hansen zögerte noch; in seinem Kopfe mochte die Vorstellung von einem etwas kuriosen Umwege auftauchen, aber bevor er mit seinen schwerbeweglichen Gedanken darüber ins reine kam, war schon das Geld in seiner Tasche und er selbst zur Tür hinaus.

Herr Christian Albrecht rieb sich vergnügt die Hände. „Was wird Bruder Friedrich dazu sagen? Stillhalten muß er schon; hier steht's!" Und er tupfte mit den Fingern dreimal zuversichtlich auf den alten Hauskontrakt.

Da wurde an die Tür gepocht. Der Schreiber seines Sachwalters überbrachte ihm einen Brief.

Als der Überbringer sich entfernt und Herr Christian Albrecht den Brief gelesen hatte, war der eben noch so vergnügliche Ausdruck seines Angesichts mit einem Mal wie fortgeblasen. „Musche Peters", sagte er kleinlaut, indem er die Tür zur großen Schreibstube öffnete, „bitte Er doch die Frau Senatorin, auf ein paar Augenblicke bei mir vorzusprechen!"

Die Frau Senatorin ließ nicht auf sich warten. „Da hast du mich, Christian Albrecht!" rief sie fröhlich, „aber" – – und sie schaute ihm ganz nahe in die Augen, „fehlt dir etwas? Es ist doch kein Unglück geschehen?"

„Freilich ist ein Unglück geschehen, Christinchen; da – lies nur diesen Brief!"

Ihre Augen flogen über das Papier. „Aber, Christian Albrecht, du hast ja den Prozeß gewonnen!"

„Freilich, Christinchen, hab ich ihn gewonnen."

„Und das nennst du ein Unglück? Da hast du ja alles nun in deiner Hand!"

„Hatte ich in meiner Hand, mußt du sagen! Fünf Minuten vor Empfang dieses Schreibens habe ich durch Meister Hansen die Hälfte der unseligen Mauergelder an Bruder Friedrich abgesandt."

Frau Christine schlug die Hände ineinander. „Das wird eine schöne Geschichte werden! – du!?" – und sie drohte ihm mit dem Finger – „ich hatte es dir vorhergesagt!"

Und es wurde eine schöne Geschichte; denn zu derselben Zeit stand im Nachbarhause der Meister Hansen vor dem Herrn Friedrich Jovers.

Bei seinem Eintritt in den Hausflur war der goldene Advokat gegen ihn angeprallt und dann wie in blindem Geschäftseifer an ihm vorbeigeschossen. Im Zimmer selbst saß der Hausherr mit einem Schriftstück in der herabhängenden Hand, das mit vielen Schnörkeln begann und mit dem großen Magistratssiegel endete. Er schien über den zuvor gelesenen Inhalt nachzusinnen und nicht gehört zu haben, was ihm der Meister eben vorgetragen hatte; als dieser aber aus seiner Hand ein paar schwere Geldrollen auf den Tisch fallen ließ, richtete er sich plötzlich auf. „Geld? Was soll das?" rief er. „Was sagt Er, Meister Hansen?"

Der Meister trug noch einmal seine Sache vor, und jetzt hatte Herr Friedrich zugehört und recht verstanden.

„So?" sagte er anscheinend ruhig, indem er sich von seinem Sitz erhob; aber sein Antlitz rötete sich bis unter das dunkle Stirnhaar. „Also dazu hat Er sich gebrauchen lassen?" – Dann ergriff er plötzlich die beiden Geldrollen und machte eine Armbewegung, die den stämmigen Meister fast zur Gegenwehr veranlaßt hätte.

Aber Herr Friedrich besann sich wieder. „Setz Er sich!" sagte er kurz; dann ging er rasch zur Stubentür und über den Hausflur nach dem Hof hinaus.

Der junge Küfer, der vor der offenen Kellertür des Lagerraums beschäftigt war, sah mit Verwunderung den Herrn Prinzipal bald mit vorgestrecktem Kopfe auf dem Klinkersteige des Hofes dröhnend hin und wider schreiten, bald wieder ein Weilchen stillestehn und mit halb scheuen Blicken an der hohen Scheidemauer hinaufschauen.

Das mochte eine Viertelstunde so gedauert haben; endlich, wie in raschem Entschluß, ging Herr Friedrich in das Haus zurück. Als er ins Zimmer trat, fand er den

Handwerksmann auf demselben Stuhle, wo er ihn gelassen hatte.

„Meister", sagte er, aber es war, als werde bei den wenigen Worten ihm der Atem kurz, „hat Er Leute in Bereitschaft? So etwa fünf oder sechs, und noch heute oder doch morgen schon?"

Der Meister war aufgestanden und besann sich. „Nun, Herr Jovers, es ginge wohl! Mit der Stadtswaage sind wir jetzt so weit; ein Stücker fünfe könnten schon gemißt werden."

„Gut denn, Meister" – und Herr Friedrich ergriff noch einmal, und nicht minder heftig als vorhin, die beiden auf dem Tische liegenden Geldrollen – „so baue Er mir die Mauer auf meinem Hofe noch um soviel höher, als dieses Silber dazu reichen will!"

Der Handwerksmann schien kaum zu merken, daß während dieser Worte die Rollen schon in seinen Händen lagen.

„Hat Er mich nicht verstanden?" fuhr Herr Friedrich fort, da der andere keine Antwort gab.

„Freilich, Herr; das ist wohl zu verstehen; aber" – und der Meister schien ein paar Augenblicke nachzurechnen – „das gäbe ja noch an die sechs bis sieben Fuß!"

„Meinetwegen", sagte Herr Friedrich finster, „nur sorge Er dafür, daß es um keinen Schilling niedriger und auch um keinen höher werde, als wozu Er da das Geld in Händen hat!"

„Hm", machte der alte Mann und sah den jüngeren mit einem Blicke an, als ob ihm plötzlich ein Verständnis komme, „wenn Sie es denn so wollen, Herr Jovers; es ist Ihre Sache."

Herr Jovers wandte sich ab. „So wären wir fertig miteinander!" sagte er hastig. „Fanget nur gleich morgen an, damit ich der Unruhe in Bälde wieder ledig werde!"

Als Meister Hansen dann hinausgegangen war, warf er sich auf einen Stuhl am Fenster und starrte auf die leere Straße. Er schien keine Gedanken zu haben; vielleicht auch wollte er keine haben.

Und schon am andern Tage, während der Herr Onkel Bürgermeister und der Herr Vetter Kirchenpropst noch einmal ihr vergebliches Versöhnungswerk betrieben, wurde zwischen den Höfen der beiden Brüder rüstig fortgemauert, und der struppige Assyrer sang dabei alle Lieder, die er auf seinen Kreuz- und Querzügen aus der Fremde heimgebracht hatte. Im Hause des Senators wurden die Schreibstuben mit jeder neuen Steinlage immer mehr verdunkelt, und der alte Friedebohm ertappte sich zu seinem Schrecken mehr als einmal, wie er müßig vor dem Fenster stand und, eine vergessene Prise zwischen den Fingern, diesem, wie er es bei sich selber nannte, babylonischen Beginnen zusah. Auf der andern Seite ging Herr Friedrich Jovers, wenn er auf dem Wege zu seinen Geschäftsräumen den Hof betreten mußte, hastig und ohne jemals aufzublicken daran vorüber. Dann, nach Verlauf einiger Tage, hörte das Mauern und das Singen auf; die Handwerker waren fort, das neue Werk war fertig.

Statt dessen vernahm Herr Friedrich am nächsten Vormittage ein Geräusch, das ihm wie mit einem Schlage die seltensten, aber höchsten Freuden seiner Knabenjahre vor die Seele führte; er hatte eben die Hoftür geöffnet und seinem draußen beschäftigten Ausläufer etwas zugerufen, als er horchend stehenblieb. Er wußte es genau; er sah es vor sich, wie jetzt drüben auf dem Hofe des Elternhauses die großen Reisemäntel ausgeklopft wurden; ja, er sah sich selbst als Knaben in seinen Sonntagskleidern an seiner Mutter Hand danebenstehen und hörte den frohen Ton ihrer Stimme, womit sie bei solchem Anlaß einstmals ihrer Kinder Herz erfreute.

Er erschrak fast, als der Gerufene ihm jetzt entgegentrat, und ihm entfiel unwillkürlich die Frage, was denn für eine Reise drüben wohl im Werke sei. Aber bevor der Mann den Mund aufzutun vermochte, kam bereits die Antwort aus der naheliegenden Küche: Frau Antje Möllern hatte selbstverständlich schon lange die genauesten Nachrichten; ein Glück, daß sie es endlich nun erzählen konnte! Die junge Frau Senatorn wollte mit ihrem Erbprinzen auf Besuch zu ihren Eltern, obschon das liebe Kind mit jedem Tag ins Zahnen fallen könne und Pankratius und Servatius noch nicht einmal vorüber seien; und der gute Herr Senator müsse auch mit auf die Reise, denn was kümmere das die Frau Senatorn, daß eine große Ladung Ostseeroggen erst eben auf der Reede angekommen sei! „Herr Jovers!" schloß Frau Antje ihre Rede, als der Arbeitsmann sich entfernt hatte, und wies mit dem Daumen nach dem Hofe zu, „glauben Sie es, oder glauben Sie es nicht – die hat's nicht ausgehalten, daß sie uns von drüben nun nicht mehr in unsere Töpfe gucken kann!"

Ein fast grimmiges Zucken fuhr um Herrn Friedrichs Lippen; dann aber sah er die alte Dame nur eine Weile mit etwas starren Augen an. „Also das ist Ihre Meinung, Möllersch?" sagte er trocken, und als sie hierauf beteuernd mit ihrem dicken Kopf genickt hatte, setzte er hinzu: „So wolle Sie die Güte haben, dergleichen Meinung künftig bei sich selber zu behalten!"

Als er das gesprochen hatte, ging er fort, und Frau Antje blieb, die Hände über ihrem starken Busen gefaltet, noch eine ganze Weile stehen, die Augen unbeweglich nach der Richtung, in der ihr Herr verschwunden war. Dann plötzlich trabte sie an den verlassenen Herd zurück und rührte unter heftigen Selbstgesprächen in dem über dem Dreifuß stehenden Topfe, daß die kochende Brühe zu allen Seiten in die lodernden Flammen spritzte.

Es war unverkennbar, daß die Mauer draußen, obgleich sie keineswegs behagliche Gefühle in ihm erweckte, nach ihrer abermaligen Vollendung eine geheimnisvolle Anziehungskraft auf Herrn Friedrich Jovers übte. Freilich hatte er noch immer vermieden, an dem neuen Werk emporzusehen; jetzt aber, nachdem der Abend herangekommen war, ließ es ihm auch hierzu keine Ruhe mehr. Er hatte sich vorgespiegelt, sein junger Küfer, der zur gewohnten Stunde aus dem Geschäft gegangen war, könne das Auffüllen der neuen Fässer unterlassen haben, welche in dem Keller hinter dem Hofe lagen; allein er hatte schon darum vergessen, als er kaum den Hof betreten hatte.

Oben an dem dunkeln Frühlingshimmel schwamm die

schmale Sichel des Mondes und warf ihr bläuliches Licht auf den oberen Rand der Scheidemauer und das Dach des elterlichen Hauses. Herr Friedrich stand jetzt an derselben Stelle, von wo aus er an jenem Abend ein stummer Zeuge der Familienfeierlichkeit gewesen war; er stand dort ebenso

stumm und unbeweglich, aber auf seinem Antlitz lag jetzt ein unverkennbarer Ausdruck der Bestürzung. So sehr er seine Augen anstrengte, es wurde nicht anders: hinter dem neuen Maueraufsatz waren die Fenster des alten Familiensaales bis zum letzten Rand verschwunden.

Es war schon spät am Abend; nichts regte sich, weder hüben noch drüben; nur das Klirren eines Fensterflügels, der im Hauptbau auf der andern Seite offenstehen mochte, wurde dann und wann im Aufwehen der Nachtluft hörbar. Herr Friedrich wollte eben in sein Haus zurückkehren, da tönte von drüben plötzlich die Stimme des alten Kuba-Papageien: „Komm röwer!" und nach einer Weile noch einmal: „Komm röwer!" Wie ein eindringlicher Ruf, fast schneidend, klang es durch die Stille der Nacht; dann nach kurzer Pause folgte ein gellendes Gelächter. Herr Friedrich kannte es sehr wohl; der verwöhnte Vogel pflegte es auszustoßen, wenn ihm die Nachahmung der eingelernten Worte besonders wohl gelungen war. Aber was sonst als der unbehülfliche Laut eines abgerichteten Tieres gleichgültig an seinem Ohr vorbeigegangen war, das traf den einsamen Mann jetzt wie der neckende Hohn eines schadenfrohen Dämons.

„Komm röwer!“ seine Lippen sprachen unwillkürlich diese Worte nach; über seine selbstgebaute Mauer konnte er nicht hinüberkommen.

Noch lange stand er, das Hirn voll grübelnder Gedanken, ohne daß etwas anderes als das gewöhnliche Geräusch der Nacht zu seinem Ohr gedrungen wäre; fast sehnte er sich, noch einmal den Schrei des Vogels zu vernehmen; als aber alles still blieb, ging er ins Haus und legte sich zum Schlafen nieder.

Allein er hörte eine Stunde nach der andern schlagen, und da er endlich schlief, war es nur eine halbe Ruhe. Ihm war, als sei er auf dem Wege zum Garten; aus der Pforte kamen seine Eltern ihm entgegen, von denen er gemeint hatte, daß sie beide schon im Grabe lägen; als er auf sie zuging, sah er, daß ihre Augen fest geschlossen waren; er wollte sie eben bitten, ihn doch anzusehen, da war die hohe Mauer vor ihm aufgestiegen, und dahinter scholl das Gelächter des alten Kubavogels, das wie in einem Echo an hundert Mauern hin und wider sprang.

– – Das Geräusch eines dicht unter seinen Fenstern vorüberrollenden Wagens weckte ihn. Es war schon Morgenfrühe; die dicke goldene Taschenuhr, welche er von seinem Nachttisch langte, zeigte auf reichlich fünf Uhr. Rasch war er aus dem Bette, zog das Vorhängsel von einem Guckfenster in der vorspringenden Seitenwand zurück und sah auf die Straße hinab. Von Osten her lagen die Häuserschatten noch auf den feuchten Steinen und bis hoch an den gegenüberstehenden Gebäuden hinauf; vor der Treppe des brüderlichen Hauses hielt ein bespannter Reisewagen: Koffer wurden durch den alten Diener hintenauf geladen und Kisten und Schachteln unter den Wagenstühlen festgebunden.

Bald darauf sah er seinen Bruder und Frau Christine in Reiserock und Mantel aus dem Hause treten; dann folgte eine gleichfalls reisefertige Magd mit einem anscheinend nur aus Tüchern bestehenden Bündelchen, an welchem die junge Frau Senatorin noch viel zu zupfen und zu stecken hatte und worin Herr Friedrich nicht ohne Grund seinen ihm noch unbekannten jungen Neffen vermutete.

Endlich war alles auf dem Wagen. Herr Friedebohm, von der obersten Treppenstufe, schien eiligst noch mit Kopf und Händen die Versicherung getreuen Einhütens zu erteilen; dann klatschte der Kutscher, und bald war die Straße leer, und Herr Friedrich hörte nur noch das schwache Rollen des Wagens droben in der Stadt, wo es zum Ostertor hinausführte.

Aber auch ihn duldete es nun nicht länger im Hause; rasch war er angekleidet und ging in den frischen Morgen hinaus. Er war hinten um die Stadt herumgegangen, an der stillen Gasse vorüber, in welcher die Pforte zu dem Familiengarten sich befand; jetzt schritt er langsam, seinen Rohrstock unter dem Arme, drüben auf dem breiten Gange des Kirchhofes und schaute über den alten Hagedornzaun nach dem seit einem halben Jahr von ihm gemiedenen Familiengrundstücke hinüber. Bäume und Sträucher standen schon in lichtem Grün, und dort von den jungen Apfelbäumen, die sein Vater, der alte Herr Senator, noch gepflanzt hatte, lachten ihn die ersten roten Blütensträuße an. Bald auch gewahrte er mit Verwunderung, daß der Garten, wie in jedem Frühjahr, in ordnungsmäßigen Stand gesetzt war, und – täuschte ihn denn sein Ohr? – er hörte ein Geräusch, als ob geharkt und darauf Beete mit dem Spaten angeklopft würden; aber der Pavillon und das hohe Gebüsch zu dessen Seiten verwehrten ihm die Aussicht.

Er blieb stehen und lauschte, während das Geräusch des Arbeitens sich ebenmäßig fortsetzte. Da wallte es in ihm auf; wer konnte sich unterstehen, den in Streit befangenen Garten anzufassen?

„Heda!" rief er. „Was wird da getrieben?"

Das Arbeiten hörte auf, und nach einigen Augenblicken trat der alte Andreas mit einem Spaten auf der Schulter hinter dem Pavillon hervor.

„Er, Andreas?" herrschte ihn Herr Friedrich an. „Was hat Er hier zu schaffen? Hat Ihn mein Bruder etwa hier zur Arbeit herbeordert?"

Der Alte schob seine Pudelmütze von einem Ohr zum andern. Die Frage mochte ihm unerwartet kommen; hatte er doch noch von dem seligen Herrn her einen Schlüssel zu der Gartenpforte und seit über einem Vierteljahrhundert einzig nach dem Kalender, den er in seinem Kopfe trug, die Beete umgegraben, Erbsen und Bohnen nach seiner eigenen Wissenschaft gelegt und Bäume und Gesträuche angebunden und beschnitten. „Herbeordert?" sagte er endlich. „Nein, Herr; so herbeordert hat mich niemand; aber wenn's nicht alles in die Wildnis gehen sollte, so war es just die höchste Zeit."

„Was kümmert Ihn das", rief Herr Friedrich, „ob es hier verwildert?"

Der Alte hatte seinen Spaten in die Erde gestoßen. „Was mich das kümmert?" wiederholte er und sah völlig verdutzt zu dem Sohne seines alten Herrn hinüber.

„Freilich Ihn!" fuhr dieser fort; „denn wer wohl, meint Er, daß Ihm Seine Arbeit hier bezahlen werde?"

„Nun, Herr; es wird schon alles angeschrieben."

„So schreib Er's gleich nur in den Schornstein", rief Herr Friedrich, „und vertu Er seine Zeit nicht, die Er besser brauchen kann!"

Andreas wischte mit der Hand den Schweiß von seiner Stirne. „Wenn das Ihr Ernst ist, Herr Jovers", sagte er, „so kann ich freilich nur nach Feierabend hier noch arbeiten; das aber" – und er erhob den Spaten und zeigte damit nach dem Kirchhofe hinüber – „tu ich meiner alten Herrschaft da zuliebe."

Herr Friedrich sagte nichts; Andreas aber ging mit seinem Spaten fort, und bald wurde wieder das einförmige Geräusch des Grabens in der Morgenstille hörbar.

Der andere stand noch eine Weile an derselben Stelle, als müsse er die Spatenstiche zählen, die er drüben den alten Arbeiter machen hörte; dann wandte er sich plötzlich und ging weiter in den Kirchhof hinein, bis zu dem Grabe seiner Eltern. Hier saß er lange auf den Steinen, welche die Familiengruft bedeckten, und blickte auf den grünen Koog hinunter und darüber hinaus auf den silbernen Strich des Meeres, wo in der Ferne die Masten des guten, ihm so wohlbekannten Schiffes „Elsabea Fortuna" sichtbar wurden.

Als es in der Stadt vom Turme sieben schlug, stand er

wieder an dem alten Gartenzaune. Der vorübergehende Totengräber, dessen Gruß er nicht zu bemerken schien, gewahrte mit Verwunderung, wie Herr Friedrich Jovers mit seinem Stocke recht unbarmherzig gegen einzelne der alten Büsche stieß, während doch, wie von einem frohen Entschluß, ein stilles Lächeln auf seinem Antlitz lag.

Plötzlich aber richtete Herr Friedrich sich auf und schritt aus dem Kirchhofe in die Stadt hinein; er schritt nicht seiner Wohnung zu, sondern die lange Osterstraße hinauf, wo das Haus des Meisters Hinrich Hansen lag.

Und acht Tage später, an einem sonnigen Spätnachmittage, hielt der Chaisewagen des Senators wieder vor dessen Haustür; die Reisenden samt Kind und Kindsmagd waren heimgekehrt. Als der schlafende Erbe glücklich vom Wagen und oben in der Kinderstube untergebracht war, lief die junge Frau, wie zu neuer freudiger Besitznahme, durch alle Räume ihres Hauses, und als sie hier überall gewesen war und, dank der alten schwiegerelterlichen Köchin, alles in musterhafter Ordnung vorgefunden hatte, schritt sie langsam den Gang hinab, der an der Küche vorbei zur Hoftür führte. Ihr Gesicht war plötzlich ernst geworden, und es dauerte eine Weile, bevor sie die Klinke aufdrückte und hinaustrat.

Allein so zögernd sie hinausgegangen war, so rasch kam sie jetzt zurück; sie flog fast an der Küche vorüber nach dem Hausflur; ihre Augen strahlten: „Christian, Christian Albrecht!" rief sie. „Wo steckst du? Komm doch, komm geschwinde!"

Da trat er schon mit heiterem Antlitz aus der Schreibstube auf sie zu.

„Komm!" rief sie nochmals und ergriff ihn bei der Hand. „Ein Wunder, Christian Albrecht, ein wirkliches Wunder! Wie aus dem Döntje von dem Fischer un sine Fru! Ein schwarzer jütscher Topf, ein Haus, ein Palast; immer höher und höher, und dann eines angenehmen Morgens – ‚Mantje Mantje Timpe Te!' – da sitzen sie wieder in ihrem schwarzen Pott!" Und sie sah mit glückseligen Augen zu ihrem Mann empor.

Auch aus seinen guten Augen leuchtete ein Strahl des

Glückes. „Ich habe es schon gesehen“, sagte er; „aber es ist kein Wunder, es ist viel besser als ein Wunder.“

Und als sie dann Arm in Arm auf den Hof hinaustraten, der wieder hell und frei wie früher vor ihnen lag, da sahen sie die hohe Mauer bis auf ihr altes Maß hinabgeschwunden, und hinter der niedrigen Grenzscheide stand Herr Friedrich Jovers und streckte schweigend dem Bruder seine Hand entgegen.

„Friedrich!“

„Christian Albrecht!“

Die Hände lagen ineinander; aber jetzt erhob Herr Friedrich den Kopf, als ob er nach den Fenstern des elterlichen Hauses hinüberlausche.

„Worauf hörst du, Bruder?“ frug ihn der Senator.

Einen Augenblick noch blieb der andere in seiner horchenden Stellung, dann ging ein Lächeln über sein ernstes Gesicht. „Ich meinte, Bruder, daß unser alter Papagei mich riefe, aber er hat es neulich abends schon getan.“

Und als er das gesagt hatte, legte er die eine Hand auf den oberen Rand der Mauer, und mit einem Satze schwang er sich hinüber.

„Mein Gott, Friedrich“, rief Frau Christine, indem sie einen raschen Schritt zurücktrat, „ich habe dich noch niemals springen sehen!“ Und dabei standen ihre Augen voll von Tränen.

Er faßte seine Schwägerin an beiden Händen. „Christine“, sagte er, „dieser Sprung war nur ein Symbolum; ich werde künftig wieder hübsch auf ebener Erde bleiben.“

Der Senator blickte heiter in den nun wieder frei gewordenen Luftraum. „Lieber Bruder“, begann er mit bedächtigem Lächeln, „die ganze Mauer war ja eigentlich nur ein Symbolum, außer daß sie denn doch leibhaftig dagestanden, und währenddem der alte Friedebohm sich seine Federn nicht mehr schneiden konnte –“

Herr Friedrich unterbrach ihn: „Wenn's gefällig wäre, so nehmet noch einmal euere eben abgelegten Hüte und begleitet mich auf einer kurzen Promenade!“

„Was du willst, Friedrich!“ rief Frau Christine. „Alles, was du willst!“ Und da Herr Christian Albrecht gleichfalls einverstanden war, so gingen sie miteinander durch das elterliche Haus, und Herr Friedrich führte sie den bekannten Weg hinten um die Stadt, an der grünen Marsch entlang und wieder in die Stadt hinein.

Sie hatten längst bemerkt, daß er sie zu dem in Streit befangenen Garten führte; aber sie fragten nicht, sie gingen schweigend und in freudiger Erwartung neben dem Bruder her.

Am Eingange empfing sie der alte Andreas, die Steigharke in der Hand, ein schelmisches Schmunzeln im Gesicht. Alles zeigte sich in schönster Ordnung; an den jungen Apfelbäumen waren alle Blütensträuße aufgebrochen.

Herr Friedrich beschleunigte seine Schritte, während er den Muschelsteig zum Pavillon hinauf, dann aber an demselben vorbei und nach der Kirchhofseite zu schritt. Als sie hier aus dem Gebüsch hinaustraten, stieß Frau Christine einen leichten Schrei aus, wie er sich in freudiger Überraschung so anmutig von dem Frauenherzen löst; denn an der Stelle des krüppelhaften Zaunes, welcher sonst die Scheide gegen den Kirchhof hin bezeichnet hatte, erhob sich vor ihnen eine stattliche Mauer, wie Herr Christian Albrecht sie sich immer hier gewünscht hatte. „Nun, gewißlich", rief die hübsche Frau, „da steht es vor uns, auch die Liebe kann –"

Aber Herr Friedrich nahm ihr das Wort vom Munde. „Die Frau Schwester meinen", sagte er höflich, „Meister Hansens Leute können, wenn auch keine Berge, so doch eine Mauer recht gescheit versetzen; mich selber anbelangend, so habe ich hierbei auf des Herrn Bruders gütigen Konsens gerechnet. Und, Christian Albrecht", fuhr er in herzlichem Tone fort, indem er sich zu seinem Bruder wandte, „hiemit, so du gleichen Sinnes bist, ist unser Prozeß am Ende; du hast das Urteil unseres Magistrates für dich; meinen Einspruch habe ich zurückgezogen. Tue du nun ein übriges und bestimme als der Älteste, wie es mit dem Garten soll verhalten werden! Wie du die Teilung vornimmst, ich bin es jedenfalls zufrieden."

Herr Christian Albrecht hatte dieser Rede zugehört wie einer, welcher zugleich einem eigenen Gedanken nachgeht. „Ist das dein Ernst, Friedrich?" sagte er, seinem Bruder voll ins Antlitz sehend; „dein wohlbedachter Ernst?"

„Mein voller, wohlbedachter Ernst“, erwiderte Herr Friedrich ohne Zögern.

„Nun denn“, rief Christian Albrecht freudig, „so teilen wir gar nicht, Bruder Friedrich! ‚Jovers Garten‘ hat es hier von Großvaters Zeiten her geheißen, so darf es jetzt nicht Christian Albrechts und Friedrichs Garten heißen!“

Einen Augenblick lang zogen Herrn Friedrichs dunkle Brauen sich zusammen, als ob er über einen Gewaltstreich seines Bruders zürnen müsse; dann aber wurde es plötzlich hell auf seinem Antlitz, wie Christian Albrecht in so raschem Wechsel es nur bei ihrem Vater einst gesehen hatte. Lebhaft ergriff er seines Bruders Hand: „Topp, Christian Albrecht! Aber wie war's nur möglich, daß dies damals keinem von uns beiden eingefallen ist?“

Herr Christian Albrecht lächelte. „Ich glaube, Friedrich, wir haben damals beide etwas laut geredet; da konnten wir die eigene Herzensmeinung nicht vernehmen.“

Frau Christine, die in stiller Freude dem Gespräch der Brüder zugehört hatte, hob jetzt ihre Uhr empor, die sie, noch von der Reise her, an einem schweren Gürtelhaken bei sich führte. „Vesperzeit, wenn's beliebet!“ rief sie. „Und Friedrich, du speisest doch heut abend bei uns? Die alte Margret wird schon löblich vorgesehen haben! Freilich – deine perdrix aux truffes, die hast du ein für allemal verlaufen.“

Es war zu Ende Juli. Frau Antje Möllern saß bei Frau Nachbarn Jipsen auf der Beischlagsbank und erzählte dieser noch einmal, wie schon mehreremal zuvor, daß es nun nichts nütze, da drüben noch länger hauszuhalten; denn die da – und sie nickte nicht eben sanft nach dem alten Kaufherrnhaus hinüber – haben nun auch Herrn Friedrich Jovers ganz in ihren Schlingen; sie, Antje Möllern, habe dies dem letzteren auch rundheraus gesagt und dann zugleich auf Michael gekündigt; und Frau Nachbarn Jipsen erwiderte darauf, heute gleichfalls nicht zum ersten Mal, daß sie das alles längst vorausgesehen habe.

Unten im Ratsweinkeller saß an diesem warmen Nachmittage der goldene Advokat und demonstrierte dem

Herrn Stadtsekretär, der aus den oberen Rathausräumen zu einem kühlen Trunk herabgestiegen war, wie er die scharfsinnigen Deduktionen seiner Klage- und Replikrezesse, welche – ganz sub rosa – denn doch über den Horizont des ehrenwerten Magistrats hinausgingen, nun leider ganz

umsonst geschrieben habe; und der stets höfliche Herr Stadtsekretär tupfte dem Goldenen recht freundlich auf die Schulter und sagte lächelnd: „Umsonst, Herr Siebert Sönksen? Doch wohl nicht ganz umsonst! Da müßten wir die Herren Jovers sonst nicht kennen!" – Und der Goldene lächelte gleichfalls und griff behaglich nach seinem Spitzglas Roten.

Draußen in den Gärten aber war es in der Stachelbeerenzeit, und in „Jovers Garten" war heute überdies ein großer Familienkaffee. Der Herr Onkel Bürgermeister und der Herr Vetter Kirchenpropst mit ihren Frauen waren da, und der alte Friedebohm und der alte Andreas waren da, jeder an dem Platze, der ihnen zukam, und der alte Papagei saß auf seiner hohen Stange vor dem Pavillon, und auch Musche Peters in seinem neuesten Anzug mit einer kleinen Zopfperücke fehlte nicht. Selbst den kleinen Erbprinzen hätte man in seinem Kinderwagen an einem stillen Schattenplätzchen finden können, freilich bis jetzt nur schlummernd unter der Hut der treuen Kindermagd. Im Innern des Pavillons aber, vor den weit geöffneten Flügeltüren, waltete Frau Christine des blinkenden Kaffeetisches, während drunten vor der Staketpforte sich zusammendrängte, was die kleine Gasse an neugierigen Weibern und lustiger Jugend aufzubieten hatte. Die Weiber erzählten sich von der guten seligen Frau Senatorn und nickten dabei nach der innern Wand des Pavillons hinüber, wo die unermüdliche Dame Flora nach wie vor mit ihrer Rosengirlande tanzte; die Buben dagegen, die sich allmählich den ersten Platz vor der Pforte erobert hatten, wiesen mit ausgestreckten Armen nach den großen roten Stachelbeeren, die auf den Rabatten in schwerer Fülle an den Büschen hingen. Mitunter hörte man sie den Namen des jungen Herrn Senators nennen; sie schienen auf ihn zu warten, dessen milde Hand ja auch nach dem Hintritt der guten alten Frau Senatorn noch vorhanden war. „Da kommt he! Kiek mal, da kommt he!" riefen ein paar von ihnen, deren gierige Augen eben einen Schimmer seines pfirsichfarbenen Rockes erspäht hatten; aber sie wurden plötzlich stille, als sie ihn an der Seite des gefürchteten Herrn Friedrich Jovers aus einem belaubten Seitengange treten sahen.

Die beiden Brüder gingen schweigend nebeneinander; aber auf ihrem Antlitz lag noch der friedliche Ausdruck des traulichen Gespräches, welches sie vorhin die einsameren Seitengänge hatte aufsuchen lassen. Auch jetzt noch wandten sie sich nicht wieder zur Gesellschaft, sondern schritten in stummem Einverständnis den breiten Muschelsteig hinab.

Ihnen im Rücken hatte inzwischen Musche Peters sich der Papageienstange genähert und suchte in Ermangelung gleichberechtigter Unterhaltung mit dem gefiederten Gaste in bescheidenem Flüstertone anzuknüpfen; sogar ein Stückchen Zucker wagte er dem Papchen hinzuhalten.

Aber der grüne Unhold schien für diese Aufmerksamkeit keinen Sinn zu haben; statt nach dem Zucker hackte er nach Musche Peters' Finger und schrie dann gellend, als wolle er's nun ein für allemal gesagt haben: „Komm röwer!"

Als der Schrei des Vogels das Ohr der beiden Brüder erreichte, flog über Herrn Friedrichs Angesicht ein Schatten, wie aus jener Nacht, von der er seinem Bruder heut zum ersten Mal gesprochen hatte. Der Senator aber faßte seine Hand und sagte leise: „Mein Friedrich, das hat jetzt keine Bedeutung mehr; du bist nun ein für allemal herüber."

Als Herr Friedrich hierauf den Kopf erhob, um seinen Bruder anzublicken, blieben seine Augen auf dem Bubenhaufen vor der Pforte haften, und die finstere Miene wurde von einem fast schelmischen Lächeln fortgedrängt: „Keine Bedeutung mehr?" sagte er, die Worte des Bruders wiederholend. „Meinst du, ich verstünde ganz allein die Papageiensprache?" und ohne eine Antwort abzuwarten, rief er mit lauter, kräftiger Stimme: „Holla, Jungens, wat seggt de Papagoy?"

Da kam zuerst eine noch etwas zaghafte Stimme, dann aber eine nach der andern, und immer lauter und lauter: „‚Komm röwer! Komm röwer!' seggt de Papagoy."

Und lustig winkend, erhob Herr Friedrich den Arm: „Nun denn, alle Mann hoch: ‚Komm röwer!'" und ebenso lustig wies seine Hand nach den brechendvoll beladenen Stachelbeerbüschen.

Zuerst sahen die Jungen nur einander an und flüsterten angelegentlich mitsammen; sie konnten sich's nicht denken, daß der böse Herr Friedrich Jovers mit einem Male so erstaunlich gut geworden sei. Als aber jetzt die beiden Herren Jovers in ein unverkennbar herzliches Lachen ausbrachen, da war kein Halten mehr, einer wollte noch eher als der andere, und bald sprang und fiel und purzelte der ganze Schwarm über die Pforte in den Garten hinab, und unter jeder Stachelbeerstaude saß mit lachendem Angesicht ein unermüdlich schmausender Junge.

„Christian Albrecht", sagte Herr Friedrich, den Arm um seines Bruders Schultern legend, „wenn erst deine Jungen hier so in den Büschen liegen!"

Da erscholl hinter ihnen vom oberen Teil des Gartensteiges ein helles fröhliches „Bravissimo!", und als sie sich hierauf umwandten, da stand in der offenen Tür des Pavillons inmitten aller Gäste die junge anmutige Frau Senatorin, mit emporgehobenen Armen hielt sie den Brüdern ihr eben erwachtes Kind entgegen, das mit großen Augen in die bunte Welt hinaussah.

Hans
und Heinz Kirch

Auf einer Uferhöhe der Ostsee liegt hart am Wasser hingelagert eine kleine Stadt, deren stumpfer Turm schon über ein Halbjahrtausend auf das Meer hinausschaut. Ein paar Kabellängen vom Lande streckt sich quervor ein schmales Eiland, das sie dort den „Warder" nennen, von wo aus im Frühling unablässiges Geschrei der Strand- und Wasservögel nach der Stadt herübertönt. Bei hellem Wetter tauchen auch wohl drüben auf der Insel, welche das jenseitige Ufer des Sundes bildet, rotbraune Dächer und die Spitze eines Turmes auf, und wenn die Abenddämmerung das Bild verlöscht hat, entzünden dort zwei Leuchttürme ihre Feuer und werfen über die dunkle See einen Schimmer nach dem diesseitigen Strand herüber. Gleichwohl, wer als Fremder durch die auf- und absteigenden Straßen der Stadt wandert, wo hie und da roh gepflasterte Stufen über die Vorstraße zu den kleinen Häusern führen, wird sich des Eindrucks abgeschlossener Einsamkeit wohl kaum erwehren können, zumal wenn er von der Landseite über die langgestreckte Hügelkette hier herabgekommen ist. In einem Balkengestelle auf dem Markte hing noch vor kurzem, wie seit Jahrhunderten, die sogenannte Bürgerglocke; um zehn Uhr abends, sobald es vom Kirchturme geschlagen hatte, wurde auch dort geläutet, und wehe dem Gesinde oder auch dem Haussohn, der diesem Ruf nicht Folge leistete; denn gleich danach konnte man straßab und -auf sich alle Schlüssel in den Haustüren drehen hören.

Aber in der kleinen Stadt leben tüchtige Menschen, alte Bürgergeschlechter, unabhängig von dem Gelde und dem Einfluß der umwohnenden großen Grundbesitzer; ein kleines Patriziat ist aus ihnen erwachsen, dessen stattlichere Wohnungen, mit breiten Beischlägen hinter mächtig schattenden Linden, mitunter die niedrigen Häuserreihen unterbrechen. Aber auch aus diesen Familien mußten bis vor dem letzten Jahrzehent die Söhne den Weg gehen, auf welchem Eltern und Vorfahren zur Wohlhabenheit und bürgerlichen Geltung gelangt waren; nur wenige ergaben sich den Wissenschaften, und kaum war unter den derzeitig noch studierten Bürgermeistern jemals ein Eingeborener dagewesen; wenn aber bei den jährlichen Prüfungen in der Rektorschule der Propst den einen oder andern von den

Knaben frug: „Mein Junge, was willst du werden?" dann richtete der sich stolz von seiner Bank empor, der mit der Antwort „Schiffer!" herauskommen durfte. Schiffsjunge, Kapitän auf einem Familien-, auf einem eignen Schiffe, dann mit etwa vierzig Jahren Reeder und bald Senator in der Vaterstadt, so lautete der Stufengang der bürgerlichen Ehren.

Auf dem Chor der von einem Landesherzog im dreizehnten Jahrhundert erbauten Kirche befand sich der geräumige Schifferstuhl, für den Abendgottesdienst mit stattlichen Metalleuchtern an den Wänden prangend, durch das an der Decke schwebende Modell eines Barkschiffes in vollem Takelwerke kenntlich. Auf diesen Raum hatte jeder Bürger ein Recht, welcher das Steuermannsexamen gemacht hatte und ein eigenes Schiff besaß; aber auch die schon in die Kaufmannschaft Übergetretenen, die ersten Reeder der Stadt, hielten, während unten in der Kirche ihre Frauen saßen, hier oben unter den andern Kapitänen ihren Gottesdienst; denn sie waren noch immer und vor allem meerbefahrene Leute, und das kleine schwebende Barkschiff war hier ihre Hausmarke.

Es ist begreiflich, daß auch manchen jungen Matrosen oder Steuermann aus dem kleinen Bürgerstande beim Eintritt in die Kirche statt der Andacht ein ehrgeiziges Verlangen anfiel, sich auch einmal den Platz dort oben zu erwerben, und daß er trotz der eindringlichen Predigt dann statt mit gottseligen Gedanken mit erregten weltlichen Entschlüssen in sein Quartier oder auf sein Schiff zurückkehrte.

Zu diesen strebsamen Leuten gehörte Hans Adam Kirch. Mit unermüdlichem Tun und Sparen hatte er sich vom Setzschiffer zum Schiffseigentümer hinaufgearbeitet; freilich war es nur eine kleine Jacht, zu der seine Mittel gereicht hatten, aber rastlos und in den Winter hinein, wenn schon alle andern Schiffer daheim hinter ihrem Ofen saßen, befuhr er mit seiner Jacht die Ostsee, und nicht nur Frachtgüter für andre, bald auch für eigne Rechnung brachte er die Erzeugnisse der Umgegend, Korn und Mehl, nach den größeren und kleineren Küstenplätzen; erst wenn bereits außen vor den Buchten das Wasser fest zu werden drohte, band auch er sein Schiff an den Pfahl und saß beim Sonntagsgottesdienste droben im Schifferstuhl unter den Honoratioren seiner Vaterstadt. Aber lang vor Frühlingsanfang war er wieder auf seinem Schiffe; an allen Ostseeplätzen kannte man den kleinen hageren Mann in der blauen schlotternden Schifferjacke, mit dem gekrümmten Rücken und dem vornüberhängenden dunkelhaarigen Kopfe; überall wurde er aufgehalten und angeredet, aber er gab nur kurze Antworten, er hatte keine Zeit; in einem Tritte, als ob er an der Fallreepstreppe hinauflaufe, sah man ihn eilfertig durch die Gassen wandern. Und diese Rastlosigkeit trug ihre Früchte; bald wurde zu dem aus der väterlichen Erbschaft übernommenen Hause ein Stück Wiesenland erworben, genügend für die Sommer- und Winterfütterung zweier Kühe; denn während das Schiff zu Wasser, sollten diese zu Lande die Wirtschaft vorwärtsbringen. Eine Frau hatte Hans Kirch sich im stillen vor ein paar Jahren schon genommen; zu der Hökerei, welche diese bisher betrieben, kam nun noch eine Milchwirtschaft; auch ein paar Schweine konnten jetzt gemästet werden, um das Schiff auf seinen Handelsfahrten zu verproviantieren; und da die Frau, welche er im Widerspruch mit seinem sonstigen Tun aus einem armen Schulmeisterhause heimgeführt hatte, nur seinen Willen kannte und überdies aus Furcht vor dem bekannten Jähzorn ihres Mannes sich das Brot am Munde sparte, so pflegte dieser bei jeder Heimkehr auch zu Hause einen hübschen Haufen Kleingeld vorzufinden.

In dieser Ehe wurde nach ein paar Jahren ein Knabe geboren und mit derselben Sparsamkeit erzogen. „All wedder 'n Dreling umsünst utgeb'n!" dies geflügelte Wort lief einmal durch die Stadt; Hans Adam hatte es seiner Frau zugeworfen, als sie ihrem Jungen am Werktag einen Sirupskuchen gekauft hatte. Trotz dieser dem Geize recht nahe verwandten Genauigkeit war und blieb der Kapitän ein zuverlässiger Geschäftsmann, der jeden ungeziemenden Vorteil von sich wies; nicht nur infolge einer angeborenen Rechtschaffenheit, sondern ebensosehr seines Ehrgeizes. Den Platz im Schifferstuhle hatte er sich errungen; jetzt schwebten höhere Würden, denen er nichts vergeben durfte, vor seinen Sinnen; denn auch die Sitze im Magistratskollegium, wenn sie auch meist den größeren Familien angehörten, waren mitunter von dem kleineren Bürgerstande aus besetzt worden. Jedenfalls, seinem Heinz sollte der Weg dazu gebahnt werden; sagten die Leute doch, er sei sein Ebenbild: die fest auslugenden Augen, der Kopf voll schwarzbrauner Locken seien väterliche Erbschaft, nur statt des krummen Rückens habe er den schlanken Wuchs der Mutter.

Was Hans Kirch an Zärtlichkeiten besaß, das gab er seinem Jungen; bei jeder Heimkehr lugte er schon vor dem Warder durch sein Glas, ob er am Hafenplatz ihn nicht gewahren könne; kamen dann nach der Landung Mutter und Kind auf Deck, so hob er zuerst den kleinen Heinz auf seinen Arm, bevor er seiner Frau die Hand zum Willkommen gab.

Als Heinz das sechste Jahr erreicht hatte, nahm ihn der Vater zum ersten Male mit sich auf die Fahrt, als „Spielvogel", wie er sagte; die Mutter sah ihnen mit besorgten Augen nach; der Knabe aber freute sich über sein blankes Hütchen und lief jubelnd über das schmale Brett an Bord; er freute sich, schon jetzt ein Schiffer zu werden wie sein Vater, und nahm sich im stillen vor, recht tüchtig mitzuhelfen. Frühmorgens waren sie ausgelaufen; nun beschien sie die Mittagssonne auf der blauen Ostsee, über die ein lauer Sommerwind das Schiff nur langsam vorwärts trieb. Nach dem Essen, bevor der Kapitän zur Mittagsruhe in die Kajüte ging, wurde Heinz dem Schiffsjungen anvertraut, der mit dem Spleißen zerrissener Taue auf dem Deck beschäftigt war; auch der Knabe erhielt ein paar Tauenden, die er eifrig ineinander zu verflechten strebte.

Nach einer Stunde etwa stieg Hans Kirch wieder aus seiner Kajüte und rief, noch halb im Taumel: „Heinz! Komm her, Heinz, wir wollen Kaffee trinken!" Aber weder der Knabe selbst noch eine Antwort kam auf diesen Ruf; statt dessen klang drüben vom Bugspriet her der Gesang einer Kinderstimme. Hans Kirch wurde blaß wie der Tod; denn dort, fast auf der äußersten Spitze, hatte er seinen Heinz erblickt. Auf der Luvseite, behaglich an das matt geschwellte Segel lehnend, saß der Knabe, als ob er hier von seiner Arbeit ruhe. Als er seinen Vater gewahrte, nickte er ihm freundlich zu; dann sang er unbekümmert weiter, während am Bug das Wasser rauschte; seine großen Kinderaugen leuchteten, sein schwarzbraunes Haar wehte in der sanften Brise.

Hans Kirch aber stand unbeweglich, gelähmt von der Ratlosigkeit der Angst; nur er wußte, wie leicht bei der schwachen Luftströmung das Segel flattern und vor seinen Augen das Kind in die Tiefe schleudern konnte. Er wollte rufen; aber noch zwischen den Zähnen erstickte er den Ruf; Kinder, wie Nachtwandler, muß man ja gewähren lassen; dann wieder wollte er das Boot aussetzen und nach dem Bug des Schiffes rudern; aber auch das verwarf er. Da kam von dem Knaben selbst die Entscheidung; das Singen hatte er satt, er wollte jetzt zu seinem Vater und dem seine Taue zeigen. Behutsam, entlang dem unteren Rande des Segels, das nach wie vor sich ihm zur Seite blähte, nahm er seinen Rückweg; eine Möwe schrie hoch oben in der Luft, er sah empor und kletterte dann ruhig weiter. Mit stockendem Atem stand Hans Kirch noch immer neben der Kajüte; seine Augen folgten jeder Bewegung seines Kindes, als ob er es mit seinen Blicken halten müsse. Da plötzlich, bei einer kaum merklichen Wendung des Schiffes, fuhr er mit dem Kopf herum: „Backbord!" schrie er nach der Steuerseite; „Backbord!" als ob es ihm die Brust zersprengen solle. Und der Mann am Steuer folgte mit leisem Druck der Hand, und die eingesunkene Leinewand des Segels füllte sich aufs neue.

Im selben Augenblicke war der Knabe fröhlich aufs Verdeck gesprungen; nun lief er mit ausgebreiteten Armen auf den Vater zu. Die Zähne des gefahrgewohnten Mannes schlugen noch aneinander: „Heinz, Heinz, das tust du mir nicht wieder!" Krampfhaft preßte er den Knaben an sich; aber schon begann die überstandene Angst dem Zorne gegen ihren Urheber Platz zu machen. „Das tust du mir nicht wieder!" Noch einmal sagte er es; aber ein dumpfes Grollen klang jetzt in seiner Stimme; seine Hand hob sich, als wolle er sie auf den Knaben fallen lassen, der erstaunt und furchtsam zu ihm aufblickte.

Es sollte für diesmal nicht dahin kommen; der Zorn des Kapitäns sprang auf den Schiffsjungen über, der eben in seiner lässigen Weise an ihnen vorüberschieben wollte; aber mit entsetzten Augen mußte der kleine Heinz es ansehen, wie sein Freund Jürgen, er wußte nicht weshalb, von seinem Vater auf das grausamste gezüchtigt wurde.

– – Als im nächsten Frühjahr Hans Kirch seinen Heinz wieder einmal mit aufs Schiff nehmen wollte, hatte dieser sich versteckt und mußte, als er endlich aufgefunden wurde, mit Gewalt an Bord gebracht werden; auch saß er diesmal nicht mehr singend unterm Klüversegel; er fürchtete seinen Vater und trotzte ihm doch zugleich. Die Zärtlichkeit des letzteren kam gleicherweise immer seltener zutage, je mehr der eigne Wille in dem Knaben wuchs; glaubte er doch selber nur den Erben seiner aufstrebenden Pläne in dem Sohn zu lieben.

Als Heinz das zwölfte Jahr erreicht hatte, wurde ihm noch eine Schwester geboren, was der Vater als ein Ereignis aufnahm, das eben nicht zu ändern sei. Heinz war zu einem wilden Jungen aufgeschossen; aber in der Rektorschule hatte er nur noch wenige über sich. „Der hat Gaben!“ meinte der junge Lehrer, „der könnte hier einmal die Kanzel zieren.“ Aber Hans Kirch lachte: „Larifari, Herr Rektor! Ums Geld ist es nicht; aber man sieht doch gleich, daß Sie hier nicht zu Hause sind.“

Gleichwohl ging er noch an demselben Tage zu seinem Nachbaren, dem Pastoren, dessen Garten sich vor dem Hause bis zur Straße hinab erstreckte. Der Pastor empfing den Eintretenden etwas stramm: „Herr Kirch“, sagte er, bevor noch dieser das Wort zu nehmen vermochte, „Ihr Junge, der Heinz, hat mir schon wieder einmal die Scheiben in meinem Stallgiebel eingeworfen!“

„Hat er das“, erwiderte Hans Kirch, „so muß ich sie einsetzen lassen, und Heinz bekommt den Stock; denn das Spielwerk ist zu teuer.“

Dann, während der andre zustimmend nickte, begann er mit dem, was ihn hergeführt, herauszurücken: der Pastor sollte seinen Heinz in die Privatstunden aufnehmen, welche er zur Aufbesserung seines etwas schmalen Ehrensoldes einigen Kostgängern und Söhnen der Honoratioren zu erteilen pflegte. Als dieser sich nach einigen Fragen bereit erklärte, machte Hans Kirch noch einen Versuch, das Stundengeld herabzudrücken; da aber der Pastor nicht darauf zu hören schien, so wiederholte er ihn nicht; denn Heinz sollte mehr lernen, als jetzt noch in der Rektorschule für ihn zu holen war.

Am Abend dieses Tages erhielt Heinz die angelobte Strafe und am Nachmittage des folgenden, als er zwischen den andern Schülern oben in des Pastors Studierzimmer saß, von Wohlerwürden noch einen scharf gesalzenen Text dazu. Kaum aber war nach glücklich verflossener Stunde die unruhige Schar die Treppe hinab- und in den Garten hinausgestürmt, als der erlöste Mann von dorten unter seinem Fenster ein lautes Wehgeheul vernahm. „Ich will dich klickern lehren!“ rief eine wütende Knabenstimme, und wiederum erscholl das klägliche Geheul. Als aber der Pastor sein Fenster öffnete, sah er unten nur seinen fahlblonden Kostgänger, der ihm am Morgen Heinzens Missetat verraten hatte, jetzt in eifriger Beschäftigung, mit seinem Schnupftuch sich das Blut von Mund und Nase abzutrocknen. Daß er selbst an jenem Spielwerk mitgeholfen hatte, fand er freilich sich nicht veranlaßt zu verraten; aber ebensowenig verriet er jetzt, wer ihm den blutigen Denkzettel auf den Weg gegeben hatte.

Der Pastor war des Segens eines Sohnes nicht teilhaftig geworden; nur zwei Töchter besaß er, einige Jahre jünger als Heinz und von nicht üblem Aussehen; aber Heinz kümmerte sich nicht um sie, und man hätte glauben können, daß auch er der Bubenregel folgte, ein tüchtiger Junge dürfe sich nicht mit Dirnen abgeben, wenn in dem Hause dem Pastorgarten gegenüber nicht die kleine Wieb gewesen wäre. Ihre Mutter war die Frau eines Matrosen, eine Wäscherin, die ihr Kind sauberer hielt als, leider, ihren Ruf. „Deine Mutter ist auch eine Amphibie!“ hatte einmal ein großer Junge dem Mädchen ins Gesicht geschrien, als eben in der Schule die Lehre von diesen Kreaturen vorgetragen war. – „Pfui doch, warum?“ hatte entrüstet die kleine Wieb gefragt. – „Warum? Weil sie einen Mann zu Wasser und einen zu Lande hat!“ – Der Vergleich hinkte; aber der Junge hatte doch seiner bösen Lust genuggetan.

Gleichwohl hielten die Pastorstöchter eine Art von Spielkameradschaft mit dem Matrosenkinde; freilich meist nur für die Werkeltage und wenn die Töchter des Bürgermeisters nicht bei ihnen waren; wenn sie ihre weißen Kleider mit den blauen Schärpen trugen, spielten sie lieber nicht mit der kleinen Wieb. Trafen sie diese dann etwa still und schüchtern vor der Gartenpforte stehen oder hatte gar die jüngste, gutmütige Bürgermeisterstochter sie hereingeholt, dann sprachen sie wohl zu ihr sehr freundlich, aber auch sehr eilig. „Nicht wahr, kleine Wieb, du kommst doch morgen zu uns in den Garten?" Im Nachsommer steckten sie ihr auch wohl einen Apfel in die Tasche und sagten: „Wart, wir wollen dir noch einen mehr suchen!" und die kleine Wieb schlich dann mit ihren Äpfeln ganz begossen aus dem Garten auf die Gasse. Wenn aber Heinz darüber zukam, dann riß er sie ihr wohl wieder fort und warf sie zornig in den Garten zurück, mitten zwischen die geputzten Kinder, daß sie schreiend ins Haus stoben; und wenn dann Wieb über die Äpfel weinte, wischte er mit seinem Schnupftuch ihr die Tränen ab: „Sei ruhig, Wieb; für jeden Apfel hol ich dir morgen eine ganze Tasche voll aus ihrem Garten!" – Und sie wußte wohl, er pflegte Wort zu halten.

Wieb hatte ein Madonnengesichtlein, wie der kunstliebende Schulrektor einmal gesagt hatte, ein Gesichtlein, das man nicht gut leiden sehen konnte; aber die kleine Madonna aß gleichwohl gern des Pastors rote Äpfel, und Heinz stieg bei erster Gelegenheit in die Bäume und stahl sie ihr. Dann zitterte die kleine Wieb; nicht weil sie den Äpfeldiebstahl für eine Sünde hielt, sondern weil die größeren Kostgänger des Pastors ihren Freund dabei mitunter überfielen und ihm den Kopf zu bluten schlugen. Wenn aber nach wohlbestandenem Abenteuer Heinz ihr hinten nach der Allee gewinkt hatte, wenn er vor ihr auf dem Boden kniete und seinen Raub in ihre Täschchen pfropfte, dann lächelte sie ihn ganz glückselig an, und der kräftige Knabe hob seinen Schützling mit beiden Armen in die Luft: „Wieb, Wiebchen, kleines Wiebchen!" rief er jubelnd;

und er schwenkte sich mit ihr im Kreise, bis die roten Äpfel aus den Taschen flogen.

Mitunter auch, bei solchem Anlaß, nahm er die kleine Madonna bei der Hand und ging mit ihr hinunter an den Hafen. War auf den Schiffen alles unter Deck, dann löste er wohl ein Boot, ließ seinen Schützling sacht hineintreten und ruderte mit ihr um den Warder herum, weit in den Sund hinein; wurde der Raub des Bootes hinterher bemerkt und drangen nun von dem Schiffe zornige Scheltlaute über das Wasser zu ihnen herüber, dann begann er hell zu singen, damit die kleine Wieb nur nicht erschrecken möge; hatte sie es aber doch gehört, so ruderte er nur um so lustiger und rief: „Wir wollen weit von all den schlechten Menschen fort!“ – Eines Nachmittages, da Hans Kirch mit seinem Schiffe auswärts war, wagten sie es sogar, drüben bei der Insel anzulegen, wo Wieb in dem großen Dorfe eine Verwandte wohnen hatte, die sie „Möddersch“ nannte. Es war dort eben der große Michaelis-Jahrmarkt, und nachdem sie bei Möddersch eine Tasse Kaffee bekommen hatten, liefen sie zwischen die Buden und in den Menschendrang hinein, wo Heinz für sie beide mit tüchtigen Ellenbogenstößen Raum zu schaffen wußte. Sie waren schon im Karussell gefahren, hatten Kuchenherzen gegessen und bei mancher Drehorgel stillgestanden, als Wiebs blaue Augen an einem silbernen Ringlein haftenblieben, das zwischen Ketten und Löffeln in einer Goldschmiedsbude auslag. Hoffnungslos drehte sie ihr nur aus drei Kupfersechslingen bestehendes Vermögen zwischen den Fingern; aber Heinz, der gestern alle seine Kaninchen verkauft hatte, besaß nach der heutigen Verschwendung noch acht Schillinge, und dafür und für die drei Sechslinge wurde glücklich der Ring erhandelt. Nun freilich waren beider Taschen leer; zum Karussell für Wieb spendierte Möddersch noch einmal einen Schilling – denn soviel kostete es, da Wieb nicht wie vorhin in einem Stuhle fahren, sondern auf dem großen Löwen reiten wollte –; dann, als eben alle Lampen zwischen den schmelz- und goldgestickten Draperien angezündet wurden, waren für sie die Freuden aus, und auch die alte Frau trieb jetzt zur Rückfahrt. Manchmal, während Heinz mit kräftigen Schlägen seine Ruder brauchte, blickten sie noch zurück, und das Herz wurde ihnen groß, wenn sie im zunehmenden Abenddunkel den Lichtschein von den vielen Karussellampen über der Stelle des unsichtbaren Dorfes schweben sahen; aber Wieb hatte ihren silbernen Ring, den sie nun nicht mehr von ihrem Finger ließ.

Inzwischen hatte Kapitän Kirch seine Jacht verkauft. Mit einem stattlichen Schoner, der auf der heimischen Werft gebaut worden war, brachte er für fremde und mehr und mehr für eigne Rechnung Korn nach England und nahm als Rückfracht Kohlen wieder mit. So war zu dem Korn- nun auch ein Kohlenhandel gekommen, und auch diesen mußte, gleich der Milchwirtschaft, die Frau besorgen. Um seinen Heinz, wenn er bei seiner Heimkehr auf die kurze Frage „Hat der Junge sich geschickt?" von der Mutter eine bejahende Antwort erhalten hatte, schien er sich im übrigen nicht groß zu kümmern; nur beim Quartalschlusse pflegte er den Rektor und den Pastor zu besuchen, um zu erfahren, wie der Junge lerne. Dann hieß es allemal, das Lernen sei ihm nur ein Spiel, es bleibe dabei nur zu viel unnütze Zeit ihm übrig; denn wild sei er wie ein Teufel, kein Junge ihm zu groß und keine Spitze ihm zu hoch.

Auf Hans Adams Antlitz hatte sich, nach Aussage des Schulrektors, mehrmals bei solcher Auskunft ein recht ungeeignetes und fast befriedigendes Lächeln gezeigt, während er mit einem kurz hervorgestoßenen „Na, na!" zum Abschiede ihm die Hand gedrückt habe.

Wie recht übrigens auch Heinzens Lehrer haben mochten, so blieb doch das Schutzverhältnis zu der kleinen Wieb dasselbe, und davon wußte mancher frevle Junge nachzusagen. Auch sah man ihn wohl an Sonntagen mit seiner Mutter nach einem dürftigen, unweit der Stadt belegenen Wäldchen wandern und bei der Rückkehr nebst dem leeren Proviantkorbe sein Schwesterchen auf dem Rücken tragen. Mitunter war auch die allmählich aufwachsende Wieb bei dieser Sonntagswanderung. Die stille Frau Kirch hatte Gefallen an dem feinen Mädchen und pflegte zu sagen: „Laß sie nur mitgehen, Heinz; so ist sie doch nicht bei der schlechten Mutter."

Nach seiner Konfirmation mußte Heinz ein paar Fahrten auf seines Vaters Schiffe machen, nicht mehr als „Spielvogel", sondern als strenggehaltener Schiffsjunge; aber er fügte sich, und nach der ersten Rückkehr klopfte Kapitän Kirch ihm auf die Schulter, während er seiner Frau durch ein kurzes Nicken ihren Anteil an seiner Befriedigung zukommen ließ. Die zweite Reise geschah mit einem Setzschiffer; denn der wachsende Handel daheim verlangte die persönliche Gegenwart des Geschäftsherrn. Dann, nach zwei weiteren Fahrten auf größeren Schiffen, war Heinz als Matrose in das elterliche Haus zurückgekehrt. Er war jetzt siebzehn Jahre; die blaue schirmlose Schiffermütze mit dem bunten Rande und den flatternden Bändern ließ ihm so gut zu seinem frischen braunen Antlitz, daß selbst die Pastorstöchter durch den Zaun lugten, wenn sie ihn nebenan im elterlichen Garten mit seiner Schwester spielen hörten. Auch Kapitän Kirch konnte es sonntags beim Gottesdienste nicht unterlassen, von seinem Schifferstuhle nach unten in die Kirche hinabzuschielen, wo sein schmukker Junge bei der Mutter saß. Unterweilen schweiften auch wohl seine Blicke drüben nach dem Epitaphe, wo zwischen mannigfachen Siegestrophäen sich die Marmorbüste eines stattlichen Mannes in gewaltiger Allongeperücke zeigte; gleich seinem Heinz nur eines Bürgers Sohn, der gleichwohl als Kommandeur von dreien Seiner Majestät Schiffen hier in die Vaterstadt zurückgekommen war. Aber nein, so hohe Pläne hatte Hans Kirch doch nicht mit seinem Jungen, vorläufig galt es eine Reise mit dem Hamburger Schiffe „Hammonia" in die chinesischen Gewässer, von der die Rückkehr nicht vor einem Jahr erfolgen würde; und heute war der letzte Tag im elterlichen Hause.

Die Mutter hatte diesmal nicht ohne Tränen ihres Sohnes Kiste gepackt, und nach der Rückkehr aus der Kirche legte sie noch ihr eigenes Gesangbuch obenauf. Der Vater hatte auch in den letzten Tagen außer dem Notwendigen nicht viel mit seinem Sohn gesprochen; nur an diesem Abend, als er auf dem dunkeln Hausflur ihm begegnete, griff er nach seiner Hand und schüttelte sie heftig: „Ich sitze hier nicht still, Heinz; für dich, nur für dich! Und komm auch glücklich wieder!" Hastig hatte er es hervorgestoßen; dann ließ er die Hand seines Sohnes fahren und trabte eilig nach dem Hof hinaus.

Überrascht blickte ihm Heinz eine Weile nach; aber seine Gedanken waren anderswo. Er hatte Wieb am Tage vorher wiedergesehen; doch nur zu ein paar flüchtigen Worten war Gelegenheit gewesen; nun wollte er noch Abschied von ihr nehmen, sie wie sonst noch einmal um den Warder fahren.

Es war ein kühler Maiabend; der Mond stand über dem Wasser, als er an den Hafen hinabkam; aber Wieb war noch nicht da. Freilich hatte sie ihm gesagt, daß sie abends bei einer alten Dame einige leichte Dienste zu versehen habe; desungeachtet, während er an dem einsamen Bollwerk auf und ab ging, konnte er seine Ungeduld kaum niederzwingen: er schalt sich selbst und wußte nicht, weshalb das Klopfen seines Blutes ihm fast den Atem raubte. Endlich sah er sie aus der höher belegenen Straße herabkommen. Bei dem Mondlicht, das ihr voll entgegenfiel, erschien sie ihm so groß und schlank, daß er erst fast verzagte, ob sie es wirklich sei. Gleichwohl hatte sie den Oberkörper in ein großes Tuch vermummt; einer Kopfbedeckung bedurfte sie nicht, denn das blonde Haar lag voll wie ein Häubchen über ihrem zarten Antlitz. „Guten Abend, Heinz!" sagte sie leise, als sie jetzt zu ihm trat; und schüchtern, fast wie ein Fremder, berührte er ihre Hand, die sie ihm entgegenstreckte. Schweigend führte er sie zu einem Boot, das neben einer großen Kuff im Wasser lag. „Komm nur!" sagte er, als er hineingetreten war und der auf der Hafentreppe Zögernden die Arme entgegenstreckte; „ich habe Erlaubnis, wir werden diesmal nicht gescholten."

Als er sie in seinen Armen aufgefangen hatte, löste er die Taue, und das Boot glitt aus dem Schatten des großen Schiffes auf die weite, mondglitzernde Wasserfläche hinaus.

Sie saß ihm auf der Bank am Hinterspiegel gegenüber; aber sie fuhren schon um die Spitze des Warders, wo einige Möwen gackernd aus dem Schlafe auffuhren, und noch immer war kein weiteres Wort zwischen ihnen laut geworden. So vieles hatte Heinz der kleinen Wieb in dieser letzten

Stunde sagen wollen, und nun war der Mund ihm wie verschlossen. Und auch das Mädchen, je weiter sie hinausfuhren, je mehr zugleich die kurze Abendzeit verrann, desto stiller und beklommener saß sie da; zwar seine Augen verschlangen fast die kindliche Gestalt, mit der er jetzt so einsam zwischen Meer und Himmel schwebte; die ihren aber waren in die Nacht hinausgewandt. Dann stieg's wohl plötzlich in ihm auf, und das Boot schütterte unter seinen Ruderschlägen, daß sie jäh das Köpfchen wandte und das blaue Leuchten ihrer Augen in die seinen traf. Aber auch das flog rasch vorüber, und es war etwas wie Zorn, das über ihn kam, er wußte nicht, ob gegen sich selber oder gegen sie, daß sie so fremd ihm gegenübersaß, daß alle Worte, die ihm durch den Kopf fuhren, zu ihr nicht passen wollten. Mit Gewalt rief er es sich zurück: hatte er doch draußen schon mehr als einmal die trotzigste Dirne im Arm geschwenkt, auch wohl ein übermütiges Wort ihr zugeraunt; aber freilich, der jungfräulichen Gestalt ihm gegenüber verschlug auch dieses Mittel nicht.

„Wieb", sagte er endlich, und es klang fast bittend, „kleine Wieb, das ist nun heut für lange Zeit das letzte Mal."

„Ja, Heinz", und sie nickte und sah zu Boden; „ich weiß es wohl." Es war, als ob sie noch etwas andres sagen wollte, aber sie sagte es nicht. Das schwere Tuch war ihr von der Schulter geglitten; als sie es wieder aufgerafft hatte und nun mit ihrer Hand über der Brust zusammenhielt, vermißte er den kleinen Ring an ihrem Finger, den er einst auf dem Jahrmarkte ihr hatte einhandeln helfen. „Dein Ring, Wieb!" rief er unwillkürlich. „Wo hast du deinen Ring gelassen?"

Einen Augenblick noch saß sie unbeweglich; dann richtete sie sich auf und trat über die nächste Bank zu ihm hinüber. Sie mußte in dem schwankenden Boot die eine Hand auf seine Schulter legen, mit der andern langte sie in den Schlitz ihres Kleides und zog eine Schnur hervor, woran der Ring befestigt war. Mit stockendem Atem nahm sie ihrem Freunde die Mütze von den braunen Locken und hing die Schnur ihm um den Hals. „Heinz, o bitte, Heinz!" Der volle blaue Strahl aus ihren Augen ruhte in den seinen; dann stürzten ihre Tränen auf sein Angesicht, und die beiden jungen Menschen fielen sich um den Hals, und da hat der wilde Heinz die kleine Wieb fast totgeküßt.

– – Es mußte schon spät sein, als sie ihr Boot nach dem großen Schiff zurückbrachten; sie hatten keine Stunden schlagen hören; aber alle Lichter in der Stadt schienen ausgelöscht.

Als Heinz an das elterliche Haus kam, fand er die Tür verschlossen; auf sein Klopfen antwortete die Mutter vom Flure aus; aber der Vater war schon zur Ruhe gegangen und hatte den Schlüssel mitgenommen; endlich hörte Heinz auch dessen Schritte, wie sie langsam von droben aus der Kammer die Treppe hinabkamen. Dann wurde schweigend die Tür geöffnet und, nachdem Heinz hineingelassen war, ebenso wieder zugeschlossen; erst als er seinen „Guten Abend" vorbrachte, sah Hans Kirch ihn an: „Hast du die Bürgerglocke nicht gehört? Wo hast du dich umhergetrieben?"

Der Sohn sah den Jähzorn in seines Vaters Augen aufsteigen; er wurde blaß bis unter seine dunkeln Locken, aber er sagte ruhig: „Nicht umhergetrieben, Vater"; und seine Hand faßte unwillkürlich nach dem kleinen Ringe, den er unter seiner offnen Weste barg.

Aber Hans Kirch hatte zu lange auf seinen Sohn gewartet. „Hüte dich!" schrie er und zuckte mit dem schweren Schlüssel gegen seines Sohnes Haupt. „Klopf nicht noch einmal so an deines Vaters Tür! Sie könnte dir verschlossen bleiben."

Heinz hatte sich hoch aufgerichtet; das Blut war ihm ins Gesicht geschossen; aber die Mutter hatte die Arme um seinen Hals gelegt, und die heftige Antwort unterblieb, die schon auf seinen Lippen saß. „Gute Nacht, Vater!" sagte er, und schweigend die Hand der Mutter drückend, wandte er sich ab und ging die Treppe hinauf in seine Kammer.

Am andern Tage war er fort. Die Mutter ging still umher in dem ihr plötzlich öd gewordenen Hause; die kleine Wieb trug schwer an ihrem jungen Herzen; nachdenklich und fast zärtlich betrachtete sie auf ihrem Arm die roten Striemen, durch welche die Mutter für die Störung ihrer Nachtruhe sich an ihr erholt hatte; waren sie ihr doch fast wie ein Angedenken an Heinz, das sie immer hätte behalten mögen; nur Hans Kirchs Dichten und Trachten strebte schon wieder rüstig in die Zukunft.

Nach sechs Wochen war ein Brief von Heinz gekommen; er brachte gute Nachricht; wegen kecken Zugreifens im rechten Augenblick hatte der Kapitän freiwillig seine Heuer erhöht. Die Mutter trat herein, als ihr Mann den Brief soeben in die Tasche steckte. „Ich darf doch auch mitlesen?“ frug sie scheu. „Du hast doch gute Nachricht?“

„Ja, ja“, sagte Hans Kirch; „nun, nichts Besonderes, als daß er dich und seine Schwester grüßen läßt.“

Am Tage darauf aber begann er allerlei Gänge in der Stadt zu machen; in die großen Häuser mit breiten Beischlägen und unter dunklem Lindenschatten sah man ihn der Reihe nach hineingehen. Wer konnte wissen, wie bald der Junge sein Steuermannsexamen hinter sich haben würde; da galt es auch für ihn noch eine Stufe höher aufzurücken. Im Deputiertenkollegium hatte er bereits einige Jahre gesessen; jetzt war ein Ratsherrnstuhl erledigt, der von den übrigen Mitgliedern des Rates zu besetzen war.

Aber Hans Adams Hoffnungen wurden getäuscht; auf dem erledigten Stuhl saß nach einigen Tagen sein bisheriger Kollege, ein dicker Bäckermeister, mit dem er freilich weder an Reichtum noch an Leibesgewicht sich messen durfte. Verdrießlich war er eben aus einer Deputiertensitzung gekommen, wo nun der Platz des Bäckers leer geworden war, und stand noch, an einem Tabakendchen seinen Groll zerkauend, unter dem Schwanz des Riesenfisches, den sie Anno Siebenzig hier gefangen und zum Gedächtnis neben der Rathaustür aufgehangen hatten, als ein ältliches, aber wehrhaftes Frauenzimmer über den Markt und grade auf ihn zukam; ein mit zwei großen Schinken beladener Junge folgte ihr.

„Das ging den verkehrten Weg, Hans Adam!“ rief sie ihm schon von weitem zu.

Hans Adam hob den Kopf. „Du brauchst das nicht über die Straße hinzuschreien, Jule; ich weiß das ohne dich.“

Es war seine ältere Schwester, die nach ihres Mannes

Tode mit der Kirchschen Rührigkeit eine Speckhökerei betrieb. „Warum sollte ich nicht schreien?“ rief sie wiederum, „mir kann's recht sein, wenn sie es alle hören! Du bist ein Geizhals, Hans Adam; aber du hast einen scharfen Kopf, und den können die regierenden Herren nicht gebrauchen, wenn er nicht zufällig auf ihren eignen Schultern sitzt; da paßt ihnen so eine blonde Semmel besser, wenn sie denn doch einmal an uns Mittelbürgern nicht vorbeikönnen.“

„Du erzählst mir ganz was Neues!“ sagte der Bruder ärgerlich.

„Ja, ja, Hans Adam, du bist auch mir zu klug, sonst säßest du nicht so halb umsonst in unserem elterlichen Hause!“

Die brave Frau konnte es noch immer nicht verwinden, daß von einem Kauflustigen ihrem Bruder einst ein höherer Preis geboten war, als wofür er das Haus in der Nachlaßteilung übernommen hatte. Aber Hans Kirch war diesen Vorwurf schon gewohnt, er achtete nicht mehr darauf, zum mindesten schien es für ihn in diesem Augenblicke nur ein Spornstich, um sich von dem erhaltenen Schlage plötzlich wieder aufzurichten. Äußerlich zwar ließ er den Kopf hängen, als sähe er etwas vor sich auf dem Straßenpflaster; seine Gedanken aber waren schon rastlos tätig, eine neue Bahn nach seinem Ziele hinzuschaufeln: das war ihm klar, es mußte noch mehr erworben und – noch mehr erspart werden; dem Druck des Silbers mußte bei wiederkehrender Gelegenheit auch diese Pforte noch sich öffnen; und sollte es für ihn selbst nicht mehr gelingen, für seinen Heinz, bei dessen besserer Schulbildung und stattlicherem Wesen würde es damit schon durchzubringen sein, sobald er seine Seemannsjahre nach Gebrauch als Kapitän beschlossen hätte.

Mit einer raschen Bewegung hob Hans Adam seinen Kopf empor. „Weißt du, Jule“ – er tat wie beiläufig diese Frage –, „ob dein Nachbar Schmüser seinen großen Speicher noch verkaufen will?“

Frau Jule, die mit ihrer letzten Äußerung ihn zu einer ganz andern Antwort hatte reizen wollen und so lange schon darauf gewartet hatte, meinte ärgerlich, da tue er am besten, selbst darum zu fragen.

„Ja, ja; da hast du recht.“ Er nickte kurz und hatte schon ein paar Schritte der Straße zu getan, in der Fritz Schmüser wohnte, als die Schwester, unachtend des Jungen, der seitwärts unter seinen Schinken stöhnte, ihn noch einmal festzuhalten suchte; so wohlfeil sollte er denn doch nicht davonkommen. „Hans Adam!“ rief sie; „wart noch einen Augenblick! Dein Heinz . . .“

Hans Adam stand bei diesem Namen plötzlich still. „Was willst du, Jule?“ frug er hastig. „Was soll das mit meinem Heinz?“

„Nicht viel, Hans Adam; aber du weißt wohl nicht, was dein gewitzter Junge noch am letzten Abend hier getrieben hat?“

„Nun?“ stieß er hervor, als sie eine Pause machte, um erst die Wirkung dieses Eingangs abzuwarten; „sag's nur gleich auf einmal, Jule; ein Loblied sitzt doch nicht dahinter!“

„Je nachdem, Hans Adam, je nachdem! Bei der alten Tante war zum Adesagen freilich nicht viel Zeit; aber warum sollte er die schmucke Wieb, die kleine Matrosendirne, nicht von neun bis elf spazierenfahren? Es möchte wohl ein kalt Vergnügen gewesen sein da draußen auf dem Sund; aber wir Alten wissen's ja wohl noch, die Jugend hat allezeit ihr eigen Feuer bei sich.“

Hans Adam zitterte, seine Oberlippe zog sich auf und legte seine vollen Zähne bloß. „Schwatz nicht!“ sagte er. „Sprich lieber, woher weißt du das?“

„Woher?“ Frau Jule schlug ein fröhliches Gelächter auf – „das weiß die ganze Stadt, am besten Christian Jensen, in dessen Boot die Lustfahrt vor sich ging! Aber du bist ein Hitzkopf, Hans Adam, bei dem man sich leicht üblen Bescheid holen kann; und wer weiß denn auch, ob dir die schmucke Schwiegertochter recht ist? Im übrigen“ – und sie faßte den Bruder an seinem Rockkragen und zog ihn dicht zu sich heran –, „für die neue Verwandtschaft ist's doch so am besten, daß du nicht auf den Ratsherrnstuhl hinaufgekommen bist.“

Als sie solcherweise ihre Worte glücklich angebracht hatte, trat sie zurück. „Komm, Peter, vorwärts!“ rief sie dem Jungen zu, und bald waren beide in einer der vom Markte auslaufenden Gassen verschwunden.

Hans Kirch stand noch wie angedonnert auf derselben Stelle. Nach einer Weile setzte er sich mechanisch in Bewegung und ging der Gasse zu, worin Fritz Schmüsers Speicher lag; dann aber kehrte er plötzlich wieder um. Bald darauf saß er zu Hause an seinem Pult und schrieb mit fliegender Feder einen Brief an seinen Sohn, in welchem in verstärktem Maße sich der jähe Zorn ergoß, dessen Ausbruch an jenem letzten Abend durch die Dazwischenkunft der Mutter war verhindert worden.

Monate waren vergangen; die Plätze, von denen aus Heinz nach Abrede hätte schreiben sollen, mußten längst passiert sein, aber Heinz schrieb nicht; dann kamen Nachrichten von dem Schiffe, aber kein Brief von ihm. Hans Kirch ließ sich das so sehr nicht anfechten. „Er wird schon kommen", sagte er zu sich selber; „er weiß gar wohl, was hier zu Haus für ihn zu holen ist." Und somit, nachdem er den Schmüserschen Speicher um billigen Preis erworben hatte, arbeitete er rüstig an der Ausbreitung seines Handels und ließ sich keine Mühe verdrießen. Freilich, wenn er von den dadurch veranlaßten Reisen, teils nach den Hafenstädten des Inlandes, einmal sogar mit seinem Schoner nach England, wieder heimkehrte, „Brief von Heinz?" war jedesmal die erste hastige Frage an seine Frau, und immer war ein trauriges Kopfschütteln die einzige Antwort, die er darauf erhielt.

Die Sorge, der auch er allmählich sich nicht hatte erwehren können, wurde zerstreut, als die Zeitungen die Rückkehr der „Hammonia" meldeten. Hans Kirch ging unruhig in Haus und Hof umher, und Frau und Tochter hörten ihn oft heftig vor sich hinreden; denn der Junge mußte jetzt ja selber kommen, und er hatte sich vorgesetzt, ihm scharf den Kopf zu waschen. Aber eine Woche verging, die zweite ging auch bald zu Ende, und Heinz war nicht gekommen. Auf eingezogene Erkundigung erfuhr man endlich, er habe auf der Rückfahrt nach Abkommen mit dem Kapitän eine neue Heuer angenommen; wohin, war nicht zu ermitteln. „Er will mir trotzen!" dachte Hans Adam. „Sehen wir, wer's am längsten aushält von uns beiden!" – Die Mutter, welche nichts von jenem Briefe ihres Mannes wußte, ging in kummervollem Grübeln und konnte ihren Jungen nicht begreifen; wagte sie es einmal, ihren Mann nach Heinz zu fragen, so blieb er entweder ganz die Antwort schuldig oder hieß sie, ihm mit dem Jungen ein für allemal nicht mehr zu kommen.

In einem zwar unterschied er sich von der gemeinen Art der Männer: er bürdete der armen Mutter nicht die Schuld an diesen Übelständen auf; im übrigen aber war mit Hans Adam jetzt kein leichter Hausverkehr.

Sommer und Herbst gingen hin, und je weiter die Zeit verrann, desto fester wurzelte der Groll in seinem Herzen; der Name seines Sohnes wurde im eignen Hause nicht mehr ausgesprochen, und auch draußen scheute man sich, nach Heinz zu fragen.

Schon wurde es wieder Frühling, als er eines Morgens von seiner Haustür aus den Herrn Pastor mit der Pfeife am Zaune seines Vorgartens stehen sah. Hans Kirch hatte Geschäfte weiter oben in der Straße und wollte mit stummem Hutrücken vorbeipassieren; aber der Nachbar Pastor rief mit aller Würde pfarramtlicher Überlegenheit ganz laut zu ihm hinüber: „Nun, Herr Kirch, noch immer keine Nachricht von dem Heinz?"

Hans Adam fuhr zusammen, aber er blieb stehen, die Frage war ihm lange nicht geboten worden. „Reden wir von was anderem, wenn's gefällt, Herr Pastor!" sagte er kurz und hastig.

Allein der Pastor fand sich zur Befolgung dieser Bitte nicht veranlaßt. „Mein lieber Herr Kirch, es ist nun fast das zweite Jahr herum; Sie sollten sich doch einmal wieder um den Sohn bekümmern!"

„Ich dächte, Herr Pastor, nach dem vierten Gebote wär das umgekehrt!"

Der Pastor tat die Pfeife aus dem Munde: „Aber nicht nach dem Gebote, in welchem nach des Herren Wort die andern all enthalten sind, und was wäre Euch näher als Euer eigen Fleisch und Blut!"

„Weiß nicht, Ehrwürden", sagte Hans Kirch, „ich halte mich ans vierte."

Es war etwas in seiner Stimme, das es dem Pastor rätlich machte, nicht mehr in diesem Tone fortzufahren. „Nun,

nun", sagte er begütigend, „er wird ja schon wiederkehren, und wenn er kommt, er ist ja von Ihrer Art, Herr Nachbar, so wird es nicht mit leeren Händen sein!"

Etwas von dem Schmunzeln, das sich bei dieser letzten Rede auf des Pastors Antlitz zeigte, war doch auch auf das des anderen übergegangen, und während sich der erstere mit einer grüßenden Handbewegung nach seinem Hause zurückwandte, trabte Hans Kirch munterer als seit lange die Straße hinauf nach seinem großen Speicher.

Es war am Tage danach, als der alte Postbote dieselbe Straße hinabschritt. Er ging rasch und hielt einen dicken Brief in der Hand, den er schon im Vorwege aus seiner Ledertasche hervorgeholt zu haben schien; aber ebenso rasch schritt, lebhaft auf ihn einredend, ein etwa sechzehnjähriges blondes Mädchen an seiner Seite. „Von einem guten Bekannten, sagst du? Nein, narre mich nicht länger, alter Marten! Sag's doch, von wem ist er denn?"

„Ei, du junger Dummbart", rief der Alte, indem er mit dem Briefe ihr vor den Augen gaukelte, „kann ich das wissen? Ich weiß nur, an wen ich ihn zu bringen habe."

„An wen, an wen denn, Marten?"

Er stand einen Augenblick und hielt die Schriftseite des Briefes ihr entgegen.

Die geöffneten Mädchenlippen versandten einen Laut, der nicht zu einem Wort gedieh.

„Von Heinz!" kam es dann schüchtern hintennach, und wie eine helle Lohe brannte die Freude auf dem jungen Antlitz.

Der Alte sah sie freundlich an. „Von Heinz?" wiederholte er schelmisch. „Ei, Wiebchen, mit den Augen ist das nicht darauf zu lesen!"

Sie sagte nichts; aber als er jetzt in der Richtung nach dem Kirchschen Hause zuschritt, lief sie noch immer nebenher.

„Nun?" rief er, „du denkst wohl, daß ich auch für dich noch einen in der Tasche hätte?"

Da blieb sie plötzlich stehen, und während sie traurig ihr

Köpfchen schüttelte, ging der Bote mit dem dicken Briefe fort.

Als er die Kirchsche Wohnung betrat, kam eben die Hausmutter mit einem dampfenden Schüsselchen aus der Küche; sie wollte damit in das Oberhaus, wo im Giebelstübchen die kleine Lina an den Masern lag. Aber Marten rief sie an: „Frau Kirch! Frau Kirch! Was geben Sie für diesen Brief?"

Und schon hatte sie die an ihren Mann gerichtete Adresse gelesen und die Schrift erkannt. „Heinz!" rief auch sie, „oh, von Heinz!" und wie ein Jubel brach es aus dieser stillen Brust. Da kam von oben her die Kinderstimme: „Mutter! Mutter!"

„Gleich, gleich, mein Kind!" Und nach einem dankbaren Nicken gegen den Boten flog sie die Treppen hinauf. „O Lina, Lina! Von Heinz, ein Brief von unserm Heinz!"

Im Wohnzimmer unten saß Hans Kirch an seinem Pulte, zwei aufgeschlagene Handelsbücher vor sich, er war mit seinem Verlustkonto beschäftigt, das sich diesmal ungewöhnlich groß erwiesen hatte. Verdrießlich hörte er das laute Reden draußen, das ihn in seiner Rechnung störte; als der Postbote hereintrat, fuhr er ihn an: „Was treibt Er denn für Lärmen draußen mit der Frau?"

Statt einer Antwort überreichte Marten ihm den Brief.

Fast grollend betrachtete er die Aufschrift mit seinen scharfen Augen, die noch immer der Brille nicht bedurften. „Von Heinz", brummte er, nachdem er alle Stempel aufmerksam besichtigt hatte; „Zeit wär's denn auch einmal!"

Vergebens wartete der alte Marten, auch aus des Vaters Augen einen Freudenblitz zu sehen; nur ein Zittern der Hand – wie er zu seinem Trost bemerkte – konnte dieser nicht bewältigen, als er jetzt nach einer Schere langte, um den Brief zu öffnen. Und schon hatte er sie angesetzt, als Marten seinen Arm berührte: „Herr Kirch, ich darf wohl noch um dreißig Schilling bitten!"

– „Wofür?" – er warf die Schere hin – „ich bin der Post nichts schuldig!"

„Herr, Sie sehen ja wohl, der Brief ist nicht frankiert."

Er hatte es nicht gesehen; Hans Adam biß die Zähne aufeinander: dreißig Schillinge; warum denn auch nicht die noch zum Verlust geschrieben! Aber – die Bagatelle, die war's ja nicht; nein – was dahinterstand! Was hatte doch der Pastor neulich hingeredet? Er würde nicht mit leeren Händen kommen! – Nicht mit leeren Händen! – Hans Adam lachte grimmig in sich hinein. – Nicht mal das Porto hatte er gehabt! Und der, der sollte im Magistrat den Sitz erobern, der für ihn, den Vater, sich zu hoch erwiesen hatte!

Hans Kirch saß stumm und starr an seinem Pulte; nur im Gehirne tobten ihm die Gedanken. Sein Schiff, sein Speicher, alles, was er in so vielen Jahren schwer erworben hatte, stieg vor ihm auf und addierte wie von selber die stattlichen Summen seiner Arbeit. Und das, das alles sollte er diesem ... Er dachte den Satz nicht mehr zu Ende; sein Kopf brannte, es brauste ihm vor den Ohren. „Lump!" schrie er plötzlich, „so kommst du nicht in deines Vaters Haus!"

Der Brief war dem erschrockenen Boten vor die Füße geschleudert. „Nimm", schrie er, „ich kauf ihn nicht; der ist für mich zu teuer!" Und Hans Kirch griff zur Feder und blätterte in seinen Kontobüchern.

Der gutmütige Alte hatte den Brief aufgehoben und versuchte bescheiden noch einige Überredung; aber der Hausherr trieb ihn fort, und er war nur froh, die Straße zu erreichen, ohne daß er der Mutter zum zweiten Mal begegnet wäre.

Als er seinen Weg nach dem Südende der Stadt fortsetzte, kam Wieb eben von dort zurück; sie hatte in einer Brennerei, welche hier das letzte Haus bildete, eine Bestellung ausgerichtet. Ihre Mutter war nach dem plötzlichen Tode „ihres Mannes zur See" in aller Form Rechtens die Frau „ihres Mannes auf dem Lande" geworden und hatte mit diesem eine Matrosenschenke am Hafenplatz errichtet. Viel Gutes wurde von der neuen Wirtschaft nicht geredet; aber wenn an Herbstabenden die über der Haustür brennende rote Lampe ihren Schein zu den Schiffen hinabwarf, so saß es da drinnen in der Schenkstube bald Kopf an Kopf, und der Brenner draußen am Stadtende hatte dort gute Kundschaft.

Als Wieb sich dem alten Postboten näherte, bemerkte sie

sogleich, daß er jetzt recht mürrisch vor sich hinsah; und dann – er hatte ja den Brief von Heinz noch immer in der Hand. „Marten!" rief sie – sie hätte es nicht lassen können –, „der Brief, hast du ihn noch? War denn sein Vater nicht zu Hause?"

Marten machte ein grimmiges Gesicht. „Nein, Kind, sein Vater war wohl nicht zu Hause; der alte Hans Kirch war da; aber für den war der Brief zu teuer."

Die blauen Mädchenaugen blickten ihn erschrocken an. „Zu teuer, Marten?"

– „Ja, ja; was meinst du, unter dreißig Schillingen war er nicht zu haben."

Nach diesen Worten steckte Marten den Brief in seine Ledertasche und trat mit einem andern, den er gleichzeitig hervorgezogen hatte, in das nächste Haus.

Wieb blieb auf der Gasse stehen. Einen Augenblick noch sah sie auf die Tür, die sich hinter dem alten Mann geschlossen hatte; dann, als käme ihr plötzlich ein Gedanke, griff sie in ihre Tasche und klimperte darin, als wie mit kleiner Silbermünze. Ja, Wieb hatte wirklich Geld in ihrer Tasche; sie zählte es sogar, und es war eine ganze Handvoll, die sie schon am Vormittage hinter dem Schenktisch eingenommen hatte. Zwar, es gehörte nicht ihr, das wußte sie recht wohl; aber was kümmerte sie das, und mochte ihre Mutter sie doch immer dafür schlagen! „Marten", sagte sie hastig, als dieser jetzt wieder aus dem Hause trat, und streckte eine Handvoll kleiner Münze ihm entgegen, „da ist das Geld, Marten; gib mir den Brief!"

Marten sah sie voll Verwunderung an.

„Gib ihn doch!" drängte sie. „Hier sind ja deine dreißig Schillinge!" Und als der Alte den Kopf schüttelte, faßte sie mit der freien Hand an seine Tasche: „Oh, bitte, bitte, lieber Marten, ich will ihn ja nur einmal zusammen mit seiner Mutter lesen."

„Kind", sagte er, indem er ihre Hand ergriff und ihr freundlich in die angstvollen Augen blickte, „wenn's nach mir ginge, so wollten wir den Handel machen; aber selbst der Postmeister darf dir keinen Brief verkaufen." Er wandte sich von ihr ab und schritt auf seinem Botenwege weiter.

Aber sie lief ihm nach, sie hing sich an seinen Arm, ihr

einfältiger Mund hatte die holdesten Bitt- und Schmeichelworte für den alten Marten und ihr Kopf die allerdümmsten Einfälle; nur leihen sollte er ihr zum mindesten den Brief; er sollte ihn ja noch heute abend wiederhaben.

Der alte Marten geriet in große Bedrängnis mit seinem weichen Herzen; aber ihm blieb zuletzt nichts übrig, er mußte das Kind gewaltsam von sich stoßen.

Da blieb sie zurück; mit der Hand fuhr sie an die Stirn unter ihr goldblondes Haar, als ob sie sich besinnen müsse; dann ließ sie das Geld in ihre Tasche fallen und ging langsam dem Hafenplatze zu. Wer den Weg entgegenkam, sah ihr verwundert nach; denn sie hatte die Hände auf die Brust gepreßt und schluchzte überlaut.

Seitdem waren fünfzehn Jahre hingegangen. Die kleine Stadt erschien fast unverändert; nur daß für einen jungen Kaufherrn aus den alten Familien am Markt ein neues Haus erbaut war, daß Telegrafendrähte durch die Gassen liefen und auf dem Posthausschilde jetzt mit goldenen Buchstaben „Kaiserliche Reichspost" zu lesen war; wie immer rollte die See ihre Wogen an den Strand, und wenn der Nordwest vom Ostnordost gejagt wurde, so spülte das Hochwasser an die Mauern der Brennerei, die auch jetzt noch in der roten Laterne ihre beste Kundschaft hatte; aber das Ende der Eisenbahn lag noch manche Meile landwärts hinter dem Hügelzuge, sogar auf dem Bürgermeisterstuhle saß trotz der neuen Segnungen noch im guten alten Stile ein studierter Mann, und der Magistrat behauptete sein altes Ansehen, wenngleich die Senatoren jetzt in „Stadträte" und die Deputierten in „Stadtverordnete" verwandelt waren; die Abschaffung der Bürgerglocke als eines alten Zopfes war in der Stadtverordnetenversammlung von einem jungen Mitgliede zwar in Vorschlag gebracht worden, aber zwei alte Herren hatten ihr das Wort geredet: die Glocke hatte sie in ihrer Jugend vor manchem dummen Streich nach Haus getrieben; weshalb sollte jetzt das junge Volk und das Gesinde nicht in gleicher Zucht gehalten werden? Und nach wie vor, wenn es zehn vom Turm geschlagen hatte, bimmelte die kleine

Glocke hinterdrein und schreckte die Pärchen auseinander, welche auf dem Markt am Brunnen schwatzten.

Nicht so unverändert war das Kirchsche Haus geblieben. Heinz war nicht wieder heimgekommen; er war verschollen; es fehlte nur, daß er auch noch gerichtlich für tot erklärt worden wäre; von den jüngeren Leuten wußte mancher kaum, daß es hier jemals einen Sohn des alten Kirch gegeben habe. Damals freilich, als der alte Marten den Vorfall mit dem Briefe bei seinen Gängen mit herumgetragen hatte, war von Vater und Sohn genug geredet worden; und nicht nur von diesen, auch von der Mutter, von der man niemals redete, hatte man erzählt, daß sie derzeit, als es endlich auch ihr von draußen zugetragen worden, zum ersten Mal sich gegen ihren Mann erhoben habe. „Hans! Hans!" so hatte sie ihn angesprochen, ohne der Magd zu achten, die an der Küchentür gelauscht hatte; „das ohne mich zu tun, war nicht dein Recht! Nun können wir nur beten, daß der Brief nicht zu dem Schreiber wiederkehre; doch Gott wird ja so schwere Schuld nicht auf dich laden." Und Hans Adam, während ihre Augen voll und tränenlos ihn angesehen, hatte hierauf nichts erwidert, nicht ein Sterbenswörtlein; sie aber hatte nicht nur gebetet; überallhin, wenn auch stets vergebens, hatte sie nach ihrem Sohne forschen lassen; die Kosten, die dadurch verursacht wurden, entnahm sie ohne Scheu den kleineren Kassen, welche sie verwaltete; und Hans Adam, obgleich er bald des innewurde, hatte sie still gewähren lassen. Er selbst tat nichts dergleichen; er sagte es sich beharrlich vor, der Sohn, ob brieflich oder in Person, müsse anders oder niemals wieder an die Tür des Elternhauses klopfen.

Und der Sohn hatte niemals wieder angeklopft. Hans Adams Haar war nur um etwas rascher grau geworden; der Mutter aber hatte endlich das stumme Leid die Brust zernagt, und als die Tochter aufgewachsen war, brach sie zusammen. Nur eins war stark in ihr geblieben, die Zuversicht, daß ihr Heinz einst wiederkehren werde; doch auch die trug sie im stillen. Erst da ihr Leben sich rasch zu Ende neigte, nach einem heftigen Anfall ihrer Schwäche, trat es einmal über ihre Lippen. Es war ein frostheller Weihnachtsmorgen, als sie, von der Tochter gestützt, mühsam die Treppe nach der oben belegenen Schlafkammer emporstieg. Eben, als sie auf halbem Wege, tief aufatmend und wie hülflos um sich blickend, gegen das Geländer lehnte, brach die Wintersonne durch die Scheiben über der Haustür und erleuchtete mit ihrem blassen Schein den dunkeln Flur. Da wandte die kranke Frau den Kopf zu ihrer Tochter. „Lina", sagte sie geheimnisvoll, und ihre matten Augen leuchteten plötzlich in beängstigender Verklärung, „ich weiß es, ich werde ihn noch wiedersehen! Er kommt einmal so, wenn wir es gar nicht denken!"

„Meinst du, Mutter?" frug die Tochter fast erschrocken.

„Mein Kind, ich meine nicht; ich weiß es ganz gewiß!"

Dann hatte sie ihr lächelnd zugenickt; und bald lag sie zwischen den weißen Linnen ihres Bettes, welche in wenigen Tagen ihren toten Leib umhüllen sollten.

In dieser letzten Zeit hatte Hans Kirch seine Frau fast keinen Augenblick verlassen; der Bursche, der ihm sonst im Geschäfte nur zur Hand ging, war schier verwirrt geworden über die ihn plötzlich treffende Selbstverantwortlichkeit; aber auch jetzt wurde der Name des Sohnes zwischen den beiden Eltern nicht genannt; nur da die schon erlöschenden Augen der Sterbenden weit geöffnet und wie suchend in die leere Kammer blickten, hatte Hans Kirch, als ob er ein Versprechen gebe, ihre Hand ergriffen und gedrückt; dann hatten ihre Augen sich zur letzten Lebensruhe zugetan.

Aber wo war, was trieb Heinz Kirch in der Stunde, als seine Mutter starb?

Ein paar Jahre weiter, da war der spitze Giebel des Kirchschen Hauses abgebrochen und statt dessen ein volles Stockwerk auf das Erdgeschoß gesetzt worden; und bald hausete eine junge Wirtschaft in den neuen Zimmern des Oberbaues; denn die Tochter hatte den Sohn eines wohlhabenden Bürgers aus der Nachbarstadt geheiratet, der dann in das Geschäft ihres Vaters eingetreten war. Hans Kirch begnügte sich mit den Räumen des alten Unterbaues; die Schreibstube neben der Haustür bildete zugleich sein Wohnzimmer. Dahinter, nach dem Hofe hinaus, lag die

Schlafkammer; so saß er ohne viel Treppensteigen mitten im Geschäft und konnte trotz des anrückenden Greisenalters und seines jungen Partners die Fäden noch in seinen Händen halten. Anders stand es mit der zweiten Seite seines Wesens; schon mehrmals war ein Wechsel in den Magistratspersonen eingetreten, aber Hans Kirch hatte keinen Finger darum gerührt; auch, selbst wenn er darauf angesprochen worden, kein Für oder Wider über die neuen Wahlen aus seinem Munde gehen lassen.

Dagegen schlenderte er jetzt oft, die Hände auf dem Rücken, bald am Hafen, bald in den Bürgerpark, während er sonst auf alle Spaziergänger nur mit Verachtung herabgesehen hatte. Bei anbrechender Dämmerung konnte man ihn auch wohl draußen über der Bucht auf dem hohen Ufer sitzen sehen; er blickte dann in die offene See hinaus und schien keinen der wenigen, die vorübergingen, zu bemerken. Traf es sich, daß aus dem Abendrot ein Schiff hervorbrach und mit vollen Segeln auf ihn zuzukommen schien, dann nahm er seine Mütze ab und strich mit der andern Hand sich zitternd über seinen grauen Kopf. – Aber nein, es geschahen ja keine Wunder mehr; weshalb sollte denn auch Heinz auf jenem Schiffe sein? – Und Hans Kirch schüttelte sich und trat fast zornig seinen Heimweg an.

Der ganze Ehrgeiz des Hauses schien jedenfalls, wenn auch in anderer Form, jetzt von dem Tochtermann vertreten zu werden; Herr Christian Martens hatte nicht geruht, bis die Familie unter den Mitgliedern der Harmoniegesellschaft figurierte, von der bekannt war, daß nur angesehenere Bürger zugelassen wurden. Der junge Ehemann war, wovon der Schwiegervater sich zeitig und gründlich überzeugt hatte, ein treuer Arbeiter und keineswegs ein Verschwender; aber – für einen feinen Mann gelten, mit den Honoratioren einen vertraulichen Händedruck wechseln, etwa noch eine schwergoldene Kette auf brauner Sammetweste, das mußte er daneben haben. Hans Kirch zwar hatte anfangs sich gesträubt; als ihm jedoch in einem stillen Nebenstübchen eine solide Partie „Sechsundsechzig“ mit ein paar alten seebefahrenen Herren eröffnet wurde, ging auch er mit seinen Kindern in die Harmonie.

So war die Zeit verflossen, als an einem sonnigen Vormittage im September Hans Kirch vor seiner Haustür stand; mit seinem krummen Rücken, seinem hängenden Kopfe und wie gewöhnlich beide Hände in den Taschen. Er war eben von seinem Speicher heimgekommen; aber die Neugier hatte ihn wieder hinausgetrieben, denn durchs Fenster hatte er links hin auf dem Markte, wo sonst nur Hühner und Kinder liefen, einen großen Haufen erwachsener Menschen, Männer und Weiber, und offenbar in lebhafter Unterhaltung miteinander wahrgenommen; er hielt die Hand ans Ohr, um etwas zu erhorchen; aber sie standen ihm doch zu fern. Da löste sich ein starkes, aber anscheinend hochbetagtes Frauenzimmer aus der Menge; sie mochte halb erblindet sein, denn sie fühlte mit einem Krückstock vor sich hin; gleichwohl kam sie bald rasch genug gegen das Kirchsche Haus dahergewandert. „Jule!" brummte Hans Adam. „Was will Jule?"

Seitdem der Bruder ihr vor einigen Jahren ein größeres Darlehen zu einem Einkauf abgeschlagen hatte, waren Wort und Gruß nur selten zwischen ihnen gewechselt worden; aber jetzt stand sie vor ihm; schon von weitem hatte sie ihm mit ihrer Krücke zugewinkt. Im ersten Antrieb hatte er sich umwenden und in sein Haus zurückgehen wollen; aber er blieb doch. „Was willst du, Jule?" frug er. „Was verakkordieren die da auf dem Markt?"

„Was die verakkordieren, Hans? Ja, leihst du mir jetzt die hundert Taler, wenn ich dir's erzähle?"

Er wandte sich jetzt wirklich, um ins Haus zu treten.

„Nun, bleib nur!" rief sie. „Du sollst's umsonst zu wissen kriegen; dein Heinz ist wieder da!"

Der Alte zuckte zusammen. „Wo? Was?" stieß er hervor und fuhr mit dem Kopf nach allen Seiten. Die Speckhökerin sah mit Vergnügen, wie seine Hände in den weiten Taschen schlotterten.

„Wo?" wiederholte sie und schlug den Bruder auf den krummen Rücken. „Komm zu dir, Hans! Hier ist er noch nicht; aber in Hamburg, beim Schlafbaas in der Johannisstraße!"

Hans Kirch stöhnte. „Weibergewäsch!" murmelte er. „Siebzehn Jahre fort; der kommt nicht wieder – der kommt nicht wieder."

Aber die Schwester ließ ihn nicht los. „Kein Weibergewäsch, Hans! Der Fritze Reimers, der mit ihm in Schlafstelle liegt, hat's nach Haus geschrieben!"

„Ja, Jule, der Fritze Reimers hat schon mehr gelogen!"

Die Schwester schlug die Arme unter ihrem vollen Busen umeinander. „Zitterst du schon wieder für deinen Geldsack?" rief sie höhnend. „Ei nun, für dreißig Reichsgulden haben sie unsern Herrn Christus verraten, so konntest du dein Fleisch und Blut auch wohl um dreißig Schillinge verstoßen. Aber jetzt kannst du ihn alle Tage wiederhaben! Ratsherr freilich wird er nun wohl nicht mehr werden; du mußt ihn nun schon nehmen, wie du ihn dir selbst gemacht hast!"

Aber die Faust des Bruders packte ihren Arm; seine Lippen hatten sich zurückgezogen und zeigten das noch immer starke, vollzählige Gebiß. „Nero! Nero!" schrie er mit heiserer Stimme in die offene Haustür, während sogleich das Aufrichten des großen Haushundes drinnen hörbar wurde. „Weib, verdammtes, soll ich dich mit Hunden von der Türe hetzen!"

Frau Jules sittliche Entrüstung mochte indessen nicht so tief gegangen sein; hatte sie doch selbst vor einem halben Jahre ihre einzige Tochter fast mit Gewalt an einen reichen Trunkenbold verheiratet, um von seinen Kapitalien in ihr Geschäft zu bringen; es hatte sie nur gereizt, ihrem Bruder, wie sie später meinte, für die hundert Taler auch einmal etwas auf den Stock zu tun. Und so war sie denn schon dabei, ihm wieder gute Worte zu geben, als vom Markte her ein älterer Mann zu den Geschwistern trat. Es war der Krämer von der Ecke gegenüber. „Kommt, Nachbar", sagte dieser, indem er Hans Adams Hand faßte, „wir wollen in Ihr Zimmer gehen; das gehört nicht auf die Straße!"

Frau Jule nickte ein paarmal mit ihrem dicken Kopfe. „Das meine ich auch, Herr Rickerts", rief sie, indem sie sich mit ihrem Krückstocke nach der Straße hinunterfühlte; „erzählen Sie's ihm besser; seiner Schwester hat er es nicht glauben wollen! Aber Hans, wenn's dir an Reisegeld nach Hamburg fehlen sollte?"

Sie bekam keine Antwort; Herr Rickerts trat mit dem Bruder schon in dessen Zimmer. „Sie wissen es also, Nachbar!“ sagte er; „es hat seine Richtigkeit; ich habe den Brief von Fritze Reimers selbst gelesen.“

Hans Kirch hatte sich in seinen Lehnstuhl gesetzt und starrte, mit den Händen auf den Knien, vor sich hin. „Von Fritze Reimers?“ frug er dann. „Aber Fritze Reimers ist ein Windsack, ein rechter Weißfisch!“

„Das freilich, Nachbar, und er hat auch diesmal seine eigne Schande nach Haus geschrieben. Beim Schlafbaas in der Johannisstraße haben sie abends in der Schenkstube beisammengesessen, deutsche Seeleute, aber aus allen Meeren, Fritze Reimers und noch zwei andre unsrer Jungens mit dazwischen. Nun haben sie geredet über Woher und Wohin; zuletzt, wo ein jeder von ihnen denn zuerst die Wand beschrien habe. Als an den Reimers dann die Reihe gekommen ist, da hat er – Sie kennen's ja wohl, Nachbar – das dumme Lied gesungen, worin sie den großen Fisch an unserm Rathaus in einen elenden Bütt verwandelt haben; kaum aber ist das Wort herausgewesen, so hat vom andern Ende des Tisches einer gerufen: ‚Das ist kein Bütt, das ist der Schwanz von einem Butzkopf, und der ist doppelt so lang als Arm und Bein bei dir zusammen!‘

Der Mann, der das gesprochen hat, ist vielleicht um zehn Jahre älter gewesen als unsere Jungens, die da mit gesessen, und hat sich John Smidt genannt.

Fritze Reimers aber hat nicht geantwortet, sondern weiter fortgesungen, wie es in dem Liede heißt: ‚Und sie handeln, sagt er, da mit Macht, sagt er; hab'n zwei Böte, sagt er, und 'ne Jacht!‘“

„Der Schnösel!“ rief Hans Kirch; „und sein Vater hat bis an seinen Tod auf meinem Schoner gefahren!“

„Ja, ja, Nachbar; der John Smidt hat auch auf den Tisch geschlagen. ‚Pfui für den Vogel, der sein eigen Nest beschmutzt!‘“

„Recht so!“ sagte Hans Kirch; „er hätte ihn nur auf seinen dünnen Schädel schlagen sollen!“

„Das tat er nicht; aber als der Reimers ihm zugerufen, was er dabei denn mitzureden habe, da –“

Hans Kirch hatte des andern Arm gefaßt. „Da?“ wiederholte er.

„Ja, Nachbar“ – und des Erzählers Stimme wurde leiser –,

„da hat John Smidt gesagt, er heiße eigentlich Heinz Kirch, und ob er denn auch nun noch etwas von ihm kaufen wolle. – Sie wissen es ja, Nachbar, unsre Jungens geben sich da drüben manchmal andre Namen, Smidt oder Mayer, oder wie es eben kommen mag, zumal wenn's mit dem Heuerwechsel nicht so ganz in Ordnung ist. Und dann, ich bin ja erst seit sechzehn Jahren hier; aber nach Hörensagen, es muß Ihrem Heinz schon ähnlich sehen, das!"

Hans Kirch nickte. Es wurde ganz still im Zimmer, nur der Perpendikel der Wanduhr tickte; dem alten Schiffer war, als fühle er eine erkaltende Hand, die den Druck der seinigen erwarte.

Der Krämer brach zuerst das Schweigen. „Wann wollen Sie reisen, Nachbar?" frug er.

„Heute nachmittag", sagte Hans Kirch und suchte sich so grade wie möglich aufzurichten.

– „Sie werden guttun, sich reichlich mit Gelde zu versehen; denn die Kleidung Ihres Sohnes soll just nicht im besten Stande sein."

Hans Kirch zuckte. „Ja, ja; noch heute nachmittag."

Dies Gespräch hatte eine Zuhörerin gehabt; die junge Frau, welche zu ihrem Vater wollte, hatte vor der halboffenen Tür des Bruders Namen gehört und war aufhorchend stehengeblieben. Jetzt flog sie, ohne einzutreten, die Treppe wieder hinauf nach ihrem Wohnzimmer, wo eben ihr Mann, am Fenster sitzend, sich zu besonderer Ergötzung eine Havanna aus dem Sonntagskistchen angezündet hatte. „Heinz!" rief sie jubelnd ihm entgegen, wie vorzeiten ihre Mutter es gerufen hatte, „Nachricht von Heinz! Er lebt, er wird bald bei uns sein!" Und mit überstürzenden Worten erzählte sie, was sie unten im Flur erlauscht hatte. Plötzlich aber hielt sie inne und sah auf ihren Mann, der nachdenklich die Rauchwölkchen vor sich hinblies.

„Christian!" rief sie und kniete vor ihm hin; „mein einziger Bruder! Freust du dich denn nicht?"

Der junge Mann legte die Hand auf ihren Kopf: „Verzeih mir, Lina; es kam so unerwartet; dein Bruder ist für mich noch gar nicht dagewesen; es wird ja nun so vieles anders werden." Und behutsam und verständig, wie es sich für einen wohldenkenden Mann geziemt, begann er dann ihr darzulegen, wie durch diese nicht mehr vermutete Heimkehr die Grundlagen ihrer künftigen Existenz beschränkt, ja vielleicht erschüttert würden. Daß seinerseits die Verschollenheit des Haussohnes, wenn auch ihm selbst kaum eingestanden, wenigstens den zweiten Grund zum Werben um Hans Adams Tochter abgegeben habe, das ließ er freilich nicht zu Worte kommen, so aufdringlich es auch jetzt vor seiner Seele stand.

Frau Lina hatte aufmerksam zugehört. Da aber ihr Mann jetzt schwieg, schüttelte sie nur lächelnd ihren Kopf: „Du sollst ihn nur erst kennenlernen; oh, Heinz war niemals eigennützig."

Er sah sie herzlich an. „Gewiß, Lina; wir müssen uns darein zu finden wissen; um desto besser, wenn er wiederkehrt, wie du ihn einst gekannt hast."

Die junge Frau schlug den Arm um ihres Mannes Nakken: „Oh, du bist gut, Christian! Gewiß, ihr werdet Freunde werden!"

Dann ging sie hinaus; in die Schlafkammer, in die beste Stube, an den Herd; aber ihre Augen blickten nicht mehr so froh, es war auf ihre Freude doch ein Reif gefallen. Nicht, daß die Bedenken ihres Mannes auch ihr Herz bedrängten; nein, aber daß so etwas überhaupt nur sein könne; sie wußte selber kaum, weshalb ihr alles jetzt so öde schien.

Einige Tage später war Frau Lina beschäftigt, in dem Oberbau die Kammer für den Bruder zu bereiten; aber auch heute war ihr die Brust nicht freier. Der Brief, worin der Vater seine und des Sohnes Ankunft gemeldet hatte, enthielt kein Wort von einem frohen Wiedersehen zwischen beiden; wohl aber ergab der weitere Inhalt, daß der Wiedergefundene sich anfangs unter seinem angenommenen Namen vor dem Vater zu verbergen gesucht habe und diesem wohl nur widerstrebend in die Heimat folgen werde.

Als dann an dem bezeichneten Sonntagabend das junge

Ehepaar zu dem vor dem Hause haltenden Wagen hinausgetreten war, sahen sie bei dem Lichtschein, der aus dem offenen Flur fiel, einen Mann herabsteigen, dessen wetterhartes Antlitz mit dem rötlichen Vollbart und dem kurzgeschorenen braunen Haupthaar fast einen Vierziger anzudeuten schien; eine Narbe, die über Stirn und Auge lief, mochte indessen dazu beitragen, ihn älter erscheinen zu lassen, als er wirklich war. Nach ihm kletterte langsam Hans Kirch vom Wagen. „Nun, Heinz", sagte er, nacheinander auf die Genannten hinweisend, „das ist deine Schwester Lina und das ihr Mann Christian Martens; ihr müßt euch zu vertragen suchen."

Ebenso nacheinander streckte diesen jetzt Heinz die Hand entgegen und schüttelte die ihre kurz mit einem trokkenen „Very well!" Er tat dies mit einer unbeholfenen Verlegenheit; mochte die Art seiner Heimkehr ihn bedrücken, oder fühlte er eine Zurückhaltung in der Begrüßung der Geschwister; denn freilich, sie hatten von dem Wiederkehrenden sich ein anderes Bild gemacht.

Nachdem alle in das Haus getreten waren, geleitete Frau Lina ihren Bruder die Treppe hinauf nach seiner Kammer. Es war nicht mehr dieselbe, in der er einst als Knabe geschlafen hatte, es war hier oben ja alles neu geworden; aber er schien nicht darauf zu achten. Die junge Frau legte das Reisegepäck, das sie ihm nachgetragen hatte, auf den Fußboden. „Hier ist dein Bett", sagte sie dann, indem sie die weiße Schutzdecke abnahm und zusammenlegte; „Heinz, mein Bruder, du sollst recht sanft hier schlafen!"

Er hatte den Rock abgeworfen und war mit aufgestreiften Ärmeln an den Waschtisch getreten. Jetzt wandte er rasch den Kopf, und seine braunen blitzenden Augen ruhten in den ihren. „Dank, Schwester", sagte er. Dann tauchte er den Kopf in die Schale und sprudelte mit dem Wasser umher, wie es wohl Leuten eigen ist, die dergleichen im Freien zu verrichten pflegen. Die Schwester, am Türpfosten lehnend, sah dem schweigend zu; ihre Frauenaugen musterten des Bruders Kleidung, und sie erkannte wohl, daß alles neu geschafft sein mußte; dann blieben ihre Blicke auf den braunen sehnigen Armen des Mannes haften, die noch mehr Narben zeigten als das Antlitz. „Armer

Heinz", sagte sie, zu ihm hinübernickend, „die müssen schwere Arbeit getan haben!"

Er sah sie wieder an; aber diesmal war es ein wildes Feuer, das aus seinen Augen brach. „Demonio!" rief er, die aufgestreckten Arme schüttelnd; „allerlei Arbeit, Schwester! Aber – basta y basta!" Und er tauchte wieder den Kopf in die Schale und warf das Wasser über sich, als müsse er, Gott weiß was, herunterspülen.

Beim Abendtee, den die Familie zusammen einnahm, wollte eine Unterhaltung nicht recht geraten. „Ihr seid weit umhergekommen, Schwager", sagte nach einigen vergeblichen Anläufen der junge Ehemann; „Ihr müßt uns viel erzählen."

„Weit genug", erwiderte Heinz; aber zum Erzählen kam es nicht; er gab nur kurze allgemeine Antwort.

„Laß ihn, Christian!" mahnte Frau Lina; „er muß erst eine Nacht zu Haus geschlafen haben." Dann aber, damit es am ersten Abend nicht gar zu stille werde, begann sie selbst die wenigen Erinnerungen aus des Bruders Jugendjahren auszukramen, die sie nach eigenem Erlebnis oder den Erzählungen der Mutter noch bewahrte.

Heinz hörte ruhig zu. „Und dann", fuhr sie fort, „damals, als du dir den großen Anker mit deinem Namen auf den Arm geätzt hattest! Ich weiß noch, wie ich schrie, als du so verbrannt nach Hause kamst, und wie dann der Physikus geholt wurde. Aber" – und sie stutzte einen Augenblick – „war es denn nicht auf dem linken Unterarm?"

Heinz nickte: „Mag wohl sein; das sind so Jungensstreiche."

„Aber Heinz – es ist ja nicht mehr da; ich meinte, so was könne nie vergehen!"

„Muß doch wohl, Schwester; sind verteufelte Krankheiten da drüben; man muß schon oft zufrieden sein, wenn sie einem nicht gar die Haut vom Leibe ziehen."

Hans Kirch hatte nur ein halbes Ohr nach dem, was hier gesprochen wurde. Noch mehr als sonst in sich zusammengesunken, verzehrte er schweigend sein Abendbrot; nur bisweilen warf er von unten auf einen seiner scharfen Blicke auf den Heimgekehrten, als wolle er prüfen, was mit diesem Sohn noch zu beginnen sei.

– – Aber auch für die folgenden Tage blieb dies wortkarge Zusammensein. Heinz erkundigte sich weder nach früheren Bekannten, noch sprach er von dem, was weiter denn mit ihm geschehen solle. Hans Adam frug sich, ob der Sohn das erste Wort von ihm erwarte oder ob er überhaupt nicht an das Morgen denke; „ja, ja", murmelte er dann und nickte heftig mit seinem grauen Kopfe; „er ist's ja siebzehn Jahre so gewohnt geworden."

Aber auch heimisch schien Heinz sich nicht zu fühlen. Hatte er kurze Zeit im Zimmer bei der Schwester seine Zigarre geraucht, so trieb es ihn wieder fort; hinab nach dem Hafen, wo er dem oder jenem Schiffer ein paar Worte zurief, oder nach dem großen Speicher, wo er teilnahmlos dem Abladen der Steinkohlen oder andern Arbeiten zusah. Ein paarmal, da er unten im Kontor gesessen, hatte Hans Kirch das eine oder andere der Geschäftsbücher vor ihm aufgeschlagen, damit er von dem gegenwärtigen Stande des Hauses Einsicht nehme; aber er hatte sie jedesmal nach kurzem Hin- und Herblättern wie etwas Fremdes wieder aus der Hand gelegt.

In einem aber schien er, zur Beruhigung des jungen Ehemannes, der Schilderung zu entsprechen, die Frau Lina an jenem Vormittage von ihrem Bruder ihm entworfen hatte: an eine Ausnutzung seiner Sohnesrechte schien der Heimgekehrte nicht zu denken.

Und noch ein zweites war dem Frauenauge nicht entgangen. Wie der Bruder einst mit ihr, der so viel jüngeren Schwester, sich herumgeschleppt, ihr erzählt und mit ihr gespielt hatte, mit ihr – und wie sie von der Mutter wußte – früher auch mit einer anderen, der er bis jetzt mit keinem Worte nachgefragt und von der zu reden sie vermieden hatte, in gleicher Weise ließ er jetzt, wenn er am Nachmittage draußen auf dem Beischlag saß, den kleinen Sohn des Krämers auf seinem Schoß umherklettern und sich Bart und Haar von ihm zerzausen; dann konnte er auch lachen, wie Frau Lina meinte, es einst im Garten oder auf jenen Sonntagswanderungen mit der Mutter von ihrem Bruder Heinz gehört zu haben. Schon am zweiten Tage, da sie eben in Hut und Tuch aus der Haustür zu ihm treten wollte, hatte sie ihn so getroffen. Der kleine Bube stand auf seinen Knien und hielt ihn bei der Nase: „Du willst mir was vorlügen, du großer Schiffer!“ sagte er und schüttelte derb an ihm herum.

„Nein, nein, Karl, by Jove, es gibt doch Meerfrauen; ich habe sie ja selbst gesehen.“

Der Knabe ließ ihn los. „Wirklich? Kann man die denn heiraten?“

„Oho, Junge! Freilich kann man das! Da drüben in Texas, könntst allerlei da zu sehen bekommen, kannte ich einen, der hatte eine Meerfrau; aber sie mußte immer in einer großen Wassertonne schwimmen, die in seinem Garten stand.“

Die Augen des kleinen Burschen leuchteten; er hatte nur einmal einen jungen Seehund so gesehen, und dafür hatte er einen Schilling zahlen müssen. „Du“, sagte er heimlich und nickte seinem bärtigen Freunde zu; „ich will auch eine Wasserfrau heiraten, wenn ich groß geworden bin!“

Heinz sah nachdenklich den Knaben an. „Tu das nicht, Karl; die Wasserfrauen sind falsch; bleib lieber in deines Vaters Stor und spiel mit deines Nachbarn Katze.“

Die Hand der Schwester legte sich auf seine Schulter: „Du wolltest mit mir zu unserer Mutter Grabe!“

Und Heinz setzte den Knaben zur Erde und ging mit Frau Lina nach dem Kirchhof. Ja, er hatte sich später auch von ihr bereden lassen, den alten Pastor, der jetzt mit einer Magd im großen Pfarrhaus wirtschaftete, und sogar auch Tante Jule zu besuchen, um die der Knabe Heinz sich wenig einst gekümmert hatte.

So war der Sonntagvormittag herangekommen, und die jungen Eheleute rüsteten sich zum gewohnten Kirchgang; auch Heinz hatte sich bereit erklärt. Hans Kirch war am Abend vorher besonders schweigsam gewesen, und die Augen der Tochter, die ihn kannte, waren mehrmals angstvoll über des Vaters Antlitz hingestreift. Jetzt kam es ihr wie eine Beruhigung, als sie ihn vorhin den großen Flurschrank hatte öffnen und wieder schließen hören, aus dem er selber seinen Sonntagsrock hervorzuholen pflegte.

Als aber bald danach die drei Kirchgänger in das untere

Zimmer traten, stand Hans Kirch, die Hände auf dem Rükken, in seiner täglichen Kleidung an dem Fenster und blickte auf die leere Gasse; Hut und Sonntagsrock lagen wie unordentlich hingeworfen auf einem Stuhl am Pulte.

„Vater, es ist wohl an der Zeit!" erinnerte Frau Lina schüchtern.

Hans Adam hatte sich umgewandt. „Geht nur!" sagte er trocken, und die Tochter sah, wie seine Lippen zitterten, als sie sich über den starken Zähnen schlossen.

„Wie, du willst nicht mit uns, Vater?"

– „Heute nicht, Lina!"

„Heute nicht, wo Heinz nun wieder bei uns ist?"

„Nein, Lina", er sprach die Worte leise, aber es war, als müsse es gleich danach hervorbrechen; „ich mag heut nicht allein in unsern Schifferstuhl."

„Aber, Vater, du tust das ja immer", sprach Frau Lina zagend; „Christian sitzt ja auch stets unten bei mir."

– „Ei was, dein Mann, dein Mann!" – und ein zorniger Blick schoß unter den buschigen Brauen zu seinem Sohn hinüber, und seine Stimme wurde immer lauter – „dein Mann gehört dahin; aber die alten Matrosen, die mit fünfunddreißig Jahren noch fremde Kapitäne ihres Vaters Schiffe fahren lassen, die längst ganz anderswo noch sitzen sollten, die mag ich nicht unter mir im Kirchstuhl sehen!"

Er schwieg und wandte sich wieder nach dem Fenster, und niemand hatte ihm geantwortet; dann aber legte Heinz das Gesangbuch, das seine Schwester ihm gegeben hatte, auf das Pult. „Wenn's nur das ist, Vater", sagte er, „der alte Matrose kann zu Hause bleiben; er hat so manchen Sonntag nur den Wind in den Tauen pfeifen hören."

Aber die Schwester ergriff des Bruders, dann des Vaters Hände. „Heinz! Vater! Laßt das ruhen jetzt! Hört zusammen Gottes Wort; ihr werdet mit guten Gedanken wiederkommen, und dann redet miteinander, was nun weiter werden soll!" Und wirklich, mochte es nun den heftigen Mann beruhigt haben, daß er, zum mindesten vorläufig, sich mit einem Worte Luft geschafft – was sie selber nicht erwartet hatte, sie brachte es dahin, daß beide in die Kirche gingen.

Aber Hans Kirch, während unten, wie ihm nicht entging, sich aller Blicke auf den Heimgekehrten richteten, saß oben unter den andern alten Kapitänen und Reedern und starrte, wie einst, nach der Marmorbüste des alten Kommandeurs; das war auch ein Stadtsjunge gewesen, ein Schulmeisterssohn, wie Heinz ein Schulmeistersenkel; wie anders war der heimgekommen!

– – Eine Unterredung zwischen Vater und Sohn fand weder nach dem Kirchgang noch am Nachmittage statt. Am Abend zog Frau Lina den Bruder in ihre Schlafkammer: „Nun, Heinz, hast du mit Vater schon gesprochen?"

Er schüttelte den Kopf: „Was soll ich mit ihm sprechen, Schwester?"

– „Du weißt es wohl, Heinz; er will dich droben in der Kirche bei sich haben. Sag ihm, daß du dein Steuermannsexamen machen willst; warum hast du es nicht längst gesagt?"

Ein verächtliches Lächeln verzerrte sein Gesicht: „Ist das eine Gewaltssache mit dem alten Schifferstuhl!" rief er. „Todos diabolos, ich alter Kerl noch auf der Schulbank! Denk wohl, ich habe manche alte Bark auch ohne das gesteuert!"

Sie sah ihn furchtsam an; der Bruder, an den sie sich zu gewöhnen anfing, kam ihr auf einmal fremd, ja unheimlich vor. „Gesteuert?" wiederholte sie leise; „wohin hast du gesteuert, Heinz? Du bist nicht weit gekommen."

Er blickte eine Weile seitwärts auf den Boden; dann reichte er ihr die Hand. „Mag sein, Schwester", sagte er ruhig; „aber – ich kann noch nicht wie ihr; muß mich immer erst besinnen, wo ich hinzutreten habe; kennt das nicht, ihr alle nicht, Schwester! Ein halbes Menschenleben – ja rechne, noch mehr als ein halbes Menschenleben kein ehrlich Hausdach überm Kopf; nur wilde See oder wildes Volk oder beides miteinander! Ihr kennt das nicht, sag ich, das Geschrei und das Gefluche, mein eignes mit darunter; ja, ja, Schwester, mein eignes auch, es lärmt mir noch immer in die Ohren; laßt's erst stiller werden, sonst – es geht sonst nicht!"

Die Schwester hing an seinem Halse. „Gewiß, Heinz, gewiß, wir wollen Geduld haben; o wie gut, daß du nun bei uns bist!"

Plötzlich, Gott weiß woher, tauchte ein Gerücht auf und wanderte emsig von Tür zu Tür: der Heimgekehrte sei gar nicht Heinz Kirch, es sei der Hasselfritz, ein Knabe aus dem Armenhause, der gleichzeitig mit Heinz zur See gegangen war und gleich diesem seitdem nichts von sich hatte hören lassen. Und jetzt, nachdem es eine kurze Weile darum herumgeschlichen, war es auch in das Kirchsche Haus gedrungen. Frau Lina griff sich mit beiden Händen an die Schläfen; sie hatte durch die Mutter wohl von jenem anderen gehört; wie Heinz hatte er braune Augen und braunes Haar gehabt und war wie dieser ein kluger wilder Bursch gewesen; sogar eine Ähnlichkeit hatte man derzeit zwischen ihnen finden wollen. Wenn alle Freude nun um nichts sein sollte, wenn es nun nicht der Bruder wäre! Eine helle Röte schlug ihr ins Gesicht: sie hatte ja an dieses Menschen Hals gehangen, sie hatte ihn geküßt – Frau Lina vermied es plötzlich, ihn zu berühren; verstohlen aber und desto öfter hafteten ihre Augen auf den rauhen Zügen ihres Gastes, während zugleich ihr innerer Blick sich mühte, unter den Schatten der Vergangenheit das Knabenantlitz ihres Bruders zu erkennen. Als dann auch der junge Ehemann zur Vorsicht mahnte, wußte Frau Lina sich auf einmal zu entsinnen, wie gleichgültig ihr der Bruder neulich an ihrer Mutter Grab erschienen sei; als ob er sich langweile, habe er mit beiden Armen sich über die Eisenstangen der Umfassung gelehnt und dabei seitwärts nach den andern Gräbern hingestarrt; fast als ob, wie bei dem Vaterunser nach der Predigt, nur das Ende abgewartet werden müsse.

Beiden Eheleuten erschien jetzt auch das ganze Gebaren des Bruders noch um vieles ungeschlachter als vordem; dies Sichumherwerfen auf den Stühlen, diese Nichtachtung vor Frau Linas sauberen Dielen. Heinz Kirch, das sagten alle, und den Eindruck bewahrte auch Frau Linas eigenes Gedächtnis, war ja ein feiner junger Mensch gewesen. Als beide dann dem Vater ihre Bedenken mitteilten, war es auch dem nichts Neues mehr; aber er hatte geschwiegen und schwieg auch jetzt; nur die Lippen drückte er fester aufeinander. Freilich, als er bald darauf seinen alten Pastor mit der Pfeife am Zaune seines Vorgartens stehen sah, konnte er doch nicht lassen, wie zufällig heranzutreten und so von weitem an ihm herumzuforschen.

„Ja, ja", meinte der alte Herr, „es war recht schicklich von dem Heinz, daß er seinen Besuch mir gleich am zweiten Tage gönnte."

„Schuldigkeit, Herr Pastor", versetzte Kirch; „mag Ihnen aber auch wohl ergangen sein wie mir; es kostet Künste, in diesem Burschen mit dem roten Bart den alten Heinz herauszufinden."

Der Pastor nickte; sein Gesicht zeigte plötzlich den Ausdruck oratorischer Begeisterung. „Ja, mit dem Barte!" wiederholte er nachdrücklich und fuhr mit der Hand, wie auf der Kanzel, vor sich hin. „Sie sagen es, Herr Nachbar; und wahrlich, seit dieser unzierliche Zierat Mode worden, kann man die Knaben in den Jünglingen nicht wiedererkennen, bevor man sie nicht selber sich bei Namen rufen hörte; das habe ich an meinen Pensionären selbst erfahren! Da war der blonde Dithmarscher, dem Ihr Heinz – er wollte jetzo zwar darauf vergessen haben – einmal den blutigen Denkzettel unter die Nase schrieb; der glich wahrlich einem weißen Hammel, da er von hier fortging; und als er nach Jahren in meine friedliche Kammer so unerwartet eintrat – ein Löwe! Ich versichere Sie, Herr Nachbar, ein richtiger Löwe! Wenn nicht die alten Schafsaugen zum Glück noch standgehalten hätten, ich alter Mann hätte ja den Tod sonst davon haben können!" Der Pastor sog ein paarmal an seiner Pfeife und drückte sich das Sammetkäppchen fester auf den weißen Kopf.

„Nun freilich", meinte Hans Kirch; denn er fühlte wohl, daß er ein Lieblingsthema wachgerufen habe, und suchte noch einmal wieder anzuknüpfen; „solche Signale wie Ihr Dithmarscher hat mein Heinz nicht aufzuweisen."

Aber der alte Herr ging wieder seinen eigenen Weg. „Bewahre!" sagte er verächtlich und machte mit der Hand eine Bewegung, als ob er die Schafsaugen weit von sich in die Büsche werfe. „Ein Mann, ein ganzer Mann!" Dann hob er den Zeigefinger und beschrieb schelmisch lächelnd eine Linie über Stirn und Auge: „Auch eine Dekorierung hat er sich erworben; im Gefecht, Herr Nachbar, ich sage im Gefechte; gleich einem alten Studiosus! Zu meiner Zeit – Seeleute und Studenten, das waren die freien Männer, wir standen allzeit beieinander!"

Hans Kirch schüttelte den Kopf. „Sie irren, Ehrwürden; mein Heinz war nur auf Kauffahrteischiffen; im Sturm, ein Holzsplitter, eine stürzende Stenge tun wohl dasselbe schon."

„Crede experto! Traue dem Sachkundigen!" rief der alte Herr und hob geheimnisvoll das linke Ohrläppchen, hinter welchem die schwachen Spuren einer Narbe sichtbar wurden. „Im Gefecht, Herr Nachbar; oh, wir haben auch pro patria geschlagen."

Ein Lächeln flog über das Gesicht des alten Seemanns, das für einen Augenblick das starke Gebiß bloßlegte. „Ja, ja, Herr Pastor; freilich, er war kein Hasenfuß, mein Heinz!"

Aber der frohe Stolz, womit diese Worte hervorbrachen, verschwand schon wieder; das Bild seines kühnen Knaben verblich vor dem des Mannes, der jetzt unter seinem Dache hauste.

Hans Kirch nahm kurzen Abschied; er gab es auf, es noch weiter mit der Geschwätzigkeit des Greisenalters aufzunehmen.

– – Am Abend war Ball in der Harmonie. Heinz wollte zu Hause bleiben, er passe nicht dahin; und die jungen Eheleute, die ihm auch nur wie beiläufig davon gesprochen hatten, waren damit einverstanden; denn Heinz, sie mochten darin nicht unrecht haben, war in dieser Gesellschaft für jetzt nicht wohl zu präsentieren. Frau Lina wollte ebenfalls zu Hause bleiben; doch sie mußte dem Drängen ihres Mannes nachgeben, der einen neuen Putz für sie erhandelt hatte. Auch Hans Kirch ging zu seiner Partie Sechsundsechzig; eine innere Unruhe trieb ihn aus dem Hause.

So blieb denn Heinz allein zurück. Als alle fort waren, stand er, die Hände in den Taschen, am Fenster seiner dunklen Schlafkammer, das nach Nordosten auf die See hinausging. Es war unruhiges Wetter, die Wolken jagten vor dem Mond; doch konnte er jenseit des Warders, in dem tieferen Wasser, die weißen Köpfe der Wellen schäumen sehen. Er starrte lange darauf hin; allmählich, als seine Augen sich gewöhnt hatten, bemerkte er auch drüben auf der Insel einen hellen Dunst; von dem Leuchtturm konnte das nicht kommen; aber das große Dorf lag dort, wo, wie er hatte reden hören, heute Jahrmarkt war. Er öffnete das Fenster und lehnte sich hinaus; fast meinte er, durch das Rauschen des Wassers die ferne Tanzmusik zu hören; und als packe es ihn plötzlich, schlug er das Fenster eilig zu und sprang, seine Mütze vom Türhaken reißend, in den Flur hinab. Als er ebenso rasch der Haustür zuging, frug die Magd ihn, ob sie mit dem Abschließen auf ihn warten solle; aber er schüttelte nur den Kopf, während er das Haus verließ.

Kurze Zeit danach, beim Rüsten der Schlafgemächer für die Nacht, betrat die Magd auch die von ihrem Gaste vorhin verlassene Kammer. Sie hatte ihr Lämpchen auf dem Vorplatze gelassen und nur die Wasserflasche rasch hineinsetzen wollen; als aber draußen eben jetzt der Mond sein volles Licht durch den weiten Himmelsraum ergoß, trat sie gleichfalls an das Fenster und blickte auf die wie mit Silberschaum gekrönten Wellen; bald aber waren es nicht mehr diese; ihre jungen weitreichenden Augen hatten ein Boot erkannt, das von einem einzelnen Manne durch den sprühenden Gischt der Insel zugetrieben wurde.

Wenn Hans Kirch oder die jungen Eheleute in die Harmonie gegangen waren, um dort nähere Aufschlüsse über jenes unheimliche Gerücht zu erhalten, so mußten sie sich getäuscht finden; niemand ließ auch nur ein andeutendes Wort darüber fallen; es war wieder wie kurz zuvor, als ob es niemals einen Heinz Kirch gegeben hätte.

Erst am andern Morgen erfuhren sie, daß dieser am Abend bald nach ihnen fortgegangen und bis zur Stunde noch nicht wieder da sei; die Magd teilte auf Befragen ihre Vermutungen mit, die nicht weit vom Ziele treffen mochten. Als dann endlich kurz vor Mittag der Verschwundene mit stark gerötetem Antlitz heimkehrte, wandte Hans Kirch, den er im Flur traf, ihm den Rücken und ging rasch in seine Stube. Frau Lina, der er auf der Treppe begegnete, sah ihn vorwurfsvoll und fragend an; sie stand einen Augenblick, als ob sie sprechen wolle; aber – wer war dieser Mann? – Sie hatte sich besonnen und ging ihm stumm vorüber.

Nach der schweigend eingenommenen Mittagsmahlzeit hatte Heinz sich oben in der Wohnstube des jungen Paares in die Sofaecke gesetzt. Frau Lina ging ab und zu; er hatte den Kopf gestützt und war eingeschlafen. Als er nach geraumer Zeit erwachte, war die Schwester fort; statt dessen sah er den grauen Kopf des Vaters über sich gebeugt; der Erwachende glaubte es noch zu fühlen, wie die scharfen Augen in seinem Antlitz forschten.

Eine Weile hafteten beider Blicke ineinander; dann richtete der Jüngere sich auf und sagte: „Laßt nur, Vater; ich weiß es schon, Ihr möchtet gern, daß ich der Hasselfritze aus der Armenkate wäre; möcht Euch schon den Gefallen tun, wenn ich mich selbst noch mal zu schaffen hätte."

Hans Kirch war zurückgetreten: „Wer hat dir das erzählt?" sagte er, „du kannst nicht behaupten, daß ich dergleichen von dir gesagt hätte."

„Aber Euer Gesicht sagt mir's; und unsre junge Frau, sie zuckt vor meiner Hand, als sollt' sie eine Kröte fassen. Wußte erst nicht, was da unterwegs sei; aber heut nacht, da drüben, da schrieen es beim Tanz die Eulen in die Fenster."

Hans Kirch erwiderte nichts; der andre aber war aufgestanden und sah auf die Gasse, wo in Stößen der Regen vom Herbstwinde vorbeigetrieben wurde. „Eins aber", begann er wieder, indem er sich finster zu dem Alten wandte, „mögt Ihr mir noch sagen! Warum damals, da ich noch jung war, habt Ihr das mit dem Brief mir angetan? Warum? Denn ich hätte Euch sonst mein altes Gesicht wohl wieder heimgebracht."

Hans Kirch fuhr zusammen. An diesen Vorgang hatte seit dem Tode seines Weibes keine Hand gerührt; er selbst hatte ihn tief in sich begraben. Er fuhr mit den Fingern in die Westentasche und biß ein Endchen von der schwarzen Tabaksrolle, die er daraus hervorgeholt hatte. „Einen Brief?" sagte er dann; „mein Sohn Heinz war nicht für das Briefschreiben."

„Mag sein, Vater; aber einmal – einmal hatte er doch geschrieben; in Rio hatte er den Brief zur Post gegeben, und später, nach langer Zeit – der Teufel hatte wohl sein Spiel dabei – in San Jago, in dem Fiebernest, als die Briefschaften für die Mannschaft ausgeteilt wurden, da hieß es: ‚Hier ist auch was für dich.' Und als der Sohn, vor Freude zitternd, seine Hand ausstreckte und mit den Augen nur die Aufschrift des Briefes erst verschlingen wollte, da war's auch wirklich einer, der von Hause kam, und auch eine Handschrift von zu Hause stand darauf; aber – es war doch nur sein eigener Brief, der nach sechs Monaten ungeöffnet an ihn zurückkam."

Es sah fast aus, als seien die Augen des Alten feucht geworden; als er aber den trotzigen Blick des Jungen sich gegenüber sah, verschwand das wieder. „Viel Rühmliches mag auch nicht darin gestanden haben!" sagte er grollend.

Da fuhr ein hartes Lachen aus des Jüngeren Munde und gleich darauf ein fremdländischer Fluch, den der Vater nicht verstand. „Da mögt Ihr recht haben, Hans Adam Kirch; ganz regulär war's just nicht hergegangen; der junge Bursche wär auch damals gern vor seinem Vater hingefallen; lagen aber tausend Meilen zwischen ihnen; und überdem – das Fieber hatte ihn geschüttelt, und er war erst eben von seinem elenden Lazarettbett aufgestanden! Und später dann – was meint Ihr wohl, Hans Kirch? Wen Vaters Hand verstoßen, der fragt bei der nächsten Heuer nicht, was unterm Deck geladen ist, ob Kaffeesäcke oder schwarze Vögel, die eigentlich aber schwarze Menschen sind; wenn's nur Dublonen gibt; und fragt auch nicht, wo die der Teufel holt und wo dann wieder neue zu bekommen sind!"

Die Stimme, womit diese Worte gesprochen wurden, klang so wüst und fremd, daß Hans Kirch sich unwillkürlich frug: „Ist das dein Heinz, den der Kantor beim Amensingen immer in die erste Reihe stellte, oder ist es doch der Junge aus der Armenkate, der nur auf deinen Beutel spekuliert?" Er wandte wieder seine Augen prüfend auf des andern Antlitz; die Narbe über Stirn und Auge flammte brandrot. „Wo hast du dir denn das geholt?" sagte er, an seines Pastors Rede denkend. „Bist du mit Piraten im Gefecht gewesen?"

Ein desperates Lachen fuhr aus des Jüngeren Munde. „Piraten?" rief er. „Glaubt nur, Hans Kirch, es sind auch dabei brave Kerle! Aber laßt das; das Gespinst ist gar zu lang, mit wem ich all zusammen war!"

Der Alte sah ihn mit erschrockenen Augen an. „Was sagst du?“ frug er so leise, als ob es niemand hören dürfe.

Aber bevor eine Antwort darauf erfolgen konnte, wurden schwerfällige Schritte draußen auf der Treppe laut; die Tür öffnete sich, und von Frau Lina geführt, trat Tante Jule in das Zimmer. Während sie pustend und mit beiden Händen sich auf ihren Krückstock lehnend stehenblieb, war Heinz an ihr vorüber schweigend aus der Tür gegangen.

„Ist er fort?“ sagte sie, mit ihrem Stocke hinter ihm herweisend.

„Wer soll fort sein?“ frug Hans Kirch und sah die Schwester nicht eben allzu freundlich an.

„Wer? Nun, den du seit vierzehn Tagen hier in Kost genommen.“

– „Was willst du wieder, Jule? Du pflegst mir sonst nicht so ins Haus zu fallen.“

„Ja, ja, Hans“, und sie winkte der jungen Frau, ihr einen Stuhl zu bringen, und setzte sich darauf; „du hast's auch nicht um mich verdient; aber ich bin nicht so, Hans; ich will dir Abbitte tun; ich will bekennen, der Fritze Reimers mag doch wohl gelogen haben, oder wenn nicht er, so doch der andre!“

„Was soll die Rederei?“ sagte Hans Kirch, und es klang, als ob er müde wäre.

– „Was es soll? Du sollst dich nicht betrügen lassen! Du meinst, du hast nun deinen Vogel wieder eingefangen; aber sieh nur zu, ob's auch der rechte ist!“

„Kommst du auch mit dem Geschwätz? Warum sollt's denn nicht der rechte sein?“ Er sprach das unwirsch, aber doch, als ob es zu hören ihn verlange.

Frau Jule hatte sich in Positur gesetzt. „Warum, Hans? Als er am Mittwochnachmittage mit der Lina bei mir saß – wir waren schon bei der dritten Tasse Kaffee, und noch nicht einmal hatte er, ‚Tante‘ zu mir gesagt! – ‚Warum‘, frug ich, ‚nennst du mich denn gar nicht Tante?‘ – ‚Ja, Tante‘, sagt er, ‚du hast ja noch allein gesprochen!‘ Und, siehst du, Hans, das war beim ersten Mal denn schon gelogen; denn das soll mir keiner nachsagen; ich lasse jedermann zu Worte kommen! Und als ich ihn dann nahe zu mir zog und mit der Hand und mit meinen elenden Augen auf seinem Gesicht herumfühlte – nun, Hans, die Nase kann doch nicht von Ost nach West gewachsen sein!"

Der Bruder saß mit gesenktem Kopf ihr gegenüber; er hatte nie darauf geachtet, wie seinem Heinz die Nase im Gesicht gestanden hatte. „Aber", sagte er – denn das Gespräch von vorhin flog ihm durch den Kopf; doch schienen ihm die Worte schwer zu werden – „sein Brief von damals; wir redeten darüber; er hat ihn in San Jago selbst zurückerhalten!"

Die dicke Frau lachte, daß der Stock ihr aus den Händen fiel. „Die Briefgeschichte, Hans! Ja, die ist seit den vierzehn Tagen reichlich wieder aufgewärmt; davon konnte er für einen Dreiling bei jedem Bettelkinde einen Suppenlöffel voll bekommen! Und er mußte dir doch auch erzählen, weshalb der echte Heinz denn all die Jahre draußen blieb. Laß dich nicht nasführen, Hans! Warum denn hat er nicht mit dir wollen, als du ihn von Hamburg holtest? War's denn so schlimm, wieder einmal an die volle Krippe und ins warme Nest zu kommen? – Ich will's dir sagen; das ist's: er hat sich so geschwind nicht zu dem Schelmenwagstück resolvieren können!"

Hans Adam hatte seinen grauen Kopf erhoben, aber er sprach nicht dazwischen; fast begierig horchte er auf alles, was die Schwester vorbrachte.

„Und dann", fuhr diese fort, „die Lina hat davon erzählt." – – Aber plötzlich stand sie auf und fühlte sich mit ihrer Krücke, die Lina ihr dienstfertig aufgehoben hatte, nach dem Fenster hin; von draußen hörte man zwei Männerstimmen in lebhafter Unterhaltung. „O Lina", sagte Tante Jule; „ich hör's, der eine ist der Justizrat, lauf doch und bitte ihn, ein paar Augenblicke hier heraufzukommen!"

Der Justizrat war der alte Physikus; bei dem früheren Mangel passender Alterstitel hierzulande waren alle älteren Physici Justizräte.

Hans Kirch wußte nicht, was seine Schwester mit diesem vorhatte; aber er wartete geduldig, und bald auch trat der alte Herr mit der jungen Frau ins Zimmer. „Ei, ei", rief er, „Tante Jule und Herr Kirch beisammen? Wo ist denn nun der Patient?"

„Der da", sagte Tante Jule und wies auf ihren Bruder; „er hat den Star auf beiden Augen!"

Der Justizrat lachte. „Sie scherzen, liebe Madame; ich wollte, ich hätte selbst nur noch die scharfen Augen unseres Freundes."

„Mach fort, Jule", sagte Hans Kirch; „was gehst du lange um den Brei herum!"

Die dicke Frau ließ sich indes nicht stören. „Es ist nur so sinnbildlich, mein Herr Justizrat", erklärte sie mit Nachdruck. „Aber besinnen Sie sich einmal darauf, wie Sie vor so ein zwanzig Jahren hier auch ins Haus geholt wurden; die Lina, die große Frau jetzt, schrie damals ein Zetermordio durchs Haus; denn ihr Bruder Heinz hatte sich nach Jungensart einen schönen Anker auf den Unterarm geätzt und sich dabei weidlich zugerichtet."

Hans Kirch fuhr mit seinem Kopf herum; denn die ihm derzeit unbeachtet vorübergegangene Unterhaltung bei der ersten Abendmahlzeit kam ihm plötzlich, und jetzt laut und deutlich, wieder.

Aber der alte Doktor wiegte das Haupt: „Ich besinne mich nicht; ich hatte in meinem Leben so viele Jungen unter Händen."

„Nun so, mein Herr Justizrat", sagte Tante Jule; „aber Sie kennen doch dergleichen Jungensstreiche hier bei uns; es fragt sich nur, und das möchten wir von Ihnen wissen, ob denn in zwanzig Jahren solch ein Anker ohne Spur verschwinden könne?"

„In zwanzig Jahren?" erwiderte jetzt der Justizrat ohne Zögern; „ei, das kann gar leicht geschehen!"

Aber Hans Kirch mischte sich ins Gespräch: „Sie denken, wie sie's jetzt machen, Doktor, so mit blauer Tusche; nein, der Junge war damals nach der alten gründlichen Manier ans Werk gegangen; tüchtige Nadelstiche, und dann mit Pulver eingebrannt."

Der alte Arzt rieb sich die Stirn. „Ja, ja; ich entsinne mich auch jetzt. Hm! – Nein, das dürfte wohl unmöglich sein; das geht bis auf die cutis; der alte Hinrich Jakobs läuft noch heut mit seinem Anker."

Tante Jule nickte beifällig; Frau Lina stand, die Hand an der Stuhllehne, blaß und zitternd neben ihr.

„Aber", sagte Hans Kirch, und auch bei ihm schlich sich die Stimme nur wie mit Zagen aus der Kehle, „sollte es nicht Krankheiten geben? Da drüben, in den heißen Ländern?"

Der Arzt bedachte sich eine Weile und schüttelte dann sehr bestimmt den Kopf. „Nein, nein; das ist nicht anzunehmen; es müßten denn die Blattern ihm den Arm zerrissen haben."

Eine Pause entstand, während Frau Jule ihre gestrickten Handschuhe anzog. „Nun, Hans", sagte sie dann; „ich muß nach Haus; aber du hast nun die Wahl: den Anker oder die Blatternarben! Was hat dein neuer Heinz denn aufzuweisen? Die Lina hat nichts von beiden sehen können; nun sieh du selber zu, wenn deine Augen noch gesund sind!"

– – Bald danach ging Hans Kirch die Straße hinauf nach seinem Speicher; er hatte die Hände über dem Rücken gefaltet, der Kopf hing ihm noch tiefer als gewöhnlich auf die Brust. Auch Frau Lina hatte das Haus verlassen und war dem Vater nachgegangen; als sie in den unteren dämmerhellen Raum des Speichers trat, sah sie ihn in der Mitte desselben stehen, als müsse er sich erst besinnen, weshalb er denn hieher gegangen sei. Bei dem Geräusche des Kornumschaufelns, das von den oberen Böden herabscholl, mochte er den Eintritt der Tochter überhört haben; denn er stieß sie fast zurück, als er sie jetzt so plötzlich vor sich sah: „Du, Lina! Was hast du hier zu suchen?"

Die junge Frau zitterte und wischte sich das Gesicht mit ihrem Tuche. „Nichts, Vater", sagte sie; „aber Christian ist unten am Hafen, und da litt es mich nicht so allein zu Hause mit ihm – mit dem fremden Menschen! Ich fürchte mich; oh, es ist schrecklich, Vater!"

Hans Kirch hatte während dieser Worte wieder seinen Kopf gesenkt; jetzt hob er wie aus einem Abgrunde seine Augen zu denen seiner Tochter und blickte sie lange und unbeweglich an. „Ja, ja, Lina", sagte er dann hastig; „Gott Dank, daß es ein Fremder ist!"

Hierauf wandte er sich rasch, und die Tochter hörte, wie er die Treppen zu dem obersten Bodenraum hinaufstieg.

Ein trüber Abend war auf diesen Tag gefolgt; kein Stern war sichtbar; feuchte Dünste lagerten auf der See. Im Hafen war es ungewöhnlich voll von Schiffen, meist Jachten und Schoner; aber auch ein paar Vollschiffe waren dabei und außerdem der Dampfer, welcher wöchentlich hier anzulegen pflegte. Alles lag schon in tiefer Ruhe, und auch auf dem Hafenplatz am Bollwerk entlang schlenderte nur ein einzelner Mann: wie es den Anschein hatte, müßig und ohne eine bestimmte Absicht. Jetzt blieb er vor dem einen der beiden Barkschiffe stehen, auf dessen Deck ein Junge sich noch am Gangspill zu schaffen machte; er rief einen „guten Abend" hinüber und fragte, wie halb gedankenlos, nach Namen und Ladung des Schiffes. Als ersterer genannt wurde, tauchte ein Kopf aus der Kajüte, schien eine Weile den am Ufer Stehenden zu mustern, spie dann weit hinaus ins Wasser und tauchte wieder unter Deck. Schiff und Schiffer waren nicht von hier; der am Ufer schlenderte weiter; vom Warder drüben kam dann und wann ein Vogelschrei; von der Insel her drang nur ein schwacher Schein von den Leuchtfeuern durch den Nebel. Als er an die Stelle kam, wo die Häuserreihe näher an das Wasser tritt, schlug von daher ein Gewirr von Stimmen an sein Ohr und veranlaßte ihn stillzustehen. Von einem der Häuser fiel ein roter Schein in die Nacht hinaus; er erkannte es wohl, wenngleich sein Fuß die Schwelle dort noch nicht überschritten hatte; das Licht kam aus der Laterne der Hafenschenke. Das Haus war nicht wohlbeleumdet; nur fremde Matrosen und etwa die Söhne von Setzschiffern verkehrten dort; er hatte das alles schon gehört. – Und jetzt erhob das Lärmen sich von neuem, nur daß auch eine Frauenstimme nun dazwischenkreischte. – Ein finsteres Lachen fuhr über das Antlitz des Mannes; beim Schein der roten Laterne und den wilden Lauten hinter den verhangenen Fenstern mochte allerlei in seiner Erinnerung aufwachen, was nicht gut tut, wenn es wiederkommt. Dennoch schritt er darauf zu, und als er eben von der Stadt her die Bürgerglocke läuten hörte, trat er in die niedrige, aber geräumige Schenkstube.

An einem langen Tische saß eine Anzahl alter und junger Seeleute; ein Teil derselben, zu denen sich der Wirt gesellt zu haben schien, spielte mit beschmutzten Karten; ein Frauenzimmer, über die Jugendblüte hinaus, mit blassem, verwachtem Antlitz, dem ein Zug des Leidens um den noch immer hübschen Mund nicht fehlte, trat mit einer Anzahl dampfender Gläser herein und verteilte sie schweigend an die Gäste. Als sie an den Platz eines Mannes kam, dessen kleine Augen begehrlich aus dem grobknochigen Angesicht hervorspielten, schob sie das Glas mit augenscheinlicher Hast vor ihn hin; aber der Mensch lachte und suchte sie an ihren Röcken festzuhalten: „Nun, Ma'm, habt Ihr Euch noch immer nicht besonnen? Ich bin ein höflicher Mann, versichere Euch! Aber ich kenne die Weibergeographie: Schwarz oder Weiß, ist alles eine Sorte!"

„Laßt mich", sagte das Weib; „bezahlt Euer Glas und laßt mich gehen!"

Aber der andre war nicht ihrer Meinung; er ergriff sie und zog sie jäh zu sich heran, daß das vor ihm stehende Glas umstürzte und der Inhalt sie beide überströmte. „Sieh nur, schöne Missis!" rief er, ohne darauf zu achten, und winkte mit seinem rothaarigen Kopfe nach einem ihm gegenübersitzenden Burschen, dessen flachsblondes Haar auf ein bleiches, vom Trunke gedunsenes Antlitz herabfiel; „sieh nur, der Jochum mit seinem greisen Kalbsgesicht hat nichts dagegen einzuwenden! Trink aus, Jochum, ich zahle dir ein neues!"

Der Mensch, zu dem er gesprochen hatte, goß mit blödem Schmunzeln sein Glas auf einen Zug hinunter und schob es dann zu neuem Füllen vor sich hin.

Einen Augenblick ruhten die Hände des Weibes, mit denen sie sich aus der gewaltsamen Umarmung zu lösen versucht hatte; ihre Blicke fielen auf den bleichen Trunkenbold, und es war, als wenn Abscheu und Verachtung sie eine Weile alles andere vergessen ließen.

Aber ihr Peiniger zog sie nur fester an sich: „Siehst du, schöne Frau! Ich dächte doch, der Tausch wäre nicht so übel! Aber, der ist's am Ende gar nicht! Nimm dich in acht, daß ich nicht aus der Schule schwatze!" Und da sie wiederum sich sträubte, nickte er einem hübschen, braunlockigen Jungen zu, der am unteren Ende des Tisches saß. „He, du Gründling", rief er, „meinst du, ich weiß nicht, wer gestern zwei Stunden nach uns aus der roten Laterne unter Deck gekrochen ist?“

Die hellen Flammen schlugen dem armen Weibe ins Gesicht; sie wehrte sich nicht mehr, sie sah nur hülfesuchend um sich. Aber es rührte sich keine Hand; der junge hübsche Bursche schmunzelte nur und sah vor sich in sein Glas.

Aus einer unbesetzten Ecke des Zimmers hatte bisher der zuletzt erschienene Gast dem allen mit gleichgültigen Augen zugesehen; und wenn er jetzt die Faust erhob und dröhnend vor sich auf die Tischplatte schlug, so schien auch dieses nur mehr wie aus früherer Gewohnheit, bei solchem Anlaß nicht den bloßen Zuschauer abzugeben. „Auch mir ein Glas!“ rief er, und es klang fast, als ob er Händel suche.

Drüben war alles von den Sitzen aufgesprungen. „Wer ist das? Der will wohl unser Bowiemesser schmecken? Werft ihn hinaus! Goddam, was will der Kerl?“

„Nur auch ein Glas!“ sagte der andre ruhig. „Laßt euch nicht stören! Haben, denk ich, hier wohl alle Platz!“

Die drüben waren endlich doch auch dieser Meinung und blieben an ihrem Tische; aber das Frauenzimmer hatte dabei Gelegenheit gefunden, sich zu befreien, und trat jetzt an den Tisch des neuen Gastes. „Was soll es sein?“ frug sie höflich; aber als er ihr Bescheid gab, schien sie es kaum zu hören; er sah verwundert, wie ihre Augen starr und doch wie abwesend auf ihn gerichtet waren und wie sie noch immer vor ihm stehenblieb.

„Kennen Sie mich?“ sagte er und warf mit rascher Bewegung seinen Kopf zurück, so daß der Schein der Deckenlampe auf sein Antlitz fiel.

Das Weib tat einen tiefen Atemzug, und die Gläser, die sie in der Hand hielt, schlugen hörbar aneinander: „Verzeihen Sie“, sagte sie ängstlich; „Sie sollen gleich bedient werden.“

Er blickte ihr nach, wie sie durch eine Seitentür hinausging; den Ton der wenigen Worte, welche sie zu ihm gesprochen, war ein so anderer gewesen, als den er vorhin von ihr gehört hatte; langsam hob er den Arm und stützte seinen Kopf darauf; es war, als ob er mit allen Sinnen in

eine weite Ferne denke. Es hätte ihm endlich auffallen müssen, daß seine Bestellung noch immer nicht ausgeführt sei; aber er dachte nicht daran. Plötzlich, während am andern Tisch die Karten mit den Würfeln wechselten, erhob er sich. Wäre die Aufmerksamkeit der übrigen Gäste auf ihn statt auf das neue Spiel gerichtet gewesen, er wäre sicher ihrem Hohne nicht entgangen; denn der hohe kräftige Mann zitterte sichtbar, als er jetzt mit auf den Tisch gestemmten Händen dastand.

Aber es war nur für einige Augenblicke; dann verließ er das Zimmer durch dieselbe Tür, durch welche vorhin die Aufwärterin hinausgegangen war. Ein dunkler Gang führte ihn in eine große Küche, welche durch eine an der Wand hängende Lampe nur kaum erhellt wurde. Hastig war er eingetreten; seine raschen Augen durchflogen den vor ihm liegenden wüsten Raum; und dort stand sie, die er suchte; wie unmächtig, die leeren Gläser noch in den zusammengefalteten Händen, lehnte sie gegen die Herdmauer. Einen Augenblick noch, dann trat er zu ihr; „Wieb!" rief er; „Wiebchen, kleines Wiebchen!"

Es war eine rauhe Männerstimme, die diese Worte rief und jetzt verstummte, als habe sie allen Odem an sie hingegeben.

Und doch, über das verblühte Antlitz des Weibes flog es wie ein Rosenschimmer, und während zugleich die Gläser klirrend auf den Boden fielen, entstieg ein Aufschrei ihrer Brust; wer hätte sagen mögen, ob es Leid, ob Freude war. „Heinz!" rief sie, „Heinz, du bist es; oh, sie sagten, du seist es nicht."

Ein finstres Lächeln zuckte um den Mund des Mannes: „Ja, Wieb; ich wußt's wohl schon vorher; ich hätte nicht mehr kommen sollen. Auch dich – das alles war ja längst vorbei – ich wollte dich nicht wiedersehen, nichts von dir hören, Wieb; ich biß die Zähne aufeinander, wenn dein Name nur darüber wollte. Aber – gestern abend – es war wieder einmal Jahrmarkt drüben – wie als Junge hab ich mir ein Boot gestohlen; ich mußte, es ging nicht anders; vor jeder Bude, auf allen Tanzböden hab ich dich gesucht; ich war ein Narr, ich dachte, die alte Möddersch lebe noch; o süße kleine Wieb, ich dacht wohl nur an dich; ich wußte selbst nicht, was ich dachte!" Seine Stimme bebte, seine Arme streckten sich weit geöffnet ihr entgegen.

Aber sie warf sich nicht hinein; nur ihre Augen blickten traurig auf ihn hin: „O Heinz!" rief sie; „du bist es! Aber ich, ich bin's nicht mehr! – Du bist zu spät gekommen, Heinz!"

Da riß er sie an sich und ließ sie wieder los und streckte beide Arme hoch empor: „Ja, Wieb, das sind auch nicht mehr die unschuldigen Hände, womit ich damals dir die roten Äpfel stahl; by Jove, das schleißt, so siebzehn Jahre unter diesem Volk!"

Sie war neben dem Herde auf die Knie gesunken: „Heinz", murmelte sie, „o Heinz, die alte Zeit!"

Wie verlegen stand er neben ihr; dann aber bückte er sich und ergriff die eine ihrer Hände, und sie duldete es still.

„Wieb", sagte er leise, „wir wollen sehen, daß wir uns wiederfinden, du und ich!"

Sie sagte nichts; aber er fühlte eine Bewegung ihrer Hand, als ob sie schmerzlich in der seinen zucke.

Von der Schenkstube her erscholl ein wüstes Durcheinander; Gläser klirrten, mitunter dröhnte ein Faustschlag. „Kleine Wieb", flüsterte er wieder, „wollen wir weit von all den bösen Menschen fort?"

Sie hatte den Kopf auf den steinernen Herd sinken lassen und stöhnte schmerzlich. Da wurden schlurfende Schritte in dem Gange hörbar, und als Heinz sich wandte, stand ein Betrunkener in der Tür; es war derselbe Mensch mit dem schlaffen gemeinen Antlitz, den er vorhin unter den andern Schiffern schon bemerkt hatte. Er hielt sich an dem Türpfosten, und seine Augen schienen, ohne zu sehen, in dem dämmerigen Raum umherzustarren. „Wo bleibt der Grog?" stammelte er. „Sechs neue Gläser. Der rote Jakob flucht nach seinem Grog!"

Der Trunkene hatte sich wieder entfernt; sie hörten die Tür der Schenkstuben hinter ihm zufallen.

„Wer war das?" frug Heinz.

Wieb erhob sich mühsam. „Mein Mann", sagte sie; „er fährt als Matrose auf England; ich diene bei meinem Stiefvater hier als Schenkmagd."

Heinz sagte nichts darauf; aber seine Hand fuhr nach der

behaarten Brust, und es war, als ob er gewaltsam etwas von seinem Nacken reiße. „Siehst du", sagte er tonlos und hielt einen kleinen Ring empor, von dem die Enden einer zerrissenen Schnur herabhingen, „da ist auch noch das Kinderspiel! Wär's Gold gewesen, er wär so lang wohl nicht bei mir geblieben. Aber auch sonst – ich weiß nicht, war's um dich? Es war wohl nur ein Aberglaube, weil's doch noch das letzte Stück von Hause war."

Wieb stand ihm gegenüber, und er sah, wie ihre Lippen sich bewegten.

„Was sagst du?" frug er.

Aber sie antwortete nicht; es war nur, als flehten ihre Augen um Erbarmen. Dann wandte sie sich und machte sich daran, wie es ihr befohlen war, den heißen Trank zu mischen. Nur einmal stockte sie in ihrer Arbeit, als ein feiner Metallklang auf dem steinernen Fußboden ihr Ohr getroffen hatte. Aber sie wußte es, sie brauchte nicht erst umzusehen; was sollte er denn jetzt noch mit dem Ringe!

Heinz hatte sich auf einen hölzernen Stuhl gesetzt und sah schweigend zu ihr hinüber; sie hatte das Feuer geschürt, und die Flammen lohten und warfen über beide einen roten Schein. Als sie fortgegangen war, saß er noch da; endlich sprang er auf und trat in den Gang, der nach der Schenkstube führte. „Ein Glas Grog; aber ein festes!" rief er, als Wieb ihm von dort her aus der Tür entgegenkam; dann setzte er sich wieder allein an seinen Tisch. Bald darauf kam Wieb und stellte das Glas vor ihm hin, und noch einmal sah er zu ihr auf; „Wieb, kleines Wiebchen!" murmelte er, als sie fortgegangen war; dann trank er, und als das Glas leer war, rief er nach einem neuen, und als sie es schweigend brachte, ließ er es, ohne aufzusehen, vor sich hinstellen.

Am andern Tische lärmten sie und kümmerten sich nicht mehr um den einsamen Gast; eine Stunde der Nacht schlug nach der andern, ein Glas nach dem andern trank er; nur wie durch einen Nebel sah er mitunter das arme schöne Antlitz des ihm verlorenen Weibes, bis er endlich dennoch nach den andern fortging und dann spät am Vormittag mit wüstem Kopf in seinem Bett erwachte.

In der Kirchschen Familie war es schon kein Geheimnis mehr, in welchem Hause Heinz diesmal seine Nacht verbracht hatte. Das Mittagsmahl war, wie am gestrigen Tage, schweigend eingenommen; jetzt am Nachmittage saß Hans Adam Kirch in seinem Kontor und rechnete. Zwar lag unter den Schiffen im Hafen auch das seine, und die Kohlen, die es von England gebracht hatte, wurden heut gelöscht, wobei Hans Adam niemals sonst zu fehlen pflegte; aber diesmal hatte er seinen Tochtermann geschickt; er hatte Wichtigeres zu tun: er rechnete, er summierte und subtrahierte, er wollte wissen, was ihm dieser Sohn, den er sich so unbedacht zurückgeholt hatte, oder – wenn es nicht sein Sohn war – dieser Mensch noch kosten dürfe. Mit rascher Hand tauchte er seine Feder ein und schrieb seine Zahlen nieder; Sohn oder nicht, das stand ihm fest, es mußte jetzt ein Ende haben. Aber freilich – und seine Feder stockte einen Augenblick – um weniges würde er ja schwerlich gehen; und – wenn es dennoch Heinz wäre, den Sohn durfte er mit wenigem nicht gehen heißen. Er hatte sogar daran gedacht, ihm ein für allemal das Pflichtteil seines Erbes auszuzahlen; aber die gerichtliche Quittung, wie war die zu beschaffen? Denn sicher mußte es doch gemacht werden, damit er nicht noch einmal wiederkomme. Er warf die Feder hin, und der Laut, der an den Zähnen ihm verstummte, klang beinahe wie ein Lachen: es war ja aber nicht sein Heinz! Der Justizrat, der verstand es doch; und der alte Hinrich Jakobs trug seinen Anker noch mit seinen achtzig Jahren!

Hans Kirch streckte die Hand nach einer neben ihm liegenden Ledertasche aus; langsam öffnete er sie und nahm eine Anzahl Kassenscheine von geringem Werte aus derselben. Nachdem er sie vor sich ausgebreitet und dann einen Teil und nach einigem Zögern noch einen Teil davon in die Ledertasche zurückgelegt hatte, steckte er die übrigen in ein bereit gehaltenes Kuvert; er hatte genau die mäßige Summe abgewogen.

Er war nun fertig; aber noch immer saß er da, mit herabhängendem Unterkiefer, die müßigen Hände an den Tisch geklammert. Plötzlich fuhr er auf, seine grauen Augen öffneten sich weit: „Hans! Hans!“ hatte es gerufen; hier im leeren Zimmer, wo, wie er jetzt bemerkte, schon die Dämmerung in allen Winkeln lag. Aber er besann sich; nur seine eigenen Gedanken waren über ihn gekommen; es war nicht jetzt, es war schon viele Jahre her, daß ihn diese Stimme so gerufen hatte. Und dennoch, als ob er widerwillig einem außer sich Gehorsam leiste, öffneten seine Hände noch einmal die Ledertasche und nahmen zögernd eine Anzahl großer Kassenscheine aus derselben. Aber mit jedem einzelnen, den Hans Adam jetzt der vorher bemessenen kleinen Summe zugesellte, stieg sein Groll gegen den, der dafür Heimat und Vaterhaus an ihn verkaufen sollte; denn was zum Ausbau lang gehegter Lebenspläne hatte dienen sollen, das mußte er jetzt hinwerfen, nur um die letzten Trümmer davon wegzuräumen.

– – Als Heinz etwa eine Stunde später, von einem Gange durch die Stadt zurückkehrend, die Treppe nach dem Oberhaus hinaufging, trat gleichzeitig Hans Adam unten aus seiner Zimmertür und folgte ihm so hastig, daß beide fast miteinander in des Sohnes Kammer traten. Die Magd, welche oben auf dem Vorplatz arbeitete, ließ bald beide Hände ruhen; sie wußte es ja wohl, daß zwischen Sohn und Vater nicht alles in der Ordnung war, und drinnen hinter der geschlossenen Tür schien es jetzt zu einem heftigen Gespräch zu kommen. – Aber nein, sie hatte sich getäuscht, es war nur immer die alte Stimme, die sie hörte; und immer lauter und drohender klang es, obgleich von der andern Seite keine Antwort darauf erfolgte; aber vergebens strengte sie sich an, von dem Inhalte etwas zu verstehen; sie hörte drinnen den offenen Fensterflügel im Winde klappern, und ihr war, als würden die noch immer heftiger hervorbrechenden Worte dort in die dunkle Nacht hinausgeredet. Dann endlich wurde es still; aber zugleich sprang die Magd, von der aufgestoßenen Kammertür getroffen, mit einem Schrei zur Seite und sah ihren gefürchteten Herrn mit wirrem Haar und wild blickenden Augen die Treppe hinabstolpern und hörte, wie die Kontortür aufgerissen und wieder zugeschlagen wurde.

Bald danach trat auch Heinz aus seiner Kammer; als er unten im Flur der Schwester begegnete, ergriff er fast gewaltsam ihre beiden Hände und drückte sie so heftig, daß sie verwundert zu ihm aufblickte; als sie aber zu ihm sprechen wollte, war er schon draußen auf der Gasse. Er kam auch nicht zur Abendmahlzeit; aber als die Bürgerglocke läutete, stieg er die Treppe wieder hinauf und ging in seine Kammer.

– – Am andern Morgen in der Frühe stand Heinz vollständig angekleidet droben vor dem offenen Fenster; die scharfe Luft strich über ihn hin, aber es schien ihm wohlzutun; fast mit Andacht schaute er auf alles, was, wie noch im letzten Hauch der Nacht, dort unten vor ihm ausgebreitet lag. Wie bleicher Stahl glänzte die breitere Wasserstraße zwischen dem Warder und der Insel drüben, während auf dem schmaleren Streifen zwischen jenem und dem Festlandsufer schon der bläulichrote Frühschein spielte. Heinz betrachtete das alles; doch nicht lange stand er so; bald trat er an einen Tisch, auf welchem das Kuvert mit den so widerwillig abgezählten Kassenscheinen noch an derselben Stelle lag, wo es Hans Kirch am Abende vorher gelassen hatte.

Ein bitteres Lächeln umflog seinen Mund, während er den Inhalt hervorzog und dann, nachdem er einige der geringeren Scheine an sich genommen hatte, das übrige wieder an seine Stelle brachte. Mit einem Bleistift, den er auf dem Tische fand, notierte er die kleine Summe, welche er herausgenommen hatte, unter der größeren, die auf dem Kuvert verzeichnet stand; dann, als er ihn schon fortgelegt hatte, nahm er noch einmal den Stift und schrieb darunter: „Thanks for the alms and farewell for ever." Er wußte selbst nicht, warum er das nicht auf deutsch geschrieben hatte.

Leise, um das schlafende Haus nicht zu erwecken, nahm er sein Reisegepäck vom Boden; noch leiser schloß er unten im Flur die Tür zur Straße auf, als er jetzt das Haus verließ.

In einer Nebengasse hielt ein junger Bursche mit einem einspännigen Gefährte; das bestieg er und fuhr damit zur Stadt hinaus. Als sie auf die Höhe des Hügelzuges gelangt waren, von wo aus man diese zum letzten Male erblicken kann, wandte er sich um und schwenkte dreimal seine Mütze. Dann ging's im Trabe in das weite Land hinaus.

Aber einer im Kirchschen Hause war dennoch mit ihm wach gewesen. Hans Kirch hatte schon vor dem Morgengrauen aufrecht in seinem Bett gesessen; mit jedem Schlage der Turmuhr hatte er schärfer hingehorcht, ob nicht ein erstes Regen in dem Oberhause hörbar werde. Nach langem Harren war ihm gewesen, als würde dort ein Fensterflügel aufgestoßen; aber es war wieder still geworden, und die Minuten dehnten sich und wollten nicht vorüber. Sie gingen dennoch; und endlich vernahm er das leise Knarren einer Tür, es kam die Treppe in den Flur hinab, und jetzt – er hörte es deutlich, wie sich der Schlüssel in dem Schloß der Haustür drehte. Er wollte aufspringen; aber nein, er wollte es ja nicht; mit aufgestemmten Armen blieb er sitzen, während nun draußen auf der Straße kräftige Mannestritte laut wurden und nach und nach in unhörbare Ferne sich verloren.

Als das übrige Haus allmählich in Bewegung kam, stand er auf und setzte sich zu seinem Frühstück, das ihm, wie jeden Morgen, im Kontor bereitgestellt war. Dann griff er nach seinem Hute – einen Stock hatte er als alter Schiffer bis jetzt noch nicht gebraucht – und ging, ohne seine Hausgenossen gesehen zu haben, an den Hafen hinab, wo er seinen Schwiegersohn bereits mit der Leitung des Löschens beschäftigt fand. Diesem von den letzten Vorgängen etwas mitzuteilen, schien er nicht für nötig zu befinden; aber er sandte ihn nach dem Kohlenschuppen und gab ihm Aufträge in die Stadt, während er selber hier am Platze blieb. Wortkarg und zornig erteilte er seine Befehle; es hielt schwer, ihm heute etwas recht zu machen, und wer ihn ansprach, erhielt meist keine Antwort; aber es geschah auch bald nicht mehr, man kannte ihn ja schon.

Kurz vor Mittag war er wieder in seinem Zimmer. Wie aus unwillkürlichem Antrieb hatte er hinter sich die Tür verschlossen; aber er saß kaum in seinem Lehnstuhl, als von draußen Frau Linas Stimme dringend Einlaß begehrte. Unwirsch stand er auf und öffnete. „Was willst du?“ frug er, als die Tochter zu ihm eingetreten war.

„Schelte mich nicht, Vater“, sagte sie bittend; „aber Heinz ist fort, auch sein Gepäck; oh, er kommt niemals wieder!“

Er wandte den Kopf zur Seite: „Ich weiß das, Lina;

darum hättst du dir die Augen nicht dick zu weinen brauchen."

„Du weißt es, Vater?" wiederholte sie und sah ihn wie versteinert an.

Hans Kirch fuhr zornig auf: „Was stehst du noch? Die Komödie ist vorbei; wir haben gestern miteinander abgerechnet."

Aber Frau Lina schüttelte nur ernst den Kopf. „Das fand ich oben auf seiner Kammer", sagte sie und reichte ihm das Kuvert mit den kurzen Abschiedsworten und dem nur kaum verkürzten Inhalt. „O Vater, er war es doch! Er ist es doch gewesen!"

Hans Kirch nahm es; er las auch, was dort geschrieben stand; er wollte ruhig bleiben, aber seine Hände zitterten, daß aus der offenen Hülle die Scheine auf den Fußboden hinabfielen.

Als er sie eben mit Linas Hülfe wieder zusammengerafft hatte, wurde an die Tür gepocht, und ohne die Aufforderung dazu abzuwarten, war eine blasse Frau hereingetreten, deren erregte Augen ängstlich von dem Vater zu der Tochter flohen.

„Wieb!" rief Frau Lina und trat einen Schritt zurück.

Wieb rang nach Atem. „Verzeihung!" murmelte sie. „Ich mußte; Ihr Heinz ist fort; Sie wissen es vielleicht nicht; aber der Fuhrmann sagte es, er wird nicht wiederkommen, niemals!"

„Was geht das dich an!" fiel ihr Hans Kirch ins Wort.

Ein Laut des Schmerzes stieg aus ihrer Brust, daß Linas Augen unwillkürlich voll Mitleid auf diesem einst so holden Antlitz ruhten. Aber Wieb hatte dadurch wieder Mut gewonnen. „Hören Sie mich!" rief sie. „Aus Barmherzigkeit mit Ihrem eigenen Kinde! Sie meinen, er sei es nicht gewesen; aber ich weiß es, daß es niemand anders war! Das", und sie zog die Schnur mit dem kleinen Ringe aus ihrer Tasche, „es ist ja einerlei nun, ob ich's sage – das gab ich ihm, da wir noch halbe Kinder waren; denn ich wollte, daß er mich nicht vergesse! Er hat's auch wieder heimgebracht und hat es gestern vor meinen Augen in den Staub geworfen."

Ein Lachen, das wie Hohn klang, unterbrach sie. Hans

Kirch sah sie mit starren Augen an: „Nun, Wieb, wenn's denn dein Heinz gewesen ist, es ist nicht viel geworden aus euch beiden."

Aber sie achtete nicht darauf, sie hatte sich vor ihm hingeworfen. „Hans Kirch!" rief sie und faßte beide Hände des alten Mannes und schüttelte sie. „Ihr Heinz, hören Sie es nicht? Er geht ins Elend, er kommt niemals wieder! Vielleicht – o Gott, sei barmherzig mit uns allen! Es ist noch Zeit vielleicht!"

Auch Lina hatte sich jetzt neben ihr geworfen; sie scheute es nicht mehr, sich mit dem armen Weibe zu vereinigen. „Vater", sagte sie und streichelte die eingesunkenen Wangen des harten Mannes, der jetzt dies alles über sich ergehen ließ, „du sollst diesmal nicht allein reisen, ich reise mit dir; er muß ja jetzt in Hamburg sein; oh, ich will nicht ruhen, bis ich ihn gefunden habe, bis wir ihn wieder hier in unsern Armen halten! Dann wollen wir es besser machen, wir wollen Geduld mit ihm haben; oh, wir hatten sie nicht, mein Vater! Und sag nur nicht, daß du nicht mit uns leidest, dein bleiches Angesicht kann doch nicht lügen! Sprich nur ein Wort, Vater, befiehl mir, daß ich den Wagen herbestelle, ich will gleich selber laufen, wir haben ja keine Zeit mehr zu verlieren!" Und sie warf den Kopf an ihres Vaters Brust und brach in lautes Schluchzen aus.

Wieb war aufgestanden und hatte sich bescheiden an die Tür gestellt; ihre Augen sahen angstvoll auf die beiden hin.

Aber Hans Kirch saß wie ein totes Bild; sein jahrelang angesammelter Groll ließ ihn nicht los; denn erst jetzt, nach diesem Wiedersehen mit dem Heimgekehrten, war in der grauen Zukunft keine Hoffnung mehr für ihn. „Geht!" sagte er endlich, und seine Stimme klang so hart wie früher; „mag er geheißen haben, wie er will, der diesmal unter meinem Dach geschlafen hat; mein Heinz hat schon vor siebzehn Jahren mich verlassen."

Für fremde Augen mochte es immerhin den Anschein haben, als ob Hans Kirch auch jetzt noch in gewohnter Weise seinen mancherlei Geschäften nachgehe; in Wirklichkeit aber hatte er das Steuer mehr und mehr in die Hand des jüngeren Teilhabers der Firma übergehen lassen; auch aus dem städtischen Kollegium war er, zur stillen Befriedigung einiger ruheliebender Mitglieder, seit kurzer Zeit geschieden; es drängte ihn nicht mehr, in den Gang der kleinen Welt, welche sich um ihn her bewegte, einzugreifen.

Seit wieder die ersten scharfen Frühlingslüfte wehten, konnte man ihn oft auf der Bank vor seinem Hause sitzen sehen, trotz seiner jetzt fast weißen Haare als alter Schiffer ohne jede Kopfbedeckung. – Eines Morgens kam ein noch weißerer Mann die Straße hier herab und setzte sich, nachdem er näher getreten war, ohne weiteres an seine Seite. Es war ein früherer Ökonom des Armenhauses, mit dem er als Stadtverordneter einst manches zu verhandeln gehabt hatte; der Mann war später in gleicher Stellung an einen andern Ort gekommen, jetzt aber zurückgekehrt, um hier in seiner Vaterstadt seinen Alterspfennig zu verzehren. Es schien ihn nicht zu stören, daß das Antlitz seines früheren Vorgesetzten ihn keineswegs willkommen hieß; er wollte ja nur plaudern, und er tat es um so reichlicher, je weniger er unterbrochen wurde; und eben jetzt geriet er an einen Stoff, der unerschöpflicher als jeder andere schien. Hans Kirch hatte Unglück mit den Leuten, die noch weißer als er selber waren; wo sie von Heinz sprechen sollten, da sprachen sie von sich selber, und wo sie von allem andern sprechen konnten, da sprachen sie von Heinz. Er wurde unruhig und suchte mit schroffen Worten abzuwehren; aber der geschwätzige Greis schien nichts davon zu merken. „Ja, ja; ei du mein lieber Herrgott!" fuhr er fort, behaglich in seinem Redestrome weiterschwimmend; „der Hasselfritze und der Heinz, wenn ich an die beiden Jungen denke, wie sie sich einmal die großen Anker in die Arme brannten! Ihr Heinz, ich hörte wohl, der mußte vor dem Doktor liegen; den Hasselfritze aber hab ich selber mit dem Hasselstock kuriert."

Er lachte ganz vergnüglich über sein munteres Wortspiel; Hans Kirch aber war plötzlich aufgestanden und sah mit offenem Munde gar grimmig auf ihn herab. „Wenn Er wieder schwatzen will, Fritz Peters", sagte er, „so suche Er sich eine andere Bank; da drüben bei dem jungen Doktor steht just eine hagelneue!"

Er war ins Haus gegangen und wanderte in seinem Zimmer hin und wider; immer tiefer sank sein Kopf zur Brust hinab, dann aber erhob er ihn allmählich wieder. Was hatte er denn eigentlich vorhin erfahren? Daß der Hasselfritze ebenfalls das Ankerzeichen hätte haben müssen? Was war's denn weiter? – Welchen Gast er von einem Sonntag bis zum andern oder ein paar Tage noch länger bei sich beherbergt hatte, darüber brauchte ihn kein anderer aufzuklären.

Und auch dieser Tag ging vorüber, und die dann kamen, nahmen ihren gleichmäßigen Verlauf. – Im Oberhause wurde ein Kind geboren; der Großvater frug, ob es ein Junge sei; es war ein Mädchen, und er sprach dann nicht mehr darüber. Aber was hätte es ihm auch geholfen, wenn es ein künftiger Christian oder günstigen Falles ein Hans Martens gewesen wäre! Nur die Unruhe, die jetzt oft nächtens über seinem Kopfe in dem Schlafzimmer des jungen Paares herrschte, störte ihn.

Eines Abends, da es schon Herbst geworden – es jährte sich grade mit der Abreise seines Sohnes –, war Hans Kirch wie gewöhnlich mit dem Schlage zehn in seine nach der Hofseite belegene Schlafkammer getreten. Es war die Zeit der Äquinoktialstürme, und hierhinaus hörte man die ganze Gewalt des Wetters; bald heulte es in den obersten Luftschichten, bald fuhr es herab und tobte gegen die kleinen Fensterscheiben. Hans Kirch hatte seine silberne Taschenuhr hervorgezogen, um sie, wie jeden Abend, aufzuziehen; aber er stand noch immer mit dem Schlüssel in der Hand, hinaushorchend in die wilde Nacht.

Das Balken- und Sparrenwerk des neuen Daches krachte, als ob es aus den Fugen solle; aber er hörte es nicht; seine Gedanken fuhren draußen mit dem Sturm. „Südsüdwest!" murmelte er vor sich hin, während er den Uhrschlüssel in die Tasche steckte und die Uhr unaufgezogen über seinem Bette an den Haken hing. – Wer jetzt auf See war, hatte keine Zeit zum Schlafen; aber er war ja seit lange nicht mehr auf See; er wollte schlafen, wie er es bei manchem Sturm hier schon getan hatte; die Stürme kamen ja allemal im Äquinoktium, er hatte sie so manches Mal gehört.

Aber es mußte heute noch etwas anderes dabeisein;

Stunden waren schon vergangen, und noch immer lag er wach in seinen Kissen. Ihm war, als könne er Hunderte von Meilen weit hinaushorchen nach einem klippenvollen Küstenwasser des Mittelländischen Meeres, das er in seiner Jugend als Matrose einst befahren hatte; und als endlich ihm die Augen zugefallen waren, riß er gleich darauf mit Gewalt sich wieder empor; denn ganz deutlich hatte er ein Schiff gesehen, ein Vollschiff mit gebrochenen Masten, das von turmhohen Wellen auf und ab geschleudert wurde. Er suchte sich völlig zu ermuntern, aber wieder drückte es ihm die Augen zu, und wiederum erkannte er das Schiff; deutlich sah er zwischen Bugspriet und Vordersteven die Gallion, eine weiße mächtige Fortuna, bald in der schäumenden Flut versinken, bald wieder stolz emportauchen, als ob sie Schiff und Mannschaft über Wasser halten wolle. Dann plötzlich hörte er einen Krach; er fuhr jäh empor und fand sich aufrecht in seinem Bette sitzend.

Alles um ihn her war still, er hörte nichts; er wollte sich besinnen, ob es nicht eben vorher noch laut gestürmt habe; da überfiel es ihn, als sei er nicht allein in seiner Kammer; er stützte beide Hände auf die Bettkanten und riß weit die Augen auf. Und – da war es, dort in der Ecke stand sein Heinz; das Gesicht sah er nicht, denn der Kopf war gesenkt, und die Haare, die von Wasser trieften, hingen über die Stirn herab; aber er erkannte ihn dennoch – woran, das wußte er nicht und frug er sich auch nicht. Auch von den Kleidern und von den herabhängenden Armen troff das Wasser; es floß immer mehr herab und bildete einen breiten Strom nach seinem Bette zu.

Hans Kirch wollte rufen, aber er saß wie gelähmt mit seinen aufgestemmten Armen; endlich brach ein lauter Schrei aus seiner Brust, und gleich darauf auch hörte er es über sich in der Schlafkammer der jungen Leute poltern, und auch den Sturm hörte er wieder, wie er grimmig an den Pfosten seines Hauses rüttelte.

Als bald danach sein Schwiegersohn mit Licht hereintrat, fand dieser ihn in seinen Kissen zusammengesunken. „Wir hörten Euch schreien“, frug er, „was ist Euch, Vater?“

Der Alte sah starr nach jener Ecke. „Er ist tot“, sagte er, „weit von hier.“

– „Wer ist tot, Vater? Wen meint Ihr? Meint Ihr Eueren Heinz?"

Der Alte nickte. „Das Wasser", sagte er; „geh da fort, du stehst ja mitten in dem Wasser!"

Der Jüngere fuhr mit dem Lichte gegen den Fußboden: „Hier ist kein Wasser, Vater, Ihr habt nur schwer geträumt."

„Du bist kein Seemann, Christian; was weißt du davon!" sagte der Alte heftig. „Aber ich weiß es, so kommen unsere Toten."

„Soll ich Euch Lina schicken, Vater?" frug Christian Martens wieder.

„Nein, nein, sie soll bei ihrem Kinde bleiben; geh nur, laß mich allein!"

Der Schwiegersohn war mit dem Lichte fortgegangen, und Hans Kirch saß im Dunkeln wieder aufrecht in seinem Bette; er streckte zitternd die Arme nach jener Ecke, wo eben noch sein Heinz gestanden hatte; er wollte ihn noch einmal sehen, aber er sah vergebens in undurchdringliche Finsternis.

– – Es ging schon in den Vormittag, als Frau Lina, da sie unten in die Stube trat, das Frühstück ihres Vaters unberührt fand; als sie dann in die Schlafkammer ging, lag er noch in seinem Bette; er konnte nicht aufstehen, denn ein Schlaganfall hatte ihn getroffen, freilich nur an der einen Seite und ohne ihn am Sprechen zu behindern. Er verlangte nach seinem alten Arzte, und die Tochter lief selbst nach dem Hause des Justizrats und stand bald wieder zugleich mit diesem an des Vaters Lager.

Es war nicht gar so schlimm, es würde wohl so vorübergehen, lautete dessen Ausspruch. Aber Hans Kirch hörte kaum darauf; mehr als bei seiner Krankheit waren seine Gedanken bei den Vorgängen der verflossenen Nacht; Heinz hatte sich gemeldet, Heinz war tot, und der Tote hatte alle Rechte, die er noch eben dem Lebenden nicht mehr hatte zugestehen wollen.

Als Frau Lina es ihm ausreden wollte, berief er sich eifrig auf den Justizrat, der ja seit Jahr und Tag in manches Seemannshaus gekommen sei.

Der Justizrat suchte zu beschwichtigen: „Freilich", fügte

er hinzu, „wir Ärzte kennen Zustände, wo die Träume selbst am hellen Werktag das Gehirn verlassen und dem Menschen leibhaftig in die Augen schauen."

Hans Kirch warf verdrießlich seinen Kopf herum: „Das ist mir zu gelehrt, Doktor; wie war's denn damals mit dem Sohn des alten Rickerts?"

Der Arzt faßte den Puls des Kranken. „Es trifft, es trifft auch nicht", sagte er bedächtig; „das war der ältere Sohn; der jüngere, der sich auch gemeldet haben sollte, fährt noch heute seines Vaters Schiff."

Hans Kirch schwieg; er wußte es doch besser als alle andern, was weit von hier in dieser Nacht geschehen war.

Wie der Arzt es vorhergesagt hatte, so geschah es. Nach einigen Wochen konnte der Kranke das Bett und allmählich auch das Zimmer, ja sogar das Haus verlassen; nur bedurfte er dann, gleich seiner Schwester, eines Krückstockes, den er bisher verschmäht hatte. Von seinem früheren Jähzorn schien meist nur eine weinerliche Ungeduld zurückgeblieben; wenn es ihn aber einmal wie vordem überkam, dann brach er hinterher erschöpft zusammen.

Als es Sommer wurde, verlangte er aus der Stadt hinaus, und Frau Lina begleitete ihn mehrmals auf dem hohen Uferwege um die Bucht, von wo er nicht nur die Inseln, sondern ostwärts auch auf das freie Wasser sehen konnte. Da das Ufer an mehreren Stellen tief und steil gegen den Strand hinabfällt, so wagte man ihn hier nicht allein zu lassen und gab ihm zu andern Malen, wenn die Tochter keine Zeit hatte, einen der Arbeiter oder sonst eine andere sichere Person zur Seite.

– – Auf den Sommer war der Herbst gefolgt, und es war um die Zeit, da Heinzens kurze Einkehr in das Elternhaus zum zweiten Mal sich jährte. Hans Kirch saß auf einem sandigen Vorsprunge des steilen Ufers und ließ die Nachmittagssonne seinen weißen Kopf bescheinen, während er die Hände vor sich auf seinen Stock gefaltet hielt und seine Augen über die glatte See hinausstarrten. Neben ihm stand ein Weib, anscheinend in gleicher Teilnahmlosigkeit, welche den Hut des alten Mannes in der herabhängenden Hand hielt. Sie mochte kaum über dreißig Jahre zählen; aber nur ein schärferes Auge hätte in diesem Antlitz die Spuren einer früh zerstörten Anmut finden können. Sie schien nichts davon zu hören, was der alte Schiffer, ohne sich zu rühren, vor sich hinsprach; es war auch nur ein Flüstern, als ob er es den leeren Lüften anvertraue; allmählich aber wurde es lauter: „Heinz, Heinz!" rief er. „Wo ist Heinz Kirch geblieben?" Dann wieder bewegte er langsam seinen Kopf: „Es ist auch einerlei, denn es kennt ihn keiner mehr."

Da seufzte das Weib an seiner Seite, daß er sich wandte und zu ihr aufsah. Als sie das blasse Gesicht zu ihm niederbeugte, suchte er ihre Hand zu fassen: „Nein, nein, Wieb, du – du kanntest ihn; dafür" – und er nickte vertraulich zu ihr auf – „bleibst du auch bei mir, solang ich lebe, und auch nachher – ich habe in meinem Testament das festgemacht; es ist nur gut, daß dein Taugenichts von Mann sich totgetrunken."

Als sie nicht antwortete, wandte er seinen Kopf wieder ab, und seine Augen folgten einer Möwe, die vom Strande über das Wasser hinausflog. „Und dort", begann er wieder, und seine Stimme klang jetzt ganz munter, während er mit seinem Krückstock nach dem Warder zeigte, „da hat er damals dich herumgefahren? Und dann schalten sie vom Schiff herüber?" – Und als sie schweigend zu ihm herabnickte, lachte er leise vor sich hin. Aber bald verfiel er wieder in sein Selbstgespräch, während seine Augen vor ihm in die große Leere starrten. „Nur in der Ewigkeit, Heinz! Nur in der Ewigkeit!" rief er, in plötzliches Weinen ausbrechend, und streckte zitternd beide Arme nach dem Himmel.

Aber seine laut gesprochenen Worte erhielten diesmal eine Antwort. „Was haben wir Menschen mit der Ewigkeit zu schaffen?" sprach eine heisere Stimme neben ihm. Es war ein herabgekommener Tischler, den sie in der Stadt den „Sozialdemokraten" nannten; er glaubte ein Loch in seinem Christenglauben entdeckt zu haben und pflegte nun nach Art geringer Menschen gegen andere damit zu trotzen.

Mit einer raschen Bewegung, die weit über die Kraft des

gebrochenen Mannes hinauszugehen schien, hatte Hans Kirch sich zu dem Sprechenden gewandt, der mit verschränkten Armen stehenblieb. „Du kennst mich wohl nicht, Jürgen Hans?“ rief er, während der ganze arme Leib ihm zitterte. „Ich bin Hans Kirch, der seinen Sohn verstoßen hat, zweimal! Hörst du es, Jürgen Hans? Zweimal hab ich meinen Heinz verstoßen, und darum hab ich mit der Ewigkeit zu schaffen!“

Der andere war dicht an ihn herangetreten. „Das tut mir leid, Herr Kirch“, sagte er und wog ihm trocken jedes seiner Worte zu; „die Ewigkeit ist in den Köpfen alter Weiber!“

Ein fieberhafter Blitz fuhr aus den Augen des greisen Mannes. „Hund!“ schrie er, und ein Schlag des Krückstocks pfiff jäh am Kopf des anderen vorüber.

Der Tischler sprang zur Seite, dann stieß er ein Hohngelächter aus und schlenderte den Weg zur Stadt hinab.

Aber die Kraft des alten Mannes war erschöpft; der Stock entfiel seiner Hand und rollte vor ihm den Hang hinunter, und er wäre selber nachgestürzt, wenn nicht das Weib sich rasch gebückt und ihn in ihren Armen aufgefangen hätte.

Neben ihm kniend, sanft und unbeweglich, hielt sie das weiße Haupt an ihrer Brust gebettet, denn Hans Kirch war eingeschlafen. – Das Abendrot legte sich über das Meer, ein leichter Wind hatte sich erhoben, und drunten rauschten die Wellen lauter an den Strand. Noch immer beharrte sie in ihrer unbequemen Stellung; erst als schon die Sterne schienen, schlug er die Augen zu ihr auf: „Er ist tot“, sagte er, „ich weiß es jetzt gewiß; aber – in der Ewigkeit, da will ich meinen Heinz schon wiederkennen.“

„Ja“, sagte sie leise, „in der Ewigkeit.“

Vorsichtig, von ihr gestützt, erhob er sich, und als sie seinen Arm um ihren Hals und ihren Arm ihm um die Hüfte gelegt hatte, gingen sie langsam nach der Stadt zurück. Je weiter sie kamen, desto schwerer wurde ihre Last; mitunter mußten sie stillestehn, dann blickte Hans Kirch nach den Sternen, die ihm einst so manche Herbstnacht an Bord seiner flinken Jacht geschienen hatten, und sagte: „Es geht schon wieder“, und sie gingen langsam weiter. Aber nicht nur von den Sternen, auch aus den blauen Augen des armen Weibes leuchtete ein milder Strahl; nicht jener mehr, der einst in einer Frühlingsnacht ein wildes Knabenhaupt an ihre junge Brust gerissen hatte, aber ein Strahl jener allbarmherzigen Frauenliebe, die allen Trost des Lebens in sich schließt.

Noch während der nächsten Jahre, meist an stillen Nachmittagen und wenn die Sonne sich zum Untergange neigte, konnte man Hans Kirch mit seiner steten Begleiterin auf dem Uferwege sehen; zur Zeit des Herbstäquinoktiums war er selbst beim Nordoststurm nicht daheim zu halten. Dann hat man ihn auf dem Friedhof seiner Vaterstadt zur Seite seiner stillen Frau begraben.

Das von ihm begründete Geschäft liegt in den besten Händen; man spricht schon von dem „reichen" Christian Martens, und Hans Adams Tochtermanne wird der Stadtrat nicht entgehen; auch ein Erbe ist längst geboren und läuft schon mit dem Ranzen in die Rektorschule; – wo aber ist Heinz Kirch geblieben?

Zur Chronik von Grieshuus

Zu meinen Jugendfreuden in der Heimat, wo uns die alte Gelehrtenschule nicht zu sehr den Geist verschnürte, gehörten die Wanderungen aus der Stadt ins Freie. Zwar ging es nicht, wie anderswo, durch Feld und Wald, auch selten nur durch Feld und Busch; denn nach Süden hin dehnte sich die Marsch mit ihrer weiten, von Wassergräben durchschnittenen Weidefläche, während nordwärts, zu Osten der nordfriesischen Küste, die sandige Geest aufsteigt, ohne Wälder oder Bäume, nur selten mit Schwarz- oder Weißdornbüschen auf den niedrigen Wällen, welche die einzelnen Felder voneinander scheiden. Gleichwohl fand sich für die Knabenseele Augenweide und anregendes Geheimnis hier genug: über den Sand am Wegrande huschten die Schlupfwespen, flogen die schönen grünen oder kupferfarbigen Cicindelen; an den gelbschimmernden Abstürzen der Sandgruben, die man hie und da passierte, zeichneten sich die dunkeln Eingänge zu den unabreichbaren Nestern der Uferschwalbe; kletterte man hinauf und stampfte oben auf der dürren Bodendecke, so huschten, einer nach dem andern, die schlanken Vögel aus ihren Höhlen und wimmelten oft scharenweise in der Luft, während über ihnen aus nimmermüder Kehle der unablässige Gesang der Lerchen tönte.

Wohin es aber an freien Nachmittagen mich am stärksten lockte, was auch noch jetzt mit seinem weltfremden Zauber der rauschendste Laubwald mir nicht ersetzen kann, das war die Heide, welche derzeit nach dieser Richtung hin noch unabsehbare Strecken mit ihrem bräunlichen Steppenkraut bedeckte. Besonders eine Stelle, welche von der Stadt aus nur nach mehrstündigem Wandern zu erreichen war, die ich aber gleichwohl am liebsten und fast immer nur allein besucht habe; und deutlich steht es vor mir, wie ich sie zuerst entdeckte.

Ich saß schon eine Zeitlang auf den Bänken unserer Prima, als ein stürmischer Oktobernachmittag mit seiner nordischen Sagenstimmung mich herausgelockt hatte; kein Tier ließ sich sehen, der feine Sand flog in Wolken vor mir auf; nur einmal huschte ein grauer Vogel über den Weg und verschwand in einer Ritze des seitwärts laufenden Steinwalles. Nach ein paar Stunden erreichte ich ein kleines Dorf; es lag zwischen mageren abgeheimsten Feldern, der aus rohen Felsquadern aufgemauerte Turm der tiefliegenden Kirche überragte kaum die niedrigen, nur selten durch eine Rüster oder Pappel halb verdeckten Strohdächer. Jenseit derselben begegnete mir ein alter Mann mit einer Furke auf der Schulter. „Guten Tag!" rief ich durch den Wind ihm zu. „Guten Tag auch!" wiederholte der Alte wie im Widerhall; ich sah es nicht, aber ich glaubte es zu fühlen, wie er stehenblieb und mir verwundert nachsah.

Ich schritt rüstig durch den Wind hindurch, bald auf schmalem Feldweg, bald quer über Feld und Wälle; ein paarmal flog die Mütze mir vom Kopf, aber der Boden stieg jetzt merklich aufwärts, und so war sie immer wieder bald zu haschen. Endlich stand ich vor der eingestürzten Wand einer ungewöhnlich großen, aber, wie es schien, seit lange außer Brauch gesetzten Sandgrube, welche mir jeden weiteren Ausblick wehrte. Als ich mit Hülfe einiger Ginsterbüsche emporgeklettert war, befand ich mich auf einer ebnen Fläche; doch kaum ein halbes tausend Schritte weiter ging es, wenn auch ganz allmählich, wieder abwärts; und da hatte ich sie, die Heide.

Die Zeit ihrer Blüte mit dem bläulich-roten Seidenschimmer war vergangen; düster, in ihrer ganzen feierlichen Einsamkeit, lag sie vor mir: ein breites, muldenförmiges Tal, anscheinend ohne Unterbrechung von der dunkeln Pflanzendecke überzogen, das sich wohl eine halbe Wegstunde weit zu meinen Füßen dehnte und sich dann durch die zusammenlaufenden, fast ganz mit niedrigem Eichenbusch bedeckten Höhenseiten abschloß.

Ich war oben bis an den Rand der Fläche vorgetreten: ein schmaler, scheinbar wenig benutzter Fußsteig lief in das Heidekraut hinab und mochte drüben an dem jetzt kaum erkennbaren Ausgang der Talmulde wieder zur Ebene emporsteigen. Als meine Blicke länger an dem fernen Punkt gehaftet hatten, meinte ich den Rest eines turmartigen Mauerwerkes zu gewahren; aber die Dämmerung brach jetzt rasch herein, im Westen lagerte unter schwarzvioletten Wolken ein Streifen düsteren Abendrots, und die Nacht begann das Heidetal zu füllen; auf den Höhen hörte ich wohl das Sausen des Windes in den Krüppeleichen;

aber meine Augen sahen bald auch hier nur ein unterschiedloses graues Wogen. Nur meine Phantasie hatte sich dort den Turm erbaut: „Nicht jetzt, einst", sagte ich mir, „hatte ein derartiges Gemäuer dort gestanden"; denn ich glaubte plötzlich zu wissen, wohin der Zufall mich geführt hatte. Nicht, daß ich jemals selber hier gewesen wäre; aber mit aufhorchenden Knabenohren hatte ich, und mehr als einmal, von diesem Orte reden hören.

Ich wandte mich zurück, denn es trieb mich, trotz der Dunkelheit, noch nähere Zeichen aufzuspüren; auch hatten am Westhimmel die Wolken sich verzogen, und es leuchtete noch ein letzter Abendschein über den mit kurzem Gras und Thymian bewachsenen Boden. Und bald, hin und wider gehend, erkannte ich breite Streifen auf demselben, die in hellerer Färbung nicht so ganz das karge Licht verschlangen, wo wie aus Schutt nur dürre Halme aufgeschossen waren. Augenscheinlich hatte ich drei Seiten eines geräumigen Vierecks vor mir; zwei derselben liefen bis an den Rand der Grube, die fehlende, welche das Ganze abgeschlossen hatte und von der an der Südostecke nur noch ein Stück erkennbar war, mußte darüber hinaus gelegen haben und später fortgegraben sein. Als ich mich über den Rand der Grube beugte, bemerkte ich drunten ein paar gewaltige Granitquadern, wie sie zu Fundamenten breiter Mauern dienen, die zwischen Backsteintrümmern aus dem Sande ragten.

Gegenüber, nach der Talmulde zu, schien eine kleinere, viereckige Zeichnung zwischen schmäleren Streifen anzudeuten, daß einst ein Torhaus hier gewesen sei.

„Grieshuus!" rief ich fast laut. „Hier hat Grieshuus gestanden!"

Noch einmal war ich gegen den Rand der Fläche vorgetreten und blickte in die jetzt so große Einsamkeit hinaus. Es reizte mich, da vor meinen Füßen den nur noch für die nächsten Schritte erkennbaren Heidestieg hinabzugehen; aber, ein Wort war plötzlich in mir laut geworden: „Die schlimmen Tage!" Wenn eben jetzt die schlimmen Tage wären! – Unwillkürlich hielt es mich zurück: ein Aberglaube schwebte über dieser Heide, der letzte Schatten eines düsteren Menschenschicksals, womit ein altes Geschlecht von der Erde verschwunden war. Es sollte eine Zeit im Jahre geben oder einst gegeben haben, wo dem, welcher nach Sonnenuntergang dies Tal durchschritt, etwas Furchtbares widerfuhr, das die Kraft seines Lebens abstumpfte, wenn nicht gar völlig austat.

Auch war nicht alles Sage; man wußte noch von denen, welche als die letzten hier gehaust hatten, wo jetzt der Sturm über die Heide fegte. Zum Teil lag es in alten Archiven, und es kam jeweilig bei dem Aufsuchen eines vergrabenen Dokumentes mit diesem oder jenem Brocken an das Tageslicht; anderes hatten die Augen der damals Lebenden gesehen, oder ein Wort, einen Ton, den man zu deuten wußte, hatte hier oder dort die Luft ihnen zugetragen; und an Winterabenden, hinter dem Bierkrug wie am Spinnrad, nicht nur im Dorfe, auch drüben in der Stadt, saß man beisammen und erzählte und fügte scheinbar sich Fernliegendes aneinander, von den Urahnen herab bis fast an den heutigen Tag; denn außer auf einem gar bald fürstlich und dann königlich gewordenen Gute hatte kein anderes Adelsgeschlecht in unserer Nachbarschaft gesessen.

An jenem Tage war ich spät erst heimgekommen; freilich zum Schlafen früh genug, denn immer wieder stiegen die alten Mauern vor mir aus dem Boden: ich stand in dem umschlossenen Hofe und sah durch den gewölbten Torweg auf das Heidetal hinaus: auf beiden Höhenseiten zogen sich jetzt dichte Eichenwälder bis drüben an den Aufstieg, wo ihre Kronen sich vereinten; der Mond stand am Himmel und beleuchtete dort ein stumpfes Turmgemäuer; mir war, als sähe ich eine hohe Gestalt in die Heide hinabschreiten und dort verschwinden. Während von den Höhen das Rauschen der mächtigen Laubmassen, die der Sturm bewegte, an mein Ohr drang, hatte ich mich umgewandt: ich sah auf die langgestreckte Front des Hauses, dessen graue Mauern von einer Doppelreihe niedriger Fenster durchbrochen waren; in der Mitte unter einem spitzen Treppengiebel lag das hohe Haustor, von welchem eine Steintreppe mit breiten Beischlägen auf den weiten Hof hinablief. – Schon wollte ich hinauf und in das Innere des Hauses treten; aber das Brausen des Sturmes wurde stärker, und ich sah plötzlich nichts als nur den Sand in Wirbeln über einem leeren Absturz treiben.

Die Bilder, welche in dieser Nacht in mir lebendig wurden, waren nicht nur Phantasiegemälde; in einem älteren Werke über die einstigen Herrensitze unseres Landes, das vor Jahren mir zur Hand gekommen war, hatte ich den Grundriß nebst einer kleinen äußeren Ansicht von Grieshuus gefunden und mich schon derzeit ganz darin vertieft. Von nun an aber ließ es mir keine Ruhe mehr; wo ich irgend in Schrift- oder Druckwerk oder im Gedächtnis eines Menschen derart Verborgenes witterte, mußte es hervorgegraben werden; vom Bürgermeister bis zu dem würdig redenden Barbier und Amtschirurgus, dessen Becken, wie der Staupbesen unseres letzten Scharfrichters, durch Jahrhunderte auf den jetzigen Inhaber herabgeerbt waren, mußten mir alle stillhalten. Auch trugen mein Fleiß und meine Unverschämtheit mir unerwartet reiche Frucht; mein Vater aber, wenn er mich die eingeheimsten Kunden in das eigens dazu hergerichtete Heft eintragen sah, nannte mich scherzend den „Chronisten von Grieshuus".

Und als solcher, nachdem seit damals wiederum ein halbes Jahrhundert abgelaufen ist, will ich es jetzt erzählen.

Erstes Buch

Um die Mitte des siebzehnten Jahrhunderts und noch während eines Dezenniums später saß zu Grieshuus ob der Heidenmulde, „braven de Heidkul", wie es in gleichzeitigen Akten heißt, ein Junker, dessen Familienname seit lange aus den Geschlechtsregistern unseres Adels verschwunden ist; auch weiß man von ihm selber nicht viel mehr, als daß seine Wirtschaft und sein Wappen die beiden Dinge gewesen sind, von denen er, wenn überhaupt, bei gutem Trunk am breitesten geredet hat; wie er dafür gerühmt worden, daß er seinen Acker nicht verunkrauten lasse, so hat er auch mit lebender und fast mit toter Hand gewehret, daß sein adeliges Blut sich nicht an dem gemeinen roten Blut verfärbe. Gereiset ist er stets im Sattel; doch wenn die Glocken zum Gottesdienst geläutet haben, ist er in einen offenen Kastenwagen mit hohen roten Rädern eingestiegen; denn als Patron stand ihm allein das Recht zu, auf dem Kirchhof bis vor den Eingang in die Kirche anzufahren; das durfte nicht versäumt werden. An der Ostseite der Mauer, wo die Gruftkapelle war, befinden sich noch jetzt zwei ungefüge Ringe, an denen der Fuhrknecht dann die Pferde anband. Aber das alte Haus hat derzeit, die seinen ungerechnet, nur auf vier Augen noch gestanden.

Ein Paar von Zwillingsbrüdern ist es gewesen, im Anfang fast sich gleich an Antlitz und schlanker Wohlgestalt: ein schmales Haupt mit hart an der vorspringenden Nase stehenden Augen und schwarzbraunem Haupthaar ist allen dieses Geschlechtes eigen gewesen; bei dem ältesten der Brüder aber, dem Junker Hinrich, hat an den Schläfen sich das Haar gleich einem dunklen Gefieder aufgesträubt, so daß man ihn mit seinen grauen, oft jähe Funken werfenden Augen einem Adler soll verglichen haben. Bei dem Junker Detlev dagegen ist das anfangs wellige Haar allmählich schlichter worden, bis es in Strähnen auf das Wams herabfiel, und wenn, was drum nicht seltener geschehen, Zorn oder Grimm ihn überkommen, so sind seine Augen wie stumpf geworden, und hat niemand sehen können, was dahinter vorgegangen. Es ist nicht kundgeworden, daß er den Hörigen oder dem Gesinde etwas Übles angetan, aber dennoch sind sie gern ihm aus dem Weg gegangen, als ob solches gleichwohl von ihm zu fürchten sei.

Zwischen den Brüdern soll kaum je ein Zank, noch weniger aber eine Kameradschaft gewesen sein, ersteres wohl nur, weil jeder seinen eigenen Weg gegangen; denn während der Jüngere Liebling des Informators gewesen und auch noch nach den Lehrstunden in ihrer Kammer über den Büchern gesessen ist, hat der Ältere alsbald den Bauern und Knechten draußen bei der Arbeit zugesehen, auch wohl selber Sichel oder Pflug mit angefaßt; am liebsten ist er aus dem Torweg und dann geradezu den Fußsteig durch die Heidemulde hinabgerannt und hat drüben oberhalb des Aufstiegs, wo mit mächtigen Kronen die Wälder auf den Höhenseiten zueinandertraten, bei dem alten Revierjäger angeklopft, der dort mit einem Knechte in einem turmartigen Aufbau hauste. Unterweilen, wenn er trotz dessen Warnung an Spätherbstnachmittagen, die Mütze in der Hand, mit heißen Wangen durch das Hoftor stürzte, hat wohl der Alte ihn gescholten: „Was ist? Du hast den Wolf gesehen!" und „Komm mir so allein nicht wieder, Junker Hinrich!" Dann hat der Bube nur gelacht: „Brumme nicht, Owe Heikens! Komm und laß uns nun die Grube richten!" Und dann ist der Alte doch nur zu gern mit ihm gegangen.

Der Vater mochte, soweit er darum wußte, dies alles so geschehen lassen; denn obwohl ihm das Gut zu freier Erbverfügung stand, so war doch nach Haus- und Landesbrauch der Erstgeborene allzeit als künftiger Gutsherr angesehen worden, auch mag der Knabe selber solchen Sinns gewesen sein; die Bauern aber und die Hofesleute sind, je mehr die Brüder aufgewachsen, des nur immer froher worden. Zwar ist der Junker Hinrich, wie auch sonst die meisten seines Stammes, jach zur Tat gewesen; der Bibelspruch, das „Selig sind die Sanftmütigen", den bei der Einsegnung der beiden Brüder der Geistliche ihm auf den Weg gab, hat dagegen nicht verschlagen wollen. Denn nicht lange danach war es, an einem Novembernachmittage; die Dämmerung fiel schon herab, und noch immer suchte er nach seinem weißen Leibhund, den er seit Mittag schon vermißte. Grollend war er aus dem Torweg und bis zum Abstieg vorgeschritten: „Tiras! Tiras!" schrie er; dann ließ er durch die Finger einen gellen Pfiff erschallen; und alsbald, da er sich lauschend vorgebeugt, kam es wie Klagelaute drunten aus der Heide. Da lief er in das hohe Kraut hinab, dem Schalle folgend, der wieder und immer näher ihm entgegendrang, und schon erkannte er einen von den Knechten, der trug das große Tier auf seinen Armen. „Was soll das?" rief er. „Laß den Hund zu Boden!"

Das Tier aber streckte winselnd den Kopf nach seinem Herrn. „Es geht nicht", sagte der Knecht; „unten am Moorloch hat er im Fuchseisen festgesessen."

Der Junker stieß einen Fluch aus und wuchtete in der Faust den dicken Knotenstock, womit er es vorhin dem Hunde zugedacht hatte: „Wo ist Hans Christoph?" frug er. „Er sollt es fortnehmen; schon vor Mittag hatt ich's ihm geheißen."

„Der Junge ist was vergeßlich, Herr; ich denk, er ist wohl schon zu Hof gegangen."

Als der Junker nach der wunden Pfote faßte, schrie das Tier erbärmlich. „Vorwärts", rief er dem Knechte zu; „wir wollen auch zu Hof!"

Der Junge Hans Christoph aber stand noch droben vor dem Torhaus und ein süßes zehnjähriges Dirnlein neben ihm. „Was willst du denn so spät noch?" frug er; „es wird ja balkendunkel, eh du wieder heim im Dorf bist; und hörst du? Es kommt Unwetter aus Nordwest!"

„Ja", sagte sie und nickte mit ihrem blonden Köpfchen, „ich fürcht mich auch; aber ich trag hier Schriften, die so spät erst fertig worden; mein Vater hat sie für euren alten Herrn geschrieben, und du könntest sie ihm wohl bringen; ich scheu mich so vor ihm."

Aber Hans Christoph antwortete nicht; mit entsetzten Augen starrte er auf den kleinen Zug, der eben jetzt den Heidestieg hinaufkam; denn in erschreckender Deutlichkeit baumelte das vergessene Eisen an der Hand des voraufgehenden Knechtes; darüber erblickte er den weißen Hund, der gleich einem wunden Wild auf dessen Armen lag. Und schon waren sie oben, und der Junker stand mit grimmem, schier verzerrtem Antlitz vor dem Jungen.

„Herr! Ach, Herr!" Im Schrecken suchte der des Junkers Arm zu fassen; aber schon hatte der schwere Stock des Jungen Kopf getroffen, daß er lautlos auf den Boden fiel.

Ein Schrei des blonden Dirnleins hat die Stille unterbrochen: „Pfui, pfui, der böse Junker!" Einen Augenblick noch hat sie groß und angstvoll zu ihm aufgeschaut; dann unter stürzenden Tränen die Schriften, die sie noch in Händen hatte, von sich werfend, ist sie den Seitenstieg hinabgerannt, der um die Gebäude nach dem Dorfe führte.

Der Junker Hinrich, der wie leblos dagestanden, ist plötzlich aufgefahren: „Bärbe! Bärbe!" denn er pflegte mit dem Kinde sonst manch gütig Wort zu reden; dann aber, da sie ihn nicht hörte, hat er sich über den wimmernden Jungen auf den Boden hingeworfen, Haar und Wangen ihm gestreichelt und ihn letztlich mit dem Knechte nach seiner Kammer und auf sein eigen Bett getragen.

Die dicke Ausgeberin, die mit der Magd schon vor der

Küchentür gestanden, ist emsig hinterhergetrabt: „Nun, Junker, da habt Ihr Sauberes angerichtet; da draußen nichts als Nacht und Unwetter, und der Chirurgus meilenweit da drüben in der Stadt!"

Der Junker hat kein Wort darauf erwidert, aber er ist fort- und nach dem Hof hinabgerannt; und kaum eine Stunde später hat er auf seines Vaters großem Rappen vor dem Stadttor angehalten. Als aber nach vielem Rufen ihm geöffnet worden, war auf den dunklen Gassen groß Gewimmel und Gejauchze; war doch am Nachmittage von gesamten Zimmerleuten aus Stadt und Amt der neue Galgen vor dem Ostertor in Präsenz des worthabenden Bürgermeisters aufgerichtet und ihnen dann frei Bier in großen Tonnen vom Magistrat verabreicht worden; da haben die anderen Gewerke auch nicht trocken sitzen wollen und sind auf den Abend viel lustiger Leute in der Stadt gewesen.

An einem Häuschen, das sich auch im Dunkeln durch die im Winde klappernden Becken kenntlich machte, hatte der Junker seinen Rappen angebunden. „Holla, Frau Meisterin, ist denn Ihr Mann noch auf den Beinen?"

Die alte Frau, die mit einem qualmenden Lämpchen im Hausflur vor ihm stand, gab keine Antwort; mit verstürztem Antlitz wandte sie sich um und lief in eine Kammer: „He, Nikolaus, Nikolaus!" hörte er sie rufen, „der Junker von Grieshuus steht draußen!"

Aber der Junker stand schon in der Kammer und vor der Bettstatt, wo der Amtschirurgus schnarchend und voll süßen Bieres auf den Kissen lag. Da haben er und die Frau Meisterin den trunkenen Mann mit gütlichen Worten sanft gerüttelt, bis die müde Seele wie aus eines Brunnens Tiefe an die Oberwelt gelangte; als aber die mageren Beine nicht aus der Bettstatt vorwärts wollten, hat der Junker zur Ermunterung mit seiner Peitsche hin und her geklatscht und, als die Frau darüber schier verschrocken worden, dem Manne selbst in Wams und Hosen helfen müssen. „So, Meister Nikolaus, Er braucht heut keine Sporen; und soll der Ritt ihm gut vergolten werden!" Dann hat er ihm den Mantel umgeworfen und den Hut aufs Haupt gestülpt: „Nun das Verbandzeug und das Apostalipflaster!"

Und eh er sich's versehen, hat der Amtschirurgus hinter

dem Junker hoch zu Roß gesessen, die Knie aufgezogen, die Hände um des Reiters Leib geklammert.

„Ade, Frau Meisterin!" Und unter des Junkers Sporen ist der hochbeinige Rappe durch die dunkeln Gassen hingeflogen, dann durch das Tor und über die Felder in die Nacht hinaus. Als sie, schon nahe an Grieshuus, bei der Kirche im Dorf vorüberbrausten, hat der Küster, der eben von einer Hochzeit kam, ein „Alle guten Geister!" ausgestoßen und gemeinet, daß ein Hexenpaar an ihm vorbeifliege; denn der Mantel des Amtschirurgus hat wie ein Weiberrock im Wind gestanden.

Und endlich klapperten des Rappen Hufen in der Torfahrt von Grieshuus.

„Da bring ich ihn, Gret-Lise!" rief der Junker fröhlich, als er den hageren Chirurgus vorab in die Kammer schob.

„Still, still, Junker Hinrich!" Und die wackere Alte, welche eben des Jungen Kopf mit Wasser kühlte, winkte dem Eintretenden abwehrend mit der Hand: „Hier liegt ein Kranker, den Ihr selbst gemacht habt."

Da warf der Junker sich vor dem Jungen an die Bettstatt: „Hans Christoph, verklag mich nicht da oben! Wir wollen's noch bei Lebzeit wettzumachen suchen!" Der Bursche aber richtete sich stöhnend auf dem Ellenbogen in die Höhe, so daß die Füße mit den groben Nagelschuhen, die man nicht abgenommen hatte, aus den Decken fuhren. „Junkherr", sagte er bittend, „dann lasset unsern Tiras auch von dem Balbierer doktern!"

„Den Tiras?" – Dem Junker wollte die Stimme nicht recht aus der Kehle, und eine Weile hat er ihm nur eifrig zugenickt. „Ja, ja, Hans Christoph, auch den Tiras!"

Und danach hat der Amtschirurgus, dem der Nachtwind allen Dunst vom Hirn gefeget, sein barmherzig Werk verrichtet; an dem Jungen erst, dann an dem Hunde; und an beiden ist die Kunst des Mannes nicht zuschanden worden.

Zwar hat der Herrensohn noch manche Nacht im Wechsel mit der unermüdlichen Gret-Lise Krankenwacht gehalten; als aber eines Morgens der weiße Hund mit Sprüngen in die Kammer tobte und dann der Junker rief: „Tiras, hallo, so gib Hans Christoph doch die Pfote!" da hat der

Junge vor Freuden hell aufgelacht und ist nach ein paar Tagen selbst vom Lager aufgestanden.

Nur nach dem blonden Dirnlein hat der Junker Hinrich noch manch ein Mal vergebens ausgeschaut, auch unterweilen sich verdrossen abgewandt, wenn statt ihrer ein verhutzelt Männlein mit Schriftwerk in der Hand den Anberg zu Grieshuus hinaufgestiegen ist.

– – Von dem jüngeren Zwillingsbruder, welcher derzeit in der Klosterschule zu Bordesholm gesessen, ist solcherlei Gewalttat niemals kundgeworden; als man später ihm davon berichtet, hat er zu beidem, was vor und nach geschehen, den Kopf geschüttelt und nur gesagt: „Er weiß nicht, was uns ziemet." Zu dem Bruder selbst hat er nie ein Wort davon geredet.

Auf der Universität zu Leipzig, die er bald danach beschritten, hat er seine Juridica und Humaniora mit Fleiß traktiert, auch sich in allen Dingen wohl verhalten, insonders bei der welschen Kleiderhoffart, die dort arg im Schwange ging, ein jedes Übermaß vermieden. Gleichwohl, da er eines Sonntagnachmittages während der Vakanzzeit mit dem Bruder durch das Dorf hinabschritt, reckten alle Bauern nebst Kindern und Gesinde den Hals aus Tür und Fenstern, um dem gelehrten Herrn in seiner Alamodekleidung, mit dem weißgepuderten Kopfe, Kniebändern und Manschetten, nachzuschauen. Als später Junker Hinrich den Weg allein zurückschritt, im grauen Wams, die Ledermütze mit der Falkenfeder auf dem dunkeln, kurzgestutzten Haar, da waren es nur die jungen Dirnen, welche möglichst weit die Augen auftaten; nur waren sie in die Tiefe des dunkeln Flurs zurückgetreten oder bargen sich hinter der offenen Haustür und sahen heimlich durch den Spalt, solange es irgend reichen mochte.

Es wäre nicht not gewesen, der Junker Hinrich hatte kein Auge für die Dirnen; sowenig, daß die jungen Knechte, die sich des doch hätten getrösten mögen, von ihm zu sagen pflegten, der Junker sei wohl schon ein Kerl; nur in dem einen nicht!

Um ein paar Jahre später hat gleichwohl auch ihm seine Stunde schlagen müssen; eine schicksalsschwere, mit der die letzte seines Hauses angebrochen ist.

– – Jene arge Zeit war damals über unser Land gekommen, deren Greuel unter dem Namen des „Polackenkrieges“ noch lange beim Bierkrug wie am Spinnrad im Gedächtnis blieben. Zwar unser Herzog führte keinen Krieg, er redete zum Frieden: aber von den Streitenden war der junge schwedische Kriegsfürst seiner Tochter Mann, der mißtrauische Dänenkönig war der Mitregent der Lande und schonte weder diese noch den Herzog, seinen Schwestersohn. Nicht dessen drückende Brandschatzung war indes das Schlimmste; aber ihm zu Hülfe überschwemmte fremdes Volk das Land: Kaiserliche und Brandenburger, am gefürchtetsten die Polen, unter denen Türken und Tataren mitzogen; sie plünderten und vergewaltigten und erschlugen, so sie es vermochten, was sich widersetzte.

Unter den trotz solchen Schreckens Couragierten zählte ein altes verbissenes Männlein, das zeit seines Lebens mehr die Feder als die Waffen geführt hatte. In seinen besten Jahren ein herzoglicher Kornschreiber, hatte er noch vor Schluß des Mannesalters eine städtische Waise zur Ehe einzufangen verstanden und seit diesem einträglichen Geschäfte seinen beschwerlichen Dienst quittiert. Er hatte drunten in der Stadt sich in dem Erbhaus seines Weibes eingerichtet, nach eigenem Behagen dem Schreibwerk obliegend, das ihm von Kirchen- oder Gasthausvorstehern oder andern mit der Feder ungewandten Bürgern genugsam angetragen wurde. Aber die Frau verstarb im ersten Kindbett und ließ ihm statt ihrer eine Tochter, deren spätere Schönheit man weder der Mutter noch dem überlebenden Vater nachzurechnen wußte. Diesem selber aber, so gern er sonst abends in der Schenke seine Weisheit ausgeboten hatte, war seitdem die Stadt verleidet worden; sei es ob so plötzlicher Verwaisung seines Hauses, sei es wegen Haders mit der Sippe seines Weibes, die das Neugeborene nicht in seinen Händen lassen wollte.

Nun war es schon über ein Jahrzehnt, daß abseit des Dorfes unterhalb Grieshuus sich zur Verwunderung der Bauern ein städtisch Männlein angesiedelt hatte, das Sommer und Winter in spitzem Hut und einem Vielfraßpelze in die Kirche ging. Das vom Hofherrn in Erbhäuer erworbene Grundstück hatte er zum Garten umschaffen, es dann mit Wällen einschließen und diese mit Weißbuchen und Hagedorn dicht bepflanzen lassen, so daß, als allmählich die Hecken aufgewachsen waren, die Giebelseite des kleinen Hauses wie aus einem grünen Nest hervorsah, während ringsum kahle Felder lagen.

Wer am Winterabend durch die kleinen Scheiben hier hineingesehen hätte, würde den Alten meistens mit der Feder in der Hand erblickt haben, vor einem Foliobogen gelblichen Papieres, worauf bei kargem Kerzenlichte ein Schreibwerk langsam weiterrückte. An Sommertagen mußte man ihn im Garten bei seinen Bienenkörben suchen, die dort gegen Osten in doppelten Reihen übereinander an dem hohen Zaune aufgestellt waren. Hier konnte man auch wohl das blonde Dirnlein sehen, das mit ihm eingezogen war; mitunter saßen sie beisammen auf einem Bänkchen unterhalb der grünen Hecke; der Alte hatte dann ein aufgeschlagen Buch in Händen und las ihr vor, oder er zeigte mit dem Finger und ließ die Kleine selber lesen. Ins Dorf hinunter kam sie nicht; nur eine Zeitlang, da sie größer worden, war sie wohl mit Schriften auf den Herrenhof gegangen, die ihr Vater für den alten Junker angefertigt hatte. Dann hatte auch dieses aufgehört; nun war sie seit Jahren nicht mehr gesehen worden: eine alte Frau in feinem Tuchmantel und verbrämter Kappe war mit ihr durch das Dorf und den Weg zur Stadt hinausgefahren, eine reiche „Möddersch", wie man sich erzählte; das Kind sollte was Besseres lernen, als hier im Dorf zu haben war, und in der großen Kirche eingesegnet werden. Auch später hatte die Möddersch sie nicht missen wollen; als aber jetzt die Tausende des fremden Kriegsvolks gegen die Stadt anrückten, hatte das Männlein, fast mit Gewalt, die Tochter in sein Gartennest zurückgeholt. Allein eben hieher sprengte der Krieg sein losestes Gesindel; schon einmal hatte er vor des Herzogs Freunden, den längst arg berufenen Schweden, das Kind so tief unter dem Dach versteckt gehalten, daß es danach mit einem Spinnwebhäubchen auf dem blonden Haar hervorgezogen wurde; was er aber jetzt bei hellem Sonnenschein durch eine Lücke des Gartenzaunes gegen sein Haus heranlaufen sah, die langen Schnauzbärte und die roten Mäntel, das mußten Polacken, wenn nicht gar Tataren sein!

Die Knie des kleinen Mannes schlotterten; erst eben hatte er droben hinter dem offenen Giebelfenster eine helle Stimme singen hören. „Bärbe, Bärbe!“ rief er an das Haus hinauf; „die Polacken, um Gottes Tod, schweig still!“

Als gleich danach ein angstvolles junges Antlitz aus dem Fenster fuhr, stand er schon wieder an seinem vorhin verlassenen Bienenstande, eine Drahtmaske vorgebunden, große Lederstulpen an den Händen. Hurtig rückte er einen kleinen Holztritt von einem Stock zum andern, und schon waren unter dem tönenden Gesumm der Bienen alle oberen Körbe umgekehrt und lehnten mit der offenen Seite an den Rand des Gartenzauns.

Der Alte nickte, ein grimmiges Lachen fuhr wie ein Schluchzen aus dem zahnlosen Munde; dann stieg er zum letzten Mal von seinem Tritt und steckte den Kopf mit dem wehenden Greishaar durch die Zaunlücke; als er aber die Kerle, voran ein schlanker Bursch mit gezogenem Pallasch, nach dem Hause zulaufen sah, winkte er ihnen mit der Hand und schrie laut umd immer lauter: „Paschól! Paschól!“ ein Wort, dessen Sinn er zwar nicht kannte, das ihm aber in Entstehung eines andern hier verwendbar scheinen mochte. Und wie er es gewollt hatte, die Polacken wandten sich und kamen mit Geschrei gegen die Zaunlücke hergestürmt; das Männlein aber nickte ihnen noch einmal zu; dann packte er mit beiden Händen eine Stange und schlug damit wie toll, Reih auf und ab, gegen die offenen Bienenkörbe: „Paschól! Paschól!“ schrie er; „und noch einmal Paschól!“ Und die wütend gemachten Tiere stürzten sich über den Zaun auf die erschreckten Strolche, und Flüche und Lustgeschrei wurden zu Geheul und der Ansturm zu einer wilden Flucht.

Als das kluge Männlein abermals durch den Zaun lugte, ist der Haufe schon fern gewesen; die Hände vor den Augen, rannten sie blind ins Weite; nur der Anführer hat sich noch einmal umgewandt und unter unverständlichem Geschrei wie drohend seine Faust erhoben.

– – Am Abend desselben Spätsommertages ist es gewesen; der Mond, der eben glührot aus den Nebeln aufgestiegen war, warf jetzt sein silberklares Licht in die Gassen des kleinen Dorfes, als unter einem der niedrigen Strohdächer die hohe Gestalt des Junkers Hinrich in den hellen Schein heraustrat, der kunstfertige Hufschmied mochte an der neuen Pannenbüchse, die jetzt über seiner Schulter hing, den einen oder anderen Fehl beseitigt haben. Mit ihm hatten zwei große Hunde sich zur Tür hinausgedrängt; der Tiras war nicht mehr darunter, zwei lohbraune Schweißhunde waren es, die ihn jetzt meistens zu begleiten pflegten, nicht nur zum Schutze gegen streifendes Gesindel; wie nach dem großen Krieg im Reiche draußen, so hatte auch hier das Raubzeug sich vermehrt, gar auf den Landtagen hatte man über die Ausrottung des grausamen Wolfs verhandelt und Beschluß gefaßt; in den Eichen von Grieshuus aber fand das Gezüchte insonders seinen Unterschlupf, und Junker Hinrich und der alte Jäger Owe Heikens waren ihm mit Fallen wie mit Hunden auf dem Nacken.

Die Hände auf den mächtigen Köpfen der zu beiden Seiten schreitenden Tiere, war er durch das Dorf hinausgegangen; das weite Feld lag vor ihm; nur drüben wie im Nebel erhob sich das umbuschte Heimwesen einer Menschenwohnung. Langsam schritt er durch die Nachtstille aufwärts; da scholl von dort ein Schrei zu ihm herüber, ein „Hülfe! Mordio, Hülfe!“ aus der Kehle eines Weibes, wohl eher eines Kindes, so daß er horchend stillstand und seine beiden Begleiter schnobernd die Lefzen von den weißen Zähnen zogen.

Nur einen Augenblick, dann bog er seitwärts in einen schmalen Weg, und bald schlich er, die Hunde hinter sich, das Schloß der Büchse mit den Fingern prüfend, unter überhängenden Büschen an einem Gartenzaun entlang. Durch die Laubwand von der anderen Seite kam ein Gesumme, wie spätabends aus Bienenkörben, bevor alles darin zur Ruhe geht. Bald aber schlugen andere Laute an sein Ohr: ein Krächzen wie aus der Kehle eines Gewürgten, dazwischen von ein paar heiseren Stimmen: „Ruf doch der Bien! Alte Paschól, ruf doch der Bien!“ Ein wildes Lachen folgte; aber eine Antwort kam nicht darauf; nur in den Bienenkörben summte es schläfrig weiter, und von drüben erhob sich eine Unruhe wie von verzweifelter, aber schwacher Gegenwehr.

Die Zaunlücke, welche dem Junker jetzt zur Seite lag, gestattete einen Durchblick nach dem Garten; aber ein jäher wortloser Schrei der jungen Weiberstimme ließ ihn nur zum stummen Zeichen seine Hand ausstrecken; und mit dem tiefen, dumpfgezogenen Laut, der dieser Rasse eigen, schossen die Hunde, einer hart am andern, durch die Öffnung; Geschrei und Flüche folgten gleich danach; dann ward es still.

Als Junker Hinrich selber in dem Garten stand, hatte jedes der beiden Tiere seinen Mann gestellt; ihr heißer Rachen mit den blanken Zähnen lag, hier wie dort, vor einem dick verschwollenen Angesicht, aus dem das Weiß des Auges nur noch kaum hervorschien. Aber kein Weib, weder ein altes noch ein junges, war zu sehen. Ein schlotterndes Männlein mit fast haarlosem Kopfe stand zwischen den beiden Strolchen, das Ende eines langen Stricks am Halse.

„Ist Er es, Kornschreiber?“ rief der Junker; „da wär Er wohl nahzu gehangen worden! Ich dachte einen Jungfernschrei zu hören.“

Der Alte bewegte den Kopf, wie um die Wirbel seines Genicks zu prüfen; dann nickte er heftig und streckte die mageren Hände vor sich hin.

„Halt fest, Türk! Fest, Hassan!“ raunte der Junker zwischen den Zähnen seinen Hunden zu; dann zog er den Strick vom Hals des alten Mannes, und damit und noch einem andern, den die Kerle nebst ihren Säbeln auf den Grund geworfen hatten, waren ihnen bald die Hände auf dem Rücken festgeschnürt. Nur einmal versuchten sie eine Gegenrede; das Knurren und der heiße Brodem aus dem Hunderachen hielt sie lautlos am Boden festgebannt.

Der Junker aber hatte unter ihrem Wams einen Fetzen der grünen schwedischen Feldbinde in die Hand bekommen: „Hoho“, rief er, „ihr wolltet auch Polacken spielen; aber wir haben feste Keller in Grieshuus! Paß, Türk! Paß, Hassan!“ Und der Zug setzte sich nach dem Hause zu in Marsch, neben welchem eine Pforte in das Freie führte. Doch der Schritt des Junkers stockte; denn seitwärts sah er ein Weib am Stamme eines Baumes stehen: „He, Jungfer“, rief er lustig, „ist Sie es, die vorhin geschrien hat? Sie hätt mir bei der sauberen Arbeit helfen sollen!“

Es blieb alles still; erst als er näher trat, erkannte er eine jugendliche Gestalt, die mit Stricken an den Baum gebunden war; der Kopf war auf die Brust gesunken, der Mond beleuchtete ein schönes Antlitz mit geschlossenen Augen. „Kanaillen!" schrie er; „verfluchte!" Aber er verstummte, als das schöne Haupt sich aufrichtete und ein paar blaue Augen wie verwirrt zu ihm herüberblickten.

Junker Hinrich hatte die Kappe von seinem dunkeln Haupt gelüftet, ehrerbietiger fast als einst vor seiner gräflichen Muhme, da sie Grieshuus mit ihrer Gegenwart beehrt hatte; zaghaft, die Augen unablässig nach dem blassen Antlitz, trat er näher: „Wer seid Ihr?" frug er zögernd. „Wie kommt Ihr in das Heimwesen dieses Mannes?"

Schon streckte er die Hände aus, um die Stricke von dem schlanken Leib zu lösen; aber ein dumpfer wütender Anschlag der beiden Hunde fuhr dazwischen. Da war er mit ein paar Sprüngen wiederum an ihrer Seite; er sah es wohl, der eine der Marodeure hatte entwischen wollen; doch die Tatzen des größten Hundes lagen ihm schon wie Eisenklammern an dem Nacken.

Noch einen Blick warf der Junker nach der Gefesselten; aber der Kornschreiber war zu ihr herangekeucht, und seine Gestalt verdeckte die kindliche des Mädchens, während er an der Ablösung der Stricke sich zu mühen schien. „Sind sie fort?" hörte der Junker ihn noch fragen. „Sind sie alle fort?" Und die junge zitternde Stimme frug dagegen: „Wen meint Er, Vater; die Polacken?"

„Ja, ja, Kind; die Polacken, der Junker, alle miteinander!"

Dann war er mit seinen Gefangenen schon draußen vor dem Hause. Als er nach dem Hauptwege hinunterblickte, sah er einen stämmigen Burschen auf sich zuschreiten: „Hans Christoph!" rief er. „Bist du's, Hans Christoph?"

„Ja, Herr; ich war im Dorfe noch bei meiner Mutter; da auf dem Rückweg, von hier herüber, hört ich Eure Hunde."

Der Junker stand einen Augenblick: „So können wir sie hier lassen; es könnt vor morgen noch einmal Besuch kommen."

Er hatte auf die beiden Strolche hingewiesen; dann bückte er sich zu den Hunden und raunte jedem ein Wort ins Ohr; und die mächtigen Tiere, in widerwilligem Gehorsam, streckten sich zu beiden Seiten der Haustür auf den Boden.

Hans Christoph hatte verwundert zugeschaut. „Herr Junker", sagte er, als ob er's nicht verhalten könne; „so Raubkerle haben oft verflixte Puffer; wollt Ihr um den alten Schreiber Eure schönen Hunde wagen?"

Der Junker sah ihn an, als ob er sich besinnen müsse: „Um den Kornschreiber, meinst du? O ja, Hans Christoph; auch um den Kornschreiber!"

Und der Zug setzte sich gegen den Hof zu in Bewegung, während die Augen der Hunde ihnen nachsahen, bis sie über den Feldern in dem ungewissen Licht des Mondes nicht mehr sichtbar waren.

– – Zu Grieshuus war mittlerweile große Unruh eingebrochen; schwedische Einquartierung war gekommen, in den Scheuern und auf dem Hofe drängte es sich von Pferden und Soldaten; drinnen im Herrenhause saßen die Offiziere hinter vollen Bechern, während der alte Herr voll Ungeduld nach seinem Sohne aussah. Als dieser mit den beiden Marodierern anlangte, fand er nach Verwahrung derselben zwar einen Profoß bei dem Kriegshaufen, bei den Hauptleuten aber geringe Lust, den Strolchen zur wohlverdienten Strafe zu verhelfen. Um so mehr flogen in dem nächtlichen Tumulte seine Gedanken immer wieder nach dem einsamen Hause, wo jetzt seine beiden Hunde Wache hielten; aber er konnte nicht fort, es gab zu viel zu schaffen und zu hüten.

Als draußen am Rand der Talmulde schon die Morgensonne auf den Heideblüten schimmerte, sah er Hans Christoph aus einem der Ställe treten, in denen jetzt die schwedischen Dragoner bei ihren Pferden schliefen. Dann winkte er ihn zu sich, er solle nach des Kornschreibers Haus hinabgehen und Futter für die Hunde mit sich nehmen; aber er solle sie dort lassen, nur sich nach allem umtun und ohne Aufenthalt Bericht erstatten.

Wohl zehnmal ist der Junker nach des Burschen Fortgang aus der Torfahrt getreten, um auf den Weg zum Dorf hinabzusehen; als aber endlich die untersetzte Gestalt desselben in den schrägen Sonnenstrahlen wieder sichtbar wurde, da sah er auch die beiden Hunde ihm zur Seite traben. „Hoho, Hans Christoph!“ rief er, indem er ihm entgegenschritt, „ich hatte gesagt, du sollt’st die Hunde dort lassen.“

Hans Christoph zupfte sich an seinem dichten Flachshaar: „Ja, Herr, ich hätte sie auch liegen lassen, obschon sie bettelhaft mit den Schwänzen klopften; aber es ist niemand mehr im Hause dagewesen.“

Junker Hinrich hatte die Hunde fortgestoßen, die vor Freude winselnd an ihm aufgesprungen waren: „Sprich weiter, Christoph!“ rief er. „Ist doch ein Unheil losgebrochen?“

Aber es gab kein Unheil zu berichten; der Kornschreiber war vor Sonnenaufgang mit seiner Tochter zu Owe Heikens in den Turm hinaufgezogen. Er war Geschwisterkind mit ihm und pflegte auch allherbstlich, wenn er an den jährlichen Holzrechnungen mitgeholfen hatte, die Martinsgans dort mitzuspeisen. Hans Christoph war dem Burschen noch begegnet, der den Flüchtenden ein paar Bettstücke durch die Eichen nachgekarrt hatte. „Für so schmucke Jungfern“, sagte er schmunzelnd, „können anitzo die Mauern nicht zu fest sein.“ Er sah es nicht, welch finsteren Blick der Junker ihm bei seiner munteren Rede zuwarf; er hatte noch immer zu erzählen; auch, wie der Bauer ihm berichtet hatte, daß sie vor den großen Hunden sich gefürchtet und gar hehlings durch den Garten abgezogen seien.

Hans Christoph konnte ungehindert reden; schweigend, den Schnauzbart mit den Fingern drehend, stieg der Junker neben ihm den Anberg zum Tore von Grieshuus hinauf.

Schon fast seit einer Woche waren die Schweden abgezogen, und noch war der Junker nicht drüben in dem Turm gewesen, obgleich er sonst kaum einen Tag um den anderen hatte verstreichen lassen, ohne bei dem alten Owe Heikens einzusprechen; fast war’s, als scheue er sich, den jetzt dort wohnenden Gästen zu begegnen. Da kam die Kunde, daß eine Abteilung desselben Kriegsvolkes, welches jenseit des Waldes in der dortigen Flußniederung lagere, zu Zeltstangen und Faschinen die besten Bäume aus den jungen

Eichenschlägen haue und schon bösliche Verwüstung angerichtet habe. Der alte Herr, der auf seinen Wald gar große Stücke hielt, ergrimmte heftig; der Junker sollte fort und mit den Offizieren unterhandeln, auch den Jäger Owe Heikens mit sich nehmen, um etwa nach dessen Anweisung aus anderen Schlägen Holz zum Kriegsbedarfe anzubieten.

Es war schon hoch am Vormittage, als Junker Hinrich mit raschen Schritten in den Heidestieg hinabging; aber sie wurden langsamer, je klarer drüben das stumpfe Turmhaus vor ihm aufstieg. Mit seinem oberen Stockwerke überragte es die hohe Mauer, welche zum Schutze gegen streifendes Raubgetier den davor liegenden Hof umschloß; das rote Tor derselben leuchtete weithin in der Herbstsonne. Die Heide hatte abgeblüht; dafür begannen schon die Eichen, welche den Bau umstanden, ihre Blätter bunt zu färben; lautlose Stille herrschte, die Zweige, die sich über das Dach erstreckten, lagen ohne Regung auf den schwarzbraunen Pfannen.

Der Junker stand schon oben und hatte den Griff der Pforte in der Hand, als von jenseit der Mauer der jähe Aufschrei eines Huhnes an sein Ohr schlug. „Holla!" rief er und erschrak fast selbst vor seinem lauten Ruf; „ist wieder mal der Falk hineingestoßen?"

Er hatte das Tor geöffnet; aber es war kein Falke aufgeflogen; statt dessen sah er drüben neben der Haustür das schöne Mädchen aus des Kornschreibers Garten auf dem großen Feldstein sitzen. Zwischen ihren Knien hielt sie ein schwarzes Huhn, das krächzend mit den Flügeln schlug und mit dem Schnabel nach der blonden Flechte hackte, die in ihren Schoß herabgestürzt war.

„Sie ist es, Jungfer!" sagte Herr Hinrich, indes er zögernd näher trat, und sah nun erst, daß ihr in der anderen Hand ein Messer blitzte.

Das erhitzte Köpfchen, das rückwärts gegen die Mauer lehnte, hatte sich aufgerichtet: „Ich kann nicht!" sprach sie wie zu sich selber. Sie grüßte nicht, nur ihre blauen Augen blickten ratlos und fast hülfesuchend auf den vor ihr Stehenden.

„Was könnet Ihr nicht, Jungfer?" frug Junker Hinrich, als ob er plötzlich einen Schalksstreich berge.

Da kam ein kläglich Lächeln auf des Mädchens Antlitz; sie hub das Huhn empor und sagte: „Der Ohm, da er mit dem Knecht früh in den Wald ging, hat es mir geschenkt; mein Vater verträgt anitzo nicht die rauhe Kost."

– „Ist denn dein Vater krank?"

„Er ist alt, Herr; das jüngsthin in der Nacht, Ihr wisset ja, er hat das nicht verwinden können." Dann stand sie plötzlich mit heißem Antlitz vor ihm: „Zürnet auch nicht, Herr Junker; ich hätt's Euch tausendmal schon danken sollen!"

Sie hatte das Messer samt dem Tiere fahren lassen; doch Junker Hinrich hatte sich gebückt und beides aufgegriffen: „Vergeßt nur nicht auf Eures Vaters Süpplein, Jungfer!" sagte er.

Dann aber tat das schöne Mädchen gleichzeitig mit dem Huhne einen lauten Schrei, denn ein Blutstrahl war emporgeschossen, gar ein paar Tropfen standen rot auf ihrer weißen Schürze. „Ihr habt es totgemacht!" rief sie und sah bestürzt auf den noch zuckenden Vogel, den er jetzt nebst dem Messer auf den Steinsitz niederlegte.

„Ich wollt's dir abnehmen, Bärbe", sprach er; „aber nun fürchtest du dich wieder vor mir, wie dazumal die kleine Bärbe, die dann nimmermehr auf unsern Hof gekommen ist; und, freilich, ich hatte ihr Ursach vollauf dazu gegeben."

„Nein, o nein, Herr Junker!" Und sie sah wie eine Schuldige zu Boden. „Lasset doch das, Ihr waret dermalen noch so jung! – Itzt, ich weiß es, und alle wissen es, auch drüben in der Stadt – Ihr könntet keinem Kind ein Leides tun!"

Den Junker Hinrich überkam's: „Sprecht mich nicht heilig, Jungfer Bärbe; das mit dem Christoph mag schon ruhen bleiben; aber ein anderes ist noch, das sich nicht mehr bessern läßt."

„Um Gott, Herr Junker!" rief sie, „Ihr habet doch nicht gar ein Menschenleben auf der Seele?"

Er schüttelte den Kopf: „Nein, Bärbe, es ist nur ein Hund, ein weißer Hund! Aber er steht oft nachts vor meinem Bette und schaut mich an, als wollt er mir die Hände lecken; und ich hab ihn doch selbst im jähen Zorn erschlagen, da er nicht mit den anderen auf den Wolf wollte, den Owe und ich nach langer Jagd gestellet hatten."

„Tiras!" rief das Mädchen. „Euren guten Tiras?"

Er nickte: „Und ich konnt's nicht einmal von ihm verlangen; es war ein Hund nur auf das leichte Wild und gegen seine Natur, den Wolf zu packen."

„O Junker", und sie streckte wie ein Kind die Hände gegen ihn; „tut doch solches nimmer wieder!"

Er ergriff sie heftig: „Nein, nein, so Gott mir helfe; man müßte mir denn ans Leben wollen!"

Die blauen Augen sahen strahlend in die seinen: „Merket", sprach sie leise, „das war ein Schwur!"

Und der Junker nickte: „Nur um mein Leben, Bärbe!"

Von droben aus dem Hause, gegen die kleinen Fensterscheiben, pochte eine schwache Hand, und „Bärbe! Bärbe!" scholl es wie mühsam von einer matten Stimme. Aber noch immer lagen die Hände ineinander.

Und noch einmal, und wie in ohnmächtiger Ungeduld, pochte es droben an das Fenster: „Mein Vater!" rief das Mädchen; und dann leiser: „Ihr hattet wohl mit meinem Ohm zu reden, Junker!"

„Ihr mahnet recht, Jungfer", sagte er und ließ nur zögernd ihre kleinen Hände fahren; „und auch Euer Huhn verlangt wohl nach dem Feuer. Mir aber ist, Ihr hättet eine Last von mir genommen; wollet nun dulden, daß ich solches nimmermehr vergesse!"

Dann war er durch das Tor hinausgeschritten; sie aber stand noch, bis bei einem dritten Pochen die Splitter der zerbrochenen Scheibe ihr zu Füßen klirrten; da schrak sie empor und flog eilig durch die Haustür und treppauf nach ihres Vaters Kammer.

Es mußte wohl gewesen sein, daß der Junker etwas nicht hatte vergessen können; denn seit jenem Tage, auch nachdem im Punkt des Waldverwüstens den Wünschen des alten Herrn mit Glimpf genügt worden, ist immer eine andere Ursach aufgestanden, die den Junker den Heidestieg hinab und zu des Jägers Haus getrieben hat; dann aber, da schon die gelben Blätter wie Vogelschwärme von den Bäumen flogen, begann er plötzlich den offenen Heidegrund zu meiden und oberhalb der Mulde durch die Eichen sich den Weg zu machen; die Hunde, die ihn sonst begleiteten, wurden in den Stall geschlossen und winselten ihm vergebens durch die Pforte nach. Dem Kornschreiber konnten diese Gänge nicht wohl gelten: der hatte von jener Nacht im Garten eine Lähmung und saß im oberen Stockwerk in des Jägers Lehnstuhl, von dem Junker aber wurde die Schwelle des alten Turmbaues itzt fast selten überschritten; auch traf es sich zumeist nur um die Zeit des Vormittags, wo Owe Heikens mit dem Knecht im Walde war. Kein Menschenauge, nur die Amseln, die noch durch die fast entblätterten Zweige hüpften, konnten es gesehen haben, daß dann ein Mädchen ihr blondes Haupt an seine Brust legte und seine Arme sie so sanft und doch so fest umfingen, als ob er gegen Feindesmacht sie schützen müsse.

Aber auch von heimlichster Liebe geht ein Schimmer aus, der sie verrät. Als eines Vormittags der Junker, das Haupt von jungem Glücke schwer, aus den hohen Bäumen hart an dem Turmhaus vorgeschritten war, sprach eine Stimme neben ihm: „Ich bin daheim geblieben, Junker, damit Ihr mich nicht allzeit verfehlen möget."

Junker Hinrich brauchte nicht erst aufzublicken; er kannte Owe Heikens' Stimme schon seit seinen Kinderjahren; aber er war doch zusammengefahren und stand keines Wortes mächtig vor dem alten Freund und Diener, obwohl kein Arg in seinem Herzen war. Da sprach dieser von neuem: „Lasset uns wie sonst den Wolf jagen, Junker, oder eine Wildsau, wenn wieder trotz des Grauhunds sich eine hier herüberwagt; aber lasset das Kind in Frieden, das itzt unter meinem Dache schläft."

Der Junker hob den Kopf, als ob er sprechen wolle. „Nein, redet nicht, Junker!" wehrte ihm der Alte; „ich weiß ja, was Ihr in Gedanken heget; Ihr seid nicht wie die andern drüben in des Königs Anteil, wo man ein Gesetz will ausgehen lassen, daß alle Jungfernschänder, hoch und nieder, es an Leib und Leben büßen müssen . . ."

Er kam nicht weiter. Herr Hinrich hatte strack sich aufgerichtet, ein jähes Feuer schoß aus seinen Augen: „Owe Heikens!" schrie er, und seine Faust griff nach des Alten Brust. Doch einen Augenblick nur, und er ließ sie wieder sinken;

denn von drüben aus dem Turm scholl es, als ob drinnen leichte Füße die Treppe von dem oberen Stock hinunterhuschten, und dabei schwang ein süßer Sang sich durch die Luft:

„Sein Herz von meinem Herzen,
Das bringet niemand los;
O lieber Gott im Himmel,
Die Lieb ist gar zu groß!"

Mit verklärtem Antlitz stand der Junker; doch Owe Heikens sagte: „Sorget nicht, Herr Hinrich; sie wird nicht kommen heut; das Tor ist abgeschlossen und der Schlüssel hier in meinem Schubsack!"

Er hatte das fast zornig hingeredet; doch der Junker achtete dessen nicht: „Laß gut sein, Owe", sprach er; „aber ich denke, du solltest mich nicht mit derlei Schelmenworten paaren!"

„Wenn Ihr das denkt, Herr Hinrich", und der Alte sah schier traurig zu ihm auf, „was denket Ihr dann weiter? In welcher Kammer in Eures Vaters Hause soll Euer Ehbett mit des geringen Mannes Tochter stehen? Oder wolltet Ihr Euer Erbe gar darum verspielen? Und wenn Ihr es wolltet – ich sag nichts gegen unseres Herrn Söhne; aber es würde groß Klagen geben, so Euer hochgelahrter Herr Bruder hier zum Regiment gelangte."

Da fuhr der Junker auf: „Du faselst, Ow'; wie sollten meines Bruders Hände nach meinem Gute greifen! Wenn unseres Vaters Augen, die Gott noch lang in dieser Zeitlichkeit belassen wolle, sich einst zu besserer Schau geschlossen haben, dann werden meine über euch sein, so wie es immer Recht und Brauch bei uns gewesen ist."

Als er solches sagte, wurde inner des Hoftores wie von vorsichtiger Hand ein Rütteln hörbar. „Bärbe!" rief der Junker. „Schließ auf, Owe! Da sollst du sehen, daß Gottes Sonne uns bescheinen mag und keine Flecken dann zutage kommen!"

Aber der Alte zog den Schlüssel nicht aus seinem Schubsack. „Nein, nein, Herr Hinrich, ich schließ Euch keine Türen auf; wollet das nicht von mir heischen, so Ihr mich anders für unseres Herren Diener achtet!"

Der Junker sah ihn eine Weile mit seinen scharfen Augen an, dann sagte er: „Ich kann dich drum nicht schelten, Owe Heikens; sehe denn jeder, welcher Weg ihm taugen mag!“

Von jenseit durch die Pforte drang ein leichtes Atmen an sein Ohr; seine Augen streiften rasch dahin; dann aber nickte er dem Alten zu und schritt den Heidestieg hinab.

Sein Herz von deinem Herzen,
Das bringet niemand los!
O lieber Gott im Himmel –

Halb wie ein Trutzlied klang das schöne Liebeslied, und er sang es hell und heller, je weiter er durch das schwarze Kraut hinausschritt; die Lüfte, die ihm entgegenwehten, nahmen es auf und fuhren damit rückwärts; kein Wörtlein ist davon verloren gangen.

Es heißt wohl: „Liebe findet ihre Wege“, aber dem Junker waren sie seither doch arg verlegt worden. Es schuf ihm unliebsames Grübeln, weshalb der alte Herr, und eben zwar am Vormittage, seiner Hülfe so sonderlich mehr als sonst bedürfen wolle. War es nichts anderes, so waren Rechnungen aufzustellen oder für Rotuln und Rezesse in einem zähen Rechtshandel mit der Nachbarsdorfschaft Instruktionen aufzusetzen oder verschwundenen Dokumenten im Bodenschutte nachzustöbern; es fehlte selten etwas, um ihn festzuhalten.

Hatte er sich dennoch einmal fortgestohlen, dann ging die Furcht mit ihm, er möge drüben die Gäste durch seinen Vater ausgetrieben finden. Freilich tröstete ihn bald im Näherkommen, wenn nicht das Pergamentgesicht des Kornschreibers, das hinter dem Fenster im Oberbau sichtbar wurde, so doch ein trocknes Husten, das von dort herniederzitterte. Aber schon beim Eintritt kam Owe Heikens ihm entgegen, und das Schmunzeln, das dabei unter dessen grauem Schnauzbart zuckte, brachte oft ein wildes Funkeln in des Junkers Augen; dann aber scholl wohl ein leichter

Fußtritt von oben durch die Zimmerdecke, und er horchte nur auf dessen Wiederkehr und ließ den Alten über Kriegsvolk und Bauern, über Wild und Wälder reden.

Am besten traf er es gleichwohl, wenn das Tor verschlossen war; dann hatten von oben junge Augen nach ihm ausgespäht; und bald, während auf den kahlen Bäumen die Raben vor Frost und Hunger schrien, drangen heiße Worte durch die trennenden Bohlen hin und wider.

– – So war das neue Jahr gekommen. Die Kriegsunruhen dauerten fort; der junge Herzog Christian Albrecht war in seiner festen Stadt am Eiderstrome von den Dänen eingeschlossen; nur sein Vater, unser Herzog Friedrich, war schon vor dem Herbst auf immer zu dem von ihm ersehnten Frieden eingegangen. Trotz alle diesem war um octavis trium regum in der herzoglichen Stadt ob dem Kiele die Ritterschaft nicht minder zahlreich als sonst vertreten; denn das Geld war knapp geworden, und dort, im Umschlage, konnte man solches zu bekommen hoffen.

Auch Junker Hinrich hatte auf des alten Herrn Geheiß sich dahin auf die Reise machen müssen. Zwar nicht um Geldnegozen abzuschließen; aber der jüngere Junker Detlev, der in der Kanzlei zu Gottorf unter des Herzogs Minister Kielmannsegge bereits einen ansehnlichen Platz bekleidete, sollte dort mit einer adeligen Jungfer aus alterbgesessenem Geschlecht sein Verlöbnis feiern; und Junker Hinrich hatte die Vermahnung mitbekommen, sich bei dem Tanze auf dem Rathaussaal in gleicher Weise umzutun; denn derzeit pflegten bei diesen Geschäftsreisen die Herren ihre Frauen und Töchter nicht daheim zu lassen, die auch heuer trotz der widrigen Zeitläufte die selten gebotene Lustbarkeit nicht würden meiden wollen. – Der alte Herr aber saß an jenem Abend, von der Gicht, der Alterskrankheit unseres Landes, geplagt, allein in seinem Gemache zu Grieshuus und warf einen Holzscheit nach dem anderen in die Flamme des Kamins, die an den weißgetünchten Wänden über seit lang zur Ruh gestellte Waffen und über das Bildnis eines längst begrabenen Weibes ihre roten Lichter spielen ließ. Nur unten in der großen Gesindestube, von wo kein Laut hinaufdrang, ging es bei süßem Brei und Braten laut und lustig her; von dem vornehmen

Bräutigam freilich war nicht viel die Rede: die Jüngeren entsannen sich seiner kaum; war er doch fast fremd geworden in der Heimat.

– – Bei seiner Rückkehr mochte Junker Hinrich nicht eben nach des Vaters Wunsch berichtet haben: den Bräutigam hatte er meist nur inmitten der neuen Sippschaft oder sonstiger großer Grundherren angetroffen, am Festesabend auch wohl mit einzelnen Offizieren des Königs, die man dort nicht hatte auslassen wollen oder können; dem Vater und den Dingen von zu Hause hatte derselbe obenhin nur nachgefragt; die geschminkten Angesichter aber der trotz aller Not des Landes mit güldenen Flören, Ringen und Kettlein übermäßig aufgeputzten Tänzerinnen hatten es dem Junker nicht abgewinnen können; die Braut gar, an deren hochgepufftem Haar der zyprische Puder die natürliche Fuchsfarbe nicht hatte verbergen können, war ihm – er sprach das nur zu sich selber – wie eine angestrichene Jesabel vorgekommen. Freilich war er, da eben die Geiger eine neue französische Gavotte angestrichen, gar von ihr selbst zum Tanz gefordert worden; aber nach ein paar Gängen hatten ihre schmalen Lippen sich verzogen: „Ihr verstehet sicherlich die alten Tänze besser!" Und damit hatte sie ihn frostig angeschaut und seine Arme wieder fahrenlassen.

– – Daheim, und schon am andern Vormittage, glückte es dem Junker Hinrich besser. Im Turmhaus über der Heide, wo man noch nicht von seiner Rückkunft wußte, fand er die Türen unverschlossen; nur des gelähmten Mannes Husten zitterte vom Oberbau herab, da er unten in des Jägers Zimmer trat. Noch eine Weile stand er einsam: dann hing ein jugendlicher Leib in seinen Armen; ein blonder Kopf, ein schönes Antlitz drängte sich mit geschlossenen Augen gegen seine Brust.

„Du zitterst, Bärbe!" sprach er.

„Ja, weil du wieder da bist, Hinrich!" und sie schloß noch fester ihre Hände um des Mannes Nacken.

Wie ehrfürchtig vor der jungfräulichen Schönheit strich seine Hand über ihre Wange, über ihr seidenweiches Haar. Dann überkam's ihn wie ein Übermut des Glückes, und er erzählte von seinem Reiseabenteuer, von den alamodisch

aufgeputzten Frauenzimmern und wie übel ihm der neue Tanz bekommen sei; und da sie lachte, sprach er neckend: „Was meinst du, Liebste, wenn wir beide erst unter all den zieren Puppen tanzen?“

Aber sie schlug die Augen angstvoll zu ihm auf: „Nein, nein; was sagst du, Hinrich?“

Er sah sie lang und zärtlich an: „Nichts, Bärbe; aber ich halte dich; du darfst dich nicht so fürchten!“

Da scholl der Anschlag großer Hunde aus dem Walde; Owe Heikens kam mit seinem Knechte wieder heim. Aber das Gemach war leer, als er hineintrat, und nur die Hunde gingen spürend darin hin und wider.

Am Sonntage danach war, wie immer, das schwere herrschaftliche Fuhrwerk mit den roten Rädern an der Kirche aufgefahren; die Rappen standen angebunden an den Eisenringen der Kapellenmauer. Drinnen hielt der Pastor eine scharfe Predigt wider die Schwarmgeister und Wiedertäufer, die drüben in der Stadt aufs neue ihr Unwerk auszubreiten suchten; er schien sie gar leibhaftig vor sich zu haben, denn er riß das schwarze Käppchen von seinem grauen Haupt und dräuete damit in die volle Kirche hinunter. Der alte Herr von Grieshuus in seinem Patronatsstuhl droben vor dem Altar nickte eifrig seinem Pastor zu; die Bauern aber saßen mit schläfrigen Gesichtern; was kümmerten sie alle Schwarmgeister? Die Schatzung und das fremde Kriegsvolk saßen ihnen fühlbarer auf dem Nacken. Selbst für den stattlichen Junker an des Vaters Seite schien dieses Kanzelfeuer ganz verloren; seine Augen gingen immer wieder nach einem der Gestühlte unten, bis es wie Nebel ihm zerrann oder bis aus blauen Augen ein scheuer Blick zu ihm hinüberflog.

Als endlich am Schluß des Gottesdienstes der Pastor vor dem Altar die Kollekte verlesen und die Gemeinde ihr „Amen“ respondiert hatte, blieb noch alles in den Kirchenständen, während die Herrschaft in die Kirche hinab und zwischen denselben dem Ausgange zuschritt. Der alte Herr aber ließ diesmal seinen Junker vor sich hergehen und streifte mit einem finsteren Blick das blonde Mädchen, das an der Seite seines alten Jägers sich von ihrem Sitz erhoben hatte.

Draußen in seinem Wagen hieß er den Fuhrknecht warten, bis der Pastor aus der Kirche trat; dann winkte er diesen heran und drückte ihm die Hand, und die Leute, welche jetzt, der Abfahrt ihrer Herrschaft harrend, zwischen den Gräbern umherstanden, hörten ihn dabei sagen: „Hol der Teufel alle Rottengeister, Pastor! Aber komm Er auf den Nachmittag zu mir; ein guter Trunk ist etwan auch noch in dem Keller!“

– – Zu Grieshuus warf am Nachmittage die Wintersonne ihre schrägen Strahlen durch das Fenster über dem Hauptportale, während drinnen im Kamin die großen Scheite loderten. Aber der Hausherr war noch allein; das sonst bleiche Antlitz des alten Junkers war gerötet; mit aufgestützter Faust stand er an dem breiten Eichentisch, von dem es hieß, er sei einst mit dem Hause hier hineingebaut, und die freie Hand fuhr unruhig über das kurzgeschorene Haupthaar. Auf dem Tische neben einem halbgefüllten Glase lag ein grob gedrucktes Blatt; es war die königliche Konstitution „von dem Amte und der Potestät der Kirchen wider die Unbußfertigen“, welche unlängst auch in dem herzoglichen Teile publiziert war. Der Kirchenbann, der bis zur Sühne von dem Abendmahl und von dem Platz in der Gemeinde ausschloß, war längst zwar eingeführt; aber das neuere Gesetz gab nähere Vorschrift über den Vollzug und wie dadurch die Lücken der weltlichen Gerechtigkeit zu füllen seien.

Der Junker hatte vorhin das Blatt aus der Hand gelegt; jetzt griff er wiederum danach; er schien zu grübeln, wie er es in seinem Dienst verwenden könne.

Schon mehrmals hatte es von draußen an der Tür gepocht, ohne daß ein Ruf darauf erfolgt war; jetzt wurde sie gleichwohl geöffnet, und der Gutsherr fuhr aus seinem Sinnen auf: „Er ist es, Pastor? Gut, daß Er gekommen ist.“

Nachdem derselbe dann ein zweites Glas gefüllt und der Pastor ihm daraus Bescheid getan hatte, schritt letzterer zu einem kleinen Tische an dem Mittelfenster, schüttete aus einem Kästchen die in Buchs geschnitzten Figuren eines Schachspiels und stellte sie auf die in die Tischplatte eingelegten Felder, ein schweigend übernommenes Amt, das er bei seinen Besuchen stets zu üben pflegte.

Auch heute ließ der Hausherr ihn gewähren, und bald saßen beide sich gegenüber: der geistliche Herr im schwarzen Talar, das gleichfarbige Käppchen auf dem dünnen Haare, das an den hageren Schläfen niederhing; der andre im bequemen Hauskleid, das er oft zur Seite schlug, als ob es ihn beklemme; der Wein stand neben ihnen, und der Junker stürzte oft sein Glas hinunter. Aber sein Spiel war nicht wie sonst, wo er nach kurzer Weile dem Pastor ein „Viktoria!" zuzurufen pflegte; heut hatte er schon mehrmals auf bescheidene Erinnerung desselben seinen Zug zurückgenommen; aber immer wieder schob er Bauern und Offiziere unachtlich über die Felder und faßte sie, als ob er sie zerbrechen möchte.

„Mein Herr Patron", sagte der Pastor, „wälzt wichtigere Dinge in Gedanken; Eure Dame steht abermals im Schach!"

Da schob der Junker das Tischlein von sich, daß die Figuren durcheinanderstürzten. „Das Spiel ein andermal! Ich hab mit Ihm zu reden, Pastor!"

Er war aufgestanden, und bald wanderten beide im Zwiegespräche auf und ab. Der Geistliche hatte mehr und mehr das Haupt erhoben, seine Antworten wurden kurz und sparsam; sicher und bedächtig schritt er an der Seite des immer lauter redenden Patrons. „Und seh Er es nicht an", rief dieser, „wes Standes und Geschlechts der Sünder sei! Bete Er, wie vorgeschrieben, von der Kanzel über ihm und kündige ihm dann Bann und Gottes Zorn vor sitzender Gemeinde!"

„Ihr vergesset", sprach der andere, „daß auch, so Euer Sohn der Sünder wäre, die Ladung durch den Küster und die Vermahnung in Gegenwart der Kirchenvorsteher vorangehen müßte, was Euch wohl kaum anstehen dürfte."

„Ei was! Vermahnet hab ich selber!" rief der Herr von Grieshuus; „wenn's der Patron tut, braucht es nicht der Bauerntölpel!" Und als von der anderen Seite keine Antwort darauf erfolgte, fügte er hinzu: „Ich weiß ja, Er versteht's; mach Er's nur wie um letzte Ostern der Magister in der Stadt! Es war dort auch ein Bube, der gegen den Vater seine Faust erhoben hatte.“

Da sagte der Priester: „Das hat Junker Hinrich nimmermehr getan!“

Aber der Hausherr schrie: „Gegen alle seine Väter hat er die Faust gehoben; aber die unten in den Särgen liegen, können's nicht; darum muß ich ihr Recht verwahren!“

„Tuet es!“ sagte der Pastor; „ich kann es Euch nicht verwehren.“

Der Edelmann hatte seinen Krückstock aus der Ecke gerissen und stieß damit heftig auf den Boden. „Verwehren, sagt Er? Er soll mir helfen, Pastor, wie es gegen Patron und Kirche Seine gottverfluchte Schuldigkeit!“

Der Redende war so laut geworden, daß im Unterhause das Gesinde auf den Schwellen stand; die naskluge Binnermagd hatte sich schon vordem hinaufgeschlichen und lag mit dem Ohr am Schlüsselloch.

Der geistliche Herr mochte auf jene Worte seines Patrones nur das Haupt geschüttelt haben; denn dieser hub aufs neue an: „Er wird's gar nicht verstanden haben, Pastor: zu seinem Ehgemahl will er das Weibsbild machen! Gleich nach der Kirchen, heut am Vormittage, da, wo Er itzo steht, hat mir der Junker von Grieshuus das ins Gesicht geworfen!“

„Das sieht ihm gleich“, sagte der Pastor; „Euer Sohn ist weder ein Gotteslästerer noch ein Jungfernschänder.“

Ein zornig Lachen entfuhr dem alten Herrn: „Ein Jungfernschänder? – – Er ist kein Edelmann; Er versteht's nicht, Pastor: ein ganz Geschlecht von makellosen Rittern will er schänden!“

Da frug der geistliche Herr fast leise, daß es des Edelmannes Ohr nur kaum erreichte: „Hat unser Herr Martinus solches auch verschuldet, da er des Ritters Tochter in seine Kammer brachte?“

Aber der Junker schrie: „Laß Er mir den Martinus aus dem Spiel und red Er, ob man auf Ihn rechnen kann! Bedenk Er auch, der Sünder möchte so die leichtste Buße tragen!“

Fast drohend hatte er diese letzten Worte ausgestoßen; doch der Pastor antwortete: „Wider eine christliche Ehe hat die Kirche keine Buße; das andere aber ist meines gnädigen Herrn Patrones Sache, in welche ich nicht hineinzureden habe."

Als diese Worte von dem Ohr der horchenden Dirne aufgefangen waren, hatten die Schritte drinnen sich der Tür genähert, und sie war eilig die Treppe, die sie hinaufgeschlichen, wieder hinabgeflogen. Bald auch wurde im Unterhause von droben auf dem Vorplatze der Kratzfuß und Empfehl des Pastors hörbar; die Dirne aber sah noch aus dem Seitenflügel, wie droben der alte Herr das eine Fenster aufstieß und mit braunrotem Angesicht dem Pastor nachschaute, der mit hastig spitzen Schritten über die Stapfsteine durch den schlammigen Hof hinausschritt.

– – „Ja, und die Beine zitterten ihm", erzählte sie abends in der Gesindestube, „ein paarmal trat er nebenweg, daß ihm der Unflat um die schwarzen Strümpfe spritzte."

Die andern lachten; nur Hans Christoph, der mit dem lohbraunen Hassan am Kachelofen saß, hieß sie ihr allzu loses Maul in Obacht nehmen; aber sie fand zu guten Rückhalt hier, denn der Fuhrknecht und die übrigen Dirnen wollten wissen, was droben in der Herrenstube abgehandelt worden. Da hob sie ihre Stumpfnase und rief: „Hör du nur zu, Hans Christoph; du kannst's für deinen Junker profitieren!" Und als die andern drängten: „Nur frisch und schütt den Eimer aus!", setzte sie sich bedachtsam dem langen Fuhrknecht auf den Schoß und sagte: „Geduld! Erst als der Junker sich in Blust geredet, hab ich's verstehen können!"

Doch als sie endlich vollends ausgeschüttet hatte und ihre blanken Augen in die Runde laufen ließ, harrte sie umsonst des dankbaren Geplauders, das sie nach solchem Anlaß einzuheimsen pflegte. Hans Christoph streichelte schweigend den breiten Hundenacken; die Dirnen mochten des schmucken Junkers denken, und weshalb sein Auge nicht eben wohl auf sie gefallen sei; nur der Fuhrknecht, nachdem er eine Weile mit dem Finger an seiner Nase auf und ab gefahren war, sagte nachdenklich: „Darum denn auch! Da der Herr mich vorhin rufen ließ, bewahre mich der Heiland! ich dacht, er wollte mich zum Pferdejungen degradieren; und war doch nur, daß ich morgen den alten

Landgerichtsnotar von drüben aus der Stadt bestellen sollte."

„Den Landgerichtsnotar? Soll der auch predigen?" rief die Dirne. Aber in demselben Augenblicke ließ sie sich von seinen Knien gleiten, denn die dicke Ausgeberin Gret-Lise war eingetreten, und es wurde ganz stille; der Fuhrknecht zog ein versiegeltes Schreiben aus der Tasche, betrachtete die Aufschrift, als ob er sie lesen könne, und steckte es dann bedächtig wieder ein.

Als die Schlehen blühten, ist einmal wieder Friede geschlossen worden; auf und ab im Lande läuteten die Glokken, und das Gemenge fremder Völker verlor sich allgemach. Auch von der kleinen Dorfkirche unterhalb Grieshuus scholl das Geläute; aber eines Nachmittages, da es auf den anderen Türmen schwieg, begann es abermals. Nicht dem kurzen Frieden galt es, den mit unfriedlichem Herzen die Menschen in falsche Worte faßten; es galt dem, den kein Streiter noch gebrochen hat.

Von Grieshuus herunter kam ein Leichenzug; auf dem Deckel des Sarges hatte der kunstreiche Schmied des Dorfes das Wappen in Kupfer ausgeschlagen, denn der alte Herr von Grieshuus lag darunter. In dem offenen Wagen, der dann folgte, saßen die beiden Brüder, der Junker Hinrich und der herzogliche Rat; aber der letztere hatte es eilig; zu Gottorf gab es itzt überviel zu schlichten und zu richten; und während sie in dem Gruftgewölbe an des Vaters Sarg das letzte Amen sprachen, hielt drüben vor dem Kruge schon der Reitknecht sein und seines Herrn Pferd am Zügel.

Wie beim Verlöbnistanz zu Kiel, so waren auch heute zwischen den Brüdern der Worte wenige gewesen; nur als dann auf dem Kirchhofe der jüngere sich verabschiedete, sprach er, wie beiläufig, zu dem anderen: „Du weißt, des Vaters Testament ist jüngsthin auf dem Landgerichte hinterleget worden?"

Herr Hinrich aber stutzte: „Ein Testament? Wozu denn das? Mir ist nichts kundgeworden."

Der herzogliche Rat hatte flüchtig seine Hand gestreift. „So will ich sorgen, daß terminus zur Publikation alsbald hier anberaumet werde."

Dann schritt er auf dem Steig dem Kruge zu und ritt mit seinem Knecht davon.

In unruhigem Brüten war der Bruder stehengeblieben, während unter dem wiederbeginnenden Läuten ein zweiter, schlichter Sarg herzugetragen wurde; nur der alte Jäger Owe Heikens und ein weinendes Mädchen gingen hinterher. Aber die Leute auf dem Kirchhofe drängten sich auch zu dieser offenen Gruft; auch den der Tod in diese Lade hingestreckt hatte, lockte es sie begraben zu helfen. Und auch über ihn sprach der Pastor: „Und zur Erde sollst du wieder werden!" Als aber, da der schwere Schaufelwurf vom Sarge widerdröhnte, mit selbigem ein heller Wehlaut von der Gruft erscholl, da drängte sich die hohe Gestalt des Junkers Hinrich durch die Menge, und als sodann auch hier das letzte Vaterunser war gesprochen worden, nahm er vor aller Angesicht die Tochter des Begrabenen an seine Brust und hielt sie so unbeweglich, bis er den Pastor schon drunten auf dem Wege nach seinem Hause zuschreiten sah. „Komm!" sprach er leise zu dem schönen Mädchen, daß nur neben ihm ein altes Weib es hörte, die schier verwirrt zu ihm emporsah; und als ob jedes von ihnen wußte, daß sie beide eines Sinnes seien, folgten sie Hand in Hand dem geistlichen Herrn in sein Haus. Da sprach der Junker: „Ehrwürden, wir bitten, verlobet uns einander, daß diese hier an meinem Herzen ihre Heimat habe!"

Und die Hände das alten Priesters legten zitternd sich auf ihre Häupter.

Drüben von dem Kirchhof aber schritt Owe Heikens, mehr als einmal mit dem Kopfe schüttelnd, seinem Hause an den Eichen zu.

Die schon anberaumte Hochzeit des Junkers Detlev, welche durch die letzte Kriegszeit wider allen Brauch verzögert war, wurde durch das Trauerjahr aufs neue hinausgerückt; anders bei dem älteren Bruder: hier hatte der Tod zu raschem Ehebündnis getrieben.

Hinter den Eichen von Grieshuus, noch oberhalb der Niederung des Flusses, war in einem Lindenkranz ein Meierhof gelegen; einst zu einem später niedergelegten Gut gehörig und aus diesem einer Base von des Junkers Mutter zugekommen, war er von letzterer in ihrem Testamente diesem als ihrem Patenkinde zugeschrieben. Bisher hatte ein Pächter darauf gesessen; aber die Pacht war mit dem Herbste abgelaufen; seit Monaten wirtschaftete Hans Christoph dort, den noch der alte Herr zu dem Behuf dem Sohne überlassen hatte.

In dieses Haus war Junker Hinrich mit seinem jungen Weibe eingezogen. „Trete nur fest auf!" hatte er zu ihr gesprochen, da er nach der Trauung sie vom Wagen hob; „das hier ist mein; und nun – durch Gottes Gnade – unser!"

Noch heute, in des Erzählers Tagen, zeigt man in jener Gegend auf einem Vorsprung eine alte Linde, die trotz des völlig ausgehöhlten Stammes noch eine mächtige Krone in den Lüften wiegt; hier habe man derzeit die beiden schönen Menschen oftmals stehen sehen, wie sie Hand in Hand über das weite Flußtal hinausschauten, während der Sommerwind in ihren blonden Haaren wehte; auch abends wohl, dem Schrei der wilden Schwäne horchend, die im Sternenschein dem Wasser zuflogen.

– – Zu Anfang im Augustmonat nach der Hochzeit war es, als Junker Hinrich zur Testamentseröffnung nach Grieshuus hinüberritt. In dem großen, seit Jahren unbenutzten Saale, oben in einem Vorsprung nach der Dorfseite, traf er nur den Landgerichtsnotar und dessen Schreiber; vergebens suchten seine Augen nach dem Bruder. Statt dessen war ein schwarzer Herr mit gepuderter Perücke hereingetreten: „Der herzogliche Rat sei, ihm zuleide, durch häufende Geschäfte abgehalten"; und hatte sodann eine in aller Form Rechtens auf ihn ausgestellte Vollmacht auf dem Tische vor den Gerichtspersonen ausgebreitet.

Der Herr war einer von des Rates Unterbeamten, und die Formalien wurden für richtig angenommen. Danach wurden im Beisein der so Beteiligten die Siegel gelöst und das Testament verlesen. „Im Namen der heiligen Dreifaltigkeit" begann der alte Notarius, und der Junker stand wie gebannt, die Faust um eines Sessels Lehne, und horchte atemlos; bald aber, da die lange Eingangsformel abgelesen war, schoß ihm das Blut zu Häupten, er riß von seiner Brust das Wams zurück, und der schwere Stuhl klappte auf den Boden, daß es in dem weiten Raume widerhallte. Er hatte gehört, was zuvor nur wie ein Fieber ihm durchs Hirn geschossen war: an Geld und Gut zwar kürzte ihn des Vaters Wille kaum, aber Grieshuus, das Stammhaus, war dem jüngeren Bruder zugeschrieben. Der Vorleser hatte innegehalten; er begann aufs neue und brachte es zu Ende. Dann wurde das vom Schreiber geführte Protokoll vollzogen, das die gesetzlich geschehene Publikation beurkunden sollte; auch Junker Hinrich trat heran und unterschrieb, doch mit dem Zusatz: „Unter Vorbehalte meines arg verletzten Rechtes."

Als er sich schon entfernen wollte, trat der schwarze Herr noch einmal auf ihn zu und überreichte ihm ein versiegelt Schriftstück: „Ich hab Euch zu ersuchen, daß Ihr von diesem Briefe Eueres Herrn Bruders noch hier, in diesem Raume, Kenntnis nehmen möget!"

Die feste Hand des Junkers bebte, als er das Siegel aufriß; aber schon flogen seine Augen über die Schrift des Bruders:

„Den mir zuvor bekannten Letzten Willen unseres Vaters", so lautete der Inhalt, „habe ich, auch so ich es gekonnt hätte, aus gutem Grund nicht hindern wollen, obschon selbiger nicht nur Deinen, sondern gleichermaßen meinen Wünschen widersteht; denn jeder hat itzt, was dem andern dienen würde. So Du also, nachdem Dir solches kundgeworden, in Erkenntnis Deiner Pflicht gesonnen wärest, Dich des geringen Mädchens zu entledigen, so daß ich unseres Hauses Ehre ungefährdet wüßte, dann komme in den nächsten Wochen zu mir auf Schloß Gottorf, und wir werden unseres Erbes Tausch mit Glimpf vollziehen können. Solltest Du aber, wovon ein Hall zu mir gedrungen, in teufelischer Verblendung bereits den Ehebund mit jenem Weibe eingegangen sein, so werd ich Dir die Wege weisen, Dich ihrer dennoch abzutun, und soll zu solchem Dir meine brüderliche Hülfe nicht entstehen."

Der andre stand noch immer vor dem Junker, der auf das Schriftstück starrte, als ob er mit den Augen es durchbohren müßte. „Wollet mir Urlaub geben", sprach er; „was Antwort soll ich Euerem Bruder melden?"

Herr Hinrich schien ihn nicht zu hören.

Und wieder nach einer Weile: „Meine Zeit ist kurz", begann er; „darf ich um Euere Antwort bitten?"

Da fuhr der Junker auf: „Hier ist sie!" schrie er und warf den Brief in Fetzen unter seine Füße. „Ihr aber, so Ihr wußtet, was Ihr mir gebracht, so seid Ihr einen Schurkenweg gegangen!"

Und mit starken Schritten ging er aus dem Saale und war schon drunten aus dem Haustor, als des anderen Hand nach seinem Schwerte fuhr.

Aber der Rappe mußte es fühlen, was auf dem Rückweg in dem Reiter tobte; und als Herr Hinrich vor seinem Hause aus dem Sattel sprang, da drohte ihm Frau Bärbe mit dem Finger: „Das arme Tier! Hattst du denn solche Unrast, zu deinem Weibe wieder heimzukommen?" Er aber legte schweigend seinen Arm um ihre Hüfte und führte sie ins Haus zurück; und als er eine Weile finster dagesessen, berichtete er nur eines, daß ihm Grieshuus im Testamente abgesprochen sei. „Aber ich will mein Recht, und sollt ich wider meinen toten Vater streiten!" Und als die Augen seines Weibes voll Sorge zu ihm aufsahen, rief er: „Du sollst hier nicht in dieser Bauernkate sitzen!"

Ihre Hand strich sanft an seine Wange: „Tu, was du mußt, Hinrich; nur nicht in Zorn und nicht um meinethalben!" Dann zog sie ihn hinaus ins Freie, wo schon das Abendrot am Himmel stand; und sie gingen in die Niederung durch ihre Felder, wo der Erntesegen in goldenen Ähren wogte. Aus einem Seitenwege kam Hans Christoph zu ihnen, zog seinen Hut und sprach: „So Ihr es meinet, Herr, ich denke, wir müßten bald ans Schneiden gehen!"

– – Und wieder nach einigen Tagen, als sie bei all dem Segen, der nun in ihre Scheuer eingefahren wurde, ihren Eheherrn so ohne Freud und ohne Worte zwischen den Leuten umherstehen sah, die Augen nach den mächtigen Wäldern von Grieshuus, die in der Ferne wie ein Gebirge lagen, da sprach Frau Bärbe, seine Hand ergreifend: „Sind das die Flitterwochen, Hinrich?" und da er zärtlich zu ihr niederblickte, zog sie ihn in das Gärtchen, das hinter der

Scheuer war. „Ich weiß wohl, was du sinnest", sprach sie; „aber bedenke es wohl! Da du mich freitest, tatst du wider deinen Vater; du wolltest minder, als er für dich wollte; tu nun nach seinem Willen, daß du in dem andern dich begnügest!" Doch da sie sah, daß seine Augen noch immer wie im Grolle dicht beisammenstanden, sprach sie beklommen: „Du hast zu hohen Preis für mich gezahlt."

Da hob er sie mit beiden Armen auf und preßte sie wie ein Kind an seine Brust: „Nein, nein; laß fahren, Bärbe! Ich zahlte für mein Leben; weh dem, der das mir anzutasten waget!"

Es fraß doch weiter in ihm. – Und Herbst und Winter war es geworden, und die Erbteilung war noch immer nicht geschehen. Soviel war zwischen den Brüdern festgesetzt: der Stammhof wurde bis auf weiteres von dem früheren Pächter des Meierhofs verwaltet; aber jeder von beiden betrachtete sich als dessen Herrn. Da, an einem Sonnabend, als in den Bauergärten das erste Grün der Stachelbeeren vorbrach, hieß es, die Braut des herzoglichen Rates und deren Mutter seien mit demselben auf dem Herrenhofe angelangt; die Braut habe, ehe sie den Mann nehme, sich Land und Sand besehen wollen.

Und am Sonntagvormittag war die Kirche voll, und die Weiber und die Dirnen hatten ihre besten Käppchen auf; nur droben im großen Patronatsstuhle war noch niemand, wie nun seit lange schon; denn der Wohnplatz des jungen Ehepaares gehörte zu einem andern Kirchspiel, und Junker Hinrich und sein Weib hatten seit seines Vaters Tode die Kirche hier nicht mehr betreten. Als aber der Pastor, nachdem die Gemeinde einen deutschen Psalm gesungen, vor dem Altar stand und eben das Kyrie eleison angestimmt hatte, ging eine Unruhe durch die Kirchenstände, Weiber und Männer stießen sich an und raunten ein flüchtig Wort mitsammen; auch der Pastor hatte einen Wagen auf den Kirchhof fahren hören; aber es war der schwere Gutswagen nicht, und gleichwohl klang es von den Mauerringen, als würden Pferde daran festgebunden.

Da wurde die Kirchtür aufgestoßen. „Sie kommen!" flüsterten die Dirnen und drehten ihre Hälse nach dem Steige. Aber die Erwarteten waren es nicht, obwohl es schon des

Umsehens wert war; denn der Junker Hinrich mit seinem blonden Weibe schritt langsam durch die Kirche. Sie trug freilich nur ein schlicht Gewand; doch wurde ihr Haar, wie es derzeit dem Adel nur gestattet war, von einer goldenen Klammer gehalten, daß es in drei schimmernden Strähnen niederfloß; aber sie drückte sich an den hohen Mann, als ob sie Schutz bedürfe, und als beide die Treppe zum Emporium hinaufgestiegen waren, sahen es die Frauen, daß sie gesegneten Leibes sei.

Von droben blickte der Junker fast wie zornig in die Kirche hinab. „Dominus vobiscum" sang der Pastor und wandte sich dann zum Altar.

Und wieder drehten in der Gemeinde sich die Köpfe abwärts nach dem Eingang: ein zweiter, aber schwerer Wagen fuhr draußen vor der Kirchtür auf; Peitschenklatschen, ein Fluch des Fuhrknechts war hereingedrungen, und während der Pastor die Kollekte las, war aufs neue die Kirchtür aufgestoßen. Es wurde totenstill: der herzogliche Rat mit ein paar hohen, stolzen Frauen, denen eine Kammerzofe folgte, war in den Mittelsteig getreten.

Der Junker Hinrich hatte im Kieler Rathause doch wohl fehlgesehen; denn die jüngere der Frauen erschien gar stattlich, aber sie blickte kalt und strenge um sich. Als sie weiter vorgegangen waren und der Bräutigam nach dem Patronatsstuhl aufsah, stutzte er und hielt die Frauen an seinem Arm zurück. Die Augen der Brüder hatten sich gefaßt, und eine Weile standen sie wie still ineinander; der blonde Frauenkopf da oben war totenbleich geworden.

„Es ist besetzt", sagte der da unten, „aber ich werde uns Platz zu schaffen wissen." Und da der Pastor ausgelesen hatte, tönten diese Worte durch die ganze Kirche.

Hätten die Augen des Junkers Hinrich töten können, der Sprecher wäre lebendig nicht vom Platz gekommen; mit einem Aufschrei griff Frau Bärbe nach ihres Mannes Hand, die ihm eiskalt auf seinen Knien lag.

Aber der herzogliche Rat schritt mit den Frauen aus der Kirche; man hörte den Wagen fortfahren, und ohne Störung ging der Gottesdienst zu Ende.

Es war am 24. Januar spät am Nachmittage. Junker Hinrich war in der Stadt gewesen, wo er mit dem Magistrat zu tun gehabt hatte; denn die alte Base seines Weibes war gestorben und hatte dieses als ihre Erbin eingesetzt. Behaglich ritt er durch das Heidetal, dann durch den Wald; aber vor seiner Haustür sprangen zwei Mägde ihm entgegen: „Ach, Herr! Ach, Junker Hinrich, Euer Weib!"

Und als er in die Kammer hinter dem Wohngemach getreten war, sah er sein Weib im Bette liegen; ein Unschlittlicht brannte auf dem Tische; aber er erkannte sie fast nicht. Die Hebamme des Dorfes war um sie; sie stand über einer Wiege, aus der das Winseln eines neugeborenen Kindes drang. „Was ist das hier?" sprach er; „der Erbe von Grieshuus sollte in zwei Monden erst geboren werden!"

„Es ist kein Erbe, nur eine Tochter", sagte die Hebamme.

Aber eine der Dirnen war ihm in die Kammer nachgeschlichen. „Ein Bote ist dagewesen", sagte sie; „vom Landgerichte, heut am Vormittag!"

„Was hat denn der gewollt?"

„Weiß nicht, er frug nach Euch; da hab ich zu der Frau ihn hingewiesen."

„Bärbe!" sagte der Junker leise, und auf der Bettkante sitzend, strich er seinem Weibe die feuchten Haare von den Schläfen.

„Ja!" – – Wie ein Hauch kam es, und wie aus einer fernen Welt hob sich das junge durchsichtige Antlitz aus dem Kissen auf. „Bist du es, Hinrich?" – Und sie streckte heftig ihre beiden Hände um seinen Hals und schrie, als ob Entsetzen sie befalle: „Nein, nicht von dir; nicht von dir! Oh – lieber sterben!" Dann ließ sie los und sank mit geschlossenen Augen in die Kissen.

Der Junker war an der Bettstatt hingestürzt: „Nein, nicht von mir, nie, nie! – – Hör es, hör es doch; nie von mir, solange wir beide leben!"

Aber sie lag wie eine Tote.

Da besann er sich: „Der Bote muß was gebracht haben", sprach er; „holet es mir!"

Und die dumme Dirne, die an der Tür stand und mit der Faust die Tränen von den Augen wischte, lief in das Wohngemach und brachte ihm etliche Schriftstücke und eine aufgerissene Hülse.

„Seh Sie nach meinem Weibe!" sagte er zu der Frau; dann las er; und nach einer Weile laut und immer lauter: „Dann Anno 1655 ist gen. Vater mit der Barbara in das Gut gezogen, hat aber verabsäumet, sich seine Freiheit von dem Grundherrn legaliter verbriefen zu lassen, und sind demnach die zwei Genannte, wie durch Urtelspruch des Landgerichts mehrfach schon bestätiget, desselben Eigene worden. Die Ehe des Beklagten mit selbiger Leibeigenen ist eine nichtige, da sie ohne des klägerischen per testamentum Eigentümers consensus ist geschlossen worden."

„Der Teufel ist dein Leibeigener!" schrie der Junker und warf die Klageschrift des Bruders von sich.

Aber die Hebamme legte die Hand auf seinen Arm: „Herr, Euer Weib!"

„Ja, ja; und das hat sie gelesen! Er wußte es, wo sie zu treffen war." Und er neigte sich zu ihr; und da er ihre Hand ergriff, war sie fast kalt, und das Gesicht verwandelte sich seltsam.

„Was ist das?" frug er.

„Ich weiß nicht, Herr. Holt einen Arzt!"

„Bärbe, Bärbe, geh nicht von mir, bis ich wiederkomme!"

Und schon war er zur Tür hinaus. „Hans Christoph!" rief er; „Hans Christoph!"

Aber die Dirne war ihm nachgelaufen: „Was denkt Ihr, Herr! Er ist zum Schmied hinunter mit den Sensen."

Da warf er sich selbst auf seinen Rappen, und mit todblassem Angesicht flog er durch die Eichen von Grieshuus hinüber nach der Stadt.

– – Ein paar Stunden war es weiter; der Mond war aufgegangen und stand zu Osten über der Heidemulde. Kein Tierlaut regte sich; die Vögel lagen im Kraut auf ihren Nestern; nur die hoch aufgeschossene stille Dirne aus der Besenbinderkate vom Ende des Dorfes hatte sich verspätet; eifrig schnitt sie mit ihrem kurzen Messer die Heide ab und legte sie zu Haufen. Da galoppierte ein Reiter an ihr vorbei. „Heida!" Aber sie hatte ihn erkannt; es war der Reitknecht des herzoglichen Rates, der nach Grieshuus hinüberritt. „Was wollte der?" Und sie band sich ihr Tuch fester um das Kinn; denn aus Westen kam ein Wind vom Meer herauf.

Sie ging weiter nach Osten hinauf, denn da war die Heide länger, und lag eben unter ein paar Birken, als ein Geräusch von Grieshuus her sie aufsehen machte. Und wieder kam der Hufschlag eines Pferdes, ein Reiter, der wie rasend durch die Heide auf sie zuritt. Aber er war vorbeigeritten, und da eine Wolke vor den Mond fuhr, hatte sie ihn nicht erkannt. Sie schüttelte den Kopf und sah ihm nach. Und zum dritten Male, ihm entgegen – was war denn das? Sie hatte kaum jemals hier was reiten sehen – kam abermals ein Pferd; aber langsamer, fast war's, als würde es zurückgehalten.

Sie ließ die geschnittene Heide liegen und kroch auf Händen und Füßen näher heran. Aber es war zu weit; sie stieg an der Ostseite hinan, bis sie oben unter den Bäumen entlanglief; jetzt hörte sie die Pferde stoppen, laute zornige Worte, die sie nicht verstehen konnte; dann war's, als ob die Reiter von den Pferden auf den Boden sprangen.

Es mußte ihr gegenüber sein, und sie trat aus den Bäumen und sah hinab; aber der Mond lag noch hinter Wolken; ein Gewühl war drunten, sie konnte nichts erkennen. „Mein Leben! Mein Leben!" schrie eine Stimme. „Sie stirbt; ich will dafür das deine!"

Die Dirne reckte den Hals: „Das war Junker Hinrichs Stimme!" Da flogen die Wolken von dem Mond; blauhell lag es drunten, und sie erkannte deutlich den grauen Runenstein am Wassertümpel. Zwei gesattelte leere Rosse standen unweit in dem Kraute, ein braunes und ein schwarzes, das wiehernd in die Nacht hinausrief. Daneben sah sie zwei Brüder grimmig miteinander ringen. Sie stand wie angeschmiedet; dann war's, als ob ein Eisenblitz heraufzuckte, und ein Entsetzen jagte sie von dannen; aber sie entrann nicht: ein gellender Schrei, der über die Heide fuhr, hatte sie eingeholt. Noch einmal stand sie, beide Hände an die Ohren gepreßt, zwischen den Bäumen; dann lief sie ohne Aufenthalt dem Dorfe zu. Voll Entsetzen, in Schweiß gebadet, ihr kurzes Messer in der Hand, kam sie nach Hause.

„He, Matten", rief die Frau des Besenbinders, „was ist?

Wie siehst du aus? Hat sich schon wieder was gemeldet?" Denn das Kind war damit angetan, daß sie Unheil voraussah, das noch geschehen sollte.

Aber Matten schwieg; die Mutter auch; denn man soll nicht davon reden, bis der Vorspuk ausgekommen ist.

Doch schon am Nachmittage danach sprach das Weib, die eben aus dem Dorf heraufgekommen war, zu ihrer Tochter: „Red nur! Drunten in dem Heidloch haben sie den herzoglichen Rat erschlagen! Es schad't uns nichts; nun ist der Junker Hinrich unser Herr!"

– – Aber wo war der Junker Hinrich? – In der Nacht sollte einer bei dem Pastor angepocht haben; er sollte es gewesen sein; aber der Pastor hat davon nichts wissen wollen; dann hat man nimmermehr von ihm gehört. Auf dem Meierhofe lag ein schönes, aber totes Weib, neben ihr ein Siebenmonatskind, ein Mädchen, in der Wiege. So stand es um die Erben von Grieshuus.

Zweites Buch

Das siebenzehnte Jahrhundert war vorüber; es saßen andere Leute auf Grieshuus.

Viele Jahre hindurch war niemand dort gewesen als ein gerichtlicher Verwalter, denn man wußte nicht, wem das Gut gehörte, ob dem Abwesenden, der jeden Tag sich wieder einstellen könne, ob dessen Tochter, einem schwachen Mädchen mit blaugeäderten Schläfen und dünnem blondem Haupthaar, das zu Schleswig im Kloster in der Hut einer entfernten Verwandten auferzogen wurde. Als sie mündig geworden, hatte sie von dieser sich getrennt und sich in der Nähe des Klosters eingemietet; heiraten wollte sie nicht, obgleich dazu schon mehr als eine Anfrage an sie ergangen war, denn unter Vorbehalt der väterlichen Rechte war das Gut ihr übereignet worden. Gleichwohl hat sie gemeint, ihr Vater werde wiederkommen, und die Freier etwa so beschieden, indem sie hastig nach einer begonnenen Arbeit griff: „Zu danken für die erwünschete Gewogenheit! Aber mein Papa wird nicht so gar von seinem Hof und seiner Tochter lassen; sobald er heimgekehret, wird er für mich zu reden wissen." Das aber haben alle für einen Abschlag aufgenommen und von dem schon vergessenen Vater auch nur ungern reden hören.

Zu Grieshuus und überall im Lande hat es wüste ausgesehen; unser Herzog Christian Albrecht, nachdem er mit dem von seinem Vater ererbten Diplom des Kaisers Ferdinand die Universität zu Kiel gestiftet hatte, war vierzehn Jahre lang von seiner Residenz vertrieben; dessen getreue Beamte ließ der Dänenkönig verjagen oder gefangensetzen und die Kraft des Landes durch seine nie ruhenden Kriegesrüstungen erschöpfen. So mochte es auch zu Grieshuus nicht heimelig sein, und Jungfer Henriette, wie sie nach ihres Vaters Namen war getauft worden, ist nimmer dort gewesen; das Archiv aber hat sie nach einem Zimmer in ihrem Hause zu Schleswig bringen lassen, und um Ostern und Martini mußte der Verwalter dort ihr Rechnung legen. Dann hat sie tagelang vor den großen Büchern dagesessen und über Kopfweh vor ihrer Magd geklagt; „denn", hat sie gesagt, „es muß doch stimmen, wenn er wieder selbst regieren will".

Aber der Junker Hinrich ist doch nicht gekommen. Zu Grieshuus blühte die Heide und verging; Sonnenschein und Schneewinde wechselten über den mächtigen Eichenwäldern; sie wuchsen, geschlagen wurde nicht darin, insonders seit die Vormundschaft zu Ende ging; das schlimmste war, daß das Unzeug sich in ihnen mehrte, Weihen und Falken, die in den Wipfeln horsteten, vor allem der Wolf, „de grise Hund", wie ihn die Bauern nannten, der unter den Höhlen der mächtigsten Eichenwurzeln im Dickicht seine Jungen warf. Noch jetzt zeigt man die Stelle, wo eines Tagelöhners Kind, das Dohnen in dem Wald gestellt hatte, von ihm zerrissen worden; denn einen Jäger hat es zu Grieshuus nicht mehr gegeben, und bei dem Turmhaus hing die rote Pforte klappernd in dem Winde; der Verwalter wollte keinen neben sich. Oben im Herrenhause, in dem Gemache über dem Portal des Haustores und gegenüber in dem weiten Saale, lag fingerdicker Staub und totes Geziefer auf Simsen und Geräte. Und Junker Hinrich war noch nimmer nicht gekommen.

Als aber mehr als ein Menschenleben so vorüber war, langten schwedische Völker vom Wellingischen Regimente aus dem Bremischen an; dabei ein Oberst, der wegen einer aufgebrochenen Wunde in Schleswig sich verweilen mußte. Er hatte sich in der Nachbarschaft des Klosters eingemietet, und die Dame von Grieshuus hatte ihm durch den Friseur ein sonderbar heilendes Wasser offerieren lassen, was er dankbar akzeptieret hatte. Als er sodann nach seiner Genesung seine Aufwartung machte und alsbald ihr seinen Eheantrag ausrichten ließ, hat sie nicht mehr den Mut gehabt, ins Ungewisse zu verweisen, sondern nur gesagt: „Ich hoffe wohl, mein Vater, der unter Karl X. jung gewesen ist, wird nicht dawider sein."

So ist sie des Obersten Weib geworden, der seinen Abschied aus dem Dienst genommen hat; aber nach Grieshuus hat sie auch jetzo nicht hinüber wollen; „denn", sagte sie ihrem Eheherrn, „die Wölfe kommen dort gar in die Küche, und über die Heide geht ein Spukwerk; – o nein!"

„Ei, Narretei! Wer hat dir das erzählt?"

„Der Verwalter; der wird's doch wissen!"

Der Oberst lachte: „Das wohl, er hat die Herrin nicht ins Haus gewollt!"

Sie wurde dunkelrot und strich das dünne Haar sich von den Schläfen: „Nein, nein; du glaubst mir immer nicht!"

„Nun, ich werde selbst dahin gehen und mich informieren, Henni."

Dann ist er ohne sie dahin gegangen; er hat im Hause etwas räumen und mit den Bauern einmal auf die Wölfe treiben lassen; aber die Wälder sind zu dicht und die rechten Hunde nicht am Platz gewesen; sie haben keinen Wolf gesehen. So ist er nach Schleswig wieder heimgekehrt.

Und am Jahrestag der Hochzeit ist ein Kind geboren worden; ein Knabe, in welchem von des Weibes Eltern alle Schönheit aufgestanden ist. Es ist auch zur glücklichen Niederkunft gratulieret worden; aber die Mutter hatte doch all ihre Kraft dem Kinde hingegeben. Noch ein paar Jahre hat sie, meist in Kammerluft, dahingelebt; dann eines Septembermorgens, da schon die gelben Blätter vor ihrem Fenster wehten, hat sie das Kind sich bringen lassen; und ihre magere Hand in seinen goldenen Haaren, hat sie gesprochen: „Er ist doch nicht gekommen, Rolf, und ich sterbe nun; ich war nur eine schlichte Frau, aber du, mein schöner Sohn“ – und der Knabe stand an ihrem Kissen und sah mit seinen durchdringenden Augen zu ihr auf –, „du wirst ihn sehen; grüß ihn von mir! Rolf! Vergiß nicht – –“ Lallend hatte sie die letzten Worte gesprochen; ihre Hand fiel von des Kindes Haupt. Und als sie eine Weile so gelegen, hat der Knabe mit seiner Hand ihr in das magere Angesicht gegriffen; aber sie rührte sich nicht mehr. Da schrie er, und die Wärterin trug ihn hinaus.

Als der Oberst vom Begräbnis auf dem Klosterkirchhof, wo man seine Frau nach ihrem Wunsch bestattet hatte, heimgekommen war, nahm er seinen Buben auf den Arm: „Die Mutter hat hier schlafen wollen“, sagte er, „wir beide gehen nach Grieshuus; ich will nun selber deinen Hof verwalten, da sollst du reiten lernen!“

Und der Junge sah seinen Vater fest aus seinen dicht beisammenstehenden blauen Augen an; dann tat er einen lauten Lustschrei.

– – So ist der Oberst, da im nächsten April an den Waldrändern von Grieshuus die Schlüsselblumen blühten, da die Äcker gedüngt und die Wintersaaten gewalzt wurden, mit seinem Buben in das Herrenhaus dort eingezogen. Eine ältliche Verwandte der Verstorbenen, das Klosterfräulein Heide von der Wisch, ist mit dahin gegangen, um, wie sie sagte, bis die Flüttezeit vorüber, être la mère à ce pauvre enfant; sie ist aber dort hängengeblieben und nach dem Kloster nicht zurückgekommen, obwohl der Knabe nie nach ihrer Hand gegriffen hat.

Oben im Hause sind die ungeschlachten Möbeln nach dem Boden hinauf- oder in die Gesinderäume hinabgeschafft worden; im Wohngemache standen nun geschweifte Schränke und Chiffonnieren, und auch ein Kanapee mit farbig gemustertem Bezuge, worüber neben dem vorgefundenen Bild der Urgroßmutter auch das der Mutter des Besitzers hing. Es pflegt so zu geschehen: das schönste, das Bild der Großmutter, fehlte zwischen beiden; sie war gekommen und gegangen, und keiner wußte noch von ihr.

Im wesentlichen wurde es auf dem abgelegenen Hofe nicht gar anders, als es im vorigen Jahrhunderte gewesen war. Denn Deutschland erhob sich eben erst aus wüsten Träumen. Die neue Koppelwirtschaft wurde freilich eingeführt; aber der Oberst war ein Melancholikus und litt an den Übelständen einer alten Wunde; überdies war er weder ein Landwirt noch ein Jäger, und beides war hier groß vonnöten. Für letzteren gab sich zwar ein hungriger Verwandter der alten Herrschaft, der nach Jahr und Tag sich zum Besuche eingefunden hatte und gleichfalls nicht wieder fortgegangen war; aber es hatte nichts Sonderliches zu bedeuten. Nur einmal, an einem Winterabend, war hinter dem Turmhaus ein Rehbock von ihm geschossen worden; allein zur Küche war er nicht gekommen, denn mit selbigem, daß das Tier zusammengebrochen, hatte ein dürrbeiniger Wolf sich darauf zugestürzt und es an der Kehle mühsam fortgeschleift; der Vetter aber war mit erhobenen Händen durch die Heidemulde nach dem Hofe zu gerannt. „Hol der Teufel Eure Wölfe hier! Das ist nicht in der Ordnung!“ hatte er im Hausflur dem Oberst zugerufen; der aber hatte nur gelächelt: „Freilich nicht, Vetter; jedoch ich meinte, das sei Ihre Sache.“

„Ei, das versteht sich, Oberst! Aber die Hunde! Ich soll nur erst die rechten Hunde haben.“

„Aber ich denk, Ihr habet ja den ganzen Stall schon voll davon.“

„Nun, nun; gehet nur hinauf und kramet die Karten vor; ich will mir nur den nassen Rock vom Leibe ziehen; dann wollen wir die vier Könige jagen.“

Und bald saßen sie sich gegenüber bei ihrem Pikett; und der Oberst war damit zufrieden.

– – Als der Junker Rolf im siebenten Jahr war, lehrte der Vetter ihn lesen und nach Adam Riese rechnen; das konnte er, sogar auch mensa und amo deklinieren und konjugieren. Der Knabe lernte leicht und rief mitunter: „Ich kann’s doch besser noch als du!“ Dann freute sich der Vetter und lief zu dem Vater: „He, Oberst, höret, was Euer philosophus da redet!“ und den Jungen, wenn er hintennachgelaufen war, bei den Ohren in die Höhe hebend, rief er: „Ich hab’s dich doch gelehret, Tausendsakramenter!“

Des Knaben Freundin war eine alte Magd, die schon die Mutter als kleines Kind getragen hatte, die von hier zur

Stadt und wieder von dort hieher zurückgebracht war. „Ich will Matten fragen!“ rief der Bube, wenn er selbst nicht wußte, was er wollte. Sie hatte ihr Augenlicht fast ganz verloren und saß meist unten in der großen Gesindestube oder am Herde in der Küche, beschaffend, was einem blinden Menschen möglich war; und wenn er sie gefunden hatte und, auf sie losstürmend, sie an der Schürze riß, dann sagte sie wohl: „Kind, Kind, gib Ruh; was willst du denn? Bei Gott ist Rat und Tat!“ und sah mit ihren toten in seine lebendigen blauen Augen. Und frug sie weiter: „Sprich, was willst du, Rolfchen?“ dann sprach er wohl ganz kleinlaut: „Weiß nicht, Matten; – erzähl mir was!“ Und sie legte das Messer, oder was sonst ihre Finger hielten, fort und frug: „Was denn erzählen, Kind?“ Er war auf ihren Schoß gekrochen und rief: „Von Owe Heikens, wie du zuviel Holz gebrochen hattest! Nein“ – und er flüsterte ihr ins Ohr: „Erzähl mir von der schönen Frau, da auf dem Meierhof; wie hieß sie doch?“ – „Kind, Kind, das war ja deine Großmutter!“ – Der Knabe sah ihr lange ins Gesicht: „Großmutter?“ sagte er langsam. „War sie denn schon alt?“ – „Alt?“ Und Matten wiegte ihren grauen Kopf. „So jung wie Maililien! Wenn der Tod kommt, bleiben auch die Großmütter jung. Sei still und halt's für dich, so will ich dir erzählen!“

In einem aber war der Vater selbst des Buben Lehrmeister; er kaufte ihm erst einen, und als er größer wurde, einen zweiten von den kleinen türkischen Kleppern und ließ draußen an der Ostseite eine Reitbahn richten; und die Peitsche des Obersten klatschte, und der Junge lag bald auf dem Rappen, bald auf dem braunen Klepper.

Plötzlich aber wurde es anders zu Grieshuus. Der Oberst, da an dessen Geburtstage der Junker mit einem unter des Vetters Anweisung gefertigten Glückwünschungsbriefe vor den „herzallerliebsten“ Papa getreten war, hatte danach nichts Eiligeres zu tun, als durch seinen pastor loci einen Informator zu besorgen. Dadurch ist der Magister Caspar Bokenfeld auf den Hof gekommen, und mit ihm ein Mann, dem ich von nun an die Erzählung in eigenem Namen überlassen kann.

Während der ersten Herbstvakanz in meiner Studentenzeit war ich daheim und wurde bei einem Besuche der

Stelle von Grieshuus durch ein heftig Wetter in das Haus des Küsters in dem nahen Dorfe eingetrieben. Er war ein schon bejahrter Mann, den ich bisher nicht kannte; wir saßen uns bald am Fenster gegenüber, und ich sah auf die Ostseite der alten Felsenkirche, an welcher noch die schweren Eisenringe hingen, so daß ich ohne Umstand das Gespräch auf jene alten Dinge bringen konnte. Er hatte mir ruhig zugehört; als ich jedoch bekannte, daß mir die dortigen Ereignisse des achtzehnten Jahrhunderts minder klar geworden seien als die des vorigen, stand er auf und ging nebenan in eine Kammer, aus der ich das Auf- und Zuschließen eines Schrankes oder einer Lade zu vernehmen glaubte. Als er zurückkam, legte er ein vergilbtes Schriftstück in den mir hinlänglich bekannten Zügen des letzten Jahrhunderts vor mir hin.

„Klar ist das auch nicht", sagte er; „aber es ist erzählt, was sich begeben hat. Der Autor war einer meiner Vorfahren und Pastor an hiesiger Kirche, nachdem er sich das als Informator auf dem Hof verdient hatte."

Ich faßte mit Andacht das Papier; die alte Zeit begann ja selbst zu sprechen. Dann hab ich's mit des Küsters Erlaubnis noch am selben Nachmittage abgeschrieben und bin erst nach Haus gekommen, als die derzeit einzige Gassenleuchte an der Hafenstraße schon von dem Nachtwächter ausgetan war.

Und hier ist es:

DIE NIEDERSCHRIFT DES MAGISTERS CASPAR BOKENFELD

Anno 1702, in welchem nachmals unser Herzog Fridericus IV., des hartgeprüften Christian Albrechts Sohn, bei Klissow in Polen für seinen Schwager, den Schwedischen Carolum XII., sein junges Leben gab, im Januar am Sonntage Epiphanias war es, da ich Grieshuus zum ersten Mal betrat. Es bimmelte schon unten von dem Kirchthurm zum Gottesdienste, und die helle Wintersonne strich an den Fenstern entlang, als der Herr Oberst auf seinem zierlich ausgerüsteten Zimmer mir seinen Sohn als Zögling zuführte. „Das ist der Magister Bookenfeld", sprach er zu dem elfjährigen Knaben; „der soll nun versuchen, was aus dir zu machen ist."

Der Bube sah mich aus ein Paar scharfen blauen Augen an, als ob er im hintersten Hirnwinkel mich aussuchen wolle, und sagte dann, mirabile dictu: „Kann Er auch reiten, Magister?"

Da lachte der Herr Oberst und schlug ihn auf die Schulter: „Ei, Teufelsjunge, reiten soll er dir nicht weisen; aber ‚Sie' sollst du den Magister titulieren: er wird dir schon zeigen, wo die Geigen hängen!"

Siehe, da wurde mir der Odem leicht; denn mit denen von Adel hatte ich nimmer noch verkehret; der kleine Junker aber hat mich in Tagen nimmer angesprochen, bis das Herz ihm einmal jählings überquollen; da sprach er: „Sie sind gut, Herr Magister!" und gab mir seine feste kleine Hand; ich aber nahm das edle Kind in meinen Arm: „Wir wollen Freunde werden, Rolf!" sagte ich; da umfassete er mich heftig, und sein geringelt Goldhaar hing noch lange über meine Hand herab. Auch war das nicht umsonst gesprochen; – mein Rolf, mein schöner guter Knabe, weshalb der Vater droben dich doch so früh begehret hat!

– – Es war recht einsam zu Grieshuus. Der Oberst kränkelte und verließ das Haus nur selten; an jeglichem Abend spielte er sein Pikett oder eine Partie Dame mit einem Familienvetter, der hier im Hause lebte; ein sonderlicher Mann, der alles zu verstehen meinte und gleichwohl ohne alle Erudition war. Der Oberst war ein Wittmann; aber eine adelige Klosterjungfer Adelheid hielt strenge Hauswirthschaft; sie rief mir selber einmal am Sonntagnachmittage zu: „Gieb Er mir Seinen linken Strumpf, Magister; da soll die Sonn Ihm bald nicht mehr auf Seine Wade brennen!" Und als ich hinsah, siehe, da war ein Loch im Strumpfe, und ich schlich gar beschämt davon, um solchen Fehler aufzubessern.

Mir war das Zimmer über der Einfahrt in dem Thorhaus eingeräumt; ich hatte meine Bücher mit mir, und war es wohl zum ersten Male, daß Homerus und Virgilius, Arnoldus und Thomasius die Wände hier verzierten. In der Thorfahrt unten hatte der Meiereikeller ein Fenster, und es hieß, oftmals, so man nächtens vorüberschreite, solle von dort aus ein Rahmschöpfen und Umgießen deutlich hörbar werden, was in Wirklichkeit nicht sei; aber das sind nugae; es ist allzeit ruhig gewesen, wenn ich gegenüber meine enge Treppe aufgestiegen bin. Aber drinnen in meiner Kammer war es gar einsam, wenn die Nachtruhe über den Hof gekommen war und ich noch über meinen Büchern saß. Wenn dann der Mond am Himmel stand und ich von der Arbeit zu dem einzigen Fenster trat, dann sah ich ein tiefes Heidefeld, das zwischen zwei hohen Waldseiten auslief; und mitunter drang ein seltsam Heulen aus der Ferne, von dorten, wo ich bei Tage ein altes Thurmhaus hatte stehen sehen; da ich es zum ersten Male hörte, schritt ich zur Thür und schob den Riegel vor; dann löschte ich das Licht und legte mich schlafen. Das Heulen, das noch länger durch die Nacht scholl, ist aber von den hungerigen Wölfen kommen, deren derzeit im Übermaße hier gewesen; und ich hab noch lang gelegen und gehorchet; mir war, als könnten sie durch die offene Thorfahrt kommen und mit den Tatzen meine Thür anfallen.

Als ich am Morgen dem Junker Rolf davon erzählte, sprach er: „Da in der Heide müssen Sie itzt nimmer gehen, Herr Magister; ich bin zu Pferde dort gewesen und doch fast vom Leben abgekommen!“

Und auf meine Bitte hat er es also mir erzählet: Eine grimmige Kälte ist es dazumal gewesen, am Nachmittage vor dem letzten Heiligabend, zwei Wochen nur vor meiner Herkunft, und wie bleicher Messingglanz hat die Dezembersonne über die Heide hingeglinstert. Droben in dem großen Saale hat die Tante Heide herumgehamstert, ganz mutterseelenallein, und hat niemand hinein dürfen, weder vom Gesinde, noch auch der Junker Rolf, wohl selber kaum der Oberst; denn für alle ist da drinnen die Weihnachtsbescherung aufgebauet worden; der Vetter nur ist eigenwillig aus- und eingehuschet, denn er hat's gar besser noch verstanden als die Tante. Junker Rolf aber ist vor Ungeduld treppauf und -ab gesprungen, auch auf den Hof und in die Ställe eingelaufen und zuletzt dann in des Oberst Zimmer, wo dieser mit dem Verwalter vor der Gutsrechnung gesessen: „Was soll ich anfangen, Papa? Um fünf Uhr erst will Tante Heide schellen!“

„So geh zu deiner Freundin, der alten Matten!"

„Mag ich heut nicht, Papa."

„So reit noch eine Stunde!" hat der Oberst ihm gesagt und kaum von seinen Büchern aufgesehen; „und nimm den Braunen an die Leine!"

Drauf ist der Junker in den Stall gegangen, wo die beiden Klepper an der Krippe standen, und hat dem Knecht gerufen, daß er ihm den Rappen sattle und ihm den Braunen an die Hand gebe.

„Hopp, Stella! Fera, hallo!" Und so ist er in den bleichen Winterschein auf die Heide hinausgeritten; die Mulde hinunter und weiter, immerzu über den hart gefrorenen Boden. „Hussa!" Und er hat seine kleine Kappe mit der braunen Geierfeder vor Lust geschwenket, und die kleinen feurigen Rosse haben getanzt, als wüßten auch sie, daß heut noch Weihnacht-Heiligabend sei.

Plötzlich ist die Sonne weg gewesen. Noch kurze Weile hat das schwarze Heidekraut geleuchtet; dann hat die große dunkle Schattendecke sich gebreitet, und bald danach ist vom Himmel mehr zu sehen gewesen als drunten von der Erden. „O, lieb Christkindel", hat der kleine Reiter gerufen; „nun wird wohl bald für dich gebimmelt werden!"

Mit diesem wandte er seine beiden Rosse, die gleich als Hunde seiner jungen Hand gehorchten. „Hopp, Fera! Stella, hopp!" Und heimwärts ging es noch viel fröhlicher als hinaus. Mitunter ließ er seine flinken Augen seitwärts über die dunkeln Heidebreiten streichen, aber sehen konnte er nichts; nichts war zu hören als der Trab der Pferde auf dem harten Boden und das eigene Athemholen, denn das meiste Gethier schlief unten in seinen Winterhöhlen; nur über ihm flammten und zitterten die Sterne in der grimmen Winterkälte.

Da, als er schon der rechtshin auslaufenden Waldspitze gegenüber war, die sich noch schwach am Abendhimmel merkbar machte, hörte er von dorten etwas durch die Heide trotten. Um besser zu hören, zog er den Zügel an; aber die Pferde warfen mit den Köpfen, schnoben und drängten mit allen Kräften vorwärts. Der Junker hat zuerst gedacht, es sei ihr Hatzrüde, der seit ehegestern fort gewesen, und: „Fuko, Fuko!" hat er laut hinausgerufen.

Dann ist er vor seinem eigenen Ruf erschrocken; denn es ist ihm jäh aufs Herz gefallen, daß vor dem Fuko, der ihr Stallkamerad gewesen, seine Klepper nicht solch ein Zittern und Schäumen überkommen würde. Und immer näher ist es auf ihn zu getrottet. Der Pferde ist er so unmächtig geworden, daß sie mit ihrem jungen Reiter, als ob sie flögen, gegen den Herrenhof dahingeraset sind, der nur noch aus einem schwebenden Lichtschein über der Höhe kenntlich war.

Immer toller ist die Jagd gegangen, und da ist es dicht an ihm heran gewesen: „Ein Wolf! Ein Wolf! Hülfe, Hülfe!" hat das Kind geschrien und dabei seine Peitsche geschwungen, unachtend, daß es dessen nicht bedurfte. Dann gab es einen Ruck; der Rappe hatte mit den Vorderhufen ausgehauen, daß Junker Rolf die blanken Eisen durch das Dunkel blitzen sah; er hatte die Füße aufgezogen und lag mit der Brust auf dem Halse seines Pferdes.

Das aber stieß einen Zeterschrei aus, und sausend ging es nach dem Hofe und schon dem Aufstieg und dem Thore zu. „Kilian! Marten! Jens!" Er wußte selber nicht, wen er gerufen hatte, aber ein Geheul ist von dem Hofe losgebrochen; und Fuko und die andern Hunde sind hinausgestürzet und um das Pferd herum, und die glimmenden Augen an dessen Seite sind in die Nacht zurückgewichen. Rosse, Reiter und Hunde sind durch die offene Thorfahrt in den Hof hineingebrochen.

„Aber der Wolf, der grise Hund", sagte der Junker und nickte mir mit seinen blauen Augen zu, „hat doch mein Pferd gebissen; es ist noch lang nicht besser; der Vetter kann es nicht kurieren."

Es war kurz danach, am Vormittage des zweiten Sonntags nach Epiphanias. Draußen über den Reitplatz fegte der Nordost; derohalben ließ der Herr Oberst den kleinen Rappen nach dem Schloßhof führen, denn die Wunde an der Kehle, so der Wolf dem Thiere zugefüget, wollte noch immer sich nicht schließen, obschon von dem Vetter und dem alten Schäfer mit Wundwasser und Kräutersalben wacker dazu gethan war.

Der Junker Rolf stand neben mir auf der Freitreppe vor dem Herrenhause; wir sahen zu, wie der Herr Oberst dem Rappen mit linder Hand über die wunde Stelle strich und dem muthigen Thiere beschwichtigende Worte zusprach.

„Wird bald baten, Gnaden Herr Oberst!" sagte der Schäfer; und der Vetter, der auch daneben stand, steckte die Hände in seine weiten Hosensäcke und sprach wie allzeit, wenn er seiner Weisheit auf den Boden sah: „Freilich, freilich, Oberst; will nur alles seine Weile haben." Der Oberst aber schüttelte den Kopf und warf einen gar despektierlichen Blick auf den sorglosen alten Herrn: „Gegen Wölfe und Wunden helfen nicht bloße Worte, davon Ihr großen Vorrath habet!"

Indem hörte ich Schritte von der Einfahrt her und sah über den Rappen weg einen hohen, aber schon stark ergrauenden Mann in den Hof treten; er trug ein lederfarben Wams und hatte einen Hirschfänger am Gurte hängen, war auch sonst in seiner Kleidung wie damals solche, die im Jagd- oder Forstwesen in hoher Herren Diensten standen; aber in seinem Antlitz waren tiefe Furchen. Ihm zu jeder Seite ging ein gar gewaltiger brauner Schweißhund mit breitem Ohrgehänge, welche mit ihm auf uns zuschritten. Seltsam schien mir, daß er nicht um sich blickte, sondern geradeswegs nach der Stelle ging, wo der Oberst sich neben dem wunden Rosse hielt.

Als dieser sich aufrichtete und ihm sagte, er sei der Herr hier, und was Botschaft etwa er zu bringen habe, lüftete der Fremde ein wenig seine Kappe, aber fast nicht als ein Untergebener oder ein Begehrender; und hub dann im ruhigen Tone an, wie er als erprobter hirsch- und wolfgerechter Jäger den Wölfen nicht nur mit Schießen, Gruben oder Giftlegen, sondern auch auf minder bekannte Art beizukommen gute Wissenschaft erlanget, und zu dem Ende, da er von dem Nothstand hier vernommen, dem Herrn Oberst seine Dienste offeriere.

„Oho!" rief der Vetter und warf sich in die Brust; „wir halten hier nichts auf solche Jägerstücklein und Teufelsspielereien; sind auch genug der fahrenden Weidgesellen, die viel versprechen und dann wenig halten!"

Der Oberst hieß ihn schweigen, deutete aber auf die Hunde, die schier unbeweglich standen, die klugen Augen zu denen des greisen Mannes gerichtet, und sprach zu diesem: „Wenn Er mir dienen will, was hat Er Seine Köter nicht am Thor gelassen? Hier binnen ist nur Platz für meine und meiner Freunde Hunde."

Unter den buschigen Augbrauen des aufrechten Alten schoß es wie Funken; doch er entgegnete ruhig: „Wer ihren Herrn dingen will, der muß sie sich gefallen lassen; der Handel wird nur um so besser sein."

Der Oberst schwieg einen Augenblick und frug dann: „Was für Atteste hat Er?"

Der Alte griff in sein Wams und übergab ihm eine Schrift; der Junker Rolf aber sah inzwischen nur nach den Hunden: „Oh, sehen Sie, Herr Magister, die beiden schönen Kerle!"

Er wollte zu ihnen; da rief ich laut und griff nach seiner Hand: „Laß, laß, Junker! Das sind von den grausamen Bluthunden, und sie kennen dich ja nimmer!"

Bei diesen Worten sah der Fremde, uns andere nicht beachtend, auf den Knaben; ja fast, als ob er mit den Augen ihn verschlingen wollte, daß er nicht hörte, wie der Oberst zu ihm redete: „Das wäre etwas; der König hat in seinem Preußen wohl weidgerechte Männer brauchen müssen. Hat Er mehr desgleichen?"

Aber es bedurfte eines weitern Wortes, bevor der Fremde nochmals in sein Wams griff und ein zweites Schriftstück dem Oberst überreichte; zum Junker aber sprach er: „Es ist nicht Gefahr, so ich zugegen bin!" und raunete ein Wort zu beiden Thieren.

Da sprang der Knabe von der Treppe und lief zu den Hunden, die jetzt ihre großen Köpfe zu ihm wandten; der Fremde aber ließ langsam seine Hand auf des Junkers Scheitel sinken, und seine Lippen rühreten sich, als ob er heimlich bete.

Der Oberst hatte diesen Vorgang nicht gewahret; denn seine Augen hatten sich auf das Papier geheftet: „Oho!" rief er nun; „aus Schweden, vom König Carolus ein eigenes Sigill!" und er hob den Hut vom Kopfe, wie immer, wenn er den Namen seines einstigen Kriegsherrn sprach. „Wie kommt's denn, daß Er im Lande streifet, so Er solche Gönner aufzuweisen hat?"

„Lasset das!" sprach der Alte. „Es ist so meine Art."

Der Oberst blickte ihn eine Weile an: „Ihr sehet mir zwar nicht einem gleich, der dienen möchte; aber folget mir in mein Gemach, so wollen wir der Sache näher kommen!"

Die Hunde streckten sich auf Befehl des Alten neben der Treppe; dann gingen beide in das Haus.

– – Am folgenden Tage hieß es, der Fremde sei als Wildmeister von dem Oberst angenommen; er habe sich die Wohnung im Thurmhaus ob der Heide ausbedungen, nur drei Tage im Jahr, vom 23. auf 25. Januarius, müsse ihm auf dem Hofe selbst Quartier gegönnet werden.

Das gab gar viel Gerede in Grieshuus; denn es war ja einmal Friede hier zu Lande, obschon der ränkesüchtige Görtz regierte und die Frau Herzoginwitwe mit unserem kleinen Herzog sich in Schweden, in ihres Bruders Reiche, aufhielt; und geschahe hier sonst nichts anderes, als daß das Korn gedroschen und in den Ställen das Vieh gefüttert wurde.

An einem Abend, da ich im Herrenhause mit dem Junker unsere studia beendet hatte, stieg ich in die Gesindestub hinab, um meine Leuchte anzuzünden. Da saßen alle bei einander, und ich hörte den Kutscher sagen: „Was weiß denn der von unseren schlimmen Tagen, die auch nun vor der Thüre sind?"

Der alte Schäfer, der mit seinem rauhen Hund ihm gegenüber saß, nahm die kurze Pfeife aus dem Mund: „Ich hab so mein' Gedanken, Jochum", sprach er; „er wird zum ersten Mal nicht hier sein. Eh denn der Herr hier eingezogen, da schon das Meisenzwitschern in den Büschen war, hat der junge Schmied da unten in der Schummerstunde einen auf der wüsten Stell am Dorf getroffen, wo einst ein Immengarten ist gewesen; der hat nach Grieshuus gewiesen und ihn gefraget: ‚Wer wohnt denn dorten?' Und als er dann berichtet, ist er ihm eingefallen: ‚Ein Schwed? Wie ist denn das?' – ‚Ja, Herr, er hat sich eingefreiet; aber das Weib ist diesen Herbst verstorben.' Da er bei diesen Worten aufgeblicket, hat der Mann, der schon ergrauet und von großem herrenhaftem Aussehen ist gewesen, die Händ gefaltet und ist todtenbleich geworden; der Schmied aber hat gesagt, und, so er mir erzählet, er hätt's nicht lassen können: ‚Ja, Herr; aber einen stolzen Buben soll sie nachgelassen haben; und zum Frühjahr werden sie hier wohnen, gleich den alten Herren von Grieshuus, wo der ein erschlagen und der andere – –'"

Als der Schäfer so weit gesprochen hatte, kam eine Stimme von der Ofenseite: „Gabriel, Gabriel! Spar deine unnützen Worte!" Das war die alte Matten; sie war blind, aber die Leute fürchteten sie, denn sie sah mit Geistesaugen, was erst die Zukunft bringen sollte, und so sie solcherweise anhub, meineten alle, daß sie prophezeien werde.

Und so ist es still geworden, aber die Alte sprach nicht weiter, und ich entzündete meine Leuchte, schritt über den Hof und dann im Thorhaus das Trepplein hinauf nach meinem Zimmer oben, und war der Kopf mir schwer, was für Verhängniß Gott hier möge zugelassen haben. Doch als ich bald danach ans Fenster trat, um in die Nacht hinauszuforschen, ob nicht ein Sternlein von dem Himmel strahle, da sah ich hier im Erdenthal ein Lichtlein flimmern, wohl eine Viertelstunde fern, das in dem Thurm da drüben brennen mochte. Das war der neue, nein, der sehr alte Wildmeister! – Was er betreiben mochte, das wußte ich nicht; aber mir war, ich sei nun hier nicht mehr allein; und da ich mein Licht gelöschet, sah ich das andere noch lang von meinem Bette aus. Und Gott sei mit uns allen!

Aber am nächsten Sonnabend, es mochte nach neun Uhr abends sein, saß ich wiederum auf meiner Kammer. Mein Vetter im Dorfe drunten, der Pastor Heike Madsen, hatte mir bei gestrigem Besuche ein Buch der holländischen Irrlehrerin, der Antoinette Bourignon, gegeben, so vor Jahren drunten in der Stadt in eigenem Hause eine Buchdruckerei gehalten hatte, um ihre thörichten Meinungen als Bücher ausgehen zu lassen; es führete den Titel: „Das Grab der falschen Theologie", und ist Anno 1674 auf dem Markt zu Flensburg durch den Scharfrichter verbrennet worden; hatte mein Vetter aber curiositatis halber noch dies Exemplar geborgen. Mir war von dem frechen Wuste solcher

Lehren der Kopf schier wüst geworden, und von draußen schlug der Sturm an die Fenster, als wolle er die Scheiben aus dem Blei reißen.

Da legete ich den Unflat bei Seite, denn mich fassete Begehr nach einem stillen Gruß von meinem Nachbar jenseit der Heide. Aber obwohl er bis hiezu noch um Mitternacht mit seinem Lichtlein in das Dunkel hinausgeleuchtet hatte, es war itzt alles schwarz da draußen. Der Sturm fuhr heran und wieder fort; und es war dann eine Zeitlang Todtenstille; nur in der Ferne hörete ich ihn tosen, als ob er dort zu schaffen habe, bis er zurückkam und mit frischen Kräften wieder gegen Mauer und Fenster tobte. Und diesmal lag ich lang, bevor ich schlafen konnte.

– – Als ich am Morgen über den Hof ging, sprach ich zu einem Knechte: „Das war schlecht Wetter in der Nacht!" – „Ja, Herr, wie immer in den schlimmen Tagen", entgegnete er und schritt vorüber. Ich schüttelte den Kopf; aber ich besann mich; wir schrieben den 24sten; so war der Wildmeister heute nacht im Herrenhaus gewesen. Auch vernahm ich drinnen, daß heute der Tag sei, wo alle Jahr die alte Matten ihren Kirchgang halte; der Knecht aber, der bei ihrer Blindheit sie stets geleite, habe sich den Fuß vertreten. Also ging ich zu ihr, traf sie auch wohlgeputzet in der Gesindestube, mit neuem Fürtuch und schwarzem Käppchen, und bot ihr meine Dienste an.

„Er will mit dem alten Weibe nach der Kirche?" frug sie; und als ich es bejahete: „So muß Er Geduld haben, Magister; denn so weite Wege gehe ich nur einmal in dem Jahr."

„Ich habe schon Geduld", sprach ich; „meine alte Mutter ist schwächer noch denn Sie."

Da sah sie mich mit ihren todten Augen an und lächelte, daß ihr altes Antlitz mir gar hold erschien; dann aber seufzte sie und sprach schier traurig und wie nur zu sich selber: „Du wirst auch alle überleben, Kind."

Und auf diese sonderliche Rede gab sie mir die Hand, und wir gingen den Kirchweg hinab. Der Herr Oberst hatte mir in seinem Wagen Raum geboten, aber ich hatte solches abgelehnet; und so sahen wir sie uns vorbeifahren; die Tante Adelheid und der Oberst nickten, der Junker warf uns ein Küßlein aus dem Wagen zu. Es war gut Wetter worden, und die Sonne schien; und auch wir kamen in die Kirche, wenn auch langsam.

Nach dem Gottesdienste wartete ich, bis alle hinaus waren. Matten saß noch mit gefalteten Händen im Gestühlte und betete still vor sich hin. „Wollen wir gehen?" sprach ich leise; da hob sie sich, und wir gingen aus der Kirche.

Als wir draußen zu Osten an der Kapellenwand vorbeiwanderten, strich sie mit der Hand an der Mauer entlang: „Schlaft wohl, ihr Christenseelen alle!" murmelte sie; und dann, so daß ich es nur kaum vernahm: „Und genade Gott auch dir, Junker Hinrich!"

Da wir dann weitergingen, frug ich: „War Junker Hinrich einer von den alten Herren?" denn die Geschichte des Geschlechtes war mir derzeit nicht bekannt.

„Das war er, Magister", sprach die alte Frau mit schwerem Tone.

„Und lieget der auch hier begraben?"

Sie antwortete mir nicht und sah nicht auf. Da wir aber wiederum eine Strecke weiter waren, sprach sie: „Er war der Beste; aber – bei Gott ist Rath und That." Dann faltete sie die Hände und ging schweigend neben mir.

Am Anberg bei Grieshuus waren wir von dem Vetter eingeholet worden, der erst im Dorfkrug mit den Bauern hatte schwatzen müssen.

„Halt, halt!" rief er mir zu; „so nehmet doch einen müden Christen mit, Ehrwürden!" denn er nannte mich scherzend wohl schon damals mit dem epitheton ornans meines heutigen Berufes.

Und da wir dann nach Haus gekommen und die Alte in ihre Kammer gegangen war, frug ich auch ihn: „Saget, wer war denn Junker Hinrich, von dem die alte Matten redet?"

„Ei, Ehrwürden", entgegnete der Vetter lustig, „das solltet Ihr wohl wissen; das war ein Hund, der seinen Zwillingsbruder um das Erbe todtschlug und dann von seinem neugeborenen Kind davonlief. Aber, redet nicht davon, denn er war der Großpapa von unserem jungen Prinzen!"

„Von Rolf? – Aber die Alte spricht anders von dem Manne."

„Ja, die! Die ist nur halb bei Trost. Aber wisset, der Geist des Todten wartet auf der Heide, um ihn zu greifen, falls er in diesen Tagen dort vorüberkäme!“ Der Vetter lachte: „Wird lange warten müssen, Ehrwürden! Drum aber vergreift sich's unterweilen auch! Der Fiedelfritz vom Dorf schleppt seit drei Jahren noch die Beine wie ein Seehund; beim Stein am Tümpel hat man ihn gefunden: 's ist eine bitterkalte Nacht gewesen, ein Wunder, daß kein Thier sich da herangewaget!“

„Ist das der Saufaus“, frug ich, „der neulich für ein neues Violon gebettelt hat?“

Der Vetter nickte: „Ich weiß, wo Ihr hinauswollet, Ehrwürden; aber der Wildmeister ist kein Säufer, und einen Hasenfuß werdet Ihr ihn auch nicht schelten wollen; der wird erst morgen wieder vom Hofe gehen; und die Dirne, so ihm das Essen zuträgt, sagt, es liege eine Bibel auf dem Tisch, sonst sei nichts da als der ergraute Mann; der sehe nicht und höre nicht, und die Speise hole sie fast unberühret wiederum zur Küche.“

Ich dachte an den furchtbaren Waldstein und an andere tapfre Männer, welche auch derlei Phantasmata hatten, aber ich sagte nichts darauf.

Inzwischen gedieh der Unterricht des Junkers mir nach Wunsche; insonders liebte er die Erzählung von den Weltbegebenheiten, so daß er mich oft gar sonntags damit plagete. So hatten wir eines Tages nach der Kirchzeit mitsammen in des Martini Greveri „Weltgemälden“ von dem schönen Hohenstaufen-Jünglinge gelesen, dem König Enzio mit den goldnen Ringelhaaren, wie nach der Campagne bei Fossalta die Bologneser ihn in den Kerker stießen, so daß er nimmer wieder mit seinem wehenden Goldhaar durch den Frühlingsmorgen reiten konnte; und wie ein Weib, ein schönes, zu ihm hinabstieg und ihm den Frühling in die Nacht hinunterbrachte.

Nach dem Lesen waren wir in das gen Süden belegene Speisezimmer hinaufgestiegen, woselbst wir auch meinen Vetter, den Pastor, trafen, der erst zu Maitag sich sein Weib zur Pfarre holen wollte. Nach der Tafel liebte es der Herr Oberst, noch ein Stündlein mit uns zu konversieren, denn er war ein Mann von guter Erudition; und also geschahe das auch heute; der Junker Rolf stand neben seines Vaters Sessel, und ich merkete wohl, er hörte nicht, was hier geredet wurde.

Der Oberst hatte ihn schon lang betrachtet; nun streckte er die Hand aus und schüttelte den Knaben: „Was sinnest du, Rolf?"

Da sprach dieser, als habe er bei sich schon lang davon geredet: „Und wissen Sie, Papa? Schön ist sie gewesen und jung und hat ihn nimmer doch verlassen! Und als der König Enzio endlich dann begraben worden, ist dicht am Sarge eine ältliche Matrone hergewankt, und eine schneeweiße Strähne ist in ihrem langen dunklen Haar gewesen!"

Und nun ließ es ihm nicht Ruhe mehr; seine Augen glänzten, und er erzählte alles, was er wußte, von dem König Enzio mit den goldnen Ringelhaaren; er schien es nicht zu fühlen, wie die schon kraftvolle Februariussonne in seinem eigenen Goldgelocke glühte!

Während seines Redens war der Wildmeister, der etwas zu melden haben mochte, in das Gemach getreten und, seiner Zeit gewärtig, an der Thür gestanden. Aber schon vorher hatte sich, was wohl um solche Zeit geduldet wurde, ein Schwesterenkelkind der alten Matten, ein braunes, zehnjähriges Dirnlein, in ihrem Sonntagsstaat hereingeschlichen. Wie mit Aug und Ohren horchend, war sie zu Anfang still gestanden, dann aber, ein Fingerlein an den Lippen, immer näher zu dem jungen Herrn hingeschlichen. Als aber dieser seine Rede kaum geschlossen hatte, wies sie mit ausgestreckter Hand auf einen Spiegel gegenüber, woraus des Knaben Bildniß mit seinem Goldgeringel widerschien. „Guck!" raunte sie ihm zu, „da ist er!" und zupfte ihn an seinem Ärmel.

Aber der Knabe wollte sich nicht stören lassen. „Wer denn? Was willst du, Abel?"

Da streckete die Dirne sich zu ihm auf: „König Enzio!" rief sie laut und rannte mit purpurrothem Angesicht zur Thür hinaus.

Der Oberst lachte; der alte Wildmeister aber war rasch ein paar Schritte vorgetreten, und die Hand nach dem Haupt des Knaben streckend, rief er hastig: „Gott nehme ihn in seinen Schutz!"

Der Oberst wandte sich in seinem Stuhle: „Das thue er in seiner Gnade!“ sprach er; „aber was hat Er, Wildmeister?“

Da sprach der andere schier verwirrt: „Verzeihet, das Ringelhaar des Hohenstaufen soll in Kerkersnacht gebleichet sein.“

„Er ist kein Kaiserssohn“, sagte der Oberst, „solches wird meinem Buben nicht geschehen“, und blickte liebevoll auf seinen Sohn. Aber viel heißer noch lagen des Alten Augen auf des Knaben Antlitz. Dann richtete er sich auf: „Wenn es beliebte, Herr Oberst? Der Wolf ist unten auf dem Hofe, den meine Hunde heut nacht niederlegten!“

Da faßte unser Herr des Knaben Hand und ging mit dem Alten nach dem Hof hinab; ich und der Pastor folgeten. Auf der Treppe aber hielt dieser, der seine klugen Augen fleißig zwischen den Personen hatte hin und wider gehen lassen, mich am Arm zurück und raunte: „Was meinest du, Magister? Ich möcht wohl wissen, wie selbiger, den sie hier den Wildmeister heißen, in seinen jungen Tagen ausgesehen hat!“

Aber vom Hofe aus rief der Herr Oberst durch die offene Hausthür: „Wo bleibt die Geistlichkeit? Erlegter Feind ist ja auch ihr gar liebe Augenweide!“

Da schritten wir eilig hinab und sahen das erlegte Thier auf einem Schlitten liegen, denn es war Schnee gefallen in der Nacht.

Das Raubzeug minderte sich merklich, und immer seltener kam ein Schäfer mit Geschrei zum Hof hinauf gelaufen; und doch hatte der Wildmeister nur einen Mann zur ständigen Hülfe sich erbeten, der hieß Hans Christoph: er war mit ihm von fast demselben Alter und wohnete ehelos im Dorfe unten. Zur Nacht aber war der Wildmeister allzeit allein in seinem Thurmhaus, so nicht ein Sonderbares sollte unternommen werden; denn unterweilen, zumal im Winter, hörete ich auch um solche Zeit von mehr als einer Büchse das Krachen aus dem Walde, und war dann morgens meist ein Wolf zu Hof gebracht.

– – So waren ein paar Jahre hingegangen; der Junker war frisch hinaufgewachsen und wohl vierzehnjährig schon; dabei war er klug und hatte mich fast ausgelernet. Zu dem Wildmeister, der auch bei dem Obersten viel Ansehen hatte, hegte er ein groß Vertrauen. Der nahm ihn mit zur kleinen Jagd, wozu der Knabe seinen eigenen Hund besaß, und unterwies ihn, wie mit diesem und mit Schießgewehren richtig zu hantieren sei; obwohl von jäher Gemüthsart, nahm er strengen Tadel von ihm hin. Als sie einst im Herbste mit ihren Flinten über Feld gingen, frug der Wildmeister einen Knecht, der dorten Dünger über das Land streuete, wohin die Hühner, die sie jagten, wohl geflogen seien. Da hörte er, indeß er mit dem Knechte sprach, den Junker seines Hundes Namen: „Nero! Nero!“ laut und zornig und noch immer lauter rufen; denn es war ein Igel, den der Hund nicht lassen wollte. Als aber der Alte seinen Kopf wandte, riß eben der Knabe des Knechtes Furke aus der Erde, um sie dem Hunde nach dem Leib zu stoßen.

Doch gleichwie von Eisenklammern fühlte er seine Hand von einer anderen gepacket: „Erschlag nicht deinen Hund!“ rief über ihm der Wildmeister, „du könntest das später einem Menschen thun!“

„Und er sah mich so furchtbar an“, sagte der Junker, da er es mir erzählete, „ich meint', er wolle mich gar selbst erschlagen! Dann aber legte er sanft den Arm um mich und sprach: ‚Das ist dein Blut, mein Kind; wir müssen wissen, wogegen wir zu kämpfen haben!‘ Und so, mit einem Worte, rief er den Hund, der mit gesenktem Kopfe von dem Igel abließ.“

Der Wildmeister war wohl selbst ein jähzorniger Mann gewesen, aber er hatte gelernt, sich zu besiegen; davon erhielt ich Beweis in eigener Gegenwart. Unser Pastor war in der Stadt zum Diaconate präsentieret, und ich hatte Lust zu seiner Nachfolge hier im Dorfe. So ging ich zum Herrn Obersten, um mein Anliegen vorzubringen, aber ich traf ihn nicht in der besten Laune. Er hatte ein Schreiben in der Hand, mit dem er in seinem Zimmer auf und ab ging; die Tante Adelheid hatte sich bei meinem Eintritt mit einem Kopfaufwerfen durch die Seitenthür davonbegeben.

„Hat Er bei mir zu klagen, Magister?“ sprach der Oberst, als ich meine Sache vorgetragen hatte, und da ich das verneinte: „So bleib Er! Er ist noch jung! Machen wir es gleich unserer Herzoginwitwe mit dem sechsjährigen Herzog, gehen wir nach Stockholm! Es wird auch dort für Ihn zu sorgen sein; Er kann doch nicht von meinem Buben lassen!"

Und da ich über solche Rede erstaunet und auch das letztere die Wahrheit war, so hatte ich nicht allsogleich die Antwort.

Da klopfte es; und auf ein heftiges „Herein" des Obersten war der Wildmeister in das Zimmer getreten. Aber jener beachtete ihn nicht: „Es ist hier nimmermehr zu hausen", sprach er weiter; „die vormundschaftliche Regierung ist der Görtz, der steckt die Hälfte in die eigene Tasche und hat doch nie genug; und dabei kein Landtag und kein Landgericht! Aber hier ist einer" – und er schüttelte das Schreiben in seiner Faust –, „der hat mir Handgeld für Grieshuus geboten! Freilich, die Tante ist in hellem Brand darüber."

„Herr Oberst", sagte der Wildmeister, „Sie werden Grieshuus doch nicht verkaufen wollen?" Und da ich ihn ansah, war es wie eine Angst in seinem Antlitz.

Der Oberst war stehen geblieben. „Und weshalb nicht?" frug er scharf.

Und der Wildmeister entgegnete ruhig: „Weil es das Erbe Ihres Sohnes ist."

„Ja, freilich; doch ich bin der Vormund meines Sohnes."

„Aber", sagte der Alte, und in seiner Stimme war ein heimlich Beben, „Sie sind ein Fremder hier; doch Ihres Sohnes Ahnen, Jahrhunderte hinauf, schlafen dort unten in der Kapellengruft."

„Da hat Er recht, Wildmeister", entgegnete der andere verdrossen, „und der Großvater ist zum Glücke nicht dazwischen!"

„Herr Oberst!" rief der Alte mit seiner vollen Stimme und stand hoch aufgerichtet vor ihm; er war todtenblaß geworden, und ein Paar herrische Augen fielen so drohend auf den Oberst, als ob er ihn von Haus und Hof verjagen wollte.

Und eine Weile sahen sich die beiden an. „Wer ist Er eigentlich", sprach der Hausherr, „daß Er also zu mir redet?"

Da schien der Alte seiner Sinne wieder Herr zu werden.

„Ich bin um andere Dinge hergekommen", sprach er nach einer Weile, „und bitte, daß Sie mich hören wollen!" Und auf des Herrn finsteres Nicken: „Hans Christoph ist gestern unten in der Stadt gewesen; der Magistrat hat dort beschlossen, den Hafen mit einem neuen Bollwerk einzufassen: ich dächte, das Eichenholz könnte wohl von hier dazu geliefert werden!" Und er begann dann, seine Pläne zu explizieren. Der Oberst, der erst zornig auf und ab gegangen war, stand endlich still und frug und hörete wieder. Ich aber beurlaubte mich und dachte wiederum der Worte meines Vetters.

Als aber die Lieferung des nöthigen Eichenholzes mit dem Magistrate abgeschlossen war, so ließ der Wildmeister Schneißen durch die Wälder hauen, da wo sie am dichtesten waren und das Raubwild seinen Unterschlupf bewahrete; denn solcherweis entstanden kleinere Vierkanten und war selbigem leichter beizukommen. Sodann im Herbste stellte er eine Treibjagd an; denn schon im Sommer hatte er die besten Hunde vom Hofe alle auf den Wolf dressieret, und die Dorfbursche, so im Wald gehauen hatten, waren derzeit bei einzelnen Jagden schon unterwiesen worden. Noch seh ich es vor meinen alten Augen! Der Herr Oberst, welcher dazumal seiner Gesundheit insonders froh war, ritt selber mit hinaus, und neben ihm der Junker Rolf auf einem feurigen arabischen Pferde; das war bläulich, mit weißem wehendem Schweif und Mähnen, und hatte der Vater es ihm kurz zuvor verehret. Es war sehr klug. „Gieb acht", sagte der Junker manches Mal im Scherze, „nun wird's bald sprechen!" und nannte es Falada nach dem Märlein.

Ich stand an jenem wonnigen Morgen des Augustmondes vor meinem offenen Fenster und sah, wie sie in das Heidethal hinabritten, von dessen Blüthe der Würzeduft zu mir hinaufstieg. Welch anmuthsvolles Bild, als im ersten Anlauf der Junker auf seinem federschnellen Roß dem Herrn Oberst weit vorüberschoß; dann aber leicht sein Thier sich wenden ließ und zierlich grüßend, sein Käpplein in der Hand, mit wehendem Goldhaar zu dem Vater wiederkehrte!

Ich aber, der ich nicht reite und nicht jage, blieb daheim;

erst gegen Mittag ging ich vor dem Thorhaus draußen im Sonnenscheine auf und nieder, und allmählich scholl es mit Hallo, mit Pfeifen und Trommeln aus dem Walde; Hundegebell, Schüsse und Geheul klang durch einander; und dann erst nachmittages kam hinter unseren beiden Reitern ein Wagen mit dem erlegten Wilde die Heide hinaufgefahren, redend und schreiend die Treiber mit den Hunden hinterdrein.

Mein Vetter war nicht Diaconus geworden, und vom Verkauf des Hofes hörte ich nichts mehr. Aber eines kam itzt, welches ich hier bemerken muß: die braune Abel, die sich auch gestrecket hatte, begann wie eine Katz um unseren Junker herzustreichen. Kreuzte er ihr den Weg, dann stand sie still, bis er vorüber war; so zwar, als ob sie keine Achtung von ihm nähme; denn sie wandte kaum den Kopf zu ihm; doch hab ich wohl gewahret, daß ihre dunkeln Augensterne bis in die äußersten Winkel ihres Augen drängten und ihm also heimlich folgeten; auch hatte sie itzt oft eine Blume oder einen Fetzen rothen Bandes sich an ihr braunes Haar geheftet und trachtete überall ihm zu begegnen.

Eines Abends im August, da alles Gesinde schon in den Betten lag, promenierte ich einsam, meiner fernen Mutter denkend, im Gärtlein hinter der Westseite des Hauses, das der Oberst schon zu Anfang seiner Ehe angeleget und gegen das grobe Raubzeug mit einer hohen Mauer hatte umschließen lassen. Die Singvögel waren schon zur Ruh gegangen; aber der Würzeduft von Nelken und Jasminen erfüllete ihn ganz; die Sterne schimmerten so ruhig, es war eine warme Sommernacht.

Da ich eben auf dem breiten Steige an dem Hause hinaufging, hörte ich unfern eine Eule schreien, die ich für den frechen Waldkauz wohl erkannte; dann war es wieder, als ob in einen Baum geworfen würde, und es polterte etwas durch das Gezweig zur Erde. Ich stand still; es kam noch einmal, und „ksch, ksch!“ rief eine kleine zornige Stimme; „flieg doch zu deinen Teufeln!“

„Wer ist das?“ frug ich mich selber; und wiederum, schon ganz in meiner Nähe, fiel etwas durch die Zweige eines großen Dornbaumes; aus einem offenen Fenster zur Seite einer Gangthür, so aus dem Hause hier in den Garten führete, rief eine müde Stimme, wie aus schweren Kissen: „Laß nur den Vogel, Kind; die Nacht bleibt doch lebendig!"

Und im Sternenschein sah ich eine halb aufgeschossene Dirne, schier im bloßen Hemde, in dem offenen Fenster stehen. „Abel!" rief ich, „führest du Krieg hier mit den Eulen?"

„Ja, Herr Magister!" rief das Kind fast weinend, „sie will nicht weg; meine Möddersch kann nicht schlafen!"

Da ich unter den Baum trat, flog die Eule ohne Laut davon; aber aus den Zweigen fiel es noch einmal auf den Grund, und da ich mich bückte, lagen Schuh und Kloppen und Bürsten rings umher. „Du bist ein schlechter Schütze", sagte ich, „und morgen wirst du hier zu sammeln haben; die Eule ist fort, leg dich nun schlafen!"

„Aber morgen", entgegnete sie hadernd, „ist sie wieder da!" Dann rief sie rückwärts in das Zimmer: „Wartet nur, Möddersch; ich komme jetzt schon gleich!" Und ein Nachthauch blähete das Linnen um ihre Kniee und trieb die feinen Härchen um ihr Antlitz.

„Sei ruhig, Abel", sagte ich, zu ihr hinantretend, „vor morgen nacht soll die Eule hier geschossen sein."

Da huckte sie sich eilig nieder, und das Hemd auf ihr Füße ziehend, bog sie ihr Köpfchen hinaus, daß die dunkle Haarflechte über ihre Schulter fiel. „Dank; gute Nacht!" sagte sie leise und streckete mir den hageren Arm entgegen, so daß ich ihre Hand ergreifen mußte.

„Gute Nacht, Abel!"

Dann klappte das Fenster zu, und ich vernahm noch, wie sie drinnen mit leichten Füßen auf den Boden sprang.

– – Erst nach Jahren wurde es mir klar, weshalb ich in der Nacht darauf fast widerwillig nur geschlafen hatte. Aber da ich folgenden Tages meinen Junker bitten wollte, daß er den Ruhestörer schieße, überfiel es mich wie eine Scham; denn er achtete das Mädchen schier gering und schien von ihrem Treiben nichts zu merken. So sprach ich nur: „Die alte Matten kann davor nicht schlafen, Rolf!"

Da war er gleich bereit; und abends, wo der Himmel, wie gestern, mit allen Sternen leuchtete, schlichen wir mit einander auf dem Gartensteige, der Knabe die gespannte Flinte in der Hand. Mir war, ich weiß es nicht, weshalb, beklommen, so daß ich aufschrak, als plötzlich der mißfällige Schrei des Kauzes aus dem Dornbaum scholl; Rolf aber trat behutsam näher; ein Schuß krachte, und ich hörete, wie der getroffene Vogel durch die Zweige fiel. Doch im selben Augenblicke wurde die Gangthür aus dem Hause aufgerissen; und ich sah wohl, daß es Abel war, denn so gleich einem Vogel konnte hier keine andere fliegen, auch schimmerte ihr graues Kleidchen in der Abendhelle; ich sah es, sie hatte die Hände des Junkers ergriffen und küßte sie wohl zu hundert Malen.

Er schien sie erst nicht zu erkennen; dann aber rief er: „Bist du toll? Ich will nicht deine Küsse; der Schuß war nicht für dich!" Und da das heftige Kind nicht allsogleich von ihm abließ, stieß er sie voll Zorn zurück, daß sie stolperte und mit einem Wehschrei ihr Antlitz auf den Boden schlug.

Rolf war im Augenblicke bei ihr, um sie aufzuheben. „Nein, nein!" schrie sie und stieß mit beiden Händen gegen ihn; dann wie eine Katze war sie aufgesprungen und laut weinend durch die Gangthür in das Haus verschwunden.

Rolf wandte sich und schien seiner Beute nachzusuchen. „Das war nicht gut", sagte ich, „daß du des Kindes Dank so von dir stießest! Sie wird sich arg zerschunden haben."

Da war er zu mir getreten. „Lassen Sie es gut sein, Herr Magister", sagte er; „das heilt schon wieder. Es ist kein Unglück, daß ich nicht bin wie meiner Mutter Vater; die alte Matten wird nun schlafen können."

Er hatte das also ernst gesprochen, daß ich ihm nichts entgegnete; denn es war mir kund geworden, daß seine Großmutter eines geringen Mannes Kind gewesen und sein väterlich Geschlecht darob zu Grunde gegangen sei.

Aber mit der Abel war's, als ob sie sich seitdem vor aller Welt verstecke; nur einmal, an der Küche, huschte sie an mir vorüber, und ich gewahrete, daß von der Stirne abwärts ein blutrünstiger Streifen ihr zart Gesicht verunzierte.

Da redete ich mit unserem Herrn und mit der alten Matten, und das Kind wurde bei guten Leuten in der Stadt untergebracht; es wurde auch für einige Unterweisung dabei gesorget, darob ich eine sonderbare Befriedigung in mir verspürte.

In diesem Sommer waren manche Wölfe eingebracht; die Schüsse aus dem Walde hörte ich öfters, wenn ich in der Nacht erwachte; es war, als ob der Alte mit Gewalt itzt sein Revier ausräumen wollte. Nun hingen die Wälder voll Eicheln, und Gott hieß den Wind, sie auf die Erde schütteln; da wurden nach manchem Jahr zum erstenmal wieder die Schweine am Rand der Forsten auf die Mast getrieben, und geschahe davon kein Unheil. Aber über den Wildmeister tauchte hie und da Gerede auf, was nicht laut zu werden wagte; denn der Herr Oberst hatte kein Ohr für das, was mit der Zunge Wunden machet. Der Herr Vetter stieß mich an und raunete mir zu: „Geduld, Ehrwürden; wir kiegen ihn noch! Wenn nur Hans Christoph und die alte Matten reden wollten!" Und Tante Adelheid, so sie oben vom Fenster aus den gescholtenen Mann über den Hof schreiten sah, kniff die Lippen ein und schüttelte das Haupt.

So stand es zu Ende des Septembers. Da meldete eines Nachmittags der Wildmeister unserem Herrn, er denke einen und, worüber er sich informieret, den letzten ausgewachsenen Wolf in seinem eigenen Hofe auf sonderliche Art zu fangen; wenn der Junker es mit erleben wolle, so werde er ihm hernach schon eine Bettstatt richten, denn die Nacht würde wohl darüber einfallen.

Und da der Herr Oberst ihn näher ausgefraget, sahe er mich und den Junker an, die wir dabei zugegen waren. „Das mag auf ihm selber bleiben!" sagte er, indem der Sohn fast mit versetztem Athem zu ihm aufsah. „Und der Herr Magister? Der käme ja dann auch einmal bequemlich auf die Wolfsjagd." Da danketen wir ihm; und als die Dämmerung sich zu senken begann, gingen wir mit dem Wildmeister über die Heide. Als wir dort waren, wo rechts gegen den Wald hinauf der helle Stein am Tümpel durch das Dunkel schien, raunte der Greis des Junkers Namen, und als dieser dichte zu ihm ging, nahm er seine Hand, als ob ihm hier ein Übles widerfahren könne.

Am Thurmhaus wurde die Pforte in der hohen Mauer,

welche den Hof umgab, von dem alten Hans Christoph aufgethan.

„Ist alles vorgerichtet?“ frug der Wildmeister.

„Freilich, Herr!“ Und mir war, als hörete ich eine Trauer aus den zwei armen Worten.

Ein steinern Trepplein war gegenüber vor der Hausthür; zur Seite unter einem Fenster ein desgleichen Sitz. Ich merkete mir alles, denn ich war noch nimmer hier gewesen. – Der Wildmeister ging mit uns in das Haus und in den oberen Stock hinauf, wo er uns in ein geräumiges Gemach brachte, das ein gewölbet Fenster, wohl mit dem Ausblick auf den Hof und über die Heide und seitwärts auf die Wälder, hatte; aber es war noch dunkel und nichts zu erkennen, denn eben erst kam im Osten die röthliche Scheibe des Mondes über den Rand der Erde.

„Wir müssen warten“, sagte der Alte; „wir dürfen heut kein Licht entzünden!“ Und er drückte uns auf zwei Stühle nieder, während er selber wieder nach unten hinabschritt.

Noch bevor er wieder bei uns war, kam vom Hofe herauf das klägliche Geschrei eines Zickleins, das je mehr, um desto stärker wurde. Als er dann hereinkam, sprach er: „Tretet nun ans Fenster!“ Und da das geschehen, sahen wir unten ein weißes Zicklein, das von einem aus dem Hause an einem Stricke vor der Thür gehalten wurde und zeitweilig seinen Lockruf in die Ferne schrie; denn der Mond war eben seitwärts von Grieshuus emporgestiegen und warf jetzt einen Schimmer draußen über den Mauerrand. Da sahe ich zwei Seile, die von dem Thor in unser Zimmer gingen, und der Wildmeister wies uns, wie er dasselbe damit aufthun und verschließen könne; aber er hielt es noch verschlossen.

Der Junker lugte mit heißen Wangen hinaus. „Wo sind die Hunde?“ frug er.

„Eingeschlossen; wir brauchen sie heute nicht.“

Der Junker nickte.

„Es ist eine Wölfin“, sagte der Alte; „ein wild und grausam Thier, denn sie hat spät gewölfet; wenn sie abends ausgeht, ist kein Hausthier mehr draußen, und das Kleinwild verkriecht sich in die Erde.“

Ein seltsames Geräusch drang ins Gemach, das einem Schnarchen glich. „Hört!“ sagte der Junker hastig.

Aber der Alte wies nach der Zimmerdecke und sprach kopfschüttelnd: „Das sind nur meine Eulen, Kind! Ein Jäger muß geduldig sein."

Der Mond hatte indeß das Zimmer mit sanftem Licht erfüllet, und ich sahe, daß es mit alten Geräthstücken versehen war, so ich sonst auf dem Boden oder in den Seitenräumen zu Grieshuus gesehen hatte; ein ungeheurer Eichentisch in des Zimmers Mitte nahm wohl ein Viertheil alles Raumes ein; da herum eine Anzahl ungefüger Stühle; am Fenster stand ein Tischlein mit ausgelegten Feldern. Der Wildmeister führte uns wieder zu den Stühlen und setzte sich selber neben Rolf. Dann begann er von seinen Jagden zu erzählen, in Preußen, Schweden, auch im Jura; er hatte ein brav Stücklein von der Welt gesehen. Aber oftmals hielt er inne und blickte auf den Knaben, der sich an ihn lehnete. „Du bist müde, Rolf", sagte er.

„Nein, o nein; ich bin nicht müde; erzählet nur!"

Aber der Greis legte von seinem Stuhle aus den Arm um des Knaben Schulter, daß dessen Haupt an seiner Brust zu ruhen kam, und sprach dann langsam weiter. Und bald vernahm ich, wie des Junkers Athemzüge anders wurden. Er schlief; denn es mochte gegen Mitternacht sein, was ihm ungewohnte Stunde war. Da neigte der Alte sein Haupt an das des Knaben und zog ihn mit beiden Armen an sich. „O lieber Gott im Himmel, die Lieb ist gar zu groß!" So hörete ich ihn murmeln, und dann kam ein Stöhnen tief aus seiner Brust. Aber der Knabe schlief, und der Mond rückte weiter und warf sein Licht auf beider Antlitz. Gnädiger Gott, Allwisser, ich war doch schier erschrocken; die beiden mußten eines Stammes sein! So ähnlich erschienen mir in diesem Augenblick das alte und das junge Antlitz.

Der Greis saß schweigend und wandte seine Augen ins Gemach, als suchten sie etwas, das einst hier gewesen sei; da drang von unten ein Knurren der großen Hunde durch die Dielen, und mir war, als ob Hans Christoph sie zu stillen suche; dann schrie das Zicklein vor dem Hausthor, und ich meinete zu hören, daß von draußen etwas an der Hofmauer hinaufspringe, aber dorten wieder hinunter auf den Boden falle.

Der Wildmeister richtete sich auf, und ich sahe, wie er

den Kopf des Junkers sanft zurückbeugte. „Wach auf, Kind!" sagte er; „der Wolf ist da!" Dann stund er auf, und der Knabe öffnete die Augen und schüttelte sein Haar zurück. Der Alte stieß mit einer Büchse, die er von der Wand genommen, kaum hörbar auf den Boden. „Nun komm, Rolf!" Und er faßte seine Hand und zog ihn an das Fenster. Draußen fiel das Raubthier, als wolle es sie zerbrechen, mit den Tatzen gegen die Planken des Hofthors; da griff der Wildmeister an die Leine, und ich, der ich gleichfalls an dem breiten Fenster stand, sahe nun den einen Thorflügel zurücksinken; aber dahinter war nur der leere Grund, auf welchen das Mondlicht schien. Der Wolf war fort und schien nicht rückkehren zu wollen. Wir standen lange, und ich dachte: Warum ließ der Alte nicht zu Anfang gleich das Thor geöffnet; denn nun scheuet sich das Thier? Oder wollte er nur um so länger sich des Knaben freuen?

Aber endlich, als ich wieder hinsah, stand auf dem leeren Flecke eine Kreatur, einem dürren, hochbeinigen Hund vergleichbar, und schritt, fürsichtig um sich lugend, in den Hof; stand still, warf den Kopf empor und schritt dann wieder weiter. Schon wollte es zum Sprunge ansetzen, jedoch im selben Augenblicke klappte hinter ihm das Thor; ein lothrechter Riegel fiel mit Gewalt herunter, und das Zicklein war in das Haus hineingezogen.

Der Alte nickte, indem er den einen Fensterflügel aufstieß: „Siehst du ihn?" frug er und wies nach einer Ecke des Hofes; aber wir sahen ihn nicht, denn es lag dort tiefer Schatten; nur zwei glimmende Punkte drangen von dorther durch das Dunkel.

Der Wildmeister legte die Büchse in des Knaben Hände. „Das ziemet dir", sprach er; „es ist der letzte Wolf in deinen Wäldern." Der Junker legte das Schießwerkzeug an seine Wange; aber da das schlagende Herz des Knaben dessen Arme zittern machte, hielt ihn der Alte mit der Hand zurück. „Halt, Rolf; ein so gestellet Thier darf nicht gefehlet werden!"

Da wandte ich mich um; ich wollte Weiteres nicht sehen.

„Nun schieß!"

Der Alte hatte es gesprochen; und es gab einen Krach, und durch die Dielen kam ein tobendes Geheul herauf.

Noch hörte ich, wie der Wildmeister mit dem Knaben nach dem Hofe hinabging; dann, wie sie draußen mit Hans Christoph das erschossene Thier aus seinem Winkel zogen.

– – „Ihr möget kein Blut sehen, Herr Magister!" sprach der Alte zu mir, da sie beide wieder in das Zimmer traten.

„Ihr saget es", entgegnete ich; „ich dachte an die Jungen des erschossenen Mutterthieres."

„Das ist nun so", sprach er und stand in sich versinkend vor mir; „'s ist doch kein schwanger Weib, aus dessen Schoß sich noch ein unreif Kind losreißen muß. Aber die jungen Wölfe sollen nicht verkümmern; ich und Hans Christoph", sprach er wieder lauter, „holen sie noch heute nacht; so lange wir die Brut nicht haben, ist der Wald nicht rein."

Dann entzündete er ein Licht mit seinem Zunderkästlein, öffnete eine Kammerthür und ließ uns eintreten. Hier stand eine schlichte Bettstatt, davor ein großer Sessel, ein Mantel lag darüber.

„Ihr werdet hier schon schlafen können", sprach er freundlich; „und habet somit gute Nacht!" Er reichte mir die Hand, küßte den Knaben, und wir hörten, wie er durch das andere Zimmer fortging.

Ich setzte mich in den Sessel und deckte mir den Mantel über, Rolf warf sich angekleidet auf das Bett. Er sprach kein Wort; er hatte den Kopf gestützt und starrte auf die Thür, durch welche der Alte sich entfernt hatte. „Wer war das?" rief er plötzlich, doch als ob er zu sich selber spräche. Da frug ich ihn: „Wen meinst du, Rolf? den Wildmeister?"

Er schien mich nicht zu hören, und der Glanz seiner Augen war gleichsam so nach innen gekehret, als sähen sie rückwärts in die weiteste Vergangenheit; vielleicht, denn es geschiehet ja also, stand er an dem Bette seiner Mutter, die er im vierten Jahre als eine allzeit kranke Frau verloren hatte. Und abermals rief er, jedoch frohlockend: „Jetzt weiß ich es! – Ich soll ihn grüßen!" und seine Augen warfen wieder ihre blauen Demantstrahlen.

Als aber die Flurthür des anderen Zimmers aufging und der Schritt des Alten darin hörbar wurde, der etwa was Vergessenes zu holen kam, sprang er jählings aus der Bettstatt und ging hinein.

Aber die Thür blieb hinter ihm um eine Spalte offen; da

sahe ich den Knaben in des Alten Armen hängen, ich sah das alte Gesicht sich auf das junge neigen und viele Thränen aus den alten Augen darauf fallen. Was sie zu einander sprachen, habe ich nicht verstanden, denn es war leise, gleich wie junges Vogelzwitschern. Aber ich stand auf und zog die Kammerthür zu, damit sie ganz allein wären. Ich dachte: „Schweige! denn, wie Matten sagt, bei Gott ist Rath und That."

– – Am Abend des andern Tages sah ich kein Licht da drüben in dem Thurmhaus, und ist auch wohl nimmer wieder eines dort gewesen; denn der Wildmeister hatte sich vom Hofe beurlaubet, nachdem er noch die jungen Wölfe abgeliefert hatte. Hans Christoph sah ich mitunter bei dem Kirchgange, er blickte mich dann traurig an und zog schweigend seine Mütze. Der Vetter raunte mir zu: „Das war des Sünders Glück, Ehrwürden, daß er sich zeitig fortgehoben." Der Junker aber redete nie von ihm und jener letzten Nacht. Nur der Herr Oberst sprach mitunter: „Das war doch anders, als noch der Wildmeister dort im Thurm hauste!" denn der neue Förster, der im Dorfe wohnete, wollte ihm nicht behagen.

Anno 1713 war ich schon mehr denn vier Jahre hier als Successor des Pastor Heikens, der nach Wetzlar in der Wetterau berufen worden.

Der Mißwirthschaft in unserem Lande überdrüssig – denn der Geheimrath Görtz riß immer mehr die Zügel an sich und war mit dem Könige nur einig, wo es galt, die Stände und das Land zu drücken –, hatte der Herr Oberst schon Anno 1707 den Junker nach Stockholm gesandt, woselbst er als Page und Leibdiener unserer Herzogin eingestellet wurde; nach deren im darauf folgenden Jahre bereits erfolgtem traurigen Absterben trat er als Fahnenjunker in die schwedische Miliz und hatte nunmehr geschrieben, daß er als Lieutenant bei den Dragonern war installiert worden.

Auf Grieshuus saß nun der Oberst mit dem Vetter und der Tante Adelheid in großer Stille; auch machte die Wunde ihm gar oft zu schaffen. Jeden Montag abend brachte ich dorten zu; dann sprachen wir von unserem stolzen Knaben. War ein Brief gekommen, so mußte ich ihn vorlesen; Tante Adelheid hielt dann ihre Spindel müßig auf dem Schoße, und der Vetter rief dazwischen; „Nun, Ehrwürden, was saget Ihr zu unserem discipulus?" Dann nickte der Oberst lächelnd von seinem Kanapee, worauf er mit seinem kranken Beine lag. Um zehn Uhr ging ich wieder hinab nach meinem noch weit stilleren Hause in dem Dorfe; denn ich war noch unbeweibet. Die Abel war noch immer bei denselben Leuten in der Stadt, die ihrer nicht entrathen mochten; sie hatten einen Kramladen, und das Mädchen war zu einer braven und anstelligen Jungfer aufgewachsen; in den Laden kam wohl mancher ihrethalben, der anders nicht gekommen wäre. Ich aber dachte schon lange, sie mir zum Weibe zu gewinnen.

Von Wölfen wurde seit des Wildmeisters Abgang ferner nichts gespüret, und es konnte auch ein Kind itzt ruhig durch die Wälder gehen; aber über der Thorfahrt und im Thurmhaus wohnte niemand mehr, und von hüben und von drüben leuchtete kein Licht mehr nach der Heide. Auch von dem Nachtspuk dorten hörte ich nichts wieder.

So war es im Januarius des gedachten Jahres. Der gewaltige Kriegsfürst Carolus XII. war seit der schweren Niederlage bei Pultawa fern in der Türkei geblieben; da erhuben sich alle seine Feinde, zuerst die Russen und Sachsen und der Dänenkönig Friedrich IV., der sich in dessen deutschen Herzogthümern Bremen und Verden in seinem Übermuthe von den Unterthanen hatte huldigen lassen; aber der schwedische Feldmarschall Steenbock schlug ihn bei Gadebusch und ging bei Lübeck über die Grenze in unser armes Land. So hatten wir wieder einmal alle Molesten des Krieges und waren doch im Frieden mit Dänen wie mit Schweden. Der Steenbock zog plündernd und brandschatzend bis in unsere Gegend, und mußten die drunten in der Stadt zum Willkommen allsogleich fünfhundert Tonnen Vierthalerbieres und fünfhundert Tonnen Brotkorn zu dessen Armee liefern.

Grieshuus war wohl bisher noch nicht berühret worden, aber wir waren hier in anderen Sorgen; denn unser Junker Rolf zog mit in der Armee des schwedischen Feldmarschalls. Einmal, von Pommern aus, war an den Vater ein Brief von ihm gelanget: „Mon cher papa, ich denk, wir kommen auch noch nach Grieshuus; da lasse ich mich bei Ihnen ins Quartier legen, um alles Mißgefüge zu verhüten. Und meine Falada möcht ich wieder reiten, denn unsere Pferde taugen nicht. Lasset das adelige Thier bis dahin fleißig rühren!" Aber der Herr Oberst hatte ihm darauf erwidert: „Suche Dich loszumachen, Rolf; denn der König strecket auch über Grieshuus anitzo seinen Scepter, und er würd' es Dir übel danken, so Du wider ihn gestritten hättest." Es kam keine Antwort; er hat den Brief wohl nimmer erhalten. Aber ein mündlicher Gruß kam unerwartet durch einen Knecht, der unten in der Stadt gewesen war. Aus einer schwedischen Escadron Dragoner, so dorten auf dem Markte ihm vorbeigeritten, hatte er sich rufen hören: „Marten, Marten! Wie geht's zu Hause?" und auf seine fast erschreckte Antwort: „Oh, alles gut, Herr!" nur noch: „So grüß! Ich komme bald!" Dann war die Escadron schon weit; aber der Knecht wußte nun, es war der Junker Rolf gewesen; er hatte ihn nur nicht gleich erkannt mit dem gekürzten Haupthaar und dem leichten Barte.

Solches erzählete mir der Vater, in Freuden halb und halb in Kümmerniß; denn itzo war ich fast jeden Nachmittag ein Stündchen auf Grieshuus. – Am vierundzwanzigsten Januarius aber – es wird das Datum nimmer aus meinem Herzen schwinden – stand ich noch spät abends in dem Schlafgemach der Tante Adelheid und schauete in den hellen Hof hinab und nach dem weiten Himmel, von wo der Mond und alle Sterne auf die Erde schienen. Die Tante vermeinete zu sterben, obwohl der Doktor sie noch ein Dutzend Jahre wollte leben lassen, und ich war, nachdem ich schon nach Haus gegangen, aufs neue geholet worden, um ihr das heilige Abendmahl zu reichen. Die Wachskerzen waren eben ausgethan; sie lag in ihrem Himmelbette und seufzete nach dem Junker, um ihm noch ein ererbet Uhrlein mit Kette in die Hand zu geben. Die alte Matten saß an ihrem Lager, aber das übrige Haus war schon zur Ruhe.

Da ich also in die stille Winternacht hinausschauete und mir beifiel, daß heut und übel Wetter doch nicht allezeit beisammen seien, hörte ich unten von der Thorfahrt her ein Rütteln an dem Eisengitter, das der Herr Oberst erst in dieser Zeit hatte davorsetzen lassen.

„Auf! auf!" rief eine Weiberstimme, und noch einmal und lauter: „Machet auf; ich bin es!"

Wer war das? Aber ich wußte es schon und ging mit raschen Schritten nach der Thür.

Die Tante rief kläglich aus ihrem Bette: „Will Er mich schon verlassen, Pastor?" Aber ich vernahm es kaum; ich eilte über den Hof und holete den Schlüssel aus des Verwalters Schlafkammer, der seit Nachmittage mit dem Vetter jenseit des Waldes auf dem Meierhofe war.

Der Wind fegte durch die Thorfahrt, es war eisig kalt; draußen aber vor dem Gitter stand ein schlankes Mädchen mit wehenden Röcken, ein Tüchlein um den Kopf gebunden.

„Jungfer Abel!" rief ich und schloß das Gitter auf; „wo kommt Sie doch daher so mitten in der bitter kalten Nacht?"

Aber sie war also außer Athem, sie antwortete nicht, sondern setzte sich nur auf die Treppe, so nach meiner früheren Kammer führte, und ihre kleinen Hände waren schier verklommen.

„Einen Augenblick nur!" sprach sie dann; „aber eilet! Wecket den Herrn Oberst! Ich folge Euch sogleich – nur eilet, eilet!"

Da that ich, wie sie wollte, und ging eilig in das Haus.

Und als der Herr Oberst kaum aus seiner Schlafkammer in das Wohngemach gelanget war, da öffnete sich auch die Thür vom Flur aus, und das Mädchen war hereingetreten; die dunkeln Augen lagen fast schwarz in ihren Höhlen.

Der Oberst saß am Tisch inmitten des Zimmers; eine Flasche rothen Weines stand noch vom Abend halb gefüllet neben ihm; er saß bleich und matt in seinem Schlafpelz auf dem Sessel, sein altes Übel plagte ihn itzo sehr. „Abel", sprach er, „warum kommst du mitten in der Nacht? Hast du Unfrieden gehabt mit deinen Leuten?"

Aber sie schüttelte den Kopf. „Der Wildmeister war in der Stadt!" sagte sie hastig; „aber er wollte erst ein Pferd sich suchen. Da bin ich ihm vorausgelaufen; denn die

Schweden haben die Pferde all genommen! Lasset die Knechte wecken, Herr Oberst!“ rief sie, indem sie ihm zu Füßen stürzte, „nehmet den besten; er muß reiten, über die Heide und durch die Wälder nach dem Fluß hinunter: aber keine Viertelstunde ist zu verlieren!“

„Was soll das?“ sagte der Oberst. „Reiten? Und itzo in der Nacht? Du hast die schlimmen Tage wohl vergessen? Die Kerle fürchten den Teufel oder was sonst heute umgehen soll; ja, wenn der Wildmeister wirklich wieder da wäre!“

Abel hob ihr bleiches Haupt: „Der kommt zu spät, Herr Oberst! – So gebet mir ein Pferd! Gott wird mir helfen.“

„Das ist nicht Weibersache. Aber weshalb soll denn geritten werden? Das müssen wir doch zuerst wissen!“

Das Mädchen sah verwirret zu ihm auf: „Ja, ja, Herr Oberst! Aber der Junker Rolf stehet mit einem Posten schwedischer Dragoner drunten an dem Flusse; er soll die Brücke halten, denn die Russen wollen dort hinüber. Sie meinen in der Stadt, das würd' noch Tage ausstehen; aber ich weiß, die Russen kommen noch in dieser Nacht! Lasset den Junker warnen, Herr! Sie könnten sonst alle verhauen werden!“

„Herr Pastor“, sprach der Oberst, nachdem er einen Augenblick todtenbleich, wie suchend, um sich her gesehen, „wollte Er die Knechte wecken?“

Und so ging ich hinaus und schüttelte die Kerle aus ihren schweren Betten. Als ich ihrer drei beisammen hatte, trat ich mit ihnen wieder in das Zimmer und hörete den Oberst zu dem Mädchen sagen, das an seinem Sessel stand: „Hätte ich den Verwalter nur nicht fortgesendet! – Ich selber?“ Und er wiegte wie rathlos seinen Kopf. Als er aber die Knechte sahe, welche sich schläfrig an den Thüren aufstellten, rief er: „Nun, Leute, wer von euch will eurem jungen Herrn zuliebe heute nacht noch einen Ritt thun?“ Und er berichtete, was zu wissen ihnen noth war. Aber sie antworteten ihm nicht, schielten sich an und stießen sich mit den Ellenbogen.

„Es soll nicht euer Schade sein!“ sprach der Oberst wieder und bot ihnen eine Summe Geldes.

Da sagte der größte von den Kerlen: „Herr, wir haben ja die schlimmen Tag'; man lebet doch nur einmal.“

„Wisset ihr", rief der Oberst, „daß ihr des Junkers Leute seid? Ich kann euch schicken, ohne euch zu fragen!"

Und da sie abermals schwiegen, schlug das Mädchen wie in Zorn und Verachtung die Hände in einander: „Die würden nicht zum Heile reiten; aber gebet mir das Pferd, wenn sich die Mannsleut fürchten!"

„So nicht, Jungfer Abel!" rief ich; „ich bin kein Reiter; aber so man mich verlanget, bin ich gleich Ihr dazu bereit!"

Da, während sich allmählich ein Haufen Gesindes in das Zimmer gedrängt hatte, wurde unten die schwere Hausthür aufgestoßen; es kam die Stiegen zu uns herauf, hastend und doch mühsam; und alle Köpfe wandten sich. „Der Wildmeister!" raunte es unter den Leuten; „das ist der Wildmeister!" Sie wichen alle zurück, als die große Gestalt des Greises in das Zimmer trat. Aber er schritt nicht mehr aufrecht wie vor Jahren; er schien in diesem Augenblick wie am Ende seines Lebens. Trotz der eisigen Nachtkälte draußen rann der Schweiß in Tropfen ihm in den weißen Bart; er wollte sprechen, aber der Athem versagte ihm, und er neigte sich nur stumm vor seinem früheren Herrn.

Der reichte ihm beide Hände und sprach: „Ihr seid krank, Wildmeister; aber ich danke Euch, daß Ihr heut gekommen seid!"

Da erhielt der Greis die Sprache wieder: „Nur alt, Herr Oberst; geben Sie mir einen Trunk von jenem Wein!"

Der Oberst schenkte den großen Glaspokal zum Rande voll, und der Alte trank durstig bis zum letzten Tropfen. Und allmählich richtete er sich auf: „Wer ist zur Brücke?" frug er.

„Niemand!" sprach der Oberst.

Vom Kirchthurm unten aus dem Dorfe schlug es Mitternacht, und alle wandten das Haupt, um dem Schalle nachzuhorchen.

„Es ist Zeit!" rief der Alte und stand aufrecht, wie wir vor Jahren ihn gekannt hatten. „Gebet mir des Junkers Pferd Falada, so soll die Erde uns nicht lange halten!"

„Gehe, Marten", sprach der Oberst, „und sattle die Falada!"

Und der Knecht trollete sich schweigend, und die andern Knechte und die Dirnen gingen mit hinaus. Der Oberst reichte dem Wildmeister die Hände: „Ihr seid der Alte noch! Wir harren Euer, bis Ihr wiederkehret; und Gott geleite Euch!“

Doch als dieser sich zur Thüre wandte, stand Abel vor ihm, mit ihren großen schwarzen Augen zu ihm aufblikkend: „Ich darf nicht“, sagte sie; „aber, Herr, Ihr werdet nichts versäumen!“

Da neigte der noch immer aufrechte Mann sich zu ihr, nahm den kleinen Kopf des Mädchens zwischen seine Hände und küßte sie liebevoll auf ihre Stirn: „Nein, Kind, so Gott will“, sagte er leise; „ich liebe ihn ja noch mehr als du!“

„Noch mehr?“ murmelte das Mädchen und schüttelte finster mit dem Haupte. Das sah ich noch; dann war ich mit dem Wildmeister draußen vor dem Hausthor. Da stand schon die Falada, von dem Knecht gehalten; das edle Thier streckte den Hals und wieherte grüßend in die helle Nacht hinaus; der greise Mann aber reichte mir die Hand: „Lebet wohl, Herr Pastor!“ sprach er, „betet für mich, Ihr kennet ja das Wort der Schrift: Unstet und flüchtig sollst du sein auf Erden! – Noch dies; dann, hoffe ich, wird Ruhe sein.“ Und da er mich itzt ansahe, war mir, als schaue ein lebenslanger Gram aus diesem edlen Antlitz.

Er bestieg das Roß, wandte es und ritt über den Hof zum Thore hinaus; ich aber ging ihm bis an den Rand der Mulde nach und sah noch eine Zeitlang die hellen Mähnen seines Rosses in der dunklen Heide fliegen.

– – Als ich die Treppe im Herrenhause wieder hinaufstieg, hörte ich die Thür des Krankenzimmers gehen, und mit ihrem Krückstock kam die blinde Matten daraus hervor.

„Wo will Sie hin, Matten?“ frug ich.

„Zum Herrn“, entgegnete sie kurz; „aber faß Er mich an, Magister!“

So ging ich mit ihr hinein. Der Oberst saß wieder in seinem Sessel; Abel stand neben ihm, als sei sie gelähmt.

„Verzeihet, Herr!“ sagte die Alte; „wir hören die Dirnen reden, und das Frölen Adelheid fraget danach: Was ist mit dem Junker?“ Dann hielt sie inne: „Ist hier noch jemand mehr zugegen?“

„Deine Abel“, sprach der Oberst; „sonst niemand.“

„Abel? Nein, die ist unten in der Stadt; das sei Gott geklaget, denn da ist rauhe Wirtschaft itzo.“

Aber das Mädchen ging zu ihr und berichtete, was sie hergetrieben hatte. Die Alte stand gebückt und lauschte. „Wer soll denn reiten?“ frug sie.

„Der Wildmeister, Möddersch; denn der ist wieder da und gleich nach mir hieher gekommen.“

Die Alte hatte sich aufgerichtet: „Der Wildmeister? Den ihr hier den Wildmeister geheißen habt? Wo ist der? Der darf nicht reiten!“

„Was redest du da wieder, Matten?“ sprach der Oberst. „Ein besserer wär nicht zu finden. Er ist schon fort; er muß bald mitten in den Eichen sein.“

Da fiel die Alte auf die Knie, und ihren Krückstock in die Höhe streckend, rief sie: „So stehen sie beide bald vor Gottes Angesicht!“

Das Kerzenlicht, welches allein in dem weiten Gemache brannte, und die Mondesdämmerung, welche durch die hohen Fenster schimmerte, erzeugeten ein seltsam wüstes Zwielicht; es war so kalt und öde hier; mir war mit einem Mal, als sei alle Hoffnung längst verloren.

Der Oberst hatte sich erhoben und wandelte hinkend auf und ab. „Die Stunde ist schwer, Matten“, sagte er; „mache sie nicht schwerer durch deine Thorheit.“

Die Alte entgegnete nichts, sie schien zu beten; doch Abel hob sanft und schweigend ihr altes Möddersch auf. Ich hörte, wie sie langsam den Korridor entlang und nach dem Krankenzimmer gingen.

– – Der Herr Oberst und ich waren itzt allein. Vom Dorf herauf kam mit dem Wind ein Schlag der Thurmglocke. „Eins!“ sagte der Oberst.

„Ja, eins!“ wiederholte ich; „vor vier Uhr kann der Wildmeister nicht zurück sein. Wollen der Herr Oberst sich nicht zur Ruhe legen bis dahin?“

Aber er schüttelte den Kopf: „Wenn Er, Magister, mit mir wachen wollte?“ Und da ich dessen ihn versicherte, zog er den Glockenstrang: „Vielleicht, er könnte selber kommen!“

Ich schwieg; aber eine Magd kam, und bald entzündete sie ein mächtig Feuer in dem großen Ofen, und der Oberst hieß sie seinen Sessel und einen Stuhl für mich davor tragen.

Hier haben wir bei einander in der Nacht gesessen. Ein leichter Wind flirrete vor den Fenstern, und unterweilen ruckten wohl einmal die Wetterfahnen auf dem Dache. Sonst war alles still; nur wenn die Stunde wieder voll wurde, kam der Glockenschlag vom Dorf herauf. Geredet haben wir nicht viel mitsammen; des Obersten Gedanken mochten bei dem Sohne sein, auch wohl den greisen Reiter durch den Forst begleiten; denn einmal streckte er jählings beide Arme aus, und rief als wie aus Träumen: „Gott schütz sie beide!“ schwieg dann aber wieder oder sprach dazwischen: „Wie weit mag's in der Zeit sein, Pastor?“ – Ich selber aber – denn so voll selbstsüchtigen Gebarens ist unser Herz –, ich dachte allendlich doch immer wieder an die Abel, und in meinen Gedanken summete dann allzeit ein Gebet: „Ja, schütze ihn, mein Herr und Gott; aber das Herz des Mädchens, das mein Glück ist und das ihm nicht tauget, das wende du zu mir und gib uns deinen Segen. Amen!“

Das Feuer im Ofen war längst verloschen; itzt prasselte auch das Licht auf und sank dann zusammen. Es wurde fast dunkel in dem Zimmer, obschon da draußen noch der Mond schien; und da ich wußte, wo das Feuerzeug zu finden, so stand ich auf und entzündete das neue Licht, das bei dem Leuchter lag. So war es wieder wie vorher.

Es mag schon nach fünf Uhr gewesen sein, da hob der Oberst seinen Kopf und horchete nach den Fenstern zu; dann plötzlich richtete er sich völlig auf: „Sie kommen!“ rief er. „Hört Er es, Magister?“

Wir traten an das Fenster, sahen aber nichts, denn das Thorhaus ließ durch das Gitter von hier aus nur einen kurzen Blick nach draußen. Ich horchte. „Aber ein Wagen ist dabei, Herr Oberst!“ sprach ich.

„Nein, nein; Er täuschet sich.“

Ich horchete wieder, und ich vernahm es deutlich. „Gewiß ein Wagen!“ rief ich. „Aber ein Pferd, vielleicht ein Reiter, ist vorauf!“

Und immer näher kam es. „Ein Wagen! Ja, ich höre ihn“, sprach der Oberst. „Was hat der Wagen zu bedeuten?“

Bald trabte ein Reiter durch die offene Thorfahrt. Auf dem Hofe sprang er ab; aber er brachte selbst sein Pferd zu Stalle. Gleich danach höreten wir wieder draußen seinen Schritt; dann trat er in das Haus und stieg die Treppe zu uns herauf.

„Nur der Verwalter", sagte der Oberst; „er kommt vom Meierhof. Aber wo ist der Vetter?"

Da war der Mann schon zu uns in das Zimmer getreten, stand am Thürpfosten und sah den Oberst an, als habe er Unheil zu verkünden, das den Mund nicht zu verlassen wage.

Sein Herr war auf ihn zugegangen: „Er ist's, Verwalter? Hat Er mich doch schier erschrecket!"

Aber der Mann schien vergebens an einem Wort zu würgen.

Der Oberst wurde unruhig. „So red Er doch!" rief er; „was hat Er mir zu melden?"

Da sprach der andere: „Wir bringen einen Todten." Und nach einer Pause: „Wir trafen den Wagen vor dem Walde; der Herr Vetter blieb dabei; ich bin vorausgeritten."

„Den Wildmeister!" rief der Oberst. „Wo habet ihr ihn gefunden?"

Aber der Verwalter starrte ihn an. „Was meinen Sie mit dem Wildmeister, Herr?"

Der Oberst wurde kreideweiß im Antlitz und griff hinter sich nach einem Tische; dann streckte er den Arm und ließ die Hand schwer auf des Verwalters Schulter fallen. „Sag Er nichts weiter; nur – wie habe ich meinen Sohn verloren?" Aber seine Hand zitterte so gewaltig, daß der starke Mann darunter bebte.

„Herr, wenn Sie es wissen wollen!" sprach er; „überfallen sind sie worden, aber halb im Schlafe doch noch in den Sattel kommen; und ein Kampfgewühl jenseit der Brücken hat sich dann ergeben. Der Junker Rolf auf einem hohen Fuchs war überall voran, aber auch viele Lanzen – denn von solchem Reitervolk sind die Russischen gewesen – haben nach ihm gezielet. Da ist vom Wald herunter ein herrenloses dunkles Pferd herangekommen, mit weißem Schweif und Mähnen, die haben im Mondenschein geflogen; das ist, als sei es rasend, durch die Niederung und über die

Brücke auf die streitenden Milizen losgestürmt; die dunkeln Augen haben gefunkelt, es hat den kleinen Kopf nach rechts und links herumgeworfen. ‚Das war kein Pferd, wie wir sie haben', sagte der schwedische Soldat, der mir das erzählete. Und zwischen dem Junker und einem Offizier, der seine Lanze auf ihn eingeleget, ist es jach hindurchgestoben; aber des Junkers Augen, die er so nöthig brauchte, hat es mitgenommen. ‚Falada!' hat er laut gerufen, dann –"

„Dann?" stammelte der Oberst.

„Ja, Herr, das ist sein letztes Wort gewesen; denn die Lanzenspitze des Russen hatte ihm das Herz durchstoßen."

Ich faßte schweigend unseres Herrn Hand; da rollte ein Wagen langsam in den Hof, und wir stiegen hinab und hoben unseren Rolf, den schönen todten Offizier, herunter; wir trugen ihn hinauf in seine alte Kammer und legten ihn auf die Bettstatt; aber nicht mehr, damit er wie einstmals im Morgenroth von seinem Lager springe.

– – Ich hatte den Todten in seines Vaters Hut gelassen; denn mir lag zu sehr am Herzen, was nun zunächst uns zu besorgen oblag.

Da ich aus dem Hof getreten war, sahe ich ein zehnjährig Bürschlein vom Dorf heraufkommen; das erwartete ich, gab ihm eine kleine Münze und sprach: „Gehe ein Stücklein mit mir, Jürgen, falls ich einen Boten brauchte."

Das war es zufrieden: und so gingen wir mitsammen an der rechten Seite oben durch den Waldesrand, und ich, wie wir fürder schritten, schauete von dorten allzeit über die Heide hin. „Wen suchet Ihr, Herr Pastor?" frug das Kind.

„Mir ist bang, – ich suche einen Todten", entgegnete ich ihm.

Da wurde das Kind gar stille, und wir gingen weiter; aber es drängte sich an mich, wenn Krähen oder Elstern in den nackten Bäumen rauschten. Als wir oberhalb des Steines vor dem Tümpel kamen, streckte es seine Hand dahin. „Sehet, Pastor", sprach es; „da liegt einer!"

Und als wir durch das Kraut hinabgestiegen waren, da hatte ich gefunden, was ich suchte. Als habe er zu sanfter Ruhe sich gestreckt, lag hier der Wildmeister mit seinem weißen Kopfe an den Stein gestützet. Der Vorbote der aufgehenden Wintersonne war schon da: ein rother Morgenschimmer lag auf dem stillen Angesicht.

Scheu und fürsichtig war der Knabe näher kommen. „Der schläft nur!“ sagte er.

Ich aber sprach: „Gehe hin zum Hofe und erzähle, was du hier gesehen; und bitte, daß sie einen Wagen senden; denn hier ist Gottes Frieden und der Schlaf der Ewigkeit.“

Und so knieete ich zu dem Todten und betete, daß Gott Erbarmen haben möge auch mit der Seele dieses Mannes. Der Knabe aber lief dem Hofe zu.

In der Woche vor dem vierten Sonntage Epiphanias standen die zwei Leichen oben in dem großen Saale aufgebahret, und es war der Tag, an welchem die Beisetzung geschehen sollte, denn auch der Wildmeister sollte in die Gruft derer von Grieshuus; so, hieß es, hatte der Oberst es verordnet, weil er sein Leben um den letzten Sohn des Hauses zugesetzet.

Als ich am Vormittage in den Hof kam, fand ich selbigen von Bauern ganz erfüllet, alt und jung, mit ihren Weibern und Kindern und Gesinde; der Oberst, sagte mir einer, habe sie herbestellt. Ich drängte in meinem langen Priesterrocke mich hindurch und trat in das Haus, wo auf dem Flur ein Rauchwerkdüften mir entgegendrang. „Wo ist der Herr Oberst?“ frug ich eine Magd.

„In seinem Zimmer“, sprach sie; „aber die alte Matten ist bei ihm; er wünschet ungestört zu bleiben.“

So stieg ich die Stufen der breiten Treppe hinauf und öffnete die Thür des großen Saales. Da waren nur die beiden Todten. Hohe Wachskerzen auf silbernen Candelabern brannten an ihren Särgen, so mit einem Zwischenraume neben einander standen, und die Flammen knisterten leise, als müsse doch irgend etwas sich hier regen; hinter ihnen hingen lange Leilaken vor den hohen Fenstern. Und da ich stand und mein Auge nicht von den Leichen wenden konnte, deren Angesichter zu mir gewendet waren, vernahm ich ein Rauschen wie von Weiberkleidern an des Junkers Sarge, und eine dunkle Gestalt, die lautlos dort gelegen, richtete sich empor. Es war Abel, und ich ging zu ihr, reichte ihr die Hand und sagte: „Hat Sie ihn denn so sehr geliebet, Jungfer?“

Sie neigte nur das Haupt und sprach: „Es hat ihm nichts genützet.“

Aber mein Herz erzürnte sich wegen ihrer Trauer für den armen Knaben. „Gottes Barmherzigkeit“, sprach ich hart, „wird alles ihm ersetzen.“

Da sahen ihre dunklen Augen fast gottlos in die meinen, als wollten sie mich lehren, daß nur ein Weib, nicht unser Herrgott selber, was er verloren, ihm ersetzen könne. Mir aber erschien in diesem Augenblick das Schweigen der Todten so ungeheuer, daß auch mein Mund verstummte. Ich blickte auf das starre Angesicht des Knaben, und eine Falte zwischen den fest geschlossenen Augen, so der Tod nicht ausgeglättet, deuchte mir zu sagen, daß er noch itzo seinem Schöpfer zürne, der ihn also früh berufen habe.

Da hatte sich die Thür geöffnet, und unser Herr in voller schwedischer Obristenuniform, den Hut mit Federn auf dem Haupt, war eingetreten; aber seine Wangen waren schlaff und seine Augen müde; ihm folgeten die alte Matten und der Vetter mit der Tante Adelheid, welche der Tod des Knaben von ihrem Bette aufgetrieben hatte.

Nachdem der Oberst zwischen die Särge hineingegangen war, kam es auch draußen die Treppenstufen herauf, und die Leute, so auf dem Hofe gestanden hatten, fülleten nun den ganzen Saal, ja standen überdem noch draußen vor den offenen Thüren auf dem Gange.

Der Oberst hob seinen Hut vom Haupte: „Ich habe euch herbestellet“, begann er mühsam; „ich mußte es, denn mein Mund ist der letzte, der hier noch reden kann.

So höret es! Nicht ich und nicht mein Sohn, den mir der Herr genommen – der Greis hier in dem zweiten Sarge“ – und er legte seine Hand sanft auf die des Todten – „ist euer Herr gewesen bis an sein Ende. Aber ihr sahet ihn nicht, und da er kam als ein Dienender, habet ihr ihn nicht erkannt; unstet und flüchtig blieb er nach dem Fluch der Schrift ein langes Leben durch; denn seinen Zwillingsbruder hatte er im jähen Zorn erschlagen. Aber nicht wie Kain den Abel: der Bruder hatte ihm sein Glück, sein junges

Weib, getödtet; und da zwang er ihn zum Kampf und erschlug ihn.“ Und der Oberst legte die Faust auf seine Brust, daß die Spangen an dem Degenriemen klirrten: „Beim ewigen Gott! ich hätt ihn auch erschlagen!“

Nach einer Pause sprach er dann noch einmal: „Das habe ich euch sagen müssen, um der Ehre des Todten und um der Wahrheit willen. – Und nun, ihr Alten, die ihr mit ihm jung gewesen, sehet ihn noch einmal an, ob ihr den Junker Hinrich von Grieshuus erkennen möchtet! Und fürchtet euch nicht, denn in seinem Angesicht ist Frieden.“

Da lösete sich eine Reihe alter Leute aus dem Haufen, und sie traten langsam, gar einige auf Krücken oder von einem Kinde geführet, zu dem Sarge und blickten gierig und doch mit Scheu in des Todten Angesicht, das auf all ihr Schauen keine Miene regete. Bald aber erhob sich eine oder die andere Hand und strich liebkosend über das Leichenhemde oder gar an die Wange des Leichnams selber, und ich hörete: „Ach ja, der Junker! Unser Junker Hinrich!“ Eine Stimme aber rief laut: „Mein Herr! mein guter Herr! Nun hast du deine Bärbe wieder!“ Das war der alte Hans Christoph aus dem Dorfe.

Der Oberst hatte sich zu seinem Sohn gewendet; er faßte das schöne todte Haupt in seine Hände und küßte es zu vielen Malen. „Rolf“, sprach er leise; „mein Kind! mein Kind! Vor den Wölfen hat er dich bewahren können; der Wille Gottes ist für ihn zu stark gewesen!“

Die alte Matten stand auf ihren Stock gelehnet und horchete und hielt die Hand ans Ohr und nickte dann, als ob nun alles gut sei. Es war eine rechte Todtenstille geworden, die alten Leute lagen schweigend am Sarge ihres alten Herrn.

„Und nun gehet hinaus“, sprach der Oberst wieder, „und lasset mich ein Weilchen noch bei unseren Todten; dann wollen wir die Letzten ihres Stammes in der Gruft zur Ruhe setzen.“

Abel mit ihrem dunkeln und doch bleichen Antlitz stand zu Häupten an des Junkers Sarge; als auch sie hinaus wollte, faßte der Oberst ihre Hand: „Nein, bleibe, Kind; und auch Er, Magister; denn die Stütze meines Lebens ist gefallen.“

Die Todten waren beigesetzt, und als hernach die kupfernen Kisten kamen, in welche ihre Särge eingesenket wurden, da ließ der Oberst die Kapellengruft vermauern, wie sie noch itzo ist. Ihn selbst aber hatte die Sippe seines Weibes vor Gericht gezogen; denn es war unerweisbar, wer zuerst gestorben, ob der Junker Hinrich, ob sein Enkel Rolf; war es der letztere, so hatte dessen Vater kein Erbrecht, weder an Grieshuus noch an den Meierhof. Da es aber bei unterschiedlichen Gerichten gelegen, haben sie endlich sich zu gütlichem Ausgleich hergelassen, und der Oberst hat den Hof gelassen und ist nach Stockholm hingezogen. Die Tante ist mit ihm dahin gegangen; der Vetter aber hatte inzwischen wieder Muth gewonnen, er ging zu einem anderen Vetter, bei welchem er sich auch hier im Land zu nähren dachte. „Ehrwürden", sagte er mir bei seinem Abschied, „wir wären alle hier geblieben, wäre ich in jener Nacht auf Grieshuus statt auf dem Meierhof gewesen!" – Sie sind wohl itzo alle nicht mehr hienieden; denn außer zween Schreiben des Herrn Obersten, bald nach ihrem Abgang, habe ich von keinem etwas mehr vernommen.

Nach dem Begräbnisse aber war das Gerede von den schlimmen Tagen wieder aufgekommen: der Nachtspuk des Erschlagenen habe dem Junker Hinrich nun doch das Genick gebrochen und also ihn und sein Geschlecht vernichtet. Ich aber sage heut wie vormals: Das sind nugae, und es passet nicht zu des Allweisen Güte; das Pferd wird vor dem hellen Stein gescheuet haben, und so ein altes Leben findet bald ein Ende. Doch will ich eines nicht verschweigen.

Am Tage nach der Beisetzung ist ein Bauer auf den Hof gekommen, der hat die Falada am Stricke hinter sich gezogen und gefraget, ob das Thier nicht hier zu Haus gehöre. Eine Meile unterhalb der Brücke habe es am Fluß gestanden, mit gesenktem Kopfe in das Wasser schauend, gleich als wenn es sich besinne und sich nicht einig werden könne, ob es hinüber schwimmen solle oder nicht; aber da er nähergegangen, sei es noch immer so gestanden und habe auch weder um- noch aufgeschauet; der Nachtmahr oder sonst was müsse es geritten haben.

Die Knechte kamen und auch der Herr und besahen das Pferd, das sich nicht rührete, und sagten: ja, das sei freilich die Falada, aber es sei vordem ein feueriges und gar kluges Thier gewesen.

Und da es erschrecklich mager war, meineten sie, es müsse nur erst wieder Kräfte sammeln, und führeten es in den Stall, wo es lange Zeit mit Fürsicht gut gefüttert wurde. Aber es blieb dasselbe noch nach Wochen, auch nach Monden; denn die schöne feuerige Falada war hintersinnig worden und zu keinem Ding auf Erden noch was nütze. Da hat der Oberst sich erbarmet und ihr selbst die Kugel durch den Kopf geschossen.

Die alte Matten hatte ich in mein Haus genommen, und da ich sie eines mondhellen Abends holete, ist sie, wie sie mir sagte, gern mit mir gegangen. Als wir auf dem Steige über dem Kirchhofe wanderten, nickte sie nur nach der Kapellenmauer und murmelte wie für sich selber: „Gute Nacht, ihr Christenseelen alle! Gute Nacht auch, Junker Hinrich und du kleiner Rolf! Bei Gott ist Rath und That!"

Und ein paar Jahre hat sie dann noch in Frieden unter meinem Dache gelebt.

In dieser Zeit aber ist aus dem großen Unglück der vornehmen Leute mein allergrößtes Glück erwachsen; denn Abel ist mein ehelich Weib geworden und eure Mutter, du, mein Kaspar, und du, meine Maria! Manchen holden Tag hat sie mir gemacht, und die Frommen haben sie geliebt; aber den „König Enzio" hat sie nimmer doch vergessen können. Da haben wir unsere Liebe für den Todten zusammengethan und die weißen und die rothen Rosen an der Mauer seiner Gruft gepflanzt und allezeit gepfleget. Und fast ein Menschenleben hat der Allgütige mir mein Glück gelassen; itzt ruhet auch sie unter Rosen, die meine Hand allein gepflanzet. Es ist geworden, wie einst Matten sagte: ich habe alle überlebt. Und nicht nur die Menschen; denn Grieshuus ist abgebrochen worden, nur noch Mauertrümmer ragen aus der Erde; die Wälder werden Jahr für Jahr geschlagen, daß bis in unser Dorf hinunter der Sturz der Rieseneichen schallet. So ist es, wie der Dichter singt:

Auf Erden stehet nichts, es muß vorüberfliegen;
Es kommt der Tod daher, du kannst ihn nicht besiegen.
Ein Weilchen weiß vielleicht noch wer, was du gewesen;
Dann wird das weggekehrt, und weiter fegt der Besen.

Ein Fest auf Haderslevhuus

Im vierzehnten Jahrhundert in Nordschleswig war es, als dort im tiefen Buchenwalde der Ritter Klaus Lembeck auf seiner Höhenfeste Dorning saß. Sie war ihm nach dem Tode seines jütischen Weibes zugefallen; er hatte sein Wappen, einen Geierkopf auf rotem Felde, über die Einfahrt des Außentores nageln lassen und zog Wall und Gräben doppelt stark um sich herum. Denn Waldemar Atterdag, der Dänenkönig, trug heimlichen Groll gegen den gewaltigen Mann, der einst aus seinem grimmigsten Feinde sein dienstbeflissener Kanzler geworden war, dann aber wiederum ihm abgesagt und sich zu den Grafen von Holstein, den Schauenburgern, und zum Herzog Waldemar von Schleswig gestellt hatte.

Es war damals gar wilde Zeit bei uns; der König berannte, wiewohl vergebens, die Feste Dorning mit seinem Kriegsgeschwader; dann schloß er Frieden und legte, mit Untreue im Herzen, seine Hand in die des Ritters. Als dieser aber bald danach der tödlichen Nachstellung des Atterdag nur kaum entronnen war, da zog er nach der Insel Föhr, um dort sich eine Burg zu bauen, und ließ die Feste Dorning seinem ältesten Sohne. Das aber war nicht, wie ein Chronist dem anderen es nachgeschrieben hat, der Henneke Lembeck, welcher späterhin die Kieler in Not brachte, weil sie einigen seiner straßenräuberischen Burgleute den Kopf hatten vor die Füße legen lassen; es stand noch einer zwischen ihnen, von dem jede Kunde fast verschollen scheint: der älteste Sohn des vielberufenen Ritters war Rolf Lembeck und saß, wenn auch nur wenig Monde, auf Schloß Dorning. Er war nur halb vom Eisenstoffe seines Geschlechtes, und lieber als im Harnisch ging er auf leichten Sohlen und in zierlichen Gewändern von Sammet oder Seiden; von ihm war nur ein jäh zerrissenes Minneabenteuer zu berichten, das wie Mondlicht in die Wirrnis dieser finsteren Zeiten fällt; doch damit hatten die Chronisten nichts zu schaffen. Und obschon sein Leben ein Vierteljahrhundert kaum erreichte, so war er doch ein deutscher Ritter, blauäugig und mit blondem Haupthaar, von froher, leichter Jugend und von heißer Lebenslust.

Ich aber weiß von ihm; und was ich weiß, das drängt mich heut, es zu erzählen.

Klaus Lembeck wollte keinen Gelehrten aus seinem ältesten Sohne machen; aber gleich ihm, ja besser noch, sollte er Kopf und Faust gebrauchen können, und dazu mußte beides gleich geübt werden. So hielt er ihm einen clericus, der den leichtlebigen Gesellen in den Wissenschaften des Quadriviums umherführte; so sandte er ihn danach – es war noch während der Pestzeit – auf die Universität Paris, und der Junker begann sogleich ein eifrig Studium: er lernte höfisch fechten, er lernte tanzen und die Laute spielen, auch klingende Schanzunen dazu flechten, und was der schönen Künste sonst noch waren; die schwereren ließ er den andern. Dann ward ihm noch ein fröhlich Jugendjahr auf der neuen universitas zu Prag, wo derzeit der deutsche König Karl seinen Hof hielt. Hier lernte er die großen deutschen Dichter kennen, den Iwein und den Armen Heinrich Hartmanns von Aue, die Lieder des Österreichers von der Vogelweide, sogar ein Stück von Wolframs Parzival hatte er gelesen; was aber ganz sein Herz gefangen hatte, das war des Straßburger Meisters Liebeslied von Tristan und Isolde.

Vor dem weitreichenden Namen seines Vaters tat manch edles Tor, sogar das edelste sich auf. Bei einem großen Tanzfest im Hradschin, das auch des Königs Gegenwart verherrlichte, war Rolf Lembeck der gewandtesten Tänzer einer und flog in den hohen kerzenhellen Sälen von einer Schönen zu der andern. Der König stand an einem Fenster mit der jungen Gräfin von Jülich im Gespräch; die braunen Augen der Dame aber folgten einem Tanzpaar. „Ei, Majestät, so sehet doch den feinen Junker“, rief sie, „der tanzet ja wie ein Franzos!“

Des Königs Augen waren den Tanzenden eine Weile gefolgt; dann hatte er genickt und einen Pagen abgesandt, den jungen Tänzer herzufordern.

Rolf Lembeck aber hatte bei seiner Partnerin um Urlaub gebeten und dann, sein blondes Haar zurückstreichend, mit höfischer Verneigung sich dem König vorgestellt. Der betrachtete ihn wohlgefällig; dann aber schüttelte er den Kopf, und sich zu der Gräfin wendend, sprach er: „Ihr irrt, schöne Frau! Von ferne möcht man's glauben; doch – nicht so, Junker, Ihr seid mir nimmer ein Franzose?“

„Da Majestät mich solcher Frage würdigen“, entgegnete

Rolf Lembeck, „ich bin ein Holste, königlicher Herr; aber ich war zwei Jahre auf der Universität Paris." Und lächelnd fügte er hinzu: „Bonarum artium causa, der schönen Künste halber!"

„Und studieret", sprach der König, „die bonas artes jetzt in unserem Prag?"

Der Junker machte eine schweigende Verbeugung. Dann durfte er erzählen, daß er Klaus Lembecks Sohn im fernen Schleswig sei, von dessen Händeln mit König Waldemar das Gerücht auch hieher an des Königs Hof gedrungen war.

„Ich dachte nicht", sprach dieser, „Ihr wäret auf so hartem Stamm gewachsen; doch" – und er winkte huldvoll mit der Hand – „tanzet jetzt weiter und erfreuet unsere Schönen durch Eure bonas artes! Ihr sollet mir später noch von Paris erzählen!"

Und Rolf Lembeck flog wieder in den Tanz zurück; wie begehrend war sein roter Mund geöffnet, und seine Augen sprühten blaues Feuer, wie er nach der Schönsten im Saale ausschaute, und als er mit demütigem Neigen vor die Erwählte hintrat, schoß ein helles Freudenrot durch ihre Wangen.

Der König, der einen Teil seiner Knabenjahre in Paris verbracht hatte, hörte an späteren Festen dann des Junkers heitere Geschichten, und als dieser das prächtige Prag verließ, nahm er den Ritterschlag von des höchsten Herrn Hand als einen weiteren Schmuck mit auf die Heimreise. Der König aber, als später die alte Oberhofmeisterin ihn darum angegangen, warum er dem jungen Holsten solche Ehre angetan, hatte lächelnd ihr erwidert: „Bonarum artium causa, Gräfin; er hat sie trefflich ausstudiert."

Rolf Lembeck war nicht aus eigenem Willen heimgegangen, sein Vater hatte ihn gerufen; er hatte um ein ehelich Gemahl für ihn geworben, „denn" – so hatte er gesagt – „der Vogel muß eingefangen werden, die Flüchten wachsen ihm zu geile".

Das Weib war die junge Witib eines holsteinischen Ritters Hans Pogwisch, der in den Kämpfen der Schauenburger Grafen wider König Waldemar vom Pferd gehauen worden; sie selbst aber war aus einem Nebenzweige der regierenden Schauenburger und mit Land und Stand nicht übel angesessen. Ihr Sinn stand wohl darauf, ihr leeres Witwenbett zu füllen; aber mit Augen sehen wollte sie zuvor den jugendlichen Ritter, nicht nochmals einen Ehegespons gleich dem Verstorbenen.

Sie hatte während des Krieges sich auf ihren holsteinischen Hof zurückgezogen, und als ihr Eheherr ihr dort sterbenswund ins Haus gebracht war, saß sie in Geduld an seinem Lager. Der Scharfrichter aus der nächsten Stadt war dagewesen, hatte verbunden und mit dem Apolloniuspflaster zusammengeklebt; aber er hatte dabei den Kopf geschüttelt. Frau Wulfhild legte immer wieder nasse Binden auf; sie tat das wie ein anderes Geschäft, das sich von selbst verstand; die Ruhe auf ihrem schönen Antlitz aber war nicht die sichere Hoffnung auf Genesung des Verwundeten, denn es wurde heiterer, je bleicher Tag für Tag der Kranke wurde. Sie nickte und sprach unhörbar zu sich selber: „Geduld, noch eine kurze Weile!“ Denn der jetzt unmächtig vor ihr lag, er hatte in Trunk und Spiel und wüstem Lärm sein Leben hingebracht; um grobhaariger Dirnen willen hatte er offen sein schönes Weib verachtet.

Nur über einzelne Worte hatte er jetzt mitunter noch Gewalt; auch die, so hoffte sie, sollten bald verstummen. Harrend saß sie in dem dumpfen Krankenzimmer und hörte gleichgültig auf die Ratten, die in Scharen über ihnen auf dem Boden rannten. Aber der Sterbende wollte Ruhe haben: Er griff jäh nach seines Weibes Hand und wies mit kaum erhobenem Finger nach der Zimmerdecke; das Wort vermochte er nicht zu finden. Sie sah ihn ruhig an: „Soll ich sie töten?“ frug sie; und nach einer Weile brachte er es zusammen; sein Kopf versuchte ein stummes Nicken: „Die Ratten!“ stammelte er.

Und sie ließ Rattenkraut vom Schäfer holen, nahm ein Teil davon und legte das übrige in ihre Truhe. Darauf wurde es still über dem Schlafgemach; die Ratten lagen im Todeskampfe zuckend in den Bodenwinkeln.

Aber der wunde Mann begann an einem Morgen schier verständlicher zu reden, und seine Flüche wurden kräftiger; da erschrak sein Weib und fürchtete, das böse Leben mit dem Gesunden könne wohl aufs neue beginnen. Darum ließ sie von dem Scharfrichter, dessen geheimes Wissen ihr solche Sorge machte, und statt seiner wurde ein Chirurgus beigeschafft, dessen Kunst noch keinem Wunden aufgeholfen hatte. Der brachte andere Pflaster und Heilmittel, und als er wieder auf seinen Klepper stieg, sprach er mit rückgewandtem Kopf: „Seid frohen Mutes, edle Frau! Euer Ehebett soll nicht verwaiset werden! Und morgen bin ich wieder da!"

Dann ritt er fort; das schöne Weib aber blieb am Torpfosten stehen und sah noch lange ihn ins Land hinausreiten. Ihr blondes Goldhaar zog sie langsam durch die Finger, und ihre weißen Zähne zerbissen einen Strohhalm, den sie aufgegriffen hatte. „Die Ratten!" brach es plötzlich von ihren Lippen, und sie fühlte, wie jählings ihr das Blut zum Hals hinaufstieg. Aber sie wurde es nicht los; es kam ihr immer wieder: „Die Ratten!" Es verfolgte sie auf Trepp' und Gängen, und in der Krankenkammer war es unverjagbar. Und als der Abend kam, da trieb es sie im Dunkeln zu der Truhe, und ihre zitternde Hand tappte nach dem Rest des Pulvers. In dem Trunke, den Frau Wulfhild an diesem Abend ihrem Eheherrn gab, trank er den Tod hinunter.

Zwei Tage später war in dem düsteren Hausgang die Leiche ausgestellt; doch nur Frau Wulfhild stand hoch aufgerichtet mit untergeschlagenen Armen an der Totenlade und sah mit immer größer werdenden Augen auf das harte Leichenantlitz: „Leb wohl, Hans Pogwisch!" sprach sie; „der Kampf ist aus, auch zwischen uns! Ich hab deiner Hand mich schwer erwehrt! – Ein andermal – doch, das kümmert dich nicht mehr!"

Eine Dienerin war eingetreten mit den Trauergewändern auf den Armen; und schweigend wandte sich die Witwe von dem Toten und schritt mit ihr zur Kammer, wo noch das Ehebett für sie und den Gefallenen stand. Die Kammerfrau tat ihr das lange, mit schwarzen Tränen bestickte Skapulier an und knüpfte die mönchsartige Hüftschnur um den geschmeidigen Leib; sie aber hatte dessen nicht weiter acht. Erst als die Dienerin ihr zur Beschau den Metallspiegel vorhielt, fuhr sie wie aus Träumen auf: „Das sei Gott geklagt, der mich zur Witwe machte!“ rief sie. „Ich habe darum doch nicht den Tod gefreit!“ Dann, mit rascher Hand den Gürtel lösend, schleuderte sie ihn von sich und zerriß das feierliche Gewand in einem Ruck von oben bis fast zum untern Saume: „Bring mir mein braunes Wollenkleid, das mag genügen!“ Und die erschrockene Dienerin schritt schweigend aus der Kammer, um den Befehl der strengen Herrin zu erfüllen.

Des Toten Sippe, da solches kund ward, sah die Witib drob mit scheelen Augen an; Klaus Lembeck aber hatte zu sich selber gesprochen: „Das ist das Weib für Rolf Lembeck; die wird den flüggen Vogel halten!“ Er sah wohl, daß erst jetzt die Lebensfülle dieses Weibes sich völlig auszuwachsen begann: die blauen Gluhaugen ließ sie froh umherschweifen, und das wellige Goldhaar fiel ihr frei über den stolzen Nacken; doch so viele ihrer auch begehrten, sie sah noch keinen, dem sie sich jetzt ergeben mochte.

Da, an einem Frühlingsmorgen, trat Rolf Lembeck mit seinem Vater zu ihr ins Gemach. Die Stunde war vorher bestimmt, und lange, mit steigendem Herzschlag, war sie auf und ab geschritten; doch als die jugendlichen Gestalten sich jetzt gegenübertraten, fehlte nach der feierlichen Verneigung beiden das Wort der Anrede; wie erschrocken über ihre Schönheit schauten sie sich an.

Klaus Lembeck lächelte in seinen Bart: „Mein Sohn Rolf Lembeck, edle Fraue!“ sagte er, „dem, wie ich sehe, der Anblick Euerer Schöne schier den Mund verschlossen hat.“

Sie atmete tief auf: „Ihr scherzet, Herr Marschall, Euer edler Sohn hat der Frauen wohl schönere gesehen zu Paris und draußen in dem Reich!“

Aber Rolf Lembeck rief: „Verzeihet, viel schöne Frauen; doch keine Schauenburgerin!“ Und beider Blicke sanken ineinander.

Dem alten Ritter gefiel es wohl, daß er eine Weile schier vergessen dastand. Dann aber sprach er: „Ich seh schon Eueren Willen; nur des Schreibers Kunstwerk ist noch vonnöten!“

Frau Wulfhild langte nach einer Schelle, die auf dem Tische stand.

„Was wollt Ihr, Fraue?“ frug der Ritter.

„Euch den Schreiber rufen“, sprach sie lächelnd, „denn einen Vater möcht ich, wie Ihr seid, Ritter!“

„Dank, holde Fraue!“ rief der Alte. „Nun, Rolf, willst du dieses Weib aus deines Vaters Hand?“

Rolf hatte schon die schöne Frauenhand an seinen Mund gezogen und sein beteuernd „ja“ gesprochen, als Klaus Lembeck ein beschrieben Pergament hervorzog: „Wir brauchen keinen Schreiber“, sagte er, behaglich nickend; „ich gehe nicht ohne Rüstung auf so zweifelhaftes Feld! Was Euch an Gütern eigen ist, Frau Wulfhild, weiß ich; was ich dem Sohne gebe, mögt Ihr hieraus sehen! Nun leset, ob ich nach Euerem Sinn geschrieben habe!“

Sie rollte das Blatt auf und sah hinein; gelesen hat sie nichts davon; es war auch nicht vonnöten, denn Klaus Lembeck suchte in derlei Dingen niemanden zu hintergehen. Sie tauchte eine Feder in ihr Dintenfaß und schrieb in großen Zügen unter das Schriftstück: „Wulfhild von Schauenburg, Hans Pogwisch’ Witib.“

Und als zu zweit auch Rolf mit flüchtiger Hand den Entwurf der Eheakte unterzeichnet hatte, da war der Verspruch getan, und Klaus Lembeck sagte wohlgefällig: „Mögen gräflicher Notarius und der Priester nun das Letzte tun!“

Frau Wulfhild stand mit geröteten Wangen und glänzenden Augen inmitten des Gemaches, zwei Finger ihrer weißen Hand in der des jungen Ritters; als aber itzt die Männer sich verabschieden wollten, neigte sie sich zu dem jungen und sagte leise: „Den Kuß nun, den Verlobungskuß, Rolf Lembeck!“ Als aber der Kuß gegeben und genommen war, ergriff sie heftig seine beiden Hände, und sich aufrichtend, fast mit ihm zu gleicher Höhe, sah sie mit ihren brennenden Augen in die seinen: „Ihr wart im Reich, Rolf Lembeck!“ rief sie, und wie aus heißer Leidenschaft klang es herauf: „Der Frauendienst soll dort noch umgehn; ich aber will den Gemahl allein! Verflucht die Lippen, die ein ander Weib berühren!“

Rolf Lembeck war schier erschrocken; doch als er sie in ihrer wilden Schöne vor sich sah, da riß er sie an sich und küßte sie inbrünstiglich und rief: „Das mag ums Leben gehen, Wulfhild!“

Der Alte aber sprach in sich selber: „Das Werk ist wohlgefestet."

– – Die Männer hatten sich verabschiedet; die Frau war im Gemach zurückgeblieben; sie stand und horchte den Schritten nach, die in dem Saal verhallten, der vor ihrem Zimmer lag; dann konnte sie's nicht lassen, die Tür zu öffnen, als wolle sie die Spuren des ihr eigen gewordenen schönen Mannes noch auf den Dielen suchen. Als sie sich umblickte, sah sie auf einem Schemel, hart an der Tür, den Schreiber Gaspard sitzen; seine braune Gugelkappe, die hinten mit dem gleichfarbigen Rock zusammenhing, war ihm von dem kurzen Schwarzhaar abgeglitten, so daß sie mit Schwanz und Kugel ihm im Nacken hing; er saß mit gekreuzten Beinen und sah mit schief herabgesenktem Kopfe auf die Dielen, als wolle er dort etwas mit seiner spitzen Schnabelnase aufpicken. Es war ein seltsamer Gesell mit einem scharfen ältlichen Gesicht; er mischte sich gern in anderer Leute Sachen und war voll Lied- und Spruchweisheit; das Gesinde aber nannte ihn „Gaspard den Raben", und der Rabe galt viel bei seiner Herrschaft.

„Du bist es?" sprach die schöne Frau. „Was hast du hier Geschäfte?"

„Keine, Herrin; ich dachte sie bei Euch zu finden", entgegnete er, ohne aufzusehen.

„Sie waren beschafft", sagte sie; „es gab nichts mehr für dich."

„Ich weiß, ich weiß!" Dann sang er mit seiner scharfen Stimme leise vor sich hin:

„Der gülden Hahn mit sieben
– Darum ist er der Hahn –,
Er geht mit sieben Hühnern,
Mit Scharren und mit Dienern –
Das kann er gar nicht lan!"

„Laß nur den Narren, Gaspard!" rief die Herrin. „Was treibst du hier?"

„Das Lauschen ist ein undankbar Geschäft!" sagte er.

– „Und hast es doch getrieben?"

„Für Euch nur, edle Herrin!"

– „Warum siehst du vor dich auf die Dielen?“ frug sie wieder.

„Auch für Euch, edle Herrin!“ sprach er. „Ich sah dort guten Rat; aber ich seh itzt, es lohnt nicht mehr, ihn aufzuheben.“

Sie lachte: „Hab Dank; ich habe ihn selber schon gefunden! Das aber ziemt dir nicht, daß du die Schauenburgerin den Hühnern beizählst; dank es meinem Glück, daß ich dir die Strafe schenke!“

Gaspard zog Nase und Mund herunter, als müsse er eine neue Weisheit niederschlucken; dann sprang er mit rascher Bewegung in die Höhe, um seiner Herrin das Gewand zu küssen.

Als die Hochzeit auf dem Hof der Braut gehalten war, zog Klaus Lembeck nach der Insel zu seinem Burgbau; der Baumeister hatte ihn gerufen, denn zwischen den Werkleuten, da die dortigen Männer meist auf Seefahrt waren, befand sich viel fremdes und wüstes Volk, so daß des mächtigen Bauherrn eigene Person vonnöten war; auch stand das Werk so weit gediehen, als dieser den Plan genehmigt hatte. Die jungen Ehesponsen aber zogen in der Frühe eines heiteren Aprilmorgens mit einem Gefolge von Dienern, Amtleuten und Frauen zu Wagen und zu Rosse nordwärts hinauf durch Schleswig nach dem Schlosse Dorning. Sie saßen nicht in weichen Kissen: nebeneinander, aber jeder auf eigenem Rosse – Frau Wulfhild auf ihrem lichten Schimmel, auf seinem schwarzen Hengste Rolf –, waren sie an der Spitze des Zuges geritten; doch oftmals drängten die Tiere sich zusammen; dann warf das Weib sich mit der Brust zu ihm hinüber, daß Rolf nur kaum den Hengst bezwingen konnte.

Der Tag war heiß geworden, und es war schon Nachmittag, als sie den Weg zur Burg hinaufzogen. Als sie oben durch den ersten Mauerring geritten waren und die Hufen ihrer Pferde auf die Zugbrücke schlugen, die über den tiefen Zwinger herabgelassen worden, sah Frau Wulfhild unter sich hinab auf das Heer von spitzen Pfählen, womit der Graben angefüllt war: im selben Augenblick drang von drunten hinter einer Pforte ein wild Geheul herauf. „Was ist das?“ frug sie den jungen Ehegemahl.

„Da drunten, Wulfhild? Das sind meines Vaters liebste Hunde; er läßt sie nachts im Graben laufen, sobald die Brücke aufgezogen ist. Wir wollen sie töten lassen, denn es sind grimme Wölfe, und statt der Spitzpfähle ein Würzgärtlein mit Blumen pflanzen!“

„So?“ sprach sie sinnend. „Nein, nein, laß mir die Wölfe! Ihr habt einen weisen Vater, Rolf!“

„Nach Euerem Willen, hohe Herrin!“ rief der Ritter fröhlich.

Aber vor ihnen vom Pfortenturm blies itzt der Wächter immer mächtiger, und drunten aus der weit offenen Torfahrt drang Getöse und Waffenschall; da spornten sie ihre Rosse und sprengten ihrem Geleite voran hinein. In der Mitte des Hofes, um die schon grünende gewaltige Linde, standen Burgleute und Gesinde und begrüßten sie mit lautem Zuruf: „Heil Ritter Lembeck, unserm Herrn! Heil seiner schönen Fraue, Heil!“ Sie zügelten ihre Rosse, und Wulfhilds Auge flog wie herrschend über die dichte Schar; als aber die Leute jetzt zurücktraten, wurde ein Brunnen bloß, in dessen steinernem Überbau der Eimer hing. „Ha, Wasser!“ rief sie. „Wer reicht mir zum Willkomm einen Trunk dort aus der Tiefe?“

Da stürzten Männer und Weiber an den Brunnen, und sie hätten den Eimer abgerissen; aber er hing zum Glück in Ketten und fuhr rasselnd in die Tiefe. Bald trat der Burgwart mit einem Glaspokale aus dem Schloßtor, und nachdem er mit dem klaren Quell gefüllt war, bot der Alte ihn der Herrin dar.

Sie hob ihn auf, daß die Sonnenstrahlen hindurchblitzten; dann trank sie und rief: „Das Wasser ist gut hier auf der Burghöh; aber, ihr Leute, Frau Wulfhild wird auch sorgen, daß es an Met und Fleisch nicht fehle!“

Da erhob sich neuer Zuruf, und dazwischen scholl von draußen das dumpfe Geheul der Wölfe. Rolf Lembeck aber flüsterte zu seinem Weibe:

„Du wirst gefährlich, Wulfhild; du willst alles, mich und meine Leute!“

Sie lächelte nur; doch als sie drinnen im Gemach den

schönen Mann allein hatte, umschlang sie ihn mit ihren festen Armen: „Dich will ich, dich, Rolf! Was kümmert mich das andere!"

Der junge Eheherr sah ihr in die zärtlichen Augen, als ob er Rätsel lösen solle.

Im Hofe draußen war es allmählich leer geworden; nur Gaspard der Rabe, den die Herrin nicht zurückgelassen hatte, saß noch unter der Linde auf der Steinbank, die um ihren Stamm herumlief. Sinnend saß er; er kannte seine Herrin: es war vom Blut des großen Gerhard in ihr; die Kunkel war ihr nicht genug. Mitunter fuhr ein dünnes Lachen durch seine schmalen Lippen; dann, wie mißbilligend, schüttelte er den Kopf: „Hüt dich, Frau Wulfhild!" – Leis, doch in scharfen Akzenten rief er es gegen das Burgtor hin; „der Vogel ist noch nicht dein eigen!"

Der Rabe hatte gekrächzt; ein Hauch des noch verborgenen Wetters mochte ihn gestreift haben; woher es kommen sollte, wußte er nicht. Ich aber will es jetzt erzählen.

Eine Meile von Dorning gegen Osten, hinter dem Dorfe Hammelef, lag das später im sechzehnten Jahrhundert abgebrochene Schloß Haderslevhuus; man nannte es auch eine Bergfeste, denn wie jenes lag es in diesem höhenarmen Lande auf einem Hügel von wenig über achtzig Schuh. Alter Buchenwald bedeckte diesen und begrub fast das Schloß in seinen Wipfeln; aber auch nach Osten breitete er sich aus, doch so, daß dort ein schmaler Sandweg dicht an der jäh abfallenden Hügelwand vorüberführte und den Hinaufblickenden den oberen Teil des stumpfen Schloßturms sehen ließ. Wer etwas weiter ging, gelangte an eine von den ältesten Bäumen überwölbte Auffahrt, die in Windungen zum Schloß emporführte; wer nicht dahingehörte oder dort nichts zu schaffen hatte, den brachte der Weg, um tausend Schritte weiter, in die Stadt hinab. – Vor Beginn jenes Sandweges aber führte ein anderer, breiterer Weg zu Westen in weitem Bogen um den Schloßhügel und durch die freie Landschaft nach demselben Ziele. Dies war der gewöhnliche Stadtweg; denn in dem anderen war vor

Jahren ein Bauerbursch vom Wolf zerrissen worden, und die Leute gingen dort nicht gern.

Die feste Burg, von deren Ursprung schon derzeit keine Kunde gewesen zu sein scheint, war mit den Wäldern und sonstigem Landbezirk seit Jahren im Pfandbesitz des Dänenkönigs Waldemar Atterdag, wenngleich sie zu dem Leibgeding der Witwe des Herzogs Erich gehörte. Ein schleswigscher Ritter, Hans Ravenstrupp, saß als Schloßhauptmann des Königs dort, ein Mann von gewaltigem Körperbau. Halbwüchsig war er einst ein wilder Gesell gewesen und von rascher Faust; er hatte den eigenen Bruder einmal fast im jähen Zorn erschlagen. Doch je mehr seine mächtige Gestalt sich auswuchs, je mehr er gefürchtet, ja als überlegener Streitentscheider aufgerufen wurde, um so milder wurden seine Sitten; dazu half ihm auch sein froh und gut Gemüt, das ihm der Herr mit auf die Welt gegeben hatte. So war er ein glücklicher und fester Mann geworden. In einigen Händeln seines Königs hatte er grimmig und mit Glück gefochten; kam er dann heim mit seinen Burgleuten, so standen vor der offenen Torfahrt sein zartes dunkles Eheweib, drei Söhne und zwei Töchter, alle voll Kraft und Wohlgestalt, und schwenkten grüne Buchenzweige in den Händen; dann sprang er von seinem Streithengst, und sie gingen über den Hof in das große Tor der unteren Halle, das erst vor wenigen Jahrzehnten von der Herzogin hier gebrochen war; und Glück und Friede gingen mit. Zogen an Sommerabenden dann Wanderer oder Reiter unten durch den Sandweg, so hörten sie manches Mal ein Lachen oder Rufen von frohen Kinderstimmen über sich; dazu wohl eine tiefe Männerstimme, die beruhigend dazwischensprach. Die gehörte dem Ritter Hans Ravenstrupp, der hier seine Abendmuße mit Frau und Kindern teilte; denn der Burggarten, den ausnahmsweise dieser fürstliche Bau besaß, lag dort hinter starken Mauerzinnen. Die Hügelwand freilich fiel hier steil und kahl hinab; aber hart daran war eine italische Pappel, derzeit eine Seltenheit hierzulande, so hoch hinaufgewachsen, daß sie die Mauer wohl um zwanzig Schuh noch überragte. An einem ihrer oberen Zweiglein flatterte jetzt an leichtem Faden ein Kunstschmetterling aus bunten Hahnenfedern, den die ältere

Schwester Heilwig angefertigt und den der Vater dort befestigt hatte. Der älteste Knabe stand hinter den Würzebeeten an dem Taxusbusche, seine gespannte Armbrust in der Lage; die Jüngste, die kleine süße Dagmar, hatte die Mutter auf den Arm genommen, damit sie alles sehen könne. Nun kam aufs neu ein Lufthauch, der den Sommervogel flattern machte. „Schieß!" rief der Vater, und der Bolzen flog von des Knaben Armbrust; eine Feder stob aus dem Schmetterling und wurde von dem Winde hoch in die Luft getragen. Da klatschten alle in die Hände, der Vater und die Mutter auch, und die süße Dagmar schlug ihr Kinderlachen auf und ließ nicht ab, sich ihre Händchen rot zu patschen.

Es wurde alles anders. – Einige Jahre später, es war an einem Nachmittage des Septembers 1349, da der Ritter mit seinem Schreiber an der Arbeit saß, kamen die damals elfjährige Dagmar und der um ein Jahr ältere Bruder Axel mit erschreckten Gesichtern zu ihm hineingestürzt. Etwas unwillig blickte er auf: „Was ist? Was habt ihr, Kinder?"

Sie waren fast außer Atem; aber Dagmar, das schmächtige Ding, war, wie um Furchtbares zu erzählen, mit erhobenen Armin vor ihn hingetreten.

„Nacht!" rief sie. „Es wird Nacht, Vater!" Und aus dem schmalen Gesichtlein sahen die schwarzen Augen zu ihm auf.

Der Ritter blickte um sich: sie hatte recht, die Sonne war erloschen; die Wände des Gemaches standen öd und lichtlos.

„Ja, Herr", sagte der Schreiber; „es fällt wie Asche auf die Schrift."

„Nein, Ringang, nicht wie Asche!" rief der Knabe; „ich sah es: im Norden, weit hinaus, stieg schwarzer Nebel aus der Erde und schwimmt wie eine Wolke auf uns zu; seht nur, es wird ganz finster hier! Kommt, kommt mit hinaus!"

Die Kinder faßten beide die Hand des Vaters; und er ließ sich von ihnen aus dem Gemach und nach dem stumpfen Turm hinaufziehen; auch die Mutter mit der älteren Tochter und die beiden älteren Söhne stießen auf dem Wege aus

Hallen und Gemächern zu ihnen. Als sie die Platte des Turms erstiegen hatten, stand schon ein Teil des Gesindes dort und wich ehrerbietig an die Seite; alle schwiegen, nur die alte Schaffnerin flüsterte mit ihrer heiseren Stimme zu dem einen oder anderen: „Die Zeichen des Herrn erfüllen sich! Wißt Ihr noch, da um das Julfest dreizehn Kühe jählings wild geworden! Und da wir nach dem Backen das erste Gerstenbrot anschnitten, schnitten wir nicht in schwarzes Blut? Des Herrn Gericht! O alle Heiligen, seid unsre Helfer!" – Aber niemand antwortete ihr.

Die Schloßfrau hatte die Hand ihres Mannes ergriffen, und bald lagen alle Kinderhände in der seinen; denn schon hatte das schwarze, von Norden kommende Dunstgespenst sich über sie gebreitet und sank in furchtbarem Schweigen auf die Erde.

„Kommt!" sprach der Ritter leise, indem er mit den Seinen zuerst die Treppenstufen hinabstieg. Und alle folgten ihm nach unten zu der kleinen Burgkapelle, deren Torklinke nur noch mit tappender Hand zu finden war. Drinnen aber zogen schwarze Nebelflocken unter der gewölbten Decke und verbargen das Antlitz des crucifixus über dem Hauptaltar; und von dem Bilde der Mutter Gottes scholl die zerrissene Stimme der alten Schaffnerin: „O heilige Jungfrau, deine Augen! Wo sind deine Augen?" Alle lagen auf ihren Knien in den Stühlen und beteten stumm und schrien mit gerungenen Händen zu Gott und allen seinen Helfern.

Sie hätten es sich sparen können; denn der Schwarze Tod war gekommen, der die Welt leerfraß und gegen den nichts half als sterben.

In selbiger Nacht noch blies er den jüngsten Knaben an, und sein Eingeweide brannte, seine Lippen wurden wie Ruß, und am dritten Tage war statt des schönen Knaben ein schreckhafter blauschwarzer Leichnam auf dem in Todesqual zerwühlten Bette; dann griff er nach der schönen ältesten Tochter, dann nach den beiden andern Söhnen; und sie starben alle, alle. Hallen und Gemächer dufteten Tag für Tag nach frischem Gras und Thymian, das gegen die böse Pestluft überall gestreut wurde; aber die Mutter Erde und ihre Kräuter hatten keine Heilkraft mehr; es war, als ob selbst Gott der Herr die Macht verloren habe auf seiner Erde.

Ein paar Monde schien dann das Sterben im Schlosse aufzuhalten; da eines Tages trat die Schloßfrau zu ihrem Eheherrn in sein Gemach, gekrümmten Leibes, mit entstelltem Antlitz. „Benedikte!" schrie er.

– „Ja, Hans, ich muß nun auch von dir!"

„Du nicht! Du nicht, Benedikte!" Und er streckte seine Arme nach ihr aus. „Herr Gott, wo bist du? Herr, schütze deine Menschen!"

Aber bevor er sie berührete, war sie mit ihrer letzten Kraft entflohen. „Ade, du mein Herzenstrauter! O süße Dagmar!" So rief sie noch zurück.

Er hatte ihr folgen wollen, aber ein bewußtloser Schrekken hatte ihn festgehalten; dann ging er taumelnd nach ihrem Ehegemach; aber es war leer, und seiner Sinne unmächtig, sank er auf das große Bett.

Die Schaffnerin, die noch lebte, fand ihn am andern Tage; aber sie erkannte, daß das große Sterben ihn nicht ergriffen habe.

Während sie ihn pflegte, war sein Weib verschwunden, und Dagmar, um die sich niemand kümmerte, das blauschwarze Haar wirr um ihr blaß Gesichtchen, lief, nach der Mutter weinend, durch Hall' und Gänge. Da wollte eine der Dirnen ein Gewandstück aus einer entlegenen Kammer holen; aber schreiend stürzte sie zurück, denn auf einem alten, dort stehenden Bette lag ein schwarzer Leichnam, dem die Abendsonne das Gesicht beschien. Da die anderen Dirnen hinzukamen, sahen sie, es sei die Schloßfrau, die einsam hier gestorben war.

Als der Ritter aus seinem Wirrsal aufwachte, war sein Weib nicht mehr im Hause. Die Kinder lagen drunten auf dem nahen Kirchhof; der aber hatte lang schon keine Erde mehr für neue Tote; seitwärts vom Walde war eine Niederung, dort hatte man mit Pfählen ein Viereck ausgeschlagen, wohin nun alle gebracht wurden, die der Tod erschlug. Draußen auf dem „Pestacker" war auch des Ritters Weib vergraben worden; so erzählte man ihm jetzt.

Er erwiderte kein Wort auf diese Kunde; aber er erhob sich bald von seiner Bettstatt. Den Gürtel lose um den grauen Leibrock geschlungen, die Otterkappe in die Augen gedrückt, schritt er langsam durch alle Hallen und sich kreuzenden Gänge des ganzen Baues, treppauf und -ab; mitunter riß er eine Tür in ihren schweren Angeln auf, er stand wie hintersinnig auf der Schwelle und blickte in das düstere Gemach; aber die Zellen waren alle leer und totenstill; wo die Älteste geschlafen hatte, lag in der Fensterbrüstung noch das verhungerte Rotkehlchen, das der kleine Axel ihr einst gefangen und jubelnd heimgebracht hatte; niemand hatte die Zellen öffnen dürfen, seitdem die jugendlichen Gestalten als furchtbare Leichen dort herausgehoben waren.

Das Leben und die Arbeit lag danieder, alle Ordnung und Geschäft war aufgelöst; aber jeden Tag, morgens und wenn die Sonne niedersank, machte der Ritter seine düsteren Gänge durch die Burg; er rechnete nicht mit sich, weshalb; es war auch Sonstiges nicht für ihn zu tun. Ein paarmal war Dagmar ihm leise nachgeschritten, aber er sah nicht rückwärts; auch als sie in Angst und Sehnsucht stärker auftrat, schlossen nur seine Hände auf dem Rücken sich fester ineinander, und ohne sonstige Bewegung schritt er weiter. Da blieb sie stehen, legte die Finger auf ihre zitternden Lippen und verschluckte ein paar Tränen, die ihr aus den Augen fielen; dann kehrte sie um und suchte bei der alten Schaffnerin ihren stillen Unterschlupf.

Nur einmal, da bei seinem Vorübergehen das blasse Gesichtlein ihn so stumm und flehend angesehen hatte, ging er auf seinem Totengang nicht weiter. Er gedachte plötzlich einer Base seines toten Weibes, die einst in ihrer Jugend am Thüringer Hofe auf kurze Zeit zu den gelehrten Frauen gezählt worden sei; denn sie verstand zu lesen und zu schreiben, hatte sogar den Virgilium studiert; auch Paramentenstickerei und derlei Künste hatte sie verstanden. Sie war nun alt und lebte in einer kleinen Stadt von einem Rentlein, welches ihr die Sippe gab.

Der Ritter ging in sein Gemach; er setzte sich an seinen Schreibtisch und lud die Base ein, zu Zucht und Lehre Dagmars in sein Haus zu kommen. Und nicht lange, so war sie mit ihrem kleinen Hausrat eingerückt; darunter fanden sich ein Päckchen Pergamentrollen und beschriebener Blätter, eine sauber geschnitzte Mutter Gottes und eine kleine Anzahl von Glasscheiben, für welche man auf ihr Verlangen das sonst nur mit dünnen Därmen bespannte Fenster ihrer Kammer zurichtete.

Seitdem lebte und schlief Dagmar mit der Base. „Wir wollen es gut mitsammen haben, Kind!" sagte die Alte, da sie zum ersten Mal sich neben dem Mädchen in ihren breiten Sessel setzte.

Und Dagmar ergriff ihre beiden alten Hände.

– „Aber du zitterst, Kind!" rief die Base.

„Ja, Bas', ich war hier so allein!"

Und die alten guten Augen sahen zärtlich auf das blasse Ding; aber Dagmar zitterte noch immer, sie war der Liebkosungen zu lang nicht mehr gewohnt. Allmählich, erst nach Monden, brach wieder ein zartes Rot durch ihre Wangen, und der süße Augenschein war wiederum darüber; und wenn noch so alt, sie hatte itzt doch eine, zu der sie gehörte, die keine andere in ihren Arm nahm als nur sie.

Der Ritter aber war am Ende ein finsterer Mann geworden; die Lust und Güte seines Herzens war bei den Toten; gegen die Lebenden war seine Hand von Eisen.

So ging die Zeit um ein paar Jahre weiter. Der König hatte harte Abgaben auferlegt, die härteste war der Viehzehente, und für falsche Angabe des Viehbestandes waren schwere Bußen ausgeschrieben. Der Schloßhauptmann saß den Vögten auf dem Nacken, daß alles pünktlich eingetrieben werde: „Der König will es", war seine einzige Antwort, wenn sie dagegen über des Volkes Unmacht klagten. Warfen dann die Armen sich ihm selber in den Weg, so wandte er schweigend ihnen den Rücken und schritt davon, bis der Schrei des Elends hinter ihm verhallt war.

Da eines Herbsttages, als schon der Duft des gefallenen Laubes durch das offene Tor der unteren großen Halle wehte, war ein Weib hier eingedrungen, als eben der Ritter in das Freie treten wollte. Sie war eine Witwe, tief verschuldet und um Verschweigung zweier Rinder schwer gebüßt worden. Da sie unversehens ihm in den Weg trat, herrschte er sie an: „Was willst du? Geh mir aus dem Wege!"

Das Weib erschrak; sie vermochte nicht zu antworten, aber ihre Augenlider öffneten sich weit, als gebe sie dem zornigen Blick des Mannes ihre Seele preis. „Erbarmen!" lispelte sie kaum hörbar und warf sich auf die Fliesen nieder.

Der Ritter wollte an ihr vorüberschreiten, aber der Aufschrei einer Kinderstimme machte ihn stillestehen. Als er sich umblickte, sah er sein Kind; sie stand mit einem Fuß noch auf der letzten Stufe der aus dem Treppenturm herabführenden Stiege; die schmalen Händchen, die unter dem schwarzen Ärmelsaum des weißen Kleides hervorsahen, hingen schlaff herab; ihre dunkeln Augen blickten erschreckt zu ihm hinüber.

„Du bist es, Dagmar?" sprach er; er hatte vielleicht in Jahresfrist kein Wort an sie verloren. Sie aber, da sie seine Stimme hörte, war an seinen Hals geflogen und drückte weinend den Kopf an seine Brust.

Der starke Mann bebte und frug mild: „Was willst du denn, mein Kind?"

Da sprach auch sie, doch ohne aufzusehen: „Erbarmen, Vater!"

Er aber hob die Faust gen Himmel und rief: „Fand ich Erbarmen? – Die Hände hab ich im Gebet zerrungen! Gott schwieg, und so tu ich's auch."

Da hob das kleine dunkle Haupt sich zu ihm auf, und aus den Kinderaugen drang so gramvoll süße Bitte, daß er verstummte und den zarten Leib, als müsse er ihn zermalmen, mit beiden Armen an sich preßte: „Mein Kind! . . . Du lebst! . . . Du lebst!" Und seine Augen tranken den Jugendglanz der ihren. „Oh, doch *ein* Glück auf Erden – Gott sei mir gnädig!"

Das arme Weib lag noch auf ihren Knien und hatte wortlos diesem Vorgang zugeschaut; jetzt streckte eine Hand sich gegen sie: „Bist du noch hier, Weib?"

„Ja, Herr!" Und ihre Stimme bebte in Erwartung.

„So gehe heim! Die Buße, ich zahle sie für dich!" – Und noch einmal, da sie schon hinausgeschritten war, rief er sie an: „Was ist dein Name, Weib?" und als sie es ihm gesagt hatte, sprach er: „So gehe heim, Trin Harders, und herze deine Kinder! Du sahest, unser Gott hat auch mit seinem armen Knechte wiederum Erbarmen."

Dann hob er sein Töchterchen auf seine Arme und trug sie in sein Gemach. „Dagmar, mein Kind", sprach er, indem er sie sanft zu Boden ließ, „es ist so hell hier heute, und scheint doch keine Sonne von dem grauen Himmel!“

– – So war nun Dagmar zwischen dem schweigsamen Vater und ihrer fast siebzigjährigen Base und sah nimmer ihresgleichen. Ihre Welt war die düstere Burg und, wenn Frühling und Sommer kamen, der Garten, der dahinter lag, wo außer ihr dann nichts war als das Summen der Bienen und Hummeln und drüben jenseit des tiefen Sandweges das Rufen der Drosseln aus dem Walde. Der Ritter hatte seit seines Weibes Tod ihn nimmer wieder betreten; denn seitwärts, vorbei an den Wipfeln des Waldes, schimmerte der graue Fleck des Pestackers. Dagmars Augen aber sahen gern dort hinüber, oder sie saß auf einer Bank, neben der die hohe Pappel ragte, und unter dem Summen und dem Gesang der Vögel sah sie wie einst den Bruder nach dem Sommervogel schießen.

Meist saß sie freilich droben bei der Base in dem Gemache mit den Butzenscheiben; sie nähte und stickte; auch lernte sie lateinische Vokabeln oder schrieb mit der Feder nach, was ihr die Base vorgeschrieben hatte. Dazwischen kam wohl einmal der Vater, strich sanft über ihr dunkles Haar und ging dann schweigend wieder fort. Als er ihr dabei eines Tages einen Silberreif ums Haupt gelegt hatte, trug sie ihn ferner an jedem Tag.

Später holte die alte Dame auch ihre Schriftrollen aus der Truhe; und eines Abends, eigener Jugendstunden denkend, griff sie nach Hartmanns von Aue „Armem Heinrich“ und begann zu lesen, indessen Dagmar mit offenem Munde ihr zu Füßen saß. Wie kristallene Tröpflein fielen die lichten Worte zu ihr nieder: der junge, unheilbar sieche Burgherr im Schwabenland hatte auf seinem Vorwerk bei dem Meier sich verborgen; die Menschen sollten nicht sein Elend schauen, aber mit seinen noch immer schönen Augen streifte er einmal traurig seines Wirtes junge Tochter. Da ließ das Herzeleid um ihren Herrn sie nimmer schlafen; und als an einem Tage ein weiser Meister zu dem Herrn sprach: „Ich will Euch heilen; aber schaffet eine Jungfrau, die um Euch den Tod erkieset und aus der Brust sich das lebendige Herz will schneiden lassen!“ da, während der Herr und ihre Eltern sich entsetzten, rief das Kind: „Die

Jungfrau bin ich! Nehmt nur das Messer, daß mein Herr genese!“

Ein schwerer Seufzer rang sich aus Dagmars Brust; sie griff nach ihrer Base Hand, als müsse sie den Strom der Dichtung hemmen. Dann aber brach ein so erhaben Leuchten aus des Kindes Augen, daß die Base die Schriftrolle hinwarf und sie mit Hast in ihre Arme zog: „Kind, Kind! Ich glaub fürwahr, du wärst zu solchem auch imstande!“

– „Ja, Bas'! – War das die Minne?“

„O Kind, Gott behüt dich vor der Minne!“ Und die Base packte erschreckt das Schriftwerk an die Seite.

– So war Dagmar fast sechzehn Jahr geworden, und noch immer war sie zarteren Leibes, als sonst die Menschen sind. Da sie eines Tages eine Handvoll weißer Anemonen dem Vater in einen Krug ordnete, sah er ihr zu wie einem Wunder: „Du bist wie deine Mutter“, sprach er dann; „mein Vater, als ich zuerst die Braut ihm zuführte, weigerte mir lächelnd seinen Segen; die sei der Elbinnen eine und würd' nicht bei mir bleiben!“ Und als er das gesagt hatte, riß er heftig das Kind an seine Brust.

Einer, der sie noch selber sah, soll einst geäußert haben, ihr Körper sei gewesen, als habe ihre anima candida ihn selber sich geschaffen.

Flitterwochen, in denen die Jungfrau sanft zum Weibe reift, hatte es auf Dorning nicht gegeben; die gehörten dem Toten, der mit zerhauenem Schädel in der Grube lag. Statt dessen war die Leidenschaft des Weibes; doch nur in den Stunden der Minne war Frau Wulfhild ihrem Manne untertan; zu anderer Zeit war ihr eigener Wille schwer zu beugen. Wie kampfgerüstet ging sie schon in der ersten Woche zwischen Gewappneten über alle Teile der Feste; dann schritt sie zu ihrem Eheherrn: „Traust du dem Atterdag? Ich nicht!“ und verlangte hier ein Tor oder Fallgitter, dort einen weiteren Graben.

In manchem tat er ihr den Willen, in anderem blieb er hart und sprach dagegen: „Meinem Vater ist's so recht gewesen! Nimm deine Kunkel und sorg für Kinderhemde!“ Dann ward sie zornig, und es gab üble Worte; kam es, daß es auch ihm wie Funken aus den Augen sprühte, dann konnte sie sich jäh in seine Arme werfen: „Halt, Rolf! Du bist zu schön! Da hast du mich; ich will nichts mehr!“

Dann ward wohl Friede; aber dem Ritter wurde nicht warm in seiner Ehe; es schien, als sei die Freude ihm verlorengegangen.

– – Es war zu Nachmittage im Anfang Juni, und die Luft war lieblich; stundenlang waren Frau Wulfhild und ihr Ehegemahl durch ihr Gebiet geritten; aber für ihn war es kein leichter Ritt, denn ihre raschen Augen flogen weit umher, und unter ihrer gewölbten Stirn arbeitete es dabei von neuen Plänen: wo Wald war, wollte sie Ackerfeld, und wo das Feld zu dürre schien, da wollte sie Kiefern- oder Tannenwälder. „Wir müssen Schatten säen!“ rief sie, da sie eben in einen Waldbezirk hineinritten; „fühl nur, wie wohl das tut!“ Der Pfad war so schmal, daß die Pferde nur einzeln schreiten konnten; sie ritt voran, der Schreiber Gaspard, den sie als Berater mitgenommen hatte, war der letzte. Das Klopfen der Spechte oder unsichtbar über ihnen der Schrei eines Raubvogels war außer dem Tritt der eigenen Rosse alles, was sie hörten; und über Mann und Weib kamen die Gedanken, die nicht laut werden; aber ihre Wege gingen nicht zusammen.

Der Wald hörte auf, und sie ritten aus dem beklommenen Bodendunst wieder in das Freie. Am Westhimmel war schon ein sanftes Rot erglommen; das Geißblatt, das voll Blüten an den Wällen hing, erfüllte die Luft mit Wohlgeruch, daß sie wie in ein wollüstig Meer von Duft hineinzogen. Rolf blickte nach seinem Weibe, das jetzt ein Stück zurückgeblieben war; dann wandte er wiederum den Kopf und sah ins Abendrot; da sprengte sie plötzlich an seine Seite und drängte ihren Schimmel hart an seinen Hengst; als aber Rolf die Schwere ihres Hauptes an seiner Brust fühlte, fuhr ein Sporenstich dem Hengste in die Weichen, daß er mit einem Satz zur Seite sprang. „Verzeih, Wulfhild!“ rief der junge Reiter, indem er das Tier zusammendrückte, „der Hengst ist Menschenminne nicht gewohnt!“ Das Weib ritt wieder zu ihm und faßte mit ihrem kräftigen Arm um seine Hüfte, mit ihren funkelnden Augen nach den seinen suchend; vor ihm aber stieg die zierliche Gestalt eines böhmischen Schätzchens auf, deren Lippen er einst gestreift und das er kaum vergessen hatte, und grollend sprach er zu sich selber: „Die du freitest, ist kein Weib zum Minnen; und wenn nicht dazu, wozu denn anders?"

Hinter ihnen ritt schweigend Gaspard der Rabe; er sah mit seiner Schnabelnase schief zur Erden und spielte mit der Kugel seiner Mütze, als ob er an einer Schellenkappe läutete.

Die Pferde gingen jetzt ruhig, und wieder nordwärts lag ein Wald vor ihnen. Das Dunkel kam nicht nur von seinen Schatten; die Dämmerung war stark herabgesunken, und im Osten begann der Mond den letzten Tagschein zu besiegen. Da fuhr es vor ihnen von einer schwarzen Tanne mit einem Satz zu Boden, daß Rolf Lembeck sich jäh aus seinen Träumen aufhob. „Hallo! Was war das, Gaspard?" rief er und riß seine zierliche Armbrust von dem Rücken.

– „Eine Wildkatz, Herr! Seht nur, am Stamme sitzt sie noch, der Breitschwanz, und faucht Euch mit ihren spitzen Zähnen an!"

„Ein edel und ein übel Wild!" sprach der Ritter leis und sprang von seinem Hengste. „Nimm ihn am Zügel, Gaspard!"

Frau Wulfhild griff nach seiner Hand: „Laß doch die Katze! Daheim ist besserer Zeitvertreib!"

Es trieb ihn dennoch fort: „Reitet nur heim!" rief er; „ich komme früh genug!" Damit entriß er seine Hand der ihren.

Als aber die Dame, rot vor Zorn, den Weg nach Dorning eingeschlagen hatte, sprengte Gaspard mit den beiden Rossen ihr zur Seite: „Ereifert Euch nicht, edle Herrin! Die Wildkatz ist nächtens nicht zu jagen; lasset den Ritter daheim ein edler Wild im Lager finden!"

– – Sie ritten fort. Rolf Lembeck aber drang in den dunkeln Wald, aus den Tannen kam er in den Buchenforst; er stand an jedem starken Baum und lugte nach allen Ästen, ob nicht die Lichter des Raubtieres irgendwo herunterfunkelten, aber über ihm war so schwere Waldnacht, daß nur wie Tropfen das Mondlicht hie und da hindurchfiel; zu hören war nichts als nur das Knicken des Unterholzes, das er durchschritt, auch wohl das Zirpen einer Eulenbrut. Er blieb stehen und warf die Armbrust wieder auf den Rükken: „Du warst ein Narr; hier ist kein Jagen in der Finsternis!“ Seine Gedanken flogen heim zu seinem Weibe; doch er schüttelte den Kopf: „Nein, nein, Frau Wulfhild“ – er sprach es laut in die einsame Nacht hinaus –, „eine Schlachtjungfrau wärst du wohl eher; und hat auch schon ein wundgehauener toter Mann an deinem Leib gehangen!“

Fast erschrak er über die eigenen Worte, die die Stille um ihn her durchbrachen; aber er kehrte nicht um, er schritt weiter auf seinem nächtlichen Irregang. Da, von unweit vor ihm, drang es an sein Ohr, so süß, als wollt' es alle Sehnsucht wecken, die in ihm schlief. „O Nachtigall, selige Singerin!“ rief er, seine Arme in das Dunkel streckend.

„Schon flog der Mai
Vorbei, vorbei,
Und brachte nicht, was minnewert!
Willst du sie künden,
Soll ich sie finden,
Die Fraue, die mein Herz begehrt?“

Bald stand er, bald ging er vorsichtig weiter, und immer nur dem Schalle nach. „Was hätt ich bessere Führerin!“ sprach er zu sich selber.

Der Wald ging zu Ende, und durch die Stämme sah er auf einen Sandweg, auf den der Mond seinen Schein herabwarf. Jenseit, in gleicher Helle, stieg eine jähe Hügelwand empor, und eine Zinnenmauer streckte sich auf ihr entlang. Rolf Lembeck betrachtete das genau; als aber seine Augen hinter Baumwipfeln den Oberteil eines runden Turms gewahrten, da wußte er, das sei die Gartenseite von Haderslevhuus, auf dem der Schloßhauptmann des Königs sitze.

Der Ritter schaute starr hinauf, als müsse er ein Wunder hier erwarten; aber nur der Nachthauch rührte dann und wann das Laub der Bäume, und in kurzen Pausen schlug am Waldesrand die Nachtigall. Doch wie ein jäher Schreck durchfuhr es ihn: dort oben zwischen den Zinnen lehnte jetzt ein Weib; nein, nicht ein Weib; ein Kind – er wußte nicht, ob eines, ob das andere. Den Arm mit einem weißen Mäntelchen verhüllt, neigte sie sich tief hinab; denn der Kehle der Nachtbeleberin entquollen jetzt jene langgehaltenen Töne: sehnsüchtig, nicht enden wollend, wie ein heißer Liebeskuß.

Rolf Lembeck stand unten im Waldesschatten, unbeweglich, mit verhaltenem Atem. „O Stunde, bist du da!“ Seine Lippen flüsterten es nur; das sanfte Rauschen weiblicher Gewänder berührte von oben her sein Ohr; ein Atmen, mehr ein Seufzer, kam herab; und nun hob sich ein Antlitz, schmal und blaß, und legte sich auf das gestützte Händchen; das Mondlicht schimmerte auf einem Silberreife, der das dunkle Haar umfing.

Da befiel den Mann am Waldesrand die sehnende Schwere, die allein nicht mehr zu tragen war; es drängte ihn hinaus ins Helle, und, die Arme ihr entgegenstreckend, rief er: „O Schöne, Selige! Gott woll ein süßes Leben so süßem Geschöpfe geben!“

Sie erschrak und bog sich von der Mauer weg; doch dann besann sie sich: die Worte waren ja aus Meister Gottfrieds Tristan, nur daß sie in Frankreichs Zunge dort geschrieben waren! Sie hatte sie eines Tags gelesen; aber die Base hatte ihr voll Angst das Buch entrissen; so etwas sei noch nicht für ihre Jugend! Nun kam der Reiz, zu zeigen, was sie wisse: „Das ist kein Landfahrer, der ist nicht zu fürchten!“ sprach es in ihrem Innern; und als sie wieder sich erhob, erblickte sie drunten den schönen Jungherrn in blitzendem Gewande und sah das Mondlicht auf seinem goldenen Blondhaar spielen; denn er hatte sein Haupt entblößt und hielt die Kappe mit der Reiherfeder in einer seiner Hände, die er wie anbetend ihr entgegenstreckte. Da faßte sie Mut und rief ihm aus demselben Buche ihre Antwort: „Dé te bénie! Gott segne dich! Et merci, gentil Sir!“ Aber ihre Stimme zitterte und wehte nur wie ein Hauch hernieder.

Gleichwohl, da er seine Kappe wie zum Gegendanke schwenkte, fügte sie zaghaft noch hinzu: „Seid Ihr ein Sänger, Herr?“

„Ein wenig, selig Fräulein!“ rief er ihr entgegen. Aber eine Antwort kam nicht mehr herab, denn zu den Füßen des Kindes regte es sich und hob sich auf; vergebens mühte sie sich, den Kopf der ungestümen Dogge niederzuhalten, die schlafend dort gelegen hatte. Zwar neigte Dagmar sich und drückte den Mund an das rauhe Ohr des Tieres: „Still, Heudan, still! Darfst auch zur Nacht vor meiner Kammertür schlafen!" Es wollte nicht verschlagen; die Dogge drängte die kleinen Hände fort, dann sprang sie mit den Vordertatzen auf die Mauer, und ein hallendes Gebell scholl in den Weg hinunter.

Als der Hund sich wieder knurrend zu ihren Füßen gestreckt hatte, wagte auch Dagmar hinabzuschauen; aber es war nichts da als nur der lautlose Mondschein und in Pausen noch der Schlag der Nachtigall. – Trunken, als habe ein Zauber ihn berührt, schritt Rolf Lembeck indes am Waldesrande seinem Hause zu.

Es war auf Dorning schon nach Mitternacht. In der hochbelegenen, aber geräumigen Kemenate lagen die Seidendekken von Arras noch unaufgeschlagen auf dem Ehebette; unweit desselben aber auf einem Tischchen war ein lecker Mahl gerichtet; vor zwei Plätzen – nicht sich gegenüber, sondern Seit an Seite – stand je ein silberner Pokal; ein Kränzlein früher Rosen hing an jedem und erfüllte das Gemach mit Duft. Doch die Speisen waren kalt und unberührt, der eine der schmalen Sessel leer; auf dem anderen saß Frau Wulfhild wie ein steinern Bild, den Kopf auf ihren vollen Arm gestützt. Sie wußte nicht, wie lange sie so gesessen hatte; so ruhig der Leib schien, die Ungeduld des Wartens zehrte in ihrem Innern, und ihre Augen glühten dunkel über den heißen Wangen; wie sonder Gedanken hob sie eine Silberkanne und schenkte roten Wein in die Pokale, und mit der anderen Hand sich müde in ihr Goldhaar greifend, nahm sie den ihren und rührte klirrend an den Rand des andern. „Komm! Komm, Rolf! Verschmäh nicht deine Rosen!" rief sie leise.

Sie war emporgesprungen, sie stieß ein Fenster auf und bog sich weit hinaus, in der hellen Nacht über die Wipfel der absteigenden Wälder schauend; aber kein Menschentritt, kein Wächterruf erscholl; nur der Nachthauch wehte ihr kühl entgegen und trug von unten aus dem linken Flügel einen Schall vorüber: ein Waffenklirren, ein Stampfen wie mit vollen Krügen, dazwischen heisere Männerstimmen und dann und wann das Lachen eines Knaben. Ein sechzehnjähriger Junker, Gehrt Bookwald, war am Morgen angelangt, um bei dem kaiserlichen Ritter „Reiterei und Gottesfurcht“ zu lernen; der Lärm kam unten aus der Gesindestube. Frau Wulfhild lauschte: „Die Knechte bringen ihm den Willkomm!“ sprach sie, und das blonde Antlitz des Knaben, der nun ihr Diener war, zog an ihr vorüber. Es schien wüst herzugehen drunten, und eine Stimme klang ihr gleich der des ersten Ehegemahles, wenn er unter Zechbrüdern in seiner Freude saß; sie schauderte, und das Knabenbild erlosch.

Allmählich ging der Tumult zu Ende; es wurde totenstill, ein Kauz nur schrie von einem Turm herunter. Plötzlich warf sie jäh das Fenster zu und sah sich wild im Zimmer um: das Haupt des Toten, dem sie hatte sterben helfen, hatte aus der Nacht sie angestarrt. Doch es war nicht hereingekommen; die Kerzen brannten hell und ruhig.

Und wieder saß sie unbeweglich, und die Qual vergebenen Harrens war nicht mehr zu tragen. Da gedachte sie eines Wundergürtels, den eine uralte Muhme ihr zum ersten Ehefeste mitgegeben hatte. „Es ist derselbe“, hatte sie gesagt, „den einst der Ritter an Ginevra gab; so du ihn umlegst, kommt dir nimmer ein Leid!“ Aber die stolze Braut hatte derzeit Zaubermittel nicht vonnöten und warf den Gürtel achtlos von sich. Doch nun war andere Stunde; sie kniete bald vor dieser, bald vor jener Truhe und warf um des verschmähten Kleinods willen ihre Kostbarkeiten durcheinander; da endlich hielt sie den goldgewebten Gürtel in der Hand, und dort saß der Rubin, vor dessen Schein alles Ungemach verschwinden sollte. Sie legte ihn über ihr weißes Nachtgewand, und er schmiegte sich leicht um ihre Hüften; aber vergebens sah sie auf den milden Glanz des Steines; der mußte gegen andere Schmerzen sein.

Noch eine Weile trug sie es; dann, wie in Scham ob ihrer Schwäche, riß sie das Zauberstück vom Leibe und warf es von sich, daß der Stein heraussprang. Zornig zog sie das Gewand von ihrem schönen Leibe und bestieg das Ehebett, aber auch die Seidendecke wollte ihr keine Ruhe bringen. „Komm nun! Du sollst! Du sollst!“ rief sie, als könne sie durch ihren Willen den Ehegemahl in ihre Arme zwingen.

Aber er kam nicht; und das Bild des schönen Mannes, der doch ihr eigen war, peinigte sie wie ein Gespenst; und die Kerzen, die noch auf der Tafel brannten, wurden ihr unheimlich, als sei es zum Begräbnis.

Zitternd stieg sie von ihrem Lager und löschte alle bis auf eine; dann nahm sie ein Stundenglas vom Kamingesimse und stellte es in den kargen Schein. „Nichts anderes will ich sehen!“ sprach sie zu sich selber; „nur wie das Leben rinnt!“ Und so lag sie gestützten Armes auf ihrem Kissen und blickte unablässig auf den rieselnden Sand; und war das letzte Korn hindurchgefallen, so stand sie langsam auf, das Glas zu wenden. Erst als im Dämmerscheine draußen der Wald erwachte und unter ihrem Fenster der Trupp der Arbeiter auf das Feld hinausging, war der schöne Leib in Schlaf versunken.

– Der Mann, um den sie solches litt, war längst auf einem Schleichweg in die Burg gekommen; keine Brücke hatte sich um ihn gehoben, kein Tor geöffnet; aber zu seinem Weibe zu gehen, hatte er nicht vermocht. Im äußersten Winkel des einen Flügels war eine fast leere Kammer, die er als Haussohn einstmals innehatte; dort auf einem harten Faulbett lag er unausgekleidet, den blonden Kopf auf beiden Händen; das Baumrauschen vor seinem Fenster hatte ihn selig eingewiegt.

Die Zeit war fast um eine Tagfrist weitergerückt; es war wieder Abend. Frau Wulfhild saß in ihrem Wohngemache, wo dunkelgemusterte Teppiche an den Wänden hingen; auch hier waren kleine Glasscheiben in den beiden Fenstern, und das Mondlicht, das hindurchfiel, mischte sich mit dem Schein der Kerze, die auf dem Tische stand. Das schöne Weib saß unbeweglich mit gestütztem Haupte. Da öffnet sich die Tür, und Gaspard der Rabe trat herein. „So kommst du endlich?“ sprach sie und warf ihre müden Augen auf ihn.

„Wohl, Herrin.“

„Dein Kopf hat sich verrechnet“, sprach sie wieder. „Dein Herr schlief unter einem Dache mit mir; doch fern, in einer

Bodenkammer; er hat das Edelwild verschmäht, das seiner wartete."

„Ich weiß das, Herrin", antwortete der Schreiber; „er hat das Raubtier nicht erjagen können; es wird ihm nur die Wildkatz vor seinen Augen noch gesprungen sein."

„Laß deine Narreteidung!" sprach Frau Wulfhild finster. „Ich sagte dir einstmals, ich sei keine Henne; nun willst du mich gar reuen lassen, daß ich keine Wildkatz sei! – Ich fürchte wohl, hier ist ein ander Tier im Spiel!"

„Was sagt Ihr, Herrin?" und Gaspard richtete seine spitzen Ohren auf.

„Sieh meine Hand, Gaspard – und fühl sie auch!" rief Frau Wulfhild und legte ihre weiße Hand an seine gelbe Wange. – „Nun, schauderst du noch nicht?"

– „Nein, Fraue; lasset sie nur immer liegen!"

Aber sie nahm sie fort. „Dann", sprach sie, „stößt nicht meine Hand ihn fort; dann ist es eine andere, die ihn zu sich zieht!"

„Sprecht weiter, Herrin! Mein Witz ist nicht so fein wie Frauensinn."

„Du sahst doch", sprach sie, „wie er gestern auf dem Weg mir seine Hand entriß! Es tat nicht sanft; aber vorhin in der Dämmerung, er wollte fort, der Wildkatz wegen, als ich nach seiner Hand griff –"

Sie war aufgestanden und ging mit starken Schritten durch das Zimmer. „Sieh her!" rief sie und streckte ihm ihre linke Hand entgegen; „der Blutriß ist von seinem Ehering! Ich hatte, mein ich, genug der Wunden aus meinem ersten Ehebund!" Sie warf den Kopf zurück und begann mit geschlossenen Fäusten wieder auf und ab zu schreiten.

Gaspard sah dem eine Weile zu; dann sprach er: „Und, Herrin, wie dien ich Euch?"

Da stand sie still und sah auf ihn herab; sie mußte erst der Frage nachsinnen. „Er wird auch heut nicht zu mir kommen", sprach sie heimlich, doch ihre Stimme bebte vor Zorn; „er wird auf seine Bodenkammer schleichen und im Traum mit seinem Luftbild buhlen; aber du weißt es, Gaspard, der Mann, so stolz und wild er ist – er ist ein Kind; nimm ihm sein Spielzeug, und er vergißt es! Und du – sollst mir die Puppe suchen helfen!"

Gaspard blickte schief zu Boden und zog mit einem leisen Pfiff den Atem durch die Zähne. Dann hob er langsam seine Schnabelnase und sprach mit scharfem Lächeln: „Kopf und Hände sind nur meiner Herrin!"

An demselben Abend, nur etwas früher, saß zu Haderslevhuus die alte Base in ihrem stillen Gemache; an einer Wand stand das schmale Bettchen Dagmars, an einer anderen das der alten Dame mit dem großen Himmeldach; daneben hing ein Gefäß mit Weihwasser, darüber die geschnitzte Mutter Gottes; in einer Wandnische lagen handschriftliche Dichterwerke, an denen sie sich einstmals in der Jugend die Wangen heiß gelesen hatte. Sie selber saß an einem Tischchen vor dem Fenster mit den Butzenscheiben, durch das der Abendschein hereinfiel; ihr gegenüber Dagmar, und beide mit einer heiligen Arbeit in den Händen; denn bei der letzten Firmelung hatte der Bischof dem Reliquienschrank der Kirche zu Haderslev eine Anzahl Schädelknochen der zehntausend Jungfrauen zum Geschenk gemacht, und die Alte wie die Junge waren jetzt damit beschäftigt, sie mit rotem und weißem Sammet und mit Goldstickereien zu überziehen.

Es war ganz still im Gemach; nur das Sticheln der Nadeln wurde hörbar und das eintönige Geräusch eines Dompfaffen, der in seinem Bauer innerhalb des Fensters unaufhaltsam auf und nieder hüpfte. Das junge Kind führte heute ihre Nadel nicht mit gewohnter Sicherheit, und die Blättchen hingen oft nicht richtig an den goldenen Ranken; sie schaute nach jedem zehnten Stiche hastig durch das Fenster, das nach Osten lag, aber der Mond war noch nicht da. Ihr Atem wurde kürzer; in ihrem Innern war heute eine fremde Kraft, die ihr die Nadel aus der Richte stieß.

Endlich legte die Alte ihr besticktes Schädelstücklein auf den Tisch. „Fertig!" sagte sie. „Guck her, Dagmar! Ob wohl dieser Kopf im Leben solchen Schmuck getragen hat?"

Das Kind hatte nicht gehört: der Mond war eben über den Bäumen aufgegangen.

„Dagmar!“ rief die Base. „Was ist dir? Du glühest ja wie Purpur!“

Mit verschleierten Augen sah das Mädchen auf die Alte.

„Du hast wohl in deinen Truhen gekramt, Bas’“, erwiderte sie; „es ist so schwüler Duft hier; es hemmet mir die Luft!“

Aber die Alte hatte ihr die Stickerei aus der Hand genommen und wiegte jetzt den Kopf, indem sie sorglich darauf hinsah. „Ei ja, Dagmarlein“, sagte sie, „du hast noch eine Kinderhand; aber doch nicht allemal so sehr! Ich sagt’s dir schon: was wollten deine Finger bei dem Totenbein! Schelle nach der Grete, daß sie die Kerze bringt; der Tag ist aus, und der da draußen“ – sie zeigte mit ihrem mageren Finger nach dem Mond –, „der leuchtet nur Verliebten, aber nicht Kindern und alten Frauen!“

Ein heißes Rot schoß über das junge Antlitz; aber die Alte gewahrte es nicht. „So schelle doch, Kind!“ wiederholte sie; „du kannst dann deinen Silbergürtel weiterstikken! Ist der erst fertig zu dem weißen Seidenkleide, da wirst du aussehen wie die heidnische Diana; es fehlt nur noch der Silbermond an deiner Stirn!“

Sie bog sich über den Tisch und streichelte die zarten Mädchenwangen. „Wart nur ein Jährlein, Dagmar! Da nimmt dein Vater dich mit hinaus, nach Wordingborg, nach Kopenhagen! Da kommen die jungen Erdensöhne und werden um einen Blick der keuschen Göttin werben; auch einer, wohl so schön als wie der junge Ritter Lembeck, der letzthin auf Dorning eingezogen ist?“

„Auf Dorning?“ frug Dagmar achtlos. „Der Ritter Klaus ist ja schon alt!“

– „Ei, Kind! Sein Sohn, sein ältester! Und mit einem schönen, stolzen Weibe; gar einer Schauenburgerin!“

„So? Einer Schauenburgerin?“

– „Ei freilich; aber doch nur einer Witib – ein Pfirsich, dran schon ein anderer seine Lippen setzte!“

„Pfui, Bas’! Aber ich kenne sie ja gar nicht; was kümmern mich die fremden Menschen!“

Dagmar war schon mit der Schelle an die Tür gegangen, kehrte aber zurück, ohne sie geöffnet zu haben. „Nein, Bas’“, sagte sie mühsam; „mir ist das Herz bedrückt; ich muß hinaus, in die Luft!“

– „Ei, Kind, es wird ja Nacht, und du weißt, der alte Joseph sagt, die Unholden schauen dann aus dem Boden!“

„Nur in den Garten, Base; da gibt es keine!“

Die Alte wurde unruhig; sie rückte an dem Kinntuch, das die über ihr schwarzes Käppchen gebunden hatte. „Du weißt, sieh mich nur an!“ sagte sie; „das dumme Kopfreißen; ich darf nicht in die Abendluft. Wenn dich was ankäme! Dein Vater ist in Wordingborg!“

„O Bas', ich nehme Heudan, die Dogge, mit!“ rief Dagmar beklommen; „sie war auch gestern abend bei mir!“

Die Alte nickte: „Ja, ja, Dagmar, die Dogge, ja, das geht! Du zogst ihr neulich auch den Dorn aus ihrer Tatze, wie Androklus dem Löwen! Du kennst doch die Geschichte?“

Sie sah sich um; aber da war Dagmar schon hinausgeschlüpft, und die Glocke stand wieder auf dem Tische. „Ei ja“, sagte die Alte seufzend, „da läuft sie mit dem Hunde in die Nacht hinaus, und ich kann hier im Mondschein meine lieben Schatten zu mir laden; wir brauchen keine Lichter!“

Der Nachtschein fiel durch die kleinen Scheiben; und mitten im Gemache saß die alte Dame und sah mit geisterhaften Augen in die Dämmerung: nur mitunter eine leise Handbewegung, als sei es ein Willkommen.

– – Dagmar aber war hoch aufatmend die Treppen hinabgeflogen; unten in dem großen Flour erhob sich die Dogge und sprang freudig ihr entgegen. „Heudan, mein Hund, komm, komm mit mir!“ rief sie ängstlich, und das Tier drängte sich an die schmächtige Gestalt, daß sie dem Ungestüm kaum wehren konnte.

Sie schritten aus einem hinteren Tore durch einen weiten Hof, an dessen Ende ein Gelaß zur Absonderung bissiger oder neuer Hunde war; und Heudan sah verwundert zu dem Mädchen auf, als sie dort eingetreten waren. Dagmar aber schlug das Herz bis in den Hals hinauf, da sie eine der ledig hängenden Ketten faßte und das Halsband des Tieres daran befestigte. Es war nur Liebes von der jungen Hand gewohnt und leckte mit der roten Zunge nach ihr hin; da schlug sie die Arme um seinen rauhen Nacken: „O Heudan, ich bin treulos, aber – du, du bellst auch gar zu schreckbar!“ Und eilig lief sie hinaus und schob den Riegel vor; dann ging sie durch eine Pforte in den Garten, durch

Lindengänge und zwischen düsteren Taxusbüschen; da kam vom Hof ein Winseln, und einen Augenblick stand ihr der Atem still; aber sie drückte beide Hände vor die Ohren, und als sie auf den Platz hinaustrat, wo die Würzebeete waren und wo das volle Mondlicht ihr entgegenquoll, da hörte sie nur noch die Nachtigall, die drüben am Waldesrande schlug. Der Atem ging heftig durch ihre offenen Lippen; sie setzte sich auf die Bank und blickte vor sich auf den Wipfel der hohen Pappel, deren Blätter im Nachthauch sich bewegten. Doch aus den beklommenen Atemzügen wurden Worte: „Was wolltest du hier, Dagmar?“ sprach sie leise. „Die Nachtigall?“ – Sie horchte eine Weile, und der Vogel sang, als müsse er einen Preis ersingen – aber Dagmar schüttelte das Köpfchen, und ihre Lippen flüsterten, indem sie die Hände vor die Augen schlug: „O heilige Jungfrau, wenn du mir hold sein wolltest!“

Da rauschten neben ihr die dichten Pappelzweige; und ehe sie es fassen konnte, schwang ein Mann sich auf die Mauer und hinab dann in den Garten. Ein Schrei rang sich aus ihrem Munde, aber sie erstickte ihn; denn schon lag er ihr zu Füßen, jung und schön, und sah mit flehenden Augen zu ihr auf: „Seid milde, Fräulein! Oh, wie hold seid Ihr! Ich sah noch nimmer Euresgleichen!“

Sie sagte nichts; mit kindisch weit geöffneten Augen blickte sie ihn an, erschreckt und doch entzückt, als wollte sie die Worte ihm von den Lippen lesen. Doch das Winseln der Dogge scholl vom Hof herüber durch die Büsche, und des Ritters Hand fuhr jäh nach einem Jagdstahl, der an seinem Gürtel hing.

Aber sie schüttelte nur leise mit dem Köpfchen, da ließ er die halb gezogene Waffe wieder fallen. „Wer seid Ihr?“ frug er. „Wollet Ihr mir's sagen?“

Und sie antwortete: „Ich bin Dagmar, des Hauses Tochter; und wer seid Ihr?“

Er erschrak und wollte schon eine Mär erzählen, wie er zu andern Zeiten wohl getan; doch da er in dieses Kinderantlitz blickte, so konnte er es nicht; er sagte nur: „Ich, süße Fraue, bin ein selig unseliger Mann, seitdem ich Euch gesehen habe!“

– „Aber, Herre, das ist nicht rechte Antwort!“

Da hob er die Hände bittend zu ihr auf: „Verlanget nicht Weiteres; es wär auf Nimmerwiederkehr!"

„So redet nicht!" rief sie hastig; aber ein Zug der Angst flog dennoch über das zarte Antlitz, und sie setzte bei: „Nur, um der Gottesmutter Leiden, schweigt nicht zu lang; es täte mir weh!" Und wie durch körperlichen Schmerz getrieben, drückte sie die Hand auf ihre linke Brust. Da er sorgvoll mit den Augen folgte, sprach sie: „Ihr wisset, das große Sterben, als das ins Land kam . . . aber" – unterbrach sie sich –, „wo waret Ihr denn damals?"

„In Paris", sagte er leise, als wolle er den Laut ihrer Stimme nicht verlieren; „in Prag dann später, auch dort am Königshof."

Sie sah ihm in sein schönes Antlitz, auf den gestickten Sammetrock und wie die goldenen Knöpfe im Mondlicht blitzten. „So wisset Ihr nichts von uns – o herzliebe Mutter! Süße Schwester Heilwig!" rief sie; „o meine Brüder – alle sind sie gestorben!" Plötzlich ergriff sie seine Hand: „Kommt!" rief sie und zog ihn mit sich auf eine kleine Höhe, von wo man seitwärts bei dem Walde in das flache Land hinaussehen konnte. Er glaubte eine Niederung zu gewahren und einzelne Pfähle, durch dunstigen Nebel schimmernd, der dort umzog. „Dort!" sprach sie kaum hörbar und zeigte mit ausgestreckter Hand dahin.

Er schwieg: er wußte, das sei der Pestacker, wohin sie gewiesen hatte. – Ein Nachthauch kam und hob ihr dunkles Haar ein wenig von dem schmalen Antlitz und wehte das Gewand um ihren zarten Körper; ihm war auf einmal, als sei auch sie unhaltbar auf der Erde. „Wenn dort Eures Blutes einer ruht, so gönnet ihm die Ruhe!" sprach er zitternd.

Doch sie streckte die Arme aus und rief: „Mein Vater! Mein armer Vater! Wir werden nimmermehr vom Tode geheilet!"

„Das klang hart von Eueren jungen Lippen", sprach der Mann.

Da wandte sie ihr Haupt und sah den Schmerz in seinen Augen. „Ich wollte Euch nicht Leid tun!" sprach sie bittend; „nur sagen: von all dem Sterben habe auch ich mein Teil behalten!" – Und sie faßte wieder mit der Hand nach ihrem Herzen – „des Königs Arzt, der spanische Jude, ich hörte ihn einst zur Base sagen, es sei zu groß, ich könnte einmal so hingehen; starkes Leid und Freude könnte ich nicht ertragen. Und die gute Bas', will sie mir liebtun, so sagt sie, ich hätte weiße Rosen auf den Wangen!"

Sie schwieg, und er antwortete ihr nicht; aber sie sahen sich in die Augen, und drunten aus der Tiefe schlug die Nachtigall. „Frühling!" sprach er leise und öffnete die Arme ihr entgegen. Da lag sie an seiner Brust, die Augen geschlossen, die Hände um seinen Hals gestrickt; und für die Worte, welche ihnen fehlten, sang die Nachtigall, als müsse ihr die Brust zerspringen – und nun ein Ton, lang ausatmend, ohne Ende. „Sie stirbt!" rief Dagmar, warf das Haupt zurück und schaute in des Mannes Augen. „Oh, kann man auch vor Liebe sterben?" – Er aber, in dem Törichttun der Minne, hob ihre leichte Last gegen den Silberschein des Mondes und küßte ihre Wangen: „O meine weißen Rosen! O heilige Jungfrau, beschütze mir mein ganz unfaßlich Glück!"

Da scholl vom Schlosse her das Klirren einer Pforte, und sie wand sich jäh aus seinen Armen. „Scheiden!" rief sie schmerzlich; dann nahm sie seine Hand, doch nur für eines Atemzuges Dauer. „Nein, fort! – fort!" rief sie in Schrekken. „Oh, vergiß nicht mein; ich müßte sterben!"

Sie fühlte einen heißen Kuß auf ihrem Mund; dann rauschte es in den Pappelzweigen, und sie war allein. Sie stand, als wäre sie nicht lebend; ihre Wangen waren blaß, von ihren Lippen aber schimmerte es rot: das war die Minne, die dort des andern Paares harrte. „O Herzliebe, o sehnende Not!" seufzte das Kind und sank auf ihren Sitz. „Und wie heißet er denn nun? – Er? Er –?" Und lächelnd antwortete sie sich: „Das weiß ich nicht – o heilige Jungfrau!"

Da kamen Schritte näher, und aus den Büschen sprach ein altes Stimmchen: „Nein, nicht dorthin; hier, Grete, hier bei dem Taxus! O heilige Mutter Gottes!" Und die Base in ihrem Marderpelz, den Kopf mit einem dicken Tuch vermummt, trat mit der alten Grete in den Mondschein hinaus. „Kind, Kind, wo bleibst du!" rief sie. „Muß deine alte Base dich suchen gehen!"

– „O Bas', es ist so schön hier!"

„Und" – die Alte sah sich um – „du bist ja ganz allein; wo ist der Hund, der Heudan?"

„Der Hund?" sprach Dagmar hastig. „Ist der nicht hier?"

– „Ei, Kind, das mußt du ja doch selber wissen!"

„O Bas', du hättest die Nachtigall nur hören sollen!" Und wie gerufen drang der Vogelschall von neuem aus der Tiefe, und das Mondlicht glitzerte auf den Blättern der Hülsen und den Nadeln des Taxus; von Düften schwamm es in der Luft. Einen Augenblick stand die Alte, das Ohr geneigt: „Ja, ja; du heil'ger Gott, das wäre ein Plätzchen für die Minne hier!" sprach sie murmelnd vor sich hin. „Vor Zeiten; ach, vor langen Zeiten!" Dann aber trieb sie zu rascher Rückkehr in das Haus, denn ein Abendwind hob sich und rauschte durch die Wipfel der Bäume.

Dagmar ging mit unhörbaren Schritten, da sie dem Gelaß vorbeikamen, worin sie Heudan, die Dogge, eingesperrt hatte. „Morgen, mein Hund", sprach sie leise gegen die verriegelte Tür; „ich hol dich früh!" Aber der Hund schien zu schlafen; es blieb alles still.

Und bald lag sie in dem schmalen Bettchen in der Kemenate der Base: aus dem großen Himmelbette scholl bald das gleichmäßige Atmen einer ruhig Schlafenden; von dem jungfräulichen Lager hob sich in dem zweifelhaften Mondlicht noch ein blasses Köpfchen, das schwarze Haar in ein weißes Seidennetz gehüllt. „O Mutter der Gnaden", flüsterte das Kind, „ich habe sie beide belogen, Heudan erst, den Hund, und dann die gute Base! Ach, Heilige, aber wenn man erst so alt ist! Sie verständen das doch beide nicht!" Dann legte sie die Hände über die junge Brust, und sanft wie eine Wolke kam der Schlaf.

– Rolf Lembeck wanderte indessen mit langsamen Schritten heimwärts; er wußte wohl, auf Dorning erwartete ihn auch ein schönes Weib, und sie war sein mit allen ihren Wonnen; aber ihn überfiel es, als fürchte er die starken Weiberarme, und ging den Weg hinab wie in ein Tal des Todes.

Durch alle Gefahren aber fand die Minne ihren Weg. Rolf, der Leichtlebende, wie das schuld- und truglose Kind, sie waren beide plötzlich klug geworden und reich an Plänen und an Listen; denn Minne schärfte ihre Sinne und gab ihnen zum Schild die träumerische Vorsicht. Und alles fügte sich, als ob es helfen sollte: die Base hatte bei dem Nachtgang ihren Fluß im Kopf verschlimmert; den Schloßhauptmann hielt der König noch in Wordingborg. Rolf Lembeck zwar erkaufte sich bei seinem Weibe nur durch erzwungene Zärtlichkeit die flüchtigen Stunden seines echten Minneglückes; und mitunter, wenn er sie umfangen wollte, setzte sie ihre schöne Faust gegen seine Brust und sah ihm prüfend in die Augen, ob seine Seele auch dabei sei; und so geschah es unterweilen, daß sie plötzlich seine Arme von sich warf und schweigend aus der Tür schritt. – Und als zu Haderslevhuus der Schloßhauptmann aus Wordingborg heimkam, da trug ihm wohl die Tochter ein schweres Herz entgegen, und als er ihr die Wangen strich und frug: „Was ist mit meiner Dagmar?" da schüttelte sie nur den Kopf und sah zu Boden und nicht wie früher in das geliebte und gefurchte Antlitz über ihr; und zu sich selber sprach sie: „O brennend Leid! Wem soll ich reden, wem soll ich schweigen?" Doch es ward nicht laut; sie schwieg nur für den fremden Mann, und ein Weh durchflog sie wie einstmals in der Pestzeit, als sei sie nicht mehr ihres Vaters Kind; doch war es heute nicht ihres Vaters Schuld.

So schien die Heimlichkeit geborgen; aber ein Durchblick von eines Sandkorns Umfang konnte sie verraten. Schon mehrmals hatte Frau Wulfhild ihren Schreiber angehalten: „Nun, Gaspard, wo bleibt die Puppe?" und er hatte geantwortet: „Verzeihet, Frauenwünsche sind schneller noch als Mannesarbeit!" Gleichwohl trug er schon etwas in seinen Sinnen; nur wollte er es unreif nicht herausgeben. Er hatte auch einmal vom Wege aus des Schloßhauptmanns Tochter über die Gartenmauer lehnen sehen; und auch zu ihm hatte die Dogge, die mit den Vordertatzen zwischen den Zinnen stand, das gewaltige Gebell hinabgesandt. „Hm, ein Kind noch!" hatte er bei sich gemurmelt; „ein Kind mit einem Hunde! Und doch – auch bald nicht mehr; wer weiß?"

Und eines Morgens sprach er zu dem Ritter: „Wisset, Herr, drunten in Haderslev hat ein junger Schmied, der eben aus dem Reich gekommen ist, ein neues Schießwerk heimgebracht: es ist ein eisern Rohr und wird mit einem Pulver draus geschossen! So's Euch gefällt, wir könnten einmal hinüberreiten!"

„Heiliger Hubertus!" rief Herr Rolf; „kümmert Gaspard der Rabe sich auch um Schießzeug?"

Der Schreiber warf von unten seine scharfen Blicke auf den Frager: „Wenn ich nur treffen könnte!" sagte er.

Da lachte Rolf Lembeck: „So komm! Ich kenne die Feuerröhre schon von Prag; wer weiß, ob nicht dein Treffer drinsitzt!"

„Vielleicht", erwiderte Gaspard, und da der andere nach dem Reitstall schritt, sah er ihm nach, als sähe er auf seine Beute.

In kurzem ritten sie auf Haderslev. Es war zu Ende Juni; Rolf hatte sein Mäntelchen schon auf des Rappen Hals gelegt, denn die Sonne brannte; Gaspard warf die Gugelkappe in den Nacken. So ritten sie in dem goldenen Staub der Heerstraße durch das Kirchdorf Hammelef; die Bauernkinder lagen im Sande vor den Hütten und wiesen mit den Fingern auf den schmucken Reiter. Von da führte der Weg durch den Wald, die Rosse traten vorsichtig zwischen die Eichen- und Buchenwurzeln. Der Ritter blies den Atem von sich: „Ach, Gaspard, das ging schier ums Gesottenwerden!"

Der Schreiber nickte nur; er hatte Gedankenarbeit. Der Wald hörte auf, und wieder kam der Sonnenbrand; nach einer Weile ein Hügel mit hohen Bäumen, an dem zur Linken sich eine andere Holzung hinzog; oben aus den Wipfeln sah die Krönung eines stumpfen Turmes. Wie eine Gabel teilte sich der Weg nach rechts und links; und Gaspard, als ob es sich von selbst verstehe, spornte seinen Fuchs zur Linken in den Waldweg, er wollte an der Gartenwand vorüber, um des Ritters Mienen und Gebaren zu erforschen; doch da er umblickte, sah er sich allein; der Ritter war schon nach Osten auf dem Wege durch die freie Landschaft.

Gaspard wandte sein Pferd und ritt bald wieder neben ihm. „Ei, Herr", sprach er, „was meidet Ihr den Schatten und reitet den weiteren Weg hier in der Sonnenglut?"

Der Ritter sah lachend von seinem Hengst auf ihn herab: „Ich wußt nicht, Gaspard, daß du die Sonne fürchtetest!"

„Ich bin kein Ritter, Herr", sprach Gaspard und zog sich seine Gugelkappe in die Stirn. „Ist in dem Schlosse droben etwas, das Euer Auge haßt?"

„Meinst du", erwiderte Rolf Lembeck fröhlich, „daß man nur meidet, was man haßt?" Doch, als besänne er sich plötzlich, fügte er hinzu: „Wohl seh ich lieber das freie Land hier als auf des Dänenkönigs Burgen; mir ist, er spinne wieder Unheil!" Der Zusatz kam zu spät, denn als er auf den Schreiber blickte, sah er dessen Kopf sich seitwärts drehen und mit der Nase nach der Erde fahren, daß ihm der Kappenzipfel um die Schulter schwenkte. „Holla, Rabe!" rief er. „Wonach trachtest du?"

„Ihr wisset, Herr", entgegnete der Braune, „ich sehe bisweilen Dinge, die nicht da sind."

„Und was Beute sahst du denn dorten auf dem Sande?"

„So Ihr es wissen wollet – nur eines Fädleins Ende! Ich dachte töricht, es sei schier mitzunehmen; doch – Ihr habt recht, warum sollen wir die Königsburg betrachten!"

„Ei, Gaspard!" rief der Ritter, „wozu der Faden! Hier ist kein griechisch Labyrinth!" Doch plötzlich überkam es ihn, als stehe er mit Dagmar vor aller Welt auf offenem Markt, und aus dem Haufen glühten seines Weibes Augen auf das arme Kind.

Gaspard blinzte mit verkniffenem Lachen auf den jungen Herrn und ließ dann seinen Fuchs nach hinten gehen. So ritten sie, jeder in eigenen Gedanken, in die Stadt.

– Was mit dem Feuerrohr geworden, vermag ich nicht zu sagen; aber ein anderes. In Holstein, in einer engen Gruft, mußten die Würmer sich durch einen Sarg gefressen und von dem gemunkelt haben, was die in dem toten Mann gefunden hatten, der, als er oben ging, Hans Pogwisch hieß.

Am Nachmittage, da Rolf Lembeck mit dem Schreiber das Haus des Schmieds verlassen hatte, saß in der Gaststube des „Schwarzen Stiers" zu Haderslev ein wüster Holstenkerl; er wollte zum König Waldemar, der wieder einmal Kriegsleute sammelte; ein paar Gesellen, die ihm nicht ungleich sahen, hielten ihn trunkfrei, denn er war ebenso maulfertig im Trinken wie im Reden. „Ihr habt das Weibsstück nun nahebei!" rief er; „die macht nicht viel Federlesens, und schmuck ist sie, daß sie den Teufel verführen könnte!" Er stützte den schweren Kopf in seine Hand und streckte die andere breithin auf den Tisch: „Die Königlichen hatten ihr den Mann, der seinem Weib die ganze Ehefröhlichkeit verdorben hatte, zu ihrer Freude so verhauen, daß schon der Gottseibeiuns am Bettende saß, um mit der Seele abzufahren. Aber – das wissen wir selber! Unkraut und Disteln vergehen nicht so leicht; und eines Tages wurde seine Nase wieder rot und kreuzfidel!"

Der Kerl lachte und nahm sein Glas: „Ein Satansweib! Möge der Teufel ihr weiterhelfen!" Und die Gläser der drei Halunken klirrten aneinander.

An einem andern Tische saß ein Herr, jung und im goldgestickten Rock; er war schon aufgesprungen und hatte die Hand am Schwertgriff, um die Kerle abzufuchteln; denn er wußte, es war sein Weib, das ihre schmutzigen Mäuler schändeten. Aber er setzte sich schweigend wieder: er mußte hören; das war besserer Gewinn.

Und mit heimlicherer Stimme begann auch schon wieder der Bettelgast am andern Tische; aber er hatte sich zuvor noch erst sein Stück gelacht: „Der wunde Ritter, ich sagt's euch schon, hub an, seine Fäuste wiederum zu fühlen; da" – und der Kerl stieß mit seinem Becher auf den Tisch –, „da hatte sie auf einmal Ratten zu vergiften! – Ich glaub, es ist auch wohl eine Ratte mit krepiert; aber es glückte wunderbar: am andern Morgen war sie eine frohe Witwe!"

„Mordbrand!" rief einer von den andern; „gar eine Ritterfrau und hier? Wie heißt sie denn?"

Aber der Kerl wischte sich den Mund und hob mit trunkener Feierlichkeit die flache Hand: „Das bleibt bei mir! Ich bin von ihrem Hof; ein Hundsfott, der seinen Herrn verrät! Möchte nur der Folgmann des armen Vorwirts nicht geworden sein!"

Er leerte sein neu gefülltes Glas und stand taumelnd auf; als er an Rolf Lembeck vorüberkam, sah er ihn mit verglasten Augen an und strebte taumelnd nach der Tür.

Gleichzeitig war Gaspard in das Gemach getreten, der auf Einkauf für seine Herrin in der Stadt gewesen war, und

Rolf drängte zur Heimfahrt. Auf dem Rückweg ließ er den Schreiber vor sich reiten: er wollte weder seine noch eines andern Menschen Rede hören; ihm war's, als wenn das Hirn ihm friere und gössen Eisstrahlen sich hinab durch seinen Rücken! Nicht seines Weibes dachte er zunächst; nein, Dagmars; und daß zu ihr ein furchtbarer Rettungsweg sich aufgetan.

Als er zu Dorning ins Gemach trat, kam Frau Wulfhild mit ausgestreckten Armen ihm entgegen; aber er griff sie an beiden Handgelenken und hielt sie von sich; mit entsetzten Augen sah er auf ihr Antlitz.

Sie erschrak. „Was ist dir?" rief sie auffahrend; „bist du auch toll geworden?"

Da ließ er schweigend ihre Hände fahren und schritt in den Hof hinab. Das Weib aber stand plötzlich ohne Regung: „Was war das?" stammelte sie kaum hörbar.

Nach einigen Tagen stand der Schreiber in Frau Wulfhilds Kemenate.

„Hast du die Puppe?" frug sie hastig.

Er wiegte seinen kleinen Kopf: „Ich habe sie und habe sie auch nicht."

– „Das heißt?"

„Ich wette, es ist das Fräulein von des Königs Burg."

– „Des Schloßhauptmanns Tochter? – Ein Kind!"

Er spreizte seine Finger: „Erlaubt, das pflegt sich beim ersten Kuß zu wandeln; und überdies – das Neue ist ein Dämon!"

Sie war vom Sessel aufgesprungen und schritt mit funkelnden Augen auf und ab; ihre Finger griffen in ihr Sacktuch, als sei's ein lebend Wesen, das sie würgen müsse.

„Das Spielzeug könnt Ihr nicht nehmen", sagte Gaspard wieder; „doch wenn das Spielzeug nicht vom Kinde kann, so muß das Kind vom Spielzeug!"

– „Was heißt das? Rede deutlich!"

„Sind hier die Wände sicher?"

„Das weißt du selber", erwiderte Frau Wulfhild und warf sich in den Sessel. „Nun rede!"

Und Gaspard setzte sich zu ihren Füßen auf den Schemel, den sie ihm gewiesen hatte. „Ihr habet, edle Herrin", begann er leise, mit Fingerspiel sein Wort begleitend, „meine Maulwurfsarbeit nicht gesehen, aber ich habe sie getan. So leiht mir nun ein hörend Ohr! – Die unruhigen Herren in Holstein spinnen einmal wieder etwas gegen den König Atterdag" – er sah sich um; dann fuhr er fort: „Sie hatten Eueren Schwäher auch zum Rat berufen; Ihr wisset, der gewaltige Herr hat etwas von der Fledermaus: beim Wolfe heut und morgen bei den Falken; und so wollten sie seiner diesmal sicher werden. Aber er bauet die Burg dort auf der Insel und kann nicht fort von dem wilden Bauvolk." Gaspard senkte seine Nase: „Wollet nicht fragen, wie ich das erfahren habe; aber ich suchte einen klugen Boten und schrieb an Herrn Klaus Lembeck, daß bei Euch ein treuer Mann entbehrlich sei, wenn anders Treue im nächsten Blute liege; ich schrieb auch, es komme Euerem Wunsch entgegen, des Ehegemahls auf eine Weile zu entraten."

„Mich will bedünken", rief das Weib, „du bist noch eigenwilliger als klug! Und Klaus Lembeck" – setzte sie hinzu –, „wie lautet seine Antwort?"

Der Schreiber nestelte an seinem Rock und reichte ihr zwei Papiere. „Solange", sprach er, „der alte Ritter nicht des Königs ist, sind die Wünsche der Schauenburgerin ihm Befehl! Hier ist ein Brief für Euch, und nebenbei, wenn Ihr sie wollet, die Berufung für Herrn Rolf Lembeck!"

Die Frau griff nach den Briefen und las sie. „Du nimmst mir den Gemahl und solltest ihn mir doch wahren!" sprach sie seufzend.

– „So lasset mich schreiben, daß Ihr ihn nicht missen könnt!"

Da war sie aufgestanden; den Kopf emporgeworfen, die eine Hand an ihren Lippen, stand sie da, wie in die Weite schauend; dann reichte sie dem Schreiber ihre andere Hand: „Mein weiser Rabe! Ich bin zufrieden, schick mir deinen Boten; ich werde an Klaus Lembeck schreiben, Rolf wird diesem Vater nicht zuwiderhandeln."

„Ich wußt es, Herrin; Ihr seid nicht wie die andern." Er küßte ihr Gewand; dann wurde er entlassen.

– – Am Abend dieses Tages schritt Rolf Lembeck nach der Gartenmauer zu Haderslevhuus, und Gaspard der Rabe schlich unmerklich hinterdrein; er wollte nähere Bestätigung für einen neuen Anschlag, den er im Kopfe trug.

Spärlicher Nachtschein zitterte durch die Buchenkronen; nur wenn der Ritter durch eine Lichtung ging, huschten wie blaue Funken die Johanniskäfer um ihn her, und die Nacht war lau und still. Sein Weib hatte nicht versucht, ihn zu halten; dennoch ging er langsam und in schwerem Sinnen, und er hörte nicht auf den Schritt, der in den seinen trat. Nicht nur was er im „Schwarzen Stier“ erfahren hatte, ein anderes noch war ihm gekommen! Ein Wort, das er als Knabe von seinem Vater vernommen hatte. Ein Graf von Orlamünde hatte derzeit von seinem Weibe wollen, um eine Schönere zu freien; aber kein Laie hatte zwischen den beiden Eheleuten den gemeinsamen Blutstropfen finden können, der fähig war, den Bund zu lösen. Da machte der Graf ein gut Teil seiner Habe zu Gold und zog nach Rom; und bald auch kam er mit heiterem Antlitz heim: zwar ohne Gold, aber mit dem Pergament des Heiligen Vaters in der Tasche, das wegen zu nahen Blutes die Ehe aufhob. „Beim heiligen Bart“, hatte Klaus Lembeck da gerufen, „der Teufel konnt es nicht; der Papst hat es herausgefunden!“

Der Knabe Rolf hatte das Wort gehört und nicht geachtet; jetzt kam es aus der Tiefe, wo das Gedächtnis die Schätze für die Zukunft hütet. „Und wenn dem Orlamünder, warum nicht mir?“ rief es in ihm. „War meiner Großmuhme Gemahl doch ein Vetter von den Schauenburgern!“ Dann dachte er des anderen: „Wenn ich es brauchen müßte, das bricht die Kette!“ rief er laut, und mit kräftigeren Schritten ging er weiter.

Der Rabe Gaspard war auf seinen Fersen; und als nach einer Weile der Ritter sich droben aus den dichten Zweigen in die zarten Arme schwang, da war der Laurer an dem Waldrand und sah, was keines Menschen Auge hätten sehen sollen. Denn in dem Ritter war alle ungestüme Liebesnot und Hoffnung aufgesprüht; „Rolf, Rolf! Du tötest mich!“ rief Dagmar, als er sie in seine Arme preßte.

Da ließ er sie plötzlich und starrte über die Mauer in den

Grund hinab. „Hörtest du es, Dagmar? Da drunten lachte was!"

Sie aber wandte das süße Antlitz zu ihm: „Fürchtest du dich, Rolf?"

„Ja – Dagmar; wer dich im Arm hält, muß sich fürchten!"

„Doch nicht vor Ringeltauben! Ich hörte es auch, es kam dort aus der Buche."

Er warf noch einen Blick hinab, dann zog er sie auf die Bank, wo vom Weg herauf kein Auge sie erreichen konnte. Die Nachtigall hatte ausgesungen; fast keines Atemzuges Regung war in der Nacht; wie müde legte Dagmar den feinen Nacken auf seinen Arm, und ihre dunkeln Augen wollten nichts als ihn. Dämmerung war es, denn der Mond war rund und wieder schmal geworden und stand mit seiner Sichel über den Bäumen in Südost. Rolf Lembeck sah grübelnd in die Nacht hinaus.

„Nimm! So nimm doch, liebster Mann!" hauchte das Kind und bot ihm ihre roten Lippen.

Aber er drückte wie in Angst ihren Kopf an seine Brust: „Nicht mehr, o Süße, Selige!"

Da lachte sie und riß das dunkle Köpfchen wieder gegen ihn auf: „Um was? So nimm doch, was dein ist!"

Aber der Mann stöhnte, in Wonne halb und halb in Schmerz: „O Dagmar, ein Feuer ist die Minne; es soll dich nicht verbrennen!"

Sie verstand ihn nicht; sie frug auch nicht, nur als seine Lippen jetzt flüchtig ihre Stirn berührten, klagte sie: „Das ist ja nicht der Weg zum Herzen! Zürnst du? Was hab ich dir getan?"

„Du, Dagmar?" rief er, und seine Augen leuchteten wie blaue Sterne, „du fülltest mir das Herz mit Wonne; soll ich Todesnot in deines bringen? Hör mich, du Schöne, Unirdische! Mir ist es oft ein Wunder, daß meine Hände dich berühren können; mir ist, als seiest du mein holder Schattengeist, von dem die alten Mären sagen, zwischen Lilien aus dem Mondscheinsee zu mir emporgestiegen; mir träumt zu Nacht, daß Flügel an deinen zarten Schultern sprießen, daß du mich fortträgst, weit aus dem Wirrsal meines jungen Lebens!"

– „O nein, nicht so, nicht so!" Flehend bat sie ihn, und

ihre Hände legten sich auf seinen Mund; „du täuschest dich; ich bin nur ein Erdenkind, o Rolf, die sterben vom Hauch der Luft; ich weiß es!"

Da glitt sie ihm zu Füßen, ein gespenstischer Glanz brach aus ihren Augen. „O Liebster, kein Leben, kein Sterben ohne dich!"

Er zog sie sanft zu sich herauf: „Erst leben, Dagmar! Wir zusammen – möchtest du das nicht?"

Sie nickte nur; aber der Atem stand ihr still, als ob sie Wunder hören solle.

– „So muß ich dich um Urlaub bitten!"

„Urlaub?" rief sie erschreckt. „Du willst fort? – Ganz fort?"

– „Nur auf zehn Tage, Dagmar! Am Abend nach Mariä Heimsuchung bin ich wieder bei dir!"

„Zehn Tage! – Oh, das ist lange!"

Er strich ihr liebkosend das lose Haar unter ihren Silberreif: „Ja, Dagmar, lange! Aber ich muß zu meinem Vater!"

Sie blickte ihn plötzlich wie verwundert an: „Hast du auch einen Vater?" frug sie zaghaft.

– „Hast du doch einen, Liebste!" sprach er. „Und meiner soll uns helfen, daß ich mit ihm durchs Schloßtor zu dem deinen trete und dich zum Ehegemahl begehre!"

Ein selig Lächeln überflog das Angesicht des Kindes: „O Rolf, welch ein Glück!"

Es fiel ein Regentropfen, ein langer Donner rollte über ihnen. „Gott hat's gehört!" sprach er.

– „Sag noch einmal", bat sie, „wann kommst du wieder?"

Er neigte sich und flüsterte es noch einmal in ihr Ohr.

– „Gewiß?"

„Glaubst du, ich könnte den Weg vergessen?"

„Nein, nein!" –

Sie waren aufgestanden, Dagmar hing an seinem Halse; aber die Donner rollten stärker, und die Blitze flammten, vom Turme herab scholl das Wächterhorn. Noch einen Kuß, noch einmal, als wie auf ewig, Brust an Brust; dann war nichts als Nacht und Wetterschein auf diesem Platze.

– – Bevor Rolf Lembeck sein Haus erreichte, war Gaspard heimgekommen, und Bericht und Anschlag waren zwischen der Herrin und ihrem Diener schon zu Ende; als der Ritter in das eheliche Gemach trat, lag Frau Wulfhild wie schlummernd auf ihrem Lager. Doch obschon sie in voller Weibesschöne dalag, ihres Mannes Augen sahen an ihr vorüber, und seine Hand griff nur nach einem Schreiben, das auf einem Tischchen lag, auf dem er seines Vaters Hand erkannt hatte. Als er es hastig aufgerissen, flog es wie Schrecken halb und halb wie Staunen über des Weibes Antlitz, und ihre Augensterne blinzten heimlich durch die Lider, denn Rolf Lembeck hatte zufrieden vor sich hin genickt. Dann streckte er sich ruhig auf sein Lager.

Einige Tage nachdem der junge Ritter seine Fahrt nach Borgsum auf der Insel angetreten hatte, saß Frau Wulfhild in ihrem Gemache. Allerlei Schriften lagen vor ihr auf dem Tische; aber ihre Gedanken schienen nicht bei solcher Arbeit; ihr seiden Blondhaar hatte sie rückwärts über die Schulter geworfen, und es glänzte wie Gold gegen das dunkle Muster der Teppiche, die an den Wänden hingen. Inmitten der schönen Stirn des Weibes war eine Falte, die immer tiefer zu werden schien; sie drängte die Augen aneinander, als könne sie sicherer so das eine Ziel verfolgen, das vor ihren Sinnen stand.

Da wurde die schwere Tür aufgestoßen. Sie fuhr empor: „Wer ist da?"

„Der Herr Schloßhauptmann von Haderslevhuus!" erwiderte der junge Bookwald, der hereingetreten war. „Ihr, Herrin, hättest seinen Besuch erbeten."

„Er ist willkommen! – Doch warte noch, Gehrt! Rück erst den Sessel hier zum Tische!" Sie hatte sich in ihrer ganzen stattlichen Gestalt erhoben und begann im Gemache auf und ab zu schreiten, während der Knabe das Aufgetragene besorgte und sich dann entfernte.

Nach einigen Augenblicken war ein grauhaariger Mann in dunkler Tracht und von gewaltigem Körperbau hereingetreten. „Euer Gemahl, edle Frau", sprach er, nachdem die Grüße gewechselt waren, „scheint nicht daheim zu sein; Ihr selbst wünschtet mich!"

„Mein Gemahl, Herr Schloßhauptmann", erwiderte Frau

Wulfhild, „würde zu Euch gekommen sein; Ihr müßt diesmal Euch an mir genügen lassen!“

„Wollet mich nicht beschämen, edle Frau! Ich kam, um Euch zu hören!“

Sie setzte sich und lud ihn mit der Hand zum Niedersitzen; eine kurze Weile lagen ihre Augen auf seinem Antlitz, das er geduldig ihr entgegenhielt. „Mit Klaus Lembeck“, hub sie an, „saß hier ein dänisch Weib; ich bin aus dem Geschlecht der Schauenburger; wir beide sind Landsleute –“

Er unterbrach sie: „Ein Schleswiger bin ich und jetzt des Königs Mann!“

– „Ich weiß es, Ritter; Ihr waret auf Fünen in der Schar, von der mein seliger Gemahl von seinem Hengst gehauen wurde!“

„Er war mein Feind derzeit; ich aber habe ihn nicht gefällt“, erwiderte er ruhig.

Sie schwieg einen Augenblick. „Mag sein! Ich habe den Schaden ausgeheilet und bin itzt Herrin hier auf Dorning; wir sind Nachbarn, Ritter, und also –“

„Wollet Ihr mir etwa Nachbarrat erteilen?“

– „Ei, nun, wir Ihr es nehmen wollt!“ und da er nickte: „Ihr wisset, hinter Euerem Garten, dort, wo es so jäh hinab zu Boden schießt, steht hart daran eine italische Pappel und streckt ihre Zweige an die Mauerzinnen, so dort den Garten abschließen. Man sagt, es soll dort fast achtzig Fuß in die Tiefe gehen! Was ich Euch sagen wollte . . . den Baum, Ihr müßt ihn fällen lassen!“

„Die Pappel?“ rief der Schloßhauptmann. „Was wirret Euch, edle Frau! Die ist des Königs Liebling; sein Ahn Christoffer hat sie gepflanzt, da er Südjütland gegen Abels Söhne in Besitz genommen hatte!“

„So habet Ihr wohl keine Tauben oder sonstig edles Geflügel in der Feste“, fuhr sie achtlos fort, „und ist Euch desgleichen nicht zerrissen worden? Denn aus dem Wald genüber laufen Iltis oder Edelmarder an dem Baum hinauf und springen aus dessen Zweigen in den Garten!“

„Was wollet Ihr, edle Fraue“, sprach der Ritter; „ich verstehe Euere Rede nicht; ich hatte niemals kostbares Geflügel, und wäre solches mir zerrissen worden, ich würde darum doch nicht des Königs Baum versehren!“

Sie sah ihn an; aber da er ruhig, mit der Hand auf seinem Schwerte, dasaß, hob sie eine Glocke vom Tisch und schellte, und da der Knabe eintrat, bedeutete sie ihn: „Gaspard soll kommen!“ Dann sah sie wieder auf ihren Gast und frug, als sei's nur, um die Minuten hinzubringen: „Ihr habt wohl schöne Frauen in der Feste?“

– „Wie meint Ihr, edle Frau?“

„Nun, ich hörte auch nur so.“

Der Mund des ernsten Mannes lächelte fast: „Wer hat Euch so berichtet? Die Dienerinnen gehen alle an ein halb Jahrhundert, und unsere Base ist noch weit darüber. Ich hab gelitten, Fraue; das Lachen der Jugend tut meinen Ohren weh!“

Die kräftigen Lippen des Weibes zuckten, als wisse sie doch besseren Bescheid in seinem Hause als er selber. Dann öffnete sich die Tür, und der braune Mann mit der Gugelkappe war leisen, aber sicheren Schrittes eingetreten und blieb nun an der Schwelle stehen.

„Wer ist der Mann?“ frug der Ritter.

„Es ist mein Schreiber“, sprach sie; „er mag Euch selbst berichten, was er nachts gesehen hat, da ihn der Weg an Euerem Schloß vorbeiführte.“

Der Schloßhauptmann wandte sich in seinem Sessel und blickte auf den Schreiber. „So sprich denn, Mann“, sagte er, „was du mir zu sagen hast!“

Gaspard der Rabe hatte von unten einen vorsichtigen Blick auf den finsteren Herrn geworfen. „Ich weiß nicht eben“, begann er, „ob es Euch gefallen mag! Wenn man die Füße seiner Worte nicht mehr hört – wer weiß, ob sie Dank oder Undank holen!“

Auf des Gastes Stirne furchten sich die Zeichen der Ungeduld: „Lasset Eueren Mann seine Rede tun, edle Frau, um die Ihr mich geladen habt; mir ist nicht Zeit für andere Weisheit!“

„Sprich ohne Umschweif, Gaspard!“ rief Frau Wulfhild.

„Ja, Herr“, hub dieser an, „es war eine helle Nacht, vor kaum acht Tagen, da ich von Haderslev den Weg zwischen Eurem Garten und dem Buchenwald herunterkam; da stob aus dem Baumschatten ein Gewild – es mochte ein Marder oder Iltis sein – mir vor den Füßen quer über den Weg der großen Pappel zu, und ich hörte, wie es zwischen den Zweigen in den Baum hinaufklomm. Ich stand – ich sah hinauf und dachte: Itzt wird's bald oben sein und auf den Mauerzinnen tanzen!"

– „Nun – und?"

„Ja, Herre, es kam weder ein Marder noch ein Iltis!"

Der Schloßhauptmann fuhr auf: „So sitzt es wohl noch heute in dem Baum!"

„Das wäre möglich", sagte Gaspard; „auch möglich, daß ein Zauberspiel dabeigewesen ist. Ihr hörtet wohl schon sagen: es springt ein Wolf, auch eine rote Maus uns in den Weg, und faßt man's mit dem rechten Wort, so hat man ein altes Weib oder gar einen jungen Knecht in seiner Hand!"

Der Ritter warf einen forschenden Blick auf den Sprecher: „Was soll das hier? Deine Nas' und Augen sind mir zu scharf für solche Kunkelweisheit!"

Aber in Gaspards Augen, die ihm begegneten, war kein Arg zu lesen. „Herr", sagte er, „der eine spricht's, der andere widerspricht's; doch soviel haben meine Augen selbst gesehen: ein Marder war unten in den Baum gesprungen, und oben schwang sich ein junger Fant aus seinen Zweigen auf die Mauerzinnen; ich sah die goldenen Knöpfe auf seinem Leibrock funkeln, und der Nachtschein des Mondes leuchtete auf ein goldblond Haar."

Der Schloßhauptmann hatte sich vorgebeugt: „Und dann?"

„Dann sprang er in den Garten."

In der Brust des alten Ritters erhob sich eine Stimme, die sprach: „Einer der Diener war es, der sich beim lustigen Trunk verspätet hatte; du mußt dein Hausrecht brauchen, und es soll nicht mehr geschehen!"

Er sprach das dann auch laut; doch Gaspard erwiderte: „Ich weiß nicht, Herr, ob Ihr so fein Gesinde haltet; auch schien der Fant seine Lust noch vor sich zu haben, und seine Glieder waren sicherer, als ich nach dem Trunk es sonst gesehen habe. Vor allem: hinter der Mauer war ein Weib; noch kaum ein Weib! Ein schmächtig unschuldig Ding; denn ihr Gewand war weiß, gar ungeschickt zu geheimem Minnetreiben; der Mond blitzte auf einem Silberreif, der ihr dunkel Haar zusammenhielt!"

„Und weiter? – Was sahst du weiter?“ stieß der Ritter wie in Angst hervor.

– „Ich sah nichts weiter, Herr.“

Das Weib hielt den schönen Kopf in ihre Hand gestützt und sah des Ritters Antlitz sich unter seinem grauen Bart mit Todesfarbe decken. Da winkte sie dem Schreiber, und er verließ das Zimmer. „Nun, Herr Schloßhauptmann“, sprach sie leise; „werdet Ihr den Baum des Königs fällen lassen?“

Er wandte den Kopf, aber aus seinen Augen waren die Gedanken nach anderswo entflohen; er frug: „Was spracht Ihr, edle Frau?“

Und als sie ihre Worte noch einmal gesprochen hatte, frug er weiter: „Wißt Ihr von diesem Abenteuer mehr zu melden, als ich eben hörte?“

Doch sie erwiderte: „Nein, Herr; Ihr müsset nun so zufrieden sein!“

Er warf seine düsteren Augen auf sie und sprach zu sich selber: „Was will das Weib? Denn nicht deinetwegen hat sie dich geladen; sie weiß, um wen die Pappel fallen soll!“ Laut aber sprach er und richtete in seiner mächtigen Gestalt sich auf: „Ihr drücktet ein Beil in meine Hand! Gott mög mir raten; und mög er auch bei Euch sein, edle Frau!“

Er hatte sich gewandt und war aus dem Gemach geschritten. Unten im Hofe führte ein Knecht sein Roß umher; er rief ihn und schwang sich in den Sattel; dann suchte das Tier durch Wald und Felder sich selber seinen Weg. Ob hoch am Himmel die Lerchen sangen, ob Falken und Elstern um ihn schrien, er hörte es nicht: gleich einem gebrochenen Manne hing er im Sattel; vor seinen Augen war immer nur sein schmächtiges Kind in eines Fremden Armen, dessen Antlitz er nicht erkennen konnte.

Erst als das Roß unter den Bäumen des Schloßberges hinantrabte, fuhr er empor und zog den Zügel an. Aber er wandte sein Tier und ritt zurück, er wußte selber nicht wohin; in seinem Kopfe war zu schmerzlich Wirrsal, das er weder schlichten noch zur Ruhe bringen konnte. Es dunkelte schon, da er zum zweiten Mal heimkam und jetzt langsam in den Schloßhof einritt. – Nachts von seinem Bette, wo er mit gestütztem Kopfe lag, trieb es ihn wieder auf: er fand sich plötzlich die Turmtreppe hinabsteigend; dann stand er hinten in dem Garten, den er seit Jahren nicht betreten hatte, und sah bald auf den Wipfel der großen Pappel, bald hinunter in die Tiefe. Ja, ja; sie drängte ihr mächtiges Gezweig hart an die Bergwand und oben an die Zinnen, er hatte sie lang darauf nicht angesehen; auch der König konnte dort den Baum nicht dulden!

Dann stieg er zurück in seine Kemenate und warf sich wieder auf sein Lager; als aber im Zwielicht der Ton des Wächterhorns an sein Ohr drang, sprang er auf und holte drunten selbst ein Dutzend Knechte aus den Betten. Und da die Sonne aufgestiegen war, hallten donnernde Schläge durch die Burg und rissen alle aus den Betten, die noch in Morgenträumen lagen. „Bas'! Bas'! der Feind kommt!" rief Dagmar, jäh vom Kissen fahrend; und die alte Dame lallte, noch halb vom Schlaf befangen: „Bete, Kind! Bete! Wir sind arme Frauen!" Als aber Dagmar jetzt vor ihrer Bettstatt auf den Knien lag, richtete sie sich mühsam auf und strich mit ihrer sanften alten Hand das wirre Haar von der Stirn ihres Lieblings: „Ei, Kind", sprach sie, während die Schläge immer lauter dröhnten, „das ist die Holzaxt, es ist ja nimmer Krieg!"

Ein Rauschen wie von hundert Adlerflügeln, der Donner eines furchtbaren Sturzes machte in diesem Augenblick die dicken Scheiben des Gemaches klirren. Dagmar war totenbleich, und ihre Hand zitterte in der der Base; die aber lächelte: „Es ist ja nichts, Kind; sie haben einen Baum gefällt!"

Aber in Dagmars großen Augen stand der Schrecken. „Einen Baum? O Bas', ich dachte, der Himmel falle ein!"

Die Base schüttelte den Kopf: „Es kam ja von der Gartenseite; hörtest du das nicht?"

Dagmar griff plötzlich nach ihren Kleidern und begann sie über sich zu werfen. „Ja, Bas', ich glaub; ich will hinab!"

„Du töricht Ding!" rief die Base. „Was kümmert dich der Baum? Die Vögel sind ja kaum vom Nest geflogen!"

Aber das Kind, dem der Atem stockte, war selber schon hinabgeflogen; und die Alte faltete zum Morgengebet die Hände; durch das kleine Fenster fielen die ersten Morgenstrahlen.

– – Nicht lange danach trat der Schloßhauptmann in den Garten; die Dogge Heudan folgte ihm. Als sie bei den Zinnen hinaustraten, stand der Hund und schaute wie verwundert vor sich hin: die Pappel, wo war sie denn? Dann wandte er den Kopf und lief plötzlich in Sprüngen ein Stückchen seitwärts auf die Mauer zu.

„Dagmar?" rief der Ritter. „Du hier? so früh?"

Sein Kind stand reglos an den Zinnen und starrte in die Tiefe: sie schien ihn nicht zu hören; ihre Händchen hielt sie übereinander auf die Brust gedrückt, als müsse sie den Tod gefangenhalten.

„Dagmar!" rief er angstvoll. „Was ist dir? Bist du krank geworden?"

Da wandte sie sich und sah ihn an.

„Kennst du mich nicht? Ich bin's, dein Vater!" rief er und zog sie mit sanften Händen zu sich.

Ein Schrei entfuhr ihr: „Oh, er kommt nimmer wieder!" Dann brach sie in ihres Vaters Arm zusammen.

Ratlos blickte er auf das schmale Antlitz: die Wimpern der geschlossenen Augen lagen ruhig auf den blassen Wangen; aber das Herz schlug so gewaltsam, als wollte es die kleine Brust zersprengen. Leis neigte er sich an ihr Ohr: „Dagmar, mein Kind, wer wird nicht wiederkommen?"

Ihre Lippen regten sich, aber ein Wort war nicht zu hören.

„Wer, mein vielliebes Kind?" wiederholte er. „Ich will ihn suchen helfen!"

Da flog ein selig Lächeln über das blasse Antlitz: „Rolf!" hauchte sie; und noch einmal wieder: „Rolf!"

„Weiter!" rief er hastig. „Wie weiter? Der Name läuft auf allen Gassen!"

Aber sie vermochte nur leis den Kopf zu wiegen, als sei das alles, was sie wisse.

„Rolf? Wer ist Rolf?" frug sich der Ritter. Zorn gegen den, der seinem Kinde das getan hatte, brauste betäubend in ihm auf; aber er durfte jetzt nicht schelten, was sie liebte: ihr Leben hing daran. Des Schreibers Gaspard Nachricht tauchte in ihm auf: ein Junker, ritterlicher Mann doch mußte es gewesen sein! Da schlug ein furchtbarer Gedanke ihm durchs Hirn: „Dagmar", sprach er bebend, „besinne dich! Nicht wahr, er trug einen Rock, einen Gürtel mit Stikkereien? War kein Wappentier, zahm oder Gewild, darauf gestickt?"

Er starrte lang vergebens auf ihr Antlitz; dann bewegten sich ihre Augen unter den geschlossenen Lidern: „Ein Geier!" sprach sie leise.

Wie von jähem Stoß getroffen, fuhr der Ritter auf: „Rolf Lembeck!" schrie er. „Verfluchter! Das gilt dir deinen Tod!"

Das Kind aber schlang die Arme fest um seinen Hals: „Vater! mein Vater!" schrie sie. „Oh, ich sterbe!"

Der Augenblick, den des Königs Arzt vorhergesehen hatte, schien gekommen. Zwiefach gespitzt hatte der Pfeil ihr Herz getroffen; sie sprach nicht mehr; erbarmungslose Gichter warfen den jungen Körper in ihres Vaters Armen hin und wider.

Still trug der Ritter sein Kind ins Schloß zurück; Heudan, die Dogge, folgte mit gesenktem Haupt.

„Mariä Heimsuchung!" murmelte der Mann. „O heilige Mutter, nimm mein Kind in deinen Schutz!"

– – Aber die Mutter Gottes war nicht die Hüterin der Minne. – Ein Bote auf schnellstem Rosse ritt nach Schleswig, um einen sicheren Medikus zu holen; inzwischen legte die Base mit zitternder Hand kühlende Binden um das Herz des Kindes, und ein Chirurg aus Haderslev ging ihr dabei zu Hülfe; am Fuß des Bettes stand der Schloßhauptmann: „Die Tränen helfen nicht!" sprach er leis und biß die Zähne aufeinander.

– – Als aber die Dämmerung herabfiel, brachen jenseit des Gartens junge mutige Schritte aus dem Holz hervor; doch sie stockten plötzlich, da sie den Waldesrand erreichten. Es war lautlose Stille weit umher; nur eines war anders, als es sonst gewesen: im Wege vor des Anschreitenden Füßen lag der gestürzte Baum, und droben über der Mauerzinne, wo sonst die Pappelblätter flüsterten, stand jetzt die leere Luft.

Dem drunten mochte bald wohl alles anders erscheinen; denn statt des dunkeln Köpfchens mit dem Silberreife sah er plötzlich die Gestalt eines starken Mannes dort oben an der Mauer. „Rolf Lembeck!" hörte er es wie im Traume herunterschallen; ihm war, als führe die Hand des Mannes nach dem Schwerte; es kümmerte ihn nicht, es war nur wie Gespensterspiel vor seinen Augen. Wie es geworden, wann er von dort gegangen sei, er wußte später nichts darüber.

– – An manchem Tage noch, im Mondlicht und im Sonnenscheine, stand Rolf Lembeck unten an dem Waldesrand. Die Tage wurden kürzer, der September begann das Laub zu färben, und nur Krähen und Falken schrien noch im Walde; aber fortan sah er droben nie ein anderes als die kahlen Mauerzinnen, und kein Weg, keine Kunde war zwischen ihm und ihr.

Das waren Minnequalen, wie er noch nicht empfunden hatte, und sie gruben ihre Spuren in sein hoffnungsfrohes Antlitz und löschten den Glanz in seinen blauen Augen.

O Minneleid, o sehnende Not,
Euch will ich tragen
Sonder Klagen
Vom Morgen- bis zum Abendrot;
Nur nicht, wovon zu sagen:
Kein Leben und kein Tod!

So klagte er. Aber sie, die eine, hörte es nicht; ein anderer war es, der ihre Hand zu fassen kam.

In der Kemenate der Base lag Dagmar; die Alte hatte ihrem Kinde den Platz geräumt und sich woanders hingebettet. Die Kranke war am Abend mit den Sterbesakramenten versehen worden; jetzt brachen die ersten Morgenlichter in das Zimmer.

„Mein Vater!" rief sie.

„Ich bin bei dir, Kind!" sprach der Schloßhauptmann, der die Nacht am Bette gewacht hatte.

„Hör!" sagte sie und hob einen Finger ihrer bleichen Hand. „Über uns, da oben auf der Hausfirst, sang die Amsel!"

Er schüttelte den Kopf: „Du irrst dich, Dagmar, im Oktober singt keine Amsel; die Blätter fallen schon."

„Ja, horch nur!" sagte sie wieder. „Ich hör's, sie singet mir den Tod an!“ Und sie streckte sich lang auf ihrem Lager und faltete die Hände unter ihrer Brust.

„Mein Kind, du weißt, sie singt auch dem Leben; aber ich höre keine Amsel.“

Sie antwortete nicht; nur ihr Haupt, das mit geschlossenen Augen auf dem Kissen lag, bewegte sich wie verneinend.

Der Ritter sah auf sein Kind und wie in schweren Zügen die kleine Brust sich hob und senkte; dann ward es stiller. Da streckte sie plötzlich wie in heftigem Gebet die Arme vor: „Nein, nein! Oh, noch nicht!“ rief sie angstvoll; „nur noch ein Weilchen!“ Dann wandte sie das Haupt, und mit weit aufgerissenen Augen blickte sie auf ihren Vater.

Er fuhr zusammen, denn er kannte diesen flimmernden Schein; die Seele schien ihn nur mühsam festzuhalten. „Sprich, mein Kind!“ sagte der Ritter sanft.

„Ich sterbe, noch heute!“ sprach sie hart, und ihre kleine Hand erfaßte mit festem Griff des Vaters Arm. „Ich hab noch einen Erdenwunsch: Rolf Lembeck – zürne nicht!“ rief sie zagend.

Aber der verhaßte Name, den sie nimmer noch gesprochen hatte, war gleich eines giftigen Wurmes Stich ihm in das Herz gedrungen. „Nenn den Verruchten nicht! Die Minne, die dich betörte, verwest mit deinem Leib im Grabe!“

„Wer sagt das?“ rief sie heftig.

– „Nicht ich, mein Kind; die heiligen Bücher sagen es, die Kirche! Du weißt es ja!“

Ein Seufzer, wie ein Abschied von aller Erdenseligkeit, entrang sich ihrer Brust. Dann aber kam ein hastig Sinnen in ihre Augen, und ihre Hände strichen das wirre Haar sich von der Stirn. „Nein“, rief sie laut und richtete sich jäh empor, ein geisterhaftes Leuchten flog aus ihren Augen, „ich weiß es, Vater: die Minne ist stärker als der Tod!“

Ein Lachen voll Verzweiflung scholl aus des Ritters Kehle: „Gott wird euch scheiden!“ rief er. „Dich wird er zu der Mutter seines Sohnes weisen; ihn, den Verfluchten, zum tiefsten Grund der Höllen. Tu dein Gebet, daß Gott sein Bild aus deiner Seele reiße!“

Da antwortete sie nicht mehr; aber ihre Hände hob sie

betend auf, und flehend, daß kein Menschenherz ihr hätte widerstehen können, sprach sie. „Hilf du mir, lieber Herrgott! Nimm ihn mir nicht! Ich könnte sonst nicht in deinem Himmel leben!"

Der starke Mann fiel nieder auf seine Knie: „Sprich Kind! – Alles, was du willst!"

Sie hatte sich mit beiden Armen aufgestemmt, mit aufgerissenen Augen sah sie ihren Vater an: „Rolf Lembeck!" flüsterte sie heiser. „Weiter nichts!" Sie hatte dem Tod die Worte abgerungen; nicht Dagmar war es, nur ein Gespenst von Dagmar saß an ihrer Stelle. „Lad ihn zu meiner Leiche, Vater! Sein Auge soll auf mir ruhen; noch einmal! Dann" – die Stimme brach ihr plötzlich – „laß ihn ziehn in Frieden!"

Ihr Mund war stumm; sie sank auf ihre Kissen.

Die Base war inzwischen leis hereingetreten und kniete neben ihr. „Oh, Kind, und in solcher Törnis willst du uns verlassen!" murmelten die alten Lippen; aber die Kranke regte sich nicht mehr. Der Ritter sprach zu sich: „Es ist alles aus, mein Leben mit dem deinen!" Er legte lind die Hand auf Dagmars Stirn und sagte: „Es soll geschehen, wie du es willst, mein Kind!" Und wie ein Lächeln flog es noch einmal über ihr Antlitz, sie lebte noch.

Aber da ihr Odem schwächer wurde und er sah, daß ihre Seele fliehen wollte, ging er zu einem Lädlein, darin geweihte Kerzen lagen, noch von dem großen Sterben her. Er nahm eine heraus und entzündete sie an dem Lämplein, das noch brannte. „Für mein Letztes!" sprach er und trat wieder zu seinem Kinde; dann faßte er ihre feinen Hände und schloß sie um die brennende Totenkerze und legte die seinen sorgsam noch darüber, daß nicht ein Tröpflein heißen Wachses sie von ihrem letzten Pfad zurückschrecke. Still harrend saß er auf der Kante des Bettes; die neben ihm kniende Base sprach: „Gott hat dir ein Lichtlein geben; das leucht' dir ins ewige Leben!" Und beide sahen, wie die Flamme von dem Odem der Sterbenden immer schwächer bewegt wurde. Da plötzlich flackerte die Kerze und erlosch; ein leichter blauer Qualm zog durchs Gemach. „Dagmar, mein Kind! O süße Dagmar!" rief der Mann; aber Dagmar hatte sanft ihr Haupt geneigt, und eine schöne Tote lag jetzt auf den Kissen. Die Base sprach: „Auf Wiedersehn in Gottes Himmelreich!“

Der Schloßhauptmann, der die erloschene Kerze fortgelegt hatte, sah jetzt finster auf die Leiche seiner Tochter: „Sein Name war dein Letztes.“ – Er ging zur Tür und schellte.

Eine alte Dienerin war eingetreten. „Meine Tochter Dagmar ist nicht mehr auf Erden“, sprach er und schwieg dann plötzlich; das Knochengespenst des Todes, der ihm sein Kind genommen hatte, stand vor seinem inneren Auge, aber statt des nackten Schädels trug es den schönen Kopf des jungen Ritters Lembeck auf den Schulterknochen. Und aus der lang verschlossenen Falte seines Herzens schoß der Jähzorn ihm ins Hirn und fegte es leer von Verzweiflung und Leid, die es erdrücken wollten. Und in ihm sprach es: „Es soll geschehen; ich hab mein Wort gegeben; doch – umsonst, Rolf Lembeck, sei auch nicht der ärmste Tropfen deines Minneglücks!“ Dann wandte er sich wieder zu der Dienerin: „Versteh mich, Sine, und künd es auch den andern: drei Tage lang, bis ich euere Zungen löse, geht über den Tod nicht Kunde aus unseren Mauern! Das Zügenglöcklein soll nicht läuten; bestelle mir sogleich Ambrosius, meinen alten Diener; laß den Priester in meinem Gemache unten mich erwarten!“

Im Hofe zu Dorning saß gegen Abend des nächsten Tages der Ritter Rolf Lembeck unter der Burglinde. – Er war allein; noch am Tage seiner Rückkunft, als vorher die Pappel und sein Glück gefällt worden, hatte Frau Wulfhild eilig nach ihrem Hof in Holstein müssen: zwischen Meier und Gesinde, so hatte sie gesagt, sei Unfriede ausgebrochen und die Gegenwart der Herrin nötig worden. Aber es lag wohl Tieferes am Grunde; im Augenblick der Abreise hatte Rolf einen Zug wie von versteinertem Entsetzen in ihrem Antlitz wahrgenommen; die Leidenschaft zu ihrem Eheherrn schien völlig ausgelöscht. Nach ihrer Abfahrt hatte der Junker Bookwald ihm geplaudert: es heiße, Hans Pogwisch, des Ritters Vorwirt, sei nicht durch seine Wunde, er sei durch Gift vom Leben in den Tod gekommen; so werde in der Gesindestub geredet; woher es komme, wisse er nicht; als aber die Schürzenmagd es an die Frau vertragen, sei die zum Tod erschrocken worden und habe ihr zornig Schweigen auferlegt, was doch nicht habe helfen wollen.

Darüber grübelte der Ritter, und seine Augen folgten achtlos, wie der Abendschatten allmählich den Brunnen und den ganzen Hof bedeckte. „Darum auch!" sprach er leise; „sie wollte keinen mit sich haben; nicht mich, nicht Gaspard – den am wenigsten!" – Dann flogen die Gedanken mit ihm nach dem Inseldorfe Borgsum; was er mit seinem Vater dort am Bau geredet hatte, kam ihm zurück: er hörte wieder das Lachen des alten Herrn bei der Geschichte von dem Orlamünder: „Geduld, mein Sohn! Was dies Weib dir wert ist, wirst du erst sehn, wenn dich der Däne überfällt! Und – mit den Schauenburgern muß man sachte gehen!" Als aber der Tod des Pogwisch dann zur Sprache kommen, war er still geworden; einen Stein hatte er vom Boden gehoben und in den Bau geworfen. „Herrin auf Dorning und eine Gifthexe?" hatte er überlaut gerufen. „Nein, Rolf, das soll sie nicht, und wenn sie des großen Carol Tochter wär! Ich helfe dir, mein Sohn; aber – Geduld! denn stumpfe Pfeile erlegen dir kein Wild!"

Er fühlte noch, wie ihm der Atem derzeit bei diesen Worten frei geworden, wie lind die Nachtluft durch sein Haar gestrichen, da er sie später und vergebens ihr entgegentrug. – Leis und in Qualen rief er ihren Namen.

Es dunkelte mehr und mehr, und der Ritter war aufgestanden, um in die Burg zurückzugehen; da drang ein dröhnender Ton vom Außentor herein, das schon geschlossen war; dort hingen Schalltafel und Hammer in Ketten an dem Pfosten; es hatt jemand angeschlagen, um Einlaß zu begehren. Dann knarrte das größere Tor, und bald schritt aus der Einfahrt einer der Wächter über den Hof und meldete: „Ein Bote vom Schloßhauptmann zu Haderslevhuus!"

„So spät?" Rolf Lembeck war es, als habe er unsichtbar einen Schlag erhalten. „Laß ihn hieherkommen!"

Es ritt dann einer in den Hof, und als er näher kam, erkannte der Ritter bei dem Mondlicht, das über den Seitenbau hereinschien, daß er bunt und lustig gekleidet war: von der Achsel hing ihm ein lichtrot Seidengeschnür, auch solche Feder von der Haubenkappe. Als er aber schwerfällig von seinem weißen Pferd gestiegen und, das Tier dem Knechte übergebend, mit entblößtem Haupte vor den Ritter getreten war, sah dieser, daß es ein alter Mann sei, dessen weißer Knebelbart über einem zahnlosen Munde hing.

Der verneigte sich und begann eine lange, kaum verständliche Ansprache, doch der Ritter fiel ihm in die Rede: „Ich hab keine Lust am Überflüssigen; mach es dir bequem, sag's kurz, was dein Herr von mir begehrt! Mir klang's, als solltst du mich gar zur Hochzeit laden?"

„Ihr habet recht gehört, Herr Ritter", sprach der Bote; „ich aber dank Euch für den Richtsteig."

„Zur Hochzeit?" frug Rolf Lembeck sinnend. „Man pflegt sonst solche Ladung am hellen Morgen zu bestellen!"

– „Verzeihet, Herr! Ich bin nur der älteste der Knechte und bin geritten, wie der Herr mich ausgesandt."

„So sprich denn, wessen Hochzeit gilt es? Will Euer Herr der Witwenschaft Valet geben?"

Da schien der Bote sich mühsam aufzuraffen, und erst nach einer Weile sprach er: „Die Jungfrau Dagmar, des Herrn letztes Kind ist es, zu deren Festtag ich Euere Gegenwart erbitten soll."

Der Ritter schwieg, in seinem Hirn erstickte er den Schrei: „Du lügst!" Nur sein Antlitz wurde braun und wieder blaß; aber der Bote sah es nicht, denn der Ritter saß im tiefen Lindenschatten. Mit trockener Stimme sprach er endlich: „So sag mir, wie heißt der Mann, dem solch Glück gefallen ist?"

„Herr", erwiderte der Alte, „ein schneller Freier ist es gewesen! Ich sah ihn nicht, und ward sein Name mir nicht genannt; doch soll er weit in der Welt bekannt sein. Es fehlt an ritterbürt'gen Zeugen; drum wollet der Jungfrau die erbetene Ehre antun! Wenn Ihr mit Mondesaufgang kommet, wird es recht sein!

Wieder schwieg der Ritter, und der Bote stand harrend vor ihm. Einzelne Knechte mit trüben Hornleuchten gingen über den Hof, und wenn im Flügel die Tür nach der Gesindestube aufging, flog ein Lichtschein durch die Mauerschatten; im Brunnen fielen die Tropfen von dem Eimer tönend in die Tiefe. Da kam ein junger Schritt vorüber. „Gehrt, bist du es?“ rief der Ritter.

– „Ich bin es, Herr!“

„So nimm den Boten mit dir und laß ihm guten Trunk geben!“

„Und was für Kunde“, frug dieser, „bring ich meinem Herrn?“

„Geh nur! Wo Jungfrau Dagmar hochzeitet, darf ich nicht fehlen!“

Sie gingen, und der Ritter saß wieder auf der Lindenbank. Vergebens bohrte sein Verstand an diesen Rätseln; aber in seinem Innern kochte es vor Weh und Grimm.

Am nächsten Tage, da schon die Abendschatten fielen, stand in einem Burggemache Gaspard der Rabe vor seinem Herrn; die Augen des klugen Gesichtleins blickten fast ermüdet. „Du siehst übel aus; was ist dir?“ sprach der Ritter, der mit aufgestütztem Arm am Tische saß.

„Herr, für uns ist üble Zeit“, erwiderte der Schreiber und sah dem andern in die verwachten hohlen Augen. „Wenn Ihr's erlaubt, Ihr gleichet selber kaum einem Hochzeitsgast!“

Ein schweres Atmen war die einzige Antwort.

„Herr!“ rief Gaspard plötzlich, „gehet nicht, wohin man Euch geladen hat!“

Wie abwesend sah ihn der Ritter an: „Meinst du? Weshalb nicht, Gaspard?“

– „Verzeihet, wenn ich von Eueren letzten Tagen mehr weiß, als Ihr denket“ – und Gaspard ließ den Kopf auf die Seite sinken –, „Ihr seid doch unschuldig in Eurem Herzen! Herr, trauet nicht den Dänen!“

„Du weißt, mich hat kein Däne geladen!“

– „Er ist des Königs Mann.“

Tonlos erwiderte der Ritter: „So sprich, wenn du Unholdes von ihm wahrgenommen hast!“

„Herr!“ sprach Gaspard und legte die Hand auf seine schmale Brust; „soweit unsere Herrin nicht meinen Dienst begehrt, der er vorab gehöret, sind Kopf und Hand die Euren! Ich bin noch in der Nacht dem Boten nachgegangen und habe bis zum Morgenrot die Burg umschlichen, dann noch von Vormittag bis Mittag: es ist, als sei sie zugemauert; kein Tor, kein Schlupfpförtlein hat sich aufgetan; ich hab nichts wahrgenommen. Doch – – was soll Euch die Hochzeit? – Der Schloßhauptmann wird einen dänischen Junker sich geholet haben und mit dem das arme Kind zusammenschmieden lassen. Euch aber wird man aus den Hochzeitsbechern Hohn und Weh zu trinken geben! Wer weiß, Ihr trinket wohl den Tod daraus! Bleibt, geht nicht, lieber Herr!"

Er wollte ihm zu Füßen fallen; aber Rolf ergriff ihn bei den Schultern und sah mit blitzenden Augen in die seinen: „Da du es ehrlich meinst, so hör mich, Gaspard!" Er schrie es, daß es in dem weiten Raume von den Wänden hallte: „Und wenn auch in den Tod, ich muß! Dies Kind hat mir die Seele ausgetrunken!"

„Ruf mir den Junker!" fuhr er nach einer Weile fort. „Er soll mein schwarzes Gewand bringen; das ziemt mir bei dieser Hochzeit! Und auch – mein allerschärfstes Schwert! – Ihr beide, wenn's euch gelüstet, dürft mich begleiten!"

– – Um ein paar Stunden später ritten sie dahin, und schon trabten die Pferde in dem Sandweg und im Schutz des dunkeln Waldes. Ein leichter Wind hatte sich aufgemacht, und Wolken zogen über den Mond; über ihnen rauschte es in den Wipfeln. Rolf Lembeck, der voranritt, hatte auf dem Weg kein Wort verloren; als sie der Burg sich nahten, drückte er die linke Faust auf seine Brust, als müsse er dem Blute wehren, sie zu sprengen. Auch Gaspard hatte genug an Sorg und Neubegier und ließ die Zunge ruhen; nur Junker Gehrt stieß mitunter seiner Stute die Sporen in die Weichen, daß sie wild emporstieg; er mußte seinem innern Jauchzen Luft geben, denn er dachte an den Reigentanz mit hold geschmückten Jungfräulein, dem er entgegenreite.

„Gaspard!" rief er; „mir ist – hört Ihr die Flöten und Geigen von der Burg herunter?"

Doch Gaspard lachte verdrossen: „Euch Jungen ist leicht gepfiffen; ich hör die Wetterfahnen auf den kleinen Türmchen kreischen."

„Ei was! Ihr habt doch feine Ohren!"

Aber er blieb ohne Antwort. Sie wandten die Pferde in den finsteren Baumgang und trabten den Anberg zu der Burg hinauf. Ein heller Schein drang durch zwei offene Tore und über der Ringmauer ihnen entgegen. „Joseph und heilige Jungfrau!" rief der Junker; „da brennt das Wachs von einem ganzen Sommer!"

„Ja, Junker", sagte Gaspard, „Euere Jugend wird nicht verborgen bleiben."

So ritten sie über die Brücke durch die Torfahrt in den innern Hof, wo der gewaltige Bau vor ihnen aufstieg; aus seinen vielen kleinen Fensterhöhlen schoß eine Flut von Kerzenstrahlen auf sie zu; nur links am Flügel ragte der stumpfe Turm lichtlos in die Sternennacht. Ihren geblendeten Augen war der Hof bis an die Mauern voll von Menschen; aber ein hochzeitliches Treiben schien es nicht; es war, als ob sie nur die Köpfe wandten und leise zueinander raunten.

Als die Reiter von ihren Rossen gesprungen und Diener vorgetreten waren, die ihnen die Tiere fortführten, stand ein großer Mann mit todblassem Antlitz unter grauem Haupthaar vor dem Ritter; zwei Diener mit Windlichtern, deren Flammen im Nachtwind wehten, waren ihm zur Seite. Da die Herren sich im Fackelscheine sahen, stutzten sie einen Augenblick, ein jeder über des andern schwarze Tracht; dann sprach der graue Mann: „Nehmt Dank, Herr Ritter, von mir und für mein Kind! Ihr durftet hier heut nicht fehlen!"

„So dacht ich auch", erwiderte der andere beklommen. „Doch wollet mich nun führen, Herr Schloßhauptmann, auf daß ich Wunsch und Ehrerbietung der Braut zu Füßen lege!"

Der alte Ritter, der seinen Gast mit starrem Aug gemustert hatte, neigte das Haupt und faßte dessen Hand; die Diener mit den Lichtern schritten ihnen voran, durch die schweigenden Menschen dem Treppenturm im Hochbau zu. Als sie hineintraten, blickte Gaspard, der mit dem Junker folgte, durch eine offene Tür, die seitwärts in die untere Halle ging; es brannten viele Kerzen dort, sonst war es leer; nur mitten auf den Fliesen schlief ein großer Hund.

Aber der Hausherr führte sie die Wendelstiege zum oberen Stock hinan. Da sprach Rolf Lembeck im Emporsteigen: „Der Hof ist voll Menschen, Herr; was ist es so totenstille hier?“

Der Schloßhauptmann aber warf das Haupt zurück: „Mein Kind hat viel Leid gelitten“, sprach er; „es bedarf der Ruhe.“

Sie waren in eine große Halle eingetreten, an deren einer Seite sich viele Türen, im Grunde ein geschlossenes Doppeltor befand; vor diesem war ein niedriger Aufbau, mit weißem Sammettuch behangen; an beiden Seiten der Halle standen Männer und Frauen, alle in feierlicher Ruhe und in schwarzen Gewändern; nur an dem Doppeltor stand ein Priester in weißem Meßkleid.

Dem jungen Ritter, da er sich umsah, ward der Atem schwer. „Herr Schloßhauptmann“, sprach er wieder, „wollet mir sagen: ich sah noch nimmer eine Hochzeit mit so dunkeln Gästen!“

Der aber erwiderte: „Seit drei Tagen hat mein Kind sich Schwarz zur Leibfarbe angenommen; es ist wohl seltsam, doch es ist mein letztes – so muß ich ihr den Willen tun. Geduldet Euch, die Braut wird bald erscheinen!“

Rolf Lembeck schwieg, und unter all den Menschen war es wieder lautlos still.

Da nahte sich ein Rauschen hinter den geschlossenen Toren, ein Zug von langsamen Schritten wurde hörbar, und indem die Tore sich öffneten, scholl, von jungen Frauenstimmen gesungen, ein De profundis wie von den Sternen nieder.

Ein Schauer schlug Rolf Lembeck durch die Glieder; aber schon hatte der Zug der Jungfrauen die Schwelle überschritten. Er streckte sich und hob den Kopf; so stand er wie erstarrt, und nur sein Auge wurde wie das eines Raubvogels. Er sah die singenden Jungfrauen eine Totenlade von den Schultern heben und sie auf die Sammetbühne niederlassen; er sah in weißen Sterbgewändern ein Weib – nein, nicht ein Weib; aus weißen Binden sah ein totes Kinderantlitz –, da ließ der Bann von ihm: ein furchtbarer Schrei scholl durch die Halle. Der Gesang riß ab, und mit erhobenen Armen brach Rolf Lembeck durch die Menschen; er stürzte sich über den Sarg und preßte seine Lippen auf das tote Antlitz seiner Liebe: „O Dagmar, das ist unsere Hochzeit!"

Da ging ein Rauschen durch die Menge, die Schwerter flogen aus den Scheiden, und Schrei und Rufe schollen durcheinander: „Wer ist's? Der Lembeck? Packt den Tollen, den Leichenschänder! Schlagt ihn nieder!" Der Priester aber streckte die Hände nach dem Kühnen und schrie: „Anathema!" Nur der jungen Sängerinnen eine, die der Blick aus seinem blauen Aug gestreift hatte, sank in die Knie und betete: „O Gott der Liebe, erbarm dich ihrer beider!"

Rolf Lembeck regte sich nicht, sein scharfes Schwert hing ruhig in der Scheide. Plötzlich drang ihm die Stimme Gaspards in das Ohr: „Flieht! Flieht, Herr! Der Junker und ich versperren hier den Weg!"

Er riß das Haupt empor; er sah die Schwerter glitzern, und wie Gespenster drangen die schwarzen Gestalten auf ihn ein; schon fiel Gaspard neben ihm zu Boden; da fuhr es wie düsterer Wetterschein ihm durch das Hirn: noch eines Atemzuges Dauer, dann hob er mit jähem Griff die tote Liebste aus ihrer Lade und entfloh. Durch den tobenden Lärm, der sich erhob, klang die mächtige Stimme des Schloßhauptmanns: „Zurück! – mein Kind – mein Fest – und auch der Verfluchte!"

Aber Rolf Lembeck war nicht mehr in der Halle. Die Tote an sich pressend, die Augen wie im Wahnsinn auf das süße, starre Antlitz heftend, war er durch den dahinter liegenden Saal geflohen; die Tür genüber warf er eben zu.

Der Saal war leer: die Kerzen flammten; Rolf aber floh, er wußte nicht wohin; nur irgendwo allein, in Sicherheit mit ihr! Nur eine, noch eine stille letzte Stunde mit der Toten! Ob jemand folge, daran dachte er nicht; er kam durch eine Tür in kleine düstere Gemächer, wo nur ein Mondstreif auf das stille Antlitz fiel; eine Treppe tiefer öffnete er eine große Tür, da schlug der Kerzenglanz aus einer weiten Halle ihm entgegen; von der Mitte des Fußbodens erhob sich ein gewaltiger Hund und rannte mit heiserem Knurren auf ihn zu. Rolf schloß die Tote fester an sich und hatte schon die Hand am Schwert, da sprang das große Tier mit zärtlichem Winseln an ihm auf. „Heudan, du bist es, Heudan!" rief er und stand einen Augenblick und legte die Hand liebkosend auf den Kopf des Tieres.

Aber drüben von der Turmtreppe aus trat die furchtbare Gestalt des Schloßhauptmannes ihm entgegen; ein Wutschrei flog zu ihm hinüber, da floh er durch dieselbe Tür zurück und warf sie hinter sich ins Schloß. Noch einen finsteren Raum, dann stieß sein Fuß an eine Treppenstiege; er klomm hinauf, da kam es hinter ihm – nein, es war nur der Hund. Die Treppe wand sich höher, nur hier und da ein Mauerloch, durch das die Nachtluft zog, dann ihm zu Häupten eine offene Luke. Er stieg hindurch und warf sie zu.

Es war die Platte des stumpfen Turmes, die er erklommen hatte; vom Hofe drunten kam kein Laut herauf, es schien dort alles leer geworden. Sanft rauschte der Lindenwipfel aus der Tiefe, denn der Abendwind war fast entschlafen; über ihm flammte der Himmel in seinen Millionen Sternen, und von Süden schimmerte die Bucht des Kleinen Beltes; über die Wasser hatte der Mondschein eine Brücke von Licht geworfen.

Rolf lag auf beiden Knien, die Liebste in seinem Schoß. „Weg mit den Totenbinden!" sprach er leise und löste die breiten weißen Bänder, die das zarte Haupt umschlossen hielten: wie traurige Freude flog es durch seine Augen, als jetzt das schwarze Seidenhaar hervorquoll: „Ja, du bist es, süße, heilige Dagmar!"

Da schollen Schritte von der Wendelstiege her; rasch und zornig kamen sie herauf. Er sprang empor; er lief zur Brüstung und hielt die Tote auf beiden Armen in den weiten Himmelsraum hinaus: da war noch Platz für sie und ihn; auf Erden nicht mehr! – Plötzlich wandte er den Kopf, die Falltür war aufgeschlagen, und mit halbem Leibe ragte die Gestalt des Schloßhauptmannes daraus hervor. Aber er stieg nicht weiter; mit entsetzten Augen streckte er die Arme aus und rief in bitterem Flehen: „Rolf! Rolf Lembeck, gib mir mein Kind! Was gilt dir noch der tote Leib?"

Der aber wandte seine Augen wieder zu dem bleichen Antlitz: „O Dagmar!" rief er; „Süße, Selige! Breit deine Flügel nun und nimm mich mit dir!" Er schlang die Arme fest um ihren Leib; da war mit einem Satz der greise Mann ihm in dem Rücken; er stürzte vor und griff nach ihm, doch seine Faust fuhr in das Leere. Ihm war, als flög ein Schatten ihm vorüber; er sah jenseit der Brüstung, wie in der Sternennacht, die Sterbekleider seines Kindes wehen; dann nichts mehr, nur von unten auf der Nachhall eines schweren Falles. Der Abendhauch fuhr über die leere Turmdecke; der Hund stand mit den Vordertatzen auf den Zinnen und sah winselnd in die Tiefe.

Da war sein Zorn als wie ein Rauch verflogen; er fiel auf seine Knie und faltete die Hände: „Herrgott, so nimm sie beide gnädig in dein Reich!“ Und über ihm flimmerten die Nachtgestirne in ihrer stummen, unerschütterlichen Ruhe.

– – So endeten zwei schöne Menschenblüten, und so endet diese Märe; es war, wie es in unserem alten Liede heißt: „Daß Liebe stets nur Leiden am letzten Ende gibt.“

„Und die andern?“ fragt ihr, „was ward aus denen?“

– Die andern? – Ich habe von ihnen weiter nichts erkunden können; es gab ja Klöster derzeit, in die hinein sich ein beraubtes, auch ein verpfuschtes Leben flüchten konnte! Was liegt daran? Die Geräusche, die ihre Schritte machten, sind seit Jahrhunderten verhallt und werden nimmermehr gehört werden.

Bötjer Basch

In der Süderstraße meiner Vaterstadt, dem Gäßchen gegenüber, das nach dem St.-Jürgens-Kirchhof und über diesen an dem Stift entlang nach der Norderstraße führt, stand seit Anfang des 17. Jahrhunderts ein kleines Haus, über dessen Eingangstür sich ein in Sandstein ausgehauenes Bild befand: ein Mann in einem Schifflein, zu dem durch hohe Wellen der Tod geschwommen war und schon den Mann zu sich ins Meer hinabriß; darunter stand: „Up Land un See." Es hieß, ein Steinhauer habe derzeit sich das Haus gebaut und zum Gedächtnis seines Vaters, der als kleiner Schiffer zwischen den Inseln gefahren war und dabei im Sturme seinen Tod gefunden hatte, dieses Epitaphium angefertigt.

Im dritten Jahrzehnte unseres Jahrhunderts, nachdem die derzeitige alte Inhaberin gestorben war, sah man mehrfach einen untersetzten Mann, alltags mit einem Schurzfell, sonntags in langem blauem Tuchrock und Stulpstiefeln, davor stehenbleiben und allmählich unter den kleinen Lindenbaum treten, dessen lang und schmal geschorene Krone sich zwischen dem Bilde und dem Giebelfenster streckte. Nachdem seine blaßblauen Augen wieder eines Tages an dem Steinbilde gehaftet hatten, griff er an die Türklinke, um ins Haus zu treten: aber es war verschlossen; durch die Butzenscheiben des Türfensters sah er auf einen langen schmalen Flur und durch einen offenen Eingang am Ende desselben in ein weites leeres Zimmer, in das von der Hofseite her die Mittagssonne schien. Langsam kehrte der Mann sich ab und schritt die Süderstraße hinunter bis auf den Markt, wo er die Steintreppe zum Rathaus hinaufstieg.

Dieser kleine Mann war der Böttcher oder auf plattdeutsch der Bötjer Daniel Basch, eine grüblerische Natur, bei alledem aber kein übler Handwerksmeister. Vier Wochen später hatte er das alte Haus im gerichtlichen Aufgebot gekauft und hielt mit einem alten Gesellen und einer noch älteren Schwester seinen Einzug in dasselbe; bald hingen bunte Zitzgardinen vor dem Fenster der unteren Stube, und zwischen den Geranien- und Resedatöpfen, die auf der Fensterbank standen, schaute das gutmütige Gesicht der alten Jungfer Salome auf die Gasse, wenn an den Markttagen alle die Wagen von den Dörfern in die Stadt

hineinfuhren; im Pesel aber – so heißt in den alten Häusern der hintere Saal – war die Böttcherwerkstatt, und draußen vom Hofe klang es Tag für Tag: „Band, halte fest, halt fest!“ und die Schlägel klappten, und die leeren Fässer tönten.

So mochte wohl etwa fünf Jahre die alte Schwester in ihrem Schlafstübchen oben von der Wirtschaftsarbeit geruht und in dem Giebelfenster ihre Ableger für das untere Blumenfenster gezogen haben, als sie eines Tages zu ihrem Bruder sprach: „Daniel, du bist erst funfzig; ich aber, euere Älteste, habe bald die Siebenzig; ich kann nicht mehr die schweren Wassereimer schleppen, und das viele Kartoffelschälen vertrag ich auch nicht mehr.“

Daniel Basch, der im Schurzfell vor ihr stand, wurde ganz bestürzt. „Hm“, sagte er, „wie meinst du? Eine Magd? Es ist schon richtig, etwas wackelig wirst du aussehn!“ Und er betrachtete sorgvoll das gute runzelvolle Angesicht; zugleich aber hub er im stillen an zu rechnen, ob das Handwerk es wohl abwerfen möge, zu der Alten noch eine junge Magd ins Haus zu nehmen.

„Nein, Daniel“, sagte die Schwester lächelnd, „laß nur das Kalkulieren: die alte Frauke Michels in St. Jürgen ist gestorben, ihre Kammer ist leer, und die Herren werden mich wohl hineinnehmen, wenn ich bitte; wir sind ja Meisterkinder aus der Stadt hier.“

Daniel nickte; das Stift war nur durch ein kurzes Gäßchen von seinem Hause getrennt, es gab gute Kost dort, besser als in den gewöhnlichen Bürgerhäusern. Er drückte seiner alten Salome die Hand: „Halt, Schwester!“ rief er. „Sprich nicht mehr! Sprich nicht mehr! Ich muß einen Gang tun“; – ein Strahl wie von unglaublicher Glückeshoffnung flog durch seine blaßblauen Augen – „ei, sei so gut und hol mir meinen Tuchrock und die Stulpstiefeln!“ Er fühlte mit der Hand nach seinem Kinn; der Bart stand schon drei Tage; er nickte wieder, Meister Daniel wußte, was er wollte. Nun half seine Schwester ihm in den langen blauen Staatsrock; die Stiefel hatte er schon angezogen; nur noch den hohen Seidenhut und das Bambusrohr zur Hand, dann schritt er zuerst schrägüber zum Meister Bartscher und, als er bald glattrasiert herauskam, mit etwas langsameren Schritten durch die Krämerstraße nach der Schiffbrücke und dort in das Haus des alten Hafenmeisters Peters, mit dessen jüngerem Bruder er einst, wie gebäuchlich, die unterste Klasse der Gelehrtenschule besucht hatte. Als er in das Zimmer trat – die Nachmittagssonne schien herein, und der Kanarienvogel, der unter den Blumen am Fenster stand, sang eben aus allen Kräften –, erhoben sich drei Jungfrauen mit ihrem Nähzeug von den Stühlen; das waren die Töchter des Hafenmeisters: Mine, Stine und Line, von vierzig, neununddreißig und siebenunddreißig Jahren; sie waren alle brave Mädchen, aber die braune Line war doch die bravste: sanft, wirtschaftlich und von gutem Menschenverstande, dabei ein wenig schelmisch. Und der Meister Daniel schaute sie an, und die Braune lächelte dabei recht hübsch; „Mamsell Linchen", sagte Daniel, „könnte ich ein Wort mit Ihrem Vater reden?" Und Linchen wurde dunkelrot und schoß hinaus, um ihren Vater aufzusuchen.

Eine Stunde später – im Böttcherhause hatte der Gesell die Jungfer Salome schon zweimal nach dem Meister gefragt – trat dieser durch die Haustür, als die Jungfer Salome eben aus der Küche in den Flur kam. Er winkte ihr schweigend mit gekrümmtem Finger in die Wohnstube. Als sie dort waren, hob der kleine Meister seinen hohen Hut vom Haupte: „So", sagte er, „Schwester, nun sprich nur, sprich nur weiter!"

Aber die Schwester sah ihn ganz verwundert an: „Was hast du, Daniel?" frug sie; „an jedem Haar hängt dir ein Schweißtropf, und ist doch kalt Novemberwetter; und deine Augen – – warum freust du dich so? Haben wir das große Los gewonnen?"

„Ja, Salome, so etwas von der Art; oder vielleicht, ich gewinne es noch später, denn Line Peters ist, denk ich, eine sichere Nummer!"

„Was hast du mit Line Peters, Daniel?"

„Ruf erst den Gesellen!" sagte Daniel.

Und als der Gesell gekommen, da wurde es in der Familie offenbart, Meister Daniel und Line Peters wollten ein Ehepaar werden; und die beiden alten Geschwister fielen sich um den Hals und weinten vor Freuden über den jungen Bräutigam. „Und nun sprich nur weiter, Salome!“ sagte dieser.

„Ich hab ja weiter nichts zu sprechen, Daniel“, erwiderte die Alte lachend; „ich will ins Stift; setz dich nun hin und schreib mir die Bittschrift an die Vorsteher! Du bist nun gut beraten!“ – – Und noch war es nicht Weihnachten, da saß die alte Schwester in Frauke Michels Stube in St. Jürgen und Line Peters als Frau Meisterin hinter dem Blumentöpfen in dem Böttcherhause. Die erste Tat aber, welche Meister Daniel als junger Ehemann in den Flitterwochen vollbrachte, war, daß er mit einem Eimer voll Mörtel, die Kelle in der Hand, auf einer Leiter zu dem Totenbild über seiner Haustür hinanstieg und eine glatte Mörtelfläche sanft darüberlegte. „Das paßt nicht mehr!“ sagte er bei sich selber; „nein, es paßt nicht mehr!“ und damit machte er den letzten Strich daran. Dann stieg er von seiner Leiter; und nach acht Tagen, da es wohl getrocknet war, mußte der Gesell den alten Maler Hermes holen, der die schönen Nelken und Vergißmeinnicht für die Stammbücher machte; nun stieg dieser auf die Leiter und malte die schönste rote Provinzrose mit zwei grünen Blättern auf die graue Fläche. „Schön“, sagte Meister Daniel, der betrachtend in seinem Schurzfell neben der Leiter stand; „dann nun noch ein kleines Knöspchen dabei, aber nicht zu groß!“ Und als auch das geschehen war, da trabte er in das Haus und holte seine kleine schmucke Frau. „Nun guck einmal!“ sagte er und wies auf das neue Kunstwerk, „und weißt du, wie die Rose heißt?“ Das wußte die junge Frau nicht; da sprach er: „Die Rose heißt Line Basch!“ – „Ach was!“ rief sie und lief ganz rot ins Haus zurück, und Meister Daniel freute sich und lief ihr nach.

Und es dauerte gar nicht so lange, da hatte Meister Daniel zu der Rose auch schon die Rosenknospe unter seinem Dach, und das war ein kleiner Bube, der immer größer wurde und aus dem allmählich ein ganz verteufelter Junge aufstand. Noch hatte er seinen sechsten Geburtstag nicht gefeiert, als Fritz Basch schon in der ganzen Straße bekannt war; so gern seine Mutter ihn hochdeutsch aufziehen

wollte, am liebsten sprach er doch Plattdeutsch, vorzüglich mit den Tieren, die er alle in ihren schönen alten Versen anzusingen wußte.

Fand er im Sommer eine von den hübschen bunten Gartenschnecken, so guckte er sie mit seinen großen braunen Augen an und sang:

„Tinkeltut,
Komm herut,
Stäk din Fi-fat-Hörens ut!“

Streckte der Schneck dann aber seine zarten Fühler ihm entgegen, so tippte er mit seinem kleinen Finger darauf und rief: „Lat di nich narren, Dummbart; bliev to Huus!“ und warf das Tierchen in den Zaun. Flog dann ein gelber Zitronenfalter oder gar ein Pfauenauge durch den Garten, dann flog er hinterdrein:

„Sommervagel sett di!
Näs un Ohren blött di!“

und je länger er hinter dem Schmetterling laufen mußte, desto lauter und zorniger wurde sein Gesang; schrie er seinen Sommervagelspruch gar zu arg, dann flog wohl auch die Mutter in den Garten: „Fritze, um Gottes willen, was gibt es denn?“ Dann ließ er die Ärmchen hängen und sah halb verschämt, halb schelmisch zu ihr auf: „De Dummbart wull sick ock nich eenmal setten!“ und dabei wies er auf den Schmetterling, der eben nach dem Nachbargarten hinübergaukelte. Die Mutter faßte ihrem Jungen lachend in seinen braunen Haarpull und küßte ihn ab; dann lief sie mit ihm nach dem Weidenzaun unten im Garten und schnitt mit dem Küchenmesser, das sie beim Herauslaufen in der Hand behalten hatte, ein paar frische Zweige ab: „Da hast du ein ander Spielwerk! Nun mach dir eine Wiechelflöte!“ Sie putzte und kerbte ihm noch das Weidenstöcklein, und nun saß Fritz wieder lustig auf der Bank unter dem großen Birnbaum, klopfte wacker mit dem Messerstiel darauf, damit er das innere weiße Stöcklein aus der Rinde ziehen könne, und sang:

„Fabian, Sebastian!
Lat de Saft ut Holt rut gan!“

und das so lange, bis die Flöte fertig war.

Aber er machte auch selber Verse: eines Sonntagnachmittags kam die alte Jungfer Basch aus ihrem Stifte zum Kaffee auf Besuch, und auf ihrem grauen Scheitel saß eine schimmernd weiße Haube mit Rosataffetbändern. Die stach dem Jungen so in die Augen, daß er nur immer auf die Haube guckte. „Sag Tante Salome doch guten Tag!“ ermahnte ihn Frau Line. „Tag, Tante!“ sagte er und sah immer nur nach der weißen Haube mit den roten Bändern; auch als er danach auf einem Schemel in der Ecke saß, während Vater und Mutter sich mit der Schwester am Kaffeetisch vergnügten. Bald aber fing er an zu murmeln, und seine lustigen Augen lachten wie über einen Schelmenstreich. „Wat hett de Jung?“ sagte die Alte, die auch gern Plattdeutsch sprach.

„Was hast du, mein Junge?“ übersetzte Frau Line, indem sie sich zu ihm wandte.

„Dörf ick nich segg'n“, erwiderte Fritz.

„Warum nich, min Kind?“ sagte die Tante, „ick gäv di Verlöv.“

Da sah der Junge die Alte ganz spitzbübisch an und sagte:

„Ros in Snee! Ros in Snee!
Dat is Tante Salome!“

„Sieh so!“ rief Meister Daniel, „nu hest du't!“

Die gute Alte aber drohte dem Jungen halb ärgerlich mit dem Finger: „Is awer doch 'n näskloken Slüngel, jüm Fritz!“ sagte sie dann und tauchte ihre Nase in die Kaffeetasse.

„Hm!“ machte Meister Daniel und griff mit der Hand in seinen schon ergrauenden Haarpull. Als aber Fritz zu seinen Kameraden auf die Gasse gelaufen war, blickte er wieder auf. „Line! Mutter!“ sagte er.

„Was denn, Daniel?“

„Akkurat so wie ich“, erwiderte Daniel und schüttelte behaglich lachend seinen Kopf.

„Was ist akkurat so wie du?“ frug Frau Line.

„Was? – Das mit dem Jungen! Ich saß auch einmal in seinem Alter so auf dem Schemel – es ist noch just derselbige –, da trat eine alte dicke Ostenfelderin zu meinem Vater in die Stube, und da es die Bauervögtin war, so sagte er: ‚Jung, steh auf und sag schmuck guten Tag!‘ Aber ihre rot und gelb und blaue Staatsuniform und der weiße Lappen auf dem Kopf, ich hatte so viel daran zu sehen und konnte nicht mit mir einig werden, ob sie doch nicht vielleicht ein Türke wäre – bis daß ich endlich, ehe ich noch ein Wort hervorbrachte, von meinem hitzigen Vater einen hanebüchenen Backenstreich erhielt.“

Tante Salome nickte, sie kannte die Geschichte; Frau Line Basch lachte. „Ich meinte, du hättest auch Verse gemacht, Daniel!“

Der Alte schüttelte den Kopf: „Nein, Linchen, das ist es eben: ich bekomme meinen Backenstreich und falle vom Schemel; der Fritz macht seinen Vers und läuft zur Tür hinaus.“ Daniel sah seine Frau recht freundlich an: „Mutterwitz!“ sagte er schelmisch. Und Frau Line nickte.

Glückes genug war in Meister Daniels Hause; aber wer, der seine Zeit gelebt hat, wüßte es nicht, daß, wie das Leben, so noch mehr das Glück auf leichten Flügeln geht.

Es war um die Frühlingszeit, und im Garten wurden die Stachelbeerbüsche grün, und die Störche kamen nach der langen Winterszeit wieder aus dem Süden, um auf den Schornsteinen der Stadt ihre alten Nester zu beziehen oder hie und da ein neues sich zu bauen. Fritz lag vor seinem Gartenstück auf den Knien und setzte seine Primeln und Veilchen schon zum dritten Mal an eine neue Stelle, da flog ein Schatten über ihm weg, und als er aufblickte, sah er einen großen Storch nach seines Vaters Dach fliegen und sich dort mit seinen langen Beinen niederlassen. „Hallo!“ rief er:

„Adebare Esther,
Bring mi ’n lütje Schwester!“

Und der Storch warf den Kopf in den Nacken und klapperte schallend in die helle Frühlingsluft hinaus; der lange rote Schnabel glänzte in der Sonne.

Da warf Fritz den kleinen Spaten hin und klatschte fröhlich in seine Hände und rief:

„Adebar, swart un witt,
Bring mi ock en Kringel mit!"

Die Erfüllung war näher, als er dachte; aber der Adebar kam statt mit der Windel mit einem schwarzen Flor geflogen, und von Kringeln war bald eine ganze Fülle im Hause, aber es waren Totenkringel, und Fritz saß auf der Bodentreppe und aß sie unter strömenden Tränen. Das Schwesterlein war zwar dagewesen, ein kleines rotes Dings, das Fritz nur ganz von ferne anzusehen wagte; die Mutter sah so bleich aus, sie reichte ihm aus ihrem Bett die Hand und frug: „Magst du sie leiden, Fritz?" Aber Fritz schüttelte stumm den Kopf, dann lief er aus dem beklommenen Stübchen in die frische Maienluft hinaus.

Drei Tage später stand er mit seinem Vater an einem Sarge; darin lag seine bleiche Mutter, die gute schelmische Frau Line; sie regte sich gar nicht, und ihre Augen waren ganz geschlossen; in ihrem linken Arme lag ein sehr kleines Kind, das war auch totenbleich. Wie vor einem fremden schauerlichen Wunder stand der Knabe mit verhaltenem Atem; er war eben erst sechs Jahre alt geworden.

Tante Salome, die mit ihnen dastand, drückte ihrem Bruder die Hand: „Ja, Daniel", sagte sie, „dat Kind hett di din Fru mit wegnamen!"

Daniel nickte stumm und sah, wie keines Gedankens mächtig, auf seine Toten; aber des Knaben Gehirn war durch das Wort der Alten aufgestört: „Mitnamen, Vatter?" frug er leise. „Warum? Warum doch?"

Meister Daniel blickte auf seinen Jungen, der mit erwartenden Augen zu ihm aufsah: „Das weiß nur der liebe Gott!" sagte er, und seine Lippen zitterten, „vielleicht . . . das arme kleine Ding, es hat wohl so allein nicht in die weite dunkle Ewigkeit hineingekonnt." Dann hob er plötzlich den Knaben auf seinen Arm und legte die andre Hand auf die kalte Stirn der Toten: „Fritz – se kummt nimmer wedder, vergitt är nich!“

– – Am andern Abend waren Mutter und Kind begraben; Tante Salome blieb ein paar Tage, bis eine Frau angenommen war, die täglich einige Stunden kam, um die Hausarbeit zu besorgen. Der alte Gesell, der in seiner Jugend einmal Schiffskoch gewesen, übernahm das bißchen Kochen, was sie nötig hatten, und Tante Salome kehrte in ihr Stift zurück.

So ging denn der kleine Haushalt notdürftig weiter, aber es war kein so fröhlicher Gang mehr wie vorher; die Musik von Frau Lines lebensfrischer Stimme fehlte. – Wenn Fritz in seiner Klippschule saß und um neun Uhr vormittags auch die Arbeitsfrau sich entfernt hatte, dann lag das lange Vorderhaus wie ausgestorben; es rührte sich nichts mehr darin, zumal wenn dann auch zur Frühstückszeit im Pesel und auf dem Hof die Arbeit ruhte und Meister und Gesell sich auf der Schnitzbank oder den kleinen Fässern schweigend gegenübersaßen und ihr Stückchen Brot verzehrten. Es war, als ob beide nach der Stille lauschten, die vorne in dem toten Hause herrschte. Fiel dort von den Wänden etwa ein Stückchen Kalk mit leisem Geräusch zu Boden, dann flog es wohl auf einen Augenblick wie ein Leuchten über des Meisters Angesicht; war ihm doch, als sei der leichte Fußtritt seiner Line ihm ins Ohr gedrungen; aber er wischte es bald mit seiner harten Hand wieder fort. Einmal hatte sich die Nachbarskatze in die dämmerige, nach einem engen Gang belegene Küche eingeschlichen; so heimlich sie auch schlich, es kam doch ein Geräusch von da nach der Werkstatt; die Feuerzange war vom Herd gefallen. Meister Daniel ließ den Schlägel ruhen: wie oft war sie nicht auch Frau Lines rascher Hand entglitten! Wie oft hatte er sie dann neckend ihr wieder aufgehoben, und wenn er auch aus der Werkstatt hatte herzuspringen müssen! Auch jetzt lief er in die Küche, es war ihm wie ein heiliger Spuk. Als aber die Katze in der offenen Tür an ihm vorbeigesprungen war und er die Zange leise wieder an ihre Stelle gelegt hatte, setzte er sich auf den leeren Küchenstuhl und starrte bald nach dem Herd, bald nach dem Küchenschranke, zwischen denen sie sich einst geschäftig hin- und herbewegt hatte; aber es blieb alles still; nur ein Sperlingspaar, das sich draußen miteinander haschte, rutschte an den kleinen Fensterscheiben herunter und flog dann kreischend weiter.

Als Meister Daniel in einer halben Stunde noch nicht wieder in der Werkstatt war, ging der Gesell in die Küche und legte sacht die Hand auf seine Schulter: „Meister!"

„Ja, ja, Marten." – Dann gingen sie miteinander in die Werkstatt, und Meister Daniel nahm wieder sein Handwerkszeug und machte sich schweigend an die Arbeit.

Erst wenn nach elf Uhr die Glocke der Straßentür schellte und Fritz, aus der Schule kommend, durch den engen Flur nach dem Pesel stürzte, kam wieder Leben in das Haus und in den alten Meister. Der Gesell stand dann am Herd, um die kleine Mahlzeit zu bereiten; Vater und Sohn aber gingen in den Garten und zu Fritzens Beeten. War hie und da eine Knospe an einer Blume aufgegangen, dann grub er sie unbarmherzig aus, und am Feierabend ging er mit seinem Vater nach dem Kirchhof und pflanzte sie auf Mutters Grab. „Sie sieht es doch, Vater?" frug er dann. Der Alte nickte: „Das hoffen wir, mein liebes Kind."

Aber die Welt war so voll andern Dingen, und viele davon waren so vergnüglich: Hunde und Katzen, Marmel und Haselnüsse, Pflaumen und Kirschen; der Junge konnte doch nicht immer an seine tote Mutter denken. Einmal in der Dämmerstunde, da er mit seinem Vater im Garten unter dem Birnbaum saß, sagte er, nachdem sie eine Zeitlang nicht gesprochen hatten: „Vater!"

„Was meinst du, Fritz?"

„Ich glaub", sagte er leise – denn es war die Frucht seines langen Nachdenkens –, „ich glaub, es ist doch gut, daß Mutter mit Schwester in den Himmel gegangen ist!"

„Wie meinst du das, Fritz?" frug Meister Daniel.

„Ja, Vater, sie war so furchtbar klein noch; sie wär wohl bange vor dem lieben Gott geworden!"

„Nein, Kind, vor dem lieben Gott wird niemand bange, nur die Bösen. Ich, Fritz, ich denke, es wär doch schöner, wenn wir sie behalten hätten, dann wüßtest du auch noch, wie weich Mutterhände sind!"

Aber Fritz sprang von der Bank und stellte sich strack und mit geballten Fäustlein vor seinen Vater hin: „Ja, Vater“, rief er, „schöner wäre es wohl; aber ich brauch keine Mutter mehr, ich bin ein Junge.“

Und Meister Daniel betrachtete etwas ängstlich seinen Jungen, der schon so früh für sich selber stehen wollte.

Allmählich war die Zeit vergangen, und Fritz hatte bald sein dreizehntes Jahr erreicht. Er war ein leidlich gewachsener Junge, trug einen kurzen blauen Tuchrock, manchesterne Hosen und eine große runde Tellermütze, wie sie damals unter den Jungen Mode waren, und wanderte vor- und nachmittags, wie einst sein Vater, mit einem Packen Bücher in die unterste Klasse der Gelehrtenschule. In Geographie und Rechnen war er bald der Meister; auch in den andern Fächern konnte er gewaltig lernen, das heißt, wenn er mochte; aber er mochte nur nicht immer, und im Lateinischen wollte er mit mensa und amo nichts zu tun haben. „Was brauch ich Latein!“ sagte er. „Wenn ich konfirmiert bin, komm ich in Vaters Werkstatt, und die Faßbinderei geht auch auf deutsch, am besten auf plattdeutsch!“

Es war aber nicht das allein: er hatte, gleich seinen Kameraden, eine knabenhafte Nichtachtung gegen den alten Kollaborator, der doch in der ganzen Stadt für ein „höchst gelehrtes Haus“ galt; aber dieses schöne Wissen ging über den Kopf der dummen Jungen weg, und in den Dingen des frischen Lebens, worin sie die Meister waren, war er zeitlebens ein Kind geblieben.

Wenn morgens bei seinem Eintritt die Jungen mit allerlei Possen auf ihre Plätze gekrochen und gesprungen waren, pflegte der etwas ärgerliche Herr seinen hageren Hals vorzustrecken und, in der einen Hand das Buch, mit der andern und seinem kahlen Kopf ihre Sprünge nachzuäffen: „Ei, ihr Knaben“, sagte er dann wohl, „ihr seid ja lustig wie die Galgenvögel! Wen wollet ihr denn heute rupfen?“

„Hol dich der Henker!“ murmelte Fritz oben auf seinem Platze, und: „Hol dich der Henker! Hol dich der Henker!“ lief es sogleich die Bank hinunter.

„Was erlaubet ihr euch zu bemerken?“ frug dann der etwas harthörige Alte.

Und alle riefen: „Wir wünschten Ihnen guten Morgen, Herr Kollaborator!"

„Nun", erwiderte er, „wenn euere Fröhlichkeit aus einem guten Gewissen stammt, so sag mir einmal, Fritz Basch, wie heißt das Gerundium von pulso, ich schlage?"

Wenn aber auch Fritz mit dem Lateinischen bald in die Brüche kam, in allem andern war er doch der Baas unter seinen Kameraden. Bedurfte es zu einer Lustigkeit oder zu einem Schelmstück einer kleinen Barschaft, so winkte er seine Vertrauten in den dunkeln Raum, der zwischen ihrer oben belegenen Klasse und dem Dache lag. „Habt ihr Geld?" frug er eines Nachmittages; „sieben Schilling gebrauchen wir; ich habe zwei!"

„Nä", sagte Hans Reimers, der dicke Schlachterssohn, der nie etwas ausgeben mochte, „ick hev nix, hev mi güstern erst 'n Meerswienbock köft."

„Von wem hest de köft?"

„Hier, von Klaus Schohster."

„Gut! – Klaus, wo väl hest du noch davon?"

„Dree Schilling!" sagte Klaus ein wenig beklommen, indem er das Geld aus seiner Tasche sammelte.

„Das sind fünf!" rief Fritz, „wer hett de Rest?" Aber schon kamen vier Jungenshände und reichten ihm jede einen Sechsling, und so konnte die Sache losgehn. Fritz war ihr Vertrauensmann; sie wußten, für die Sechslinge oder Schillinge, die sie ihm gaben, konnten sie sicher ihren Spaß oder Schabernack erwarten.

– – Diese Schillingsammlung war nur das Vorspiel zu einem Knabenstreiche gegen den Kollaborator gewesen; mit kleinen Schellen war dabei gebingelt und mit einer kleinen Kanone dabei geschossen worden. Alles war sehr akkurat gegangen, aber dem Alten hatte diese Lustigkeit ein Gallenfieber zugezogen; die lateinischen Stunden wurden ausgesetzt, und Fritz und seine Mitschuldigen mußten eine Woche lang jeden Nachmittag nachsitzen; die Sache wurde in der ganzen Stadt besprochen.

„Fritz", sagte Meister Daniel zu seinem geliebten und sonst so bewunderten Sohn, „wie konntet ihr so mit dem gelehrten Manne umgehn, von dem ihr doch so viel lernen könnt!"

Aber Fritz lachte überlegen und schüttelte langsam seinen Kopf: „Lernen, Vater? – Nä, lernen nicht."

„Was, Fritz? Nicht lernen? Warum nicht?"

„Ja, Vater" – und der Junge steckte beide Hände in die Hosentaschen –, „weil er sonst zu dumm ist!"

Der Meister fuhr seinem Fritz mit der Hand auf den Mund: „Junge, daß das die Nachbarn doch nicht hören!" denn sie gingen miteinander an dem Gartenzaun entlang, und nebenan der Schneider häufte eben seine Kartoffeln.

Fritz war beiseite gesprungen: „Vater", rief er, „nimm grünen Hafer und eine Buchweizenpflanze und halte sie dem Herrn Kollaborator unter die Nase! Ich wett meine drei Kaninchen, er sagt dir: Dieses ist der Rübsamen, und auf jenem wird wohl die nützliche Kartoffel wachsen!"

„Aber Fritz, das ist ja schrecklich!" sagte Meister Daniel und schob sich die blaue Zipfelmütze von einem Ohr zum andern, „und deshalb wollt ihr den armen Mann vom Leben bringen! Was geht denn die Gelehrten der Hafer und der Buchweizen an? Das ist ja Bauernweisheit!"

Fritz stutzte: „Vom Leben bringen, Vater?"

„Ja, ja; es muß wohl nicht zum besten stehen, denn gestern haben sie noch den zweiten Doktor an sein Bett geholt. Denk mal, wenn seine arme Frau und seine kleine Magdalena, von der du mir so oft erzählt hast, nun ihren Vater um eueren dummen Spaß verlören! – Fritz, du hast doch wenigstens einmal eine Mutter gehabt . . ." Da aber brach dem alten Daniel die Stimme. „Und dein alter Vater . . .", begann er noch einmal. „Besinne dich, Fritz!" und damit trabte er ins Haus zurück. Fritz blieb allein im Garten.

Als nach einer halben Stunde der Gesell durch den Hauptsteig ging, lief er noch immer dort hin und wider, sammelte kleine Steine auf und schleuderte sie einen nach dem andern durch die Luft, daß sie wie grimmig dahinsausten.

„Hallo, Fritz!" rief Marten. „Auf wen bist du so zornig?"

„Up mi un de Welt!" brummte Fritz und schleuderte einen neuen Stein in die Luft.

„Smiet man keen Lüd dot!" sagte der Gesell und ging seiner Wege.

Aber vor dem Abendessen mußte er in die Stadt, denn Fritz war nirgend zu finden. Endlich am Hafen sah er einen Jungen im Maste eines Schoners auf der Gaffel sitzen. „Is dat uns' Fritz?" frug er den Kapitän, der am Bollwerk stand; denn Fritz war gut Freund mit allen Schiffern und konnte fast einen Leichtmatrosen abgeben.

Der Kapitän nickte: „Ja frili; he kiekt all över'n halv Stunn in't Abendrot!"

Aber nun mußte Fritz herunter und mit Marten an die Abendschüssel, aus der er zwar kaum eine Pellkartoffel und einen Heringsschwanz verzehrte.

„Lat em!" raunte der Meister leise seinem Gesellen zu. „He besinnt sick!"

Ebenso stumm ging Fritz am andern Morgen in die Schule. Der Vormittag verging; es war schon Essenszeit, und noch war er nicht wieder da; Meister und Geselle saßen schon an ihrer Grütze, da wurde erst die Haus- und dann die Stubentür aufgerissen, und Fritz stürmte herein. „Vater!" rief er – und seine Augen funkelten von Glück und Freude –, „Vater, es geht ihm heute viel besser! Und nun soll er es auch gut bei uns haben!"

„Wem? Wer?" rief Meister Daniel. „Der Kollaborator?"

Und Fritz nickte wichtig: „Verlaß dich drauf, Vater; wir haben eine Verschwörung gemacht!"

Da legte Daniel Basch seinen Löffel hin und zog seinen Jungen mit Gewalt in seine Arme: „Min Fritz, min Sön! Mutter är gude Jung!"

Aber Fritz hatte sich losgerissen, lief auf den Hausflur und kam mit einem hübschen Vogelbauer wieder in die Stube, worin ein rotbrustiger Vogel mit schwarzem Käppchen auf der Stange saß. „Sieh, Vater", rief er und hielt das Bauer empor, „den hat mir Julius Bürgermeister geschenkt; der flötet, ‚Üb immer Treu und Redlichkeit', aber nur die erste Hälfte, und darum hat Julius seine Mutter gesagt, sie könnte die halbe Redlichkeit nun nicht mehr in ihrem Kopf aushalten."

„Segg mal, Fritz", sagte der Gesell, „wat is dat egentlich vör'n Vagel?"

„Das ist ein Dompfaff!" erwiderte Fritz stolz, „er hat Bürgermeisters fünf Taler gekostet."

Daniel hatte bald seinen Jungen, bald den Vogel mit glücklichen Augen angesehen. „Fritz", sagte er, „wi wülln em beholen, tum Andenken an düssen Dag."

So war alles wieder gut; aber bald geschah in der Schule etwas Merkwürdiges. Der alte Kollaborator, als er wieder seine Stunden hielt und nun sogar Fritz Basch auch im Lateinischen ein Held wurde, vermochte offenbar die gewohnten kurzweiligen Neckereien der Jungen nicht mehr zu entbehren; ihm fehlte etwas, was zu seinem Leben gehörte; er fing nun selbst an zu necken und wurde bleich und elend bei diesem Frieden, der trotz alledem, als beschworen, nicht gebrochen wurde, solange Fritz in der Klasse herrschte.

Aber der Dompfaff wollte nicht flöten; er hing oben in der Giebelstube, in welcher Fritz, seit er Gelehrtenschüler war, schlief und arbeitete; wenn es mittags zu heiß wurde – denn es war im Hochsommer –, hing er das Bauer auch wohl nach draußen neben dem Fenster, wo der schmale Lindenschatten es bedeckte. Aber auch hier wollte der Vogel mit seinem Liede nicht beginnen, sondern krakeelte nur mitunter ein unmelodisches Gezwitscher. „De kann nix", sagte der Gesell, „se hebt die wat wiis makt, Fritz!"

„Geduld, Marten!" rief dann Fritz, „en Bötjerhuus mutt so'n vörnehmen Vagel erst wendt warren!"

Und richtig, als nach einigen Tagen Fritz aus der Schule kam und, wie jetzt immer, leise und lauschend die Treppe hinanstieg, da mußte er plötzlich stehenbleiben.

„Üb immer Treu und Redlichkeit!"

Wahrhaftig! das war der Vogel, er flötete. Und noch einmal wieder: „Üb immer Treu und Redlichkeit!"

Die Melodie war ganz genau, und Fritz sang leis die Worte mit; aber weiter kam der Vogel nicht. Fritz stand lange unbeweglich; als er aber zum dritten Male anhub, rannte er in die Werkstatt hinab, um seinen Vater zu holen, und beide standen hinter der Kammertür, und der gutgelaunte Dompfaff pfiff ihnen dreimal nacheinander sein Stückchen vor, und da er nichts Weiteres konnte, so pfiff er es ihnen auch zum vierten und zum fünften Male. Da der

Alte wie der Junge so etwas noch nie gehört hatten, so entzückte es sie, als wär's ein lieblich Wunder. Zuletzt kam auch noch der Gesell und stand mausestill mit an die Tür gelehntem Ohr. „Fritz!" flüsterte er, „so 'n Vagel! Hev min Lävdag noch so 'n Vagel nicht hört!" Als Fritz aber, während der Dompfaff jetzt noch einmal anhub, leis die Kammertür zurückdrängte, brach das Tierchen jählings ab; „Fiu!" machte er noch, dann wetzte er seinen schwarzen Schnabel und kroch in sich zusammen.

Seine Hörer blieben doch des Wunders voll. „Fritz", sagte Meister Daniel seufzend, indem er heftig seines Sohnes Hand drückte, „wenn deine Mutter das belebt hätte!"

– Die Zeit rückte weiter; nach und nach störte den Vogel die Gegenwart der Hausgenossen immer weniger, und auch sie wurden sein Kunststückchen gewohnt; aber Fritz blieb sein getreuer Pfleger; im Winter – denn in der Giebelkammer war kein Ofen – hing er am Fenster in der Wohnstube unten über dem Stuhl, wo einstmals Tante Salome und später, nur zu kurz, die gute Frau Line ihren Platz gehabt hatte, und manche Kinder, die vorübergehen wollten, blieben stehen und hörten nach dem wunderbaren Vogel.

So waren ein paar Jahre vorüber; Fritz war jetzt ein stämmiger Bursche mit sicheren und kühnen Augen und hantierte schon lange als Lehrling in seines Vaters Werkstatt. Lenkbeil und Schlägel standen ihm fix zur Hand; nur etwas zu rasch und kräftig arbeitete er mitunter, und als Tante Salome, was wegen zunehmender Altersschwäche nur etwa ein- oder zweimal im Sommer geschah, eines Vormittags in die Werkstatt kam, sagte sie: „Du makst 'n Lärm vör dree, Fritz! Is denn de Arbeit ock dana?"

„Fix oder nix, Tante!" rief der Junge und schlug dabei auf die Bänder, daß sie in Splittern auseinanderflogen.

„Gott bewahr uns in Gnaden!" rief die Alte, „du hest 'n düren Leerburs, Daniel!"

Aber Meister Daniel lachte, er kannte seinen Fritz; irgendwie und -wo mußte mitunter das Feuer in dem Jungen sich Luft machen, und auf ein Faßband kam's nicht an; denn er wußte es, Fritz war ein Waghals; die Gefahr war für ihn, was die Vogelbeere für den Krammetsvogel, und je kräftiger er wurde, um desto mehr. Mit dem Küster, der zugleich Glöckner war, hatte er nur Freundschaft geschlossen, weil die drei großen Glocken im Kirchturme geheimnisvoll seine Neugier reizten. Wenn eine vornehme Leiche mit allen dreien zu Grabe geläutet werden sollte, so war er sicher vorher schon auf dem drittobersten Turmboden, und kam der erste Ton des Geläutes, so klomm er an den Querleisten des emporgehenden Balkens hinauf, der von dort statt einer Stiege an der größten Glocke vorbeiführte, und während sie sich heulend dicht an ihm vorüberschwang, suchte er, an seinem Balken angeklammert, mit den Augen ihren Taufspruch zu erhaschen und sang ihn laut nach einer wilden Melodie in das hallende Dreigetön hinaus: Sum regina Poli, virgo Maria, tonantis! bis er zuletzt fast taumelnd den Boden wieder erreichte.

Stand ein Sturm am Himmel und flog dann ein Boot durch das schäumende Wasser aus dem Hafenstrom in das Wattenmeer hinaus, so saß sicher niemand als Fritz Basch und ganz allein darin; man brauchte nur einen der Schiffer an dem Hafen zu fragen.

„Wer anners!“ war die Antwort. „De Gewaltsbengel, wenn he um ’t Boot fragt, so hett he’t ock all losknütt; de Antwoort givt he sick wull sülven!“

Kam er dann durchnäßt, mit wirrem Haar, nach Hause, so sah der Meister ihn wohl angstvoll an: „Fritz, Fritz!“ sagte er einmal, „wenn du mir von solcher Fahrt nicht wiederkämst!“

Aber Fritz nahm lustig seinen Schlägel und ein Faß und begann ohne weiteres seine unterbrochene Arbeit wieder. „Vater“, sagte er treuherzig; „ich mach heute eine Stunde später Feierabend; aber den jungen Seehund hättst du sehen sollen, mit dem ich um die Wette fuhr; das war heut just unser Wetter!“

„Ja, ja, Fritz!“ sagte der Alte. „Ein Seehund, aber du bist ja denn doch keiner!“

Der Junge ließ die Hand mit dem Schlägel hängen, und in sein geliebtes Plattdeutsch fallend, sagte er stolz: „Na, wat en Seehund swemmt, dat swemm ick ock!“

Der alte Meister Daniel schüttelte seufzend den Kopf, und die Schläge an den Fässern tönten wieder durch die Werkstatt.

Nachdem drei Jahre seit Fritzens Konfirmation verflossen waren, war es recht still in Meister Daniels Haus geworden; denn Fritz arbeitete jetzt als Gesell in einer großen Faßbinderei in Hamburg; nur etwa einmal im Monat kam ein Brief von ihm. Meister Daniel und sein Marten konnten die Arbeit zu Hause aber auch jetzt gewaltig allein tun, denn unten in der Stadt hatte sich eine große neumodische Brauerei mit einem eigenen Böttcher aufgetan, und Daniels Hauptkundschaft, die alte Petersensche Brauerei ihm gegenüber, die nur das hergebrachte Gut- und Dünnbier für Stadt und Umgegend lieferte, hatte dadurch einen großen Teil ihres Absatzes verloren. Tante Salome kam auch nicht mehr aus ihrem Stift; sie war zu schwach dazu geworden. Meister Daniel stand oft nachdenklich unter der Linde vor seiner Haustür und sah nach seinem von Wind und Wetter schon recht verwaschenen Türstück auf; traurig schüttelte er den Kopf: seine Rose lag ja längst im Grabe, und die Knospe war als großer wehrhafter Bengel in die Welt gegangen.

„Paßt nicht mehr!“ sprach er leise vor sich hin und ging wieder in die Werkstatt. Mitunter lief er auch in den Garten, als könne er dort sich frisches Leben holen; wenn er aber an seines Jungen Blumenbeete kam, die jetzt ganz verunkrautet lagen, dann stand er lange, riß ein paarmal eine Handvoll Nesseln aus und sah dann, daß das Blumenbeet doch nicht wiederkam.

Aber es sollte noch stiller um ihn werden. Ein großes Sterben, ein Typhus, wie die Ärzte sagten, fiel auf die Stadt. Die ersten, welche zum Kirchhofe hinausgetragen wurden, waren der Kollaborator und seine noch leidlich junge Frau; seine beiden Kinder, die kleine Magdalena und ihr etwas älterer Bruder, ein heimtückischer, schieläugiger Bursche, kamen zu ihrer Großmutter, einer alten gelähmten Pastorswitwe, deren Geschichten von gläsernen Bergen und verwünschten Prinzen dem Lenchen besser behagten als die antiken Lebensregeln ihres ärgerlichen Vaters. Zum Unglück Meister Daniels aber war gleich danach auch sein alter Brauer Petersen gestorben, und die Witwe hatte den Mut zur Fortsetzung des Geschäfts verloren. So wurden Arbeit und Verdienst noch kleiner, und der alte Marten mußte auf seines Meisters Drängen sich einen Platz in der neuen Brauerei verschaffen, wo dem Böttcher ein Geselle nötig wurde.

Daniel hatte das alles eben an seinen Sohn geschrieben, ging dann durch die leeren Räume seines schmalen Hauses, stellte in der Werkstatt Dauben und Hölzer gegen die Wände und stand endlich vor einem Fenster der Wohnstube, mit wirren Gedanken in den hellen Februartag hinausstarrend. Von den Menschen, die dann und wann vorübergingen, sahen seine Augen nichts; er hatte seine blaue Zipfelmütze in der Hand und fuhr sich von Zeit zu Zeit in seine Haare. Ja, er wollte jetzt ganz allein in seinem Hause bleiben; er war ein ordentlicher Wirt gewesen; die Zinsen von ein paar ersparten Kapitalien und der Verdienst von seiner noch verbliebenen kleinen Kundschaft würden für ihn schon reichen! Er begann zu rechnen, wieder und wieder, aber das Fazit blieb dasselbe. Es schoß ihm heiß zu Kopfe; er hatte gedacht, es mache doch ein Sümmchen mehr; und wenn er für Not und Krankheit noch etwas in der Hand behalten wollte? . . . Da fiel es wie ein Strahl in die dunkle Kammer seines Kopfes; er hatte ja ein ganz leeres Haus; was brauchte er jetzt noch die Wohnstube und die Kammer, die dahinter lag! Eine Mieterin, eine stille alte Person, das wär's; dann hätte er genug! Er selber zöge nach oben hinauf in die Giebelkammer seines Fritz; nur ein kleiner Kochofen müßte dort noch gesetzt werden, dann könnte er sich selber seinen Mittag machen!

Eine trübe Art Zufriedenheit kam über Meister Daniel, und er hörte nun auch, daß am andern Fenster der Dompfaff flötete:

> Üb immer Treu und Redlichkeit,
> Bis an dein – – –

„Fiu!" machte der Vogel, und der alte Mann nickte. Ja, so weit hatte Fritz es ihm noch beigebracht; und nun begann das Tier sein Stück von neuem. Als Daniel wieder durch das Fenster blickte, vor dem schon längst keine Rosen und Geranien mehr grünten, sah er draußen eine Rosenknospe, ein acht- oder neunjähriges Mädchen mit einem sanften Gesichtlein und ein Paar blauen Augen, mit denen sie, andächtig lauschend, nach dem Vogel hinaufsah; denn sie stand mit einem älteren Knaben dicht unter dem Fenster. Der Junge aber schielte und sah bös und häßlich aus und schien indessen seine Marmeln in der Tasche nachzuzählen. Da zog das Mädchen ihr rotes Händchen aus dem Muff, und ihn zu sich ziehend, wies sie mit dem Finger nach dem Vogelbauer. Aber Meister Daniel, den die Kinder nicht zu bemerken schienen, erschrak fast; denn wie eine Katze, die nach einer Beute springt, fuhr der Junge mit einem Schrei empor, als wolle er den schönen Vogel greifen. Unwillkürlich klopfte der Meister an die Scheiben und drohte mit der Faust; da machte der Bube ihm ein Schelmgesicht und rannte davon; das blonde Dirnlein aber stand, als könne sie vor Schreck nicht von der Stelle.

Ein Lächeln zog über des guten Meisters Antlitz, und er winkte dem Kinde, daß es zu ihm kommen solle; da sie aber keinen Fuß rührte, ging er zu ihr auf die Gasse. „Komm mit mir in die Stube!“ sagte er, ihre Hand fassend; „da kannst du dir in der Wärme den Vogel besehen!“

Als sie drinnen waren, nahm er das Bauer von der Wand und stellte es vor ihr auf den Tisch; aber der Dompfaff wetzte nur den Schnabel und sah sie mit seinen schwarzen Augen an.

Sie tat einen tiefen Atemzug: „Was ist das für ein Vogel?“ frug sie leise.

„Das ist ein Dompfaff!“ erwiderte der Meister.

„Ein Dompfaff?“ und sie hielt lange den kleinen Zeigefinger an die Lippen. „Ist er denn verzaubert?“

„Was denn? Verzaubert?“ frug der Alte, und sie nickte mit ihren großen Augen.

„Warum denn verzaubert?“ frug er nochmals.

„Er flötet ja wie ein Junge!“

„Wart mal“, sagte der Meister, dem diese Frage wie aus einer andern Welt kam; „nein, so was nicht! Nur, sie sagen, daß er ein dummer Vogel sei; aber, Kind, er ist gewaltig klug, und darum kann er auch flöten.“

„Darum?“ wiederholte das Kind; und beide verfielen nun in tiefes Sinnen über diesen wunderlichen Fall. „Sag einmal“, sprach Meister Daniel dann, nachdem er eine Weile in das feine Gesichtlein geschaut hatte, „bist du nicht die kleine Magdalena, von der mein Fritz mir oft erzählt hat?“

Sie sah ihn fragend an: „Wir sind dem Kollaborator seine“, sagte sie; „aber unser Vater, auch Mutter ist gestorben.“

„Ja, ja, ich weiß; arme Kinder!“ sagte er und strich mit seiner harten Hand ihr sanft die goldblonden Härchen aus dem Gesichtlein, das bei den letzten Worten sich zum Weinen verzogen hatte. „War denn das dein Bruder, den du bei dir hattest?“

Sie nickte. „Wir sind beide bei unserer Großmutter; aber die kann gar nicht von ihrem Lehnstuhl auf!“

„Das ist nicht gut für deinen Bruder“, sagte der Meister ein wenig strenge. „Wie heißt er denn?“

„Tiberius.“

„Was für was?“ frug er, und das Kind wiederholte das Wort.

Der Alte schüttelte den Kopf. „Ist denn das ein christlicher Name? Hat unser Pastor ihn so getauft?“

„Ich weiß nicht“, sagte die Kleine halb gedankenlos; denn der Dompfaff begann plötzlich wieder seine Melodie, und sie hatte für nichts anderes Aug' und Ohren. Als er aufgehört hatte, wandte sie ihre leuchtenden Augen dem Meister zu: „Ich muß nun nach Hause“, sagte sie leise; „ich danke auch vielmal!“

Er nahm ihre beiden Händchen und sah sie zärtlich an: „Willst du auch wohl einmal wiederkommen?“

Und nach kleiner Bedenkzeit nickte sie so bedeutsam, als sollte es ein Schwur sein. Dann brachte er sie an die Haustür und sah ihr nach, wie sie bedächtig die Straße hinaufging. Als er danach wieder in sein Zimmer trat, war ihm, als sei hier inmittelst ein Lichtlein ausgetan. Aber der Dompfaff hub wieder seine Melodie an. „Fritz! Min Fritz!“ rief der Alte und lehnte sich zitternd an den Türpfosten.

Als der Mai ins Land gekommen war, saß schon die Mieterin unten in der Wohnstube, ein zierliches, etwa funfzigjähriges Frauenzimmer. Riekchen Therebinte hieß sie und lebte von einem Sümmchen Erbzinsen und einem kleinen Jahrgehalt, den ihr eine zwanzigjährige Kammerjungfernschaft bei einer gräflichen Gutsbesitzerin eingetragen hatte; wenn Bälle oder andere Festlichkeiten in der Stadt waren, kammerjungferte sie auch jetzt noch bei den Töchtern der Beamten oder vornehmeren Bürger und hatte dadurch noch eine hübsche Extra-Einnahme. Sie war klein und mager, und wenn sie aus einer Tür ein paar Stufen hinabging, so war's, als wenn ein Vogel heraushüpfte; „sie ist ein hüpfendes Gerippchen", hatte einmal ein kleines boshaftes Mädchen von ihr gesagt. Sie hatte nur ein winziges Stumpfnäschen, aber eine weitläufige Stirn darüber, daher sie denn auch, wenn die Schönheit eines jungen Mädchens vor ihr gelobt wurde, selten, wiewohl etwas zaghaft, zu bemerken unterließ: „Ja, hübsch, recht hübsch! Aber die Stirn, ist die nicht etwas unbedeutend?" Sie wurde dann meistens ausgelacht, und sie selber lachte mit, denn Neid und Bosheit waren nicht dahinter; sie wollte nur in betreff der Schönheit sich doch auch ein wenig in Erinnerung bringen. Die niedrige Stirn ihres Mietsherrn pflegte sie stets voll wahren Mitleids zu betrachten und erwähnte ihrer niemals gegen andere.

Oben in der Giebelstube hing der Dompfaff am Fenster, und in der Ecke stand der Ofen, auf dem Meister Daniel seine Kartoffeln und sein Stückchen Sonntagsfleisch kochte; er hatte seinen einsamen Haushalt eingerichtet. Wenn er vormittags seine paar Stunden in der Böttcherwerkstatt gearbeitet oder in seinem Garten gegraben hatte, den er später fast ganz mit Kartoffeln bepflanzte, dann saß er oben mit aufgestütztem Arm an einem Tische und laß in der Laßschen Chronik seiner Vaterstadt oder in des alten pastor primarius Melchior Krafftens städtischer zweihundertjähriger Kirchen- und Schulhistorie. Die alten Lederbände waren noch aus seines Vaters Nachlaß, hatten aber lange Zeit bei seinen Rechnungsbüchern in der Schatulle gelegen; nun sahen sie ihn an, wie auch schon seine alte Zeit, und wenn er las, wie früher die pastores von Ost und West, aus Pommern und aus Sachsen in unsere Stadt gekommen waren und wie nun hier auf ein paar Buchseiten sich ihr Leben eines nach dem andern abspann, dann blickte er wohl halb verwirrt empor und wunderte sich, wie er und der Dompfaff doch noch immer weiterlebten.

Wurde es Sonntag, so zog er stets ein frisch gebleichtes Hemd an; dann dachte er seiner sauberen Hausfrau: „Line – Line Basch!“ sprach er und nickte mit seinem grauen Kopfe. „Du siehst es doch!“ und während er sich langsam in sein Sonntagszeug kleidete, war ihm, als täte er es noch wie einstmals unter ihren Augen.

Dann ging er in die Kirche, um von dem alten Propsten, mit dem er als Junge in Quarta auf der Schulbank gesessen hatte, Gottes Wort zu hören; nach der Kirche ging er zurück und seinem Hause vorbei über den Kirchhof nach dem Stift. Aber seine alte Schwester war stumpf geworden. „Wat schrift Fritz?“ war immer ihre erste Frage, auf die er nur selten etwas zu antworten hatte; dann frug sie weiter: „Wat hett de ol Propst denn seggt?“ Er berichtete ihr den Inhalt der Predigt, soweit er ihn behalten hatte; wenn er aber damit zu Ende war, dann war schon längst der Kopf der bald Neunzigjährigen auf die Brust gesunken, und ihre Seele schwebte in der Dämmerung, auf welche die Nacht folgt. Er saß noch eine Weile und sah auf die alten Schwesterhände, die ihm von seiner Kindheit an geholfen hatten; und wenn die Schlafende sich nicht mehr rührte, nickte er ihr schweigend zu und ging hinaus und langsam seinem Hause zu.

Das waren die beiden einzigen Gänge, die Daniel Basch in seinen Sonntagskleidern machte.

In seinem Garten wuchsen allmählich die Kartoffelstauden in die Höhe und bildeten bald eine gleichmäßig grüne Fläche, aus welcher nur der große Birnbaum hervorragte, der in der Mittagssonne seinen breiten Schatten um sich her warf. Um diese Zeit, aber auch spätnachmittags, wenn schon das Abendrot am Himmel stand, sahen die Nachbaren über den Zaun ihrer Gärten den alten Meister oft auf der Bank, die auch jetzt noch um den Baum lief, sitzen, den etwas gebeugten Rücken an den Stamm gelehnt, die Hände vor sich auf die Knie gefaltet, wie einen, dessen Tagewerk zu Ende ist; und als im Juni sich die Stauden mit den zierlichen blauen und weißen Blüten bedeckten, saß er wie in einem Blumenmeer. Auch war ein Plätzchen, dicht am Fuße des Baumes, nicht zum Kartoffelfeld gezogen; Fritzens Blumenbeete waren hier gewesen, und Meister Daniel hatte im letzten Frühjahr alles Unkraut ausgereutet und statt dessen roten Gartenmohn darauf gesäet. Er wußte wohl nicht, daß das die Blume der Vergessenheit sei; sie war für ihn vielmehr das Gegenteil, denn Fritz und seine Mutter hatten sie einst so gern gehabt. Und als später die Kartoffelstauden mit den lichtgrünen Äpfeln und schon in dunkeln Blättern standen, öffnete neben ihnen der Mohn seine Knospen und wiegte die leuchtend roten Blumen in dem schwülen Sommerhauch.

Der alte Mann, der auf der Bank daneben saß, schien freilich wenig zu dieser Sommerpracht zu passen: der Bart schien seit acht Tagen nicht rasiert zu sein, und die tiefliegenden blaßblauen Augen sahen wie über Welt und Leben hinweg. Er hatte den Brief, den er in der Hand hielt, eben vielleicht zum zehnten Mal gelesen: er war von Fritz; Fritz war nach Kalifornien gegangen.

Das Goldfieber war derzeit noch lange nicht vorüber; noch manchen lockte es in die Minen und manchen in den Tod; manchem schlugen dort die Keime seiner Natur zu Trunksucht, Spiel und Raub, die vielleicht für immer sonst geschlafen hätten, in Wucherpflanzen auf und erstickten ihn. Freilich war Fritz nicht als abenteuernder Minierer, sondern als festgedungener Böttcher für eine dortige Exportschlachterei mit einem Hamburger Genossen hinübergegangen, aber das Wort „Kalifornien“ klang doch wie Gold und Abenteuer, und es war zuerst vor seinem Ohr geklungen, da er aus jenem Briefe seines Vaters dessen drohende Verarmung herauszulesen meinte. Er hatte seine feste Arbeit; aber wenn die Gelegenheit käme, weshalb sollte er nicht auch dazwischenspringen und seinem Vater ein sorgloses Alter mit nach Haus bringen!

Meister Daniel seufzte nicht; er ließ nur den Kopf hängen und rieb sich mit der Hand den Stoppelbart; aber er sah nicht neben sich die roten Blumen wehn und hörte nicht den Iritsch, der über ihm aus dem Laub des Baumes sang, selbst nicht den leichten Schritt, der jetzt von dem unten vorbeiführenden Weg aus dem Gartensteig heraufkam. Erst als eine kleine Hand sich auf die seine legte, blickte er auf. „Magdalena, Kind, bist du es!“ sagte er.

Sie nickte. „Ich wollte nur den Vogel gern einmal wieder hören!“ Aber sie sah ihn fast erschrocken an.

„Ja, ja" – sprach er wie zu sich selber –, „der Dompfaff, der ist noch da." Dann ging er mit dem Mädchen nach dem Hause zu.

Es war schon zu Ende des November. Meister Daniel saß nachmittags in seiner Giebelstube und hatte sich ein behaglich Feuerchen im Ofen gemacht, es roch sogar nach Kaffee, der wohl darinstehen mochte; er wollte heute noch zu seinem Nachbar, dem Barbier, denn der Bart war wieder einmal gar zu lang geworden, und dann ins Stift zu seiner Schwester: heute sollte sie gewiß nicht schlafen, denn der erste Brief aus Kalifornien war angekommen. „Geld verdienen ist hier keine Kunst", schrieb Fritz; „aber man muß es fest in der Hand halten, wenn es nicht wieder wie Sand durch die Finger laufen soll; zwei Jahre, dann, Vater, klopf ich an Deine Tür; dann arbeiten wir wieder zusammen!"

Der Dompfaff hüpfte fröhlich in seinem Bauer; ein glücklich Lächeln ging über des Alten Angesicht, und er wollte sich eben seinen Kaffee aus dem Ofen holen, da hörte er es draußen die Treppe heraufhüpfen, ein spitzer Finger pochte an die Kammertür, und als sie sich öffnete, erschien Mamsell Riekchen Therebinte auf der Schwelle. „Oh, Mamsellchen!" rief der Alte.

Und Riekchen machte einen Knicks; sie hatte ihren Schildpattkamm von der Gräfin eingesteckt und Filethandschuhe angezogen. „Ich kann wohl gratulieren?" sagte sie.

„Wozu?" frug der Alte hinterhaltig, „Sie meinen wohl, es riecht hier nach Geburtstag?"

„Oh, Herr Basch! Ich denk, zwei einsame Hauskameraden sollten Freud und Leid zusammen teilen, und heute vormittag – ja, ja, ich habe den Briefboten attrappiert – ist doch wohl Freude bei Ihnen eingekehrt; da möcht ich mir nun meinen Anteil ausbitten!"

Er drohte ihr mit dem Finger: „Weibsen! Weibsen!" sagte er schelmisch. „Aber, im Vertrauen, Mamsellchen, ich hab's gar gern, wenn ihr Frauenzimmerchen ein bißchen neugierig seid!" Er seufzte, doch er lächelte auch dabei: „Mein selig Linchen war es auch!" flüsterte er ihr ins Ohr.

Und während Riekchen sich verschämt mit ihren Händchen über die bedeutende Stirn strich, lief Meister Daniel zu einem Wandschränkchen und holte Tassen und Teelöffel; dann nahm er den heißen Kaffee aus dem Ofen und schenkte seiner Hausgenossin ein: „Und hier ist Zucker!" sagte er, „bedienen Sie sich, Mamsellchen. Ja, ja, Sie haben recht, heut ist ein Freudentag; ich habe Nachricht von meinem Fritz!" Und ohne seinen Kaffee zu berühren, nahm er den offenen Brief vom Tisch – – aber er mußte lachen, er hatte vergessen, seine Brille aufzusetzen. Aber nun tat er es und begann den Brief zu lesen, während Mamsell Therebintchen mit zierlichem Finger ihre Tasse vom Munde wieder auf die Unterschale setzte.

Als er aber an die Stelle kam, wo Fritz für seine Heimkehr nur noch eine zweijährige Frist setzte, da schien plötzlich auf dem Antlitz der mit gefalteten Händen Horchenden die Teilnahme zu erlöschen.

Sie räusperte sich ein wenig, und Meister Daniel sah sie an: „Ist Ihnen nicht wohl, Mamsellchen?" frug er heiter; „Ihre Äuglein sehen auf einmal so betrübsam!"

Und Mamsell Riekchen sah ihn fast bittend an: „Ach, lieber Meister", flüsterte sie, „dann werd ich wohl mein Stübchen und Ihr Haus verlassen müssen!" und sie seufzte, daß es ganz still in der Kammer wurde.

Meister Daniel war schier bestürzt, so hatte er den Fall noch gar nicht angesehen; aber er faßte sich, da war ja noch die kleine Schlafkammer des Gesellen; er nahm ihre Hand: „Nein, nein, liebes Mamsellchen, Fritz wird Sie nicht verdrängen; er ist ein bescheidener Junge, seiner lieben Mutter guter Sohn! Sie sollen auch Ihre Freude an ihm haben; dann wird es wieder laut und lustig hier im Hause, und im Garten wachsen Erbsen und Bohnen und Blumen; auch türkischen Weizen zieht er – ganz wie es früher war zu seiner Mutter Zeit!"

Da lächelte das Mamsellchen wieder, und sie tranken ihren Kaffee und lasen den Brief zu Ende; und als das alte Dämchen sich empfahl, erbat sie sich und erhielt noch die Erlaubnis, im nächsten Frühjahr zwei Suppenkräuterbeete zu gemeinschaftlichem Gebrauche in dem Garten anzulegen.

Der Meister Daniel aber ging schrägüber zum Barbier, dann glattrasiert ins Stift zu seiner alten Schwester, und Salome blieb, während er ihr den Brief vorlas und noch lange nachher, ganz wach und munter; sie saß in ihrem Lehnstuhl und er dicht an ihrer Seite, und die Hände der alten Geschwister ruhten in stummer Freude ineinander; nur mitunter sagte sie: „De Jung! De Jung! He kann wat, und dat in Amerika!"

Als Daniel am Abend heimkam, faßte er den Entschluß, dem Dompfaffen das Stück noch weiter vorzupfeifen. Was sollte Fritz sich wundern, wenn er nach zwei Jahren ihn so singen hörte!

Das war ein Freudentag in Meister Daniels Leben; aber er wiederholte sich nicht, der Winter kam, aber kein Brief von Fritz, und je weiter es in die Zeit hineinging, desto schwächer wurde der Schimmer jener Freudenflamme, und desto dunkler wurde es um den einsamen alten Meister.

Als nach ein paar Jahren die Krokus im Schloßgarten blühten, trat ein einfacher Leichenzug aus dem Tore des St. Jürgenstiftes: ein Kränzchen von Primeln und Immergrün lag auf dem Sarge, ein alter Mann ging zunächst hinter demselben; er ging etwas stumpelig, und auf seinem Antlitz mit den schlohweißen Augenbrauen zuckte eine unruhige Trauer. Es war wohl nicht um die Tote, die er auf ihrem letzten Weg begleitete, denn sie hatte in mählich verdämmerndem Bewußtsein das äußerste Lebensziel erreicht; aber der alte Mann hatte jenseit des Meeres einen Sohn, sein einzig Kind, und er wußte seit lange nichts von ihm; die Tote aber war die Letzte gewesen, die aus ihren Träumen noch nach ihm gefragt hatte.

Der alte Mann war Daniel Basch, der seine Schwester Salome begrub; den kleinen Kranz hatte seine Mieterin, das gute Riekchen, gebunden. „Das ist unser Altjungfernrecht", hatte sie gesagt; „ohne Kranz nicht zu Tanz!"

Der Zug ging Schritt für Schritt die Straße hinab nach dem zweiten Kirchhof am Nordwestende der Stadt, wo Daniels Familiengrabstätte lag. Als er dort an die offene

Grube trat, sah er in derselben die Seitenbretter eines morschen Sarges aus der Erde ragen; seine Hand zuckte, als ob er etwas fassen müsse; er kannte den Sarg, es war ihm fast als wie ein schrecklich Wiederfinden. Dann wurde der frische Sarg hinabgelassen, und die hinabgeschaufelte Erde dröhnte auf dem Deckel; Daniel nickte noch einmal in die Grube, und während der alte Propst das Vaterunser sprach, murmelte er leis für sich: „Dein Wille geschehe im Himmel und auf Erden!"

Erst als er wie betäubt nach Hause ging, ergriff ihn ein jäher Schmerz um seine alte Schwester, daß er nur mit Gewalt einen Tränenausbruch zurückdrängte; er war nun ganz verlassen.

Als er in seinem Hause nach der Giebelkammer hinaufstieg, stand er mitten auf der Treppe still: er hörte den Vogel in der Kammer pfeifen. Das hatte er freilich schon tausendmal gehört; aber heute kam es so frisch, ganz wie ein Frühlingsruf aus der kleinen Brust herauf; Meister Daniel erklomm die letzten Stufen und brummte zur Begleitung die Worte der Melodie. Aber was war denn das? Der Meister hatte, an dem Erfolg verzweifelnd, in den letzten Wochen seinen Unterricht ganz aufgegeben; immer hatte der Schüler nur gestümpert; und jetzt – jetzt sang er alles: womit ihn Fritz ins Haus gebracht, was dieser ihn gelehrt und was zuletzt der Meister selbst ihm vorgepfiffen hatte. Die unerwartete Freude hatte dem Alten wohl den Kopf verwirrt, denn er wandte sich wieder, faßte mit jeder Hand eine Stange des Geländers, und sich vorbeugend, rief er laut ins Haus hinab: „Fritz! Fritz! Nu fleut he ock de tweete Reeg!"

Da öffnete sich rasch die Tür der unteren Wohnstube, und Mamsell Riekchen war auf den Flur hinausgehüpft. „Wer? Was flötet, Meister Daniel?" rief sie ängstlich.

„Der Dompfaff! Der Dompfaff!" kam es von der Treppe herunter.

„Ach, Sie und Ihr alter Dompapst!" rief Mamsell Riekchen und hüpfte in ihre Kammer zurück. „Sonderbarer Mann!" sprach sie zu sich selber und schüttelte ihre beiden dünnen Locken; „hat eben sein' Schwester begraben und schreit um seinen alten Dompapst!"

Der alte Mann dort oben hatte sich auch besonnen; der Vogel zwar hatte seine Lektion gelernt; wo aber war der, den er gerufen hatte?

Um diese Zeit war es, daß der Sohn eines Kellerwirts, „der Amerikaner“, wie sie ihn später nannten, als er sich nichtsnutzig in der Stadt umhertrieb, aus Kalifornien wieder nach Haus gelangte. Er war trunkfällig und großmäulig und führte zur Unterstützung seiner Reden eine rasche Faust, daß die Leute es sich schon gefallen ließen, wenn er in der Fuhrmannskneipe seine Geschichten auftischte und seine Goldbröcklein aus der Tasche holte. Mit Grafen und Zigeunern, Türken und Heiden, so erzählte er eines Abends, auch freilich mit Fritz Basch habe er Gold gewaschen. – Aber der sei ja in San Franzisko in einer Schlachterei, meinte einer der Stammgäste. – Der Amerikaner lachte: „Hat sich ausgeschlachtert! Die Bretterbuden sind verbrannt; die hounds haben die Kassen genommen.“

„Hounds – was sind Hounds?“

„Hunde! Spitzbuben! Räuber sind's!“ rief der Amerikaner. „Ihr kennt hier so was nicht! Noch ein Glas, Harke; schmeckt wohlfeil hier bei euch!“

Das junge Schenkmädchen war, die Hand auf einer Kanne, stehengeblieben: „Sagt, wenn Ihr so gut sein wollt, was treibt Fritz Basch denn itzt? Wir sind zusammen eingesegnet.“

„Fritz Basch?“ erwiderte der Goldgräber und sah sich frech am Tische um. „Kalkulier', der hat's wohl ausgetrieben!“

„Was sagt Ihr! Was ist's mit Fritz Basch?“ riefen die Gäste; denn der frische Junge war in aller Gedächtnis.

Der Amerikaner trank erst sein Glas bis auf die Nagelprobe. „Ihr kennt das hier nicht“, sagte er dann wieder; „im Süden, im Oregon war's; ein neues Goldlager! Ihr kennt das nicht: von Asien, Afrika, Europa rannten sie herbei; der Staub, der Morast, das Schnauben und Toben von Mensch und Vieh; aus hundert Sprachen schrien sie durcheinander, schlimmer als beim Turmbau zu Babel: ein Irländer wurde verrückt; ein Franzos wollte alles überschreien, bis er am

Ende nur noch pfeifen konnte; aber Gold! Gold war für alle! – Harke, noch ein Glas!" unterbrach sich der Erzähler.

„Aber Fritz! Was war mit dem? War er dabei?" riefen die andern.

„Dabei? – Ob er dabei war! Er grub und wusch für zwei! Einen Beutel voll Gold hatte er schon, den er allzeit festgebunden in der Hosentasche trug."

„Weshalb denn ist er nicht mit hiehergekommen? Habt ihr Streit gehabt?"

Der Amerikaner schüttelte den Kopf: „Streit? Streit genug; aber nicht zwischen uns. In den Minen, abends in den Zelten, wir spielten fast die Nächte durch; habt von der Wirtschaft wohl schon reden hören. Aber Fritz wollte nicht, und wenn sie ihn zerren wollten, sprach er: ‚Spielt! ich mach nicht mit; muß meinem Vater ein weich Kissen für seinen alten Kopf mit nach Haus bringen; hab kein Gold für euere Karten!' – Aber sie kriegten's heraus, daß er die Taschen voll hatte; so kam's zum Streit, und in einer Nacht – ihr kennt das nicht –, da wurden die Messer blank, und eins davon fuhr ihm zwischen den Schultern in den Rücken."

Die blonde Dirne stieß einen Wehlaut aus. „Der arme alte Daniel!" rief ein anderer; „es war doch nicht zum Tode?"

„Zum Leben auch nicht!" sagte der Amerikaner; „ich hab ihn später nicht mehr gesehen, und wenn sein Leichnam nicht zufällig einem neuen Claim im Wege lag, so werden die Geier und die Ratten ihn schon begraben haben!"

– – Ein paar Tage später saß der Erzähler auch bei dem alten Meister Daniel auf der Bank unter Mamsell Riekchens Fenster, und bis weit hinab und hinauf in die Straße konnten die Leute, die dort gingen oder vor ihren Türen saßen, ihn reden hören. „Na, good-bye, Meister!" sagte er endlich, rückte seinen Hut und schlenderte gleichgültig, die Hände in den Hosentaschen, weiter.

Der Alte sah ihm lang mit starren Augen nach; als er sich aufrichten wollte, taumelte er auf die Bank zurück; er machte noch einmal den Versuch, und nun ging es: mit den Händen an der Wand tastete er sich durch seinen Hausflur und ebenso die Treppe hinauf, als er in die Kammer gelangt war, schloß er hinter sich die Tür. Wer auf der Gasse vorüberkam, sah die Sonne über die geschorene Linde weg ins offene Fenster scheinen und hörte den Dompfaff sein allbekanntes Lied pfeifen.

Nach einigen Wochen aber wurde hie und da erzählt, der alte Daniel Basch sei so was wunderlich geworden; der Amerikaner habe auch ihm das Stück von seinem Sohn erzählt, da sei ihm die Trauer in den Kopf gestiegen. – Auch in meinem Hause wurde davon gesprochen; da seine Mutter bei meiner Großmutter lang in treuem Dienst gestanden war, so gehörten wir zu seiner ihm noch jetzt verbliebenen Kundschaft. Die Aufträge meiner Frau waren, nach deren Äußerung, bisher prompt und sauber ausgeführt; nur eben jetzt hatten wir lange auf ein Badewännchen für unser kränkelndes Kind gewartet. „Geh doch einmal selber bei dem Alten vor", sagte sie eines Tages zu mir; „dein Spaziergang führt dich ja oft dort vorbei!"

Als ich mich, des gedenkend, am folgenden Nachmittage seinem Hause näherte, sah ich dort eine Leiter über der Haustür angelehnt; den darauf Stehenden aber verbarg mir das Laub des Lindenbaumes. Als ich herantrat, erkannte ich unseren alten Meister selber; er hatte in der einen Hand einen Meißel, in der andern einen Hammer und war damit beschäftigt, den vor Jahren dem Türstück angestrichenen Mörtel wieder loszuarbeiten, und schon sah der Schädel des Todes wieder aus dem wüsten Staub hervor.

Als der Alte auf meinen Gruß, den ich ihm hinaufrief, mich erkannte, kam er hastig von seiner Leiter herabgeklommen und führte mich durch den schmalen Hausflur in die Werkstatt. „Es ist fertig, ganz fertig, Herr Landvogt!" sagte er und sah mich aus erschreckend hohlen Augen an; „daß Ihre gute Frau mir nur nicht bös wird! Ich hatt's vergessen; rein vergessen – die letzten Wochen!" Er griff in eine Ecke und wies mir die fertige Wanne vor. „Die letzten Wochen!" wiederholte er noch einmal leise vor sich hin.

Ich faßte seine Hand und fühlte, wie sie in der meinen

bebte. „Ich weiß es, Meister“, sagte ich; „sie haben großes Leid zu Euch gebracht.“

Da hörte ich den Dompfaff pfeifen, den ich bis jetzt nur von Hörensagen kannte; er hing in seinem Bauer jetzt hier in der Werkstatt innerhalb eines kleinen Oberfensters; vom Hofe nickte ein blühender Flieder zu ihm herein.

Der Vortrag des kleinen Künstlers schien mir so lieblich, ja – was indes wohl nur die Folge meiner Stimmung war – so voll Empfindung, daß ich schweigend horchte. „Da habt Ihr einen anmutigen Hausgenossen!“ sagte ich.

Der Alte ließ den weißen Kopf sinken: „Den letzten“, murmelte er; „und nur ein Vögelchen.“

„Den letzten? Ich dachte, es wohne auch noch so ein altes munteres Jüngferchen bei Euch?“

Meister Daniel nickte: „Ja, ja, Herr; nur – sie hat die anderen nicht gekannt; der“ – und er schaute zärtlich zu dem Vogel auf – „ist noch von meinem Fritz!“

Ich hätte ihm zurufen mögen: „Laßt nicht den Kopf hängen, Alter! Wer weiß, der Fritz kommt dennoch eines Tages in die Tür gesprungen, und es wird wieder jung und lustig in Euerem Hause!“ Denn ich traute dem verlumpten Schwätzer nicht, der jene Kunde über das Meer gebracht hatte; aber dennoch – es sah dem Fritz zu ähnlich, und das Ende war wie ein Blatt aus einer Tagesnummer von da drüben; ich gab schweigend dem alten Mann die Hand: „Meine Frau wird die Wanne holen lassen“, sagte ich; „möge Gott Euch trösten, Meister Daniel; die Welt ist ja so reich.“

Als ich aber einen Blick auf den gebrochenen Mann warf, der noch immer nach dem Vogelbauer starrte, als gäbe es nun nichts Weiteres für ihn, da schämte ich mich meiner dummen Weisheit und wollte schweigend davongehen.

In der Haustür aber hatte er mich eingeholt; er hielt die Zipfelmütze in der Hand: „Verzeiht! Verzeiht, Herr!“ wiederholte er ein paarmal mit einem unbeholfenen Diener.

Nur ein paar Häuser weit hatte ich mich entfernt, als ich schon wieder von der Leiter herab die Schläge des Hammers auf den Meißel hörte; der Alte arbeitete schon wieder seinen Tod zutage.

– – Sie sagten, Meister Daniel sei wunderlich geworden, und es war vielleicht auch so; freilich die wenige Arbeit, die er noch zu verrichten hatte, geriet ihm nach wie vor; aber das Handwerk, oder was davon in früheren Jahren in seinem Kopfe hatte sitzen müssen, war ihm allmählich in die Faust hinabgestiegen, und die war noch leidlich zu gebrauchen. Im übrigen hatte er seine alten Bücher wieder in die Schubladen gepackt: was sollte er von den Dingen der Welt noch lesen, da seine Lieben keinen Teil mehr an ihr hatten! Für ihn war jetzt ein anderes: wenn abends die Dämmerung sich dem Dunkel nahte oder wenn der Mond aus seiner Himmelshöh herabschien, dann schritt Daniel aus seinem Hause die Süderstraße hinab, über den Markt und hinten durch den einsamen Schloßgang, durch die Lindenalleen und durch den Totengang nach dem Kirchhof. Er trug keine Blumen oder Kränze dahin; aber unter der kleinen Linde, die auf Linas und Salomes Grab wuchs, hatte er ein schmales Bänkchen zimmern lassen; dort saß er und blickte, solange noch ein Schimmer davon sichtbar war, nach Westen auf das Meer und dachte an die Ewigkeit, welche nur allein noch vor ihm lag.

Aber auch wenn schon das Dunkel ihn rings umschlossen hatte, blieb er dort mitunter sitzen.

Da er eines Abends erst nach elf Uhr seine Haustür aufschloß, kam ihm Mamsell Riekchen aus ihrer Stubentür mit einem brennenden Licht entgegen; sie hatte so lang in Schillers Räubern gelesen: „Mein Gott, Herr Basch, wo kommen Sie her? Ich denk, Sie liegen über mir in Ihrem Bett; sonst hätt ich die grauliche Geschichte nicht so spät gelesen!" Plötzlich hüpfte sie auf und nahm ihm ein weißes Blättchen von einem Grabkranz aus den Haaren. „Das ist ja von dem Kirchhof!" schrie sie. „Was machen Sie auf dem Kirchhof?"

Der Alte nickte: „Ja, ja, Mamsellchen!" und ein wunderliches Glänzen brach aus seinen Augen; „mein selig Mutter war heut auch bei uns, in ihrer kalmankenen Nachtjacke; aber sie hatte Erde auf ihren weißen Haaren; nur mein Fritz – die Reise war auch wohl zu weit", setzte er leis und wie entschuldigend hinzu.

„Herr Basch", rief Mamsell Riekchen und wehte abwehrend mit ihrem Schnupftuch gegen ihn, „Sie machen einem bange! Kommen Sie; ich leuchte Ihnen nach Ihrer Kammer;

ich koche noch schnell ein Täßchen Kamillentee, damit Sie auf andere Gedanken kommen!" Und der Alte ließ sich hinaufleuchten und trank geduldig den Kamillentee.

„Ihr gütigen Engel!" rief Mamsell Riekchen, da sie unten in ihrem Zimmer war, „er ist ganz wunderlich; aber bei solcher Stirn – was war da andres zu erwarten!"

– – Von der Zeit an hielt Mamsell Therebinte über des Meisters Hauswesen eine stille Aufsicht; „denn", sagte sie, „böse Menschen könnten ihm bei hellem Mittag das Dach vom Hause wegstehlen!" – Aber auch der Garten unterlag ihrer Sorge, und sie paßte eifrig auf, daß nicht die Nachbarskatze oder Hühner sich in den von ihr neu angelegten Suppenkrautsbeeten häuslich einrichteten, besonders beunruhigte sie ein fremder Junge, den sie mehrmals durch den Garten gegen das Haus hatte heranschleichen sehen; aber sobald er sie erblickt hatte, war er eilig seitwärts durch die Nachbarsgärten davongerannt, so daß sie von seinem Kopfe nur einen fahlblonden aufgesträubten Haarpull zu Gesicht bekommen hatte. Als sie eines Nachmittags mit Magdalene vom Hause in den Garten ging, fuhr diese plötzlich wie erschrocken auf. „Was hast du, Lenchen?" frug Mamsell Therebinte.

„Ich? Nichts", sagte Lenchen; aber es knatterte drunten zwischen den Büschen, und ihre Augen sahen ängstlich nach dieser Richtung.

„War der Junge da, von dem ich dir gesagt habe?" frug Riekchen.

„Nein, ich weiß es nicht."

„Hm, hm!" machte Mamsellchen, und damit war die Unterredung aus; aber Lenchen mußte nach Hause und schien froh, von der Alten loszukommen.

Ein paar Tage später war der Junge wieder sichtbar geworden, und diesmal hatte er Mamsell Riekchen sein volles Antlitz zugekehrt; aber sie kannte ihn nicht; er schielte, er hatte eine kurze dicke Nase. „Pfui", sagte sie; „ein übler Knabe! Was will er? Stehlen? Aber gewiß, so sehen die Spitzbuben aus!"

Im ersten Augenblick wollte sie zum Meister in die Werkstatt; aber nein, mit dem war jetzo nicht zu reden. Sie schauderte noch ein wenig; dann ging sie in das Haus zurück, versicherte aber bei ihrem Eintritt die Hintertür mit Haken und mit Schlüssel und setzte sich in ihrem Stübchen nachdenklich an ihren engen Strickstrumpf. Soviel war gewiß, und sie nickte bestätigend mit ihrem Köpfchen, die ganze Verantwortung lag jetzt auf ihr.

In dem damals sehr heißen August war ein großes Fest in unserer Stadt; ich weiß nicht, war der König da oder was sonst; aber auf den Abend sollte im Rathaussaal getanzt werden, und seit Mittag war Riekchen Therebinte bald in diesem, bald in jenem Hause, um den Honoratiorentöchtern bei ihrem Staat zu helfen. Meister Daniel hatte den Nachmittag an der Wiederherstellung eines kleinen Eimers gearbeitet; er war schon alt und auseinandergefallen, denn der Meister hatte ihn einst für seinen Fritz gemacht; nun wollte er ihn dem Lenchen schenken, wenn sie nächstens ihn besuchen würde. Ihm war warm dabei geworden, und er mußte sich auch noch fortwährend die winzigen „Gnaupen" vom Gesicht wischen, die derzeit zu wahren Plagegeistern wurden. Aber allmählich verschwanden die Tierchen; die Dämmerung kam, und ein gelber Abendschein fiel schräg vom Westen her auf die weißgetünchten Wände der Werkstatt. Der Meister ließ die Arbeit aus den Händen gleiten; er saß auf der Schnitzbank und sah nach seinem Vogel, der am oberen Fenster hing und sich duknackig zusammengeplustert hatte. „Papchen! Mein Papchen!" rief der Alte zärtlich; aber der Vogel rührte sich nicht: da stand er auf, rückte hastig einen Stuhl an das Fenster und stieg hinauf.

Unter der Holzdecke, in deren Nähe das Bauer hing, war eine Todesglut. Der Alte stieß mit zitternder Hand das obere Fenster auf und hakte es fest; dann sah er wieder angstvoll auf seinen Vogel. „Nicht krank werden, Papchen!" flüsterte er ihm zu. „Fritz ist tot und Daniel ein alter Mann!" Er faßte an das Trinkglas des Vogels; es war heiß wie ein Suppentopf. Rasch trat er von dem Stuhl herunter, trabte mit dem Glase zum Brunnen auf dem Hofe und füllte es mit frischem Wasser, das er aus der tiefsten Tiefe heraufzog. Als er wieder in der Werkstatt war und das Glas vor dem Bauer in den Drahtring gehangen hatte, stand er lange mit den Händen auf dem Rücken und blickte gespannt nach seinem Vogel, der sich deutlich gegen den Abendschimmer draußen abhob. „Trink nun, Papchen, trink!“ sprach er halb wie zu sich selber. „Soll nicht wieder passieren; der alte dünne Kopf! Wir müssen zusammen aushalten; so trink nun doch, mein Papchen!“

Und wirklich, der Vogel spreitete die Flügel und reckte den Kopf auf, als ob er jetzt erwache; und Daniel sah ihn zu seiner Beruhigung nach dem Glase hüpfen und in durstigen Zügen den klaren Quell hinunterschlürfen.

Die Dämmerung fiel immer stärker; der Meister band sein Schurzfell ab, zog seinen Rock an und machte sich zu seinem Abendgange nach dem Kirchhof fertig. Als er eben aus dem Hause gehen wollte, fiel ihm die Hoftür ein; er lief zurück und versicherte sie mit Schlüssel und Haken, denn er wußte, daß Mamsell Therebinte heut in der Stadt ihre Kammerjungferngeschäfte trieb; dann schloß er auch die Haustür ab und ging durch den ungewöhnlich dunkeln Abend die Straße hinunter zu seinen Toten.

Er blieb lange auf dem Kirchhof, denn er feierte heute den Geburtstag seiner Line. Wer außer ihm noch dort gewesen war, den hatte das nahende Gewitter nach Haus getrieben, das im Westen über dem Meer heraufstieg. Er saß allein in der Finsternis auf der kleinen Bank und dachte wohl, wie er vor Jahren mit ihr, die jetzt unter ihm verweste, Hand in Hand unter dem Birnbaum in dem damals so wohlgepflegten Garten gesessen hatte. Die Donner, die schon lange gemurrt hatten, wurden lauter; mitunter hob ein jäher Blitzschein die Totenkreuze und Urnen um ihn her auf einen Augenblick aus dem Dunkel in ein gelbblaues Licht, und ein Rauschen fuhr durch die Eschen des Kirchhofs. Als jetzt ein dröhnender Schlag vor ihm wie in den Grund hinabprasselte, erhob er sich unwillkürlich. Noch ein Weilchen stand er und neigte das Ohr nach dem Grabhügel; aber die Toten schliefen fest genug; dann trat er den langen Weg nach seinem Hause an. Als er von der Norderstraße über den Stiftskirchhof ging, zeigte ein Blitz ihm für einen Augenblick die beiden Zackengiebel und die Seitenmauer des langen Stiftsgebäudes und darin das Fenster, hinter welchem er so manches Mal bei seiner Schwester Salome gesessen hatte; es war dort niemand mehr, der zu ihm gehörte, und er begann einen kleinen Trab zu laufen; ihn ergriff eine plötzliche Sehnsucht nach seiner öden Wohnung; auch mußte er in der Werkstatt den offenen Fensterflügel schließen, damit der schon in großen Tropfen fallende Regen nicht seitwärts in das Vogelbauer und auf seinen Dompfaff schlage.

Mamsell Riekchen lag schon hinter den geblümten Gardinen ihres Jungfernbettes, als der Meister in sein Haus trat und sie ihn eilig in die Werkstatt gehen hörte. „Den lieben Engeln Dank", sagte sie und streckte ihr Figürchen behaglich unter dem Deckbett, „daß wir den alten Mann zu Hause haben!" Denn von draußen schlug der Gewitterregen wie in Strömen gegen die Fenster. „Nun wird er gleich seine Stiegen hinaufklettern, und dann ist Ruh im Hause!"

Aber es dauerte eine Weile; dann hörte sie von der Werkstatt her ein Hantieren mit Brettern und Dauben, die dort in Menge an den Wänden standen, als ob jemand in hastigem Suchen alles durcheinanderwerfe; dazwischen klatschte draußen der Regen von den Dächern und aus den Rinnen auf die Straße. Sie hatte sich in ihrem Bette aufgerichtet und drückte ihre eingewickelten Schmachtlöckchen an die Schläfen; denn sie wollte nicht schlafen, bevor auch ihr alter Mietsherr zur Ruhe wäre. „Gott sei tausendmal Dank!" sagte sie, als sie ihn endlich aus der Werkstatt in den Flur treten hörte. – Aber, was war das? Er ging nicht nach der Treppe; die Hoftür wurde aufgeschlossen und geöffnet; er ging hinaus in all das Wetter!

Sie saß noch eine Weile; aber so gleichmäßig, so einlullend strömte jetzt der Regen; Mamsell Riekchen war zurückgesunken; ihre Atemzüge verkündeten deutlich den gesunden Schlaf.

– – Nur der schwindsüchtige Nachbar Schneider, dessen Schlafkammer nach dem Garten lag, hatte erst eben vor dem Zubettgehen das Licht gelöscht und wachte noch mit seiner Ehefrau; erst vor einem halben Stündchen hatte er die Nadel in das Kissen gesteckt.

„Huste doch nicht so, Jan Peters!“ sagte die stämmige Ehehälfte, die neben ihm unter der Decke lag.

„Ja, ja, Trine, mit deinen Lungen würde ich's auch nicht tun. Horch nur, wie der Regen platscht!“

In diesem Augenblick hörten beide die Hintertür des Böttcherhauses aufklinken und bekannte Schritte durch den Gang nach dem Garten traben. „Um Christi Barmherzigkeit!“ rief das Weib; „ich glaub, der alte Basch will noch spazierengehn!“

„Laß ihn!“ sagte der Schneider und hustete wieder.

„Nein, nein! Was hat das zu bedeuten?“ Und das Weib sprang mit beiden Füßen aus dem Bett und stellte sich an das Fenster, um die Finsternis draußen mit ihren runden Augen zu durchdringen. „Ich glaub“, sagte sie, „er watet drunten in seinen Kartoffeln, die auch längst im Keller sein sollten! Was will er denn in den Kartoffeln?“

Der Mann im Bett antwortete nicht; aber in demselben Augenblick drangen durch das Getöse des Wetters von drunten aus dem Nachbarsgarten ein paar Worte zu ihnen herauf: „Papchen, gut Papchen!“ hörten sie es schmeichelnd rufen; dann aber, nachdem eine Weile der stärker niederstürzende Regen jeden Laut verwischt hatte, erscholl ein Jammerruf, daß der müde Schneider aus seinen Kissen in die Höhe fuhr.

„Still!“ rief das Weib und drängte ihren Kopf noch härter an die Scheiben.

„Trine!“ begann der Mann wieder; „das war der alte Basch! Sollen wir ihm auch zu Hülfe kommen? Wenn ich da draußen wär, ich holte mir den Tod.“

Sie antwortete lange nicht; dann nach einigem Rufen war es still geworden. „Laß ihn!“ sagte sie; „die Verrückten können mehr vertragen als du; was will er mit seinem Vogel nachts im Garten laufen?“

Damit war sie wieder unter die Decke gekrochen; vom Kirchturm schlug es elf; und bald danach schnarchten auch die beiden Schneidersleute.

– – Aber am Tage darauf lief es durch die Nachbarschaft, dem alten Basch sei am vorigen Abend sein Vogel davongeflogen; nun sei er in dunkler Regennacht in seinen Kartoffeln umhergelaufen und habe unter jeder Staude visitiert; und ein Spaß für die ganze Stadt war es, als am Nachmittage der Bettelvogt durch die Straßen wanderte und, mit seinem Schlüssel an das große Messingbecken schlagend, ausrief, dem Bötjer Daniel Basch sei sein kunstvoller Dompapst fortgeflogen, und wer ihn wiederbringe, solle guter Belohnung gewiß sein! – „Wahrhaftig", riefen die Nachbaren lachend; „das hat Mamsell Therebintchen angeordnet; sie läßt es sich ein Stückchen Silber kosten: am Ende will sie noch den Alten heiraten!"

Und recht hatten sie darin, daß Mamsell Riekchen den Aufruf hatte anstellen lassen; aber der Vogel kam nicht wieder. „Ja, ja", verteidigte sich der dicke Bettelvogt, als Riekchen bei Auszahlung seiner Gebühr ihn deshalb zur Rede stellte; „wenn's eine Katz oder auch nur ein Karnickel gewesen wär, ich wollte nichts davon sagen; aber so Vögel mit Schwanz und Flügeln, die können eigentlich gar nicht ausgerufen werden." Und während Mamsell Riekchen über diese unerwartete Antwort sich in ein verwickeltes Nachdenken verlor, ging der Ausrufer behaglich hustend zur Tür hinaus.

Noch einmal kroch sie mit dem Alten in Haus und Garten umher; aber nur das leere Bauer war geblieben, das mit seinem offenen Türchen die ganze Werkstatt zu veröden schien. Als Riekchen nach all dem vergeblichen Suchen den Kräften des alten Mannes mit den Veronikatropfen ihrer Gräfin aufhelfen wollte, schüttelte er langsam seinen weißen Kopf: „Ich danke, gutes Mamsellchen; das ist nicht anders; die irdischen Freuden sind vorüber." Dann sah er durch das Fenster in den blauen Himmel, als suche er dort das Tor zur Ewigkeit.

Die überraschenden und schnell sich folgenden Vorgänge, welche ich jetzt zu erzählen habe, sind es wohl eigentlich, welche uns in der kleinen Seestadt das Gedächtnis des einfachen Mannes bewahren ließen und mich veranlaßten, den kleinen Spuren seines Lebens nachzugehen, von denen ich einzelne hier aufzuzeichnen vermochte.

– – Es war an einem Spätnachmittage des Septembers, und die Abendsonne lag herbstlich mild auf den braunen

Ziegeldächern, als ein Trupp von etwa zwanzig meist aufgewachsenen Jungen sich hurtig, aber in feierlicher Stille, von unseres Meisters Hause die Straße hinaufbewegte, die hier nach Osten zur Stadt hinausführt. Nur selten wurde ein Wort geflüstert; in sachtem Trabe ging es vorwärts, man hörte nichts als das Geräusch von den Stiefeln oder Holzkloppen, die ebenmäßig über das Pflaster liefen. Hie und da kam noch einer aus den Häusern zugelaufen und schloß sich, eifrig, aber heimlich fragend, dem Zuge an. „Wat is da los? Wo willn jüm hen?“ frug eben ein kleiner dicker Bursche.

Und der Gefragte raunte ihm ins Ohr: „Buten na’t Brutlock! He will sick versupen!“

„Ah, Snack! Versupen? Wem will sick versupen?“

Und der andere zeigte auf den alten Meister Basch, der in Kniehosen und Pantoffeln, mit Schurzfell und blauer Zipfelmütze, mit fahlem Antlitz und wie leeren Augen in ihrer Mitte trabte.

„Dammi ja!“ sagte der neue Junge. „He kickt immer liekut. Warum will he sick versupen?“

„So wes’ doch still!“ raunte der andere; „wil he nich mehr leben mag.“

„Wem hätt dat seggt?“

„He sülm.“

„Dammi ja!“ rief der neue Junge wieder; „wenn man uns’ beiden Swemmers mit weren!“

„De sünd all lang vörut.“

Die beiden „Swemmers“ waren ein paar ältere kräftige Jungen, Hans Jochims und Harke Mommsen, die Schwimmkünstler unter denen, die draußen bei der Schleuse badeten; sie hatten sich von dem Zuge getrennt und waren aus Leibeskräften vorausgelaufen; denn sie dachten heute ihren Ruhm noch um ein erkleckliches zu mehren.

Der Trupp, der sich rastlos mit dem schlurrenden trappelnden Geräusche fortbewegte, war endlich vor die Stadt gekommen, wo sich statt der Häuser zur Linken der Steinwall mit den großen Weißdornbüschen hinzieht und rechts die Marschweiden nach dem Hafenstrom hinab liegen. Es ging jetzt rascher vorwärts; sie waren bald zur Stelle; niemand von den Knaben hatte ein Wort zu dem alten Meister gesprochen, er keins zu ihnen; niemand hat es nachher gewußt, woher es kundgeworden, daß sie ihn auf seinem Todesgang begleiteten; ebensowenig kam ihnen der Gedanke, daß sie den Verwirrten zurückhalten müßten; auch die vorausgelaufenen Schwimmer dachten nur, wie sie ihr Heldenstück vollbringen wollten. Wohl begegneten ihnen ältere Leute, die sie zu Rat und Hülfe hätten herbeirufen können; aber allen von solchen gestellten Fragen setzten sie nur ein stummes Kopfschütteln oder ein nichtachtendes unbewegliches Schweigen entgegen; sie wollten sich nicht stören lassen; die allen Menschen eingeborene Begier, das Letzte, Schauerliche einmal selbst in nächster Nähe zu erleben, trieb sie vorwärts.

Und der alte Mann schien Eile zu haben; er lief immer hurtiger, wie einst, wenn er aus der Werkstatt zu seiner Line in die Küche trabte; er wollte auch zu ihr, nicht zu ihrem Grabe; er wollte nach einer Pforte, durch die er aus der Welt hinauskonnte; zu ihr, zu Fritz, nur nicht mehr in der leeren Welt!

Der Zug wandte sich jetzt rechts nach einem breiten Damm hinauf; ein paar hundert Schritte weiter, wo am Ende desselben eine hochgelegene Landstraße vorüberführte, lag tief unten im Winkel das Brautloch, eins jener schwarzen Wasser, die nach der Sage unergründlich sind. Die Augen der Jungen wurden immer greller, je näher sie den Spiegel in der rötlichen Abendsonne blinkern sahen; und viele Finger streckten sich aus und wiesen auf zwei dort am Abhang liegende Kleiderhäufchen. „De Swemmers! De Swemmers!" rief es aus dem Zuge. Als sie aber noch näher kamen und von dem Damme das Wasser unter ihnen mit seinen hohen Schilfrändern übersehen konnten, lag unten alles blank und totenstill; sie reckten und drehten die Hälse; aber von den Vorausgelaufenen war nichts zu gewahren.

Plötzlich erscholl aus dem Haufen ein durchdringender Schrei des Entsetzens, denn während die Knaben nach ihren Kameraden auf der Wasserfläche aussahen, hatte Meister Daniel einen Zulauf genommen; sie sahen etwas, das sie nicht erkennen konnten, durch die Luft in die Tiefe hinabfliegen und gleich darauf das Wasser unten in klatschenden Wellen emporschlagen.

Der Augenblick war vorüber; es wurde still; die Knaben standen zitternd auf dem hohen Ufer und begannen um Hülfe zu rufen. Aber sie war schon da, und von diesem Augenblicke an wandte sich das Schicksal Meister Daniels; es ging wieder aufwärts, denn die Jugend hatte sich seiner angenommen. Aus den beiden sich gegenüberliegenden Schilfverstecken schwammen mit kräftigem Armschlage zwei nackte muskelstarke Jünglinge hervor, und als die Gestalt des Greises wieder aus der Tiefe auftauchte, schossen sie herzu und hoben ihn mit geschicktem Schwung auf ihre Schultern. „Hurra!" riefen die Jungen, die auf der Höhe standen, und noch einmal „Hurra!" und immer kräftiger, je näher ihre beiden „Swemmers", zwei jungen Tritonen gleich, mit starken Schlägen den Verunglückten der heimatlichen Erde zuführten.

Daß Meister Daniel unter einem Hurra der Knaben in die Tiefe gesprungen sei, ist eine Lüge, die schadenfrohe Menschen sich später zugerichtet haben. Die Jugend ist nur selten böse, und der alte Mann mit seinem schönen Vogel hatte den Knaben ja niemals Leid getan. Aber ein halbes Hundert Arme waren bereit, ihn am Ufer seinen beiden Rettern abzunehmen, die jetzt stolz zu ihren Kleidern schritten; ein paar der Knaben liefen nach dem Chausseewärterhäuschen, das nahebei auf dem Damme stand, und die gutmütige Frau, die allein daheim war, öffnete schon die Haustür, durch die nun der ganze Trupp hineinströmte, mit dem Meister, den sie in ihrer Mitte trugen. „Er lebt noch! Er lebt aber noch!" schrien sie der Frau entgegen, und die jugendlichen Gesichter glühten dabei von Lebens- und von Liebesfreude.

Plötzlich gewahrten sie mitten in ihrem Gedränge ein dürres Frauenfigürchen; sie hatte einen Schäferhut auf ihrem Köpfchen, zwei lange dünne Locken baumelten wie geängstete Schlangen unter ihrem Kinn zusammen. „Riekchen! Mamsell Therebintchen!" erscholl es aus dem Haufen. Und sie war es; sie war in Geschäften in der Stadt umher gewesen; sie hatte bei ihrer Heimkehr das Furchtbare erfahren; sie hatte ein großes Wäschestück in einen Papierbogen gewickelt und war fast ohne Besinnung mit diesem Bündel hinterhergelaufen, das sie jetzt auf den glücklich erreichten Tisch warf. „O all ihr lieben Engel“, stieß sie hervor und sank auf einen Stuhl; „wo ist er, ihr Knaben, wo habt ihr den alten Meister Daniel Basch gelassen?“

Die Knaben aber drängten ihre Köpfe gegen sie und schrien wieder: „Aber er lebt! Er lebt, Mamsell!“

Da schnellte Riekchen Therebinte wie eine Stahlfeder von ihrem Stuhle auf. „Er lebt?“ rief sie.

„Ja, ja, er lebt! Dreht Euch nur um, so könnt Ihr's selber sehen!“

Aber Riekchen drehte sich nicht; wie in Todesangst flog sie auf ihr Bündel zu, bemächtigte sich desselben und war im Augenblick zur Tür hinaus. „Ich lauf zum Physikus! zum Physikus!“ rief sie in der Eile noch zurück; dann lief sie wie ein Bruushähnchen auf dem Damme der Stadt entgegen. Die gute Frau des Wärters aber kleidete den Verunglückten sorgfältig in ihres Mannes Wäsche.

Das auffällige Gebaren des kleinen Mamsellchens hatte freilich seinen Grund: sie hatte dem Meister – so wurde andern Tags erzählt – in ihrem Bündel sein vor vierzig Jahren angefertigtes Totenhemd nachgetragen, das dieser ihr tags vorher kraus und vergilbt gegeben hatte, damit sie es mit ihren Linnensachen durch die Wäsche gehen lasse. Sie hatte sich nun doch geschämt, es für den Lebenden auszupacken.

– – Als aber der Mond aufgestiegen war und von den Häusern der Stadt tiefe Schatten auf die Straße fielen, kam von draußen her ein langer Tragkorb, der in Meister Daniels Haus gebracht wurde; nur der Physikus war nebenher gegangen; Mamsell Riekchen hatte in der Straßentür schon auf den Zug gewartet.

Meister Daniel war in eine schwere Krankheit gefallen; tagelang schon lag er ohne Besinnung; das gute Mamsell Riekchen und die alte Arbeitsfrau saßen abwechselnd Tag und Nacht an seinem Bette. Am ersten Tage schien der Zustand des Greises fast verwirrend auf das kleine Dämchen einzuwirken: „Meister! Meister Basch! Besinnen Sie sich! Sie müssen sich besinnen!“ hatte sie ihm, ängstlich hin und her hüpfend und an seinem Hemdsärmel zupfend, zugerufen, aber es hatte nichts verschlagen wollen; auch hatte dann der alte Physikus ihr strenge Ruhe auferlegt, und dem Arzte war sie stets gehorsam.

Um diese Zeit kam ich gegen Abend von einer dreitägigen Geschäftsfahrt zurück und war oben an der Süderstraße vom Wagen gestiegen, weil ich einem dort Wohnenden das Ergebnis meiner Reise mitzuteilen hatte. Als ich dann später, da schon alle Handwerker Feierabend gemacht hatten, durch die Straße in die Stadt hinabging, sah ich an der offenen Haustür von Meister Daniels Hause den hageren Nachbar Schneider stehen, als ob er mit sonderlicher Befriedigung nach dem Innern hineinhorche.

„Nun, Meister?" sagte ich, in meinem Gange innehaltend, „gibt es in unseres armen Daniels Hause auch einmal wieder Fröhliches zu erlauschen?"

Er wandte sich zu mir und zupfte sich wie zum Gruße in seinen grauen staubigen Haaren: „Freilich, freilich, Herr Landvogt!" sagte er dann; „horchen Sie nur, wie fix das von der Hand geht. Er ist noch immer bei der Arbeit, wird bald unter den Resten aufräumen; schicken Sie nur immer neue Arbeit! Und das Gerät, alles blitzblank, alles amerikanisch. Das arbeitet wie von selber, nun gar, wenn ein solcher Bursch dahintersitzt!"

Der Schneider hustete, wie zur Bestätigung, und zog sich sein grünes Wams über die platte Brust. „Ein Wettersjunge war's!" stieß er hervor; „und Sie werden's sehen, Herr, ein Teufelskerl, ein Böttcher aus dem Fundament ist da herausgewachsen!"

Ich sah ihn an, ich verstand sein Gerede nicht; wohl aber hörte ich, jedoch nicht aus der Werkstatt, sondern wie hinten aus dem Hofe und nur schwach herüberhallend, ein Geräusch wie von einem resolut arbeitenden Handwerker.

„Ja", sagte der Schneider; „dort in dem Ställchen hat er sich eingerichtet; der Alte sollte nicht gestört werden."

„Lieber Meister", sprach ich, „warten Sie ein Weilchen! Wer ist der Teufelskerl, der dort im Stall so amerikanisch arbeitet?"

Der Schneider riß die matten Augen auf, daß seine Brauen um einen Zoll weit in die Höhe fuhren, und betrachtete mich von Kopf zu Fuß. „Lieber Herr", sagte er nachsichtig, „ich seh's, Sie kommen von der Reise, sonst würden Sie's schon wissen: der Junge, der Fritz Basch ist vorgestern von Kalifornien wieder eingetroffen, und ein Kerlchen, wie ein Zyklop!"

Ich sah den begeisterten Mann etwas verwundert an: „Also", sagte ich, „ist er in den Minen nicht erstochen worden?"

„Doch, doch, lieber Herr, das Messer hat er schon richtig zwischen den Schultern gehabt; aber er hatte auch noch bessere Freunde als den Hasenfuß, den Amerikaner; die schleppten ihn in ihr Zelt, da hat er lange gelegen."

„Und sein Vater, der alte Daniel", frug ich, ist er vor Freuden nun nicht gleich gesund geworden?"

Aber der Schneider patschte mit seinen aufgehobenen Händen in die Luft und beschrieb dann mit dem Finger ein paar Nullen vor seiner Stirn: „Wirrig! Noch immer wirrig; er weiß von nichts."

„Gott besser's!" sagte ich und sprach das alte Wort wie ein Gebet; ich mochte mir nicht denken, daß der Sohn nur heimgekommen sei, um durch seine Schuld den Vater sterben zu sehen. „Gott besser's!" sagte ich noch einmal.

Der Schneider nickte: „Ja, ja; aber der Physikus meinte, wenn der liebe Gott nur ein wenig helfen wollte, so brächt er ihn wohl durch."

Das Arbeitsgeräusch vom Hofe, das unser Gespräch begleitet hatte, war plötzlich still geworden; es wurde allmählich dunkel. „Gute Nacht, Meister", sagte ich; „Gott wird ja gnädig sein."

Was der Schneider erzählt hatte, wurde bald von allen Seiten bestätigt: Fritz Basch war wirklich wieder da, von Hamburg mit einem hiesigen Fahrzeug angelangt; ein strammer Gesell, etwas größer als der Vater, mit einem braunen Bärtchen auf den trotzigen Lippen und ein Paar Augen, als wollten sie den Vogel aus der Luft herunterholen; die Dirnen und Bursche mochten sich in acht nehmen! Wie im Rausch war er durch Haus und Garten gelaufen und, als er alles leer gefunden hatte, in das Haus zurück; als Mamsell Riekchen ihm hier von der Treppe aus entgegenkam, war er ihr atemlos nach der Giebelkammer hinauf gefolgt; denn was mit seinem Vater geschehen, hatte er schon auf dem Wege vom Hafen nach dem Elternhause durch einen früheren Kameraden erfahren. Stumm war er an Meister Daniels Lager hingesunken, stundenlang hatte er die ehrliche Hand in seiner gehalten, sie gestreichelt und geküßt; stundenlang hatte er auf seines Vaters Angesicht geblickt, als bettle er um auch nur einen hellen Blick; der Meister aber hatte aus seiner Nacht an ihm vorbei nach seinem toten Sohn gerufen.

Am zweiten Tage hatte der junge Mann seine Kiste ausgepackt, in der Werkstatt nachgesehen, ob an unfertiger Arbeit etwas in die Hand zu nehmen sei, und dann draußen im Stall sich seine Arbeitsstätte aufgeschlagen.

So waren ein paar Tage hingegangen; er hatte, solang die Sonne schien, gearbeitet und nachts an seines Vaters Bett gesessen; er stand jetzt nachmittags, den Schlägel müßig in der Hand, zwischen seiner Arbeit in dem Stalle und blickte durch die offene Tür in den dunkelblauen Herbsthimmel; er war doch etwas müde. Plötzlich, unter dem Zwitschern der durch den Garten ziehenden Meisen, hörte er einen leichten Schritt von unten den Steig am Zaun heraufkommen. Er blieb horchend stehen; die Schritte wurden zögernder, je mehr sie sich dem Hause näherten. Er hatte schon neugierig auf den Hof hinaustreten wollen, da stand ein etwa dreizehnjähriges Mädchen mit sanften blauen Augen vor der offenen Tür; sie trug einen eckigen Gegenstand in der Hand, der mit einem blauen Seidentuch verhangen war; aber sie sah ihn schüchtern, fast erschrocken an.

„Tritt näher, little Mistress“, sagte er lächelnd.

„Sind Sie Herr Fritz Basch?“ frug sie leise, indem sie zögernd einen Fuß auf die Schwelle setzte.

Er nickte: „Bin’s nun seit zwanzig Jahren schon gewesen!“

Sie blickte ihn wieder zweifelnd an.

„Aber wer bist denn du, little fair?“ frug er wieder; „hast du mir was zu bestellen?“

„Kennen Sie mich nicht mehr?“ sagte sie. „Ich bin des verstorbenen Kollaborators Tochter.“

„Magdalena! Die kleine Magdalena!“

Das Mädchen nickte: „Ja“, sagte sie, „ich war recht klein

damals, als die großen Jungen mich schneeballten und mich ‚Kolibri' schimpften; aber Sie kamen mir zu Hülfe, das gab den Jungen Beine."

„Ich weiß noch mehr, Lenchen", sprach er sinnend, „ich hob dich auch einmal aus einem Schneehaufen, in den sie dich geworfen hatten, daß nur kaum noch dein klein Gesicht herausguckte."

Das Mädchen senkte die Augen, aber sie nickte wieder heftig mit ihrem blonden Köpfchen.

Fritz hatte die Hände auf dem Rücken gefaltet; ein warmer Strahl aus seinen jungen braunen Augen fiel auf das Kind. Da zog sie das Seidentuch von dem Bauer, das darunter verborgen war, und ein rotbrustiger Dompfaff flatterte darin und stieß einige seiner wilden Töne aus. „O Herr Fritz", rief das Mädchen, „seien Sie auch heute noch so gut und hören Sie mich an, denn das ist der Vogel Ihres Vaters!"

„Unser? Unser Dompfaff?" rief er, und die Augen wurden ihm feucht. „Papchen, mein Papchen, du lebst noch?" Aber plötzlich schienen andere Gedanken in ihm wach zu werden. Um diesen Vogel hatte sein Vater in den Tod . . . Er biß sich auf die Lippen: „Wie kommst du zu dem Vogel?" rief er heftig.

Da fiel das furchtsame Kind vor ihm auf die Knie. „Ich wollte ihn wiederbringen; ich dacht, das könnte den guten Meister gesund machen helfen!"

„Wiederbringen? So hast du ihn vorher genommen? Weißt du, daß mein Vater darum in den Tod hat laufen wollen?"

Sie sah ihn mit verwirrten Augen an; sie nickte erst, dann schüttelte sie heftig ihren Kopf: „Es ist erst heut herausgekommen", stammelte sie endlich; „da bat ich Großmutter, ob ich ihn hinbringen dürfe; er hat ihn auf dem Scheuerboden versteckt gehabt!"

Der Schrecken, den er über das Mädchen gebracht hatte, schien dem jungen Manne plötzlich weh zu tun; es war ein zu unschuldig Gesichtlein, das zu ihm aufschaute. „Komm!" sagte er und hob sie sanft vom Boden; „du mußt dich nicht so fürchten; ich mein es nicht so schlimm. Nun sag mir, wer hat den Vogel denn genommen? Oder hat ihn jemand nur im Freien eingefangen?"

Sie schüttelte wieder ihr blondes Köpfchen: „Nein“, sagte sie traurig, „mein Bruder Tiberius hat den Vogel vom offenen Fenster weggeholt.“

„So?“ sagte er; „er schielt; ich kenn ihn noch wohl.“

„Oh, tut ihm nichts, Herr Fritz!“ rief sie und hob flehend ihre Hände zu ihm auf; „er hat schon seine Strafe; Großmutter hat es seinen Lehrern angezeigt! Und sagt auch nichts zu Mamsell Riekchen, sagt es keinem Menschen!“

Er stand und sah wie bewundernd auf sie nieder; aus dem noch halben Kinderangesicht hatte das Antlitz der werdenden Jungfrau ihn plötzlich angeblickt.

„Magdalena“, sagte er verwirrt, „verzeih mir! Ich danke dir; ich will alles tun, wie du es willst; der Vogel wird gewiß den alten Meister Daniel wieder gesund machen; Mamsell Riekchen hat mir gesagt, er habe dich sehr lieb; und – komm auch einmal wieder, Magdalena!“

Sie stand wie mit Purpur übergossen und sah schweigend auf den Boden.

Auch er schwieg; da öffnete sie den Mund.

„Wolltest du mir etwas sagen?“ frug er.

Aber sie schüttelte den Kopf und sagte nur: „Wenn der Meister wieder seine guten Augen auftut, ihm dürfet Ihr es sagen!“

Dann ging sie. Als er schon unten am Wege die Gartenpforte hatte klirren hören, sah er das blauseidene Tuch auf einem Tönnchen liegen. Er nahm es und wollte ihr schon damit nachlaufen; aber er legte es wieder hin: „Nein“, sagte er, und ein Lächeln flog um den jungen Mund; „sie muß es selber holen!“

Da hörte er den Vogel in seinem Bauer flattern: „Komm, Papchen!“ rief er fröhlich, indem er mit dem Bauer der Hoftür zuging. „Is doch schön to Huus! Un nu versök, ob du't noch bäter as de Doktor kannst!“

Der Vogel hing schon einen Tag lang in der Giebelstube; Riekchen hatte neugierig genug an dem jungen Mann herumgefragt, aber er hatte sie schelmisch lächelnd versichert, ein Engel habe ihn gebracht. Gepfiffen hatte er noch nicht, und Meister Daniel fiel aus einem Schlafe in den andern.

Fritz hatte ein paar Wege in der Stadt gemacht; zuerst war er bei dem Bürgermeister Lüders gewesen, der damals als ein heftiger Selbstherrscher regierte, aber auch stets allen tüchtigen Einwohnern ein bereiter Helfer und Berater war; dann war er zum Altmeister seines Gewerkes gegangen. Als er voll Hoffnung von seinem Gange zurückkehrte, hörte er schon auf der Gasse den ungewöhnlich hellen Schlag des Dompfaffen, als sei der Vogel erst jetzt zum Bewußtsein gekommen, daß er zu Hause und bei seinen Freunden sei. Fritz überfiel die Sorge, der starke Ton könne doch den Kranken stören, und ging eilig der Treppe zu. Mamsell Riekchen steckte den Kopf aus der Küchentür: „Er schläft!" sagte sie leis und wies nach oben; aber Fritz nickte nur und stieg rasch hinauf, um den Vogel still zu machen.

Aber als er die Tür geöffnet hatte, sah er seinen Vater aufrecht mit aufgestützten Armen in dem Bette sitzen, als ob er eifrig lausche; ein Ausdruck von seligem Behagen lag auf seinem eingefallenen Antlitz. Der Vogel hatte sich nicht stören lassen, sein Schlag schallte laut durch die Kammer.

Fritz trat behutsam an das Fußende des Bettes; da wandte Meister Daniel seinen Kopf, und mit Schrecken sah der Sohn seine Augen starr werden, als ob die Krankheit mit noch größerer Gewalt zurückkehre. Aber die Furcht war umsonst; nur ein Augenblick, dann war's vorüber; wie zögernd trat ein Lächeln um die blassen Lippen, und die Augen des alten Mannes wurden feucht. „Fritz! Min Fritz!" kam es zitternd von seinem Munde, und er streckte die Arme gegen seinen Sohn und hielt ihn fest an seiner Brust. Und wieder schob er ihn von sich und betrachtete das männlich gewordene Antlitz des jungen Mannes und strich mit zitternder Hand über den Bart auf seiner Lippe; dann sah er wieder auf den unablässig schlagenden Dompfaff. Aber die noch schwache Kraft ermüdete; er schien auf einmal sich nicht finden zu können; sein Vogel sang, sein Sohn lag in seinen Armen: „Fritz, min Fritz", frug er leise, „wo sünd wie eegentlich?"

Da stürzten dem Sohne die lang verhaltenen Tränen: „To Huus! To Huus, Vatter! Un ick bün bi di, un uns' ol Vagel singt dato."

„Min Fritz, min Sön, Mutter är gude Jung!" stammelte der Alte; dann sank er zurück auf seine Kissen, und sein Herrgott sandte ihm den sanften Schlummer der Genesung.

– – Am folgenden Sonntag zeigte einer dem andern eine Anzeige im neuen Wochenblatt, und die Kundigen kamen überein, der Bürgermeister stecke einmal wieder dahinter; die aber lautete:

„Meinen geehrten Kunden zur höflichen Nachricht, daß unter dem Beistand meines glücklich heimgekehrten Sohnes Fritz als ausgelernten und wohlerfahrenen Böttchergesellen Bestellungen jeglicher Art wiederum prompt und sauber bei mir ausgeführt werden.

Daniel Basch, Böttchermeister."

Da kam Arbeit genug, denn die Teilnahme des ganzen kleinen Gemeinwesens hatte sich den beiden zugewandt; auch schonte der Nachbar Schneider seinen letzten Atem nicht, um den Ruhm des jungen Böttchers zu verkünden; und bald wollte jeder wenigstens ein Eimerchen oder doch ein Schöpffaß von der Hand des amerikanischen Sohnes haben; und da die Arbeit, nach wenig Wochen, auch unter Hülfe des genesenen Meisters, überall nach Wunsch geliefert wurde, so ging aus manchem flüchtigen Besteller ein fester Kunde hervor.

Nicht lange, so hantierte auch ein kräftiger Lehrling in der Werkstatt und griff nach fröhlich erteilter Anweisung mit flinken Händen zu; das war Hans Jochims, der älteste der beiden „Swemmer". Am Feierabend kam auch wohl Martin, der alte Geselle, auf Besuch; der wollte auch von Fritzens Abenteuern hören; und als Neujahr vorüber und erst die letzten Schneeglöckchen abgeblüht waren, da ging Fritz mit Hans und Martin abends in den Garten; sie gruben allmählich alles um und um und legten Erbsen und säeten Wurzeln und Mairüben und Petersilie, und Meister Daniel stand dabei und lachte, als zuletzt auch noch der türkische Weizen an die Reihe kam. Und als nun alles fertig und sauber war, wurden Mamsell Riekchen und der Geselle auf Sonntag zum Mittag eingeladen, und im besten Gutbier tranken sie auf reiche Ernten für die Zunkunft.

Ich darf noch eines nicht vergessen, was zwischen Vater und Sohn, ein paar Tage nach ihrem ersten Wiederfinden, geschah. Mamsell Therebinte – sie hat es später dem Physikus erzählt – saß strickend in der Giebelstube an dem Fenster, während Fritz an seines Vaters Bette seine kalifornischen Erlebnisse berichtete; der Alte, mit dem es rüstig aufwärts ging, war schon kräftig genug, um sie ohne Nachteil hören zu können; er saß aufrecht und hatte die Arme auf der Decke. Als aber der Sohn erzählte, daß er nach Heilung von jenem Messerstich, wobei sein ausgegraben Gold wie Teufelsspuk verschwunden sei, unweit der Mine bei einem großen Weinbauer als Böttcher einen Platz gefunden, und wie er dann hinzusetzte. „Doch das weißt du ja, mein Vater; ich hab dir derzeit ja den langen Brief geschrieben"; da hatte der Alte die Augen groß geöffnet, und dem Sohne war, als ob er ihn heftig fragend ansehe.

„Ja, Vater", sagte er rasch, „nun weiß ich's wohl, es war eine böse Dummheit; aber so wird man in der Fremde: ich meint, ich dürfe nun nicht wieder schreiben – nur verdienen und, wenn's genug wär, dann mich selber mit nach Haus bringen. Und das ging langsam, Vater, und wurd auch nicht zu viel; aber" – und er verfiel in sein geliebtes Plattdeutsch, „is doch all suur un ehrlich verdeent Geld!"

Der Alte hatte sich gefaßt; er drückte seinem Sohn die Hand: „Du un dat Geld tosamen", sagte er, „dat is genog." Aber der Klang der Stimme war so trübe, als berge ein großer und verschwiegener Kummer sich dahinter; und ein Gedanke fuhr wie ein Todesschreck durch das Gehirn des jungen Mannes: „Vatter", rief er; er zwang sich, daß er es nicht laut herausschrie – „du hest de Breef nich krägen!"

Die Augen von Vater und Sohn standen eine Weile voreinander, als wagten sie nicht, sich anzublicken. Endlich sprach der Alte langsam: „Da du mi fragst, min Sön – ick heff din Breef nich krägen."

– „Un du hest all de Tid von mi nix hört, as wat de Dögenix, de Amerikaner, hier in de Stadt herumlagen?"

„Nix wider; he hett mi't sülm vertellt."

Ein furchtbarer Schmerz schien den jungen Körper zu erschüttern: „Oh, Vatter! O min Vatter!" stammelte er.

Aber Meister Daniel nahm den Kopf seines Kindes zwischen seine beiden zitternden Hände: „Min Fritz", sagte er zärtlich, „ick weet ja nu, du harrst mi nich vergäten; dat anner – dat deit nu nich mehr weh!"

Da schlossen eine junge und eine alte Hand sich ineinander, und es bedurfte keiner Worte mehr; der Kopf des Jünglings ruhte mit geschlossenen Augen neben dem des Alten auf dem Kissen, unachtend der kleinen Figur, die dort am Fenster mit erregten Fingern strickte, bis endlich sein Herz in ruhigeren Schlägen klopfte. Dann küßte er seinen Vater und ging hinab zu seiner Arbeit.

Nach Jahr und Tag, da ich eines Nachmittags mit dem Physikus auf der Kegelbahn zusammentraf, kam auch die Rede auf den guten Meister Daniel. „Oh, dem ist wohler, als ihm je gewesen!" sagte der alte Herr und blickte dabei behaglich seiner wie immer geschickt geworfenen Kugel nach. „Was die Leute wunderlich an ihm hießen, hat seine Krankheit schier mit weggenommen; aber, seltsamerweise, dann noch eins dazu!"

„Noch eins?" frug ich; „doch nicht zum Unheil?"

„Nein", sagte der Physikus; „ich denke wohl, zum Heile: der alte Herrgott muß ihm gut sein, denn von der Geschichte mit dem Brautloch ist ihm jede Erinnerung erloschen."

„Aber der eine von den Swemmern ist ja Lehrling in seinem Hause!"

„Nur der Sohn weiß, was er dem zu danken hat."

Ich nickte: „Möge es so bleiben!"

„Amen!" sagte der alte Medikus und griff nach seiner zweiten Kugel.

– – Noch einmal, das erste Mal nach seiner Krankheit und dann auch zum letzten Male, sah ich unsern Meister

Daniel; Fritz war derzeit vor kurzem Meister geworden. Es war im Spätsommer nach Feierabend, als ich, von dem nächsten Dorfe kommend, die Süderstraße hinabging; auf der Bank vor dem Böttcherhause saß der Alte mit seinem jetzt schneeweißen Kopfe und hielt bei der noch herrschenden Schwüle sein blaues Zipfelmützchen zwischen den gefalteten Händen auf den Knien, neben ihm im Sommerhütchen ein hübsches blondes, noch recht junges Mädchen; ich zweifelte nicht, daß sie des Kollaborators Lenchen sei. Die beiden schienen einer munteren Erzählung zuzuhören, welche der in Schurzfell und Hemdsärmeln an dem Lindenstamme lehnende Meister Fritz ihnen vortrug; besonders die junge Blonde, nach ihrem anmutigen Lächeln zu urteilen, schien lauter goldene Worte zu hören. Aus den Gärten, durch die Gänge zwischen den Häusern wehten schon die Herbst-Resedadüfte.

Ich konnte nicht umhin, dem friedlichen Kleeblatte näher zu treten. Eine kleine Pause folgte meiner Begrüßung, die ich gleichfalls der hinter dem Fenster sitzenden Mamsell Therebinte hatte zukommen lassen; dann aber, da mir zwischen dem alten Meister und dem jungen Mädchen ein Platz geräumt worden, bekam auch ich noch meinen Anteil von den kalifornischen Spitzbubengeschichten. Wir lachten alle; und in das freundliche alte Gesicht schauend, sprach ich: „Wahrhaftig, Meister, jetzt ist es, wie ich's mir nicht anders vorgestellt. Ihr habt jetzt alles wieder und mehr noch, als Ihr einst gehabt habt: hier Eueren Sohn, den neuen Meister, dort oben Eueren Dompfaff, der freilich jetzt wohl ohne Sang und Klang sein Gnadenbrot frißt; dazu das Fräulein Therebinte, und" – ich war aufgestanden und machte ein huldigendes Kompliment vor Magdalena – „vor allem hier die junge Freundin: nun aber überstreichet auch den Tod auf Euerem alten Hausschild und lasset wieder eine frische rote Rose darauf malen!"

Aber meinem heiteren Aufruf folgte eine Stille; nur der Alte, durch dessen weißes Haar der Abendhauch wehte, nickte freundlich vor sich hin: „Ein Weilchen noch Geduld!" sagte er, ohne aufzusehen; „Sie vergaßen *eine;* die ist nicht wiedergekommen; die wartet, bis ich zu ihr komme. – Nachher, dann mag mein Fritz die frische Rose malen lassen; die meine, lieber Herr, die ist nicht mehr von dieser Welt.“

Ich sah es wohl, wie der hübsche Mädchenkopf bei diesen Worten sich errötend senkte; auch, welch ein Blick voll heißer Lebenszuversicht aus den Augen des jungen Meisters auf sie fiel. Der Alte aber war plötzlich gleich mir aufgestanden und ging, als wolle er die Welt den Jungen überlassen, nach stummem Gruß mit zitternden Schritten in sein schon dunkelndes Haus zurück.

Ein Jahr noch etwa hat er hiernach gelebt; am Morgen vor der Hochzeit von Fritz und Magdalena fanden sie ihn mit gefalteten Händen in seinem Bette sanft entschlafen.

– – Das ist es, was ich aus diesen engen Wänden zu erzählen hatte.

Der Schimmelreiter

Was ich zu berichten beabsichtige, ist mir vor reichlich einem halben Jahrhundert im Hause meiner Urgroßmutter, der alten Frau Senator Feddersen, kundgeworden, während ich, an ihrem Lehnstuhl sitzend, mich mit dem Lesen eines in blaue Pappe eingebundenen Zeitschriftenheftes beschäftigte; ich vermag mich nicht mehr zu entsinnen, ob von den „Leipziger“ oder von „Pappes Hamburger Lesefrüchten“. Noch fühl ich es gleich einem Schauer, wie dabei die linde Hand der über Achtzigjährigen mitunter liebkosend über das Haupthaar ihres Urenkels hinglitt. Sie selbst und jene Zeit sind längst begraben; vergebens auch habe ich seitdem jenen Blättern nachgeforscht, und ich kann daher um so weniger weder die Wahrheit der Tatsachen verbürgen, als, wenn jemand sie bestreiten wollte, dafür aufstehen; nur so viel kann ich versichern, daß ich sie seit jener Zeit, obgleich sie durch keinen äußeren Anlaß in mir aufs neue belebt wurden, niemals aus dem Gedächtnis verloren habe.

Es war im dritten Jahrzehnt unseres Jahrhunderts, an einem Oktobernachmittag – so begann der damalige Erzähler –, als ich bei starkem Unwetter auf einem nordfriesischen Deich entlangritt. Zur Linken hatte ich jetzt schon seit über einer Stunde die öde, bereits von allem Vieh geleerte Marsch, zur Rechten, und zwar in unbehaglichster Nähe, das Wattenmeer der Nordsee; zwar sollte man vom Deiche aus auf Halligen und Inseln sehen können; aber ich sah nichts als die gelbgrauen Wellen, die unaufhörlich wie mit Wutgebrüll an den Deich hinaufschlugen und mitunter mich und das Pferd mit schmutzigem Schaum bespritzten; dahinter wüste Dämmerung, die Himmel und Erde nicht unterscheiden ließ; denn auch der halbe Mond, der jetzt in der Höhe stand, war meist von treibendem Wolkendunkel überzogen. Es war eiskalt; meine verklommenen Hände konnten kaum den Zügel halten, und ich verdachte es nicht den Krähen und Möwen, die sich fortwährend krächzend und gackernd vom Sturm ins Land hineintreiben ließen. Die Nachtdämmerung hatte begonnen, und schon konnte ich nicht mehr mit Sicherheit die Hufe meines Pferdes erkennen; keine Menschenseele war mir begegnet, ich hörte nichts als das Geschrei der Vögel, wenn sie mich oder meine treue Stute fast mit den langen Flügeln streiften, und das Toben von Wind und Wasser. Ich leugne nicht, ich wünschte mich mitunter in sicheres Quartier.

Das Wetter dauerte jetzt in den dritten Tag, und ich hatte mich schon über Gebühr von einem mir besonders lieben Verwandten auf seinem Hofe halten lassen, den er in einer der nördlicheren Harden besaß. Heute aber ging es nicht länger; ich hatte Geschäfte in der Stadt, die auch jetzt wohl noch ein paar Stunden weit nach Süden vor mir lag, und trotz aller Überredungskünste des Vetters und seiner lieben Frau, trotz der schönen selbstgezogenen Perinette- und Grand-Richard-Äpfel, die noch zu probieren waren, am Nachmittag war ich davongeritten. „Wart nur, bis du ans Meer kommst", hatte er noch an seiner Haustür mir nachgerufen; „du kehrst noch wieder um; dein Zimmer wird dir vorbehalten!"

Und wirklich, einen Augenblick, als eine schwarze Wolkenschicht es pechfinster um mich machte und gleichzeitig die heulenden Böen mich samt meiner Stute vom Deich herabzudrängen suchten, fuhr es mir wohl durch den Kopf: „Sei kein Narr! Kehr um und setz dich zu deinen Freunden ins warme Nest." Dann aber fiel's mir ein, der Weg zurück war wohl noch länger als der nach meinem Reiseziel; und so trabte ich weiter, den Kragen meines Mantels um die Ohren ziehend.

Jetzt aber kam auf dem Deiche etwas gegen mich heran; ich hörte nichts; aber immer deutlicher, wenn der halbe Mond ein karges Licht herabließ, glaubte ich eine dunkle Gestalt zu erkennen, und bald, da sie näher kam, sah ich es, sie saß auf einem Pferde, einem hochbeinigen hageren Schimmel; ein dunkler Mantel flatterte um ihre Schultern, und im Vorbeifliegen sahen mich zwei brennende Augen aus einem bleichen Antlitz an.

Wer war das? Was wollte der? – Und jetzt fiel mir bei, ich hatte keinen Hufschlag, kein Keuchen des Pferdes vernommen; und Roß und Reiter waren doch hart an mir vorbeigefahren!

In Gedanken darüber ritt ich weiter, aber ich hatte nicht

lange Zeit zum Denken, schon fuhr es von rückwärts wieder an mir vorbei; mir war, als streifte mich der fliegende Mantel, und die Erscheinung war, wie das erste Mal, lautlos an mir vorübergestoben. Dann sah ich sie fern und ferner vor mir; dann war's, als säh ich plötzlich ihren Schatten an der Binnenseite des Deiches hinuntergehen.

Etwas zögernd ritt ich hinterdrein. Als ich jene Stelle erreicht hatte, sah ich hart am Deich im Kooge unten das Wasser einer großen Wehle blinken – so nennen sie dort die Brüche, welche von den Sturmfluten in das Land gerissen werden und die dann meist als kleine, aber tiefgründige Teiche stehenbleiben.

Das Wasser war, trotz des schützenden Deiches, auffallend unbewegt; der Reiter konnte es nicht getrübt haben; ich sah nichts weiter von ihm. Aber ein anderes sah ich, das ich mit Freuden jetzt begrüßte: vor mir, von unten aus dem Kooge, schimmerten eine Menge zerstreuter Lichtscheine zu mir herauf; sie schienen aus jenen langgestreckten friesischen Häusern zu kommen, die vereinzelt auf mehr oder minder hohen Werften lagen; dicht vor mir aber auf halber Höhe des Binnendeiches lag ein großes Haus derselben Art; an der Südseite, rechts von der Haustür, sah ich alle Fenster erleuchtet; dahinter gewahrte ich Menschen und glaubte trotz des Sturmes sie zu hören. Mein Pferd war schon von selbst auf den Weg am Deich hinabgeschritten, der mich vor die Tür des Hauses führte. Ich sah wohl, daß es ein Wirtshaus war; denn vor den Fenstern gewahrte ich die sogenannten „Ricks“, das heißt auf zwei Ständern ruhende Balken mit großen eisernen Ringen, zum Anbinden des Viehes und der Pferde, die hier haltmachten.

Ich band das meine an einen derselben und überwies es dann dem Knechte, der mir beim Eintritt in den Flur entgegenkam. „Ist hier Versammlung?“ frug ich ihn, da mir jetzt deutlich ein Geräusch von Menschenstimmen und Gläserklirren aus der Stubentür entgegendrang.

„Is wull so wat“, entgegnete der Knecht auf plattdeutsch – und ich erfuhr nachher, daß dieses neben dem Friesischen hier schon seit über hundert Jahren im Schwange gewesen sei –, „Diekgraf und Gevollmächtigten un wecke von de annern Interessenten! Dat is um 't hoge Water!“

Als ich eintrat, sah ich etwa ein Dutzend Männer an einem Tische sitzen, der unter den Fenstern entlanglief; eine Punschbowle stand darauf, und ein besonders stattlicher Mann schien die Herrschaft über sie zu führen.

Ich grüßte und bat, mich zu ihnen setzen zu dürfen, was bereitwillig gestattet wurde. „Sie halten hier die Wacht!" sagte ich, mich zu jenem Manne wendend, „es ist bös Wetter draußen; die Deiche werden ihre Not haben!"

„Gewiß", erwiderte er; „wir, hier an der Ostseite, aber glauben, jetzt außer Gefahr zu sein; nur drüben an der andern Seite ist's nicht sicher, die Deiche sind dort meist noch mehr nach altem Muster; unser Hauptdeich ist schon im vorigen Jahrhundert umgelegt. – Uns ist vorhin da draußen kalt geworden, und Ihnen", setzte er hinzu, „wird es ebenso gegangen sein; aber wir müssen hier noch ein paar Stunden aushalten; wir haben sichere Leute draußen, die uns Bericht erstatten." Und ehe ich meine Bestellung bei dem Wirte machen konnte, war schon ein dampfendes Glas mir hingeschoben.

Ich erfuhr bald, daß mein freundlicher Nachbar der Deichgraf sei; wir waren ins Gespräch gekommen, und ich hatte begonnen, ihm meine seltsame Begegnung auf dem Deiche zu erzählen. Er wurde aufmerksam, und ich bemerkte plötzlich, daß alles Gespräch umher verstummt war. „Der Schimmelreiter!" rief einer aus der Gesellschaft, und eine Bewegung des Erschreckens ging durch die übrigen.

Der Deichgraf war aufgestanden. „Ihr braucht nicht zu erschrecken", sprach er über den Tisch hin; „das ist nicht bloß für uns; Anno 17 hat es auch denen drüben gegolten; mögen sie auf alles vorgefaßt sein!"

Mich wollte nachträglich ein Grauen überlaufen: „Verzeiht!" sprach ich, „was ist das mit dem Schimmelreiter?"

Abseits hinter dem Ofen, ein wenig gebückt, saß ein kleiner hagerer Mann in einem abgeschabten schwarzen Röcklein; die eine Schulter schien ein wenig ausgewachsen. Er hatte mit keinem Worte an der Unterhaltung der andern teilgenommen, aber seine bei dem spärlichen grauen Haupthaar noch immer mit dunkeln Wimpern besäumten Augen zeigten deutlich, daß er nicht zum Schlaf hier sitze.

Gegen diesen streckte der Deichgraf seine Hand: „Unser

Schulmeister“, sagte er mit erhobener Stimme, „wird von uns hier Ihnen das am besten erzählen können; freilich nur in seiner Weise und nicht so richtig, wie zu Haus meine alte Wirtschafterin Antje Vollmers es beschaffen würde.“

„Ihr scherzet, Deichgraf!“ kam die etwas kränkliche Stimme des Schulmeisters hinter dem Ofen hervor, „daß Ihr mir Euern dummen Drachen wollt zur Seite stellen!“

„Ja, ja, Schulmeister!“ erwiderte der andere, „aber bei den Drachen sollen derlei Geschichten am besten in Verwahrung sein!“

„Freilich!“ sagte der kleine Herr; „wir sind hierin nicht ganz derselben Meinung“; und ein überlegenes Lächeln glitt über das feine Gesicht.

„Sie sehen wohl“, raunte der Deichgraf mir ins Ohr; „er ist immer noch ein wenig hochmütig; er hat in seiner Jugend einmal Theologie studiert und ist nur einer verfehlten Brautschaft wegen hier in seiner Heimat als Schulmeister behangen geblieben.“

Dieser war inzwischen aus seiner Ofenecke hervorgekommen und hatte sich neben mir an den langen Tisch gesetzt. „Erzählt, erzählt nur, Schulmeister“, riefen ein paar der Jüngeren aus der Gesellschaft.

„Nun freilich“, sagte der Alte, sich zu mir wendend, „will ich gern zu Willen sein; aber es ist viel Aberglaube dazwischen und eine Kunst, es ohne diesen zu erzählen.“

„Ich muß Euch bitten, den nicht auszulassen“, erwiderte ich; „traut mir nur zu, daß ich schon selbst die Spreu vom Weizen sondern werde!“

Der Alte sah mich mit verständnisvollem Lächeln an: „Nun also!“ sagte er. „In der Mitte des vorigen Jahrhunderts, oder vielmehr, um genauer zu bestimmen, vor und nach derselben, gab es hier einen Deichgrafen, der von Deich- und Sielsachen mehr verstand, als Bauern und Hofbesitzer sonst zu verstehen pflegen; aber es reichte doch wohl kaum, denn was die studierten Fachleute darüber niedergeschrieben, davon hatte er wenig gelesen; sein Wissen hatte er sich, wenn auch von Kindesbeinen an, nur selber ausgesonnen. Ihr hörtet wohl schon, Herr, die Friesen rechnen gut, und habet auch wohl schon über unsern Hans

Mommsen von Fahretoft reden hören, der ein Bauer war und doch Bussolen und Seeuhren, Teleskopen und Orgeln machen konnte. Nun, ein Stück von solch einem Manne war auch der Vater des nachherigen Deichgrafen gewesen; freilich wohl nur ein kleines. Er hatte ein paar Fennen, wo er Raps und Bohnen baute, auch eine Kuh graste, ging unterweilen im Herbst und Frühjahr auch aufs Landmessen und saß im Winter, wenn der Nordwest von draußen kam und an seinen Läden rüttelte, zu ritzen und zu prickeln, in seiner Stube. Der Junge saß meist dabei und sah über seine Fibel oder Bibel weg dem Vater zu, wie er maß und berechnete, und grub sich mit der Hand in seinen blonden Haaren. Und eines Abends frug er den Alten, warum denn das, was er eben hingeschrieben hatte, gerade so sein müsse und nicht anders sein könne, und stellte dann eine eigene Meinung darüber auf. Aber der Vater, der darauf nicht zu antworten wußte, schüttelte den Kopf und sprach: „Das kann ich dir nicht sagen; genug, es ist so, und du selber irrst dich. Willst du mehr wissen, so suche morgen aus der Kiste, die auf unserm Boden steht, ein Buch, einer, der Euklid hieß, hat's geschrieben; das wird's dir sagen!"

– – Der Junge war tags darauf zum Boden gelaufen und hatte auch bald das Buch gefunden; denn viele Bücher gab es überhaupt nicht in dem Hause; aber der Vater lachte, als er es vor ihm auf den Tisch legte. Es war ein holländischer Euklid, und Holländisch, wenngleich es doch halb Deutsch war, verstanden alle beide nicht. „Ja, ja", sagte er, „das Buch ist noch von meinem Vater, der verstand es; ist denn kein deutscher da?"

Der Junge, der von wenig Worten war, sah den Vater ruhig an und sagte nur: „Darf ich's behalten? Ein deutscher ist nicht da."

Und als der Alte nickte, wies er noch ein zweites, halb zerrissenes Büchlein vor. „Auch das?" frug er wieder.

„Nimm sie alle beide!" sagte Tede Haien; „sie werden dir nicht viel nützen."

Aber das zweite Buch war eine kleine holländische Grammatik, und da der Winter noch lange nicht vorüber war, so hatte es, als endlich die Stachelbeeren in ihrem Garten wieder blühten, dem Jungen schon so weit geholfen, daß er den Euklid, welcher damals stark im Schwange war, fast überall verstand.

Es ist mir nicht unbekannt, Herr“, unterbrach sich der Erzähler, „daß dieser Umstand auch von Hans Mommsen erzählt wird; aber vor dessen Geburt ist hier bei uns schon die Sache von Hauke Haien – so hieß der Knabe – berichtet worden. Ihr wisset auch wohl, es braucht nur einmal ein Größerer zu kommen, so wird ihm alles aufgeladen, was in Ernst oder Schimpf seine Vorgänger einst mögen verübt haben.

Als der Alte sah, daß der Junge weder für Kühe noch Schafe Sinn hatte und kaum gewahrte, wenn die Bohnen blühten, was doch die Freude von jedem Marschmann ist, und weiterhin bedachte, daß die kleine Stelle wohl mit einem Bauer und einem Jungen, aber nicht mit einem Halbgelehrten und einem Knecht bestehen könne, ingleichen, daß er auch selber nicht auf einen grünen Zweig gekommen sei, so schickte er seinen großen Jungen an den Deich, wo er mit andern Arbeitern von Ostern bis Martini Erde karren mußte. „Das wird ihn vom Euklid kurieren“, sprach er bei sich selber.

Und der Junge karrte; aber den Euklid hatte er allzeit in der Tasche, und wenn die Arbeiter ihr Frühstück oder Vesper aßen, saß er auf seinem umgestülpten Schubkarren mit dem Buche in der Hand. Und wenn im Herbst die Fluten höher stiegen und manch ein Mal die Arbeit eingestellt werden mußte, dann ging er nicht mit den andern nach Haus, sondern blieb, die Hände über die Knie gefaltet, an der abfallenden Seeseite des Deiches sitzen und sah stundenlang zu, wie die trüben Nordseewellen immer höher an die Grasnarbe des Deiches hinaufschlugen; erst wenn ihm die Füße überspült waren und der Schaum ihm ins Gesicht spritzte, rückte er ein paar Fuß höher und blieb dann wieder sitzen. Er hörte weder das Klatschen des Wassers noch das Geschrei der Möwen und Strandvögel, die um oder über ihm flogen und ihn fast mit ihren Flügeln streiften, mit den schwarzen Augen in die seinen blitzend; er sah auch nicht, wie vor ihm über die weite, wilde Wasserwüste sich die Nacht ausbreitete; was er allein hier sah, war der brandende Saum des Wassers, der, als die Flut stand, mit hartem Schlage immer wieder dieselbe Stelle traf und vor seinen Augen die Grasnarbe des steilen Deiches auswusch.

Nach langem Hinstarren nickte er wohl langsam mit dem Kopfe oder zeichnete, ohne aufzusehen, mit der Hand eine weiche Linie in die Luft, als ob er dem Deiche damit einen sanfteren Abfall geben wollte. Wurde es so dunkel, daß alle Erdendinge vor seinen Augen verschwanden und nur die Flut ihm in die Ohren donnerte, dann stand er auf und trabte halb durchnäßt nach Hause.

Als er so eines Abends zu seinem Vater in die Stube trat, der an seinen Meßgeräten putzte, fuhr dieser auf: „Was treibst du draußen? Du hättest ja versaufen können; die Wasser beißen heute in den Deich."

Hauke sah ihn trotzig an.

– „Hörst du mich nicht? Ich sag, du hättst versaufen können."

„Ja", sagte Hauke; „ich bin doch nicht versoffen!"

„Nein", erwiderte nach einer Weile der Alte und sah ihm wie abwesend ins Gesicht – „diesmal noch nicht."

„Aber", sagte Hauke wieder, „unsere Deiche sind nichts wert!"

– „Was für was, Junge?"

„Die Deiche, sag ich!"

– „Was sind die Deiche?"

„Sie taugen nichts, Vater!" erwiderte Hauke.

Der Alte lachte ihm ins Gesicht. „Was denn, Junge? Du bist wohl das Wunderkind aus Lübeck!"

Aber der Junge ließ sich nicht irren. „Die Wasserseite ist zu steil", sagte er; „wenn es einmal kommt, wie es mehr als einmal schon gekommen ist, so können wir hier auch hinterm Deich ersaufen!"

Der Alte holte seinen Kautabak aus der Tasche, drehte einen Schrot ab und schob ihn hinter die Zähne. „Und wieviel Karren hast du heut geschoben?" frug er ärgerlich; denn er sah wohl, daß auch die Deicharbeit bei dem Jungen die Denkarbeit nicht hatte vertreiben können.

„Weiß nicht, Vater", sagte dieser, „so, was die andern machten; vielleicht ein halbes Dutzend mehr; aber – die Deiche müssen anders werden!"

„Nun", meinte der Alte und stieß ein Lachen aus; „du kannst es ja vielleicht zum Deichgraf bringen; dann mach sie anders!"

„Ja, Vater!" erwiderte der Junge.

Der Alte sah ihn an und schluckte ein paarmal; dann ging er aus der Tür; er wußte nicht, was er dem Jungen antworten sollte.

Auch als zu Ende Oktobers die Deicharbeit vorbei war, blieb der Gang nordwärts nach dem Haff hinaus für Hauke Haien die beste Unterhaltung; den Allerheiligentag, um den herum die Äquinoktialstürme zu tosen pflegen, von dem wir sagen, daß Friesland ihn wohl beklagen mag, erwartete er wie heut die Kinder das Christfest. Stand eine Springflut bevor, so konnte man sicher sein, er lag trotz Sturm und Wetter weit draußen am Deiche mutterseelenallein; und wenn die Möwen gackerten, wenn die Wasser gegen den Deich tobten und beim Zurückrollen ganze Fetzen von der Grasdecke mit ins Meer hinabrissen, dann hätte man Haukes zorniges Lachen hören können. „Ihr könnt nichts Rechtes", schrie er in den Lärm hinaus, „so wie die Menschen auch nichts können!" Und endlich, oft im Finstern, trabte er aus der weiten Öde den Deich entlang nach Hause, bis seine aufgeschossene Gestalt die niedrige Tür unter seines Vaters Rohrdach erreicht hatte und darunter durch in das kleine Zimmer schlüpfte.

Manchmal hatte er eine Faust voll Kleierde mitgebracht; dann setzte er sich neben den Alten, der ihn jetzt gewähren ließ, und knetete bei dem Schein der dünnen Unschlittkerze allerlei Deichmodelle, legte sie in ein flaches Gefäß mit Wasser und suchte darin die Ausspülung der Wellen nachzumachen, oder er nahm seine Schiefertafel und zeichnete darauf das Profil der Deiche nach der Seeseite, wie es nach seiner Meinung sein mußte.

Mit denen zu verkehren, die mit ihm auf der Schulbank gesessen hatten, fiel ihm nicht ein; auch schien es, als ob ihnen an dem Träumer nichts gelegen sei. Als es wieder Winter geworden und der Frost hereingebrochen war, wanderte er noch weiter, wohin er früher nie gekommen, auf den Deich hinaus, bis die unabsehbare eisbedeckte Fläche der Watten vor ihm lag.

Im Februar bei dauerndem Frostwetter wurden angetriebene Leichen aufgefunden; draußen am offenen Haff auf den gefrorenen Watten hatten sie gelegen. Ein junges Weib, die dabeigewesen war, als man sie in das Dorf geholt hatte, stand redselig vor dem alten Haien: „Glaubt nicht, daß sie wie Menschen aussahen", rief sie; „nein, wie die Seeteufel! So große Köpfe", und sie hielt die ausgespreizten Hände von weitem gegeneinander, „gnidderschwarz und blank, wie frischgebacken Brot! Und die Krabben hatten sie angeknabbert; und die Kinder schrien laut, als sie sie sahen!"

Dem alten Haien war so was just nichts Neues: „Sie haben wohl seit November schon in See getrieben!" sagte er gleichmütig.

Hauke stand schweigend daneben; aber sobald er konnte, schlich er sich auf den Deich hinaus; es war nicht zu sagen, wollte er noch nach weiteren Toten suchen, oder zog ihn nur das Grauen, das noch auf den jetzt verlassenen Stellen brüten mußte. Er lief weiter und weiter, bis er einsam in der Öde stand, wo nur die Winde über den Deich wehten, wo nichts war als die klagenden Stimmen der großen Vögel, die rasch vorüberschossen; zu seiner Linken die leere weite Marsch, zur andern Seite der unabsehbare Strand mit seiner jetzt vom Eise schimmernden Fläche der Watten; es war, als liege die ganze Welt in weißem Tod.

Hauke blieb oben auf dem Deiche stehen, und seine scharfen Augen schweiften weit umher; aber von Toten war nichts mehr zu sehen; nur wo die unsichtbaren Wattströme sich darunter drängten, hob und senkte die Eisfläche sich in stromartigen Linien.

Er lief nach Hause; aber an einem der nächsten Abende war er wiederum da draußen. Auf jenen Stellen war jetzt das Eis gespalten; wie Rauchwolken stieg es aus den Rissen, und über das ganze Watt spann sich ein Netz von Dampf und Nebel, das sich seltsam mit der Dämmerung des Abends mischte. Hauke sah mit starren Augen darauf hin; denn in dem Nebel schritten dunkle Gestalten auf und ab, sie schienen ihm so groß wie Menschen. Würdevoll, aber mit seltsamen, erschreckenden Gebärden; mit langen Nasen und Hälsen sah er sie fern an den rauchenden Spalten auf und ab spazieren; plötzlich begannen sie wie Narren unheimlich auf und ab zu springen, die großen über die kleinen und die kleinen gegen die großen; dann breiteten sie sich aus und verloren alle Form.

„Was wollen die? Sind es die Geister der Ertrunkenen?" dachte Hauke. „Hoiho!" schrie er laut in die Nacht hinaus; aber die draußen kehrten sich nicht an seinen Schrei, sondern trieben ihr wunderliches Wesen fort.

Da kamen ihm die furchtbaren norwegischen Seegespenster in den Sinn, von denen ein alter Kapitän ihm einst erzählt hatte, die statt des Angesichts einen stumpfen Pull von Seegras auf dem Nacken trugen; aber er lief nicht fort, sondern bohrte die Hacken seiner Stiefel fest in den Klei des Deiches und sah starr dem possenhaften Unwesen zu, das in der einfallenden Dämmerung vor seinen Augen fortspielte. „Seid ihr auch hier bei uns?" sprach er mit harter Stimme; „ihr sollt mich nicht vertreiben!"

Erst als die Finsternis alles bedeckte, schritt er steifen, langsamen Schrittes heimwärts. Aber hinter ihm drein kam es wie Flügelrauschen und hallendes Geschrei. Er sah nicht um; aber er ging auch nicht schneller und kam erst spät nach Hause; doch niemals soll er seinem Vater oder einem andern davon erzählt haben. Erst viele Jahre später hat er sein blödes Mädchen, womit später der Herrgott ihn belastete, um dieselbe Tages- und Jahreszeit mit sich auf den Deich hinausgenommen, und dasselbe Wesen soll sich derzeit draußen auf den Watten gezeigt haben; aber er hat ihr gesagt, sie solle sich nicht fürchten, das seien nur die Fischreiher und die Krähen, die im Nebel so groß und fürchterlich erschienen; die holten sich die Fische aus den offenen Spalten.

Weiß Gott, Herr!" unterbrach sich der Schulmeister, „es gibt auf Erden allerlei Dinge, die ein ehrlich Christenherz verwirren können; aber der Hauke war weder ein Narr noch ein Dummkopf."

Da ich nichts erwiderte, wollte er fortfahren; aber unter den übrigen Gästen, die bisher lautlos zugehört hatten, nur mit dichterem Tabaksqualm das niedrige Zimmer füllend, entstand eine plötzliche Bewegung; erst einzelne, dann fast alle wandten sich dem Fenster zu. Draußen – man sah es durch die unverhangenen Fenster – trieb der Sturm die Wolken, und Licht und Dunkel jagten durcheinander; aber auch mir war es, als hätte ich den hageren Reiter auf seinem Schimmel vorbeisausen gesehen.

„Wart Er ein wenig, Schulmeister!“ sagte der Deichgraf leise.

„Ihr braucht Euch nicht zu fürchten, Deichgraf!“ erwiderte der kleine Erzähler, „ich habe ihn nicht geschmäht und hab auch dessen keine Ursach“; und er sah mit seinen kleinen, klugen Augen zu ihm auf.

„Ja, ja“, meinte der andere, „laß Er Sein Glas nur wieder füllen.“ Und nachdem das geschehen war und die Zuhörer, meist mit etwas verdutzten Gesichtern, sich wieder zu ihm gewandt hatten, fuhr er in seiner Geschichte fort:

„So für sich, und am liebsten nur mit Wind und Wasser und mit den Bildern der Einsamkeit verkehrend, wuchs Hauke zu einem langen, hageren Burschen auf. Er war schon über ein Jahr lang eingesegnet, da wurde es auf einmal anders mit ihm, und das kam von dem alten weißen Angorakater, welchen der alten Trin' Jans einst ihr später verunglückter Sohn von seiner spanischen Seereise mitgebracht hatte. Trin' wohnte ein gut Stück hinaus auf dem Deiche in einer kleinen Kate, und wenn die Alte in ihrem Hause herumarbeitete, so pflegte diese Unform von einem Kater vor der Haustür zu sitzen und in den Sommertag und nach den vorüberfliegenden Kiebitzen hinauszublinzeln. Ging Hauke vorbei, so mauzte der Kater ihn an, und Hauke nickte ihm zu; die beiden wußten, was sie miteinander hatten.

Nun aber war's einmal im Frühjahr, und Hauke lag nach seiner Gewohnheit oft draußen am Deich, schon weiter unten dem Wasser zu, zwischen Strandnelken und dem duftenden Seewermut, und ließ sich von der schon kräftigen Sonne bescheinen. Er hatte sich tags zuvor droben auf der Geest die Taschen voll von Kieseln gesammelt, und als in der Ebbezeit die Watten bloßgelegt waren und die kleinen grauen Strandläufer schreiend darüber hinhuschten, holte er jählings einen Stein hervor und warf ihn nach den Vögeln. Er hatte das von Kindesbeinen an geübt, und meistens blieb einer auf dem Schlicke liegen; aber ebensooft war er dort auch nicht zu holen; Hauke hatte schon daran gedacht, den Kater mitzunehmen und als apportierenden Jagdhund zu dressieren. Aber es gab auch hier und dort feste Stellen oder Sandlager; solchenfalls lief er hinaus und holte sich seine Beute selbst. Saß der Kater bei seiner Rückkehr noch vor der Haustür, dann schrie das Tier vor nicht zu bergender Raubgier so lange, bis Hauke ihm einen der erbeuteten Vögel zuwarf.

Als er heute, seine Jacke auf der Schulter, heimging, trug er nur einen ihm noch unbekannten, aber wie mit bunter Seide und Metall gefiederten Vogel mit nach Hause, und der Kater mauzte wie gewöhnlich, als er ihn kommen sah. Aber Hauke wollte seine Beute – es mag ein Eisvogel gewesen sein – diesmal nicht hergeben und kehrte sich nicht an die Gier des Tieres. „Umschicht!" rief er ihm zu, „heute mir, morgen dir; das hier ist kein Katerfressen!" Aber der Kater kam vorsichtigen Schrittes herangeschlichen; Hauke stand und sah ihn an, der Vogel hing an seiner Hand, und der Kater blieb mit erhobener Tatze stehen. Doch der Bursche schien seinen Katzenfreund noch nicht so ganz zu kennen; denn während er ihm seinen Rücken zugewandt hatte und eben fürbaß wollte, fühlte er mit einem Ruck die Jagdbeute sich entrissen, und zugleich schlug eine scharfe Kralle ihm ins Fleisch. Ein Grimm, wie gleichfalls eines Raubtiers, flog dem jungen Menschen ins Blut; er griff wie rasend um sich und hatte den Räuber schon am Genicke gepackt. Mit der Faust hielt er das mächtige Tier empor und würgte es, daß die Augen ihm aus den rauhen Haaren vorquollen, nicht achtend, daß die starken Hintertatzen ihm den Arm zerfleischten. „Hoiho!" schrie er und packte ihn noch fester; „wollen sehen, wer's von uns beiden am längsten aushält!"

Plötzlich fielen die Hinterbeine der großen Katze schlaff herunter, und Hauke ging ein paar Schritte zurück und warf sie gegen die Kate der Alten. Da sie sich nicht rührte, wandte er sich und setzte seinen Weg nach Hause fort.

Aber der Angorakater war das Kleinod seiner Herrin; er war ihr Geselle und das einzige, was ihr Sohn, der Matrose, ihr nachgelassen hatte, nachdem er hier an der Küste seinen jähen Tod gefunden hatte, da er im Sturm seiner Mutter beim Porrenfangen hatte helfen wollen. Hauke mochte kaum hundert Schritte weiter getan haben, während er mit einem Tuch das Blut aus seinen Wunden auffing, als schon von der Kate her ihm ein Geheul und Zetern in die Ohren gellte. Da wandte er sich und sah davor das alte Weib am Boden liegen; das greise Haar flog ihr im Winde um das rote Kopftuch: „Tot!“ rief sie, „tot!“ und erhob dräuend ihren mageren Arm gegen ihn: „Du sollst verflucht sein! Du hast ihn totgeschlagen, du nichtsnutziger Strandläufer; du warst nicht wert, ihm seinen Schwanz zu bürsten!“ Sie warf sich über das Tier und wischte zärtlich mit ihrer Schürze ihm das Blut fort, das noch aus Nas' und Schnauze rann; dann hob sie aufs neue an zu zetern.

„Bist du bald fertig?“ rief Hauke ihr zu, „dann laß dir sagen: ich will dir einen Kater schaffen, der mit Maus- und Rattenblut zufrieden ist!“

Darauf ging er, scheinbar auf nichts mehr achtend, fürbaß. Aber die tote Katze mußte ihm doch im Kopfe Wirrsal machen, denn er ging, als er zu den Häusern gekommen war, dem seines Vaters und auch den übrigen vorbei und eine weite Strecke noch nach Süden auf dem Deich der Stadt zu.

Inmittelst wanderte auch Trin' Jans auf demselben in der gleichen Richtung; sie trug in einem alten blaukarierten Kissenüberzug eine Last in ihren Armen, die sie sorgsam, als wär's ein Kind, umklammerte; ihr greises Haar flatterte in dem leichten Frühlingswind. „Was schleppt Sie da, Trina?“ frug ein Bauer, der ihr entgegenkam. „Mehr als dein Haus und Hof“, erwiderte die Alte; dann ging sie eifrig weiter. Als sie dem unten liegenden Hause des alten Haien nahe kam, ging sie den Akt, wie man bei uns die Trift- und Fußwege nennt, die schräg an der Seite des Deiches hinab- oder hinaufführen, zu den Häusern hinunter.

Der alte Tede Haien stand eben vor der Tür und sah ins Wetter: „Na, Trin'!“ sagte er, als sie pustend vor ihm stand und ihren Krückstock in die Erde bohrte, „was bringt Sie Neues in Ihrem Sack?“

„Erst laß mich in die Stube, Tede Haien! dann soll Er's sehen!" und ihre Augen sahen ihn mit seltsamem Funkeln an. „So komm Sie!" sagte der Alte. Was gingen ihn die Augen des dummen Weibes an.

Und als beide eingetreten waren, fuhr sie fort: „Bring Er den alten Tabakskasten und das Schreibzeug von dem Tisch – was hat Er denn immer zu schreiben? – – So; und nun wisch Er ihn sauber ab!"

Und der Alte, der fast neugierig wurde, tat alles, was sie sagte; dann nahm sie den blauen Überzug bei beiden Zipfeln und schüttete daraus den großen Katerleichnam auf den Tisch. „Da hat Er ihn!" rief sie; „Sein Hauke hat ihn totgeschlagen." Hierauf aber begann sie ein bitterliches Weinen; sie streichelte das dicke Fell des toten Tieres, legte ihm die Tatzen zusammen, neigte ihre lange Nase über dessen Kopf und raunte ihm unverständliche Zärtlichkeiten in die Ohren.

Tede Haien sah dem zu. „So", sagte er; „Hauke hat ihn totgeschlagen?" Er wußte nicht, was er mit dem heulenden Weibe machen sollte.

Die Alte nickte ihn grimmig an: „Ja, ja; so Gott, das hat er getan!" und sie wischte sich mit ihrer von Gicht verkrümmten Hand das Wasser aus den Augen. „Kein Kind, kein Lebigs mehr!" klagte sie. „Und Er weiß es ja wohl auch, uns Alten, wenn's nach Allerheiligen kommt, frieren abends im Bett die Beine, und statt zu schlafen, hören wir den Nordwest an unseren Fensterläden rappeln. Ich hör's nicht gern, Tede Haien, er kommt daher, wo mein Junge mir im Schlick versank."

Tede Haien nickte, und die Alte streichelte das Fell ihres toten Katers: „Der aber", begann sie wieder, „wenn ich winters am Spinnrad saß, dann saß er bei mir und spann auch und sah mich an mit seinen grünen Augen! Und kroch ich, wenn's mir kalt wurde, in mein Bett – es dauerte nicht lang, so sprang er zu mir und legte sich auf meine frierenden Beine, und wir schliefen so warm mitsammen, als hätte ich noch meinen jungen Schatz im Bett!" Die Alte, als suche sie bei dieser Erinnerung nach Zustimmung, sah den neben ihr am Tische stehenden Alten mit ihren funkelnden Augen an.

Tede Haien aber sagte bedächtig: „Ich weiß Ihr einen Rat, Trin' Jans", und er ging nach seiner Schatulle und nahm eine Silbermünze aus der Schublade – „Sie sagt, daß Hauke Ihr das Tier vom Leben gebracht hat, und ich weiß, Sie lügt nicht; aber hier ist ein Krontaler von Christian dem Vierten; damit kauf Sie sich ein gegerbtes Lammfell für Ihre kalten Beine! Und wenn unsere Katze nächstens Junge wirft, so mag Sie sich das größte davon aussuchen, das zusammen tut wohl einen altersschwachen Angorakater! Und nun nehm Sie das Vieh und bring Sie es meinethalb an den Racker in der Stadt, und halt Sie das Maul, daß es hier auf meinem ehrlichen Tisch gelegen hat!"

Während dieser Rede hatte das Weib schon nach dem Taler gegriffen und ihn in einer kleinen Tasche geborgen, die sie unter ihren Röcken trug; dann stopfte sie den Kater wieder in das Bettbühr, wischte mit ihrer Schürze die Blutflecken von dem Tisch und stakte zur Tür hinaus. „Vergiß Er mir nur den jungen Kater nicht!" rief sie noch zurück.

– – Eine Weile später, als der alte Haien in dem engen Stüblein auf und ab schritt, trat Hauke herein und warf seinen bunten Vogel auf den Tisch; als er aber auf der weißgescheuerten Platte den noch kennbaren Blutfleck sah, frug er, wie beiläufig: „Was ist denn das?"

Der Vater blieb stehen: „Das ist Blut, was du hast fließen machen!"

Dem Jungen schoß es doch heiß ins Gesicht: „Ist denn Trin' Jans mit ihrem Kater hier gewesen?"

Der Alte nickte: „Weshalb hast du ihr den totgeschlagen?"

Hauke entblößte seinen blutigen Arm. „Deshalb", sagte er; er hatte mir den Vogel fortgerissen!"

Der Alte sagte nichts hierauf; er begann eine Zeitlang wieder auf und ab zu gehen; dann blieb er vor dem Jungen stehn und sah eine Weile wie abwesend auf ihn hin. „Das mit dem Kater hab ich rein gemacht", sagte er dann; „aber, siehst du, Hauke, die Kate ist hier zu klein; zwei Herren können darauf nicht sitzen – es ist nun Zeit, du mußt dir einen Dienst besorgen!"

„Ja, Vater", entgegnete Hauke; „hab dergleichen auch gedacht."

„Warum?" frug der Alte.

– „Ja, man wird grimmig in sich, wenn man's nicht an einem ordentlichen Stück Arbeit auslassen kann."

„So?" sagte der Alte, „und darum hast du den Angorer totgeschlagen? Das könnte leicht noch schlimmer werden!"

– „Er mag wohl recht haben, Vater; aber der Deichgraf hat seinen Kleinknecht fortgejagt; das könnt ich schon verrichten!"

Der Alte begann wieder auf und ab zu gehen und spritzte dabei die schwarze Tabaksjauche von sich: „Der Deichgraf ist ein Dummkopf, dumm wie 'ne Saatgans! Er ist nur Deichgraf, weil sein Vater und Großvater es gewesen sind, und wegen seiner neunundzwanzig Fennen. Wenn Martini herankommt und hernach die Deich- und Sielrechnungen abgetan werden müssen, dann füttert er den Schulmeister mit Gansbraten und Met und Weizenkringeln und sitzt dabei und nickt, wenn der mit seiner Feder die Zahlenreihen hinunterläuft, und sagt: ‚Ja, ja, Schulmeister, Gott vergönn's Ihm! Was kann Er rechnen!' Wenn aber einmal der Schulmeister nicht kann oder auch nicht will, dann muß er selber dran und sitzt und schreibt und streicht wieder aus, und der große dumme Kopf wird ihm rot und heiß, und die Augen quellen wie Glaskugeln, als wollte das bißchen Verstand da hinaus."

Der Junge stand gerade auf vor dem Vater und wunderte sich, was der reden könne; so hatte er's noch nicht von ihm gehört. „Ja, Gott tröst!" sagte er, „dumm ist er wohl; aber seine Tochter Elke, die kann rechnen!"

Der Alte sah ihn scharf an. „Ahoi, Hauke", rief er; „was weißt du von Elke Volkerts?"

– „Nichts, Vater; der Schulmeister hat's mir nur erzählt."

Der Alte antwortete nicht darauf; er schob nur bedächtig seinen Tabaksknoten aus einer Backe hinter die andere.

„Und du denkst", sagte er dann, „du wirst dort auch mitrechnen können."

„O ja, Vater, das möcht schon gehen", erwiderte der Sohn, und ein ernstes Zucken lief um seinen Mund.

Der Alte schüttelte den Kopf: „Nun, aber meinethalb; versuch einmal dein Glück!"

„Dank auch, Vater!" sagte Hauke und stieg zu seiner

Schlafstatt auf dem Boden; hier setzte er sich auf die Bettkante und sann, weshalb ihn denn sein Vater um Elke Volkerts angerufen habe. Er kannte sie freilich, das ranke achtzehnjährige Mädchen mit dem bräunlichen schmalen Antlitz und den dunkeln Brauen, die über den trotzigen Augen und der schmalen Nase ineinanderliefen; doch hatte er noch kaum ein Wort mit ihr gesprochen; nun, wenn er zu dem alten Tede Volkerts ging, wollte er sie doch besser darauf ansehen, was es mit dem Mädchen auf sich habe. Und gleich jetzt wollte er gehen, damit kein anderer ihm die Stelle abjage; es war ja kaum noch Abend. Und so zog er seine Sonntagsjacke und seine besten Stiefel an und machte sich guten Mutes auf den Weg.

– Das langgestreckte Haus des Deichgrafen war durch seine hohe Werfte, besonders durch den höchsten Baum des Dorfes, eine gewaltige Esche, schon von weitem sichtbar; der Großvater des jetzigen, der erste Deichgraf des Geschlechtes, hatte in seiner Jugend eine solche osten der Haustür hier gesetzt; aber die beiden ersten Anpflanzungen waren vergangen, und so hatte er an seinem Hochzeitsmorgen diesen dritten Baum gepflanzt, der noch jetzt mit seiner immer mächtiger werdenden Blätterkrone in dem hier unablässigen Winde wie von alten Zeiten rauschte.

Als nach einer Weile der lang aufgeschossene Hauke die hohe Werfte hinaufstieg, welche an den Seiten mit Rüben und Kohl bepflanzt war, sah er droben die Tochter des Hauswirts neben der niedrigen Haustür stehen. Ihr einer etwas hagerer Arm hing schlaff herab, die andere Hand schien im Rücken nach dem Eisenring zu greifen, von denen je einer zu beiden Seiten der Tür in der Mauer war, damit, wer vor das Haus ritt, sein Pferd daran befestigen könne. Die Dirne schien von dort ihre Augen über den Deich hinaus nach dem Meer zu haben, wo an dem stillen Abend die Sonne eben in das Wasser hinabsank und zugleich das bräunliche Mädchen mit ihrem letzten Schein vergoldete.

Hauke stieg etwas langsamer an der Werfte hinan und dachte bei sich: „So ist sie nicht so dösig!“ dann war er oben. „Guten Abend auch!“ sagte er, zu ihr tretend; „wonach guckst du denn mit deinen großen Augen, Jungfer Elke?"

„Nach dem", erwiderte sie, „was hier alle Abend vor sich geht, aber hier nicht alle Abend just zu sehen ist." Sie ließ den Ring aus der Hand fallen, daß er klingend gegen die Mauer schlug. „Was willst du, Hauke Haien?" frug sie.

„Was dir hoffentlich nicht zuwider ist", sagte er. „Dein Vater hat seinen Kleinknecht fortgejagt, da dachte ich bei euch in Dienst."

Sie ließ ihre Blicke an ihm herunterlaufen: „Du bist noch so was schlanterig, Hauke!" sagte sie; „aber uns dienen zwei feste Augen besser als zwei feste Arme!" Sie sah ihn dabei fast düster an, aber Hauke hielt ihr tapfer stand. „So komm", fuhr sie fort; „der Wirt ist in der Stube, laß uns hineingehen!"

Am andern Tage trat Tede Haien mit seinem Sohne in das geräumige Zimmer des Deichgrafen; die Wände waren mit glasurten Kacheln bekleidet, auf denen hier ein Schiff mit vollen Segeln oder ein Angler an einem Uferplatz, dort ein Rind, das kauend vor einem Bauernhause lag, den Beschauer vergnügen konnte; unterbrochen war diese dauerhafte Tapete durch ein mächtiges Wandbett mit jetzt zugeschobenen Türen und einen Wandschrank, der durch seine beiden Glastüren allerlei Porzellan- und Silbergeschirr erblicken ließ; neben der Tür zum anstoßenden Pesel war hinter einer Glasscheibe eine holländische Schlaguhr in die Wand gelassen.

Der starke, etwas schlagflüssige Hauswirt saß am Ende des blankgescheuerten Tisches im Lehnstuhl auf seinem bunten Wollenpolster. Er hatte seine Hände über dem Bauch gefaltet und starrte aus seinen runden Augen befriedigt auf das Gerippe einer fetten Ente; Gabel und Messer ruhten vor ihm auf dem Teller.

„Guten Tag, Deichgraf!" sagte Haien, und der Angeredete drehte langsam Kopf und Augen zu ihm hin.

„Ihr seid es, Tede?" entgegnete er, und der Stimme war die verzehrte fette Ente anzuhören, „setzt Euch; es ist ein gut Stück von Euch zu mir herüber!"

„Ich komme, Deichgraf", sagte Tede Haien, indem er sich auf die an der Wand entlanglaufende Bank dem andern im Winkel gegenübersetzte. „Ihr habt Verdruß mit Euerem Kleinknecht gehabt und seid mit meinem Jungen einig geworden, ihn an dessen Stelle zu setzen!"

Der Deichgraf nickte: „Ja, ja, Tede; aber – was meint Ihr mit Verdruß? Wir Marschleute haben, Gott tröst uns, was dagegen einzunehmen!" und er nahm das vor ihm liegende Messer und klopfte wie liebkosend auf das Gerippe der armen Ente. „Das war mein Leibvogel", setzte er behaglich lachend hinzu; „sie fraß mir aus der Hand!"

„Ich dachte", sagte der alte Haien, das letzte überhörend, „der Bengel hätte Euch Unheil im Stall gemacht."

„Unheil? Ja, Tede; freilich Unheil genug! Der dicke Mopsbraten hatte die Kälber nicht gebörmt; aber er lag vollgetrunken auf dem Heuboden, und das Viehzeug schrie die ganze Nacht vor Durst, daß ich bis Mittag nachschlafen mußte; dabei kann die Wirtschaft nicht bestehen!"

„Nein, Deichgraf; aber dafür ist keine Gefahr bei meinem Jungen."

Hauke stand, die Hände in den Seitentaschen, am Türpfosten, hatte den Kopf im Nacken und studierte an den Fensterrähmen ihm gegenüber.

Der Deichgraf hatte die Augen zu ihm gehoben und nickte hinüber: „Nein, nein, Tede"; und er nickte nun auch dem Alten zu; „Euer Hauke wird mir die Nachtruh nicht verstören; der Schulmeister hat's mir schon vordem gesagt, der sitzt lieber vor der Rechentafel als vor einem Glas mit Branntwein."

Hauke hörte nicht auf diesen Zuspruch, denn Elke war in die Stube getreten und nahm mit ihrer leichten Hand die Reste der Speisen von dem Tisch, ihn mit ihren dunkeln Augen flüchtig streifend. Da fielen seine Blicke auch auf sie. „Bei Gott und Jesus", sprach er bei sich selber, „sie sieht auch so nicht dösig aus!"

Das Mädchen war hinausgegangen. „Ihr wisset, Tede", begann der Deichgraf wieder, „unser Herrgott hat mir einen Sohn versagt!"

„Ja, Deichgraf; aber laßt Euch das nicht kränken", entgegnete der andere, „denn im dritten Gliede soll der Familienverstand ja verschleißen; Euer Großvater, das wissen wir noch alle, war einer, der das Land geschützt hat!"

Der Deichgraf, nach einigem Besinnen, sah schier verdutzt aus: „Wie meint Ihr das, Tede Haien?" sagte er und setzte sich in seinem Lehnstuhl auf, „ich bin ja doch im dritten Gliede!"

„Ja so! Nicht für ungut, Deichgraf; es geht nur so die Rede!" Und der hagere Tede Haien sah den alten Würdenträger mit etwas boshaften Augen an.

Der aber sprach unbekümmert: „Ihr müßt Euch von alten Weibern dergleichen Torheit nicht aufschwatzen lassen, Tede Haien; Ihr kennt nur meine Tochter nicht, die rechnet mich selber dreimal um und um! Ich wollt nur sagen, Euer Hauke wird außer im Felde auch hier in meiner Stube mit Feder oder Rechenstift so manches profitieren können, was ihm nicht schaden wird!"

„Ja, ja, Deichgraf, das wird er; da habt Ihr völlig recht!" sagte der alte Haien und begann dann noch einige Vergünstigungen bei dem Mietkontrakt sich auszubedingen, die abends vorher von seinem Sohne nicht bedacht waren. So sollte dieser außer seinen leinenen Hemden im Herbst auch noch acht Paar wollene Strümpfe als Zugabe seines Lohnes genießen; so wollte er selbst ihn im Frühling acht Tage bei der eigenen Arbeit haben, und was dergleichen mehr war. Aber der Deichgraf war zu allem willig; Hauke Haien schien ihm eben der rechte Kleinknecht.

– – „Nun, Gott tröst dich, Junge", sagte der Alte, da sie eben das Haus verlassen hatten, „wenn der dir die Welt klarmachen soll!"

Aber Hauke erwiderte ruhig: „Laß Er nur, Vater; es wird schon alles werden."

Und Hauke hatte so unrecht nicht gehabt; die Welt, oder was ihm die Welt bedeutete, wurde ihm klarer, je länger sein Aufenthalt in diesem Hause dauerte; vielleicht um so mehr, je weniger ihm eine überlegene Einsicht zu Hülfe kam und je mehr er auf seine eigene Kraft angewiesen war, mit der er sich von jeher beholfen hatte. Einer freilich war im Hause, für den er nicht der Rechte zu sein schien; das war der Großknecht Ole Peters, ein tüchtiger Arbeiter und ein maulfertiger Geselle. Ihm war der träge, aber dumme und stämmige Kleinknecht von vorhin besser nach seinem Sinn gewesen, dem er ruhig die Tonne Hafer auf den Rükken hatte laden und den er nach Herzenslust hatte herumstoßen können. Dem noch stilleren, aber ihn geistig überragenden Hauke vermochte er in solcher Weise nicht beizukommen; er hatte eine gar zu eigene Art, ihn anzublicken. Trotzdem verstand er es, Arbeiten für ihn auszusuchen, die seinem noch nicht gefesteten Körper hätten gefährlich werden können, und Hauke, wenn der Großknecht sagte: „Da hättest du den dicken Niß nur sehen sollen, dem ging es von der Hand!" faßte nach Kräften an und brachte es, wenn auch mit Mühsal, doch zu Ende. Ein Glück war es für ihn, daß Elke selbst oder durch ihren Vater das meistens abzustellen wußte. Man mag wohl fragen, was mitunter ganz fremde Menschen aneinanderbindet; vielleicht – sie waren beide geborene Rechner, und das Mädchen konnte ihren Kameraden in der groben Arbeit nicht verderben sehen.

Der Zwiespalt zwischen Groß- und Kleinknecht wurde auch im Winter nicht besser, als nach Martini die verschiedenen Deichrechnungen zur Revision eingelaufen waren.

Es war an einem Maiabend, aber es war Novemberwetter; von drinnen im Hause hörte man draußen hinterm Deich die Brandung donnern. „He, Hauke", sagte der Hausherr, „komm herein; nun magst du weisen, ob du rechnen kannst!"

„Uns' Weert", entgegnete dieser – denn so nennen hier die Leute ihre Herrschaft –, „ich soll aber erst das Jungvieh füttern!"

„Elke!" rief der Deichgraf; „wo bist du, Elke! – Geh zu Ole und sag ihm, er sollte das Jungvieh füttern; Hauke soll rechnen!"

Und Elke eilte in den Stall und machte dem Großknecht die Bestellung, der eben damit beschäftigt war, das über Tag gebrauchte Pferdegeschirr wieder an seinen Platz zu hängen.

Ole Peters schlug mit einer Trense gegen den Ständer, neben dem er sich beschäftigte, als wolle er sie kurz und klein haben: „Hol der Teufel den verfluchten Schreiberknecht!"

Sie hörte die Worte noch, bevor sie die Stalltür wieder geschlossen hatte.

„Nun?" frug der Alte, als sie in die Stube trat.

„Ole wollte es schon besorgen", sagte die Tochter, ein wenig sich die Lippen beißend, und setzte sich Hauke gegenüber auf einen grobgeschnitzten Holzstuhl, wie sie noch derzeit hier an Winterabenden im Hause selbst gemacht wurden. Sie hatte aus einem Schubkasten einen weißen Strumpf mit rotem Vogelmuster genommen, an dem sie nun weiterstrickte; die langbeinigen Kreaturen darauf mochten Reiher oder Störche bedeuten sollen. Hauke saß ihr gegenüber, in seine Rechnerei vertieft, der Deichgraf selbst ruhte in seinem Lehnstuhl und blinzelte schläfrig nach Haukes Feder; auf dem Tisch brannten, wie immer im Deichgrafenhause, zwei Unschlittkerzen, und vor den beiden in Blei gefaßten Fenstern waren von außen die Läden vorgeschlagen und von innen zugeschroben; mochte der Wind nun poltern, wie er wollte. Mitunter hob Hauke seinen Kopf von der Arbeit und blickte einen Augenblick nach den Vogelstrümpfen oder nach dem schmalen ruhigen Gesicht des Mädchens.

Da tat es aus dem Lehnstuhl plötzlich einen lauten Schnarcher, und ein Blick und ein Lächeln flog zwischen den beiden jungen Menschen hin und wider; dann folgte allmählich ein ruhigeres Atmen; man konnte wohl ein wenig plaudern; Hauke wußte nur nicht, was.

Als sie aber das Strickzeug in die Höhe zog und die Vögel sich nun in ihrer ganzen Länge zeigten, flüsterte er über den Tisch herüber: „Wo hast du das gelernt, Elke?"

„Was gelernt?" frug das Mädchen zurück.

– „Das Vogelstricken", sagte Hauke.

„Das? Von Trin' Jans draußen am Deich; sie kann allerlei; sie war vorzeiten einmal bei meinem Großvater hier im Dienst."

„Da warst du aber wohl noch nicht geboren?" fragte Hauke.

„Ich denk wohl nicht; aber sie ist noch oft ins Haus gekommen."

„Hat denn die die Vögel gern?“ frug Hauke; „ich meint, sie hielt es nur mit Katzen!“

Elke schüttelte den Kopf: „Sie zieht ja Enten und verkauft sie; aber im vorigen Frühjahr, als du den Angorer totgeschlagen hattest, sind ihr hinten im Stall die Ratten dazwischengekommen; nun will sie sich vorn am Hause einen andern bauen.“

„So“, sagte Hauke und zog einen leisen Pfiff durch die Zähne, „dazu hat sie von der Geest sich Lehm und Steine hergeschleppt! Aber dann kommt sie in den Binnenweg! – hat sie denn Konzession?“

„Weiß ich nicht“, meinte Elke. Aber er hatte das letzte Wort so laut gesprochen, daß der Deichgraf aus seinem Schlummer auffuhr. „Was Konzession?“ frug er und sah fast wild von einem zu der andern. „Was soll die Konzession?“

Als aber Hauke ihm dann die Sache vorgetragen hatte, klopfte er ihm lachend auf die Schulter: „Ei was, der Binnenweg ist breit genug; Gott tröst den Deichgrafen, sollt er sich auch noch um die Entenställe kümmern!“

Hauke fiel es aufs Herz, daß er die Alte mit ihren jungen Enten den Ratten sollte preisgegeben haben, und er ließ sich mit dem Einwand abfinden. „Aber, uns' Weert“, begann er wieder, „es tät wohl dem und jenem ein kleiner Zwicker gut, und wollet Ihr ihn nicht selber greifen, so zwicket den Gevollmächtigten, der auf die Deichordnung passen soll!“

„Wie, was sagt der Junge?“ und der Deichgraf setzte sich vollends auf, und Elke ließ ihren künstlichen Strumpf sinken und wandte das Ohr hinüber.

„Ja, uns' Weert“, fuhr Hauke fort, „Ihr habt doch schon die Frühlingsschau gehalten; aber trotzdem hat Peter Jansen auf seinem Stück das Unkraut auch noch heute nicht gebuscht; im Sommer werden die Stieglitzer da wieder lustig um die roten Distelblumen spielen! Und dicht daneben, ich weiß nicht, wem's gehört, ist an der Außenseite eine ganze Wiege in dem Deich; bei schön Wetter liegt es immer voll von kleinen Kindern, die sich darin wälzen; aber – Gott bewahr uns vor Hochwasser!“

Die Augen des alten Deichgrafen waren immer größer geworden.

„Und dann –", sagte Hauke wieder.

„Was dann noch, Junge?" frug der Deichgraf; „bist du noch nicht fertig?" und es klang, als sei der Rede seines Kleinknechts ihm schon zuviel geworden.

„Ja, dann, uns' Weert", sprach Hauke weiter; „Ihr kennt die dicke Vollina, die Tochter vom Gevollmächtigten Harders, die immer ihres Vaters Pferde aus der Fenne holt – wenn sie nur eben mit ihren runden Waden auf der alten gelben Stute sitzt, hü hopp! so geht's allemal schräg an der Dossierung den Deich hinan!"

Hauke bemerkte erst jetzt, daß Elke ihre klugen Augen auf ihn gerichtet hatte und leise ihren Kopf schüttelte.

Er schwieg, aber ein Faustschlag, den der Alte auf den Tisch tat, dröhnte ihm in die Ohren; „da soll das Wetter dreinschlagen!" rief er, und Hauke erschrak beinahe über die Bärenstimme, die plötzlich hier hervorbrach: „Zur Brüche! Notier mir das dicke Mensch zur Brüche, Hauke! Die Dirne hat mir im letzten Sommer drei junge Enten weggefangen! Ja, ja, notier nur", wiederholte er, als Hauke zögerte; „ich glaub sogar, es waren vier!"

„Ei, Vater", sagte Elke, „war's nicht die Otter, die die Enten nahm?"

„Eine große Otter", rief der Alte schnaufend; „werd doch die dicke Vollina und eine Otter auseinanderkennen! Nein, nein, vier Enten, Hauke – aber was du im übrigen schwatzest, der Herr Oberdeichgraf und ich, nachdem wir zusammen in meinem Hause hier gefrühstückt hatten, sind im Frühjahr an deinem Unkraut und an deiner Wiege vorbeigefahren und haben's doch nicht sehen können. Ihr beide aber", und er nickte ein paarmal bedeutsam gegen Hauke und seine Tochter, „danket Gott, daß ihr nicht Deichgraf seid! Zwei Augen hat man nur, und mit hundert soll man sehen. – – Nimm nur die Rechnungen über die Bestikkungsarbeiten, Hauke, und sieh sie nach; die Kerls rechnen oft zu liederlich!"

Dann lehnte er sich wieder in seinen Stuhl zurück, ruckte den schweren Körper ein paarmal und überließ sich bald dem sorgenlosen Schlummer.

Dergleichen wiederholte sich an manchem Abend. Hauke hatte scharfe Augen und unterließ es nicht, wenn sie beisammensaßen, das eine oder andre von schädlichem Tun oder Unterlassen in Deichsachen dem Alten vor die Augen zu rücken; und da dieser sie nicht immer schließen konnte, so kam unversehens ein lebhafterer Geschäftsgang in die Verwaltung, und die, welche früher im alten Schlendrian fortgesündigt hatten und jetzt unerwartet ihre frevlen oder faulen Finger geklopft fühlten, sahen sich unwillig und verwundert um, woher die Schläge denn gekommen seien. Und Ole, der Großknecht, säumte nicht, möglichst weit die Offenbarung zu verbreiten und dadurch gegen Hauke und seinen Vater, der doch die Mitschuld tragen mußte, in diesen Kreisen einen Widerwillen zu erregen; die andern aber, welche nicht getroffen waren oder denen es um die Sache selbst zu tun war, lachten und hatten ihre Freude, daß der Junge den Alten doch einmal etwas in Trab gebracht habe. „Schad nur", sagten sie, „daß der Bengel nicht den gehörigen Klei unter den Füßen hat; das gäbe später sonst einmal wieder einen Deichgrafen, wie vordem sie dagewesen sind; aber die paar Demat seines Alten, die täten's denn doch nicht!"

Als im nächsten Herbst der Herr Amtmann und Oberdeichgraf zur Schauung kam, sah er sich den alten Tede Volkerts von oben bis unten an, während dieser ihn zum Frühstück nötigte. „Wahrhaftig, Deichgraf", sagte er, „ich dacht's mir schon, Ihr seid in der Tat um ein Halbstieg Jahre jünger geworden; Ihr habt mir diesmal mit all Euern Vorschlägen warm gemacht; wenn wir mit alledem nur heute fertig werden!"

„Wird schon, wird schon, gestrenger Herr Oberdeichgraf", erwiderte der Alte schmunzelnd; „der Gansbraten da wird schon die Kräfte stärken! Ja, Gott sei Dank, ich bin noch allezeit frisch und munter!" Er sah sich in der Stube um, ob auch nicht etwa Hauke um die Wege sei; dann setzte er in würdevoller Ruhe noch hinzu: „So hoffe ich zu Gott, noch meines Amtes ein paar Jahre in Segen warten zu können."

„Und darauf, lieber Deichgraf", erwiderte sein Vorgesetzter, sich erhebend, „wollen wir dieses Glas zusammen trinken!"

Elke, die das Frühstück bestellt hatte, ging eben, während die Gläser aneinanderklangen, mit leisem Lachen aus der Stubentür. Dann holte sie eine Schüssel Abfall aus der Küche und ging durch den Stall, um es vor der Außentür dem Federvieh vorzuwerfen. Im Stall stand Hauke Haien und steckte den Kühen, die man der argen Witterung wegen schon jetzt hatte heraufnehmen müssen, mit der Furke Heu in ihre Raufen. Als er aber das Mädchen kommen sah, stieß er die Furke auf den Grund. „Nu, Elke!" sagte er.

Sie blieb stehen und nickte ihm zu: „Ja, Hauke; aber eben hättest du drinnen sein müssen!"

„Meinst du? Warum denn, Elke?"

„Der Herr Oberdeichgraf hat den Wirt gelobt!"

„Den Wirt? Was tut das mir?"

„Nein, ich mein, den Deichgrafen hat er gelobt!"

Ein dunkles Rot flog über das Gesicht des jungen Menschen: „Ich weiß wohl", sagte er, „wohin du damit segeln willst!"

„Werd nur nicht rot, Hauke, du warst es ja doch eigentlich, den der Oberdeichgraf lobte!"

Hauke sah sie mit halbem Lächeln an. „Auch du doch, Elke!" sagte er.

Aber sie schüttelte den Kopf: „Nein, Hauke; als ich allein der Helfer war, da wurden wir nicht gelobt. Ich kann ja auch nur rechnen; du aber siehst draußen alles, was der Deichgraf doch wohl selber sehen sollte; du hast mich ausgestochen!"

„Ich hab das nicht gewollt, dich am mindsten", sagte Hauke zaghaft, und er stieß den Kopf einer Kuh zur Seite: „Komm, Rotbunt, friß mir nicht die Furke auf, du sollst ja alles haben!"

„Denk nur nicht, daß mir's leid tut, Hauke", sagte nach kurzem Sinnen das Mädchen; „das ist ja Mannessache!"

Da streckte Hauke ihr den Arm entgegen: „Elke, gib mir die Hand darauf!"

Ein tiefes Rot schoß unter die dunkeln Brauen des Mädchens. „Warum? Ich lüg ja nicht!" rief sie.

Hauke wollte antworten; aber sie war schon zum Stall hinaus, und er stand mit seiner Furke in der Hand und hörte nur, wie draußen die Enten und Hühner um sie schnatterten und krähten.

Es war im Januar von Haukes drittem Dienstjahr, als ein Winterfest gehalten werden sollte; „Eisboseln" nennen sie es hier. Ein ständiger Frost hatte beim Ruhen der Küstenwinde alle Gräben zwischen den Fennen mit einer festen ebenen Kristallfläche belegt, so daß die zerschnittenen Landstücke nun eine weite Bahn für das Werfen der kleinen, mit Blei ausgegossenen Holzkugeln bildeten, womit das Ziel erreicht werden sollte. Tagaus, tagein wehte ein leichter Nordost: alles war schon in Ordnung; die Geestleute in dem zu Osten über der Marsch belegenen Kirchdorf, die im vorigen Jahre gesiegt hatten, waren zum Wettkampf gefordert und hatten angenommen; von jeder Seite waren neun Werfer aufgestellt; auch der Obmann und die Kretler waren gewählt. Zu letzteren, die bei Streitfällen über einen zweifelhaften Wurf miteinander zu verhandeln hatten, wurden allezeit Leute genommen, die ihre Sache ins beste Licht zu rücken verstanden, am liebsten Burschen, die außer gesundem Menschenverstand auch noch ein lustig Mundwerk hatten. Dazu gehörte vor allen Ole Peters, der Großknecht des Deichgrafen. „Werft nur wie die Teufel", sagte er; „das Schwatzen tu ich schon umsonst!"

Es war gegen Abend vor dem Festtag; in der Nebenstube des Kirchspielskruges droben auf der Geest war eine Anzahl von den Werfern erschienen, um über die Aufnahme einiger zuletzt noch Angemeldeten zu beschließen. Hauke Haien war auch unter diesen; er hatte erst nicht wollen, obschon er seiner wurfgeübten Arme sich wohl bewußt war, aber er fürchtete, durch Ole Peters, der einen Ehrenposten in dem Spiel bekleidete, zurückgewiesen zu werden; die Niederlage wollte er sich sparen. Aber Elke hatte ihm noch in der elften Stunde den Sinn gewandt. „Er wird's nicht wagen, Hauke", hatte sie gesagt; „er ist ein Tagelöhnersohn; dein Vater hat Kuh und Pferd und ist dazu der klügste Mann im Dorf!"

„Aber, wenn er's dennoch fertigbringt?"

Sie sah ihn halb lächelnd aus ihren dunkeln Augen an. „Dann", sagte sie, „soll er sich den Mund wischen, wenn er abends mit seines Wirts Tochter zu tanzen denkt!" – Da hatte Hauke ihr mutig zugenickt.

Nun standen die jungen Leute, die noch in das Spiel hineinwollten, frierend und fußtrampelnd vor dem Kirchspielskrug und sahen nach der Spitze des aus Felsblöcken gebauten Kirchturms hinauf, neben dem das Krughaus lag. Des Pastors Tauben, die sich im Sommer auf den Feldern des Dorfes nährten, kamen eben von den Höfen und Scheuern der Bauern zurück, wo sie sich jetzt ihre Körner gesucht hatten, und verschwanden unter den Schindeln des Turmes, hinter welchen sie ihre Nester hatten, im Westen über dem Haff stand ein glühendes Abendrot.

„Wird gut Wetter morgen!" sagte der eine der jungen Burschen und begann heftig auf und ab zu wandern; „aber kalt! kalt!" Ein zweiter, als er keine Taube mehr fliegen sah, ging in das Haus und stellte sich horchend neben die Tür der Stube, aus der jetzt ein lebhaftes Durcheinanderreden herausscholl; auch des Deichgrafen Kleinknecht war neben ihn getreten. „Hör, Hauke", sagte er zu diesem; „nun schreien sie um dich!" und deutlich hörte man von drinnen Ole Peters' knarrende Stimme: „Kleinknechte und Jungens gehören nicht dazu!"

„Komm", flüsterte der andre und suchte Hauke am Rockärmel an die Stubentür zu ziehen, „hier kannst du lernen, wie hoch sie dich taxieren!"

Aber Hauke riß sich los und ging wieder vor das Haus: „Sie haben uns nicht ausgesperrt, damit wir's hören sollen!" rief er zurück.

Vor dem Hause stand der dritte der Angemeldeten. „Ich fürcht, mit mir hat's einen Haken", rief er ihm entgegen; „ich hab kaum achtzehn Jahre; wenn sie nur den Taufschein nicht verlangen! Dich, Hauke, wird dein Großknecht schon herauskreteln!"

„Ja, heraus!" brummte Hauke und schleuderte mit dem Fuße einen Stein über den Weg; „nur nicht hinein!"

Der Lärm in der Stube wurde stärker; dann allmählich trat eine Stille ein; die draußen hörten wieder den leisen

Nordost, der sich oben an der Kirchturmspitze brach. Der Horcher trat wieder zu ihnen. „Wen hatten sie da drinnen?" frug der Achtzehnjährige.

„Den da!" sagte jener und wies auf Hauke; „Ole Peters wollte ihn zum Jungen machen; aber alle schrien dagegen. Und sein Vater hat Vieh und Land, sagte Jeß Hansen. Ja, Land, rief Ole Peters, das man auf dreizehn Karren wegfahren kann! – Zuletzt kam Ole Hensen: ‚Still da!' schrie er; ‚ich will's euch lehren: sagt nur, wer ist der erste Mann im Dorf?' Da schwiegen sie erst und schienen sich zu besinnen; dann sagte eine Stimme: ‚Das ist doch wohl der Deichgraf!' Und alle anderen riefen: ‚Nun ja, unserthalb der Deichgraf!' – ‚Und wer ist denn der Deichgraf?' rief Ole Hensen wieder; ‚aber nun bedenkt euch recht!' – – Da begann einer leis zu lachen, und dann wieder einer, bis zuletzt nichts in der Stube war als lauter Lachen. ‚Nun, so ruft ihn', sagte Ole Hensen; ‚ihr wollt doch nicht den Deichgrafen von der Tür stoßen!' Ich glaub, sie lachen noch; aber Ole Peters' Stimme war nicht mehr zu hören!" schloß der Bursche seinen Bericht.

Fast in demselben Augenblicke wurde drinnen im Hause die Stubentür aufgerissen, und: „Hauke! Hauke Haien!" rief es laut und fröhlich in die kalte Nacht hinaus.

Da trabte Hauke in das Haus und hörte nicht mehr, wer denn der Deichgraf sei; was in seinem Kopfe brütete, hat indessen niemand wohl erfahren.

– – Als er nach einer Weile sich dem Hause seiner Herrschaft nahte, sah er Elke drunten am Heck der Auffahrt stehen, das Mondlicht schimmerte über die unermeßliche weißbereifte Weidefläche. „Stehst du hier, Elke?" frug er.

Sie nickte nur: „Was ist geworden?" sagte sie; „hat er's gewagt?"

– „Was sollt er nicht!"

„Nun, und?"

– „Ja, Elke; ich darf es morgen doch versuchen!"

„Gute Nacht, Hauke!" Und sie lief flüchtig die Werfte hinan und verschwand im Hause.

Langsam folgte er ihr.

Auf der weiten Weidefläche, die sich zu Osten an der Landseite des Deiches entlangzog, sah man am Nachmittag darauf eine dunkle Menschenmasse bald unbeweglich stillestehen, bald, nachdem zweimal eine hölzerne Kugel aus derselben über den durch die Tagessonne jetzt von Reif befreiten Boden hingeflogen war, abwärts von den hinter ihr liegenden langen und niedrigen Häusern allmählich weiterrücken; die Parteien der Eisbosler in der Mitte, umgeben von alt und jung, was mit ihnen, sei es in jenen Häusern oder in denen droben auf der Geest, Wohnung oder Verbleib hatte; die älteren Männer in langen Röcken, bedächtig aus kurzen Pfeifen rauchend, die Weiber in Tüchern und Jacken, auch wohl Kinder an den Händen ziehend oder auf den Armen tragend. Aus den gefrorenen Gräben, welche allmählich überschritten wurden, funkelte durch die scharfen Schilfspitzen der bleiche Schein der Nachmittagssonne; es fror mächtig, aber das Spiel ging unablässig vorwärts, und aller Augen verfolgten immer wieder die fliegende Kugel, denn an ihr hing heute für das ganze Dorf die Ehre des Tages. Der Kretler der Parteien trug hier einen weißen, bei den Geestleuten einen schwarzen Stab mit eiserner Spitze; wo die Kugel ihren Lauf geendet hatte, wurde dieser, je nachdem, unter schweigender Anerkennung oder dem Hohngelächter der Gegenpartei in den gefrorenen Boden eingeschlagen, und wessen Kugel zuerst das Ziel erreichte, der hatte für seine Partei das Spiel gewonnen.

Gesprochen wurde von all den Menschen wenig; nur wenn ein Kapitalwurf geschah, hörte man wohl einen Ruf der jungen Männer oder Weiber; oder von den Alten einer nahm seine Pfeife aus dem Mund und klopfte damit unter ein paar guten Worten den Werfer auf die Schulter: „Das war ein Wurf, sagte Zacharies und warf sein Weib aus der Luke!“ oder: „So warf dein Vater auch; Gott tröst ihn in der Ewigkeit!“ oder was sie sonst für Gutes sagten.

Bei seinem ersten Wurfe war das Glück nicht mit Hauke gewesen: als er eben den Arm hinten ausschwang, um die Kugel fortzuschleudern, war eine Wolke von der Sonne fortgezogen, die sie vorhin bedeckt hatte, und diese traf mit ihrem vollen Strahl in seine Augen; der Wurf wurde zu kurz, die Kugel fiel auf einen Graben und blieb im Bummeis stecken.

„Gilt nicht! Gilt nicht! Hauke, noch einmal", riefen seine Partner.

Aber der Kretler der Geestleute sprang dagegen auf: „Muß wohl gelten; geworfen ist geworfen!"

„Ole! Ole Peters!" schrie die Marschjugend. „Wo ist Ole? Wo, zum Teufel, steckt er?"

Aber er war schon da: „Schreit nur nicht so! Soll Hauke wo geflickt werden! Ich dacht's mir schon."

– „Ei was! Hauke muß noch einmal werfen; nun zeig, daß du das Maul am rechten Fleck hast!"

„Das hab ich schon!" rief Ole und trat dem Geestkretler gegenüber und redete einen Haufen Galimathias aufeinander. Aber die Spitzen und Schärfen, die sonst aus seinen Worten blitzten, waren diesmal nicht dabei. Ihm zur Seite stand das Mädchen mit den Rätselbrauen und sah scharf aus zornigen Augen auf ihn hin; aber reden durfte sie nicht, denn die Frauen hatten keine Stimme in dem Spiel.

„Du leierst Unsinn", rief der andere Kretler, „weil dir der Sinn nicht dienen kann! Sonne, Mond und Sterne sind für uns alle gleich und allezeit am Himmel; der Wurf war ungeschickt, und alle ungeschickten Würfe gelten!"

So redeten sie noch eine Weile gegeneinander; aber das Ende war, daß nach Bescheid des Obmanns Hauke seinen Wurf nicht wiederholen durfte.

„Vorwärts!" riefen die Geestleute, und ihr Kretler zog den schwarzen Stab aus dem Boden, und der Werfer trat auf seinen Nummerruf dort an und schleuderte die Kugel vorwärts. Als der Großknecht des Deichgrafen dem Wurfe zusehen wollte, hatte er an Elke Volkerts vorbeimüssen: „Wem zuliebe ließest du heut deinen Verstand zu Hause?" raunte sie ihm zu.

Da sah er sie fast grimmig an, und aller Spaß war aus seinem breiten Gesichte verschwunden. „Dir zulieb!" sagte er, „denn du hast deinen auch vergessen!"

„Geh nur; ich kenne dich, Ole Peters!" erwiderte das Mädchen, sich hoch aufrichtend; er aber kehrte den Kopf ab und tat, als habe er das nicht gehört.

Und das Spiel und der schwarze und der weiße Stab gingen weiter. Als Hauke wieder am Wurf war, flog seine Kugel schon so weit, daß das Ziel, die große weißgekalkte Tonne, klar in Sicht kam. Er war jetzt ein fester junger Kerl, und Mathematik und Wurfkunst hatte er täglich während seiner Knabenzeit getrieben. „Oho, Hauke!" rief es aus dem Haufen; „das war ja, als habe der Erzengel Michael selbst geworfen!" Eine alte Frau mit Kuchen und Branntwein drängte sich durch den Haufen zu ihm; sie schenkte ein Glas voll und bot es ihm. „Komm", sagte sie, „wir wollen uns vertragen: das heut ist besser, als da du mir die Katze totschlugst!" Als er sie ansah, erkannte er, daß es Trin' Jans war. „Ich dank dir, Alte", sagte er; „aber ich trink das nicht." Er griff in seine Tasche und drückte ihr ein frischgeprägtes Markstück in die Hand: „Nimm das und trink selber das Glas aus, Trin'; so haben wir uns vertragen!"

„Hast recht, Hauke!" erwiderte die Alte, indem sie seiner Anweisung folgte; „hast recht; das ist auch besser für ein altes Weib wie ich!"

„Wie geht's mit deinen Enten?" rief er ihr noch nach, als sie sich schon mit ihrem Korbe fortmachte; aber sie schüttelte nur den Kopf, ohne sich umzuwenden, und patschte mit ihren alten Händen in die Luft. „Nichts, nichts, Hauke; da sind zu viele Ratten in euren Gräben; Gott tröst mich; man muß sich anders nähren!" Und somit drängte sie sich in den Menschenhaufen und bot wieder ihren Schnaps und ihre Honigkuchen an.

Die Sonne war endlich schon hinter den Deich hinabgesunken; statt ihrer glimmte ein rotvioletter Schimmer empor; mitunter flogen schwarze Krähen vorüber und waren auf Augenblicke wie vergoldet, es wurde Abend. Auf den Fennen aber rückte der dunkle Menschentrupp noch immer weiter von den schwarzen, schon fern liegenden Häusern nach der Tonne zu; ein besonders tüchtiger Wurf mußte sie jetzt erreichen können. Die Marschleute waren an der Reihe; Hauke sollte werfen.

Die kreidige Tonne zeichnete sich weiß in dem breiten Abendschatten, der jetzt von dem Deiche über die Fläche fiel. „Die werdet ihr uns diesmal wohl noch lassen!" rief einer von den Geestleuten, denn es ging scharf her; sie waren um mindestens ein Halbstieg Fuß im Vorteil.

Die hagere Gestalt des Genannten trat eben aus der Menge; die grauen Augen sahen aus dem langen Friesengesicht vorwärts nach der Tonne; in der herabhängenden Hand lag die Kugel.

„Der Vogel ist dir wohl zu groß“, hörte er in diesem Augenblicke Ole Peters' Knarrstimme dicht vor seinen Ohren; „sollen wir ihn um einen grauen Topf vertauschen?“

Hauke wandte sich und blickte ihn mit festen Augen an: „Ich werfe für die Marsch!“ sagte er. „Wohin gehörst denn du?“

„Ich denke, auch dahin, du wirfst doch wohl für Elke Volkerts!“

„Beiseit!“ schrie Hauke und stellte sich wieder in Positur. Aber Ole drängte mit dem Kopf noch näher auf ihn zu. Da plötzlich, bevor noch Hauke selber etwas dagegen unternehmen konnte, packte den Zudringlichen eine Hand und riß ihn rückwärts, daß der Bursche gegen seine lachenden Kameraden taumelte. Es war keine große Hand gewesen, die das getan hatte; denn als Hauke flüchtig den Kopf wandte, sah er neben sich Elke Volkerts ihren Ärmel zurechtzupfen, und die dunkeln Brauen standen ihr wie zornig in dem heißen Antlitz.

Da flog es wie eine Stahlkraft in Haukes Arm; er neigte sich ein wenig, er wiegte die Kugel ein paarmal in der Hand; dann holte er aus, und eine Todesstille war auf beiden Seiten; alle Augen folgten der fliegenden Kugel, man hörte ihr Sausen, wie sie die Luft durchschnitt; plötzlich, schon weit vom Wurfplatz, verdeckten sie die Flügel einer Silbermöwe, die, ihren Schrei ausstoßend, vom Deich herüberkam; zugleich aber hörte man es in der Ferne an die Tonne klatschen. „Hurra für Hauke!“ riefen die Marschleute, und lärmend ging es durch die Menge: „Hauke! Hauke Haien hat das Spiel gewonnen!“

Der aber, da ihn alle dicht umdrängten, hatte seitwärts nur nach einer Hand gegriffen; auch da sie wieder riefen: „Was stehst du, Hauke? Die Kugel liegt ja in der Tonne!“ nickte er nur und ging nicht von der Stelle; erst als er fühlte, daß sich die kleine Hand fest an die seine schloß, sagte er: „Ihr mögt schon recht haben; ich glaube auch, ich hab gewonnen!“

Dann strömte der ganze Trupp zurück, und Elke und Hauke wurden getrennt und von der Menge auf den Weg zum Kruge fortgerissen, der an des Deichgrafen Werfte nach der Geest hinaufbog. Hier aber entschlüpften beide dem Gedränge, und während Elke auf ihre Kammer ging, stand Hauke hinten vor der Stalltür auf der Werfte und sah, wie der dunkle Menschentrupp allmählich nach dort hinaufwanderte, wo im Kirchspielskrug ein Raum für die Tanzenden bereitstand. Das Dunkel breitete sich allmählich über die weite Gegend; es wurde immer stiller um ihn her, nur hinter ihm im Stalle regte sich das Vieh; oben von der Geest her glaubte er schon das Pfeifen der Klarinetten aus dem Kruge zu vernehmen. Da hörte er um die Ecke des Hauses das Rauschen eines Kleides, und kleine feste Schritte gingen den Fußsteig hinab, der durch die Fennen nach der Geest hinaufführte. Nun sah er auch im Dämmer die Gestalt dahinschreiten und sah, daß es Elke war; sie ging auch zum Tanze nach dem Krug. Das Blut schoß ihm in den Hals hinauf; sollte er ihr nicht nachlaufen und mit ihr gehen? Aber Hauke war kein Held den Frauen gegenüber; mit dieser Frage sich beschäftigend, blieb er stehen, bis sie im Dunkel seinem Blick entschwunden war.

Dann, als die Gefahr, sie einzuholen, vorüber war, ging auch er denselben Weg, bis er droben den Krug bei der Kirche erreicht hatte und das Schwatzen und Schreien der vor dem Hause und auf dem Flur sich Drängenden und das Schrillen der Geigen und Klarinetten betäubend ihn umrauschte. Unbeachtet drückte er sich in den „Gildesaal"; er war nicht groß und so voll, daß man kaum einen Schritt weit vor sich hinsehen konnte. Schweigend stellte er sich an den Türpfosten und blickte in das unruhige Gewimmel; die Menschen kamen ihm wie Narren vor; er hatte auch nicht zu sorgen, daß jemand noch an den Kampf des Nachmittags dachte und wer vor einer Stunde erst das Spiel gewonnen hatte; jeder sah nur auf seine Dirne und drehte sich mit ihr im Kreis herum. Seine Augen suchten nur die eine, und endlich – dort! Sie tanzte mit ihrem Vetter, dem jungen Deichgevollmächtigten; aber schon sah er sie nicht mehr, nur andere Dirnen aus Marsch und Geest, die ihn nicht kümmerten. Dann schnappten Violinen und Klarinetten plötzlich ab, und der Tanz war zu Ende; aber gleich begann auch schon ein anderer. Hauke flog es durch den Kopf, ob denn Elke ihm auch Wort halten, ob sie nicht mit Ole Peters ihm vorbeitanzen werde. Fast hätte er einen Schrei bei dem Gedanken ausgestoßen; dann – – ja, was wollte er dann? Aber sie schien bei diesem Tanze gar nicht mitzuhalten, und endlich ging auch der zu Ende, und ein anderer, ein Zweitritt, der eben erst hier in die Mode gekommen war, folgte. Wie rasend setzte die Musik ein, die jungen Kerle stürzten zu den Dirnen, die Lichter an den Wänden flirrten. Hauke reckte sich fast den Hals aus, um die Tanzenden zu erkennen; und dort, im dritten Paare, das war Ole Peters; aber wer war die Tänzerin? Ein breiter Marschbursche stand vor ihr und deckte ihr Gesicht! Doch der Tanz raste weiter, und Ole mit seiner Partnerin drehte sich heraus. „Vollina! Vollina Harders!" rief Hauke fast laut und seufzte dann gleich wieder erleichtert auf. Aber wo blieb Elke? Hatte sie keinen Tänzer, oder hatte sie alle ausgeschlagen, weil sie nicht mit Ole hatte tanzen wollen? – Und die Musik setzte wieder ab, und ein neuer Tanz begann; aber wieder sah er Elke nicht! Doch dort kam Ole, noch immer die dicke Vollina in den Armen! „Nun, nun", sagte Hauke; „da wird Jeß Harders mit seinen fünfundzwanzig Demat auch wohl bald aufs Altenteil müssen! – Aber wo ist Elke?"

Er verließ seinen Türpfosten und drängte sich weiter in den Saal hinein; da stand er plötzlich vor ihr, die mit einer älteren Freundin in einer Ecke saß. „Hauke!" rief sie, mit ihrem schmalen Antlitz zu ihm aufblickend; „bist du hier? Ich sah dich doch nicht tanzen!"

„Ich tanzte auch nicht", erwiderte er.

– „Weshalb nicht, Hauke?" und sich halb erhebend, setzte sie hinzu: „Willst du mit mir tanzen? Ich hab es Ole Peters nicht gegönnt; der kommt nicht wieder!"

Aber Hauke machte keine Anstalt: „Ich danke, Elke", sagte er; „ich verstehe das nicht gut genug; sie könnten über dich lachen; und dann ..." Er stockte plötzlich und sah sie nur aus seinen grauen Augen herzlich an, als ob er's ihnen überlassen müsse, das übrige zu sagen.

„Was meinst du, Hauke?" frug sie leise.

– „Ich mein, Elke, es kann ja doch der Tag nicht schöner für mich ausgehn, als er's schon getan hat."

„Ja", sagte sie, „du hast das Spiel gewonnen."

„Elke!" mahnte er kaum hörbar.

Da schlug ihr eine heiße Lohe in das Angesicht: „Geh!" sagte sie; „was willst du?" und schlug die Augen nieder.

Als aber die Freundin jetzt von einem Burschen zum Tanze fortgezogen wurde, sagte Hauke lauter: „Ich dachte, Elke, ich hätt was Besseres gewonnen!"

Noch ein paar Augenblicke suchten ihre Augen auf dem Boden; dann hob sie sie langsam, und ein Blick, mit der stillen Kraft ihres Wesens, traf in die seinen, der ihn wie Sommerluft durchströmte. „Tu, wie dir ums Herz ist, Hauke!" sprach sie; „wir sollten uns wohl kennen!"

Elke tanzte an diesem Abend nicht mehr, und als beide dann nach Hause gingen, hatten sie sich Hand in Hand gefaßt; aus der Himmelshöhe funkelten die Sterne über der schweigenden Marsch; ein leichter Ostwind wehte und brachte strenge Kälte; die beiden aber gingen, ohne viel Tücher und Umhang, dahin, als sei es plötzlich Frühling worden.

Hauke hatte sich auf ein Ding besonnen, dessen passende Verwendung zwar in ungewisser Zukunft lag, mit dem er sich aber eine stille Feier zu bereiten gedachte. Deshalb ging er am nächsten Sonntag in die Stadt zum alten Goldschmied Andersen und bestellte einen starken Goldring. „Streckt den Finger her, damit wir messen!" sagte der Alte und faßte ihm nach dem Goldfinger. „Nun", meinte er, „der ist nicht gar so dick, wie sie bei euch Leuten sonst zu sein pflegen!" Aber Hauke sagte: „Messet lieber am kleinen Finger!" und hielt ihm den entgegen.

Der Goldschmied sah ihn etwas verdutzt an; aber was kümmerten ihn die Einfälle der jungen Bauernburschen: „Da werden wir schon so einen unter den Mädchenringen haben!" sagte er, und Hauke schoß das Blut durch beide Wangen. Aber der kleine Goldring paßte auf seinen kleinen Finger, und er nahm ihn hastig und bezahlte ihn mit blankem Silber; dann steckte er ihn unter lautem Herzklopfen, und als ob er einen feierlichen Akt begehe, in die Westentasche. Dort trug er ihn seitdem an jedem Tage mit Unruhe und doch mit Stolz, als sei die Westentasche nur dazu da, um einen Ring darin zu tragen.

Er trug ihn so über Jahr und Tag, ja, der Ring mußte sogar aus dieser noch in eine neue Westentasche wandern; die Gelegenheit zu seiner Befreiung hatte sich noch immer nicht ergeben wollen. Wohl war's ihm durch den Kopf geflogen, nur gradenwegs vor seinen Wirt hinzutreten; sein Vater war ja doch auch ein Eingesessener! Aber wenn er ruhiger wurde, dann wußte er wohl, der alte Deichgraf würde seinen Kleinknecht ausgelacht haben. Und so lebten er und des Deichgrafen Tochter nebeneinander hin; auch sie in mädchenhaftem Schweigen, und beide doch, als ob sie allzeit Hand in Hand gingen.

Ein Jahr nach jenem Winterfesttag hatte Ole Peters seinen Dienst gekündigt und mit Vollina Harders Hochzeit gemacht; Hauke hatte recht gehabt: der Alte war auf Altenteil gegangen, und statt der dicken Tochter ritt nun der muntere Schwiegersohn die gelbe Stute in die Fenne und, wie es hieß, rückwärts allzeit gegen den Deich hinan. Hauke war Großknecht geworden und ein Jüngerer an seine Stelle getreten; wohl hatte der Deichgraf ihn erst nicht wollen aufrücken lassen: „Kleinknecht ist besser!" hatte er gebrummt; „ich brauch ihn hier bei meinen Büchern!" Aber Elke hatte ihm vorgehalten: „Dann geht auch Hauke, Vater!" Da war dem Alten bange geworden, und Hauke war zum Großknecht aufgerückt, hatte aber trotzdessen nach wie vor auch an der Deichgrafschaft mitgeholfen.

Nach einem andern Jahr aber begann er gegen Elke davon zu reden, sein Vater werde kümmerlich, und die paar Tage, die der Wirt ihn im Sommer in dessen Wirtschaft lasse, täten's nun nicht mehr; der Alte quäle sich, er dürfe das nicht länger ansehn. – Es war ein Sommerabend; die beiden standen im Dämmerschein unter der großen Esche vor der Haustür. Das Mädchen sah eine Weile stumm in die Zweige des Baumes hinauf; dann entgegnete sie: „Ich hab's nicht sagen wollen, Hauke; ich dachte, du würdest selber wohl das Rechte treffen."

„Ich muß dann fort aus eurem Hause", sagte er, „und kann nicht wiederkommen."

Sie schwiegen eine Weile und sahen in das Abendrot, das drüben hinterm Deiche in das Meer versank. „Du mußt es wissen", sagte sie; „ich war heut morgen noch bei deinem Vater und fand ihn in seinem Lehnstuhl eingeschlafen; die Reißfeder in der Hand, das Reißbrett mit einer halben Zeichnung lag vor ihm auf dem Tisch; – und da er erwacht war und mühsam ein Viertelstündchen mit mir geplaudert hatte und ich nun gehen wollte, da hielt er mich so angstvoll an der Hand zurück, als fürchte er, es sei zum letzten Mal; aber . . ."

„Was aber, Elke?" frug Hauke, da sie fortzufahren zögerte.

Ein paar Tränen rannen über die Wangen des Mädchens. „Ich dachte nur an meinen Vater", sagte sie; „glaub mir, es wird ihm schwer ankommen, dich zu missen." Und als ob sie zu dem Worte sich ermannen müsse, fügte sie hinzu: „Mir ist es oft, als ob er auf seine Totenkammer rüste."

Hauke antwortete nicht; ihm war es plötzlich, als rühre sich der Ring in seiner Tasche; aber noch bevor er seinen Unmut über diese unwillkürliche Lebensregung unterdrückt hatte, fuhr Elke fort: „Nein, zürn nicht, Hauke! Ich trau, du wirst auch so uns nicht verlassen!"

Da ergriff er eifrig ihre Hand, und sie entzog sie ihm nicht. Noch eine Weile standen die jungen Menschen in dem sinkenden Dunkel beieinander, bis ihre Hände auseinanderglitten und jedes seine Wege ging. – Ein Windstoß fuhr empor und rauschte durch die Eschenblätter und machte die Läden klappern, die an der Vorderseite des Hauses waren; allmählich aber kam die Nacht, und Stille lag über der ungeheueren Ebene.

Durch Elkes Zutun war Hauke von dem alten Deichgrafen seines Dienstes entlassen worden, obgleich er ihm rechtzeitig nicht gekündigt hatte, und zwei neue Knechte waren jetzt im Hause. – Noch ein paar Monate weiter, dann starb Tede Haien; aber bevor er starb, rief er den Sohn an seine Lagerstatt: „Setz dich zu mir, mein Kind", sagte der Alte mit matter Stimme, „dicht zu mir! Du brauchst dich nicht zu fürchten; wer bei mir ist, das ist nur der dunkle Engel des Herrn, der mich zu rufen kommt."

Und der erschütterte Sohn setzte sich dicht an das dunkle Wandbett: „Sprecht, Vater, was Ihr noch zu sagen habt!"

„Ja, mein Sohn, noch etwas", sagte der Alte und streckte seine Hände über das Deckbett. „Als du, noch ein halber Junge, zu dem Deichgrafen in Dienst gingst, da lag's in deinem Kopf, das selbst einmal zu werden. Das hatte mich angesteckt, und ich dachte auch allmählich, du seiest der rechte Mann dazu. Aber dein Erbe war für solch ein Amt zu klein – ich habe während deiner Dienstzeit knapp gelebt – ich dacht es zu vermehren."

Hauke faßte heftig seines Vaters Hände, und der Alte suchte sich aufzurichten, daß er ihn sehen könne. „Ja, ja, mein Sohn", sagte er, „dort in der obersten Schublade der Schatulle liegt das Dokument. Du weißt, die alte Antje Wohlers hat eine Fenne von fünf und einem halben Demat; aber sie konnte mit dem Mietgelde allein in ihrem krüppelhaften Alter nicht mehr durchfinden; da habe ich allzeit um Martini eine bestimmte Summe, und auch mehr, wenn ich es hatte, dem armen Mensch gegeben; und dafür hat sie die Fenne mir übertragen; es ist alles gerichtlich fertig. – – Nun liegt auch sie am Tode: die Krankheit unserer Marschen, der Krebs, hat sie befallen; du wirst nicht mehr zu zahlen brauchen!"

Eine Weile schloß er die Augen; dann sagte er noch: „Es ist nicht viel; doch hast du mehr dann, als du bei mir gewohnt warst. Mög es dir zu deinem Erdenleben dienen!"

Unter den Dankesworten des Sohnes schlief der Alte ein. Er hatte nichts mehr zu besorgen; und schon nach einigen Tagen hatte der dunkle Engel des Herrn ihm seine Augen für immer zugedrückt, und Hauke trat sein väterliches Erbe an.

– – Am Tage nach dem Begräbnis kam Elke in dessen Haus. „Dank, daß du einguckst, Elke!" rief Hauke ihr als Gruß entgegen.

Aber sie erwiderte: „Ich guck nicht ein; ich will bei dir ein wenig Ordnung schaffen, damit du ordentlich in deinem Hause wohnen kannst! Dein Vater hat vor seinen Zahlen und Rissen nicht viel um sich gesehen, und auch der Tod schafft Wirrsal; ich will's dir wieder ein wenig lebig machen!"

Er sah aus seinen grauen Augen voll Vertrauen auf sie hin: „So schaff nur Ordnung!" sagte er; „ich hab's auch lieber."

Und dann begann sie aufzuräumen: das Reißbrett, das noch dalag, wurde abgestäubt und auf den Boden getragen, Reißfedern und Bleistift und Kreide sorgfältig in einer Schatullenschublade weggeschlossen; dann wurde die junge Dienstmagd zur Hülfe hereingerufen und mit ihr das Gerät der ganzen Stube in eine andere und bessere Stellung gebracht, so daß es anschien, als sei dieselbe nun heller und größer geworden. Lächelnd sagte Elke: „Das können nur wir Frauen!" und Hauke, trotz seiner Trauer um den Vater, hatte mit glücklichen Augen zugesehen, auch wohl selber, wo es nötig war, geholfen.

Und als gegen die Dämmerung – es war zu Anfang des Septembers – alles war, wie sie es für ihn wollte, faßte sie seine Hand und nickte ihm mit ihren dunkeln Augen zu: „Nun komm und iß bei uns zu Abend; denn meinem Vater hab ich's versprechen müssen, dich mitzubringen; wenn du dann heimgehst, kannst du ruhig in dein Haus treten!"

Als sie dann in die geräumige Wohnstube des Deichgrafen traten, wo bei verschlossenen Läden schon die beiden Lichter auf dem Tische brannten, wollte dieser aus seinem Lehnstuhl in die Höhe, aber mit seinem schweren Körper zurücksinkend, rief er nur seinem früheren Knecht entgegen. „Recht, recht, Hauke, daß du deine alten Freunde aufsuchst! Komm nur näher, immer näher!" Und als Hauke an seinen Stuhl getreten war, faßte er dessen Hand mit seinen beiden runden Händen: „Nun, nun, mein Junge", sagte er, „sei nur ruhig jetzt, denn sterben müssen wir alle, und dein Vater war keiner von den Schlechtsten! – Aber, Elke, nun sorg, daß du den Braten auf den Tisch kriegst; wir müssen uns stärken! Es gibt viel Arbeit für uns, Hauke! Die Herbstschau ist in Anmarsch; Deich- und Sielrechnungen haushoch; der neuliche Deichschaden am Westerkoog – ich weiß nicht, wo mir der Kopf steht, aber deiner, gottlob, ist um ein gut Stück jünger; du bist ein braver Junge, Hauke!“

Und nach dieser langen Rede, womit der Alte sein ganzes Herz dargelegt hatte, ließ er sich in seinen Stuhl zurückfallen und blinzelte sehnsüchtig nach der Tür, durch welche Elke eben mit der Bratenschüssel hereintrat. Hauke stand lächelnd neben ihm. „Nun setz dich“, sagte der Deichgraf, „damit wir nicht unnötig Zeit verspillen; kalt schmeckt das nicht!“

Und Hauke setzte sich; es schien ihm Selbstverstand, die Arbeit von Elkes Vater mitzutun. Und als die Herbstschau dann gekommen war und ein paar Monde mehr ins Jahr gingen, da hatte er freilich auch den besten Teil daran getan.“

Der Erzähler hielt inne und blickte um sich. Ein Möwenschrei war gegen das Fenster geschlagen, und draußen vom Hausflur aus wurde ein Trampeln hörbar, als ob einer den Klei von seinen schweren Stiefeln abtrete.

Deichgraf und Gevollmächtigte wandten die Köpfe gegen die Stubentür. „Was ist?“ rief der erstere.

Ein starker Mann, den Südwester auf dem Kopf, war eingetreten. „Herr“, sagte er, „wir beide haben es gesehen, Hans Nickels und ich: der Schimmelreiter hat sich in den Bruch gestürzt!“

„Wo saht Ihr das?“ frug der Deichgraf.

– „Es ist ja nur die eine Wehle; in Jansens Fenne, wo der Hauke-Haien-Koog beginnt.“

„Saht Ihr's nur einmal?“

– „Nur einmal; es war auch nur wie Schatten, aber es braucht drum nicht das erste Mal gewesen zu sein.“

Der Deichgraf war aufgestanden. „Sie wollen entschuldigen“, sagte er, sich zu mir wendend, „wir müssen draußen nachsehn, wo das Unheil hin will!“ Dann ging er mit dem Boten zur Tür hinaus; aber auch die übrige Gesellschaft brach auf und folgte ihm.

Ich blieb mit dem Schullehrer allein in dem großen öden Zimmer; durch die unverhangenen Fenster, welche nun nicht mehr durch die Rücken der davorsitzenden Gäste verdeckt wurden, sah man frei hinaus und wie der Sturm die dunkeln Wolken über den Himmel jagte.

Der Alte saß noch auf seinem Platze, ein überlegenes, fast mitleidiges Lächeln auf seinen Lippen. „Es ist hier zu leer geworden", sagte er; „darf ich Sie zu mir auf mein Zimmer laden? Ich wohne hier im Hause; und glauben Sie mir, ich kenne die Wetter hier am Deich; für uns ist nichts zu fürchten."

Ich nahm das dankend an, denn auch mich wollte hier zu frösteln anfangen, und wir stiegen unter Mitnahme eines Lichtes die Stiegen zu einer Giebelstube hinauf, die zwar gleichfalls gegen Westen hinauslag, deren Fenster aber jetzt mit dunkeln Wollteppichen verhangen waren. In einem Bücherregal sah ich eine kleine Bibliothek, daneben die Porträte zweier alter Professoren; vor einem Tische stand ein großer Ohrenlehnstuhl. „Machen Sie sich's bequem!" sagte mein freundlicher Wirt und warf einige Torf in den noch glimmenden kleinen Ofen, der oben von einem Blechkessel gekrönt war. „Nur noch ein Weilchen! Er wird bald sausen; dann brau ich uns ein Gläschen Grog, das hält Sie munter!"

„Dessen bedarf es nicht", sagte ich; „ich werd nicht schläfrig, wenn ich Ihren Hauke auf seinem Lebensweg begleite!"

– „Meinen Sie?" und er nickte mit seinen klugen Augen zu mir herüber, nachdem ich behaglich in seinem Lehnstuhl untergebracht war. „Nun, wo blieben wir denn? – – Ja, ja; ich weiß schon! Also:

Hauke hatte sein väterliches Erbe angetreten, und da die alte Antje Wohlers auch ihrem Leiden erlegen war, so hatte deren Fenne es vermehrt. Aber seit dem Tode oder, richtiger, seit den letzten Worten seines Vaters war in ihm etwas aufgewachsen, dessen Keim er schon seit seiner Knabenzeit in sich getragen hatte; er wiederholte es sich mehr als zu oft, er sei der rechte Mann, wenn's einen neuen Deichgrafen geben müsse. Das war es; sein Vater, der es verstehen mußte, der ja der klügste Mann im Dorf gewesen war, hatte ihm dieses Wort wie eine letzte Gabe seinem Erbe beigelegt; die Wohlerssche Fenne, die er ihm auch verdankte, sollte den ersten Trittstein zu dieser Höhe bilden! Denn, freilich, auch mit dieser – ein Deichgraf mußte noch einen andern Grundbesitz aufweisen können! – – Aber sein Vater hatte sich einsame Jahre knapp beholfen, und mit dem, was er sich entzogen hatte, war er des neuen Besitzes Herr geworden; das konnte er auch, er konnte noch mehr; denn seines Vaters Kraft war schon verbraucht gewesen, er aber konnte noch jahrelang die schwerste Arbeit tun! – – Freilich, wenn er es dadurch nach dieser Seite hin erzwang, durch die Schärfen und Spitzen, die er der Verwaltung seines alten Dienstherrn zugesetzt hatte, war ihm eben keine Freundschaft im Dorf zuwege gebracht worden, und Ole Peters, sein alter Widersacher, hatte jüngsthin eine Erbschaft getan und begann ein wohlhabender Mann zu werden! Eine Reihe von Gesichtern ging vor seinem innern Blick vorüber, und sie sahen ihn alle mit bösen Augen an; da faßte ihn ein Groll gegen diese Menschen: er streckte die Arme aus, als griffe er nach ihnen, denn sie wollten ihn vom Amte drängen, zu dem von allen nur er berufen war. – Und die Gedanken ließen ihn nicht; sie waren immer wieder da, und so wuchsen in seinem jungen Herzen neben der Ehrenhaftigkeit und Liebe auch die Ehrsucht und der Haß. Aber diese beiden verschloß er tief in seinem Innern; selbst Elke ahnte nichts davon.

– Als das neue Jahr gekommen war, gab es eine Hochzeit; die Braut war eine Verwandte von Haiens, und Hauke und Elke waren beide dort geladene Gäste; ja, bei dem Hochzeitessen traf es sich durch das Ausbleiben eines näheren Verwandten, daß sie ihre Plätze nebeneinander fanden. Nur ein Lächeln, das über beider Antlitz glitt, verriet ihre Freude darüber. Aber Elke saß heute teilnahmlos in dem Geräusche des Plauderns und Gläserklirrens.

„Fehlt dir etwas?“ frug Hauke.

– „Oh, eigentlich nichts; es sind mir nur zu viele Menschen hier.“

„Aber du siehst so traurig aus!“

Sie schüttelte den Kopf; dann sprachen sie wieder nicht.

Da stieg es über ihr Schweigen wie Eifersucht in ihm auf, und heimlich unter dem überhängenden Tischtuch ergriff er ihre Hand; aber sie zuckte nicht, sie schloß sich wie vertrauensvoll um seine. Hatte ein Gefühl der Verlassenheit sie befallen, da ihre Augen täglich auf der hinfälligen Gestalt des Vaters haften mußten? – Hauke dachte nicht daran, sich so zu fragen; aber ihm stand der Atem still, als er jetzt seinen Goldring aus der Tasche zog. „Läßt du ihn sitzen?“ frug er zitternd, während er den Ring auf den Goldfinger der schmalen Hand schob.

Gegenüber am Tische saß die Frau Pastorin; sie legte plötzlich ihre Gabel hin und wandte sich zu ihrem Nachbar: „Mein Gott, das Mädchen!“ rief sie; „sie wird ja totenblaß!“

Aber das Blut kehrte schon zurück in Elkes Antlitz. „Kannst du warten, Hauke?“ frug sie leise.

Der kluge Friese besann sich doch noch ein paar Augenblicke. „Auf was?“ sagte er dann.

– „Du weißt das wohl; ich brauch dir’s nicht zu sagen.“

„Du hast recht“, sagte er; „ja, Elke, ich kann warten – wenn’s nur ein menschlich Absehen hat!“

„O Gott, ich fürcht, ein nahes! Sprich nicht so, Hauke; du sprichst von meines Vaters Tod!“ Sie legte die andere Hand auf ihre Brust: „Bis dahin“, sagte sie, „trag ich den Goldring hier; du sollst nicht fürchten, daß du bei meiner Lebzeit ihn zurückbekommst!“

Da lächelten sie beide, und ihre Hände preßten sich ineinander, daß bei anderer Gelegenheit das Mädchen wohl laut aufgeschrien hätte.

Die Frau Pastorin hatte indessen unablässig nach Elkes Augen hingesehen, die jetzt unter dem Spitzenstrich des goldbrokatenen Käppchens wie in dunklem Feuer brannten. Bei dem zunehmenden Getöse am Tische aber hatte sie nichts verstanden; auch an ihren Nachbar wandte sie sich nicht wieder, denn keimende Ehen – und um eine solche schien es ihr sich denn doch hier zu handeln –, schon um des daneben keimenden Traupfennigs für ihren Mann, den Pastor, pflegte sie nicht zu stören.

Elkes Vorahnung war in Erfüllung gegangen; eines Morgens nach Ostern hatte man den Deichgrafen Tede Volkerts tot in seinem Bett gefunden; man sah’s an seinem Antlitz, ein ruhiges Ende war darauf geschrieben. Er hatte auch mehrfach in den letzten Monden Lebensüberdruß geäußert; sein Leibgericht, der Ofenbraten, selbst seine Enten hatten ihm nicht mehr schmecken wollen.

Und nun gab es eine große Leiche im Dorf. Droben auf der Geest auf dem Begräbnisplatz um die Kirche war zu Westen eine mit Schmiedegitter umhegte Grabstätte; ein breiter blauer Grabstein stand jetzt aufgehoben gegen eine Traueresche, auf welchem das Bild des Todes mit stark gezahnten Kiefern ausgehauen war; darunter in großen Buchstaben:

Dat is de Dod, de allens fritt,
Nimmt Kunst un Wetenschop di mit;
De kloke Mann is nu vergahn –
Gott gäw' em selig Uperstahn!

Es war die Begräbnisstätte des früheren Deichgrafen Volkert Tedsen; nun war eine frische Grube gegraben, wohinein dessen Sohn, der jetzt verstorbene Deichgraf Tede Volkerts, begraben werden sollte. Und schon kam unten aus der Marsch der Leichenzug heran, eine Menge Wagen aus allen Kirchspielsdörfern; auf dem vordersten stand der schwere Sarg, die beiden blanken Rappen des deichgräflichen Stalles zogen ihn schon den sandigen Anberg zur Geest hinauf, Schweife und Mähnen der Pferde wehten in dem scharfen Frühjahrswind. Der Gottesacker um die Kirche war bis an die Wälle mit Menschen angefüllt, selbst auf dem gemauerten Tore huckten Buben mit kleinen Kindern in den Armen; sie wollten alle das Begraben ansehn.

Im Hause drunten in der Marsch hatte Elke in Pesel und Wohngelaß das Leichenmahl gerüstet; alter Wein wurde bei den Gedecken hingestellt; an den Platz des Oberdeichgrafen – denn auch er war heut nicht ausgeblieben – und an den des Pastors je eine Flasche Langkork. Als alles besorgt war, ging sie durch den Stall vor die Hoftür; sie traf niemanden auf ihrem Wege; die Knechte waren mit zwei Gespannen in der Leichenfuhr. Hier blieb sie stehen und sah, während ihre Trauerkleider im Frühlingswinde flatterten, wie drüben an dem Dorfe jetzt die letzten Wagen zur Kirche hinauffuhren. Nach einer Weile entstand dort ein Gewühl, dem eine Totenstille zu folgen schien. Elke faltete die Hände; sie senkten wohl den Sarg jetzt in die Grube: „Und zur Erde wieder sollst du werden!" Unwillkürlich, leise, als hätte sie von dort es hören können, sprach sie die Worte nach; dann füllten ihre Augen sich mit Tränen, ihre über der Brust gefalteten Hände sanken in den Schoß: „Vater unser, der du bist im Himmel!" betete sie voll Inbrunst. Und als das Gebet des Herrn zu Ende war, stand sie noch lange unbeweglich, sie, die jetzige Herrin dieses großen Marschhofes; und Gedanken des Todes und des Lebens begannen sich in ihr zu streiten.

Ein fernes Rollen weckte sie. Als sie die Augen öffnete, sah sie schon wieder einen Wagen um den anderen in rascher Fahrt von der Marsch herab und gegen ihren Hof herankommen. Sie richtete sich auf, blickte noch einmal scharf hinaus und ging dann, wie sie gekommen war, durch den Stall in die feierlich hergestellten Wohnräume zurück. Auch hier war niemand; nur durch die Mauer hörte sie das Rumoren der Mägde in der Küche. Die Festtafel stand so still und einsam; der Spiegel zwischen den Fenstern war mit weißen Tüchern zugesteckt und ebenso die Messingknöpfe an dem Beilegerofen; es blinkte nichts mehr in der Stube. Elke sah die Türen vor dem Wandbett, in dem ihr Vater seinen letzten Schlaf getan hatte, offenstehen und ging hinzu und schob sie fest zusammen; wie gedankenlos las sie den Sinnspruch, der zwischen Rosen und Nelken mit goldenen Buchstaben darauf geschrieben stand:

> Hest du din Dagwark richtig dan,
> Da kummt de Slap von sülvst heran.

Das war noch von dem Großvater! – Einen Blick warf sie auf den Wandschrank; er war fast leer, aber durch die Glastüren sah sie noch den geschliffenen Pokal darin, der ihrem Vater, wie er gern erzählt hatte, einst bei einem Ringreiten in seiner Jugend als Preis zuteil geworden war. Sie nahm ihn heraus und setzte ihn bei dem Gedeck des Oberdeichgrafen. Dann ging sie ans Fenster, denn schon hörte sie die Wagen an der Werfte heraufrollen; einer um den andern hielt vor dem Hause, und munterer, als sie gekommen waren, sprangen jetzt die Gäste von ihren Sitzen auf den Boden. Händereibend und plaudernd drängte sich alles in die Stube; nicht lange, so setzte man sich an die festliche Tafel, auf der die wohlbereiteten Speisen dampften, im Pesel der Oberdeichgraf mit dem Pastor; und Lärm und lautes Schwatzen lief den Tisch entlang, als ob hier nimmer der Tod seine furchtbare Stille ausgebreitet hätte. Stumm, das Auge auf ihre Gäste, ging Elke mit den Mägden an den Tischen herum, daß an dem Leichenmahle nichts versehen werde. Auch Hauke Haien saß im Wohnzimmer neben Ole Peters und anderen kleineren Besitzern.

Nachdem das Mahl beendet war, wurden die weißen Tonpfeifen aus der Ecke geholt und angebrannt, und Elke war wiederum geschäftig, die gefüllten Kaffeetassen den Gästen anzubieten; denn auch der wurde heute nicht gespart. Im Wohnzimmer an dem Pulte des eben Begrabenen stand der Oberdeichgraf im Gespräche mit dem Pastor und dem weißhaarigen Deichgevollmächtigten Jewe Manners. „Alles gut, ihr Herren", sagte der erste, „den alten Deichgrafen haben wir mit Ehren beigesetzt; aber woher nehmen wir den neuen? Ich denke, Manners, Ihr werdet Euch dieser Würde unterziehen müssen!"

Der alte Manners hob lächelnd das schwarze Sammetkäppchen von seinen weißen Haaren: „Herr Oberdeichgraf", sagte er, „das Spiel würde zu kurz werden; als der verstorbene Tede Volkerts Deichgraf, da wurde ich Gevollmächtigter und bin es nun schon vierzig Jahre!"

„Das ist kein Mangel, Manners; so kennt Ihr die Geschäfte um so besser und werdet nicht Not mit ihnen haben!"

Aber der Alte schüttelte den Kopf: „Nein, nein, Euer Gnaden, lasset mich, wo ich bin, so laufe ich wohl noch ein paar Jahre mit!"

Der Pastor stand ihm bei: „Weshalb", sagte er, „nicht den ins Amt nehmen, der es tatsächlich in den letzten Jahren doch geführt hat?"

Der Oberdeichgraf sah ihn an: „Ich verstehe nicht, Herr Pastor!"

Aber der Pastor wies mit dem Finger in den Pesel, wo Hauke in langsam ernster Weise zwei älteren Leuten etwas zu erklären schien. „Dort steht er", sagte er, „die lange Friesengestalt mit den klugen grauen Augen neben der hageren

Nase und den zwei Schädelwölbungen darüber! Er war des Alten Knecht und sitzt jetzt auf seiner eigenen kleinen Stelle; er ist zwar etwas jung!"

„Er scheint ein Dreißiger", sagte der Oberdeichgraf, den ihm so Vorgestellten musternd.

„Er ist kaum vierundzwanzig", bemerkte der Gevollmächtigte Manners; „aber der Pastor hat recht: was in den letzten Jahren Gutes für Deiche und Siele und dergleichen vom Deichgrafenamt in Vorschlag kam, das war von ihm; mit dem Alten war's doch zuletzt nichts mehr."

„So, so?" machte der Oberdeichgraf; „und Ihr meinet, er wäre nun auch der Mann, um in das Amt seines alten Herrn einzurücken?"

„Der Mann wäre er schon", entgegnete Jewe Manners; „aber ihm fehlt das, was man hier ‚Klei unter den Füßen' nennt; sein Vater hatte so um fünfzehn, er mag gut zwanzig Demat haben; aber damit ist bis jetzt hier niemand Deichgraf geworden."

Der Pastor tat schon den Mund auf, als wolle er etwas einwenden, da trat Elke Volkerts, die eine Weile schon im Zimmer gewesen, plötzlich zu ihnen: „Wollen Euer Gnaden mir ein Wort erlauben?" sprach sie zu dem Oberbeamten; „es ist nur, damit aus einem Irrtum nicht ein Unrecht werde!"

„So sprecht, Jungfer Elke!" entgegnete dieser; „Weisheit von hübschen Mädchenlippen hört sich allzeit gut!"

– „Es ist nicht Weisheit, Euer Gnaden; ich will nur die Wahrheit sagen."

„Auch die muß man ja hören können, Jungfer Elke!"

Das Mädchen ließ ihre dunkeln Augen noch einmal zur Seite gehen, als ob sie wegen überflüssiger Ohren sich versichern wolle: „Euer Gnaden", begann sie dann, und ihre Brust hob sich in stärkerer Bewegung, „mein Pate, Jewe Manners, sagte Ihnen, daß Hauke Haien nur etwa zwanzig Demat im Besitz habe; das ist im Augenblick auch richtig, aber sobald es sein muß, wird Hauke noch um soviel mehr sein eigen nennen, als dieser, meines Vaters, jetzt mein Hof, an Dematzahl beträgt; für einen Deichgrafen wird das zusammen denn wohl reichen."

Der alte Manners reckte den weißen Kopf gegen sie, als

müsse er erst sehen, wer denn eigentlich da rede: „Was ist das?“ sagte er; „Kind, was sprichst du da?“

Aber Elke zog an einem schwarzen Bändchen einen blinkenden Goldring aus ihrem Mieder: „Ich bin verlobt, Pate Manners“, sagte sie; „hier ist der Ring, und Hauke Haien ist mein Bräutigam.“

– „Und wann – ich darf's wohl fragen, da ich dich aus der Taufe hob, Elke Volkerts –, wann ist denn das passiert?“

– „Das war schon vor geraumer Zeit; doch war ich mündig, Pate Manners“, sagte sie; „mein Vater war schon hinfällig worden, und da ich ihn kannte, so wollt ich ihn nicht mehr damit beunruhigen; itzt, da er bei Gott ist, wird er einsehen, daß sein Kind bei diesem Manne wohl geborgen ist. Ich hätte es auch das Trauerjahr hindurch schon ausgeschwiegen; jetzt aber, um Haukes und um des Kooges willen, hab ich reden müssen.“ Und zum Oberdeichgrafen gewandt, setzte sie hinzu: „Euer Gnaden wollen mir das verzeihen!“

Die drei Männer sahen sich an; der Pastor lachte, der alte Gevollmächtigte ließ es bei einem „Hm, hm!“ bewenden, während der Oberdeichgraf wie vor einer wichtigen Entscheidung sich die Stirn rieb. „Ja, liebe Jungfer“, sagte er endlich, „aber wie steht es denn hier im Kooge mit den ehelichen Güterrechten? Ich muß gestehen, ich bin augenblicklich nicht recht kapitelfest in diesem Wirrsal!“

„Das brauchen Euer Gnaden auch nicht“, entgegnete des Deichgrafen Tochter, „ich werde vor der Hochzeit meinem Bräutigam die Güter übertragen. Ich habe auch meinen kleinen Stolz“, setzte sie lächelnd hinzu; „ich will den reichsten Mann im Dorfe heiraten!“

„Nun, Manners“, meinte der Pastor, „ich denke, Sie werden auch als Pate nichts dagegen haben, wenn ich den jungen Deichgrafen mit des alten Tochter zusammengebe!“

Der Alte schüttelte leis den Kopf: „Unser Herrgott gebe seinen Segen!“ sagte er andächtig.

Der Oberdeichgraf aber reichte dem Mädchen seine Hand: „Wahr und weise habt Ihr gesprochen, Elke Volkerts; ich danke Euch für so kräftige Erläuterungen und hoffe auch in Zukunft, und bei freundlicheren Gelegenheiten als heute, der Gast Eueres Hauses zu sein; aber – daß ein Deichgraf von solch junger Jungfer gemacht wurde, das ist das Wunderbare an der Sache!"

„Euer Gnaden", erwiderte Elke und sah den gütigen Oberbeamten noch einmal mit ihren ernsten Augen an, „einem rechten Manne wird auch die Frau wohl helfen dürfen!" Dann ging sie in den anstoßenden Pesel und legte schweigend ihre Hand in Hauke Haiens.

Es war um mehrere Jahre später: in dem kleinen Hause Tede Haiens wohnte jetzt ein rüstiger Arbeiter mit Frau und Kind; der junge Deichgraf Hauke Haien saß mit seinem Weibe Elke Volkerts auf deren väterlicher Hofstelle. Im Sommer rauschte die gewaltige Esche nach wie vor am Hause; aber auf der Bank, die jetzt darunterstand, sah man abends meist nur die junge Frau, einsam mit einer häuslichen Arbeit in den Händen; noch immer fehlte ein Kind in dieser Ehe; der Mann aber hatte anderes zu tun, als Feierabend vor der Tür zu halten, denn trotz seiner früheren Mithülfe lagen aus des Alten Amtsführung eine Menge unerledigter Dinge, an die auch er derzeit zu rühren nicht für gut gefunden hatte; jetzt aber mußte allmählich alles aus dem Wege; er fegte mit einem scharfen Besen. Dazu kam die Bewirtschaftung der durch seinen eigenen Landbesitz vergrößerten Stelle, bei der er gleichwohl den Kleinknecht noch zu sparen suchte; so sahen sich die beiden Eheleute, außer am Sonntag, wo Kirchgang gehalten wurde, meist nur bei dem von Hauke eilig besorgten Mittagessen und beim Auf- und Niedergang des Tages; es war ein Leben fortgesetzter Arbeit, doch gleichwohl ein zufriedenes.

Dann kam ein störendes Wort in Umlauf. – Als von den jüngeren Besitzern der Marsch- und Geestgemeinde eines Sonntags nach der Kirche ein etwas unruhiger Trupp im Kruge droben am Trunke festgeblieben war, redeten sie beim vierten oder fünften Glase zwar nicht über König und Regierung – so hoch wurde damals noch nicht gegriffen –, wohl aber über Kommunal- und Oberbeamte, vor allem über Gemeindeabgaben und -lasten, und je länger sie redeten, desto weniger fand davon Gnade vor ihren Augen, insonders nicht die neuen Deichlasten; alle Siele und Schleusen, die sonst immer gehalten hätten, seien jetzt reparaturbedürftig; am Deiche fänden sich immer neue Stellen, die Hunderte von Karren Erde nötig hätten; der Teufel möchte die Geschichte holen!

„Das kommt von eurem klugen Deichgrafen", rief einer von den Geestleuten, „der immer grübeln geht und seine Finger dann in alles steckt!"

„Ja, Marten", sagte Ole Peters, der dem Sprecher gegenübersaß; „recht hast du, er ist hinterspinnig und sucht beim Oberdeichgraf sich 'nen weißen Fuß zu machen; aber wir haben ihn nun einmal!"

„Warum habt ihr ihn euch aufhucken lassen?" sagte der andre; „nun müßt ihr's bar bezahlen."

Ole Peters lachte. „Ja, Marten Fedders, das ist nun so bei uns, und davon ist nichts abzukratzen; der alte wurde Deichgraf von seines Vaters, der neue von seines Weibes wegen." Das Gelächter, das jetzt um den Tisch lief, zeigte, welchen Beifall das geprägte Wort gefunden hatte.

Aber es war an öffentlicher Wirtstafel gesprochen worden, es blieb nicht da, es lief bald um im Geest- und unten in dem Marschdorf; so kam es auch an Hauke. Und wieder ging vor seinem inneren Auge die Reihe übelwollender Gesichter vorüber, und noch höhnischer, als es gewesen war, hörte er das Gelächter an dem Wirtshaustische. „Hunde!" schrie er, und seine Augen sahen grimmig zur Seite, als wolle er sie peitschen lassen.

Da legte Elke ihre Hand auf seinen Arm: „Laß sie; die wären alle gern, was du bist!"

– „Das ist es eben!" entgegnete er grollend.

„Und", fuhr sie fort, „hat denn Ole Peters sich nicht selber eingefreit?"

„Das hat er, Elke; aber was er mit Vollina freite, das reichte nicht zum Deichgrafen!"

– „Sag lieber: *er* reichte nicht dazu!" und Elke drehte ihren Mann, so daß er sich im Spiegel sehen mußte, denn sie standen zwischen den Fenstern in ihrem Zimmer. „Da steht der Deichgraf!" sagte sie; „nun sieh ihn an; nur wer ein Amt regieren kann, der hat es!"

„Du hast nicht unrecht“, entgegnete er sinnend, „und doch ... Nun, Elke; ich muß zur Osterschleuse, die Türen schließen wieder nicht!“

Sie drückte ihm die Hand: „Komm, sieh mich erst einmal an! Was hast du, deine Augen sehen so ins Weite?“

„Nichts, Elke, du hast ja recht.“

Er ging; aber nicht lange war er gegangen, so war die Schleusenreparatur vergessen. Ein anderer Gedanke, den er halb nur ausgedacht und seit Jahren mit sich umhergetragen hatte, der aber vor den drängenden Amtsgeschäften ganz zurückgetreten war, bemächtigte sich seiner jetzt aufs neue und mächtiger als je zuvor, als seien plötzlich die Flügel ihm gewachsen.

Kaum daß er es selber wußte, befand er sich oben auf dem Haffdeich, schon eine weite Strecke südwärts nach der Stadt zu; das Dorf, das nach dieser Seite hinauslag, war ihm zur Linken längst verschwunden; noch immer schritt er weiter, seine Augen unablässig nach der Seeseite auf das breite Vorland gerichtet; wäre jemand neben ihm gegangen, er hätte es sehen müssen, welche eindringliche Geistesarbeit hinter diesen Augen vorging. Endlich blieb er stehen: das Vorland schwand hier zu einem schmalen Streifen an dem Deich zusammen. „Es muß gehen!“ sprach er bei sich selbst. „Sieben Jahr im Amt; sie sollen nicht mehr sagen, daß ich nur Deichgraf bin von meines Weibes wegen!“

Noch immer stand er, und seine Blicke schweiften scharf und bedächtig nach allen Seiten über das grüne Vorland; dann ging er zurück, bis wo auch hier ein schmaler Streifen grünen Weidelands die vor ihm liegende breite Landfläche ablöste. Hart an dem Deiche aber schoß ein starker Meeresstrom durch diese, der fast das ganze Vorland von dem Festlande trennte und zu einer Hallig machte; eine rohe Holzbrücke führte nach dort hinüber, damit man mit Vieh und Heu- und Getreidewagen hinüber und wieder zurück gelangen könne. Jetzt war es Ebbzeit, und die goldene Septembersonne glitzerte auf dem etwa hundert Schritte breiten Schlickstreifen und auf dem tiefen Priel in seiner Mitte, durch den auch jetzt das Meer noch seine Wasser trieb. „Das läßt sich dämmen!“ sprach Hauke bei sich selber, nachdem er diesem Spiele eine Zeitlang zugesehen; dann blickte er auf, und von dem Deiche, auf dem er stand, über den Priel hinweg, zog er in Gedanken eine Linie längs dem Rande des abgetrennten Landes, nach Süden herum und ostwärts wiederum zurück über die dortige Fortsetzung des Prieles und an den Deich heran. Die Linie aber, welche er unsichtbar gezogen hatte, war ein neuer Deich, neu auch in der Konstruktion seines Profiles, welches bis jetzt nur noch in seinem Kopf vorhanden war.

„Das gäbe einen Koog von zirka tausend Demat", sprach er lächelnd zu sich selber; „nicht groß just; aber ..."

Eine andere Kalkulation überkam ihn: das Vorland gehörte hier der Gemeinde, ihren einzelnen Mitgliedern eine Zahl von Anteilen, je nach der Größe ihres Besitzes im Gemeindebezirk oder nach sonst zu Recht bestehender Erwerbung; er begann zusammenzuzählen, wieviel Anteile er von seinem, wie viele er von Elkes Vater überkommen und was an solchen er während seiner Ehe schon selbst gekauft hatte, teils in dem dunkeln Gefühle eines künftigen Vorteils, teils bei Vermehrung seiner Schafzucht. Es war schon eine ansehnliche Menge; denn auch von Ole Peters hatte er dessen sämtliche Teile angekauft, da es diesem zum Verdruß geschlagen war, als bei einer teilweisen Überströmung ihm sein bester Schafbock ertrunken war. Aber das war ein seltsamer Unfall gewesen, denn so weit Haukes Gedächtnis reichte, waren selbst bei hohen Fluten dort nur die Ränder überströmt worden. Welch treffliches Weide- und Kornland mußte es geben und von welchem Werte, wenn das alles von seinem neuen Deich umgeben war! Wie ein Rausch stieg es ihm ins Gehirn; aber er preßte die Nägel in seine Handflächen und zwang seine Augen, klar und nüchtern zu sehen, was dort vor ihm lag: eine große deichlose Fläche, wer wußt es, welchen Stürmen und Fluten schon in den nächsten Jahren preisgegeben, an deren äußerstem Rande jetzt ein Trupp von schmutzigen Schafen langsam grasend entlangwanderte; dazu für ihn ein Haufen Arbeit, Kampf und Ärger! Trotz alledem, als er vom Deich hinab- und den Fußsteig über die Fennen auf seine Werfte zuging, ihm war's, als brächte er einen großen Schatz mit sich nach Hause.

Auf dem Flur trat Elke ihm entgegen: „Wie war es mit der Schleuse?“ frug sie.

Er sah mit geheimnisvollem Lächeln auf sie nieder: „Wir werden bald eine andere Schleuse brauchen“, sagte er; „und Sielen und einen neuen Deich!“

„Ich versteh dich nicht“, entgegnete Elke, während sie in das Zimmer gingen; „was willst du, Hauke?“

„Ich will“, sagte er langsam und hielt dann einen Augenblick inne, „ich will, daß das große Vorland, das unserer Hofstatt gegenüber beginnt und dann nach Westen ausgeht, zu einem festen Kooge eingedeicht werde: die hohen Fluten haben fast ein Menschenalter uns in Ruh gelassen; wenn aber eine von den schlimmen wiederkommt und den Anwachs stört, so kann mit einem Mal die ganze Herrlichkeit zu Ende sein; nur der alte Schlendrian hat das bis heut so lassen können!“

Sie sah ihn voll Erstaunen an: „So schiltst du dich ja selber!“ sagte sie.

– „Das tu ich, Elke; aber es war bisher auch soviel anderes zu beschaffen!“

„Ja, Hauke; gewiß, du hast genug getan!“

Er hatte sich in den Lehnstuhl des alten Deichgrafen gesetzt, und seine Hände griffen fest um beide Lehnen.

„Hast du denn guten Mut dazu?“ frug ihn sein Weib.

– „Das hab ich, Elke!“ sprach er hastig.

„Sei nicht zu rasch, Hauke; das ist ein Werk auf Tod und Leben; und fast alle werden dir entgegen sein, man wird dir deine Müh und Sorg nicht danken!“

Er nickte: „Ich weiß!“ sagte er.

„Und wenn es nun nicht gelänge!“ rief sie wieder; „von Kindesbeinen an hab ich gehört, der Priel sei nicht zu stopfen, und darum dürfe nicht daran gerührt werden.“

„Das war ein Vorwand für die Faulen!“ sagte Hauke; „weshalb denn sollte man den Priel nicht stopfen können?“

– „Das hört ich nicht; vielleicht, weil er gerade durchgeht; die Spülung ist zu stark.“ – Eine Erinnerung überkam sie, und ein fast schelmisches Lächeln brach aus ihren ernsten Augen: „Als ich Kind war“, sprach sie, „hörte ich einmal die Knechte darüber reden; sie meinten, wenn ein Damm dort halten solle, müsse was Lebigs da hineingeworfen und mit verdämmt werden; bei einem Deichbau auf der andern Seite, vor wohl hundert Jahren, sei ein Zigeunerkind verdämmet worden, das sie um schweres Geld der Mutter abgehandelt hätten; jetzt aber würde wohl keine ihr Kind verkaufen!"

Hauke schüttelte den Kopf: „Da ist es gut, daß wir keins haben, sie würden es sonst noch schier von uns verlangen!"

„Sie sollten's nicht bekommen!" sagte Elke und schlug wie in Angst die Arme über ihren Leib.

Und Hauke lächelte; doch sie frug noch einmal: „Und die ungeheuren Kosten? Hast du das bedacht?"

– „Das hab ich, Elke; was wir dort herausbringen, wird sie bei weitem überholen, auch die Erhaltungskosten des alten Deiches gehen für ein gut Stück in dem neuen unter; wir arbeiten ja selbst und haben über achtzig Gespanne in der Gemeinde, und an jungen Fäusten ist hier auch kein Mangel. Du sollst mich wenigstens nicht umsonst zum Deichgrafen gemacht haben, Elke; ich will ihnen zeigen, daß ich einer bin!"

Sie hatte sich vor ihm niedergehuckt und ihn sorgvoll angeblickt; nun erhob sie sich mit einem Seufzer: „Ich muß weiter zu meinem Tagewerk", sagte sie, und ihre Hand strich langsam über seine Wange; „tu du das Deine, Hauke!"

„Amen, Elke!" sprach er mit ernstem Lächeln; „Arbeit ist für uns beide da!"

– – Und es war Arbeit genug für beide, die schwerste Last aber fiel jetzt auf des Mannes Schulter. An Sonntagnachmittagen, oft auch nach Feierabend, saß Hauke mit einem tüchtigen Feldmesser zusammen, vertieft in Rechenaufgaben, Zeichnungen und Rissen; war er allein, dann ging es ebenso und endete oft weit nach Mitternacht. Dann schlich er in die gemeinsame Schlafkammer – denn die dumpfen Wandbetten im Wohngemach wurden in Haukes Wirtschaft nicht mehr gebraucht –, und sein Weib, damit er endlich nur zur Ruhe komme, lag wie schlafend mit geschlossenen Augen, obgleich sie mit klopfendem Herzen nur auf ihn gewartet hatte; dann küßte er mitunter ihre Stirn und sprach ein leises Liebeswort dabei, und legte sich selbst zum Schlafe, der ihm oft nur beim ersten Hahnenkraht zu Willen war. Im Wintersturm lief er auf den Deich hinaus, mit Bleistift und Papier in der Hand, und stand und zeichnete und notierte, während ein Windstoß ihm die Mütze vom Kopf riß und das lange, fahle Haar ihm um sein heißes Antlitz flog; bald fuhr er, solange nur das Eis ihm nicht den Weg versperrte, mit einem Knecht zu Boot ins Wattenmeer hinaus und maß dort mit Lot und Stange die Tiefen der Ströme, über die er noch nicht sicher war. Elke zitterte oft genug für ihn; aber war er wieder da, so hätte er das nur aus ihrem festen Händedruck oder dem leuchtenden Blitz aus ihren sonst so stillen Augen merken können. „Geduld, Elke", sagte er, da ihm einmal war, als ob sein Weib ihn nicht lassen könne; „ich muß erst selbst im reinen sein, bevor ich meinen Antrag stelle!" Da nickte sie und ließ ihn gehen. Der Ritte in die Stadt zum Oberdeichgrafen wurden auch nicht wenige, und allem diesem und den Mühen in Haus- und Landwirtschaft folgten immer wieder die Arbeiten in die Nacht hinein. Sein Verkehr mit anderen Menschen außer in Arbeit und Geschäft verschwand fast ganz; selbst der mit seinem Weibe wurde immer weniger. „Es sind schlimme Zeiten, und sie werden noch lange dauern", sprach Elke bei sich selber und ging an ihre Arbeit.

Endlich, Sonne und Frühlingswinde hatten schon überall das Eis gebrochen, war auch die letzte Vorarbeit getan; die Eingabe an den Oberdeichgrafen zu Befürwortung an höherem Orte, enthaltend den Vorschlag einer Bedeichung des erwähnten Vorlandes, zur Förderung des öffentlichen Besten, insonders des Kooges wie nicht weniger der Herrschaftlichen Kasse, da höchstderselben in kurzen Jahren die Abgabe von zirka tausend Demat daraus erwachsen würden – war sauber abgeschrieben und nebst anliegenden Rissen und Zeichnungen aller Lokalitäten, jetzt und künftig, der Schleusen und Siele und was noch sonst dazu gehörte, in ein festes Konvolut gepackt und mit dem deichgräflichen Amtssiegel versehen worden.

„Da ist es, Elke", sagte der junge Deichgraf, „nun gib ihm deinen Segen!"

Elke legte ihre Hand in seine: „Wir wollen fest zusammenhalten", sagte sie.

– „Das wollen wir."

Dann wurde die Eingabe durch einen reitenden Boten in die Stadt gesandt.

Sie wollen bemerken, lieber Herr", unterbrach der Schulmeister seine Erzählung, mich freundlich mit seinen feinen Augen fixierend, „daß ich das bisher Berichtete während meiner fast vierzigjährigen Wirksamkeit in diesem Kooge aus den Überlieferungen verständiger Leute oder aus Erzählungen der Enkel und Urenkel solcher zusammengefunden habe; was ich, damit Sie dieses mit dem endlichen Verlauf in Einklang zu bringen vermögen, Ihnen jetzt vorzutragen habe, das war derzeit und ist auch jetzt noch das Geschwätz des ganzen Marschdorfes, sobald nur um Allerheiligen die Spinnräder an zu schnurren fangen.

Von der Hofstelle des Deichgrafen, etwa fünf- bis sechshundert Schritte weiter nordwärts, sah man derzeit, wenn man auf dem Deiche stand, ein paar tausend Schritt ins Wattenmeer hinaus und etwas weiter von dem gegenüberliegenden Marschufer entfernt eine kleine Hallig, die sie ‚Jeverssand', auch ‚Jevershallig' nannten. Von den derzeitigen Großvätern war sie noch zur Schafweide benutzt worden, denn Gras war damals noch darauf gewachsen; aber auch das hatte aufgehört, weil die niedrige Hallig ein paarmal, und just im Hochsommer, unter Seewasser gekommen und der Graswuchs dadurch verkümmert und auch zur Schafweide unnutzbar geworden war. So kam es denn, daß außer von Möwen und den andern Vögeln, die am Strande fliegen, und etwa einmal von einem Fischadler, dort kein Besuch mehr stattfand; und an mondhellen Abenden sah man vom Deiche aus nur die Nebeldünste leichter oder schwerer darüber hinziehen. Ein paar weißgebleichte Knochengerüste ertrunkener Schafe und das Gerippe eines Pferdes, von dem freilich niemand begriff, wie es dort hingekommen sei, wollte man, wenn der Mond von Osten auf die Hallig schien, dort auch erkennen können.

Es war zu Ende März, als an dieser Stelle nach Feierabend der Tagelöhner aus dem Tede Haienschen Hause und Iven Johns, der Knecht des jungen Deichgrafen, nebeneinander standen und unbeweglich nach der im trüben Mondduft kaum erkennbaren Hallig hinüberstarrten; etwas Auffälliges schien sie dort so festzuhalten. Der Tagelöhner steckte die Hände in die Tasche und schüttelte sich: „Komm, Iven", sagte er, „das ist nichts Gutes; laß uns nach Haus gehen!"

Der andere lachte, wenn auch ein Grauen bei ihm hindurchklang: „Ei was, es ist eine lebige Kreatur, eine große! Wer, zum Teufel, hat sie nach dem Schlickstück hinaufgejagt! Sieh nur, nun reckt's den Hals zu uns hinüber! Nein, es senkt den Kopf; es frißt! Ich dächt, es wär dort nichts zu fressen! Was es nur sein mag?"

„Was geht das uns an!" entgegnete der andere. „Gute Nacht, Iven, wenn du nicht mitwillst; ich gehe nach Haus!"

– „Ja, ja; du hast ein Weib, du kommst ins warme Bett! Bei mir ist auch in meiner Kammer lauter Märzenluft!"

„Gut Nacht denn!" rief der Tagelöhner zurück, während er auf dem Deich nach Hause trabte. Der Knecht sah sich ein paarmal nach dem Fortlaufenden um; aber die Begier, Unheimliches zu schauen, hielt ihn noch fest. Da kam eine untersetzte, dunkle Gestalt auf dem Deich vom Dorf her gegen ihn heran; es war der Dienstjunge des Deichgrafen. „Was willst du, Carsten?" rief ihm der Knecht entgegen.

„Ich? – nichts", sagte der Junge; „aber unser Wirt will dich sprechen, Iven Johns!"

Der Knecht hatte die Augen schon wieder nach der Hallig: „Gleich; ich komme gleich!" sagte er.

„Wonach guckst du denn so?" frug der Junge.

Der Knecht hob den Arm und wies stumm nach der Hallig. „Oha!" flüsterte der Junge; „da geht ein Pferd – ein Schimmel – das muß der Teufel reiten – wie kommt ein Pferd nach Jevershallig?"

– „Weiß nicht, Carsten, wenn's nur ein richtiges Pferd ist!"

„Ja, ja, Iven; sieh nur, es frißt ganz wie ein Pferd! Aber wer hat's dahin gebracht; wir haben im Dorf so große Böte gar nicht! Vielleicht auch ist es nur ein Schaf; Peter Ohm sagt, im Mondschein wird aus zehn Torfringeln ein ganzes Dorf. Nein, sieh! Nun springt es – es muß doch ein Pferd sein!"

Beide standen eine Weile schweigend, die Augen nur nach dem gerichtet, was sie drüben undeutlich vor sich gehen sahen. Der Mond stand hoch am Himmel und beschien das weite Wattenmeer, das eben in der steigenden Flut seine Wasser über die glitzernden Schlickflächen zu spülen begann. Nur das leise Geräusch des Wassers, keine Tierstimme war in der ungeheueren Weite hier zu hören; auch in der Marsch, hinter dem Deiche, war es leer; Kühe und Rinder waren alle noch in den Ställen. Nichts regte sich; nur was sie für ein Pferd, einen Schimmel, hielten, schien dort auf Jevershallig noch beweglich. „Es wird heller", unterbrach der Knecht die Stille, „ich sehe deutlich die weißen Schafgerippe schimmern!"

„Ich auch", sagte der Junge und reckte den Hals; dann aber, als komme es ihm plötzlich, zupfte er den Knecht am Ärmel: „Iven", raunte er, „das Pferdsgerippe, das sonst dabeilag, wo ist es? Ich kann's nicht sehen!"

„Ich seh es auch nicht! Seltsam!" sagte der Knecht.

– „Nicht so seltsam, Iven! Mitunter, ich weiß nicht, in welchen Nächten, sollen die Knochen sich erheben und tun, als ob sie lebig wären!"

„So?" machte der Knecht; „das ist ja Altweiberglaube!"

„Kann sein, Iven", meinte der Junge.

„Aber, ich mein, du sollst mich holen; komm, wir müssen nach Haus! Es bleibt hier immer doch dasselbe."

Der Junge war nicht fortzubringen, bis der Knecht ihn mit Gewalt herumgedreht und auf den Weg gebracht hatte. „Hör, Carsten", sagte dieser, als die gespensterhafte Hallig ihnen schon ein gut Stück im Rücken lag, „du giltst ja für einen Allerweltsbengel; ich glaub, du möchtest das am liebsten selber untersuchen!"

„Ja", entgegnete Carsten, nachträglich noch ein wenig schaudernd, „ja, das möcht ich, Iven!"

„Ist das dein Ernst? – dann", sagte der Knecht, nachdem der Junge ihm nachdrücklich darauf die Hand geboten hatte, „lösen wir morgen abend unser Boot; du fährst nach Jeverssand; ich bleib so lange auf dem Deiche stehen."

„Ja", erwiderte der Junge, „das geht! Ich nehme meine Peitsche mit!"

„Tu das!"

Schweigend kamen sie an das Haus ihrer Herrschaft, zu dem sie langsam die hohe Werft hinanstiegen.

Um dieselbe Zeit des folgenden Abends saß der Knecht auf dem großen Steine vor der Stalltür, als der Junge, mit seiner Peitsche knallend, zu ihm kam. „Das pfeift ja wunderlich!“ sagte jener.

„Freilich, nimm dich in acht“, entgegnete der Junge; „ich hab auch Nägel in die Schnur geflochten.“

„So komm!“ sagte der andere.

Der Mond stand, wie gestern, am Osthimmel und schien klar aus seiner Höhe. Bald waren beide wieder draußen auf dem Deich und sahen hinüber nach Jevershallig, die wie ein Nebelfleck im Wasser stand. „Da geht es wieder“, sagte der Knecht; „nach Mittag war ich hier, da war's nicht da; aber ich sah deutlich das weiße Pferdsgerippe liegen!“

Der Junge reckte den Hals: „Das ist jetzt nicht da, Iven“, flüsterte er.

„Nun, Carsten, wie ist's?“ sagte der Knecht. „Juckt's dich noch, hinüberzufahren?“

Carsten besann sich einen Augenblick; dann klatschte er mit seiner Peitsche in die Luft: „Mach nur das Boot los, Iven!“

Drüben aber war es, als hebe, was dorten ging, den Hals und recke gegen das Festland hin den Kopf. Sie sahen es nicht mehr; sie gingen schon den Deich hinab und bis zur Stelle, wo das Boot gelegen war. „Nun, steig nur ein!“ sagte der Knecht, nachdem er es losgebunden hatte. „Ich bleib, bis du zurück bist! Zu Osten mußt du anlegen; da hat man immer landen können!“ Und der Junge nickte schweigend und fuhr mit seiner Peitsche in die Mondnacht hinaus; der Knecht wanderte unterm Deich zurück und bestieg ihn wieder an der Stelle, wo sie vorhin gestanden hatten. Bald sah er, wie drüben bei einer schroffen, dunkeln Stelle, an die ein breiter Priel hinanführte, das Boot sich beilegte und eine untersetzte Gestalt daraus ans Land sprang. – War's nicht, als klatschte der Junge mit seiner Peitsche? Aber es konnte auch das Geräusch der steigenden Flut sein. Mehrere hundert Schritte nordwärts sah er, was sie für einen Schimmel angesehen hatten; und jetzt! – ja, die Gestalt des Jungen kam gerade darauf zugegangen. Nun hob es den Kopf, als ob es stutze; und der Junge – es war deutlich jetzt zu hören – klatschte mit der Peitsche. Aber – was fiel ihm ein? er kehrte um, er ging den Weg zurück, den er gekommen war. Das drüben schien unablässig fortzuweiden, kein Wiehern war von dort zu hören gewesen; wie weiße Wasserstreifen schien es mitunter über die Erscheinung hinzuziehen. Der Knecht sah wie gebannt hinüber.

Da hörte er das Anlegen des Bootes am diesseitigen Ufer, und bald sah er aus der Dämmerung den Jungen gegen sich am Deich heraufsteigen. „Nun, Carsten“, frug er, „was war es?“

Der Junge schüttelte den Kopf. „Nichts war es!“ sagte er. „Noch kurz vom Boot aus hatt' ich es gesehen; dann aber, als ich auf der Hallig war – weiß der Henker, wo sich das Tier verkrochen hatte, der Mond schien doch hell genug; aber als ich an die Stelle kam, war nichts da als die bleichen Knochen von einem halben Dutzend Schafen, und etwas weiter lag auch das Pferdsgerippe mit seinem weißen, langen Schädel und ließ den Mond in seine leeren Augenhöhlen scheinen!“

„Hm!“ meinte der Knecht; „hast auch recht zugesehen?“

„Ja, Iven, ich stand dabei; ein gottvergessener Kiewiet, der hinter dem Gerippe sich zur Nachtruh hingeduckt hatte, flog schreiend auf, daß ich erschrak und ein paarmal mit der Peitsche hintennach klatschte.“

„Und das war alles?“

„Ja, Iven; ich weiß nicht mehr.“

„Es ist auch genug“, sagte der Knecht, zog den Jungen am Arm zu sich heran und wies hinüber nach der Hallig. „Dort, siehst du etwas, Carsten?“

– „Wahrhaftig, da geht's ja wieder!“

„Wieder?“ sagte der Knecht; „ich hab die ganze Zeit hinübergeschaut, aber es ist gar nicht fortgewesen; du gingst ja gerade auf das Unwesen los!“

Der Junge starrte ihn an; ein Entsetzen lag plötzlich auf seinem sonst so kecken Angesicht, das auch dem Knechte nicht entging. „Komm!“ sagte dieser, „wir wollen nach Haus: von hier aus geht's wie lebig, und drüben liegen nur die Knochen – das ist mehr, als du und ich begreifen können. Schweig aber still davon, man darf dergleichen nicht verreden!“

So wandten sie sich, und der Junge trabte neben ihm; sie

sprachen nicht, und die Marsch lag in lautlosem Schweigen an ihrer Seite.

– – Nachdem aber der Mond zurückgegangen und die Nächte dunkel geworden waren, geschah ein anderes.

Hauke Haien war zur Zeit des Pferdemarktes in die Stadt geritten, ohne jedoch mit diesem dort zu tun zu haben. Gleichwohl, da er gegen Abend heimkam, brachte er ein zweites Pferd mit sich nach Hause; aber es war rauhhaarig und mager, daß man jede Rippe zählen konnte, und die Augen lagen ihm matt und eingefallen in den Schädelhöhlen. Elke war vor die Haustür getreten, um ihren Eheliebsten zu empfangen: „Hilf Himmel!" rief sie, „was soll uns der alte Schimmel?" Denn da Hauke mit ihm vor das Haus geritten kam und unter der Esche hielt, hatte sie gesehen, daß die arme Kreatur auch lahme.

Der junge Deichgraf aber sprang lachend von seinem braunen Wallach: „Laß nur, Elke; es kostet auch nicht viel!"

Die kluge Frau erwiderte: „Du weißt doch, das Wohlfeilste ist auch meist das Teuerste."

– „Aber nicht immer, Elke; das Tier ist höchstens vier Jahr alt; sieh es dir nur genauer an! Es ist verhungert und mißhandelt; da soll ihm unser Hafer guttun; ich werd es selbst versorgen, damit sie mir's nicht überfüttern."

Das Tier stand indessen mit gesenktem Kopf; die Mähnen hingen lang am Hals herunter. Frau Elke, während ihr Mann nach den Knechten rief, ging betrachtend um dasselbe herum; aber sie schüttelte den Kopf: „So eins ist noch nie in unserm Stall gewesen!"

Als jetzt der Dienstjunge um die Hausecke kam, blieb er plötzlich mit erschrockenen Augen stehen. „Nun, Carsten", rief der Deichgraf, „was fährt dir in die Knochen? Gefällt dir mein Schimmel nicht?"

„Ja – o ja, uns' Weert, warum denn nicht!"

– „So bring die Tiere in den Stall; gib ihnen kein Futter; ich komme gleich selber hin!"

Der Junge faßte mit Vorsicht den Halfter des Schimmels und griff dann hastig, wie zum Schutze, nach dem Zügel des ihm ebenfalls vertrauten Wallachs. Hauke aber ging mit seinem Weibe in das Zimmer; ein Warmbier hatte sie für ihn bereit, und Brot und Butter waren auch zur Stelle.

Er war bald gesättigt; dann stand er auf und ging mit seiner Frau im Zimmer auf und ab. „Laß dir erzählen, Elke", sagte er, während der Abendschein auf den Kacheln an den Wänden spielte, „wie ich zu dem Tier gekommen bin: Ich war wohl eine Stunde beim Oberdeichgrafen gewesen; er hatte gute Kunde für mich – es wird wohl dies und jenes anders werden als in meinen Rissen; aber die Hauptsache, mein Profil, ist akzeptiert, und schon in den nächsten Tagen kann der Befehl zum neuen Deichbau dasein!"

Elke seufzte unwillkürlich: „Also doch?" sagte sie sorgenvoll.

„Ja, Frau", entgegnete Hauke; „hart wird's hergehen; aber dazu, denk ich, hat der Herrgott uns zusammengebracht! Unsere Wirtschaft ist jetzt so gut in Ordnung; ein groß Teil kannst du schon auf deine Schultern nehmen; denk nur um zehn Jahr weiter – dann stehen wir vor einem andern Besitz."

Sie hatte bei seinen ersten Worten die Hand ihres Mannes versichernd in die ihrigen gepreßt; seine letzten Worte konnten sie nicht erfreuen. „Für wen soll der Besitz?" sagte sie. „Du müßtest denn ein ander Weib nehmen; ich bring dir keine Kinder."

Tränen schossen ihr in die Augen; aber er zog sie fest in seine Arme: „Das überlassen wir dem Herrgott", sagte er; „jetzt aber und auch dann noch sind wir jung genug, um uns der Früchte unserer Arbeit selbst zu freuen."

Sie sah ihn lange, während er sie hielt, aus ihren dunkeln Augen an. „Verzeih, Hauke", sprach sie; „ich bin mitunter ein verzagt Weib!"

Er neigte sich zu ihrem Antlitz und küßte sie: „Du bist mein Weib und ich dein Mann, Elke! Und anders wird es nun nicht mehr."

Da legte sie die Arme fest um seinen Nacken: „Du hast recht, Hauke, und was kommt, kommt für uns beide." Dann löste sie sich errötend von ihm. „Du wolltest von dem Schimmel mir erzählen", sagte sie leise.

„Das wollt ich, Elke. Ich sagte dir schon, mir war Kopf und Herz voll Freude über die gute Nachricht, die der Oberdeichgraf mir gegeben hatte; so ritt ich eben wieder aus der Stadt hinaus, da, auf dem Damm, hinter dem Hafen, begegnet' mir ein ruppiger Kerl; ich wußt nicht, war's ein Vagabund, ein Kesselflicker oder was denn sonst. Der Kerl zog den Schimmel am Halfter hinter sich; das Tier aber hob den Kopf und sah mich aus blöden Augen an; mir war's, als ob es mich um etwas bitten wolle; ich war ja auch in diesem Augenblicke reich genug. ‚He, Landsmann!' rief ich, ‚wo wollt Ihr mit der Kracke hin?'

Der Kerl blieb stehen und der Schimmel auch. ‚Verkaufen!' sagte jener und nickte mir listig zu.

‚Nur nicht an mich!' rief ich lustig.

‚Ich denke doch!' sagte er; ‚das ist ein wacker Pferd und unter hundert Talern nicht bezahlt.'

Ich lachte ihm ins Gesicht.

‚Nun', sagte er, ‚lacht nicht so hart; Ihr sollt's mir ja nicht zahlen! Aber ich kann's nicht brauchen, bei mir verkommt's; es würd bei Euch bald ander Ansehen haben!'

Da sprang ich von meinem Wallach und sah dem Schimmel ins Maul, und sah wohl, es war noch ein junges Tier. ‚Was soll's denn kosten?' rief ich, da auch das Pferd mich wiederum wie bittend ansah.

‚Herr, nehmt's für dreißig Taler!' sagte der Kerl, ‚und den Halfter geb ich Euch darein!'

Und da, Frau, hab ich dem Burschen in die dargebotne braune Hand, die fast wie eine Klaue aussah, eingeschlagen. So haben wir den Schimmel, und ich denk auch, wohlfeil genug! Wunderlich nur war es, als ich mit den Pferden wegritt, hört ich bald hinter mir ein Lachen, und als ich den Kopf wandte, sah ich den Slowaken; der stand noch sperrbeinig, die Arme auf dem Rücken, und lachte wie ein Teufel hinter mir drein."

„Pfui", rief Elke; „wenn der Schimmel nur nichts von seinem alten Herrn dir zubringt! Mög er dir gedeihen, Hauke!"

„Er selber soll es wenigstens, soweit ich's leisten kann!" Und der Deichgraf ging in den Stall, wie er vorhin dem Jungen es gesagt hatte.

– – Aber nicht allein an jenem Abend fütterte er den Schimmel, er tat es fortan immer selbst und ließ kein Auge von dem Tiere; er wollte zeigen, daß er einen Priesterhandel gemacht habe; jedenfalls sollte nichts versehen werden. – Und schon nach wenig Wochen hob sich die Haltung des

Tieres; allmählich verschwanden die rauhen Haare; ein blankes, blaugeapfeltes Fell kam zum Vorschein, und da er es eines Tages auf der Hofstatt umherführte, schritt es schlank auf seinen festen Beinen. Hauke dachte des abenteuerlichen Verkäufers: „Der Kerl war ein Narr oder ein Schuft, der es gestohlen hatte!" murmelte er bei sich selber. – Bald auch, wenn das Pferd im Stall nur seine Schritte hörte, warf es den Kopf herum und wieherte ihm entgegen; nun sah er auch, es hatte, was die Araber verlangen, ein fleischlos Angesicht; draus blitzten ein Paar feurige braune Augen. Dann führte er es aus dem Stall und legte ihm einen leichten Sattel auf; aber kaum saß er droben, so fuhr dem Tier ein Wiehern wie ein Lustschrei aus der Kehle; es flog mit ihm davon, die Werfte hinab auf den Weg und dann dem Deiche zu; doch der Reiter saß fest, und als sie oben waren, ging es ruhiger, leicht, wie tanzend, und warf den Kopf dem Meere zu. Er klopfte und streichelte ihm den blanken Hals, aber es bedurfte dieser Liebkosung schon nicht mehr; das Pferd schien völlig eins mit seinem Reiter, und nachdem er eine Strecke nordwärts den Deich hinausgeritten war, wandte er es leicht und gelangte wieder an die Hofstatt.

Die Knechte standen unten an der Auffahrt und warteten der Rückkunft ihres Wirtes. „So, John", rief dieser, indem er von seinem Pferde sprang, „nun reite du es in die Fenne zu den andern; es trägt dich wie in einer Wiege!"

Der Schimmel schüttelte den Kopf und wieherte laut in die sonnige Marschlandschaft hinaus, während ihm der Knecht den Sattel abschnallte und der Junge damit zur Geschirrkammer lief; dann legte er den Kopf auf seines Herrn Schulter und duldete behaglich dessen Liebkosung. Als aber der Knecht sich jetzt auf seinen Rücken schwingen wollte, sprang er mit einem jähen Satz zur Seite und stand dann wieder unbeweglich, die schönen Augen auf seinen Herrn gerichtet. „Hoho, Iven", rief dieser, „hat er dir Leids getan?" und suchte seinem Knecht vom Boden aufzuhelfen.

Der rieb sich eifrig an der Hüfte: „Nein, Herr, es geht noch; aber den Schimmel reit der Teufel!"

„Und ich!" setzte Hauke lachend hinzu. „So bring ihn am Zügel in die Fenne!"

Und als der Knecht etwas beschämt gehorchte, ließ sich der Schimmel ruhig von ihm führen.

– – Einige Abende später standen Knecht und Junge miteinander vor der Stalltür; hinterm Deiche war das Abendrot erloschen, innerhalb desselben war schon der Koog von tiefer Dämmerung überwallt; nur selten kam aus der Ferne das Gebrüll eines aufgestörten Rindes oder der Schrei einer Lerche, deren Leben unter dem Überfall eines Wiesels oder einer Wasserratte endete. Der Knecht lehnte gegen den Türpfosten und rauchte aus einer kurzen Pfeife, deren Rauch er schon nicht mehr sehen konnte; gesprochen hatten er und der Junge noch nicht zusammen. Dem letzteren aber drückte etwas auf die Seele, er wußte nur nicht, wie er dem schweigsamen Knechte ankommen sollte. „Du, Iven!“ sagte er endlich, „weißt du, das Pferdsgeripp auf Jeverssand!“

„Was ist damit?“ frug der Knecht.

„Ja, Iven, was ist damit? Es ist gar nicht mehr da; weder Tages noch bei Mondschein; wohl zwanzigmal bin ich auf den Deich hinausgelaufen!“

„Die alten Knochen sind wohl zusammengepoltert?“ sagte Iven und rauchte ruhig weiter.

„Aber ich war auch bei Mondschein draußen; es geht auch drüben nichts auf Jeverssand!“

„Ja“, sagte der Knecht, „sind die Knochen auseinandergefallen, so wird's wohl nicht mehr aufstehen können!“

„Mach keinen Spaß, Iven! Ich weiß jetzt; ich kann dir sagen, wo es ist!“

Der Knecht drehte sich jäh zu ihm: „Nun, wo ist es denn?“

„Wo?“ wiederholte der Junge nachdrücklich. „Es steht in unserem Stall; da steht's, seit es nicht mehr auf der Hallig ist. Es ist auch nicht umsonst, daß der Wirt es allzeit selber füttert; ich weiß Bescheid, Iven!“

Der Knecht paffte eine Weile heftig in die Nacht hinaus. „Du bist nicht klug, Carsten“, sagte er dann; „unser Schimmel? Wenn je ein Pferd ein lebigs war, so ist es der! Wie kann so ein Allerweltsjunge wie du in solch Altem-Weiberglauben sitzen!“

– – Aber der Junge war nicht zu bekehren: wenn

der Teufel in dem Schimmel steckte, warum sollte er dann nicht lebendig sein? Im Gegenteil, um desto schlimmer! – Er fuhr jedesmal erschreckt zusammen, wenn er gegen Abend den Stall betrat, in dem auch sommers das Tier mitunter eingestellt wurde, und es dann den feurigen Kopf so jäh nach ihm herumwarf. „Hol's der Teufel!" brummte er dann; „wir bleiben auch nicht lange mehr zusammen!"

So tat er sich denn heimlich nach einem neuen Dienste um, kündigte und trat um Allerheiligen als Knecht bei Ole Peters ein. Hier fand er andächtige Zuhörer für seine Geschichte von dem Teufelspferd des Deichgrafen; die dicke Frau Vollina und deren geistesstumpfer Vater, der frühere Deichgevollmächtigte Jeß Harders, hörten in behaglichem Gruseln zu und erzählten sie später allen, die gegen den Deichgrafen einen Groll im Herzen oder die an derart Dingen ihr Gefallen hatten.

Inzwischen war schon Ende März durch die Oberdeichgrafschaft der Befehl zur neuen Eindeichung eingetroffen. Hauke berief zunächst die Deichgevollmächtigten zusammen, und im Kruge oben bei der Kirche waren eines Tages alle erschienen und hörten zu, wie er ihnen die Hauptpunkte aus den bisher erwachsenen Schriftstücken vorlas: aus seinem Antrage, aus dem Bericht des Oberdeichgrafen, zuletzt den schließlichen Bescheid, worin vor allem auch die Annahme des von ihm vorgeschlagenen Profiles enthalten war und der neue Deich nicht steil wie früher, sondern allmählich verlaufend nach der Seeseite abfallen sollte; aber mit heiteren oder auch nur zufriedenen Gesichtern hörten sie nicht.

„Ja, ja", sagte ein alter Gevollmächtigter, „da haben wir nun die Bescherung, und Proteste werden nicht helfen, da der Oberdeichgraf unserm Deichgrafen den Daumen hält!"

„Hast wohl recht, Detlev Wiens", setzte ein zweiter hinzu; „die Frühlingsarbeit steht vor der Tür, und nun soll auch ein millionenlanger Deich gemacht werden – da muß ja alles liegenbleiben."

„Das könnt ihr dies Jahr noch zu Ende bringen", sagte

Hauke; „so rasch wird der Stecken nicht vom Zaun gebrochen!"

Das wollten wenige zugeben. „Aber dein Profil!" sprach ein dritter, was Neues auf die Bahn bringend; „der Deich wird ja auch an der Außenseite nach dem Wasser so breit, wie Lawrenz sein Kind nicht lang war! Wo soll das Material herkommen? Wann soll die Arbeit fertig werden?"

„Wenn nicht in diesem, so im nächsten Jahre; das wird am meisten von uns selber abhängen!" sagte Hauke.

Ein ärgerliches Lachen ging durch die Gesellschaft. „Aber wozu die unnütze Arbeit; der Deich soll ja nicht höher werden als der alte", rief eine neue Stimme; „und ich mein, der steht schon über dreißig Jahre!"

„Da sagt Ihr recht", sprach Hauke, „vor dreißig Jahren ist der alte Deich gebrochen; dann rückwärts vor fünfunddreißig, und wiederum vor fünfundvierzig Jahren; seitdem aber, obgleich er noch immer steil und unvernünftig dasteht, haben die höchsten Fluten uns verschont. Der neue Deich aber soll trotz solcher hundert und aber hundert Jahre stehen; denn er wird nicht durchbrochen werden, weil der milde Abfall nach der Seeseite den Wellen keinen Angriffspunkt entgegenstellt, und so werdet ihr für euch und euere Kinder ein sicheres Land gewinnen, und das ist es, weshalb die Herrschaft und der Oberdeichgraf mir den Daumen halten; das ist es auch, was ihr zu eurem eigenen Vorteil einsehen solltet!"

Als die Versammelten hierauf nicht sogleich zu antworten bereit waren, erhob sich ein alter weißhaariger Mann mühsam von seinem Stuhle; es war Frau Elkes Pate, Jewe Manners, der auf Haukes Bitten noch immer in seinem Gevollmächtigtenamt verblieben war. „Deichgraf Hauke Haien", sprach er, „du machst uns viel Unruhe und Kosten, und ich wollte, du hättest damit gewartet, bis mich der Herrgott hätt zur Ruhe gehen lassen; aber – recht hast du, das kann nur die Unvernunft bestreiten. Wir haben Gott mit jedem Tag zu danken, daß er uns trotz unserer Trägheit das kostbare Stück Vorland gegen Sturm und Wasserdrang erhalten hat; jetzt aber ist es wohl die elfte Stunde, in der wir selbst die Hand anlegen müssen, es auch nach all unserm Wissen und Können selber uns zu wahren und auf

Gottes Langmut weiter nicht zu trotzen. Ich, meine Freunde, bin ein Greis; ich habe Deiche bauen und brechen sehen; aber den Deich, den Hauke Haien nach ihm von Gott verliehener Einsicht projektiert und bei der Herrschaft für euch durchgesetzt hat, den wird niemand von euch Lebenden brechen sehen, und wolltet ihr ihm selbst nicht danken, euere Enkel werden ihm den Ehrenkranz noch einstens nicht versagen können!"

Jewe Manners setzte sich wieder, er nahm sein blaues Schnupftuch aus der Tasche und wischte sich ein paar Tropfen von der Stirn. Der Greis war noch immer als ein Mann von Tüchtigkeit und unantastbarer Rechtschaffenheit bekannt, und da die Versammlung eben nicht geneigt war, ihm zuzustimmen, so schwieg sie weiter. Aber Hauke Haien nahm das Wort; doch sahen alle, daß er bleich geworden. „Ich danke Euch, Jewe Manners", sprach er, „daß Ihr noch hier seid und daß Ihr das Wort gesprochen habt; ihr andern Herren Gevollmächtigten wollet den neuen Deichbau, der freilich mir zur Last fällt, zum mindesten ansehen als ein Ding, das nun nicht mehr zu ändern steht, und lasset uns demgemäß beschließen, was nun not ist!"

„Sprechet!" sagte einer der Gevollmächtigten. Und Hauke breitete die Karte des neuen Deiches auf dem Tische aus: „Es hat vorhin einer gefragt", begann er, „woher die viele Erde nehmen? – Ihr seht, soweit das Vorland in die Watten hinausgeht, ist außerhalb der Deichlinie ein Streifen Landes freigelassen; daher und von dem Vorlande, das nach Nord und Süd von dem neuen Kooge an dem Deiche hinläuft, können wir die Erde nehmen; haben wir an den Wasserseiten nur eine tüchtige Lage Klei, nach innen oder in der Mitte kann auch Sand genommen werden! – Nun aber ist zunächst ein Feldmesser zu berufen, der die Linie des neuen Deiches auf dem Vorland absteckt! Der mir bei Ausarbeitung des Planes behülflich gewesen, wird wohl am besten dazu passen. Ferner werden wir zur Heranholung des Kleis oder sonstigen Materiales die Anfertigung einspänniger Sturzkarren mit Gabeldeichsel bei einigen Stellmachern verdingen müssen; wir werden für die Durchdämmung des Prieles und nach den Binnenseiten, wo wir etwa mit Sand fürliebnehmen müssen, ich kann jetzt nicht sagen, wieviel hundert Fuder Stroh zur Bestickung des Deiches gebrauchen, vielleicht mehr als in der Marsch hier wird entbehrlich sein! – Lasset uns denn beraten, wie zunächst dies alles zu beschaffen und einzurichten ist; auch die neue Schleuse hier an der Westseite gegen das Wasser zu ist später einem tüchtigem Zimmermann zur Herstellung zu übergeben."

Die Versammelten hatten sich um den Tisch gestellt, betrachteten mit halbem Aug die Karte und begannen allgemach zu sprechen; doch war's, als geschähe es, damit nur überhaupt etwas gesprochen werde. Als es sich um Zuziehung des Feldmessers handelte, meinte einer der Jüngeren: „Ihr habt es ausgesonnen, Deichgraf; Ihr müsset selbst am besten wissen, wer dazu taugen mag."

Aber Hauke entgegnete: „Da ihr Geschworene seid, so müsset ihr aus eigener, nicht aus meiner Meinung sprechen, Jakob Meyen; und wenn ihr's dann besser sagt, so werd ich meinen Vorschlag fallenlassen!"

„Nun ja, es wird schon recht sein", sagte Jakob Meyen.

Aber einem der Älteren war es doch nicht völlig recht; er hatte einen Bruderssohn: so einer im Feldmessen sollte hier in der Marsch noch nicht gewesen sein, der sollte noch über des Deichgrafen Vater, den seligen Tede Haien, gehen!

So wurde denn über die beiden Feldmesser verhandelt und endlich beschlossen, ihnen gemeinschaftlich das Werk zu übertragen. Ähnlich ging es bei den Sturzkarren, bei der Strohlieferung und allem andern, und Hauke kam spät und fast erschöpft auf seinem Wallach, den er noch derzeit ritt, zu Hause an. Aber als er in dem alten Lehnstuhl saß, der noch von seinem gewichtigen, aber leichter lebenden Vorgänger stammte, war auch sein Weib ihm schon zur Seite: „Du siehst so müd aus, Hauke", sprach sie und strich mit ihrer schmalen Hand das Haar ihm von der Stirn.

„Ein wenig wohl!" erwiderte er.

– „Und geht es denn?"

„Es geht schon", sagte er mit bitterem Lächeln; „aber ich selber muß die Räder schieben und froh sein, wenn sie nicht zurückgehalten werden!"

– „Aber doch nicht von allen?"

„Nein, Elke; dein Pate, Jewe Manners, ist ein guter Mann; ich wollt, er wär um dreißig Jahre jünger."

Als nach einigen Wochen die Deichlinie abgesteckt und der größte Teil der Sturzkarren geliefert war, waren sämtliche Anteilbesitzer des einzudeichenden Kooges, ingleichen die Besitzer der hinter dem alten Deich belegenen Ländereien durch den Deichgrafen im Kirchspielskrug versammelt worden; es galt, ihnen einen Plan über die Verteilung der Arbeit und Kosten vorzulegen und ihre etwaigen Einwendungen zu vernehmen; denn auch die letzteren hatten, sofern der neue Deich und die neuen Siele die Unterhaltungskosten der älteren Werke verminderten, ihren Teil zu schaffen und zu tragen. Dieser Plan war für Hauke ein schwer Stück Arbeit gewesen, und wenn ihm durch Vermittelung des Oberdeichgrafen neben einem Deichboten nicht auch noch ein Deichschreiber wäre zugeordnet worden, er würde es so bald nicht fertiggebracht haben, obwohl auch jetzt wieder an jedem neuen Tage in die Nacht hinein gearbeitet war. Wenn er dann todmüde sein Lager suchte, so hatte nicht wie vordem sein Weib in nur verstelltem Schlafe seiner gewartet; auch sie hatte so vollgemessen ihre tägliche Arbeit, daß sie nachts wie am Grunde eines tiefen Brunnens in unstörbarem Schlafe lag.

Als Hauke jetzt seinen Plan verlesen und die Papiere, die freilich schon drei Tage hier im Kruge zur Einsicht ausgelegen hatten, wieder auf den Tisch breitete, waren zwar ernste Männer zugegen, die mit Ehrerbietung diesen gewissenhaften Fleiß betrachteten und sich nach ruhiger Überlegung den billigen Ansätzen ihres Deichgrafen unterwarfen; andere aber, deren Anteile an dem neuen Lande von ihnen selbst oder ihren Vätern oder sonstigen Vorbesitzern waren veräußert worden, beschwerten sich, daß sie zu den Kosten des neuen Kooges hinzugezogen seien, dessen Land sie nichts mehr angehe, uneingedenk, daß durch die neuen Arbeiten auch ihre alten Ländereien nach und nach entbürdet würden; und wieder andere, die mit Anteilen in dem neuen Koog gesegnet waren, schrien, man möge ihnen doch dieselben abnehmen, sie sollten um ein Geringes feil sein; denn wegen der unbilligen Leistungen, die ihnen dafür aufgebürdet würden, könnten sie nicht damit bestehen. Ole Peters aber, der mit grimmigem Gesicht am Türpfosten lehnte, rief dazwischen: „Besinnt euch erst und dann vertrauet unserm Deichgrafen! der versteht zu rechnen; er hatte schon die meisten Anteile, da wußte er auch mir die meinen abzuhandeln, und als er sie hatte, beschloß er, diesen neuen Koog zu deichen!"

Es war nach diesen Worten einen Augenblick totenstill in der Versammlung. Der Deichgraf stand an dem Tisch, auf dem er zuvor seine Papiere gebreitet hatte; er hob seinen Kopf und sah nach Ole Peters hinüber: „Du weißt wohl, Ole Peters", sprach er, „daß du mich verleumdest; du tust es dennoch, weil du überdies auch weißt, daß doch ein gut Teil des Schmutzes, womit du mich bewirfst, an mir wird hängenbleiben! Die Wahrheit ist, daß du deine Anteile los sein wolltest und daß ich ihrer derzeit für meine Schafzucht bedurfte; und willst du Weiteres wissen, das ungewaschene Wort, das dir im Krug vom Mund gefahren, ich sei nur Deichgraf meines Weibes wegen, das hat mich aufgerüttelt, und ich hab euch zeigen wollen, daß ich wohl um meiner selbst willen Deichgraf sein könne; und somit, Ole Peters, hab ich getan, was schon der Deichgraf vor mir hätte tun sollen. Trägst du mir aber Groll, daß derzeit deine Anteile die meinen geworden sind – du hörst es ja, es sind genug, die jetzt die ihrigen um ein Billiges feilbieten, nur weil die Arbeit ihnen jetzt zuviel ist!"

Von einem kleinen Teil der versammelten Männer ging ein Beifallsmurmeln aus, und der alte Jewe Manners, der dazwischenstand, rief laut: „Bravo, Hauke Haien! Unser Herrgott wird dir dein Werk gelingen lassen!"

Aber man kam doch nicht zu Ende, obgleich Ole Peters schwieg und die Leute erst zum Abendbrote auseinandergingen; erst in einer zweiten Versammlung wurde alles geordnet; aber auch nur, nachdem Hauke statt der ihm zukommenden drei Gespanne für den nächsten Monat deren vier auf sich genommen hatte.

Endlich, als schon die Pfingstglocken durch das Land läuteten, hatte die Arbeit begonnen: unablässig fuhren die

Sturzkarren von dem Vorlande an die Deichlinie, um den geholten Klei dort abzustürzen, und gleicherweise war dieselbe Anzahl schon wieder auf der Rückfahrt, um auf dem Vorland neuen aufzuladen; an der Deichlinie selber standen Männer mit Schaufeln und Spaten, um das Abgeworfene an seinen Platz zu bringen und zu ebnen; ungeheuere Fuder Stroh wurden angefahren und abgeladen; nicht nur zur Bedeckung des leichteren Materials, wie Sand und lose Erde, dessen man an den Binnenseiten sich bediente, wurde das Stroh benutzt; allmählich wurden einzelne Strekken des Deiches fertig, und die Grassoden, womit man sie belegt hatte, wurden stellenweis zum Schutz gegen die nagenden Wellen mit fester Strohbestickung überzogen. Bestellte Aufseher gingen hin und her, und wenn es stürmte, standen sie mit aufgerissenen Mäulern und schrien ihre Befehle durch Wind und Wetter; dazwischen ritt der Deichgraf auf seinem Schimmel, den er jetzt ausschließlich in Gebrauch hatte, und das Tier flog mit dem Reiter hin und wider, wenn er rasch und trocken seine Anordnungen machte, wenn er die Arbeiter lobte oder, wie es wohl geschah, einen Faulen oder Ungeschickten ohn Erbarmen aus der Arbeit wies. „Das hilft nicht!" rief er dann; „um deine Faulheit darf uns nicht der Deich verderben!" Schon von weitem, wenn er unten aus dem Koog heraufkam, hörten sie das Schnauben seines Rosses, und alle Hände faßten fester in die Arbeit: „Frisch zu! Der Schimmelreiter kommt!"

War es um die Frühstückszeit, wo die Arbeiter mit ihrem Morgenbrot haufenweis beisammen auf der Erde lagen, dann ritt Hauke an den verlassenen Werken entlang, und seine Augen waren scharf, wo liederliche Hände den Spaten geführt hatten. Wenn er aber zu den Leuten ritt und ihnen auseinandersetzte, wie die Arbeit müsse beschafft werden, sahen sie wohl zu ihm auf und kauten geduldig an ihrem Brote weiter; aber eine Zustimmung oder auch nur eine Äußerung hörte er nicht von ihnen. Einmal zu solcher Tageszeit, es war schon spät, da er an einer Deichstelle die Arbeit in besonderer Ordnung gefunden hatte, ritt er zu dem nächsten Haufen der Frühstückenden, sprang von seinem Schimmel und frug heiter, wer dort so sauberes Tagewerk verrichtet hätte; aber sie sahen ihn nur scheu und düster an, und nur langsam und wie widerwillig wurden ein paar Namen genannt. Der Mensch, dem er sein Pferd gegeben hatte, das ruhig wie ein Lamm stand, hielt es mit beiden Händen und blickte wie angstvoll nach den schönen Augen des Tieres, die es, wie gewöhnlich, auf seinen Herrn gerichtet hielt.

„Nun, Marten!" rief Hauke; „was stehst du, als ob dir der Donner in die Beine gefahren sei?"

– „Herr, Euer Pferd, es ist so ruhig, als ob es Böses vorhabe!"

Hauke lachte und nahm das Pferd selbst am Zügel, das sogleich liebkosend den Kopf an seiner Schulter rieb. Von den Arbeitern sahen einige scheu zu Roß und Reiter hinüber, andere, als ob das alles sie nicht kümmere, aßen schweigend ihre Frühkost, dann und wann den Möwen einen Brocken hinaufwerfend, die sich den Futterplatz gemerkt hatten und mit ihren schlanken Flügeln sich fast auf ihre Köpfe senkten. Der Deichgraf blickte eine Weile wie gedankenlos auf die bettelnden Vögel und wie sie die zugeworfenen Bissen mit ihren Schnäbeln haschten; dann sprang er in den Sattel und ritt, ohne sich nach den Leuten umzusehen, davon; einige Worte, die jetzt unter ihnen laut wurden, klangen ihm fast wie Hohn. „Was ist das?" sprach er bei sich selber. „Hatte denn Elke recht, daß sie alle gegen mich sind? Auch diese Knechte und kleinen Leute, von denen vielen durch meinen neuen Deich doch eine Wohlhabenheit ins Haus wächst?"

Er gab seinem Pferde die Sporen, daß es wie toll in den Koog hinabflog. Von dem unheimlichen Glanze freilich, mit dem sein früherer Dienstjunge den Schimmelreiter bekleidet hatte, wußte er selber nichts; aber die Leute hätten ihn jetzt nur sehen sollen, wie aus seinem hageren Gesicht die Augen starrten, wie sein Mantel flog und wie der Schimmel sprühte!

– – So war der Sommer und der Herbst vergangen; noch bis gegen Ende November war gearbeitet worden, dann geboten Frost und Schnee dem Werke Halt; man war nicht fertig geworden und beschloß, den Koog offen liegenzulassen. Acht Fuß ragte der Deich aus der Fläche hervor; nur wo westwärts gegen das Wasser hin die Schleuse gelegt werden sollte, hatte man eine Lücke gelassen; auch oben vor dem alten Deiche war der Priel noch unberührt. So konnte die Flut, wie in den letzten dreißig Jahren, in den Koog hineindringen, ohne dort oder an dem neuen Deiche großen Schaden anzurichten. Und so überließ man dem großen Gott das Werk der Menschenhände und stellte es in seinen Schutz, bis die Frühlingssonne die Vollendung würde möglich machen.

– – Inzwischen hatte im Hause des Deichgrafen sich ein frohes Ereignis vorbereitet: im neunten Ehejahre war noch ein Kind geboren worden. Es war rot und hutzelig und wog seine sieben Pfund, wie es für neugeborene Kinder sich gebührt, wenn sie, wie dies, dem weiblichen Geschlechte angehören; nur sein Geschrei war wunderlich verhohlen und hatte der Wehmutter nicht gefallen wollen. Das Schlimmste war: am dritten Tage lag Elke im hellen Kindbettfieber, redete Irrsal und kannte weder ihren Mann noch ihre alte Helferin. Die unbändige Freude, die Hauke beim Anblick seines Kindes ergriffen hatte, war zu Trübsal geworden; der Arzt aus der Stadt war geholt, er saß am Bett und fühlte den Puls und verschrieb und sah ratlos um sich her. Hauke schüttelte den Kopf: „Der hilft nicht; nur Gott kann helfen!" Er hatte sich sein eigen Christentum zurechtgerechnet, aber es war etwas, das sein Gebet zurückhielt. Als der alte Doktor davongefahren war, stand er am Fenster, in den winterlichen Tag hinausstarrend, und während die Kranke aus ihren Phantasien aufschrie, schränkte er die Hände zusammen; er wußte selber nicht, war es aus Andacht oder war es nur, um in der ungeheueren Angst sich selbst nicht zu verlieren.

„Wasser! Das Wasser!" wimmerte die Kranke. „Halt mich!" schrie sie; „halt mich, Hauke!" Dann sank die Stimme; es klang, als ob sie weine: „In See, ins Haff hinaus? O lieber Gott, ich seh ihn nimmer wieder!"

Da wandte er sich und schob die Wärterin von ihrem Bette; er fiel auf seine Knie, umfaßte sein Weib und riß sie an sich: „Elke! Elke, so kenn mich doch, ich bin ja bei dir!"

Aber sie öffnete nur die fieberglühenden Augen weit und sah wie rettungslos verloren um sich.

Er legte sie zurück auf ihre Kissen; dann krampfte er die Hände ineinander: „Herr, mein Gott", schrie er; „nimm sie mir nicht! Du weißt, ich kann sie nicht entbehren!" Dann war's, als ob er sich besinne, und leiser setzte er hinzu: „Ich weiß ja wohl, du kannst nicht allezeit, wie du willst, auch du nicht; du bist allweise; du mußt nach deiner Weisheit tun – o Herr, sprich nur durch einen Hauch zu mir!"

Es war, als ob plötzlich eine Stille eingetreten sei; er hörte nur ein leises Atmen; als er sich zum Bette kehrte, lag sein Weib in ruhigem Schlaf, nur die Wärterin sah mit entsetzten Augen auf ihn. Er hörte die Tür gehen. „Wer war das?" frug er.

„Herr, die Magd Ann Grete ging hinaus; sie hatte den Warmkorb hereingebracht."

– „Was sieht Sie mich denn so verfahren an, Frau Levke?"

„Ich? Ich hab mich ob Eurem Gebet erschrocken; damit betet Ihr keinen vom Tode los!"

Hauke sah sie mit seinen durchdringenden Augen an: „Besucht Sie denn auch, wie unsere Ann Grete, die Konventikel bei dem holländischen Flickschneider Jantje?"

„Ja, Herr; wir haben beide den lebendigen Glauben!"

Hauke antwortete ihr nicht. Das damals stark im Schwange gehende separatistische Konventikelwesen hatte auch unter den Friesen seine Blüten getrieben; heruntergekommene Handwerker oder wegen Trunkes abgesetzte Schulmeister spielten darin die Hauptrolle, und Dirnen, junge und alte Weiber, Faulenzer und einsame Menschen liefen eifrig in die heimlichen Versammlungen, in denen jeder den Priester spielen konnte. Aus des Deichgrafen Hause brachten Ann Grete und der in sie verliebte Dienstjunge ihre freien Abende dort zu. Freilich hatte Elke ihre Bedenken darüber gegen Hauke nicht zurückgehalten; aber er hatte gemeint, in Glaubenssachen solle man keinem dreinreden: das schade niemandem, und besser dort doch als im Schnapskrug!

So war es dabei geblieben, und so hatte er auch jetzt geschwiegen. Aber freilich über ihn schwieg man nicht; seine Gebetsworte liefen um von Haus zu Haus: er hatte Gottes Allmacht bestritten; was war ein Gott denn ohne Allmacht?

Er war ein Gottesleugner; die Sache mit dem Teufelspferde mochte auch am Ende richtig sein!

Hauke erfuhr nichts davon; er hatte in diesen Tagen nur Ohren und Augen für sein Weib, selbst das Kind war für ihn nicht mehr auf der Welt.

Der alte Arzt kam wieder, kam jeden Tag, mitunter zweimal, blieb dann eine ganze Nacht, schrieb wieder ein Rezept, und der Knecht Iven Johns ritt damit im Flug zur Apotheke. Dann aber wurde sein Gesicht freundlicher, er nickte dem Deichgrafen vertraulich zu: „Es geht! Es geht! Mit Gottes Hülfe!“ Und eines Tags – hatte nun seine Kunst die Krankheit besiegt, oder hatte auf Haukes Gebet der liebe Gott doch noch einen Ausweg finden können –, als der Doktor mit der Kranken allein war, sprach er zu ihr, und seine alten Augen lachten: „Frau, jetzt kann ich's getrost Euch sagen: heut hat der Doktor seinen Festtag; es stand schlimm um Euch, aber nun gehöret Ihr wieder zu uns, zu den Lebendigen!“

Da brach es wie ein Strahlenmeer aus ihren dunkeln Augen. „Hauke! Hauke, wo bist du?“ rief sie, und als er auf den hellen Ruf ins Zimmer und an ihr Bett stürzte, schlug sie die Arme um seinen Nacken: „Hauke, mein Mann, gerettet! Ich bleibe bei dir!“

Da zog der alte Doktor sein seiden Schnupftuch aus der Tasche, fuhr sich damit über Stirn und Wangen und ging kopfnickend aus dem Zimmer.

– – Am dritten Abend nach diesem Tage sprach ein frommer Redner – es war ein vom Deichgrafen aus der Arbeit gejagter Pantoffelmacher – im Konventikel bei dem holländischen Schneider, da er seinen Zuhörern die Eigenschaften Gottes auseinandersetzte: „Wer aber Gottes Allmacht widerstreitet, wer da sagt: ich weiß, du kannst nicht, was du willst – wir kennen den Unglückseligen ja alle; er lastet gleich einem Stein auf der Gemeinde –, der ist von Gott gefallen und suchet den Feind Gottes, den Freund der Sünde, zu seinem Tröster; denn nach irgendeinem Stabe muß die Hand des Menschen greifen. Ihr aber, hütet euch vor dem, der also betet; sein Gebet ist Fluch!“

– – Auch das lief um von Haus zu Haus. Was läuft nicht

um in einer kleinen Gemeinde? Und auch zu Haukes Ohren kam es. Er sprach kein Wort darüber, nicht einmal zu seinem Weibe; nur mitunter konnte er sie heftig umfassen und an sich ziehen: „Bleib mir treu, Elke! Bleib mir treu!" – Dann sahen ihre Augen voll Staunen zu ihm auf: „Dir treu? Wem sollte ich denn anders treu sein?" – Nach einer kurzen Weile aber hatte sie sein Wort verstanden. „Ja, Hauke, wir sind uns treu; nicht nur, weil wir uns brauchen." Und dann ging jedes seinen Arbeitsweg.

Das wäre soweit gut gewesen; aber es war doch trotz aller lebendigen Arbeit eine Einsamkeit um ihn, und in seinem Herzen nistete sich ein Trotz und abgeschlossenes Wesen gegen andere Menschen ein; nur gegen sein Weib blieb er allezeit der gleiche, und an der Wiege seines Kindes lag er abends und morgens auf den Knien, als sei dort die Stätte seines ewigen Heils. Gegen Gesinde und Arbeiter aber wurde er strenger; die Ungeschickten und Fahrlässigen, die er früher durch ruhigen Tadel zurechtgewiesen hatte, wurden jetzt durch hartes Anfahren aufgeschreckt, und Elke ging mitunter leise bessern.

Als der Frühling nahte, begannen wieder die Deicharbeiten; mit einem Kajedeich wurde zum Schutz der jetzt aufzubauenden neuen Schleuse die Lücke in der westlichen Deichlinie geschlossen, halbmondförmig nach innen und ebenso nach außen; und gleich der Schleuse wuchs allmählich auch der Hauptdeich zu seiner immer rascher herzustellenden Höhe empor. Leichter wurde dem leitenden Deichgrafen seine Arbeit nicht, denn an Stelle des im Winter verstorbenen Jewe Manners war Ole Peters als Deichgevollmächtigter eingetreten. Hauke hatte nicht versuchen wollen, es zu hindern; aber anstatt der ermutigenden Worte und der dazugehörigen zutunlichen Schläge auf seine linke Schulter, die er so oft von dem alten Paten seines Weibes einkassiert hatte, kamen ihm jetzt von dem Nachfolger ein heimliches Widerhalten und unnötige Einwände und waren mit unnötigen Gründen zu bekämpfen; denn Ole gehörte zwar zu den Wichtigen, aber in Deichsachen nicht zu den Klugen; auch war von früher her der „Schreiberknecht" ihm immer noch im Wege.

Der glänzendste Himmel breitete sich wieder über Meer und Marsch, und der Koog wurde wieder bunt von starken Rindern, deren Gebrüll von Zeit zu Zeit die weite Stille unterbrach; unablässig sangen in hoher Himmelsluft die Lerchen, aber man hörte es erst, wenn einmal auf eines Atemzuges Länge der Gesang verstummt war. Kein Unwetter störte die Arbeit, und die Schleuse stand schon mit ihrem ungestrichenen Balkengefüge, ohne daß auch nur in einer Nacht sie eines Schutzes von dem Interimsdeich bedurft hätte; der Herrgott schien seine Gunst dem neuen Werke zuzuwenden. Auch Frau Elkes Augen lachten ihrem Manne zu, wenn er auf seinem Schimmel draußen von dem Deich nach Hause kam: „Bist doch ein braves Tier geworden!" sagte sie dann und klopfte den blanken Hals des Pferdes. Hauke aber, wenn sie das Kind am Halse hatte, sprang herab und ließ das winzige Dinglein auf seinen Armen tanzen; wenn dann der Schimmel seine braunen Augen auf das Kind gerichtet hielt, dann sprach er wohl: „Komm her; sollst auch die Ehre haben!" und er setzte die kleine Wienke – denn so war sie getauft worden – auf seinen Sattel und führte den Schimmel auf der Werft im Kreise herum. Auch der alte Eschenbaum hatte mitunter die Ehre; er setzte das Kind auf einen schwanken Ast und ließ es schaukeln. Die Mutter stand mit lachenden Augen in der Haustür; das Kind aber lachte nicht, seine Augen, zwischen denen ein feines Näschen stand, schauten ein wenig stumpf ins Weite, und die kleinen Hände griffen nicht nach dem Stöckchen, das der Vater ihr hinhielt. Hauke achtete nicht darauf, er wußte auch nichts von so kleinen Kindern; nur Elke, wenn sie das helläugige Mädchen auf dem Arm ihrer Arbeitsfrau erblickte, die mit ihr zugleich das Wochenbett bestanden hatte, sagte mitunter schmerzlich: „Das Meine ist noch nicht soweit wie deines, Stina!" und die Frau, ihren dicken Jungen, den sie an der Hand hatte, mit derber Liebe schüttelnd, rief dann wohl: „Ja, Frau, die Kinder sind verschieden; der da, der stahl mir schon die Äpfel aus der Kammer, bevor er übers zweite Jahr hinaus war!" Und Elke strich dem dicken Buben sein Kraushaar aus den

Augen und drückte dann heimlich ihr stilles Kind ans Herz.

– – Als es in den Oktober hineinging, stand an der Westseite die neue Schleuse schon fest in dem von beiden Seiten schließenden Hauptdeich, der bis auf die Lücken bei dem Priele nun mit seinem sanften Profile ringsum nach den Wasserseiten abfiel und um fünfzehn Fuß die ordinäre Flut überragte. Von seiner Nordwestecke sah man an Jevershallig vorbei ungehindert in das Wattenmeer hinaus; aber freilich auch die Winde faßten hier schärfer; die Haare flogen, und wer hier ausschauen wollte, der mußte die Mütze fest auf dem Kopf haben.

Zu Ende November, wo Sturm und Regen eingefallen waren, blieb nur noch hart am alten Deich die Schlucht zu schließen, auf deren Grunde an der Nordseite das Meerwasser durch den Priel in den neuen Koog hineinschoß. Zu beiden Seiten standen die Wände des Deiches; der Abgrund zwischen ihnen mußte jetzt verschwinden. Ein trokken Sommerwetter hätte die Arbeit wohl erleichtert; aber auch so mußte sie getan werden, denn ein aufbrechender Sturm konnte das ganze Werk gefährden. Und Hauke setzte alles daran, um jetzt den Schluß herbeizuführen. Der Regen strömte, der Wind pfiff; aber seine hagere Gestalt auf dem feurigen Schimmel tauchte bald hier, bald dort aus den schwarzen Menschenmassen empor, die oben wie unten an der Nordseite des Deiches neben der Schlucht beschäftigt waren. Jetzt sah man ihn unten bei den Sturzkarren, die schon weither die Kleierde aus dem Vorlande holen mußten und von denen eben ein gedrängter Haufen bei dem Priele anlangte und seine Last dort abzuwerfen suchte. Durch das Geklatsch des Regens und das Brausen des Windes klangen von Zeit zu Zeit die scharfen Befehlsworte des Deichgrafen, der heute hier allein gebieten wollte; er rief die Karren nach den Nummern vor und wies die Drängenden zurück; ein „Halt!“ scholl von seinem Munde, dann ruhte unten die Arbeit; „Stroh! ein Fuder Stroh hinab!“ rief er denen droben zu, und von einem der oben haltenden Fuder stürzte es auf den nassen Klei hinunter. Unten sprangen Männer dazwischen und zerrten es auseinander und schrien nach oben, sie nur nicht zu begraben. Und wieder kamen neue Karren, und Hauke war schon wieder oben und sah von seinem Schimmel in die Schlucht hinab und wie sie dort schaufelten und stürzten; dann warf er seine Augen nach dem Haff hinaus. Es wehte scharf, und er sah, wie mehr und mehr der Wassersaum am Deich hinaufklimmte und wie die Wellen sich noch höher hoben; er sah auch, wie die Leute trieften und kaum atmen konnten in der schweren Arbeit vor dem Winde, der ihnen die Luft am Munde abschnitt, und vor dem kalten Regen, der sie überströmte. „Ausgehalten, Leute! Ausgehalten!" schrie er zu ihnen hinab. „Nur einen Fuß noch höher; dann ist's genug für diese Flut!" Und durch alles Getöse des Wetters hörte man das Geräusch der Arbeiter: das Klatschen der hineingestürzten Kleimassen, das Rasseln der Karren und das Rauschen des von oben hinabgelassenen Strohes ging unaufhaltsam vorwärts; dazwischen war mitunter das Winseln eines gelben Hundes laut geworden, der frierend und wie verloren zwischen Menschen und Fuhrwerken herumgestoßen wurde; plötzlich aber scholl ein jammervoller Schrei des kleinen Tieres von unten aus der Schlucht herauf. Hauke blickte hinab; er hatte es von oben hinunterschleudern sehen; eine jähe Zornröte stieg ihm ins Gesicht. „Halt! Haltet ein!" schrie er zu den Karren hinunter; denn der nasse Klei wurde unaufhaltsam aufgeschüttet.

„Warum?" schrie eine rauhe Stimme von unten herauf; „doch um die elende Hundekreatur nicht?"

„Halt! sag ich", schrie Hauke wieder; „bringt mir den Hund! Bei unserm Werke soll kein Frevel sein!"

Aber es rührte sich keine Hand; nur ein paar Spaten zähen Kleis flogen noch neben das schreiende Tier. Da gab er seinem Schimmel die Sporen, daß das Tier einen Schrei ausstieß, und stürmte den Deich hinab, und alles wich vor ihm zurück. „Den Hund!" schrie er; „ich will den Hund!"

Eine Hand schlug sanft auf seine Schulter, als wäre es die Hand des alten Jewe Manners; doch als er umsah, war es nur ein Freund des Alten. „Nehmt Euch in acht, Deichgraf!" raunte der ihm zu, „Ihr habt nicht Freunde unter diesen Leuten; laßt es mit dem Hunde gehen!"

Der Wind pfiff, der Regen klatschte; die Leute hatten die Spaten in den Grund gesteckt, einige sie fortgeworfen.

Hauke neigte sich zu dem Alten: „Wollt Ihr meinen Schimmel halten, Harke Jens?“ frug er; und als jener noch kaum den Zügel in der Hand hatte, war Hauke schon in die Kluft gesprungen und hielt das kleine winselnde Tier in seinem Arm; und fast im selben Augenblicke saß er auch wieder hoch im Sattel und sprengte auf den Deich zurück. Seine Augen flogen über die Männer, die bei den Wagen standen. „Wer war es?“ rief er. „Wer hat die Kreatur hinabgeworfen?“

Einen Augenblick schwieg alles, denn aus dem hageren Gesicht des Deichgrafen sprühte der Zorn, und sie hatten abergläubische Furcht vor ihm. Da trat von einem Fuhrwerk ein stiernackiger Kerl vor ihn hin. „Ich tat es nicht, Deichgraf“, sagte er und biß von einer Rolle Kautabak ein Endchen ab, das er sich erst ruhig in den Mund schob; „aber der es tat, hat recht getan; soll Euer Deich sich halten, so muß was Lebiges hinein!“

– „Was Lebiges? Aus welchem Katechismus hast du das gelernt?“

„Aus keinem, Herr!“ entgegnete der Kerl, und aus seiner Kehle stieß ein freches Lachen; „das haben unsere Großväter schon gewußt, die sich mit Euch im Christentum wohl messen durften! Ein Kind ist besser noch; wenn das nicht da ist, tut's auch wohl ein Hund!“

„Schweig du mit deinen Heidenlehren“, schrie ihn Hauke an, „es stopfte besser, wenn man dich hineinwürfe.“

„Oho!“ erscholl es; aus einem Dutzend Kehlen war der Laut gekommen, und der Deichgraf gewahrte ringsum grimmige Gesichter und geballte Fäuste; er sah wohl, daß das keine Freunde waren; der Gedanke an seinen Deich überfiel ihn wie ein Schrecken: was sollte werden, wenn jetzt alle ihre Spaten hinwürfen? – Und als er nun den Blick nach unten richtete, sah er wieder den Freund des alten Jewe Manners; der ging dort zwischen den Arbeitern, sprach zu dem und jenem, lachte hier einem zu, klopfte dort mit freundlichem Gesicht einem auf die Schulter, und einer nach dem andern faßte wieder seinen Spaten; noch einige Augenblicke, und die Arbeit war wieder in vollem Gange. – Was wollte er denn noch? Der Priel mußte geschlossen werden, und den Hund barg er sicher genug in den Falten seines Mantels. Mit plötzlichem Entschluß wandte er seinen Schimmel gegen den nächsten Wagen: „Stroh an die Kante!" rief er herrisch, und wie mechanisch gehorchte ihm der Fuhrknecht; bald rauschte es hinab in die Tiefe, und von allen Seiten regte es sich aufs neue und mit allen Armen.

Eine Stunde war noch so gearbeitet; es war nach sechs Uhr, und schon brach tiefe Dämmerung herein; der Regen hatte aufgehört, da rief Hauke die Aufseher an sein Pferd: „Morgen früh vier Uhr", sagte er, „ist alles wieder auf dem Platz; der Mond wird noch am Himmel sein; da machen wir mit Gott den Schluß! Und dann noch eines!" rief er, als sie gehen wollten: „Kennt ihr den Hund?" und er nahm das zitternde Tier aus seinem Mantel.

Sie verneinten das; nur einer sagte. „Der hat sich taglang schon im Dorf herumgebettelt; der gehört gar keinem!"

„Dann ist er mein!" entgegnete der Deichgraf. „Vergesset nicht: morgen früh vier Uhr!" und ritt davon.

Als er heimkam, trat Ann Grete aus der Tür: sie hatte saubere Kleidung an, und es fuhr ihm durch den Kopf, sie gehe jetzt zum Konventikelschneider: „Halt die Schürze auf!" rief er ihr zu, und da sie es unwillkürlich tat, warf er das kleibeschmutzte Hündlein ihr hinein: „Bring ihn der kleinen Wienke; er soll ihr Spielkamerad werden! Aber wasch und wärm ihn zuvor; so tust du auch ein gottgefällig Werk, denn die Kreatur ist schier verklommen."

Und Ann Grete konnte nicht lassen, ihrem Wirt Gehorsam zu leisten, und kam deshalb heute nicht in den Konventikel.

Und am andern Tage wurde der letzte Spatenstich am neuen Deich getan; der Wind hatte sich gelegt; in anmutigem Fluge schwebten Möwen und Avosetten über Land und Wasser hin und wider; von Jevershallig tönte das tausendstimmige Geknorr der Rottgänse, die sich's noch heute an der Küste der Nordsee wohl sein ließen, und aus den weißen Morgennebeln, welche die weite Marsch bedeckten, stieg allmählich ein goldner Herbsttag und beleuchtete das neue Werk der Menschenhände.

Nach einigen Wochen kamen mit dem Oberdeichgrafen die herrschaftlichen Kommissäre zur Besichtigung desselben; ein großes Festmahl, das erste nach dem Leichenmahl des alten Tede Volkerts, wurde im deichgräflichen Hause gehalten; alle Deichgevollmächtigten und die größten Interessenten waren dazu geladen. Nach Tische wurden sämtliche Wagen der Gäste und des Deichgrafen angespannt; Frau Elke wurde von dem Oberdeichgrafen in die Karriole gehoben, vor der der braune Wallach mit seinen Hufen stampfte; dann sprang er selber hintennach und nahm die Zügel in die Hand; er wollte die gescheite Frau seines Deichgrafen selber fahren. So ging es munter von der Werfte und in den Weg hinaus, den Akt zum neuen Deich hinan und auf demselben um den jungen Koog herum. Es war inmittelst ein leichter Nordwestwind aufgekommen, und an der Nord- und Westseite des neuen Deiches wurde die Flut hinaufgetrieben; aber es war unverkennbar, der sanfte Abfall bedingte einen sanfteren Anschlag; aus dem Munde der herrschaftlichen Kommissäre strömte das Lob des Deichgrafen, daß die Bedenken, welche hie und da von den Gevollmächtigten dagegen langsam vorgebracht wurden, gar bald darin erstickten.

– Auch das ging vorüber; aber noch eine Genugtuung empfing der Deichgraf eines Tages, da er in stillem, selbstbewußtem Sinnen auf dem neuen Deich entlangritt. Es mochte ihm wohl die Frage kommen, weshalb der Koog, der ohne ihn nicht da wäre, in dem sein Schweiß und seine Nachtwachen steckten, nun schließlich nach einer der herrschaftlichen Prinzessinnen „der neue Karolinenkoog“ getauft sei; aber es war doch so: auf allen dahin gehörigen Schriftstücken stand der Name, auf einigen sogar in roter Frakturschrift. Da, als er aufblickte, sah er zwei Arbeiter mit ihren Feldgerätschaften, der eine etwa zwanzig Schritte hinter dem andern, sich entgegenkommen: „So wart doch!“ hörte er den Nachfolgenden rufen; der andere aber – er stand eben an einem Akt, der in den Koog hinunterführte – rief ihm entgegen: „Ein andermal, Jens! Es ist schon spät; ich soll hier Klei schlagen!“

– „Wo denn?“

„Nun hier, im Hauke-Haien-Koog!“

Er rief es laut, indem er den Akt hinabtrabte, als solle die ganze Marsch es hören, die darunterlag. Hauke aber war es, als höre er seinen Ruhm verkünden; er hob sich im Sattel, gab seinem Schimmel die Sporen und sah mit festen Augen über die weite Landschaft hin, die zu seiner Linken lag. „Hauke-Haien-Koog!" wiederholte er leis; das klang, als könnt es alle Zeit nicht anders heißen! Mochten sie trotzen, wie sie wollten, um seinen Namen war doch nicht herumzukommen; der Prinzessinnen-Name – würde er nicht bald nur noch in alten Schriften modern? – Der Schimmel ging in stolzem Galopp; vor seinen Ohren aber summte es: „Hauke-Haien-Koog! Hauke-Haien-Koog!" In seinen Gedanken wuchs fast der neue Deich zu einem achten Weltwunder; in ganz Friesland war nicht seinesgleichen! Und er ließ den Schimmel tanzen; ihm war, er stünde inmitten aller Friesen; er überragte sie um Kopfeshöhe, und seine Blicke flogen scharf und mitleidig über sie hin.

– – Allmählich waren drei Jahre seit der Eindeichung hingegangen; das neue Werk hatte sich bewährt, die Reparaturkosten waren nur gering gewesen; im Kooge aber blühte jetzt fast überall der weiße Klee, und ging man über die geschützten Weiden, so trug der Sommerwind einem ganze Wolken süßen Dufts entgegen. Da war die Zeit gekommen, die bisher nur idealen Anteile in wirkliche zu verwandeln und allen Teilnehmern ihre bestimmten Stücke für immer eigentümlich zuzusetzen. Hauke war nicht müßig gewesen, vorher noch einige neue zu erwerben; Ole Peters hatte sich verbissen zurückgehalten, ihm gehörte nichts im neuen Kooge. Ohne Verdruß und Streit hatte auch so die Teilung nicht abgehen können, aber fertig war er gleichwohl geworden; auch dieser Tag lag hinter dem Deichgrafen.

Fortan lebte er einsam seinen Pflichten als Hofwirt wie als Deichgraf und denen, die ihm am nächsten angehörten; die alten Freunde waren nicht mehr in der Zeitlichkeit, neue zu erwerben war er nicht geeignet. Aber unter seinem Dach war Frieden, den auch das stille Kind nicht störte; es sprach wenig, das stete Fragen, was den aufgeweckten Kindern eigen ist, kam selten und meinst so, daß dem Gefragten die Antwort darauf schwer wurde; aber ihr liebes, einfältiges Gesichtlein trug fast immer den Ausdruck der Zufriedenheit. Zwei Spielkameraden hatte sie, die waren ihr genug: wenn sie über die Werfte wanderte, sprang das gerettete gelbe Hündlein stets um sie herum, und wenn der Hund sich zeigte, war auch klein Wienke nicht mehr fern. Der zweite Kamerad war eine Lachmöwe, und wie der Hund „Perle", so hieß die Möwe „Klaus".

Klaus war durch ein greises Menschenkind auf dem Hofe installiert worden: die achtzigjährige Trin' Jans hatte in ihrer Kate auf dem Außendeich sich nicht mehr durchbringen können; da hatte Frau Elke gemeint, die verlebte Dienstmagd ihres Großvaters könnte bei ihnen noch ein paar stille Abendstunden und eine gute Sterbekammer finden, und so, halb mit Gewalt, war sie von ihr und Hauke nach dem Hofe geholt und in dem Nordweststübchen der neuen Scheuer untergebracht worden, die der Deichgraf vor einigen Jahren neben dem Haupthause bei der Vergrößerung seiner Wirtschaft hatte bauen müssen. Ein paar der Mägde hatten daneben ihre Kammer erhalten und konnten der Greisin nachts zur Hand gehen. Rings an den Wänden hatte sie ihr altes Hausgerät: eine Schatulle von Zuckerkistenholz, darüber zwei bunte Bilder vom verlorenen Sohn, ein längst zur Ruhe gestelltes Spinnrad und ein sehr sauberes Gardinenbett, vor dem ein ungefüger, mit dem weißen Fell des weiland Angorakaters überzogener Schemel stand. Aber auch was Lebiges hatte sie noch um sich gehabt und mit hieher gebracht: das war die Möwe Klaus, die sich schon jahrelang zu ihr gehalten hatte und von ihr gefüttert worden war; freilich, wenn es Winter wurde, flog sie mit den andern Möwen südwärts und kam erst wieder, wenn am Strand der Wermut duftete.

Die Scheuer lag etwas tiefer an der Werfte; die Alte konnte von ihrem Fenster aus nicht über den Deich auf die See hinausblicken. „Du hast mich hier als wie gefangen, Deichgraf!" murrte sie eines Tages, als Hauke zu ihr eintrat, und wies mit ihrem verkrümmten Finger nach den Fennen hinaus, die sich dort unten breiteten. „Wo ist denn Jeverssand? Da über den roten oder über den schwarzen Ochsen hinaus?"

„Was will Sie denn mit Jeverssand?" frug Hauke.

– „Ach was, Jeverssand!" brummte die Alte. „Aber ich will doch sehen, wo mein Jung mir derzeit ist zu Gott gegangen!"

– „Wenn Sie das sehen will", entgegnete Hauke, „so muß Sie sich oben unter den Eschenbaum setzen, da sieht Sie das ganze Haff!"

„Ja", sagte die Alte; „ja, wenn ich deine jungen Beine hätte, Deichgraf!"

Dergleichen blieb lange der Dank für die Hülfe, die ihr die Deichgrafsleute angedeihen ließen; dann aber wurde es auf einmal anders. Der kleine Kindskopf Wienkes guckte eines Morgens durch die halbgeöffnete Tür zu ihr herein. „Na", rief die Alte, welche mit den Händen ineinander auf ihrem Holzstuhl saß, „was hast du denn zu bestellen?"

Aber das Kind kam schweigend näher und sah sie mit ihren gleichgültigen Augen unablässig an.

„Bist du das Deichgrafskind?" frug sie Trin' Jans, und da das Kind wie nickend das Köpfchen senkte, fuhr sie fort: „So setz dich hier auf meinen Schemel! Ein Angorakater ist's gewesen – so groß! Aber dein Vater hat ihn totgeschlagen. Wenn er noch lebig wäre, so könntst du auf ihm reiten."

Wienke richtete stumm ihre Augen auf das weiße Fell; dann kniete sie nieder und begann es mit ihren kleinen Händen zu streicheln, wie Kinder es bei einer lebenden Katze oder einem Hunde zu machen pflegen. „Armer Kater!" sagte sie dann und fuhr wieder in ihren Liebkosungen fort.

„So!" rief nach einer Weile die Alte; „jetzt ist es genug; und sitzen kannst du auch noch heut auf ihm; vielleicht hat dein Vater ihn auch nur um deshalb totgeschlagen!" Dann hob sie das Kind an beiden Armen in die Höhe und setzte es derb auf den Schemel nieder. Da es aber stumm und unbeweglich sitzen blieb und sie nur immer ansah, begann sie mit dem Kopfe zu schütteln: „Du strafst ihn, Gott der Herr! Ja, ja, du strafst ihn!" murmelte sie; aber ein Erbarmen mit dem Kinde schien sie doch zu überkommen;

ihre knöcherne Hand strich über das dürftige Haar desselben, und aus den Augen der Kleinen kam es, als ob ihr damit wohl geschehe.

Von nun an kam Wienke täglich zu der Alten in die Kammer; sie setzte sich bald von selbst auf den Angoraschemel, und Trin' Jans gab ihr kleine Fleisch- und Brotstückchen in ihre Händchen, welche sie allezeit in Vorrat hatte, und ließ sie diese auf den Fußboden werfen; dann kam mit Gekreisch und ausgespreizten Flügeln die Möwe aus irgendeinem Winkel hervorgeschossen und machte sich darüber her. Erst erschrak das Kind und schrie auf vor dem großen stürmenden Vogel; bald aber war es wie ein eingelerntes Spiel, und wenn sie nur ihr Köpfchen durch den Türspalt steckte, schoß schon der Vogel auf sie zu und setzte sich ihr auf Kopf oder Schulter, bis die Alte ihr zu Hülfe kam und die Fütterung beginnen konnte. Trin' Jans, die es sonst nicht hatte leiden können, daß einer auch nur die Hand nach ihrem „Klaus" ausstreckte, sah jetzt geduldig zu, wie das Kind allmählich ihr den Vogel völlig abgewann. Er ließ sich willig von ihr haschen; sie trug ihn umher und wickelte ihn in ihre Schürze, und wenn dann auf der Werfte etwa das gelbe Hündlein um sie herum und eifersüchtig gegen den Vogel aufsprang, dann rief sie wohl: „Nicht du, nicht du, Perle!" und hob mit ihren Ärmchen die Möwe so hoch, daß diese, sich selbst befreiend, schreiend über die Werfte hinflog und statt ihrer nun der Hund durch Schmeicheln und Springen den Platz auf ihren Armen zu erobern suchte.

Fielen zufällig Haukes oder Elkes Augen auf dies wunderliche Vierblatt, das nur durch einen gleichen Mangel am selben Stengel festgehalten wurde, dann flog wohl ein zärtlicher Blick auf ihr Kind; hatten sie sich gewandt, so blieb nur noch ein Schmerz auf ihrem Antlitz, den jedes einsam mit sich von dannen trug, denn das erlösende Wort war zwischen ihnen noch nicht gesprochen worden. Da eines Sommervormittages, als Wienke mit der Alten und den beiden Tieren auf den großen Steinen vor der Scheuntür saß, gingen ihre beiden Eltern, der Deichgraf seinen Schimmel hinter sich, die Zügel über dem Arme, hier vorüber; er wollte auf den Deich hinaus und hatte das Pferd sich selber von der Fenne heraufgeholt; sein Weib hatte auf der Werfte sich an seinen Arm gehängt. Die Sonne schien warm hernieder; es war fast schwül, und mitunter kam ein Windstoß aus Südsüdost. Dem Kinde mochte es auf dem Platze unbehaglich werden: „Wienke will mit!" rief sie, schüttelte die Möwe von ihrem Schoß und griff nach der Hand ihres Vaters.

„So komm!" sagte dieser.

– Frau Elke aber rief: „In dem Wind? Sie fliegt dir weg!"

„Ich halt sie schon; und heut haben wir warme Luft und lustig Wasser, da kann sie's tanzen sehen."

Und Elke lief ins Haus und holte noch ein Tüchlein und ein Käppchen für ihr Kind. „Aber es gibt ein Wetter", sagte sie; „macht, daß ihr fortkommt, und seid bald wieder hier!"

Hauke lachte: „Das soll uns nicht zu fassen kriegen!" und hob das Kind zu sich auf den Sattel. Frau Elke blieb noch eine Weile auf der Werfte und sah, mit der Hand ihre Augen beschattend, die beiden auf den Weg und nach dem Deich hinübertraben; Trin' Jans saß auf dem Stein und murmelte Unverständliches mit ihren welken Lippen.

Das Kind lag regungslos im Arm des Vaters; es war, als atme es beklommen unter dem Druck der Gewitterluft; er neigte den Kopf zu ihr: „Nun, Wienke?" frug er.

Das Kind sah ihn eine Weile an: „Vater", sagte es, „du kannst das doch! Kannst du nicht alles?"

„Was soll ich können, Wienke?"

Aber sie schwieg; sie schien die eigene Frage nicht verstanden zu haben.

Es war Hochflut; als sie auf den Deich hinaufkamen, schlug der Widerschein der Sonne von dem weiten Wasser ihr in die Augen, ein Wirbelwind trieb die Wellen strudelnd in die Höhe, und neue kamen heran und schlugen klatschend gegen den Strand; da klammerte sie ihre Händchen angstvoll um die Faust ihres Vaters, die den Zügel führte, daß der Schimmel mit einem Satz zur Seite fuhr. Die blaßblauen Augen sahen in wirrem Schreck zu Hauke auf. „Das Wasser, Vater! das Wasser!" rief sie.

Aber er löste sich sanft und sagte: „Still, Kind, du bist bei deinem Vater; das Wasser tut dir nichts!"

Sie strich sich das fahlblonde Haar aus der Stirn und

wagte es wieder, auf die See hinauszusehen. „Es tut mir nichts", sagte sie zitternd; „nein, sag, daß es uns nichts tun soll; du kannst das, und dann tut es uns auch nichts!"

„Nicht ich kann das, Kind", entgegnete Hauke ernst; „aber der Deich, auf dem wir reiten, der schützt uns, und den hat dein Vater ausgedacht und bauen lassen."

Ihre Augen gingen wider ihn, als ob sie das nicht ganz verstünde; dann barg sie ihr auffallend kleines Köpfchen in dem weiten Rocke ihres Vaters.

„Warum versteckst du dich, Wienke?" raunte der ihr zu; „ist dir noch immer bange?" Und ein zitterndes Stimmchen kam aus den Falten des Rockes: „Wienke will lieber nicht sehen; aber du kannst doch alles, Vater?"

Ein ferner Donner rollte gegen den Wind herauf. „Hoho?" rief Hauke, „da kommt es!" und wandte sein Pferd zur Rückkehr. „Nun wollen wir heim zur Mutter!"

Das Kind tat einen tiefen Atemzug; aber erst, als sie die Werfte und das Haus erreicht hatten, hob es das Köpfchen von seines Vaters Brust. Als dann Frau Elke ihr im Zimmer das Tüchelchen und die Kapuze abgenommen hatte, blieb sie wie ein kleiner stummer Kegel vor der Mutter stehen. „Nun, Wienke", sagte diese und schüttelte sie leise, „magst du das große Wasser leiden?"

Aber das Kind riß die Augen auf: „Es spricht", sagte sie; „Wienke ist bange!"

– „Es spricht nicht; es rauscht und toset nur!"

Das Kind sah ins Weite: „Hat es Beine?" frug es wieder; „kann es über den Deich kommen?"

– „Nein, Wienke; dafür paßt dein Vater auf, er ist der Deichgraf."

„Ja", sagte das Kind und klatschte mit blödem Lächeln in seine Händchen; „Vater kann alles – alles!" Dann plötzlich, sich von der Mutter abwendend, rief sie: „Laß Wienke zu Trin' Jans, die hat rote Äpfel!"

Und Elke öffnete die Tür und ließ das Kind hinaus. Als sie dieselbe wieder geschlossen hatte, schlug sie mit einem Ausdruck des tiefsten Grams die Augen zu ihrem Manne auf, aus denen ihm sonst nur Trost und Mut zu Hülfe gekommen war.

Er reichte ihr die Hand und drückte sie, als ob es zwischen ihnen keines weiteren Wortes bedürfe; sie aber sagte leis: „Nein, Hauke, laß mich sprechen: das Kind, das ich nach Jahren dir geboren habe, es wird für immer ein Kind bleiben. O lieber Gott! es ist schwachsinnig; ich muß es einmal vor dir sagen."

„Ich wußte es längst", sagte Hauke und hielt die Hand seines Weibes fest, die sie ihm entziehen wollte.

„So sind wir denn doch allein geblieben", sprach sie wieder.

Aber Hauke schüttelte den Kopf: „Ich hab sie lieb, und sie schlägt ihre Ärmchen um mich und drückt sich fest an meine Brust; um alle Schätze wollt ich das nicht missen!"

Die Frau sah finster vor sich hin: „Aber warum?" sprach sie; „was hab ich arme Mutter denn verschuldet?"

– „Ja, Elke, das hab ich freilich auch gefragt, den, der allein es wissen kann; aber du weißt ja auch, der Allmächtige gibt den Menschen keine Antwort – vielleicht, weil wir sie nicht begreifen würden."

Er hatte auch die andere Hand seines Weibes gefaßt und zog sie sanft zu sich heran: „Laß dich nicht irren, dein Kind, wie du es tust, zu lieben; sei sicher, das versteht es!"

Da warf sich Elke an ihres Mannes Brust und weinte sich satt und war mit ihrem Leid nicht mehr allein. Dann plötzlich lächelte sie ihn an; nach einem heftigen Händedruck lief sie hinaus und holte sich ihr Kind aus der Kammer der alten Trin' Jans, und nahm es auf ihren Schoß und hätschelte und küßte es, bis es stammelnd sagte: „Mutter, mein liebe Mutter!"

So lebten die Menschen auf dem Deichgrafshofe still beisammen; wäre das Kind nicht dagewesen, es hätte viel gefehlt.

Allmählich verfloß der Sommer; die Zugvögel waren durchgezogen, die Luft wurde leer vom Gesang der Lerchen; nur vor den Scheunen, wo sie beim Dreschen Körner pickten, hörte man hie und da einige kreischend davonfliegen; schon war alles hart gefroren. In der Küche des Haupthauses saß eines Nachmittags die alte Trin' Jans auf der Holzstufe einer Treppe, die neben dem Feuerherd nach dem Boden lief. Es war in den letzten Wochen, als sei sie aufgelebt; sie kam jetzt gern einmal in die Küche und sah Frau Elke hier hantieren; es war keine Rede mehr davon, daß ihre Beine sie nicht hätten dahin tragen können, seit eines Tages klein Wienke sie an der Schürze hier heraufgezogen hatte. Jetzt kniete das Kind an ihrer Seite und sah mit seinen stillen Augen in die Flammen, die aus dem Herdloch aufflackerten; ihr eines Händchen klammerte sich an den Ärmel der Alten, das andere lag in ihrem eigenen fahlblonden Haar. Trin' Jans erzählte: „Du weißt", sagte sie, „ich stand in Dienst bei deinem Urgroßvater, als Hausmagd, und dann mußt ich die Schweine füttern; der war klüger als sie alle – da war es, es ist grausam lange her, aber eines Abends, der Mond schien, da ließen sie die Haffschleuse schließen, und sie konnte nicht wieder zurück in See. Oh, wie sie schrie und mit ihren Fischhänden sich in ihre harten struppigen Haare griff! Ja, Kind, ich sah es und hörte sie selber schreien! Die Gräben zwischen den Fennen waren alle voll Wasser, und der Mond schien darauf, daß sie wie Silber glänzten, und sie schwamm aus einem Graben in den andren und hob die Arme und schlug, was ihre Hände waren, aneinander, daß man es weither klatschen hörte, als wenn sie beten wollte; aber Kind, beten können diese Kreaturen nicht. Ich saß vor der Haustür auf ein paar Balken, die zum Bauen angefahren waren, und sah weithin über die Fennen; und das Wasserweib schwamm noch immer in den Gräben, und wenn sie die Arme aufhob, so glitzerten auch die wie Silber und Demanten. Zuletzt sah ich sie nicht mehr, und die Wildgäns' und Möwen, die ich all die Zeit nicht gehört hatte, zogen wieder mit Pfeifen und Schnattern durch die Luft."

Die Alte schwieg; das Kind hatte ein Wort sich aufgefangen: „Konnte sie beten?" frug sie. „Was sagst du? Wer war es?"

„Kind", sagte die Alte; „die Wasserfrau war es; das sind Undinger, die nicht selig werden können."

„Nicht selig!" wiederholte das Kind, und ein tiefer Seufzer, als habe sie das verstanden, hob die kleine Brust.

– „Trin' Jans!" kam eine tiefe Stimme von der Küchentür, und die Alte zuckte leicht zusammen. Es war der

Deichgraf Hauke Haien, der dort am Ständer lehnte: „Was redet Sie dem Kinde vor? Hab ich Ihr nicht geboten, Ihre Mären für sich zu behalten oder sie den Gäns' und Hühnern zu erzählen?"

Die Alte sah ihn mit einem bösen Blick an und schob die Kleine von sich fort: „Das sind keine Mären", murmelte sie in sich hinein, „das hat mein Großohm mir erzählt."

– „Ihr Großohm, Trin'? Sie wollte es ja eben selbst erlebt haben."

„Das ist egal", sagte die Alte; „aber Ihr glaubt nicht, Hauke Haien; Ihr wollt wohl meinen Großohm noch zum Lügner machen!" Dann rückte sie näher an den Herd und streckte die Hände über die Flammen des Feuerlochs.

Der Deichgraf warf einen Blick gegen das Fenster; draußen dämmerte es noch kaum. „Komm, Wienke!" sagte er und zog sein schwachsinniges Kind zu sich heran; „komm mit mir, ich will dir draußen vom Deich aus etwas zeigen! Nur müssen wir zu Fuß gehen; der Schimmel ist beim Schmied." Dann ging er mit ihr in die Stube, und Elke band dem Kinde dicke wollene Tücher um Hals und Schultern; und bald danach ging der Vater mit ihr auf dem alten Deiche nach Nordwest hinauf, Jeverssand vorbei, bis wo die Watten breit, fast unübersehbar wurden.

Bald hatte er sie getragen, bald ging sie an seiner Hand; die Dämmerung wuchs allmählich; in der Ferne verschwand alles in Dunst und Duft. Aber dort, wohin noch das Auge reichte, hatten die unsichtbar schwellenden Wattströme das Eis zerrissen, und, wie Hauke Haien es in seiner Jugend einst gesehen hatte, aus den Spalten stiegen wie damals die rauchenden Nebel, und daran entlang waren wiederum die unheimlichen närrischen Gestalten und hüpften gegeneinander und dienerten und dehnten sich plötzlich schreckhaft in die Breite.

Das Kind klammerte sich angstvoll an seinen Vater und deckte dessen Hand über sein Gesichtlein: „Die Seeteufel!" raunte es zitternd zwischen seine Finger; „die Seeteufel!"

Er schüttelte den Kopf: „Nein, Wienke, weder Wasserweiber noch Seeteufel; so etwas gibt es nicht; wer hat dir davon gesagt?"

Sie sah mit stumpfem Blicke zu ihm herauf; aber sie antwortete nicht. Er strich ihr zärtlich über die Wangen: „Sieh nur wieder hin!“ sagte er, „das sind nur arme hungrige Vögel! Sieh nur, wie jetzt der große seine Flügel breitet; die holen sich die Fische, die in die rauchenden Spalten kommen.“

„Fische“, wiederholte Wienke.

„Ja, Kind, das alles ist lebig, so wie wir; es gibt nichts anderes; aber der liebe Gott ist überall!“

Klein Wienke hatte ihre Augen fest auf den Boden gerichtet und hielt den Atem an; es war, als sähe sie erschrokken in einen Abgrund. Es war vielleicht nur so; der Vater blickte lange auf sie hin, er bückte sich und sah in ihr Gesichtlein; aber keine Regung der verschlossenen Seele wurde darin kund. Er hob sie auf den Arm und steckte ihre verklommenen Händchen in einen seiner dicken Wollhandschuhe: „So, mein Wienke“ – und das Kind vernahm wohl nicht den Ton von heftiger Innigkeit in seinen Worten –, „so, wärm dich bei mir! Du bist doch unser Kind, unser einziges. Du hast uns lieb . . .!“ Die Stimme brach dem Manne; aber die Kleine drückte zärtlich ihr Köpfchen in seinen rauhen Bart.

So gingen sie friedlich heimwärts.

Nach Neujahr war wieder einmal die Sorge in das Haus getreten; ein Marschfieber hatte den Deichgrafen ergriffen; auch mit ihm ging es nah am Rand der Grube her, und als er unter Frau Elkes Pfleg und Sorge wieder erstanden war, schien er kaum derselbe Mann. Die Mattigkeit des Körpers lag auch auf seinem Geiste, und Elke sah mit Besorgnis, wie er allzeit leicht zufrieden war. Dennoch, gegen Ende des März, drängte es ihn, seinen Schimmel zu besteigen und zum ersten Male wieder auf seinem Deich entlangzureiten; es war an einem Nachmittage, und die Sonne, die zuvor geschienen hatte, lag längst schon wieder hinter trübem Duft.

Im Winter hatte es ein paarmal Hochwasser gegeben; aber es war nicht von Belang gewesen; nur drüben am andern Ufer war auf einer Hallig eine Herde Schafe ertrunken und ein Stück vom Vorland abgerissen worden; hier an dieser Seite und am neuen Kooge war ein nennenswerter Schaden nicht geschehen. Aber in der letzten Nacht hatte ein stärkerer Sturm getobt; jetzt mußte der Deichgraf selbst hinaus und alles mit eigenem Aug besichtigen. Schon war er unten von der Südostecke aus auf dem neuen Deich herumgeritten, und es war alles wohl erhalten; als er aber an die Nordostecke gekommen war, dort, wo der neue Deich auf den alten stößt, war zwar der erstere unversehrt, aber wo früher der Priel den alten erreicht hatte und an ihm entlanggeflossen war, sah er in großer Breite die Grasnarbe zerstört und fortgerissen und in dem Körper des Deiches eine von der Flut gewühlte Höhlung, durch welche überdies ein Gewirr von Mäusegängen bloßgelegt war. Hauke stieg vom Pferde und besichtigte den Schaden in der Nähe: das Mäuseunheil schien unverkennbar noch unsichtbar weiter fortzulaufen.

Er erschrak heftig; gegen alles dieses hätte schon beim Bau des neuen Deiches Obacht genommen werden müssen; da es damals übersehen worden, so mußte es jetzt geschehen! – Das Vieh war noch nicht auf den Fennen, das Gras war ungewohnt zurückgeblieben; wohin er blickte, es sah ihn leer und öde an. Er bestieg wieder sein Pferd und ritt am Ufer hin und her: es war Ebbe, und er gewahrte wohl, wie der Strom von außen her sich wieder ein neues Bett im Schlick gewühlt hatte und jetzt von Nordwesten auf den alten Deich gestoßen war; der neue aber, soweit es ihn traf, hatte mit seinem sanfteren Profile dem Anprall widerstehen können.

Ein Haufen neuer Plag und Arbeit erhob sich vor der Seele des Deichgrafen; nicht nur der alte Deich mußte hier verstärkt, auch dessen Profil dem des neuen angenähert werden; vor allem aber mußte der als gefährlich wieder aufgetretene Priel durch neuzulegende Dämme oder Lahnungen abgeleitet werden. Noch einmal ritt er auf dem neuen Deich bis an die äußerste Nordwestecke, dann wieder rückwärts, die Augen unablässig auf das neugewühlte Bett des Prieles heftend, der ihm zur Seite sich deutlich genug in dem bloßgelegten Schlickgrund abzeichnete. Der Schimmel drängte vorwärts und schnob und schlug mit den Vorderhufen; aber der Reiter drückte ihn zurück, er wollte langsam reiten, er wollte auch die innere Unruhe bändigen, die immer wilder in ihm aufgor.

Wenn eine Sturmflut wiederkäme – eine, wie 1655 dagewesen, wo Gut und Menschen ungezählt verschlungen wurden –, wenn sie wiederkäme, wie sie schon mehrmals einst gekommen war! – Ein heißer Schauer überrieselte den Reiter – der alte Deich, er würde den Stoß nicht aushalten, der gegen ihn heraufschösse! Was dann, was sollte dann geschehen? – Nur eines, ein einzig Mittel würde es geben, um vielleicht den alten Koog und Gut und Leben darin zu retten. Hauke fühlte sein Herz stillstehen, sein sonst so fester Kopf schwindelte; er sprach es nicht aus, aber in ihm sprach es stark genug: Dein Koog, der Hauke-Haien-Koog, müßte preisgegeben und der neue Deich durchstochen werden!

Schon sah er im Geist die stürzende Hochflut hereinbrechen und Gras und Klee mit ihrem salzen schäumenden Gischt bedecken. Ein Sporenstich fuhr in die Weichen des Schimmels, und einen Schrei ausstoßend, flog er auf dem Deich entlang und dann den Akt hinab, der deichgräflichen Werfte zu.

Den Kopf voll von innerem Schrecknis und ungeordneten Plänen, kam er nach Hause. Er warf sich in seinen Lehnstuhl, und als Elke mit der Tochter in das Zimmer trat, stand er wieder auf und hob das Kind zu sich empor und küßte es; dann jagte er das gelbe Hündlein mit ein paar leichten Schlägen von sich. „Ich muß noch einmal droben nach dem Krug!" sagte er und nahm seine Mütze vom Türhaken, wohin er sie eben erst gehängt hatte.

Seine Frau sah ihn sorgvoll an: „Was willst du dort? Es wird schon Abend, Hauke!"

„Deichgeschichten!" murmelte er vor sich hin, „ich treffe von den Gevollmächtigten dort."

Sie ging ihm nach und drückte ihm die Hand, denn er war mit diesen Worten schon zur Tür hinaus. Hauke Haien, der sonst alles bei sich selber abgeschlossen hatte, drängte es jetzt, ein Wort von jenen zu erhalten, die er sonst kaum eines Anteils wertgehalten hatte. Im Gastzimmer traf er Ole Peters mit zweien der Gevollmächtigten und einem Koogseinwohner am Kartentisch.

„Du kommst wohl von draußen, Deichgraf?“ sagte der erstere, nahm die halb ausgeteilten Karten auf und warf sie wieder hin.

„Ja, Ole“, erwiderte Hauke; „ich war dort; es sieht übel aus.“

„Übel? – Nun, ein paar hundert Soden und eine Bestikkung wird's wohl kosten; ich war dort auch am Nachmittag.“

„So wohlfeil wird's nicht abgehen, Ole“, erwiderte der Deichgraf, „der Priel ist wieder da, und wenn er jetzt auch nicht von Norden auf den alten Deich stößt, so tut er's doch von Nordwesten!“

„Du hättst ihn lassen sollen, wo du ihn fandest!“ sagte Ole trocken.

„Das heißt“, entgegnete Hauke, „der neue Koog geht dich nichts an; und darum sollte er nicht existieren. Das ist deine eigne Schuld! Aber wenn wir Lahnungen legen müssen, um den alten Deich zu schützen, der grüne Klee hinter dem neuen bringt das übermäßig ein!“

„Was sagt Ihr, Deichgraf?“ riefen die Gevollmächtigten; „Lahnungen? Wie viele denn? Ihr liebt es, alles beim teuersten Ende anzufassen!“

Die Karten lagen unberührt auf dem Tisch. „Ich will's dir sagen, Deichgraf“, sagte Ole Peters und stemmte beide Arme auf, „dein neuer Koog ist ein fressend Werk, was du uns gestiftet hast! Noch laboriert alles an den schweren Kosten deiner breiten Deiche; nun frißt er uns auch den alten Deich, und wir sollen ihn verneuen! – Zum Glück ist's nicht so schlimm; er hat diesmal gehalten und wird es auch noch ferner tun! Steig nur morgen wieder auf deinen Schimmel und sieh es dir noch einmal an!“

Hauke war aus dem Frieden seines Hauses hieher gekommen; hinter den immerhin noch gemäßigten Worten, die er eben hörte, lag – er konnte es nicht verkennen – ein zäher Widerstand; ihm war, als fehle ihm dagegen noch die alte Kraft. „Ich will tun, wie du es rätst, Ole“, sprach er; „nur fürcht ich, ich werd es finden, wie ich es heute gesehen habe.“

Eine unruhige Nacht folgte diesem Tage; Hauke wälzte sich schlaflos in seinen Kissen. „Was ist dir?“ frug ihn Elke, welche die Sorge um ihren Mann wachhielt; „drückt dich etwas, so sprich es von dir; wir haben's ja immer so gehalten!"

„Es hat nichts auf sich, Elke!" erwiderte er, „am Deiche, an den Schleusen ist was zu reparieren; du weißt, daß ich das allzeit nachts in mir zu verarbeiten habe." Weiter sagte er nichts; er wollte sich die Freiheit seines Handelns vorbehalten; ihm unbewußt war die klare Einsicht und der kräftige Geist seines Weibes ihm in seiner augenblicklichen Schwäche ein Hindernis, dem er unwillkürlich auswich.

– – Am folgenden Vormittag, als er wieder auf den Deich hinauskam, war die Welt eine andere, als wie er sie tags zuvor gefunden hatte; zwar war wieder hohl Ebbe, aber der Tag war noch im Steigen, und eine lichte Frühlingssonne ließ ihre Strahlen fast senkrecht auf die unabsehbaren Watten fallen; die weißen Möwen schwebten ruhig hin und wider, und unsichtbar über ihnen, hoch unter dem azurblauen Himmel, sangen die Lerchen ihre ewige Melodie. Hauke, der nicht wußte, wie uns die Natur mit ihrem Reiz betrügen kann, stand auf der Nordwestecke des Deiches und suchte nach dem neuen Bett des Prieles, das ihn gestern so erschreckt hatte; aber bei dem vom Zenit herabschießenden Sonnenlichte fand er es anfänglich nicht einmal. Erst da er gegen die blendenden Strahlen seine Augen mit der Hand beschattete, konnte er es nicht verkennen; aber dennoch, die Schatten in der gestrigen Dämmerung mußten ihn getäuscht haben: es kennzeichnete sich jetzt nur schwach; die bloßgelegte Mäusewirtschaft mußte mehr als die Flut den Schaden in dem Deich veranlaßt haben. Freilich, Wandel mußte hier geschafft werden, aber durch sorgfältiges Aufgraben und, wie Ole Peters gesagt hatte, durch frische Soden und einige Ruten Strohbestikkung war der Schaden auszuheilen.

„Es war so schlimm nicht", sprach er erleichtert zu sich selber, „du bist gestern doch dein eigner Narr gewesen!" – Er berief die Gevollmächtigten, und die Arbeiten wurden ohne Widerspruch beschlossen, was bisher noch nie geschehen war. Der Deichgraf meinte eine stärkende Ruhe in seinem noch geschwächten Körper sich verbreiten zu fühlen, und nach einigen Wochen war alles sauber ausgeführt.

Das Jahr ging weiter, aber je weiter es ging und je ungestörter die neugelegten Rasen durch die Strohdecke grünten, um so unruhiger ging oder ritt Hauke an dieser Stelle vorüber, er wandte die Augen ab, er ritt hart an der Binnenseite des Deiches, ein paarmal, wo er dort hätte vorübermüssen, ließ er sein schon gesatteltes Pferd wieder in den Stall zurückführen; dann wieder, wo er nichts dort zu tun hatte, wanderte er, um nur rasch und ungesehen von seiner Werfte fortzukommen, plötzlich und zu Fuß dahin; manchmal auch war er umgekehrt, er hatte es sich nicht zumuten können, die unheimliche Stelle aufs neue zu betrachten; und endlich, mit den Händen hätte er alles wieder aufreißen mögen, denn wie ein Gewissensbiß, der außer ihm Gestalt gewonnen hatte, lag dies Stück des Deiches ihm vor Augen. Und doch, seine Hand konnte nicht mehr daran rühren; und niemandem, selbst nicht seinem Weibe, durfte er davon reden. So war der September gekommen; nachts hatte ein mäßiger Sturm getobt und war zuletzt nach Nordwest umgesprungen. An trübem Vormittag danach, zur Ebbezeit, ritt Hauke auf den Deich hinaus, und es durchfuhr ihn, als er seine Augen über die Watten schweifen ließ; dort, von Nordwest herauf, sah er plötzlich wieder, und schärfer und tiefer ausgewühlt, das gespenstische neue Bett des Prieles; so sehr er seine Augen anstrengte, es wollte nicht mehr weichen.

Als er nach Haus kam, ergriff Elke seine Hand: „Was hast du, Hauke?“ sprach sie, als sie in sein düstres Antlitz sah; „es ist doch kein neues Unheil? Wir sind jetzt so glücklich; mir ist, du hast nun Frieden mit ihnen allen!“

Diesen Worten gegenüber vermochte er seine verworrene Furcht nicht in Worten kundzugeben.

„Nein, Elke“, sagte er, „mich feindet niemand an; es ist nur ein verantwortlich Amt, die Gemeinde vor unseres Herrgotts Meer zu schützen.“

Er machte sich los, um weiteren Fragen des geliebten Weibes auszuweichen. Er ging in Stall und Scheuer, als ob er alles revidieren müsse; aber er sah nichts um sich her; er war nur beflissen, seinen Gewissensbiß zur Ruhe, ihn sich selber als eine krankhaft übertriebene Angst zur Überzeugung zu bringen.

– – Das Jahr, von dem ich Ihnen erzähle", sagte nach einer Weile mein Gastfreund, der Schulmeister, „war das Jahr 1756, das in dieser Gegend nie vergessen wird; im Hause Hauke Haiens brachte es eine Tote. Zu Ende des Septembers war in der Kammer, welche ihr in der Scheune eingeräumt war, die fast neunzigjährige Trin' Jans am Sterben. Man hatte sie nach ihrem Wunsche in den Kissen aufgerichtet, und ihre Augen gingen durch die kleinen bleigefaßten Scheiben in die Ferne; es mußte dort am Himmel eine dünnere Luftschicht über einer dichteren liegen, denn es war hohe Kimmung, und die Spiegelung hob in diesem Augenblick das Meer wie einen flimmernden Silberstreifen über den Rand des Deiches, so daß es blendend in die Kammer schimmerte; auch die Südspitze von Jeverssand war sichtbar.

Am Fußende des Bettes kauerte die kleine Wienke und hielt mit der einen Hand sich fest an der ihres Vaters, der daneben stand. In das Antlitz der Sterbenden grub eben der Tod das hippokratische Gesicht, und das Kind starrte atemlos auf die unheimliche, ihr unverständliche Verwandlung des unschönen, aber ihr vertrauten Angesichts.

„Was macht sie? Was ist das, Vater?" flüsterte sie angstvoll und grub die Fingernägel in ihres Vaters Hand.

„Sie stirbt!" sagte der Deichgraf.

„Stirbt!" wiederholte das Kind und schien in verworrenes Sinnen zu verfallen.

Aber die Alte rührte noch einmal ihre Lippen: „Jins! Jins!" und kreischend, wie ein Notschrei, brach es hervor, und ihre knöchernen Arme streckten sich gegen die draußen flimmernde Meeresspiegelung: „Hölp mi! Hölp mi! Du bist ja bawen Water . . . Gott gnad de annern!"

Ihre Arme sanken, ein leises Krachen der Bettstatt wurde hörbar; sie hatte aufgehört zu leben.

Das Kind tat einen tiefen Seufzer und warf die blassen Augen zu ihrem Vater auf: „Stirbt sie noch immer?" frug es.

„Sie hat es vollbracht!" sagte der Deichgraf und nahm das Kind auf seinen Arm: „Sie ist nun weit von uns, beim lieben Gott."

„Beim lieben Gott!“ wiederholte das Kind und schwieg eine Weile, als müsse es den Worten nachsinnen. „Ist das gut, beim lieben Gott?“

„Ja, das ist das Beste.“ – In Haukes Innerm aber klang schwer die letzte Rede der Sterbenden. „Gott gnad de annern!“ sprach es leise in ihm. „Was wollte die alte Hexe? Sind denn die Sterbenden Propheten – –?“

– – Bald nachdem Trin' Jans oben bei der Kirche eingegraben war, begann man immer lauter von allerlei Unheil und seltsamem Geschmeiß zu reden, das die Menschen in Nordfriesland erschreckt haben sollte; und sicher war es: am Sonntage Lätare war droben von der Turmspitze der goldne Hahn durch einen Wirbelwind herabgeworfen worden; auch das war richtig: im Hochsommer fiel, wie ein Schnee, ein groß Geschmeiß vom Himmel, daß man die Augen davor nicht auftun konnte und es hernach fast handhoch auf den Fennen lag, und hatte niemand je so was gesehen. Als aber nach Ende September der Großknecht mit Korn und Magd Ann Grete mit Butter in die Stadt zu Markt gefahren waren, kletterten sie bei ihrer Rückkunft mit schreckensbleichen Gesichtern von ihrem Wagen. „Was ist? Was habt ihr?“ riefen die andern Dirnen, die hinausgelaufen waren, da sie den Wagen rollen hörten.

Ann Grete in ihrem Reiseanzug trat atemlos in die geräumige Küche. „Nun, so erzähl doch!“ riefen die Dirnen wieder, „wo ist das Unglück los?“

„Ach, unser lieber Jesus wolle uns behüten!“ rief Ann Grete. „Ihr wißt, von drüben, überm Wasser, das alt Mariken vom Ziegelhof, wir stehen mit unserer Butter ja allzeit zusammen an der Apothekerecke, die hat es mir erzählt, und Iven Johns sagte auch, ‚das gibt ein Unglück!‘ sagte er; ‚ein Unglück über ganz Nordfriesland; glaub mir's, Ann Gret!‘ Und“ – sie dämpfte ihre Stimme – „mit des Deichgrafs Schimmel ist's am Ende auch nicht richtig!“

„Scht! scht!“ machten die andern Dirnen.

– „Ja, ja; was kümmert's mich! Aber drüben, an der andern Seite, geht's noch schlimmer als bei uns! Nicht bloß Fliegen und Geschmeiß, auch Blut ist wie Regen vom Himmel gefallen; und da am Sonntagmorgen danach der Pastor sein Waschbecken vorgenommen hat, sind fünf Totenköpfe, wie Erbsen groß, darin gewesen, und alle sind gekommen, um das zu sehen; im Monat Augusti sind grausige rotköpfige Raupenwürmer über das Land gezogen und haben Korn und Mehl und Brot, und was sie fanden, weggefressen, und hat kein Feuer sie vertilgen können!"

Die Erzählerin verstummte plötzlich; keine der Mägde hatte bemerkt, daß die Hausfrau in die Küche getreten war. „Was redet ihr da?" sprach diese. „Laßt das den Wirt nicht hören!" Und da sie alle jetzt erzählen wollten: „Es tut nicht not; ich habe genug davon vernommen; geht an euere Arbeit, das bringt euch besseren Segen!" Dann nahm sie Ann Gret mit sich in die Stube und hielt mit dieser Abrechnung über ihre Marktgeschäfte.

So fand im Hause des Deichgrafen das abergläubische Geschwätz bei der Herrschaft keinen Anhalt; aber in die übrigen Häuser, und je länger die Abende wurden, um desto leichter drang es mehr und mehr hinein. Wie schwere Luft lag es auf allen, und heimlich sagte man es sich, ein Unheil, ein schweres, würde über Nordfriesland kommen.

Es war vor Allerheiligen, im Oktober. Tagüber hatte es stark aus Südwest gestürmt; abends stand ein halber Mond am Himmel, dunkelbraune Wolken jagten überhin, und Schatten und trübes Licht flogen auf der Erde durcheinander; der Sturm war im Wachsen. Im Zimmer des Deichgrafen stand noch der geleerte Abendtisch; die Knechte waren in den Stall gewiesen, um dort des Viehes zu achten; die Mägde mußten im Hause und auf den Böden nachsehen, ob Türen und Luken wohlverschlossen seien, daß nicht der Sturm hineinfasse und Unheil anrichte. Drinnen stand Hauke neben seiner Frau am Fenster; er hatte eben sein Abendbrot hinabgeschlungen; er war draußen auf dem Deich gewesen. Zu Fuße war er hinausgetrabt, schon früh am Nachmittag; spitze Pfähle und Säcke voll Klei oder Erde hatte er hie und dort, wo der Deich eine Schwäche zu verraten schien, zusammentragen lassen; überall hatte er Leute angestellt, um die Pfähle einzurammen und mit den Säcken vorzudämmen, sobald die Flut den Deich zu schädigen beginne; an dem Winkel zu Nordwesten, wo der alte und der neue Deich zusammenstießen, hatte er die meisten Menschen hingestellt, nur im Notfall durften sie von den angewiesenen Plätzen weichen. Das hatte er zurückgelassen; dann, vor kaum einer Viertelstunde, naß, zerzaust, war er in seinem Hause angekommen, und jetzt, das Ohr nach den Windböen, welche die in Blei gefaßten Scheiben rasseln machten, blickte er wie gedankenlos in die wüste Nacht hinaus; die Wanduhr hinter ihrer Glasscheibe schlug eben acht. Das Kind, das neben der Mutter stand, fuhr zusammen und barg den Kopf in deren Kleider. „Klaus!" rief sie weinend; „wo ist mein Klaus?"

Sie konnte wohl so fragen, denn die Möwe hatte, wie schon im vorigen Jahre, so auch jetzt ihre Winterreise nicht mehr angetreten. Der Vater überhörte die Frage; die Mutter aber nahm das Kind auf ihren Arm. „Dein Klaus ist in der Scheune", sagte sie; „da sitzt er warm."

„Warum?" sagte Wienke, „ist das gut?"

– „Ja, das ist gut."

Der Hausherr stand noch am Fenster: „Es geht nicht länger, Elke!" sagte er; „ruf eine von den Dirnen; der Sturm drückt uns die Scheiben ein, die Luken müssen angeschroben werden!"

Auf das Wort der Hausfrau war die Magd hinausgelaufen; man sah vom Zimmer aus, wie ihr die Röcke flogen; aber als sie die Klammern gelöst hatte, riß ihr der Sturm den Laden aus der Hand und warf ihn gegen die Fenster, daß ein paar Scheiben zersplittert in die Stube flogen und eins der Lichter qualmend auslosch. Hauke mußte selbst hinaus, zu helfen, und nur mit Not kamen allmählich die Luken vor die Fenster. Als sie beim Wiedereintritt in das Haus die Tür aufrissen, fuhr eine Böe hinterdrein, daß Glas und Silber im Wandschrank durcheinanderklirrten; oben im Hause über ihren Köpfen zitterten und krachten die Balken, als wolle der Sturm das Dach von den Mauern reißen. Aber Hauke kam nicht wieder in das Zimmer; Elke hörte, wie er durch die Tenne nach dem Stalle schritt. „Den Schimmel! Den Schimmel, John! Rasch!" So hörte sie ihn rufen; dann kam er wieder in die Stube, das Haar zerzaust, aber die grauen Augen leuchtend. „Der Wind ist umgesprungen!“ rief er – „nach Nordwest, auf halber Springflut! Kein Wind; – wir haben solchen Sturm noch nicht erlebt!“

Elke war totenblaß geworden: „Und du mußt noch einmal hinaus?“

Er ergriff ihre beiden Hände und drückte sie wie im Krampfe in die seinen: „Das muß ich, Elke.“

Sie erhob langsam ihre dunkeln Augen zu ihm, und ein paar Sekunden lang sahen sie sich an; doch war's wie eine Ewigkeit. „Ja, Hauke“, sagte das Weib; „ich weiß es wohl, du mußt!“

Da trabte es draußen vor der Haustür. Sie fiel ihm um den Hals, und einen Augenblick war's, als könne sie ihn nicht lassen; aber auch das war nur ein Augenblick. „Das ist *unser* Kampf!“ sprach Hauke; „ihr seid hier sicher; an dies Haus ist noch keine Flut gestiegen. Und bete zu Gott, daß er auch mit mir sei!“

Hauke hüllte sich in seinen Mantel, und Elke nahm ein Tuch und wickelte es ihm sorgsam um den Hals; sie wollte ein Wort sprechen, aber die zitternden Lippen versagten es ihr.

Draußen wieherte der Schimmel, daß es wie Trompetenschall in das Heulen des Sturmes hineinklang. Elke war mit ihrem Mann hinausgegangen; die alte Esche knarrte, als ob sie auseinanderstürzen solle. „Steigt auf, Herr!“ rief der Knecht, „der Schimmel ist wie toll; die Zügel könnten reißen.“ Hauke schlug die Arme um sein Weib: „Bei Sonnenaufgang bin ich wieder da!“

Schon war er auf sein Pferd gesprungen; das Tier stieg mit den Vorderhufen in die Höhe, dann gleich einem Streithengst, der sich in die Schlacht stürzt, jagte es mit seinem Reiter die Werfte hinunter, in Nacht und Sturmgeheul hinaus. „Vater, mein Vater!“ schrie eine klägliche Kinderstimme hinter ihm darein; „mein lieber Vater!“

Wienke war im Dunkeln hinter dem Fortjagenden hergelaufen; aber schon nach hundert Schritten strauchelte sie über einen Erdhaufen und fiel zu Boden.

Der Knecht Iven Johns brachte das weinende Kind der Mutter zurück; die lehnte am Stamme der Esche, deren Zweige über ihr die Luft peitschten, und starrte wie abwesend in die Nacht hinaus, in der ihr Mann verschwunden

war; wenn das Brüllen des Sturmes und das ferne Klatschen des Meeres einen Augenblick aussetzten, fuhr sie wie in Schreck zusammen; ihr war jetzt, als suche alles nur ihn zu verderben und werde jäh verstummen, wenn es ihn gefaßt habe. Ihre Knie zitterten, ihre Haare hatte der Sturm gelöst und trieb damit sein Spiel. „Hier ist das Kind, Frau!" schrie John ihr zu; „haltet es fest!" und drückte die Kleine der Mutter in den Arm.

„Das Kind? – Ich hatte dich vergessen, Wienke!" rief sie; „Gott verzeih mir's." Dann hob sie es an ihre Brust, so fest nur Liebe fassen kann, und stürzte mit ihr in die Knie: „Herr Gott und du mein Jesus, laß uns nicht Witwe und nicht Waise werden! Schütz ihn, o lieber Gott; nur du und ich, wir kennen ihn allein!" Und der Sturm setzte nicht mehr aus; es tönte und donnerte, als solle die ganze Welt in ungeheuerem Hall und Schall zugrunde gehen.

„Geht in das Haus, Frau!" sagte John; „kommt!" und er half ihnen auf und leitete die beiden in das Haus und in die Stube.

– – Der Deichgraf Hauke Haien jagte auf seinem Schimmel dem Deiche zu. Der schmale Weg war grundlos, denn die Tage vorher war unermeßlicher Regen gefallen; aber der nasse saugende Klei schien gleichwohl die Hufen des Tieres nicht zu halten, es war, als hätte es festen Sommerboden unter sich. Wie eine wilde Jagd trieben die Wolken am Himmel; unten lag die weite Marsch wie eine unerkennbare, von unruhigen Schatten erfüllte Wüste; von dem Wasser hinter dem Deiche, immer ungeheurer, kam ein dumpfes Tosen, als müsse es alles andere verschlingen. „Vorwärts, Schimmel!" rief Hauke; „wir reiten unseren schlimmsten Ritt!"

Da klang es wie ein Todesschrei unter den Hufen seines Rosses. Er riß den Zügel zurück; er sah sich um: ihm zur Seite dicht über dem Boden, halb fliegend, halb vom Sturme geschleudert, zog eine Schar von weißen Möwen, ein höhnisches Gegacker ausstoßend; sie suchten Schutz im Lande. Eine von ihnen – der Mond schien flüchtig durch die Wolken – lag am Weg zertreten: dem Reiter war's, als flattere ein rotes Band an ihrem Halse. „Klaus!" rief er. „Armer Klaus!"

War es der Vogel seines Kindes? Hatte er Roß und Reiter erkannt und sich bei ihnen bergen wollen? – Der Reiter wußte es nicht. „Vorwärts!“ rief er wieder, und schon hob der Schimmel zu neuem Rennen seine Hufen; da setzte der Sturm plötzlich aus, eine Totenstille trat an seine Stelle; nur eine Sekunde lang, dann kam er mit erneuter Wut zurück; aber Menschenstimmen und verlorenes Hundegebell waren inzwischen an des Reiters Ohr geschlagen, und als er rückwärts nach seinem Dorf den Kopf wandte, erkannte er in dem Mondlicht, das hervorbrach, auf den Werften und vor den Häusern Menschen an hochbeladenen Wagen umherhantierend; er sah, wie im Fluge, noch andere Wagen eilend nach der Geest hinauffahren; Gebrüll von Rindern traf sein Ohr, die aus den warmen Ställen nach dort hinaufgetrieben wurden. „Gott Dank! sie sind dabei, sich und ihr Vieh zu retten!“ rief es in ihm; und dann mit einem Angstschrei: „Mein Weib! Mein Kind! – Nein, nein; auf unsere Werfte steigt das Wasser nicht!“

Aber nur ein Augenblick war es; nur wie eine Vision flog alles an ihm vorbei.

Eine furchtbare Böe kam brüllend vom Meer herüber, und ihr entgegen stürmten Roß und Reiter den schmalen Akt zum Deich hinan. Als sie oben waren, stoppte Hauke mit Gewalt sein Pferd. Aber wo war das Meer? Wo Jeverssand? Wo blieb das Ufer drüben? – – Nur Berge von Wasser sah er vor sich, die dräuend gegen den nächtlichen Himmel stiegen, die in der furchtbaren Dämmerung sich übereinanderzutürmen suchten und übereinander gegen das feste Land schlugen. Mit weißen Kronen kamen sie daher, heulend, als sei in ihnen der Schrei alles furchtbaren Raubgetiers der Wildnis. Der Schimmel schlug mit den Vorderhufen und schnob mit seinen Nüstern in den Lärm hinaus; den Reiter aber wollte es überfallen, als sei hier alle Menschenmacht zu Ende; als müsse jetzt die Nacht, der Tod, das Nichts hereinbrechen.

Doch er besann sich: es war ja Sturmflut; nur hatte er sie selbst noch nimmer so gesehen; sein Weib, sein Kind, sie saßen sicher auf der hohen Werfte, in dem festen Hause; sein Deich aber – und wie ein Stolz flog es ihm durch die Brust –, der Hauke-Haien-Deich, wie ihn die Leute nannten, der mochte jetzt beweisen, wie man Deiche bauen müsse!

Aber – was war das? – Er hielt an dem Winkel zwischen beiden Deichen; wo waren die Leute, die er hieher gestellt, die hier die Wacht zu halten hatten? – Er blickte nach Norden den alten Deich hinauf, denn auch dorthin hatte er einzelne beordert. Weder hier noch dort vermochte er einen Menschen zu erblicken; er ritt ein Stück hinaus, aber er blieb allein; nur das Wehen des Sturmes und das Brausen des Meeres bis aus unermessener Ferne schlug betäubend an sein Ohr. Er wandte das Pferd zurück: er kam wieder zu der verlassenen Ecke und ließ seine Augen längs der Linie des neuen Deiches gleiten; er erkannte deutlich: langsamer, weniger gewaltig rollten hier die Wellen heran; fast schien's, als wäre dort ein ander Wasser. „Der soll schon stehen!" murmelte er, und wie ein Lachen stieg es in ihm herauf.

Aber das Lachen verging ihm, als seine Blicke weiter an der Linie seines Deiches entlangglitten: an der Nordwestecke – was war das dort? Ein dunkler Haufen wimmelte durcheinander; er sah, wie es sich emsig rührte und drängte – kein Zweifel, es waren Menschen! Was wollten, was arbeiteten die jetzt an seinem Deich? – Und schon saßen seine Sporen dem Schimmel in den Weichen, und das Tier flog mit ihm dahin; der Sturm kam von der Breitseite; mitunter drängten die Böen so gewaltig, daß sie fast vom Deiche in den neuen Koog hinabgeschleudert wären; aber Roß und Reiter wußten, wo sie ritten. Schon gewahrte Hauke, daß wohl ein paar Dutzend Menschen in eifriger Arbeit dort beisammen seien, und schon sah er deutlich, daß eine Rinne quer durch den neuen Deich gegraben war. Gewaltsam stoppte er sein Pferd. „Halt!" schrie er; „halt! Was treibt ihr hier für Teufelsunfug?"

Sie hatten in Schreck die Spaten ruhen lassen, als sie auf einmal den Deichgraf unter sich gewahrten; seine Worte hatte der Sturm ihnen zugetragen, und er sah wohl, daß mehrere ihm zu antworten strebten; aber er gewahrte nur ihre heftigen Gebärden, denn sie standen alle ihm zur Linken, und was sie sprachen, nahm der Sturm hinweg, der hier draußen jetzt die Menschen mitunter wie im Taumel gegeneinanderwarf, so daß sie sich dicht zusammenscharten. Hauke maß mit seinen raschen Augen die gegrabene Rinne und den Stand des Wassers, das, trotz des neuen Profiles, fast an die Höhe des Deichs hinaufklatschte und Roß und Reiter überspritzte. Nur noch zehn Minuten Arbeit – er sah es wohl –, dann brach die Hochflut durch die Rinne, und der Hauke-Haien-Koog wurde vom Meer begraben!

Der Deichgraf winkte einem der Arbeiter an die andere Seite seines Pferdes.

„Nun, so sprich!" schrie er, „was treibt ihr hier, was soll das heißen?"

Und der Mensch schrie dagegen: „Wir sollen den neuen Deich durchstechen, Herr, damit der alte Deich nicht bricht!"

„Was sollt ihr?"

– „Den neuen Deich durchstechen!"

„Und den Koog verschütten? – Welcher Teufel hat euch das befohlen?"

„Nein, Herr, kein Teufel; der Gevollmächtigte Ole Peters ist hier gewesen, der hat's befohlen!"

Der Zorn stieg dem Reiter in die Augen: „Kennt ihr mich?" schrie er. „Wo ich bin, hat Ole Peters nichts zu ordinieren! Fort mit euch! An euere Plätze, wo ich euch hingestellt!"

Und da sie zögerten, sprengte er mit seinem Schimmel zwischen sie: „Fort, zu euerer oder des Teufels Großmutter!"

„Herr, hütet Euch!" rief einer aus dem Haufen und stieß mit seinem Spaten gegen das wie rasend sich gebärdende Tier; aber ein Hufschlag schleuderte ihm den Spaten aus der Hand, ein anderer stürzte zu Boden. Da plötzlich erhob sich ein Schrei aus dem übrigen Haufen, ein Schrei, wie ihn nur die Todesangst einer Menschenkehle zu entreißen pflegt; einen Augenblick war alles, auch der Deichgraf und der Schimmel, wie gelähmt; nur ein Arbeiter hatte gleich einem Wegweiser seinen Arm gestreckt; der wies nach der Nordwestecke der beiden Deiche, dort, wo der neue auf den alten stieß. Nur das Tosen des Sturmes und das Rauschen des Wassers war zu hören. Hauke drehte sich im Sattel: was gab das dort? Seine Augen wurden groß: „Herr Gott! Ein Bruch! Ein Bruch im alten Deich!"

„Euere Schuld, Deichgraf!" schrie eine Stimme aus dem Haufen: „Euere Schuld! Nehmt's mit vor Gottes Thron!"

Haukes zornrotes Antlitz war totenbleich geworden; der Mond, der es beschien, konnte es nicht bleicher machen; seine Arme hingen schlaff, er wußte kaum, daß er den Zügel hielt. Aber auch das war nur ein Augenblick; schon richtete er sich auf, ein hartes Stöhnen brach aus seinem Munde; dann wandte er stumm sein Pferd, und der Schimmel schnob und raste ostwärts auf dem Deich mit ihm dahin. Des Reiters Augen flogen scharf nach allen Seiten; in seinem Kopfe wühlten die Gedanken: Was hatte er für Schuld vor Gottes Thron zu tragen? – Der Durchstich des neuen Deichs – vielleicht, sie hätten's fertiggebracht, wenn er sein Halt nicht gerufen hätte; aber – es war noch eins, und es schoß ihm heiß zu Herzen, er wußte es nur zu gut – im vorigen Sommer, hätte damals Ole Peters' böses Maul ihn nicht zurückgehalten – da lag's! Er allein hatte die Schwäche des alten Deichs erkannt; er hätte trotz alledem das neue Werk betreiben müssen: „Herr Gott, ja, ich bekenn es", rief er plötzlich laut in den Sturm hinaus, „ich habe meines Amtes schlecht gewartet!"

Zu seiner Linken, dicht an des Pferdes Hufen, tobte das Meer; vor ihm, und jetzt in voller Finsternis, lag der alte Koog mit seinen Werften und heimatlichen Häusern; das bleiche Himmelslicht war völlig ausgetan; nur von einer Stelle brach ein Lichtschein durch das Dunkel. Und wie ein Trost kam es an des Mannes Herz; es mußte von seinem Haus herüberscheinen, es war ihm wie ein Gruß von Weib und Kind. Gottlob, sie saßen sicher auf der hohen Werfte! Die andern, gewiß, sie waren schon im Geestdorf droben; von dorther schimmerte so viel Lichtschein, wie er niemals noch gesehen hatte; ja selbst hoch oben aus der Luft, es mochte wohl vom Kirchturm sein, brach solcher in die Nacht hinaus. „Sie werden alle fort sein, alle!" sprach Hauke bei sich selber; „freilich auf mancher Werfte wird ein Haus in Trümmern liegen, schlechte Jahre werden für die überschwemmten Fennen kommen, Siele und Schleusen zu reparieren sein! Wir müssen's tragen, und ich will helfen, auch denen, die mir Leids getan; nur, Herr, mein Gott, sei gnädig mit uns Menschen!“

Da warf er seine Augen seitwärts nach dem neuen Koog; um ihn schäumte das Meer; aber in ihm lag es wie nächtlicher Friede. Ein unwillkürliches Jauchzen brach aus des Reiters Brust: „Der Hauke-Haien-Deich, er soll schon halten; er wird es noch nach hundert Jahren tun!“

Ein donnerartiges Rauschen zu seinen Füßen weckte ihn aus diesen Träumen; der Schimmel wollte nicht mehr vorwärts. Was war das? – Das Pferd sprang zurück, und er fühlte es, ein Deichstück stürzte vor ihm in die Tiefe. Er riß die Augen auf und schüttelte alles Sinnen von sich: er hielt am alten Deich, der Schimmel hatte mit den Vorderhufen schon darauf gestanden. Unwillkürlich riß er das Pferd zurück; da flog der letzte Wolkenmantel von dem Mond, und das milde Gestirn beleuchtete den Graus, der schäumend, zischend vor ihm in die Tiefe stürzte, in den alten Koog hinab.

Wie sinnlos starrte Hauke darauf hin; eine Sündflut war's, um Tier und Menschen zu verschlingen. Da blinkte wieder ihm der Lichtschein in die Augen; es war derselbe, den er vorhin gewahrt hatte; noch immer brannte der auf seiner Werfte; und als er jetzt ermutigt in den Koog hinabsah, gewahrte er wohl, daß hinter dem sinnverwirrenden Strudel, der tosend vor ihm hinabstürzte, nur noch eine Breite von etwa hundert Schritten überflutet war; dahinter konnte er deutlich den Weg erkennen, der vom Koog heranführte. Er sah noch mehr: ein Wagen, nein eine zweiräderige Karriole kam wie toll gegen den Deich herangefahren; ein Weib, ja auch ein Kind saßen darin. Und jetzt – war das nicht das kreischende Gebell eines kleinen Hundes, das im Sturm vorüberflog? Allmächtiger Gott! Sein Weib, sein Kind waren es; schon kamen sie dicht heran, und die schäumende Wassermasse drängte auf sie zu. Ein Schrei, ein Verzweiflungsschrei brach aus der Brust des Reiters: „Elke!“ schrie er; „Elke! Zurück! Zurück!“

Aber Sturm und Meer waren nicht barmherzig, ihr Toben zerwehte seine Worte; nur seinen Mantel hatte der Sturm erfaßt, es hätte ihn bald vom Pferd herabgerissen; und das Fuhrwerk flog ohne Aufenthalt der stürzenden Flut entgegen. Da sah er, daß das Weib wie gegen ihn hinauf die Arme streckte: Hatte sie ihn erkannt? Hatte die Sehnsucht, die Todesangst um ihn sie aus dem sicheren Haus getrieben? Und jetzt – rief sie ein letztes Wort ihm zu? – Die Fragen fuhren durch sein Hirn; sie blieben ohne Antwort: von ihr zu ihm, von ihm zu ihr waren die Worte all verloren; nur ein Brausen wie vom Weltenuntergang füllte ihre Ohren und ließ keinen andern Laut hinein.

„Mein Kind! O Elke, o getreue Elke!" schrie Hauke in den Sturm hinaus. Da sank aufs neu ein großes Stück des Deiches vor ihm in die Tiefe, und donnernd stürzte das Meer sich hinterdrein; noch einmal sah er drunten den Kopf des Pferdes, die Räder des Gefährtes aus dem wüsten Greuel emportauchen und dann quirlend darin untergehen. Die starren Augen des Reiters, der so einsam auf dem Deiche hielt, sahen weiter nichts. „Das Ende!" sprach er leise vor sich hin; dann ritt er an den Abgrund, wo unter ihm die Wasser, unheimlich rauschend, sein Heimatsdorf zu überfluten begannen; noch immer sah er das Licht von seinem Hause schimmern; es war ihm wie entseelt. Er richtete sich hoch auf und stieß dem Schimmel die Sporen in die Weichen; das Tier bäumte sich, es hätte sich fast überschlagen; aber die Kraft des Mannes drückte es herunter. „Vorwärts!" rief er noch einmal, wie er es so oft zum festen Ritt gerufen hatte: „Herr Gott, nimm mich; verschon die andern!"

Noch ein Sporenstich; ein Schrei des Schimmels, der Sturm und Wellenbrausen überschrie; dann unten aus dem hinabstürzenden Strom ein dumpfer Schall, ein kurzer Kampf.

Der Mond sah leuchtend aus der Höhe; aber unten auf dem Deiche war kein Leben mehr als nur die wilden Wasser, die bald den alten Koog fast völlig überflutet hatten. Noch immer aber ragte die Werfte von Hauke Haiens Hofstatt aus dem Schwall hervor, noch schimmerte von dort der Lichtschein, und von der Geest her, wo die Häuser allmählich dunkel wurden, warf noch die einsame Leuchte aus dem Kirchturm ihre zitternden Lichtfunken über die schäumenden Wellen."

Der Erzähler schwieg; ich griff nach dem gefüllten Glase, das seit lange vor mir stand; aber ich führte es nicht zum Munde; meine Hand blieb auf dem Tische ruhen.

„Das ist die Geschichte von Hauke Haien", begann mein Wirt noch einmal, „wie ich sie nach bestem Wissen nur berichten konnte. Freilich die Wirtschafterin unseres Deichgrafen würde sie Ihnen anders erzählt haben; denn auch das weiß man zu berichten: jenes weiße Pferdsgerippe ist nach der Flut wiederum, wie vormals, im Mondschein auf Jevershallig zu sehen gewesen; das ganze Dorf will es gesehen haben. – Soviel ist sicher: Hauke Haien mit Weib und Kind ging unter in dieser Flut; nicht einmal ihre Grabstätte hab ich droben auf dem Kirchhof finden können; die toten Körper werden von dem abströmenden Wasser durch den Bruch ins Meer hinausgetrieben und auf dessen Grunde allmählich in ihre Urbestandteile aufgelöst sein – so haben sie Ruhe vor den Menschen gehabt. Aber der Hauke-Haien-Deich steht noch jetzt nach hundert Jahren, und wenn Sie morgen nach der Stadt reiten und die halbe Stunde Umweg nicht scheuen wollen, so werden Sie ihn unter den Hufen Ihres Pferdes haben.

Der Dank, den einstmals Jewe Manners bei den Enkeln seinem Erbauer versprochen hatte, ist, wie Sie gesehen haben, ausgeblieben; denn so ist es, Herr: dem Sokrates gaben sie ein Gift zu trinken, und unsern Herrn Christus schlugen sie an das Kreuz! Das geht in den letzten Zeiten nicht mehr so leicht; aber – einen Gewaltsmenschen oder einen bösen stiernackigen Pfaffen zum Heiligen, oder einen tüchtigen Kerl, nur weil er uns um Kopfeslänge überwachsen war, zum Spuk und Nachtgespenst zu machen – das geht noch alle Tage."

Als das ernsthafte Männlein das gesagt hatte, stand es auf und horchte nach draußen. „Es ist dort etwas anders worden", sagte er und zog die Wolldecke vom Fenster; es war heller Mondschein. „Seht nur", fuhr er fort, „dort kommen die Gevollmächtigten zurück; aber sie zerstreuen sich, sie gehen nach Hause – drüben am andern Ufer muß ein Bruch geschehen sein; das Wasser ist gefallen."

Ich blickte neben ihm hinaus; die Fenster hier oben lagen über dem Rand des Deiches; es war, wie er gesagt hatte. Ich nahm mein Glas und trank den Rest: „Haben Sie Dank für diesen Abend!“ sagte ich; „ich denk, wir können ruhig schlafen!“

„Das können wir“, entgegnete der kleine Herr; „ich wünsche von Herzen eine wohlschlafende Nacht!“

– – Beim Hinabgehen traf ich unten auf dem Flur den Deichgrafen; er wollte noch eine Karte, die er in der Schenkstube gelassen hatte, mit nach Hause nehmen. „Alles vorüber!“ sagte er. „Aber unser Schulmeister hat Ihnen wohl schön was weisgemacht; er gehört zu den Aufklärern!“

– „Er scheint ein verständiger Mann!“

„Ja, ja, gewiß; aber Sie können Ihren eigenen Augen doch nicht mißtrauen; und drüben an der andern Seite, ich sagte es ja voraus, ist der Deich gebrochen!“

Ich zuckte die Achseln: „Das muß beschlafen werden! Gute Nacht, Herr Deichgraf!“

Er lachte: „Gute Nacht!“

– – Am andern Morgen, beim goldensten Sonnenlichte, das über einer weiten Verwüstung aufgegangen war, ritt ich über den Hauke-Haien-Deich zur Stadt hinunter.

[illegible]

28 [illegible] gemeint ist der Storch
118 [illegible] die jungen Kühe
40 [illegible] Hilfsbeter
[illegible] Schnitter so genannt nach den gegen [illegible] von Makedonien genannten Reden des Demo[illegible]
[illegible] Vermutung
26 [illegible] holländisches Pfund [illegible] 8 kg
[illegible]
[illegible] Mittelpunktsstelle
124 [illegible] L) Faust, Faust [illegible]
[illegible]
[illegible] Leute, die mehr [illegible]
[illegible]
130 [illegible] Münze aus den alte[n] [illegible] erzbergwerken, die [illegible] ein Drittel Silbergehalt
[illegible] Österreichs [illegible]
[illegible] Winter 1812/13
156 [illegible] eines Geist[es]
[illegible] Gebilde
170 [illegible] bewirten
171 [illegible] Friedrich [illegible] Holstein [illegible]
[illegible]
172 [illegible] Karl [illegible] Gustav, König [illegible] Schweden [illegible]
[illegible]
[illegible]
[illegible]
179 [illegible]
[illegible] Machte
183 [illegible]
184 [illegible]
[illegible] Januar
[illegible]
[illegible]
194 [illegible]

Wort- und Sacherklärungen

20 *Hühnerschwarm* Vogelfutter
26 *Ägypter* gemeint ist der Storch
31 *die Starken* die jungen Kühe
40 *Kollaborator* Hilfslehrer
42 *Philippika* Strafrede; so genannt nach den gegen Philipp von Makedonien genannten Reden des Demosthenes
44 *Konjektur* Vermutung
46 *Liespfund* livländisches Pfund; etwa 8 kg
69 *Viola tricolor* lateinische Bezeichnung des Stiefmütterchens
72 *Repositorien* Büchergestelle
124 *Fauste, Fauste* ... (lat.) Faust, Faust, du bist in Ewigkeit verdammt
148 *Stieg* heute nicht mehr gebräuchliches Zählmaß für 20 Stück
150 *Harzdrittel* Münze aus den alten Harzbergwerken; sie hatte ein Drittel Silbergehalt
150 *Kremnitzer Dukaten* österreichische Goldmünze
153 *Kosakenwinter* Winter 1812/13
166 *Sammar* Amtstracht eines Geistlichen
167 *Adjunktus* Gehilfe
170 *regalieren* bewirten
171 *Herzog Friedrich* Friedrich III. von Holstein-Gottorp (1579–1659)
171 *Carolus* Karl X. Gustav, König von Schweden (1622 bis 1660)
172 *tückete* bekümmerte
172 *Vacanz* Ferien
174 *obligeant* beflissen
178 *Gueridon* Leuchter
182 *O, c'est* ... (frz.) Oh, das ist ein sehr schwieriges Spiel!
184 *Kieler Umschlag* Waren- und Geldumschlag; Markt
184 *octavis trium regum* (lat.) während der acht Tage um den Dreikönigstag (6. Januar)
193 *Flechsen* Schenkel
193 *Fluchten* Flügel
194 *Knicken* Grenzhecken

195 *Döns* Wohnstube des niedersächsischen Bauernhauses
196 *Allons donc! ...* (frz.) Beginnen wir also! Zehn und Dame! Dame und Bube!
203 *Änkel* Fußgelenk
210 *Anstände* Hindernisse
212 *Aufschlag* Verkehr
214 *Thumherr* Domherr
214 *Losament* Quartier
215 *Leilach* Leichentuch
215 *Griper* Marktwächter
215 *Brüche* Strafgelder
223 *Fron* Gefängniswärter
224 *Racker* Schinder
224 *Justification* Urteilsvollstreckung
224 *Brotschragen* Verkaufsstände
239 *Curator* (lat.) Pfleger
253 *Rockelor* Mantelrock
278 *in bonis* (lat.) als Vermögen
289 *englische Natives* hier: englische Austern
290 *à jour gefaßt* nur an einer Seite gefaßt
306 *Flora* römische Blumengöttin
312 *perdrix aux truffes* (frz.) Rebhuhn mit Trüffeln
316 *Lichter* Leichter; kleines Wasserfahrzeug zum Entladen der Schiffe
316 *ad processum ordinarium* (lat.) zu einem ordentlichen Gerichtsverfahren
323 *Eulbesen* langstieliger Besen
324 *Quittanz* Quittung
325 *Ausgabepost* Ausgabeposten
327 *Sentenz* Urteil
327 *Rezesse* Ausführungen
333 *Pankratius und Servatius* zwei der Eisheiligen (12. und 13. Mai)
339 *Döntje* Märchen
341 *Konsens* Zustimmung
343 *Sub rosa* (lat.) unter der Rose; soviel wie: unter uns gesagt
349 *Setzschiffer* Schiffer, der kein eigenes Schiff besitzt
354 *klickern* verpetzen

359 *Kuff* Küstensegelschiff
375 *verakkordieren* verhandeln
375 *Schlafbaas* Wirt einer Seemannsunterkunft
377 *Butzkopf* Schwertwal
381 *basta y basta* (span.) genug damit
383 *by Jove* (engl.) bei Jupiter
385 *todos diabolos* (span.) alle Teufel
388 *pro patria* (lat.) fürs Vaterland
394 *cutis* (lat.) Lederhaut
405 *Thanks for the ...* (engl.) Dank für das Almosen und lebt wohl für immer.
418 *Cicindelen* Sandkäfer
428 *Juridica und Humaniora* juristische und humanistische Studien
429 *Polackenkrieg* der schwedisch-polnische Krieg von 1655–1660
429 *Erbhäuer* Erbpacht
435 *Puffer* Pistolen
436 *heblings* heimlich
442 *Rotuln und Rezesse* Urkunden und Verträge
443 *Geldnegozen* Geldgeschäfte
444 *Jesabel* Frau des israelischen Königs Ahab; hier: verführerische Frau
447 *Potestät* Amtsgewalt
454 *entstehen* fehlen
465 *être la mère ...* (frz.) diesem armen Kind Mutter zu sein
465 *Chiffonniere* (frz.) Nähtisch
466 *Pikett* Kartenspiel
466 *mensa* (lat.) der Tisch
466 *amo* (lat.) ich liebe
467 *pastor loci* (lat.) Ortspastor
468 *Epiphanias* Dreikönigstag (6. Januar)
469 *mirabile dictu* (lat.) erstaunlicherweise
469 *Erudition* Gelehrsamkeit
470 *nugae* (lat.) Geschwätz
473 *baten* helfen
478 *epitheton ornans* (griech./lat.) schmückendes Beiwort
494 *discipulus* (lat.) Schüler
494 *Molesten* Beschwernisse

513 *clericus* (lat.) Geistlicher
513 *Quadrivium* (lat.) die vier „freien Künste" der mittelalterlichen Schule (Arithmetik, Geometrie, Astronomie, Musik)
513 *Schanzunen* Chansons
516 *Skapulier* ärmelloser Überwurf
519 *Gugelkappe* Kapuze mit Schulterkragen
522 *Kunkel* Spinnrocken
527 *Paramentenstickerei* Kunststickerei für Meßgewänder u. dgl.
531 *anima candida* (lat.) reine Seele
535 *Et merci …* (frz.) Und Dank, edler Herr.
537 *Ginevra* Gemahlin des sagenhaften keltischen Königs Artus
556 *Mariä Heimsuchung* 2. Juli
564 *Gichter* Krämpfe
568 *Zügenglöcklein* Sterbeglocke
569 *Schürzenmagd* junge Magd
574 *De profundis* (lat.) Anfangsworte des 130. Psalms: Aus der Tiefe (rufe ich, Herr, zu dir.)
574 *Anathema* (griech.) Fluch über ihn!
580 *Zitzgardinen* Gardinen aus buntem Kattun
586 *Wiechelflöte* Weidenflöte
587 *Verlöv* Erlaubnis
598 *Sum regina …* (lat.) Ich bin die Königin des tönenden Himmels, die Jungfrau Maria.
605 *Iritsch* Hänfling
615 *kalmankene Nachtjacke* Nachtjacke aus gestreiftem Wollstoff
624 *Tritonen* Meergötter
625 *Bruushähnchen* Schnepfenart
628 *little fair* (engl.) kleine Schöne
641 *Harde* Verwaltungsbezirk
645 *Siel* verschließbarer Wasserdurchlaß
646 *Bussole* Winkelmeßinstrument mit Magnetnadel
647 *Martini* 11. November
649 *Allerheiligentag* 1. November
650 *gnidderschwarz* pechschwarz
654 *Porren* Krabben
656 *Bettbühr* Bettüberzug

659 *schlanterig* schlotterig
660 *gebörmt* getränkt
672 *Bummeis* dünnes Eis
682 *verspillen* vergeuden
705 *Priesterhandel* guter Handel
717 *Konventikel* Zusammenkünfte von Anhängern christlicher Sekten
719 *Kajedeich* Behelfsdeich
724 *Avosetten* Säbelschnäbler
725 *Akt* hier: Deichauffahrt
742 *hohe Kimmung* Luftspiegelung
742 *hippokratisches Gesicht* Gesichtsausdruck eines Sterbenden
742 *bawen Water* über dem Wasser
743 *Lätare* dritter Sonntag vor Ostern

Zeittafel

1817	14. 9. Theodor Storm als Sohn eines Advokaten in Husum geboren
1837/38	Jurastudium in Kiel
1838/39	Fortsetzung des Studiums in Berlin
1839	Rückkehr nach Kiel
1843	Rechtsanwalt in Husum
1848	Teilnahme an der Volkserhebung gegen Dänemark
1852	Bestallung als Advokat von den dänischen Behörden aufgehoben
	„Immensee"
1856	Kreisrichter in Heiligenstadt (Eichsfeld)
1864	Nach Abzug der Dänen aus Schleswig Landvogt in Husum
1867	Amtsrichter
1874	Oberamtsrichter
	„Pole Poppenspäler"
1877	*„Aquis submersus"*
1878	*„Carsten Curator"*
	„Hans und Heinz Kirch"
1880	Storm tritt in den Ruhestand
1881	Übersiedlung in das Dorf Hademarschen
	„Die Söhne des Senators"
1884	*„Zur Chronik von Grieshuus"*
1885	*„Ein Fest auf Haderslevhuus"*
1887	*„Bötjer Basch"*
1888	*„Der Schimmelreiter"*
	4.7. Theodor Storm in Hademarschen gestorben

Inhalt